བགྲེས་པོ་དང་ནོར་ཁྱུ།

སྟག་འབུམ་རྒྱལ་གྱིས་བརྩམས།

སི་ཁྲོན་མི་རིགས་དཔེ་སྐྲུན་ཁང་།

图书在版编目(CIP)数据

老人与牛：藏文 / 德本加著. -- 成都：四川民族出版社, 2016.6 (2022.7重印)

(藏文原创小说系列)

ISBN 978-7-5409-6271-5

Ⅰ. ①老… Ⅱ. ①德… Ⅲ. ①中篇小说－小说集－中国－当代－藏语②短篇小说－小说集－中国－当代－藏语 Ⅳ. ①I247.7

中国版本图书馆CIP数据核字(2016)第128763号

藏文原创小说系列

老人与牛

LAO REN YU NIU

德本加　著

出 版 人　泽仁扎西
项目策划　才毛吉
责任编辑　公保杰
责任校对　罗　热
内文设计　才让公保
封面设计　陆　馗
责任印制　泽仁康珠
出版发行　四川民族出版社
地　　址　成都市青羊区敬业路108号
成品尺寸　170mm×240mm
印　　数　4001~6000册
印　　张　23.5
字　　数　290千
制　　作　成都华林美术设计有限公司
印　　刷　成都蜀通印务有限责任公司
版　　次　2016年6月第一版
印　　次　2022年7月第四次印刷
书　　号　ISBN 978-7-5409-6271-5
定　　价　47.00元

དཀར་ཆག

མི་རྒྱུད་གཅོད་པའི་གཏམ་རྒྱུད་ཁྲོད་ཀྱི་སྒྲོལ་མ།

སྟོད་ཆ།

ཟླ་བ་ལྔ་པར་ཐོན་དུས་ཀྱང་ངར་སློ་བུར་དུ་ཆེ་རུ་སོང་ཞིང་། བསྟུད་མར་ཉིན་གསུམ་ལ་དྲོད་ཚད་ཇེ་དམའ་ནས་ཇེ་དམའ་རུ་ཕྱིན། ཁོ་ནི་ལྕགས་ཀྱི་གཟེབ་དྲར་བཙུད་པའི་སེང་གེ་ཞིག་དང་འདྲ་བར་བར་སྐོར་ནས་གཡས་གཡོན་དུ་མིག་ཞུལ་བྱེད་བཞིན་ཕར་འགྲོ་ཚུར་འགྲོ་བྱེད་ཀྱིན་སྡོད། ཡིན་ན་ཡང་ཁོ་གནས་མལ་དེ་ནས་ཐག་རིང་བའི་སར་གྱེས་མི་ཐོད། ཁོའི་སེམས་ལ་ཁོ་རང་དེ་ག་ནས་སྐད་ཅིག་ལ་ཕར་གྱེས་ཙམ་བྱས་ཚེ་གོ་སྐབས་ཡོད་ཚད་རྩ་བ་ནས་ཤོར་འགྲོ་བ་དང་དེ་ནས་སླར་ཡང་མི་ཚེ་གང་བོར་སྐོར་ཐབས་བྲལ་བའི་འཁྱོད་པའི་རྒྱུ་རུ་ཚུད་འགྲོ་བར་སྙམ། ཁོ་ཉི་མ་རེ་བཞིན་དེ་ལྟར་སུན་སྣང་མེད་པར་རེ་སྒུག་བྱེད་ཀྱིན་སྡོད། ཉིན་གསུམ་པའི་ས་སྲོད་སྐབས་སུ། ཡུན་རིང་བོར་གར་སོང་མི་ཤེས་པའི་ཐོན་སྐྱེད་མཚོ་མོ་ཁོ་སྡོད་སའི་ཁང་མིག་དོག་པོའི་ནང་དུ་མངོན་བྱུང་། ཐོན་སྐྱེད་མཚོ་མོའི་དམར་ནག་ཏུ་གྱུར་བའི་གདོང་ལ་རེ་ཐག་ཆད་པའི་མདངས་ཤིག་ཤར་ནས་བཤད་རྒྱུ་གཞན་མི་འདུག མོས་ཟླ་བར་བཤད་པ་ནི་སྒྲོལ་མ་གར་སོང་མི་ཤེས་པར་འདུག་ཅེས་པ་དེ་རེད།

དང་ཐོག་ངོ་འཕྲད་མ་ཐག་ཟླ་བས་ཀྱང་ཐོན་སྐྱིད་མཚོ་མོ་ཡིན་པ་ངོས་ཟིན་མ་ཐུབ། ཁོས་ངོ་ཤེས་དོན་ནི་མོ་མདུན་དུ་ཡོང་ནས་ཧ་དགོད་ཅིག་བྱས་ནས་ཅི་རེད་ངོ་མི་ཤེས་སམ། ང་ནི་ཐོན་སྐྱིད་མཚོ་མོ་ཡིན་ཞེས་བཤད་པས་རེད། ཟླ་བ་དེ་མ་ཐག་ཏུ་ཧ་ལས་པར་གྱུར་ཏེ་ཕལ་ཆེར་རང་ཉིད་ཀྱི་ཡོང་དོན་ཅི་ཡིན་པ་ཡང་བརྗེད་པ་ལྟར་གྱུར། ཟླ་བས་དངོས་གནས་རང་ཉིད་ཀྱི་མིག་ལ་ཡིད་མི་ཆེས་པ་ལྟར་གཟབ་ལྟ་བྱེད་བཞིན་དུ་དྲན་ཤེས་ཀྱི་བྱ་རྒོད་དེ་སྐད་ཅིག་དེ་ཉིད་ལ་ལྡིང་ནས་རྒྱང་ཐག་རིང་བའི་སྔོན་དུས་ཀྱི་མཐོ་རིམ་སློབ་འབྲིང་གི་ཁོར་ཡུག་དེ་རུ་ཆས་སོང་། ལོ་ངོ་བཅུའི་སྔོན་གྱི་མོ་ནི་འདི་འདྲའི་ལྟ་རིང་གྱོན་པའི་མགྲོན་གཉེར་བ་ཞིག་ག་ལ་ཡིན། མཐོ་རིམ་སློབ་འབྲིང་གི་འཚོ་བ་དེ་ཁོ་མོར་མཚོན་ན་ཧ་ཅང་ཀློག་གྱུར་གྱི་གཏམ་རྒྱུད་ཅིག་གམ་དཔོག་ཐབས་བྲལ་བའི་རྨི་ལམ་གྱི་མགོ་སྐོར་ཙམ་ཡིན་པ་ལས་ཅི་ཡང་མ་ཐོབ་པ་འདྲ། ཉེ་ལམ་ཁོ་ལ་འཕྲིན་ཡིག་ཅིག་འབྱོར་བའི་སྐེང་དུ་གནས་ཚུལ་གཞན་བཀོད་མེད་པ་སྟེ། སྒྲོལ་མས་ཁྱོད་རང་དྲན་གྱིན་འདུག མྱུར་མོར་ལྟ་སར་ཤོག ཅེས་འཁོད་པ་ལས་ཐ་ན་བསྐུར་མཁན་གྱི་མིང་ཡང་བྲིས་མི་འདུག ཁོས་འཕྲིན་ཡིག་དེའི་ཡོང་ཁུངས་གང་ཡིན་པར་བསམ་བློ་གང་མང་བཏང་ཡང་འཕྲིན་ཡིག་འབྲི་མཁན་ཐོན་སྐྱིད་མཚོ་མོ་ཡིན་པ་ནི་ངོ་མ་བློ་ཡུལ་དུའང་འཆར་ག་ལ་སྲིད། ཁོའི་བསམ་པའི་ཐེ་ཚོམ་དེས་གོམ་པའི་རྗོག་ཁ་ལ་ཡང་ཚོད་འཛིན་ཐེབས་ཏེ་ཡུན་རིང་བོར་ཐག་རིང་དུ་འགྲོ་མ་ཕོད་པར་ཧ་ཅང་ཀློག་ཏུ་གྱུར་ཅིང་མིག་མདུན་ནས་གློ་བུར་མངོན་ཡོང་བའི་མི་ཞིག་ལ་རེ་སྒུག་བྱས་ཤིང་། ད་ལྟ་ཐོན་སྐྱིད་མཚོ་མོར་ངོ་འཕྲད་པའི་བར་དུ་འདི་ལྟར་བསྡད་པ་རེད། མཇུག་མཐར་ཐོན་སྐྱིད་མཚོ་མོས་ཙུང་གདེང་ཚོད་ཡོད་པའི་ངང་ཕལ་ཆེར་མི་རྒྱང་གཅོད་པས་སྒྲོལ་མ་བྲིད་སོང་བ་འདྲ་ཟེར།

“མི་རྒྱང་གཅོད་པ་ཟེར་བ་སུ་རེད།” ཟླ་བ་སྤྲར་བས་ཡ་མཚན་ཞིང་མགོ་རྙོག་པར་གྱུར་སོང་། “ཁྱོད་ཀྱིས་ཁོ་ངོ་ཤེས་སམ” ཞེས་དྲིས།

“མི་ཤེས།” ཐོན་སྐྱིད་མཚོ་མོས་མགོ་འཕྲེད་དུ་གཡུག་ཙམ་བྱས་རྗེས་ན་རེ། “འོན་

ཀྱང་སེམས་ཅན་གྱིས་ཁོའི་རྒྱུ་མཚན་བཤད་རྒྱུ་མང་དྲགས་པས་ངས་ཀྱང་ཁོ་རང་ངོས་ཟིན་ཐུབ་པ་འདྲ། ད་དུང་འགྲམ་པའི་སྟེང་དུ་སྨེ་བ་ནག་པོ་ཞིག་ཡོད་པ་རེད” ཟེར།

“སྨེ་བ་ཅི་འདྲ་ཞིག”

“མཐོང་མ་ཐག་ཏུ་འབུ་སྲོམ་ཞིག་ཡིན་པའི་སྣང་བ་སྐྱེར།”

 སྤུ་མོར། ཁོ་གཉིས་ཀ་ཐོག་བརྩེགས་ཉེར་ལྔ་ཡོད་པའི་མཐུན་སྒྲིལ་ཚོམས་ཆེན་གྱི་མདུན་དུ་ཐོན་འཕྲལ། ཐོན་སྐྱིད་མཚོ་མོས་ཟླ་བའི་གདོང་གི་རྣམ་འགྱུར་ལ་ལྟ་བཞིན་དུ་མི་རྒྱུད་གཅོད་པའི་གནས་ཚུལ་བཤད། ཁོ་སྔོན་ཆད་ལྷ་ས་རུ་ཡོད་དུས་དུས་རྒྱུན་གནས་འདི་ག་ནས་ཁང་བ་ངེས་གཏན་བྱས་ཏེ་སྡོད་པ་རེད་མོད། འོན་ཀྱང་ད་ལྟ་ཁོ་ལྷ་སར་ཡོད་མེད་མི་གསལ་ལ། ཚོང་ཇུས་ཛུན་མ་ནང་འདྲེན་བྱེད་པའི་ཚོགས་པ་དག་གི་ཁྲོད་དུ་ཡང་ཁོའི་སྐོར་གྱི་གནས་ཚུལ་གླེང་མཚམས་བཞག་འདུག་ཟེར། ཟླ་བས་མོའི་སྐད་ཆར་ཉན་རྗེས་བསམ་བློ་གཏོང་ཙམ་གྱིས་གང་ལྟར་ཡང་འདི་གའི་མིང་ཐོ་འགོད་དེབ་ཀྱི་སྟེང་དུ་ཞིབ་བཤེར་བྱས་ཏེ་ཁོའི་སྐོར་གྱི་ཁུངས་སྣེ་འདྲ་ཡོད་མེད་བལྟས་རྗེས་གང་འགབ་ལ་བལྟ་རྒྱུ་བཤད་པས། མོས་ཀྱང་ཡིད་འཐད་པའི་མགོ་བོ་ལྡེམ་ཙམ་བྱས་ཤིང་མཉམ་དུ་མཐུན་སྒྲིལ་ཚོམས་ཆེན་གྱི་ནང་དུ་སོང་།

ཁོ་གཉིས་ཀྱིས་འཚབ་འཚུབ་དང་ཞབས་ཞུའི་སྟེགས་བུའི་སྟེང་གི་མིང་ཐོ་འགོད་དེབ་བླངས་ཏེ་ཤོག་ལྷེ་རེ་རེ་བཞིན་ཕར་སློག་སྟེ་ཞིབ་བཤེར་བྱེད་དུས་གློ་བུར་དུ་མི་རྒྱུད་གཅོད་པའི་མིང་ཡིག་དེ་རྙེད་བྱུང་། ཐོག་རིམ་བཅུ་བའི་ཁང་མིག་ཨང་༡༠༡༡པ་རེད་འདུག ཟླ་བའི་སེམས་སུ་ཉི་མ་ཤར་བ་ལྟ་བུའི་རེ་བའི་འོད་སྣང་ཤར་ཏེ་ཁ་ནས་འདི་ན་འདུག་འདི་ན་འདུག་ཟེར་ནས་དགའ་བྱུང་། ཡིན་ན་ཡང་ཐོན་སྐྱིད་མཚོ་མོས་ཡུན་རིང་ཙམ་ལ་མིང་ཐོའི་དེབ་སྟེང་དུ་ཞིབ་ལྟ་བྱས་རྗེས་མི་རྒྱུད་གཅོད་པ་ཟླ་སྔོན་མའི་ནང་དུ་ཚོམས་ཆེན་ལས་ཕྱིར་བུད་ཟིན་པ་མཐོང་ནས་ཟླ་བར་སྟོན་གྱིན་མགོ་བོ་སྣད་སོང་། ཟླ་བ་ད་དུང་ཡིད་མ་ཆེས་པ་ལྟར་ཡང་ནས་ཡང་དུ་ཟླ་ཚེས་ལ་ཞིབ་ལྟ་བྱས་པ་ན་དངོས་གནས་ཕྱིར་བུད་ཟིན་འདུག ཉེ་

འགྲམ་ན་ཕྱི་བདར་བྱེད་གྱིན་པའི་ཞབས་ཞུ་མ་དེས་པོ་གཉིས་ཀ་མཐོང་འཕྲལ་མྱུར་མོར་མདུན་དུ་ཡོང་ནས་ཁྱོད་གཉིས་ཀས་ཀྱང་མི་རྒྱུད་གཅོད་པ་འཚོལ་གྱིན་པ་མིན་ནམ་ཞེས་དྲིས་བྱུང་།

ལྷ་བ་ཙུང་ཡ་མཚན་པར་གྱུར་ནས། "མི་རྒྱུད་གཅོད་པ་འཚོལ་མཁན་ཡིན་པ་ཁྱོད་ཀྱིས་ཇི་ལྟར་ཤེས་པ་ཡིན" ཞེས་དྲིས།

ཞབས་ཞུ་མ་དེ་དགོད་བཞིན་དུ། "ཁོ་རང་རང་འགྲོ་བའི་ཉིན་དེར་ང་ལ་སྐད་ཅིག་བཞག་བྱུང་། སྒྲོལ་མ་ནི་རང་འཐད་ཡིན་པས་ཁོས་བཀག་འགོག་མ་བྱས། ཁོ་རང་འཚོལ་མཁན་ཡོང་ན་དེ་ལྟར་ཟེར་རོགས་ཟེར། ངས་ཀྱང་སྐད་ཆ་དེའི་ནང་དོན་གསལ་པོ་གོ་མ་བྱུང་" ཟེར།

"ཁོ་གང་ལ་འགྲོ་རྒྱུ་རེད།" ལྷ་བ་དེ་མྱུར་འཚུབ་ཆ་ལངས་བྱུང་།

"ཁོས་བཤད་ན་ཞང་ཀང་དང་ཡང་ན་གོང་གྲིག་ལ་འགྲོ་རྒྱུ་ཡིན་ཟེར། ད་དུང་བུ་མོ་ཞིག་ཀྱང་ཁྲིད་འདུག"

ཐོན་སྐྱིད་མཚོ་མོ་ཕར་འཁོར་ནས་བསམ་བློ་གཏོང་བཞིན་སྡོད་པ་དང་། གློ་བུར་དུ་ཕྱིར་འཁོར་ཡོང་སྟེ། "འོ་ན་ཁྱོད་ཀྱིས་ཁོའི་ཁ་པར་ཨང་གྲངས་ཨེ་ཤེས" ཞེས་དྲིས།

ཞབས་ཞུ་མས་ཀྱང་དེ་འཕྲལ་ཡིད་དུ་དྲན་བྱུང་བ་ལྟར། "འོ་དེ་ཟེར། གལ་ཏེ་ཁོ་ལ་ཁ་པར་གཏོང་ན་ཨང་གྲངས་ནི་༡༣༩༥༨ལྷག་བཏང་ཚོག་ལ༧༥༩༣༡ལྷག་བཏང་ན་ཡང་ཚོག" ཟེར།

ཁོང་གཉིས་ཀས་ཞབས་ཞུ་མས་བཤད་པ་ལྟར་ཁ་པར་བཏང་ཀྱང་ཕ་རོལ་པོའི་འབྲེལ་གཏུག་བྱ་མཁན་གྱིས་མི་དེ་སྔ་མོ་ནས་ཕྱི་རོལ་ཏུ་ཕྱིན་ཏེ་ཕྱིར་མ་ཐོན་ཟེར་ལ། སླར་ཡང་ཕལ་ཆེར་ནམ་གྱང་མ་གཏོགས་ཕྱིར་ལོག་མི་སྲིད་ཟེར་བས་ལྷ་བ་ནི་སླར་ཡང་དབུགས་ཆུད་པའི་ལྷང་བུ་ལྟར་གྱུར། ཐོན་སྐྱིད་མཚོ་མོས་ལྷ་བ་ཁྲིད་དེ་མངར་ཇ་གསོལ་ཁང་ཆུང་དུ་ཞིག་གི་ནང་དུ་འཛུལ་ནས་ཇ་འཐུང་ཞིང་ངལ་གསོ་བཞིན་དུ་ཁོ་མ་ཐོན་པའི་ཡར་སྟོན་གྱི་

སྒྲོལ་མའི་གནས་ཚུལ་སྣ་ཚོགས་པ་རེ་རེ་བཞིན་བཤད་ཅིང་། མཇུག་མཐར་མི་རྒྱུད་གཅོད་པ་ལྷ་སར་ཐོན་རྗེས་པོ་གཉིས་གྲོགས་པོར་གྱུར་ཅིང་དུས་རྒྱུན་མཉམ་དུ་སློག་བརྙན་ཁང་དུ་སློག་བརྙན་ལྟ་རུ་འགྲོ་བའམ་གཟའ་མཇུག་ཏུ་མཉམ་སྐྱོ་ཁང་དུ་ཞབས་བྲོ་རྒྱག་ཏུ་ཕྱིན་པ་སོགས་ཟླ་བར་མ་གསང་བར་བཤད།

"མི་རྒྱུད་གཅོད་པ་ཟེར་བ་དེ་ཡང་སྙིང་ཅི་ཞིག་བྱེད་མཁན་རེད།" ཟླ་བས་མོའི་སྐད་ཆར་ཉན་རྗེས་ཧ་ཅང་ནན་ཏན་དང་དྲིས་བྱུང་།

"པོ་ཟེར་རམ།" ཐོན་སྐྱིད་མཚོ་མོས་ཧ་ཅང་མཐོང་ཚུང་གི་ཉམས་ཤིག་བསྟན་ནས། "པོ་ནི་འཕྲམས་པོ་ཞིག་རེད། དང་ཐོག་པ་ཡུལ་ནས་ལུག་རྫི་བྱས། དེ་དུས་སྙེར་ལ་དབང་བའི་ལམ་ལུགས་ལག་བསྟར་མ་བྱས་པའི་སྔོན་རེད། ཁོས་ཐོན་སྐྱིད་ཏུ་ཁག་གིས་སྲུད་པའི་ལུག་ཁྱུ་དེ་དཔྱིད་ཀ་གཉིས་ལ་ཚར་དུ་བཅུག་སོང་། དེའི་རྗེས་ནས་སློབ་གྲྭ་ཆེན་མོ་ཞིག་གི་དགེ་རྒན་བྱས་ཏེ་ལོ་འགའ་ལ་བསྡད། འོན་ཀྱང་མཇུག་མཐར་ཁོས་སློབ་མ་བུ་མོ་འགའི་ཐོ་བ་འབུར་དུ་བཅུག་པས་ལས་གནས་ནས་ སྨྱུགས། དེ་ནས་རླངས་འཁོར་ཁ་ལོ་བ་བྱས་ཏེ་ཨ་མདོ་ནས་ལྷ་སར་མཇལ་བ་མང་པོ་ཕར་སྐྱེལ་ཚུར་ལེན་བྱས། ཐ་མར་རླངས་འཁོར་འགྲེལ་བའི་ཚག་སྒོ་བྱུང་སྟེ་མི་མང་པོ་བསད་ཅིང་སྲིད་གཞུང་གིས་འཛིན་བཟུང་བྱེད་རྩིས་བྱས་པས། ཁོ་རང་བྲོས་བྱོལ་བྱས་ཏེ་ལྷ་སར་ཐོན་ཅིང་དེ་ག་ནས་ཚོང་ལོག་རྒྱག་མཁན་དག་དང་ངན་འབྲེལ་བྱས་པ་རེད། ཁོའི་ལས་ཀ་ནི་མཇལ་སྐོར་བ་དག་ལ་བརྫུས་ཏེ་མཐའ་མཚམས་ནས་ཕར་འབྲོ་ཚུར་བྲོལ་གྱིས་ཚོང་ལོག་རྒྱག་རྒྱུ་དེ་རེད།" ཟེར།

ཟླ་བས་ཧ་ཅང་གནོན་དཀའ་བའི་ཤུགས་རེང་ཞིག་ཕྱུངས་ནས་རང་ཉིད་ཀྱིས་ལོ་མང་པོའི་རིང་ལ་མདུན་རོལ་ན་ཅེར་རེར་སྡོད་པའི་བྱིས་པ་མང་པོ་དང་མཉམ་དུ་རོལ་བའི་དགའ་སྐྱིད་ཀྱི་འཚོ་བ་དེ་ཆེ་སྲོག་གི་ཆེས་གཏིང་མཐར་སྦས། སྒྲོལ་མ།——ཞི་འཇམ་གཞུང་དྲང་གི་ཨ་མདོའི་བུ་མོ་ཞིག ལྷད་མེད་རྣམ་དག་གི་སེམས་ཁོང་གི་ལྷ་མོ་ཞིག དང་ཐོག་ཟླ་བ་མོ་དང་འཕྲད་པ་ནས་བཟུང་རང་ཉིད་ཀྱི་འཚོ་བ་ནི་ཧ་ཅང་འཕྱུས་ཚང་ཞིག

དང་རྣམ་དག་ཡིད་འོང་ཞིག་ཡིན་པར་སེམས་ཡོད། ཐ་ན་སྒྲོལ་མས་མོ་རང་ཕ་མ་དང་ལྷན་དུ་ལྷ་ལྡན་ཆོས་ཀྱི་ཞིང་ཁམས་སུ་མཇལ་སྐོར་དུ་འགྲོ་རྒྱུ་ཡིན་ཚུལ་བཤད་དུས་ཀྱང་འདི་འདྲའི་འཇིགས་སུ་རུང་བའི་བར་ཆད་ཅིག་གིས་བསྒུགས་ཡོད་པ་ཇི་ལྟར་ཡིད་ལ་དྲན་ཐུབ། མཇུག་མཐར་ཁོས་ཤེས་པ་ནི་ལམ་བར་དུ་རླངས་འཁོར་ཁ་ལོ་འཁོར་ཏེ་སྒྲོལ་མའི་ཕ་མ་གཉིས་ཀ་བསད་པ་དང་མོ་གར་སོང་མི་ཤེས་པར་གྱུར་བ་དེ་རེད།

ཟླ་བས་ལས་བསྒྱུར་བྱེད་པའི་རེ་འདོད་ཡི་གེ་ཐེངས་གསུམ་བྲིས་པ་ཡང་ཧ་ཅང་སྐབས་བདེ་ཡིན་ཏེ།

མགོ་ཁྲིད་ལགས།

ང་སོང་ནས་སྒྲོལ་མ་འཚོལ་དགོས། ཟླ་གཅིག་གམ་ལོ་ཕྱེད། ཡང་ན་ཚེ་གང་བོར་ཕྱིར་མི་ལོག་ཀྱང་སྲིད། ཁྱེད་མོས་མཐུན་ཡོང་བ་ཞུ།

ཟླ་བས་གུས་འདུད་དང་བཅས།

སྐབས་དེར་མཇལ་བའི་རླངས་འཁོར་བསྐོར་མཁན་ནི་མི་རྒྱང་གཅོད་པ་ཡིན་པ་ཨེ་ཡིན་ནམ། ཁོ་བྲོས་བྱོལ་དུ་འགྲོ་ཞོར་དུ་སྒྲོལ་མ་ལ་མགོ་སྐོར་བཏང་སྟེ་རྗེས་སུ་ཁྲིད་པ་ཨེ་ཡིན་ནམ། སྒྲོལ་མ་ནི་ལྷས་ནས་ཕྱིར་ཨ་མདོར་ལོག་མ་ནུས་པར་ཁོ་དང་ལྷན་དུ་ཡོད་པ་ཨེ་ཡིན་ནམ། ཟླ་བའི་སེམས་ལ་སུས་ཀྱང་ལན་གདབ་དཀའ་བའི་དྲི་ཚིག་མང་པོ་ཞིག་བསྐྱར་ཟློས་ཀྱིས་ཤར་བྱུང་ལ། དྲི་བ་དེ་དག་ཤར་བའི་མོད་ལ་སྒྲོལ་མས་ད་དུང་གང་ཞིག་ན་ཁོ་རང་མོ་ལེན་དུ་ཨེ་ཡོང་ལ་རེ་སྒུག་བྱེད་ཀྱིན་པ་ལྟ་བུའི་ཚོར་སྣང་ཞིག་བྱུང་བས་ཧ་ཅང་འདུག་མི་བཟོད་པར་གྱུར། ཟླ་བས་ཡུན་རིང་པོར་བསམ་བློ་བཏང་མཐར་ཅིས་ཀྱང་ཐག་མར་མི་རྒྱང་གཅོད་པ་འཚོལ་དུ་འགྲོ་བར་སེམས་ཐག་བཅད།

ཐོན་སྐྱེད་མཚོ་མོ་རུང་ཡིད་མི་ཆེས་པ་ལྟར་གྱུར་སོང་། ཏུར་རེར་ཟླ་བའི་རྣམ་འགྱུར་

ལ་རྟོག་གིན་དུ། "ཁྱོད་གང་ཞིག་ཏུ་འཚོལ་བར་འགྲོ་རྒྱུ་ཡིན" ཞེས་དྲིས་པ་དང་། ཟླ་བའི་བྲེལ་འཚབ་དང་གཏོལ་བྲལ་གྱི་བཟོ་ལྟ་མཐོང་ནས་རང་ཉིད་ཀྱང་ཕོའི་སེམས་ཀྱི་སྒྲོལ་མ་ཡིན་ན་ཅི་མ་རུང་སྙམ་པའི་ཡིད་སྨོན་ཞིག་ཀྱང་སྐྱེས་བྱུང་།

ཟླ་བར་ཡང་གཉེར་ཚོད་ཅི་ཡང་མེད་པར་ཧུར་རེར་མདུན་ཐད་ཀྱི་ཇ་ཁོར་ལ་ཅེར་བཞིན་ཕལ་ཆེར་ཚིག་ལབ་རྒྱག་པ་ལྟར། "གོང་གྲིག་གམ་ཞང་ཀང་། ངས་ཀྱང་གསལ་པོ་མི་ཤེས" ཟེར།

ཕོ་ལམ་ལ་ཆས་པའི་ཉིན་དེར་ཐོན་སྐྱིད་མཚོ་མོ་ཡང་ནངས་སྔ་མོ་ནས་ལངས་ཏེ་ཐོན་བྱུང་། མོས་རྟོག་ཁྲིས་དག་འཁྱེར་རོགས་བྱས་ཏེ་མེ་འཁོར་ས་ཚིགས་སུ་བསྐྱལ་ཡོང་བ་དང་། ལམ་བར་ཧྲིལ་པོར་ཕོ་གཉིས་ཀྱི་སློབ་མའི་དུས་ཀྱི་འཚོ་བ་དེ་དག་ཕྱིར་དྲན་གྱིས་གླེང་བར་བྱེད། འོན་ཀྱང་ཟླ་བས་སྔ་གཞུག་ཀུན་ཏུ་ཅི་ཞིག་ལ་བསམ་བློ་གཏོང་བཞིན་སྡོད་པ་ལས་ཚིག་གཅིག་ཀྱང་བཤད་མ་བྱུང་། ཟླ་བ་མེ་འཁོར་གྱི་ནང་དུ་འབུད་པའི་དུས་སུ་མོའི་གདོང་ཡོངས་དམར་པོར་གྱུར་ཏེ "སྒྲོལ་མ་བཙལ་ནས་མ་རྙེད་ན་ཅིས་ཀྱང་ཕྱིར་ལ་ཤོག ངས་བསྒུགས་ནས་འདུག" ཟེར། ཕོས་ཀྱང་ཅི་ཡིན་མེད་པར་མགོ་བོ་ནང་དུ་ལྡེམ་ཙམ་བྱས་ནས་མྱུར་དུ་མེ་འཁོར་གྱི་ནང་དུ་བུད། ཐོན་སྐྱིད་མཚོ་མོ་ད་དུང་ཡང་ཕྱིར་འགྲོ་མི་འདོད་པར་ཟླ་བའི་ཁ་གདངད་ཀྱི་དྲ་སྒོའི་འཁྲིས་སུ་འགྲེང་ནས་དོན་དག་གློ་བུར་བ་ཞིག་གིས་ཕོའི་བློ་ཁ་བསྒྱུར་ནས་ཕྱིར་ས་རུ་ཨེ་འབབ་ལ་རེ་སྒུག་བྱས། མཐུག་མཐར་མེ་འཁོར་གྱིས་འོ་དོད་རིང་མོ་ཞིག་འབོད་ཞོར་དུ་རིམ་གྱིས་གཡོ་འགུལ་བྱས་བྱུང་ལ། མོ་ཡང་མེ་འཁོར་གྱི་འགྲོས་དང་བསྟུན་ནས་ཡུད་ཙམ་ལ་འགྲམ་དེད་ཅིང་བརྐྱུགས་བྱུང་མོད་དེ་མྱུར་དུད་ཞགས་དཀར་པོ་ཞིག་གི་གློང་དུ་བཏུམས་ནས་དལ་དལ་ངང་རྗེས་སུ་བསྒྱུར་སོང་།

ནང་ལོགས་ཀྱི་གྲོང་ཁྱེར་ཡོངས་རྫོགས་ཀྱི་བཟོ་ལྟ་ཕལ་ཆེར་གཅིག་མཚུངས་སུ་སྣང་སྟེ། ག་ས་གང་དུ་ཁང་བརྩེགས་ཀྱི་ནགས་ཚལ་གཟིངས་ཤིང་མི་ཚོགས་མང་པོའི་འདུ་འགོད་འཁྲིགས་ཀྱིན་པ་དེ་རེད། ཟླ་བ་གོང་གྲིག་ཏུ་ཐོན་ན་ཡང་ཉིན་མཚན་མེད་པར་དེ་

གའི་ཚོམས་ཆེན་གྲགས་ཅན་དག་སྐོར་ཞུལ་བྱས་ཏེ་མི་རྒྱང་གཅོད་པའི་འགྲོ་སྟོད་ལ་རྩར་གཅོད་བྱས་ཤིང་། ཁོའི་འགྲམ་པའི་སྟེང་དུ་སྨེ་བ་ཞིག་ཡོད་ཅིང་མཐོང་མ་ཐག་ཏུ་འབྲུ་སྟོམ་ཞིག་ཡིན་པའི་སྣང་བ་སྟེར་བ་དང་ད་དུང་འཁྲིས་སུ་ཡོད་ལྦ་སྐྱོན་པའི་བུ་མོ་ཞིག་ཡོད་ཚུལ་དྲིས་ཀྱང་། སུས་ཀྱང་མི་དེ་འདྲ་ཞིག་ངོ་མི་ཤེས་ལ་ཐ་ན་མི་དེ་འདྲ་ཞིག་ཡོད་ཟེར་བ་ཡང་གོ་མ་མྱོང་བར་འདུག ངོ་མ་གྲོང་ཁྱེར་ཆེན་པོ་འདི་འདྲ་ཞིག་གི་ཆུ་རྒྱུན་ལྟར་བཞུར་མི་ཆར་བའི་མི་ཚོགས་མཐུག་པོའི་གློང་ནས་ཕོ་རྒྱང་མོ་རྒྱང་གཉིས་འཚོལ་རྒྱུ་ནི་རྒྱ་མཚོའི་ནང་ནས་རྒྱ་ཁབ་འཚོལ་བ་དང་འདྲ་བས་ཟླ་བ་ཧ་ཅང་ཡིད་ཕམ་པར་གྱུར། མཇུག་མཐར་ཁོ་ཝུ་ཐུག་ནས་སྲང་ལམ་ཆེན་པོ་ཞིག་ཏུ་བསམ་བློ་གཏོང་བཞིན་དམིགས་ཡུལ་མེད་པར་མདུན་དུ་བསྐྱོད། གྲུ་ག་ཞིག་ཏུ་སླེབས་མཚམས་གློ་བུར་དུ་གཡོན་ཟུར་ནས་མི་ཞིག་གིས་ཁོ་བོས་བྱུང་། ཁོས་མགོ་བོ་ཡོན་ནས་ལྟ་དུས་དེ་ནི་ལྷམ་བཟོ་བ་རྒན་པོ་ཞིག་རེད། ཁོ་ཡ་མཚན་བཞིན་དུ་ཁོས་འབོད་དོན་ཅི་ཡོད་དམ་སྙམ་ནས་གྲོང་ངེར་ལངས་ནས་ཁོར་བལྟས། ལྷམ་བཟོ་བ་རྒན་པོ་དེས་ལས་རྒྱུ་གཞན་མ་རྙེད་པ་ལྟར་འཛུམ་ཞིག་བསྟན་ནས་ཁྱོད་ཀྱི་ལྷམ་ཡུ་རལ་འདུག་པ་བསྐྱར་བཟོ་མི་བྱེད་དམ་ཟེར། ཟླ་བས་ཀྱང་གཞི་ནས་རང་ཉིད་ཀྱི་རྐང་བར་ཞིབ་ལྟ་ཞིག་བྱས་པ་ན་ངོ་མ་ལྷམ་ཡུ་རལ་འདུག་པས་ཁོའི་མོས་པ་དང་བསྟུན་ནས་ཕར་འཁྲིས་སུ་སོང་ནས་ཅོག་ཅིང་ལྷམ་ཕུད་ནས་ཁོའི་མདུན་དུ་འཕངས་པ་དང་། ལྷམ་བཟོ་བ་རྒན་པོ་དེར་ཡང་མི་རྒྱང་གཅོད་པའི་སྐོར་གྱི་གནས་ཚུལ་རྩར་གཅོད་བྱས་ན་ཅི་འདྲ་སྙམ་ཡང་། སླར་ཡང་འདང་ཞིག་བརྒྱབ་པ་ན་མི་རྒྱང་གཅོད་པ་ནི་ལྷམ་རལ་གྱོན་མཁན་ཞིག་ཡིན་མི་སྲིད་པས་ཁོ་ལྟ་བུ་ཞིག་གིས་ཅི་ཞིག་ཤེས་སམ་སྙམ་ནས་དྲི་བ་ཁོག་ཏུ་བཅུག་སྟེ་བསྡད། ལྷམ་བཟོ་བ་རྒན་པོ་དེས་ཧ་ཅང་གཟབ་ནན་ངང་ལྷམ་དེ་ཕར་བསྐོར་ཚུར་བསྐོར་དང་ལྷན་པ་རྒྱག་ཞོར་དུ་ན་རེ། “ད་ནི་ཁྱོད་ཀྱི་ལྷམ་འདི་དོར་རན་འདུག ངས་ས་ཆ་འདི་གར་ལྷམ་འདི་འདྲ་རལ་པོ་གྱོན་མཁན་ཞིག་ད་བར་དུ་མཐོང་མ་མྱོང་” ཟེར།

“འོན་ཀྱང་ལྷམ་འདིའི་ཡོང་ཁུངས་ཁྱོད་ཀྱིས་མི་ཤེས། སྒྲོལ་མས་ང་ལ་གཉེན་རྟགས་

སུ་ཉོས་པ་ཡིན།" ཐླ་བས་སྔར་བཞིན་ཆིག་ལབ་རྒྱག་པ་ལྟར་དེ་ལྟར་བཤད།

"སྒྲོལ་མ་ཨེ། ཁེ་སྟོན་མོའང་འདི་གར་ཡོང་ནས་ལྷམ་བཟོས་བྱུང་། དེའང་གཉེན་རྟགས་ཡིན་ནམ།"

ཐླ་བ་རང་ཉིད་ཀྱི་ཧ་བར་ཡང་ཡིད་མི་ཆེས་པ་ལྟར་གྱུར་སོང་། གློ་བུར་དུ་ལྷམ་བཟོ་བ་རྒན་པོ་དེ་ཧ་ཅང་སྙིང་ཉེ་བར་གྱུར་ཅིང་འཁྲིས་སུ་བཅར་ནས་གུས་ཚུལ་ལྡན་པའི་ངང་།"ཨ་ཁུ། ཁྱོད་ཀྱིས་ཀྱང་སྒྲོལ་མ་ངོ་ཤེས་སམ" ཞེས་དྲིས།

"ཅི་ལ་མི་ཤེས།" ལྷམ་བཟོ་བ་རྒན་པོས་མགོ་ལྡེམ་ཙམ་བྱས་ཤིང་སྒྲོལ་མའི་སྐོར་གྱི་སྐད་ཆར་སྤྲོ་བ་སྐྱེས་པ་ལྟར་ལྷམ་བཟོ་མཚམས་བཞག་སྟེ་ཁོའི་གདོང་ལ་བལྟས་ནས། "ང་རང་འདི་གར་བསྡད་པས་མི་རིགས་གང་གི་མི་ཡིན་པ་མིག་གིས་བལྟས་ཙམ་གྱིས་ཤེས་འགྲོ། ཧ་ཅང་སྙིང་རྗེ་བའི་བོད་རིགས་བུ་མོ་ཞིག་རེད། ད་དུང་སྐད་ངག་ཀྱང་ཧ་ཅང་སྙན་པོ་འདུག མོ་རྒྱ་སྲང་དུ་འགྲོ་དུས་ཀྱང་ལ་གཞས་བླངས་ཏེ་འགྲོ" ཟེར་ནས་དགོད་པར་བྱེད།

ཐླ་བར་སྔར་བས་ཀྱང་བྲེལ་འཚུབ་སྐྱེས་ཏེ། "འོ་ན་ཁོ་མོ་གང་དུ་བསྡད་ཡོད་པ་ཁྱོད་ཀྱིས་ཨེ་ཤེས" ཞེས་དྲིས།

རྒན་པོ་ཡང་ཅུང་ཡིད་མི་ཆེས་པ་ལྟར་གྱུར་སོང་། "མོ་གང་དུ་བསྡད་ཡོད་པ་མ་དྲིས། ཅི་རེད། ཁྱོད་གཉིས་ཀ་ལྷན་དུ་ཡོང་བ་མ་ཡིན་ནམ" ཟེར།

"མིན། མོ་བོར་སོང་བ་རེད། འོ་ན་ཁྱོད་ཀྱིས་མི་རྐྱང་གཙོད་པ་ཨེ་མཐོང་། འགྲམ་པའི་སྟེང་དུ་སྨེ་བ་ཡོད་པ་དེ།"

ལྷམ་བཟོ་བ་རྒན་པོས་ཀྱང་ཁོའི་གནས་ཚུལ་མཐའ་དག་རྟོགས་སོང་བ་ལྟར་ཤུགས་རིང་ཞིག་སྦུངས་ནས་ན་རེ། "གང་ལྟར་མོད་ལྟ་འདི་གར་ཡོད་མི་སྲིད། བཤད་པ་ལྟར་ན་མོ་མཇལ་སྐོར་དུ་འགྲོ་རྒྱུ་ཡིན་རབས་འདུག འོ། ཁྱོད་ཀྱིས་སུ་ཞིག་འདྲི་བཞིན་ཡོད། མི་རྐྱང་གཙོད་པ་ཟེར་རམ། ཁོ་མ་མཐོང་བར་ཡུན་རིང་འགོར་སོང་། ཤི་སོང་བ་ཨེ་ཡིན་ནམ། དེ་མིན་ན་འཛིན་བཟུང་བྱས་ཟིན་པ་ཨེ་ཡིན། དེ་དུས་ཁོས་གྲོང་ཁྱེར་ཉོ་ཚོང་ཀུང་ཟེར་ལྟས་

ནས་ནས་ཚང་འཛིན་པའི་གཉན་རྒྱ་བཞག་སྟེ་སྒོར་ཁྲི་བཅུ་ཕྲག་འགའ་དོམ་དུ་བླངས་སོང་། དེ་རྗེས་ཕྱིར་ལོག་རྒྱུ་མ་བྱུང་བས་ཀྱང་ཟླའི་ཅིན་ལི་ཡང་མར་སྤྱུགས་པ་རེད། རབ་ཡིན་ན་ཁྱོད་ཀྱིས་འདི་ག་ནས་ཡོའི་སྒོར་གྱི་སྐད་ཆ་མ་དྲིས་ན་བཟང་།”

“ཨ་ཁྱུ། འོ་ན་ཁྱོད་ཀྱིས་མོ་ཕྱོགས་གང་དུ་འགྲོ་རྒྱུ་ཡིན་པ་ཨེ་ཤེས།”

ལྷམ་བཟོ་བ་རྣན་པོས་མགོ་བོ་འཕྲེད་དུ་གཡུག་བཞིན། “མི་ཤེས། བྱང་གི་དགོན་ཆེན་བཞིའམ་ཡང་ན་ལྷ་སར་སོང་ཡོད་ཀྱང་སྲིད། དེ་མིན་ན་ཕོ་མོ་རྒྱ་གར་ལ་འགྲོ་ཨེ་སྲིད་དམ” ཟེར།

“གང་ལྟར་ཕོ་མོ་ལྷ་སར་འགྲོ་མི་སྲིད། ང་རང་ཡང་ལྷ་ས་ནས་ཡོང་བ་ཡིན།”

“དེའི་ཕྱིར་ཕྱིར་ལྷ་སར་འགྲོ་ཡང་སྲིད། འཇིག་རྟེན་ཐོག་གི་བཙལ་མི་རྙེད་པ་ཡོད་ཚད་ཀྱང་དེ་ལྟར་གོ་འཛོལ་བྱུང་བས་རེད། དེ་མ་རེད་དམ། དེ་ལྟར་གོ་འཛོལ་བྱུང་བས་རྙེད་འོས་པ་མང་པོ་ཞིག་ཀྱང་སྐད་ཅིག་སྐད་ཅིག་ཙམ་གྱི་རིང་ལ་ཏ་ཅང་རྒྱང་རིང་པོར་ཡལ་འགྲོ་བ་རེད།”

“……”

ཉིན་འགའ་མ་འགོར་བར་སྐད་ཆ་གསལ་པོ་ཞིག་ཐོས་བྱུང་། དེ་ཡང《གྲོང་ཁྱེར་དགོང་རྫོའི་ཚགས་པར》སྟེང་དུ་མི་རྐྱང་གཙོང་པའི་གནས་ཚུལ་བཀོད་པ་ཟླ་བས་དངོས་སུ་མཐོང་བ་རེད། དང་ཐོག་མི་རྐྱང་གཙོང་པས་སློལ་མ་ཁྲིད་དེ་ཞང་ཀང་དུ་འགྲོ་རྩིས་ཡོད་མོད། ལམ་བར་དུ་ཐློ་ཁ་འགྱུར་ཏེ་ཀོང་ཀྲིག་ཏུ་ཡོང་བ་རེད། ཕོ་གཉིས་ཀོང་ཀྲིག་ཏུ་ཐོན་པའི་ཉིན་འགའ་ཡི་ནང་དུ་སློལ་མའང་དགའ་འགའ་སྤྲོ་སྤྲོའི་ངང་སྤྱི་གླིང་དག་གི་ནང་དུ་སོང་ནས་མི་རྐྱང་གཙོང་པ་དང་ལྷན་དུ་ལྟད་མོར་བལྟས་ཤིང་འདྲ་པར་སྣ་ཚོགས་བརྒྱབ་ནས་སྡོད། ཉིན་ཞིག་གྲོང་ཁྱེར་གྱི་མིའི་ཁ་ནས་རང་ཉིད་ཡོང་ས་འདི་ནི་ཞང་ཀང་མ་ཡིན་པར་ཀོང་ཀྲིག་ཡིན་པ་གོ་ཐོས་བྱུང་བས་ཉིན་ཞག་གཅིག་ལ་ངུས་ནས་བསྡད་ཅེང་། མཐུག་མཐར་མི་རྐྱང་གཙོང་པ་དང་ཁྲུས་ནས་མོ་རང་གཅིག་པུ་གར་སོང་མི་ཤེས་པར་གྱུར། དེ་

ནས་བཟུང་མི་རྒྱུད་གཅོད་པས་ཀྱང་མོ་ལ་མགོ་སྐོར་བཏང་བར་འགྱོད་སེམས་སྐྱེས་ཤིང་ཕྱོགས་ཀུན་དུ་སློབ་མ་འཚོལ་དུ་སོང་བ་དང་། ཉེ་ལམ་སློབ་མས་བོད་ཡུལ་གྱི་དགོན་པ་གང་ཞིག་ཏུ་མགོ་སྐྲ་བཞར་ཏེ་དགེ་བསྙེན་མའི་སྡོམ་པ་བླངས་ཟིན་པ་ཐོས་རྗེས་ཕོ་ཡང་གྲོང་ཁྱེར་འདི་དང་གྱེས་སོང་ཞེས་པ་དེ་རེད། བླ་བས་གནས་ཚུལ་དེ་རྟོགས་འཕྲལ་ཚགས་པར་བལྟབས་ནས་ཨམ་ཐྲག་ཏུ་བཙུག་ཅིང་ཡང་བསྐྱར་མི་རྒྱུད་གཅོད་པ་གར་སོང་གི་རྗེས་དེད་དེ་འགྲོ་རྒྱུ་བྱས། ཕོའི་སེམས་ལ་ཕལ་ཆེར་མི་རྒྱུད་གཅོད་པ་ཕོ་ནས་སློབ་མས་བསམ་ཚུལ་ངོ་མ་དེ་རྟོགས་ཡོད་པ་འདྲ་སྣང་།

བླ་བས་སྐར་ཡང་རྫོག་ཁྲིས་རྒྱབ་ཏུ་ཁུར་ཏེ་མི་རྒྱུད་གཅོད་པ་གར་སོང་གི་རྗེས་བཞིན་རྒྱར་བཅད་དེ་ལམ་ལ་ཆས། སྐབས་འདིའི་ཕོའི་བཟོ་ལྟ་ནི་སྔོན་ཚད་གཅིག་ཕྱུར་ཀང་ཐང་དུ་ལྟ་སའི་རྡོ་བོར་མཇལ་ཕྱག་ཏུ་འགྲོ་བའི་ཨ་མདོའི་དད་ལྡན་པ་རྣམ་དག་ཅིག་དང་གཉིས་སུ་མི་འདུག ཡིན་ན་ཡང་བླ་བའི་སེམས་ངོ་ནས་ཉེན་མཚན་མེད་པར་རྡོ་བོ་བཞིན་སྒོམ་པ་ནི་ལྷད་མེད་རྣམ་དག་གི་ཨ་མདོའི་བུ་མོ་ཞིག་སྟེ།——སློབ་མའི་སྣང་བརྙན་རེད། ཕོས་མི་རྒྱུད་གཅོད་པའི་རྗེས་དེད་ཅིང་རི་བོ་དང་ཆུ་བོ་བརྒལ། གྲོང་དང་གྲོང་ཁྱེར་ཞུལ། ཐང་ཆེན་དང་ནགས་ཚལ་བརྒྱུད་ནས་མི་རྒྱུད་གཅོད་པས་གང་ནས་ངལ་གསོ་བྱས་སར་ངལ་གསོ་བྱས་པ་དང་། མི་རྒྱུད་གཅོད་པས་གང་ནས་ཞག་སྡོད་བྱས་སར་ཞག་སྡོད་བྱས་ལ། མི་རྒྱུད་གཅོད་པས་གང་ནས་བཟའ་བཏུང་བྱས་ས་རུ་ཕོ་རང་གིས་ཀྱང་བཟའ་བཏུང་བྱེད། མི་རྒྱུད་གཅོད་པས་གང་ནས།……དེ་ལྟར་བླ་ངོ་གཅིག་ཙམ་ལ་སོང་མཚམས་གཞི་ནས་བོད་ཡུལ་གྱི་དགེ་ལུགས་པའི་དགོན་སྡེ་ཞིག་ཏུ་སླེབས། དགོན་པ་དེ་ནི་ཧ་ཅང་ཧམ་ཞིང་འཛིང་བའི་རི་བྲག་སྟུག་པོའི་ཁོང་གསེང་གི་གྲོག་ཤུར་ཞིག་ཏུ་བསྐྲུངས་ཏེ་ཕྱི་རོལ་ཡུལ་དང་འབྲེལ་ཐག་གཏན་གཅོད་བྱས་འདུག་པས་ཧ་ཅང་དབེན་ཞིང་འཛམ་གས་ལ། མི་སུ་ཞིག་ཡིན་ཡང་འདི་གར་སླེབས་པ་ན་གཞི་ནས "རབ་ཏུ་བྱུང་བ" ཞེས་པའི་ཐ་སྙད་ཀྱི་གོ་དོན་དེ་ཡིད་ངོར་གཟུགས་ཅན་དུ་སྟོན་པར་བྱེད། དེ་གའི་བཙུན་པ་ཡོད་ཚད་ཀྱང་མཐོང་མ་ཉིད་དུ

ཕལ་ཆེར་དུས་རབས་འགའི་ཡར་སྔོན་གྱི་མི་ཡིན་པའི་སྣང་བ་སྐྱེར། ལན་རེར་དགོན་པའི་དཀྱིལ་དབུས་ནས་ཅོང་སྒྲ་གསལ་ལྷང་ངེ་བ་ཞིག་གྲགས་ཏེ་རིམ་བཞིན་རི་བྲག་གི་བར་རིམ་བརྒྱལ་ནས་ཧ་ཅང་རྒྱང་རིང་བའི་ཡུལ་དུ་ཆས་པ་དེས། ཕལ་ཆེར་དབེན་པའི་ལུང་ཤུར་དུ་བསྐྱངས་པའི་སེམས་གཉིང་གི་སྐྱོ་བ་གང་ཞིག་རྒྱང་རིང་གི་མི་སུ་ཞིག་ལ་འཕྲིན་དུ་གཏོང་བ་དང་འདྲ་ཞིང་། ཡང་འཚོ་བའི་སྡུག་ལོང་ཁྲོད་དུ་མགོ་འཐོམས་པར་གྱུར་བའི་མི་སུ་ཞིག་ལ་ལྐོག་གྱུར་གྱི་བཤུལ་ལམ་ཞིག་སྟོན་པ་དང་ཡང་མཚུངས།

ཚླ་བས་གྲྭ་པ་རྒན་པ་ཞིག་ལ་སློབ་མའི་གནས་ཚུལ་འདྲི་དུས་སུ། གྲྭ་པ་རྒན་པ་དེ་ཡང་དེ་སྔོན་གྲོང་ཁྱེར་དུ་འཕྲད་པའི་ལྷམ་བཟོ་བ་རྒན་པོ་དེ་དང་འདྲ་བར་འདྲུམ་ཞིག་ཕྱུངས་ནས་སློབ་མ་འདི་གར་ཡོད། ད་སྔོན་ཡང་མི་ཞིག་ཡོང་ནས་དེ་ལྟར་དྲིས་བྱུང་ཟེར། ཚླ་བའི་སྣང་ངོར་གྲྭ་པ་རྒན་པ་དེ་ཧ་ཅང་སྙིང་ཉེ་བ་ཞིག་ཏུ་གྱུར་ཅིང་། དེ་མུར་བྲེལ་འཚུབ་ལངས་ཏེ་མི་དེ་མི་རྒྱང་གཅོད་པ་ཡིན་མིན་དྲིས་པ་ན། གྲྭ་པ་རྒན་པ་དེས་མི་དེའི་མིང་མི་ཤེས་པའི་རྣམ་འགྱུར་ཞིག་བསྟན་ནས་ཁོའི་ལུས་ཀྱི་ཆ་བྱད་དང་རྟགས་མཚན་སྣ་ཚོགས་པ་ཞིག་བཤད་ཅིང་། ད་དུང་འགྲམ་པའི་སྟེང་དུ་སྨེ་བ་ཞིག་ཡོད་ཅིང་མཐོང་མ་ཐག་ཏུ་འབུ་སྟོམ་ཞིག་ཡིན་པའི་སྣང་བ་སྐྱེར་ཟེར། ཚླ་བ་སྤྲར་བས་ཀྱང་འཚབ་འཚུབ་པོར་གྱུར་ཏེ་འོ་ན་ཁྱོད་ཀྱིས་ཁོ་ལ་སློབ་མ་བྱིན་མིན་དྲིས་པ་ན། གྲྭ་པ་རྒན་པས་མགོ་བོ་འཕྱེད་དུ་གཡུག་གིན་དུ། “ངས་ཁོ་ལ་བྱིན་པ་མིན། ཁོས་ཉོས་པ་རེད། ཁྱོད་ཀྱིས་ཀྱང་གཅིག་ཉོ་རྒྱུ་ཡིན་ནམ” ཟེར།

“ད་དུང་ཡོད་དམ།” ཚླ་བ་ཧ་ཅང་ཡིད་མི་ཆེས་གྱུར་སོང་།

“ཡོད་ཡོད།” གྲྭ་པ་རྒན་པས་དེ་མུར་ཁོ་ཁྲིད་ནས་སྤྱོས་དྲི་འཕྱུལ་བའི་ཁང་བ་ཆེན་པོ་ཞིག་གི་ནང་དུ་སོང་སྟེ་ཐང་ག་མང་པོ་ཞིག་སྟོན་བཞིན། “འདི་ནི《སྒྲོལ་མ་དཀར་པོ》རེད། འདི་ནི《སྒྲོལ་མ་སྔོན་པོ》འདི་ནི《སྒྲོལ་མ་སེར་པོ》རེ་རེར་སྒོར་བཅུ་རེ་རེད། གང་ཉོ་རྒྱུ་རིན་གོང་ཡང་ཧ་ཅང་སླ། བགེགས་དང་བར་ཆད་སེལ་ཐུབ” ཟེར།

“འདི།” ཚླ་བ་ཡི་ཆད་པར་གྱུར་སོང་། “འདི་དག་སྒྲོལ་མ་ཡིན་ནམ།”

"རེད། ད་དུང་དཔེ་ཆའང་ཡོད།" གྲྭ་པ་རྒན་པས་སྐད་ཡང་ཕར་འགྲམ་ཞིག་ཁྲིད་ཅིང་། དེ་གར་ཤིང་དཔར་བྱས་པའི་དཔེ་ཆ་གླེགས་བམ་མང་པོ་བརྩིགས་ཡོད་པའི་འགྲམ་ནས་བམ་པོ་ཆུང་ངུ་ཞིག་བླངས་ཡོང་སྟེ་འཛུམ་དམུལ་དམུལ་ངང་། "འདི་ཡང《སྒྲོལ་མ་ཉེར་གཅིག》རེད། རེ་རེར་སྔོར་བརྒྱད་ཡིན། གང་དགོས་ཁྱོད་ཀྱིས་ལྷོས" ཟེར་བཞིན་བླ་བའི་བཟོ་ལྟར་བལྟས་ནས་སྨྲོད།

"ངས་འཚོལ་བ་ནི་ལྷ་ས་ནས་འོངས་པ་དེ་ཡིན།" བླ་བ་ཡིད་ཆད་པར་གྱུར་ཏེ་ཁ་ནས་ཅི་བཤད་འདི་བཤད་མེད་པར་མགོ་བོ་འཕྲེད་དུ་གཡུག་བཞིན་ཕྱིར་འཁོར་རྩིས་བྱས་པ་ན། གྲྭ་པ་རྒན་པ་དེ་མ་ཐག་ཁོའི་འཁྲིས་སུ་བཙར་ཏེ་ཧ་ཅང་གཟབ་ནན་ངང་། "ཅི་ཟེར། འདི་ཚང་མ་ལྷ་ས་ནས་བླུས་པ་ཤ་སྟག་ཡིན། དེ་དུས་ཨ་ལགས་ཚང (དགོན་བདག) ལྷ་སར་སོང་སྟེ་བླུས་ཡོང་བ་རེད། ཚང་མ་དཀོན་མཆོག་གི་རྟེན་ཡིན་པས་བསམ་དོན་འགྲུབ་ཐག་ཆོད་ཡིན། གལ་ཏེ་ཁྱོད་ཀྱིས་ཉོ་རྫོང་མ་ཡིན་ན་སྔོར་ལྔ་བྱོས། ང་ཚོ་ཚང་མ་དད་པ་ཅན་རེད" ཟེར།

བླ་བས་ཀྱང་བསམ་དོན་འགྲུབ་ཐག་ཆོད་ཡིན་ཟེར་བ་ཐོས་འཕྲལ་བསམ་བློ་གཏོང་ཙམ་གྱིས་ཨམ་ཕྲག་ལས་སྔོར་ལྔ་ཤོག་ཅན་གཅིག་ཕྱུང་སྟེ་གྲྭ་པ་རྒན་པའི་ལག་ཏུ་གཏད་རྗེས་ཐང་ག་གང་ཙུང་ཞིག་བླངས་ནས་ཁང་བ་ལས་ཕྱིར་བུད། གྲྭ་པ་རྒན་པ་ཡང་ཁོའི་ཕྱི་བཞིན་དུ་སྔོར་བུད་ཅིང་ལག་པ་གཉིས་ཀས་སྔོར་ལྔ་ཤོག་ཅན་དེ་འཆང་ཞིང་སྐད་ཡང་གྲུ་ཟུར་དེ་ཙུ་སྔོན་ལྟར་ཅིག་ནས་སྨོད་པར་བལྟས་ན་ཡང་བསྐྱར་སྒྲོལ་མ་ཉོ་མཁན་ཞིག་ཨེ་ཡོང་ལ་རེ་སྒུག་བྱེད་ཀྱིན་པ་དང་འདྲ།

སྒྲོལ་མ། ཁྱོད་རང་གང་དུ་ཡོད་ལགས།

བླ་བ་རི་སྟེང་དུ་འགྲེང་སྟེ་ཁྱོན་ཡངས་པའི་འཛིག་རྟེན་གྱི་གྲུ་ག་རེ་རེར་ཁ་གཏད་ཅིང་སེམས་ཁོང་ནས་རེ་འབོད་བྱས། མོ་གང་དུ་ཡོད་དམ། ཁོས་མགོ་བོ་མར་དུད་ནས་བསམ་བློ་བཏང་། བློ་བུར་དུ་ཁོའི་སེམས་ལ་དང་ཐོག་སྒྲ་བསྒྱུར་མར་བ་རྒྱ་གར་དུ་ཕྱིན་ནས་རྗེ་བཙུན་

ན་རོ་པ་བཙལ་ནས་དཀའ་བ་མྱངས་པའི་བརྒྱུད་རིམ་དྲན་བྱུང་། སློབ་དཔོན་ནི་རྫུ་འཕྲུལ་ལ་མངའ་བརྙེས་པས་སྔ་རྗེ་ཤར་དུ་ཡོད་ན་ཕྱི་རྗེ་ནུབ་ཏུ་ཡོད་པ་དང་། སྟོད་ལ་ཆིང་ཆིང་ནགས་སུ་ཡོད་ན་ནངས་མོར་བྱེ་མའི་གྲམ་ཐང་དུ་ཡོད་པའི་སྤྲུལ་བསྒྱུར་སྣ་ཚོགས་བྱས་མོད། འདི་དག་ཐམས་ཅད་ཀྱང་བུ་སློབ་ཁོང་གདམས་པ་སྟེར་སའི་སྣོད་དུ་རུང་མིན་དང་སྒྲུབ་པ་ལྷུར་ལེན་གྱི་སྙིང་རུས་ཡོད་མེད་ལ་ཉམས་ཚོད་བརྟག་པའི་ཆེད་དུ་མ་ཡིན་ནམ། བླ་བའི་སེམས་ལ་སྒྲོལ་མས་ཀྱང་རྗེ་བཙུན་ན་རོ་པ་བཞིན་མི་མངོན་པའི་ཕྱོགས་གང་ཞིག་ནས་ཁོ་ལ་བལྟས་ཏེ་རྩེད་མཚར་སྟོང་བཞིན་ཡོད་ཅིང་། ཁོ་རང་དོན་དངོས་ཐོག་མོ་ལ་ཅི་ཙམ་དུངས་ཀྱིན་པར་ཉམས་ཚོད་བརྟག་གིན་པ་ངེས་ཅན་རེད་པས། ཁོས་ཀྱང་ཤི་བ་སློག་མི་ཕངས་པར་སྒྲ་བསྒྱུར་མར་པའི་རྗེས་བཞིན་ཐུལ་ནས་ཅིས་ཀྱང་སྒྲོལ་མ་རྙེད་ཐབས་བྱེད་དགོས་སྙམ། ཁོས་སྒྲ་བསྒྱུར་མར་པའི་བརྟུལ་ཞུགས་བཟུང་སྟེ་ཕྱོགས་མཚམས་ཀུན་ཏུ་ཐུལ་རྩེས་བྱེད་བཞིན་པའི་སྐབས་སུ། གློ་བུར་དུ་ཐོན་སྐྱིད་མཚོ་མོས་བཏང་བའི་གློག་འཕྲིན་ཞིག་འབྱོར་སོང་ལ། གློག་འཕྲིན་གྱི་ནང་དོན་ནི་མི་རྒྱུང་གཅོད་པ་ལྷ་སར་ཐོན་འདུག་ཅེས་པ་དེ་རེད།

བླ་བ་ལྷ་སར་འབྱོར་དུས་ནི་བདུན་ཕྲག་གཅིག་འདས་རྗེས་ཀྱི་ས་སྟོད་ཀྱི་སྐབས་ཡིན་ཏེ། ཉི་མ་ནུབ་སྟེ་སྨུན་ཡང་རུབ་ལ་ཉེ། ཐོན་སྐྱིད་མཚོ་མོས་བླ་བ་མཐོང་འཕྲལ་དགའ་དྲགས་ཏེ་མཆོངས་ཐེངས་གཅིག་གིས་ཁོའི་སྙི་ལ་འཐམས་ནས་རང་དབང་མེད་པར་མིག་ཆུ་འདོན་བཞིན་མི་རྒྱུང་གཅོད་པ་ཤི་སོང་ཟེར། མོས་མིག་ཆུ་གཙང་མ་ཕྱིས་རྗེས་རྒྱུ་མཚན་གསལ་པོར་བཤད་བྱུང་། དགོང་མོ་དེར་མི་རྒྱུང་གཅོད་པས་གྲོགས་པོ་འགའ་བོས་ཏེ་ནང་མ་ཁང་ཞིག་ཏུ་འཛུལ་ཏེ་ནས་ཆང་འཐུང་ནས་ནམ་གུང་བར་དུ་བསྡད། མཇུག་མཐར་ཚང་མ་ར་རོ་བར་གྱུར་ཡོད་པའི་མཚམས་སུ་ཁོས་བུ་མོ་ཞིག་ལ་དགོང་མོ་འཕྲད་རྒྱུའི་ཁ་ཆད་བྱས་ཡོད་པ་དྲན་ནས་ཁོ་ཚོ་དང་གྱེས་ཤིང་སྤག་སྤག་ཞོན་ནས་ལམ་ལ་ཆས། ཚང་རག་གི་ངར་ཤུགས་དང་བུ་མོ་དེ་ལ་མྱུར་མོར་མཇལ་འདོད་ཀྱི་འདུན་པས་དྲག་ཏུ་བསྐྱུལ་བས་སྤག

སྟག་སྨྱུར་ཤུགས་ཀྱིས་བསྐྱོད་ཅིང་ལམ་མདོའི་སྒློག་བརྡ་དམར་པོ་དག་ཀྱང་གད་སྙིགས་བཞིན་རྒྱབ་ཏུ་གཡུགས། ཏག་ཏག་ལམ་གྱི་རྒྱ་ཁྲམ་ཞིག་ཏུ་སླེབས་འཕྲལ་མདུན་ཕྱོགས་ནས་ཁལ་མང་བརྩེགས་པའི་ཟོག་སྐྱེལ་རླངས་འཁོར་ཞིག་ཚུར་ཡོང་བར་གདོང་གཏུག་ཁེལ་ཏེ་སྟག་སྟག་གཏོར་ཞིང་ཁོ་རང་བསྐྱིལ་བྱུང་ལ། ཟོག་སྐྱེལ་རླངས་དེས་ཀྱང་དེ་མ་ཐག་ཚག་སྒོ་ཆེན་པོ་བསྣངས་ཟིན་པ་རྫོགས་ནས་བྲོས་སོང་བ་རེད། སྣ་གཏོང་རླངས་འཁོར་གྱི་ཁ་ལོ་བ་ཞིག་གིས་ཁོ་ལམ་ནང་འགྱེལ་འདུག་པ་མཐོང་ནས་སེམས་ཀྱིས་མ་བཟོད་པར་སྨན་ཁང་དུ་ཁྲིར་བ་དང་། སྨན་པས་བརྟག་དཔྱད་ཡང་ཡང་བྱས་ཀྱང་ཁོའི་ལུས་སྟེང་ནས་རྨ་ཁ་ཞིག་མ་རྙེད། སྐར་ཆ་འགའ་མ་འགོར་བར་ཁོའི་མིག་གཉིས་ག་གྱེན་དུ་འཁོར་ཞིང་འདར་སིག་འགའ་བྱས་ནས་དབུགས་ཆད་སོང་བ་རེད། མཇུག་མཐར་ཞིབ་རྟོག་པས་ཟོག་སྐྱེལ་རླངས་འཁོར་དེ་མ་རྙེད་པས་ཁོ་སྨན་ཁང་དུ་སྐྱེལ་བའི་སྣ་གཏོང་རླངས་འཁོར་གྱི་ཁ་ལོ་བ་དེ་དོགས་ཡོད་ཉེས་ཅན་དུ་བརྩིས་ནས་འཛིན་བཟུང་བྱས་སྐད། ཐོན་སྐྱེད་མཚོ་མོས་སླར་ཡང་ཁོ་ལ་མངར་ཇ་ཤེལ་དམ་གང་བླུགས་རྗེས་གམ་དུ་བཅོག་ནས་ཁོ་རང་སོང་རྗེས་མོས་ཇི་ལྟར་སེམས་ཁྲལ་བྱས་ཚུལ་གླེང་བར་བྱེད་ལ་ད་སྔོན་མཐོང་འཕྲལ་ཁོའི་ལུས་ཀྱི་ཤ་རིད་པོར་གྱུར་འདུག་ཟེར་བ་དང་། དེ་དང་འབྲེལ་ནས་ཡང་བསྐྱར་ཁོ་གཉིས་ཀྱི་མཐོ་འབྲིང་སློབ་མའི་དུས་སྐབས་ཀྱི་འཚོ་བ་དག་གླེང་ནས་ཟླ་བའི་སེམས་ཀྱི་སྐྱོ་ངལ་དང་མནར་གཅོད་མཐའ་དག་སེལ་ཐབས་བྱས། ཟླ་བས་ཡུན་རིང་པོར་ཁ་མི་གྲག་པར་མགོ་བོ་ཏུད་དེ་སྡོད།

ཐོན་སྐྱེད་མཚོ་མོས་ཏུ་དགོད་ཅིག་བྱས་ནས་སླར་ཡང་། “རེད་ཡ། མི་རྒྱང་གཅོད་པར་ཁེ་ལས་པའི་མིང་སྟེང་ནས་མྱུ་ངན་ཚོགས་འདུ་བསྡུ་རྒྱུ་ཡིན་སྐད་འདུག་པས། ངེད་གཉིས་དེ་གར་འགྲོ་དང་སློབ་མའི་སྐོར་གྱི་གནས་ཚུལ་རེ་ཐོས་ཐུབ་ཀྱང་སྲིད་” ཟེར།

མི་རྒྱང་གཅོད་པའི་མྱུ་ངན་ཚོགས་འདུ་དེ་མཐུན་སྒྲིལ་ཚོམས་ཆེན་དུ་བསྡུས་པ་རེད། ཉིན་དེར་མི་རྒྱང་གཅོད་པར་གཉེན་ཚན་ཡང་ཧ་ཅང་མང་པོ་བྱུང་སོང་། ཁོ་ཚོ་ཚང་མས

ཨ་མདོའི་འབྲོག་ཕྱོགས་ཀྱི་སྲོལ་བཞིན་ཞྭ་མོ་ཕྱིར་སློག་ཅེང་དུ་སྦྱངས་དང་བཅས་མིག་ཆུ་གཏོང་ཅི་ཐུབ་བྱེད་ཀྱིན་འདུག་ལ། ལྷ་སར་རྒྱུན་སྡོད་བྱས་མེད་ཀྱང་རྒྱུན་དུ་དེ་གར་འགྲོ་འོང་བྱེད་ཅིང་རང་གིས་རང་ལ་ཚོང་དཔོན་གྱི་མིང་འདོགས་པ་སྐོར་ཞིག་དང་མི་རྒྱུང་གཙོད་པ་འཚོ་གཞིས་སྐབས་ཀྱི་གྲོགས་པོ་བློས་ཐུབ་ཡིན་ཟེར་བ་མང་པོ་འདུག་པར་མ་ཟད། ད་དུང་གསར་འགྱུར་སྡེ་ཁག་གི་གསར་འགྱུར་འགོད་མཁན་དག་གིས་ཀྱང་པར་ལེན་འཕྲུལ་ཆས་མགུལ་དུ་འཕྱང་བ་དང་བརྙན་ལེན་འཕྲུལ་ཆས་ཕྲག་ཏུ་ཁུར་ནས་འཚང་ཁ་ཤིག་ཤིག་བྱེད། ཟླ་བས་ཀྱང་རང་ཉིད་མི་རྒྱུང་གཙོད་པའི་གཉེན་ཚན་ཞིག་ཏུ་བརྩི་ཆེད་ཞྭ་མོའི་སྟེང་དུ་རས་དཀར་པོ་ཕྲ་མོ་ཞིག་གི་སྐེད་ཐག་བརྒྱབ་སྟེ་སྨྱུ་ངན་མཚོན་བྱེད་དུ་བྱས་ཤིང་ཐོན་སྐྱིད་མཚོ་མོ་རོལ་ཏུ་ཁྲིད་ནས་མཐུན་སྒྲིལ་ཚོམས་ཆེན་དུ་སོང་། སྨྱུ་ངན་ཚོགས་འདུ་བསྡུས་པ་ཏ་ཙང་གཟབ་རྒྱས་སུ་འདུག་སྟེ། ཡར་ཕྱུགས་ཀྱི་རྩིག་ལྡེབས་ངོས་སུ་རྒྱ་མིའི་སྲོལ་ལྟར་མི་རྒྱུང་གཙོད་པའི་འདྲ་པར་ནག་པོ་ཆེན་པོ་ཞིག་བཀལ་བའི་གཤམ་དུ་ཐུན་མོང་དང་མི་སྒེར་བཅས་ཀྱིས་ཕུལ་བའི་མེ་ཏོག་གི་ཕྲེང་བ་མང་པོ་བཤམས་ཤིང་སྨྱུ་ངན་ཞུ་ཚིག་མང་པོ་བསྒར་འདུག་པས་བལྟས་ཚོད་དུ་སྲིད་གཞུང་གི་མཐོ་རིམ་དཔོན་པོ་ཞིག་སྐུ་གཤེགས་པ་དང་ཨ་ན་མ་ན་རེད། ངོ་མ་འཚོ་གཞིས་དུས་ཕྱོགས་མོ་ཡོན་བྱས་ཀྱང་ཚེ་ལས་འདས་རྗེས་འགྲོད་པའི་མིག་ཆུ་འདོན་ཞེས་པའི་བཤད་སྲོལ་དེ་མི་རྒྱུང་གཙོད་པའི་ལོ་རྒྱུས་སྟེང་དུའང་མངོན་བྱུང་བ་རེད་ཨང་།

སྨྱུ་ངན་ཞུ་ཚིག་སྒྲོག་འདོན་བྱེད་མཁན་ནི་མཐུན་སྒྲིལ་ཚོམས་ཆེན་གྱི་ཅིན་ལིས་གཞོན་པ་རེད། ཁོ་ནི་གཟུགས་གཞི་ཐུང་ཞིང་ཤ་རྒྱགས་པ་ཞིག་ཡིན་པའི་ཁར། ལུས་ལ་ཕྱི་གླིང་བའི་གྱོན་གོས་ནག་པོ་ཞིག་གོན་ཞིང་སྨྱུ་ངན་མཚོན་པའི་མེ་ཏོག་དཀར་པོ་བྲང་ཁར་བཏགས་ཚེ་ངོ་མ་སྨྱུ་ངན་ཞུ་ཚིག་སྒྲོག་མཁན་ལ་འོས་ཤིང་འཚམ་པར་སྣང་། དེ་ལས་ཀྱང་ཁོའི་སྐད་ངག་འཇེར་པོ་དེས་ནི་ཁང་བའི་ནང་ཧིལ་པོར་བྲག་ཅ་འཁོར་བར་བྱེད།

“སྐུ་ཞབས་མི་རྒྱུང་གཙོད་པ་ནི། ནམ་ཞིག་ལ་སྐྱེས་པ་མི་གསལ་མོད། ༡༩༩༨ལོའི་

ཟླ་ཚེས་ཉིན་སྐབས་མ་ལེགས་པར་དཔའ་ངར་དང་སྐྱུ་གཞིགས།”

“སྐྱུ་ཞབས་མི་རྒྱང་གཏོང་པ་ནི་རླབས་ཆེན་གྱི་སྐྱན་ངག་མཁན་པོ་དང་། འཆར་ལྡན་བུ་སྐྱེས་ཀྱི་དྲིལ་སྒྲོག་མཁན་པོ། ནང་འབྲུག་འདུམ་སྒྲིག་གི་གཟུ་བྱེད་མཁན་པོ་མཆོག་གྱུར་ཅིག་ཡིན་པས། བུ་མོ་ཐམས་ཅད་ཀྱང་ཁོ་ལ་དགའ་བ་ནི་ནོར་འབྲུལ་ཞིག་གཏན་ནས་མིན།”

“ཁོང་གིས་མིའི་རིགས་ཀྱི་འཚོ་བཞུགས་ཀྱི་ཆེད་དུ་ཚོང་ཟོག་འཁོར་ཆེན་ནང་འདྲེན་བྱས་ལ། ཉོ་ཚོང་བྱས་པའི་ཁེ་སྤོགས་ཡོད་ཚད་ཀྱང་སྒྲོལ་མ་བླུ་བྱེད་ཀྱི་ཡོན་དུ་སྤྱུར་ནས་གྲུབ་འབྲས་ཆེན་པོ་བླངས་པས། ཁོང་ནི་དུས་རབས་འདིའི་ཆེས་མཐའ་མཇུག་གི་སྒྲོལ་མ་སྐྱོབ་པའི་སྐྱེས་བུ་རླབས་ཆེན་དེ་ཡིན་ངེས་ཤིང་། ང་ཚོ་ཀྱང་ཏྭ་མི་རིགས་ཀྱི་ངོ་གནོང་མི་དགོས་པའི་བུ་ཕྲུག་ངོ་མ་ཞིག་ཀྱང་ཡིན།”

ཚིག་འདི་དག་ཅུང་ཟློགས་བསྟུས་ཡིན་མོད། མཐའ་འཁོར་གྱི་མི་དག་གིས་ཡར་ཕྱུགས་ཀྱི་རྩིག་ལྡེབས་ངོས་སུ་བཀལ་བའི་མི་རྒྱང་གཏོང་པའི་འདྲ་པར་ལ་ཅེར་ནས་དབུགས་རྩེག་གེར་སྐྱོ་གདུང་གི་རྣམ་འགྱུར་སྟོན་པར་བྱེད།

“ཁོང་ནི་མི་རིགས་ཀྱི་དཔའ་བོ། མི་དམངས་ཀྱི་མགོན་སྐྱབས། མ་འོངས་པའི་མིག་དཔེ་ཡིན།”

“ཁོང་ནི་ཐམས་ཅད་མཁྱེན་པའི་མ་ཧཱ་པཎྜི་ཏ། གཞན་ཕན་སྒྲུབ་པའི་ལའི་རྡེན་གསོན་པོ། རང་སྲོག་ལ་མི་འཇེམ་པའི་ཧོང་ཅི་གོང་རེད།”

“ཁོང་ནི་སྙིང་རྗེ་ཆེ་བས་སྤྱན་རས་གཟིགས། ཤེས་རབ་ཆེ་བས་འཇམ་པའི་དབྱངས། བདུད་དཔུང་འདུལ་བས་ཕྱག་ན་རྡོ་རྗེའི་སྤྲུལ་བ་ཟླ་མེད་པ་ཡིན།”

ཚིག་འདི་དག་ནི་ཧམ་བརྫིད་ལྡན་ཞིང་ཉུས་སྟོབས་ཆེ་བ་ཤ་སྟག་ཡིན་པས་མི་འགའ་རེ་སེམས་འགྱུལ་ཐེབས་ནས་མགོ་བོ་དུད་དེ་མིག་ཆུ་བཞུར་བྱུང་བ་དང་། མི་ལ་ལར་སྔར་ལས་ལྷག་པའི་བློ་སྟོབས་དང་ཡིད་ཆེས་རྒྱས་པ་ལྟར་གོམ་པ་གང་མདུན་དུ་སྤོས་ནས་གྲོང་ངེར་མི་རྒྱང་གཏོང་པའི་འདྲ་པར་ངོས་སུ་ཅེར་བྱུང་ལ། ད་དུང་མི་སྐོར་ཞིག་ལ་སེམས་

གཏིང་ནས་དད་པ་སྐྱེས་ཤིང་ལུས་ཀྱི་བ་སྤུ་གཡོས་ཏེ་མི་རྒྱུད་གཙོད་པའི་འདྲ་པར་ཕྱོགས་སུ་འཕོར་ནས་ཕྱག་འཚལ་བྱུང་།

“མི་རྒྱུད་གཙོད་པའི་ལམ་ནི་ང་ཚོའི་ལམ་ཡིན།”

“མི་རྒྱུད་གཙོད་པའི་སྒྲོལ་མ་ནི་ང་ཚོའི་སྒྲོལ་མ་ཡིན།”

“མི་རྒྱུད་གཙོད་པ་ནམ་ཡང་མི་ནུབ་པར་གྱུར་ཅིག”

སྐབས་དེར་གསར་འགྱུར་འགོད་མཁན་དག་འཚང་ཁ་ཤིག་ཤིག་གིས་མྱུ་ངན་ཞུ་ཆོག་སྒྲོག་མཁན་གྱི་ཅིན་ཡིས་གཞོན་པ་དེའི་མཐའ་རུ་བསྐོར་བྱུང་ལ། ལ་ལས་པར་རྒྱག་པ་དང་འགའ་རེས་བརྙན་ལེན་ལ། ཁ་ཤས་ཀྱིས་དྲི་བ་འདོན་པར་བྱེད།

“སྐུ་ཞབས་ཅིན་ཡིས་ལགས། མི་རྒྱུད་གཙོད་པ་དང་མཐུན་སྒྲིལ་ཚོམས་ཆེན་བར་གྱི་འབྲེལ་བ་ཅི་ཡིན་པ་གསུང་ན་ཨེ་ཆོག”

“འབྲེལ་བ་མེད་ན་ཁོའི་མྱུ་ངན་ཚོགས་འདུ་བསྡུ་སྲིད་དམ།”

བར་དེར་ཟླ་བ་ཡང་ཁོའི་མདུན་དུ་འཚངས་ནས་གུས་ཚུལ་དང་བཅས “འོ་ན་ཁྱེད་ཀྱིས་སྒྲོལ་མ་ངོ་ཨེ་ཤེས” ཞེས་དྲིས།

“ངོ་མི་ཤེས་པ་ཞིག་ངས་འདི་རུ་འབྲི་སྲིད་དམ།”

ཟླ་བའི་མིག་ཟུང་ལས་རེ་བའི་འོད་སྣང་ཞིག་འཚེར་བྱུང་། “མོ་ད་ལྟ་གང་དུ་འདུག”

“གང་ན་འདུག ཁྱེད་ཀྱིས་ང་ལ་འདྲི་བ་ཡིན་ནམ། ང་ནི་མོ་དང་འབྲེལ་བ་ཅི་ཞིག་འདུག ངས་བཤད་པ་ནི་མི་རྒྱུད་གཙོད་པ་དང་ཁོང་གཉིས་བར་གྱི་འབྲེལ་བ་རེད། ཁྱེད་ཀྱིས་ཤོད་དང་། ང་ནི་སུ་རེད། མོ་ནི……”

ཅིན་ཡིས་ཀྱིས་མུ་མཐུད་དུ་གནས་ལུགས་ཆེན་པོ་བཤད་བཞིན་པའི་སྐབས་ལ་དོན་དག་གློ་བུར་བ་ཞིག་བྱུང་སོང་། འགྲམ་པའི་སྟེང་ན་སྨེ་བ་ཅན་གྱི་མི་རྒྱུད་གཙོད་པ་མི་ཚོགས་ཀྱི་ནང་དུ་འཚངས་ནས་ཐོན་བྱུང་། ཁོས་ལག་གཡོན་པས་མཐུན་སྒྲིལ་ཚོམས་ཆེན་

གྱི་ཞབས་ཞུ་མ་དེ་ཁྲིད་ནས་འདུག ཁོ་ནང་དུ་ཐོན་པ་ནས་བཟུང་ཁོང་ཁྲོ་ལངས་འདུག་པར་སྣང་སྟེ། ཐད་ཀར་སོང་ནས་རྩིག་པའི་ངོས་ཀྱི་ཁོའི་འདྲ་པར་བཀོག་ནས་ཞབས་ཞུ་མ་དེའི་ལག་ཏུ་བཞག་པ་དང་། དེ་ནས་ཁ་ཕྱིར་འཁོར་ཏེ་ཁྲོ་ཚིག་སྨྲས་སོང་།

"ཁྱོད་ཚོས་ཅི་ཞིག་བྱེད་སྙམ་པ་ཡིན། མི་མ་ཤི་བར་མྱ་ངན་ཚོགས་འདུ་བསྡུ་བ་ནི་མི་ལ་བརྙས་བཅོས་བྱས་པ་མ་རེད་དམ། འདི་ནི་མི་གསོན་པོས་འོག་ཏུ་འཇུག་སྙམ་པ་རེད། འདི་ནི་རྩ་ཁྲིམས་དང་ཡང་འགལ་ཡོད་པ་བྱས་ཚོག མྱུར་མོར་རང་རང་སར་སོང་ཞིག དེ་མིན་ན་ངས་ཁྲིམས་ཁང་ལ་གཏུག་ལཤེར་བྱེད་རྒྱུ་ཡིན།"

"ཁྱོད།" མི་ཚང་མས་དོན་དག་ཅི་ཞིག་བྱུང་སོང་བ་མ་རྟོགས་པར་ཧ་ལས་པར་གྱུར།

"ང་མི་ཤེས་སམ། ང་ནི་མི་རྐྱང་གཅོད་པ་ཡིན།" ཁོས་ལག་གཡས་པའི་གོང་མཛུབ་ཀེར་ཏེ་རང་གི་འགྲམ་པའི་སྒྲོ་བ་དེ་སྟོན་བཞིན་ངར་ངར་དང "ངའི་འགྲམ་པའི་སྟེང་གི་སྒྲོ་བ་མི་མཐོང་ངམ། མཐོང་གིན་ཨེ་འདུག" ཟེར།

སྐབས་དེར་དེ་གར་ཡོད་པའི་གཞོན་ནུ་མ་འགའ་ཡང་ཁོའི་འགྲམ་པའི་སྟེང་གི་སྒྲོ་བར་ཡིད་ཆེས་པར་གྱུར་ཅིང་། སྔགས་ཉམས་སྨྲ་ཚོགས་སྟོན་བཞིན་མི་རྐྱང་གཅོད་པའི་དཔུང་བར་འཕྱུད་ནས་སྐྱོར་བཞིན་དུ་ཧ་ཧ་ཧེ་ཧེའི་དགོད་སྒྲ་དང་བཅས་སྐས་གདང་དེད་ནས་ཡང་ཐོག་ཏུ་འགོས་སོང་། མི་ཚང་མ་ཧ་ལས་པར་གྱུར། ཟླ་བ་དང་ཐོན་སྐྱིད་མཚོ་མོ་གཉིས་ཀ་ཡང་ཧ་ལས་ཤིང་ཁ་གདངས་ཏེ་རེ་ཞིག་ལ་དེ་གར་གྲོང་གྲོང་བོར་འགྲེང་སྟེ་རི་མོའི་གཟུགས་བཞིན་དུ་གྱུར། མྱ་ངན་ཞུ་ཚིག་སྒྲོག་མཁན་གྱི་ཅིན་ལིས་གཞོན་པ་དེ་ཧ་ཅང་སྐྲག་པར་གྱུར་ཏེ་ལག་ཏུ་བསྣམས་པའི་མྱ་ངན་ཞུ་ཚིག་གི་ཤོག་བྱང་དེ་སར་འཕངས་ཤིང་བྲིས་པ་ཞིག་དང་འདྲ་བར་རྒྱུག་མ་འདུར་གྱིས་མི་རྐྱང་གཅོད་པའི་རྗེས་བཞིན་སྐས་སྟེང་ནས་ཡར་འགོས་ཏེ་བུད་སོང་།

མི་རྣམས་དངུང་ཐང་མལ་དུ་ཧད་དེ་སྡོད།

བར་ཆའི་“མདུན་ངོས།”

སྒྱུ་ངན་ཚོགས་འདུའི་སྟེང་དུ་མངོན་པའི་མི་རྐྱང་གཅོད་པ་ནི་རྫུན་མ་ཞིག་རེད་ལ། སོའི་འགྲམ་པའི་སྟེང་གི་སྨེ་བ་དེའང་ཟན་ཆང་རིལ་བུ་ཞིག་སྦྱར་བ་རེད་ཟེར། ཡིན་ཡང་མི་རྐྱང་གཅོད་པ་ངོ་མ་ཡང་སྐབས་དེར་མི་ཚོགས་ཀྱི་ནང་དུ་ཡོད་པ་དང་མི་རྐྱང་གཅོད་པ་རྫུན་མ་དེ་ནི་སོས་མངགས་འོངས་པ་ཞིག་རེད། དང་ཐོག་སོ་རང་དངོས་སུ་ཡོང་རྩིས་ཡོད་ཀྱང་དེ་རྗེས་ཟླ་བ་དང་ཐོན་སྐྱིད་མཚོ་མོ་གཉིས་ཀ་ཡང་དེར་ཐོན་ཡོད་པ་མཐོང་ནས་ཕྱིར་བཀྱིད་པ་རེད། འདི་ནི་ཟླ་བས་སྣ་མཐུད་དུ་སྒྲོལ་མ་བཅལ་ཏེ་རྟེད་ཐུབ་པའི་ལམ་ཕྲན་ཉག་གཅིག་ཡིན་པ་རེད་ལ། ཟླ་བས་ནམ་རྒྱུན་ལམ་ཕྲན་འདི་དེད་ནས་རང་ཉིད་ཀྱི་འཚོ་བའི་དོན་སྙིང་དངོས་དེ་བཙལ་བ་རེད།

ཐེངས་འདིར་མི་རྐྱང་གཅོད་པ་ཤི་མེད་པར་རྒྱུ་རྐྱེན་གཉིས་ཡོད་པ་སྟེ། གཅིག་ནི་མི་རྣམས་ཀྱིས་སོ་ཀུང་ཟེའི་ཅིན་ལིས་ཤིག་ཡིན་པ་ཤེས་པར་གྱུར་པ་དེ་ཡིན་ཞིང་། ཅིག་ཤོས་ནི་སྒྲུང་གཏམ་འདི་མཇུག་མ་རྫོགས་བར་དུ་སོ་ནི་མེད་ཐབས་མེད་པའི་ཉློས་གར་མཁན་པོ་ཞིག་ཡིན་པ་དེ་རེད།

བར་ཆའི་“རྒྱབ་ངོས།”

མི་རྐྱང་གཅོད་པ་ནི་རྩོམ་པ་པོ་བཀྲ་ཤིས་དོན་གྲུབ་ཀྱི་སྒྲུང་གཏམ་ཁྲོད་ཀྱི་མི་སྣ་གཙོ་བོ་ཞིག་རེད། སྒྲུང་གཏམ་དེའི་ཁ་བྱང་ལ་ཡང《མི་རྐྱང་གཅོད་པ》ཟེར་ཞིང་སྒྲུང་ཐུང་དུ་གཏོགས། ༡༩༩༧ལོའི《སྤྲང་ཆར》དེབ་གསུམ་པའི་སྟེང་དུ་བཀོད་ཡོད།

མི་རྐྱང་གཅོད་པས་ཡང་བསྐྱར་རི་འདབས་ནས་ལུང་མཐིལ་དུ་ཐུག་འདུག་པའི་

ཀང་ལམ་ཕྲ་མོ་དེ་རྒྱུ་མ་འདེད་འདེད་བྱས་ནས་ཕ་བོང་འབྲོང་རོ་འདྲ་བ་དེའི་གན་དུ་ཐོན་དུས་མི་ལྷོམ་སེང་ངོ་སྤྲོན་ནས་ལྟ་བའི་ལམ་དུ་སོང་ཚར་འདུག ཁྲིམས་ཁང་གིས་ཕོ་ཟླ་ཕྱེད་ཙམ་ལ་བཀག ཞར་སྙོམས་འདྲི་གཅོད་བྱས་མཐར་ཉེས་མེད་དཀར་འདོན་བྱས་ཏེ་སློད་བཀྲོལ་བཏང་སོང་། སློ་ཡུལ་ལས་འདས་པ་ལ་སྨེ་བའི་ནང་གི་རྒད་པོ་འགས་ད་དུང་ཡང་ལག་དམར་གྱི་ཉེས་མིང་བཏགས་ཤིང་ཐེངས་གཅིག་མིན་པར་གྱི་ཐོགས་ཏེ་ཁོའི་སྙིང་ལ་ཤོར་ཤོར་བྱས་པས། ཁོས་ཀྱང་རང་ཉིད་ནམ་ཡང་རི་གྲོང་འདིར་སྡོད་ས་མེད་པ་ཤེས་ནས་ས་ཕྱོགས་གཞན་དུ་ལྷོམ་པར་གྱུར།……

དེ་ནས་བཟུང་མི་རྐྱང་གཅོད་པའི་སྐོར་གྱི་གཏམ་རྒྱུད་སྣ་ཚོགས་པ་འཕྲོ་རིམ་འཕྲོར་ས་ཕྱོགས་ཀུན་ཏུ་ཁྱབ་པར་གྱུར་ལ། དོན་དངོས་མར་གང་ཞིག་བདེན་པ་ཡིན་པ་དང་གང་ཞིག་རྫུན་མ་ཡིན་པའང་དབྱེ་འབྱེད་དཀའ་བའི་ཚད་དུ་སླེབས།

སྨད་ཆ།

མཐུན་སྒྲིལ་ཚོམས་ཆེན་ནི་དེ་སྔོན་མི་རྐྱང་གཅོད་པར་མྱུ་ངན་ཚོགས་འདུ་བསྡུས་པར་རྐྱེན་བྱས་ཏེ་སྒོ་བརྒྱབ་ནས་སླར་འབྱེད་མི་ཚོག་པ་བཟོས་བྱུང་། འོན་ཀྱང་ལྷ་སའི་ཁྲོམ་དུ་ད་དུང་ཚོམས་ཆེན་གསར་བ་ཆར་རྗེས་ཀྱི་ཤ་མོ་བརྡོལ་བ་ལྟར་གཅིག་ལས་གཅིག་ལྷག་གིས་བྱུང་དང་འབྱུང་བཞིན་ཡོད་ཅིང་། མཚན་བྱང་བཏགས་པའང་གཅིག་ལས་གཅིག་ལྷག་གིས་སྤྲོ་སྣང་བསྐྱེད་ལ། གཅིག་ལས་གཅིག་ལྷག་གིས་རང་གཤིས་ལྡན་ལ། གཅིག་ལས་གཅིག་ལྷག་གིས་སྙིག་འཚོས་ལྡན་པ་ཤ་སྟག་རེད། ཐ་ན་དེ་སྔོན་རྒྱ་གར་ནས་ཕྱིར་ལོག་པའི་བུ་མོ་ཕ་བུ་གཉིས་ཀ་སྡོད་སའི་ཐོག་ཁང་རལ་བོ་དེ་ལ་ཡང་ད་ལྟ་རྡོ་རྩི་དཀར་པོ་བྱུགས་ཏེ "བྱི་ལ་ནག་པོའི་ཚོམས་ཆེན" ཞེས་འབོད་ཅིང་། དེ་གར་སྡོད་པའི་མགྲོན་པོ་དག་ཀྱང་

རྒྱལ་ཁབ་སོ་སོ་ནས་ཡོང་བའི་ལྷོངས་རྒྱུ་བ་དང་རྒྱལ་ནང་གི་རྒྱུ་སྟོབས་ཆེ་བའི་ཚོང་པ་དག་རེད།

མི་རྣམས་ཀྱིས་བཤད་པ་ལྟར་ན། མི་རྐྱང་གཙོད་པ "བྱི་ལ་ནག་པོའི་ཚོམས་ཆེན" དུ་བསྡད་པ་ནས་བཟུང་སྔོན་ཚད་ལྟ་བུའི་བག་མེད་རྒྱས་སྤྲོས་དང་མི་སྡོད་པར་བློ་གཅིག་སེམས་གཅིག་གིས་ཚོང་ཟོག་དབོར་འདྲེན་གྱི་རྩིས་འགོད་ཁོ་ནར་གཞོལ་གྱིན་མཆིས། ཕྱིར་ཡིན་ན་ཁོ་ནི་ནང་ལོགས་ཀྱི་ཀུང་ཟི་ཆེན་མོ་ཞིག་གི་ཅིན་ལིས་ཀྭན་པ་ཡིན་པས་ཚོང་ཟོག་དབོར་འདྲེན་ལ་འབྲེལ་གཏུག་བྱེད་མཁན་ཞར་དུ་ཡོད་པ་རེད་མོད། ལྷ་སའི་ས་གནད་ཀྱི་རྒྱུ་སྒྱུས་འཛམ་གླིང་ན་ངོམ་སོ་བྱེད་གྱིན་ཡོད་པས་འདི་ག་ནས་རིན་གོང་སླ་མོས་བླངས་ནས་དེ་གར་རིན་གོང་དཀའ་མོས་བཙོང་ཚོག་པ་དང་། ལྷ་སའི་གོ་ལྐམ་གཅིག་ནི་དེ་ག་ནས་གོ་ལྐམ་གཉིས་སུ་ལས་སྔོན་བྱས་ཚོག་པའི་ཁེ་བཟང་ལ་དམིགས་ནས་ཁོ་རང་དངོས་སུ་འོངས་པ་རེད་ཟེར།

ཉིན་འདི་དག་གི་རིང་ལ། ཐོན་སྐྱེད་མཚོ་མོ་ཟླ་བ་གཉིས་ག་དུས་རྒྱུན་མཉམ་འགྲོ་མཉམ་འདུག་བྱེད་གྱིན་ཡོད་ཅིང་། ཐོན་སྐྱེད་མཚོ་མོས་སྔར་བཞིན་ཟླ་བའི་མཐའ་འཁོར་དུ་ཐུག་རོན་བཞིན་སྐོར་རྒྱུག་བྱས་ཏེ་འགྲོ་བཞིན་ཡོད་པས། མི་ཆ་མེད་ཅིག་གིས་བལྟས་ན་ཁོང་གཉིས་ནི་དངོས་ནས་ལས་ཀྱིས་བསྡུས་པའི་ཁྱོ་ཤུག་ཟུང་གཅིག་རེད་སྙམ་པའི་སྣང་བ་སྐྱེར་བར་བྱེད། ཡིན་ན་ཡང་སྒྲོལ་མ་མ་རྙེད་པས་ཟླ་བ་ཉིན་ལྟར་ངོ་གདོང་ནག་རོག་གེར་འདུག་ཅིང་ཐོན་སྐྱེད་མཚོ་མོར་ཡང་ཁ་བརྡ་མང་པོ་མི་བྱེད་པར་འདུག་ལ། དེ་དང་ལྷན་དུ་ཁོའི་ལུས་པོ་ཡང་ཉིན་རེ་ནས་ཉིན་རེར་མདོན་གསལ་དང་རྗེ་སྐམ་རྗེ་རིད་དུ་འགྱུར་བཞིན་འདུག བསམ་ཚུལ་ཞིག་ལ་སྒྲོལ་མས་ད་དུང་གང་ཞིག་ན་ཁོ་ལ་རེ་སྒུག་བྱེད་གྱིན་པ་ལྟར་སྣང་བས་སྨུ་མཐུད་དུ་མི་རྐྱང་གཙོད་པ་བཙལ་ནས་ཅིས་ཀྱང་སྒྲོལ་མ་རྙེད་ཐབས་བྱེད་དགོས་སྙམ།

"ངས་ཁྱོད་ལ་བཤད་པ་མིན་ནམ། མི་རྐྱང་གཙོད་པ་དེ་ནི་རྫུན་མ་རེད། འགྲམ་པའི་

སྙིང་གི་སྨྲེ་བ་དེ་ཡང་ཟབ་ཆང་རྫོག་པོ་ཞིག་རེད། ཁོ་ནི་ཤི་ཟིན་པ་རེད།"

"མ་རེད། དངོས་མ་གསོན་པོ་ཞིག་ཀྱང་ཡོད་སྲིད། ངས་ངེས་པར་དུ་ཁོ་བཙལ་ནས་རྙེད་ཐབས་བྱེད་དགོས། སྒྲོལ་མས་ནམ་ཡང་ང་ཨེ་ཡོང་ལ་སྒུག་ཡོད།"

ཟླ་བས་བསམ་བློ་ཇི་ལྟར་བཏང་ཡང་ཅི་ཡིན་འདི་ཡིན་མེད་པའི་སེམས་བྱུང་ཞིག་གིས་མི་རྒྱུད་གཅོད་པ་དད་དུང་ཤི་མེད་པ་ཚོར་རྟོགས་བྱུང་བར་མ་ཟད། ཁོས་མུ་མཐུད་དུ་མི་རྒྱུད་གཅོད་པ་འཚོལ་དུ་འགྲོ་བར་སེམས་ཐག་བཅད་བྱུང་། དེ་བས་ཐོན་སྐྱེད་མཚོ་མོ་ཡང་ཐབས་ཟད་པར་གྱུར་ཏེ་ཁོ་དང་ལྷན་དུ་འགྲོ་རྒྱུ་བྱས། ཁོ་མོའི་དམིགས་ཡུལ་ནི་ཁོས་རྒྱ་ལ་སྒྲོལ་མ་རྙེད་མ་ཐུབ་པར་ཡི་ཐང་ཆད་པར་གྱུར་ཚེ་དགོན་པ་གང་ཞིག་ཏུ་མགོ་སྐྲ་བཞར་ནས་རབ་བྱུང་བསྒྲུབ་སྲིད་པར་ཡང་ལ་ཐང་མི་འདུག་པས། སྐབས་དེར་མོས་ཅིས་ཀྱང་ཁོ་རང་ཁྲིད་ནས་ཕྱིར་ལོག་ཅིང་ཁོ་ལ་རང་ཉིད་དང་གཉེན་སྒྲིག་བྱེད་པའི་རེ་བ་བརྟོན་ཚོག་པ་རེད་སྙམ་གྱིན་པ་དེ་རེད། འོན་ཀྱང་ཟླ་བས་མོས་ཅི་ཞིག་དྲན་གྱིན་པ་ཇི་ལྟར་རྟོགས། ཁོའི་སེམས་ལ་གང་ལྟར་མོ་གན་དུ་ཡོད་ན་རང་ཉིད་ལ་གྲོས་བྱེད་རོགས་ཤིག་དང་བློ་བསྟུར་རོགས་ཤིག་འོང་བས་འཁྲིད་རྒྱུར་ཡིད་འཐད་བྱུང་སོང་། ཐོན་སྐྱེད་མཚོ་མོ་མུན་རུབ་ནས་ཡུན་རིང་འགོར་རྗེས་གཞི་ནས་རང་མལ་དུ་ཕྱིན་སོང་།

སྔ་སེ། ལྷས་གྲོང་ཁྱེར་ནི་གྲོག་ཚང་ཁ་ཕྱེ་བ་ལྟ་བུའི་ཟབ་ཟེར་ལང་ལོང་གི་རྣམ་པ་ཞིག་གིས་ཁེངས་འདུག་སྟེ། ལས་ཁུངས་སུ་བྱ་བ་སྒྲུབ་མཁན་དག་གོམ་པ་མྱུར་ལེན་གྱིས་རང་རང་སོར་ལས་ཀར་འགྲོ་བར་བྲེལ་གྱིན་ཡོད་པ་དང་། སྔོན་དུ་འཚོང་བའི་མཛལ་བ་དག་གིས་མཛལ་སྐོར་གྱི་རེ་བ་ཡོངས་སུ་འགྲུབ་སླད་ཕྱིར་རང་རང་གི་ཕ་ཡུལ་དུ་ལོག་པར་བྲེལ་བཞིན་ཡོད་ལ། གསར་དུ་འཚོར་བའི་མཛལ་བ་དག་སྐོར་ཚེ་སྐོར་ཚེ་བྱས་ཏེ་རྩེ་གཅིག་གིས་གསོལ་འདེབས་བྱེད་ཀྱིན་གཙུག་ལག་ཁང་གི་ཕྱོགས་སུ་ཕུར་ཐག་གིས་བསྐྱོད་པར་བྲེལ་འདུག སྐབས་དེར་ཁོ་གཉིས་ཀ་སླ་གཏོང་ཆླངས་འཁོར་ཞིག་ལ་བསྡད་དེ་དམིགས་ཡུལ་མེད་པར་ལམ་དུ་ཞུགས། ཁ་ལོ་བས་གང་དུ་ཕེབས་རྒྱུ་ཡིན་ཞེས་དྲིས་པའི་ལན་དུ་ཟླ་བས་

འདང་རྒྱུག་ཙམ་ཡང་མི་བྱེད་པར་སྒྲང་ལམ་གར་ཡོད་དང་མི་ཚོགས་གར་མཐོང་གི་གནས་ཀུན་ཏུ་དལ་མོར་སོང་ཞིག་ཅེས་བཤད། ཁ་ལོ་བ་ནི་ཧ་ཅང་དགའ་བའི་ངང་ཟླ་བའི་མོས་པ་དང་བསྟུན་ནས་མདུན་དུ་བསྐྱོད་ཀྲུང་བྱེད། ལམ་བར་ཀུན་ཏུ་ཁོ་གཉིས་ལ་ཁ་བརྡ་ཅི་ཡང་མི་འདུག ཟླ་བས་སྔ་གཞུག་ཀུན་ཏུ་ལྷངས་འཁོར་གྱི་དྲ་སྒོ་ལས་ཕྱི་རོལ་གྱི་མི་ཚོགས་ཀྱི་ཀློང་དུ་ལྟ་ཞུལ་བྱེད་ཀྱིན་འདུག་པས་ཐོན་སྐྱིད་མཚོ་མོས་ཀྱང་རང་དབང་མེད་པར་ཐུགས་རིང་ཞིག་འཕེན་ནས་ཁོ་ལ་གདུང་སེམས་འཆང་བཞིན་མི་ཀྲུང་གཙོད་པ་ཟེར་བའི་མི་དེ་ཡང་སྙིང་ཡོད་མེད་ལ་བསམ་བློ་བཏང་།

ཕྱི་དྲོ་ཕར་ཡོལ་སོང་། ཁོ་ཚོ་ནུབ་ལམ་ནས་གཡོན་ཕྱོགས་སུ་འཁོར་བའི་དུས་སུ། ལམ་འགྲམ་ན་གཅིག་ཕྱུར་གེ་རེར་ལངས་པའི་ཁ་པར་རྒྱུག་སའི་ལྕགས་སྒྲོམ་ལྗང་སེར་ཅན་དེའི་ནང་དུ་གཞོན་ནུ་མ་ཞིག་གིས་ཕ་རོལ་པོ་ལ་འབྲེལ་གཏུག་བྱེད་མ་ཐུབ་པར་ཡང་ནས་ཡང་དུ་ཨང་གྲངས་གནོན་བཞིན་ཁ་པར་ལ་ཐལ་ལྕག་རྡེབ་བཞིན་འདུག མོས་ཀྱང་ནང་ལོགས་སུ་ཡོད་པའི་ཉེ་འབྲེལ་ལ་འབྲེལ་གཏུག་བྱེད་པའམ་ཡང་ན་མི་ཀྲུང་གཙོད་པའི་མགོ་སྐོར་ཐེབས་ཏེ་ཁོ་རང་འཚོལ་བཞིན་པ་ལྟར་སྣང་བས། ཟླ་བས་དེ་མུར་ལྷངས་འཁོར་སྡོད་དུ་བཙུག་ཅིང་སླ་རིན་རྩིས་བརྒྱབ་སྤྲོ་ས་རུ་བབས།

ཟླ་བ་དང་ཐོན་སྐྱིད་མཚོ་མོ་གཉིས་ཀ་ལྕགས་སྒྲོམ་གྱི་ཐད་དུ་ཐོན་ཏེ་འཁྲིས་སུ་བཙར་པ་ན། ཁ་པར་རྒྱག་བཞིན་པའི་བུ་མོ་དེས་ཀྱང་ཕ་རོལ་པོ་ལ་འབྲེལ་གཏུག་བྱེད་མ་ཐུབ་པའི་ཁར་ད་དུང་ཕྱི་རོལ་ན་མི་གཉིས་ཀྱིས་མོའི་བཟོ་ལྟར་བལྟས་འདུག་པ་མཐོང་ནས་ཆིག་པ་ཟོས་ཏེ། ཁ་པར་ཁྲིག་གེར་ཕྱིར་བཞག་ཅིང་ཁྲོ་རྩུབ་ངང་"མི་གཏོང་མི་གཏོང་། ཁྱོད་ཚོས་ཐོངས་ཤིག"ཟེར་བཞིན་སྒོར་བུད་བྱུང་།

ཐོན་སྐྱིད་མཚོ་མོ་མྱུར་མོར་མདུན་དུ་སོང་ནས"ང་ཚོས་ཁ་པར་གཏོང་བསམ་པ་མིན། མི་ཞིག་འཚོལ་བ་ཡིན་པས་ཁྱོད་ཀྱིས་མཐོང་སྦྱོང་མིན་མི་ཤེས"ཞེས་བཤད།

བུ་མོ་དེས་དྲིགས་ཉམས་དང་བཅས་མོ་ལ་མིག་ཟུར་གྱིས་ལྟ་བཞིན"སུ་ཞིག་འཚོལ་

པ་ཡིན” ཞེས་དྲིས་བྱུང་།

“མི་རྒྱང་གཅོད་པ། འགྲམ་པའི་སྟེང་དུ་སྐྱེ་བ་ཡོད་པ་དེ།” ཟླ་བ་བྲེལ་འཚུབ་ལངས་བཞིན་ཁ་འཁྲོག་པ་ལྟར་སྟོན་ལ་བཤད་བྱུང་།

“འོ། ཁོ་ཟེར་བ་ཡིན་ནམ། ད་སྟོན་གློག་བརྙན་ཁང་གི་སྒོ་ཁའི་སྤྱར་རིས་ལ་ལྟ་བཞིན་འདུག གན་དུ་ད་དུང་སྒྲོལ་མ་ཡང་འདུག”

“དེ་ནས་གང་ལ་སོང་བ་ཨེ་ཤེས།” ཐོན་སྐྱིད་མཚོ་མོས་པོམ་གང་མདུན་སྤོས་སྣོས་དྲིས།

“མ་ཤེས། ཁོས་ཅི་བྱས་སོང་བ་རེད།”

“ཁོ་ནི་གཡོ་སྒྱུ་ཆེ་བའི་རྐུན་མ་ཞིག་རེད། ངེས་པར་དུ་འཛིན་བཟུང་བྱེད་དགོས།”

“འོ་ན་ཁྱེད་གཉིས་ཉེན་རྟོག་པ་ཡིན་ནམ།”

“མིན།”

“གྲོང་ཁྱེར་དོག་པོ་འདི་ནས་མི་རྒྱང་གཅོད་པ་ཡང་མི་རྙེད་ཆེ། འོ་ན་ཁྱེད་གཉིས་སླུན་པོ་ཡིན་ནམ།”

བུ་མོ་དེས་མཐོང་ཚུང་གི་ཁྲེལ་དགོད་ཅིག་བྱས་རྗེས་འཚུབ་རྒྱུག་གིས་ཁོང་གཉིས་བསྐྱུར་ཏེ་ཤ་རེར་ཕར་བུད་སོང་། ཐོན་སྐྱིད་མཚོ་མོས་ཕ་རོལ་པོའི་ཁྱད་གསོད་ཀྱི་རྣམ་འགྱུར་དེར་སྙིང་ན་ནས་མ་བཟོད་པར་ཟླ་བར་བལྟས་ཏེ། “ཕལ་ཆེར་ནང་ལོགས་སུ་ཡོད་པའི་མོའི་ཁྱོ་གས་ཀྱང་མོ་རང་བསྐྱུར་ནས་བུད་མེད་གཞན་གྱི་རྗེས་བསྙེགས་སོང་བ་འདྲ། འབྲེལ་གཏུག་བྱེད་མ་ཐུབ་པར་ངེད་གཉིས་ཀྱི་སྟེང་ལ་ཁྲོ་ཆེག་སྨྲས་ཡོང” ཞེས་སྨྲས།

ཁོ་གཉིས་ཀ་ཐད་ཀར་གློག་བརྙན་ཁང་གི་སྒོ་འགྲམ་དུ་སོང་བ་ན། གློག་བརྙན་གྲོལ་ཏེ་མི་ཚང་མ་མདུན་ཕྱོགས་ནས་རགས་ལས་བརྫོལ་བའི་ཆུ་རྒྱུན་བཞིན་ཚུར་བཞུར་ཡོང་གིན་འདུག འདི་ནི་མི་རྒྱང་གཅོད་པ་འཚོལ་བའི་གོ་སྐབས་ཡག་ཤོས་ཤིག་རེད། མི་ཚང་མའི་ངོ་གདོང་ཁོང་གཉིས་ཀྱི་ཕྱོགས་སུ་འཁོར་ནས་ཡོང་གིན་འདུག་པས། ཟླ་བ་དང་ཐོན་སྐྱིད་མཚོ་མོ་གཉིས་ཀ་སྒོ་ཆེན་གྱི་གཡས་གཡོན་གཉིས་སུ་ལངས་ཤིང་མིག་རིག་རིག་རིག

གིས་མི་རེ་རེའི་ངོ་གདོང་ལ་ཞིབ་བཤེར་བྱས་ཏེ་འགྲམ་པའི་སྟེང་དུ་སྨེ་བ་ཡོད་པའི་མི་རྒྱང་གཙོད་པ་ཨེ་མཐོང་ལ་བལྟས། ངོ་གདོང་ནི་སྣ་ཚོགས་པར་སྣང་སྟེ། ངོ་མདོག་དཀར་པོ་དང་ནག་པོ་འདུག་པ་དང་། གདོང་དབྱིབས་སྒོར་མོ་དང་འཇོང་པོ་འདུག་ལ། སྨྲ་ར་ཡོད་པ་དང་མེད་པ་ཡོད་པར་མ་ཟད། མཆུ་འདབ་སྲབ་མོ་དང་མཐུག་པོ་འདུག་པའི་ཁར། ཁ་སྔོ་ནས་ཡོད་པ་དང་མིག་ཞར་ནས་ཡོད་པ། འགྲམ་པ་ཡོན་ནས་ཡོད་པ་དང་ཐོད་པའི་ཐོག་རྨ་ཤུལ་གསར་རྙིང་ཅི་རིགས་ཡོད་མཁན་སོགས་ཧ་ཅང་མང་ན་ཡང་། འགྲམ་པའི་སྟེང་དུ་སྨེ་བ་ཡོད་པའི་མི་རྒྱང་གཙོད་པ་གཏན་ནས་མཐོང་རྒྱུ་མ་བྱུང་། མི་ཚོགས་རིམ་བཞིན་བཞུར་ཚར་ལ་ཉེ་བས་ཟླ་བ་ནི་སྤྱོད་མི་བཟོད་པར་གྱུར་སོང་།

མཇུག་མཐར་ཤུལ་དུ་ལུས་པའི་རྒན་པོ་ཞིག་ཚུར་འོངས་ཀྱིན་པའི་འགྲམ་པའི་སྟེང་དུ་དངོས་གནས་སྨེ་བ་ཞིག་འདུག ཁོའི་ཁོག་སྟོད་ཙུང་ནང་དུ་སྒུར་ཅིང་ལུས་ལ་ལྭ་བ་རྟུལ་རྟུལ་ཞིག་གོན་འདུག་པས་ཟླ་བ་ཧ་ཅང་ཡིད་མི་ཆེས་པར་གྱུར་སོང་། ཁོ་ནི་མི་རྒྱང་གཙོད་པ་ཡིན་མི་སྲིད་ལ་རྒྱུ་ལ་ཡིན་པའི་དབང་དུ་བཏང་ན་ཡང་སྒྲོལ་མ་ཁོའི་རྗེས་དེད་ནས་འགྲོ་མི་སྲིད་སྙམ། ཡིན་ན་ཡང་ཁོ་ལ་སྐད་ཆ་ཞིག་འདྲི་དགོས་སྙམ་སྟེ། མྱུར་མོར་འཁྲིས་སུ་སོང་སྟེ། "ཨ་ཁུ། ཁྱོད་ཀྱི་མིང་ལ་མི་རྒྱང་གཙོད་པ་ཨེ་ཟེར" ཞེས་དྲིས།

རྒན་པོས་ངོ་མི་ཤེས་པའི་མི་གཉིས་ཀྱིས་དེ་ལྟར་དྲིས་བྱུང་བས་དང་ཐོག་ཙུང་ཧད་པར་གྱུར་ཅིང་། དེ་ནས་མི་ངན་མིན་པ་ལྟར་སྣང་བས་ཙུང་བག་ལྷོད་པོར་གྱུར་ཏེ། "མི་རྒྱང་མི་ཟེར་མོད། གཙོད་པ་ཟེར་བ་ཡིན" ཟེར།

"ཁྱོད་ཀྱི་ཕ་ཡུལ་ཨ་མདོ་ཨེ་ཡིན།"

"ཡིན། ཁྱོད་ཚོས་ཇི་ལྟར་ཤེས་སམ།" རྒན་པོ་ཧ་ལས་པའི་ངང་ཡིད་མི་ཆེས་པའི་མིག་འོད་ཀྱིས་ཁོ་གཉིས་ཀྱི་ངོ་ལ་རེས་མོས་སུ་ལྟ་བར་བྱེད།

"འོ་ན་ལྷ་སར་ལས་ཀ་ཅི་ཞིག་བྱེད་ཀྱིན་ཡོད།"

"ཁྱོད་གཉིས་ཀ་ཉེན་རྟོག་པ་ཡིན་ནམ།" རྒན་པོ་སྐྲག་པར་གྱུར་ཏེ་འགྲམ་པའི་སྟེང་

གི་སྨྲེ་བའང་འགྱུལ་གྱིན་འདུག

“མིན། ངེད་གཉིས་ཀ་ཡང་ཨ་མདོ་ནས་ཡོང་བ་ཡིན། འདི་ནས་ཉེ་མི་ཞིག་འཚོལ་བ་ཡིན། འོན་ཀྱང་ང་ཚོས་འཚོལ་བ་ནི་ཁྱོད་མ་རེད།”

རྒད་པོའི་སེམས་དེ་སྣུར་ཕྱོད་དུ་བབས་སོང་། “རེད་ཡ། ང་རང་ཡང་ཨ་མདོ་ནས་ཡོང་བ་ཡིན། སྔོར་ཁྲི་བཅུའི་དཔུལ་བུན་བླངས་ཤིང་ཨ་མདོ་ནས་ལྷ་སར་མར་ཚུར་འབྱུད་དེ་ཚོང་བརྒྱབ་པ་ཡིན་མོད། ལྷ་སར་ཐོན་འཕྲལ་མི་ངན་གྱི་གཡོ་འཁོག་ཏུ་ཚུད་ནས་ཚོང་རྩ་བ་ནས་རྗེབ་སོང་བས་ཕ་ཡུལ་དུ་ལོག་ཐབས་མ་བྱུང་། ངས་དངུལ་བུན་དེ་འདྲ་མང་པོ་ཞིག་ཇི་ལྟར་འཇལ་ལམ། དེ་བས་ད་བར་དུ་ལྷ་སར་འཁྲམས་ནས་བསྡད་པ་ཡིན། ཉེ་ཆར་ཅིན་ལིས་གཙོད་པས་རོགས་རམ་བྱས་ཏེ་གློག་བརྙན་ཁང་གི་སྒོ་སྲུང་བྱེད་པའི་ལས་ཀ་འདི་ལག་ལ་ཡོང་བ་ཡིན” ཟེར།

“ཅིན་ལིས་གཙོད་པ་ཟེར་བ་སུ་རེད།” ཐོན་སྐྱིད་མཚོ་མོས་ཁོའི་སྐད་ཆའི་ནང་གི་གནད་ཚིག་དེ་བཟུང་བྱུང་།

“ཁོ་ནི་སྤྱིན་བདག་ཆེན་པོ་ཞིག་རེད། ད་སྔོན་ཡང་ང་ལ་ལྷ་ཏུ་ཐོན་བྱུང་། ངོ་མ་སྤྱིན་བདག་བཟང་པོ་ཞིག་རེད།”

“ཁྱོད་དང་འདྲ་བར་འགྲམ་པའི་སྟེང་དུ་སྨྲེ་བ་ཡོད་པ་ཞིག་ཨེ་རེད། བལྟས་ཚོད་དུ་འབུ་སྟོམ་ཞིག་ཡིན་པའི་སྣང་བ་སྐྱེས། ཁོ་ནི་མི་རྒྱང་གཙོད་པ་རེད།”

“རེད་རེད།” ཁོ་གཉིས་ཀྱིས་ཁེད་སོང་བས་རྒད་པོ་སྦྲོ་བ་རྒྱས་པ་ལྟར་གྱུར་སོང་། “ང་དང་འདྲ་བར་འགྲམ་པའི་སྟེང་དུ་སྨྲེ་བ་ཞིག་ཡོད། འབུ་སྟོམ་ཞིག་དང་མཚུངས་ཀྱང་སྲིད་མོད་མི་ཆེན་ལ་ཚིག་ངན་བཤད་མི་ཐོད། སྐྱེས་བུ་དམ་པའི་མཚན་བྱད་ཅིག་ཡིན་ཡང་སྲིད། འོན་ཀྱང་ཁོའི་ཚུང་མའི་མིང་ལ་སྒྲོལ་མ་ཟེར་སྐད་འདུག་པས་མི་རྒྱང་ཞིག་ག་ལ་ཡིན” ཟེར།

“ཁོ་གང་དུ་བསྡད་ཡོད་པ་ཨེ་ཤེས།”

"ཁོ་ལྷ་བུའི་སྙིང་བདག་ཆེན་པོ་ཞིག་ལ་སྟོད་སའང་མང་པོ་ཡོད་ངེས་པས་ངས་གལ་ཞེས། འོན་ཀྱང་སྐབས་འགའ་རེར 'བྱི་ལ་ནག་པོའི་ཚོམས་ཆེན' དུ་སྡོད་ཀྱིན་འདུག་མོད་དུས་རྒྱུན་ནམ་ཕྱེད་དུ་མ་གཏོགས་ཐོན་གྱིན་མི་འདུག་སྐད། ཁྱོད་གཉིས་ཀྱིས་ཁོ་འཚོལ་བ་ཡིན་ན་ནངས་སྔ་མོའི་དུས་སུ་སོང་ན་ཁོ་རང་གཞུང་ལས་ཁང་དུ་ཡོད་སྲིད" ཟེར།

སྐབས་དེར་སྨན་ཡང་ཊབ་ཀྱིན་འདུག་པས། ཁོ་གཉིས་ཀས་རྣད་པོར་བཀའ་དྲིན་ཞུས་རྗེས་དེ་ག་དང་གྲེས། ད་ལྟ་ཟླ་བ་ཡང་ཐང་ཏ་ཅང་ཆད་འདུག་པས་ཐོན་སྐྱིད་མཚོ་མོའི་བསམ་ཚུལ་ནི་དོ་དགོང་རང་མལ་དུ་ཕྱིན་ཏེ་ངལ་གསོས་རྗེས་ཞོགས་པ་སྔ་མོ་ནས "བྱི་ལ་ནག་པོའི་ཚོམས་ཆེན" དུ་འགྲོ་རྒྱུ་དེ་རེད། ཟླ་བས་ཀྱང་རྣད་པོས "ལན་རེར" ཟེར་བར་བརྟག་ན་དུས་རྒྱུན་ཡིན་གཟོ་མི་འདུག་པ་དང་ད་ལྟ་སོང་ཡང་སྒྲོལ་མ་གན་དུ་ཡོད་མི་སྲིད་སྙམ་ནས་ཡིད་འཐད་བྱུང་སྟེ་ཐོན་སྐྱིད་མཚོ་མོ་དང་ལྷན་དུ་ཕྱིར་སྡོད་གནས་སུ་ལོག

ཉིན་གཉིས་པར་ཐོན་སྐྱིད་མཚོ་མོ་སྔ་མོ་ནས་ཟླ་བ་ཡོད་སར་སླེབས་བྱུང་བས། ཁོ་གཉིས་ཀྱིས་ཞོགས་ཟས་ཀྱང་མ་བཞེས་པར་ཐད་ཀར "བྱི་ལ་ནག་པོའི་ཚོམས་ཆེན" དུ་སོང་། ཟླ་བས་སྔ་གཞུག་ཀུན་ཏུ་མདུན་དུ་བསྐྱོད་རྒྱུར་བྱེད་པ་ལས་ཁ་བརྡ་ཅི་ཡང་མི་བྱེད་པས་ཐོན་སྐྱིད་མཚོ་མོའི་སེམས་ཧ་ཅང་མི་སྐྱིད་པར་གྱུར། ཡུན་རིང་ཙམ་ལ་སོང་མཐར་མོས་བཟོད་མ་ཐུབ་པར "ཁྱོད་ནི་ཇོ་བ་ཞིག་དང་འདྲ་དོན་ཅི་ཡིན" ཟེར།

ཟླ་བས་གཞི་ནས་གོམ་པ་ཧྲེ་དལ་དུ་བཏང་སྟེ་མོས་བཤད་པའི་སྐད་ཆའི་ཧ་མ་གོ་བར། "དེའི་ནང་དོན་ཅི་ཡིན" ཟེར་ནས་ཧ་ཅང་འཇིགས་པའི་མིག་འོད་ཀྱིས་མོར་བལྟས་བྱུང་།

"ཁ་དཔེར་ཡང་སྐྱེས་ཕོ་ངན་འཁྱོག་ན་ཇོ་འཁྱོག་ཡིན། ཇོ་གོར་མོ་འཁྱོག་ན་བཅོས་ཐབས་མེད་ཟེར་བ་རེད། ཁྱོད་ཀྱང་དཀྱིལ་དགུག་ཐུབ་པའི་མི་ཞིག་ཡིན་ན་མི་ཚོག་གམ།"

"ང་ལ་དཀྱིལ་དགུག་མེད་པར་ཅི་ཞིག་བྱེད་ཀྱིན་འདུག"

"ཁྱོད་རང་སྨྲས་པ་ལྟར་ས་རྒྱུག་ཇོ་རྒྱུག་བྱས་ཀྱང་། གལ་ཏེ་སྒྲོལ་མ་དངོས་གནས་མི་རྐྱང་གཅོད་པར་དགའ་བ་ཡིན་ན་ཁྱོད་ཀྱིས་ཅི་བྱེད་རྒྱུ་ཡིན།"

བླ་བས་འདང་རྒྱུག་ཅམ་བྱས་རྗེས་མགོ་འཕྲེད་དུ་གཡུག་གིན “དེ་འདྲ་དཔེ་མི་སྲིད” ཟེར།

ཐོན་སྐྱིད་མཚོ་མོ་སྟར་བས་ཀྱང་ཚིག་པ་ཟློས་ཏེ། “ངས་ཀྱང་གལ་ཏེ་ཟེར་བ་ཡིན། ཁོ་ནི་སྦྱིན་བདག་ཆེན་མོ་ཡིན་ཚེ་བུ་མོ་སུ་ཡིན་ཡང་སེམས་འགྲུལ་སྲིད། གལ་ཏེ་དེ་འདྲ་ཡིན་ན་ཁྱོད་ཀྱིས་ཅི་བྱེད་རྒྱུ་ཡིན” ཞེས་བཤད་དགོས་བྱུང་།

བླ་བ་གཞི་ནས་གདེང་ཚོད་མེད་པར་གྱུར་སོང་། “ངས་ཀྱང་མི་ཤེས” ཟེར་ནས་མྱུར་ཕྲུགས་ཀྱིས་སྟོན་དུ་བསྐྱོད་སོང་།

“བྱེ་ལ་ནག་པོའི་ཚོམས་ཆེན” གྱི་སྒོ་མདུན་དུ་ཐོན་མཚམས་བླ་བའི་སེམས་ཀྱང་དེ་སྔ་ལྟ་བུ་མ་ཡིན་པར་ཅུང་འཚབ་པར་གྱུར་སོང་། ཁོའི་སེམས་ལ་མི་རྒྱང་གཙོད་པ་ནི་དངོས་གནས་དེ་འདྲའི་སྦྱིན་བདག་ཆེན་མོ་ཞིག་ཡིན་ཚེ་ཁོ་གཉིས་ལ་མཇལ་འཕྲད་གནང་མིན་ཡང་བཤད་དཀའ་བ་རེད། ཁོའི་མིག་ལམ་དུ་དེ་སྔར་བལྟས་པའི་བརྙན་འཕྲིན་ཞིག་གི་ནང་དུ་སྤྲང་པོ་ཞིག་གིས་སྦྱིན་བདག་ཆེན་མོ་ཞིག་ལ་མཇལ་འཕྲད་ཡོང་རེ་ཞུས་ཀྱང་། ལྷ་ཁ་ནག་པོ་གྱོན་པའི་སྒོ་སྲུང་བ་སྒོར་ཞིག་གིས་ཁོ་ནང་དུ་འགྲོ་རུ་གཞུག་པ་ལྟ་ཞོག་དེ་ལས་ལྡོག་སྟེ་གཅར་རྡུང་ཡིད་ཚིམ་པ་ཞིག་བྱས་པའི་ལེ་ཚན་དེ་སླར་ཡང་མིག་ལམ་དུ་ཤར་བྱུང་། ཁོའི་དཔྲལ་བ་ནས་རྔུལ་རླངས་ཤིག་རྒྱུས་བྱུང་།

ཁོས་བསམ་བློ་ཞིག་བཏང་ནས་ཅུང་བག་ལྷོད་པའི་རྣམ་འགྱུར་གྱིས་ཐོན་སྐྱིད་མཚོ་མོར་བལྟས་ཏེ “ངེད་གཉིས་འདི་ལྟར་སོང་ན་ཁོས་ཐུག་འཕྲད་གཏན་ནས་བྱེད་མི་སྲིད། དེ་ལས་ངེད་གཉིས་ཀྱིས་རྫུ་འཕྲུལ་ཞིག་སྟོན་དགོས་རྒྱུ་རེད” ཅེས་བཤད་བྱུང་།

ཐོན་སྐྱིད་མཚོ་མོས་ཁོའི་སྐད་ཆའི་ཏ་མ་གོ་བར “འོན་ཀྱང་ངེད་གཉིས་ལ་རྫུ་འཕྲུལ་མེད་པས་ཅི་བྱའམ” ཟེར་བཞིན《ཐང་སེང་བླ་མའི་རྣམ་ཐར》ཁྲོད་དུ་སྤྲེལ་རྒྱལ་ནི་བདུད་པོའི་ཨ་མར་བརྫུས་ཏེ་བདུད་འདྲེའི་ཚང་ནང་དུ་སོང་བའི་རྣམ་པ་དེ་མིག་ལམ་དུ་ཤར་ཙམ་བྱས།

“དེ་སླ་མོ་རེད། ང་ཡང་ཨ་མདོའི་སྐམ་ཤ་འཚོང་བའི་སྤྱིན་བདག་ཅིག་ཡིན་ཁུལ་བྱེད། ཁྱོད་ནི་ངའི་དྲུང་ཡིག་ཡིན་སྟོས། ཁ་སང་སྐམ་ཤ་ཐུངས་འཁོར་བཅུ་གྲངས་དྲུད་ནས་ལྷ་སར་ཡོང་བ་ཡིན། ད་ནི་ཤེས་སོང་ངམ།”

ཐོན་སྐྱིད་མཚོ་མོ་རང་དབང་མེད་པར་དགོད་རྒྱུ་ཞིག་བྱུང་ཞིང་ “ཤེས་སོང” ཟེར།

ཁོང་གཉིས་ས་གཞུག་བྱས་ཏེ་ཚོམས་ཆེན་གྱི་ནང་དུ་འཛུལ་ཞིང་ཤ་རེར་ཞབས་ཞུའི་སྡེགས་བུའི་ཕྱོགས་སུ་བསྐྱོད། གཡས་གཡོན་དུ་ལངས་སྡོད་པའི་ཞབས་ཞུ་མ་ལོ་ཆུང་གཉིས་ཀྱིས་པོད་ལྭ་འདྲ་མཚུངས་རེ་གྱོན་ཏེ “ནང་དུ་ཕེབས་པར་དགའ་བསུ་ཞུ” ཞེས་བཤད་བྱུང་བས། ཟླ་བ་ཅུང་འཚབ་འཚུབ་པོར་གྱུར་ཏེ “དགའ་བསུ་ཞུ་མི་དགོས” ཞེས་ཕྱིར་ལ། ཞབས་ཞུ་མ་གཉིས་ཀ་ཡང་ཤུབ་བུར་བགད་བྱུང་། ཁོ་གཉིས་ཞབས་ཞུ་སྡེགས་བུའི་གན་དུ་སླེབས་འཕྲལ་དེ་ན་ཡོད་པའི་ཞབས་ཞུ་མས་གུས་ཚུལ་ལྡན་པའི་ངང “རྣམ་པ་གཉིས་ཀ་ཞག་བཞུགས་གནང་མཁན་ཡིན་ནམ” ཞེས་དྲིས་བྱུང་།

བར་དེར་ཐོན་སྐྱིད་མཚོ་མོ་སྔོན་དུ་འཚངས་ནས་ཟླ་བ་སྟོན་བཞིན “ཁོང་ནི་ཨ་མདོ་ནས་ཡོང་བའི་སྐམ་ཤ་འཚོང་མཁན་གྱི་སྤྱིན་བདག་ཅིག་ཡིན། ངེད་གཉིས་ཀ་ཚོང་རྒྱུག་ཏུ་ཡོང་བ་ཡིན་པས། སྐུ་ཞབས་མི་རྒྱུང་གཙོད་པའི་བཞུགས་ཤག་གང་དུ་ཡོད” ཅེས་དྲིས།

ཞབས་ཞུ་མ་དེས “སྤྱིན་བདག་ཡིན” ཞེས་པ་ཐོས་འཕྲལ་སྤར་བས་སྤྲོ་སྣང་ཅན་ཞིག་ཏུ་གྱུར་སོང་། “རྣམ་པ་གཉིས་ཀ་དགོངས་པ་མ་ཚོམ། ཅིན་ལིས་མི་རྒྱུང་གཙོད་པ་མདང་དགོང་ཁྱིམ་ནང་དུ་ལོག་སྐྱེ་ད་དུང་ཕྱིར་ཕེབས་མ་བྱུང་། འདི་གར་བཞུགས་དང་ཡུད་ཙམ་གྱིས་ཕེབས་ངེས་རེད” ཟེར་བཞིན་ཁོ་གཉིས་ཀ་སྐྱོར་ལ་ཁྲིད་བྱས་ཏེ་འགྲམ་དུ་ཡོད་པའི་འབོལ་ཁྲིའི་སྟེང་དུ་སྡོད་དུ་བཅུག་པ་དང་། སླར་ཡང་ཕ་རོལ་ཏུ་སོང་ནས་སྐོམ་ཆུ་དམ་བི་གཉིས་ཁྱེར་ཡོང་སྟེ་ཁ་ཕྱེ་སྟེ་མདུན་དུ་བཞག་རྗེས “ཁྱེད་གཉིས་ཀས་སྐོམ་ཆུ་བཞེས་དང་ཡུད་ཙམ་གྱིས་ཕེབས་ངེས” ཟེར།

ཟླ་བའི་སེམས་ལ་ཐབས་བཀོད་འདི་ཁོ་ནས་མི་རྒྱུང་གཙོད་པ་རྙེད་ཐུབ་ངེས་རེད་

སླུམ་བཞིན་རང་ཉིད་ཀྱི་བློ་རིག་ལ་ཡིད་ཆེས་མས་པར་གྱུར། ཐོན་སྐྱེད་མཚོ་མོས་ཀྱང་བླ་བའི་ཐབས་བཀོད་དེས་ནུས་པ་བླ་ལྷག་ཅིག་ཐོན་བྱུང་བ་མཐོང་སྟེ་སེམས་ནས་དགོད་རྒྱུ་ཞིག་བྱུང་ཞིང་སླར་ཡང་བླ་བའི་བཟོ་ལྟར་ཞིབ་ལྟ་ཞིག་བྱས་པ་ན། ཁོ་རང་ཡང་དངོས་གནས་སྦྲིན་བདག་ཆེན་མོ་ཞིག་དང་འདྲ་བའི་ཆ་ཞིག་ཀྱང་ཡོད་པ་ལྟར་སྣང་། ཁོང་གཉིས་ཀས་སློམ་ཆུ་འཕྱུང་བཞིན་ད་ཅང་ཀློག་ཏུ་གྱུར་བའི་མི་རྐྱང་གཙོད་པ་ལ་སྨྲུག་ནས་བསྡད། ཡིན་ན་ཡང་མི་རྐྱང་གཙོད་པ་ནི་ཁོ་གཉིས་ཀྱི་མིག་ལམ་དུ་གཏན་ནས་མངོན་རྒྱུ་མ་བྱུང་། དུས་ཚོད་གཅིག་ཕར་འདས་སོང་། དུས་ཚོད་གཉིས་ཕར་འདས་སོང་། དུས་ཚོད་གསུམ་ཕར་འདས་སོང་། སྨྲུག་གིན་སྨྲུག་གིན་ཕལ་ཆེར་སྤུ་དྲོའི་ལས་གྲོལ་བྱེད་པའི་དུས་ལ་སླེབས་པར་ཉེ། མི་རྐྱང་གཙོད་པ་ད་དུང་ཡང་མ་ཐོན་པས་བླ་བ་སླར་ཡང་འདུག་མི་བཟོད་པར་གྱུར་ཏེ་ཡར་ལངས་ནས་ཕར་འགྲོ་ཚུར་འགྲོ་བྱེད་ཞོར་སྒོ་ནང་ཁོ་ནར་བལྟས་ནས་བསྡད། མཇུག་མཐར་ད་སྟོན་གྱི་ཞབས་ཞུ་མ་དེ་ཁོ་གཉིས་ཀྱི་གན་དུ་ཡོང་སྟེ་ད་ཅང་དོགས་མི་བདེའི་ངང་གྱུས་ཚུལ་སྣ་ཚོགས་སྟོན་བཞིན། “དངོས་གནས་དགོངས་པ་མ་ཚོམ། ཅིན་ལི་མི་རྐྱང་གཙོད་པ་ཁོང་སྤུ་དྲོ་མ་ཕེབས་པ་རེད། ཕྱི་དྲོ་ནི་ངེས་པར་དུ་ཡོང་སྲིད་པས་ཁྱེད་གཉིས་ཀས་ཕྱི་རོལ་ནས་ཞལ་ཟས་མཆོད་རྗེས་ཕྱི་དྲོ་ཕེབས་ན་འགྲིག་གི་རེད། དངོས་ནས་དགོངས་པ་མ་ཚོམ” ཟེར།

བླ་བའི་སེམས་དེ་འཕྲུལ་འཁྲུག་པོར་གྱུར་སོང་། ད་དུང་ཡང་ཕྱིར་འགྲོ་རྩིས་མི་བྱེད་པར་དེ་གར་གྲོང་གྲོང་བོར་ལངས་ནས་སྡོད། ཞབས་ཞུ་མས་ཞལ་ཟས་མཆོད་རྗེས་ཕེབས་ཞེས་པའི་ཚིག་དེ་ཐོས་འཕྲལ་ཐོན་སྐྱེད་མཚོ་མོས་ཀྱང་གཞི་ནས་ཞོགས་པར་ནངས་ཟས་རེག་མེད་པ་དྲན་ནས་ཕོ་བ་ལྟོགས་ཀྱིན་པ་ཚོར་རྟོགས་བྱུང་ཞིང་། བླ་བའི་གན་དུ་སོང་ནས “སྦྲིན་བདག་ལགས། ང་ཚོ་ཕྱི་དྲོ་ཕེབས་ཡོང” ཞེས་ཞུས་པ་ན། བླ་བར་ཡང་དེ་མ་ཐག་ཏུ་རྣམ་ཤེས་རྒྱུས་པ་ལྟར་ཐོན་སྐྱེད་མཚོ་མོའི་རྗེས་བཞིན་ཐོན་བྱུང་།

སྤུ་དྲོའི་ལས་གྲོལ་བྱས་ཟིན་པས་སྲང་ལམ་ཀུན་ཏུ་ནངས་མོ་ལས་ཀར་འགྲོ་དུས

ལྷར་མི་ཚོགས་ཀྱི་འདུ་འགོད་ཆེ། ཁོང་གཉིས་ཀ་ཕྲག་པ་གློད་ཅིང་ཁ་བརྡ་མེད་པར་འཆམ་འཆམ་དུ་འགྲོ་བ་ལྷར་སྲང་ལམ་དེ་དེད་ནས་བར་སྐོར་གྱི་ཕྱོགས་སུ་སོང་། ལམ་བར་ཞིག་ཏུ་སླེབས་ཚེ་ཕ་རོལ་ན་ཁང་བ་ཐོག་སོ་གཉིས་ཅན་གྱི་ཁང་བ་སྤུས་ལེགས་ཤིག་འདུག་ཅིང་། སྒོ་བྱང་དམར་པོ་ཆེན་པོ་ཞིག་འཕྱེད་དུ་བཀལ་བའི་སྟེང་དབུ་ཅན་གྱིས "ཨ་མདོའི་མི་རྒྱང་ཟ་ཁང" ཞེས་ཚོན་རྩེ་སེར་པོས་བྲིས་ཡོད་པ་མིག་ལ་འཆེར་བ་ཞིག་འདུག སྐབས་འདིར་ཁོང་གཉིས་ཀའི་གྲོད་པ་ལྟོགས་ཀྱིན་ཡོད་པའི་ཁར་སྒོ་བྱང་ལ "མི་རྒྱང་ཟ་ཁང" ཞེས་བྲིས་ཡོད་པ་མཐོང་ནས་ན྄་བས་ཐོན་སྐྱིད་མཚོ་མོར་བལྟས་ཏེ་བཀའ་དྲིན་ཞུ་བའི་མིག་མདངས་ཀྱིས "ཁྱོད་ལྟོགས་ཀྱིན་ཡོད་ཨང་། ངེད་གཉིས་དྲོས་ཇ་འཐུང་དུ་འགྲོ" ཟེར་བཞིན་ལོ་མོ་ཁྲིད་ནས་ཟ་ཁང་དེའི་ཕྱོགས་སུ་སོང་།

ལོ་གཉིས་ཀ་ནང་དུ་འཛུལ་མ་ཐག་གཟབ་མཆོར་ལེགས་པར་སྤྲས་པའི་ལྕམ་མོ་ཞིག་མྱུར་མོར་མདུན་དུ་ཡོང་ནས་ལོ་གཉིས་ཀ་གཡོན་འགྲམ་གྱི་མགྲོན་ཅོག་སྒོར་མོ་ཞིག་གི་མཐའ་རུ་སྡོད་དུ་བཅུག་ཅིང་། ཞབས་ཞུ་བ་ཞིག་པོས་ཏེ་མངར་ཇ་གཉིས་ཁྱེར་ཤོག་ཟེར་ལ། མོ་རང་ཡང་ལོ་གཉིས་ཀྱི་ཁ་གདང་གྱི་འདུག་སྟེགས་ཤིག་གི་སྟེང་དུ་བསྡད་ནས་མངར་ཇ་ཁྱེར་ཡོང་བར་སྒུག་སྡེ་བསྡད་བྱུང་། ན྄་བའི་སེམས་ལ་ཕྱུག་པོ་ཞིག་གི་ལྕམ་མོ་ཡིན་པ་གདོན་མི་ཟ་བས་སྐད་ཆ་ཞིག་འདྲི་དགོས་སྙམ་སྟེ། "ལྕམ་མོ་ལགས་ལ་བཀའ་འདྲི་གནང་དགོས་བྱུང་། ཁྱེད་ཀྱིས་མི་རྒྱང་གཙོད་པ་ངོ་ཤེས་པ་རེད་དམ། འགྲམ་པའི་སྟེང་དུ་སྨེ་བ་ཡོད་པ་དེ" ཞེས་དྲིས།

ལྕམ་མོ་དེ་ཡང་དེ་འཕྲལ་ཚུར་འཁོར་ཏེ་དགོད་བཞིན་དུ། "ངོ་ཅི་ལ་མི་ཤེས། ཁོ་ནི་ངའི་ཁྱོ་ག་ཡིན" ཟེར།

ན྄་བ་དང་ཐོན་སྐྱིད་མཚོ་མོ་གཉིས་ཀ་ཡིད་མི་ཆེས་པར་གྱུར་སོང་། སེམས་ལ་ཁོ་མོས་ཀུ་རེ་རྩེ་བཞིན་འདུག་སྙམ་ནས་ཕན་ཚུན་གྱི་ངོ་ལ་ལྟ་ཙམ་བྱས་རྗེས། ཟུ་མཐུད་དུ་མོས་ཅི་ཞིག་བཤད་ཡོང་བར་བསྒུགས་ནས་སྡོད་དགོས་བྱུང་།

མ་གཞི་མོ་ནི་དངོས་ནས་མི་རྐྱང་གཙོད་པའི་ཆུང་མ་ཡིན་འདུག མོས་བཤད་ན་དང་ཐོག་མོ་རང་ཨ་ཕ་དང་འགྲོགས་ཏེ་རྒྱ་གར་ནས་ལྷ་སར་ཡོང་བ་ཡིན་ཡང་། ལོ་གཅིག་མ་འགོར་བར་ཨ་ཕར་ནད་ལྡི་མོ་ཞིག་བྱུང་སྟེ་ཚེ་ལས་འདས་པར་གྱུར། དེ་རྗེས"བྱི་ལ་ནག་པོའི་ཚོམས་ཆེན"ནས་མི་རྐྱང་གཙོད་པར་འཕྲད་རྗེས་ཕྱོགས་གང་ཐད་ནས་ཧ་ཅང་མཐུན་པོ་འདུག་པས་མ་འགྱངས་པར་ཧོ་དང་གཉེན་སྒྲིག་བྱས་ལ། ད་ལྟ་བྱིས་པའང་གཉིས་ཡོད། ཉིན་འགའི་སྔོན་དུ་ཁྱོད་གཉིས་ཀྱིས་ཧོ་རང་འཚོལ་གྱིན་པ་ཐོས་ཀྱང་དེ་རིང་མ་གཏོགས་དུས་ཚོད་མ་བྱུང་། ད་ནངས་སྔ་མོ་ཧོ་གཉིས་ཀ་ལས་ཀར་མ་སོང་བར་ཟ་ཁང་ནང་དུ་ཁྱོད་གཉིས་ལ་བསྒུགས་ནས་བསྡད་པ་ཡིན་ཟེར། སྐབས་དེར་ཞབས་ཞུ་མས་ཀྱང་མངར་ཇ་ཁྱེར་ནས་ཐོན་ཏེ་ཧོ་གཉིས་ཀྱི་མདུན་རེ་རེ་བཞག་བྱུང་།

"ད་ལྟ་ཧོ་གང་དུ་ཡོད།" ཟླ་བ་དབྱངས་ཡང་དེ་འདྲ་ཡིད་ཆེས་ཀྱིན་མེད་པ་འདྲ།

"འདི་གར་ཡོད། ད་སོ་མར་ཚབ་གསེང་ལ་བུད་ཐལ། ཕུང་ཚམ་གྱིས་ཡོང་ངེས་པས་ཁྱེད་གཉིས་ཀྱིས་ག་ལེར་ཇ་བཞེས་ཤིག"

ཟླ་བ་ནི་ཕུང་ཚམ་ལ་ཡང་འདུག་མ་བཟོད་པར "འོ་ན་སྒྲོལ་མ། མོ་ཡང་ཧོའི་གན་དུ་ཡོད་པ་མིན་ནམ། མོ་གང་ལ་སོང་བ་རེད" ཅེས་དྲིས།

མོ་འཛུམ་ཙམ་བྱས་ཏེ། "སྒྲོལ་མ་ང་ཡིན། རྣམ་པ་གཉིས་ཀྱིས་ངའི་མིང་ཇི་ལྟར་མཁྱེན་སོང" ཟེར།

ཧོ་གཉིས་ཀ་རི་མོའི་གཟུགས་བཞིན་དུ་གྱུར་སོང་། ཟླ་བས་ལག་གཡས་པའི་གོང་མཛུབ་ཀྱི་མོའི་གདོང་ལ་གཏད་ནས་ཐེ་ཚོམ་དང་བཅས "ཁྱོད་རྒྱ་གར་ནས་ཡོང་བ་ཡིན་ཟེར་བ་མིན་ནམ" ཟེར་བཞིན་མོའི་གདོང་ལ་ཅེར་བྱུང་།

"ཅི་ལ་མིན། རྒྱ་གར་ནས་ངའི་མིང་ལ་ཧྲ་རེ་ཟེར། དེའི་ནང་དོན་ཡང་སྒྲོལ་མ་དང་འདྲ།" མོས་ཕལ་ཆེར་ཧོ་གཉིས་ལ་སློབ་ཁྲིད་བྱེད་ཀྱིན་པ་ལྟར "དེ་ནི་ཕལ་ཆེར་ཕྱུགས་བསམ་མམ་གཟུགས་འདས་ཀྱི་རི་སྨོན་ཞིག་ཏུ་གཏོགས། ནང་པའི་ཆོས་གཞུང་དུ་འགྲེལ་

པ་ལྟར་ན་འགྲོ་བ་སེམས་ཅན་ཐམས་ཅད་འཁོར་བ་དང་ངན་སོང་གསུམ་གྱི་མཚོ་ལས་སྒྲོལ་ཞིང་རིས་མེད་བརྩེ་བ་ཆེན་པོས་མ་ལྟར་སྐྱོང་བའི་བྱང་ཆུབ་ཀྱི་ལྷ་མོ་ཞིག་ཡིན་ཞིང་འཇིག་རྟེན་དབང་ཕྱུག་འཕགས་མཆོག་སྤྱན་རས་གཟིགས་ཀྱི་ཕྱག་གཡོན་པའི་པདྨ་ལས་བྱུང་སྐད། དེ་ལྟར་ན་བརྟུས་སྐྱེས་ཤིག་ཀྱང་ཡིན་བཟོ་འདུག དེ་ཡང་སྒྲོལ་མར་དབྱེ་ན་བྱེ་བྲག་གི་ནང་ཚན་ཧ་ཅང་མང་། བརྒྱད་ཁྲི་བཞི་སྟོང་ཡོད་པ་རེད” ཟེར།

ཟླ་བ་དང་ཐོན་སྐྱིད་མཚོ་མོ་གཉིས་ཀ་ཧ་ལས་པར་གྱུར་སོང་།

ཇོ་མ་འདི་འདྲའི་སྒྲོལ་མ་མང་པོ་ཞིག་ཡོད་པ་ནི་བློ་ཡུལ་ལས་འདས་པ་ཞིག་རེད། བརྒྱད་ཁྲི་བཞི་སྟོང་།——ཅི་འདྲའི་ཧམ་བརྗིད་ལྡན་པའི་སྐར་རྩིས་ཀྱི་གྲངས་ཀ་ཞིག་ཨང་། འཕགས་ཡུལ་གྱི་མི་ནི་ཇོ་མ་ཁྲོད་དུ་འཕགས་པ་ཞིག་རེད། གནའ་བོའི་འཕགས་ཡུལ་གྱི་རིག་གནས་ནི་ཇོ་མ་ཟླ་ན་མེད་པ་འབའ་ཞིག་རེད། ཡིད་སྐྱོ་བ་ལ་མུ་སྟེགས་པའི་དམག་དཔུང་གིས་ཡོངས་སུ་བསྣུབས་ཟིན། སྐབས་དེར་མོ་ཡང་རང་དབང་མེད་པར་འདང་རྒྱུག་གི་ནང་དུ་ལྷུང་འདུག ཕལ་ཆེར་མོས་ཀྱང་འདས་ཟིན་པའི་ལོ་རྒྱུས་ཀྱི་གོད་ཆག་གམ་དབང་བསྒྱུར་དེ་ལ་འགྱོད་སེམས་དང་ཡིད་ཕངས་བྱེད་ཀྱིན་ཡོད་པ་འདྲ། ཟླ་བས་ཀྱང་བོད་ཡུལ་གྱི་ཡོད་ཚད་ཕོ་མོའི་རིག་གནས་ལ་ཁུངས་གཏུགས་དགོས་པའི་དབང་གིས་ཁ་ཅི་ཡང་མི་གྲག་པར་གདུང་སེམས་བཅངས་དགོས་བྱུང་། གློ་བུར་དུ་ཐོན་སྐྱིད་མཚོ་མོས་ཅི་ཞིག་དྲན་པ་ལྟར “འོ་ན་སྒྲོལ་མ་དེ་དག་རེ་རེ་བཞིན་ཁྱོད་ཀྱིས་བརྩི་ཤེས་སམ” ཟེར།

“མི་ཤེས།” མོ་རང་ཧ་ཅང་གཏིང་ཟབ་པའི་བསམ་གཞིག་གི་གློང་ནས་མགོ་བོ་ཡར་དགྱེ་སྟེ “འོན་ཀྱང་ད་སྐབས་དེ་དག་ཡོད་ཚད་བོད་ཡུལ་དུ་ཡོད། དཔེར་ན། དཔེ་ཆ་སྒྲོལ་མ། ཐང་ག་སྒྲོལ་མ། ཟངས་སྐུ་སྒྲོལ་མ། འབག་སྐུ་སྒྲོལ་མ། ལྷ་ཡི་སྒྲོལ་མ། མི་ཡི་སྒྲོལ་མ། རྗེ་མོ་སྒྲོལ་མ། ཁྱིམ་ཐབ་སྒྲོལ་མ། དགེ་རྒན་སྒྲོལ་མ། ཚོང་བ་སྒྲོལ་མ།……དེ་དག་རེ་རེའི་ཁྲོད་དུ་ད་དུང་ནང་གསེས་ཡོད་མོད་མི་རྐྱང་གཅོད་པས་མ་གཏོགས་ངས་བརྩི་མི་ཤེས། ཁོས་ང་ལ་རེ་རེ་བཞིན་བཤད་སྦྱོང་མོད་ཡིད་དུ་མི་དྲན་པར་འདུག” ཟེར་ནས་བགད་བྱུང་།

“འོ་ན་ཁྱོད་ནི་སློལ་མ་གང་ལ་གཏོགས་པ་རེད།”

“ང། ངེས་པར་དུ་ཁྱིམ་ཐབ་སློལ་མར་གཏོགས་པ་རེད། རྒྱུ་མཚན་ནི་ངའི་ཁྱོ་ག་མི་རྒྱང་གཅོད་པ་ཡིན་པས་རེད།”

ཟླ་བས་ཁོ་མོའི་སྐད་ཆར་ཉན་རྗེས་རང་ཉིད་ཀྱི་སློལ་མ་ནི་ད་དུང་ཁྱིམ་ཐབ་སློལ་མ་མིན་པར་ཐག་གཅོད་བྱས་ཏེ་ཅེས་ཀྱང་མོ་རང་སྙིང་ཐུབ་ངེས་རེད་སྙམ།

ཁོ་གསུམ་པོས་ཡུན་རིང་ཙམ་ལ་བསྒུགས་ཀྱང་མི་རྒྱང་གཅོད་པ་ཡོང་རྒྱུ་མ་བྱུང་། རིམ་བཞིན་ཕྱི་དྲོ་རྫིལ་བོ་ཕར་འདས་ཀྱང་ཁོའི་གཟུགས་བརྙན་ཙམ་ཡང་མཐོང་རྒྱུ་མ་བྱུང་ལ། མཇུག་མཐར་སྨན་ཏུབ་ལ་ཉེ་བས་ཁྱིམ་ཐབ་སློལ་མ་ཡང་སེམས་མ་བདེ་བར་ཡང་ནས་ཡང་དུ་འཁྲིག་མའི་ཆུ་ཚོད་འཁོར་ལོར་ལྟ་ཙམ་བྱས་རྗེས་སླར་ཡང་དྲ་སྒོའི་ཕྱི་རོལ་གྱི་སྲང་ལམ་གྱི་ཕྱོགས་སུ་ལྟ་བར་བྱེད། དེ་ལྟར་སྒུག་གིན་སྒུག་གིན་དགོང་མོའི་དུས་ཚོད་བཅུ་གཉིས་པར་སླེབས་ཀྱང་མི་རྒྱང་གཅོད་པ་ཡོང་རྒྱུ་མ་བྱུང་། ཁོ་གསུམ་ག་སེམས་མ་བདེ་བར་རང་རང་སར་ཁུ་སིམ་མེར་དོན་དག་ཅི་ཞིག་འབྱུང་སྲིད་པར་བསམ་བློ་གཏོང་བཞིན་སྡོད་པ་ལས་ཐབས་ཟད། རེ་ཞིག་ནས་ཐོན་སྐྱིད་མཚོ་མོས་དོགས་གཞི་ཞིག་སྙེད་པ་སྟེ། ལྷ་སའི་ལས་ཁུངས་དག་ན་བཏགས་ཁྱི་མང་ཞིང་དེ་དག་ནི་བར་སྐོར་གྱི་ཁྱི་ལྕོམ་དག་དང་མི་འདྲ་བར་བཙན་པོ་ཤ་སྟག་ཡིན་པས། ཁོ་ལ་སྲང་ལམ་ཞིག་ཏུ་ཁྱིས་རྨུགས་པ་ཨེ་ཡིན་ནམ་ཞེས་བཤད་པས་ཁྱིམ་ཐབ་སློལ་མ་ཡང་དེ་ལ་ཡིད་ཆེས་དགོས་བྱུང་། དེ་འཕྲལ་ཁོ་ཚོས་གྲོས་བྱས་ཤིང་སོ་སོ་སྲང་ལམ་རེ་རེར་ཁག་བགྲམ་ནས་ཁྱིས་རྨུགས་ཏེ་སྲང་ལམ་དུ་འགྱེལ་ཡོད་པའི་མི་རྒྱང་གཅོད་པ་འཚོལ་དུ་སོང་།

གལ་ཏེ་ལྷ་སར་སོང་མྱོང་བའི་མི་ཞིག་ཡིན་ན་ལྷ་སའི་ཁྲོམ་གྱི་དྲ་བད་བསླས་པ་ལྟ་བུའི་སྲང་ལམ་དག་ཀྱང་བློ་ངོར་འཆར་སྲིད་ཀྱི་རེད། མི་གསུམ་ཁག་བགྲམ་སྟེ་ཞག་མ་གཅིག་གི་རིང་ལ་སྲང་ལམ་ཡོངས་རྫོགས་མྱུལ་ཚར་བར་བཤད་ན་རྫ་བར་འགྲོ་མི་སྲིད་ཀྱང་། དངོས་ནས་ཁོ་གསུམ་གས་སྐོར་ཞུལ་བྱས་ཏེ་མགོ་ནས་མཇུག་ཏུ་ཐུད་ཟིན་ཡང་མི་

རྒྱང་གཙོད་པ་རྙེད་མ་བྱུང་། མཇུག་མཐར་ཐོན་སྐྱིད་མཚོ་མོས་སྲང་ལམ་འདབས་སུ་ཉལ་བའི་སློང་མོ་བ་ཞིག་གི་ཁ་ནས་ཁོའི་གནས་ཚུལ་ཐོས་བྱུང་བ་སྟེ། སྨན་མ་ཧུབ་པའི་ཡར་ཕྱོན་དུ་མི་རྒྱང་གཙོད་པ་སྒྲོལ་མ་སོགས་སྨད་འཚོང་མ་འགས་བསྐོར་ཏེ་ཟ་ཁང་ཆེན་མོ་ཞིག་གི་ནང་དུ་སྐྱུར་ཚང་ལ་རོལ་གྱིན་འདུག་ཅིང་། རྗེས་ནས་ཁོས་ཀྱང་གར་སོང་མ་ཤེས་མོད་ཟ་ཁང་དེའི་ནང་དུ་མི་འདུག་ཟེར། ཚུང་མ་ཞིག་གི་ངོས་ནས་བཤད་ན་འདི་ནི་ཧ་ཅང་གདུག་རྩུབ་ཆེ་བའི་བྱ་བ་ཞིག་ཡིན་པས་མོས་ཟླ་བར་ཕྱོགས་ཏུ་བཤད་པ་ལས་ཁྲིམ་ཐབ་སྒྲོལ་མར་གསང་རྒྱ་བྱེད་དགོས་བྱུང་།

ཁོ་ཚོ་འཁྲུར་མ་འཁོར་དུ་ཕྱིར "བྱི་ལ་ནག་པོའི་ཚོམས་ཆེན" དུ་ཐོན་པ་ནས་བཟུང་ཁྲིམ་ཐབ་སྒྲོལ་མ་རྒྱུན་ཆད་མེད་པར་ངུས་བྱུང་། མོས་བཤད་ན་ཁོ་ལ་ཁྲིས་རྒྱུག་པ་ཙམ་མ་ཡིན་པར་ཁྲིས་ཐོས་ཚར་ཟིན་པ་ཐག་ཆོད་རེད་ཟེར། ཐོན་སྐྱིད་མཚོ་མོས་མོའི་ངུ་ཁ་ལེན་གང་ཐུབ་བྱས་ཀྱང་མོས་མི་ཉན་པར་མགོ་བོ་མལ་ཁྲུལ་གྱིས་གཙུད་ནས་ངུ་མཚམས་མི་འཇོག

ཟླ་བས་ངལ་གསོ་བཞིན་དུ་ཡུན་རིང་པོར་བསམ་བློ་བཏང་རྗེས་གཞི་ནས་ཁ་གྲགས་བྱུང་། "ཨོྃ་མ་ཎི། ཁོ་རང་ལྷ་བུ་ཁྲིས་ཀྱང་ཟ་མི་སྲིད། ང་ཚོས་ཅིས་ཀྱང་ཁོ་རང་བཙལ་ནས་རྙེད་ཐབས་བྱེད་དགོས། འདི་ནི་ཨོྃ་ཁོ་ནའི་དོན་མ་རེད། ངའི་དོན་དང་སྒྲོལ་མ་ཡོད་ཚད་ཀྱི་དོན་དུ་རེད" ཟེར།

"ཁོ་རང་ཁྲི་ཚོགས་ཀྱི་ཁ་ཟས་སུ་གྱུར་བ་རེད། ཁོས་ན་ཟླུག་ཅི་འདྲ་མྱངས་ཡོད་ཨང་། ཤི་ན་ཡང་ཤི་སྲོལ་མང་པོ་ཡོད་པ་རེད། འདི་ལྟར་འཆི་སྲོལ་ཞིག་ཡོད་དམ།……" མོས་བཤད་གྱིན་དུ་ཧ་སྐད་ཇེ་ཆེར་གྱུར་ཅིང་ཧ་ཅང་ཡིད་སྐྱོ་བའི་ངང་ངུས་བྱུང་།

"བྱི་ལ་ནག་པོའི་ཚོམས་ཆེན" གྱི་ཅིན་ལིས་ནི་ཁྲིམ་ཐབ་སྒྲོལ་མ་ཡིན་པ་དང་ཅིན་ལིས་གཞོན་པ་ནི་སྔོན་དུས་མཐུན་སྐྱིལ་ཚོམས་ཆེན་གྱི་ཅིན་ལིས་གཞོན་པ།——མི་རྒྱང་གཙོད་པའི་མྱུ་དང་ཞུ་ཚིག་སློག་འདོན་བྱེད་མཁན་དེ་ཡིན་འདུག ཁོས་ཀྱང་མི་ལེགས་

པའི་དོན་དེ་ཐོས་རྗེས་དེ་མ་ཐག་ཁྲིམ་ཐབ་སྒྲོལ་མའི་གན་དུ་ཐོན་པ་དང་། མོ་ཧ་ཅང་སྐྱོ་བའི་ངང་དུ་བཞིན་པ་མཐོང་ནས་ཁོ་ཡང་མིག་ཆུ་ཐར་ཐོར་བྱེད་བཞིན་ངུས་བྱུང་།

"ཨ་ཁ་ཁ། ཁོ་དེ་ལྟར་འགྲོ་ག་ལ་རུང་། ཚོམས་ཆེན་འདིའི་ལས་དབང་ཁྱོད་ཀྱི་ལག་ན་ཡོད་པ་མིན་ནམ། ཨ་ཁ་ཁ། ཨ་ཁ་ཁ། ……"

མཇུག་མཐར་ཁྲིམ་ཐབ་སྒྲོལ་མས་མིག་ཆུ་འབྱིད་བཞིན་དུ་ཁོ་མངགས་ཏེ་ཟླ་བ་དང་ཐོན་སྐྱིད་མཚོ་མོ་གཉིས་ཀར་ཚོམས་ཆེན་དུ་ཤག་མལ་བཀོད་སྒྲིག་བྱེད་དུ་བཅུག་སོང་།

ཕྱི་ཉིན་སྔ་དྲོ། ཟླ་བ་དང་ཐོན་སྐྱིད་མཚོ་མོ་གཉིས་ཀྱིས་ཁྲིམ་ཐབ་སྒྲོལ་མའི་མིང་ཐོག་ནས་ལྷ་སའི་དགོང་དྲོའི་ཚགས་པར་སྟེང་དུ་མི་རྒྱང་གཅོད་པ་འཚོལ་བའི་གསལ་བརྡ་ཞིག་འགོད་དུ་བཅུག་རྗེས་དམིགས་ཡུལ་མེད་པར་སྲང་ལམ་སྟོང་ཉལ་བྱས། དོན་ངོ་མར་བཤད་ན་ད་ལྟ་ཟླ་བར་ཡང་མི་རྒྱང་གཅོད་པ་དང་སྒྲོལ་མ་རྙེད་ཐུབ་པའི་གདེང་ཚོད་མེད་པར་གྱུར་འདུག རྙེད་ལ་ཉེ་བའི་དུས་སུ་ཡང་བསྐྱར་རྒྱང་རིང་བའི་ས་རུ་ཡལ་འགྲོ་བ་འདི་ནི་སུ་ཞིག་གིས་ཆེད་དམིགས་ཀྱིས་བཀོད་སྒྲིག་བྱེད་ཀྱིན་པ་དང་འདྲ་བ་མ་རེད་དམ། ལས་དབང་གིས་ཆེད་དུ་ཁོ་ལ་ཀུ་རེའམ་བརྙས་བཅོས་བྱེད་པ་མ་རེད་དམ། ཡིན་ན་ཡང་ཐོན་སྐྱིད་མཚོ་མོ་ནི་ད་དུང་འདི་ལྟར་ཟླ་བ་དང་འགྲོགས་ནས་འགྲོ་བར་དགའ་པོ་བྱེད་ཀྱིན་ཡོད། མོའི་སེམས་ལ་ཆེ་གང་བོར་འདི་ལྟར་ཟླ་བ་དང་ལྷན་དུ་འདི་ལྟར་སྒྲོལ་མ་འཚོལ་དགོས་ན་ཅི་མ་རུང་སྙམ། མོ་དངོས་ནས་ཟླ་བར་ཧ་ཅང་དགའ་སྟེ། མཐོ་རིམ་སློབ་འབྲིང་གི་འཚོ་བར་རོལ་བའི་དུས་སུ་མོ་དང་ཟླ་བ་གཉིས་ཀ་ཙོག་ཙེ་གཅིག་ཏུ་གྲལ་མཆེས་ཀྱིས་བསྡད་ཡོད། དེ་དུས་ཁོ་ཚོ་ཚང་མ་ལང་ཚོ་སྨིན་གྱིན་པའི་དུས་ཡིན་ཡང་ཟླ་བ་ནི་དངོས་ནས་བརྩེ་དུངས་ཟེར་བ་ཅི་ཡིན་མི་ཤེས་པའི་མི་ཞིག་ཡིན། མོས་ནམ་རྒྱུན་དམིགས་ཡུལ་ཡོད་པའི་ཀུ་རེ་སྣ་ཚོགས་རྩེས་ཀྱང་ཁོ་ནི་ནོར་གནག་ཇི་བཞིན་ཉམས་སྣང་མེད་པར་གཟབ་ནན་ངང་སྡོད་ལ། ལན་རེར་ཧ་ཅང་འཛེགས་སུ་རུང་བའི་ཁོང་ཁྲོ་ལངས་འོང་། འོན་ཀྱང་ཁོ་སྒྲོལ་མར་འཕྲད་པ་ལས་རི་གཟར་གྱི་ཐབ་ཆུ་ལྟར་བཟློག་ཏུ་མེད་པའི་བརྩེ་དུངས་ཤིག་ཇི་ལྟར་བྱུང་བ་ཡིན་

ནམ། ཡིན་ན་ཡང་ཁོ་གཉིས་ཀ་ཉི་མ་རི་རྩེ་རུ་ཤར་བ་ནས་བཟུང་སྲོད་ཀྱི་གྲིབ་སོ་འགྱུགས་པའི་བར་དུ་ཕྱོགས་མཚམས་ཀུན་ཏུ་ཉུལ་ནས་སྒྲོལ་མ་འཚོལ་བའི་དུས་སུ་ཡང་ཟླ་བས་ཁོ་མོར་འཛུམ་མདངས་རྣམ་དག་ཅིག་ཀྱང་བསྟན་མ་བྱུང་།

ཕྱི་དྲོ་ཞིག་ལ། ཁོ་གཉིས་ཀ་མཉམ་དུ་གཞུང་ལམ་བརྒྱུད་ནས་མི་རྐྱང་གཅོད་པ་འཚོལ་དུ་འགྲོ་བའི་སྐབས་སུ། གློ་བུར་དུ་སྟག་སྟག་ཞོན་ཞིང་མགོ་རུ་ཉེན་འགོག་རྨོག་གྱོན་མཁན་གྱི་མི་ཞིག་རྒྱབ་ཕྱོགས་ནས་བྱ་འཕུར་བ་ལྟར་རྒྱུག་འོངས་ཏེ་ཐད་ཀར་ཟླ་བར་གདོང་གཏུག་ཐོག་ལ་ཉེ་དུས་ཐོན་སྐྱེད་མཚོ་མོས་དོན་མི་ལེགས་པ་ཞིག་འབྱུང་རྒྱུ་ཡིན་པ་ཤེས་ཏེ་ཕར་མཆོངས་ནས་ཟླ་བར་འཕུད་རྒྱག་ཅིག་བྱས་ནས་ཕར་གཡུགས་མཚམས་མོ་རང་ཡང་དལ་བ་དལ་བུར་ས་རུ་འགྱེལ་སོང་། སྟག་སྟག་ཞོན་མཁན་དེས་ཀྱང་ཆག་སྒོ་བསླངས་ཟིན་པ་མཐོང་འཕྲལ་སྐུམ་སྒོ་ཆེ་རུ་བཏང་སྟེ་དུ་བ་སྔོ་ལིང་བ་ཞིག་རྗེས་སུ་རྐྱོང་བཞིན་བྱ་འཕུར་བ་ལྟར་བྲོས་སོང་།

ཟླ་བ་མྱུར་མོར་བརྒྱུགས་ཡོང་སྟེ་ཐོན་སྐྱེད་མཚོ་མོ་ཡར་བསླངས་པ་ན་མོས་འོ་དོད་ཅིག་འབོད་བཞིན་སླར་ཡང་ས་རུ་འགྱེལ་བྱུང་བས་གཞི་ནས་མོའི་རྐང་བར་སྐྱོན་ཤོར་ཡོད་པ་རྟོགས།

ཐོན་སྐྱེད་མཚོ་མོ་སྨན་ཁང་དུ་བསྐྱོད་པ་དང་ཟླ་བས་ཀྱང་སེམས་འགྱུལ་ཐེབས་པའི་ངང་མོ་དང་ཁ་མི་གྲིས་པར་ཞབས་ཞུ་གང་ལེགས་བྱེད་བཞིན་སྡོད་པ་ལས་རེ་ཞིག་སྒྲོལ་མ་འཚོལ་བའི་དོན་དེ་ཡང་བརྗེད་པ་ལྟར་གྱུར། ཟློ་ཡུལ་ལས་འདས་པ་ཞིག་ལ་བརྙན་འཕྲིན་གྱི་དགོང་མོའི་གསར་འགྱུར་ཁྲོད་དུ་ཉིན་དེར་ཐོན་སྐྱེད་མཚོ་མོར་སྟག་སྟག་གིས་གདོང་གཏུག་འཁེལ་བའི་གནས་ཚུལ་རྣམས་ཇི་མ་ཇི་བཞིན་དུ་ཤར་བྱུང་། སྟག་སྟག་ཞོན་མཁན་དེས་མགོ་ལ་ཉེན་འགོག་རྨོག་གོན་ཡོད་པས་ཕོ་མོའི་དབྱེ་བ་ཡང་འབྱེད་དཀའ་བར་འདུག་མོད། བརྙན་འཕྲིན་ནང་གི་ཀད་པོ་ནག་ཉེར་བ་དེས་ཧ་ཅང་གདེང་ཚོད་ཡོད་པའི་སྒོ་ནས་གསལ་བསྒྲགས་བྱེད་རྒྱུར།

"དེ་རིང་ཕྱི་དྲོའི་དུས་ཚོད༣དང་སྐར་མ༧༥ཡི་སྟེང་དུ། གྲོང་ཁྱེར་ལྷོ་འདབས་ཀྱི་གཞུང་ལམ་སྟེང་དུ་གདོང་གཏུག་ཐོག་པའི་དོན་རྐྱེན་བྱུང་སྟེ་མི་གཅིག་ཚས་ཤིང་མི་གཅིག་བསྒྱེལ་བ་དང་ཉེས་ཅན་ཟིང་ལོང་ཁྲོད་ནས་བྲོས་སོང་། བསྡུད་མར་དུས་ཚོད༣གྱི་རིང་ལ་ཞིབ་བཤེར་བྱས་མཐར་ཉེས་ཅན་དེའི་མིང་ལ་མི་རྒྱུང་གཙོད་པ་ཟེར་བ་ཤེས་པར་གྱུར། ཁོ་ནི་ཧ་ཅང་ངན་རིངས་སུ་གྱུར་པའི་ཉེས་ཅན་ཞིག་རེད། དང་ཐོག་ཚོང་རྫས་རྫུན་མ་སྐྱོག་འཚོང་བྱས་ཏེ་ཕྱུག་པོར་གྱུར་བ་དང་། བར་དུ་སྒྲོལ་མར་མགོ་བསྐོར་བཏང་སྟེ་གོང་ཁྲིག་ཏུ་ལྷོམ། དེ་རྗེས་རང་ཉིད་ཀྱི་ཚུང་མ་དོར་ཏེ་སྒྲོལ་མ་དག་དང་མཉམ་དུ་ཤོ་བརྒྱབ། ད་ཐེངས་ཀྱང་ཆེད་དམིགས་ཀྱིས་གདོང་གཏུག་དོན་རྐྱེན་བསླངས་རྗེས་བྲོས་བྱོལ་བྱས་སོང་། ད་ལྟ་ཁོ་རང་འཛིན་བཟུང་བྱེད་པའི་ཆ་རྐྱེན་ཡོངས་སུ་ཚང་ཡོད་པས། དྲག་ཆས་ཉེན་རྟོག་ཏུ་ཁག་གྲོང་ཁྱེར་ཕྱི་ནང་ཀུན་ཏུ་བཀྲམ་སྟེ་ཁོ་རང་འཛིན་བཟུང་བྱེད་ཀྱིན་པའི་སྐབས་ཡིན།"

"ཁོ་ཡིན་ནམ།" ཐོན་སྐྱིད་མཚོ་མོ་ཡང་ནད་ཁྲིའི་ཐོག་ནས་ཡར་དགྱེ་སྟེ་ཡིད་མི་ཆེས་པའི་མིག་མདངས་ཀྱིས་ཟླ་བའི་ངོ་མདངས་ལ་བལྟས།

"ཐལ་ཆེར་ཡིན་རྒྱུ་རེད།" ཟླ་བའི་ངོ་མདངས་དམར་ནག་ཏུ་གྱུར་ཅིང་ད་དུང་བརྟན་འཁྲིན་གྱི་ངོས་སུ་ཅེར་བཞིན "ཁྱི་སྐྱུག་ཁོ། ཁྱོད་དྲག་བསྐྱེད་བྱུང་མཚམས་ངས་ངེས་པར་དུ་ཁོ་རྡེད་ཐབས་བྱེད་རྒྱུ་ཡིན" ཟེར།

"འོ་ན་ཁོ་ཚོས་ཉིན་དེའི་ངེད་གཉིས་ཀྱི་གནས་ཚུལ་ཇི་ལྟར་པར་བླངས་པ་ཡིན་ནམ།" ཐོན་སྐྱིད་མཚོ་མོ་ད་དུང་ཡང་ཡིད་ཆེས་ཀྱིན་མེད་པ་འདྲ།

ཟླ་བ་དགོད་ཙམ་བྱས་ཏེ་མོ་སྣར་ཉལ་དུ་བཙུག་ཅིང "ལྷ་སའི་སྲང་ལམ་ཀུན་ཏུ་མིག་སྒྲད་ཡོད་པ་རེད་པས་ཁྱོད་ཀྱིས་ཅི་ཞིག་བྱས་པ་ཚང་མ་མཐོང་ཐུབ་པ་རེད" ཟེར།

"འོ་ན་ཁང་བའི་ནང་དུའང་མིག་སྒྲད་ཡོད་པ་རེད་དམ།"

"འགྲིག་མི་འདུག" ཟླ་བ་དེ་མྱུར་ཏོག་གེར་ཡར་ལངས་ཤིང་སེམས་འཚབ་པར་གྱུར་སོང་། "ཁོ་ཚོས་མིག་ལ་བརྟེན་ནས་དོ་དགོང་ཁོ་རང་འཛིན་བཟུང་བྱེད་ཀྱང་སྲིད་པས། ངས

ངེས་པར་དུ་ཕོ་ཚོའི་སྟོན་ལ་ཕོ་སྙིང་ཐབས་བྱེད་དགོས། དྲག་ཆས་ཉེན་རྟོག་པར་དེ་མཐལ་དུ་གསོད་པའི་དབང་ཆ་ཡོད་པ་རེད་པས། དེ་ལྟར་ན་ང་ཚོས་སློབ་མ་ནམ་ཡང་སྙིང་མི་སྲིད” ཟེར།

ཐོན་སྐྱེད་མཚོ་མོ་ཡང་བསྐྱར་མལ་ཁྲིའི་སྟེང་ནས་ཡར་ཙོག་བྱུང་། “དེ་མི་སྲིད། ཕོ་ལ་སྲོག་ཆད་གཅོད་དགོས་པའི་ཉེས་པ་མི་འདུག་པས་གསོད་མི་སྲིད། ཕོ་ཚོས་མ་སྙིང་པར་ཁྱོད་ཀྱིས་སྙིང་མི་ཐུབ། ངེད་གཉིས་ཀྱིས་ད་བར་དུ་བཙལ་བ་མ་ཡིན་ནམ། དེ་ལས་ཕོ་ཚོས་འཛིན་བཟུང་བྱེད་པར་བསྒུགས་ཤིང་རྗེས་ནས་ཁྲིམས་གཅོད་འདུ་ར་བསྡུ་དུས་ངེད་གཉིས་སོང་སྟེ་ཕོ་ལ་ངོས་གཏུགས་ཀྱིས་དྲིས་ཚོག” ཟེར་བཞིན་ཕོའི་ལག་པར་འཇུས་བྱུང་།

ཉིན་འགའ་འགོར་རྗེས། ཁྲིམ་ཐབ་སློབ་མ་སྨན་ཁང་དུ་ཡོང་ནས་ལན་རེར་དགོད་པ་དང་ལན་རེར་ངུ་བཞིན་དུ་མི་རྒྱུང་གཅོད་པ་ཁྲི་ཡིས་ཟེར་ས་མི་འདུག་ཀྱང་ཉེན་རྟོག་པས་འཛིན་བཟུང་བྱས་ཟིན་འདུག་ཟེར། མོ་དགོད་དོན་ནི་ཕོ་ཁྲི་ཡིས་ཟེར་ས་མི་འདུག་པས་རེད་ལ་ངུ་དོན་ནི་ཉེན་རྟོག་པས་འཛིན་བཟུང་བྱས་ཟིན་པས་ཡིན་འདུག་པས་ཕོ་གཉིས་ཀ་ཡང་རང་དབང་མེད་པར་འདང་རྒྱག་གི་ནང་དུ་ལྷུང་སོང་། ཁྲིམ་ཐབ་སློབ་མས་བཤད་པ་ལྟར་ན། ཉིན་དེར་མི་རྒྱུང་གཅོད་པས་ཐོན་སྐྱེད་མཚོ་མོར་གདོང་གཏུགས་ཆག་སྒོ་བསླངས་རྗེས་ཐྲོས་ཏེ་གྲོང་ཁྱེར་ཕྱི་རོལ་གྱི་རི་ཁྲུག་ཅིག་ཏུ་བསྐྱངས་ནས་བསྡད་པ་དང་། སྨུན་ནུབ་པ་དང་བསྟུན་ནས་འཇབ་འཇབ་སྒོས་རི་འདབས་ན་སློབ་མའི་ལྷ་ཁང་ཞིག་ཡོད་པའི་ནང་དུ་སོང་། ཕོ་སློབ་མའི་སྐུ་མདུན་དུ་ཕྱུས་ཕྱུགས་སུ་བསྡད་དེ་དད་པ་རྩེ་གཅིག་གིས་སྐྱབས་འཇུག་གསོལ་འདེབས་བྱེད་དུས་ཅི་བྱུང་མེད་པར་ཉེན་རྟོག་པ་མང་པོ་ནང་དུ་མཆོངས་ཡོང་སྟེ་འཛིན་བཟུང་བྱས་པ་རེད་ཟེར།

མོས་སྐད་ཡང་མིག་ཆུ་གཏོང་བཞིན་དུ “ཟླ་རྗེས་མའི་ཚེས༡༥ཉིན་ཕོ་ལ་ཁྲིམས་གཅོད་བྱེད་པའི་བསྒྲགས་ཡིག་སྦྱར་འདུག ངས་ནི་ཕོ་ལ་སྲོག་ཆད་བཅད་ཨེ་འགྲོ་ལ་སྐྲག་གིན་འདུག” ཟེར།

ཐོན་སྐྱེད་མཚོ་མོས་ཁོ་མོར་སེམས་གསོ་བྱེད་བཞིན་དགོང་མོ་དེར་ཟླ་བར་བཤད་པའི་སྐད་ཆ་ཡང་བསྐྱར་མོ་ལ་བཤད་བྱུང་། "དེ་ག་ལ་སྲིད། ཁོས་སྲོག་ཆད་གཅོད་དགོས་པའི་ཉེས་པ་བསགས་མི་འདུག་པས་གསོད་མི་སྲིད། ཁྱོད་ཀྱིས་རང་ཉིད་ཀྱི་ལུས་པོར་གཅེས་སྲུས་བྱེད་དགོས། བྱིས་པ་གཉིས་ཀར་ཡང་དེ་ལྟར་བཤད་དེ་སྐྲག་མ་སྐྱོང" ཞེས་བཤད།

མི་རྐྱང་གཅོད་པར་ཁྲིམས་གཅོད་བྱེད་པའི་འདུ་ར་དེ་དེ་སྔོན་མྱ་ངན་ཚོགས་འདུ་བསྡུ་སའི་མཐུན་སྒྲིལ་ཚོམས་ཆེན་དུ་འཚོགས་པ་རེད། མཐུན་སྒྲིལ་ཚོམས་ཆེན་ནི་དེ་སྔོན་མྱ་ངན་འཚོགས་འདུ་བསྡུས་པར་རྐྱེན་བྱས་ཏེ་སྒོ་བརྒྱབ་ནས་སླར་འབྱེད་མི་ཚོག་པ་བཟོས་ཡོད་ན་ཡང་། དེ་རྗེས་སླར་ཡང་རྫིག་པའི་ངོས་སུ་ཚོན་རྩི་སེར་པོ་བྱུགས་ཤིང་སྒོ་བྱང་བརྗེས་ཏེ "མི་དམངས་ཚོགས་ར" ཞེས་གཟབ་ནན་རང་བཞིན་ལྡན་པའི་ཡིག་འབྲུ་བཞི་བྲིས་འདུག ཉིན་དེར་ཟླ་བས་སྤུ་མོ་ནས་གྲ་སྒྲིག་ལེགས་པོ་བྱས་ཏེ་ཐོན་སྐྱེད་མཚོ་མོ་བསྐྱོར་ནས་འདུ་ར་བསྡུ་སར་སོང་། མི་དམངས་ཚོགས་རའི་སྒོ་མདུན་དུ་སླེབས་པའི་སྐབས་སུ་ཁྲིམ་ཐབ་སྒྲོལ་མས་དེ་གར་ཐོན་ཏེ་ཁོ་གཉིས་ལ་བསྒུགས་འདུག མོའི་ལུས་ལ་བོད་ལྭ་ཆ་ཚང་ཞིག་གོན་ཞིང་སྔོན་ཆད་རྒྱ་གར་ནས་ཐོན་མ་ཐག་པའི་སྐབས་དང་འདྲ་བར་གཟབ་འཕྱོར་ལེགས་པོར་སྒྲས་འདུག་མོད། མིག་གཉིས་ཀྱི་མཐའ་འཁྲམ་དམར་པོར་གྱུར་འདུག་པ་ལས་དུས་མར་དུ་མཆམས་བཞག་པ་གསལ་པོར་རྟོགས་ཐུབ། ཁོ་ཚོ་ལྡན་དུ་ཚོགས་རའི་ནང་དུ་སོང་། ཚོགས་ཁང་ནི་སྔོན་ཆད་ལྟར་དཀྱིལ་ཡངས་པོར་འདུག་ཀྱང་ཟུར་ཉན་བྱེད་མཁན་གྱི་མི་མང་པོ་མི་འདུག དེ་སྔོན་མི་རྐྱང་གཅོད་པའི་འདྲ་པར་བཤམས་པའི་ཤུལ་དེར་ད་ལྟ་ཀྲུང་ཧྭ་མི་དམངས་སྤྱི་མཐུན་རྒྱལ་ཁབ་ཀྱི་རྒྱལ་རྟགས་ཆེན་པོ་ཞིག་བཀལ་འདུག་ཅིང་། དེའི་མདུན་རོལ་གྱི་སྒྲོག་ཅོ་ཤར་མོར་འཕྲེད་དུ་བསྒྲིགས་ཡོད་པའི་རྒྱབ་ཏུ་ཁྲིམས་གཅོད་པ་གཙོ་བོ་དང་ཁྲིམས་གཅོད་པ། ཟིན་འགོད་པ་སོགས་བསྡད་མར་བསྒྲིགས་ཡོད་པ་དང་། གཡས་ཕྱོགས་སུ་གཞུང་གཏུག་མཁན་དང་དང་གཡོན་ཕྱོགས་སུ་དག་སེལ་མཁན། ཐེམ་སྐེགས་འོག་གི་ཉེས་ཅན་སྡོད་སར་འདུག་སྐེགས་སྟོང་བ་ཞིག་བཞག་པའི་གཡས་གཡོན་དུ་

ཉེན་རྟོག་དམག་མི་གཉིས་ཀྱིས་དྲག་ཆས་སྤྲས་ནས་དྲང་པོར་ལངས་འདུག

ཟླ་བས་ཐོན་སྐྱེད་མཚོ་མོ་བསྐོར་དེ་གྲལ་བསྒར་ཆེས་སྔོན་མའི་དཀྱིལ་དབུས་སུ་བསྡད་ཅིང་ཁོ་རང་ཡང་འཁྲིས་སུ་བསྡད་ལ། ཁྲིམ་ཐབ་སློལ་མ་ནི་མི་རྐྱང་གཙོད་པ་མཐོང་འཕྲུལ་ཚོད་འཛིན་བྱེད་དཀའ་བར་དོགས་ནས་ཁོ་གཉིས་ཀྱི་དྲང་ཐད་ཀྱི་རྒྱབ་རོལ་དུ་སྡོད་དུ་བཅུག ཁོ་ཚོ་གསུམ་གས་མིག་རིག་རིག་གིས་མི་རྐྱང་གཙོད་པ་གར་ཡོད་ལ་བལྟས་ཀྱང་མཐོང་རྒྱུ་མི་འདུག་པས་ཁོད་དུང་འདུ་རའི་ནང་དུ་ཁྲིད་མ་ཡོང་བ་ཡིན་རྒྱུ་རེད་སྙམ་ནས་ནམ་ཡོང་ལ་བསྒུགས་ནས་བསྡད།

མ་གཞི་མི་རྐྱང་གཙོད་པའི་ཁྲིམས་གཙོད་ཚོགས་འདུའི་མགོ་སྔ་མོ་དུས་ཚོད་བདུན་གྱི་སྟེང་ནས་བཙམས་ཟིན་འདུག་ལ། ཟླ་བ་སོགས་ནང་དུ་ཐོན་དུས་ནི་མཇུག་མཐའི་ཁྲིམས་ཐག་གཅོད་པའི་སྐབས་སུ་འཁེལ་འདུག མཇུག་མཐར་ཁྲིམས་གཙོད་པ་གཙོ་ཡར་ལངས་ཏེ་ཐ་མའི་ཁྲིམས་གཙོད་མཇུག་འབྲས་གསལ་སྒྲོག་བྱས་སོང་།

"ཉེས་ཅན་མི་རྐྱང་གཙོད་པ། ཐོ། ལོ་ཚོད་མ་ངེས། ཁོ་ནི་དངོས་ཡོད་ཀྱི་མི་སྣ་ཞིག་མ་ཡིན་པར་མི་རྣམས་ཀྱི་དྲན་རྟོག་གི་ངོས་སུ་རྒྱུ་བའི་གདོན་འདྲེའི་སྣང་བརྙན་ཞིག་དང་མི་མང་པོ་ཞིག་དཔེར་མཚོན་དུ་བཀོད་པའི་རྟོག་བཏགས་ཀྱི་མི་སྣ་ཞིག་རེད། དེང་སྐབས་མི་མི་ཉུང་བ་ཞིག་གིས་མི་རྐྱང་གཙོད་པའི་མིང་དང་ཁོའི་འགྲམ་པའི་སྟེང་གི་སྨེ་བ་གཡར་ནས་སྤྱི་ཚོགས་སྟེང་དུ་ཕུང་དཀྲུག་སྣ་ཚོགས་བཟོས་པས་མི་དམངས་ཀྱི་འཚོ་ཐབས་དང་སྤྱི་ཚོགས་ཀྱི་སྒྲིག་སྲོལ། རྒྱལ་ཁབ་ཀྱི་རྒྱུ་ནོར་བཅས་ལ་གནོད་སྐྱོན་ཚབས་ཆེན་ཐེབ་འདུག

ལྷ་ས་གྲོང་ཁྱེར་མཐོ་རིམ་མི་དམངས་ཁྲིམས་ཁང་གིས༡༩༩༩ལོའི་ཟླ༤པའི་ཚེས༢ཉིན་རྩར་ཞིབ་ཐག་གཅོད་བྱས་པ་གཞིམ་གསལ། མི་རྐྱང་གཙོད་པའི་མིང་འདེབས་སྒྲོལ་མ་བཀྲུ་ཕྲག་འཁར་མགོ་སྐོར་བཏང་བ་དང་ཚོང་ཟོག་རྫུན་མ་མང་པོ་ཁྲོམ་རར་སྐྱོག་འདྲེན་བྱས་པ། ཁྱིམ་ཚང་དང་བཟའ་ཟླ་དུ་མ་ཁ་འཐོར་དུ་བཏང་བ། འཁྲིམ་འགྲུལ་འཕྲུག་ལོང་བཟོས་ནས་མི་མང་པོའི་ཚེ་སྲོག་དང་བདེ་ཐང་ལ་གནོད་སྐྱོན་བཏང་བ་སོགས་ཆེད་བཟོས་ཉེས་པ་

རི་ལྟར་ལྡི་བས་དུས་བཀག་བཙོན་འཇུག་ལོ༧ཉལ་བྱས་པ་ཐག་གཅོད་བྱས། སྐད་ནས་སྤྱི་ཚོགས་ཐོག་མི་སུ་ཞིག་གིས་མི་རྒྱུད་གཅོད་པའི་མིང་འདི་ཡང་བསྐྱར་བཀོལ་སྤྱོད་བྱས་ན་ཁྲིམས་ལྟར་ཉེས་ཆད་གཅོད་རྒྱུ་ཡིན།……”

འདུ་ར་གྲོལ་སོང་། མི་ཚང་མ་ཡར་ལངས་ཏེ་ཟིང་ལོང་དང་སྐོར་འབུད་པར་བྲེལ། ཟླ་བ་ནི་རྣམ་ཤེས་བྲལ་བ་ལྟར་སྟར་མལ་དུ་གྲོང་གྲོང་ངེར་སྡོད་ཅིང་ཡུན་རིང་པོ་འགོར་རྗེས་ཁོག་པའི་ནང་གི་མང་པོ་ཞིག་ཕྱིར་འཐོ་བ་ལྟར་གཞི་ནས་ཤུགས་རིང་ཞིག་ཕྱུངས་སོང་། ཁྲིམ་ཐབ་སྒྲོལ་མ་ཡར་ལངས་ཏེ་ཐོན་སྐྱེད་མཚོ་མོའི་སྐྲ་ལ་འཐམས་ནས་ངུ་བཞིན་དུ་ཁོ་རང་དངོས་གནས་ཁྲི་ཡིས་ཟློས་སོང་བ་འདྲ་ཟེར་ནས་སྐྱོ་ལ་ཁད་དུ་གྱུར་སོང་བས། ཐོན་སྐྱེད་མཚོ་མོས་ཀྱང་གཞི་ནས་དགོང་མོ་དེར་སྲང་ལམ་དུ་ཉལ་བའི་སྤྲང་པོ་དེས་བཤད་པའི་སྐད་ཆ་དག་ཇི་མ་ཇི་བཞིན་དུ་མོ་ལ་བཤད་དགོས་བྱུང་།

ཟླ་བས་ཐོན་སྐྱེད་མཚོ་མོ་བསྐྱོར་ཏེ་ཕྱིར་སྨན་ཁང་དུ་ཐོན་མ་ཐག་ནད་གཡོག་མ་ཆུང་ཆུང་ཞིག་གིས་གར་ཡོང་མི་ཤེས་པའི་འཕྲིན་ཡིག་ཅིག་ཁྱེར་ཡོང་སྟེ་ཟླ་བ་ལ་བྱིན་སོང་། ཁོས་ཐོན་སྐྱེད་མཚོ་མོ་དལ་བུར་ནད་ཁྲིའི་སྟེང་དུ་ཉལ་དུ་བཅུག་ཅིང་ལུས་སྟེང་ལ་ཉལ་ཐུལ་བཀབ་རྗེས་གཞོགས་ཤིག་ཏུ་བསྡད་དེ་འཕྲིན་ཡིག་གི་ཁ་ཕྱེས།

“ཅི་ཞིག་བྲིས་འདུག གང་ནས་ཡོང་བ་རེད།”

ཐོན་སྐྱེད་མཚོ་མོ་མི་ཉལ་བར་ཡར་དགྱེ་སྟེ་དེ་ལྟར་དྲིས་ཤིང་དོགས་སྣང་དང་ཟླ་བའི་གདོང་གི་རྣམ་འགྱུར་ལ་བལྟས་ནས་སྡོད།

ཟླ་བས་འཕྲིན་ཤོག་གི་ལྟེབ་བཤིག་པ་ན་འཕྲིན་ཡིག་དེ་ཡང་སྔོན་དུས་ཁོས་ལས་བསྐྱུར་རེ་འདོད་བྲིས་པ་དང་འདྲ་བར་ཧ་ཅང་སྟབས་བདེའི་ངང་བྲིས་འདུག་སྟེ།

དགེ་རྒན་ཟླ་བ་ལགས།

སྒྲོལ་མས་སྔོན་ནས་ཚོང་བ་ཞིག་དང་གཉེན་སྒྲིག་བྱས་ཟིན་པར་མ་ཟད་ཁ་སང་འདི་གར་ཡོང་སྟེ་

སློབ་སྐྱོར་རོགས་དངུལ་ཡང་གནང་སོང་། ང་ཚོས་ཁྱེད་རང་ཕྱིར་ཕེབས་པར་རེ་སྒུག་བྱས་ཡོད།

སློབ་གྲྭའི་དགེ་སློབ་ཡོངས་ཀྱིས།

བླ་བས་མགོ་བོ་ལག་པས་སྐྱོར་བཞིན་ཡུན་རིང་པོར་ཅི་ཡང་མི་བཤད་པར་སྡོད་པ་དང་། དེ་ནས་སླར་ཡང་དེ་སྔོན་གྲྭ་པ་རྒན་པོའི་ལག་ནས་བླངས་པའི་སྒྲོལ་མའི་ཐང་ཀ་དེའི་ལྡེབ་བཤིག་ནས་ལྷ་བཞིན་དུ་རང་ཉིད་ཀྱི་འདས་ཟིན་པའི་འཚོ་བར་ཕྱིར་དྲན་བྱེད་མགོ་བརྩམས་བྱུང་།

ཐོན་སྐྱེད་མཚོ་མོ་ནད་ཁྲིའི་སྟེང་མགོ་ཡར་འཕོར་ཏེ་ཤུབ་བུར་དུ་བཞིན་འདུག སུས་ཀྱང་མི་ཚོར་བའི་ངང་།……

མཚོན་ཧྲུང་།

དགོང་དྲོའི་ཉི་མའི་འོད་སྨུག་སྐྱ་བོ་དེ་སེང་རས་ཀྱི་ཡོལ་བ་སྲབ་མོ་ཞིག་དང་འདྲ་བར་ལྗང་གོག་འདིའི་ཕྱུ་མདའ་རབ་རིབ་ཏུ་བསྒྲིབས་ཏེ་རྒྱང་རིང་བའི་སྣང་ཕྱོགས་གསལ་པོར་མཐོང་མི་ཐུབ་ན་ཡང་། གྲམ་གཞུང་ན་གྲུ་གྲུའི་འགྲོས་ཀྱིས་བར་མེད་བཞུར་བའི་བྲ་ཆུ་སྔོན་མོ་ནི་དགོང་དྲོའི་ཉི་ཟེར་གྱི་འོག་ཏུ་འོད་ཆེམ་ཆེམ་འཕྲོས་ཏེ་མིག་ལ་འཚེར་བ་དང་། སྡེ་བའི་མར་མཐའི་ཞིང་ནང་དུ་གསར་དུ་སྐྱེས་པའི་གྲོ་ཞིང་གི་སྨྱུ་གུ་ལྗང་ལྗེམ་མེར་བསིལ་རླུང་གི་གཡོ་འགྱུལ་མེད་པར་སྣང་།

མར་ཞོལ་གྱི་ཞིང་ཚིགས་བར་གྱི་ལམ་ཕྲན་སྟེང་དུ་གྲིབ་མ་ནག་ཡོར་བ་གཉིས་འགྲུལ་གྱིན་འདུག་ཅིང་། རིམ་བཞིན་དུ་ཡར་ཐོན་པ་ན་དེ་ནི་བོང་བུ་ཁྲིད་པའི་རྒན་པོ་ཞིག་ཡིན་པ་གསལ་པོར་མཐོང་འོང་། བོང་བུའི་རྒྱབ་ཏུ་ད་དུང་ཤ་ཐག་ཉུང་ཙམ་བསྡམས་འདུག་པར་བལྟས་ན་སྤུ་རྡོ་མར་ཕྱོགས་ཀྱི་ཡུལ་ཚོའི་མགོ་སྒྲིད་ཁང་དུ་ཚོང་རྒྱག་ཏུ་འགྲོ་མཁན་ཞིག་ཡིན་ངེས་རེད། འོན་ཀྱང་རིམ་བཞིན་ཉེ་སར་སླེབས་པ་ན་མི་དེའི་གཟུགས་རིས་ཀྱང་གསལ་པོར་མིག་ལམ་དུ་མངོན་བྱུང་། ཨ་ཅི། དེ་ནི་ཡུལ་ཚོའི་ནང་དུ་འགྲོ་མཁན་ཞིག་ག་ལ་ཡིན། ཁོ་ནི་ད་ནངས་མནའ་བཅད་ཚང་ལ་འབྲུ་སྐུམ་བསྐྱི་རུ་སོང་བའི་ཨ་ཁུ་

མགོན་སྐྱབས་མིན་ནམ། རྒྱུད་པོ་འདི་ད་ལྟ་དངོས་གནས་དཀའ་ངལ་ཆེ་བའི་གནས་སུ་ལྷུང་འདུག ཕྱོས་དང་། ཕྱི་ཕྲུན་རྟུལ་པོར་གྱུར་ཡོད་པའི་སྟོད་ལྭ་དང་རལ་ནས་མཐེ་མོང་སྣེ་གཉིས་ཕྱིར་མངོན་པའི་རས་ལྷམ། ད་དུང་ལོ་ཟླའི་འགྲོས་ཀྱིས་མནར་བའི་སྐམ་ཞིང་རིད་ལ་ཉུང་སྐྱུར་ནས་ཡོད་པའི་ལུས་པོ།……ངོ་མ་བུ་དང་མནའ་མ་གཉིས་ཀ་དོར་བ་ནས་བཟུང་རྒྱུད་པོ་འདི་རྣམ་པ་ཇི་མཐོང་བ་དང་རྒྱུད་ལ་སོང་བ་མངོན་གསལ་རེད། ཁོ་རང་དལ་བུར་ཡར་ཡོང་ཞོར་དུ་ངལ་གསོ་རེ་བྱེད་པ་དང་སླར་ཡང་ལྷོད་ལྷོད་ངང་ལམ་དུ་འགྲོ་བར་བྱེད། ཁོ་རང་སྡེ་བའི་དཀྱིལ་དབུས་ཀྱི་སྲང་ལམ་དུ་ཐོན་འཕྲལ་ཐད་ཀར་ཁོ་རང་སྔོན་མ་དང་བོང་རྒན་རྗེས་མ་ཐུབ་ཏེ་རང་ཚང་དུ་འཐེན་པའི་སྲང་གོག་ནང་དུ་འཛུལ་སོང་།

"ཨ་ཁུ་མགོན་སྐྱབས། ངོ་དགོང་སློབ་གྲྭའི་ནང་དུ་ཚོགས་འདུར་ཤོག་ཟེར།"

ཨ་ཁུ་མགོན་སྐྱབས་དང་བོང་རྒན་གཉིས་ཀ་རང་ཁྱིམ་གྱི་རྒྱ་སྒོའི་ཁར་ཐོན་མ་ཐག་མདུན་ཕྱོགས་ཀྱི་སྟོང་རའི་ཕག་ནས་གསར་བུ་ཞིག་གིས་སྐད་བསྒྲིངས་བཞིན་དེ་ལྟར་བཤད་བྱུང་།

"ཅི་ཞིག་གི་ཚོགས་འདུ་ཡིན་ནམ།" ཨ་ཁུ་མགོན་སྐྱབས་ཀྱིས་རྒྱ་སྒོའི་མདུན་དུ་བོང་བུའི་རྒྱབ་ཀྱི་དངོས་པོ་འབོག་བཞིན་དེ་ལྟར་དྲིས།

གསར་བུ་དེས་ཀྱང་ཁོ་རང་ལ་སྐད་ཆ་གསལ་པོ་ཞིག་བཤད་འདོད་པ་ལྟར་དེ་མུར་སྟོང་རའི་གྱང་སྟེང་ནས་ཚུར་ཕྱོགས་སུ་ལྡིང་འོང་སྟེ། "ཁྲལ་བསྡུ་བའི་དོན་དེ་རེད། ལས་བྱེད་པ་གཉིས་ཀྱང་ཐོན་འདུག"

"ཁྲལ་བསྡུ་བར་ཚོགས་འདུ་འཚོག་དགོས་པ་རེད་དམ།"

"མ་ཤེས།" གསར་བུ་དེའང་ཉུང་དགའ་མེད་པ་འདྲ། "ཁོ་ཚོས་ཁྲལ་བསྡུ་བ་ལས་ཅི་ཞིག་ཤེས་སམ། དེ་མིན་ན་ཆད་པ་གཅོད་རྒྱུ་དེ་རེད། སོས་ཀར་ཡོང་ནས་ཞིང་ཐོབས་ཟེར། དེ་ངེད་ཚོས་ཀྱང་ལོས་ཤེས། གལ་ཏེ་ཁོ་ཚོ་མ་ཡོང་ནའང་ང་ཚོས་ཞིང་མ་བཏབ་པར་འདུག་ག་ལ་སྲིད" ཟེར།

“ང་ལ་ཁྲལ་ཞིག་སྐྱེར་རྒྱུ་ག་ལ་ཡོད། ང་མི་འགྲོ” རེ་ཞིག་རྐྱང་པོ་མགོ་ཧ་མ་མེད་པའི་ཚིག་དེ་འདྲ་ཞིག་བཤད་པ་དང་། དེ་འཕྲལ་ལག་ནང་གི་དངོས་རྫས་དག་ཁྱེར་ཏེ་སྒོ་ནང་དུ་འཛུལ་སོང་།

ཨ་ཁུ་མགོན་སྐྱབས་ནི་དངོས་ནས་སྡེ་བའི་ནང་གི་ཆེས་དབུལ་བའི་ཁྱིམ་ཚང་གཅིག་ཕུ་ཡིན། ཡིན་ཡང་ལོ་བཅུའི་སྔོན་དུ་འདི་འདྲ་ཞིག་གཏན་ནས་མེད། ཐ་ན་བུ་དཔལ་ལྡན་ལ་མནའ་མ་ལེན་དུས་ཀྱང་སྲམ་ཕྲུག་གཡུ་བྱུར་སོགས་ཉོས་པ་དག་ཀུན་གྱི་སྔོན་གཞིར་གྱུར་སྐྱོང་བ་ནི་ཁོས་ཆང་འཕྱུང་དུས་གཞན་ལ་ལབ་རྒྱུག་སྐྱིད་གཅིག་ཕུར་གྱུར་ཡོད། འོན་ཀྱང་དེ་རྗེས་བཟའ་ཟླ་འདས་པ་ནས་བཟུང་ཁོའི་གཤིས་ཀ་འང་རིམ་བཞིན་ཇེ་སྡུག་ཏུ་གྱུར་ཏེ་ནམ་རྒྱུན་བུ་དང་མནའ་མར་སྡིགས་མོ་དང་གཅར་རྡུང་སྣ་ཚོགས་བྱེད་པར་མ་ཟད། ད་དུང་ཕྱི་རོལ་དུ་སོང་ནས་ཀྱང་ཁོང་གཉིས་ཀྱི་ངན་བརྗོད་པར་བྱས་པ་སྟེ། “ལན་རེར་ཁོང་གཉིས་ཀ་མ་དགའ་ཆེ་ང་ལ་ཟ་མའང་མི་སྐྱེར་འདུག ད་ནི་ངས་མི་ནུས་པར་འདུག གཅིག་ཕུར་བུད་ན་བཟང” ཞེས་བཤད་དུས་ཉན་མཁན་དག་གིས་ཀྱང་རང་བཞིན་གྱིས་བུ་དང་མནའ་མར་ལྟ་ཚུལ་གཞན་ཞིག་འཛིན་མགོ་རྩོམ་པ་རེད། “དེ་འདྲའི་བུ་ཕྲུག་ཅིག་ཨེ་ཡོད་དམ། ངོ་མ་དེ་འདྲ་ཡིན་ན་ཁོ་ལའང་ཁག་མི་འདུག” ཟེར།

བུ་དཔལ་ལྡན་གྱིས་ཕྱི་རོལ་གྱི་འཆལ་གཏམ་དེ་རིགས་ཐོས་པས་ཡིད་ཏ་ཅང་མ་དགའ་བར། དགོང་མོ་ཞིག་ལ་བཟའ་མི་གསུམ་པོ་གོ་ཁར་སྡོད་དུས་རང་ཉིད་ལ་དཀར་འདོན་བྱེད་དགོས་བྱུང་། “ཨ་ཕ། ཁྱོད་ཀྱིས་ངེད་གཉིས་ལ་དེ་ལྟར་བཀའ་ལོག་བཤད་སྲོལ་ཡོད་དམ། གལ་ཏེ……” ཞེས་གནས་ལུགས་བཤད་རྩིས་བྱེད་དུས། ཁོས་དེ་མུར་ཁྲི་གདུམ་དང་དཀར་ཡོལ་ཁྲིག་གེར་མདུན་ཅོག་ཐོག་ཏུ་བཞག་སྟེ། “བཤད་མི་དགོས། ང་རང་གཅིག་ཕུར་མ་བུད་པར་ཁྱོད་གཉིས་ཀྱི་ཟ་མ་མི་ཟ་ཐག་ཆོད་ཡིན། ངས་མུ་མཐུད་དུ་དེ་ལྟར་བཤད་ངེས” ཞེས་བཤད་དེ་སྡོད་མི་ཚུགས་པའི་རྣམ་འགྱུར་བསྟན་བྱུང་།

“གལ་ཏེ་གཅིག་ཕུར་བུད་ཆེ། ཁྱོད་ཀྱིས་ཞིང་འདེབས་པ་དང་ཡུར་མ་ཡུར་བ་སོགས་

བྱེད་ག་ལ་ཐུབ། ང་ཚོ་ལྷན་དུ་བསྡད་ན་ལས་ག་དེ་དག་ངེད་གཉིས་ཀྱིས་ལས་ཆོག” མནའ་མས་མིག་ཆུ་འབྱེད་བཞིན་དེ་ལྟར་བཤད།

ཁོས་མནའ་མར་ཧུར་རེར་ལྟ་བཞིན། “ཚུལ་འཚོས་མ་བྱེད། ཁྱོད་གཉིས་ཀས་ང་རང་ཨེ་ཤེར་སྡུག་གིན་པ་ངས་མི་ཤེས་སམ།” ཟེར་ནས་སྐྲེ་ཕྱིར་དཀྱོགས་རྒྱུ་མེད་པ་ལྟར་གཙུས་ཏེ་བསྡད་བྱུང་།

“ཨ་ཕ།” མནའ་མ་ཧ་ཅང་སྐྱོ་བའི་ངང་ངུས་བྱུང་།……

སློབ་གྲྭའི་སློབ་ཁང་ཞིག་གི་ནང་དུ་མི་ཚང་མ་འཚངས་ཏེ་ཝུར་ལོང་ལོང་བྱེད་ཅིང་ཁང་བའི་ནང་ཡོངས་སུ་དུད་སྨུག་གིས་བསྒྲིབས་ཏེ་དབུགས་ཀྱང་གཏོང་ལེན་བྱེད་དཀའ། ད་དུང་མི་ཚོགས་ཀྱི་རྒྱབ་རོལ་དུ་གསར་བུ་འགའ་རེས་ཆང་དམ་རེ་ལག་ཏུ་ཐོགས་ནས་སྤྱི་དཔོན་དང་ལས་བྱེད་པ་དག་གིས་མི་མཐོང་སར་ཕྱོག་འཐུང་བྱེད་ཀྱིན་ཐ་ཚད་ཀྱི་ཤབ་ཤུབ་སྣ་ཚོགས་བཤད་ཀྱིན་འདུག ཨ་ཁུ་མགོན་སྐྱབས་ཀྱང་གང་ལྟར་ཡོང་དགོས་བྱུང་སོང་བ་འདྲ། ཁོ་རང་མི་འགའི་མདུན་ཕྱོགས་སུ་ཙོག་ནས་མགོ་བོ་སྒྲུར་ཞིང་རྣ་བ་གཏད་དེ་ལས་བྱེད་པ་གཉིས་ཀྱིས་ཁྱིམ་ཚང་སོ་སོའི་ཁྲལ་དཔྱལ་གྱི་གྲངས་ཀ་བསྒྲགས་པར་ཉན་བཞིན་སྡུག་འདུག རེ་ཞིག་ནས་ཁོ་རང་གི་རེས་ལ་ཐོན་པ་ན་ལས་བྱེད་པ་དེས་བྱང་ཆ་དོད་པའི་ངང་། “མགོན་སྐྱབས་ཚང་། ཞིང་ཁྲལ་སྒོར་སོ་ལྔ།” ཞེས་བསྒྲགས་བྱུང་།

ཁོ་རང་དེ་འཕྲལ་ལོང་ཁྲོ་ལངས་པ་ལྟར་གྱུར་སོང་། “ཅི་ཟེར། ང་ལ་ཞིང་ས་ཞིག་གང་ན་ཡོད། ཚང་མ་ལོང་གཉིས་ཀྱིས་བདག་བྱས་ཏེ་ང་ལ་ལག་མཐིལ་ཙམ་ཡང་མ་བྱིན་པ་རེད” ཅེས་བཤད།

“སུ་གཉིས་ག” ལས་བྱེད་པ་གཉིས་ག་ཡ་མཚན་ནས་མིག་ཅེར་སོང་།

“ཁོའི་བུ་དང་མནའ་མ་གཉིས་ག་ཟེར་བ་རེད།” སྤྱི་དཔོན་གྱིས་དེ་ལྟར་བཤད་རྗེས་སླར་ཡང་ཁོ་ལ་བལྟས་ཏེ། “འོ་ན་ཁ་མགོའི་གཡོན་ཟུར་གྱི་ཞིང་ས་སྨུའུ་གཉིས་ཅན་དེར་ཁྱོད་ཀྱིས་སློག་རྒྱག་གིན་པ་མིན་ནམ” ཞེས་དྲིས།

"ང་ལ་ས་བོན་ཙུང་ཙམ་ཡང་མེད་པས།"

"དེར་ཁག་འཛོག་ས་མེད།" ལས་བྱེད་པ་གཞན་པ་དེས་མུ་མཐུད་དུ "རྨ་ཆུའི་ཆུ་ཁྲལ་སྒོར་བདུན།"

"ཨ།" རྒད་པོ་ཅི་བྱུང་མེད་པར་ཡར་ལངས་བྱུང་། "ང་ཚོའི་སྡེ་བ་དང་རྨ་ཆུའི་བར་གྱི་ལེ་སུམ་ཙུ་ལྷག་ཡོད། ཆུ་ཁམ་གང་ཡང་མ་འཁྱུང་བར་ཁྲལ་སྤྲོར་དགོས་དོན་ཅི་ཡིན།"

"འདི་ནི་གོང་རིམ་ནས་བཤད་པ་རེད། ངེད་གཉིས་ཀར་ཐབས་ཅི་ཡོད། སྡེ་བ་ཡོངས་ཀྱི་ཁྱིམ་ཚང་ཚང་མས་སྤྲོར་དགོས། ངེས་པར་དུ།"

"ང་ལ་སྤྲོར་རྒྱུ་མེད།" རྒན་པོ་མར་ཅོག་བྱུང་། ལས་བྱེད་པ་གཉིས་ཀའང་ཙུང་མ་དགའ་བ་ལྟར་གྱུར། "འོ་ན་མངགས་གཏོང་ཁང་དུ་སོག་ལ་ཚད་པར་སྐུགས་ཤིག"

དངོས་གནས་མནའ་མའི་བཤད་པ་ལྟར་ཁོས་ལས་ཀ་ལས་ག་ལ་ནུས། ཁོ་རང་གཅིག་པུར་བུད་ཟེར་ཡང་དོན་དམ་དུ་བུ་དང་མནའ་མ་གཉིས་ཀྱིས་སྡེ་བའི་མཐའ་ནས་མཁར་བསྐོར་བ་དང་སྤུས་ཀ་ལེགས་རྒྱུ་མེད་པའི་ཁང་པ་ཀུན་གསུམ་ཕུབ་རྗེས་དེར་སྡོས་པ་དང་སྦོང་ར་ཕྱེད་ཀ་དང་ས་ཞིང་ཕྱེད་ཀ་ཁོར་ཕྱིན་པ་དང་། དང་ཐོག་མནའ་མས་ཀྱང་ཁོས་མི་མཐོང་སར་ཁོའི་ཞིང་ནང་དུ་ཆུ་གཏོང་བ་དང་ཡུར་མ་ཡུར་བ་སོགས་ཕྱོགས་གང་ཐད་ནས་རོགས་རམ་གང་ཐུབ་བྱས་ཀྱང་། ལོ་དེའི་དབྱར་ཁར་ཐེངས་ཤིག་ཁོས་བུ་དབང་ལྡན་ལ་གླེང་འགོལ་བྱས་ཏེ་ཁོའི་སྦོང་རའི་ནང་ནས་སྦོང་པོ་འགའ་བཅད་བྱུང་ཞེས་གྲོང་ཚོའི་མངགས་གཏོང་ཁང་དུ་གཏུག་གཤེར་བྱས་ཏེ་བུ་དབང་ལྡན་ཡང་མངགས་གཏོང་ཁང་དུ་ཐེངས་འགར་བཀག་བསྐྱིལ་བྱས་པས་དེ་ནས་བཟུང་ཁོང་གཉིས་བར་གྱི་ཕ་བུའི་འབྲེལ་ཐག་དེའང་རང་ཚད་དུ་གྱུར། སྐབས་དེར་སྡེ་བའི་ནང་དུ་ད་དུང་ཡང་དབང་ལྡན་བཟའ་བ་གཉིས་ཀར་ངན་འདོགས་བྱེད་ཀྱིན་ཡོད།

"དེ་ལྟ་བུའི་བུ་ཕྲུག་གཅིག་ཡོད་པ་ལས་མེད་ན་བཟང་།"

"ད་དུང་གཙོ་བོ་མནའ་མ་རེད། ཁོང་གཉིས་ཀྱི་ཞིང་ནས་ཡུར་བའི་རྩྭ་ངན་དག

ཀྱང་ཨ་ཁུ་མགོན་སྐྱབས་ཀྱི་ཞིང་ནང་དུ་འཕངས་འདུག་ཟེར།"

མཚན་རླུང་ལྟར་གྲང་བའི་ངན་འདོགས་དང་མི་ཁ་དེ་དག་ནི་དངོས་གནས་ལྟས་ངན་འབོད་པའི་གཡབ་མོ་ཞིག་དང་འདྲ། དགུན་གཞུང་ལ་སླེབས་འཕྲལ་ཨ་ཁུ་མགོན་སྐྱབས་ཞིང་ནང་དུ་ཡུར་མ་ཡུར་རྒྱུ་མ་བྱུང་བའི་རྩྭ་ངན་དང་ལྗུམ་བུའི་ཁེངས་ཏེ་ལོ་ལེགས་པོ་ཞིག་ཡིན་ག་ལ་ཐུབ། ལོ་རྗེས་མར་སླེབས་པ་ན། མི་ཚང་མའི་སྐད་ཆ་ལ་ད་ལྟ་ཕག་གསོ་སྐྱིད་ཀྱི་སྨན་ཞིག་ཡོད་པ་དང་དེ་སྤྱད་ན་ཕག་ཕྲུག་གཅིག་ཟླ་གསུམ་གྱིས་བཙོངས་ཆོག་པའི་སྐད་ཆ་ཞིག་སྟེ་བའི་ནང་དུ་ཐོན། དེ་ནས་ཨ་ཁུ་མགོན་སྐྱབས་ཀྱིས་ཀྱང་རང་ཉིད་ཀྱི་ཞིང་ལས་བྱེད་པའི་ངལ་རྩོལ་ནུས་ཤུགས་ཟད་པ་མཐོང་ནས་ཞིང་ས་དོར་ཞིང་སྟོང་པོ་དག་བཙོངས་ནས་དེ་དག་ལས་ཐོབ་པའི་སྒོར་མོས་ཕག་ཕྲུག་ཉི་ཤུ་ལྷག་གསོས་པ་རེད། ཡིན་ན་ཡང་ཟླ་གཉིས་མ་འགོར་བར་ཕག་ཕྲུག་ལ་ལ་ནད་ཀྱིས་ཤི་བ་དང་ལ་ལ་ཅི་བྱུང་མེད་པར་ཤི་བར་གྱུར་ཏེ་མཇུག་མཐར་ཕག་ཕྲུག་དྲུག་མ་གཏོགས་མ་ལྷག "འདི་ལྟས་ངན་ཞིག་ཡིན་པ་འདྲ" ཨ་ཁུ་མགོན་སྐྱབས་ཀྱིས་དེ་ལྟར་སྙམ་ནས་ཡིད་ཤིན་ཏུ་ཕམ་པར་གྱུར།

མཇུག་མཐར་ལས་བྱེད་པ་གཞན་དེ་ན་རེ། "ད་སྔོན་བཤད་པའི་ཁྲལ་རིགས་དག་གི་ཁ་གྲངས་ཚང་མ་གསལ་པོར་བཤད་པ་ལྟར་རེད། སང་ཉིན་ནས་བཟུང་སྤྲོད་དུ་ཡོང་དགོས། སྒོར་མོ་མེད་པ་དག་གིས་ཀྱང་མི་གཞན་གྱི་ལག་ནས་བསྐྱིས་ཏེ་ཉིན་ལྔའི་ནང་དུ་སྤྲོད་དགོས། ནར་འགྱངས་བྱས་ཚེ་ཆད་པ......" གློ་ལུ་ཞིག་བྱས་རྗེས་སླར་ཡང་། "རེད་ཡ། ད་དུང་ལོ་འདི་དག་གི་རིང་ལ་ཕྱོག་ཏུ་བཙོང་བའི་སྟོང་པོ་མང་པོ་འདུག ཁྲལ་བསྡུས་ཚར་རྗེས་རྫོང་ནགས་ལས་མངགས་གཏོང་ཁང་གི་མི་སྣ་ཡང་དེ་ལ་རྩད་གཅོད་བྱེད་དུ་འོང་ངེས། ནམ་ཡོང་མི་ཤེས། གལ་ཏེ་འཛིན་བཟུང་ཐེབས་ཚེ་ཆད་པ་ནན་མོ་གཅོད་ངེས།"

"......"

མི་ཚང་མའང་ཨ་ཁུ་མགོན་སྐྱབས་དང་ལྷན་དུ་ཁུ་སིམ་མེར་བསྡད། ཚོགས་འདུ་གྲོལ་རྗེས་ལས་བྱེད་པ་གཉིས་ཀ་དང་སྡེ་དཔོན་ཚེ་སྟོན་ལ་སྒོར་བུད་རྗེས་སླར་ཡང་སློབ་ཁང་

ནང་དུ་ཝུར་ལོང་ངེར་གྱུར་འདུག ཚང་མ་རང་རང་ས་ནས་ཡར་ལངས་ཏེ་སྒོར་བུད་སོང་མོད་སྒོའི་ཕྱི་འགྲམ་དུ་ད་དུང་གསར་བུ་ཆང་འཐུང་འགས་རྟུང་རེས་བྱེད་གྲབས་འདུག ཨ་ཁུ་མགོན་སྐྱབས་སྟོན་མའི་གྲལ་ནས་སྒོར་བུད་ཅིང་རྐན་པ་དག་དང་མཉམ་དུ་རང་རང་སར་རྒྱུ་མཚན་ཡོད་པའི་གནས་ལུགས་བཤད་ཀྱིན་ཡོང་མོད། ཁོ་ཚང་དང་འབྲེལ་བའི་སྲང་གོག་གི་མདོར་ཐོན་ཆེ་ཁོ་རང་གཅིག་པུར་ལུས་འདུག ཁོ་རང་ཅི་བྱ་མེད་པར་ཡུན་རིང་ཙམ་ལ་འགྲེང་ནས་སྡོད་དུས་གཞི་ནས་མཚན་ཐུང་གཡུག་གིན་པ་ཡང་ཚོར་རྟོགས་བྱུང་སོང་། མཚན་ཐུང་ནི་དངོས་གནས་མི་སེམས་དགྲོགས་པའི་གདོན་འདྲེ་ཞིག་དང་འདྲ་བར་སྟོང་ལོའི་གཡོ་འགྱུལ་དྲག་པོ་དང་བསྟོངས་ནས་འོ་དོད་འབོད་བཞིན་མཆིས། ཕལ་ཆེར། རེད་ཡ། ཕལ་ཆེར་ཡོད་ཚད་ཀྱང་གདོན་འདྲེས་བཟུང་ཟིན་པ་འདྲ། ཐ་ན……

ཕག་ཕྲུག་གསོས་པའི་དོན་དེ་དེ་ལྟར་གྱུར་འཕྲལ་ཨ་ཁུ་མགོན་སྐྱབས་ཡིད་ཤིན་ཏུ་ཕམ་པར་གྱུར་ཅིང་རྣམ་རྟོག་དང་། "འདི་ནི་ལྟས་ངན་ཞིག་ཡིན་པ་འདྲ" ཞེས་ཆིག་ལབ་བརྒྱབ།

མཇུག་མཐར་ཉེ་ལམ་འབྲོག་ཕྱོགས་སུ་པགས་པའི་རིན་གོང་ཇེ་མཐོར་འགྲོ་བཞིན་པ་ཐོས་འཕྲལ། ཁོས་སླར་ཡང་ཕག་ཕྲུག་འཕྲོ་མ་དག་བཙོངས་ནས་འབྲོག་ཕྱོགས་སུ་པགས་པ་བསྡུ་ཉོ་བྱེད་དུ་སོང་། འོན་ཀྱང་ལས་མེད་ན་ལམ་མེད་ཅེས་པ་ནི་གཏད་པོ་འདིར་བཤད་པ་འདྲ། ཁོ་རང་པགས་པ་བསྡུ་ཉོ་བྱེད་དུ་འགྲོ་བའི་ལམ་ཁར་ལག་སྐྱོར་འཁོར་ལོའི་སྟེང་ནས་ཐང་ལ་ལྷུང་ཏེ་རྐང་བ་གཡོན་པ་བཅགས་པས་ལས་ཀའི་ནུས་པ་ཡོངས་སུ་ཉམས་པར་གྱུར། ཁྱིམ་ནང་གི་འཚོ་བ་ཡང་ཐབས་རྟུགས་པོར་གྱུར་བས་ཐོག་མར་སྐྱེ་བའི་ནང་དུ་འབྲུ་སྟུམ་བསྐྱིས་ཀྱང་སྐྱིན་པ་འཇལ་རྒྱུ་མ་བྱུང་བས་སྐྱེ་བའི་ནང་དུ་རིམ་བཞིན་རོགས་རམ་བྱེད་མཁན་མེད་པར་གྱུར། རྒྱུ་མེད་ན་ཨ་ཁུར་ངོ་སོ་མེད་ཅེས་པ་དེ་བདེན་པ་རེད། སླར་ཡང་དེ་ལྟར་ཆིག་ལམ་བརྒྱབ་ནས་སྐྱེ་བ་གཞན་པར་བསྐྱི་རུ་འགྲོ་དགོས་བྱུང་། ཁོ་རང་མནའ་བཅད་ཚང་ལ་འབྲུ་སྟུམ་ཉུང་ཙམ་ཞིག་བསྐྱི་རུ་སོང་ཡང་དངོས་གནས་ཉུང་ཙམ་ཞིག་མ་

གཏོགས་བསྐྱིས་མ་བྱུང་། "ད་ལོ་ངེད་ཚང་ལའང་མང་པོ་མི་འདུག འདི་ཙམ་ཁྱེར་ན་ཨེ་ཆོག"

"ཡོས་ཆོག" མཐའ་བཅད་ཀྱི་བཅོས་མའི་འཛུམ་མདངས་ལ་ཕོས་ཀྱང་ལན་ཕྱུང་དུ་དེ་བཏབ་རྫེས་པོང་བུའི་རྒྱབ་ཏུ་བསྣམས་ནས་ཕྱིར་ལོག་དགོས་བྱུང་སོང་།......

དགོང་རྫོའི་ཉི་མའི་འོད་སྣུག་སྐྱ་པོ་དེ་སེང་རས་ཀྱི་ཡོལ་བ་སྲབ་མོ་ཞིག་དང་འདྲ་བར་ལྷུང་པོག་འདིའི་ཁྱུ་མདའ་ཐམས་ཅད་རབ་རིབ་པོར་བསྒྲིབས་ཏེ་རྒྱང་རིང་པོའི་སྣད་ཕྱོགས་གསལ་པོར་མཐོང་དཀའ་ན་ཡང་། གྲམ་གཞུང་ན་གྱུ་གྱུའི་འཁྲོས་ཀྱིས་བར་མེད་དུ་བཞུར་བའི་བྲ་ཆུ་སྔོན་མོ་ནི་དགོང་རྫོའི་ཉི་འོད་ཀྱི་འོག་ཏུ་ཞོག་ཆེམ་ཆེམ་ཏུ་འཕྲོས་པས་མིག་ལ་འཚེར། ཨ་ཁུ་མགོན་སྐྱབས་ཞིང་ཚིགས་ཀྱི་འགྲམ་དུ་ཙོག་ནས་ངལ་གསོ་བྱས་ཏེ་རྒྱང་དུ་བལྟས་པ་ན། བུ་དང་མཐའ་མའི་ཞིང་ནང་དུ་གསར་དུ་སྐྱེས་པའི་གྲོ་ནས་ཀྱི་སྨྱུ་གུ་ལྗང་ལྗེམ་མེར་བསིལ་རླུང་གིས་གཡོ་འགྱུལ་མི་གཏང་ལ། ལྗང་མདོག་གི་བཀྲག་མདངས་དེ་ནི་དངོས་གནས་བུ་ཕྲུག་གི་ཡིད་སེམས་ཇི་བཞིན་ལྷད་མེད་ཅིང་སྙིང་ལ་སྡུག་པའི་ངང་ཚོའི་མིག་མདུན་དུ་ལྷམ་མེར་གསལ།

ཚོས་ཡུན་རིང་ཙམ་ལ་ངལ་གསོའམ་བསམ་བློ་ཞིག་བཏང་།......

གྲོང་ཁྱེར་གྱི་འཚོ་བ།

ཁོ་ཡུད་ཙམ་ལ་དེ་གར་འགྲེང་ནས་བསྡད། མཐའ་འཁོར་གྱི་ནགས་ལྗར་གཟིངས་པའི་ཁང་རྩེག་སྣ་ཚོགས་དང་རྒྱུ་ལྗར་བཞུར་འོང་བའི་རླངས་འཁོར་གྱི་འགྲོ་འོང་། རང་རང་གི་དོན་བྱུར་བྲེལ་བའི་མི་ཚོགས་ཀྱི་འདུ་འགོད། གཡས་གཡོན་དུ་ཚོན་མདོག་སྣ་ཚོགས་དང་ལམ་འགྲམ་གྱི་ཟས་རིགས་ཙག་ཅིག་གཡོ་སྒྱུར་བྱེད་པའི་དྲི་མ་བཅས་ཀྱིས་ཁོ་བསམ་དབང་དྲན་དབང་མེད་པར་འཇིག་རྟེན་གཞན་ཞིག་ལ་བསླེབས་པ་ལྟ་བུའི་འདུ་ཤེས་ཤིག་གི་ཁོངས་སུ་ཡོངས་ནས་བཏུམས་སོང་།

རླངས་འཁོར་ས་ཚིགས་ཀྱི་སྒོ་འགྲམ་ན་ཡོད་པའི་སྟོང་རྐན་དེ་སྔོན་ལྟར་འགྱུར་ལྡོག་ཅི་ཡང་མེད་ནའང་ལོ་མ་སེར་པོ་དག་ས་རུ་ལྷུང་འདུག་པས་ཁོའི་སེམས་ལ་ད་ནི་སྟོན་ཁར་བསླེབས་སོང་སྙམ། ལོ་བཅོ་ལྔའི་ཡར་སྔོན་གྱི་དུས་འདི་ལ་ཁོ་ཐོག་དང་པོར་ས་འདི་ནས་རླངས་འཁོར་ལས་བབས་ཏེ་གྲོང་ཁྱེར་འདིའི་འཚོ་བའི་ཁྲིད་ཞུགས་པ་ཡིན་ལ། འདི་གའི་བོད་ཡིག་ཚགས་པར་ཁང་དུ་གསར་འགོད་པའི་བྱ་བ་སྒྲུབ་པར་བཀོད་སྒྲིག་བྱས་པ་རེད། ཁོ་ཚོའི་མགོ་ཁྲིད་ནི་ལོ་མང་བོར་གསར་འགྱུར་བྱ་བ་སྒྲུབ་སྦྱོང་བའི་ལས་བྱེད་པ་རྒན་པ་ཞིག་ཡིན་ལ་ངེས་པ་དོན་གྱི་བོད་ཀྱི་མཁས་པ་ཆེན་པོ་ཞིག་ཀྱང་རེད། ཁོང་གིས་ཐོག་དང་པོར་

ཁོར་གནང་བའི་བསླབ་བྱ་ནི་གྲོང་ཁྱེར་ན་རླངས་འཁོར་འགྲོ་འོང་མང་བས་ལམ་ལ་འགྲོ་དུས་སེམས་ཆུང་བྱ་དགོས་ཞེས་པ་དེ་རེད།

སྐབས་དེར་ལས་ཁུངས་ནང་དུ་སྡོད་ཁང་ཐད་དཀའ་ངལ་ཧ་ཅང་ཆེ་བའི་དབང་གིས་གནས་སྐབས་སུ་ཕོ་ཚོ་གསར་དུ་ཡོང་བའི་མི་འགའ་གྲོང་ཁྱེར་ལྟེ་འདབས་ཀྱི་ས་ཐག་གིས་བཟོས་པའི་ཁང་ཤར་ཞིག་ཏུ་བཀོད་སྒྲིག་བྱས། དེ་བས་ལས་གྲོགས་རྙིང་བ་ཚོས་ཀུ་རེའི་ཚུལ་དུ་ཕོ་ཚོའི་སྡོད་གནས་དེར་"ཡུལ་ཚོའི་སྲིད་གཞུང་"ཞེས་པའི་མིང་སྙིད་པོ་ཞིག་བཏགས་ཡོད། ལས་ཁུངས་ཀྱིས་ཕྱི་དྲོའི་ལས་གྲོལ་བྱས་མ་ཐག་རླངས་འཁོར་མངགས་ཏེ་ཕོ་ཚོ་སྡོད་གནས་སུ་བསྐྱལ་འགྲོ་བ་དང་ཞོགས་པར་དུས་ཚོད་བརྒྱད་པའི་ཐོག་རླངས་འཁོར་མངགས་ཏེ་ཕོ་ཚོ་ལས་ཁུངས་སུ་བསུ་བཞིན་ཡོད་པས། ཕོ་ཚོ་ནི་དངོས་གནས་ཡུལ་ཚོའི་སྲིད་གཞུང་གི་གོ་ས་ཆེས་མཐོ་བའི་དཔོན་པོ་སྐོར་ཞིག་དང་ཁྱད་པར་མེད་པ་འདྲ། དེ་ལྟར་ཟླ་ལྔ་ལྷག་འགོར་རྗེས་ཕོ་ཚོ་གཞི་ནས་ལས་ཁུངས་ནང་གི་ལས་འབྲུར་ངལ་གསོ་བྱས་ཏེ་ཁང་བ་གཞན་ཞིག་ཏུ་བཙལ་ཟིན་པ་ཞིག་གི་ཤུལ་དུ་སྤོ་རུ་བཅུག་པས་དེ་སྔ་ལྟར་སྔ་ལངས་བྲེལ་ཡོལ་དེ་འདྲ་བྱེད་མི་དགོས་ཀྱང་། ཁང་སྐོར་གཅིག་ལ་ཤག་གསུམ་རེ་ཡོད་ཅིང་ཤག་རེ་རེའི་ནང་དུ་མི་གཉིས་རེ་འདུག་དགོས་བྱུང་བས་དེ་སྔ་སློབ་གྲྭ་ནང་དུ་སྡོད་དུས་ཀྱི་ཉལ་ཁང་དང་འདྲ་བར་འཚང་ཁ་ཆེ་བར་བརྟེན། ལས་གྲོགས་ཚོས་དེ་སྔའི་"ཡུལ་ཚོའི་སྲིད་གཞུང་"ཞེས་པའི་ཐ་སྙད་དེ་"མི་རྐྱང་མཐུན་ཚོགས་"ཞེས་པར་བསྒྱུར་བ་རེད། ངོ་མ་ལས་ཁུངས་ནང་གི་ལས་གྲོགས་རྣམས་གཞོན་ཚང་མ་སྤྲོ་སྣང་ཅན་ཤ་སྟག་ཡིན་ལ་ཕན་ཚུན་ལ་ཀུ་རེ་རྩེ་རྒྱུར་དགའ་བས། སྐབས་དེ་དག་ཏུ་ཕོའང་མི་རྐྱང་གི་སྤྲོ་སྣང་ཁྲིད་འཐིམ་པ་ལས་གྲོང་ཁྱེར་གྱི་འཚོ་བའི་ཉམ་འཛིང་ག་ལ་རྟོགས། ཡུན་རིང་མ་འགོར་བར། མགོ་ཁྲིད་པ་རྣམ་པས་ཕོའི་རྒྱ་བོད་ཡིག་གཉིས་ཀའི་ཆུ་ཚད་བཟང་བར་མཐོང་ཆེན་བྱས་ཏེ་ཡིག་སྒྱུར་ཚན་ཁག་ཏུ་ལས་བརྗེ་བྱས། ལས་གྲོགས་འགའ་རེས་ཕོ་མགོ་ཁྲིད་པ་རྣམ་པར་བཟང་བས་རེ་བ་ཞུས་པས་དེ་ལྟར་བྱུང་བ་ཡིན་རྒྱུ་རེད་སྙམ་གྱིན་འདུག་ཀྱང་དེ་ནི་དོན་དངོས་མ་ཡིན། འོན་ཏེ་

མགོ་ཁྲིད་པ་རྒན་པ་ཁོར་ཐུགས་རྗེས་ཆེ་བའང་བདེན་པ་ཡིན་ཏེ། ཐ་ན་ཁོའི་ཚུང་མ་དེ་ངོ་སྲུད་བྱེད་མཁན་ཁོང་ཡིན་ལ་བར་བའང་ཁོང་ཉིད་ཡིན།……འདས་པའི་དོན་དེ་དག་ལན་རེར་སེམས་དལ་མོས་གྲོགས་པོ་ཚོར་ཁ་བརྡ་བྱེད་སྐབས་ཕྱིར་དྲན་རེ་བྱེད་པ་མ་གཏོགས་སྤྱི་མོ་ནས་ཟླད་པའི་ཕྱི་རོལ་དུ་ཡལ་འདུག

ཁོས་དེ་གར་རུང་ཙམ་ལ་ངལ་གསོས་རྗེས་གཞི་ནས་ཁོའི་གན་དུ་སྡུག་སྡོད་པའི་འཁོར་ལོ་གསུམ་ཅན་གྱི་སླ་འཁོར་དེར་སླ་རིན་གཏམས་རྗེས་དེའི་ནང་དུ་ཤ་མར་དང་རྩམ་པའི་རྗོག་ཁྲེས་དག་བཞག་པ་རེད། སླ་འཁོར་སྐོར་མཁན་གྱིས་སྐོར་མོ་ཞུང་དྲགས་སྐམ་ན་ཡང་ཅི་ཡང་མ་ལོན་པར་བསྒྱུགས་བསྒྱུགས་ལ་འདུག་པ་ལས་ཞུང་ཟད་རེ་རྒྱུན་མ་ཆད་པར་ལོན་ན་དགའ་བ་ཤེས་ནས་ཁོར་ལེ་བདའ་བྱེད་པའི་ཉམས་ཀྱིས་རྒྱ་ལམ་གྱི་ཕ་རོལ་དུ་ཡོད་པའི་ཕླ་གབ་ལྷུང་སེར་ཅན་གྱི་རྟ་བབས་དེའི་གན་དུ་བསྐྱོད། ཡིན་ནའང་ཁོས་སླ་འཁོར་གྱི་ཁ་ལོ་པ་དེའི་ཉམས་འགྱུར་ལ་ཁ་ཡ་བྱེད་མི་སྲིད། ཁོ་འགྲོས་ནི་ཕླ་གབ་ལྷུང་སེར་ཅན་གྱི་རྟ་བབས་དེའི་གན་ཡིན་ལ་དེའི་ཕན་ལ་གོམ་པ་གང་ཡང་འགྲོ་མི་སྲིད། དེ་ནི་སྤྱི་སྤྱོད་རླངས་འཁོར༧༢པའི་ས་ཚིགས་ཤིག་ཡིན། ནམ་རྒྱུན་ཁོས་གནས་གཞན་དུ་གནས་ཚུལ་རྒྱུས་ལོན་བྱེད་པར་བསྐྱོད་ནས་ཕྱིར་བསླེབས་དུས་དང་། ཕ་ཡུལ་དུ་ཕ་མར་ལྷ་སྐོར་དུ་སོང་ནས་ཕྱིར་ཡོང་དུས་རྟ་བབས་འདིའི་གན་དུ་སྤྱི་སྤྱོད་རླངས་འཁོར་ལ་སྒུག་གིན་ཡོད། སླ་འཁོར་ཁ་ལོ་པས་ཁོའི་དངོས་པོ་དག་དེ་གར་སར་བཞག་ཅིང་རྔུལ་སླ་བླངས་རྗེས་ཁོ་དང་འབྲེལ་བ་ཅི་ཡང་མེད་པའི་ཚུལ་གྱིས་ཤུར་སེ་སོང་བས་ཁོ་གཅིག་པུ་ལུས་སོང་། སྤྱི་སྤྱོད་རླངས་འཁོར་ནི་དུས་ཚོད་ལྟར་མངག་གཏོང་བྱེད་ཀྱིན་ཡོད་པས་དུས་ཚོད་ལ་མ་ཐོན་ན་ཁོ་ལ་བྲེལ་བ་ཅི་འདྲ་ལངས་ཀྱང་ཕན་ཐོགས་ཅི་ཡོད། ཁོ་དེ་མལ་དུ་ལངས་ནས་ཕར་ལྷ་ཚུར་ལྷ་བྱེད་བཞིན་སྣ་སླུ་ཞིག་བླངས་ནས་བསྡད། ཅང་མ་འགོར་བར་ཁོའི་གན་དུ་ལོ་ན་དར་ལ་བབས་པའི་རྒྱ་མི་ཁྲོ་ཤུག་གཉིས་ཡོང་སྟེ་ཁོ་དང་འདྲ་བར་རླངས་འཁོར་ལ་སྒུག་བྱུང་། སྐྱེས་པ་དེས་མཁྲིག་མའི་དུས་ཚོད་འཁོར་ལོར་ལྟ་ཙམ་བྱས་ཏེ་རྒྱ་སྐད་ཀྱིས "སྤྱི་སྤྱོད་རླངས་འཁོར་ད་དུང་ཐོན་

པའི་ཚོད་མ་རེད། ང་ཚོས་སྒྱ་འཁོར་ཆུང་བ་ཞིག་སྒྲུས་ཏེ” འགྲོ་ཟེར། བུད་མེད་དེས་དེའི་མུར་སྣང་མིག་ཅིག་བགྲད་དེ་ལན་དུ “སྤྱི་སྤྱོད་རླངས་འཁོར་ལ་ཟུར་ལྷ་བྱིན་པས་ཆོག སྒྱ་འཁོར་ལ་སྐོར་བཅའ་བཙུ་རེ་དགོས་པས་ཁྱོད་ལ་སྐོར་མོ་དེ་འདྲ་མང་བོ་ཡོད་དམ” ཟེར། སྐྱེས་པ་དེས་སླར་ཡང་སྤྱི་སྤྱོད་རླངས་འཁོར་ལ་སྡིགས་ཙམ་བྱས་པ་ན་བུད་མེད་དེས་ཀྱང་སླར་ཡང་སྐྱེས་པ་དེར་སྣང་མིག་ཅིག་བགྲད། ཡུན་རིང་སྒུག་མ་དགོས་པར་སྤྱི་སྤྱོད་རླངས་འཁོར་བསླེབས། དམིགས་ཡུལ་དུ་བསླེབས་ཟིན་པའི་མི་དག་རླངས་འཁོར་ལས་བབས་པ་དང་ཁྱོ་ཤུག་དེ་གཉིས་ཀའང་མཛའ་བརྩེ་ལྡན་པའི་ངང་རླངས་འཁོར་ནང་ལ་བུད་པས་ཁོས་ཀྱང་དངོས་པོ་དག་བཀུགས་ཏེ་སྤྱི་སྤྱོད་རླངས་འཁོར་དེར་བསྡད། རླངས་འཁོར་དུ་སྐྲ་དཀར་པོར་གྱུར་པའི་རྒན་པོ་དང་ལང་ཚོ་དར་པའི་གཞོན་པ་ཡོད་ལ། ཤམ་ཐུང་གོན་པའི་མོ་གསར་དང་དཔེ་ཁུག་འཁུར་བའི་སློབ་མའང་འདུག ཕོ་མོ་མི་རེ་རེའི་ངོ་གདོང་དང་གཟུགས་དབྱིབས་མི་འདྲ་བ་བཞིན་དུ་མི་རེ་རེའི་ལས་རིགས་དང་ཐོབ་ཐང་། རིགས་རྒྱུད་ཀྱང་གཅིག་ཏུ་མ་ངེས་པར་སོ་སོ་རེད། ཡིན་ནའང་སྐབས་ལེགས་པ་ལ་རླངས་འཁོར་དུ་དངུང་འདུག་སྟེགས་སྟོང་བ་གཉིས་གསུམ་ཙམ་འདུག་པས་ཁོས་ཀྱང་ད་དུང་ལས་ཀ་གྲོལ་རན་ལ་བསླེབས་མེད་པ་རྟོགས། གལ་ཏེ་ལས་ཀ་གྲོལ་དུས་ཡིན་ཚེ་མི་མང་པོས་འཚང་གས་ཁྲིའུ་བཏབ་པ་ལྟར་གྱུར་ཏེ་ཁ་ལོ་ཙམ་ཡང་འཁོར་དཀའ་ན་འདུག་སྟེགས་ཤིག་ཐེམས་ག་ལ་ཐུབ། མི་ཚོགས་ལ་འཁྱམ་འགྲུལ་ཞིག་ཐེབས་པ་དང་མཉམ་དུ་སྤྱི་སྤྱོད་རླངས་འཁོར་གཞི་ནས་ལམ་ལ་ཆས་བྱུང་། འཛིན་བྱང་འཚོང་མཁན་གྱི་གཞོན་ནུ་མ་དེས་མཐོ་དམན་མེད་པའི་གདངས་ཀྱིས་རྒྱུན་ཆད་མེད་པར་འཛིན་བྱང་ཉོས་ཤིག་ཅེས་སྐུལ་གྱིན་འདུག་པས་ཁོས་ཀྱང་ཟུར་ལྷ་ཡི་འཛིན་བྱང་ཞིག་ཉོས་པ་དང་། དངོས་པོ་དག་ལ་བདག་དམ་ཞིག་བྱས་རྗེས་མགོ་བོ་ལྷག་པར་ཁེན་ཙམ་གྱིས་ཉིན་གང་བོའི་འགྲུལ་བཞུད་ལ་རང་དབང་མེད་པར་སུན་སྣང་སྐྱེས་ཤིང་ཡུད་ཙམ་ལ་མིག་ཟུམ་ནས་བསྡད།

ཁོའི་ཕ་ཡུལ་ནི་འབྲོག་ཁུལ་ཡིན། རིང་མོ་ཞིག་ནས་ཕ་མ་གཉིས་ཀྱིས་མི་ལ་སྐད་སྐུར་

བའམ་གཞན་ལ་འཕྲིན་ཡིག་འབྲི་རུ་བཅུག་ནས་ལོ་ཆེ་བཟའ་གོ་ར་གང་བོ་ཡུལ་དུ་ཡོང་བའི་རེ་བ་བྱེད་བཞིན་ཡོད་མོད། འོན་ཀྱང་གྲོང་ཁྱེར་གྱི་འཚོ་བ་ནི་འདི་འདྲ་ཞིག་རེད། ནམ་རྒྱུན་རང་ཉིད་ལ་གནང་བ་ཡོད་དུས་ཆུང་མའི་བུ་བ་བྲེལ་བ་ཆེ་བའི་སྐབས་སུ་ཁེལ་འདུག་ལ། ཆུང་མར་གནང་བ་ཡོད་དུས་ཁོ་རང་ལ་བྲེལ་བ་ཆེ་བའི་སྐབས་རེད། ལན་རེར་ཞོ་ཤུག་གཉིས་ཀ་ཅུང་ཁོམ་ཡོད་པའི་དུས་སུ་བུ་མོ་སློབ་གྲྭར་འགྲོ་བར་བར་ཆད་བྱེད་དོགས་ཀྱིས་ཕ་ཡུལ་དུ་འགྲོ་བ་རྗེས་སྣུར་བྱེད་དགོས་འབྱུང་། དོན་ངོ་མར་བཤད་ན་བཟའ་མི་ཚང་མ་ལྷན་འཛོམས་ཀྱིས་ངལ་གསོ་བྱེད་པའི་དུས་ནི་གཟའ་ཉི་མའི་ཉིན་གཅིག་པུ་རེད། གཟའ་ཉི་མའི་ཉིན་ནི་གྲོང་ཁྱེར་གྱི་མི་དག་གིས་བཟའ་མི་ཚང་མ་ཁྲིད་དེ་རྒྱ་སྲང་དུ་ཉོ་ཆ་རྒྱག་ཏུ་འགྲོ་བའམ། གླིང་ག་ར་སྤྲོ་འཆམ་ལ་འགྲོ་བ། གྲོང་ཁྱེར་གྱི་ཕྱི་རོལ་དུ་ལྷོད་མོར་འགྲོ་བ་སོགས་ཀྱིས་སྐྱེལ་བ་ཡིན་ལ། ཉིན་གཅིག་གི་དུས་ཚོད་ནི་དེ་བཞིན་ཚོར་མ་ཚོར་གྱི་མཚམས་ནས་འདས་འགྲོ། ཡང་གཅིག་བཤད་ན་ཉིན་གཅིག་གི་དུས་ཚོད་དེ་ངེས་པར་དུ་དམ་འཛིན་བྱས་ནས་ཕྱོགས་དེ་དག་ལ་ཆེད་དུ་སྤྱོད་པ་ནི་གྲོང་ཁྱེར་བ་རྣམས་ཀྱི་འཚོ་བའི་གཏན་ཚིགས་ཤིག་ཀྱང་རེད། ཅང་མ་འགོར་བའི་ཡར་སྔོན་ལ། ཕ་མ་གཉིས་ཀྱིས་ཡང་བསྐྱར་ཡུལ་ཕྱོགས་ཀྱི་མི་ཞིག་ལ་སྐད་བཏང་སྟེ་ད་ལོ་ཡུལ་ཕྱོགས་སུ་ཟྭ་ཆུ་བཟང་བ་དང་ཕྱུགས་ཤེད་ཀྱང་བཟང་བས་ལོ་ཆེ་བཟའ་གོ་ར་གང་བོ་ཅིས་ཀྱང་སྟོན་དུས་ཡུལ་ལ་འཁོར་ཞག་ཏུ་ཡོང་སྟེ་ཟྭ་ཐང་གི་སྐྱིད་དང་འབྲོག་ཟས་ཀྱི་བཅུད་ལ་ཐེངས་རེར་རོལ་ཧེ་སོང་ན་བཟང་ཟེར། སྐབས་དེར་ལོ་གཞི་རིམ་དུ་སོང་སྟེ་ཕྱིར་ཐོན་མ་ཐག་པའི་སྐབས་ཡིན་ལ་ལས་ཁུངས་ཀྱིས་ཉིན་འགའི་གནང་བ་ཡང་བྱིན་ཡོད་མོད། ཆུང་མར་ལས་བྲེལ་ཆེ་ལ་བུ་མོ་ཡང་སློབ་གྲྭའི་རྒྱལ་སྟོན་བསུ་བའི་རིག་རྩལ་སྒྲུང་བརྡར་དུ་ཞུགས་ཀྱིན་ཡོད་ལ། སློབ་སྦྱོང་ལ་བྲེལ་བ་ཆེ་བའི་སྐབས་ཡང་ཡིན་པས་རང་ཉིད་གཅིག་པུ་འགྲོ་དགོས་བྱུང་། གྲོང་ཁྱེར་གྱི་མིས་རྩྭ་ཐང་གི་འཚོ་བར་རྒྱུས་ལོན་བྱེད་ཐུབ་ཀྱི་མེད་པ་ལྟར་རྩྭ་ཐང་གི་མིས་གྲོང་ཁྱེར་གྱི་འཚོ་བར་རྒྱུས་ལོན་བྱེད་ཐུབ་ཀྱི་མེད་པར་ཡང་ཁག་ཅི་ཡོད། ཕ་མ་གཉིས་ཀྱིས་བསམ་པར་གྲོང་ཁྱེར་ན་ཕ་

ཡུལ་ལྷ་བུའི་རྒྱས་སྤྲས་ཀྱི་འཚོ་བ་མེད་པར་མ་ཟད་ཤ་དང་འོ་མ་ཁ་ནང་དུ་ཡོང་དཀའ་བས་མནའ་མ་དང་ཚ་མོ་ཚོ་དང་ལྷན་དུ་མ་ཡོང་བར་འཁང་ར་བྱེད་ཀྱིན་འདུག ཁོས་ལན་དུ་ད་ལྟ་བ་ཡུལ་དང་བསྡུར་ན་གྲོང་ཁྱེར་དུ་ལུག་ཤའི་རིན་གོང་དམའ་ཚུལ་དང་ད་དུང་ཕྱི་དང་ཤ་ཉོས་ན་སྟབས་བདེ་ཚུལ་སོགས་ལབ་སྟེ་ཁོ་ཚོའི་སེམས་ཁྲལ་ཞི་ཐབས་བྱས། གྲོང་ཁྱེར་གྱི་འཚོ་བ་ནི་དངོས་གནས་དེ་འདྲའི་འཇོམ་པོ་ཞིག་ཡིན་ནའང་། ས་གོམ་པ་གང་ལ་འགྲོ་ན་སྣོར་མོའི་འགྲོ་སྣོ་ཡིན་ལ་ཆུ་ཁམ་གང་འཐུང་ནའང་སྣོར་མོའི་འགྲོ་སྣོ་རེད། ཕར་ལས་ཀར་འགྲོ་བ་དང་ལས་ཀ་གྲོལ་ཏེ་ཚུར་ཡུལ་ལ་འོང་བ། བུ་མོ་སློབ་གྲྭར་འགྲོ་བ་དང་དུས་རྒྱུན་གྱི་སློབ་གྲྭའི་རོལ་རྩེད་ལ་ཞུགས་པ། ཐ་ན་གསང་སྤྱོད་ལ་འགྲོ་ནའང་སྣོར་མོའི་ཤེད་ཤུགས་ཁོ་ན་འཕུད་དགོས་པ་མ་ཡིན་ནམ། དེ་བས་ཁོའི་ཆུང་མས་ནམ་རྒྱུན་སྣོར་མོ་གྲོན་ཆུང་བྱེད་ཆེད་ལས་ཀར་འགྲོ་དུས་ཀྱང་སྤྱི་སྤྱོད་རླངས་འཁོར་ལ་བསྡད་ན་མགོ་ན་བར་ཁ་གཡར་ཏེ་རྐང་ཐང་ལ་འགྲོ་འོང་བྱེད་པ་དང་། སྟོན་ཚད་གཉེན་སྒྲིག་བྱེད་དུས་ཀྱི་གྱོན་གོས་སྙིང་བ་རྣམས་གྲ་དག་གིས་གོན་ནས་གསར་བ་ཉོ་འདོད་གཏན་ནས་མེད། ལན་རེར་བུ་མོས་སྣོར་མོ་སློང་དུས་ཀྱང་མེད་སྨུག་བརྟན་ཏེ་བྱིས་པ་རྣམས་ཀྱིས་ཆུང་དུས་ནས་སྣོར་མོ་ལག་ལེན་བྱེད་མི་ཉུང་ཚུལ་གྱི་སློབ་གསོ་གཏོང་གིན་ཡོད། ཆུང་མ་ནི་གྲོང་ཁྱེར་ནུབ་ཁུལ་གྱི་དོན་གཅོད་ཁང་ཞིག་ཏུ་ཞབས་ཞུ་པའི་ལས་ཀ་གཉེར་གྱིན་ཡོད་ཅིང་ཟླ་རེར་ཟླ་ཕོགས་སྣོར་༥༠༠ཙམ་མ་གཏོགས་ཡོན་གྱིན་མེད། དེའི་ཁོ་རང་གི་ཟླ་ཕོགས་བསྣན་ན་ཡང་སྣོར་༡༨༠༠ཙམ་ལས་མེད་པས། ཟླ་རེའི་འཚོ་བ་རོལ་བྱེད་དང་ཉེན་འགོག་དངུལ། འཕྲོད་བསྟེན་དངུལ། སྨན་བཅོས་དངུལ། སྡོད་ཁང་མ་དངུལ།…… བུ་མོའི་སློབ་ཡོན་བཅས་ཕུད་ན་སྣོར་མོ་ལྷག་མ་མེད་པས་དངོས་གནས་དཀའ་ངལ་ཆེ་བ་རེད། ཁོའི་ཆུང་མ་ནི་བུ་མོ་འཛོན་ཐང་ཅན་ཞིག་ཡིན། དང་ཐོག་བུ་མོ་མ་བཙས་གོང་ལ་མོས་ནམ་རྒྱུན་ངལ་གསོའི་རེས་སུ་ཐོན་འཕྲུལ་བག་ལེབ་བསྲེགས་ཏེ་ཉེ་འགྲམ་གྱི་ཟ་ཁང་དག་ཏུ་འཚོང་གིན་ཡོད་པས། རང་ཉིད་མཐོ་རིམ་ལས་བྱེད་པའི་བུས་ཕྱུག་ཏུ་རློམ་པའི་ཁྱིམ་མཚེས་བུད་མེད་དེས་ནམ་རྒྱུན་མོར་འཕྱ་བཞིན་ཡོད། གྲོང་

ཁྱེར་དུ་ཡོད་པའི་ལས་བྱེད་པ་གཞོན་གྲས་ཀྱི་ཁྲོད་དུའང "གྲལ་རིམ" ཆེན་པོ་གཉིས་ཡོད་དེ། ཕ་མ་གྲོང་ཁྱེར་དུ་ཡོད་པའི་མཐོ་རིམ་ལས་བྱེད་པའི་བུས་ཕྲུག་དང་ཕ་མ་གཞི་རིམ་གྱི་རོང་འབྲོག་ཁུལ་དུ་ཡོད་པའི་ན་གཞོན་ལས་བྱེད་པ་གཉིས་རེད། གཞན་ལ་འགྲོ་མཁན་བུད་མེད་དེ་ཨ་ཕ་ནི་དེ་སྔ་ཞིང་ཆེན་མི་རིགས་སློབ་གླིང་གི་སློབ་དཔོན་ཆེན་མོར་མིང་བཏགས་བྱས་མྱོང་ཡང་ད་ལྟ་ལས་འཁྱུར་ངལ་གསོ་བྱས་ཡོད་པས། མོ་ཡང "གྲལ་རིམ" མཐོ་ཤོས་སུ་གཏོགས་པར་མ་ཟད་ང་རྒྱལ་ཆེ་ཞིང་མི་གཞན་མིག་ལམ་དུ་མི་ཐོགས་ནའང་ཁྱིམ་མཚེས་ལ་ཧ་ཅང་བཟང་། མོས་ནམ་རྒྱུན་དགོང་མོའི་སྐབས་སུ་མཐའ་འཁོར་གྱི་བུད་མེད་དག་ཁྱིམ་ནང་དུ་བསྡུས་ཏེ་མ་ཅང་རྩེ་བཞིན་ཡོད་པས། ལན་རེར་རྩེ་གྲོགས་མ་འདང་ཚེ་ཁོ་ཚང་ལ་ཡོང་སྐད་ཆུང་མར་ཁྱོད་ཀྱིས་བག་ལེབ་བཙོངས་ཏེ་ཁ་སོས་པ་མ་རེད། ང་ཚོར་རྩེད་གྲོགས་གྲོས་དང་ཕར་ཤོར་བའི་སྐོར་མོ་ངས་འཕུད་ཚོག་ལ་ཚུར་ལོན་ན་ཁྱོད་ཀྱི་ཡིན་ཟེར་དུས་ཆུང་མའི་ངོ་མདངས་དེ་མ་ཐག་ཏུ་དམར་པོ་དམར་ཧྲང་དུ་གྱུར་འགྲོ། …… ཁོའི་སེམས་ལའང་རང་དབང་མེད་པར་ན་ཟུག་ཅིག་སྐྱེས།

ཁོས་སྤྱི་སྤྱོད་ རླངས་འཁོར་གྱི་ དྲ་མིག་ཕྱི་རོལ་ཏུ་བལྟས་པ་ན་ཁོའི་ཁ་གཏད་དུ་གྲོང་ངེར་འགྲེང་ཡོད་པ་ནི་གྲོང་ཁྱེར་དཀྱིལ་དབུས་ཀྱི་ཚོང་རའི་ཐོག་ཁང་རེད། ཐོག་ཁང་ཆེན་པོའི་མདུན་གྱི་རླངས་འཁོར་བཞུར་རྒྱུན་ལ་མུ་མེད་ཅིང་མི་རྣམས་ཀྱི་འགྲོ་འོང་བྱེད་པའི་གོམ་པ་ཇེ་མགྱོགས་སུ་གྱུར་འདུག་པར་བལྟས་ན་ད་ནི་ལས་ཀ་གྲོལ་རན་ལ་བསླེབས་པ་རྟོགས་ཐུབ། གྲོང་ཁྱེར་གྱི་མི་དག་གི་འགྲོ་སྟོལ་ལ་བལྟས་པས་ཀྱང་སེམས་ཀྱི་བྲེལ་འཚུབ་ཤེས་ཐུབ་སྟེ། ནངས་དུས་ལས་ཀར་འགྲོ་བ་དང་སྲོད་དུས་ལས་ཀ་གྲོལ་དུས་ཀྱི་གོམ་འགྲོས་ནི་ཧ་ཅང་བྲེལ་མྱུར་ཅན་ཡིན་ལ། ཉིན་འཚལ་འཐུང་རྗེས་འཆམ་གཡེང་བྱེད་པའི་སྐབས་ཀྱི་གོམ་འགྲོས་ནི་དེ་ལས་ལྷོག་སྟེ་ཧ་ཅང་ལྷོད་བག་ཅན་ཡིན། ཁོས་ཕྱི་རོལ་གྱི་མི་དག་ལ་ལྟ་བཞིན་གཡལ་ཏེ་རང་ཉིད་ཀྱང་མི་དེ་དག་གི་ཁྲོད་དུ་ཡོད་ཚེ་གོམ་འགྲོས་ཀྱང་འདི་འདྲའི་མྱུར་མོ་ཞིག་ཡིན་རྒྱུ་རེད་སྙམ་ནས་ཁོང་དགོད་ཅིག་ཤོར། ངོ་མ་བཤད་ན་རང་ཉིད་འགྲོ་

བའི་དུས་སུ་རང་ཉིད་ཀྱི་འགྲོ་སྟོལ་ཅི་འདྲ་ཞིག་ཡིན་པ་མི་སུས་ཀྱང་མི་རྟོགས་ཏེ། དེ་ནི་མི་རྣམས་ལམ་ལོག་ཏུ་འགྲོ་དུས་སུ་རང་ཉིད་ཀྱི་སྤྱོད་སྟངས་དེ་ནོར་འཁྲུལ་ཞིག་ཡིན་པ་རྟོགས་ཀྱིན་མེད་པ་དང་གཅིག་མཚུངས་རེད། སྤྱི་སྤྱོད་ཀླངས་འཁོར་ནང་གི་མི་ཇེ་མང་དུ་གྱུར། མི་ཇེ་མང་དུ་གྱུར་བ་དང་བསྟུན་ནས་ཕན་ཚུན་ལ་དོགས་ཟོན་བྱེད་པའི་རིག་པའང་མིག་འོད་ཇེ་གསལ་ལ་སོང་བ་དང་ལྷན་དུ་གྲིམ་པོར་གྱུར་འགྲོ། མིག་འོད་རྣོན་པོ་དེས་ཕ་རོལ་བའི་སེམས་ལ་ཅི་ཞིག་དྲན་གྱིན་ཡོད་པར་སྟོག་བཤེར་བྱེད་འདོད་པ་དང་འདྲ་ལ། ཕ་རོལ་པའི་མིག་འོད་རྣོན་པོ་དེས་རང་སེམས་ཀྱི་གསང་བ་དག་བྲུས་འགྲོ་བར་དོགས་པ་བྱེད་པ་དང་ཡང་འདྲ། ཁོའི་འགྲམ་དུ་ལངས་ཡོད་པ་ནི་ལོ་ན་དྲུག་ཅུར་ལོན་ཨེ་ཡོད་སྙམ་པའི་རྒན་པོ་ཞིག་རེད། སྤྲ་ལོ་དུང་ལྟར་དཀར་ཞིང་ལག་ཏུ་འཁར་བ་ཞིག་ཐོགས་འདུག་པས་ཀླངས་འཁོར་འཁྱོམ་འགུལ་ཞིག་གིས་འགྱེལ་ཨེ་འགྲོ་སྙམ་པ་ཞིག་འདུག ཁོས་རྒད་པོ་དེ་མཐོང་འཕྲལ་རང་དབང་མེད་པར་དང་ཐོག་ཁོ་གྲོང་ཁྱེར་དུ་ཡོང་དུས་ཀྱི་མགོ་ཁྲིད་རྒན་པ་དེ་དྲན་བྱུང་། ཁོ་མྱུར་མོར་ཡར་ལངས་ཏེ་རྒན་པོ་དེར་ཁྲིད་འདི་རུ་བཞུགས་ཞེས་རང་ཉིད་ཀྱི་འདུག་ས་ཕུད། རྒན་པོ་དེས་ཁོའི་གདོང་ལ་ཞིབ་ལྟ་ཞིག་བྱས་རྗེས་ཁོའི་འདུག་སྟེགས་སུ་བསྡད་ནས་བཀའ་དྲིན་ཞུ་བའི་འཛུམ་ཞིག་བསྟན་པ་དང་། སླར་ཡང་ཐང་ཆད་པའི་དངན་པ་ཞིག་འཐེན་ནས "ཨོ། མི་ལོ་ལོན་ན་ཅི་ཡང་མི་ནུས་པར་འདུག" ཟེར་བས་ཁོས་ལན་ཇི་ལྟར་འདེབས་དགོས་པའང་མ་ཤེས། རྒན་པོའི་ཚིག་དེ་ནི་སྔོན་ཆད་ཁོའི་མགོ་ཁྲིད་རྒན་པ་དེས་ཀྱང་བཤད་མྱོང་ལ། སྐབས་དེ་དག་ཏུའང་ཁོས་ལན་ཇི་ལྟར་འདེབས་དགོས་པ་མི་ཤེས་པར་འགྱུར།

གཉེན་སྒྲིག་བྱས་རྗེས། མགོ་ཁྲིད་རྒན་པ་དེས་ད་ལྟའི་སྡོད་ཁང་དེ་ཁོ་ལ་བཀོད་སྒྲིག་བྱས་པ་ཡིན་ཞིང་། ཁང་སྐོར་དེ་ནི་ཤག་གཅིག་ཚོམས་གཅིག་ཐབ་ཚང་དང་བཅས་པ་ཡོད་པར་མ་ཟད་འཁོབས་ཀྱང་མི་ཡངས་རྒྱུ་མེད། གྲོང་ཁྱེར་ལ་མཚོན་ན་ཁང་བ་འཚོལ་བ་ནི་ཆེས་དཀའ་ཁག་ཆེ་བའི་དོན་ཞིག་ཡིན། གཉེན་སྒྲིག་བྱས་ནས་ལོ་གཅིག་གཉིས་འགོར་

བའི་ཁྲིམ་ཚང་ལ་ལ་ད་དུང་ཁང་བ་གྱུན་གཅིག་གི་ནང་དུ་འཚང་ག་ཤིག་ཤིག་གིས་བསྡད་ཡོད། ཡིན་ན་ཡང་ཁོ་ལ་ཐོབ་པ་ནི་ཁང་བ་སྦུས་ལེགས་ཤིང་ཆུང་ཆེ་བ་ཞིག་རེད། མགོ་ཁྲིད་པ་རྒན་པས་ཁོ་ལ་ཧ་ཅང་གཅེས་ཤིང་དོན་གང་དང་ཅི་ལ་ཡང་དམིགས་བསལ་གྱིས་རོགས་རམ་བྱེད་པར་མ་ཟད། སྐབས་འགར་ཁོའི་ཁྲིམ་ཚང་གི་བྱ་བ་ཙག་ཅིག་ལའང་ཁོང་ཉིད་དངོས་ཀྱིས་བཀོད་སྒྲིག་བྱེད། དེ་ལྟ་བུའི་“རྒྱབ་རི”ཞིག་ཡོད་པས་ཁོ་ཡང་“གྲལ་རིམ”མཐོ་བའི་བུས་ཕྲུག་ཅིག་དང་གཅིག་མཚུངས་ཡིན་པའི་སྣང་བ་ཤར། ཐེངས་ཤིག་མགོ་ཁྲིད་པ་རྒན་པས་ཁོ་མདུན་དུ་བོས་ནས་ངས་ཁྱོད་ལ་འདི་ལྟར་རོགས་རམ་བྱེད་དོན་ཅི་ཡིན་ཨེ་ཤེས་ཟེར། ཁོས་མི་ཤེས་ཞེས་ལན་བཏབ། བར་དེར་མགོ་ཁྲིད་རྒན་པའི་ངོ་ལ་སྐྱོ་ཉམས་ཤར་ཏེ་ཡར་ལངས་ཤིང་དྲ་མའི་འགྲམ་དུ་ཕྱིན་ནས་ཕྱི་རོལ་ཏུ་ལྟ་བཞིན་འདང་ཞིག་བརྒྱབ་རྗེས་ཁྱོད་ཀྱི་ཆུང་མ་ནི་ངའི་གྲོགས་པོ་ཞིག་གི་བུ་མོ་ཡིན། ཡིན་ནའང་ངའི་གྲོགས་པོ་དེ་སྔ་མོ་ཞིག་ནས་འདས་ཟིན། ཁོང་གིས་སླར་ཡང་དངན་པ་ཞིག་འཐེན་ནས་ཧ་ཅང་ཕངས་པའི་ངང་སྐད་གདངས་དམའ་མོས་ཁོང་ནི་ངེས་པ་དོན་གྱི་མཁས་དབང་ཞིག་ཡིན་པར་མ་ཟད་ད་དུང་ང་ཚོའི་ལས་ཁུངས་འདི་གསར་འཛུགས་གནང་མཁན་ཡང་ཡིན། འོན་ཀྱང་མི་བཟང་བའི་ཚེ་ཐུང་ཟེར་བ་དངོས་གནས་བདེན་པ་འདྲ། ཁོང་ཉིད་འདས་ཁར་བུ་མོ་ང་ལ་བཙོལ་དམ་བྱས་ཡོད་ཅེས་གསུངས། སྐབས་དེར་ཁོ་ལ་ཡ་མཚན་ཞིག་སྐྱེས་སོང་། དང་ཐོག་ཁོང་གིས་མོ་རང་ཉིད་ལ་མཚམས་སྦྱོར་བྱེད་དུས་སུ་མོ་ནི་དྭ་ཕྲུག་མ་ཞིག་ཡིན་པས་ཁྱོད་ཀྱིས་ཤ་ཚ་ཚ་དང་སྙིང་ཉེ་ཉེ་བྱེད་དགོས་ཟེར་བ་མ་གཏོགས་ཁོང་དང་འབྲེལ་བ་ཅི་ཡོད་པ་གསལ་བཤད་མི་བྱེད་མོད། ད་ཐེངས་དོན་དག་གསལ་པོར་ངོ་སྤྲོད་བྱེད་དོན་ཅི་ཡིན་ནམ་སྙམ། ཡིན་ནའང་ཡུན་རིང་མ་འགོར་པར་ཁོང་གིས་དེ་ལྟར་གསུངས་དོན་ཁོས་གསལ་པོར་རྟོགས། ཟླ་འགའ་འགོར་རྗེས། མགོ་ཁྲིད་པ་རྒན་པ་ལས་འཁྱུར་ངལ་གསོ་བྱས་ཏེ་པེ་ཅིན་དུ་བུད་སོང་། ཁོང་པེ་ཅིན་དུ་འགྲོ་དོན་ནི་དེ་གར་ཁོ་ཚོ་མི་འགའ་རྩལ་ཟག་སྲིལ་ཞུགས་དང་རིམ་འཚོལ་བྱུལ་ཐོར་ལ་སོང་བའི་བོད་ཀྱི་གནའ་དཔེ་སྐོར་ཞིག་ལེགས་སྒྲིག་བྱེད་ཀྱིན་ཡོད་

པ་རེད་ཟེར། སྐད་ཆ་དེ་ཐོས་འཕྲལ་ཁོའི་སེམས་པ་ཡོངས་སུ་གཡོས་བྱུང་། ལོ་དུ་མ་ཞིག་གི་རིང་ལ་མི་འདི་འདྲ་བ་སྐོར་ཞིག་གྲོང་ཁྱེར་གྱི་རང་སྲོང་སྤྱིལ་བུར་ཞུགས་ཏེ་སུས་ཀྱང་མི་ཚོར་བའི་ངང་བོད་ཀྱི་རིག་གནས་ཉམས་གསོའི་ཐད་ལ་རང་ནུས་རྩལ་སྤྲུག་གིས་འབད་འབུངས་བྱེད་ཀྱིན་ཡོད་ཅིང་། ནྲབས་ཆེན་གྱི་བྱ་བཞག་འདིའི་ཁྲོད་ནས་ཁོང་རྣམ་པའི་བར་ལའང་འགྱུར་བ་མེད་པའི་མཛའ་བརྩེ་ཟབ་མོ་ཞིག་ཆགས་ཡོད་པ་རེད་ཨང་། ཡིན་ནའང་ཁོང་གིས་ད་དུང་ཡང་རང་ཉིད་ལ་ལེ་བདའི་ཚུལ་དུ “ཨེ། མི་ལོ་ལོན་ན་ཅི་ཡང་མི་ནུས་པར་འདུག” ཟེར། མགོ་ཁྲིད་པ་རྒན་པ་ལས་འགྱུར་ငལ་གསོ་བྱས་པ་ནས་བཟུང་ཁོ་ནི་ཁེར་རྐྱང་ལ་ལུས་སོང་བའི་སྣང་བ་ཞིག་སྐྱེས། ཡིན་ནའང་ཁོང་གི་ལང་ཚོ་ཉམས་ཀྱང་སྙིང་སྟོབས་རྒྱས་པ་དང་། ཡོན་ཏན་ཆེ་ཡང་ཁེངས་པ་སྐྱུང་བའི་དམ་པའི་གཤིས་སྤྱོད་དེ་ཁོ་རང་གི་རིག་གཞུང་ཞིབ་འཇུག་བྱེད་སྐབས་ཀྱི་མིག་དཔེར་བཟུང་ཡོད། བསྡུད་མར་ལོ་གཉིས་ཀྱི་ནང་ལ་བྱ་བའི་ཞོར་དུ་དཔེ་ཆ་མང་པོར་བལྟས་པ་དང་། དཔྱད་རྩོམ《མིའི་རིགས་ཀྱི་འབྱུང་ཁུངས་སྤྲ་མི་ཡིན་པ་ཐོག་མར་རྟོགས་མཁན་ཧར་ཕྲུན་མིན》ཞེས་པ་དང་།《སངས་རྒྱས་ཆོས་ལུགས་དང་ད་ལྟའི་བོད་ཀྱི་སྤྱི་ཚོགས》《ཡར་ཀླུང་ཁོག་གི་གནའ་བོའི་རིག་གནས། —— སྤྲུང་ལྡེའུ་བོན་གསུམ་ལ་དཔྱད་པ》སོགས་དཔྱད་རྩོམ་འགའ་རྒྱལ་ཁབ་དང་ཞིང་ཆེན་རིམ་པའི་དུས་དེབ་ཏུ་སྤེལ་པས་རིག་གནས་ལས་རིགས་ཀྱི་མི་སྣས་གདེང་འཇོག་འོས་འཚམ་ཐོབ་པར་མ་ཟད། རིག་གཞུང་དཔྱད་གླེང་ཚོགས་འདུ་འགའ་རེའི་སྟེང་དུའང་ཁོ་གདན་དྲངས་ཤིང་ལྟ་བ་སྒྲོག་སྒྲུང་གི་གོ་སྐབས་ཀྱང་ཐོབ། ཅང་མ་འགོར་བའི་སྔོན་དུ་ཁོའི་དཔྱད་རྩོམ་ཞིག་ལ་རྒྱལ་ཁབ་རིམ་པའི་བྱ་དགའ་ཨང་གཉིས་པ་ཐོབ་པས་སྙན་གྲགས་ཀྱང་རྒྱས་མགོ་བརྩམས། གྲོང་ཁྱེར་དུ་ཡོད་པའི་རིག་གནས་པ་ཞིག་ཡིན་ཕྱིན་ཐོབ་ཐང་སྣ་ཚོགས་ལེན་པར་བརྩོན་ལེན་བྱེད་དགོས་པས། བར་སྐབས་དེར་ཁོས་ཀྱང་རེ་འདུན་ཞུས་པ་དང་གཞན་པའི་མཚམས་སྦྱོར་ལ་བརྟེན་ནས་ཞིང་ཆེན་རྩོམ་པ་པོའི་མཐུན་ཚོགས་ཀྱི་ཁོངས་མི་དང་རྩོམ་རིག་དཔྱད་བརྗོད་པ་སོགས་ཀྱི་མིང་བཏགས་ཐོབ། གཞན་གྱིས་བལྟས

ན་ཁོ་གྲུབ་འབྲས་དང་ཐོབ་ཐང་དེ་འདྲ་ཙམ་གྱིས་ཡིད་ཚིམས་པ་མི་སྲིད་སྙམ་ཡང་དོན་དངོས་སུ་དེ་འདྲ་ཞིག་མིན། ཁྱིམ་ཚང་དང་བུས་ཕྲུག་གི་དབང་དུ་གྱུར་པ་དང་། འཚོ་བར་དཀའ་ཁག་ཆེ་བའི་ཁོ་རང་ལྟ་བུར་མཚོན་ན་མི་ཁོམ་པའི་གནས་སུ་ལྷུང་བའི་ཁར་གླད་པ་འཁོར་ས་མང་དྲགས་པས་སེམས་ཞིབ་མོས་ཞིབ་འཇུག་བྱས་ནས་འདུག་དབང་ག་ལ་ཡོད། བུ་མོ་སྐྱེས་པ་ནས་བཟུང་ཁྱིམ་ནང་གི་འགན་ཁུར་ཇེ་ལྕིར་གྱུར་པ་དང་ཁྱིམ་གྱི་བྱ་བའང་རུང་ཉོག་འཛིང་དུ་གྱུར་པས་ཁོའི་རིག་གཞུང་ཞིབ་འཇུག་གི་བྱ་བའང་རིམ་བཞིན་རྒྱུན་ཆད་པར་གྱུར།

"ངའི་སྒོར་ཁུག་མི་འདུག ངའི་སྒོར་ཁུག་མི་འདུག"

གློ་བུར་དུ་མདུན་ཕྱོགས་སུ་སྡོད་སྟེགས་མེད་པར་ལངས་ཏེ་སྡོད་པའི་བུད་མེད་ཅིག་གིས་ཁུག་མ་གཡས་གློག་གཡོན་གློག་བྱེད་བཞིན་སྐྱོས་པ་ལྟར་སྐད་ཅོར་བརྒྱབ་བྱུང་། མོ་ནི་ལོ་ན་བཞི་བཅུར་སོན་ཙམ་གྱི་བུད་མེད་དར་མ་ཤ་རྒྱགས་པ་ཞིག་རེད། ལུས་ཀྱི་གྱོན་གོས་དང་ཆ་བྱད་ལ་བརྟགས་ན་ཞིང་ལས་ས་ཁུལ་ནས་ཡོང་བ་ཞིག་ཡིན་པ་འདྲ། སྤྱི་སྤྱོད་གླངས་འཁོར་ནང་གི་མི་ཚང་མས་མིག་ཞགས་མོའི་སྟེང་དུ་འཕངས་བྱུང་། རྐུན་པོ་ཞིག་གིས་མོར་ཁྱོད་ཀྱི་སྒོར་ཁུག་གང་དུ་བཅུག་ཡོད་ཅེས་དྲིས་བྱུང་། རྐུན་མོའི་རྣམ་འགྱུར་ལས་མོར་གདུང་སེམས་འཆང་བཞིན་པ་ཤེས་ཐུབ། བུད་མེད་དེས་གློ་ཁུག་གཡོན་པ་སྟོན་བཞིན "འདི་ན་ཡོད། རེད། ང་འཆུགས་མི་སྲིད། ངས་ད་སོ་མ་ནང་དུ་བཅུག་པ་ཡིན" ཟེར། དེ་འཕྲལ་མོར་འདྲི་བའི་རྐུན་པོ་ཕུད་པའི་གླངས་འཁོར་ནང་གི་མི་རྣམས་ཀྱིས་བུད་མེད་དེར་མཐོང་ཆུང་གི་ལྟ་རྩལ་ཞིག་བཟུང་བྱུང་ལ། དེ་ནི་ཕལ་ཆེར་རྐུན་མས་མོའི་གློ་ཁུག་ལས་སྒོར་ཁུག་བརྐུས་པ་དེ་ཉེས་པ་བསགས་པ་ཞིག་མ་ཡིན་པར། དེ་ལས་ལྡོག་སྟེ་མོར་སྒོར་ཁུག་གློ་ཁུག་ནང་དུ་བཅུག་པ་དེ་ནོར་འཁྲུལ་ཞིག་ཡིན་པ་ལྟར་བྱེད། རྐུན་པོས་སླར་ཡང "ཁྱོད་ཀྱིས་སྒོར་མོ་གློ་ཁུག་ནང་དུ་འཇུག་རུང་ངམ" ཟེར་བས། བུད་མེད་དེས "འོ་ན་གང་ལ་འཇུག་དགོས" ཞེས་ངུ་ལ་ཁད་འདུག དངོས་གནས་གྲོང་ཁྱེར་གྱི་མི་རྣམས་ལ་སྒོར་

མོ་འདུག་ས་ཧ་ཅང་མང་སྟེ། སྐྱེས་པ་རྣམས་ཀྱིས་སྐོར་མོ་ཀོ་སྐཱགས་ཀྱིས་གནོན་ཐུབ་པའི་ཀང་སྣམ་ཁ་ཁྱུད་དུ་འཆང་བ་དང་བུད་མེད་དག་གིས་སྐོར་མོ་ཉུ་ཁེབས་ནང་དུ་འཇུག་པ་སོགས་བྱས་ཏེ་རྒྱུན་མར་དོགས་ཟོན་བྱེད་པ་རེད། འགའ་རེས་བཤད་ན་གྲོང་ཁྱེར་ནི་དཔལ་ཡོན་གྱི་ལྟེ་གནས་རེད་ཟེར་ལ་ཡང་འགའ་རེས་གྲོང་ཁྱེར་ནི་ནག་ཉེས་ཀྱི་འབྱུང་ཁུངས་རེད་ཟེར། གང་ལྟར་ཀྱང་གྲོང་ཁྱེར་ན་ཁྲམ་པ་དང་རྐུན་མ་མང་བ་ནི་དངོས་གནས་རེད། ཁོས་ཀྱང་བུད་མེད་དེར་གདུང་སེམས་ཤིག་བཅངས་པ་ལས་ཧ་ལས་ག་ལ་སྲིད། དོན་དོ་མར་ཡང་ཁོས་བུད་མེད་དེར་གདུང་སེམས་ཤིག་འཆང་བ་ལས་ཅི་ཡང་མི་ནུས། གྲོང་ཁྱེར་གྱི་མི་དག་གིས་རང་ཉིད་དམ་སྲུང་བྱེད་པ་ལས་མི་གཞན་པར་གནོད་འཚེ་ཁེལ་བར་ཐེ་གཏོགས་བྱེད་མི་སྲིད་དེ། བར་སྐབས་ཤིག་ཏུ་རྒྱན་དབང་ལ་སོང་སྟེ་ཀུན་སྤྱོད་རྣམ་དག་དང་སྒྲིག་ཁྲིམས་གཙང་མ་དག་རེ་ཞིག་མངོན་ཚུང་ལ་སོང་ཕྱིར "ང" དཀྱིལ་སྙིང་དུ་བཟུང་སྟེ "ང་ལ་སྐྱོན་མེད་ན་ཁྱོད་ལ་ཅི་བྱས་ཀྱང་རུང" གི་འདུ་ཤེས་ཀྱིས་མི་དང་མིའི་བར་ལ་མཛའ་བརྩེས་རྣམ་དག་ཆགས་པར་ཡང་ཚོད་འཛིན་ཐེབས་འདུག དེ་བས་ཁོ་ཚོས་ད་སྔོན་བུད་མེད་དེའི་སྐོར་མོ་རྐུན་མ་ཞིག་གིས་རྐུ་བཞིན་པ་དངོས་སུ་མཐོང་ན་ཡང་མ་མཐོང་ཁུལ་བྱེད་པའམ་ཡང་ན་རང་ཉིད་ཐབས་མཁས་ཀྱིས་བསྲུངས་ཏེ་ཁོར་ཡུག་དེ་ལས་གཞའ་ཐབས་བྱེད་པ་རེད། ཚད་ངེས་ཅན་ཞིག་གི་སྟེང་ནས་བཤད་ན་རྐུ་བྱེད་པ་དེ་ཡང་གྲོང་ཁྱེར་གྱི་མི་ངན་སྐོར་ཞིག་གིས་སྐོར་མོ་འཚོལ་བའི་ཐབས་ཤིག་རེད། གྲོང་ཁྱེར་པ་རྣམས་ཀྱིས་ནི་ཕྱོགས་གཞན་ཞིག་ནས་སྐོར་མོ་ཞིག་ཇི་ལྟར་འཚོལ་བའི་ཕྱོགས་སུ་ཀླད་པ་ངར་གྱིན་ཡོད་དེ། ཁྱིམ་ཚང་རེ་རེས་ཚོང་ཁང་འབྱེད་པ་དང་ཟ་ཁང་སྐྱུབ་པ། གླ་འཁོར་གཏོང་བ་སོགས་རྒྱུན་ལྡན་གྱི་སྐོར་མོ་འཚོལ་ཐབས་ལས་གཞན། ཤེས་ཡོན་ཅན་སྐོར་ཞིག་གིས་རྩིས་འཁོར་གྱི་ཡིག་གཏག་ཁང་གཉེར་བའམ་བུ་འཚོལ་ཁང་འཛུགས་པ། ཡིག་སྒྱུར་བྱེད་པ་དང་ཁྱབ་བརྡ་འབྲི་བ། དཔྱད་རྩོམ་དང་ཡིག་གཟུགས་འཚོང་བ། སྒེར་གཉེར་སློབ་གྲྭ་འཛུགས་པ་སོགས་རང་རང་གི་ཀླད་པའི་ལྟོགས་ཚོད་དང་རང་རང་གི་ཁྱད་ནུས་ལྟར་སྐོར་མོ་འཚོལ་བར་བྲེལ་བ་མ་ཡིན་ནམ།

སྐབས་དེར་ཕོའི་སྣང་བ་ཞིག་ལ་མི་རྣམས་སྒོར་མོ་ཕོ་ནའི་ཆེད་དུ་འཚོ་བཞིན་ཡོད་པ་དང་ལྷག་པར་དུ་གྲོང་ཁྱེར་གྱི་མི་དག་ནི་སྒོར་མོའི་འདུ་ཤེས་ཟ་དྲག་ཡིན་ཏེ། ཕོ་ཚོའི་སྐད་ཆ་ཚིག་ཅིག་གམ་ལྟ་ཕྱོགས་ཤིག གོམ་འགྲོས་ཤིག རྣམ་འགྱུར་ཕྲ་མོ་ཞིག ཐ་ན་དབུགས་ཀྱི་འཕྱིན་རྡུབ་ཅིག་ཀྱང་སྒོར་མོའི་ཕྱོགས་སུ་དམིགས་པ་ཤ་སྟག་ཡིན་པའི་སྣང་བ་སྐྱེས།

སྤྱི་སྤྱོད་རླངས་འཁོར་ས་ཚིགས་ཤིག་ལ་བསླེབས་བྱུང་། རླངས་འཁོར་ནང་གི་མི་སྒོར་ཞིག་བདེ་མྱུར་འཁྱུག་པོའི་ངང་སར་བབས་པ་དང་དེའི་འཕྲོར་མི་སྒོར་ཞིག་འཁོར་ཁང་དུ་འཚང་བཞིན་བྱུད་པས། ཕར་བལྟས་ན་ཕོ་ཚོས་ཆེད་དམིགས་ཡུལ་དུ་ཐོན་པའི་བར་དུ་སྐྱེལ་མ་བྱེད་པ་དང་གཉིས་སུ་མ་མཆིས། ཕོའི་སེམས་ལ་དགོད་བྲོ་བའི་སྣང་བ་ཞིག་སྐྱེས། གསར་དུ་བྱུད་པའི་བྱིས་པ་དེ་དག་གི་རྒྱབ་ཏུ་དཔེ་ཁུག་ཁུར་འདུག་པས་སློབ་མ་ཡིན་པ་སྨོས་ཅི་དགོས། ད་ལྟ་སློབ་གྲོལ་བྱས་ཏེ་ཡུལ་དུ་ལོག་གིན་ཡོད་པ་ལོས་ཡིན། ཕོ་ཚོའི་ལག་ཏུ་ཟླ་སྤྱོད་འཛིན་བྱང་རེ་བཅངས་འདུག་པས་ནམ་རྒྱུན་སྤྱི་སྤྱོད་རླངས་འཁོར་ལས་སློབ་གྲྭར་འགྲོ་འོང་བྱེད་ཀྱིན་ཡོད་པ་ཤེས་ཐུབ། དེ་མ་ཐག་ཕོའི་སེམས་ལ་རང་གི་བུ་མོ་དྲན་བྱུང་།

ཕོའི་ཆུང་མ་ཡང་གྲོང་ཁྱེར་དེ་ནས་སྐྱེས་པའི་མི་ཞིག་ཡིན་པས་ཕྱིར་ཡིན་ན “གྲལ་རིམ” མཐོ་བའི་བུས་ཕྲུག་ཡིན་པ་སྨོས་མ་དགོས་མོད། ཡིན་ནའང་། མོའི་ཕ་རྒན་འདས་པ་ནས་བཟུང་ཁྱིམ་གྱི་གདུང་འདེགས་ཀ་བ་ཆག་པ་ལྟར་གྱུར་ཏེ་ཁྱིམ་ཚང་གི་ཡོད་ཚད་ཉམས་པའི་སྣང་བ་བྱུང་། མོའི་ཨ་མ་ཡང་ལས་འཁྱུར་ངལ་གསོ་བྱས་ཟིན་པས་ད་ལྟ་གྲོང་ཁྱེར་ལྟོ་མཐའི་ལས་འཁྱུར་ངལ་གསོའི་ར་སྐོར་གྱི་ཐོག་ཁང་དུ་ཁེར་འདུག་བྱས་ཡོད། ཕོ་གཉིས་གཉེན་སྒྲིག་བྱས་རྗེས་ཨ་མའང་ཕོ་གཉིས་ཀྱི་གན་དུ་སྡོད་རོགས་ཞེས་ཞུས་ནའང་། བཟའ་ཚང་བར་གྱི་རྩོད་གཞིར་འགྱུར་བར་དོགས་ཏེ་རང་ཉིད་ལ་ཟླ་ཕོགས་ཡོད་པས་འཚོ་བར་དཀའ་ངལ་མེད་པ་དང་། ད་དུང་རང་མགོ་ཁེབས་པས་སྐྱོན་མེད་ཟེར་ནས་རེ་བ་དང་ལེན་མ་བྱས། དེ་རྗེས་བུ་མོ་སྐྱེས་རྗེས་བུ་མོའི་སྐྱོར་སྐྱོང་དང་རྗེས་ཕྱོགས་ཀྱི་སློབ་གསོ་ཇི་ལྟར་བྱ་རྒྱུའི་ཐད་དུ་བསམ་བློ་གཏོང་བ་དེ་གཙོ་བོར་གྱུར། ཆུང་མའི་བསམ་ཚུལ་ནི་བུ་མོ་

མོའི་ཨ་མའི་སར་བསྐྱལ་ན་ལེགས་པ་དང་། དེ་ལྟར་བྱས་ན་མོའི་ཨ་མ་སོམ་ཡོད་པས་བུ་མོ་ཕྱིས་པ་སྐོར་སྐྱོང་ཁང་དུ་སྐྱེལ་ལེན་བྱེད་པར་ཡང་སྟབས་བདེ་བ་དེ་རེད། འོན་ཀྱང་སོའི་བསམ་ཚུལ་ནི་དེ་ལས་ལྡོག་སྟེ་ཕོ་གཉིས་ཀྱིས་མོའི་ཨ་མར་རོགས་རམ་ཅི་ཡང་བྱེད་མི་ཐུབ་པའི་ཁར་ད་དུང་དཀའ་ཚེགས་ལ་གཏད་ན་མི་འོས་པས། དེ་ལས་བུ་མོ་རེ་ཞིག་འགྲོག་ཁུལ་དུ་བསྐྱལ་ཏེ་བོད་སྐད་དང་བོད་ཡིག་གི་རྨང་གཞི་བཟང་པོ་ཞིག་འབྱོར་རྗེས་གྲོང་ཁྱེར་དུ་ཁྲིད་ཡོང་ན་འགྲིག་པར་སྙམ། ཕན་ཚུན་གྱི་བསམ་ཚུལ་གཅིག་མཐུན་མ་བྱུང་བས་མཇུག་མཐར་བུ་སྐྱོར་མ་མ་ཞིག་གླ་རྒྱུ་བྱས། བུ་སྐྱོར་མ་མ་ཞིག་གླ་ན་འང་ཟླ་རེར་སྒོར་༡༠༠ཡན་མ་བྱིན་ན་ཡོང་མཁན་མི་འདུག་ལ། དེའི་ནང་ཟས་རིན་འཐུང་རིན་དང་བསྡད་གླ་ད་དུང་བརྩིས་མེད། མ་མ་བཙལ་ན་མི་གཤིས་ལ་ལྟ་དགོས་ཏེ་འཛོན་ཐང་ཆེ་མིན་དང་གཤིས་དྲང་ཡིན་མིན། ལག་གཙང་མིན་ལ་རྒྱུས་ལོན་མེད་ཚེ་དོན་མེད་ཀྱི་ཆག་སྒོ་གང་མང་འབྱུང་སྲིད་པས། ཟླ་རེར་སྒོར་༢༠༠སྟེར་རྒྱུ་བྱས་ཏེ་ཕ་ཡུལ་ནས་བུ་མོ་ཞིག་ཁྲིད་ཡོང་བ་རེད། བུ་མོ་དེས་རྒྱ་སྐད་མི་ཤེས་ན་ཡང་ཁྱིམ་ལས་ལ་མཁས་པས་ཆུང་མའི་ལས་ཀའང་ཅུང་ཇེ་ཡང་དུ་གྱུར། ཡིན་ནའང་སྒོར་མོའི་འགྲོ་སྒོ་དེ་མང་དུ་གྱུར་པ་དེས་ཁྱིམ་ཚང་གི་འགན་ཁུར་སྟེང་ལས་ཇེ་ལྕི་རུ་གྱུར་བ་མ་ཟད། ཆུང་མས་བག་ལེབ་འཚོང་བ་པོ་ནས་རྣམ་པ་བསྒྱུར་དཀའ་བས་ཕོ་རང་གིས་ཀྱང་སྒོར་མོ་འཚོལ་ཐབས་ཤིག་ཨེ་རྙེད་ལ་མི་ལྟ་ཀ་མེད་བྱུང་། དང་ཐོག་སོས་སུ་མཐུད་དུ་རྩོམ་འབྲིའི་ལས་ཀ་རྒྱུན་འཁྱོངས་བྱེད་རྩིས་ཡོད་ཀྱང་། "གྲལ་རིམ" མཐོ་བའི་ཁྱིམ་མཚེས་བུད་མེད་དེ་ཡོང་ནས་སོའི་བཟོ་ལྟ་དེར་ཁྲེལ་དགོད་ཅིག་བྱས་ནས་ཁྱོད་ཀྱིས་ད་དུང་རྩོམ་ཡིག་འབྲི་ཟེར་རམ། ད་ལྟ་ཚང་མ་སྒོར་མོ་འཚོལ་བར་བྲེལ་བཞིན་པ་མ་ཡིན་ནམ། རྩོམ་ཡིག་བྲིས་ཀྱང་དཔེ་ཆ་ཉོ་མཁན་མི་འདུག་པས་ཕུ་མེད་པའི་ཁུང་བུ་ཞིག་དང་ཅི་ཁྱད། ཞོར་ལས་ཤིག་བཙལ་ན་སྒོར་མོ་དེ་བས་མང་པོ་ལེན་ཐུབ་ཟེར། ཆུང་མས་དེ་འཕྲལ་འོ་ན་ཞོར་ལས་ཅི་ཞིག་བཙལ་ན་བཟང་ཟེར་ནས་མོའི་ངག་ནས་ཐབས་མཆོག་ཅིག་ཨེ་འབྱུང་གི་རེ་བ་བྱས། བུད་མེད་དེས་ཅི་མི་སྙམ་པའི་ངང་ཕོ་ཚང་གི་སྲིང་མོས་ཚང་ཁང་

ག་གེ་མོ་ཞིག་ཏུ་དགོང་མོ་རེ་རེར་ཆེད་དུ་མགྲོན་པོར་ཚང་འདྲེན་མཁན་བྱས་ཏེ་ཟླ་ཟོགས་སློར་མོ་ཉིས་སྟོང་རེ་ལེན་བཞིན་ཡོད་ལ། མགྲོན་པོ་མང་དུས་ད་དུང་དགའ་རྟགས་ཀྱི་སློར་མོ་ཞོར་དུ་ཡོད་པ་རེད་ཟེར་བས། ཆུང་མས "ཨ་ཙི་ཨ་ཙི" ཟེར་ནས་ཡིད་སྨོན་དང་ཧམ་པ་ལྷན་དུ་སྐྱེས། དོན་དེའི་ཐད་ཆུང་མ་དང་ཁོ་གཉིས་ཀྱིས་ཐེངས་མང་པོར་ཆིག་རྩོད་བྱས་སྒྲོང་། ཆུང་མས་མོ་རང་ཡང་ཚང་ཁང་དེ་འདྲ་ཞིག་གི་ནང་དུ་ཞོར་ལས་བཙལ་དུ་སོང་ན་བཟང་ཟེར། ཁོས་དེ་འདྲ་བྱས་ན་རང་གིས་རང་ཉིད་དམན་སར་བཀོད་པ་མ་ཡིན་ནམ། དེ་ནི་ཉེན་ཁ་ཆེ་བའི་ལས་ཀ་ཞིག་རེད་ཅེས་བཤད་ཀྱང་། ཆུང་མས་ཁྱོད་ཀྱི་སེམས་རྒྱ་ཆུང་དྲགས་སོང་། ངས་རང་ཉིད་ལ་བདག་བྱེད་མི་ཐུབ་བམ། ཁྱོད་ཀྱིས་ང་ལ་མཐོང་ཆུང་བྱས་སོང་ཟེར། ཁོས་ཆུང་མར་ཁྱོད་ཀྱིས་དེ་ལྟར་བྱ་དོན་ཅི་ཡིན་ཞེས་དྲིས། མོས་ངས་སློར་མོ་རེ་བསོག་ཨེ་ཐུབ་སྣམ་པ་ཡིན། འདི་ཚང་མ་བུ་མོའི་ཆེད་ཡིན་ཟེར། བར་དེར་སློ་སྒུབས་ནས "ལྷད་མོར" ལྟ་བཞིན་པའི་བུ་མོ་སྔོན་དུ་བརྒྱུགས་ཡོང་སྟེ་ཨ་མར་འཐམ་བཞིན་ང་ལ་སློར་མོ་མི་དགོས་ང་ལ་ཨ་ཕ་ཨ་མ་དགོས་ཟེར། རེད་ཡ། ཁྱོ་ཤུག་གཉིས་ལ་མཆོན་ནའང་བུ་མོ་ལས་ལྷག་པ་ཅི་ཞིག་ཡོད་དམ། ཆུང་མ་དང་བུ་མོ་གཉིས་ཀའི་ཁེན་ས་རྟེན་གཞི་ནི་ཁོ་རེད། སྐབས་དེར་དང་ཐོག་མགོ་ཁྲིད་པ་རྐན་པས་བཤད་པའི་སྐད་ཆ་དེ་མངོན་སུམ་ལྟར་ཁོ་རང་གི་རྣ་ལམ་དུ་འཁོར་བའི་སྣང་བ་བྱུང་བས་ཁོས་ཆུང་མར་བསམ་ཤེས་སློམ་དགོས་བྱུང་། དེ་ནས་བཟུང་ཆུང་མས་ཀྱང་ཡང་བསྐྱར་ཚང་ཁང་དུ་ཞོར་ལས་བཙལ་དུ་འགྲོ་འདོད་པའི་རེ་བ་དེ་བརྗོད་མ་སྒྲོང་། ཡིན་ནའང་སློར་མོ་ཞིག་བཙལ་ཐབས་བྱེད་དགོས་པ་དངོས་གནས་ཡིན་པས་ཁྱིམ་ཚང་སྤྱོད་སའི་ཐོག་ཁང་གི་མདུན་དུ་ཁང་མིག་གྱུན་གཉིས་གླས་ཏེ་ད་ལྟའི་ཚོང་ཁང་ཆུང་བ་དེ་གཉེར་བ་རེད།

སྤྱི་སྤྱོད་རླངས་འཁོར་ནང་དུ་ཡང་བསྐྱར་འཐྲོག་པ་འགའ་བྱུད་བྱུང་། རྐན་པ་གཅིག་དང་དར་མ་གཉིས་འདུག ཁོ་ཚོའི་ལུས་ཀྱི་གྱོན་གོས་དང་ཁ་བརྡའི་སྐད་ལ་ཉན་ན་ཁོའི་ཡུལ་ཕྱོགས་ཀྱི་མི་ཡིན་པ་འདྲ་ཡང་ངོ་མི་ཤེས་པར་འདུག ཁོ་ཚོས་མིག་རིག་རིག་གིས

མཐའ་འཁོར་གྱི་མི་རེ་རེའི་ངོ་ལ་ལྟ་བཞིན་ཁ་བརྡ་བྱེད་ཀྱིན་འདུག མི་དར་མ་གཟུགས་རིང་ཞིག་ཡོད་པ་དེས་གཟུགས་ཐུང་ཞིག་ཡོད་པ་དེར་བལྟས་ནས "ང་ཚོ་ཐང་ལ་བབས་རྗེས་ཐོག་མར་སྒྱིད་ཁང་ཞིག་བཙལ་དགོས" ཟེར་ནས་ཨམ་གཙིགས་སྟོམ་པར་བྱེད། གཟུགས་ཐུང་དེས་ཅུང་ཙ་ཀྲུས་ཡོད་པའི་ངང "རྒྱ་སྲང་གི་སྒྱིད་ཁང་ལ་སོང་ན་སྒོར་མོ་སྟེར་དགོས་པ་རེད" ཟེར། ཀན་པ་དེས་ཞུ་ཚུགས་ཆེན་པོས "ང་ལ་སྒྱིད་ཁང་མ་ཁང་མི་དགོས། ཅོག་ས་ཞིག་ཡོད་ན་ཆོག" ཟེར་ནས་གཡོ་འཛུམ་ཞིག་ལངས་འདུག ཁོ་ཚོའི་ཁ་བརྡའི་ནང་དོན་སྙན་པོ་མེད་ཀྱང་ཁོར་ཡུག་དེ་འདྲ་ཞིག་ཏུ་བོད་སྐད་རྐྱལ་མ་ཞིག་ཐོས་པས་ཁོའི་རྣ་བར་ཧ་ཅང་སྙན་པའི་སྣང་བ་སྐྱེས། འོན་ཀྱང་ཁོ་ཚོས་ཁོའི་རྣ་བར་དེ་འདྲའི་སྙན་པོ་ཞིག་ཡིན་ཚུལ་ཤེས་ཐབས་མེད། གལ་ཏེ་ཁོས་སྐད་ཆ་དེ་དག་སྙན་མོ་རེད་ཅེས་བཤད་པ་ཡིན་ན་དེ་ལས་ལྡོག་སྟེ་གོ་བ་ལོག་པར་བླངས་ནས་གཙར་རྡུང་མྱོང་ཡང་སྲིད། ཁོས་དངོས་གནས་བོད་སྐད་ལ་ཉན་འདོད། གྲོང་ཁྱེར་ནི་མི་རིགས་མང་པོ་སྡེ་འཛིང་བའི་གནས་ཡིན་པ་བཞིན་དུ་སྐད་རིགས་སྣ་མང་སྡེ་འཛིང་བའི་གནས་ཀྱང་ཡིན་མོད། གནས་དེར་ཡོད་པའི་མི་རིགས་གང་ཡིན་ཀྱང་ཁ་བརྡ་བྱེད་དུས་རང་མི་རིགས་ཀྱི་སྐད་ལས་རྒྱ་སྐད་བཤད་ན་ཁ་ལ་བདེ་བ་སྟེ། རྒྱ་སྐད་བཤད་པ་དེ་ཁོ་ཚོའི་ཐོབ་ཐང་མཚོན་བྱེད་ཅིག་ཡིན་པར་སྣང་། ཁོས་དེ་ལྟར་སེམས་བཞིན་རང་ཉིད་ཀྱི་བུ་མོས་ཀྱང་རྒྱ་སྐད་ཁོ་ན་འཆད་པ་ལས་བོད་ཡིག་མི་ཤེས་པ་དྲན་ནས་སེམས་ལ་ན་ཟུག་ཅིག་སྐྱེས།

གྲོང་ཁྱེར་དུ་བོད་སྐད་བཤད་པ་དང་བོད་ཡིག་འབྲིད་པའི་སློབ་གྲྭ་མེད་པས་ཁོས་ཀྱང་ལས་གྲོགས་ཚོའི་བུས་ཕྲུག་ཚང་མ་དང་འདྲ་བར་བུ་མོ་རྒྱ་ཡིག་སློབ་གྲྭའི་ནང་དུ་མི་སློལ་ཀ་མེད་བྱུང་། བུ་མོ་ཐོག་དང་པོར་བྱིས་སྐྱོང་ཁང་དུ་འགྲོ་བའི་ཉིན་དེར་རྒྱ་སྐད་ཐོགས་མེད་ཅིག་མི་ཤོད་པས་ཉིན་ཀུང་ཚུང་མ་ལེན་དུ་སོང་སྐེ་ཕྱིར་ཐོན་དུས། བུ་མོ་ངུ་བཞིན་ཡོད་ཅིང་རྐང་སྣམ་ཡང་གཅིན་པས་བརླན་འདུག ཁོས་ངུ་ཁ་ལེན་བཞིན་གཅིན་གཏོང་དགོས་ན་དགེ་རྒན་ལ་བཤད་ཆོག་པ་རེད་ཅེས་བཤད་པ་ན། བུ་མོས་ད་དུང་ངུ་བཞིན་དུ་དགེ་

ཀན་གྱིས་ངའི་སྐད་ཆ་གོ་ཡི་མི་འདུག་ཟེར་བས། ཁྲོ་ཤུག་གཉིས་ཀས་ཀྱང་བུ་མོས་གཅིན་པའི་མིང་ལ་ནམ་རྒྱུན "ཚུ་ཚུ" ཟེར་བ་དྲན་ནས་དགོད་ཁ་ཤོར་བ་དང་། དེ་ནས་བཟུང་ཁོ་གཉིས་ཀས་ཁྱིམ་དུ་རྒྱ་སྐད་ཁོ་ན་བཤད་དེ་བུ་མོར་བོད་སྐད་བཤད་དུ་མ་བཅུག་པར། མོའི་རྒྱ་སྐད་ཀྱི་ཚུ་ཚད་མགྱོགས་པོར་གོང་འཕེལ་དུ་གཏོང་ཐབས་བྱས། དགོང་མོའི་དུས་སུ་ཁོས་ཚོང་ཁང་དུ་ཚོང་རྒྱག་དགོས་པས་ཆུང་མས་བག་ལེབ་བཙོ་ཞོར་དུ་བུ་མོར་ཟུར་ཁྲིད་བྱེད་པ་བཅས་བྱས་མཐར། བུ་མོའི་རྒྱ་ཡིག་དང་རྒྱ་སྐད་ཀྱི་ཚུ་ཚད་མངོན་གསལ་དང་ཇེ་བཟང་དུ་གྱུར། ཅེས་སྐྱོང་ཁང་དང་རང་ཁྱིམ་གྱི་བར་ལ་ཐག་མི་རིང་ཡང་སྐྱེལ་མི་མེད་ན་དགེ་རྒན་གྱིས་ཁྱིམ་བདག་ལ་ལེ་བདའ་བྱེད་པ་ནི་སྐབས་གང་ཐུབ་ལ་འབྱུང་བས་ཆུང་མ་དང་ཁོ་གཉིས་ཀྱིས་རེས་མོས་བྱས་ཏེ་བུ་མོ་སྐྱེལ་ལེན་བྱེད་ཀྱིན་ཡོད། ཉ་ཙང་སྐབས་བདེ་བ་ཞིག་ནི་ལན་རེར་ཆུང་མ་དང་ཁོ་གཉིས་ཀ་བྱ་བའི་དབང་གིས་དུས་ལྟར་མ་འབྱོར་ན་དགེ་རྒན་ལ་སྐོར་གཉིས་སྤྲད་ཚེ་བུ་མོར་ངོས་ཇ་འཚང་དེ་གར་ལྷུད་ཀྱིན་ཡོད། དེ་ལྟར་བུ་མོ་རིམ་བཞིན་སློབ་ལོ་རན་པར་མ་ཟད་སློབ་སྦྱོང་གི་རྒྱུགས་འབྲས་བཟང་བ་དང་བྱ་དགའ་ཡང་ཐེངས་མང་པོར་བླངས་མྱོང་བས་ཁྲོ་ཤུག་གཉིས་ལ་དགའ་སྤྲོ་ཚད་མེད་སྐྱེས། གྲོང་ཁྱེར་གྱི་མིས་བུས་ཕྲུག་གི་སློབ་སྦྱོང་འཚོ་བ་དེ་ཁྱིམ་ནང་གི་དོན་དག་ཆེས་གལ་ཆེན་དུ་རྩི་ཡིན་ཡོད་པས་ཁོ་གཉིས་ཀའང་དེ་ལས་འདའ་ག་ལ་རུང་། ཡིན་ནའང་ཁོའི་སེམས་ན་འགྱོད་པ་ཞིག་ཡོད་པ་ནི་བུ་མོས་བོད་ཡིག་ཅིག་སློབ་མི་ཐུབ་པ་དེ་རེད། ལན་རེ་རེར་ཁོས་གཞུང་ལས་ཁང་གི་ལས་གྲོགས་རྣམས་ལ་དེའི་སྐོར་གྱི་ཁ་བརྡ་བྱེད་དུས་ཚང་མར་ཡང་ཁོ་དང་གཅིག་མཚུངས་ཀྱི་ལྟ་ཚུལ་འདུག འོན་ཀྱང་ཁོའི་ཁ་གཏད་དུ་ཡོད་པའི "ཉམས་མྱོང་ཅན་པོ" ཤང་ཀྲུའུ་རིན་གྱིས་ཉམས་མྱོང་ལྡན་མདོག་གི་མཚུབ་མོ་ཀེར་ཏེ་རྒྱ་སྐད་ཀྱིས "དེ་ནི་ཁྱོད་ཀྱིས་མ་ཤེས་པ་རེད། ད་ལྟའི་འགྲོ་ཕྱོགས་འདི་འདྲ་ཞིག་རེད། འཛམ་གླིང་ལ་ཕྱོགས་ཏེ་དབྱིན་སྐད་སྦྱོང་དགོས་པ་དང་རྒྱལ་ནང་གི་གནས་ཚུལ་ལ་གཞིགས་ནས་རྒྱ་ཡིག་སློབ་དགོས། འོན་ཀྱང་བོད་ཡིག……" ཅེས་མགོ་བོ་འཕྲེད་དུ་གཡུགས་ཙམ་གྱིས "བོད་ཡིག

ལ་མདུན་ལམ་ཆེན་པོ་མི་འདུག ལས་ཐོབ་ལེན་བྱེད་ཀྱི་དཔྱད་རྩོམ་རེ་འབྲི་ན་མ་གཏོགས་སྤྱོད་སྒོ་ཅི་ཞིག་འདུག” ཟེར་ནས་མིག་འོད་རྣོན་པོའི་ཞགས་པ་བཏབ་ནས་འོངས། ཁོ་ཡང་གྲོང་ཁྱེར་འདིའི་བོད་རིག་པའི་ཆེད་མཁས་ཐོབ་ཐང་བླངས་ཡོད་པའི་གྲས་ཀྱི་གཅིག་ཡིན་ལ་ཆེད་ལས་བོད་ཡིག་ཡིན་ཀྱང་བོད་སྐད་བཤད་མི་ཤེས། ཉེ་བའི་ལོ་འགའི་རིང་ལ། གྲོང་ཁྱེར་དེར་ལས་ཐོབ་བརྩོན་ལེན་བྱེད་པའི་ཚ་རླབས་ཤིག་འཕྱུར་བ་དང་། མི་ཚང་མས་རང་རང་གི་ས་ནས་ཟང་ཟིང་ལང་ལོང་སྙོམས་ལས་སྙོམའི་དཔྱད་རྩོམ་འབྲི་བ་དང་། གཞན་ལ་ཞུ་བ་བྱས་ཏེ་འབྲི་རུ་འཇུག་པ། གཞན་ནས་ཉོ་བ་སོགས་བྱས་ཏེ་རང་ཉིད་ཀྱི་ཟ་འཕྱུང་ཡང་བརྗེད་འགྲོ་བའི་ཚད་དུ་སླེབས་ཡོད་པ་རེད་ཨང་། སྐབས་ལེགས་པ་ཞིག་ཏུ་ཁོ་ལ་ལོ་བཅུའི་ཡར་སྔོན་གྱི་དཔྱད་རྩོམ་དེ་དག་དང་བྱ་དགའི་དཔང་ཡིག་ཡོད་པས་ཆེད་ལས་མཁས་པའི་ཐོབ་ཐང་དེ་ལེན་ཐུབ་པ་བྱུང་། རེད་ཡ། ལོ་ངོ་བཅོ་ལྔའི་རིང་ལ་གྲོང་ཁྱེར་གྱི་འུར་ཟིང་འདུ་འཛི་འཁྲུག་པོའི་ཀློང་དུ་འཐོམ་འཐོམ་པོར་འཁྱམས་ནས་ཅི་ཡང་མ་ངེས་པར་གྱུར་ལ། མཇུག་མཐར་རང་ཉིད་ལ་ཐོབ་པ་ནི་ལས་ཀའི་ཐོབ་ཐང་རྫུན་མ་ཞིག་ལས་ཅི་ཡང་མི་འདུག ད་ལྟ་བུ་མོ་ནར་སོན་ཏེ་གྲོང་ཁྱེར་སློབ་འབྲིང་དྲུག་པའི་ནང་དུ་ཡོད་པ་དང་སློབ་སྦྱོང་གི་གྲུབ་འབྲས་ཀྱང་བཟང་མོད། འོན་ཀྱང་ཡིད་ཕངས་བ་ཞིག་ནི་བོད་སྐད་ཕལ་ཆེར་བརྗེད་པར་གྱུར་ཏེ་རང་ཁྱིམ་དུའང་རྒྱ་སྐད་ཁོ་ན་བཤད་པར་མ་ཟད། གཟུགས་བྱད་ལ་བལྟས་ན་ཡང་བོད་མིའི་རྟགས་ཅི་ཡང་མེད། ཐེངས་ཤིག་ཚུང་མས་བུ་མོར་བོད་སྐད་ཀྱིས་ཁྱོད་སོང་ལ་སྨྲས་འབོག་ཁྱེར་ཤོག་ཅེས་བཤད་པ་ན། བུ་མོ་སོང་སྐེ་ཡུན་རིང་ཙམ་ལ་ཕྱིར་མ་ཡོང་ལ། མཇུག་མཐར་ཐལ་གཞོང་ཁྱེར་ནས་ཐོན་བྱུང་བས་ཁོ་གཉིས་ཀ་དང་ཐོག་གད་མོ་ཤོར་པ་དང་དེ་ནས་འདང་རྒྱུག་གི་ནང་དུ་ལྷུང་སོང་།

སྤྱི་སྤྱོད་རླངས་འཁོར་བསྐྱོད་བསྐྱོད་པས་ད་ནི་ཁོ་འབབ་སའི་ས་ཚིགས་སུ་ཐོན་བྱུང་། རླངས་འཁོར་བསྡད་པ་དང་ཁོས་དངོས་པོ་དག་བླངས་ཏེ་སར་བབས། ཁོ་དེ་གར་ལ་ཙུང་ཙམ་ལ་འགྲེང་ནས་བསྡད་རྗེས་ཕྱོགས་བཞིར་ལྟ་ཙམ་བྱས་པ་ན། མཐའ་འཁོར་ནི་སྨུ་མཐའ་

མི་མངོན་པའི་ཁང་རྩིག་གིས་ནམ་མཁའ་མ་གཏོགས་མི་མཐོང་བར་བྱས་འདུག་ལ། ལྷངས་འཁོར་ཆེ་ཆུང་མང་པོའི་འགྲོ་འོང་འཁྲུག་པོས་རེ་ཞིག་ཤར་ལྷོ་ནུབ་བྱང་གི་ཕྱོགས་ཀྱང་ངོས་འཛིན་བྱེད་དཀའ། སྐབས་དེར་ཁོའི་སེམས་ནས་ཀྱང་རང་ཉིད་གྲོང་ཁྱེར་གྱི་ཆེས་འདུ་འཚང་ཆེ་ས་དང་ཕྱོམ་ཆེ་སར་ཞུགས་ཟིན་པ་གཞི་ནས་རྟོགས།

བྱིས་པ་དང་མེ་འཁོར།

ལྷུགས་ལམ་ནི་རི་ཕྲུག་དང་རྩྭ་ཐང་བརྒྱུད་ནས་རྒྱང་རིང་བའི་ཤར་ལྷོ་ནས་ནུབ་བྱང་མཚམས་སུ་ཐིག་སྐུད་འཐེན་པ་ལྟར་སྣང་། ཕར་ཕྱོགས་ཀྱི་ལྷུགས་ལམ་འགྲམ་གྱི་དེའུ་འབུར་སྟེང་དུ་ལོ་ན་དྲུག་བདུན་ཙམ་ལ་སོན་པའི་བྱིས་པ་གཉིས་རྩེད་མོར་གཡེང་ཞིང་ཕར་ཚུར་བྱས་ནས་རྡོ་ཡི་ཐབ་ཀ་སྒྲིག་ཕྲུལ་བྱེད་བཞིན་ཡོད། བྱིས་པ་ཆུང་བ་རྐང་སྣུམ་གོན་མེད་པ་དེ་ནི་དེའུ་འབུར་ཤར་ངོས་ཀྱི་ཉག་གའི་སྟེང་དུ་སྦྲ་ཁྱིམ་ནག་ལེབ་བ་ཞིག་ཡོད་པ་དེ་ཚང་གི་ཡིན་ཞིང་། སློག་པ་སྐྱ་རྟུལ་རྫོག་པར་གཙུད་པའི་བྱིས་པ་དེ་ཚང་ནི་མར་ཞོལ་གྱི་གཞོང་ཕྲུག་ཏུ་ཡོད་པས་བར་མཚམས་ཀྱི་དེའུ་འབུར་འདི་ནི་ཁོ་གཉིས་ཀ་ཉིན་བཞིན་ལྷན་འདུ་བྱེད་ས་རེད།

"ཨ་ཀྱ། ཁྱོད་བདེ་མོ།" བྱིས་པ་གཅེར་བུ་བ་དེ་བརྒྱུགས་ཡོང་ནས་འགྲུལ་བ་ཡིན་ཕྲུལ་གྱིས་འཚམས་འདྲི་བྱེད་བཞིན་དཀྱིལ་ཀྱང་གོར་གོར་བ་ཞིག་བྱས་ནས་ཅོག

"བདེ་མོ་ཡིན། ཛ་ཐུངས།" སློག་པ་སྐྱ་རྟུལ་རྫོག་པར་གཙུད་པ་དེས་བྲེལ་འཚུབ་ལངས་ཕྲུལ་གྱིས་རྡོ་ལེབ་མོ་ཆུང་ངུ་ཞིག་གི་ཐོག་ཏུ་ས་རྡུལ་བླུགས་ནས་ཛ་ཡིན་ཕྲུལ་གྱིས་ཁོལ་དྲངས།

“ཁྱོད་ཀྱི་ཨ་ཕ་གང་ལ་སོང་།”

“ཚོང་ཁང་ནང་དུ་ཀ་ར་ཉོ་རུ་སོང་།”

སླག་པ་སྨྱུ་རྩལ་གྱོན་པ་དེ་བརྒྱུགས་ཡོང་ནས་འཁྱུལ་བ་ཡིན་ཁྱུལ་གྱི་དཀྱིལ་ཀྱང་བྱས་ཏེ། “ཨ་རོགས། ལོ་སར་ཡག” ཟེར།

“ཡག་ཡག ཁྱོས་ཀྱིས་ཤ་ཟོ།” ཞེས་བྱིས་པ་གཙེར་བུ་དེ་བྲེལ་འཚུབ་ལངས་ཁྱུལ་གྱིས་དཀར་ཡོལ་ཆག་དུམ་ཞིག་གི་ནང་དུ་རྫོ་ཟེགས་སྤུངས་ནས་སྟེར་ཁ་ཡིན་ཁྱུལ་གྱིས་ཁོའི་མདུན་དུ་བཞག

“ཁྱོད་ཀྱི་ཨ་ཕ་གང་དུ་སོང་།”

“ཚོང་ཁང་ལ་སིལ་རྫས་ཉོ་རུ་སོང་།”

ཕལ་ཆེར་ཉིན་ཕྱེད་ཙམ་འདས། ཉི་མ་སྤྲིན་གསེབ་ལ་ཡོལ་བས་གྲིབ་མ་ནག་ཡོར་བ་ཞིག་དེའུ་འབུར་དེའི་སྟེང་བརྒྱུད་ནས་རིམ་བཞིན་ལྷོ་ཕྱོགས་སུ་ཡོལ་སོང་ལ་ལྷགས་ལམ་ནི་སྔོན་ལྷར་ནག་ཤར་རེར་སྣང་། བྱིས་པ་གཉིས་ཀ་སྔར་བཞིན་ཁ་སྒྲོད་དུ་བསྡད་ནས་རྩེད་མོར་གཡེང་ཞིང་ལབ་རྫོལ་གྱི་ཁ་བརྡ་སྣ་ཚོགས་བྱེད་ཀྱིན་འདུག

“ཨ་ཀྱེ། ཁྱོད་ཀྱི་ཨ་ཕ་ཡོང་ནང་ལ་ཀ་ར་སྟེར་རམ།”

“ངས་ཁྱོད་ལ་སྟེར།”

“ཧོའུ།……” རྒྱང་ཙམ་འགོར་རྗེས་ནུབ་བྱང་མཚམས་ནས་མི་འཁོར་ཞིག་གིས་འོ་དོད་འབོད་བཞིན་དངོས་རྫས་མང་པོ་མཐུད་པར་བརྩིགས་ཏེ་ཐོན་པ་དང་སླག་པ་སྨྱུ་རྩལ་སྟོག་པར་གཟུད་པའི་བྱིས་པ་དེས་ས་ལྡིང་གནམ་ལྡིང་བྱེད་ཤོར་དུ “ངེད་ཚང་གི་མི་འཁོར་ཐོན་ཐལ” ཟེར།

“ཁྱོད་ཚང་གི་མི་འཁོར་ཡིན་ནམ།” ཞེས་བྱིས་པ་གཞན་པ་དེའི་ཏ་མ་གོ་བར་ཡིད་སྨོན་དང་བཅས་ལྟེ་བསྡུར་ཏེ་ཁོ་ལ་བལྟས།

“ངེད་ཚང་གི་ཕྱོགས་ནས་ཡོང་ན་ངེད་ཚང་གི་རེད། ཁྱོད་ཚང་གི་ས་ནས་ཡོང་ན

ཁྱོད་ཚང་གི་རེད།”

“འོ་ན་གན་གི་ནང་ན་ཅི་ཡོད།”

“ཀ་ར་སིལ་ཏོག”

སྐབས་ཤིག་ལ་ཤར་ལྷོའི་ཕྱོགས་ནས་ཀྱང་མེ་འཁོར་བསྐར་ཐེང་རིང་པོ་ཞིག་ཐོན་བྱུང་། བྱིས་པ་གཅེར་བུ་བ་དེས་ཀྱང “ངེད་ཚང་གི་མེ་འཁོར་ཐོན་ཐལ” ཞེས་ཁུར་སྒྲ་སྒྲོག་བཞིན་ས་ལྡིང་གནམ་ལྡིང་བྱེད།

བྱིས་པ་གཞན་དེས་ཐལ་མོ་རྡེབ་བཞིན། “ཏེ་ཏེ ཁྱོད་ཚང་གི་མེ་འཁོར་སྟོང་པ་རེད” ཟེར།

མེ་འཁོར་དེ་ཁོ་གཉིས་ཀྱི་མར་ཞོལ་ནས་ཤར་བགྲོད་བྱེད་ལ་འཁོར་སྐམ་རེ་རེ་བྱིས་པ་གཉིས་ཀྱི་མིག་མདུན་ནས་ཕར་ཡལ་གྱིན་འདུག བྱིས་པ་གཅེར་བུ་བ་དེས་སློག་པ་གྱོན་མཁན་གྱི་བྱིས་པ་དེའི་ཚིག་བདེན་པར་བཟུང་ནས། མིག་འོག་གི་མེ་འཁོར་བསྐར་ཐེང་སྟོང་བདག་ལ་ཅེར་ཏེ་ཡུད་ཙམ་ནས་སློ་བུར་དུ་ངུས་བྱུང་།

“མ་ངྷ། ཨེ་གོ” ཞེས་བྱིས་པ་གཞན་པ་དེས་ངུ་ཁ་ལེན་གང་ཐུབ་བྱེད་པ་དང་། “ཨ་ཕ་ཡོང་ན་ངས་ཁྱོད་ལ་རྩེད་ཆས་སྟེར” ཟེར།

“ངེད་ཚང་གི་མེ་འཁོར་གྱིས་ཀ་ར་འཁྱེར་མི་འདུག” ཅེས་བྱིས་པ་གཅེར་བུ་བ་དེས་ལག་རྒྱབ་ཀྱིས་མིག་ཆུ་འཕྱིན་བཞིན་དེ་ལྟར་ཟེར།

“ཀུ་རེ་ཡིན། ཨ་ཕས་བཤད་ན་ཁྱེད་ཚང་གི་ཕྱོགས་ནས་ཡོང་བ་དེ་གྲོང་ཁྱེར་ནས་ཡོང་བ་རེད” ཟེར།

“གྲོང་ཁྱེར་ཟེར་བ་ཅི་རེད།”

“དེ་ན་ཁང་བ་མང་པོ་མང་པོ་ཡོད་པ་རེད་ཟེར། ད་དུང་གནམ་གྲུ་ཡང་ཡོད་པ་རེད་ཟེར”།

“བདེན་ནམ།”

“ངོ་མ་ཟེར་བ་ཡིན། ཨ་མའི་ཤ” ཞེས་སློག་པ་སྐྱ་རྩུལ་བ་གྱོན་པ་དེས་བདེན་པ་ཡིན་

ཚུལ་གྲིས་མགོ་བོ་ནང་དུ་གུག་གུག་བྱེད།

"བཟང་གི" ཞེས་བྱིས་པ་གཅེར་བུ་བ་དེའང་དགའ་སྤྲོའི་འུར་སྒྲ་སྒྲོག་བཞིན་ས་ལྡིང་གནམ་ལྡིང་བྱས།

ཚོ་གཉིས་ཀ་སྟོན་ལྷར་རྩེད་བཞིན་བསྡད།……

ལག་ཆའི་སྐོར་གྱི་ཟིན་ཐོ།

སྡོན་འགྲོ།

མི་ཚང་མས་རིག་ལྡན་ལ "ཀླད་པ" མི་འདུག་ཟེར། དེ་བས་ཁོ་རང་ས་ཁྲུལ་སྨན་ཁང་དུ་སོང་སྟེ་བསྟུད་མར་ཐེངས་བདུན་ལ་བརྟག་དཔྱད་བྱེད་དུ་བཅུག་ཀྱང་། མཐུག་འབྲས་སྔར་བཞིན་གཅིག་འདྲ་རེད། སྨན་པས་མིག་ཤེལ་ཡར་འདེད་ཙམ་བྱས་ཏེ་ཏ་ཅང་གཟབ་ནན་དང་། "ཁྱོད་ལ་ཀླད་པ་ཡོད་པའི་མི་ཚད། ད་དུང་གང་དུ་གནས་དགོས་ས་དེར་གནས་འདུག" ཟེར།

རིག་ལྡན་ཡིད་མ་ཆེས། "ངོ་མ་ཟེར་བ་ཡིན་ནམ" ཞེས་གཏིང་འདྲི་བྱས།

སྨན་པས་མགོ་བོ་ལྷོག་ལྷོག་བྱས་ཏེ་རང་ཉིད་ཀྱི་སྐད་ཆ་བདེན་ངེས་པ་ཐག་གཅོད་བྱས།

"འོ་ན་བཟང་འདུག" རིག་ལྡན་གྱིས་འཛོན་ཐང་ཞིག་སྤྱད་དེ། "ཁྱོད་ཀྱིས་ང་ལ་དཔང་ཡིག་ཅིག་ཕྲིས" ཞེས་བཤད།

"ཅི་ཞིག་གི་དཔང་ཡིག" སྨན་པ་དེ་འཕྲུལ་ཡ་མཚན་པར་གྱུར།

རིག་ལྡན་གྱི་སེམས་ལ་ད་ཐེངས་སྨན་པ་འདི་ལ་ཁ་གྲག་རྒྱུ་མེད་པར་གཏོང་ཐུབ་སོང་སྙམ་སྟེ། མགོ་ལྡེམ་ཙམ་གྱིས། "གཞན་ཅི་ཡོད། ང་ལ་ཀླད་པ་ཡོད་པའི་དཔང་ཡིག་ཅིག་ཕྲིས། ཅི་འདྲ་རེད།" ཟེར་བཞིན་མིག་ཟུར་གྱིས་སྨན་པའི་ངོ་མདངས་ལ་བལྟས།

"ང་ལ་གཞུང་ཐེལ་མེད་པས……" སྨན་པ་གཞི་ནས་ཁ་གྲག་རྒྱུ་མེད་པར་གྱུར་བ་འདྲ།

"ཧི་ཧི།" རིག་ལྡན་གྱི་གདོང་ལ་ཁྲེལ་འཛུམ་ཞིག་ཤར་ནས་མུ་མཐུད་དུ་སྨན་པའི་ཐབས་ཟད་པའི་བཟོ་ལྟ་དེར་ལྟ་བཞིན། "ཅི་འདྲ་རེད། ཁྱོད་ཀྱིས་ཀྱང་ང་ལ་མགོ་སྐོར་གཏོང་བསམས་པ་ཡིན་ནམ། དེ་འདྲའི་སླ་མོ་ཞིག་ག་ལ་ཡིན། ཁྱོད་ཚོ་སྨན་པ་དག་གིས་རང་ཉིད་རྒྱང་མཐོང་བྱེད་རྒྱུར་དགའ་བ་ངས་ སྔོན་ནས་ཤེས་ཡོད། རྗེས་ནས་ཤ་ཡི་མིག་ཡིན་པ་ཁས་ལེན་བྱས་ན་བཟང་།" ཞེས་བཤད་རྗེས་རང་ཚུགས་ཐུབ་པའི "ཕྱུགས་མ" ཞིག་དང་འདྲ་བར་དེ་འཕྲལ་ཡར་ལངས་ཏེ་སྒོར་འགྲོ་ཞོར་དུ། "ང་འགྲོ་རྒྱུ་ཡིན། ངོ་མ་ཀླད་པ་མི་འདུག" ཟེར་བཞིན་སྒོ་ཁྲིག་གེར་བརྒྱབ་བྱུང་།

སྨན་པས་ནི་དོན་དག་ཅི་ཞིག་བྱུང་སོང་བ་ཡང་མ་ངེས་པར་ཡུན་རིང་ཙམ་ལ་ཧད་དེ་སྡོད་ཅིང་། མཇུག་མཐར་གཞི་ནས་ལག་གཡས་པ་ཡར་བཏེགས་ཏེ་རང་ཉིད་ཀྱི་ཀླད་པར་རེག་རེག་ཙམ་བྱས།

རིག་ལྡན་སྨན་ཁང་ལས་ཕྱིར་ཐོན་རྗེས་སྟར་ལས་ཀྱང་སེམས་མི་བདེ་བར་གྱུར། ཁོ་རང་ལ་དངོས་གནས "ཀླད་པ" མེད་པ་འདྲ། དེ་མ་གཏོགས་མི་ཚང་མས་ཁོ་རང་ལ "ཀླད་པ" མི་འདུག་ཟེར་དོན་ཅི་ཡོད། དེ་མ་གཏོགས་ཁོ་རང་ཡང་སྨན་ཁང་དུ་བརྟག་དཔྱད་བྱེད་དུ་འོངས་དོན་ཅི་ཡོད། དེ་མ་གཏོགས་སྨན་པས་ཁོ་རང་ལ་དཔང་ཡིག་མི་འབྲི་བ་ག་ལ་སྲིད། དེ་མ་གཏོགས……

སྟོད།

ངོ་མ་བཤད་ན། དང་ཐོག་རིག་ལྡན་ནི "སྐད་པ" མེད་པ་ཞིག་གཏན་ནས་མ་ཡིན་ཏེ། ཁོ་རང་ལ་སྐད་པ་ཡོད་པའི་མི་ཚད་དངོས་གནས་རིག་རྩོད་ཅིག་ཀྱང་ཡིན། རིག་ལྡན་རིག་རྩོད་ཅིག་ཡིན་པས་ཨ་ཕས་ཁོ་རང་སློབ་གྲྭར་བསྐྱལ་ཏེ་ཡི་གེ་སྦྱོང་དུ་བཅུག རིག་ལྡན་རིག་རྩོད་ཅིག་ཡིན་པས་དགེ་རྒན་གྱིས་ཁྲིད་པའི་གསལ་བཤད་སུམ་ཅུ་ཉིན་གཅིག་ལ་ཤེས་པར་གྱུར། དེའི་རྐྱེན་གྱིས་སློབ་ཚུང་དགེ་རྒན "ཧ་ལྡག" གིས་ཀྱང་རིག་ལྡན་ལ་བཟང་བསྟོད་བྱས་ཤིང་སློབ་མ་གཞན་དག་ལ་ཡང "རིག་ལྡན་ལ་སློབ་སྦྱོང་བྱོས" ཟེར། དེའི་རྐྱེན་གྱིས་སློབ་གྲོགས་ཚང་མས་ཀྱང་རིག་ལྡན་ལ་སློབ་སྦྱོང་བྱས་ཏེ་ལོ་རིམ་རེ་རེ་འཕར་ཞིང་སློབ་གྲྭ་རེ་རེ་བཞིན་འགྲིམས། དེའི་རྐྱེན་གྱིས་རིག་ལྡན་ད་ལོ་སྟོན་ཁར་སློབ་གྲྭ་ཆེན་མོ་ནས་མཐར་ཕྱིན་མ་ཐག་བྱ་བའི་སྐབས་སུ་ཞུགས་ཤིང་ཟླ་ཐོག་ས་སླེབས། ཁོས་ལོ་གཅིག་གི་ཟླ་ཐོག་གསོག་རྩིས་ཨ་མ་ཁྲིད་ནས་ལྷ་སར་སོང་སྟེ་མཇལ་སྐོར་བྱེད་པ་དང་འདས་ཟིན་པའི་ཕ་རྒན་ལ་བསྔོ་སྨོན་འབུལ་བའི་འཆར་གཞི་འཐེན། རིག་ལྡན་གྱི་སེམས་ལ་འདང་ཁོ་རང་ནི་རིག་རྩོད་ཁོན་ཞིག་མ་ཡིན་པར "སྐྱོག་སྐད" ཅིག་རེད་སྙམ།

རིག་ལྡན་གྱིས་བྱ་བ་ལས་སའི་ལས་ཁུངས་ནི "སྦྱོང་བརྡར་ལག་ཆ" སྟེ་གཞི་རིམ་ཞིང་གྲོང་གི་སློབ་ཚུང་ཞིག་ཡིན་པ་རེད། དེ་བས་རིག་ལྡན་ཡང་གཞི་རིམ་ཞིང་གྲོང་གི་དགེ་རྒན་ཞིག་ཡིན་པར་གྱུར། དང་ཐོག་རིག་ལྡན་གྱི་འཆར་གཞི་ནི་དགེ་རྒན་བྱེད་རྒྱུ་དེ་མ་ཡིན་པར་རྣམ་འཕོར་ཚུང་བའི་ནང་དུ་སྡོད་པའི་དཔོན་པོ་ཞིག་བྱེད་རྒྱུ་དེ་ཡིན་མོད། འོན་ཀྱང་ཁོ་རང་རྒྱབ་དཔུང་ཅི་ཡང་མེད་པའི་ཞིང་པའི་བུ་ཕྲུག་ཅིག་ཡིན་པས་ལས་དབང་དེ་དང་ལེན་མི་བྱེད་རང་དབང་མེད་པར་གྱུར། སློབ་མགོ་བཙུགས་མ་ཐག རིག་ལྡན་གྱིས་ཐེངས་གཅིག་ལ་སློབ་ཁྲིད་བྱས་རྗེས་ཡིད་ཚད་པར་གྱུར། ཁོའི་སེམས་ལ་དགེ་རྒན་ནི་ནམ་ཡིན་ཡང "ལག་ཆ" ཞིག་ཡིན་པ་རེད་སྙམ། ཕལ་ཆེར་སྐམ་པ་དང་སྤྱུགས་མ། ཐོམ་བུ། ཧ་ལྡག

སེན་མོ་འཐོག་བྱེད་ལྷ་བུ་ཡིན་ཏེ། ལག་ཆ་དེ་དག་ནུབ་གླིང་གི་བྱིས་སྒྲུང་ཁྲོད་དུ་མངོན་གྱིན་པའི་རབ་རྟོག་གི་རྣམ་པ་ལྟར་ལན་རེར་མི་ཡི་གཟུགས་སུ་འགྱུར་ནུས་པ་དང་། མི་ཡིས་བསྒྲུབ་དགོས་པའི་ལས་ཀ་ཡོད་ཚད་བསྒྲུབས་ཚར་རྗེས་སླར་ཡང་སེན་མོ་འཐོག་བྱེད་དང་ཧ་ལྕག ཐོམ་བུ། ཕྱགས་མ། སྐམ་པ་སོགས་སུ་འགྱུར་འགྲོ་བ་རེད། སློབ་མ་ཚོའི་ཁྱིམ་བདག་གིས་ཀྱང་དགེ་རྒན་གྱི་ལྷུ་ཚིགས་རེ་རེ "ཐེམ་སྐས" སུ་བྱས་ཏེ་བུ་ཕྲུག་དག་ལོ་རིམ་བཞིན་གོང་ནས་གོང་དུ་འཕར་དུ་བཅུག་པ་དང་། ལས་བྱེད་པའི་ནང་དུ་སྐྱེལ་བ། ཟླ་ཐོགས་ལེན་དུ་སྤྱོད་པར་བྱེད། རིག་ལྡན་གྱིས་ཀྱང་དེ་མཐག་ཏུ "ལག་ཆ" ནི་ནམ་ཡང "ལག་ཆ" ཙམ་ཡིན་པ་དང་། དེ་ལས་ལས་བསྒྱུར་བྱས་ཏེ་དབང་ཆ་ཕྲན་ཙམ་ལ་ཡིན་ཡང་རེ་སྙེག་བྱེད་དགོས་སྙམ་ནས། ལས་བསྒྱུར་བྱེད་འདོད་ཀྱི་ཞུ་ཡིག་ཅིག་བྲིས་ནས་རང་ཉིད་སྡོད་སའི་སློབ་ཆུང་དེའི་སློབ་གཙོ "ཐོ་བའི" ལག་ཏུ་བཞག ལས་བསྒྱུར་བྱེད་འདོད་པའི་རྒྱུ་མཚན་ཡང་ཏ་ཙང་ཁ་གསལ་ཡིན་ཏེ།—— "དགེ་རྒན་ནི་ནམ་ཡང 'ལག་ཆ' ཞིག་ཡིན་པ་རེད" ཅེས་པ་དེ་རེད།

སློབ་གཙོ "ཐོ་བ" ནི་རིག་གསར་སྐབས་ཀྱི་སློབ་གྲྭ་ཆེན་མོ་བ་ཞིག་ཡིན་ཞིང་ད་ལྟ་ལས་ཞོར་དུ་རང་སྐྱོང་བྱེད་ཀྱིན་ཡོད་མོད། ཡིན་ན་ཡང་ཁོ་རང་ལ་བཀོད་པའི་དབང་རྩ་གློ་བུར་གློ་བུར་དུ་འཕྲུགས་པའི་ནད་བྱུང་ཡོད་པས། རང་ཉིད་ཀྱི་འདོད་དོན་གང་ཞིག་མ་འགྲུབ་པའམ་རང་ཉིད་ཀྱི་བློ་ལ་མི་འཐད་པའི་དོན་གང་ཞིག་བྱུང་ཚེ་དེ་མ་ཐག་ནད་རོ་འཕར་བར་བྱེད། སློབ་གཙོ "ཐོ་བས" རིག་ལྡན་གྱི་ཞུ་ཡིག་ལ་ཞིབ་ལྟ་ཞིག་བྱས་རྗེས་ཧ་གོ་སོང་བའི་ཉམས་ཀྱིས་མགོ་བོ་བར་མེད་དུ་ལྡེམ་ལྡེམ་བྱས་པ་དང་། དེ་ནས་མིག་གི་ལྟ་ཕྱོགས་རིག་ལྡན་གྱི་སྟེང་དུ་བསྒྱུར་ཏེ། "ཁྱོད་ཀྱིས་བལྟས་ན་ཁྱོད་རང་ལག་ཆ་ཅི་ཞིག་རེད" ཅེས་དྲིས་བྱུང་།

རིག་ལྡན་གྱིས་འདང་རྒྱག་ཙམ་ཡང་མི་བྱེད་པར། "ཀ་རའི་ཤུན་སྲོག་ཅིག་རེད" ཅེས་ལན་བཏབ།

སློབ་གཙོ “ཐོ་བས” སླར་ཡང་མགོ་བོ་ལྡེམ་ཙམ་བྱས་ཤིང་སེམས་ལ་ཕོ་རང་མི་གང་བྱུང་ཞིག་མ་རེད་སྙམ་ནས། “རེད། ང་ཚོ་ཚང་མ་ཀ་རའི་ཤུན་སྒོག་རྐྱང་རྐྱང་རེད། ང་ཚོས་ངེས་པར་དུ་རང་ཉིད་ཀྱི་ཁོག་པར་ཡོད་པའི་དངོས་པོ་དག་སློབ་མ་ཚོའི་ཁོག་ཏུ་འབུལ་དགོས་པ་རེད” ཟེར་བཞིན་ཞུ་ཡིག་ཕྱིར་རིག་ལྡན་གྱི་ལག་ཏུ་བཞག་པ་དང་། ཏ་ཙང་ནན་ཏན་དང་། “ཁྱོད་རང་ལས་བསྒྱུར་བྱེད་པར་ང་རང་ཡིད་འཐད་མིན། རྒྱུ་མཚན་ནི་ད་ལྟའི་དགེ་རྒན་དག་གི་ཁྲོད་དུ་རང་ཉིད་ཀ་རའི་ཤུན་སྒོག་ཡིན་པ་ཤེས་མཁན་དཀོན་པས་རེད། འདི་ལྟར་བྱེད། ཁྱོད་ཀྱིས་སྔ་མཐུད་དུ་འབད་པ་བྱོས་དང་། ངས་ཁྱོད་ཀྱི་གོ་གནས་བསྒོ་འཐེན་བྱས་ཆོག” ཟེར།

རིག་ལྡན་གྱིས་དེ་མ་ཐག་ཏུ་ཤེས་སོང་། སློབ་གཙོས་བཤད་ཀྱིན་པའི་གོ་གནས་ནི་དབང་ཆ་ཡིན་པ་དང་དབང་ཆ་ཡང་མཐར་གཏུགས་ནས་བཤད་ན་གོ་གནས་ཡིན་པ་རེད། གོ་གནས་ཡོད་པར་གྱུར་ཚེ་ཕོ་རང་གི་ལུས་པོ་ཚོན་པོར་འགྱུར་ངེས་པ་དང་སྐད་ངག་ཀྱང་ཇི་སྲིད་དུ་འགྱུར་བར་མ་ཟད། ཕོ་རང་གི་སྐད་ཆ་དང་ངོ་མདངས། ཐོ་བ། ཐ་ན་བཤང་ རླུང་ཞིག་བཏང་ན་ཡང་དབང་ཆ་ཡིན་པ་ཤེས་སོང་། རིག་ལྡན་གྱི་མིག་ལམ་དུ་དེ་སྔར་སློབ་གཙོ “ཐོ་བ” ནི་བུ་མོ་མཛེས་མ་ཞིག་ཡིན་པའི་སྣང་བ་སྐྱེས་ཤིང་ཁོས་བཤད་པའི་སྐད་ཆ་རེ་རེ་ཡང་ཆགས་པའི་སྒྲོས་བརྗོད་པ་ལྟར་དུ་སྣང་བྱུང་། རིག་ལྡན་གྱིས་དེ་མ་ཐག་དགའ་འཛུམ་དང་ “སློབ་གཙོས་ཅི་གསུང་ལྟར་བསྒྲུབ་ངེས” ཞེས་ལན་བཏབ།

སློབ་གཙོ་ཐོ་བས་སླར་ཡང་འདང་ཞིག་བརྒྱབ་ནས་ཏ་ཙང་སྙམ་བརླིང་དང་། “ཡིན་ན་ཡང་ཚད་ངེས་ཅན་ཞིག་ནས་བཤད་ན་དབང་ཆ་ཡང ‘ལག་ཆ’ ཡིན་པ་རེད། ཕལ་ཆེར་སྒྲོགས་མང་པོར་སྤྱོད་ཆོག་པའི ‘ལག་ཆ’ ཞིག་རེད་ཅེས་བཤད་ཆོག” ཟེར།

རིག་ལྡན་ཏ་ཙང་དགའ་སྟེ། “དབང་ཆ་ཡིན་ཆེ་ང་རང་སྐྱུག་པ་འཆུ་བྱེད་ཡིན་ཡང་ཆོག ཕལ་ཆེར་གས་ཆག་ཏུ་གྱུར་བའི་ལྕགས་ཁེམ་གོག་པོ་ཞིག་དང་འདྲ་བས། ཅི་བྱས་ཀྱང་ཆོག” ཅེས་བཤད།

དེ་ཐོས་པས་སློབ་གཙོ་“ཐོ་བ”ཡང་ཧ་ཅང་དགའ་བྱུང་། རིག་ལྡན་ཡང་ཧ་ཅང་དགའ་བྱུང་། སློབ་གཙོ་“ཐོ་བས”རིག་ལྡན་ནི་དངོས་གནས“ལག་ཆ”བཟང་པོ་ཞིག་རེད་སེམས། རིག་ལྡན་གྱིས་ཀྱང་སློབ་གཙོ་“ཐོ་བ”ནི་དངོས་གནས“ལག་ཆ”སྤྱོད་པར་ཧ་ཅང་མཁས་པོ་འདུག་སྙམ། སོང་གཉིས་ཀ་དགའ་བྱུང་། སྐབས་འདིར་ད་དུང་སོང་གཉིས་མ་ཡིན་པའི་མི་གཞན་ཞིག་ཀྱང་དགའ་བྱུང་། དེ་ནི་རིག་ལྡན་གྱིས་གསར་དུ་བཙལ་བའི་དགའ་རོགས——མེ་ཏོག་འཚོ་རེད། སོ་མོ་ཡང་སློབ་གྲྭ་འདི་གའི་དགེ་རྒན་ཞིག་ཡིན་ཞིང་ངོ་གདོང་ཧ་ཅང་མཛེས་པ་ཞིག་ཡིན་མོད། སོ་མོས་དུས་རྒྱུན་བདེན་རྫུན་གྱི་དབྱེ་བ་མི་འབྱེད་པར་གོ་ཐོས་ཐམས་ཅད་མིག་གིས་དངོས་སུ་མཐོང་བ་ལྟར་བཤད་རྒྱུང་བྱེད་ཀྱིན་ཡོད་པས། དགེ་སློབ་ཚང་མས་སོ་མོའི་མཚང་མིང་ལ“སྐྱུ་ག་ཁ”ཟེར། རིག་ལྡན་གྱིས་གཏམ་བཟང་དེ་སོ་མོའི་རྣ་ནང་དུ་བཤད་མ་ཐག་སོ་མོ་ཡང་སོག་པའི་གཏིང་ནས་དགའ་སྤྲོ་སྐྱེས་བྱུང་། སོ་མོས་དེ་མ་ཐག་ཏུ་རིག་ལྡན་གོ་གནས་འཕར་རྒྱུ་ཡིན་པའི་འཕྲིན་གསར་དེ་ལས་གྲོགས་བུ་མོ་ཚོའི་ཁྲོད་དུ་བསྒྲགས་ཤིང་སོ་མོ་རང་ཉིད་ནི་དོན་དེར་དེ་འདྲ་དགའ་པོ་བྱུང་གིན་མེད་པའི་བཟོ་ལྟ་བསྟན། ལས་གྲོགས་བུ་མོ་ཚོས་ཀྱང་སོ་མོའི་སྐད་ཆ་དེ་རྣར་མི་འགྲོ་ཡང་ཡིད་ཆེས་པ་ལྟར་བསྙད་ར་བྱས། སོ་མོ་དགའ་བ་སོག་ཏུ་མ་ཚུད་པར་ད་ནི་རང་ཉིད་གྱིས་ཀྱང“འཛོན་ཐང”ངོམ་པའི་དུས་ལ་ཐོན་འདུག་སྙམ། དེ་ནས་བཟུང་སྐྱུ་ག་ཁ་ནི་དངོས་གནས་སློབ་གྲྭའི་བྱ་བར་སེམས་ཞུར་བྱེད་པའི“དར་ཆ”དང་སློབ་གཙོ“ཐོ་བར”བསྟོད་བསྔགས་བྱེད་པའི“རྒྱང་སྒྲོག”རིག་ལྡན་གྱི་གོ་ས་ཡར་ལ་འདེགས་པའི“གཅུས་གཟེར”དུ་གྱུར་སོང་། སོ་མོས་སློབ་གཙོ“ཐོ་བར།”“ཁྱོད་ཀྱིས་གཞུང་དོན་ལ་ངལ་དྲགས་པས་ལག་རོགས་ཤིག་དགོས་འདུག”ཅེས་བཤད། སོ་མོས་སློབ་གཙོ“ཐོ་བར།”“སློབ་གྲྭའི་ནང་དུ་མི་འཛོན་ཐང་ཅན་བསྐྱེད་བསྲིང་བྱས་ནས་སོའི་བྱ་བ་ཅུང་ཟད་ཡང་དུ་བཏང་ན་མི་བཟང་ངམ”ཞེས་བཤད། སོ་མོས་སློབ་གཙོ“ཐོ་བར”བསྟོད་བསྔགས་བྱས། སོ་མོས་སློབ་གཙོ“ཐོ་བར”སེམས་ཞུར་བྱས།

ཉིན་གཅིག་མ་འགོར་བར་རིག་ལྡན་ནི་འཛིན་གྲྭའི་གཙོ་སྐྱོང་བར་བསྐོས་བྱུང་བས་རིག་ལྡན་གྱི་སྐད་ངག་ཇེ་སྒྲོམ་དུ་གྱུར། “སྐུ་ཀ་ཁ” དགའ་དྲགས་ཏེ་སློབ་གཙོ་ “ཐོ་བར” ཐ་མག་བཟང་པོ་སྣམ་གང་འཐེན་དུ་འཇུག་ཞོར་དུ། “རིག་ལྡན་གྱིས་སློབ་གྲྭའི་བྱ་བར་སེམས་ཁུར་བྱས་ཏེ་ཟ་མ་བཟའ་རྒྱུ་ཡང་བརྗེད་སོང” ཞེས་བཤད། སློབ་གཙོ་ “ཐོ་བ” ཡང་ཧ་ཅང་དགའ་བྱུང་། ཁོའི་སེམས་ལ་རིག་ལྡན་ནི་ངོ་མ “ལག་ཆ” བཟང་པོ་ཞིག་རེད་སྙམ།

གཟའ་འཁོར་གཅིག་མ་འགོར་བར་རིག་ལྡན་ནི་སློབ་སྟོན་གཙོ་སྐྱོང་བར་གོ་གནས་འཕར་བས་རིག་ལྡན་གྱི་ལུས་པོ་ཇེ་ཆེར་གྱུར་སོང་། “སྐུ་ཀ་ཁ” དགའ་དྲགས་ཏེ་སླར་ཡང་སློབ་གཙོ་ “ཐོ་བར” ཇ་བག་སྒྲུས་ལེགས་ཤིག་འཕྲུང་དུ་འཇུག་ཞོར་དུ། “རིག་ལྡན་གྱིས་དགེ་རྒན་ཚོར་སེམས་ཁུར་བྱས་ཏེ་མཚན་མོ་གཉིད་རྒྱུ་ཡང་བརྗེད་སོང” ཞེས་བཤད། སློབ་གཙོ་ “ཐོ་བ” སྤར་བས་ཀྱང་དགའ་བྱུང་། ཁོའི་སེམས་ལ་རང་ཉིད “ལག་ཆ” སྦྱོད་པར་ཧ་ཅང་མཁས་འདུག་སྙམ།

ཟླ་གཅིག་མ་འགོར་བར། རིག་ལྡན་གཞི་ནས་སློབ་གཙོ་གཞོན་པར་བསྐོས་སོང་། རིག་ལྡན་གྱི་མགོ་ཡི་སྐྲ་ལོ་ཇེ་ཐུང་དུ་གྱུར་ཅིང་གདོང་དུ་མིག་ཤེལ་ནག་པོ་ཞིག་འཕྱེད་དུ་བསྐྱོན་ཡོད་པ་དང་། སྣམ་བརླིང་དང་འགྲོ་དུས་གོམ་འགྲོས་ཀྱང་སྤྲང་ཆེན་གྱི་འགྲོས་བཞིན་དལ་བས། གཞི་ནས་ཁོའི་ལུས་སྟེང་ནས་དཔོན་པོ་ཞེས་པའི་བཟོ་ལྟ་ཆ་ཚང་ཞིག་མངོན་བྱུང་། འོན་ཀྱང་སྐབས་དེར་རིག་ལྡན་གྱི་དགའ་རོགས་ཀྱིས་སློབ་གཙོ་ “ཐོ་བར” “རིག་ལྡན་གྱིས་སློབ་གྲྭའི་བྱ་བར་སེམས་ཁུར་བྱས་ཏེ་སྐྱུག་པ་གཏོང་རྒྱུ་ཡང་བརྗེད་སོང” ཞེས་བཤད་མ་བྱུང་། དེ་ལས་ལྡོག་སྟེ་ལྐོག་ཏུ་ལས་གྲོགས་ཚོར “སློབ་གཙོ་ ‘ཐོ་བར’ སྙིང་ནད་འདུག གཉན་དོན་འདུག ཉིན་ཁ་འདུག” ཅེས་བཤད། གང་ལྟར་ཁོ་མོས་བཤད་དགོས་པའི་སྐད་ཆ་དེ་རིག་ལྡན་གྱི་ངག་ནས་ཤོར་སོང་། ཡིན་ན་ཡང་བཤད་ཡུལ་ནི་སློབ་གཙོ་ “ཐོ་བ” མ་ཡིན་པར་ཞང་གཙོ་ “སྐྱེ་མོ” ཡིན་པ་དེ་རེད། སློབ་གཙོ་ “ཐོ་བ” དང་རིག་ལྡན་གཉིས་ཀ་ཞང་གཙོ་ “སྐྱེ་མོའི” གམ་དུ་འགྲོ་དུས། “རིག་ལྡན་གྱིས་ང་རང་བྱ་བའི་ལས་བྲེལ་

གྱིས་སྦྱོད་ཁང་ནང་དུ་འགྲོ་རྒྱུའང་བརྗེད་སོང" ཞེས་བཤད།

སྐད་ཆ་དེས་སློབ་གཙོ "ཐོ་བ" ཤིན་ཏུ་མི་དགའ་བར་གྱུར། སྐད་ཆ་དེར་རྐྱེན་བྱས་ཏེ་སློབ་གཙོ "ཐོ་བའི" ཟླད་པའི་དབང་རྩ་འཁྲུགས་པའི་ནད་རོ་ཡང་བསྐྱར་འཕར་བྱུང་བས་སྨན་ཁང་དུ་འགྲོ་དགོས་བྱུང་། སློབ་གཙོ "ཐོ་བའི" ནད་རོ་དེ་ཡང་དངོས་ནས་ལྡེ་མོ་ཞིག་ཡིན་ཚོད་འདུག་སྟེ། ཕོ་རང་བསྟུད་མར་སྨན་ཁང་བཅུ་ཕྲག་ཅིག་གི་ནང་དུ་སོང་ནས་གསོ་བཅོས་བྱས་ཀྱང་དྲག་བསྐྱེད་ཅི་ཡང་མ་བྱུང་ལ། ཐ་ན་སྨན་པ་དག་གིས་ཁྱོད་ལ་གང་ནས་ན་གིན་འདུག་ཅེས་དྲིས་ན་ལན་ཅི་ཡང་མི་གདབ་པ་དང་། ནད་གཡོག་མས་ཟ་མ་ཁྱེར་ཡོང་ན་ཡང་ཕོ་རང་ཁ་ལོ་ཕར་འཁོར་ཏེ་གཏན་ནས་བཟའ་འདོད་མི་བྱེད། ཡིན་ན་ཡང་ཟ་མ་བསྐྱལ་ཡོང་བའི་ནད་གཡོག་མ་ནི་ཧ་ཅང་རིག་རྒོད་ཅིག་རེད། ཕོ་མོས་སྨན་པ་དག་ལོགས་ཤིག་ཏུ་བོས་ཏེ་ཕོ་མོས་ཆེར་རྟོགས་བྱུང་བ་ཤུབ་ཤུབ་ངང་བཤད། ཕོ་མོས་བཤད་རྒྱུར། "ནད་པ་འདིའི་ནད་ལོག་པའི་ནང་དུ་ཡོད་པ་འདྲ། ཟ་མ་གཏན་ནས་མི་བཟའ་བར་འདུག" ཅེས་ཟེར། སྨན་པ་ཚང་མས་ཀྱང་ཕོ་མོས་བཤད་པའི་སྐད་ཆར་གནས་ལུགས་འདུག་སྙམ་སྟེ། ཟ་མ་ནི་སྨན་གྱི་མཆོག་ཡིན་ཞེས་གདམས་བཞིན་བཙན་ཚུགས་ཀྱིས་ཕོའི་ཁ་ནང་དུ་ཟ་མ་བཙུག་པ་ན། ཅུང་མ་འགོར་བར་སྐར་ཡང་ལྡེ་ཡིས་ཕྱིར་དེད་འོངས་པ་ལས་ལོག་པའི་ནང་ནས་ཅི་ཡང་ལེན་མ་ཐུབ།

ཞང་གཙོ "སྐྱི་མོ" ཆེད་དུ་སྨན་ཁང་དུ་ཕོར་བལྟ་རུ་ཡོང་ནས། ཁ་ཧའི་ཚུལ་དུ། "ཁྱོད་ཀྱི་ནད་དེ་ལོག་པའི་ནང་དུ་རྣག་ཉེན་ཆེ། རྣག་ཟིན་ཚེ་སློབ་གྲྭའི་བྱ་བ་ཡང་བསྒྲུབ་ཐབས་མེད་པར་གྱུར་བ་རེད" ཅེས་བཤད།

སློབ་གཙོ "ཐོ་བ" ནད་ཁྲིའི་སྟེང་དུ་ཉལ་ནས་དབུགས་ཟད་བཞིན། "ཁྱོད་ཀྱིས་བཤད་པ་ངོ་མ་བདེན་འདུག རིག་ལྡན་ལ་བརྗེད་ངེས་ཆེ་བར་འདུག ཟླད་པར་སྐྱོན་འདུག ཟླད་པ་མི་འདུག་པས་ལས་ཁུངས་གཞན་དུ་ལས་སྤོས་བྱོས་ཤིག" ཟེར།

ཞང་གཙོ "སྐྱི་མོས" ཕོའི "ནད" ལ་ཉན་རྗེས་མགོ་ལྡེམ་ཅམ་བྱས་ཏེ་བསམ་བློ

བཏང་། ཕོའི་སེམས་ལ "གང་ལྟར་ཆེས་གལ་ཆེ་བ་ནི་སློབ་གཙོ 'ཐོ་བ' ནད་ལས་སྐྱོབ་རྒྱུ་དེ་རེད" སྙམ།

ཉིན་གཅིག་མ་འགོར་བར་རིག་ལྡན་ནི་སྡེ་བའི་སློབ་གྲྭ་ཞིག་གི་འགན་ཁུར་བར་ལས་སྤྱོར་བྱས་སོང་། རིག་ལྡན་འགྲོ་ཁར་ཞང་གཙོ "སྐྱི་མོ" དངོས་སུ་ཕོ་ལ་སྐྱེལ་མ་བྱེད་དུ་ཡོང་ཞིང་། སེམས་གསོའི་ཚུལ་དུ། "འདི་ནི་ཁྱོད་རང་ཀ་རའི་ཤུན་སྲོག་ལྟར་སྣང་མེད་དང་ཐང་ལ་གཡུགས་པ་མིན། ཁྱོད་ལ་བྱ་བའི་ནུས་པ་ལྡན་པས་སྤྱོང་བརྡར་བྱེད་དུ་བཏུག་པ་ཡིན། སུ་མཐུད་དུ་ཧུར་བརྩོན་བྱོས་ཤིག" ཅེས་ཟེར། རིག་ལྡན་ལས་སྤྱོས་བྱས་མ་ཐག་སློབ་གཙོ "ཐོ་བ" ཡང་ནད་ལས་ཡོངས་སུ་གྲོལ་ཏེ་སློབ་གྲྭའི་བྱ་བ་སྒྲུབ་མགོ་བརྩམས་བྱུང་། ཕོའི་བྱ་བ་ཐོག་མ་ནི་ཕྲུག་ཏུ་དགེ་བཟོ་བ་ཚང་མར་རིག་ལྡན་ལ "ཀླད་པ" མི་འདུག་པ་ དྲིལ་སྒྲོག་བྱེད་པ་དེ་རེད། ཕོས་མི་ཚང་མར། "ཞང་གཙོ་སྐྱི་མོས་བཤད་པ་ཇི་མ་བདེན་འདུག རིག་ལྡན་ལ་བརྗེད་ངེས་ཆེ་བར་འདུག ཀླད་པར་སྐྱོན་འདུག ཀླད་པ་མི་འདུག" ཅེས་བཤད། མི་ཚང་མ་ད་དུང་ཡིད་མ་ཆེས། རིག་ལྡན་ལ་མགོ་བོ་ཡོད་པས་ཀླད་པ་ཅི་ལ་མེད། ཕལ་ཆེར་རིག་ལྡན་གྱིས་མགོ་གཙོ་སུ་ཞིག་གི "ཐོར་བ" གཅོག་གྲབས་བྱས་སོང་བ་ཨེ་ཡིན་ནམ་སྙམ།

རིག་ལྡན་འགྲོ་སའི་སྡེ་བའི་སློབ་གྲྭ་དེའི་ནང་དུ་དགེ་རྒན་གཉིས་མ་གཏོགས་མེད་དེ། རིག་ལྡན་ནི་འགན་ཁུར་བ་ཡིན་པ་དང་གཞན་དེ་ནི་ཕོའི་ལག་རོགས་པ་ཡིན་ལ་འགན་ཁུར་བ་གཞོན་པ་ཞེས་བཤད་ཀྱང་ཆོག རིག་ལྡན་སྡེ་བའི་ནང་དུ་བྱ་བ་བསྒྲུབ་ཏུ་འགྲོ་བར "སྐྱུ་ག་ཁ" གཏན་ནས་དགའ་པོ་མ་བྱུང་། ཕོ་མོའི་སེམས་ལ་མི་གཉིས་ཀྱི་ནང་ནས་རིག་ལྡན་གྱི་དབང་ཆའི་ཁེབས་ཚོད་ཕྱི་རུ་མངོན་མི་ཐུབ་པར་སྙམ་པ་རེད། ཡིན་ན་ཡང་རིག་ལྡན་ལ་ཐབས་བཀོད་ཅི་ཡོད་དམ།

"སྐྱུ་ག་ཁས" རིག་ལྡན་ལ། "ཁྱོད་ལ་ནུས་པ་མི་འདུག" ཅེས་བཤད།

རིག་ལྡན་གྱིས། "འོ་ན་ངས་ཇི་ལྟར་བྱེད་དགོས" ཞེས་དྲིས།

"སྐྱ་ཀ་ཁས" ལན་དུ། "ཞང་གཙོ་སྐྱེ་མོ་ཚང་གི་ལྷས་རའི་ལྷག་རྒྱབ་ཏུ་སྒོ་ཆུང་ཞིག་ཡོད་པ་མ་མཐོང་ངམ། དེ་ནི་དཔོན་པོར་འགྲོ་སའི་སྒོ་རེད། ཕྱུག་པོར་འགྱུར་སའི་ལམ་རེད། སྒོ་དེར་ལྕགས་ཟྭ་ཆག་པོ་ཞིག་བརྒྱབ་ཡོད་ཀྱང 'ལྡེ་མིག' གང་ཉུང་ཞིག་གིས་འབྱེད་ཐུབ" ཅེས་བཤད།

"སྐྱ་ཀ་ཁའི" ཚིག་དེས་རིག་ལྡན་གྱི "ཆླད་པའི་སྒོ" ཡོངས་སུ་ཕྱེས་བྱུང་། མི་འགྱུངས་བར་ཁྲོ་ཤུག་ཏུ་འགྱུར་ངེས་པའི་མཛའ་གྲོགས་ཟུང་གིས་གྲོས་བསྡུར་བྱས་ཏེ། "སྐྱ་ཀ་ཁས" མཚན་མོ་མི་སུས་ཀྱང་མི་མཐོང་བའི་གོ་སྐབས་དང་བསྟུན་ནས "ལྡེ་མིག" ལེགས་པོ་ཞིག་ཁྱེར་ཏེ་ཞང་གཙོ "སྐྱེ་མོ" ཚང་གི་ལྷས་རའི "ལྷག་སྒོ" དེ་འབྱེད་དུ་འགྲོ་རྒྱུ་དང་། རིག་ལྡན་གྱིས "སྐྱ་ཀ་ཁའི" ཁང་བའི་ནང་དུ་ཁོ་མོའི་འཁྲིན་བཟང་ལ་བསྒུག་ནས་སྡོད་རྒྱུ་བྱས། ཕན་ཚུན་ལ་གྲོས་འཆམ་བྱུང་སོང་བས་ཁོང་གཉིས་ཀ་ཧ་ཅང་དགའ་བྱུང་། "སྐྱ་ཀ་ཁས" རིག་ལྡན་གྱི་སྐྱེ་ལ་འཐམས་ཏེ། "ང་རང་ཁྱོད་ལ་ཧ་ཅང་དགའ" ཟེར། ཚིག་འདི་དང་ཐོག་ཕྱི་གླིང་བའི་གློག་བརྙན་དང་ཕྱི་གླིང་བའི་སྙུང་གཏམ་ཁྲོད་ཀྱི་མིས་བཤད་པ་རེད་ལ། དེ་རྗེས་རྒྱ་ནག་གི་གློག་བརྙན་དང་རྒྱ་ནག་གི་སྙུང་གཏམ་ཁྲོད་ཀྱི་མིས་བཤད་པ་རེད། ད་ལྟ་བོད་ཀྱི་ཤེས་ཡོན་ཅན་གྱི་ཁྲོད་དུའང་དེ་ལྟར་ཟེར་མཁན་བྱུང་སོང་།

རིག་ལྡན་གྱིས་ཀྱང་ཁོ་མོར་འོ་ཞིག་བྱས་ཏེ། "ཁྱོད་རང་ཧ་ཅང་མཛེས་བྱུང" ཟེར། དེ་ཡང་སྔར་བཞིན་དང་ཐོག་ཕྱི་གླིང་བའི་གློག་བརྙན་སོགས་ལས་བྱུང་ཞིང་དེ་རྗེས་སུ་རྒྱ་ནག་གི་སྙུང་གཏམ་སོགས་ལས་བྱུང་ཞིང་། ཉེ་ལམ་བོད་རིགས་ཤེས་ཡོན་ཅན་གྱི་ཁྲོད་དུའང་ཟེར་མཁན་བྱུང་བ་རེད། ཁོང་གཉིས་ཀ་ཡཱ་ཧེང་དང་ཞཱ་ཕ་གཉིས་དང་འདྲ་བར་ཕན་ཚུན་ལ་འབྲལ་དཀའ་བར་གྱུར།……

མཚན་མོ "སྐྱ་ཀ་ཁས" ནུས་ལྡན་གྱི "ལྡེ་མིག" ཁྱེར་ཏེ་ཞང་གཙོ "སྐྱེ་མོ" ཚང་གི་ལྷག་རྒྱབ་ཀྱི "སྒོ་ཆུང" འབྱེད་དུ་སོང་། རིག་ལྡན་ནི་ཧྲུང་རྟའི་རྒྱན་བྱང་གི་བྱ་དགའ་ཐོབ་པའི་དབུལ་པོ་ཞིག་དང་འདྲ་བར་དགའ་བས་ཁ་ཟུམ་མི་ཐུབ་པར་གྱུར་ཞིང་རྐང་བས་ས་

ལ་རྟེན་བཞིན་ "སྐྱ་ག་ཁའི" གཏམ་བཟང་ལ་བསྒུགས་ཏེ་བསྡད། རིག་ལྡན་གྱིས་གཏམ་བཟང་ལ་བསྒུགས་ཏེ་གཉིད་གདན་ནས་མ་ཁུགས། རིག་ལྡན་གྱིས་གཉིད་མ་ཁུགས་པར་རྩི་ལམ་རྩིས་བྱུང་། ཞང་གཙོ་ "སྐྱེ་མོས" དང་ཐོག་ཁོ་རང "ལག་ཆ" བཟང་པོ་ཞིག་རེད་ཟེར་ནས་ཞང་སྲིད་གཞུང་གི་དྲུང་ཡིག་ཏུ་བསྐོས། དྲུང་ཡིག་གི་ལག་ཏུ་ཐམ་ཀའི་དབང་ཆ་ཡོད་པས་རིག་ལྡན་འཚོལ་མཁན་གྱི་མི་མང་པོ་བྱུང་། རིག་ལྡན་ཐང་ཆད་དྲགས་པས་ཚང་མར་སང་ཉིན་ཤོག་ཅེས་བཤད། ཙུང་མ་འགོར་བར་རིག་ལྡན་གྱི་ཐོབ་འབྱུར་དུ་ཐོན་པས། ཞང་གཙོ་ "སྐྱེ་མོས" རིག་ལྡན་གྱི་ཐོབ་ནི་དཔོན་པོའི་ཐོབ་རེད་ཟེར་ནས་ཞང་གཙོ་གཞོན་པར་བསྐོ་འཛིན་བྱས། མི་ཚང་མས་ཁོ་རང་ལ་རིག་ལྡན་མི་འབོད་པར་ "ཞང་གཙོ" ཞེས་འབོད། རིག་ལྡན་གྱི་མིང་ཞང་གཙོ་ཡིན་པར་མ་ཟད་རིག་ལྡན་གྱི་སྐད་དང་། རིག་ལྡན་གྱི་ལུས་པོ། རིག་ལྡན་གྱི་མཚན་མ། རིག་ལྡན་གྱི་ལུས་ཀྱི་བ་སྤུ་རེ་རེ་ནས་རིག་ལྡན་གྱི་ཕ་མ་བུ་ཕྲུག་དག་ཀྱང་ "ཞང་གཙོ" རུ་གྱུར། རིག་ལྡན་གྱི་ལུས་སེམས་ཡོངས་རྫོགས་སྐྱིད་སྡུག་གིས་བཟི་སྟེ་སྨུ་མཐུད་དུ་རྐང་བས་སར་རྟེན་བཞིན་བསྒུགས་ནས་བསྡད། བསྡད་ཀྱིན་བསྡད་ཀྱིན་དུ་རིག་ལྡན་གྱི་སྐྱིད་སྡུག་དེ་རིམ་བཞིན་དོགས་སྡུག་ཏུ་གྱུར་བ་དང་དོགས་སྡུག་དེ་ཡང་མཇུག་མཐར་ཁྲོང་ཁྲོ་རུ་གྱུར་ཏེ་བཟོད་མི་ཐུབ་པར་གྱུར།

ནམ་ལངས་རྗེས "སྐྱ་ག་ཁ" གཞི་ནས་ཕྱིར་ཐོན་བྱུང་། ཕྱིར་ཐོན་ནས་ཀྱང་རིག་ལྡན་ཁོང་ཁྲོ་མ་ལངས་གོང་ཁོ་མོ་ཁོང་ཁྲོ་ལངས་འདུག ཁོ་མོ་རླུང་གིས་དེད་ཡོང་བ་ལྟར་སྒོ་ཕྱི་ནས་ནང་དུ་ཐོན་ཞིང་། ནང་དུ་ཐོན་ནས་ཀྱང་ཐད་ཀར་སོང་སྟེ་མལ་ཁྲིའི་མཐའ་རུ་ཟུར་འདུག་ཅིག་བྱས་ཏེ་ཅི་བྱུང་མེད་པའི་བཀའ་བསྐྱོན་གནང་བྱུང་། ཁོ་མོས་རིག་ལྡན་ལ། "ཁྱོད་ལ་ཀླད་པ་མི་འདུག" ཅེས་བཤད་བྱུང་། རིག་ལྡན་གྱིས་ཅི་བྱུང་ཆ་མ་འཚལ་བར་བལྟས་བལྟས་ལ་ཁོ་མོ "ཐོ་བར" འགྱུར་གྱིན་པའི་སྣང་བ་སྐྱེས་བྱུང་། ཁོ་མོས་སྨུ་མཐུད་དུ་བཤད་རྒྱུར། "ཁྱོད་རང་ཀུ་ཙུ་རིམ་པ (གོ་སའི་རིམ་པ་ཆེས་དམའ་ཤོས) ཅམ་ཡང་མ་རེད་པས། ཁྱོད་ཀྱིས་ཇི་ལྟར་ང་ལ་བདེ་སྐྱིད་སྟེར་རམ" ཟེར།

རིག་ལྡན་ལ་ཁོང་ཁྲོ་ལངས་རྒྱུ་མེད་པར་གྱུར། རིག་ལྡན་གྱི་མགོ་བོ་དུད་པར་གྱུར།

"སྐྱུ་ག་ཁས" སུ་མཐུད་དུ། "ད་ནས་བཟུང་ངས་ཁྱོད་ལ་རེ་བཙོལ་མི་བྱེད། ང་རང་ཉིད་ཀྱི་ནུས་པར་བརྟེན་ཆོག ད་ལོ་ང་རང་སློབ་གྲྭ་ཆེན་མོར་ཟབ་སྦྱོང་དུ་འགྲོ་རྩིས་བྱས་ཟེར། དེ་ནས་ཅི་བྱེད་དགོས་རིམ་གྱིས་བལྟས་ཆོག ད་ནི་ང་ཚོ་སོ་སོར་གྱིས་ཨང" ཟེར།

རིག་ལྡན་ནི་དེ་མ་ཐག་བྱ་དགའ་མ་ཐོབ་པའི་ "རླུང་རྟའི་རྒྱན་བྱང" དུ་གྱུར་སོང་། དོན་དག་འདིའི་སྟེང་ནས་ཁོ་ལ་ཉམས་མྱོང་ཕུན་སུམ་ཚོགས་པ་ཞིག་ཐོབ་སོང་བར་མ་ཟད། ད་དུང་རང་ཉིད་ལ "གླད་པ" ཡོད་མེད་ལ་ཡང་ཐེ་ཚོམ་སྐྱེས་དགོས་བྱུང་།

རིག་ལྡན་གྱིས་མགོ་བོ་དུད་བཞིན་ཁོ་མོར། "དེ་ལྟར་བྱ" ཞེས་ཟེར་དགོས་བྱུང་།

བར།

རིག་ལྡན་གྱི་མགོ་ལ་གཞི་རིམ་སྟེ་བའི་སློབ་གྲྭའི་ནང་དུ་མངགས་པ་དང "སྐྱུ་ག་ཁ" དང་ཁ་གྱིས་པའི་རྐྱེན་ངན་གཉིས་བརྩེགས་བྱུང་བ་དེས། ཁོ་ལ་རེ་ཞིག་ལས་རྒྱུ་གཞན་མེད་པ་ལྟར་སྟོང་ལྷང་ལྷང་དུ་གྱུར། ཕལ་ཆེར་འཛིག་རྟེན་སྟེང་དུ་ཁོ་རང་གཅིག་པུ་ལྷག་སོང་བའམ་ཡང་ན་འཛིག་རྟེན་འདིས་ཁོ་རང་གཅིག་པུ་རྒྱང་ཕུད་བཏང་བ་ལྟ་བུའི་སྣང་བ་སྐྱེས་བྱུང་། ཁོས་ཉིན་འགའ་ལ་བསམ་བློ་བཏང་རྗེས་རང་ཉིད་ཀྱི་ལག་རོགས་ལ་སློབ་མ་ཚོའི་སློབ་ཡོན་ག་ཚོད་བསྡུས་ཟིན་པ་དྲིས། ལག་རོགས་ཀྱིས་སྟོང་གསུམ་ཡོད་ཟེར། རིག་ལྡན་གྱིས "འོ་ན་དེ་དག་ངའི་ལག་ཏུ་ཞོགས" ཟེར།

ལག་རོགས་ཀྱིས་ཁོའི་སྐད་ཆའི་དྲ་མ་གོ་བར། "ཅི་ཞིག་བྱེད་རྒྱུ་ཡིན" ཞེས་དྲིས།

རིག་ལྡན་གྱིས་འདང་ཞིག་བརྒྱབ་ནས། "ང་ལ་དོན་དག་ཆུང་ཆུང་འགའ་བསྒྲུབ་རྒྱུ་འདུག" ཟེར།

རིག་ལྡན་གྱིས་སློབ་ཡོན་སྒོར་མོ་དེ་དག་བླངས་ནས་དོན་དག་ཆུང་ཆུང་གཉིས་བསྒྲུབས་པ་རེད། གཅིག་ནི་ཁོ་རང་ཛོང་མཁར་དུ་སོང་ནས་ཧོས་རིགས་ཀྲད་པོ་ཞིག་གི་ལག་ནས་སྨག་སྨག་འཁོར་ལོ་རྙིང་པ་ཞིག་ཉོས་པ་དེ་རེད་ལ། གཞན་ཞིག་ནི་ཁོའི་ལག་རོགས་ཀྱིས་ཆང་འཐུངས་རྗེས་སྨག་སྨག་འཁོར་ལོ་རྙིང་པ་དེ་ཞོན་ཏེ་ཐེག་སྐྱེལ་རླངས་འཁོར་ཞིག་ལ་གདོང་གཏུག་འཐེལ་བས་དེ་མ་ཐག་ཏུ་ཤི་བར་གྱུར་པ་དེ་རེད།

དེ་ཡང་ཞིབ་ཏུ་བཤད་ན་འདི་ལྟར་རེད། རིག་ལྡན་གྱིས་བསམ་བློ་ཞིབ་ཏུ་བཏང་མཐར "སྐྱུ་ག་ཁ" ཕྱིར་འགུག་བྱེད་ཀྱི "རྙི་ཐག" ཆེས་བཟང་བ་དེ་སྨག་སྨག་འཁོར་ལོ་ཡིན་པ་ཤེས། ཁོ་མོ་ཚོ་སྨག་སྨག་འཁོར་ལོའི་འཕྱོངས་སུ་ཞོན་པར་ཧ་ཅང་དགའ་སྟེ། ཁོ་མོ་ཚོའི་སེམས་ལ་སྨག་སྨག་འཁོར་ལོའི་འཕྱོངས་སུ་ཞོན་ཆེ་རྐང་ཐང་དུ་འགྲོ་མཁན་དག་ལས་ཁྱུ་གང་གིས་མཐོ་ལ། ད་དུང་སྨག་སྨག་འཁོར་ལོའི་འཕྱོངས་ཇི་ལྟར་མཐོ་ན་རང་ཉིད་ཀྱང་དེ་ལྟར་མཐོ་བར་སྙམ་གྱིན་ཡོད་པ་རེད། དེ་བས་རིག་ལྡན་གྱིས་ཀྱང་ཛོང་མཁར་གྱི་ཧོས་རིགས་ཀྲད་པོ་ཞིག་གི་ལག་ནས་འཕྱོངས་ཧ་ཅང་མཐོ་བའི་སྨག་སྨག་འཁོར་ལོ་རྙིང་པ་དེ་ཉོས་པ་རེད། རིག་ལྡན་གྱི་སེམས་ལ "རྙི་ཐག" དེ་ཡིས་ནམ་མཁའི་བྱ་བྱེའུ་ཡིན་ཡང་འཛིན་ཐུབ་པས "སྐྱུ་ག་ཁ" ཇི་ལྟར་ཕྱིར་མི་ཁུགས་སྙམ།

བསམ་ཡུལ་ལས་འདས་པ་ཞིག་ལ། རིག་ལྡན་གྱིས་སྨག་སྨག་འཁོར་ལོ་ཉོས་ཏེ་ཞོན་པའི་དུས་སུ "སྐྱུ་ག་ཁ" སྤར་ནས "སྤྱི་སྤྱོད་རླངས་འཁོར" དུ་གྱུར་ཟིན་འདུག "སྤྱི་སྤྱོད་རླངས་འཁོར" ཕར་ལ་འགྲོ་དུས་རིག་ལྡན་དང་སྨག་སྨག་འཁོར་ལོ་ཚུར་ལ་ཡོང་སྟེ་བསྡོལ་འགྲོས་བྱས། རིག་ལྡན་དང་སྨག་སྨག་འཁོར་ལོ་ཡར་ལ་འགྲོ་དུས "སྤྱི་སྤྱོད་རླངས་འཁོར" མར་ལ་ཡོང་སྟེ་བསྡོལ་འགྲོས་བྱས། ཞང་གཙོ "སྐྱེ་མོ" "སྤྱི་སྤྱོད་རླངས་འཁོར" ལ་བསྡད་དེ་ཟི་ལིང་ལ་ཚོགས་འདུར་སོང་། ཁོ་ཕྱིར་ཐོན་མ་ཐག་སློབ་གཙོ "ཐོབ" "སྤྱི་སྤྱོད་རླངས་འཁོར" ལ་བསྡད་དེ་ཛོང་མཁར་ལ་གཞུང་དོན་བསྒྲུབ་ཏུ་ཕྱིན། རིག་ལྡན་ནི་གཡུལ་ལས་ཕམ་པའི་དམག་དཔོན་ཞིག་འདྲ་བར་ཕྲག་པ་སྒྲོད་པར་གྱུར། ཁོས་སེམས་གཏིང་ནས་ད

དུང་ "སྤྱི་སྤྱོད་རླངས་འཁོར" ལ་ཆག་སྐྱོན་བྱུང་ཨེ་འགྲོ་བར་སེམས་ཁུར་བྱས། རེ་སྐྱུག་བྱས།

རིག་ལྡན་གྱི་ལག་རྟགས་དེས་ཧ་ཅང་དགའ་བའི་ངང་ཚང་གར་པོ་རྒྱ་མདོ་ཉོས་ཡོང་སྟེ་རིག་ལྡན་གྱིས་སྦག་སྦག་འཁོར་ལོ་ཉོས་པར་རྟེན་འབྲེལ་ཞུས། རིག་ལྡན་གྱིས་ཀྱང་ཕོ་དང་ལྷན་དུ་ཚང་ཧམ་འཐུང་བྱས་ཏེ་སེམས་ནང་གི "དྲི་མ" དག་ཐབས་བྱས། ཉིན་བཞིན་ཚང་འཐུང་བ་ཕོ་ནས་དུས་འདའ་བར་བྱས་པས་ཕོ་གཉིས་ཀྱི་སློབ་མ་ཚོ་ནི་ཤེལ་དམ་སྐོང་བ་གསོག་བྱེད་ཀྱི "གསོ་སྐྱེ" ཆུང་ཆུང་མང་པོར་གྱུར་སོང་། ཁྱིམ་བདག་དག་ཧ་ཅང་མ་དགའ་བར "རིག་ལྡན་ལ་ཀླད་པ་མི་འདུག" ཅེས་སྤྱི་དཔོན "འབིག" ལ་གཏུག་ཞེར་བྱས། སྤྱི་དཔོན "འབིག" ཧ་ལས་པར་གྱུར་ཏེ། "རིག་ལྡན་ལ་ཀླད་པ་མི་འདུག" ཅེས "སྐྱེ་མོ" དང "ཐོ་བར" གཏུག་ཞེར་བྱས།

"རིག་ལྡན་ལ་ཀླད་པ་མི་འདུག"

སྐྱེ་མོས་ཞིབ་འདྲི་བྱས། "འོ་ན་ཁོའི་ཀླད་པ་ཅི་ཞིག་བྱས་སོང་བ་རེད།"

"འབིག" གིས་ཐེ་ཚོམ་མེད་པའི་ངང་ནས། "ཁོའི་ཀླད་པ་ཤེལ་དམ་ནང་དུ་ལྷུང་བ་རེད" ཅེས་ལན་བཏབ།

"ཐོ་བས" ཡུན་རིང་ཙམ་ལ་དུ་བ་འཐེན་རྗེས "སྐྱེ་མོར" བལྟས་ཏེ། "དེ་འདྲ་ཡིན་ཚེ་ཁོའི་ལག་རྟགས་པོས་ཡོང་སྟེ་ཁོ་ལ་གཤགས་བཅོས་བྱེད་དུ་བཅུག་པས་ཆོག ཤིག་གསོད་པར་སྨ་རེ་འཕྱུར་དགོས་དོན་མེད" ཅེས་བཤད།

"སྐྱེ་མོས" ཀྱང་ཡུད་ཙམ་ལ་འདང་ཞིག་བརྒྱབ་རྗེས་ཡིད་མཐུན་བྱུང་བའི་བརྡ་ལ་མགོ་བོ་ལྡེམ་ཙམ་བྱས། དེ་འཕྲལ "ཐོ་བས" མྱུར་དུ "འབིག" ལ་བལྟས་ཏེ། "ཁྱོད་སོང་ལ་ཁོའི་ལག་རྟགས་འདི་གར་པོས་ཤིག སྐད་འཁོར་རྗེས་དེ་མ་ཐག་ཏུ་ཐོན་དགོས" ཞེས་བཤད།

གཙོ་བོ་མཇུག་མཐའི་ཚིག་འདི་མ་འགྲིག་པ་རེད། གལ་ཏེ "དེ་མ་ཐག་ཏུ" ཞེས་བཤད་མེད་པ་ཡིན་ན་དོན་དག་ཆུང་ཆུང་དེ་འདང་གཏན་ནས་འབྱུང་མི་སྲིད་པ་རེད། སྤྱི་དཔོན "འབིག" གིས་རིག་ལྡན་གྱི་ལག་རྟགས་ལ "དེ་མ་ཐག་ཏུ་ཐོན་དགོས" ཞེས་པའི་

བཀའ་བརྡ་བརྒྱུད་བསྒྲགས་བྱེད་དུས་སོ་རང་ད་དུང་ཆང་གིས་བཟི་བ་དྭངས་མི་འདུག ཡིན་ན་ཡང་མགོ་ཁྲིད་ཀྱིས "དེ་མ་ཐག་ཏུ་ཐོན་དགོས" ཟེར་བས་དེ་མ་ཐག་ཏུ་མི་འགྲོ་ཐབས་མེད་རེད་ལ་དེ་མ་ཐག་ཏུ་འགྲོ་དགོས་ཚེ་སྡུག་སྡུག་འཁོར་ལོར་ཞོན་ནས་འགྲོ་བ་ལས་ཐབས་མི་འདུག རིག་ལྡན་གྱི་ལག་རྩོགས་སྡུག་སྡུག་འཁོར་ལོ་རྙིང་བ་དེར་ཞོན་ནས་དེ་མ་ཐག་ཏུ་བསྐྱོད་སོང་། ལམ་བར་ཀུན་ཏུ་སོའི་ཟ་ལམ་དུ་ད་དུང་ཡང "དེ་མ་ཐག་ཏུ……དེ་མ་ཐག་ཏུ……" བསྡུད་མར་གྲག་ཡོང་བ་དང་བསྟུན་ནས་སྡུག་སྡུག་འཁོར་ལོའི་མྱུར་ཚད་ཀྱང་ཇེ་མཐོ་ནས་ཇེ་མཐོར་གྱུར། མཇུག་མཐར "ཤར་རླུང" རྟགས་ཅན་གྱི་ཐྲོག་སྐྱེལ་རླངས་འཁོར་ཞིག་གློ་བུར་དུ་མདུན་ནས་བུད་བྱུང་བས། སྡུག་སྡུག་འཁོར་ལོ་ཚམ་ཚོམ་ཅི་ཡང་མེད་པར་རླངས་འཁོར་གྱི་འོག་ཏུ་འཛུལ་ཏེ་གཞུག་རྒྱབ་ནས་བུད་འདུག་ཅིང་། རིག་ལྡན་གྱི་ལག་རྩོགས་ཀྱི་ཀླད་ཁྲག་གཏོར་ཏེ་འཕག་འཚག་ཀྱང་བྱེད་རྒྱུ་མེད་པར་གྱུར།

གློ་བུར་བའི་དོན་རྐྱེན་དེས་སློབ་གཙོ "ཐོ་བའི" གདོང་ལ་ཏྲ་ཅང་བཙོག་པའི "དྲེག་ནག" ཅིག་བྱུགས་སོང་ལ། དེ་ནི་རང་ཉིད་ཀྱི་འབྲུད་རྫས་ཀྱིས་བཀྲུས་ཀྱང་མ་དག་པ་དང་། ཞང་གཙོ "སྐྱེ་མོས" བཙའ་ལེན་གྱིས་ཕྱིས་ཀྱང་དག་དཀའ་བར་གྱུར། དེ་ཡང་གཙོ་བོ་རིག་ལྡན་གྱིས་དྲེག་ནག་གི་སྟེང་དུ "སྨིན་ཚུ" བླུགས་པས་ལན་པ་རེད་དེ། དེ་མ་གཏོགས་གང་བྱུང་དང་ལག་ཕྱིས་ཀྱིས་རིག་ཙམ་གྱིས "དྲེག་ནག" དེ་རྗེས་མེད་དུ་ཡལ་ངེས་རེད།

དོན་དག་བྱུང་མ་ཐག་ཏུ་རིག་ལྡན་གྱིས་དེ་སྔར་དཔྱད་བརྗོད་ཐུང་ངུ་ཞིག་བྲིས་ཤིང་རྫོང་ཞུའི《འཕྲིན་ཐུང》སྟེང་དུ་སྤེལ་སོང་བ་དང་། 《འཕྲིན་ཐུང》དེ་དེ་མ་ཐག་ཏུ་རྫོང་ཞུའི་འབྲེལ་ཡོད་ལས་ཁུངས་དང་ཞང་སོ་སོར་བཀྲམ་པ་རེད། རིག་ལྡན་གྱིས་བྲིས་པའི་དཔྱད་བརྗོད་དེའི་ཁ་བྱང་ལ《དེ་མ་ཐག་ཏུ་ཐོན་དགོས》ཟེར་བ་དང་། ཁ་བྱང་ཞལ་བར "——དཔོན་ཉམས་རིང་ལུགས་ཀྱི་ཤན་ཤུགས་ཐལ་དྲགས་པའི་སྐད་ཆ་སྤོང་དགོས" ཞེས་བཀོད་འདུག དཔྱད་བརྗོད་དེ་དོན་ཚན་ཆེན་པོ་གཉིས་སུ་ཕྱེ་ཡོད་ལ། དོན་ཚན་དང་པོར་ཐེངས་འདིའི་དོན་རྐྱེན་བྱུང་བའི་གནས་ཚུལ་སྤྲ་ཞིབ་ངོ་སྤྲོད་བྱས་ཡོད་པ་དང་། དོན་

ཚན་གཉིས་པར "དེ་མ་ཐག་ཏུ་ཐོན་དགོས" ཞེས་པའི་ཚིག་གི་ཚབས་ཆེན་རང་བཞིན་བཤད་འདུག དེ་ཡང་ཚན་པ་ཆུང་ངུ་ལྔར་དབྱེ་ཡོད་པ་སྟེ། "གཅིག ཚིག་འདིས་ཕ་རོལ་བའི་བྱ་བའི་གོ་རིམ་ལ་གཏོར་བཤིག་ཐེབས་ཡོད་པ།" "གཉིས། ཚིག་འདིས་ཕ་རོལ་པོའི་དོན་དངོས་གནས་བབ་དང་འགྲོ་འོང་གི་ལམ་ཐག་ལ་འདང་བརྒྱབ་མེད་པ།" "གསུམ། ཚིག་འདིས་ཕ་རོལ་པོའི་མི་ཡི་ཐོབ་ཐང་སྣང་མེད་དང་ཁྱད་གསོད་བྱས་ཡོད་པ།" "བཞི། ཚིག་འདིས་མིའི་རིགས་ཀྱི་རང་ནུས་ལ་ཟུར་ཟ་བྱས་ཡོད་པ།" "ལྔ། ཚིག་འདིས་རང་ཉིད་ཀྱི་ཐལ་དྲགས་པའི་དཔོན་ཉམས་ཕྱིར་མངོན་པར་བྱས་ཡོད་པ" བཅས་རེད། དེའི་འཐོར་མཐུད་ནས་སྐད་ཆ་དེ་རིགས་གཏན་འགོག་བྱེད་དགོས་པ་ནི་མིག་སྔའི་ཁ་ཚ་དགོས་གཏུག་གི་དོན་ཆེན་ཞིག་ཡིན་པའི་རེ་བ་ཡང་བརྗོན་འདུག

གོང་རིམ་མགོ་ཁྲིད་ཀྱིས་ཀྱང་དཔྱད་བརྗོད་འདི་མཐོང་བས་གཞི་ནས་མི་ཞིག་ཤི་ཟིན་པ་རྟོགས་པ་རེད་ལ། མི་དེ་ཤི་ཟིན་པའི་རྐྱེན་གྱིས་ད་གཟོད "དེ་མ་ཐག་ཏུ་ཐོན་དགོས" ཞེས་པའི་ཚིག་འདིའི་ཚབས་ཆེན་རང་བཞིན་ཡང་རྟོགས་སོང་བ་རེད། དེ་མ་ཐག་ཏུ་ཁ་པར་བཏང་སྟེ་ཚིག་འདི་བཤད་མཁན་གྱི་མི་དེ་ཡང་སྒྲིང་སུ་ཡིན་པ་འདྲི་རྩད་བྱས། ཞང་གཙོ "སྐྱི་མོས" གསང་མ་ཐོད་པར་དྲང་པོར་ཞུས། " 'ཐོ་བས' དེ་ལྟར་བཤད་པ་རེད། འོན་ཀྱང་དེ་ལ་ནང་དོན་གཞན་པ་མི་འདུག" ཟེར་བཞིན་དགོད་ཙམ་བྱས། "ཁ་པར" དེ་མ་ཐག་ཏུ་ཁྲོས་བྱུང་། "ཁྱོད་ཀྱིས་ད་དུང་སྣང་ཆུང་བྱེད་ཀྱིན་ཡོད་དམ། སྤྱིར་ན་མི་ཞིག་ཤི་བ་དེ་དོན་དག་ཆུང་ངུ་ཞིག་རེད་མོད། འོན་ཀྱང 'དེ་མ་ཐག་ཏུ་ཐོན་དགོས' ཞེས་པ་ནི་ཧ་ཅང་ཚབས་ཆེན་ཞིག་མ་རེད་དམ། ཁྱོད་ཀྱིས་གང་མྱུར་ངང་ཐག་གཅོད་ནན་མོ་བྱས་ཏེ་མཇུག་འབྲས་ང་ལ་ཡར་ཞུ་རོགས་ཤིག" ཅེས་བཀའ་ཕབ་བྱུང་། ཞང་གཙོ "སྐྱི་མོས" གདོང་འཛུམ་འཛུམ་དང་ལུས་པོ་སྒུར་སྒུར་བྱས་ཏེ། "ལགས་སོ། ལགས་སོ" ཟེར།

ཞང་གཙོ "སྐྱི་མོས" བསམ་བློ་ཇི་ལྟར་བཏང་ཡང་རིག་ལྡན་ནི་གོང་རིམ་མགོ་ཁྲིད་ཀྱི "ཡན་ལག" གང་རུང་ཞིག་ཡིན་པ་འདྲ་སྙམ། དེ་བས་སློབ་གཙོ "ཐོ་བར" གྲོས་བསྡུར་

ཡང་མ་བྱུས་པར་རིག་ལྡན་སླར་ཡང་སློབ་གཙོ་གཞོན་པར་བསྐོ་འཛིན་བྱས། ཁ་གཡར་ས་ནི་ཧ་ཅང་སླ་མོ་ཞིག་སྟེ། "སློབ་གཙོ་ 'ཕོ་བར' དངོས་གནས་ནད་བྱུང་འདུག་པས། ལག་རོགས་ནུས་ལྡན་ཞིག་དགོས་འདུག" ཅེས་པ་དེ་རེད། ད་དུང་རང་ཉིད་དངོས་གནས་ཧླངས་འཁོར་བསྐོར་ཏེ་རིག་ལྡན་བསུ་རུ་སོང་བ་དང་། ཞང་ཤུ་དང་སློབ་ཤུས་མཉམ་འབྲེལ་སྣོས་རིག་ལྡན་ལ་ཕེབས་བསུའི་སྒྲོ་ཚོགས་ཤིག་ཀྱང་བསྡུས། སྒྲོ་ཚོགས་ཀྱི་སྟེང་དུ་སྲིད་གཞུང་གི་ལས་བྱེད་པ་དག་ཡོང་ཡོད་པར་མ་ཟད་སྔར་གྱི་ལས་གྲོགས་དགེ་རྒན་ཚོ་དང་ "སྐྱ་ག་ཁ" ཡང་ཐོན་བྱུང་། སྒྲོ་ཚོགས་སྟེང་དུ་མི་འགའ་རེས་ཞྙོག་ཏུ་རིག་ལྡན་ལ་དཔྱད་གླེང་བྱེད། ཁོ་རང་ནི་གོང་རིམ་མགོ་ཁྲིད་ཀྱི་ལག་པའམ་རྐང་པ། རྣ་འཁྱོག ཁ་སྤྱུ་གང་རུང་ཞིག་རེད་ཟེར། དེ་བས "སྐྱ་ག་ཁའི" ཕོག་པའི་ནང་གི་རྒྱུ་མ་དང་བཅས་པ་འགྱུལ་ཙམ་བྱས། སྒྲོ་ཚོགས་སྟེང་དུ་རིག་ལྡན་གྱིས་སྐད་ཆ་ཚིག་གསུམ་བཤད། "གཅིག ལོ་གཅིག་གི་ནང་དུ་ཁོས་སློབ་གྲྭའི་རྣམ་པ་རྩ་བ་ནས་བསྒྱུར་རྒྱུ་ཡིན། གཉིས། ལོ་གཅིག་གི་ནང་དུ་ཁོས་སློབ་གཙོ་ 'ཕོ་བའི' ནད་སངས་དྲག་ཏུ་གཏོང་རྒྱུ་ཡིན། གསུམ། ལོ་གཅིག་གི་ནང་དུ་ཁོས་ངེས་པར་དུ་གཉེན་སྒྲིག་བྱེད་རྒྱུ་ཡིན" ཟེར། མི་ཚང་མའི་བསྟོད་བསྔགས་ཀྱི་ཐལ་མོ་རྡེབ་པའི་སྒྲས་ཚོགས་རའི་ནང་ཡོངས་སུ་ཁེངས་སོང་། ཚིག་རྗེས་མ་དེས་སླར་ཡང "སྐྱ་ག་ཁའི" མཆིན་པ་འགྱུལ་ཙམ་བྱས་སོང་།

སྒྲོ་ཚོགས་གྲོལ་རྗེས། "སྐྱ་ག་ཁ" རིག་ལྡན་གྱི་གམ་དུ་ཡོང་ནས་ཧ་ཅང་དྲུང་བའི་ངང་། "ངོ་དགོང་ངའི་སར་སྟོད་དང་ཚོག ཁྱོད་ཀྱིས་ང་བརྗེད་སོང་མིན་ནམ" ཟེར།

རིག་ལྡན་གྱིས་ཁོ་མོར་བལྟས་པ་ན་ཧ་ཅང་དམར་མདངས་བཀྲ་བའི་སེལ་ཧྲག་ཅིག་ཡིན་པ་མཐོང་། ཡིན་ན་ཡང་ཅུང་སྐྱུར་དྲི་ཁ་བོ་ཡོད་པ་ཁོས་ཀྱང་ཅི་ལ་མི་རྟོགས། ཁོང་གཉིས་ཀ་ལྷན་དུ་ཕྱི་རོལ་དུ་ཡོང་བའི་དུས་སུ་ཁ་བ་ཟམ་ཟེམ་ཞིག་ཀྱང་འབབ་ཀྱིན་འདུག "སྐྱ་ག་ཁས" བར་སྣང་ལ་ལྟ་བཞིན་ཧ་ཅང་དགའ་བའི་ངང་། "ཁ་བ་ནི་བཀྲ་ཤིས་པའི་མཚོན་བྱེད་རེད། ཁ་བས་ང་ཡི་ཡིད་སེམས་མཚོན" ཟེར། རིག་ལྡན་གྱིས་ལན་དུ་ཅི་ཡང་

བཤད་མ་བྱུང་། ཁོས་ལེགས་བཤད་འདི་འདྲ་ཞིག་ཐོས་མྱོང་བ་སྟེ། ཁ་རོག་ལ་སྡོད་པ་ནི་གསེར་སྲང་སྟོང་ལས་ཀྱང་ལྷག་སྙད།

"སྐྱུ་ཀ་ཁས" སླར་ཡང་། "ཁྱོད་ཀྱིས་གཏམ་རྒྱུད་འདི་འདྲ་ཞིག་ཐོས་ཨེ་མྱོང་། ཞྭ་ཕ་དང་ཡ་རིང་གཉིས་ཀ་མཐོ་རིས་དགའ་ཚལ་ནས་ཕྱིར་སླེབ་བྱེད་དུས། སའི་གོ་ལའི་སྟེང་དུ་ཐོག་དང་པོར་ཁ་བའི་མེ་ཏོག་བབས་པ་རེད་ཟེར།"

རིག་ལྡན་གྱིས་དངན་པ་ཞིག་འཛིན་ནས། "ངས་ཐོས་པ་ནི་ཞྭ་ཕས་སྤྱང་གི་ཡོང་དུ་བཙུག་པ་དེ་རེད།"

"མིན། ལྷའི་ཕོ་ཉས་ཁོང་གཉིས་ཀྱི་བྱུང་ཉེས་ལ་གདུང་སེམས་བཅངས་ཏེ་དེ་མ་ཐག་ཏུ་ཁ་བའི་མེ་ཏོག་གིས་ཁྱོད་གཉིས་ལ་བཀྲ་ཤིས་བསྐྱལ་ཡོང་ངེས་ཞེས་ཁས་ལེན་བྱས། ད་དུང་ཁོང་གཉིས་ཀ་ཡིད་ཆེས་ཡོང་ཕྱིར་མར་ལྷིང་བའི་ཁ་བའི་མེ་ཏོག་ལ་ཕུ་ཞིག་བཏབ་པས། ཁ་བའི་མེ་ཏོག་ཐམས་ཅད་དེ་མ་ཐག་ཏུ་བྲོ་ལྷིང་བྱུང་།……ང་རང་དེ་ལ་ཡིད་ཆེས་པ་ཡིན།"

རིག་ལྡན་གྱི་སེམས་ལ། "སྤྱི་སྤྱོད་ནྡངས་འཁོར་ནང་དུ་སྡོད་དུས་ནྡངས་འཁོར་ནང་གི་སྒྲ་སྙམ་ལས་རོལ་དབྱངས་སྣ་ཚོགས་གྲགས་ངེས་རེད། ངོ་མ་བཤད་ན་མི་འགའ་རེ་རོལ་དབྱངས་ཀྱིས་ཧ་ཅང་སུན་པོ་གཏོང་གིན་ཡོད་པས། སྐབས་དེ་དག་ཏུ་ཁོ་ཚོས་སིལ་ཏོག་ཟ་བའམ་དོན་གཞན་པར་དམིགས་པ་གཏད་དེ་རོལ་དབྱངས་ལ་གཏན་ནས་མ་ཉན་ཡང་ཆོག་པ་རེད" སྙམ།

སྨད།

གཟའ་འཁོར་གཅིག་འདས་སོང་། དགེ་རྒན་ཆོས་རིག་ལྡན་འཐོད་པའི་ཚེ "རིག་

ལྡན” ཞེས་བོས་ན་ཕོའི་རྣ་བས་གཏན་ནས་མི་ཐོས་པར་འདུག དེ་ལས་སྐད་དམའ་མོས “སློབ་གཙོ་ལགས” ཞེས་བོས་པ་ན་དེ་མ་ཐག་ཏུ་ཐོས་ཡོང་སྟེ། གདོང་ལ་འཛུམ་མེར་བ་ཞིག་ལངས་ཤིང་ཚུར་འཁོར་ཡོང་ནས། “ཅི་རེད། དོན་དག་ཅིག་ཡོད་པ་མིན་ནམ” ཞེས་ཚུར་ལ་འདྲི་བར་བྱེད།

“སློབ་གཙོ་ལགས། སློབ་མ་ཞིག་གི་མགོ་ན་ཤིག་གཅིག་འདུག” དགེ་རྒན་ཞིག་གིས་དེ་སྐད་ཞུས།

རིག་ལྡན་དེ་མ་ཐག་ཏུ་ཧང་སངས་པར་གྱུར། མྱུར་མོར་སློ་ཁུག་ལས་བྱ་བའི་ལག་དེབ་དང་ལྷུགས་སྨྱུག་བླངས་ཏེ། “སློབ་མ་སུ་རེད། ཤིག་ག་ཚོད་འདུག ཁྱོད་ཀྱིས་ཇི་ལྟར་མཐོང་བ་ཡིན། བདེན་དཔང་གི་མི་སུ་ཡོད། དེ་དུས་ཆུ་ཚོད་ག་ཚོད་རེད” ཅེས་དྲིས་བྱུང་། དགེ་རྒན་དེས་དེ་དག་རེ་རེ་བཞིན་ཞིབ་མོར་བཤད་པ་དང་རིག་ལྡན་གྱིས་ཀྱང་ཇི་མ་ཇི་བཞིན་དུ་ལག་དེབ་སྟེང་དུ་བཀོད། མཇུག་མཐར་ཁོས་བྲེལ་འཚབ་ཆེན་པོ་ལངས་ཀྱིན་པའི་བརྗོ་ལྟ་ཞིག་བསྟན་ནས། “ཕྱི་དྲོ་དགེ་རྒན་ཡོངས་རྫོགས་ཚོགས་འདུ་འཚོག་དགོས། ཚང་མར་བརྡ་སྐྱོབས” ཞེས་ཟེར།

ཕྱི་དྲོའི་ཚོགས་འདུའི་སྟེང་དུ་དགེ་རྒན་ཚང་མ་འདུས་བྱུང་། ཡིན་ན་ཡང་མིང་བཤེར་བྱེད་དུས “སྐུ་ཀ་ཁ” ཞུགས་མི་འདུག རྒྱུ་མཚན་ནི་ཁོ་མོ་ད་ལྟ་སློབ་གཙོ་རིག་ལྡན་གྱི “ཆེད་གཏོང་རླངས་འཁོར” དུ་གྱུར་ཡོད་པས། ཁོ་མོས་རང་ཉིད་ཀྱི “མཐོ་ཚད” ངོམ་ཕྱིར་ཆེད་དམིགས་ཀྱིས་མ་ཞུགས་པ་རེད། དེ་བས་རིག་ལྡན་ལ་ཡང་བཤད་རྒྱུ་གཞན་མེད་པར་གྱུར་ཅིང་དེ་མྱུར་ཚོགས་འདུའི་མགོ་བཙམས།

རིག་ལྡན་གྱིས་གྲེ་བ་བསངས་ཙམ་བྱས་ཏེ། “ད་ནི་ཚོགས་འདུའི་མགོ་རྩོམ་པར་བྱ། ནང་དོན་གཞན་མེད། དེ་རིང་སྔ་དྲོའི་དུས་ཚོད××དང་སྐར་མ××སྟེང་རང་སློབ་གྲྭའི་འཛིན་གྲྭ××པའི་སློབ་མ××ཡི་མགོ་བོའི་སྟེང་ནས་ཤིག་ཅིག་བཟུང་བ་རེད། འདི་ལས་ང་ཚོས་ཤེས་ཐུབ་པ་ནི་ད་དུང་སློབ་མ་འགའ་རེའི་མགོ་བོའི་སྟེང་དུ་ཡང་ཤིག་ཡོད་ངེས་པ་དེ་

རེད། དེ་བས་དོན་འདི་ངས་ཆེད་དུ་ཞང་སྲིད་གཞུང་ལ་ཡར་ཞུ་བྱས་པ་ཡིན། ལོ་ཆོས་ཀྱང་དོན་འདི་གལ་ཆེན་དུ་བཟུང་ནས་སེམས་ཁྲེར་ཆེན་པོ་གནང་གིན་འདུག ཞང་གཙོས་ཆེད་དུ་ཞང་སྲིད་གཞུང་དང་ཞང་སློབ་ལ། ང་ཚོ་སློབ་གྲྭའི་ང་རང་བཅས་ཆེད་དུ་ཚོགས་འདུར་བསྡུས་ཏེ་གསུང་བཤད་གལ་ཆེན་གནང་བྱུང་། ད་དུང་ང་ཚོའི་སློབ་གྲྭར་སྐྱོན་བརྗོད་ཀྱང་བྱས་བྱུང་། གཙོ་བོ་ང་ཚོའི་སློབ་གྲྭའི་བདག་དོམ་ཐད་ན་གནད་དོན་ཡོད་པ་དེ་རེད། འོན་ཀྱང་འདིའི་ཐད་དུ་སློབ་སྦྱོང་ཆ་རྐྱེན་ཐད་ཀྱི་ཆ་རྐྱེན་ཞན་པས་ཀྱང་རེད་པས་ངས་ཀྱང་དེ་དོན་གྱི་དཀའ་ངལ་བཤད་པ་ཡིན། ལན་རེར་ཞང་གཙོ་དང་ངེད་གཉིས་ཀྱི་བར་དུ་ཚིག་རྩོད་ཀྱང་བྱུང་འགྲོ། (སྐབས་འདིར་མི་གཞན་གྱིས་བལྟས་ན་ཞང་གཙོ་དང་ལོང་གཉིས་ཀའི་གོ་གནས་འདྲ་མཉམ་ཡིན་པའི་སྣང་བ་སྐྱེར།) དེ་འདྲ་རེད། དོན་དག་ཧ་ཅང་ཚབས་ཆེན་རེད། དེ་བས་སང་ཉིན་ཉིན་གུང་འཛིན་གྲྭ་སོ་སོའི་སློབ་མ་གཅིག་ཀྱང་མ་ལུས་པ་རྩ་འཛུགས་བྱས་ཏེ་མགོ་བགྲུ་རུ་ཆུགས" ཟེར།

སློབ་གཙོ་ "ཐོབ" ཡང་རིག་ལྡན་གྱི་གན་དུ་བསྡད་ནས་ཉན་གྱིན་ཡོད་ན་ཡང་། སྔ་གཞུག་ཀུན་ཏུ་ "ང" དང་ "ངས" ལོ་ན་ཟེར་གྱིན་ཡོད་པ་ལས་ནང་དོན་ཅི་ཡང་ཐོས་མ་བྱུང་། ཚོགས་འདུ་དེ་ལྟར་གྲོལ་སོང་། གྲོལ་ཁར་སློབ་གཙོ་ "ཐོབ་བས" གཞི་ནས་ཚིག་གཅིག་ཁ་སྐོང་བྱས་བྱུང་། ལོས་ཧ་ཅང་སེམས་ཁྲེར་བྱེད་པའི་ངང་ནས། "ང་ལ་མང་པོ་བཤད་རྒྱུ་མེད། ཡིད་ལ་འཛིན་དགོས་པ་ཞིག་ལ། མགོ་བོ་བགྲུ་དགོས་ཀྱང་གླད་པར་སེམས་ཆུང་བྱེད་དགོས" ཟེར།

ཡིན་ན་ཡང་ཉིན་འགའ་མ་འགོར་བར་རིག་ལྡན་དང་ "སྒྱུ་ག་ཁ" གཉིས་ཀས་ཁ་རྩོད་བྱས་ཤིང་། མཇུག་མཐར་ཁ་རྩོད་དེ་ལག་འཛིང་དུ་གྱུར་ནས་རིག་ལྡན་གྱི་གླད་པའི་སྟེང་དུ་རྨ་ཁ་ཡིད་དུ་འོང་བ་ཞིག་བཏོད་བྱུང་། དགེ་རྒན་ཆོས་ནི་ལོང་གཉིས་ཀྱི་ཁ་རྩོད་བྱས་པའི་ནང་དོན་མི་ཤེས་ཀྱང་ལག་འཛིང་བྱས་པའི་མཇུག་འབྲས་མཐོང་བྱུང་བས། ཚང་མས་སྔོག་ཏུ་ཁ་རྩོད་བྱས་པའི་ནང་དོན་ལ་ཚོད་དཔག་བྱས། འགའ་རེས་བཤད་ན། "སྒྱུ་ག་ཁས"

རིག་ལྡན་གྱི་སྐྲེ་ལ་འཐམས་ཏེ "ངས་ཁྱོད་ཟ་རྒྱུ་ཡིན" ཞེས་བཤད། རིག་ལྡན་གྱིས་ལན་དུ། "ཁྱོད་ཀྱིས་སློབ་གཙོ་ཐོབ་བ་ཟེ་དང་ང་རང་གི་བུ་བར་ཐེ་གཏོགས་བྱེད་མཁན་མེད་པར་གྱུར་བ་རེད" བཤད་པས། "སྐྱུ་ག་ཁས" "ཁྱོད་ཀྱིས་ང་ལ་བཀའ་ལོག་བྱས་སོང" ཞེས་ཁོང་ཁྲོ་ལངས་པ་ཡིན་རྒྱུ་རེད་ཟེར། ཡང་ལ་ལས་བཤད་ན་སྐྱུ་ག་ཁ་ཕྱར་བཞིན་རིག་ལྡན་གྱི་སྐྲེ་ལ་འཐམས་ནས། "ངས་སློབ་གཙོ་ཐོབ་བ་ཟ་རྒྱུ་ཡིན" ཞེས་བཤད། རིག་ལྡན་གྱིས་ལན་དུ། "ཁྱོད་ཟ་རྒྱུར་དགའ་བ་ངས་སྤྱི་མོ་ནས་རྟོགས་ཡོད" ཅེས་བཤད་པས། "སྐྱུ་ག་ཁས།" "ངས་ཡོད་ཚད་ཁྱོད་ཀྱི་མདུན་ལམ་གྱི་ཆེད་དུ་འབུལ་སྙམ་པ་ཡིན། ཀླད་པ་མེད་པ་ཁྱོད" ཅེས་སྡིགས་མོ་བྱས་པ་ཡིན་རྒྱུ་རེད་ཟེར།

མཇུག་འབྲས་ནི་ཁོང་གཉིས་ཀྱི་ཁ་རྩོད་དེ་ལག་འཛིང་དུ་གྱུར་ཅིང་། "སྐྱུ་ག་ཁས" རིག་ལྡན་གྱི་ཀླད་པའི་སྟེང་ལ་སེན་འབྲད་བྱས་ཏེ་རྨ་ཁ་ཡིད་དུ་འོང་བ་ཞིག་བཏོད་ཡོད་པ་ཚང་མས་མཐོང་། "སྐྱུ་ག་ཁས" ད་དུང་ངུ་བཞིན་དུ། "ཁྱོད་ཀྱིས་ང་ལ་གཉེན་སྒྲིག་མི་བྱེད་ན། ངས་ཁྱོད་རང་གཏུག་བཤེར་བྱེད་རྒྱུ་ཡིན" ཞེས་བཤད། སྐབས་དེར་རིག་ལྡན་གྱི་སེམས་ལ་དེ་སྔ་སློབ་གཙོ "ཐོབ་བས" "ཀླད་པར་སེམས་ཆུང་བྱེད་དགོས" ཞེས་བཤད་པ་དྲན་པས། དེ་མུར་ཕྲག་པ་སྒྲོད་ཅིང་ཁོ་མོ་དང་གཉེན་སྒྲིག་བྱེད་རྒྱུ་ཁས་བླངས།

"སྐྱུ་ག་ཁ" དེ་ལྟར་སློབ་གཙོ་རིག་ལྡན་གྱི་ཆུང་མར་གྱུར་སོང་། ཁོང་གཉིས་ཀྱི་ཁྱིམ་གཞི་སློབ་གྲྭའི་ནང་དུ་བཙུགས་ཤིང་ཁྱིམ་ཆས་ཉོས་པའི་གླ་རིན་གཞུང་རྩིས་སུ་བཏང་། ཁོང་གཉིས་ཀྱི་གཉེན་སྒྲིག་གསོལ་སྟོན་ཡང་སློབ་གྲྭའི་ནང་དུ་བཤམས་ཤིང་ཇ་ཁང་ནང་ནས་མགོ་སྲོད་བྱས། ཁོང་གཉིས་ཀྱི་གཉེན་སྒྲིག་འདྲ་པར་སློབ་གྲྭའི་སྒོ་ཆེན་སྟེང་དུ་བཀལ་ཞིང་སློབ་མ་ཚང་མས་འགྲོ་འོང་གི་སྐབས་སུ་གུས་འདུད་ཞུས། ཁོང་གཉིས་ཀར་ཏ་ཅང་བརྩེ་དུང་ལྡན་ཞིང་འགྲོ་ན་མཉམ་འགྲོ་དང་འདུག་ན་མཉམ་འདུག ལྟོགས་ན་མཉམ་ཟ། རྒྱུགས་ན་མཉམ་གཉིད་བྱེད། རིག་ལྡན་གྱིས་ད་དུང་ "སྐྱུ་ག་ཁ" སློབ་སྟོན་གཙོ་སྐྱོང་བར་བསྐོ་འཐེན་བྱས་ཏེ་སློབ་གཙོའི་གཞུང་ལས་ཁང་དུ་སྡོད་དུ་བཙུག་

པས་བྱ་བའང་མཉམ་སྒྲུབ་བྱས།

དེ་རྗེས་ཀྱི་དུས་ཚོད་ནང་དུ། སློབ་གཙོ་ "ཐོ་བས" གང་བྱུང་དང་གཞུང་ལས་ཁང་དུ་ཧ་འཕྲུང་བཞིན་ངལ་གསོས་ནས་བསྡད་ཡོད་པ་ལས། སློབ་ཁྲིད་སྐོར་གྱི་དོན་དག་ཆེ་ཆུང་ཚང་མ་རིག་ལྡན་གྱིས་བཀོད་སྒྲིག་དང་ཐག་གཅོད་བྱེད་ཀྱིན་ཡོད་པས་རིག་ལྡན་ནི "འགུལ་སྐྱོད་སྐམ་པར" གྱུར། སྐབས་འདིར་མི་གཞན་གྱིས་བལྟས་ན "འགུལ་སྐྱོད་སྐམ་པ" སྐྱོད་མཁན་ཡང་སློབ་གཙོ་ "ཐོ་བ" མིན་པ་ལྟར་དུ་གྱུར་འདུག ཡིན་ན་ཡང་སློབ་གྲྭའི་ནོར་སྲིད་ཀྱི་དབང་ཆ་ཆེ་བ་དེ་སློབ་གཙོ་ "ཐོ་བ" རང་ཉིད་ཀྱིས་བཟུང་སྟེ་རིག་ལྡན་ལ་ལག་པ་བསྙིང་དུ་མ་བཅུག དེ་བས་སློབ་གཙོ་ "ཐོ་བ" དང་རིག་ལྡན་གཉིས་ཀྱི་བར་དུ་མི་མཐུན་པའི "མདུང་རྩེ" གཉིས་ཁ་སྤྲོད་དུ་གྱུར་ཅིང་། རིག་ལྡན་གྱིས་མི་མཐུན་པའི "མདུང" བཟུང་མ་ཐག་སློབ་གཙོ་ "ཐོ་བས" མི་མཐུན་པའི "ཕུབ" བཟུང་སྟེ་འགོག་སྲུང་བྱེད་པ་དང་། སློབ་གཙོ་ "ཐོ་བས" མི་མཐུན་པའི "མདུང" བཟུང་མ་ཐག་རིག་ལྡན་གྱིས་མི་མཐུན་པའི "ཕུབ" བཟུང་སྟེ་གདོང་ལེན་བྱེད། མཇུག་མཐར་ཁོང་གཉིས་ཀྱིས་ཕན་ཚུན་ལ་བཙོས་མའི་འཇུམ་རེ་བསྟན་ཏེ་སྡོད་པར་འགྱུར།

ཉིན་ཞིག་ལ་སློབ་གཙོ་ཐོ་བའི་སེམས་སུ། "རྒྱའི་ཁ་དཔེར་ལུང་ཁུག་གཅིག་ཏུ་སྟག་རྐོད་གཉིས་མི་ཤོང་ཞེས་པ་ཅི་མ་བདེན། ད་ནི་ཐབས་བཀོད་ཅིག་འཐེན་ན་བཟང" སྙམ་ནས་སེམས་འཚིག་པར་གྱུར་ཏེ་མྱུར་མོར་ཡར་ལངས་མ་ཐག སྒོ་བུར་དུ་བྲང་ཁར་མདུང་གིས་བསྣུན་པ་ལྟར་སྐད་ཅིག་ལ་གྲོང་གྲོང་བོར་སྡོད་པ་དང་དེ་ནས་ས་ཏུ་འགྱེལ་བར་གྱུར། རིག་ལྡན་གྱིས་དེ་མཐོང་ནས་རེ་ཞིག་ཧད་པར་གྱུར་བ་དང་དེ་ནས་རང་དབང་མེད་པར་གད་མོ་བགད་བྱུང་། གད་མོ་དེ་བགད་པས་སློབ་གཙོ་ཐོ་བ་སླར་ཡང་ལངས་རྒྱུ་མེད་པར་གྱུར།

དགེ་རྒན་ཚང་མས་སློབ་གཙོ་ "ཐོ་བ" ཁྱད་ནས་སྨན་ཁང་དུ་བརྒྱུགས།

སྨན་པས་བརྟག་དཔྱད་ཡང་ཡང་བྱས་མཐར་སྙིང་ནད་གློ་བུར་དུ་འཕར་ཏེ་ཁྲག་རྩ

རྒྱུ་མ་ཐུབ་པ་རེད། སྙིང་ནད་སློང་རྐྱེན་ནི་མི་ཞིག་དང་མི་མཐོང་བའི་“མདུང”བསྟུན་རེས་བྱས་པས་རེད། དགྲ་ཕྱོགས་ཀྱི་“མདུང”དེ་ཧ་ཅང་རྣོ་དྲགས་པར་མ་ཟད་གནད་དུ་འཕེལ་འདུག སྐྱོབ་ཐབས་མི་འདུག་ཅེས་བཤད་སྐད།

སློབ་གཙོ་“ཐོ་བ”ཆེ་ལས་འདས་པས་ཕོའི་འདུག་སྟེགས་དེ་སྟོང་བར་བསྐྱུར་ག་ལ་སྲིད། ཡུན་རིང་མ་འགོར་བར་རིག་ལྡན་སློབ་གཙོ་རྣམ་པར་བསྒོས་པའི་བརྡ་ཐོ་འགྱུར་བྱུང་། ད་ནི་སློབ་གྲྭའི་དོན་དག་ཡོངས་རྫོགས་（ནོར་དོན་དང་བཅས་པ）རིག་ལྡན་གྱིས་དོ་དམ་བྱེད་མི་འདོད་ཀྱང་ཐབས་ཅི་ཡོད། རིག་ལྡན་གྱི་སེམས་ལ། “ད་ནི་སློབ་གྲྭ་འདི་བཤིག་ནས་ཐལ་ཕུང་ཞིག་ཏུ་བསྒྱུར་འདོད་ནའང་རང་ཉིད་ཀྱི་རང་དབང་རེད”སྙམ་ནས་དགའ་སྤྲོ་སྐྱེས། རིག་ལྡན་གྱིས་ད་དུང་སློབ་གྲྭའི་ནང་གི་ལོ་ན་ཆེས་མཐོ་བའི་དགེ་རྒན་དེའི་ལག་ཏུ་སྒོར་ལྔ་བཞག་སྟེ། “ཁྱོད་སོང་སྟེ་ང་ལ་དུ་བ་སྣམ་གང་ཉོས་ཏེ་ཤོག”ཅེས་བཤད།

དགེ་རྒན་ཚང་མས“རིག་ལྡན་ལ་སྐྱད་པ་མི་འདུག”ཟེར།

རིག་ལྡན་དང་ཐོག་སྨན་ཁང་དུ་སོང་སྟེ་རང་ཉིད་ལ་སྐྱད་པ་ཡོད་མེད་བརྟག་དཔྱད་བྱེད་དུ་བཅུག སྨན་པས་སྐྱད་པ་འདུག་ཟེར་ཡང་ཁོ་རང་གིས་མེད་པར་ཐག་གཅོད་བྱས། ཁོའི་སེམས་ལ་སྐྱད་པ་མེད་པ་དེ་དབང་ཆ་དང་འབྲེལ་བ་ཅི་ཡང་མི་འདུག་སྙམ།

མཇུག་བསྡུ།

དགུན་གནང་སྐབས་སུ་སྔར་ཡང་དོན་དག་ཡ་མཚན་པ་གཉིས་བྱུང་སོང་།

༡ རིག་ལྡན་གྱི་ཆུང་མ“སྐྱུ་ཀ་ཁར”བྱིས་པ་ཞིག་བཙས་ཤིང་བཙས་མ་ཐག་ཏུ་བྱིས་པ་དེའི་ལག་ཏུ“ཐོ་བ”ཞིག་འཆང་འདུག་ཟེར།

༣ རིག་ལྡན་གྱིས་སློབ་གྲྭ་གཞུང་ནས་སློར་སྟོང་གཉིས་ཅ་བག་ཅིག་གི་མཐིལ་དུ་སྦྱར་ཏེ་གོང་རིམ་མགོ་ཁྲིད་ལ་འབུང་དུ་བཅུག་པས། ཕོ་རང་ཇོང་མཁར་གྱི་ཅུ་གྲང་ཞིག་ཏུ་བསྐོ་འཐེན་བྱས་སོང་ཟེར། ("སྐུ་ཀ་ཁ" ཡང་ཕོ་དང་ལྡན་དུ་ལས་སྤོ་བྱས།)

འདི་ནི་སློབ་སྐབས་རྗེས་མའི་སློབ་མགོ་རྩོམ་དུས་ཀྱི "གསར་འགྱུར" རེད།

སློབ་མགོ་བརྩམས་མ་ཐག གོང་རིམ་མགོ་ཁྲིད་སློབ་གྲྭ་རེ་རེར་ལྟ་ཞིབ་བྱེད་ཀྱིན་འདི་གར་ཐོན། གོང་རིམ་མགོ་ཁྲིད་ཀྱི་བརྙ་སྟེང་དུ "ལྡེ་མིག" ཙོམ་བུ་ཞིག་བཏགས་འདུག་ཅིང་དེའི་ཁྲོད་དུ "སེན་མོ་འཐོག་བྱེད" ཏ་ཅང་ཡག་པོ་ཞིག་འདུག ཚང་མས་མཐའ་བསྐོར་ནས་ཞིབ་ལྟ་བྱེད་ཀྱིན་དུ། "ཁྱོད་ཚོས་ལྟོས་དང་། འདི་རིག་ལྡན་མ་ཡིན་ནམ" ཟེར།

ཚང་མས། "རེད་འདུག རེད་འདུག" ཟེར།

གོང་རིམ་མགོ་ཁྲིད་ཕར་བསྐྱལ་རྗེས། གསར་དུ་འོངས་པའི་སློབ་གཙོ "ཐོམ་བུས" ཚང་མའི་གདོང་ལ་ཞིབ་ལྟ་ཞིག་བྱས་རྗེས་ན་རེ། "རེད་ཡ། གོང་རིམ་མགོ་ཁྲིད་ལ་ལག་ཆ་ཏ་ཅང་མང་བ་རེད" ཅེས་ཟེར།

ཆང་འཐུང་གི་ཁ་བརྡ།

"ཁྲིག་ཁྲིག་ཁྲིག ཁྲིག"

"སུ་ཡིན་ནང་ལ་ཤོག"

"ང་ཡིན། ཡང་ཅི་ཞིག་ལ་འདང་རྒྱག་གིན་ཡོད། རྩོམ་ཡིག་ཅིག་བློས་བསླངས་བྱེད་གྱིན་པ་མིན་ནམ། དབང་རྩ་མི་ཚང་བ་ལྟར་སྣང་བ།"

"ཅི་ཡང་བྱེད་ཀྱི་མེད། དེ་རུ་ཅོག ཁུག་མའི་ནང་གི་དེ་ཅི་ཡིན། ཡང་ཆང་དམ་བཅུག་ཡོད་པ་ཡིན་ནམ།"

"འདི་རེད། རྒྱ་མ་ཕྱེད་ཙམ་ལས་མེད། ད་ནི་ཆང་མི་བཏུང་བར་ཅི་ཞིག་བྱེད་དམ། ང་ཚོར་མཚོན་ན་ཆང་ནི་སེམས་གསོ་བྱེད་གཅིག་པུ་རེད། ཆང་གིས་གཞི་ནས་ཡོད་ཚད་ཕར་སྐྱུགས་ཚོག་ཅིང་། ཆང་ཁོ་ནས་ང་ཚོའི་འཇིགས་རྟེན་ལ་སྤྲོ་སྣང་སྐྱེར་ནུས་པ་རེད། དེ་ཨེ་རེད། ཤེལ་ཕོར།"

"འཐེན་སྒམ་ནང་དུ་ཡོད། དེ་རིང་མཐོང་རྒྱུ་མི་འདུག་པ་གང་ལ་སོང་བ་ཡིན།"

"ས་ནག་སྡེ་བར་ཚུ་ཁྲལ་བསྡུ་རུ་སོང་བ་ཡིན། དཔོན་པོ་ཚོའི་ཞབས་ཞུ་སྒྲུབ་རྒྱུ་ནི་ཏ་ཙང་དཀའ་བར་འདུག ད་སྔོན་ཉི་མ་ནུབ་ཁར་ཕྱིར་ཐོན་པ་ཡིན། དེ་ལས་ཁྲོད་ཚོ་དགེ་རྒན་

གི་བྱ་བ་འདི་ཧ་ཅང་བཟང་འདུག མ། འདི་ཁྱོད་ཀྱིས་ཐུབ་ངེས་ཤིག ངས་ད་སྔོན་དུ་འཕུངས་ཏེ་ཙུང་བཟི་འདུག”

“དེ་རིང་ཆང་མང་པོ་ཞིག་འཕུངས་སམ། དཔོན་པོ་ཚོ་དང་མཉམ་དུ་ཕྱིན་པ་ཡིན་ན་ལ་སྐྱིད་རྒྱག་ཐུབ་ངེས་རེད།”

“ག་ལ་ཞིག དཔོན་པོ་ཚོས་ཆང་འཐུང་བ་རེད། ང་ཚོ་ཁྲིམས་ཚང་རེ་རེར་སྐོར་ཞུལ་བྱས་ཏེ་སྲུང་པོ་ལྟར་སོང་བ་ཡིན་པས་ཆང་འཐུང་ཁོམ་ག་ལ་ཡོད། རྒྱ་ཁྲལ་གྱི་སྐོར་མོ་ཡོད་པའི་ཁྲིམས་ཚང་གཅིག་ཀྱང་མི་འདུག་མོད། ཁོ་ཚོ་དཔོན་པོ་ཚོ་སྟེ་དཔོན་ཚང་ནས་བསྡད་པ་ཡིན་པས་ལུག་ཤ་བཙོས་ནས་སྐོན་མོ་བྱས་རབས་འདུག ང་ཚོས་དྲོས་ཇ་ཡང་འཐུང་མ་ཐུབ་པར་ད་སྔོན་ཟ་ཁང་ནང་ནས་ཟུབ་ཟས་འཐུང་ཞོར་དུ་ཆང་འདི་འཕུངས་པ་ཡིན།”

“དེས་ན་བཟང་འདུག ཁྱོད་ཀྱིས་ཆང་ཞིག་འཕུངས་ཚེ་བུ་མོ་ཚོའི་རྗེས་སུ་ཞུལ་ཏེ་བྱ་བ་ཡག་པོ་ཞིག་སྒྲུབ་མི་སྲིད། ཨ་ཤུ་ཤུ། ཁྱོད་ཀྱི་ཆང་འདི་ཅི་འདྲའི་འཁྱག་པ་ལ།”

“ཨ་ཨ། ངོ་མ་དེ་རིང་ངས་བུ་མོ་ཞིག་མཐོང་བྱུང་། མཛེས་མ་ཞིག་ཡོད་འདུག ཧ་ཅང་མཛེས། ལྷག་པར་དུ་ཁོ་མོའི་ཙུང་ངོ་གཉོང་བའི་རྒྱུལ་གྱིས་འཛུམ་མདངས་དེ།……ཨིན་ཨིན། ཁོ་མོའི་རྩི་ལམ་ལྟ་བུའི་འཛུམ་མདངས་དེ་ལས་གཞི་ནས་ཚེ་སྲོག་གི་དངོས་ཡོད་ལ་ཚོར་རྟོགས་བྱུང་ཐུབ་པར་འདུག”

“དེ་འདྲའི་ཞུད་བསྙོད་མ་བྱེད། མ། ཁྱོད་ཀྱིས་ཐུབ་ངེས་དང་། ཁྱོད་ཀྱིས་ཁོ་མོར་ཁ་བརྡ་བྱས་པ་ཡིན་ནམ། ངོ་མ་ས་ནག་སྟེ་བར་མཛེས་མ་མང་རབས་འདུག བདེན་པ་རེད་དམ།”

“ཞུད་བསྙོད་བྱས་པ་མིན། ཁྱོད་ཀྱིས་མ་མཐོང་བ་རེད། ཁོ་མོས་ང་ལ་ཟུར་མིག་ཚ་པོ་ཞིག་ལན་འགར་འཕངས་བྱུང་། ངས་ཤོབ་བཤད་པ་མིན། ཕལ་ཆེར་མི་གཞན་ལ་དེ་འདྲའི་ཟུར་མིག་འཕེན་མ་སྲོང་བ་ངས་ཁག་ཐེག་བྱེད་ཐུབ། འོན་ཀྱང་དེ་རིང་ཁ་བརྡ་བྱེད་པའི་གོ་སྐབས་ཞིག་མ་བྱུང་། ཨིན་ཨིན། ཉིན་ཞིག་ངས་ཅིས་ཀྱང་ཁོ་མོ་འཚོལ་ངེས།”

“ཁོ་མོར་སྐྱེས་པ་ཨེ་འདུག མི་གཉིས་དང་གོ་རྟོགས་ཅི་འདྲ་ཡོད་པ་ཨེ་ཤེས། བརྩེ་

 དུང་ལ་ཚད་བཀག་ཅི་ཡང་མེད་ཀྱང་།”

“དེ་མི་ཤེས་མོད། གསར་བུ་ངོ་ཤེས་ཤིག་གིས་བཤད་ན་ཁྱོད་ཚོའི་དགེ་རྒན་རིན་ཆེན་གྱི་སློབ་མ་རེད་ཟེར། འབྲིང་རིམ་སློར་གྲྭར་རྒྱུགས་མ་འཕྲོད་པས་ཕོ་མོའི་མེ་ཏོག་ལྟ་བུའི་ལང་ཚོ་ཡང་ལུང་གོག་སྐམ་པོར་འདིར་བསྐྱིམ་པ་ལས་བྱ་ཐབས་ཅི་ཡོད། ཕོ་མོར་མཚོན་ན་ཡང་འདི་ཕོ་མོས་ཚེ་སྲོག་གི་ཆེས་གཏིང་ཟུམ་དུ་སྦས་པའི་སྡུག་བསྔལ་ཆེས་ཆེ་བ་དེ་ཡིན་ངེས། ཤོག ཟུང་ཙམ་ཐུངས་དང་།”

“དེ་ལྟར་ཚོད་དཔག་བྱེད་མི་ཉུང་། ཚེ་སྲོག་ནི་འགྲུལ་སྐྱོད་ཁྲིད་གནས་པ་ཡིན་ཡང་ཚེ་སྲོག་ཅིས་ཀྱང་འགྲུལ་སྐྱོད་ཁྲིད་འཐིམ་དགོས། འགྲུལ་སྐྱོད་དང་གྲགས་འགྲུལ་ཅི་ཡང་མེད་པའི་ཁོར་ཡུག་ཏུ་གནས་ཤིང་འཚོ་བའི་མི་རིགས་ཤིག་གམ་མི་ཞིག་ལ་ཆ་མཚོན་ན་ཕོ་ཚོས་ཚེ་སྲོག་གི་རིན་ཐང་དང་དོན་སྙིང་ལ་བསམ་བློ་ཅི་ཡང་གཏོང་སྲིད་རྒྱུ་མ་རེད། ཕོ་མོ་ཡང་དེ་ལས་མ་འདས།”

“དེ་ངས་མི་ཤེས། ལྷག་པར་དུ་མི་རིགས་ཀྱི་གནད་དོན་ཐད་ནས་ངས་ཅི་ཡང་མི་ཤེས། ཁ་ནས་མི་རིགས་གླེང་མཁན་མང་ན་ཡང་ལག་ནས་བརྩོན་པ་བྱེད་མཁན་ཁ་ཤས་རེད། འདི་སུམ་བཅུང་རྒྱུ། སུམ་བཅུང་ཡང་གཅིག་འདྲ་རེད། ངས་འཐུང་། རེད་ཡ། གང་ལྟར་ཕོ་མོའི་འཛུམ་མདངས་དེ་ངས་ནམ་ཡིན་ཡང་བརྗེད་མི་སྲིད། སློབ་ཆུང་ལོ་རིམ་ལྔ་བའི་ཤེས་ཡོན་ཡོད་ན་ང་ལ་དེས་ཡིད་ཚིམ་པ་ཡིན། འདི་ནི་ཕོ་མོར་མཚོན་ན་ལྷག་མ་ཞིག་ཡིན་ཡང་སྲིད་མོད། ཨ། དགེ་རྒན་རིན་ཆེན་དོན་དམ་དུ་གང་ལ་སོང་བ་རེད།”

“ཕྱི་ཡུལ་དུ་མཇལ་སྐོར་ལ་སོང་བ་རེད། ང་ཚོ་རིག་གནས་བ་ཞིག་ལ་མཚོན་ན་འདི་འདྲ་ཅིས་ཀྱང་བྱེད་དགོས་པ་ཞིག་རེད། སྔོན་གྱི་མཁས་པ་འགའ་ཞིག་མ་གཏོགས་མང་ཆེ་བས་གཞན་གྱི་ངག་སྒྲོས་ལྟར་ལོ་རྒྱུས་ས་རྒྱུས་འཆད་པ་ལས། རང་ཉིད་དངོས་ནས་ལག་ལྟལ་མིག་མཐོང་བྱས་པ་གཅིག་ཀྱང་མེད་པ་རེད། ང་ཚོས་ཀྱང་མཐལ་ས་ཕོན་སྲུང་ནས་སྟོད་པ་ལས་མིག་རྒྱ་ཞིག་བསྐྱེད་པ་རེད་ཨང་། འོན་ཀྱང་། དེ་ནི་ཧ་ཅང་དཀའ་བ་ཞིག་རེད།”

“ཨིན། ད་ཐེངས་ངས་མང་པོ་ཞིག་འཐུང་བྱུང་།”

“ངས་ཀྱང་ཧམ་འཐུང་བྱས་པས་ཅུང་བཟི་གྱིན་པ་འདྲ།”

“ག་ལ་སྲིད། ཕྱོས་དང་། ཉུང་ཙམ་ལས་འཐུང་མི་འདུག ཁོ་རང་ཕྱིར་ཐོན་པས་ཚང་མས་ཅི་ཞིག་བཤད་གྱིན་འདུག”

“མ་ཤེས། ད་སྟོན་འགའ་རེས་སྐྱོག་ཏུ་ཅི་ལྟོགས་ཤིག་འཆད་ཀྱི་འདུག་མོད། ད་ལྟ་ངོ་འཕྲད་ན་དེ་འདྲ་མིན་ཡང་སྲིད། མ། ཤེལ་ཐོར་འགའ་ལས་མི་འདུག”

“ཐུངས་དང་། ངོ་མ་ད་སྐབས་སེམས་བདེ་པོས་ཚང་ཞིག་ཀྱང་འཐུང་མི་ཐུབ་པར་འདུག གཞི་རིམ་ལ་འགྲོ་རྒྱུ་འདི་ལས་མགོ་ན་བ་ཞིག་མི་འདུག ད་ནི་ཅི་བྱེད་ཨང་།”

“སྡུག་གྲོང་རེད།”

“ཧེ་ཧེ། ང་ཚོ་གང་ལྟར་ལས་བྱེད་པ་ཡིན་པ་རེད། བུ་མོ་ཚོས་ཀྱང་རླངས་འཁོར་ཁ་ལོ་བ་ཞིག་འཚོལ་མི་ཐུབ་ན་ཡང་དགེ་རྒན་ཞིག་ལོས་རྙེད་ཟེར་གྱིན་པ་མ་ཐོས་སམ། ཁྱོད་ཚོའི་གོ་གནས་དེ་ཙམ་ལས་མེད་པ་རེད་ལ་དེ་ལྟར་བཤད་ཀྱང་འོས་པ་ཞིག་རེད། ཧ་ཧ། ཀུ་རེ་ཡིན། དངོས་གནས་སྙོངས་འཐོམས། རྗེས་ལུས། ལེ་ལོ། མིང་ཚིག་འདི་དག་ཅི་འདྲའི་ལྡི་མོ་ཞིག་རེད་ཨང་། ངོ་མ་ལྡི་མོ་རེད། ཤེལ་ཐོར་གང་པོ་འདི་ངས་འཐུང་བར་བྱ།”

“ཁྱོད་ཀྱིས་ཐུངས་ཤིག ང་རང་བཟི་རྒྱུ་ཡིན་པ་འདྲ།”

“ཨིན་ཨིན། དེ་རིང་གི་བུ་མོ་ཧ་ཅང་མཛེས། དོ་དགོང་ངའི་རྨི་ལམ་དུ་འཆར་བ་ཐག་གིས་ཆོད། ཁོ་མོའི་འཛུམ་མདངས་དེ་ངོ་མ་མངར་ཚང་ཞིག་དང་འདྲ།”

“དེས་ན་རྨི་ལམ་ལས་ཀྱང་ཁྱོད་ཀྱིས་ཁོ་མོ་འཐུང་ཆོག་པ་རེད།”

“འོན་ཀྱང་ང་རང་ངོ་ཚ་དགའ་ཆེ་བས་འཐུང་ཐུབ་མིན་སུས་ཤེས། ད་ལྟ་ནས་རང་ཉིད་ལ་སྙིང་སྟུར་ཞིག་བཏབ་པས་དགའ། ཁོ་མོའི་མིང་ལ་ལྷ་སྐྱིད་དང་ཨ་ཕའི་མིང་ལ་ཀུན་དགའ་ཟེར་སྐད། ཁོ་ཚོས་ང་ལ་རྫུན་གཏམ་མི་སྲིད་ཨང་།”

“སུས་ཤེས་རྒྱུ།”

“ད་ནི་དེའི་ཕྱོགས་ལ་འདང་མི་རྒྱུག འདང་རྒྱུག་རྒྱུ་མང་ན་དོ་དགོང་གཉིད་ཀྱང་ཁུགས་རྒྱུ་མ་རེད། དེ་ལས་ཁྱོད་ཀྱིས་གསར་རྩོམ་སྐོར་གླེང་བར་བྱ། ད་ཅི་ཞིག་འབྲི་གྱིན་ཡོད།”

“སློབ་ཁྲིད་གྲ་སྒྲིག”

“སློབ་ཁྲིད་ཀྱི་གྲ་སྒྲིག་ཅེས་པའི་བརྩམས་སྒྲུང་ཞིག་ཨེ་རེད།”

“ཧེ་ཧེ། བརྩམས་སྒྲུང་ཅི་ཞིག་འབྲི་ཨང་། ཉིན་བཞིན་སློབ་ཁྲིད་ཚར་རྗེས་སློབ་མ་ཚོའི་ལས་བྱར་ཞུ་དག་བྱེད་པ། ལས་བྱར་ཞུ་དག་བྱས་ཚར་མ་ཐག་སློབ་ཁྲིད་གྲ་སྒྲིག་འབྲི་བ། དེ་ནས་ཡང་སློབ་ཁྲིད་ལ་འགྲོ་བ།……འདི་ཏུ་ཉིན་རྒྱུན་སློབ་མ་ཚོའི་ངོ་གདོང་ཆུང་ངུ་དེ་བསྒྱུར་བརླས་ཀྱིས་མིག་ལམ་དུ་འཆར་བ་ལས་ཕྱི་རོལ་གྱི་འཚོ་བ་དང་འབྲེལ་ཐག་ཆད་འདུག ཨེ། ཆང་ལྷུགས་མེད་དམ།”

“ངོ་མ་དེ་འདྲ་ཞིག་ཀྱང་རེད། འོ། ལྷུག་རྒྱུ་ཙུང་མང་འདུག་ཀྱང་སྐྱོན་མི་འདུག ཆང་གིས་ཀྱང་ལན་རེར་སེམས་ཀྱི་སྡོང་ཆ་སྐྱོང་ནུས་པ་རེད། འོན་ཀྱང་ང་ཚོའི་དཔོན་པོ་ཚོས་ཆང་འཐུང་བ་དང་ང་ཚོས་ཆང་འཐུང་བའི་དོན་སྙིང་མི་འདྲ། ཁོ་ཚོས་ཕོ་བ་འགྲངས་དྲགས་ཏེ་འཐུངས་པ་རེད།”

“དེ་ལྟར་ཟེར་མི་རུང་། མི་ནི་ཆེ་རྟོག་འཛིང་གི་འཚོ་བའི་དངོས་པོ་ཡིན་ན་ཡང་། སྣ་མང་རྟོག་འཛིང་གི་འཚོ་བའི་འཐབ་རྩོད་ཀྱི་ཁྲོད་དུ་མི་སུ་ཡིན་ཡང་རང་ཉིད་ལ་དམིགས་ཡུལ་ཞིག་དང་འཁྲིང་སེམས་ཤིག་མེད་པ་ཅི་ལ་སྲིད།”

“ངས་དེ་དག་མི་ཤེས། ཁ་སང་ཧྲུའུ་ཅེས་དོན་མེད་དུ་ང་ལ་སྡིགས་མོ་ཞིག་བྱས་བྱུང་། ཁོ་ལ་ངོ་མ་གནས་ལུགས་མེད། ཁོས་ཆང་མང་ཙམ་འཐུང་རྗེས།……ཨེ། ཁྱོད་ཀྱིས་ཆང་ཐུངས་དང་། ངས་འཐུངས་ཟིན།”

“ངས་ད་སོ་མར་འཐུངས་ཟིན།”

“མ་རེད། ངས་འཐུངས་རྗེས་བླུགས་པ་ཡིན། རྣར་མི་འགྲོན་ངས་མནའ་བསྐྱལ་ཆོག”

“ངས་ཀྱང་མནའ་བསྐྱལ་ཆོག”

“དེ་འདྲ་མ་བྱེད། ད་ནི་ཆང་ཡང་ཚར་ལ་ཉེ། ཁྱོད་ཀྱིས་ཐུངས། ང་རང་ཙུང་བཟི་

གྱིན་འདུག དངོས་གནས་ཞང་སྲིད་གཞུང་ནང་དུ་བསྡད་ཆེ་སླ་བ་ཞིག་དང་ཁྱད་མི་འདུག དེ་ལས་ང་ཡང་དགེ་རྒན་ཞིག་བྱས་ན་འདོད།”

“ཁྱོད་སྐྱག་པ་ཟ་རུ་སོག ང་ཚོ་འདི་རུ་ལས་བསྒྱུར་བྱེད་མ་ཐུབ་པར་སྡོད་པ་ཡིན། མི་རེ་རེར་རང་དགའ་ཕྱོགས་ཡོད་ཀྱང་གདམ་ག་བྱས་པ་གཏན་ནས་ནོར་མི་རུང་། ལྟོས་དང་། ད་ནི་ངའི་བཀུར་རེས་རེད།”

“གང་ལྟར་ངས་དེ་ལྟར་སྣམ་གྱིན་ཡོད། འགའ་རེས་ང་ཚོ་ནི་མང་ཚོགས་ཀྱི་ཁྲག་འཛིབ་སྲིན་བུ་རེད་ཟེར། དེ་འདྲའི་མི་ཁ་ངན་པ་ཞིག་ཁྱེར་ནས་སྡོད་པ་ལས་ཕྱི་ཡུལ་དུ་འཁྱམས་ན་འདོད། དོན་ངོ་མ་བཤད་ན་ཕྱི་ཡུལ་དུ་འཁྱམས་ན་ཡང་ནུས་པ་ཞིག་དགོས་གྱིན་འདུག དེ་ཨེ་རེད།”

“ངོ་མ་དེ་འདྲ་རེད། དངོས་གནས་བཤད་ན་དགེ་རྒན་རིན་ཆེན་ནི་གཞན་དང་མི་འདྲ་བ་ཞིག་རེད། ཁོ་ལ་དངོས་གནས་ཁ་བརྙ་མང་པོ་འདུག ཕྱི་ཡུལ་དུ་སྡོད་པ་དག་གིས་རང་ཡུལ་དྲན་གྱིན་པ་ཐོས་ན་ངོ་མ་ཞེ་འཁྲེང་བ་ཞིག་རེད།”

“རེད་ཡ། ཐུངས། ང་རང་ད་བར་དུ་ཟེ་ལིང་ལ་འགྲོ་མ་མྱོང་། ཨ་མྱེས་ཀྱི་མ་ཉེ་འཁོར་ལོ་ལས་དེང་རབས་ཀྱི་གྲེན་འཕྲུར་གནམ་གྲུ་ཡང་མཐོང་མ་མྱོང་མེད། ཕལ་ཆེར་འདྲ་མཚུངས་ཤིག་ཡིན་སྐད་འདུག ཏཏཏ། ངས་ཆང་ལྷུག ཨིན། ཚར་འདུག”

“ཁྱོད་སྡོད་དང་ང་ཉོ་རུ་འགྲོ་ཆོག ཆང་འཐུང་ཞོར་དུ་ཁྱོད་ཀྱི་མཛེས་མའི་ཁ་བརྙ་བྱེད། ང་ཚོར་དབང་བ་དེ་ཙམ་རེད།”

“ངའི་སར་འགྲོ་དང་ད་དུང་ཆང་དམ་བུ་གང་ཡོད། དེ་རུ་བཀུང་བར་བྱ། ཨ། མཛེས་མ། འགྲོ།”

“འགྲོ། ཨ། ཁ་སང་གི་ཉི་མ་ཁ་སང་ལ་དབང་བས། སང་ཉིན།……ད་དུང་ནོད་འཛམ་གྱི་ཉི་མ་ཅི་འདྲ་ཞིག་འཆར་རམ།……”

“ཁྲིག”

ཨ་ལགས་དང་ཁོའི་བན་དེ་ཚོ།

སྐྱེ་བའི་ནང་གི་མི་འགའ་རེས་བཤད་ན། ཁོ་ནི་ཨ་ནེ་དཔལ་སྒྲོན་གྱི་ཕྲུ་གུ་རེད་ཟེར། ཨ་ནེ་དཔལ་སྒྲོན་གྱི་ཁྱོ་ག་ནི་སྔོན་ནས་ཨ་ལགས་ཤིག་ཡིན་པ་དང་། ང་བརྒྱད་ལོར་དགོན་པ་གཏོར་བའི་སྐབས་སུ་མར་ལོག་བྱས་ཏེ་ཨ་ནེ་དཔལ་སྒྲོན་དང་གཉེན་སྒྲིག་བྱས་པ་ཡིན་སྐད་འདུག་ལ། རིག་གནས་གསར་བརྗེ་ཆེན་པོའི་སྐབས་སུ་འཐབ་རྩོད་བྱས་པ་མ་བཟོད་པར་ནད་འབུ་བརྒྱ་ཕྲག་རྒྱ་མ་དོ་འཁྱུང་བས་དེ་འཕྲུལ་ཤི་སོང་སྐད། འོན་ཀྱང་ཨ་ནེ་དཔལ་སྒྲོན་གྱིས་ནད་འབུ་བརྒྱ་ཕྲག་རྒྱ་མ་དོ་མ་འཁྱུང་བས་ཁྱིམ་ཚང་འདིའི་བདག་པོར་གྱུར་བ་རེད། བྱིས་པ་སུ་ཞིག་ཆུང་དུའི་དུས་སུ་སྐད་ཆ་མ་འཁྱོངས་པར་ཨ་ནེ་དཔལ་སྒྲོན་ལ་“ཨ་མ་ལྷ” ཞེས་ཟེར་ཤིང་། དེ་ནས་བཟུང་སྐྱེ་བའི་བྱིས་པ་ཚང་མས་མོ་ལ་དེ་ལྟར་འབོད་པ་དང་། མཇུག་མཐར་སྐྱེ་བའི་མི་ཚང་མས་ཀྱང་ཁོ་མོའི་མིང་ནས་མི་འབོད་པར “ཨ་མ་ལྷ” ཞེས་འབོད་པར་བྱེད། འོན་ཀྱང་རྗེས་ནས་ཁོ་མོའི་ཁྱོ་ག་ནི་ཨ་ལགས་མ་ཡིན་པར་དེ་དུས་ཀྱི་ནག་ཞར་སྐྱེ་བའི་སྐྱེ་དཔོན་ཡིན་པ་ཚང་མས་བདེན་དཔང་བྱས་སོང་། སྐྱེ་དཔོན་ཡིན་ཡང་དུག་སྨན་འཁྱུང་ན་ཅི་ལ་མི་འཆི། ངེས་པར་དུ་འཆི་སྲིད་ངེས་རེད། ཨ་མ་ལྷ་ཡི་ཕྲུ་གུ་ནི་དངོས་གནས་ཨ་ལགས་ངོ་མ་ཞིག་ཡིན་པར་མ་ཟད། ཁོང་གི་སྔན་གྲགས་དེ་ཨ་མ་ལྷའི་ཁྱོ་ག་ལས

ཀྱང་དར་ཁྱབ་ཆེ་བ་ཡོད་སྐད། ཁོ་མོའི་ཁྱོ་བོ་ནི་ནག་ཞར་སྐྱེ་བ་ཁོ་ནའི་སྐྱེ་དཔོན་ཡིན་པ་རེད་ལ་ཁོ་མོའི་ཕྲུ་བོ་ཨ་ལགས་ནི་སེམས་ཅན་ཐམས་ཅད་ཀྱི་ཨ་ལགས་ཡིན་པར་མ་ཟད། ཁོང་ཉིད་སྐུ་ན་ཕྲ་དུས་སུ་རྨ་ཆུའི་ཕ་རོལ་ཀུན་ཏུ་ཕྱིན་ཏེ། སྨན་པས་བཅོས་ཐབས་བྲལ་བའི་ནད་པ་མང་པོ་དྲག་བསྐྱེད་ཐུབ་ཏུ་བཅུག་པ་སོགས་ཀྱི་གཏམ་རྒྱུད་མང་པོ་ཡོད་ཅིང་། ད་ལྟའང་ཚང་མའི་ངག་རྒྱུན་དུ་གྱུར་ཡོད།

"ཨ་མ་ལྷ།"

"ཨོ།"

"ཨ་ལགས་ཨེ་ཕེབས་ཐལ།"

ཨ་མ་ལྷས "ཕེབས་འདུག" ཟེར་བའམ། ཡང་ན "ཕེབས་མ་ཐུབ། ད་ནི་ཕེབས་ལ་ཉེ་བ་ཡིན" ཟེར་ངེས།

ལོ་འགའ་ཡི་སྔོན་དུ་ཨ་ལགས་ཚང་གིས་སྐྱེ་བའི་ཉེ་འདབས་ཀྱི་ཟ་སྙེད་དུ་དགོན་པ་ཆུང་ཆུང་ཞིག་བཏབ་ཅིང་། དད་ལྡན་ཡོན་བདག་དག་ལ་སྐུལ་མ་བྱས་རྗེན་ད་ལྟ་བན་དེ་ཡང་བཅུ་ཕྲག་ཅིག་ཡོད་ལ། ན་ནིང་ལོ་སྐྱེ་བའི་ནང་དུ་དཀར་ཐིགས་བསྡུ་རུབ་བྱས་ནས་དགོན་པའི་ནང་དུ་འདུ་ཁང་གསར་བ་ཞིག་བཞེངས་པ་དང་། ནང་རྟེན་དུ་སྟོན་པའི་སྐུ་དང་གསུང་རབ་མང་པོ་ཞིག་བླུས་ཏེ་བཞག་ཡོད་པས་ཚད་ལྡན་གྱི་དགོན་པ་ཞིག་མ་རེད་ཅེས་སུ་ཞིག་གིས་བཤད་ཐུབ། བན་དེ་ཚོས་ཀྱང་དགོན་པའི་འཛུགས་སྐྲུན་རྒྱ་བསྐྱེད་པ་དང་བསྟུན་ནས་ནངས་སྔ་མོ་ནས་མལ་ལས་ལངས་ཤིང་གཅིག་གིས་གཅིག་ལ་འགྲན་ཏེ་རང་རང་གི་སྤྱིང་གྱུང་ངོམ་ནས་གློག་འདོན་ལ་ཧུར་བརྩོན་བྱེད་ཅིང་། གྲུབ་འབྲས་ཀྱང་མིག་ལ་མཐོང་རྒྱུ་ཡོད་པ་དང་ལག་ལ་ཟིན་རྒྱུ་ཡོད་པའི་ངང་ཐོབ་ཀྱིན་འདུག ཡ་མཚན་པ་ལ་དགོན་པའི་མཐའ་རུ་ཁྱི་ལྟོམ་མང་ཟེར་བ་དངོས་གནས་བདེན་འདུག ལོ་འདི་ཚོར་གར་ཡོང་མི་ཤེས་པའི་ཁྱི་ལྟོམ་དག་དགོན་པའི་མཐའ་རུ་འདུས་ཐུབ་ང་ལ། བན་དེ་ཚོས་ཀྱང་ཟས་འཕྲོ་འཕྱུང་འཕྲོ་འཕོ་ས་མ་རྙེད་པར་དེ་དག་ལ་སྦྱིན་པས། རིམ་བཞིན་ཁོ་ཚོ་ཡང་དགོན་

པའི་སྒོ་ཁྱི་ལྟར་གྱུར་ཏེ་ཕྱི་རོལ་གྱི་དེའུ་འབུར་དེའི་གཡས་གཡོན་དག་ཏུ་ཉལ་ནས་སྡོད་པ་ལས། མི་ལ་གཏན་ནས་མི་རྨུག དེས་ན་དབེན་གནས་ཞི་བའི་གྲོང་ཞེས་པའང་འདི་འདྲ་ཞིག་ཡིན་རྒྱུ་རེད་ཨང་།

ཨ་ལགས་ཀྱིས་བན་དེ་ཚོའི་འདོན་པ་ལ་ཉན་ཙམ་བྱས་རྗེས་ཏ་ཙང་ཡིད་ཚིམས་པའི་ངང་དབུ་ལྡེམ་ལྡེམ་ཙམ་བྱེད་པའི་ཞོར་དུ་ལོབས་ཕྱོགས་ལྟར་རྣ་བ་གཡོན་པའི་ཤ་རྣེའུ་དེ་ལ་ལག་པས་རེག་རེག་ཙམ་བྱས་ནས་བསམ་བློ་གཞན་ཞིག་ལ་གཏོང་བར་བྱེད།

“ཁྱོད་ཀྱིས་ཨ་ལགས་མདོ་ཚང་ཟེར་བ་ཡིན་ནམ།”

དེ་ལྟར་བཤད་དུས་མི་རྣམས་ཀྱི་མིག་ལམ་དུ་ཡང་ཤོང་གི་སྣང་བརྙན་གསལ་ལེར་ཤར་འོངས་ཏེ།——ལུས་ལ་ཕྱི་གཡོགས་དམར་སྨུག་ཅན་གྱི་སྐུ་ལྭ་མནབས་ཤིང་། མགོ་ལ་ཚར་ཞྭ་ཕྱི་ཤུན་སེར་པོ་ཅན་ཞིག་གོན་ཡོད་ལ། དྲིལ་རྐན་ སྦོ་ནག་ལ་ཏ་སྣ་བསྣད་པའི་སྟེང་དུ་ཀམ་པ་ལི་ལྷུང་སེར་ཞིག་གིས་གཙུད་འདུག ནམ་རྒྱུན་ཤོང་ཚང་གང་ཞིག་ཏུ་ཕེབས་དགོས་ཀྱང་དྲིལ་རྐན་གྱི་ཤ་བྲི་བར་དོགས་ནས་རྗེས་སུ་ཁྲིད་ནས་འགྲོ་བ་ལས་ཞོན་པར་སེར་སྣ་བྱེད་ཀྱིན་ཡོད། གང་ལྟར་ཡང་ཤོང་ལ་སྐྱེས་བུ་དམ་པའི་མཚན་བྱད་ཡིན་ཟེར་བའི་རྟགས་ཤིག་ཡོད་དེ། དེ་ནི་རྣ་འཁྱོག་གཡོན་པའི་མར་གཤམ་དུ་ཤ་རྣེའུ་རིལ་མ་ལྟ་བུ་ཞིག་ཡོད་པ་དེ་རེད། ཤོས་ནམ་རྒྱུན་དོན་གལ་ཆེན་ཅི་ཞིག་ལ་བསམ་བློ་གཏོང་དུས་སུ་རང་དབང་མེད་པར་ལག་གཡས་པས་ཤ་རྣེའུ་དེ་ལ་རེག་རེག་ཙམ་བྱེད་པ་ནི་ཕལ་ཆེར་གོམས་སྲོལ་ཞིག་ཏུ་གྱུར་འདུག དེ་བས་དགེ་བསྐོས་ནི་ལན་རེར་ཁམས་ཤིན་ཏུ་མ་དྭངས་ཚེ་ཕྱོགས་ཏུ་ཤོའི་མིང་ལ་ཨ་ལགས་མི་ཟེར་བར “ཤ་རྣེའུ་ཚང་” ཞེས་མཚང་མིང་དུ་སྦྱོར་བར་བྱེད།

ཨ་ལགས་ཚང་གིས་དྲིལ་རྐན་སྦོ་ནག་རྗེས་སུ་ཁྲིད་དེ་ཁྲིམ་ཚང་རེ་རེར་སྒོ་ཞུལ་བྱས་ཏེ་བཅའ་བ་རིམ་གྲོ་སྒྲུབ་པར་བྱེད། ཡོན་བདག་ཀུན་གྱིས་ཀྱང་དོན་ངོ་མར་ཤོང་ལ་ཡོན་ཏན་ག་ཚོད་ཡོད་པ་ཚོད་དཔག་བྱེད་མི་ཐོད་ཀྱང་། ཤོང་ལ་དད་པ་བླ་ལྷག་ཡོད་པ་ཤ་སྟག་ཡིན་ཞིང་། ནམ་རྒྱུན་ཤོང་ཚང་ཡོན་བདག་ཚང་གི་གོ་ཁའི་ཡར་སྐྱིད་དུ་ཁྲི་མཐོན་པོ

བཙུགས་པའི་སྟེང་དུ་བཞུགས་ཤིང་། ཕྱི་མར་གྱིས་ལས་པའི་ལྷ་འདྲེའི་མཆོད་པ་སྣ་ཚོགས་མདུན་དུ་བཤམས་ཏེ་ཟ་བཏུང་བ་དང་དྲིལ་བུ་དཀྲོལ་བ། སྐད་མགོ་མཐོ་དམན་མི་སྙོམ་པའི་དབྱངས་ཧ་གྱེར་ཏེ། ལན་རེར་སྨྱུན་ཟུང་བཙུམ་པར་བྱེད་ཅིང་མཚམས་རེར་ཕྱག་ཟུང་ཐལ་མོ་སྦྱོར་ལ། སྐབས་རེར་ལྷ་ལ་ཞུ་གསོལ་བགྱིད་པའི་ཕྱག་རྒྱ་བྱེད་པ་དང་སླར་ཡང་ལྷ་འདྲེར་བཀའ་བསྒོ་བའི་དྲག་པོའི་སྟངས་སྟབས་བློ་ཡུལ་དུ་ཤོང་དཀའ་བ་སྣ་ཚོགས་བྱེད་པས། དངོས་ཡོད་ཀྱི་མི་བཤད་ཅི་དགོས་དངོས་མེད་ཀྱི་ལྷ་འདྲེ་ཡང་འཇིགས་ཤིང་དངངས་པར་བྱེད་པ་དང་། ལྷག་པར་དུ་ཁོང་གིས་བཅའ་བ་རིམ་གྲོ་གང་ཡིན་པ་དེ་སྒྲུབ་ཚར་བའི་རྗེས་སུ་ཆོས་བཤད་སྣ་ཚོགས་རྒྱག་པ་སྟེ། རྒྱལ་བུ་དྲི་མེད་ཀུན་ལྡན་གྱིས་རང་གི་ཤ་ལས་ཆད་པའི་བུ་ཕྲུག་དག་དང་མཐའ་ན་རང་གི་མིག་གཉིས་ཀ་ཡང་སྦྱིན་པར་བཏང་བའི་ངོ་མཚར་བའི་མཛད་པ་དང་། རྗེ་བཙུན་མི་ལ་རས་པ་དང་རྗེ་ཙོང་ཁ་བའི་ལོ་རྒྱུས་ཁྲིད་ཀྱི་དོན་གོ་ཞིང་སེམས་འགྱུལ་ཐེབས་པའི་གཏམ་རྒྱུད་དག་འཆད་པར་མཁས་པས། ཁྱིམ་ནང་དུ་འཚངས་པའི་ལོ་ལོན་རྒན་གྲས་དག་གི་ཡིད་སེམས་རབ་ཏུ་བཀུགས་ཤིང་དད་པའི་མཆི་མ་དཀྲིགས་ཏེ་གསོལ་བ་འདེབས་བཞིན་ཕྱག་འཚལ་ཅི་ཐུབ་བྱེད་ཀྱིན་ཡོད།

ཡིན་ན་ཡང་ཨ་ལགས་ཚང་ལ་ཕྱི་ངོས་ནས་དད་པ་བྱེད་ཀྱིན་ཡོད་ཀྱང་སེམས་གཏིང་ནས་ཁས་ལེན་མི་བྱེད་མཁན་ཡང་ཡོད་དེ། དེ་དག་གི་ཕལ་ཆེ་བ་ནི་ཁོང་ཚང་དང་ན་ཚོད་མཉམ་པའི་རྒན་པོ་རེ་འགའ་ཡིན། ཁོ་ཚོས་ རྣ་བ་བསྒྲིམས་ནས་ཁོང་གིས་ཆོས་བཤད་རྒྱག་པར་ཉན་ཏེ་སྡོད་ཅིང་། སྐབས་རེར་ཁོང་ལ་ཅུང་ཐོགས་པ་རེ་བྱུང་བའམ་རང་ཉིད་ཀྱི་རྣར་མི་འགྲོ་བ་རེ་བྱུང་ཚེ། དེ་འཕྲལ་རང་ཉིད་ཀྱི་གོ་ཐོས་ཀྱི་སྐོར་རེ་བརྗོད་དེ་ཁྱོད་ཀྱིས་གསུངས་པ་དེ་འཆུགས་འདུག་ཟེར་བ་ཡིན་པས། སྐབས་དེ་དག་ཏུ་ཨ་ལགས་ཀྱིས་ཀྱང་གནས་ལུགས་མང་པོ་ཞིག་དྲངས་ནས་རང་ཉིད་ཀྱི་བདེན་ཟ་སྒྲོང་བ་དང་། སླར་ཡང་ཀུ་རེའི་ཚུལ་དུ "སངས་རྒྱས་ཀྱི་གསུང་ལ་གང་ཟག་རང་ངོས་ཀྱི་ཐད་ནས་གོ་བ་མི་འདྲ་བ་ལེན་རྒྱུ་ཡོད་པ་རེད། ཇོ་བོ་རྗེ་བོད་དུ་གདན་འདྲེན་དུ་སོང་དུས་ཀྱང་ཁོང་གིས་ཚིག་གཅིག་བཤད་པར

ལོ་ཙཱ་བ་གསུམ་པོར་གོ་བ་མི་འདྲ་བ་གསུམ་བྱུང་བ་རེད། དེའི་རྒྱུ་མཚན་གྱིས་ངའི་གསུང་ལ་ཁྱོད་ཀྱིས་གོ་བ་ལོག་པ་གསུམ་བླངས་པ་ཡིན་ཡང་སྲིད” ཅེས་བཤད་ནས་དགོད་པར་བྱེད་པས། ཀྲད་པོ་དེ་དག་ལའང་ཡང་བསྐྱར་བཤད་རྒྱུ་མེད་པས་ན་མཆིལ་མ་མིད་ཙམ་གྱིས་སྡོད་ཅིང་། ལན་རེར་ཆིག་ཧ་གཞན་དུ་སྐྱོག་སྐེ་ཀུ་རེ་ཚུལ་དུ “ཁྱོད་ནི་བླ་མ་མིན་པར་བདུད་ཀྱི་སྤྲུལ་བ་ཞིག་ཡིན་ཡང་སྲིད” ཅེས་བཤད་འོང་། དེ་ལྟར་བཤད་དོན་ཡང་ཁོང་ཚང་བླ་མ་སུ་ཞིག་གི་ཡང་སྤྲུལ་ཡིན་པར་ངོས་འཛིན་ཐུབ་མེད་པས་རེད། དོན་དེ་ཁོང་གིས་དེ་མ་ཐག་ཏུ་ཁས་ལེན་པར་བྱེད་ཅིང་། དེ་དང་འབྲེལ་ནས་གང་ལྟར་དཀོན་མཆོག་གསུམ་གྱི་བཀའ་དྲིན་ལས་ཁོང་ལ་ཟ་སྣལ་འདི་འདྲ་ཞིག་ཡོད་པ་ཡིན་ཚུལ་གྱི་གནས་ལུགས་རེ་རེ་བཤད་ཞོར་དུ་རང་ཉིད་ཀྱིས་སྟོན་ཆད་ཀྱི་ལོ་རྒྱུས་རེ་འགའ་ཡང་བརྗོད་པར་བྱེད།

“གང་ལྟར་ཡང་ཁོང་ལ་ནུས་པ་འདུག” མཇུག་མཐར་ཀྲད་པོ་དེ་དག་གིས་ཀྱང་དེ་ལྟར་སྨོམ་ཚིག་འགོད་པར་བྱེད།

གོ་ཐོས་སུ་ཨ་ལགས་ཚང་དགུང་ལོ་ཆུང་དུས་སུ་བྱིས་པ་མ་རབས་པྲ་ཚགས་ཤིག་ཡིན་པས་ཁྱིམ་ཚང་གཞན་གྱི་སྒྲ་སྙེང་དུ་རྡོ་བས་རྒྱུག་པ་དང་། མི་ཡར་འགྲོ་མར་འགྲོར་མཚང་མིང་གིས་བརྗོད་དེ་སྡོད་དུ་མི་གཞུག་པས་སྐྱེ་བའི་མི་རྣམས་ཀྱིས་མཐོང་ས་མེད་ན་ཡང་། ཁོ་ལ་སྐྱོབས་དང་སྙིང་རུས་ཆེ་བས་མི་གཞན་གྱིས་གང་བྱུང་ངང་ཁ་སློང་མི་ཐོད། ཁོའི་ཕ་མ་གཉིས་ཀྱིས་སྐྱེ་བའི་ནང་དུ་ཕུང་དཀྲུག་སློང་བར་དོགས་ནས་དགོན་པའི་ཨ་ཁུའི་དྲུང་དུ་བསྐྱལ་ནས་ཡི་གེ་གློག་ཏུ་བཅུག ཐེངས་ཤིག་ཁོ་རང་ཨ་ཁུ་འགའ་དང་ལྷན་དུ་རྩ་ཆུའི་ཕར་ཕྱོགས་སུ་བསོད་སྙོམས་ལ་འགྲོ་སྐབས། ས་དེ་གའི་སྨྱོན་པ་དང་ནད་པ་མང་པོ་བཙོས་དྲག་བྱུང་དུ་བཅུག་པ་དང་། ཕྱུག་པོ་ཚང་གི་བུ་ལྷ་སར་སོང་ནས་ལོ་མང་པོར་ལོག་རྒྱུ་མ་བྱུང་བ་ཕྱི་ཉིན་ཐོན་ངེས་ཀྱི་ལུང་བསྟན་པ། ཤེ་པོ་རོ་འཕངས་མཐུ་ཡིས་བསྒྲལ་བ་སོགས་གྲུབ་རྟགས་མང་པོ་བསྟན་པས། ཡོན་བདག་མང་པོ་ཡིད་སེམས་གཏིང་ནས་དད་པ་སྐྱེས་ཏེ་མཛོ་རྟ་མང་པོ་ཡོན་དུ་ཕུལ་ཞིང་ནག་ཞར་ཨ་ལགས་ཚང་ཞེས་མིང་དུ་གྲགས་པར་གྱུར་བ་

དང་། ཕྱིར་ལོག་དུས་མཛོ་ཧྲ་ཁ་སྦྲེལ་གྱིས་དེད་དེ་ཡོང་བས་སྡེ་བའི་མི་རྣམས་ཀྱང་ཧ་ལས་སོང་སྐད། ཡིན་ན་ཡང་ཅང་མ་འགོར་བར་ཟེང་འཁྲུག་ལངས་བྱུང་བས་ཁོའི་ལོ་རྒྱུས་ཡོངས་རྫོགས་ཀྱང་རེ་ཞིག་ཚང་མས་བརྗེད་པ་ལྟར་གྱུར།

ཨ་ལགས་ཀྱིས་བཅའ་བ་རིམ་གྲོ་སྒྲུབ་པའི་ཡོང་སྒོ་སྣ་ཚོགས་ཀྱིས་བན་དེ་ཚོ་ལའང་སྤྱི་ན་མེད་པའི་ཡིད་ཆེས་དང་བརྩོན་སེམས་ཤིག་བྱིན་པ་དང་འདྲ། ཁོ་ཚོས་ཉིན་བཞིན་ལྟོགས་པའི་ཟས་བརྗེད་ཀྱིས་ཀློག་འདོན་ལ་འབད་པ་བྱས་ཏེ་དགེ་སྦྱོར་གྱི་འདོན་པ་དག་བློ་ལ་བྱུང་བར་བྱས་ན་ཡང་། ཨ་ལགས་ཀྱིས་ཁོ་ཚོའི་རྣམ་འགྱུར་དང་འབྲས་བུ་དེ་དག་ལ་ཡིད་ཚིམ་པའི་དབུ་ལྷེམ་ལྷེམ་རེ་བྱེད་པ་ལས་ད་དུང་གྲོང་ཚོག་ཞུལ་དུ་མི་གཏོང་། དེ་ཕྱིར་བན་དེ་ཚོ་ཡང་ཧ་ཅང་ཡིད་མི་དགའ་བར་གྱུར་ཏེ་ཁོའི་ཡོང་སྒོ་དེ་དག་ལ་མཆིལ་མ་མེད་བཞིན་ཀློག་ཏུ་འཁང་རའམ་ཚོད་དཔག་སྣ་ཚོགས་བྱེད།

“དེ་རིང་ཡང་ཁོང་ཁྲིམ་ཚང་དེ་ནས་གཞན་ཚང་ཞིག་ཏུ་སོང་སྐད། ཐེངས་འདིར་ཡང་གཡག་སྐམས་འགའ་ལ་ཁོས་མིག་བཙུམས་བསྡད་ཆོག་པ་རེད།”

“ཁྲིམ་ཚང་འདི་ཡིས་སྒོར་མོའམ་ལུག་འགའ་རེ་སྐྱེར་ངེས་རེད། ཁོ་ཚང་ལ་ནོར་ཉི་ཤུ་ལྷག་མ་གཏོགས་མེད།”

“ཤ་རྗེའུ་ཚང་ལ་ལག་ཡོང་ཡོད་དུས་དགོན་པའང་མི་དགོས་པར་འདུག ལྟོས་དང་། ད་ཐེངས་ཀྱང་ཟླ་གཅིག་འགོར་ཐལ།”

“……”

དོན་དངོས་ནས་བཤད་ན་ཨ་ལགས་ཟླ་གཅིག་ལ་དགོན་པར་མ་ཐེབས་ཀྱང་སྐྱོན་མེད་དེ། བན་དེ་ཚོའི་ཁྲིད་དུ་ལོ་ན་ལྔ་བཅུར་སོན་པའི་གྲྭ་བ་ལོ་ལོན་ཞིག་ཡོད་པ་དེ་ནི་དགོན་པའི་ནང་གི་དགེ་བསྐོས་ཡིན་པས། ཨ་ལགས་མི་བཞུགས་པའི་སྐབས་དག་ཏུ་ཁོ་ནི་སྐབས་ཐོག་གི་དགོན་པ་འདིའི་དགོན་བདག་ཡིན་ཞིང་བན་དེ་ཚོ་ཡང་ཁོ་ལ་ཧ་ཅང་སྐྲག་ལ། ཁོ་ཡང་ཨ་ལགས་ལ་ཧ་ཅང་སྐྲག་གིན་ཡོད་པས་དགོན་པ་འདི་དང་བན་དེ་ཚོར་

བདག་དོམ་བཟང་བོ་མི་བྱེད་པ་ཅི་ལ་སྲིད། དེ་བས་མི་ཐོས་སར་བན་དེ་ཆོས་ཀྱང་ཁོའི་མིང་ལ་“དགེ་བསྐོས” མི་ཟེར་བར་“ཨ་ལགས་ཀྱི་རྒྱུགས་ཁྱི” ཞེས་འབོད་པར་བྱེད། ཁོ་ནི་མི་ཧ་ཅང་དྲང་བོ་ཞིག་ཡིན་ཏེ། ནམ་རྒྱུན་འཛབ་འཛབ་དང་བན་དེ་ཚོའི་གྲྭ་ཤག་གི་ཕྱི་སྒོའི་ཕག་ཏུ་ཡིབ་ནས་ནན་ཏན་གྱིས་ལྐོག་ཉན་བྱེད་རྒྱུར་དགའ་ལ། དེ་ཡང་བན་དེ་ཆོས་གློག་སྦྱོང་ལ་ཧུར་བརྩོན་བྱེད་ཀྱིན་ཡོད་མེད་ལ་ལྟ་བ་མ་ཡིན་པར་ཁོ་ཚོས་ཁོ་ལ་ངན་གཏམ་གྱིན་ཡོད་མེད་ལ་ཉན་འདོད་པ་རེད། གལ་ཏེ་སུ་ཞིག་གིས་ཁོ་ལ་ངན་གཏམ་གྱིན་པ་ཐོས་ཚེ་དེའི་སུར་དགོད་བཞིན་དུ་མགོ་བོ་ལྷེམ་ལྷེམ་བྱས་ཏེ་ཕྱིར་བུད་འགྲོ་མོད། ཕྱི་ཉིན་ནངས་ཚོགས་ཀྱི་སྐབས་སུ་བན་དེ་དེའི་གློག་འདོན་གྱི་རྣམ་འགྱུར་མི་དྲང་བར་ཁ་གཡར་ཏེ་མགོ་ལ་སྐག་སྒྲ་གྲག་པ་ཞིག་གཞུས་ཏེ་སྐྱོན་པ་ལེན་ངེས་ཡིན། བན་དེ་ཚོས་ཀྱང་ཁོས་ལྐོག་ཉན་བྱས་ཏེ་སྐྱོན་པ་རྗེ་ལོག་འདྲ་བ་ལེན་པའི་གོམས་སྲོལ་དེ་རྟོགས་པས། སྐབས་རེར་ཚང་མ་ལྷན་དུ་འདུས་ཏེ་བསམ་གཞས་ནས་ཅི་ཞིག་གླིང་མོལ་བྱེད་པ་ལྟར་ཁོ་རང་ཐབས་ཀྱིས་འགུགས་པར་བྱེད་ཅིང་། སྐབས་དེར་དགེ་བསྐོས་འཛབ་འཛབ་དང་ཁོ་ཚོའི་གྲྭ་ཤག་གི་ཕྱི་སྒོར་ཡོང་སྟེ་སྒྲུར་ཙམ་དང་དབུགས་ཀྱང་གཏོང་ལེན་མི་བྱེད་པར་ལྐོག་ཉན་བྱེད། བན་དེ་ཆོས་ཕན་ཚུན་ལ་མིག་བརྡ་ཞིག་བྱས་རྗེས་འཛུམ་ཤིག་ཤིག་དང་ཨ་ལགས་ཚང་གི་ངན་མཚང་མང་པོ་ཞིག་བརྗོད་མགོ་རྩོམ་པ་དང་། ཨ་ལགས་ལ་འཁང་ར་བྱེད་པ་དང་ཁོང་གི་སྐྱོན་མཚང་ལ་དཔྱད་བསྡུར་བྱེད་པ་མཇུག་རྫོགས་མཚམས། གཞི་ནས་ཨ་ལགས་དང་བསྡུར་ན་དགེ་བསྐོས་ནི་དགོན་པར་བདག་དོམ་བྱེད་མཁས་པ་དང་བན་དེ་ཚོ་ལ་ཤ་ཚ་བ། ཆོས་ཁོ་ན་ལས་བསམ་རྒྱུ་མེད་པ་སོགས་བསྟོད་པ་སྣ་ཚོགས་བྱེད། བན་དེ་འགའ་རེ་འཛུམ་ཤིག་ཤིག་དང་ཕྱི་སྒོའི་ཕྱོགས་ཀྱི་གྲག་འགྲུལ་ལ་ཉན་ཞིང་། ལ་ལས་དགོད་རྒྱུ་ཡོང་སྟེ་མ་བཟོད་པར་གཟན་གོས་ཁ་ནང་དུ་བཅུག་ནས་ཤུབ་བུར་རྒྱུ་མ་ན་བའི་བར་དགོད་པར་བྱེད། སྒོ་རྒྱབ་ན་ལྐོག་ཉན་བྱེད་ཀྱིན་པའི་དགེ་བསྐོས་ཡིད་ཧ་ཅང་ཚིམས་པའི་ངང་གདོང་ལ་འཛུམ་ཞིག་ལངས་ཤིང་མགོ་བོ་ལྷེམ་ལྷེམ་འགའ་བྱས་རྗེས་སྒོ་སྣང་དང་ཕྱིར་བུད་འགྲོ་ལ། ཉིན་གཉིས་པའི་

ནངས་ཚོགས་ཀྱི་སྐབས་སུ་བན་དེ་དེ་དག་ལ་དམིགས་སུ་བཀར་ནས་བསྟོད་པ་བྱེད།

ཉིན་འགའ་འགོར་རྗེས་ཨ་ལགས་ཀྱིས་དྲིལ་ཆུན་སྦོ་ལྷང་ཁྲིད་དེ་གཞི་ནས་ཕྱིར་དགོན་པར་ལོག་བྱུང་། ཐེངས་འདིར་ཨ་ལགས་ཀྱིས་བན་དེ་ཚོར་སྔ་ན་མེད་པའི་“འཁྲིན་བཟང”ཞིག་ཁྱེར་ནས་བསླེབས་འདུག་པ་སྟེ། ནག་ཞར་སྟེ་བའི་ཆད་པོ་ཆེ་གེ་མོ་ཡི་མ་ཆུན་ཆེ་ལས་འདས་སོང་བས་སང་ཉིན་སྔ་སེ་བན་དེ་ཡོངས་རྫོགས་ཁྱིམ་ཚང་དེ་ལ་བདུན་འཛུགས་པར་འགྲོ་དགོས་ཟེར། བན་དེ་ཚོས་ཀྱང་“འཁྲིན་བཟང”དེ་ཐོས་འཕྲལ་རྨ་བྱས་དབྱར་ཛ་ཐོས་པ་ལྟར་དགའ་སྤྲོ་དཔག་མེད་སྐྱེས་ཤིང་། སང་ཉིན་རང་རང་གི་ནུས་པ་ཡོད་ཚད་བཏོན་ནས་དགེ་མཚན་ཇི་ལྟར་ཛོམ་པའི་ཐད་ལ་སྔ་གོན་སྔ་ཚོགས་བྱེད་པར་བྲེལ་བ་དང་། བན་དེ་འགའ་རེ་དགོང་མོ་དེར་གཉིད་ཀྱང་ཁུགས་མ་ཐུབ།

ཕྱི་ཉིན་སྔ་སེ། ཨ་ལགས་དང་ཁྲི་ཤོམ་ཆོ་དགོན་པའི་ཡུལ་སྲུང་མཁན་བྱས་པ་དང་། དགེ་བསྐོས་སྔོན་དུ་བུད་ཅིང་བན་དེ་ཚོ་རྗེས་སུ་འབྲངས་ཏེ་དམར་ཤར་ཤར་གྱི་ཏུ་དཔུང་ཆུང་ངུ་དེ། སྐམས་ཀྱི་ཁྲག་རྒྱུ་ལྡུག་པ་ལྟར་ཁྱིམ་ཚང་དེའི་ཕྱོགས་སུ་གཤར་ནས་བུད་སོང་།

བདུན་འཛུགས་སའི་ཁྱིམ་ཚང་དེ་ཡང་དགོན་པ་དང་ཐག་མི་རིང་བའི་མར་ཞོལ་གྱི་ཐང་གཤམ་དུ་ཡོད་ཅིང་། ཉིན་དེར་མིག་སྟུན་ལ་ཡོང་མཁན་དང་རོགས་རམ་བྱེད་མཁན་སོགས་མི་མང་པོ་འདུས་འདུག་པས། བན་དེ་ཚོས་ཀྱང་རང་རང་གི་འཛོན་ནུས་གང་ཡོད་སྤྱུགས་ཏེ་སྐད་མགོ་མཐོ་བ་དང་སྒྲ་ཚིག་དག་པ། གདངས་འགྲོས་མཉམ་པའི་སྒོ་ནས་སྔ་དྲོ་ནས་དགོང་མོའི་བར་དུ་ངལ་མ་གསོས་པར། ཉིན་གསུམ་ལ་བསྟུད་མར་རྗེས་འཇུག་གི་བསྔོ་སྨོན་ཡོད་ཚད་བཏོན་པར་བརྩེན། དེར་འདུས་ཆུན་གཞོན་ཕོ་མོ་ཡོངས་ཀྱིས་བསྟོད་ར་དང་ཡིད་སྨོན་ཚད་མེད་བྱས་པར་མ་ཟད། དགོན་པ་གཉན་འདྲ་གྲལ་དག་ཅིག་དང་བན་དེ་འདི་འདྲ་བཟང་པོ་དག་ཡོད་པ་ནི་སྟེ་བའི་བདེ་སྐྱིད་ཅིག་རེད་ཟེར་ནས་གཅིག་གིས་གཅིག་ལ་བཤད་དེ་མཐའ་འཁོར་ཀུན་ཏུ་ཁྱབ་པར་གྱུར། མཇུག་མཐར་ཁྱིམ་ཚང་བདག་པོ་ཆད་པོས་ཀྱང་ཞྭ་མོ་ཕྱིར་སློག་ཡོད་ནའང་ངོ་ལ་དགའ་བའི་འཛུམ་ཞིག་ལངས་ནས“ཁྱོད་ཚོས

དཀའ་ལས་མྱངས་སོང་། ཨ་གནམ་གྱིས་བསྒྱུར་རྒྱུ་ཆོ། ཆོས་ཀྱི་བྱིན་རླབས་བསམ་གྱིས་མི་ཁྱབ་པ་རེད་མོད་ཁྲིམ་ཚང་གི་ཆ་རྐྱེན་ཞན་འདུག” ཟེར་ནས་དགེ་བསྐོས་ལ་གཡུ་གུ་གཅིག་དང་བན་དེ་རེ་རེར་ལུག་རེ་འབུལ་བར་བྱིན་སོང་བས། དགེ་བསྐོས་དང་བན་དེ་ཚོ་ཡང་སྤྲོ་བ་ཁོག་ལ་མི་ཆུད་པ་བྱུང་སོང་།

བན་དེ་ཚོའི་འདོན་པ་བཟང་ཚུལ་ནག་ཞར་སྐྱེ་བའི་ནང་དུ་ཁྱབ་པའི་མོད་ལ་ཁོ་ཚོ་ཁྲིམ་ནང་དུ་རིམ་གྲོ་བསྒྲུབ་ཏུ་ཞུ་མཁན་ཡང་མང་དུ་ཕྱིན་སོང་། ཉིན་འགའ་མ་འགོར་བར་ཁྲིམ་ཚང་ཞིག་གིས་ཨ་ལགས་དང་བན་དེ་ཡོངས་རྫོགས་ཞུ་དགོས་ཟེར་ནས་ཞུས་བྱུང་བས། དགོན་པ་སྟོང་བར་འཇོག་སྲོལ་མི་འདུག་པས་ཨ་ལགས་ཏ་ཙང་ཐབས་ཟད་པར་བྱས་སོང་། ཡིན་ནའང་དགེ་བསྐོས་ནི་ཁོ་ཚོའི་ཁྲིད་ཀྱི་ལོ་ཆེ་བ་ཡིན་པས་འདང་རྒྱུག་ཅི་ལ་མི་ཤེས། ཁྲིམ་ཚང་འདི་ལ་མི་ཤི་བའི་དོན་བྱུང་བ་མ་ཡིན་པར་གང་བྱུང་དུ་ཆོས་འདོན་དུ་བཅུག་པ་རེད་པས། འབུལ་བ་ཡང་དེ་སྔོན་ལྟ་བུའི་འཛོམས་པོ་ཡོད་མི་སྲིད་སྙམ་སྟེ། རང་ཉིད་ཀྱིས་དགོན་པ་བསྲུང་རྒྱུ་ཁས་བླངས་ཤིང་ཨ་ལགས་དང་བན་དེ་ཁྲིམ་ཚང་དེར་འགྲོ་རུ་བཅུག་བསམ་ཡལ་འདས་པ་ཞིག་ལ། མཇུག་མཐར་ཁྲིམ་ཚང་དེའི་འབུལ་བ་དེ་སྔོན་ལས་ཆེ་བ་སྟེ། ཨ་ལགས་ལ་རྟ་གཅིག་ཕུལ་བྱུང་ལ། བན་དེ་རེ་ལ་ལུག་གཉིས་རེ་དང་དུང་དགོན་པ་སྤྱི་ལ་གཡག་གཉིས་ཕུལ་བས་ཨ་ལགས་སྨོས་ཅི་དགོས་བན་དེ་ཚོ་ཏ་ཙང་ཡིད་ཆེས་པར་གྱུར་ཏེ་རང་ཉིད་གནམ་ས་གང་དུ་ཡོད་པའང་མི་ཤེས་པར་གྱུར། ཡིན་ནའང་ཁོ་ཚོ་ཕྱིར་ཐོན་འཕྲལ་དགེ་བསྐོས་ལ་ཅི་བྱུང་འདི་བྱུང་མེད་པར་ཁོ་ལ་ན་བ་བྱུང་སོང་ཟེར་ནས་རང་ཤག་ཏུ་ཉིན་འགར་ཉལ་ནས་བསྡད་བྱུང་བས། ཨ་ལགས་དང་བན་དེ་ཡོངས་རྫོགས་ཀྱང་སེམས་ཁ་མི་བདེ་ལྷང་ངེར་གྱུར་ཏེ། དགེ་བསྐོས་ཀྱི་མཐའ་བསྐོར་ནས་ཅི་ཞིག་ན་བ་དང་གང་ནས་ན་ཚུལ་སོགས་ཀྱི་རྒྱུ་མཚན་དྲིས་ཀྱང་། ཁོ་ཁ་ལོ་ཕར་འཁོར་ནས་མགོ་བོ་གཟན་གྱིས་གཏུད་ནས་སྡོད་པ་ལས་ཚིག་གཅིག་ཀྱང་མི་བཤད། དེ་བས་ཨ་ལགས་དང་བན་དེ་ཚོ་ཡང་ཐབས་ཟད་ཡི་ཆད་དང་ཕྱིར་མི་བཀྱེད་ག་མེད་བྱུང་།

ཨ་ལགས་གཟིམ་ཤག་གི་སྒོ་འགྲམ་དུ་ལངས་ནས། རྣ་འཁྱོག་གཡོན་པའི་གཤམ་གྱི་ཤ་རྣེའུ་ལ་ལག་པས་རེག་རེག་བྱེད་བཞིན་ཅི་ཞིག་ལ་བསམ་བློ་གཏོང་བར་བྱེད། ད་ལྟ་ཁོས་འདང་རྒྱུག་ས་གཙོ་བོ་ནི་བན་དེ་ཆོས་དགེ་སྦྱོར་གྱི་འདོན་པ་འཁྱོངས་མིན་དེ་མ་ཡིན་པར། དེ་ལས་ལྷོག་སྟེ་བན་དེ་ཚོ་དང་རང་ཉིད་ཇི་ལྟར་སློམ་སྒྲིག་བྱས་ཏེ་རིམ་གྱིས་བསྒྲུབ་ཏུ་འགྲོ་རྒྱུ་དེ་རེད། ད་ལྟ་བན་དེ་ཚོའི་འདོན་པ་བཟང་ཚུལ་དེ་སྡེ་པའི་ནང་དུ་ཁྱབ་འདུག་པས་ཁོས་བན་དེ་ཚོ་དགོན་པའི་ནང་དུ་བཙུད་ནས་རང་ཉིད་གྲོང་ཚོག་ཏུ་འགྲོ་སྲོལ་མི་འདུག་ཅིང་། བན་དེ་ཚོ་གྲོང་ཚོག་འདོན་དུ་མངགས་ན་རང་ཉིད་ནི་དགོན་པ་སྲུང་མཁན་གྱི་མི་ལྷག་ལྷ་བུ་ཞིག་ཏུ་གྱུར་འགྲོ་བ་རེད། གལ་ཏེ་ཁ་སང་ལྟར་བླ་བཙུན་གཉིས་ཀ་མཉམ་དུ་གྲོང་ཚོག་ལ་ཕྱིན་པ་ཡིན་ན་དགེ་བསྐོས་ཀྱི་ན་བ་ལ་ནམ་ཡང་དྲག་བསྐྱེད་འབྱུང་རྒྱུ་ཡོད་མི་སྲིད་པས། སྐབས་འདིར་ཁོའི་ཀླད་པ་ཧ་ཅང་ཉོག་པར་གྱུར་ཡོད་པའི་སྐབས་རེད། ཁོ་ཕྱིར་འཁོར་ཏེ་སྣར་ཡང་ཤག་ཏུ་འཛུལ་ཞིང་མལ་སྟེགས་སྟེང་བསྡད་དེ་བསམ་བློ་བཏང་། སློ་བུར་དུ་ཁོའི་བསམ་བློ་གཏོང་ཕྱོགས་རང་ཁྱིམ་གྱི་ཕྱོགས་སུ་ཆས་ཏེ་ཁོ་ཚང་གི་ལུག་བལ་ད་དུང་བྲིགས་མེད་པ་ཡིད་དུ་ཤར་བྱུང་། ད་ལྟ་སྡེ་བའི་ཁྱིམ་ཚང་ཡོངས་རྫོགས་ཀྱིས་ལུག་བལ་བྲིགས་ཚར་བ་མ་ཟད་འགའ་རེས་བལ་ཡང་བཙོངས་ཟིན་སྐད་འདུག དེ་སྟོན་ཡུལ་ནས་ཡོང་དུས་ཆུང་མས་ནམ་ཡོང་ངེས་པའི་ལན་དུ་ཉིན་ཉི་ཤུ་ལས་མི་འགོར་བ་བཤད་ཡོད་མོད། ད་ནི་ཟླ་གཉིས་ཀྱང་འགོར་ལ་ཉེ། ཉིན་འདི་ཚོར་བཅའ་བ་བསྒྲུབ་རྒྱུ་ཡང་མི་འདུག་པ་འདྲ།

"རེད། སང་ཉིན་ངེས་པར་དུ་ཡུལ་དུ་འགྲོ་བར་བྱ།"

ཁོས་དེ་ལྟར་ཆིག་ལབ་ཅིག་བརྒྱབ་ནས་ཡར་ལངས་རྩིས་བྱེད་དུས་སློ་བུར་དུ་མི་ཞིག་གིས་ཞྭ་མོ་ཕུད་ནས་ཁོའི་གཟིམ་ཤག་ཏུ་འཛུལ་ནས་ཐོན་བྱུང་། ནང་དུ་ཡོང་བའི་མི་དེ་ནི་ནམ་རྒྱུན་ཨ་ལགས་ལ་དད་པ་དེ་འདྲ་མི་བྱེད་པའི་རྒད་པོ་དེ་ཚོའི་གྲས་ཀྱི་གཅིག་ཡིན་པས། དེ་རིང་སློ་བུར་དུ་ཁོའི་མདུན་དུ་ཞྭ་ཕུད་ནས་ཐོན་བྱུང་བས་ཨ་ལགས་ཧ་ཅང་དགའ་བྱུང་། ཡིན་ན་ཡང་རྒད་པོ་དེ་ནི་ཨ་ལགས་ལ་དད་པ་སློ་བུར་བ་ཞིག་སྐྱེས་ནས་ཡོང་བ་མ་ཡིན་

པར། དེ་སྔོན་བན་དེ་ཚོའི་འདོན་པ་དེ་མཐོང་ནས་ཏ་ལས་ཤིང་སྨོན་པ་སྐྱེས་ནས་ཡོང་བ་ཡིན་འདུག ཁོ་ཨ་ལགས་ཀྱི་མདུན་དུ་ཅོག་པུར་བསྡད་དེ་ཁོ་ཚང་ལ་བཙའ་བ་རིམ་གྱི་ཞིག་ཡོད་པས་བན་དེ་ཚོ་གདན་འདྲེན་དུ་ཡོང་བ་ཡིན་ཚུལ་ཞུས་ཏེ་གདོང་ལ་ངེས་པར་འགྲོ་རུ་གཞུག་དགོས་པའི་ནན་ཏན་གྱི་ཉམས་ཤིག་ཤར་འདུག

ཨ་ལགས་དེ་འཁྲུལ་རྟོག་སེར་བཏང་བྱུང་། "བན་དེ་ཚོ་ཟེར་རམ།……" ཁོས་རེ་ཞིག་ཇི་ལྟར་བཤད་དགོས་པའང་མི་རྟོགས་པར་གྱུར།

"འོ་ཡོས་འོ་ཡོས།"

"བན་དེ་ཚོ་ཉིན་འདི་གར་ཁོམ་གྱིན་མེད་ཡ།" ཨ་ལགས་ཀྱིས་ཅི་བཤད་འདི་བཤད་མེད་པར་ཁ་ནས་དེ་འདྲ་ཞིག་ཤོར་བ་དང་། སླར་ཡང་བསམ་བློ་གཏོང་བཞིན་རྣ་གཡོན་པའི་གཤམ་གྱི་ཤ་རྡེའུ་རེག་ཙམ་བྱེད་དུས་གློ་བུར་དུ་དགེ་བསྐོས་ན་བཞིན་ཡོད་པ་དྲན་ནས "ཁོམ་གྱིན་མེད་ཀྱང་སྐྱོན་མི་འདུག་མོད། འོན་ཀྱང་ཁེ་སྔོན་ནས་བཟུང་དགེ་བསྐོས་ལ་ནད་སྙིང་ཞིག་ཡོད་པ་དེ་འཕར་བྱུང་བས་ཁོ་མེད་ན་བན་དེ་ཚོ་འགྲིག་ལ་ཐུབ" ཅེས་བཤད།

"དེ་འདྲ་ཞིག་ཡིན་ནམ།" རྒད་པོ་དེ་ཡང་ཏ་ཙང་ཡིད་ཕངས་པར་གྱུར་ཏེ་ཙུང་ཙམ་ལ་འདང་རྒྱུག་བཞིན་བསྡད་བྱུང་བས། ཨ་ལགས་ཀྱི་ཡིད་ལ་གློ་བུར་བའི་ཐབས་ཤེས་ཤིག་དྲན་བྱུང་ "དེས་ན་འདི་ལྟར་བྱ། དེ་རིང་ང་ཡུལ་དུ་འགྲོ་རྩིས་ཡོད། ཁྱོད་ཚང་གི་བཙའ་བ་དེ་བྲེལ་དགོས་པ་ཞིག་ཡིན་ན་ལམ་ཞོར་དུ་བཏོན་ཆོག" ཅེས་བཤད་པས་རྒད་པོས་ཀྱང་གཞི་ནས་མགོ་ལྡེམ་ལྡེམ་བྱས་སོང་།

ཕྱི་དྲོ་དེར། ཨ་ལགས་ཀྱིས་སླར་ཡང་དྲིལ་རྐན་སྒོ་ནག་ལ་སྣ་བསྐྱོད། ཀམ་པ་ལི་ལྷུང་སེར་དེ་སྣ་སྟེང་དུ་འཕངས། རྒྱན་བཀོལ་གྱི་ཇ་དྲིལ་སོགས་ཤ་ཐག་ཏུ་བརྒྱབ། དཔེ་ཆ་དག་རུམ་དུ་བཙུག དྲིལ་རྐན་གྱི་མཐུར་མདའ་ནས་ཁྲིད་ཅིང་རྒད་པོ་དེ་དང་ལྷན་དུ་གཡོན་ཕྱོགས་ཀྱི་སྣེད་ལམ་དེད་ནས་བུད་སོང་། བན་དེ་ཚོས་ཨ་ལགས་དེ་ལྟར་བུད་སོང་བ་ཤེས་ནས་གྲྭ་ཤག་གི་ཕྱི་རོལ་ཏུ་བུད་དེ་འདབས་རོལ་གྱི་དེའུ་འབུར་སྟེང་དུ་ཡོད་པའི་ཁྲི་ལྡོམ་

དག་དང་འདྲ་བར་ཕོའི་རྗེས་ཕྱོགས་སུ་ཅེར་ནས་ཡུན་རིང་བོར་སྡོད་ཅིང་། ཡུན་རིང་ཙམ་འགོར་རྗེས་གཞི་ནས་དགེ་བསྐོས་ལ་ཤུབ་བུར་སྤིགས་མོ་རེ་བྱེད་བཞིན་རང་ཤག་ཏུ་བུད་འགྲོ་ལ། འགའ་རེས་ཧ་ཅང་མི་དགའ་བའི་ཚུལ་གྱིས “ཤ་རྡེའུ་ཡིས་ཡང་དྲིལ་རྐན་ཁྲིད་ནས་བུད་ཐལ” ཟེར་བ་དང་། ལ་ལས་ཞིན་ཏུ་ཐབས་རྟུགས་ནས་འཕྱ་སྨོད་ཀྱི་ཉམས་འགྱུར་དང་བཅས “དྲིལ་རྐན་གྱིས་སྐྱར་ཡང་ཤ་རྡེའུ་དེད་ནས་བུད་ཐལ” ཟེར།

ཕྱི་ཉིན་སྔ་སོ། དགོན་པའི་ནང་སློ་བུར་དུ་ཟང་ཟིང་ལང་ལོང་དུ་གྱུར་སོང་། བན་དེ་ཚོ་ཅི་ཡིན་འདི་ཡིན་མེད་པར་གཅིག་ལས་གཅིག་མགྱོགས་ཀྱིས་དགེ་བསྐོས་ཀྱི་གྲྭ་ཤག་ཕྱོགས་སུ་རྒྱུག་གིན་འདུག་ཅིང་། བན་དེ་འགའ་རེས་ད་དུང་དོན་དག་ཅི་ཞིག་བྱུང་སོང་བ་མ་ཤེས་པར་བན་དེ་གང་ཙུང་གི་མདུན་དུ་བརྒྱུགས་ནས་དོན་དག་ཅི་ཞིག་བྱུང་སོང་བ་ཡིན་ཚུལ་འདྲི་བཞིན་འདུག་ལ། ད་དུང་བན་དེ་ཚུང་ངུ་སྐོར་ཞིག་ཕྱིར་བརྒྱུགས་ཡོང་སྟེ་བན་དེ་གཞན་དག་འབོད་པར་བྱེད། དགོན་པའི་ནང་གི་བན་དེ་ཚང་མ་གཅིག་ཀྱང་མ་ལུས་པར་དགེ་བསྐོས་ཀྱི་གྲྭ་ཤག་གི་ནང་སྒོའི་ཁ་དང་སྐེའུ་ཁུང་གི་འདབས་སུ་ཟུབ་བྱུང་། དགེ་བསྐོས་ཕོ་རང་ཤག་གི་མལ་སྟེགས་སྟེང་དུ་དཀྱིལ་ཀྲུང་གིས་བསྡད་དེ་མིག་གཉིས་ཀ་བཙུམས་ཤིང་སྐད་གདངས་མཐོན་པོར་གྱེར་ཏེ་ཅི་ཞིག་འདོན་གྱིན་འདུག་ཅིང་། ལག་པ་གཉིས་ཀྱིས་ལན་རེར་ཕྱག་རྒྱ་བྱེད་པ་དང་སྐབས་རེར་ཐལ་མོ་རྡེབ་པར་བྱེད་ལ། སྐད་མགོ་མཐོ་དམན་མི་སྙོམ་ཞིང་ཁ་ཆུ་གང་སར་གཏོར་གྱིན་འདུག བན་དེ་འགའ་རེས་ཅི་ཡིན་མ་ཤེས་པར་ཁ་གདངས་ཤིང་མིག་ཅེར་ཏེ་ཕོ་སྨྱོས་བྱུང་བ་ཨེ་ཡིན་ཟེར་ལ། བན་དེ་སྐོར་ཞིག་གིས་ལྷ་བབས་ན་འདི་འདྲ་ཡིན་པ་རེད་ཅེས་གོ་ཐོས་ཡོད་པས་ཕོར་ལྷ་བབས་པ་འདྲ་ཟེར། བན་ཕྲུག་ཚུང་ངུ་དག་གིས་ཕོའི་བཟླ་ལྷ་ཡ་མ་ཟུང་དེ་དག་ལ་ལྷ་བཞིན་དུ་བཟོད་མ་ཐུབ་པར “ཏ་ཏ་ཏེ་ཏེ” ཟེར་ནས་དགོད་ཁ་ཤོར།

“དགོད་རྒྱུ་ཅི་ཞིག་འདུག”

དགེ་བསྐོས་ཀྱིས་སློ་བུར་དུ་འདོན་མཚམས་བཞག་སྟེ་དྲ་མའི་ཕྱི་རུ་ལྷ་བཞིན་ཁྲོ

ཚུལ་གྱིས་དེ་ལྟར་བཤད་སོང་བས། བན་དེ་ཆུང་བ་དེ་ཚོ་ཡང་སྐྲག་དྲགས་ཏེ་ཁ་རོག་གེར་ཕྱི་རུ་ནུར་ཅི་ཐུབ་བྱེད། ཡིན་ན་ཡང་བན་དེ་གཞན་དག་གིས་ཁོ་ལ་ལྟ་བབས་པ་དང་སྨྱོས་པ་གང་ཡང་མིན་པ་ཤེས་ནས་རིམ་བཞིན་ཁོའི་གྲྭ་ཤག་ཏུ་འཚངས་ཏེ་ཉན་པར་བྱེད། བན་དེ་ཚོ་ཕལ་ཆེ་བ་ཞིག་གཉིང་ནས་དགོད་རྒྱུ་བྱུང་ཡང་དགོད་མ་ཕོད་པར་མ་མཆུ་སོ་ཡིས་སྡོམ་པའམ་ཤ་སྐྱི་སེན་མོས་བཙིར་ནས་བསྲུན་ཞིང་ཉན། དགེ་བསྐོས་ཡང་བསྐྱར་གྱོང་གྱོང་པོར་བསྡད་དེ་ཐུ་མཐུད་དུ་བརྗོད་བྱུང་། སྔར་བཞིན་ཨ་ལགས་ཀྱིས་སེམས་ཅན་ལ་རིམ་གྲོ་འདོན་པའི་དུས་ལྟར། སྐད་མགོ་མཐོ་དམན་མི་སྙོམ་པའི་དབྱངས་རྟ་གྱེར་ཏེ། ལན་རེར་མིག་ཟུང་བཙུམ་པར་བྱེད་ཅིང་མཚམས་རེར་ལག་ཟུང་ཐལ་མོ་སྦྱོར་ལ། སྐབས་རེར་ལྷ་ལ་ཞུ་གསོལ་བགྱིད་པའི་ཕྱག་རྒྱ་བྱེད་པ་དང་སླར་ཡང་ལྷ་འདྲེར་བཀའ་བསྒོ་བའི་དྲག་པོའི་སྟངས་སྟབས་བསྒྱུར་བ་སོགས་བྱེད། ཡུན་རིང་པོར་བརྗོད་དེ་ཕལ་ཆེར་ཉིན་གུང་ཙམ་ལ་བསླེབས། ཁོའི་ཁ་འགྲམ་དུ་ལྦུ་བ་འཕྱུར་ཞིང་སྐད་ཀྱི་གདངས་ཀྱང་ཙུང་འགགས་ཡོད་པར་སྣང་། སྐབས་དེར་སློ་བུར་དུ་འདོན་མཚམས་བཞག་བྱུང་། ཁོའི་གདོང་ལ་ཏ་ཙང་ཡིད་ཚིམས་པའི་མདངས་ཤིག་ཤར་ནས་ཉེ་འཁོར་གྱི་བན་དེ་ཚོར་བལྟས་ཏེ "ཅི་འདྲ་རེད" ཟེར།

བན་དེ་ཚོས་ཀྱང་སློ་བུར་བའི་འཛུམ་ཞིག་ཕྱུང་ནས་མགོ་ལྷེམ་ལྷེམ་བྱས་ཏེ་ཁོའི་ཉེ་སར་བཙར། ཁོས་ཀྱང་མགོ་བོ་ལྷེམ་ལྷེམ་ཞིག་བྱས་ཏེ་ཏ་ཙང་ཡིད་ཚིམས་པའི་ངང་བགད་བྱུང་། བན་དེ་ཚོ་ཡང་གཞི་ནས་ལྷོད་ལ་བབས་ཏེ་བགད་བྱུང་། ཁོས་ཡང་བསྐྱར་དགོད་མཚམས་བཞག་སྟེ་འཁྲིས་ཀྱི་བན་དེ་ཚོར་བལྟས་ནས་འཛུམ་བཞིན་དུ "ངའི་འདོན་ཚུལ་འདི་ཨ་ལགས་དང་ཨེ་འདྲ་བར་འདུག" ཅེས་དྲིས་བྱུང་།

"དེ་ལས་ལྷག་པ་རེད།" བན་དེ་ཚོས་ཀྱང་ཁོའི་ཁམས་དང་བསྟུན།

"རྫུན་མ་བཤད།" ཁོའི་གདོང་ལ་བཙོས་མའི་ཁྲོ་ཉམས་ཤིག་བརྗོད་དེ་གཟབ་ནན་གྱི་ཚུལ་དུ "ཁྱོད་ཚོས་ངོ་མ་ཟེར་བ་ཨེ་ཡིན" ཟེར།

"ངོ་མ་བཤད་པ་ཡིན།"

དེ་འཕྲུལ་ཕོའི་གདོང་ལ་ད་སྔོན་གྱི་འཛུམ་དེ་ཡང་བསྐྱར་མངོན་བྱུང་ལ། དེ་དང་འབྲེལ་ནས་ཕོ་ཡང་ཡར་ལངས་ནས་སར་བབས་པ་དང་། བན་དེ་ཞིག་ལ་ཕོར་ཇ་ལྷུག་ཏུ་བཞག་རྗེས། ཕོ་རང་བན་དེ་ཚང་མའི་དཀྱིལ་དབུས་སུ་བསྡད་པ་དང་བན་དེ་ཚང་མ་ཕོའི་མཐའ་རུ་རུབ་ཏུ་བཙུག་ནས་སྔོན་ཆད་བཤད་མྱོང་བའི་ཕོ་རང་ཆུང་དུས་ཀྱི་རྣམ་ཐར་བཤད་འགྲོ་བ་སྟེ། ——ཕོ་རང་ཨ་མའི་མངལ་ལས་ལྷུང་དུས་སུ་ཕོང་ཚང་གི་སྦྲ་སྟེང་དུ་འཇའ་ཤར་བ་དང་ལོ་གཅིག་ཡིན་དུས་སྐད་ཆ་བཤད་ཤེས་སོང་ཚུལ། ཕོའི་ཨ་ཕ་ལ་རྨི་ལམ་དུ་ལྷ་ཞིག་གིས་ལུང་བསྟན་གནང་སྟེ་དགོན་པར་ངེས་པར་དུ་སྐྱེལ་དགོས་པ་གསུངས་ཚུལ། ཕོ་རང་དགོན་པར་ཡོང་ནས་རབ་བྱུང་སྒྲུབ་རྗེས་འདོན་པ་ལ་ཇི་ལྟར་བཟང་ཚུལ། དགེ་རྒན་གྱིས་ཕོ་ནི་མི་རང་ག་བ་ཞིག་མ་རེད་ཟེར་ནས་ཇི་ལྟར་བསྟོད་པ་བྱས་ཚུལ། ད་དུང་བླ་མ་དམ་པ་ཞིག་གིས་ཕོ་རང་ཨ་ལགས་ཆེ་གེ་མོ་ཞིག་གི་སྤྲུལ་སྐུར་ངོས་འཛིན་གྲབས་བྱས་ཚུལ་སོགས་ཉམས་འགྱུར་དང་བཅས་བཤད་བྱུང་བས། བན་དེ་ཆུང་ངུ་དག་གིས་མིག་ཀྱང་མི་འཛུམ་པར་ཁ་གདངས་ཏེ་ཕོའི་ཁ་ནང་དུ་ཅེར་བར་བྱེད། བན་དེ་ཆེ་བ་དག་གིས་ཕོའི་སྐད་ཆ་དེ་དག་རྣ་བྱང་དུ་གྱུར་བས་ཉན་མི་འདོད་ཀྱང་ཕོ་རང་ཁྲེལ་འོང་བར་སྐྲག་ནས་ཕོའི་མཐའ་འཁོར་དུ་ཙོག་ནས་གང་སར་ཅེར་བཞིན་སྡོད། འོན་ཀྱང་ཕོ་ལ་ཚིག་ཇ་བཟང་བོ་ཞིག་བསྡུ་རྒྱུ་མི་འདུག

བན་དེ་ཅུང་ཆེ་བ་འགའ་རེས་ཕོའི་ཉམས་ལ་བརྟགས་ཆེད “འོ་ན་ཁྱོད་ཀྱིས་ང་ཚོ་ལ་ཨ་ལགས་ཀྱི་ལོ་རྒྱུས་བཤད་ན་ཆོག་གམ” ཞེས་བཤད།

དགེ་བསྐོས་ཀྱང་ཧ་ཅང་དགའ་བ་ལྟར་གྱུར་སོང་། བསྐྱར་འདུག་ཅིག་བྱས་ནས “འོ་ན་ངས་ཁྱོད་ཚོར་ཨ་ལགས་ཀྱི་གསང་རྣམ་བཤད། ཉན་འདོད་དམ།” ཞེས་དྲིས།

“ཉན་འདོད།” བན་དེ་ཚང་མར་རྣམ་རིག་ཅིག་རྒྱས་ཏེ་ཕོའི་ཉེ་སར་རུབ་ཅིང་། འཛུམ་ཤིག་ཤིག་དང་ཕོའི་ཁ་ནང་ལ་ཅེར་ནས་བསྡད།

དགེ་བསྐོས་ཀྱིས་བཤད་རྒྱུར།……

ཨ་ལགས་རྩང་དྲ་དུས་སུ་ཁྱིས་པ་མ་རབས་ཤིག་ཡིན། ཁོས་ནམ་རྒྱུན་ཁྱིམ་ཚང་དག་གི་སྦྲ་ཐོག་ཏུ་རྡོ་བས་རྒྱག་པ་དང་། ཁྱིམ་ཚང་འགའ་རེའི་འདབས་རོལ་ཏུ་སོང་ནས་རྣ་བར་གཟན་པའི་སྡིགས་མོ་བྱེད་ལ། ད་དུང་ཁྱིམ་ཚང་གཞན་གྱི་ནོར་གྱི་ཛ་མ་གཙོད་པ་སོགས་བྱས་པས་མི་ཚང་མས་རིག་ས་མེད་ལ། གང་ནས་མཐོང་ཡང “སྨྱོན་པ་གན” ཟེར་ནས་ཉེ་སར་བཏུད་དུ་མི་གཞུག་པར་བདའ་བར་བྱེད།

ཉིན་ཞིག་ཁོས་ཁྱིམ་ཚང་བཙན་པོ་ཚང་ཞིག་གི་རྟ་བཟུང་སྟེ་ཛ་མའི་ནང་དུ་ལྕགས་ཡིང་བཏགས་ནས་བཏང་བས། རྟ་འདྲོགས་ཏེ་ཉིན་ཕྱེད་བར་དུ་ས་རྒྱུག་རྡོ་རྒྱུག་བྱས་ཤིང་། མཇུག་མཐར་སློ་བ་གད་ནས་ཐང་དཀྱིལ་ཞིག་ཏུ་འགྱེལ་ཏེ་ཤི་སོང་།

“ཡང་སྨྱོན་པ་དེ་ཡིན་ངེས།”

ཁྱིམ་བདག་གིས་ཁོ་རང་ཡིན་པ་ཤེས་ནས་ཁོང་ཁྲོ་དྲག་ཏུ་ལངས་ཤིང་། དེ་མྱུར་གསར་བུ་གསུམ་བོས་ཏེ་སྐབས་གང་འགྲིག་ཅིག་སྒུག་ནས་ཁོ་བཟུང་ཞིང་གཅེར་བུར་ཕུད་ནས་གཅར་རྡུང་ཡིད་ཚིམ་པ་ཞིག་བྱས་རྗེས། ཁ་གདངས་སུ་བཙུག་ནས་ཁ་ནང་དུ་གཅིན་བཏང་ནས་འཁྱུང་དུ་བཙུག

དེའི་རྗེས་ནས་ཟླ་གཅིག་མ་འགོར་བར། གསར་བུ་གཅིག་གིས་ངག་མི་འཁྲོད་པར་གྱུར། གསར་བུ་གཅིག་གི་རྐང་པ་ཞ་བར་གྱུར། གསར་བུ་གཅིག་རྟ་ཐོག་ནས་ལྷུང་སྟེ་ལག་པ་བཅག རྒད་པོའི་གཅིན་ལམ་འགགས་པར་གྱུར་ཏེ་ཤི་སོང་།......

བན་དེ་ཚོས་རྣ་བ་གོར་ཞིང་མིག་མི་འཛུམ་པར་ཉན་པར་བྱེད། འགའ་རེས་ཧ་ལས་ཤིང་ཧང་སང་སྟེ་མིག་ཅེར་ཞིང་ཁ་ཡང་གདངས་ནས་རི་མོའི་གཟུགས་བཞིན་གྱུར་འདུག བན་དེ་མ་རབས་ཁ་ཤས་ཀྱིས་སྨུ་མཐུད་དུ་ཉན་འདོད་སྐྱེས་ཏེ “དེའི་རྗེས་ནས་ཅི་བྱས་སོང” ཟེར་ཡང་། དགེ་བསྐོས་ཀྱིས་གཞི་ནས་ད་ནངས་གསོལ་ཇ་ཡང་འཁྱུང་མེད་པ་དྲན་ནས་སྨུ་མཐུད་དུ་མི་བཤད་པར “ད་ནི་ངས་ཇོས་ཇ་འཁྱུང་དགོས། ཚང་མ་རང་རང་སར་སོང་ལ་སྐྱོར་སྦྱོང་བྱོས་ཤིག” ཟེར་ནས་ཁོ་ཚོ་ཕྱིར་ཐུད་སོང་།

ཨ་ལགས་རང་ཡུལ་དུ་ཕྱིན་ནས་བདུན་ཕྲག་གཉིས་འགོར་ཡང་ད་དུང་ཕྱིར་དགོན་པར་ལོག་མ་བྱུང་། ཨ་ལགས་ཡུལ་དུ་སོང་བའི་རྗེས་སུ་ཁྱིམ་ཚང་འགའ་ཞིག་དགོན་པའི་ནང་དུ་ཡོང་ནས་བན་དེ་ཚོ་རིམ་གྲོ་བསྒྲུབ་པར་གདན་འདྲེན་ཞུས་སོང་མོད། ཡིན་ནའང་ད་ལྟ་ཨ་ལགས་མི་བཞུགས་ཤིང་དགེ་བསྐོས་ཀྱིས་དབང་ཐག་གིས་མི་ཆོད་པས། བན་དེ་ཚོ་ནི་དངོས་གནས་སྣང་ཆ་བོའི་ནང་དུ་གྲོག་མ་ལྷུང་བ་ལྟར་སྡོད་མི་ཚུགས་པར་གྱུར་ཏེ། ཨ་ལགས་ནམ་ཡོང་ལ་མཇུབ་མོ་ནང་དུ་བགྲང་ནས་རེ་སྒུག་བྱེད་ཀྱིན་འདུག་ལ། འགའ་རེས་སྒུག་གིན་དུ་ཁོང་མ་བསླེབ་པས་ཞུ་ཐུག་སྐྱེ་མི་འདོད་པའི་འཁང་ར་སྣ་ཚོགས་ཀྱང་བྱེད།

"ཤ་རྡེའུ་ལ་ཡོང་རྒྱུ་མི་འདུག་པས། ཕལ་ཆེར་ནད་མོ་བློས་མ་ཆོད་པ་འདྲ།"

"རྫུན་མ་ལབ། ནད་མོ་སུ་རེད་དམ།"

"ཨ་མ་ལྷ་མོའི་ནད་མོ་ཡིན་པ་མིན་ནམ། མོ་ཨ་མ་ལྷ་ལ་ཧ་ཅང་སྐྲག"

"ཨེ་བདེན་ནམ། མོ་ནི་ཨ་མ་ལྷའི་བུ་མོ་ཡིན་པ་མིན་ནམ།"

"ག་ལ་ཡིན། མོ་ནི་ད་ལྟ་ཨ་མ་ལྷའི་ཁྱོ་ག་ཡིན་པ་རེད་ཟེར།"

ཉིན་འདི་དག་ཏུ། བན་དེ་ཚོའི་ཁྲོད་དུ་སྐད་ཆ་འདྲ་མིན་སྣ་ཚོགས་ཤིག་གྲག་གིན་འདུག་ལ། ཕར་བལྟས་ན་སྐད་ཆའི་འབྱུང་ཁུངས་ཀྱང་དགེ་བསྐོས་ཡིན་པ་འདྲ་མོད་ཁ་ཚོན་གཅོད་མི་ནུས། གང་ལྟར་ཨ་ལགས་ཚང་ལ་ཆ་རྒྱུས་ངེས་ཅན་ཡོད་པའི་མི་ཞིག་གིས་བཤད་པ་ཁོ་ཐག་རེད།

མ་གཞི་ཨ་ལགས་ཚང་ནི་ཨ་མ་ལྷའི་བུ་བོ་མ་ཡིན་པར། ཨ་མ་ལྷའི་ཁྱོ་བོ་ནི་ཨ་ལགས་ཀྱི་བུ་བོ་ཡིན་པ་རེད། ཨ་ལགས་ཀྱི་བུ་བོ་འདས་རྗེས་ཨ་མ་ལྷ་ནི་རང་ཤུགས་ཀྱིས་མོ་ཡུགས་སུ་གྱུར་བ་ཡིན་པ་སློས་ཅི་དགོས། དེ་དུས་དགོན་པ་བཏབ་མེད་པར་ཨ་ལགས་ཀྱང་ཁོང་ཚང་གི་ཁྱིམ་དུ་ཡོད་པས་ཁོང་ཚང་ནམ་རྒྱུན་སྦྲའི་གཡས་ཁྱིམ་གྱི་ཡར་སྒྲིད་དུ་ཉལ་བ་རེད་ལ། ཨ་མ་ལྷ་ཡང་སྦྲའི་གཡོན་ཁྱིམ་གྱི་མར་སྒྲིད་དུ་ཉལ་གྱིན་ཡོད། མཚན་མོ་མར་ཉལ་བ་ནས་བཟུང་ཨ་ལགས་ཀྱིས་ཨ་མ་ལྷ་འདི་ལྟར་ལོ་གཞོན་པའི་དུས་ནས་མོ་ཡུགས་སུ་གྱུར་

བར་གདུང་སེམས་བཅངས་ཀྱིན་ཡོད་ལ། ཨ་མ་ལྷས་ཀྱང་ཨ་ལགས་ལ་ད་དུང་ཡང་ཆུང་མ་ཞིག་ལེན་མ་ཐུབ་པར་སྐྱོ་སེམས་བཅངས་བར་བྱེད།

སྐབས་དེར། མཚན་སྒྲོད་བྱེད་ཀྱི་གཞོན་ནུ་ཕོ་རྫིང་དག་སྐོར་དང་སྐོར་བྱས་ཏེ་ཁྱིམ་ཚང་རེ་རེའི་སྒོ་ཁ་ཞུལ་ཞིང་། བཟའ་ཚོའི་བར་གྱི་མུན་ནག་ཁྲོད་ཀྱི་བྱ་བ་ལ་ལྐོག་ལྟ་བྱེད་པ་གོམས་སྲོལ་ལྟ་བུ་ཞིག་ཏུ་གྱུར་ཡོད་པས། ཕོ་ཚོས་ཁྱིམ་ཚང་གང་གི་རྐན་རྐོན་གཉིས་ཀ་གང་དུ་ཉལ་ཡོད་པ་དང་། ཁྱིམ་ཚང་སུ་ཚང་གི་ཞི་ལི་དང་མནའ་མ་གསར་བ་གཉིས་ཀས་ཐོག་མའི་ངོ་འཕྲད་ཇི་ལྟར་བྱས་པ། ཁྱིམ་ཚང་སུ་ཚང་གི་བུ་མོར་ཉལ་རོགས་མེད་པས་གཉིད་པའི་སྐབས་སུ་མཚན་མའི་ནང་རང་ཉིད་ཀྱི་ལག་པའི་མཛུབ་མོ་དྲངས་ཡོད་པ་སོགས་ནི་ཕྱི་ཉིན་ལུག་རྫིར་འགྲོ་དུས་ཀྱི་ཁ་བརྡ་ཡིན། འོན་ཀྱང་སྐད་ཆ་མང་ཆེ་བ་ཞིག་ཕོ་ཚོས་བསྣད་འདོགས་བྱས་པ་ཤ་སྟག་རེད།

"ཨ་མ་ལྷ་དང་ཕོ་གཉིས་ཀ་བཟའ་ཉལ་བྱས་འདུག"

ལོ་གཅིག་མ་འགོར་བར། ཕོ་ཚོས་བསྣད་འདོགས་བྱས་པའི་སྐད་ཆ་སྐད་ཅིག་ཉིད་ལ་སྡེ་བའི་ནང་ཁྱབ་པར་གྱུར་ཅིང་། རིམ་བཞིན་དུ་ཧྲུང་བུ་བཞིན་འཁྱར་ཏེ་ཨ་ལགས་ཚང་གི་ཁྱིམ་ནང་དུ་བསླེབས་བྱུང་། དེ་ཡང་ཐོག་མར་ཨ་ལགས་ཀྱིས་ཐོས་པ་དང་དེ་ནས་ཨ་མ་ལྷས་ཀྱང་ཐོས་པར་གྱུར། ཡིན་ན་ཡང་རྒྱལ་ཁམས་ཀྱི་ཁ་ནི་རྒྱལ་ཁྲིམས་ཀྱིས་མི་ཆོད་ཟེར་བ་ཡིན་པས་ཐབས་ཅི་ཞིག་ཡོད་ཨང་། ཕན་ཚུན་གཉིས་ཀའི་ངོ་མདངས་དམར་པོར་གྱུར་ཅིང་ཧ་ཅང་དོགས་མི་བདེ་བར་གྱུར་མོད། སེམས་ཅན་གྱིས་ཐག་གིས་བཅད་པའི་བྱ་བ་ནི་རྒྱལ་ཁབ་ཀྱི་གཞུང་ཐམ་བརྒྱབ་པ་ལས་ཀྱང་ཤུགས་ཆེ་བས། ཡུན་རིང་མ་འགོར་བར་ཕོ་གཉིས་ཀ་ཁྲོ་ཤུག་བྱས་ཏེ་བཟའ་ཉལ་བྱེད་དགོས་བྱུང་།……

"ཨ་ལགས་ཚང་རྐད་མོར་སྐྲག་གིན་པ་སུས་མཐོང་བ་ཡིན།"

ཕྱི་དྲོ་ཞིག་ལ། དགེ་བསྐོས་ཀྱིས་བན་དེ་ཚོས་གང་བྱུང་དུ་བཤད་པའི་སྐད་ཆ་དག་ལྐོག་ཉན་བྱས་ཏེ་ཐོས་པས་ཧ་ཅང་སྐྲག་པར་གྱུར་སོང་། ཁོས་བན་དེ་ཡོངས་རྫོགས་བསྡུས་ཏེ་

ཕྱི་རོལ་ཏུ་གྲལ་བསྒར་སྒྲིག་ནས་ལངས་སུ་བཅུག་རྗེས་སྨྱུག་མ་ཞིག་ལག་ཏུ་བཟུང་སྟེ་རེ་རེ་བཞིན་འདྲི་གཅོད་བྱས། བན་དེ་ཚོ་འགྱུལ་ཙམ་ཡང་བྱེད་མི་ཕོད་པར་མགོ་བོ་དུད་དེ་སྡོད། དགེ་བསྐོས་ཀྱིས་ནམ་རྒྱུན་དབྱུག་པ་བཟུང་ནས་འཛིགས་ཟིལ་སྟོན་ན་ཡང་དོན་མེད་དུ་གཡུ་མི་སྲིད་པ་བན་དེ་ཚོའི་སེམས་ལ་ཡང་གསལ་བས་ཚིག་གཅིག་ཀྱང་མ་བཤད། བན་དེ་ཚོའི་ཁ་ནས་ཅི་ཡང་མ་ཐོན་པས་དགེ་བསྐོས་ལ་ཡང་ཐབས་གཞན་མ་བྱུང་བར་མདུན་ཕྱོགས་ནས་ཕར་འགྲོ་ཚུར་འགྲོ་འགའ་བྱས་ཤིང་། སྐར་ཡང་བསྡད་དེ་མགོ་བོར་ལག་པས་ཕྱིལ་ཕྱིལ་བྱེད་བཞིན་དུ "ང་ཚོ་ཚང་མ་ཨ་ལགས་ཀྱི་བན་དེ་ཡིན་པ་མིན་ནམ། གལ་ཏེ་མི་གཞན་གྱིས་ཐོས་པ་ཡིན་ན་ངེས་པར་ཨ་ལགས་ལ་གཏུགས་ངེས་ཡིན་པས། དེ་དུས་ང་ཚོ་གང་ལ་འགྲོ་དགོས" ཞེས་བཤད་རྗེས། ཐབས་ཟད་པ་བཞིན་མགོ་བོ་འཕྲེད་དུ་གཡུག་ཙམ་གྱིས་ནམ་རྒྱུན་ལྟར "ད་སོང་སོང་། ཨ་ལགས་ཐོན་དུས་ད་བཤད" ཟེར།

ཨ་ལགས་དངོས་གནས་ཕྱི་ཐྲོ་དེར་བསླེབས་བྱུང་། དགེ་བསྐོས་དང་བན་དེ་ཚོ་སྔ་གཞུག་བྱས་ཏེ་ཨ་ལགས་ཀྱི་མདུན་དུ་བརྒྱུགས་ཤིང་། སློན་མ་དག་གིས་དྲིལ་རྔན་འཕྲིད་རོགས་བྱེད་པ་དང་རྗེས་མ་དག་གིས་ཁམས་བདེའི་འཚམས་འདྲི་བྱེད། ཨ་ལགས་ཀྱིས་ཀྱང་ལམ་དུ་ཡོང་ཞོར་དུ་དགེ་བསྐོས་ལ་དགོན་པའི་གནས་ཚུལ་འདྲི་བཞིན་འདུག་ཅིང་། བན་དེ་ཚོ་ཕོ་གཉིས་ཀྱི་རྗེས་སུ་འབྲངས་ནས་སྐད་ཆར་ཉན་པ་དང་། ཨ་ལགས་ལ་ད་ཐེངས་འགྱུར་ལྡོག་གསར་བ་ཅི་ཞིག་བྱུང་ཡོད་མེད་ལ་གཟབ་ལྟ་བྱེད་ཀྱིན་འདུག དགེ་བསྐོས་ཀྱིས་ཀྱང་རང་ཉིད་ཀྱི་བྱས་རྗེས་ཡར་ཞུ་བྱེད་པ་ལྟར་ཁོང་མི་བཞུགས་ཀྱང་བན་དེ་ཚོ་ལ་རང་རྟོགས་ལྡན་ཚུལ་དང་། ཀློག་སྦྱོར་ལ་འབད་ཚུལ་བཤད་པར་མ་ཟད། ད་དུང་ཁྲིམ་ཚང་མང་པོ་ཞིག་གིས་ཀྱང་རིམ་གྲོ་བསྒྲུབ་དགོས་ཟེར་ནས་བན་དེ་ཚོ་གདན་འདྲེན་ཞུས་ཚུལ་སོགས་གཅིག་ཀྱང་མ་ལུས་པར་བཤད་པས། ཨ་ལགས་ཐུགས་ཧ་ཅང་དགྱེས་པར་གྱུར་སོང་། ཡིན་ན་ཡང་བན་དེ་ཚོ་ནི་རེ་རེ་བཞིན་རིམ་བཞིན་རྗེས་སུ་ནར་ཏེ་ཨ་ལགས་དང་དགེ་བསྐོས་གཉིས་ཀྱིས་མཉམ་མི་འཛོག་སར་ཁོང་དགོད་བྱེད་ཀྱིན་འདུག བར་ཞིག་ལ་དགེ་

བསྐོས་ཀྱིས་ཕྱི་མིག་ཅིག་བལྟས་པས་མཐོང་བྱུང་བས་སྟང་མིག་ཅིག་བགྲད་ཀྱང་། བན་དེ་ཚོ་སྦ་མཐུད་དུ་དགོད་ཀྱིན་འདུག་པས་ཁོ་ཡང་དོགས་མ་བདེ་བར་གཡས་ལྟ་གཡོན་ལྟ་འགའ་བྱས་ཏེ་སློ་བུར་དུ་མཐོང་བྱུང་། ཨ་ལགས་ཀྱི་རྣ་བ་གཡོན་པའི་ཤ་རྣེའུ་ཡི་འཁྲིས་སུ་སྐྱི་ཤད་འགའ་བརྗོད་འདུག ཁོས་ངོ་གདོང་གནག་ཙམ་གྱིས་ཡང་བསྐྱར་སྟང་མིག་དྲག་པོ་ཞིག་བགྲད་པས་བན་དེ་ཚོ་དེ་མ་ཐག་བག་འཁུམས་པར་གྱུར་སོང་། ཨ་ལགས་ཀྱིས་ད་དུང་མཉམ་འཛོག་ཅི་ཡང་བྱེད་ཀྱིན་མེད་པར་ངག་ནས་སྔ་ཚོགས་ཤིག་བཤད་བཞིན་ཁོའི་གཟིམ་ཤག་བསྒྲིགས་ནས་འགྲོ་རྒྱུང་བྱེད་ཀྱིན་ཡོད་པས། དགེ་བསྐོས་འདུར་མ་རྒྱུག་གིས་ སྔོན་དུ་སོང་སྟེ་སྒོ་ཕྱེ་ནས་ནང་ལ་བསུས།

"ཧེ་ཧེ་ཧེ། ཐད་མོས་གཅར་བ་འདྲ།"

"དེ་མིན་ན་ཡུན་རིང་མ་འཕྲད་པས།……"

བན་དེ་ཚོ་སྐར་ཡང་གྲྭ་ཤག་གཅིག་ཏུ་འདུས་ནས་དཔྱད་སྒྲོང་བྱེད་པའི་མགོ་བརྩམས་བྱུང་། ལོ་ན་ཆེས་ཆུང་བའི་བན་དེ་ཞིག་ཡོད་པ་དེ་ཚང་མའི་དཀྱིལ་དུ་ཡར་ལངས་ནས་དགེ་བསྐོས་ཀྱིས་སྟང་མིག་ལྟ་བའི་རྣམ་འགྱུར་ལ་ལད་མོ་བྱས་པས་ཚང་མ་གད་མོ་ཤོར། ཁོ་ཚོས་ལན་རེར་ཨ་ལགས་ཀྱི་འགྲོ་སྟངས་ཀྱི་ལད་མོ་བྱེད་ལ་མཚམས་རེར་དགེ་བསྐོས་ཀྱི་བཤད་སྟངས་ལ་ལད་མོ་བྱས་ཏེ་ཝུར་ལོང་ལོང་བྱེད། གློ་བུར་དུ་བན་དེ་ཞིག་གིས་ལག་བརྡ་འགའ་བཏང་ནས "ཁ་རོག" ཟེར་དུས། ཁང་བའི་ནང་རེ་ཞིག་ཟང་ཟིང་ལང་ལོང་དུ་གྱུར་སོང་བ་དང་། བན་དེ་ཚོས་ཁྲིལ་ཁྲིལ་འཚུབ་འཚུབ་ངང་ལག་ལ་གང་ཡོང་གི་དཔེ་ཆ་རེ་ལག་ཏུ་བཟུང་ནས་དལ་ཅག་གེར་བསྡད་སོང་། ཅང་མ་འགོར་བར་ཨ་ལགས་དང་དགེ་བསྐོས་གཉིས་ཀ་དལ་དལ་ངང་བན་དེ་ཚོ་ཡོད་སའི་སྒོ་འགྲམ་དུ་ཡོང་ནས་ནང་ཕྱོགས་སུ་ལྟ་ཙམ་བྱས་ཤིང་། ཚང་མས་ནན་ཏན་དང་དཔེ་ཆར་བལྟས་འདུག་པ་མཐོང་འཕྲལ་མགོ་ལྡེམ་ལྡེམ་བྱེད་བཞིན་འདུ་ཁང་གི་ཕྱོགས་སུ་བུད་སོང་།

ཟླ་གཅིག་མ་འགོར་སྔེ་བ་གཞན་ཞིག་གི་མི་ཞིག་ཤི་སོང་བ་ལ། ཁྱིམ་ཚང་དེས་ཀྱང་

འདི་གའི་དགོན་པའི་བན་དེ་ཚོའི་སྙན་གྲགས་ཐོས་ཏེ་གདན་འདྲེན་བྱེད་དུ་ཐོན་བྱུང་། ད་ཐེངས་ཕྱི་ཡི་སྡེ་བར་འགྲོ་དགོས་པ་རེད་པས་ཨ་ལགས་ཀྱིས་ཉིན་གཅིག་ལ་ཆེད་དུ་སྦྱངས་པ་བྱེད་དུ་བཅུག་པ་དང་། ལྷག་པར་དུ་བན་དེ་ཆུང་བ་ཚོའི་འགྲོ་འདུག་སྤྱོད་ཀྱི་ཐད་ནས་འཛོམ་དགོས་ཚུལ་ནན་གྱིས་གསུངས་པ་སྟེ། ད་ཐེངས་མི་ལེགས་པ་ཅུང་ཙམ་བྱུང་ཚེ་ཕྱིན་ཆད་བཅའ་བ་རིམ་གྲོ་བསྒྲུབ་ཏུ་འགྲོ་མི་དགོས་ཞེས་ཐ་ཚིག་བསྒྲགས། བན་དེ་ཚོ་ཡང་སྔོན་ཆད་ལྟར་དགའ་སྤྲོ་ཆེན་པོ་སྐྱེས་ཤིང་རང་རང་གི་ས་ནས་གྲ་སྒྲིག་འཕྲུལ་ཚང་བྱས་ལ། ད་དུང་ལན་རེར་ཁྱིམ་ཚང་དེ་ནི་ཕྱུག་པོ་ཞིག་ཡིན་མིན་ལའང་སེམས་ཁྲལ་བྱེད་དགོས་པར་གྱུར། ཐེངས་འདིར་དངོས་གནས་ཨ་ལགས་ཕེབས་མ་བྱུང་བར་དགེ་བསྐོས་ལ་བན་དེ་ཚོ་འཁྲིད་དུ་བཅུག་ཅིང་། ཁོ་ལའང་གཟབ་ནན་དང་གདམས་པ་མང་པོ་བྱས་པས་དགེ་བསྐོས་ཀྱིས་གདེང་ཚོད་ཡོད་པའི་སྒོ་ནས་དཔའ་ཁས་ལེན་བྱས། སྡེ་བ་དེ་ནི་དགོན་པ་འདི་དང་བར་ཐག་ཅུང་རིང་པོ་ཡོད་པས་བན་དེ་ཚོས་རང་རང་གི་ཁྱིམ་ལ་རྟ་རེ་ཁྲིད་ཡོང་དུ་བཅུག་པ་དང་། རྟ་རེ་ལ་སྣ་རེ་བསྟད་ཅིང་སྣ་སྟེང་དུ་ཕྲུག་ལྷ་རེ་ (ཆར་ལྷ) ཤ་ཐག་ཏུ་འཕངས་ནས་ལམ་ལ་ཆས། ཨ་ལགས་ཀྱིས་ཕྱི་རོལ་བར་དུ་ཁོ་ཚོར་སྐྱེལ་མ་བྱས།

བན་དེ་ཚོ་སོང་རྗེས། དགོན་པ་འདི་ཡང་གནའ་བོའི་མཁར་རྫོང་ཞིག་དང་འདྲ་བར་སྟོང་འཛགས་སེར་མདངས་ཉམས་འདུག་ཅིང་། ཁྱི་ལྡོམ་དེ་དག་ནི་ཕྱི་རོལ་གྱི་དེའུ་འབུར་གྱི་ལྡེབས་སུ་ཉལ་ཏེ་ལྟོ་བསྐར་བཞིན་པོ་ཚོའི་རྗེས་ཕྱོགས་སུ་བལྟས་འདུག་ལ། ཨ་ལགས་ཀྱང་ཕྱི་རོལ་གྱི་ཐང་དཀྱིལ་དུ་ལངས་ནས་བན་དེ་ཚོའི་རྗེས་ཕྱོགས་སུ་ལྟ་བཞིན་རྣ་འཇོག་གཡོན་པའི་གཤམ་གྱི་ཤ་རྡེའུ་ལ་ལག་པས་རེག་གིན་ཡིད་ཆེམ་པའི་མགོ་བོ་ལྡེམ་ལྡེམ་བྱེད་བཞིན་འདུག

བན་དེ་ཚོ་ཁྱིམ་ཚང་དེ་གར་བདུན་གཅིག་ལ་བསྡད་པ་རེད། ཁྱིམ་ཚང་དེས་བན་དེ་ཚོར་རས་གུར་གཉིས་ཕུབ་འདུག་ཅིང་། དགོང་མོའི་དུས་སུ་གཅིག་གི་ནང་ནས་དགེ་བསྐོས་དང་བན་དེ་ཆེ་གྲས་འགའ་ཉལ་བ་དང་ཅིག་ཤོས་ཀྱི་ནང་དུ་བན་དེ་ཆུང་བ་དག

བཙིར་ནས་ཞལ་བ་རེད། མི་གཅིག་ཇི་སྲིད་བར་དུ་མི་སྣང་བར་གྱུར་བས་ཁྱིམ་ཚང་དེའི་ནང་མི་རྣམས་ཀྱི་སྡུག་བསྔལ་ནི་མུན་པ་ལྟར་སྟུག་ཅིང་རི་བོ་བཞིན་ལྗི་ན་ཡང་། ཕོ་ཆེས་ལུས་ངག་ཡིད་གསུམ་གྱི་དད་པས་བསྙེན་བཀུར་དང་བཀུར་བསྟི་ཕུན་སུམ་ཚོགས་པ་བྱས་པས་བན་དེ་ཚོའི་སེམས་ཀྱི་བདེ་སྐྱིད་ནི་མཚོན་ཐབས་མེད་པ་ཞིག་རེད། ཡིན་ན་ཡང་ཕོ་ཆེས་གང་ནུས་སྒོས་འདོན་པ་ལ་དག་གསལ་འཇོམས་པར་བྱས་ཏེ་ངལ་བར་མི་བལྟ་བས། སྡེ་བ་དེའི་མི་རྣམས་ཀྱིས་ཀྱང་ཡིད་སྨོན་བྱེད་བཞིན "ཅི་འདྲའི་བན་དེ་གྲལ་ཡག་ཏག་ཏག་འདུག་ཨང་། འདོན་པ་ལ་གཅིག་ལས་གཅིག་ལྷག་པར་འདུག" ཅེས་བསྟོད་བསྔགས་བྱེད་ལ། བན་དེ་ཚོས་ཀྱང་རང་ལ་བསྟོད་པ་བྱེད་པའི་ཚིག་དེ་དག་ཐོས་པས་སྤར་བས་ཀྱང་རང་རང་གི་ཡོན་ཏན་ངོམ་པ་ལྟར་ངལ་བ་ལ་མི་འཛེམ་པར་མཐུག་འཁྱོལ་བར་བྱས།

བན་དེ་ཚོ་ཕྱིར་ལོག་པའི་སྔ་སེ་དེར། ཕོ་ཆེ་མལ་ལས་ལངས་ཏེ་ཁ་ལག་གཙང་མར་བཀྲུས་ཤིང་ཕྱིར་ལོག་པའི་སྔ་གོན་བྱེད་དུས། སྒོ་བུར་དུ་བན་དེ་ཚུང་བ་གཉིས་ཀྱིས་ཧུང་རེས་བྱས་བྱུང་། བན་དེ་གཞན་དག་གིས་བར་བཞོལ་བྱས་ཀྱང་གཏན་ནས་མི་ཐོགས་པར་འདུག བན་དེ་གཅིག་གིས་ལྟེབ་གྲི་ཚུང་ངུ་ཞིག་ལག་ཏུ་བཟུང་ཞིང་ཨམ་གཅོགས་བསྡམས་ནས་ཕ་གསོད་ལག་དམར་ལ་གདོང་ཐུག་པ་བཞིན་དུ་ཕར་ལ་ཞོར་ཞོར་བྱེད་ཅིང་། བན་དེ་གཞན་དེར་ལག་ཆ་མེད་པས་རས་གུར་གྱི་ལྕུགས་ཕུར་ཞིག་བཟུང་ནས་དགྲ་ཟླའི་སྙིང་འབིགས་རྒྱུ་ཡིན་པ་ལྟར་ཚུར་ལ་ཞོར་ཞོར་བྱེད་ཀྱིན་འདུག བྱིས་པ་ཚུང་ངུ་ཞིག་གིས་སྒོ་འགྲམ་ནས་བལྟས་ཏེ་དགོད་ཀྱིན་འདུག སྐབས་དེར་དགེ་བསྐོས་བསླེབས་བྱུང་། ཁོས་སྐད་ཆ་ཅི་ཡང་མེད་པར་བན་དེ་གཉིས་ལ་འགྲམ་ལྕག་ཚ་དྲག་པོ་གཉིས་གཞུས་བྱུང་བས་བན་དེ་གཉིས་ག་ཡང་གཉིད་ལས་སད་པ་ལྟར་གྱུར་སོང་།

"ཁྱོད་གཉིས་ཀྱིས་ཅི་ཞིག་བྱེད་ཀྱིན་ཡོད།" དགེ་བསྐོས་ཀྱིས་དེ་ལྟར་དྲིས།

བན་དེ་གཅིག་གིས "ཕོས་ངའི་གཟན་གོས་རྡོག་པས་བརྫིས་པ་རེད" ཟེར།

བན་དེ་གཞན་དེས "ཕོའི་གཟན་གོས་ལྕུགས་ཕུར་གྱི་སྟེང་དུ་བཀལ་བ་རེད་པས་དོན་

མེད་དུ་ང་ལ་བརྙས་བཅོས་པ་རེད” ཟེར།

དགེ་བསྐོས་ཀྱིས་སྐད་ཆ་མང་ན་གཞན་གྱིས་ཐོས་འགྲོ་བར་དོགས་ཏེ་ཚིག་གཅིག་གིས “མི་རེར་ལུག་རེའི་ཆད་པ་ཡོད། དོན་དག་གཞན་དག་ཕྱིར་སོང་སྟེ་ཨ་ལགས་ཀྱི་མདུན་དུ་བཤད” ཅེས་ཐག་བཅད་བྱུང་བས། བན་དེ་གཉིས་ཀ་ཡང་དེའི་སྒུར་དགུགས་ཞུད་པའི་ལྷང་བུ་བཞིན་དུ་གྱུར།

ཁྱིམ་ཚང་དེ་ཡང་སྐྱོ་ན་ནོར་ལུག་མང་པོ་མེད་ཀྱང་སེམས་ན་དད་པ་དང་ལ་རྒྱ་ཡོད་མཁན་ཞིག་འདུག་པས་འབུལ་བ་ཕྱིན་པ་ཡང་ཧ་ཅང་གྱ་ནོམ་པ་སྟེ། དགེ་བསྐོས་ལ་གཡག་གཅིག་དང་ལུག་གཅིག་དང་བན་དེ་རེ་ལ་ལུག་གཉིས་རེ་ཕུལ་འདུག ད་ཐེངས་དགེ་བསྐོས་ལ་ཡང་སྦོན་ཆད་ཨ་ལགས་ལ་ཕུལ་བ་དང་མཚུངས་པས་ན་བ་ཅི་ཡང་འབྱུང་ག་ལ་སྲིད། འོན་ཀྱང་ཕོ་ཚོ་ཕྱིར་དགོན་པར་ལོག་དུས་སུ་ཞིག་གིས་གཏུག་བཤེར་བྱས་པ་མི་ཤེས་མོད། བན་དེ་གཉིས་ཀྱིས་རྫུང་རེས་བྱས་པའི་དོན་ཨ་ལགས་ཀྱིས་ཀྱང་ཤེས་འདུག་པར་མ་ཟད། ཕོང་ཐུགས་ཁྲོས་ཏེ་ཉིན་འགའ་ལ་དགེ་བསྐོས་དང་བན་དེ་ཚོའི་སྒོའང་ཁ་མི་གྲག་པར་གཟུར་ནས་འགྲོ་ལ། ལན་རེར་ཉིན་ཧྲིལ་པོར་གཟིམ་ཁང་ནས་སྒོར་ཡང་མི་འབུད་པར་འདུག ཉིན་འགའ་འགོར་སོང་།

“མི་གཞན་གྱིས་ཨེ་མཐོང་ཐལ།”

ཨ་ལགས་ཀྱིས་དགེ་བསྐོས་པོས་ཏེ་དྲིས།

“མ་མཐོང་ཐལ། བྱིས་པ་ཆུང་ངུ་གཉིས་ཀྱིས་བལྟས་འདུག ཧ་ཅང་ཆུང་།”

དགེ་བསྐོས་ཀྱིས་གསང་མ་ཐོད་པར་སྒྲུར་སྒྲུར་ངང་ཡར་ཞུ་བྱས།

“བྱིས་པ་ཡིན་ཡང་མི་མ་རེད་དམ། “ཨ་ལགས་ཀྱིས་མགོ་འཕྲེད་དུ་གཡུག་གཡུག་འཁའ་བྱས་རྗེས་སྐར་ཡང་རྣ་འཁྱོག་གཡོན་པའི་གཤམ་གྱི་ཤ་རྣེའུ་ལ་ལག་པས་རེག་རེག་ཅིག་བྱས་པ་ན། སེམས་ལ་སྙོ་བུར་བའི་ཐབས་བཀོད་ཅིག་རྙེད་བྱུང་། ཕོང་གིས་ཚིག་ཐག་ཆོད་པའི་ངང “བན་དེ་གཉིས་ཀར་གཡག་རེའི་ཆད་པ་ཡོད། དགེ་བསྐོས་ལ་ལུག་

གཅིག……བན་དེ་ཚོ་ཡོངས་རྫོགས་ཡོད་སར་ཁྱབ་སྒྲོག་བྱོས”ཞེས་གསུངས་བྱུང་།

དགེ་བསྐོས་ཀྱིས་ཨ་ལགས་ཀྱི་ཞལ་ལ་ལྟ་ཙམ་བྱས་རྗེས“ལགས་སོ”ཟེར།

ཟླ་བ་འགའ་ཕར་འདས་སོང་།“བཅུ་བའི་ལྔ་མཆོད”ལ་སླེབས་ཉེ་བའི་སྐབས་དེར་ཨ་ལགས་ཀྱིས་ཀྱང་བན་དེ་ཚོ་བཀོད་སྒྲིག་བྱས་ཏེ་ཆོས་ཀྱི་ཚོགས་སྡེལ་བའི་ཐད་ལ་གྲ་སྒྲིག་བྱེད་ཀྱིན་ཡོད། ཉིན་དེར་ཨ་ལགས་ཀྱང་བན་དེ་ཚོ་འདུས་ཡོད་པའི་སར་ཐོན་བྱུང་ལ་དགེ་བསྐོས་ནི་ཁོང་དང་ལྷན་དུ་ཡོང་མི་འདུག ཨ་ལགས་ཀྱིས་ཁོ་ཚོར་བཅུ་བའི་ལྔ་མཆོད་ཇི་ལྟར་བྱུང་བའི་ཚུལ་བཤད།

ཨ་ལགས་ཀྱིས་བཤད་རྒྱུར།

“ཧོར་ཟླ་བཅུ་བའི་ཚེས་ཉེར་ལྔའི་ཉིན་ནི་རྗེ་ཙོང་ཁ་པ་ཆེན་པོའི་དགོངས་པ་ཆོས་དབྱིངས་སུ་ཐིམས་པའི་ཉིན་རེད། ཁོང་ཉིད་སྐུ་གཤེགས་པ་དང་ཐུགས་སྲས་ཉེ་ཟླ་ལྟ་བུ་མང་པོས་དགའ་ལྡན་ཕོ་བྲང་དུ་ཉིན་ཞག་ཞི་དགུའི་རིང་ལ་མཆོད་སྨོན་རྒྱ་ཆེན་པོ་བྱས་པ་དེ་ལ་དགའ་ལྡན་ལྔ་མཆོད་ཟེར། དེ་ནས་བཟུང་ས་ཆ་ཐམས་ཅད་དུ་ཧོར་ཟླ་བཅུ་བའི་ཚེས་ཉེར་ལྔ་ནས་བཟུང་མཆོད་པ་རྒྱ་ཆེན་པོ་བྱེད་ཅིང་། མིང་ལ་ཡང་བཅུ་བའི་ལྔ་མཆོད་ཟེར་བ་རེད།”

“ཨ་ལགས། ང་ཚོ་ལ་རྗེ་ཙོང་ཁ་བའི་ལོ་རྒྱུས་བཤད་རོགས།”བན་དེ་ཞིག་གིས་དེ་ལྟར་ཞུས།

ཨ་ལགས་ཀྱིས་ལག་པས་མགོ་བོར་བྱིལ་བྱིལ་ཞིག་བྱས་ནས། ཧ་ཅང་ཁེངས་སྐྱུངས་ཀྱི་ཚུལ་དུ“རྗེ་ཙོང་ཁ་བའི་ལོ་རྒྱུས་ནི་ང་ལྟ་བུ་ཞིག་གིས་བཤད་ནུས་པ་མ་རེད། འོན་ཀྱང་མདོར་བསྡུས་ན་ཁོང་གི་གསུང་ཚིག་ཤོ་ལོ་ཀ་གཅིག་གི་ནང་དུ་འདུས་པ་རེད། དེ་ནི། དང་པོ་རྒྱ་ཆེར་ཐོས་པ་མང་དུ་བཙལ། །བར་དུ་གཞུང་ལུགས་ཐམས་ཅད་གདམས་པར་ཤར། །ཐ་མར་ཉིན་མཚན་ཀུན་ཏུ་ཉམས་སུ་བླངས། །ཀུན་ཀྱང་བསྟན་པ་རྒྱས་པའི་ཆེད་དུ་བསྔོས། །ཞེས་པ་དེ་རེད”ཅེས་ཟེར།

ཨ་ལགས་ལ་འདི་དང་འདི་ལྟ་བུའི་གཏམ་རྒྱུད་མང་པོ་བཤད་རྒྱུ་ཡོད་པས། བན་དེ་ཚོས་དེ་མ་ཐག་ཏུ་ཨ་ལགས་ཀྱི་གསུང་ཚིག་དེ་དག་བློ་ལ་ཨེ་ཟིན་པར་འབད།

ཨ་ལགས་ཀྱིས་བན་དེ་ཚོའི་སེམས་དཀྱུག་ཕྱིར་སྨུ་མཐུད་དུ་བཤད་རྒྱུར། "སོང་དགོངས་ལོ་བདུན་གྱི་སྔོང་བྱ་ཁྱུང་དགོན་པར་ཆོས་རྗེ་དོན་རིན་པོ་ཆེའི་དྲུང་ནས་རབ་ཏུ་བྱུང་། དགུང་ལོ་བཅུ་གཅིག་པའི་སྔོང་རྒྱལ་བའི་ལུང་བསྟན་དང་རང་ཉིད་ཀྱི་དད་པའི་སྟོབས་ཀྱིས་ཨ་མ་གཅིག་པུ་ཡང་བསྐྱུར་ཏེ་དབུས་གཙང་ཆོས་ཀྱི་ཞིང་དུ་ཕེབས་པ་རེད།"

……

འོན་ཀྱང་། ཉིན་དེར་ཨ་མ་ཕ་དགོན་པར་བསླེབས་བྱུང་། ཕོ་མོ་ཐོན་མ་ཐག་ནས་ཨ་ལགས་ལ་སྡིགས་མོ་བྱས་སོང་། "ཡུལ་ནས་ཟ་མ་ཐམས་ཅད་ཚར་ཏེ་ད་དུང་ཉོ་ཐུབ་མེད། ཁྱོད་ད་དུང་འདི་ལྟར་འདུག་རྒྱུ་ཡིན་ནམ" ཟེར་བཞིན་བན་དེ་གཉིས་ལ་དྲིལ་རྐན་ལ་སྣ་སྐྱོད་དུ་བཅུག་ནས་ཨ་ལགས་ཡུལ་དུ་ཁྲིད་སོང་། འགྲོ་ཁར་ད་དུང་བན་དེ་ཚོར "ཨ་ལགས་ཉིན་འགར་ཡོང་མི་ཐུབ། ཁྱོད་ཚོའང་རང་རང་གི་ཡུལ་དུ་སོང་ཞིག" ཟེར།

"ང་མ་ད་ཐེངས་སོང་ཡུལ་དུ་མ་སོང་བར་ཡུན་རིང་འགོར་སོང་།" དགེ་བསྐོས་ཀྱིས་དེ་ལྟར་ཚིག་ལབ་ཅིག་བརྒྱབ་ནས་ཕྱིར་རང་ཤག་ཏུ་འགྲོ་དུས་བན་དེ་མ་རབས་འགའ་ཡང་ཕོའི་རྗེས་སུ་འབྲངས་ཤིང་འོང་སྟེ "བཅུ་བའི་ལྷ་མཆོད" ཇི་ལྟར་བྱུང་ཚུལ་དྲིས།

"དེ་ནི་དུས་ཚིགས་རེ་ལ་མཆོད་པ་རེ་དགོས་པས་རེད།"

བན་དེ་ཚོ་དགོད་རྒྱུ་བྱུང་སྟེ་བཟོད་མི་ཚུགས་པར་གྱུར། འོན་ཀྱང་དགེ་བསྐོས་ཀྱི་ངོ་གདོང་ལ་བལྟས་ནས་དགོད་ག་ལ་ཐོད། འཛུམ་ཆུང་རེ་ལངས་ཏེ་ཕན་ཚུན་གྱི་གདོང་ལ་ལྟ་ཙམ་བྱེད།

དགེ་བསྐོས་ཀྱིས་ཀྱང་ཕོ་ཚོས་རང་ཉིད་ལ་ཚོད་བགམ་བྱེད་ཀྱིན་པ་ཤེས་ནས་གདོང་དམར་པོར་འགྱུར་ཙམ་གྱིས "ཡིན་ཡང་སངས་རྒྱས་ཀྱིས་ཆོས་འཁོར་བསྐོར་བའི་ཉིན་ལ་བཤད་སྒྲོལ་ཡང་འདུག" ཅེས་ཁ་སྐྱོན་བྱས་ཤིང་། ལྷས་ངན་འདི་ཚོའི་ཕྱོག་ཏུ་ངན་སེམས་ཅི་

ཞིག་བཙངས་ཀྱིན་ཡོད་དམ་སྙམ།

བན་དེ་ཚོ་ཡང་བསྐྱར་དགོད་མི་ཐོད། མགོ་ལྡེམ་ལྡེམ་རེ་བྱས་རྗེས་འཛུམ་ཤིག་ཤིག་དང་གདོང་ཕར་འཁོར་ཏེ་རེ་རེ་བཞིན་སྒོར་བུད་སོང་།

བན་དེ་ཚོས་གཞི་ནས་ཨ་ལགས་ཚང་ཨ་མ་ལྷ་ལ་སྐྲག་པ་མཐོང་བྱུང་བ་སྟེ། ལོ་མོ་ཐོན་པ་ནས་བཟུང་ཨ་ལགས་ནི་ཅི་གྲུས་བྱི་ལ་མཐོང་བ་ལྟར་སྐད་ཆ་ཚིག་གཅིག་ཀྱང་བཤད་རྒྱུ་མེད་པར་ཕར་རྒྱུག་ཚུར་རྒྱུག་བྱེད་ཀྱིན་འདུག་པས། ལོ་ཚོ་སླར་ཡང་གྲྭ་ཤག་གཅིག་ཏུ་འདུས་ནས་གཅིག་ནི་ཨ་མ་ལྷ་ཡིན་པ་ལྟར་བྱས་པ་དང་གཅིག་གིས་ཨ་ལགས་ཀྱི་ལད་མོ་བྱས་ཏེ་འུར་ལོང་ལོང་བྱེད་ཅིང་། བན་དེ་ཁ་བདེ་འགའ་ཡིས་གདོང་མའི་བྱིས་གླུ་གྱེར་བ་ལྟར་བཏགས་པ་བྱེད།

"ཨ་ལགས་རྒྱུགས་ཁྲི་བྱས་ཏེ་བུད་ཐལ། །
རྒྱུགས་ཁྲི་ཨ་ལགས་བྱས་ཏེ་བསྡད་ཐལ། །"

"བླ་མས་འཁོར་བའི་ཆོས་འཁོར་བསྐོར་དུས། །
རྒྱུགས་ཁྲིས་རྫུན་གྱི་ཆོས་འཁོར་བསྐོར་བྱུང་། །"

བན་དེ་ཚོས་ཅི་བཤད་པ་ཐམས་ཅད་དགེ་བསྐོས་ཀྱིས་ལྐོག་ཉན་བྱས་ཏེ་ཐོས་སོང་། ཕྱི་ཉིན་སྔ་སེ་ཚོགས་སུ་འཚོགས་ཏེ་ཀློག་འདོན་བྱེད་དུས་ལོས་སླུག་མ་སྦོམ་པོ་ཞིག་བཟུང་སྟེ་ཅི་བྱུང་མེད་པར་བན་དེ་འགའི་མགོ་ལ་སྐྲག་སྒྲ་གྲག་པ་རེ་གཞུས་བྱུང་། ཕྱིན་བྱེའུ་མགོ་ཙམ་མེད་པར་ཐོག་སྟ་རེ་འདྲ་བ་འཕངས་པའི་དཔེ་རུ་གྱུར་བས། བན་དེ་ཚོས་ཅི་ཡིན་མ་ཤེས་པར་མགོ་བོར་ལག་པས་ཕྱུར་ཕྱུར་བྱེད་བཞིན་དུས་བྱུང་། དགེ་བསྐོས་ཀྱི་གདོང་ལ་ཡིད་ཆེས་པའི་མདངས་ཤིག་ཤར་ནས་འདི་ནི་ནན་ཏན་གྱིས་མ་བརྩོན་པའི་འབྲས་བུ་རེད་ཟེར་བཞིན་སླུག་ཐུར་གཡུག་གཡུག་བྱེད་བཞིན་ཕྱིར་བུད་སོང་། ངོ་མ་བཤད་ན་ཨ་ལགས་བཞུགས་དུས་དགེ་བསྐོས་ཀྱང་གྲལ་དུ་འདུག་ཅིང་འདོན་པ་བརྩོན་པ་ཡང་ཧ་ཅང་ནན་ཏན་ཡིན་མོད། ཨ་ལགས་སོང་ཤུལ་དུ་དགེ་བསྐོས་ཀྱིས་ཀྱང་ཨ་ལགས་ལྟར་རང་ཉིད་

ཀྱི་གྲྭ་ཤག་ནས་སྟོད་ཅིང་སྐབས་རེ་རེར་འདུ་ཁང་ནང་དུ་ཡོང་ནས་བསྐོར་བ་རེ་བྱེད་པ་རེད།

"བཅུ་བའི་ལྷ་མཆོད" ཀྱི་ཉིན་ལ་ཐོན་བྱུང་ཡང་ཨ་ལགས་ད་དུང་དགོན་པར་ལོག་མ་བྱུང་། དགེ་བསྐོས་ནི་རང་ཤག་ཏུ་འདུག་མི་བཟོད་པར་ཕར་འགྲོ་ཚུར་འགྲོ་བྱེད་བཞིན་བསམ་བློ་གཏོང་གིན་འདུག ཉེ་སྔོན་སྐྱེ་བའི་ནང་གི་ཁྱིམ་ཚང་འགའ་ཁྱིམ་ནང་དུ་རིམ་གྲོ་བསྒྲུབ་དགོས་ཟེར་ནས་བན་དེ་ཚོ་གདན་འདྲེན་ཞུ་རུ་ཐོན་ཡང་། ཨ་ལགས་མེད་པས་ཁོས་དང་ལེན་བྱེད་མ་ཐོད། ཨ་ལགས་ད་དུང་མ་ཐོན་ཚེ "བཅུ་བའི་ལྷ་མཆོད" ཀྱི་ཆོས་སྤྱོད་ཚོ་ག་ཡོད་ཚད་ཇི་ལྟར་བྱེད་པར་བཀོད་སྒྲིག་བྱེད་མི་ཤེས་པ་དང་། བན་དེ་ཚོས་ཀྱང་གང་བྱུང་ངང་ཉི་མ་བཏང་བ་ལས་མི་འདུག་པས། ཁོས་བསམ་བློ་བཏང་བཏང་མཐར་སེམས་ལ "ཁོ་རང་ད་དུང་ཉིན་འགའ་ལ་ཡོང་མི་སྲིད་པ་འདྲ། དེ་ལས་བན་དེ་ཚོ་ཁྲིད་དེ་ཁྱིམ་ཚང་ཞིག་ཏུ་རིམ་གྲོ་བསྒྲུབ་ཏུ་སོང་ཡང་འཐུས་འདུག" སྙམ།

"ཨ་ལགས་ནི་ད་དུང་ཡུན་རིང་ལ་ཡོང་མི་སྲིད། ཨ་མ་ཕས་ཀྱང་ང་ཚོ་ཡུལ་དུ་སོང་ཟེར་བ་མ་ཡིན་ནམ" བན་དེ་ཚོས་ཀྱང་ཁོ་ལ་ངར་སྐུལ་བྱས།

"རེད་ཡ། ཉིན་དེར་ཨ་ལགས་ལ་ཡང་བྲེལ་འཚུབ་སྐྱེས་དྲགས་ཏེ་དོན་དག་སྐོར་ཞིག་བཀོད་སྒྲིག་བྱེད་རྒྱུ་བརྗེད་སོང་བ་འདྲ" དགེ་བསྐོས་ཀྱིས་སླར་ཡང་དེ་ལྟར་བསམས།

"རེད། དེ་མིན་ན་ང་ཚོ་ཡུལ་དུ་འགྲོ དེ་མིན་ན་ང་ཚོའང་གྲོང་ཚོག་ལ་འགྲོ" བན་དེ་ཚོས་ཀྱང་ལམ་གཉིས་ལས་མེད་པའི་ལྟ་ཚུལ་བཏོན།

"རེད། གྲོང་ཚོག་ལ་འགྲོ།"

ཕྱི་དྲོ་དེར། དགེ་བསྐོས་སྔོན་དུ་བུད་ཅིང་བན་དེ་ཚོ་རྗེས་སུ་འབྲངས་ཏེ་ཡང་བསྐྱར་དགོན་པ་དང་གྱེས་ཏེ་ཁེ་སྔོན་གདན་ཞུ་བྱས་པའི་ཁྱིམ་ཚང་དེ་ལ་རིམ་གྲོ་བསྒྲུབ་ཏུ་ཆས་པས། དགོན་པ་ནི་སླར་ཡང་ཆེ་སྲོག་དང་བྲལ་བ་ལྟར་དབེན་ཞིང་སྟོང་འཇགས་སེ་འདུག་ལ། གནའ་བོའི་རྫོང་གོག་ཅིག་དང་འདྲ་བར་མདངས་ཡལ་ཞིང་ཉམས་ཞན་པ་ཞིག་ཏུ་གྱུར་འདུག་པར་མ་ཟད། དགོན་པའི་འདབས་རོལ་གྱི་ཁྱི་ལྐྱམ་དག་གིས་ཀྱང་དེ་སྔོན་ཨ་ལགས་

ཀྱིས་ཁོ་ཚོར་སྐྱེལ་མ་བྱེད་དུས་བཞིན་ཕྱི་རོལ་གྱི་དེའུ་འབུར་དེ་སྟེང་དུ་ཞལ་ཏེ་བན་དེ་ཚོའི་རྗེས་སུ་བལྟས་འདུག་ཅིང་། དགེ་བསྐོས་དང་བན་དེ་ཚོ་དམར་ཤར་ཤར་དུ་བུད་སོང་།

ཨ་ལགས་ཀྱིས་དྲེལ་རྒྱན་ཁྲིད་དེ་དགོན་པའི་འགྲམ་དུ་བསླེབས་དུས་ཉི་མའང་ནུབ་ལ་ཉེ། དགེ་བསྐོས་དང་བན་དེ་ཚོ་ཁོའི་མདུན་དུ་ཐོན་མ་བྱུང་བས། ད་ནི་ཆོས་སྤྱོད་ཀྱི་ཚོགས་དག་ལ་ཐྲེལ་བཞིན་འདུག་སྙམ་ནས་སེམས་གཏིང་ནས་དགེ་བསྐོས་ལ་ཡི་རངས་བྱུས། ཁོ་རང་ཐང་ཆད་དྲགས་པས་ཐད་ཀར་རང་ཉིད་ཀྱི་གཟིམ་ཤག་སྒོར་སོང་སྟེ་དྲེལ་རྒྱན་བཏགས་ཤིང་ནང་དུ་སོང་ནས་ངལ་གསོས། ཡུན་རིང་ཙམ་འགོར་རྗེས་ཁོ་ཕྱིར་སྒོ་ཁར་འབུད་དུས་སུའང་དྲེལ་རྒྱན་གྱི་སྐད་དུང་སྣང་མེད་པ་མཐོང་། ཁོ་ཕྱི་སྒོར་བུད་ནས་ཕར་ལྟ་ཚུར་ལྟ་བྱས་ཀྱང་གྲག་འགྱུལ་ཅི་ཡང་མི་འདུག སྐར་ཡང་གྲྭ་ཤག་རེ་རེའི་སྒོ་འགྲམ་དུ་སོང་ནས་བལྟས་པ་ན་ཚང་མའི་སྒོར་ཟྭ་བརྒྱབ་སྟེ་མི་གཅིག་ཀྱང་མི་འདུག ཁོ་ཕྱིར་གཟིམ་ཤག་གི་སྒོ་ཁར་ཡོང་སྟེ་བསམ་བློ་ཞིག་བཏང་བ་ན། ཁོ་རང་འགྲོ་ཁར་རྒྱད་མོས་བན་དེ་ཚོ་ཡང་རང་ཡུལ་དུ་སོང་ཞིག་ཅེས་བཤད་སོང་བ་དྲན་ནས། "ངོ་མ་ཡུལ་དུ་བུད་སོང་བ་འདྲ། ཡང་ཁོའི་ནད་སྙིང་འཕར་བྱུང་བ་མིན་ནམ" ཞེས་ཚིག་ལབ་ཅིག་བརྒྱབ།

ཨ་ལགས་དེ་གར་ཡུན་རིང་བོར་བསྡད་ཅིང་། རྣ་འཁྱོག་གཡོན་པའི་གཤམ་གྱི་ཤ་རྣེའུ་ལ་ལག་པས་རེག་རེག་བྱེད་བཞིན་བསམ་བློ་བཏང་། གློ་བུར་དུ་ཁོའི་བསམ་བློ་གཏོང་ཕྱོགས་འགྱུར་ཏེ་སྔོན་ཆད་ནས་ཁྱིམ་ཚང་ཞིག་ལ་བཟློག་གཏོར་འཕེན་རྒྱུ་ཁས་བླངས་ཡོད་ཀྱང་། ད་དུང་དོན་ཐོག་ཏུ་འཁྱོལ་མེད་པ་ཞ་ལེར་དྲན་བྱུང་། གང་ལྟར་ད་ལྟ་རང་ཉིད་གཅིག་པུ་དགོན་པའི་ནང་དུ་བསྡད་ན་ཡང་དོན་དག་མི་འདུག་སྙམ་ནས། ཡང་བསྐྱར་གཟིམ་ཤག་གི་སྒོར་ཟྭ་བརྒྱབ་ཅིང་ཕར་སོང་སྟེ་དྲེལ་རྒྱན་གྱི་མཐུར་མདའ་བཀྱོལ་ཏེ་ལམ་ལ་ཆས། ནུབ་ཁའི་ཉི་ཟེར་གྱི་ལྷག་འཕྲོ་དེ་དགུན་དུས་ཀྱི་རི་འདབས་ཀུན་ཏུ་འཕྲོས་པས་གསེར་ཆུས་བྱུགས་པ་ལྟར་བཀྲག་མདངས་ཤིག་གིས་ཁེངས་འདུག་ཅིང་། མི་རྣམས་ཀྱི་སྣང་ངོར་རང་དབང་མེད་པར "དགུང་ཉི་མ་ནུབ་ཁར་རྟོན་པོ་འདུག" ཅེས་པའི་ལ་གཞས་ཀྱང་དྲན་པར་

བྱེད། རི་འདབས་ཀྱི་སྣེད་ལམ་སྟེང་དུ་ཨ་ལགས་དང་ཕོའི་དྲིལ་རྐན་གཉིས་སྤ་གཞུག་བྱས་ཏེ་འགྲོ་བཞིན་འདུག་པས། ངོ་མ་ལན་རེར་ཨ་ལགས་ཀྱིས་དྲིལ་རྐན་ཁྲིད་ནས་འགྲོ་བ་དང་འདྲ་ལ། སྐབས་རེར་དྲིལ་རྐན་གྱིས་ཨ་ལགས་དེད་དེ་འགྲོ་བ་དང་ཡང་མཚུངས།

ས་སྒོད་ཀྱི་སྐབས་སུ། རི་འདབས་ཀྱི་དགོན་པ་དེར་དུང་སྐད་ལིང་ལིང་དུ་གྲགས་བྱུང་། ཨ་ལགས་ཀྱིས་རྒྱང་རིང་གི་ས་ནས་དུང་སྐད་ཐོས་ཏེ་ཕྱིར་འཁོར་ནས་ལྟ་དུས། ཁོ་རང་དབང་མེད་པར་ཧ་ལས་སོང་། དགོན་པའི་ཕྱི་རྒྱབ་ཀྱི་བསང་ཁྲི་ཆེན་པོའི་སྟེང་དུ་བསང་མེ་ལམ་ལམ་དུ་མཆེད་ཀྱིན་འདུག་ལ། ཤིན་ཏུ་གསལ་བའི་མེ་ལྡེ་དེས་དགོན་པ་ཡོངས་རྫོགས་དམར་མདངས་སུ་བསྒྱུར་འདུག་ཅིང་། ལྷབ་ལྷབ་དང་ནག་ཞར་སྡེ་བ་དང་སྡེ་བའི་མི་རྣམས་ཀྱི་སེམས་ཁོང་དུ་མཆེད།……

མེ་ལོང་།

སྲང་ལམ་གཡོན་ངོས་ཀྱི་འཛུགས་སྐྲུན་དངུལ་ཁང་གི་སྒོ་འགྲམ་དུ་ཁྱོད་ཀྱིས་མོ་ལ་གང་བྱུང་དང་གླེང་མོལ་བྱེད་བཞིན་འདུག མོས་ཞར་དུ་ཁྲིད་ཡོད་པའི་ལོ་ན་བཅུ་གྲངས་ལ་སོན་པའི་བུ་མོ་ཆུང་ངུ་དེས་མོའི་ལྦ་བའི་ཕྲུ་སྣེར་འཛུ་བཞིན་རྒྱུན་ཆད་མེད་པར་ཁྱོད་ཀྱི་ངོ་གདོང་ལ་ཞིབ་ལྟ་བྱེད་པ་དེ་ནི་མོ་རང་གི་བྱིས་པ་ཡིན་པ་ལྟར་སྣང་མོད་མིན་ཡང་སྲིད། ཁྱོད་ཀྱིས་ནམ་ཞིག་ལ་མོ་ངོ་ཤེས་པ་ནི་ཕན་ཚུན་སུ་ཡིན་ཡང་བརྗེད་ཟིན་ཤས་ཆེ་མོད། མོ་རང་སྣེ་ལེན་ཁང་ནས་ཕྱིར་འབུད་བཏང་རྗེས་ནམ་རྒྱུན་འདི་གའི་མཐའ་འཁོར་དག་ཏུ་ད་ལྟའི་ཁྱོད་དང་འདྲ་བར་སྐྱེས་པ་གཞན་དག་ལ་འདི་ལྟར་གླེང་མོལ་བྱེད་ཀྱིན་པ་མི་སུས་ཀྱང་མཐོང་ཡོད་ཤག་ཡིན། སྲང་ལམ་འདིའི་མི་ཚོགས་ཀྱི་འདུ་འགོད་ཆེས་ཆོད་སའི་གནས་ཀྱང་ད་སྔོན་ཁྱོད་གཉིས་ཀ་ངོ་འཕྲད་ས་དེ་ཡིན་ཞིང་། གཡས་གཡོན་དུ་ལས་ཀར་བྲེལ་བ་ཆེ་བའམ་ཅི་ཞིག་གི་དོན་དུ་འགྲོ་འོང་བྱེད་མཁན་གྱི་མི་ཧ་ཅང་མང་པོ་འདུག གཡོན་འགྲམ་གྱི་ཨར་འདམ་གྱི་རྡིག་པ་ལ་རྒྱབ་རྟེན་བཅོལ་ཏེ་ཉི་མར་ལྡེ་བཞིན་སྡོད་པའི་མི་དེ་ཚོ་ནི་སྤྱི་སྤྱོད་ཐླངས་འཁོར་ལ་སྒྲུག་མཁན་ཡིན་པ་འདྲ་ལ། དེའི་ཉེ་འཁོར་དུ་ཡོད་པའི་ཁ་ཆེ་བ་དག་གིས་ནོར་རམ་ལུག་གམ། པགས་པ་དང་ཁྲུ་ལུ་ཅི་རིགས་འཚོང་མཁན་

གྱི་འཁྲོག་པ་ཚོར་སྨྲུག་གིན་ཡོད་ཀྱང་། སྐབས་འདིར་ཧོ་འཚོང་བྱེད་མཁན་གྱི་མི་མེད་པས་འགྲམ་རོལ་གྱི་ལས་འཁྱུར་ངལ་གསོ་བྱས་ཟིན་པའི་རྒད་པོ་དག་གིས་མིག་མངས་རྩེ་བཞིན་ཕན་ཚུན་ལ་རྙོ་བའི་ཀུ་རེ་དང་དམོད་མོ་བྱེད་པ་ལ་ཞེན་པ་ལས། ཁྱོད་དང་ཕོ་མོའི་གླིང་མོལ་དང་ཉམས་འགྱུར་དག་ལ་མཉམ་འཛོག་གཏན་ནས་བྱེད་ཀྱིན་མི་འདུག ད་སྔོན་ཁྱོད་མོ་དང་ངོ་འཕྲད་ས་ཡང་སྔོན་ལྟར་འཛུགས་སྐྲུན་དངུལ་ཁང་གི་སྒོ་འགྲམ་དེ་རེད། ཕོ་མོས་བུ་མོ་ཆུང་ངུ་དེ་ཁྲིད་ནས་དངུལ་ཁང་གི་ནང་ནས་ཕྱིར་འབུད་དུས་ཁྱོད་མཐོང་བྱུང་བ་རེད། སྐབས་དེར་མོས་ཁྱོད་ལ་ཅི་ཞིག་བཤད་ཀྱིན་གད་མོ་དགོད་པ་ལྟ་བུའི་ཉམས་འགྱུར་ཞིག་བསྟན་བྱུང་ལ། དེ་ནི་ནུས་མེད་དམ་སྐྱོ་སྣང་གིས་ཁེངས་པའི་ཉམས་འགྱུར་ཞིག་ཡིན་པ་འདྲ། དེར་མཐུད་ནས་ཁྱོད་ཀྱིས་ཀྱང་ཁ་ཕར་འཁོར་ཙམ་དང་མཚན་ནག་གི་དཔེ་ཆ་དེ་བླངས་ཤིང་ཕར་སློག་ཚུར་སློག་བྱེད་ཀྱིན་དུ་མང་པོ་ཞིག་བཤད་ཀྱིན་འདུག་ལ། དེ་དག་ནི་ཕལ་ཆེར "ང་ཚོར་མཁོ་བ་ནི་རང་ཉིད་ཀྱི་འཚོ་བའི་སྒྲོ་སྣང་ཡིན་པས་ཅིས་ཀྱང་བརྩོན་ལེན་བྱ་འོས" ཟེར་བའམ། ཡང་ན "དེ་ལྟར་མ་བཤད། ཁྱོད་རང་ཡང་ཧ་ཅང་ཐལ་དྲགས་པས་རེད" ཅེས་པའམ། ཡང་ན "ཁྱོད་དེ་ལྟར་སྨྲུག་སྦྲང་ལྟར་འཁྲིན་ནས་ཅི་བྱ་སྙམ་པ་ཡིན། ངས་དེ་སྔོན་གླེང་བ་དག་ཀྱང་ཀུ་རེ་ཞིག་ཏུ་སོམས་ཤིག" ཅེས་བཤད་པ་ཡིན་ཡང་སྲིད། གང་ཞིག་བཤད་ཀྱང་འཐུས་ཏེ། སྟབས་ལེགས་པ་ལ་སྐབས་དེར་ཁྱོད་ཀྱིས་གང་བྱུང་དང་དུ་བ་འཕེན་པ་ལས་ཅི་ཡང་ཤོད་མི་ནུས་པར་བསྡད་མ་བྱུང་།

ངོ་མ་བཤད་ན། ཕོ་མོ་སྔེ་ལེན་ཁང་ནས་ཕྱིར་འབུད་བཏང་བ་དེ་ཡང་ཁྱོད་དང་འབྲེལ་བ་ཅི་ཡང་མེད་པ་འདྲ། འཛུགས་སྐྲུན་དངུལ་ཁང་གི་སྒོ་འགྲམ་ནས་མོ་དང་མ་འཕྲད་པའི་ཡར་སྔོན་དུ་ཁྱོད་རང་ཏག་ཏག་ཉེ་འགྲམ་གྱི་བརྙན་ཕབ་གཏོང་བའི་ཁང་བ་དེའི་ནང་དུ་འདུག་ཅིང་། དེའི་ནང་དུ་འཛུལ་དུས་སྒོ་སྲུང་བ་གཞོན་ནུ་དེས་ཁྱོད་ལ་བལྟས་ནས་སྔོར་མོར་དམིགས་པའི་མིག་གཉིས་ལས་འཛུམ་ཞིག་ལངས་འདུག ཁྱོད་ཀྱིས་ཀྱང་མགོ་བོ་ལྡེམ་ཙམ་གྱིས་ནང་དུ་འཛུལ་སོང་བ་དེས་གཞོན་ནུ་དེ་སྤར་ནས་ངོ་ཤེས་ཀྱིན་ཡོད་པ་རྟོགས་

ཐུབ་ལ། ཁྱོད་ཀྱི་སློབ་མ་ཞིག་མིན་པའི་ངེས་པའང་མེད། བརྙན་འཕྲིན་ནི་ད་ཅང་ཟིང་ལོང་ཆེ་བ་སྟེ《ཕ་རོལ་ཏུ་བགྲོད་པ》ཞེས་པ་དེ་མཐོང་བྱུང་། གྲུལ་བསྐྱར་བར་མའི་གཡོན་ཟུར་དུ་ཁྱོད་རང་གཅིག་པུར་ཅོག་ཙེང་མིག་ཧྲུར་རེར་འགྲུལ་ཙམ་ཡང་མི་བྱེད་པར་ཟིང་ལོང་ནང་དུ་འཛུལ་འདུག ཕྱོགས་གཞན་ཞིག་ནས་བཤད་ན་སྐབས་དེའི་ཁྱོད་ཀྱི་རྣམ་ཤེས་ཐད་ཀར་བརྙན་འཕྲིན་ནང་དུ་འཛུལ་ཡོད་པའམ་ཟབ་དྭགས་པ་གང་ཞིག་གི་གློང་དུ་བསམ་གཞིག་གཏོང་གིན་པ་ཅི་ཡིན་དབྱེ་བར་དཀའ། ཡིན་ན་ཡང་བརྙན་འཕྲིན་དེ་ཁྱོད་ཀྱི་མིག་མདུན་དུ་ཛ་དྲག་གི་རྣམ་པ་ཅན་དུ་འགྱུར་གྱིན་མཆིས་ལ། དེས་ལྟ་མཁན་དག་གིས་མཉམ་འཛོག་གིན་ཡོད་མེད་ལ་སྣང་དོགས་ཅི་ཡང་མེད་པར་བྱུང་རིམ་གྱི་འཕེལ་རྒྱས་ལ་བསྣོགས་ཅི་ཐུབ་བྱེད་ཀྱིན་འདུག མི་སྣ་གཙོ་བོ་ནི་དྲག་ཆས་སྤྲས་པའི་བུད་མེད་དམག་དཔོན་ཞིག་ཡིན་ཀྱང་སྐྱེས་གཟུགས་དང་ཟྭད་བཞིན་གང་གི་ཆ་ནས་ཀྱང་ཡར་སྔོན་གྱི་སོ་མོ་དང་འདྲ་བོ་ཡོད་ཀྱང་། མི་འདྲ་བའི་ཆ་ནི་བུད་མེད་དེ་དམག་དཔོན་ཞིག་ཡིན་པ་དང་ཕ་རོལ་པོ་འཇོམས་པ་ལ་དཔའ་སྙིང་འཇོམས་ཤིང་སྙིང་རྗེ་དང་བག་ཚ་ཅི་ཡང་མེད་པ་དེ་ཡིན་ངེས། གལ་སྲིད་སྐབས་དེར་ཁྱོད་ཀྱི་རྣམ་ཤེས་ཀྱང་བརྙན་འཕྲིན་གྱི་ཟིང་ལོང་ཁྲོད་དུ་འཛུལ་ཡོད་ཚེ། རང་དབང་མེད་པར་ལོ་འགའི་ཡར་སྔོན་གྱི་བརྗེད་དཀའ་བ་མང་པོ་ཞིག་ཀྱང་གང་བྱུང་དང་སེམས་སུ་དྲན་སྲིད་པ་ཐག་ཆོད་ཡིན་ངེས་ལ། ཚིག་ལབ་རྒྱུག་པ་ལྟར་དུ “ལུག་ཤ་མི་ཟ་བའི་སྤྱང་ཀི་ཞིག་ག་ལ་ཡོད” ལྟ་བུའི་བབ་ཅོལ་མི་སྨྲ་ཡང “ཅི་ག་ནི་ཅིས་ཀྱང་བྱི་ལའི་ཁ་ཟས་སུ་འགྱུར་དགོས་དོན་མེད” ཚུལ་གླེང་ཡང་སྲིད། འོན་ཀྱང་ཁྱོད་དེ་ལྟར་གྲོང་གྲོང་བོར་སྡོད་པའི་དང་ལ་བློ་བུར་དུ་ཅི་ཞིག་དྲན་པ་ལྟར་ལག་པས་གཡས་གཡོན་གྱི་ཁྱུག་མའི་ནང་སྟོག་ཙམ་སྟོག་ཙམ་བྱས་རྗེས་དཔར་རེར་ཡར་འདེགས་ཤིང་ཕྱི་རོལ་དུ་བུད་སོང་། སློར་མོ་བསྡུ་བའི་གཞོན་ནུ་དེས་སྐར་ཡང་ཁྱོད་ལ་འཛུམ་ཞིག་བསྟན་ཞིང་སྐད་ཆ་ཅི་ཞིག་བཤད་སོང་མོད། ད་ཐེངས་ཁྱོད་ཀྱིས་ཕོ་ལ་མགོ་ལྷེམ་ཙམ་ཡང་བྱས་མ་བྱུང་ལ་ཤུར་སེ་བུད་སོང་། ཕལ་ཆེར་ཁྱོད་ཀྱིས་ཐ་མག་བཟུང་མེད་པས་དེ་ཉོ་རུ་འགྲོ་བ་འདྲ། ཡིན་ནའང་ཁྱོད་ཐད་

ཀར་ཚོང་ཁང་གི་ཕྱོགས་སུ་མི་འགྲོ་བར་སྲང་ལམ་གྱི་མཐའ་ཞུལ་ནས་ཡར་ཕྱོགས་སུ་འགྲོ་བཞིན་མཆིས། སྲང་ལམ་གྱི་འགྲམ་ཞིག་ཏུ་ཁ་ཆེ་བ་འགས་འབྲོག་པ་རྒད་པོ་ཞིག་གིས་ལུག་ལྤགས་གཅིག་ཕྱིར་བའི་མཐའ་རུ་བསྐོར་འདུག འབྲོག་པ་རྒད་པོ་དེས་ལག་པ་གཉིས་ཀས་ལུག་ལྤགས་དེ་མཆན་ཁོག་ཏུ་བཙིར་ནས་འཁྱོག་པར་དོགས་པ་ལྟར་སྡོད་ཅིང་། ཁ་ཆེ་བ་དག་གིས་མཐའ་རུ་ཕར་ནས་འཐེན་ཅམ་དང་ཚུར་ལ་འཐེན་ཅམ་བྱས་ཏེ་མ་རབས་ཀྱི་བཟོ་ལྟ་སྣ་ཚོགས་སྟོན་གྱིན་འདུག་པ་དང་། ལན་རེར་ལག་པས་ཐལ་མོ་རྡེབ་བཞིན་ཧབ་དགོད་བྱེད་པའི་ཉམས་ཀྱང་སྟོན་པར་བྱེད། འབྲོག་པ་རྒད་པོ་དེ་ཧ་ཐུག་པ་ལྟར་ལུག་ལྤགས་དེ་གཡས་བཞོལ་གཡོན་བསྐྱུངས་བྱེད་བཞིན་ཕོ་ཚོའི་བསྐོར་བ་ལས་ཐར་ཅི་ཐུབ་བྱེད་ཅིང་། ལན་རེར་ལག་གཡས་པ་མཐོ་རུ་བརྡེགས་ནས་འཕྱེད་དུ་གཡུག་ཅི་ཐུབ་བྱེད་པ་ནི "ད་ནི་ངས་བཙོང་མི་འདོད" ཟེར་བའམ། ཡང་ན "ཨ་ཕ་ལོ་ལོ་ཚོ། ང་ལ་དེ་ལྟར་མ་བྱེད" ཅེས་ཞུ་བ་བྱེད་པ་མིན་པའི་ངེས་པའང་མེད། ཡིན་ནའང་ཁྱོད་ཀྱིས་དེ་དག་མ་མཐོང་བའམ་མཐོང་ལོབས་སུ་གྱུར་པ་གང་ཡིན་རྟོགས་དཀའ་ཡང་། དེ་དག་གི་འགྲམ་རོལ་བརྒྱུད་ནས་ཉམས་སྣང་ཅི་ཡང་མེད་པར་ཡར་ཕྱོགས་སུ་བུད་སོང་ལ། ཕལ་ཆེར་ད་སྟོན་བསྟན་འཕྲིན་ལ་བལྟ་རུ་འགྲོ་རྩིས་བྱེད་པའི་སྐབས་སུ་ཁྱོད་དང་མི་འགའ་མར་ལ་ཡོང་བཞིན་པ་དེའི་རྗེས་ཤུལ་དེད་ནས་འགྲོ་བཞིན་པ་དང་ཡོངས་སུ་མཚུངས།

ངོ་མ་དེ་ལྟར་རེད། ད་སྟོན་བསྟན་འཕྲིན་ལ་མ་བལྟས་པའི་སྟོན་དུ་ཁྱོད་དང་མི་འགའ་སྐོར་ཚོང་ཁྲོམ་རའི་ནང་འཁོར་གྱི་གྲུ་ཟུར་དུ་ཡོད་པའི་ཟ་ཁང་དེ་ལས་སྐོར་བུད་ཅིང་ལམ་འགྲམ་འདི་བརྒྱུད་ནས་མར་ལ་ཡོང་བ་རེད། ཁྱོད་ཀྱང་ཟ་ཁང་དེའི་ནང་དུ་འཛུལ་མཁན་རེད་འདུག་པས་ཟ་མ་ཟ་རུ་སོང་བའང་ཡིན་རྒྱུ་རེད། ཟ་ཁང་དེ་ཙུང་ཚུང་བར་འདུག་ན་ཡང་ནང་དུ་ཅོག་ཙེ་སྐོར་མོ་གཉིས་ལས་བཞག་མེད་པས་ལྟོས་བཅས་ཀྱིས་ཁོད་ཙུང་ཡངས་པ་ལྟར་གྱུར་འདུག ཁྱོད་དང་མཉམ་དུ་ཡོད་པའི་མི་དེ་ཚོ་ཅོག་ཙེ་སྐོར་མོ་གཅིག་གི་མཐའ་རུ་རུབ་སྟེ་གང་བྱུང་དང་སྐྱུར་ཆང་ལ་རོལ་གྱིན་འདུག་པ་དང་། ལན་རེར་སྒྲིན་བདག་མ་

ལོ་གཞོན་དེར་ཟུར་མིག་ལིང་ལིང་གིས་ལྟ་ལ། དེར་མཐུད་ནས་ཕན་ཚུན་གྱི་རྣ་འགྲམ་དུ་ཤུབ་ཤུབ་ཀྱི་སྐད་ཆ་འགའ་རེ་བཤད་ཀྱིན་འདུག དེ་ནི་“མོའི་བཟོ་ལྟར་བལྟས་ན་འཕྱོན་མ་ཞིག་གི་ཉམས་འདུག” ཟེར་བའམ། ཡང་ན་“མོ་ནི་དངོས་གནས་བཙན་པོ་ཞིག་རེད། གང་བྱུང་དང་ཁ་སློང་ཡོད་པའི་སྐྱེས་པ་ཞིག་མེད་སྐད་འདུག” ཟེར་བ་དང་འདྲ། རེ་ཞིག་ནས་སྦྱིན་བདག་མ་ལོ་གཞོན་དེས་ཕྱུག་པ་དཀར་ཡོལ་གཉིས་ཁྱེར་ཏེ་ཁྱོད་ཚོའི་གན་དུ་ཐོན་བྱུང་བས་ཁོ་ཚོ་ཡང་དེ་འཕྲལ་རང་རང་སར་གྱོང་གྱོང་བོར་བསྡད་བྱུང་། ཁོ་མོས་ཡང་བསྐྱར་ཕྱུག་པ་དཀར་ཡོལ་གཉིས་ཁྱེར་ཏེ་གན་དུ་ཐོན་དུས་ཁྱོད་ཀྱི་འདུག་གྲོགས་གཞན་དེས་ཕ་ཚད་ཀྱི་སྐད་ཆ་ཞིག་བཤད་སོང་བ་འདྲ། ངོ་ལ་མ་རབས་ཀྱི་འཛུམ་ཞིག་ཤར་ནས་ཅི་ཞིག་བཤད་སོང་བས་སྡོད་གྲོགས་ཚང་མ་མིག་ཙེར་རེར་གྱུར་སོང་ལ། སྦྱིན་བདག་མ་ལོ་ཆུང་དེས་དེ་འཕྲལ་རྒྱབ་སྒྱིད་ཀྱི་ཉམས་ཤིག་བཏོད་ནས་མི་དེར་སྟང་མིག་ཅིག་བགྲད་པས་ཁོ་ཡང་དེ་འཕྲལ་གཉའ་ཞུམ་མེར་གྱུར་སོང་། ཁྱོད་ཀྱི་ཉེ་སར་སྡོད་པའི་སྐྱུར་ཚང་མི་འཕྱུང་བའི་ན་གཞོན་དེ་ཁྱོད་ཀྱི་གྲོགས་པོ་བཟང་ཤོས་ཤིག་ཡིན་ངེས་རེད། ཁོས་ཁྱོད་ཀྱི་ཕྲག་པར་རེབ་ཙམ་བྱས་ཏེ་ཕུར་མ་ཟུང་ལག་ཏུ་གཏད་བྱུང་བ་དེས་ཁྱོད་ཀྱང་གཉིད་ལས་སད་པ་ལྟར་ཡར་དགྲེ་སྟེ། ནམ་ལངས་པ་ལྟ་བུའི་སྨྲལ་སྒྲིང་ཞིག་བྱས་རྗེས་ཕྱུག་པ་དཀར་ཡོལ་གང་དེ་ལག་ཏུ་བླངས་བྱུང་། དེ་བར་དུ་ཁྱོད་ནི་ཨ་རིའི་འཆར་ཡན་རིང་ལུགས་ཀྱི་རྩོམ་རིག་མཁན་པོ་ཧེ་སྨང་གི་《ཡིག་འབྲུ་དམར་པོ》ཞེས་པའི་སྒྲུང་གཏམ་ཁྲིད་དུ་འཁྱམས་འདུག ཏག་ཏག་སྐབས་འདིར་ཁྱོད་ཚོའི་རྒྱབ་ཕྱོགས་ཀྱི་ཅོག་ཙེ་སྟེར་མོ་དེའི་མཐའ་རུ་འཁྲོག་ལྕ་གྱིན་པའི་བུད་མེད་གཉིས་བསྡད་བྱུང་ལ། ཁོ་མོ་གཉིས་ཀ་དེ་གར་བསྡད་པ་ནས་བཟུང་མིག་གིས་ཏུར་རེར་ཏ་ལས་པ་ལྟར་ཁྱོད་ཚོའི་ཕྱོགས་སུ་བལྟས་འདུག་ཅིང་། ཁྱོད་ཀྱི་འདུག་གྲོགས་ཚོས་ཁོ་མོ་གཉིས་ཀྱི་བཟོ་ལྟར་ལྟ་ཙམ་གྱིས་སྣ་ཉེར་ཉེར་གྱིས་མ་མཐོང་བ་ལྟར་བསྡད་བྱུང་། ཁྱོད་ནི་སྔར་བཞིན་ཧེ་སྨང་གི་《ཡིག་འབྲུ་དམར་པོའི》ཁྲིད་དུ་འཁྱམས་ཏེ་དེ་དག་ལ་ཚོར་རྟོགས་ཅི་ཡང་བྱུང་མེད་པར་སྣང་། མི་སྣ་གཙོ་བོ་བུད་མེད་ཧའེར་ཏེ་དང་བུ་མོ་པའོ་ཨེར་

གཉིས་ཀྱི་ཆོས་ཉིད་དང་མི་མཐུན་པའི་ལས་དབང་དེའི་དབང་གིས་ཁྱོད་ཀྱིས་དེ་ལྟར་སེམས་རྣལ་མོས་ལྟ་འདོད་བྱས་པའི་ངེས་པ་མེད་ལ། དེ་ལས་ལྡོག་སྟེ་ཁྱོད་ཀྱིས་ཐད་ཀར་དུས་སྐབས་འདིར་ཚང་མས་དགོད་ཚིག་འཕེན་ཡུལ་ཏེ། ཁྱོད་ཀྱིས་བྲིས་པའི་དཔྱད་རྩོམ《བོད་རིགས་ནི་གསང་མཚན་ལ་སྒོ་འབྱེད་བྱས་པ་ཆེས་སྔ་བའི་མི་རིགས་ཤིག་ཡིན》ཞེས་པ་དེར་སྔར་ཡང་ཕྱིར་དྲན་བྱེད་ཀྱིན་ཡོད་ནའང་ཐང་། འདི་ནི་མི་གཞན་གྱིས་བལྟས་ན་གསང་བ་ཞིག་རེད། གང་ལྟར་ཁྱོད་ཀྱིས་ཐུག་པ་དེ་འཕྲུང་གྲབས་བྱེད་དུས《ཡིག་འབྲུ་དམར་པོ》ཡང་ཟུར་གྱི་འདུག་སྟེགས་ཤིག་གི་སྟེང་དུ་བཞག་འདུག་ལ། མཇུག་མཐར་ཁྱོད་ཀྱི་གྲོགས་པོ་ཚོས་ཐུག་པ་འཕྲུང་ཚར་ཞིང་སྐྱུར་ཚང་རྣམས་ཞབས་ཏག་བརྒྱབ་སྟེ་ཁྱོད་རང་འགྲོ་བར་བསྐུལ་དུས་ཀྱང་དཔེ་ཆ་དེ་སྔོན་ལྟར་འདུག་སྟེགས་དེའི་སྟེང་དུ་བསྐྱུར་འདུག མི་གཅིག་གིས་ཀྱང་དེའི་ཕྱོགས་སུ་ལྟ་ཙམ་ཡང་བྱས་མ་སོང་།

ཡུན་རིང་མ་འགོར་བར། ཁྱོད་ཀྱིས་དཔེ་ཆ་དེ་མཆན་འོག་ཏུ་བཙུག་ཅིང་སྔར་ཡང་དསྔོན་གྱི་བརྙན་ཐབ་གཏོང་བཞིན་པའི་ཁང་བ་དེའི་ཕྱོགས་སུ་སྣེག་ནས་ཐོན་བྱུང་། ད་ཐེངས་ཁྱོད་ཀྱིས་ཀྱང་བསམ་བློ་ཞིག་གཏོང་ཞེས་སོང་བ་འདྲ། སྨྱུར་མོར་སློ་ཕྲུག་ནང་ལ་ལག་སྐོབ་ཅིག་བྱས་ཏེ་ཐ་མག་སྣམ་གཅིག་ཕྱིར་བཏོན་ཡོང་བ་ལས་རྐང་གཅིག་སྒོ་སྲུང་བ་གཞོན་ནུ་དེའི་ལག་ཏུ་བཙན་གྱིས་གཏད་དེ་ལེན་དུ་བཙུག་རྗེས་སྐད་ཅིག་ལ་ནང་དུ་འཛུལ་སོང་། སྐབས་འདི་དག་གི་ཁྱོད་ཀྱི་སྤྱོད་སྟངས་རེ་རེ་བལྟས་ཚེ་འདི་ནི་འཆལ་པོའམ་ལྡོམ་པོ་ཞིག་རེད་འདུག་སྙམ་པའི་སྣང་བ་སྐྱེས་འོང་། ཁྱོད་རང་བརྙན་འཕྲིན་གྱི་བྱུང་རིམ་ཁྲོད་དུ་འཛུལ་གྲབས་བྱེད་པའི་སྐབས་དེར་མི་ཞིག་གིས་ཁྱོད་ཀྱི་ལག་མགོར་འཛུས་བྱུང་ལ། དེ་ནི་ཁྱོད་ཀྱི་གྲོགས་པོ་རྙིང་བ་ཞིག་སྟེ། རྒྱང་ཐག་རིང་བའི་འབྲོག་སྡེ་ཞིག་ཏུ་དགེ་རྒན་གྱི་བྱ་བ་སྒྲུབ་ཀྱིན་ཡོད་ཀྱང་། སློབ་མ་སློབ་གྲྭར་ཡོང་མཁན་མེད་པས་ནམ་རྒྱུན་རྒྱ་སྲང་དུ་ཡོང་སྟེ་ཆང་ལོ་ན་འཕྲུང་ནས་སྡོད་པ་ཁྱོད་ཀྱིས་ཀྱང་མཐོང་མྱོང་། ཁོའི་ལག་ཏུའང་སྐྱུར་ཚང་དམ་པེ་གང་བཟུང་འདུག་ཅིང་། ཁྱོད་རང་ཐར་འཕེན་ཏེ་ཁོའི་གན་དུ་སྡོད་དུ་བཙུག་རྗེས

སྐྱུར་ཆང་དེ་གཏད་བྱུང་། ཁྱོད་ཀྱིས་ལག་པ་འཕྲེད་དུ་གཡུག་གང་ཐུབ་བྱས་ཏེ་འཐུང་མ་བྱུང་། གྲོགས་པོ་སྙིང་བ་དེ་ཡང་ཐབས་ཟད་པ་ལྟར་དོགས་མི་བདེ་བར་གྱུར་ཏེ་སྔར་བཞིན་བརྙན་འཕྲིན་ལ་ལྟ་བར་བྱེད། ཁྱོད་ཀྱིས་ཀྱང་བསྐྱར་འདུག་ཅིག་བྱས་ཏེ་ཁོ་དང་མཉམ་དུ་བརྙན་འཕྲིན་ལ་བལྟས་བྱུང་། ཁྱོད་ཀྱི་གདོང་དུ་ནམ་རྒྱུན་ལྟར་མིག་ཤེལ་ནག་པོ་དེ་བསྒྲོན་འདུག་པས་དོན་ངོ་མར་ཕྱོགས་གང་ཞིག་ལ་བལྟས་ཡོད་པའང་དཔོག་དཀའ། ད་སྔོན་གྱི་བརྙན་འཕྲིན་དེ་མདུག་ཇོགས་ཟིན་ཞིང་ད་ཡང་གསར་བ་གཞན་ཞིག་གི་མགོ་བཙམས་འདུག་མོད། དེ་ནི་ཉིན་འགའི་སྔོན་ལ་ཁྱོད་ཀྱིས་རྒྱ་རིགས་ངོ་ཤེས་འགའ་དང་མཉམ་དུ་ལྟ་བཞིན་པའི《རྨ་ཆུའི་གྲོག་རོང》ཞེས་པ་དེ་རེད། དེའི་ནང་དོན་ཡང་དབྱིན་བཙན་རྒྱལ་རིང་ལུགས་པས་བོད་ལྗོངས་ལ་བཙན་འཛུལ་བྱས་ཤིང་བོད་རིགས་དམག་དམངས་ཀྱིས་དཔུང་བ་མཉམ་སྒྲིལ་སྒོས་འགོག་རྒོལ་བྱས་པའི་ལོ་རྒྱུས་ཀྱི་ཟུར་ཙམ་རེད། ཉིན་དེར་ཁྱོད་ཀྱིས་བརྗོད་མེད་ཀྱང་སྲིད་དེ། མདུག་མཐར་བརྙན་འཕྲིན་མདུག་ཇོགས་ཏེ་མི་ཚོགས་གྲོལ་མ་ཐག་ཁྱོད་དང་རྒྱ་རིགས་ངོ་ཤེས་དེ་དག་ཀྱང་གཞི་ནས་སྐོར་བུད་ཅིང་། གཡོན་ཕྱོགས་ཀྱི་སྲང་ལམ་དུ་བྱ་བ་གཞན་མེད་པ་ལྟར་སེམས་གཡེང་གཡེང་བྱེད། ཁྱོད་ཀྱི་ཁ་ནང་དུ་དུང་འཐེན་ཆར་མེད་པའི་ཐ་མག་ཞིག་བསྣར་འདུག སློ་བུར་དུ་གར་ཡོང་མི་ཤེས་པའི་བུ་མོ་སྐོར་ཞིག་ཟིང་ཟིང་ལང་ལོང་དང་བཅས་ཁྱོད་དང་ངོ་ཤེས་ཚོའི་མདུན་དུ་མཐོང་བྱུང་ལ། སྐད་རྒྱགས་བཅིངས་སྒྲོལ་ལ་བལྟས་ན་ཉེ་འགྲམ་དུ་ཡོད་པའི་ཧུ་ཡོང་སྤེ་བའི་ཡིན་པ་འདྲ། དེ་འཕྲལ་སློག་པ་སྐྱ་ཧྲལ་བ་གྱོན་པའི་གསར་བུ་ཞིག་སྤྱང་གི་ལུག་ཁྲུར་རྒྱུག་པ་དང་འདྲ་བར་བུ་མོ་དེ་ཚོའི་དཀྱིལ་དུ་བརྒྱུགས་ཏེ་བུ་མོ་ཞིག་གི་སྐ་རགས་ནས་འཆང་སྟེ་སྐོར་རྒྱག་བྱས་ཏེ་འཐེན་རེས་བྱུང་བ་དང་། བུ་མོ་དེས་ཀྱང་ཨག་སྐད་དང་བཅས་དགའ་བའམ་ཁྲོ་བ་གང་ཡིན་མི་གསལ་བའི་རྣམ་འགྱུར་སྣ་ཚོགས་སྟོན་ཀྱང་། གསར་བུ་དེས་སྔོན་ལྟར་སྒྲིག་དང་བསྒོས་ནས་མོའི་སྐ་རགས་ནས་འཆང་སྟེ་སྟོད་པ་ལས་སྐད་ཆ་བཤད་རྒྱུ་ཅི་ཡང་མི་འདུག ཁོ་ཚོའི་མཐའ་སྐོར་དུ་ཧུབ་ནས་ལྟད་མོར་ལྟ་བའི་རྒྱ་རིགས་དང་ཁ་ཆེ་བ་དག་

གིས་ཁྲིལ་འཛུམ་ཤིག་གེར་ཡོད་ནའང་ཕོ་ཚོས་དེ་དག་ལ་སྣང་དོགས་ཅི་ཡང་མི་བྱེད་པར་ཕལ་ཆེར་རང་ཉིད་ཀྱི་ཁྱད་ཆོས་ཤིག་ངོམ་པ་ལྟར་བྱེད། ཕལ་ཆེར་ཁྱོད་ནི་འགྲམ་དུ་ཡོད་པའི་མི་དག་ལ་ངོ་གནོང་བྱུང་བ་འདྲ། གཡོན་ཕྱོགས་ཀྱི་ཟུར་ཞིག་ཏུ་སོང་སྟེ་སྐར་ཡང་ཐ་མག་རྔང་གཅིག་ལ་མེ་སྦྲོན། འགྲམ་རོལ་གྱི་ལྟད་མོ་བ་དག་གིས་སྔོན་ལྟར་ལྟད་མོ་དེར་བལྟས་ནས་ཕན་ཚུན་ལ་ཅི་ཞིག་བཤད་བཞིན་དུ་འཛུམ་ཤིག་ཤིག་བྱེད། རེ་ཞིག་ནས་ཕོ་ཚོས་ཀྱང་ཁྱོད་ཀྱི་ངང་ཚུལ་དེར་མཉམ་འཛོག་བྱས་སོང་བ་འདྲ། ཚུར་ཁྱོད་ཀྱི་གམ་དུ་རུབ་ནས་ཅི་ཞིག་འདྲི་བ་ལྟར་བྱེད་ལ། དེའི་ནང་དོན་ཡང་“འདི་ནི་ཁྱོད་ཚོའི་ཡུལ་སྲོལ་གོམས་འདྲིས་ཨེ་རེད”ཟེར་བའམ། ཡང་ན་ཀུ་རེའི་ཚུལ་དུ་“ཁྱོད་ཀྱང་བརྒྱུགས་ནས་བུ་མོ་ཞིག་བཟུང་ན་འགྲིག་འདུག”ཟེར་བ་དང་འདྲ། འགའ་རེས་སྐར་ཡང་ཕར་འཁོར་ནས་ལྟད་མོར་བལྟས།——ཕོ་ཚོའི་བྱ་སྤྱོད་དེར་ལྟ་བཞིན་ཟུར་ཟའི་སོ་འཛུམ་ཡང་ཕྱིར་མདོན་པར་བྱེད། ཁྱོད་ཀྱིས་ཕོ་ཚོར་ལན་ཅི་ཡང་མ་བཏབ་པར་སྣང་། གང་བྱུང་དང་ཅུང་ཁྲེལ་པ་ལྟ་བུའི་རྣམ་འགྱུར་ཞིག་བསྟན་རྗེས་གཅིག་པུར་མར་ཕྱོགས་ཀྱི་སྲང་ལམ་འགྲམ་བརྒྱུད་ནས་འགྲོ་བཞིན་འདུག་མོད། སེམས་ནས་ད་དུང་སུས་ཀྱང་མི་ཐོས་པའི་ངང་ཤུབ་བུར“དུད་འགྲོ་ལས་ཀྱང་བཙོག་པ་འདི་ཚོ”ཞེས་ཚིག་ལབ་རྒྱུག་གིན་ཡོད་ཀྱང་སྲིད། ཁྱོད་ཀྱི་རྒྱབ་གཟུགས་མར་ཕྱོགས་སུ་སྡོང་པོ་ཐར་ཐོར་ཡོད་པའི་གསེབ་ཏུ་མ་ཡལ་བའི་བར་དུ། རྒྱ་རིགས་ངོ་ཤེས་དེ་ཚོས་ད་དུང་ཁྱོད་ཀྱི་རྗེས་ཕྱོགས་སུ་ཅེར་ཞིང་གདོང་ལ་རྒྱལ་ཁའི་འཛུམ་མདངས་ཤིག་ཤར་འདུག འདི་དག་ལས་ཀྱང་ཕོ་མོ་སྣེ་ལེན་ཁང་ནས་ཕྱིར་འབུད་བཏང་བ་དེ་ཁྱོད་དང་འབྲེལ་བ་ཅི་ཡང་མེད་པའི་སྣང་བརྙན་དོད་པོ་ཞིག་ཀུན་གྱི་མིག་མདུན་དུ་བཤམས་ཚོག་ངེས་འདུག

བརྙན་འཕྲིན་དེར་ཁ་སང་བལྟས་ཟིན་པའི་དབང་གིས་སམ་ཡང་ན་ཁྲོ་བ་ལོང་དུ་མ་ཚུད་པར་ལྟ་འདོད་མ་སྐྱེས་པ་ཡིན་ནམ། ཅང་མ་འགོར་བར་ཁྱོད་སྐར་ཡང་གྲོགས་པོ་ཉེང་བ་དེའི་གན་དུ་མི་འདུག་པར་ཡར་ལངས་ཤིང་། ཕོ་ལ་སྐད་ཆ་ཐུང་ངུ་ཞིག་བཤད་རྗེས

སྐོར་བུད་སོང་། སྐོ་ཁར་བུད་རྗེས་ད་སྟོན་ཇི་བཞིན་དཔེ་ཆ་དེ་མཆན་འོག་ཏུ་བརྟུག་ཅིང་འཛུགས་སྐྲུན་དངུལ་ཁང་གི་སྒོ་འགྲམ་དུ་ཐོན་འཕྲལ་ཅི་ཞིག་ལ་འདང་རྒྱུག་པ་ལྟར་འགྲེང་སྟེ་བསྡད་བྱུང་ལ། ཁོ་མོའང་ཧག་ཧག་སྐབས་དེར་འཛུགས་སྐྲུན་དངུལ་ཁང་གི་ནང་ནས་སྐོར་བུད་དེ་ཚུར་འོང་བ་ཡིན་པ་ཁྱོད་ཀྱིས་དང་ཐོག་མཐོང་མ་བྱུང་། མོ་ཁྱོད་ཀྱི་རྒྱབ་ཕྱོགས་སུ་ཐོན་འཕྲལ་ཡུད་ཙམ་ལ་ལངས་ནས་བསྡད་པ་དང་མཇུག་མཐར་ལག་པ་བསྲིངས་ཏེ་ཁྱོད་ཀྱི་ཕྲག་པར་རྗེབ་ཙམ་བྱས་འཕྲལ་ཁྱོད་ཀྱིས་ཀྱང་གཞི་ནས་མཉམ་འཛོམ་བྱས་པ་རེད། བུ་མོ་ཆུང་ཆུང་དེས་སྟོན་ལྟར་ཁོ་མོའི་ལྭ་བའི་ཕྲུ་བར་འཛུས་ཏེ་ཁྱོད་ཀྱི་ངོ་གདོང་དང་བཟོ་ལྟ་ཁོ་ནར་ཅེར་ནས་སྡོད་ལ། ཁོ་མོས་ཀྱང་སྟོན་བཞིན་ཁྱོད་དང་གླེང་མོལ་བྱེད་ཅི་ཐུབ་བྱེད་ཀྱིན་འདུག རེ་ཞིག་ནས་ཁྱོད་ཀྱིས་སླར་ཡང་མཆན་འོག་གི 《ཡིག་འབྲུ་དམར་པོ》 བླངས་ཏེ་སློག་ཙམ་སློག་ཙམ་བྱེད་པ་ནི་ཁྱོད་ལའང་སྐད་ཆ་བཤད་རྒྱུ་གཞན་མ་བྱུང་བའི་བཟོ་ལྟ་ཞིག་ཡིན་པར་སྣང་། སྐབས་དེར་ཁོ་མོས་ལག་པ་ཚུར་བསྲིངས་བྱུང་བས་ཁྱོད་ཀྱིས་ཀྱང་དཔེ་ཆ་དེ་མོའི་ལག་ཏུ་གཏད་བྱུང་། མོས་སླར་ཡང་ཧབ་དགོད་བྱེད་པ་ལྟ་བུའི་ཉམས་ཤིག་བསྟན་ཞིང་ལག་གཡོན་པས་དཔེ་ཆ་དེ་བསྣམས་པ་དང་། ལག་གཡས་པས་བུ་མོ་ཆུང་ཆུང་དེའི་ལག་པ་ནས་འཆང་སྟེ་ཕར་ལ་འགྲོ་ཙམ་བྱས་ཤིང་། སླར་ཡང་ཕྱིར་འཁོར་ནས་ཅི་ཞིག་བཤད་ཀྱིན་སྡོད། ཁྱོད་ཀྱིས་ཀྱང་ལག་པ་གཡུག་གིན་དུ་སྐད་ཆ་འགའ་བཤད་འཕྲལ་ཁོ་མོས་གཞི་ནས་བུ་མོ་ཆུང་ཆུང་དེ་ཁྲིད་ནས་དཔེ་ཆ་དེར་ལྟ་བཞིན་དུ་གློག་བརྙན་ཁྲོད་ཀྱི་བྱུང་རིམ་ཞིག་དང་འདྲ་བར་མར་ཕྱོགས་སུ་བུད་སོང་། ཧག་ཧག་སྐབས་འདི་ལ། དྲང་ཐད་ཀྱི་ཁྱོད་དང་ཐག་མི་རིང་བའི་སར་གསར་བུ་ཚང་འཕྲུང་སྐོར་ཞིག་ཡོད་པ་དེས་ཁ་བརྫ་བྱེད་ཀྱིན་འདུག་མོད། དེ་དག་ནི་ཁྱོད་དང་ཁོ་མོའི་སྐོར་ལ་འབྲེལ་བ་ཅི་ཡང་མེད།

གཅིག་ན་རེ "ཤི་འདུག མིག་འཁྲུལ་མིན་ན་སུས་ཀྱང་མཐོང་ཚོག་ཚོག་འདུག" ཅེས་བཤད་པས།

གཞན་དེས "ང་ལ་ཧོག་ཙམ་བྱིན་དང་ཚོག ཤིག་གི་སྐྱུག་པ་ལྟ་བུ་ཞིག" ཟེར།

ཙུང་ཏན་པ་དེས "ང་རང་གྲང་འདར་བརྒྱབ་སྐེ་སོའང་ལྷུང་ལ་ཉེ། ང་ཚོ་སྡོད་ས་འདིར་ཉེ་མ་མི་འདུག་པས། འགྲོ།" ཟེར།

གཟུགས་ཕྲུང་ཞིག་གིས "རེད་ཡ། གང་ལྟར་ང་ཚོ་ཚང་མ་བཟི་མི་འོས།" ཟེར།

"འོ་ན་གང་ཞིག་ཏུ་འགྲོའམ།" སུ་ཞིག་གིས་བཤད་པ་མི་གསལ།

ཚང་མ་དེ་འཕྲུལ་འདང་རྒྱུག་གི་ནང་དུ་ལྷུང་སོང་།

སྐབས་དེར་ཕོ་མོ་ཡང་རྒྱང་རིང་དུ་སོང་ཟིན། རྒྱང་རིང་ན་ཕོ་མོའི་རྒྱབ་གཟུགས་སློག་བརྙན་ཁྲོད་ཀྱི་ལྦུང་རིམ་བཞིན་ཡམ་ཡོམ་འཁྱོ། ཕོ་མོ་དེ་ལྟར་སོང་ཤུལ་དུ། ཁྱོད་སྤར་བཞིན་སྲང་ལམ་གྱི་བཞི་མདོ་དེ་ཐ་གཅིག་ཕྱུར་འགྲེང་སྟེ། ཅི་ཞིག་ལ་རེ་སྒུག་བྱེད་པ་ལྟར་འདུག

ཁྲི་ཀན་ཆང་གིས་བཟི་སོང་།

ཁྲི་ཀན་རྒྱ་པོ་ཆང་གིས་བཟི་སོང་།

དྲང་མོར་བཤད་ན། ཁྲི་ཀན་རྒྱ་པོས་ཆང་འཐུང་བ་མ་ཡིན་པར་ཨ་ཕས་ཆང་འཐུང་བ་རེད་ཅིང་། ཁྲི་ཀན་རྒྱ་པོས་ནི་ཨ་ཕ་ཆང་གིས་བཟི་བའི་སྐྱུགས་རོ་བལྡགས་པས་བཟི་བར་གྱུར་བ་རེད། ངའི་ཨ་ཕ་ནི་སྡེ་བའི་ནང་གི་ཆང་འཐུང་མིང་གྲགས་ཅན་དེ་ཡིན་པ་སུས་མི་ཤེས། ཕོ་ཆང་གིས་བཟི་རྗེས་ཞེ་སྡང་ཇེ་ཆེར་གྱུར་ཏེ་ནམ་རྒྱུན་ཨ་མ་ལ་སྡིགས་མོ་བྱེད་ཀྱིན་ཡོད།

ཁྲི་ཀན་རྒྱ་པོ་ཆང་གིས་བཟི་བའི་བཟོ་ལྟ་ནི་ཨ་ཕ་དང་མི་འདྲ་བར་ཧ་ཅང་ཉམ་ཆུང་ཞིང་དགོད་བྲོ་བ་ཞིག་རེད། གཉའ་ཁྱུམ་ཁྱུམ་དང་ཇ་མ་ཕབ་སྐེ་འཁྱོལ་ཅམ་འཁྱོལ་ཅམ་བྱེད་པ་ལས། མདུན་དུ་གོམ་པ་གང་ཡང་སྤོ་མི་ནུས་པར་འདུག ལུས་ཡོངས་འདར་སིག་སིག་བྱེད་བཞིན་སུག་བཞི་བརྟན་པོར་ལངས་མི་ཚུགས་པའི་རྣམ་པ་ནི། གསར་དུ་བཙས་པའི་ལུ་གུ་དག་ཐོག་མར་ཡར་ལངས་དུས་རྐང་པ་ས་སྟེང་དུ་འགྲེང་ཚུགས་ཀྱིན་མེད་པའི་བཟོ་ལྟ་དང་ཨ་ན་མ་ན་རེད། ཕར་བལྟས་ན་ཁྲི་ཀན་རྒྱ་པོད་ལྟ་ཧ་ཅང་འགྲོད་པ་སྐྱེས་བཞིན་པ་འདྲ། ཐ་ན་ངའི་ཕྱོགས་སུ་ལྟ་ཅམ་བྱེད་པའི་འདུན་པ་ཡང་མི་འདུག

ངས་ཁྱི་རྐན་རྒྱ་བོར། "འདི་ནི་ཁྱོད་རང་ལྟོ་འདུན་ཆེ་བས་ལན་པ་རེད" ཅེས་བཤད།

ཁྱི་རྐན་རྒྱ་བོས་ང་ལ་ལན་འདེབས་མི་ནུས་མོད། མགོ་བོ་འདར་བཞིན་ཧ་ཅང་ཧུར་ཐག་གི་རྣམ་པས་སྐྱེ་ཡོན་ཏེ་མིག་གཉིས་ཀྱིས་ང་ལ་ལྟ་ཙམ་བྱས་བྱུང་ལ། དེའི་ནང་དོན་ནི "ཁྱོད་ཀྱིས་ང་འཕྱ་སྨོད་བྱེད་དོན་ཅི་ཡིན" ཟེར་བ་ཡིན་ཡང་སྲིད།

ངས་ཁོ་ལ། "འདི་ནི་ཁྱོད་རང་ཆང་གིས་བཟི་བ་ཁོ་ནས་མིན་པར། ད་དུང་ལོ་ལོན་པས་ཀྱང་རེད" ཅེས་བཤད།

ཁྱི་རྐན་རྒྱ་བོ་ནི་དང་ཐོག་ཁྱི་རྐན་ཞིག་ག་ལ་ཡིན། ཁོ་ནི་ང་ལས་ལོ་ལྔ་ཡིས་ཆུང་བ་ཡིན་ཏེ། ཐ་ན་དང་ཐོག་ཨ་ཕ་ཆང་གིས་བཟི་སྟེ་ཁོ་རང་རུམ་དུ་བཅུག་ནས་ཁྱིར་ཡོང་དུས་ཀྱང་། མི་ཆེ་བ་ཞིག་གི་དཀུན་ལྷམ་ཙམ་ལས་མི་འདུག ཨ་ཕས་ཁྱིམ་ནང་དུ་ཁོ་རང་ས་རུ་བཞག་མ་ཐག ལུས་ངན་ཆུང་ཆུང་དེ་བྱི་ལོང་ཞིག་དང་འདྲ་བར་བར་གསེང་གང་ཞིག་བཙལ་ནས་འཛུལ་ཅི་ཐུབ་བྱེད་པ་ནི། ཕལ་ཆེར་མི་མང་གིས་བསྐོར་ཡོད་པར་སྐྲག་ནས་ཉེན་གཡོལ་བྱེད་འདོད་པ་དང་འདྲ་ལ། ཕོ་བ་ལྟོགས་ཏེ་ཨ་མའི་ནུ་ཁུང་གང་ཞིག་ཏུ་ཡོད་པ་འཚོལ་བ་དང་ཡང་མཚུངས། ཡིན་ནའང་ཁྱི་ཡི་ཚེ་ཚད་ནི་ལོ་བཅུ་གཉིས་ཡིན་པ་རེད་ཟེར་བས། ཁོ་རང་འདི་ལྟར་ང་རང་ནར་མ་སོན་པའི་དུས་སུ་ལོ་ལོན་པར་གྱུར་བ་རེད། ད་དུང་དེ་སྔ་དགེ་རྒན་གྱིས་ང་ཚོ་སྐད་ཆ་འདི་འདྲ་ཞིག་བཤད་མྱོང་བ་སྟེ། ཚན་རིག་པས་བརྟག་དཔྱད་བྱས་པ་ལྟར་ན། ཁྱི་ཡི་ནར་སོན་ཚད་ཧ་ཅང་སྐྱེན་པ་སྟེ་ཁྱི་གུ་བཙས་ནས་ཟླ་གཅིག་ལོན་པའི་སྐབས་དང་བྱིས་པ་ལོ་གཅིག་དང་ཕྱེད་ཙམ་གྱི་བསམ་ཤེས་ཚད་གཅིག་མཚུངས་ཡིན་པས། དེ་ལྟར་བརྩིས་ན་ཁྱི་གུ་བཙས་ནས་ཟླ་བདུན་སོན་པའི་སྐབས་དང་བྱིས་པ་ལོ་བཅུ་གཉིས་ཅན་ཞིག་གི་བསམ་ཤེས་ཚད་གཅིག་མཚུངས་ཡིན་ལ། ཁྱི་གུ་ལོ་གཅིག་ལོན་པའི་སྐབས་དང་ན་གཞོན་ལོ་བཅོ་བརྒྱད་ཅན་ཞིག་གི་རིག་པའི་འཛིན་ནུས་གཅིག་མཚུངས་ཡིན་པ་དང་། ཁྱི་རྐན་ལོ་བཅུ་གཉིས་ལོན་པའི་སྐབས་དང་རྒན་པོ་ལོ་བདུན་ཅུ་ཅན་ཞིག་གི་ཤེས་རྒྱ་ཕལ་ཆེར་གཅིག་མཚུངས་ཡིན་སྐད། ངས་ནི་རྟོག་འཛིན་ཆེ་བའི་རྩིས

རིག་གི་བརྩེ་ཐབས་དེ་དག་གཏན་ནས་མི་ཤེས་པས་མགོ་བོ་ན་འོངས།

ཁྲི་ཀན་རྒྱ་བོ་ནི་ངའི་སྐད་ཆར་ཡིད་ཆེས་ཀྱིན་མེད་པ་འདྲ། གང་ནུས་ངང་ཡར་འགྲོ་རྩིས་བྱས་མ་ཐག་རྐང་བ་གཉིས་གཡོན་དུ་འཁྱལ་ཏེ་ཁོག་སྐད་ཨེན་ཙམ་གྱིས་འགྲེལ་སོང་། ཡིན་ནའང་ཁོས་བསྲུན་ཚུགས་སྙོམས་སུ་མཐུད་དུ་གོམ་པ་སྤོས་ཏེ་ཡར་ལ་བུད་སོང་། གོམ་པ་བཅུ་ཕྲག་གི་སར་ཐོན་མ་ཐག་གཞི་ནས་ཁ་ནང་ནས་སྐྲིགས་སྒྲ་མཆར་པོ་ཞིག་འདོན་བཞིན། ཨ་ཕའི་སྐྱུག་རོ་དེ་དག་ཕྱིར་སྐྱུག་ཅི་ཐུབ་བྱེད་ཀྱིན་འདུག

ཁྲི་ཀན་རྒྱ་བོས་ཨ་ཕའི་སྐྱུག་རོ་ལྡག་དུས་ནི་ཞོགས་པའི་དུས་རེད། ང་རང་མལ་ལས་ལངས་ཏེ་སྒོར་བུད་ཅིང་། སྤུ་རྡོ་སློབ་གྲྭར་འགྲོ་མི་འདོད་པས་སློབ་གྲོལ་ཇི་ལྟར་བྱེད་པའི་ཐད་ལ་བསམ་གཞིག་གཏོང་བཞིན་ཡོད། རྒྱུ་མཚན་ནི་ཨ་ཕས་ང་རང་སློབ་གྲྭར་གཏོང་མི་འདོད་པར། ལོ་གཅིག་གཉིས་ལ་སློབ་གྲྭའི་ནང་ནས་ཉི་མ་བསྐྱལ་རྗེས་ཁོའི་ཚབ་ཏུ་ལུག་རྫིར་འགྲོ་དགོས་ཟེར། ངའི་སེམས་ལ་དེས་ན་ལོ་གཅིག་གཉིས་ལའང་ཉི་མ་བསྐྱལ་དོན་ཅི་ཡོད་སྙམ་ནས་དུས་རྒྱུན་སློབ་གྲོལ་བྱས་པ་ཡིན། ངོ་མ་བཤད་ན་ང་ལུག་རྫིར་འགྲོ་དགོས་དོན་ནི་ཨ་ཕ་རང་ཉིད་ཀྱིས་ཆང་འཐུང་ནས་སྡོད་པའི་ཆེད་དུ་ཡིན་པ་འདྲ། སྐབས་དེར་ཁྲི་ཀན་རྒྱ་བོ་ནི་གང་ཞིག་ནས་ཡོང་བ་མི་ཤེས་པར་ངའི་འཁྲིས་སུ་ཐོན་འདུག ཁོའང་ངའི་ལོགས་སུ་ཅོག་པུར་བསྡད་དེ་ངའི་གདོང་ལ་ལྟ་ཙམ་བྱས་རྗེས་མཐའ་འཁོར་གྱི་ཕྱོགས་ཀུན་ཏུ་ལྟ་བཞིན་འདུག་ཅིང་། དེ་ནི་ཆེད་དུ་ང་ལ་རོགས་བྱས་ཏེ་ཧ་ཅང་ལེགས་པའི་སློབ་གྲོལ་གྱི་ཐབས་མཆོག་ཅིག་འཚོལ་བཞིན་པ་དང་འདྲ། ཡིན་ནའང་མཇུག་མཐར་ཁོས་སྟེད་པར་གྱུར་བ་ནི་ང་ལ་མཁོ་བའི་སློབ་གྲོལ་གྱི་ཐབས་མཆོག་དེ་མ་ཡིན་པར། མདང་དགོང་ཨ་ཕ་ཆང་གིས་བཟི་སྟེ་ལམ་དུ་ཡོང་ཞོར་དུ་བསྐྱུགས་པའི་སྐྱུག་རོ་སྟེ། མདུན་ངོས་ཀྱི་ཐང་གཅལ་དུ་སྟེར་ཁ་བཤམས་པ་ལྟར་བྱོ་ཡོད་པ་དེ་ཡིན་པར་གྱུར་སོང་།

དུས་རྒྱུན་ངའི་སློབ་གྲོལ་བྱེད་རོགས་ནི་ཁྲི་ཀན་རྒྱ་བོ་གཅིག་པུ་ལས་མེད། ངས་རང་ཁྱིམ་ནས་དཔེ་ཁུག་ཁུར་ཏེ་སློབ་གྲྭར་འགྲོ་རྩིས་བྱས་པ་ཡིན་མོད། འོན་ཀྱང་རང་ཉིད་རྗེས

ནས་ལུག་ཇེ་བྱེད་དགོས་པ་དྲན་རྗེས་གློ་རྫིག་ལ་སེམས་སྐྱིད་ལུག་ཏུ་གྱུར་ཅིང་ཁྱི་ནག་རྒྱ་པོ་རྗེས་སུ་ཁྲིད་ནས་འགྲོ་འདོད་སྐྱེས་འོང་ལ། སློབ་གྲྭའི་མདུན་ཕྱོགས་ཀྱི་དེའུ་འབྲུར་ཕག་ཏུ་ཐོན་འཕྲལ་ཁོ་དང་ཁྱི་ལྟོམ་དག་ལ་འཛིང་ག་བརྒྱི་རུ་བཙུག་པ་ཡིན། དགེ་རྒན་གྱིས་ནམ་རྒྱུན་ང་ལ་སྡིགས་མོ་བྱེད་དུས་ཁྱི་ལའང་མི་དོ་བར་འདུག་ཟེར་བར་ཁག་མི་འདུག ཁྱི་ནག་རྒྱ་པོས་ཁྱི་ལྟོམ་དེ་དག་ལ་འཛིང་ག་བརྒྱི་བའི་དུས་སུ། ཁོ་ནི་ང་ལས་རྩལ་ཤུགས་ཆེ་ཞིང་དཔའ་སྙིབས་ལྡན་པར་འདུག་ལ། ང་ནི་ཐག་ཉེ་སར་འགྲོ་མི་ཐོད་པར་ཐག་རིང་བའི་ས་ནས་བལྟས་ནས་བསྡད་པ་ཡིན་མོད། ལན་རེར་ཁྱི་ལྟོམ་དེ་དག་གིས་ཁྱི་ནག་རྒྱ་པོར་ངན་སྐྱལ་བྱེད་མཁན་ང་ཡིན་པ་ཤེས་ཏེ་ངའི་ཕྱོགས་སུ་མཆོངས་ཨེ་ཡོང་ལ་སྐྲག་སྣང་སྐྱེས་འོངས། ཡིན་ནའང་དགེ་རྒན་གྱིས་ང་ནི་ཁྱི་ལའང་མི་དོ་བར་འདུག་ཅེས་སྡིགས་མོ་བྱེད་དུས། ངས་སེམས་སུ་ཁྱི་ནག་རྒྱ་པོ་དང་ངེད་གཉིས་ཀྱི་བྱ་བྱེད་ཐམས་ཅད་དགེ་རྒན་ཁོང་གིས་གཟིགས་བྱུང་ཡོད་པ་ལྟར་སྣང་བས། ཅི་བྱུང་མེད་པར་ངོ་གདོང་ཚ་ལམ་ལམ་དུ་གྱུར་འགྲོ།

ཉིན་དེར། ཁྱི་ནག་རྒྱ་པོ་བཟི་སོང་བས་ངས་ཀྱང་དཔེ་ཁུག་ཁུར་ཏེ་དྲང་ཐད་དུ་སློབ་གྲྭའི་ནང་དུ་མི་འགྲོ་ག་མེད་བྱུང་། གལ་ཏེ་ཁྱི་ནག་རྒྱ་པོ་བཟི་མེད་པ་ཡིན་ན་ང་རང་སློབ་གྲྭར་འགྲོ་མི་སྲིད་པ་ཐག་ཆོད་ཡིན། རྒྱུ་མཚན་ནི་ལོ་གཉིས་ཀྱིས་ང་རང་ལུག་ཇེ་བྱེད་དགོས་པས། གང་ལྟར་སློབ་གྲྭ་དང་གྱེས་དགོས་པ་དེ་དུས་ཆོད་སྔ་ཕྱི་ཙམ་གྱི་དོན་དག་རེད། ངས་དེ་སྔོན་ཨ་ཕར། ང་རྗེས་ནས་ལུག་ཇེ་བྱེད་དགོས་ན་དེ་རིང་སློབ་གྲྭར་མི་འགྲོ། དེ་རིང་སློབ་གྲྭར་འགྲོ་དགོས་ན་རྗེས་ནས་ལུག་ཇེ་མི་བྱེད་ཅེས་བཤད་དུས་ཀྱང་། ཨ་ཕ་དགོད་བཞིན་དུ། ལོ་གཅིག་གཉིས་ལ་སློབ་གྲྭར་མ་སོང་ན་ཆད་པ་ལྟེ་མོ་འབེབས་པ་རེད་ཟེར། ང་སློབ་གྲྭར་འགྲོ་བའི་ལམ་བར་དུ་བཟང་མོ་ཚང་གི་སྤྲའི་འདབས་རོལ་བརྒྱུད་ནས་འགྲོ་དགོས་པས། ནམ་རྒྱུན་ང་ཁོང་ཚང་གི་དྲང་ཐད་དུ་ཐོན་མ་ཐག་ཁྱི་ནག་མ་ནག་རིལ་དེ་སྤྲའི་ཕྱུགས་ཆོན་གྱི་འཁྲམ་ནས་ཡར་ལངས་ཏེ་ངའི་སྟེང་དུ་ཟུག་རྐྱད་འདོན་ངེས་ཡིན་ལ། ཁྱི་ནག་མ་ནག་རིལ་གྱིས་ཟུག་རྐྱད་བརྟོན་མ་ཐག་བཟང་མོས་གང་མྱུར་དང་དཔེ་ཁུག་ཁུར་ཏེ་སྤྲ་སྒོར་བུད་ཅིང་།

ང་དང་ལྷན་དུ་སློབ་གྲྭར་འགྲོ་བ་ཡིན་མོད། དོན་དོ་མར་བཤད་ན་ང་ནི་ཕོ་མོ་དང་འགྲོགས་ནས་འགྲོ་འདོད་གཏན་ནས་མེད།

བཟང་མོ་ནི་ང་དང་བསྡུར་ན་སློབ་སྦྱོང་ལ་ཧ་ཅང་བཟང་སྟེ། ང་ཚོའི་འཛིན་གྲྭའི་ནང་དུ་ནམ་རྒྱུན་རྒྱུགས་འབྲས་ཨང་དང་པོ་ལེན་གྱིན་ཡོད་པས། དགེ་རྒན་གྱིས་ང་ནི་ཁྱི་ལའང་མི་དོ་བར་འདུག་ཟེར་དོན་ཡང་དོན་དུ་བཟང་མོ་དང་ངེད་གཉིས་ཁྱིམ་མཚེས་ཡིན་པ་ཤེས་ནས། ཆེད་དུ་ཕོ་མོ་ལ་བསྟོད་པ་ཐལ་དྲགས་བྱེད་ཀྱིན་ང་ལ་ཕོག་དཔུང་སློང་བའི་ནང་དོན་ཡང་འདུས་པ་རེད། ཡིན་ནའང་ང་ལ་ཕོག་དཔུང་ལངས་རྒྱུ་མི་འདུག ངེད་གཉིས་ལམ་གཅིག་ཏུ་འགྲོ་མཁན་མ་རེད་པས་ཕོ་མོ་དང་འགྲན་བསྡུར་བྱེད་དོན་ཡོད་དམ། བཟང་མོས་ནམ་རྒྱུན་ང་ལ་གསབ་ཁྲིད་བྱེད་ཟེར་ནས་དགའ་དགའི་ངང་རོགས་རམ་ཅི་ནུས་བྱེད་མོད། འོན་ཀྱང་ངས་ཕོ་མོ་མཐོང་མི་འདོད་པར་འདུག གལ་ཏེ་ཕོ་མོ་མེད་པ་ཡིན་ན་དགེ་རྒན་གྱིས་ཀྱང་ང་ལ་དམའ་འབེབས་ཀྱི་ཚིག་དེ་འདྲ་གཏན་ནས་བཤད་མི་སྲིད་སྙམ་བྱུང་།

ངས་ཆེད་དམིགས་ཀྱིས་ཕོ་མོ་མ་མཐོང་ཁུལ་བྱས་ཏེ་སྔོན་དུ་འགྲོ་གྲབས་བྱེད་དུས། ཕོ་མོ་ཕ་རོལ་ནས་བརྒྱུགས་ཡོང་ཞོར་དུ་ངའི་མིང་ནས་བོས་བྱུང་། ངས་གོམ་པ་ལེན་མཚམས་བཞག་ནས་ཕྱིར་འཁོར་བ་ན། ཕོ་མོས་དགོད་བཞིན་དུ། "དེ་རིང་ཁྱོད་ཚང་གི་ཁྱི་རྒན་རྒྱ་བོ་ཅི་བྱས་པ་ཡིན" ཟེར།

ངས་ཅི་མི་སྙམ་པའི་ངང་། "ཁྱི་རྒན་རྒྱ་བོ་ཚང་གིས་བཟི་སོང་བ་རེད། དེ་མ་གཏོགས་ང་རང་སློབ་གྲྭར་འགྲོ་སྲིད་དམ" ཞེས་བཤད།

ངའི་སྐད་ཆ་དེ་ཕོ་མོའི་རྣར་འགྲོ་གྱིན་མི་འདུག ཧ་ཅང་ཡིད་མི་ཆེས་པའི་ངང་། "རྫུན་མ་བཤད། ཁྱོད་སློབ་གྲྭར་འགྲོ་ན་ངེས་པར་དུ་ཁྱི་རྒན་རྒྱ་བོ་ཚང་གིས་བཟི་དགོས་སམ།" ཟེར་ནས་སླར་ཡང་རྒྱབ་ཕྱོགས་སུ་ཕྱི་མིག་ལྟ་བར་བྱེད་ལ། དེ་ནི་ད་དུང་ཡང་ཁྱི་རྒན་རྒྱ་བོ་ངའི་རྗེས་སུ་འབྲངས་མེད་པ་དེར་ཡ་མཚན་སྐྱེས་ཀྱིན་པ་དང་མཚུངས། དོན་དོ་མར་ཕོ་མོ་ཁྱི་རྒན་རྒྱ་བོར་འདང་རྩིས་ཆེ་བ་ག་ལ་ཡིན་ཏེ། དེ་ལས་ལྡོག་སྟེ་ཕོ་མོ་ངེད་ཚང་གི་ཁྱི་

ཀན་འདིར་ཧ་ཅང་སྐྲག་གིན་ཡོད་པས་རེད།

ངས་སྣ་མཐུད་དུ་ཕོ་མོར་འགྲེལ་བཤད་བྱེད་མི་འདོད་པས། གང་མྱུར་དང་མདུན་ཕྱོགས་སུ་བསྐྱོད་པ་ཡིན། ཕོ་མོ་ནི་དབུགས་ཧལ་ཧལ་ངང་ངའི་རྗེས་སུ་འབྲངས་ནས་ཡོང་གིན་འདུག་ཀྱང་། སྣ་མཐུད་དུ་ཁྲི་ཀན་རྒྱ་བོ་ཚང་གིས་བཟི་བའི་དོན་དེར་བསམ་བློ་གཏོང་ཡོད་མེད་བཤད་དཀའ། གང་ལྟར་བཤད་ཀྱང་ང་རང་སློབ་གྲྭར་ཡོང་བའི་དོན་འདིས་ཕོ་མོར་སྤྲོ་སྣང་ཞིག་སྐྱེས་ཀྱིན་ཡོད་དེ། དགེ་ཀན་གྱིས་རྒྱུན་དུ་ཕོ་མོར་སྐད་བསྐུར་ཏེ་ང་རང་སློབ་གྲྭར་ཧོག་ཟེར་གྱིན་ཡོད་པར་མ་ཟད། ལན་རེར་ཆེད་དུ་བཟང་མོ་ལ་ང་སློབ་གྲྭར་ཁྲིད་ཡོང་རྒྱུ་ནི་ཕོ་མོའི་འགན་ཁུར་ཡིན་ཞེས་བཀའ་འབེབས་ཀྱིན་ཡོད་ལ། ཕོ་མོས་ཀྱང་དགའ་དགའི་ངང་དང་ལེན་བྱེད་ཀྱི་ཡོད་པས་ཀྱང་རེད། དེ་བས་ངས་བཟང་མོར་ཁྱོད་ནི་དགེ་ཀན་གྱི“རྒྱུགས་ཁྲི”རེད་ཅེས་བཤད་པ་ཡིན།

དང་ཐོག་ངས་ཀྱང“རྒྱུགས་ཁྲི”ཞེས་པའི་གོ་དོན་མི་ཤེས་མོད། དེ་ཡང་སློབ་མ་ཚོའི་ངག་ནས་ཐོབས་པར་གྱུར་བ་ཡིན། གསལ་པོར་བཤད་ན་འདི་འདྲ་རེད་དེ། སློབ་གྲྭའི་སྒོ་ཆེན་ནས་གོམ་པ་ལྔ་བཅུ་ཙམ་ལ་སོང་ཚེ་བཞུར་ཆུ་མེད་པའི་གྲོག་མོ་ཞིག་ཡོད། ངོ་མ་བཤད་ན་བཞུར་ཆུ་མེད་ཚེ་གྲོག་མོ་ལའང་དོན་སྙིང་ཅི་ཡང་མི་འདུག་སྟེ། དེ་ནི་ཡལ་བར་དོར་བའི་ཁུག་མ་སྟོང་བ་ཞིག་དང་མཚུངས་པ་མ་ཡིན་ནམ། དེ་ཅི་འདྲ་ཡིན་ནའང་ཡིན་དུ་ཆུགས། རེད་ཡ། གྲོག་མོ་དེའི་ཕར་འགྲམ་གྱི་དེའུ་འབུར་སྟེང་དུ་ནམ་རྒྱུན་ཁྲི་ཀན་འགའ་རེ་ཉལ་ནས་ཡོད་དེ། དེ་དག་ཚང་མ་ཁྱིམ་ཚང་སུ་དང་གང་གི་སྒོ་ཁྲི་མ་ཡིན་པར་ལྟོམ་པོ་ཤ་སྟག་རེད། ཕོ་ཚོ་སྔོན་ནས་སློབ་མ་དག་དང་འདྲིས་ཏེ་རྒྱུག་རྩེས་གཏན་ནས་མི་བྱེད་པས་ཐ་ན་བཟང་མོའང་ཕོ་ཚོར་མི་སྐྲག་པ་རེད། ཞག་སྔོད་སློབ་མ་དག་གིས་བཟའ་བཏུང་ལ་རོལ་ཚར་མཚམས་ཁྲི་ལྟོམ་ཚོ་ཡང་རང་བཞིན་གྱིས་གྲོག་མོ་བརྒལ་ནས་སློབ་གྲྭའི་སྒོ་ཆེན་ཁར་ཡོང་ལ། ཛ་ཁང་གི་ཛ་མ“ཆིག་ལབ”ཀྱིས་སློབ་མ་ཚོའི་ཟས་ལྷག་དག་ཕོ་ཚོར་ལྡུད་ཀྱིན་ཡོད་མེད། འོན་ཀྱང་ཁྲི་ལྟོམ་དེ་དག་ལུས་པོའང་ཛ་མ“ཆིག་ལབ”ཀྱི་ལུས་པོ་འདྲ་བར་

ཚེ་རྒྱས་རྒྱུ་ཅི་ཡང་མི་འདུག སློབ་མ་མ་རབས་དག་གིས་རྒྱུན་དུ་ཕྱི་ཉོམ་དེ་དག་ནི་ཇ་མ "ཚིག་ཡབ" གྱི "རྒྱུགས་ཕྱི" རེད་ཟེར་གྱིན་འདུག་པས། ངས་ཀྱང་རྒྱུགས་ཕྱི་ཞེས་པའི་ཐ་སྙད་འདིའི་གོ་བ་ལོན་སོང་། རྒྱུགས་ཕྱི་ནི་གཞན་ལ་ངོ་དགའ་སྤྲེལ་ཡད་བྱས་ཏེ་ཞབས་གཡོག་ཏུ་རྒྱུག་མཁན་རེད། ངས་བཟང་མོ་ལ་ཁྱོད་ནི་དགེ་རྒན་གྱི "རྒྱུགས་ཕྱི" རེད་ཅེས་བཤད་པའི་སྐབས་དག་ཏུ། ཕོ་མོ་མགོ་བོ་དུད་ནས་ང་ལ་ཁད་དུ་གྱུར་འགྲོ།

སློབ་གྲྭའི་འདབས་རོལ་ཏུ་སླེབས་ལ་ཉེ་དུས། ངའི་སྣང་ངོར་སློབ་གྲྭ་ནམ་རྒྱུན་དང་མི་འདྲ་བའམ་ཅི་ཞིག་ཚད་ལྷག་བྱུང་བ་ལྟ་བུའི་ཚོར་སྣང་ཞིག་བྱུང་བས། སྒོ་བུར་དུ་གོམ་པ་ལེན་མཚམས་བཞག་ནས་ཞིབ་ལྟ་བྱས་ཀྱང་ཅི་ཞིག་ཚད་ལྷག་བྱུང་བ་བཤད་རྒྱུ་མི་འདུག

བཟང་མོ་ཡང་ངའི་གན་དུ་སླེབས་འཕྲལ་གོམ་པ་ལེན་མཚམས་བཞག་ཅིང་། ཅི་ཡིན་ཆ་མ་འཚལ་བར་ངའི་རྣམ་འགྱུར་ལ་རྟོག་གིན། "ཅི་ཞིག་རེད" ཅེས་དྲིས་བྱུང་།

ངས་སློབ་གྲྭའི་ཕྱོགས་སུ་ལྟ་བཞིན། "དེ་རིང་གི་སློབ་གྲྭ་ནམ་རྒྱུན་དང་མི་འདྲ་དོན་ཅི་ཡིན་ནམ" ཞེས་དྲིས།

འདི་ནས་བལྟས་ཚེ་སློབ་གྲྭའི་ཁང་ཤར་གསུམ་དང་། ཕྱི་རོལ་གྱི་ར་སྐོར། དེའི་ཕྱི་རོལ་གྱི་ཡུལ་ལྗོངས་ཧྲིལ་པོ་པར་བླངས་པ་བཞིན་གསལ་པོར་མཐོང་ཐུབ་པས། བཟང་མོས་ཀྱང་ངའི་ལྟ་ཕྱོགས་ལ་ཡིད་མོ་བྱེད་པ་ལྟར་སློབ་གྲྭའི་ཕྱོགས་སུ་ལྟ་ཙམ་བྱས་རྗེས་བགད་བྱུང་། ཕལ་ཆེར་ངས་ཀུ་རེ་རྩེ་བཞིན་འདུག་སྙམ་པ་འདྲ། དགོད་བཞིན་དུ། "ཅི་ཞིག་མི་འདྲ་བར་འདུག ནམ་རྒྱུན་དང་གཅིག་འདྲ་རེད" ཟེར།

ཕོ་མོའི་དགོད་སྒྲའི་ཁྲོད་དུ་ལྟད་མེད་ཀྱི་ནང་དོན་ཞིག་ཀྱང་འདྲེས་འདུག་པ་ལྟར་སྣང་བས། ང་ཙུང་དོགས་མི་བདེ་བར་གྱུར་ཏེ་བདེན་ཅོག་ཅོག་དང་། "ཁྱོད་ཀྱིས་ཞིབ་ལྟ་བྱོས་དང་། ཚད་ལྷག་ཅི་ཡང་བྱུང་མི་འདུག་གམ" ཞེས་དྲིས་ཤིང་། ཕོ་མོ་དང་ལྷན་དུ་སླར་ཡང་ཞིབ་ལྟ་བྱས།

བཟང་མོས་ཀྱང་ངས་ཀུ་རེ་རྩེ་བཞིན་པ་མིན་པ་རྟོགས་ནས། ནན་ཏན་དང་སློབ་གྲྭའི་

ཕྱོགས་སུ་ཞིབ་ལྟ་ཞིག་བྱས་ཤིང་། སླར་ཡང་ངའི་གདོང་ལ་ཞིབ་ལྟ་ཞིག་བྱས་རྗེས། "ངས་བལྟས་ན་གཅིག་མཚུངས་རེད་" ཟེར་བ་ལས་ཡང་བསྐྱར་བགད་མ་བྱུང་།

ངས་ཇི་ལྟར་བལྟས་ཀྱང་སྟོང་ཆ་ཞིག་ཡོད་པར་འདུག་ཀྱང་། ཅི་ཞིག་གིས་སྟོང་བ་ཡིན་པ་རང་ཉིད་ཀྱིས་ཀྱང་བཤད་དཀའ་བར་འདུག ངས་ཁོ་མོའི་ངག་ནས་རང་ཉིད་ལ་མཁོ་བའི་ལན་ཅི་ཡང་མ་ཐོབ་པས་ཡི་ཆད་དང་། "གང་ལྟར་ངས་བལྟས་ན་ནམ་རྒྱུན་འདྲ་བ་ཞིག་མ་རེད་" ཅེས་བཤད་རྗེས། ཁོ་མོར་ཁ་ཡ་མ་བྱས་པར་སྟོན་དུ་བསྐྱོད་པ་ཡིན།

སློབ་གྲྭའི་མདུན་རོལ་གྱི་གྲོག་མོའི་ཁར་སླེབས་དུས་མདུན་རོལ་ནས་ཇ་མ "ཆིག་ལབ" ཚུར་ཡོང་བ་དང་འཕྲད་བྱུང་། ཁོ་རང་གཅིག་པུ་ལམ་དུ་འགྲོ་དུས་ནམ་རྒྱུན་ཆིག་ལབ་རྒྱག་པར་བྱེད་པས། སློབ་མ་ཚོས་ལྐོག་ཏུ་ཁོའི་མིང་ལ་ཇ་མ "ཆིག་ལབ" ཅེས་འབོད་ཀྱིན་ཡོད། ཁོའི་ལུས་ལ་ཏ་དབྱི་སེར་པོ་དེ་གོན་འདུག་ཅིང་དེ་ནི་དབྱར་དགུན་མེད་པར་ཁོའི་འཁོར་ལྭ་ལྟ་བུར་གྱུར་ཡོད་པས། ནམ་རྒྱུན་ཡུལ་དུ་འགྲོ་བའམ་ཇོང་མཁར་དུ་ཚོང་རྒྱག་ཏུ་འགྲོ་བ་སོགས་ཐག་རིང་ལ་འགྲོ་བའི་སྐབས་སུ་མ་གཏོགས་མི་གོན་པ་ཡིན། ཁོས་མིག་གིས་མདུན་ཐད་ཀྱི་ས་ངོས་སུ་ཅེར་ནས་ཡོང་གིན་འདུག་པས། མདུན་ཕྱོགས་སུ་ངེད་གཉིས་ཡོང་གིན་པར་མཉམ་འཇོག་བྱེད་ཀྱིན་མི་འདུག

ངའི་སེམས་ལ་ཁོ་རང་གང་ཞིག་ཏུ་འགྲོ་བཞིན་པ་ཡིན་ནམ་སྙམ་པའི་སྐབས་སུ། ཁོས་ངག་ནས་གང་བྱུང་དང "སྣ་ལེབ་ཁྱོད་ཀྱིས་ང་ལའང་མི་འདྲི་སྲོལ་ཡོད་དམ། ཁོ་ཚོས་ཁྱོད་ཀྱི་ཀླད་སྐོགས་ཟོས་སོང་བ་ཨེ་རེད་" ཅེས་ཆིག་ལབ་བྱས་བྱུང་བ་ངས་གསལ་པོར་ཐོས་བྱུང་།

"སྣ་ལེབ" ཟེར་བ་ནི་སློབ་མ་ཚོས་སློབ་གཙོར་བཏགས་པའི་མཚང་མིང་ཡིན་མོད། དེ་རིང་ཇ་མ "ཆིག་ལབ" ཀྱིས་ཀྱང་དེ་ལྟར་འབོད་པར་བལྟས་ན། སློབ་གཙོ་སྣ་ལེབ་ཀྱིས་ཁོ་ལ་མི་དགའ་བ་ཞིག་བྱས་སོང་བ་མངོན་གསལ་ཡིན་འདུག འོན་ཀྱང་མི་དགའ་བ་ཅི་ཞིག་བྱས་པ་ང་ཚོས་ཅི་ལ་རྟོགས།

ངས་མུ་མཐུད་དུ་ཁོའི་ཆིག་ལབ་ལ་ཉན་དགོས་བསམས་པའི་སྐབས་སུ། རྒྱབ་རོལ་

ནས་བཟང་མོའི་ཁ་གྲགས་བྱུང་། "ཨ་ཁྱུ་ཇ་མ་གང་དུ་འགྲོ་བ་ཡིན" ཟེར།

ཇ་མ "ཆིག་ལབ" དེ་མ་ཐག་ཏུ་ཧད་སེར་གྱུར་ཏེ་རེ་ཞིག་ལ་གོམ་པ་ལེན་མཚམས་ཀྱང་བཞག་བྱུང་། ཁོས་མིག་ཅེར་བཞིན་ཁ་གདངས་ཏེ་ངེད་གཉིས་ལ་ཞིབ་ལྟ་ཞིག་བྱས་རྗེས། གཞི་ནས་སེམས་ཚུང་ལྷོད་དུ་བབས་པ་ལྟར་གྱུར་ཅིང་། ཁ་ནས་གང་བྱུང་དང་། "འདྲི་སྨྱུག་འདི་གཉིས་ཀསང་ལ་སྐྲག་ཕུད་བྱུང་། ཁྱོད་གཉིས་ཀྱིས་ཅི་བྱེད་པ་ཡིན" ཟེར།

ངེད་གཉིས་སློབ་གྲྭར་འགྲོ་བཞིན་ཡོད་པ་མིག་གིས་མཐོང་ཡང་ཁོས་དེ་ལྟར་དྲིས་བྱུང་བས། ངས་དོན་མེད་ཀྱི་དྲི་བ་དེ་ལ་ལན་འདེབས་འདོད་མ་བྱུང་། འོན་ཀྱང་བཟང་མོས་དྲང་ཀྲུང་ངང "ངེད་གཉིས་སློབ་གྲྭར་འགྲོ་བ་ཡིན" ཞེས་ལན་བཏབ་བྱུང་།

ཇ་མ "ཆིག་ལབ" ཀྱིས་སྐྲེ་ཕྱིར་འཁྱོག་སྟེ་སློབ་གྲྭའི་ཕྱོགས་སུ་ལྟ་ཙམ་བྱས་རྗེས། ཧ་ཅང་བག་ལྷོད་ངང་ངེད་གཉིས་ཀྱི་ཉེ་སར་བཅར་ཏེ། བཟང་མོར་ལྟ་ཙམ་བྱས་པ་དང་། སླར་ཡང་ངའི་རྣམ་འགྱུར་ལ་རྟོག་བཞིན། "ཁྱོད་ཀྱིས་ད་སྔོན་ཅི་ཞིག་ཐོས་བྱུང" ཞེས་དྲིས་བྱུང་།

བཟང་མོས་འདང་ཞིག་བརྒྱབ་སྟེ་མགོ་བོ་འཕྲེད་དུ་གཡུག་བཞིན "ཅི་ཡང་ཐོས་མ་བྱུང" ཟེར།

ངས་མ་རབས་ཀྱི་འཛུམ་མདངས་ཤིག་ཕྱུངས་ནས། "ཁྱོད་ཀྱིས་སློབ་གཙོ་ལ་སྡིགས་མོ་བྱེད་ཀྱིན་པ་ཐོས་བྱུང" ཞེས་དྲང་མོར་བཤད་པ་ཡིན།

བཟང་མོས་ངས་ཅི་ཞིག་བཤད་ཀྱིན་པའི་ཧ་མ་གོ་བར་ཇ་མའི་གདོང་ལ་ལྟ་ཙམ་དང་ངའི་རྣམ་འགྱུར་ལ་ལྟ་ཙམ་བྱེད་ཀྱིན་འདུག

ཇ་མ "ཆིག་ལབ" ཚུང་མ་དགའ་བ་ལྟར་གྱུར་ཏེ་དེ་འཕྲལ་ངོ་འཛུམ་གནག་སྟེ། "གང་བྱུང་མ་བཤད། ངས་སློབ་གཙོ་ལ་སྡིགས་མོ་བྱེད་སྲིད་དམ། ཁྱོད་ཀྱིས་གོ་ནོར་ཐེབས་པ་རེད། སྐད་ཆ་གང་བྱུང་དུ་བཤད་མི་རུང" ཟེར།

ཁོས་ནི་སྐད་ཆ་དེ་སློབ་གྲྭའི་ནང་དུ་བསྒྲག་ཨེ་ཡོང་ལ་སྐྲག་གིན་པ་རེད་པས། ངས་མགོ་ལྡོག་ལྡོག་བྱས་ཏེ་དགོད་བཞིན་དུ། "རེད། ང་གོ་ནོར་ཐེབས་པ་རེད། ངས་སུ་ལ་འང

བཤད་མི་སྲིད” ཅེས་བཤད།

ངས་དེ་ལྟར་བཤད་པས་ཇ་མ “ཚིག་ལབ” ཀྱང་ཧ་ཅང་དགའ་སྟེ་ང་ལ་ལྷག་པར་སྙིང་ཉེ་བ་ལྟར་གྱུར་སོང་། ཁོས་སྐར་ཡང་ཚིག་ལབ་རྒྱུག་པ་ལྟར། “སློབ་གཙོས་བཤད་ན་སང་ཉིན་ཛོང་དཔོན་ཆེན་མོ་ང་ཚོའི་སློབ་གྲྭའི་ནང་དུ་གཟིགས་ཞིབ་ལ་ཡོང་རྒྱུ་རེད་པས། འདབས་རོལ་གྱི་ཁྱི་ལྟོམ་དག་ཕར་སྐྲོད་དགོས། སློབ་མ་ཚོར་ཟས་ལྷག་ཡོད་ན་ཕ་རོལ་གྱི་ས་དོང་ནང་དུ་ཕོས་ཤིག་ཟེར། འོན་ཀྱང་ཁྱི་ལྟོམ་འདི་དག་ཀྱང་ལྟོགས་སྐོམ་མྱོང་མཁན་ཤ་སྟག་རེད་པས་སེམས་ཅན་ཐམས་ཅད་གཅིག་འདྲ་ལོས་ཡིན། ངས་ནི་ཁོ་ཚོ་བདའ་མི་འདོད་ལ་ཁོ་ཚོའང་འདི་ག་དང་འབྲལ་འདོད་ཀྱིན་མི་འདུག་མོད། མདང་དགོང་སློབ་གཙོ་ཚང་གིས་བཟི་རྗེས་གློ་བུར་དུ་ཁྲོས་ཏེ། ཤོག་སྒྲག་བཀོད་ནས་ཁྱི་ལྟོམ་ཚོ་གང་ཞིག་ཏུ་བསྐྲད་ཟིན་འདུག ང་སོང་སྟེ་ཁོ་ཚོ་བཙལ་སྙམ་པ་ཡིན” ཟེར།

བཟང་མོས་ཅི་ཞིག་གི་ཧ་མ་གོ་བ་ལྟར། “འོ་ན་ཁྱོད་ཀྱིས་ཟ་མ་བསྐོལ་མི་དགོས་སམ” ཞེས་དྲིས་བྱུང་། ཁོ་མོས་དེ་ལྟར་འདྲི་བར་ཁག་མེད་དེ། ང་ཚོ་སློབ་གྲྭའི་ཉེ་འདབས་སུ་ཁྱིམ་ཚང་ཡོད་པའི་སློབ་མ་དག་གིས་ཀྱང་དྲོས་ཇ་སློབ་གྲྭའི་ནང་དུ་འཐུང་གིན་ཡོད་པས་རེད།

ཁོས་སྐར་ཡང་ཕྱིར་སློབ་གྲྭའི་ཕྱོགས་སུ་ལྟ་ཙམ་བྱས་རྗེས། ཕྱིར་འཁོར་ཏེ་ངེད་གཉིས་ཀྱི་ངོ་ལ་རེས་མོས་ཀྱིས་ལྟ་བཞིན། “སློབ་མ་དག་ལ་ནངས་ཇ་བླུད་ཟིན། དྲོས་ཇ་བསྐོལ་རན་བར་དུ་ཕྱིར་ཐོན་ངེས་ཡིན” ཟེར།

ངས་འདང་ཞིག་བརྒྱབ་ནས “ཁྱོད་ཀྱིས་ཁྱི་ལྟོམ་དག་བཙལ་ཡོང་ན་སློབ་གཙོས་བཀའ་བཀྱོན་གནང་ཡོང་བར་མི་སྐྲག་གམ” ཞེས་དྲིས།

ཇ་མ་ཚིག་ལབ་ཀྱིས་ཏོ་དགོད་ཅིག་བྱས་ཏེ། “ངས་ཕྱིར་ཁྲིད་ཡོང་ཟེར་བ་མིན། ཁོ་ཚོར་ལྟོ་ཞིག་ལྟུད་སྙམ་པ་ཡིན།” ཟེར་བཞིན་ཏ་དབྱི་འདབས་འོག་ནས་སློབ་མ་ཚོའི་ཟས་ལྷག་ཁུག་མ་ཆུང་ངུ་གང་ཕྱིར་བླངས་ནས་ངེད་གཉིས་ལ་སྟོན་ཙམ་བྱས་རྗེས། སྐར་ཡང་ཕྱིར་སྦས་ཏེ་ཧ་ཅང་སེམས་ཆུང་དང་། “ཁྱོད་གཉིས་ཀྱིས་སུ་ལའང་བཤད་མི་རུང་། གསང་

རྒྱ་བྱེད་དགོས” ཟེར།

ངས་མགོ་ལྟེམ་ལྟེམ་བྱས་མ་ཐག་བཟང་མོས་ཀྱང་མགོ་ལྟེམ་ལྟེམ་བྱས་སོང་།

ཁོའི་སེམས་བདེ་ལ་བབས་པར་གྱུར་ཏེ། སླར་ཡང་སྐད་གདངས་གཞན་ཞིག་ཏུ་བསྒྱུར་ནས “མྱུར་དུ་སོང་། སློབ་ཁྲིད་ཀྱི་རྗེས་ཚོད་རྒྱ་མ་རེད” ཅེས་བཤད་རྗེས་ཁོ་རང་ཡང་ལམ་ལ་ཆས་བྱུང་། བཟང་མོ་དང་ངེད་གཉིས་ཀྱིས་ཁོ་ཕར་ལ་སོང་བའི་རྗེས་ཕྱོགས་སུ་བལྟས་ནས་བསྡད། ཁོ་རང་ཕར་ཙམ་ལ་སོང་རྗེས་སླར་ཡང་འགྲོ་ཞོར་དུ་ཁེར་བཤད་ལྟབ་ལྷིབ་ཅིག་བྱེད་ཀྱིན་འདུག

སྐབས་དེར་ངས་གཞི་ནས་རྟོགས་བྱུང་། ད་སྟོན་ཅི་ཞིག་མི་ཚང་བ་ལྟར་ཡོད་པ་ནི་ཕ་རོལ་གྱི་དེའུ་འབུར་སྟེང་གི་ཁྱི་ལྟོམ་ཚོ་མཐོང་རྒྱུ་མི་འདུག་པ་དེ་ཡིན་འདུག ནམ་རྒྱུན་ངས་ཁྱི་རྒན་རྒྱ་པོ་རྗེས་སུ་ཁྲིད་དེ་ཕ་རོལ་ནས་ཡོང་བའི་དུས་སུ། དེའུ་འབུར་སྟེང་གི་ཁྱི་ལྟོམ་དག་གིས་ཀྱང་དགྲ་བཙན་པོ་ཞིག་སླེབས་ཀྱིན་པ་རྟོགས་པ་ལྟར། རང་རང་ས་ནས་ཡར་ལངས་ཤིང་ཧ་མ་ཡར་བསྒྲངས་ཏེ་ཕར་འགྲོ་ཚུར་འགྲོ་བྱེད་བཞིན་འཛིང་ག་བགྱི་བར་གྲ་སྒྲིག་བྱེད་མོད། དོན་དངོས་ཁོ་ཚོ་ཡང་ཁྱི་རྒན་རྒྱ་པོར་སྐྲག་གིན་འདུག་པ་མངོན་གསལ་རེད། ཁྱི་རྒན་རྒྱ་པོ་ནི་ཁོ་ཚོ་ལས་གཟུགས་པོངས་ཆེ་ཞིང་སྟོབས་དང་ལྡན་པ་ཞིག་ཡོད་པར་མ་ཟད། ས་ནས་སྒོ་བུར་དུ་སྐྱེས་པ་ལྷ་བུའི་སུག་བཞི་ཕྲ་ཞིང་རིང་བ་དང་སྟེར་ཁྲིམ་ཆེ་ལ་བརྟན་བརླིང་ལྡན་པ་ཞིག་ཡོད་པས། ཁོའི་ཟེལ་ཤུགས་ཀྱིས་ཀྱང་ཁྱི་ལྟོམ་དག་སྤ་བཀོང་བར་བྱེད་ནུས། འོན་ཀྱང་དེ་རིང་ཁྱི་ལྟོམ་དག་བྲོས་སོང་བའི་ཁར་ཁྱི་རྒན་རྒྱ་པོ་ཡང་རང་ཁྲིམ་དུ་བཟེ་ཡོད་པས། ཕ་རོལ་གྱི་དེའུ་འབུར་དེ་ནི་ཁེར་རྐྱང་དུ་ལུས་པ་ལྟར་སྟོང་ཞིང་ཁྲུ་སིམ་མེར་འདུག་པས། གནས་འདིའི་རང་བྱུང་གི་ཁྱད་ཆོས་གཙོ་བོ་ཞིག་སྐད་ཅིག་ཉིད་ལ་ཡལ་སོང་བ་དང་གཉིས་སུ་མི་འདུག

སུ་ཏྲེའི་སྐད་ཡིག་སློབ་ཁྲིད་སྐབས་སུ། དགེ་རྒན་གྱིས་ང་ཚོ་ལ《ངེད་ཚང་གི་བྱ་མོ་དམར་ལྷང་མ》ཞེས་པ་དེ་ཁྲིད་སོང་། སློབ་ཁྲིད་ཀྱི་གོ་རིམ་ནི་ནམ་རྒྱུན་དང་གཅིག་

མཚུངས་རེད་དེ། དང་ཐོག་ཀློག་ཁྲིད་པ་དང་དེར་མཐུད་ནས་ཐ་སྙད་གསར་པ་སྔོ་སམ་ངོས་སུ་བྲིས་ནས་འགྲེལ་བཤད་བྱེད་ལ། མཇུག་མཐར་སློབ་ཚན་དབྱེ་ཞིབ་བྱེད་པ་རེད། སློབ་ཚན་དབྱེ་ཞིབ་བྱས་ཚར་རྗེས་དགེ་རྒན་གྱིས་དཔེ་ཆ་དང་ས་སྨུག་ཕར་བཞག་སྟེ། སློབ་གྲོགས་ཚང་མར་བལྟས་ནས་ཁ་བརྡའི་ཚུལ་དུ "ཁྱོད་ཚོས་ཁྲིམ་བྱ་མཐོང་ཨེ་མྱོང་" ཞེས་དྲིས་བྱུང་།

སློབ་མ་ཚང་མས་མགྲིན་གཅིག་ཏུ་སྐད་མཐོན་པོས "མ་མྱོང་" ཟེར།

དགེ་རྒན་ཅུང་སེམས་ཕམ་པར་གྱུར་སོང་། ཁོང་གིས་བསམ་བློ་ཞིག་བཏང་རྗེས་དལ་ལྷོད་ལྷོད་ངང་མགོ་བོ་ལྷེམ་ལྷེམ་ཞིག་བྱས་ཏེ། "དེ་ལ་ཁག་མི་འདུག ཀྱི་ནག་ལ་མཚོན་ན་ཕག་དང་ཁྲིམ་བྱ་ནི་ཁོ་ཚོའི་སྒོ་ཕྱུགས་ཀྱི་ཚབ་རེད། ང་ཚོར་མཚོན་ན་ཁྲིམ་ཚང་གི་སྒོ་ཁར་ཡོད་པའི་རྟ་དང་ནོར་དང་ལུག་དང་ཁྱི་སོགས་ལྟ་བུ་རེད" ཅེས་བཤད་བྱུང་།

དགེ་རྒན་གྱིས་སྐད་ཆ་བཤད་ཚར་མ་ཐག་བཟང་མོ་ཐག་གེར་ཡར་ལངས་ཏེ། "དགེ་རྒན། ཁྱི་ནི་སྒོ་ཕྱུགས་ཨེ་རེད" ཅེས་དྲིས་བྱུང་།

བཟང་མོའི་དྲི་བ་དེས་དགེ་རྒན་ཅུང་ཧང་ཧང་བོར་བཏང་སོང་། ཁོས་མགོ་ལ་འཕྲུག་ཙམ་བྱས་ཤིང་འདང་ཞིག་བརྒྱབ་སྟེ། "ཁྱི་ནི་སྒོ་ཕྱུགས་མ་རེད། ཁོ་ནི་ཁྲིམ་ཚང་སྲུང་བའི་སྲུང་དམག་ལྟ་བུ་རེད" ཟེར།

སློབ་མ་རྣམས་ཁུར་ཆིལ་ལེར་བགད་བྱུང་།

སློབ་མ་ཚོ་བགད་པ་དེས་དགེ་རྒན་གྱི་ཁ་ལྕེ་ལ་སྨུམ་བསྟན་པ་ལྟར་གྱུར་སོང་། ཁོའི་ངོ་གདོང་དམར་པོར་འགྱུར་ཙམ་དང་། "ང་ཚོ་འབྲོག་ཕྱོགས་ལ་མཚོན་ན་སྒོ་ཁྱི་ནི་མེད་དུ་མི་རུང་བའི་ཁྲིམ་ཚང་གི་གྲུབ་ཆ་གལ་ཆེན་ཞིག་ཏུ་གྱུར་ཡོད། ཁ་དཔེར་ཡང་ཉིན་དཀར་གྱི་མི་དང་མཚན་མོའི་ཁྱི་ཟེར་བ་རེད་ལ། དོན་དངོས་སུ་ཡང་མི་ཡིས་ཉིན་མོ་སྒོ་ཕྱུགས་འཚོ་སྐྱོང་བྱེད་དགོས་པ་རེད་ལ། ཁྱི་ཡིས་མཚན་མོ་སྒོ་ཕྱུགས་སྲུང་སྐྱོབ་བྱེད་དགོས་པ་རེད། ང་ཚོ་འདི་གར་ཁྲིམ་རེ་ལ་ཁྱི་རེ་ཡོད་པ་དང་། ཁྱི་རེ་ལ་འདང་རེ་ཡོད་པ་རེད་པས། ཁྱོད་ཚོས

ཀྱང་འདང་ཞིག་རྒྱོབས་དང་། ང་ཚོས་རྩོམ་ཡིག་འབྲི་དུས་ཀྱང་ངེས་པར་དུ་རང་ཉིད་ལ་ཆ་རྒྱུས་ཡོད་པའི་སྒོ་ཁྲི་ལྟ་བུ་དང་། དེ་ལ་བཅངས་པའི་རང་སེམས་ཀྱི་བརྩེ་དུང་ངོ་མ་དེ་ལྟ་བུ་ཕྱིར་མཚོན་པར་བྱས་ན། རྩོམ་ཡིག་ལ་ཡང་དེ་མཚུངས་ཀྱི་དོན་དངོས་ཀྱི་རིན་ཐང་ལྡན་པ་རེད” ཟེར།

མཇུག་མཐར་དགེ་རྒན་གྱིས་སློབ་མ་ཚང་མར་བརྡ་སྦྱོར་གྱི་ཚུལ་དུ། “ད་ནངས་ཚོགས་འདུ་འཚོགས་ཏེ་སློབ་གཙོས་བརྡ་སྦྱོར་ནན་མོ་བྱས་སོང་། སང་ཉིན་རྫོང་དཔོན་ང་ཚོའི་སློབ་གྲྭའི་ནང་དུ་བྱ་བར་བརྟག་དཔྱད་དུ་ཕེབས་རྒྱུ་ཡིན་པས། སློབ་གྲྭར་ཡོང་མེད་པའི་སློབ་མ་དག་ཀྱང་ངེས་པར་དུ་སློབ་གྲྭར་ཡོང་དགོས། ད་དུང་དུས་རྒྱུན་སློབ་ཐོལ་བྱེད་མཁན་དག་ཀྱང་ཉིན་དེར་གཏན་ནས་སློབ་ཐོལ་བྱས་མི་ཆོག སློབ་མ་གཅིག་ཆད་ན་ཆད་པ་ལྷི་མོ་གཅོད་རྒྱུ་ཡིན་ཞེས་གསུངས་ཀྱིན་འདུག” ཟེར་ནས་ང་དང་སློབ་གྲོགས་འགའ་ལ་ཞིབ་ལྟ་ཞིག་བྱས་རྗེས་ཕྱིར་ལོག་སོང་།

རྡོས་ཇ་འཕྲུངས་ཚར་ཏེ་ངལ་གསོ་བྱས་ཡོད་པའི་སྐབས་སུ། ངས་གློ་བུར་དུ་ཁྲི་ལྡོམ་ཚོ་ཕྱིར་ཡོང་ཡོད་མེད་ལ་ལྟ་འདོད་སྐྱེས་ཏེ་སློབ་གྲྭའི་སྒོ་ཆེན་ཁར་བརྒྱུགས་ནས་སོང་བ་ན། མདུན་ཕྱོགས་ཀྱི་གྲོག་མོའི་ཁ་རུ་ཇ་མ “ཆིག་ལབ” གཅིག་ཕུར་ལངས་ཏེ་གང་ཞིག་ལ་བལྟས་འདུག་པ་མཐོང་བྱུང་། ཕ་རོལ་གྱི་དེའུ་འབུར་སྟེང་དུ་ཁྲི་ལྡོམ་ཚོ་མཐོང་རྒྱུ་མེད་པར་སྔར་བཞིན་སྟོང་ལྷང་ངེར་འདུག་པས། ངའི་སེམས་ལ་ཁོས་ཁྲི་ལྡོམ་ཚོ་བཅལ་ནས་ལྟོ་བླུད་ཟིན་པ་ཡིན་ནམ་གཏན་ནས་མ་རྙེད་པ་ཡིན་སྙམ་སྟེ་དལ་བུར་གན་དུ་སོང་།

ང་རང་ཉེ་སར་བསླེབས་ཀྱང་ཁོས་ཚོར་རྟོགས་བྱུང་མ་སོང་། ཁོས་སྐད་ཡང་ཆིག་ལབ་རྒྱག་རྒྱུར། “སྣ་ལེབ་ཀྱིས་གང་བྱུང་དུ་བཤད་པ་རེད། ཁྲི་ལྡོམ་འགས་སློབ་གྲྭར་གནོད་ཅི་ཞིག་བསྐྱལ་ཐུབ་སམ། རྫོང་དཔོན་གྱིས་ཁྲི་ཡང་མཐོང་མི་རུང་ངམ” ཟེར།

“ཁྱོད་ཀྱིས་ཁོ་ཚོར་ལྟོ་བླུད་ཟིན་ནམ།” ངས་ངག་འཇམ་པོས་དེ་ལྟར་འདྲི་དུས། ཁོ་རང་གློ་བུར་དུ་ཧད་སེར་གྱུར་ཅིང་རེ་ཞིག་ཁ་ཕྱིར་ལ་ཡང་འཁོར་མི་ཕོད་པ་ལྟར་གྱུར་སོང་།

མཇུག་ཏུ་དཔལ་བྱུར་ཕྱིར་འཁོར་ཏེ་ང་ཡིན་པ་རྟོགས་པས། དེ་མ་ཐག་ཏུ་ཁོང་ཁྲོ་ལངས་བྱུང་། "ལྷས་ངན་ཁྱོད་ཀྱིས་ཅི་ཞིག་ལ་སྐྱོག་ཉན་རྒྱག་པ་ཡིན" ཟེར།

ངས་དག་སེལ་གྱི་ཚུལ་དུ། "ངེད་ཚང་གི་ཁྱི་རྒན་ཡང་ཚང་གིས་བཟི་སོང་བས། ངས་ཁོ་རང་བསྣད་ཀྱིན་ཡོད་མེད་ལ་བལྟ་སྙམ་པ་ཡིན། བསྣད་མེད་ཚེ་འདི་གར་ཡོང་ངེས་ཡིན" ཞེས་བཤད།

ཁོ་དེ་སྨུར་བཀག་བྱུང་། དགོད་བཞིན་དུ་ཟུར་ཟའི་གདངས་ཀྱིས། "ལྷས་ངན། ཁྱོད་ཀྱིས་རང་ཉིད་ཀྱི་ཕ་རྒན་ལ་ཁྱི་རྒན་ཞེས་འབོད་པ་ཡིན་ནམ" ཞེས་དྲིས་བྱུང་། བཟོ་ལྟར་བལྟས་ན་ཁོས་ཀྱང་ངའི་སྐྱོན་ཆ་ཞིག་ཐོས་སོང་སྙམ་པའི་ཉམས་མངོན་འདུག

ངས་དྲང་བའི་ངག་གིས། "མ་རེད། ཁྱི་རྒན་གྱིས་ཨ་ཕ་ཚང་གིས་བཟི་བའི་སྐྱུག་རོ་ཟོས་ཏེ་བཟི་བ་རེད" ཅེས་བཤད།

ཁོ་སྨུ་མཐུད་དུ་བཀག་མ་བྱུང་། ཏ་ཙང་མཚར་བའི་ཉམས་ཀྱིས་ངའི་གདོང་ལ་ཞིབ་ལྟ་བྱེད་ཀྱིན་དུ "ཁྱོད་ཀྱིས་ངོ་མ་ཟེར་བ་ཡིན་ནམ" ཟེར། ཕལ་ཆེར་ཁོས་ཀྱང་ད་བར་དུ་ཁྱི་དག་ཚང་གིས་བཟི་སོང་ཟེར་བ་ཞིག་ཐོས་མ་མྱོང་བ་འདྲ།

ངས་མགོ་ལྷིམ་ལྷིམ་གྱིས་ཡིན་པའི་བརྗ་བསྟན།

དེ་འཕྲལ་ཁོས་སྐད་མགོ་ཧ་དམར་བཏང་སྟེ། "ཁྱི་ཚང་གིས་བཟི་ན་ཅི་འདྲ་ཞིག་རེད། ང་ཚོའི་སློབ་གཙོ་སྣ་ལེབ་ཚང་གིས་བཟི་བ་དང་ཨེ་འདྲ་བར་འདུག ཁོས་ཀྱང་མདང་དགོང་ཚང་གིས་བཟི་རྗེས་ཤོག་སྦྲག་བཀད་དེ་ཁྱི་ལྤོམ་ཚོ་བདའ་བ་རེད། ཕལ་ཆེར་སྨྱོས་ཡོད་པ་དང་འདྲ་འདུག" ཟེར།

ང་དགོད་ཙམ་བྱས་ཏེ། "ཁྱི་ཚང་གིས་བཟི་ཚེ་འདར་ཏེ་འགྲོ་ཐུབ་ཀྱིན་མི་འདུག ཕལ་ཆེར་གོམ་པ་སྤོ་བར་ཡང་སྐྲག་སྣང་སྐྱེས་ཀྱིན་པ་དང་མཚུངས" ཞེས་བཤད་རྗེས། སླར་ཡང "ཁྱོད་ཀྱིས་ཁྱི་ལྤོམ་ཚོ་རྙེད་ཨེ་བྱུང" ཞེས་དྲིས།

ཁོ་དེ་སྨུར་སེམས་ཕམ་པ་ལྟར་མགོ་བོ་འཕྱེད་དུ་གཡུག་གཡུག་ཅིག་བྱས་ཤིང་།

"སྙིད་མ་བྱུང་། ཕར་ཆེར་ཐག་རིང་ཞིག་ཏུ་བྲོས་སོང་བ་འདྲ" ཞེས་ཟེར་བ་དང་། དེར་མཐུད་ནས་ཡང་བསྐྱར་ཆིག་ལབ་རྒྱག་པ་ལྟར། "དཔོན་པོ་དག་གིས་ཁྱི་མཐོང་མི་ཐུབ་བ་ཨེ་སྲིད་དམ། ངས་ཀྱང་མི་ཤེས། འོན་ཀྱང་ཁྱི་ལྤོམ་ཆོ་ཡང་ལྷོ་ཞིག་བསྙེག་ཆེད་འདི་གར་འདུས་ཏེ་སློབ་གྲྭ་ཡུལ་བཙོས་ཏེ་བསྡད་པ་རེད་པས། ངོ་མ་སྙིང་རེ་རྗེ" ཟེར་ནས་ཤིན་ཏུ་རིང་བའི་དངན་པ་ཞིག་འཐེན་བྱུང་།

ཕོའི་སྐད་ཆ་དེ་ཐོས་པས་ངའི་སེམས་ལ་འཆར་རང་དབང་མེད་པར་སྐྱོ་སྣང་ཞིག་སྐྱེས་བྱུང་། དེའི་རྒྱུ་མཚན་ནི་ཁྱི་ལྤོམ་ཚོས་ཀྱང་སློབ་གྲྭ་ཡུལ་བཙོས་ཏེ་བསྡད་པ་རེད་ཟེར་བས་རེད། ངའི་སེམས་ལ་གལ་ཏེ་ང་ཚོར་ཡང་རང་ཡུལ་ཞིག་མེད་པར་གྱུར་ཚེ་ཅི་འདྲ་ཞིག་ཡིན་ནམ། རང་ཡུལ་མེད་པར་གྱུར་ཚེ་འགྲོས་འདུག་ཡུལ་མེད་པའི་སྤྲང་པོར་གྱུར་ཏེ་ཟས་སློང་དགོས་པ་མིན་ནམ་སྙམ་ནས། ཁྱི་ལྤོམ་དེ་ཚོར་སྙིང་རྗེ་ཞིག་ཀྱང་སྐྱེས་སོང་།

ཉིན་ཀུང་རྩིལ་པོར་ངའང་ཇ་མ "ཆིག་ལབ" དང་ལྷན་དུ་སློབ་གྲྭའི་སྒོ་མདུན་གྱི་གྲོག་ཁ་དེ་རུ་བསྡད་ནས། ཁྱི་ལྤོམ་ཚོ་ཕྱིར་ཨེ་ཡོང་ལ་རེ་ལྟོས་བྱས་ཀྱང་། ཕོ་ཚོའི་གཟུགས་བརྙན་ཙམ་ཡང་མཐོང་རྒྱུ་མ་བྱུང་བས། མཇུག་མཐར་ང་རང་ཕྱིར་སློབ་ཁང་དུ་འགྲོ་དགོས་བྱུང་།

ཕྱི་དྲོ་སློབ་གྲྭ་གྲོལ་ཏེ་ཡུལ་དུ་ལོག་པའི་སྐབས་སུ། ངས་ཆེད་དམིགས་ཀྱིས་བཟང་མོ་རྗེས་སུ་བསྐྱུར་ནས་སྔོན་ལ་བརྒྱུགས་ཡོང་བ་ཡིན། སློབ་གྲྭའི་སྒོ་ཁར་བུད་པ་ན། ཇ་མ "ཆིག་ལབ" སྔར་མལ་དེར་བསྡད་ནས་སྔར་བཞིན་ཁྱི་ལྤོམ་ཚོ་ཕྱིར་ཨེ་ལོག་ལ་རེ་སྒུག་བྱེད་ཀྱིན་པ་མཐོང་། སྐབས་དེར་ངའི་སྣང་ངོར་ཕོ་ནི་བྱིས་པ་གར་སོང་མི་ཤེས་པའི་ཨ་ཕ་ཞིག་དང་ཤིན་ཏུ་མཚུངས་ལ། ད་ལྟ་ཕོ་རང་ཧ་ཅང་ཁེར་རྐྱང་དུ་གྱུར་ཡོད་པའི་ཚོར་སྣང་ཞིག་སྐྱེས་བྱུང་། སྐབས་དེར་ངའི་སེམས་ལ་འཆར་ཁྱི་རྐན་རྒྱ་པོ་ཚང་གིས་བཟི་བ་དེ་ད་ལྟ་ཅི་འདྲ་ཡིན་ནམ་སྙམ་ནས། ཇ་མ "ཆིག་ལབ" གྱི་གན་དུ་མ་སོང་བར་ཐད་ཀར་རང་ཁྱིམ་བསྙེགས་ནས་སོང་།

ང་རང་ཁྱིམ་དུ་སླེབས་ལ་ཉེ་དུས་སུ་ཁྱི་རྐན་རྒྱ་པོ་ནམ་རྒྱུན་ལྟར་སྔོན་དུ་བརྒྱུགས

ནས་ཐོན་མ་བྱུང་། ངའི་སེམས་ལ་ཁོ་ཡང་ཨ་ཕ་དང་འདྲ་བར་ད་དུང་ཡང་ཆང་གིས་བསྣད་དེ་གང་ཞིག་ཏུ་ཉལ་ནས་ཡོད་པ་ཡིན་རྒྱུ་རེད་སྙམ། ཡིན་ན་ཡང་ཁྱིམ་དུ་ལོག་ནས་དཔེ་ཁུག་གཡུགས་རྗེས་སློ་ཕྱིར་བུད་དེ་གང་སར་གང་དུ་བཙལ་ཡང་། ཁོའི་གཟུགས་བརྙན་ཙམ་ཡང་མཐོང་རྒྱུ་མི་འདུག་པས། ངའི་སེམས་ལ་བློ་འཚབ་ཅིག་སྐྱེས་ཏེ་ཨ་མར་ཁྱི་རྒན་རྒྱ་པོ་གང་དུ་སོང་ཚུལ་དྲིས་པ་ན། ད་ནངས་ནས་བཟུང་གང་ཞིག་ཏུ་ལྡོམ་སོང་བ་འདྲ། ཉིན་གང་པོར་མཐོང་རྒྱུ་མི་འདུག་ཟེར། ངས་ཕྱི་རོལ་གྱི་ལྷས་འདབས་སུ་ཡོད་པའི་ཁྱི་རྐོའི་གན་དུ་བརྒྱུགས་ནས་བལྟས་པ་ན། དངོས་གནས་ཉིན་གྱུང་ལྷུགས་པའི་ལྟོ་ཡང་མ་འཕྲུང་བར་ལྟེམ་མེར་ལུས་འདུག སྐབས་དེར་སེམས་ནང་དུ་ཅི་བྱུང་མེད་པར་སྟོང་ལྷང་ངེར་གྱུར་སོང་། ཏ་ཙང་འུ་ཐུག་པར་གྱུར་ཏེ་ཁྱི་རྒན་རྒྱ་པོའི་ཐོག་ལ་ཁོང་ཁྲོ་ཞིག་ཀྱང་ལངས་སོང་། ཕལ་ཆེར་ཁོ་རང་མགོ་ན་དྲགས་ཏེ་ཐམ་ཐོམ་ངང་གང་ཞིག་ཏུ་ལྡོམ་སོང་བ་དང་འདྲ་མོད། དེ་ནི་ཁོ་རང་ཉིད་ཀྱི་སྡུག་གྲོང་ཡིན་པ་མ་གཏོགས་ངས་བཙན་འཛོག་བྱས་པ་མ་རེད་པས། ཅི་བྱུང་མེད་པར་རང་ཁྱིམ་དང་གྲེས་དགོས་དོན་ཅི་ཡོད་སྙམ།

དགོང་མོ་དེར་ཁྱི་རྒན་རྒྱ་པོ་ཕྱིར་ལོག་མ་བྱུང་བས། ངེད་ཚང་གི་སྒྲ་ཁྱིམ་ནི་ཏ་ཙང་དབེན་འཛགས་ཀྱི་མཁའ་དབྱུགས་སྡུག་པོ་ཞིག་གིས་བཏུམས་ཡོད་པ་ལྟར་འདུག་པས། ང་ཡུན་རིང་པོ་ཞིག་ལ་གཉིད་ཁུགས་མ་བྱུང་། མཇུག་མཐར་གཉིད་ལས་སད་པའི་དུས་སུ་ཕྱི་རོལ་ཀུན་ཏུ་ཞོགས་པའི་ཉི་འོད་འཕྲོས་འདུག་ཅིང་། ཨ་མས་ནི་ཐབ་ཁེབ་སུ་ཛ་བསྐྱོན་རྗེས་སློ་ལྷས་སུ་སོང་སྟེ་འབྲི་ཀན་ཚོ་བཞོ་བཞིན་འདུག

ང་རང་མལ་སའི་ནང་ནས་འགྲེ་ལོག་ཅིག་བརྒྱབ་སྟེ་ཡར་ལངས་ཤིང་། ཕྱི་རོལ་ཏུ་བརྒྱུགས་ནས་ཁྱི་རྒན་རྒྱ་པོ་ཕྱིར་ཐོན་ཡོད་མེད་ལ་བལྟས་ཀྱང་། ལྷས་རའི་ནང་དུ་ནོར་ཕྱུ་དང་ལུག་ཕྱུ་ཏ་ཙང་ལྡོད་བག་དང་ཉལ་འདུག་པ་མ་གཏོགས། ཁྱི་རྒན་རྒྱ་པོའི་གྲིབ་གཟུགས་ཙམ་ཡང་མཐོང་རྒྱུ་མི་འདུག་པས་ཕྱི་རོལ་ཡོངས་རྫོགས་སྟོང་འཛགས་སེར་སྣང་། ང་རང་ཡི་ཆད་དང་ཕྱིར་ཁྱིམ་ནང་དུ་ཡོང་སྟེ་ཕྱིར་ཉལ་རྒྱས་བྱེད་སྐབས། གློ་བུར་དུ་ཁ་སང་

དགེ་རྒན་གྱིས་བཤད་པའི་སྐད་ཆ་སྟེ། དེ་རིང་ཇོ་དཔོན་ང་ཚོའི་སློབ་གྲྭའི་ནང་དུ་ལྟ་ཞིབ་ལ་ཡོང་གིན་ཡོད་ཅིང་། སློབ་མ་གཅིག་མ་ཡོང་ན་ཚད་པ་ལྷེ་མོ་ཡོད་ཟེར་བ་དྲན་པས། དེ་མ་ཐག་ཏུ་ཡར་ལངས་ནས་སློག་པར་སྐ་རགས་བཅིངས་ཤིང་། ནངས་ཧ་འང་མ་འཕྲུང་བར་དཔེ་ཁུག་ཁུར་ནས་སློབ་གྲྭའི་ཕྱོགས་སུ་བརྒྱུགས་པ་ཡིན།

ཨ་མས་འབྲི་རྒན་ཞིག་བཞོ་ཞོར་དུ "ནངས་ཧ་ཕྲུངས་ལ་སོང" ཟེར་བ་ལ། ངས་བརྒྱུགས་ཞོར་དུ "ངས་སློབ་གྲྭའི་ནང་དུ་འཕྲུང་རྒྱུ་ཡིན" ཞེས་རྫུན་ལབ་པ་ཡིན།

བཟང་མོ་ཚང་གི་དྲང་ཐད་དུ་ཐོན་མ་ཐག ཁྲི་རྒན་མ་ནག་རི་ལ་ཡང་སྤྲའི་ཕྱུགས་ཚོན་གྱི་འོག་ནས་ཡར་ལངས་ཤིང་ངའི་ཕྱོགས་སུ་བལྟས་ཏེ་ཞེ་སྡང་ཅི་ཡང་མེད་པའི་ཟུག་སྐད་འགའ་བརྗོན་བྱུང་མོད། ཡིན་ན་ཡང་བཟང་མོ་དེ་མ་ཐག་ཏུ་སྒོ་ནང་ནས་ཕྱིར་བུད་མ་བྱུང་བས། ཕོ་མོ་སྤུ་མོ་ནས་སློབ་གྲྭའི་ནང་དུ་སོང་ཟེར་ཐག་ཆོད་རེད། ངས་ཀྱང་སེམས་ནས "རྒྱུགས་ཁྲི་ནི་ངོ་མ་རྒྱུགས་ཁྲི་རེད" ཅེས་ཚིག་ལབ་ཅིག་བརྒྱབ་མ་ཐག ཁྲི་རྒན་མ་ནག་རི་ལ་གྱིས་སླར་ཡང་སྐེ་ངའི་ཕྱོགས་སུ་བསྒྲིངས་ནས་ཟུག་སྐད་འགའ་བསྟུད་མར་བརྗོན་བྱུང་ལ། དེའི་ནང་དོན་ནི་ཕལ་ཆེར "ད་ནངས་ཁྱོད་རང་ཇེས་སུ་ལུས་པ་རེད་པས། མི་གཞན་ལ་སྡིགས་མོ་བྱེད་རྒྱུ་ཅི་འདུག" ཟེར་བ་དང་འདྲ།

སློབ་གྲྭའི་འདབས་རོལ་ཏུ་བསླེབ་ལ་ཉེ་དུས། ངའི་སྙིང་གིས་གློ་བུར་དུ་མཆོངས་ལྡིང་འགའ་བྱས་བྱུང་། ཡ་མཚན་པ་ལ་ཁྲི་ལྷོམ་ཚོ་ཕྱིར་ཐོན་ཏེ་སློབ་གྲྭའི་སྒོ་མདུན་གྱི་གྲོག་མོའི་ཚུར་ཁའི་དེའུ་འབུར་སྟེང་དུ་ནག་རིག་གེར་འདུག་ཅིང་། ཕོ་ཚོའི་ཁྲོད་དུ་ནག་ཅིང་གཟུགས་པོངས་ཆེ་བ་ཞིག་འདུག་པ་དེ་ངེད་ཚང་གི་ཁྲི་རྒན་རྒྱ་པོ་ཡིན་པ་ངས་ཐག་རིང་ནས་བལྟས་ཀྱང་ངོས་འཛིན་ཐུབ། དེ་བས་ཀྱང་ཡ་མཚན་པ་ནི་ཁྲི་རྒན་རྒྱ་པོས་དེ་སྔ་ཕོ་ཚོ་དང་ཁྱོད་ཤི་ང་གསོན་གྱི་འཛིང་ག་བཀྱི་བ་ཡིན་ལ། ཁྲི་ལྷོམ་ཚོས་ཀྱང་དཔུང་བསྒྲིགས་ཏེ་ཕོ་ལ་ངོ་ཡ་བྱེད་ཅི་ཐུབ་ཀྱི་སྣ་གོན་བྱེད་པ་ཡིན་མོད། དེ་རིང་ཕན་ཚུན་ཡོངས་རྫོགས་སྐོར་ཚོ་གཅིག་བྱས་ཏེ་མཉམ་དུ་འདུས་འདུག་པར་བལྟས་ན། ཕལ་ཆེར་དཀའ་ཁག་གི་སྐབས་སུ

ཁོ་ཚོ་ཚང་མའི་སྤྱི་འགྲུས་ད་འཁོན་ཚང་མ་འཇའ་བཞིན་ཡལ་ཏེ་འཆམ་མཐུན་ཡོང་གིན་ཡོད་པ་འདྲ། ང་རང་ཉེ་སར་སླེབས་པ་ན། ཁྱི་ཀན་ཀྱ་བོས་ཀྱང་ང་མཐོང་སྟེ་མཆོངས་ལྡིང་ཞིག་བྱས་ཤིང་ཚུར་ཕྱོགས་སུ་བརྒྱུགས་ནས་ཐོན་བྱུང་ལ། ཁྱི་ལྷམ་ཚོས་ནི་ང་ནི་ཁྱི་ཀན་ཀྱ་བོའི་དགྲ་བོ་ཞིག་རེད་སྙམ་པ་ལྟར་འཁྲོ་རེམ་འཁྱོར་རྗེས་བཞིན་མཆོངས་ནས་ཁོའི་དཔུང་རོགས་སུ་ཡོང་གིན་འདུག་པས། ང་ལ་སྒྲོ་བུར་བའི་དངངས་སྐྲག་ཆེན་པོ་ཞིག་སྐྱེས་ཏེ་སྐད་ཅོར་བརྒྱབ་པ་ཡིན། སྐབས་དེར་ཁྱི་ཀན་ཀྱ་བོས་ཀྱང་ང་སྐྲག་གིན་པ་རྟོགས་བྱུང་བ་ལྟར་མྱུར་མོར་ཇ་མ་གཡུག་གཡུག་གིས་གཅེས་ལང་གི་ཉམས་བརྗོད་དེ་ཉེ་སར་བདུད་བྱུང་བས། ཁྱི་ལྷམ་ཚོ་ནི་ཡ་མཚན་པ་ལྟར་རང་རང་གི་སར་རྒྱུག་མཚམས་བཞག་ཅིང་ཟ་བ་གེར་ཏེ་ཚུར་ཕྱོགས་སུ་བལྟས་འདུག་ཅིང་། ཡུད་ཙམ་ནས་ཡོད་ཚད་ཀུ་རེ་ཞིག་ཡིན་པ་ལྟར་ཕྱོད་རྩེད་ང་རྩེད་ཀྱི་ཚུལ་དུ་དེ་གར་སྒོར་རྒྱུག་བྱས་ཏེ་བསྡད་བྱུང་།

ཁྱི་ཡི་དུངས་པ་ནི་མི་ལས་ཟབ་འདུག་པ་ཐག་ཆོད་རེད། ཉིན་ཞག་གཅིག་ལ་མ་འཕྲད་པས་ཁྱི་ཀན་ཀྱ་བོས་ནི་སྔ་ནང་ནས་དུ་ཟུག་གསལ་ལ་མི་གསལ་བ་ཞིག་འདོན་བཞིན། ཇ་མ་གཡུག་གཡུག་གིས་ངའི་ལུས་ཀྱི་ཕྱོགས་ཀུན་ཏུ་སྣོམ་པར་བྱེད་ཅིང་། དེ་ནི་ངས་ཁོ་ལ་ཟན་ཆིངས་ཤིག་ཨེ་སྟེར་ལ་རེ་བ་བྱེད་པ་མ་ཡིན་པར་ང་རང་ཧ་ཅང་དྲན་བྱུང་བའི་མཚོན་རྟགས་རེད། ངས་ཁོ་རང་ལྷོགས་ཀྱིན་ཡོད་སྙམ་ནས་ཏུམ་དུ་ལག་ཞུལ་བྱས་ཀྱང་ཅི་ཡང་མ་བྱུང་། དུས་རྒྱུན་ངས་ཁོ་རང་ཁྲིད་ནས་རྩེད་དུ་འགྲོ་དུས་ཏུམ་དུ་རྩམ་ཆིངས་རྫོག་པོ་རེ་འཁྱེར་བ་ཡིན་མོད། དེ་རིང་མ་བྱུང་བས་ཡིད་ཧ་ཅང་ཕངས་པར་གྱུར་སོང་། ཁོ་དེ་འཕྲལ་ངའི་མདུན་ཐད་དུ་འགྲེ་ལོག་བརྒྱབ་སྟེ་ནམ་རྒྱུན་ལྟར་ངས་ཟ་འཕྲུག་ཨེ་སྦྱོང་ལ་གཅེས་ལང་བྱེད། སྐབས་དེར་ངའི་མིག་གི་ལྟ་ཕྱོགས་ཤིག་གིས་སློབ་གཙོ་སྔ་ལེབ་སློབ་གྲྭའི་སྒོ་མདུན་གྱི་གྲོག་མོའི་ཁར་ལངས་ཏེ་ཚུར་ཕྱོགས་སུ་བལྟས་འདུག་པ་མཐོང་བྱུང་བས། ང་མྱ་མཐུད་དུ་ཁྱི་ཀན་ལ་རྩེད་བཞིན་སྡོད་ག་ལ་ཐོད། དེ་མྱུར་ཁྱི་ཀན་ཀྱ་བོ་དང་གྱེས་ནས་སློབ་གྲྭའི་ཕྱོགས་སུ་བརྒྱུགས་ནས་སོང་བ་ཡིན།

ང་རང་གྲོག་མོའི་ཁར་བསླེབས་དུས། སློབ་གཙོ་སྨ་ལེབ་ཀྱིས་སློབ་མ་ཚང་མ་གྲོག་མོའི་ཁར་བོས་ཡོང་སྟེ་ཁོང་ཁྲོ་ཆེན་པོས་སྟིགས་མོ་བྱེད་བཞིན་པའི་སྐད་རེད། སློབ་གཙོ་ནི་གཟུགས་ཐུང་ཞིང་ལུས་རྒྱགས་པ་ཞིག་ཡིན་ཞིང་། གདོང་ནག་པོའི་སྟེང་དུ་ནམ་རྒྱུན་ཉེ་མཐོང་མིག་ཤེལ་ཞིག་བསྐྱོན་ཡོད་ལ། ལན་རེར་སློབ་མ་དག་ལ་སྟིགས་མོ་བྱེད་དུས་མིག་ཤེལ་ཕུད་དེ་ཁུག་མ་ལས་ལག་ཕྱིས་ཤེལ་ཕྱིད་ནས་འཕྱིད་འཕྱིད་བྱེད་པས། སློབ་མ་དག་གིས་གཞི་ནས་ཁོའི་གདོང་བ་ སྟར་བས་ཀྱང་ཉག་པ་མཐོང་སྟེ "སྨ་ལེབ" ཅེས་པའི་མཚང་མིང་འདི་བཏགས་པ་རེད། འོན་ཀྱང་དེ་རིང་ཁོས་སྟིགས་མོ་བྱེད་ཡུལ་ནི་སློབ་མ་ཚོ་མ་ཡིན་པར་གྲོག་མོའི་ཕར་འགྲམ་གྱི་དེའུ་འབུར་སྟེང་དུ་ཡོད་པའི་ཁྱི་ལྤགས་དེ་ཚོ་རེད།

ཁོས་ལག་པ་གཡོན་པ་དཀྱུ་ལ་བརྟེན་ཏེ་ལག་གཡས་པའི་གུང་མཛུབ་གེར་ཏེ་བཀོད་འདོམས་བྱེད་པའི་ཉམས་ཀྱིས་བཤད་རྒྱུར། "སློབ་གྲྭ་ནི་སློབ་མ་སྐྱོང་ས་རེད་མ་གཏོགས་ཁྱི་གསོར་བ་མ་རེད། དེ་རིང་རྫོང་དཔོན་ཕེབས་ཀྱིན་ཡོད་པས་ཁོ་ཚོ་མཐོང་ན་ཅི་ཟེར་རྒྱུ་རེད། ང་ཚོ་སློབ་གྲྭའི་སྣང་བརྙན་དང་མཚན་སྙན་ལ་གནོད་པ་ཆེན་པོ་ཡོད་སྲིད། ཁྱོད་ཚོ་ཚང་མ་རྒྱུགས་ལ་རྡོ་དང་སྦྱུ་ཐོ་མཆོན་ཆ་བྱས་ཏེ་ཁྱི་ལྤགས་གན་ཚོ་མི་མཐོང་ས་ཞིག་ཏུ་སྐྲོད་ཅིག ཇི་ལྟར་རྒྱང་རིང་ལ་སྐྲོད་ཐུབ་ན་དེ་ལྟར་རྒྱང་རིང་ལ་སྐྲོད་ཅིག" ཟེར།

སློབ་མ་དག་དེ་མ་ཐག་དབྱར་དུས་ཀྱི་ཤྭ་འོད་རྒྱུག་པ་ལྟར་ཀུ་ཅོ་འདོན་བཞིན་ཁྱི་ལྤགས་ཚོའི་ཕྱོགས་སུ་ཤོར་སོང་མོད། ང་ནི་འགྲོ་འདོད་མ་བྱུང་བར་ཁོ་ཚོའི་རྗེས་ཕྱོགས་སུ་བལྟས་ནས་བསྡད། སྐབས་དེར་སློབ་གཙོ་སྨ་ལེབ་ཀྱིས་གཞི་ནས་ང་མཐོང་སྟེ "ཁྱོད་ཚུར་ཤོག་དང" ཟེར།

ང་ཁོའི་གན་དུ་སོང་བ་ན། ཁོས་སྔར་ཡང་ཁྱི་ལྤགས་ཚོའི་ཕྱོགས་སུ་ལྟ་ཙམ་བྱས་ཏེ "ཁྱི་ལྤགས་གན་ཚོ་ཁྱོད་ཀྱིས་ཁྲིད་ཡོང་བ་མིན་ནམ" ཞེས་དྲིས་བྱུང་།

ངས་ཁོའི་སྐད་ཆའི་ཏ་མ་གོ་ཁུལ་བྱས་ཏེ། "མིན། ཁོ་ཚོ་ནི་སྔོན་ཞིག་ནས་འདི་གར་ཡོད་པ་མིན་ནམ" ཞེས་བཤད།

ཁོས་སླར་ཡང་གདོང་ཉག་པའི་སྟེང་གི་མིག་ཤེལ་བླངས་ཏེ་ལག་ཕྱིས་ཀྱིས་འཕྱིད་འཕྱིད་ཙམ་བྱས་རྗེས་ཕྱིར་བསྐྱོན་པ་དང་། སླར་ཡང་སློབ་མ་ཚོས་ཁྲི་ལྕོམ་དག་བདའ་བའི་རྗེས་ཕྱོགས་སུ་ལྟ་བཞིན། "ཁ་སང་ཕར་བསྐྲད་པ་ཡིན་མོད་དེ་རིང་ཕྱིར་ཐོན་འདུག རྗེས་ཕྱོགས་ཁྲི་ལྕོམ་འདི་དག་ཡང་བསྐྱར་སུ་ཞིག་གིས་ཕྱིར་ཁྲིད་ཡོང་ན་ངས་དེ་རང་ཡན་དུ་མི་འཛོག་ཁོ་ཐག་ཡིན" ཟེར།

སློབ་མ་ཚོས་ཀུ་ཅོ་འདོན་བཞིན་ཁྲི་ལྕོམ་ཚོའི་རྗེས་སུ་རྡེ་བ་འཕེན་གྱིན་འདུག་ཅིང་། ཁྲི་ལྕོམ་ཚོ་ཡང་སྲོག་བསྐྱོས་ཀྱིས་འབྲོ་བར་མི་བྱེད་པར་སློབ་མ་ཚོར་རྩེད་གྲོགས་བྱེད་པ་ལྟར་ཕར་འདུར་ནས་འབྲོ་ཙམ་བྱེད་ལ། དེ་ནས་སླར་ཡང་ཕྱིར་སློབ་མ་ཚོར་བལྟས་ནས་ཅུང་ཟད་བསྡད་རྗེས་སླར་ཡང་འདུར་རྒྱུག་བྱས་ཏེ་ཕར་འབྲོ་ཙམ་བྱེད། ངས་ཀྱང་གསལ་པོར་ངེས་ཏེ། ནམ་རྒྱུན་སློབ་མ་མ་རབས་དག་གིས་ཁྲི་ལྕོམ་ཚོར་རྡོ་བས་བརྒྱབ་ནས་ཕར་བདའ་བྱེད་ཀྱིན་ཡོད་མོད། འོན་ཀྱང་ཅུང་མ་འགོར་བར་ཁོ་ཚོ་སླར་ཡང་རང་ཉིད་ཀྱི་བཙན་རྫོང་ལྷ་བུའི་དེའུ་འབུར་འདིའི་གན་དུ་ཟུབ་ཡོང་གིན་འདུག་པས། སེམས་ལ "ཁོ་ཚོ་ནི་ཕྱིར་ཁྲིད་ཡོང་མཁན་དགོས་པ་མ་རེད" སྙམ་བྱུང་། སྐབས་དེར་ངའི་ལྟ་ཕྱོགས་ཤིག་གིས་ཕ་རོལ་གྱི་ཛ་ཁང་གི་རྒྱབ་ཟུར་དུ་ཛ་མ "ཆིག་ལབ" ཀྱིས་ཀྱང་སློབ་མ་དག་གིས་ཁྲི་ལྕོམ་ཚོ་བདའ་བའི་ཕྱི་རྗེས་སུ་བལྟས་འདུག་པ་མཐོང་བྱུང་།

སློབ་གཙོས་རེ་བ་ཇི་ལྟར་བྱས་ཀྱང་རྫོང་དཔོན་འཁོར་དང་བཅས་པ་ཉིན་གུང་གི་ངལ་གསོའི་སྐབས་སུ་མ་གཏོགས་སླེབས་མ་བྱུང་། རྫོང་དཔོན་འཁོར་དང་བཅས་པར་ཕྲངས་འཁོར་དགུ་འདུག་ཅིང་། དེའི་ཁྲོད་དུ་རྫོང་གཙོ་གཞོན་པ་དང་རྫོང་གཙོའི་དྲུང་ཡིག སློབ་གསོ་ལྟ་རྟོག་སྡེ་ཁག སློབ་གཙོ་ཅུའི་ཅུ་ཀྲང་ཆན་གཞོན། གསར་འགྱུར་སྡེ་ཁག ཞང་ཕུའི་ཏྲུའུ་ཅི་ཆན་གཞོན་དང་ཞང་གཙོ་ཆན་གཞོན་བཅས་པ་ཡང་འདུག་ཟེར་བས་ཐོབ་ཐང་དེ་དག་ཀྱང་ཏ་ཅང་བརྗིད་ཉམས་ལྡན་པ་ཞིག་རེད། ཡིན་ན་ཡང་སློབ་གཙོས་དེ་སྔོན་ནས་རྫོང་དཔོན་ཁྲག་རྒྱུ་ཟ་རྒྱུར་དགའ་བ་གོ་ཐོས་བྱུང་ཡོད་པས། ད་ནངས་སྔ་མོ་ནས་བཟུང་

ལུག་གཉིས་ཉོས་ཡོང་སྟེ། ཇ་མ "ཚིག་ལབ" དང་དགེ་རྒན་འགའ་ལ་བཤའ་རུ་བསྡུག་ཅིང་ནང་བླུགས་ཏེ་ཚགས་སུ་ཚུད་པར་བྱས་ཡོད་པས། ཟ་མའི་ཕྱོགས་ལ་འདང་རྒྱུ་ཡོད་མི་སྲིད། བསམ་ཡུལ་འདས་པ་ལ་རྫོང་དཔོན་སློབ་གྲྭའི་སྒོ་ཁར་ཐོན་དུས་ཁྲི་ལྷོམ་ཚོ་ཡང་ཕྱིར་ཕ་རོལ་གྱི་དེའུ་འབུར་ཐོག་ཏུ་ཐོན་འདུག་པས། སྐབས་འདིར་ང་ཡང་ཁོ་ཚོའི་ཐོག་ལ་ཞེ་སྡང་ཞིག་སྐྱེས་བྱུང་། ཇི་ལྟར་བཤད་ཀྱང་རྫོང་དཔོན་ཡོང་དུས་ཁོ་ཚོ་མ་མཐོང་ན་ཆོག་པ་རེད་ཨང་སྙམ། སློབ་གཙོ་དང་དགེ་རྒན་དག་རྫོང་དཔོན་འཁོར་དང་བཅས་པའི་མདུན་བསུ་རུ་བརྒྱུགས་པ་དང་ལྷན་དུ། ང་ཚོ་སློབ་མ་དག་ཀྱང་རྗེས་བཞིན་སོང་སྟེ་ལྷོད་མོར་བལྟས་པ་ཡིན།

སྐབས་མི་ལེགས་པ་ཞིག་ལ། རྫོང་དཔོན་རླངས་འཁོར་ལས་བབས་ཏེ་སློབ་གཙོ་སྣ་ལེབ་ལ་ལག་འཇུ་བྱས་ཏེ་འཚམས་འདྲི་བྱེད་བཞིན་པའི་སྐབས་སུ། གློ་བུར་དུ་ཕ་རོལ་གྱི་དེའི་འབུར་སྟེང་དུ་ཡོད་པའི་ཁྲི་ལྷོམ་ཚོ་མཐོང་བྱུང་བས། "ཨ། སློབ་གཙོས་ཁྱི་མང་པོ་གསོས་འདུག་ཨང" ཞེས་གསུངས་བྱུང་།

སློབ་གཙོ་སྣ་ལེབ་ཀྱི་ངོ་མདངས་དེ་མ་ཐག་སྐྱ་བོར་གྱུར་ཏེ། བཙན་ཤུགས་ཀྱིས་དགོད་ཙམ་བྱས་ཏེ། "མ་རེད་མ་རེད། གང་སར་རྒྱུ་བའི་ཁྱི་ལྷོམ་སྐོར་ཞིག་རེད" ཅེས་དག་སེལ་བྱས།

རྫོང་དཔོན་ནི་ཡིད་མི་ཆེས་པ་ལྟར་གྱུར་ཏེ་ཧ་ཅང་ནན་ཏན་ངང "ཁྱི་ལྷོམ་སྐོར་ཞིག་རེད་དམ" ཞེས་དྲིས་བྱུང་།

རྫོང་དཔོན་གྱི་དྲི་བ་དེས་སློབ་གཙོ་སྣ་ལེབ་སྨྲས་ཅི་དགོས། ཐ་ན་ཞང་ཨུའི་རྟུའུ་ཅི་དང་ཞང་གཙོ་རྒན་གཞོན་ཡང་ཧ་ཅང་དོགས་མི་བདེ་བར་གྱུར་སོང་། སློབ་གཙོ་སྣ་ལེབ་ནི་ལུས་པོ་ལྷུག་ལྷུག་ཏུ་འདར་བར་གྱུར་ཅིང་། ངག་འཁྲོལ་མི་འཁྲོལ་གྱི་ངང "རེད། རེད། སློབ་གྲྭ་ནི་སློབ་མ་སྐྱོང་རྒྱུ་མ་གཏོགས། ཁྱི་གསོས་ནས་བསྟད་ན་ག་ལ་འགྲིག" ཅེས་བཤད་བྱུང་བས། ངས་ནི་སློབ་གཙོ་སྣ་ལེབ་ལ་སྙིང་རྗེ་ཚད་མེད་ཅིག་སྐྱེས་པའི་ཞོར་དུ་ཁྱི་རྒན་རྒྱ

པོ་དང་ཁྲི་ལྷོམ་ཚོའི་སྙིང་ལ་བཟོད་ཐབས་བྲལ་བའི་ཞེ་སྡང་དང་། ད་ནངས་ཁྲི་ཀན་རྒྱ་པོ་ཕྱིར་ཡུལ་དུ་མ་བདའ་བར་འགྲོད་པ་ཡང་སྐྱེས་བྱུང་། ཕར་ཕྱོགས་སུ་བལྟས་པ་ན། ཁྲི་ཀན་དེ་དག་གིས་ཀྱང་རྫོང་དཔོན་འཁོར་དང་བཅས་པར་རང་རང་གི་བཟོ་ལྟ་ངོམ་པ་ལྟར་ཕར་བདའ་རྩུར་བདའ་བྱས་ཏེ་རྩེད་རེས་བྱེད་ཀྱིན་འདུག

རྫོང་དཔོན་དེ་མུར་ཙུང་ཡིད་ཕངས་པ་ལྟར་གྱུར་ཏེ། དེར་ཡོད་ཚང་མར་ལྟ་བཞིན།
“འདི་ནི་ང་ཚོའི་དཔལ་འབྱོར་གྱི་ཟླད་པ་ད་དུང་རྗེས་ལུས་ཡིན་པའི་རྟགས་རེད། སྤྱིར་ན་སློབ་གྲྭས་ཀྱང་ཁྲི་གསོས་ན་མི་འགྲིག་པ་ཅི་ཡོད་དམ། ད་ལྟ་ཁྲི་ཡི་རིན་གོང་ཧ་ཅང་འཕར་གྱིན་པའི་སྐབས་རེད་ཅིང་། མ་འོངས་པར་རྒྱལ་སྤྱིའི་ཚོང་རར་བགྲམ་ཡང་སྲིད་ངེས་རེད། ང་ཚོའི་ས་ཆར་མཚོན་ན་ཁྲི་ཡི་ཐོན་ཁུངས་ཧ་ཅང་འཛོམས་པོ་ཡོད་པའི་ཁར། སློབ་གྲྭ་ཞིག་ལ་སློབ་མ་འདི་འདྲའི་མང་པོ་ཡོད་པས་ཟས་ལྷག་འཕྱུང་ལྷག་ཅི་ལ་མེད། དེ་དག་ཚང་མ་བསྐུར་བསྐོལ་བྱས་ཏེ་སློབ་མ་དག་ལ་བླུད་ཆེ་བདེ་ཐང་ལ་གནོད་པ་རེད། གང་བྱུང་ངང་སར་འཐོས་ན་དེ་ནི་ཚུད་ཐེས་སུ་བཏང་བ་མ་ཡིན་ནམ། དེ་ལས་དེ་དག་གིས་ཁྲི་འགའ་གསོས་ཏེ་ཚོང་རར་བཙོངས་ན། གཅིག་ནས་ཟ་མ་ཚུད་ཐེས་སུ་མ་བཏང་བ་དང་། གཉིས་ནས་སློབ་སྦྱུབ་ཀྱི་ཡོང་སྒོར་ཁ་སྣོན་བྱས་པ་མ་རེད་དམ། ཨ།” ཞེས་གསུངས་བྱུང་།

རྫོང་དཔོན་གྱི་སྐད་ཆ་དེས་སློབ་གཙོ་སྨ་ལེབ་དང་ངེད་ཅག་ཚང་མའི་ཁ་གདངས་སུ་བཙུག་བྱུང་། རྫོང་དཔོན་དང་ལྷན་དུ་ཡོང་བའི་མི་དེ་དག་གིས་ཀྱང་འཛུམ་ཤིག་ཤིག་དང་མགོ་ལྡེམ་ལྡེམ་བྱས་ཏེ་རྫོང་དཔོན་གྱི་གསུངས་དེ་དངོས་གནས་བདེན་པ་ཡིན་པ་དང་དེ་ལྟར་བསྒྲུབ་འོས་པའི་རྣམ་འགྱུར་བསྟན་བྱུང་ལ། ཞང་ཞུའི་རྩུའུ་ཅི་དང་ཞང་གཙོ་དག་གི་བཟོ་ལྟ་ཡང་རྣད་དེ་འགྱུར་ནས་གཡའ་དག་པར་གྱུར་ཅིང་། དགོད་བཞིན་དུ་སློབ་གཙོ་སྨ་ལེབ་ལ་ལྟ་བཞིན “རེད་ཡ། ཁྱོད་ལ་འདི་འདྲའི་ཐོན་ཁུངས་འཕེལ་པོ་ཡོད་པས། རྫོང་དཔོན་གྱི་གསུངས་བཞིན་གོ་སྐབས་དམ་འཛིན་བྱེད་འོས་པ་རེད་ཡ” ཟེར་བཞིན། དེར་ཡོད་ཚང་མ་དང་ལྷན་དུ་ཡང་བསྐུར་ཕ་རོལ་ཏུ་ཡོད་པའི་ཁྲི་ལྷོམ་ཚོའི་ཕྱོགས་སུ་ལྟད་མོ་ལྟ་བར་བྱེད་

ཅིང་། འགའ་རེས་ཁྲི་དེ་དག་ལས་ངེད་ཚང་གི་ཁྲི་ཀན་རྒྱ་བོ་དམིགས་སུ་བཀར་ཏེ་འཁྲོག་ཁྲི་རྣལ་མ་རེད་ཟེར་ནས་བསྟོད་པ་བྱེད་ཅིང་། གསར་འགྱུར་སྡེ་ཁག་གིས་མིས་གསར་རྙེད་ཆེན་པོ་ཞིག་བྱུང་བ་ལྟར་པར་ཆས་ཁུར་ཏེ་ཕ་རོལ་ཏུ་བརྒྱུགས་སོང་ནས། ཁྲི་ལྡོམ་ཚོ་དང་ཁྲི་ཀན་རྒྱ་བོའི་གཟུགས་རིས་བརྙན་ལེན་ཡང་བྱས་སོང་།

རྫོང་དཔོན་འཁོར་དང་བཅས་པས་སློབ་གྲྭའི་ནང་དུ་ལྟ་ཞུལ་ཞིག་བྱས་ཤིང་། དེར་མཐུད་ནས་སློབ་གཙོ་སྣ་ལེབ་ལ་སློབ་མའི་ཁ་གྲངས་དང་སློབ་མ་དག་གི་རྒྱ་ཡིག་གི་ཆུ་ཚད་ཅི་འདྲ་ཡིན་པ། རྒྱ་ཡིག་འཁྲིད་པའི་ཆེད་ལས་དགེ་རྒན་ཡོད་མེད་སོགས་ཀྱི་དྲི་བ་འགའ་བཏོན་རྗེས། ཚང་མ་ཧ་ཁང་ནང་དུ་དྲོས་ཧ་འཕྱུང་དུ་སོང་། ད་ནི་དགེ་རྒན་ཚོ་དང་ང་ཚོ་སློབ་གྲོགས་ཚང་མར་ལྟད་མོ་ལྟ་ཡུལ་ཅི་ཡང་མི་འདུག་པས། མཇུབ་མོ་ཁ་ནང་དུ་འཇུག་བཞིན་སློབ་གྲྭའི་ཕྱི་སྒོར་སོང་སྟེ་ཁོ་ཚོ་ནམ་ཞིག་ལ་ཕྱིར་འབུད་པར་བསྒུགས་ནས་སྡོད་པ་ལས་ཐབས་ཅི། ཡིན་ན་ཡང་ཕྱི་རོལ་གྱི་ཕྲང་ས་འཁོར་དག་ནི་གཅིག་ལས་གཅིག་མཛེས་པས། སློབ་མ་ཆེ་བ་ཚོ་ནི་ཕྲང་ས་འཁོར་དག་གི་མཐའ་རུ་རུབ་སྟེ་གང་ཞིག་ནི་ཆེས་ལེགས་པ་ཡིན་པ་དང་། རིན་གོང་སྒོར་འབུམ་ལྷག་བརྒྱད་ཡིན་པའི་ཐད་རྩོད་གླེང་སྣ་ཚོགས་བྱེད་ཀྱིན་འདུག

རྫོང་དཔོན་འཁོར་དང་བཅས་པ་ནི་ཕྱི་དྲོའི་སློབ་ཐུན་མ་འཚོག་པའི་སྔོན་དུ་ཕྱིར་ལོག་པ་རེད། རྫོང་དཔོན་འཁོར་དང་བཅས་པ་ཕར་བསྐྱལ་རྗེས་སློབ་གཙོ་སྣ་ལེབ་གཅིག་པུ་སྒོ་ཆེན་མདུན་ཐད་ཀྱི་གྲོག་མོའི་ཁར་ལངས་ཏེ་ཕར་ཕྱོགས་ཀྱི་དེའུ་འབུར་སྟེང་དུ་ཉལ་ཡོད་པའི་ཁྲི་ལྡོམ་ཚོ་ལ་བལྟས་འདུག་ཅིང་། ཁོའི་བཟྲི་ལྟར་བལྟས་ན་ད་དུང་ཡང་རྫོང་དཔོན་གྱི་སྐད་ཆ་དེར་ཡིད་ཆེས་ཀྱིན་མེད་པ་འདྲ། མཇུག་མཐར་གཅིག་པུར་འདང་རྒྱག་བཞིན་དལ་ལྡོད་ལྡོད་དང་ཚུར་སློབ་གྲྭའི་སྒོ་ཆེན་གྱི་ཕྱོགས་སུ་ཐོན་བྱུང་བས། ང་ཚོ་ཚང་མ་འཚངས་རྒྱུག་བྱས་ཏེ་སློབ་ཁང་ནང་དུ་འཛུལ་བ་ཡིན།

ཅུང་མ་འགོར་བར། སློབ་གཙོ་སྣ་ལེབ་ཀྱིས་སློ་བུར་དུ་ལོ་རིམ་སོ་སོའི་སློབ་མ་ཡོངས

རྫོགས་གང་མྱུར་དང་ཇ་ཁང་མདུན་དུ་གྲལ་བསྒྲིག་ཏུ་བཙུག་སོང་། ངས་སྣར་ཡང་དོན་དག་གལ་ཆེན་ཅི་ཞིག་ཡོད་པ་ཡིན་ནམ་སྙམ་སྟེ་སློབ་གྲོགས་ཚོ་དང་ལྷན་དུ་གྲལ་བསྒྲིག་ཏུ་སོང་བ་ན། ཡ་མཚན་པ་ལ་དེ་རིང་ཕོའི་གན་དུ་དགེ་རྒན་གཞན་པ་གཅིག་ཀྱང་མི་འདུག་ཅིང་། དེ་ལས་ལྷོག་སྟེ་ཇ་མ "ཆིག་ལབ" གྱིས་ནི་སྐྱོན་ཆ་ཅི་ཞིག་ལས་བྱུང་བ་ལྟར་ངོ་མདངས་ཤོར་ཞིང་སྨྲ་བ་མེད་པར་ཟུར་ཞིག་ཏུ་ལངས་འདུག ང་རང་སྔར་བས་ཀྱང་ཡ་མཚན་ཏེ་ཟ་བ་གེར་ནས་སློབ་གཙོས་ཅི་ཞིག་བཤད་ཡོང་བར་བསྒུགས་ནས་བསྡད། སློབ་གཙོ་སྣ་ལེབ་ཀྱིས་རེ་ཞིག་ལ་ཅི་ཞིག་ལ་འདང་རྒྱག་པའམ་སློབ་མ་ཡོངས་རྫོགས་མ་ཐོན་པར་བསྒུགས་ཡོད་པ་ལྟར་གྲལ་མདུན་དུ་ཕར་འགྲོ་ཚུར་འགྲོ་བྱེད་ཀྱིན་སྡོད་ལ། ཙུང་ཙམ་འགོར་རྗེས་འགྲོ་མཚམས་བཞག་སྟེ་གདོང་བ་ཉག་པོའི་སྟེང་གི་ཤེལ་མིག་བླངས་ཏེ་ལག་ཕྱིས་ཀྱིས་འཕྱིད་འཕྱིད་ཙམ་གྱིས་ཕྱིར་བསྐྱོན་པ་དང་། དེ་ནས་ཁ་ཚུར་འཁོར་ནས་ད་ནངས་ལྟར་ལག་པ་གཡོན་པ་དཀྱུ་ལ་བརྟེན་ཅིང་། ལག་གཡས་པའི་གུང་མཛུབ་གེར་ཏེ་བགོད་འདོམས་བྱེད་པའི་ཉམས་ཀྱིས་བཤད་རྒྱུར། "སློབ་མ་ཚང་མས་ཉོན་ཅིག དེ་རིང་ནས་བཟུང་སློབ་མ་སུས་ཀྱང་ང་ཚོའི་འདབས་རོལ་ཏུ་ཡོད་པའི་ཁྲི་ལྷོམ།——མ་རེད། ཁྲི་འདི་དག་ལ་ཇོ་བས་བརྒྱབ་སྟེ་བདའ་མི་ཆོག འདི་ནི་གོང་རིམ་གྱི་རེ་བ་རེད། གོང་རིམ་གྱི་བསམ་ཚུལ་རེད། སློབ་གྲྭས་ཀྱང་ཁྲི་གསོས་ཆོག་པ་རེད། ཁྲི་གསོས་ན་གཅིག་ནས་དབྱར་གནང་དགུན་གནང་སྐབས་སུ་སློབ་གྲྭའི་རྒྱུ་རྫས་རྐུ་ལ་མི་ཤོར་བར་སྲུང་སྐྱོབ་བྱེད་ཐུབ་པ་རེད། གཉིས་ནས་སློབ་མ་དག་གིས་ཟས་ལྷག་འཕྱུང་ལྷག་གང་སར་འཕོས་ཏེ་ཆུད་ཟོས་སུ་གཏོང་བ་གཏན་འགོག་བྱེད་ཐུབ་པ་རེད། གསུམ་ནས་ང་ཚོ་བོད་ཀྱི་ཉམ་ཆུང་ལ་སྦྱིན་པ་གཏོང་བའི་སྙིང་རྗེ་དེ་ང་ཚོའི་སློབ་གྲྭའི་ཁྱད་ཆོས་ཤིག་ཏུ་བསྒྱུར་ཐུབ་པ་རེད།" སྐབས་དེར་ཕོའི་གནམ་ལ་འཕྱུར་ཡོད་པའི་ལག་གཡས་པ་ཕྱིར་བསྐུམས་ཏེ་མཆུ་འདབ་སྐྱོར་ནས། གང་བྱུང་དང་སྒོ་ལྡུ་འགག་འབྲས་བྱུང་ལ། དེ་ནས་ཟུ་མཐུད་དུ "བཞི་ནས" ཞེས་པ་ཞིག་བཟེ་རྒྱུ་མ་བྱུང་བ་འདྲ། སྒོ་ལྡུ་འབྲས་ཚར་རྗེས་མཛུབ་མོ་ཡང་བསྐྱུར་གེར་ཏེ། "རྒྱུ་མཚན་དེ་དག་གི་

ཀྱེན་གྱིས། གལ་ཏེ་སློབ་མ་སུ་ཞིག་གིས་ཁྲི་ལྷོམ་འདི་ལ་རྡོ་བས་བརྒྱབ་སྟེ་བདའ་བར་བྱེད་ན་ངས་དེ་རང་ཡན་དུ་མི་འཇོག་ཁོ་ཐག་ཡིན། ད་དུང་སློབ་མ་དག་གིས་རང་རང་གི་ཟས་ལྷག་འཕྱུང་ལྷག་དག་གང་སར་མི་འཕོ་བར། ཇ་ཁང་རྒྱབ་རོལ་ཏུ་ཁྲི་ལྷོ་གསོག་བྱེད་ཀྱི་ལྕགས་ཟྲོ་ཞིག་བཞག་ཡོད་པས། ངེས་པར་དུ་ལྕགས་ཟྲོ་དེའི་ནང་དུ་ལྷུག་དགོས། སློབ་མ་སུ་ཞིག་གིས་སྤོན་ཚད་ལྟར་ཟས་ལྷག་གང་ཡིན་སར་དུ་ཕོས་ན། ངས་དེ་རང་ཡན་དུ་མི་གཏོང་ཁོ་ཐག་ཡིན།” སློབ་གཙོ་སྣ་ལེབ་ཀྱིས་ནན་ནན་འཇིགས་འཇིགས་ངང་དེ་ལྟར་བཤད་རྗེས། “ཚང་མས་ཨེ་གོ་ཐལ” ཟེར།

སློབ་མ་ཚང་མས་འཛུམ་ཤིག་ཤིག་ངང་མགྲིན་གཅིག་ཏུ “གོ་ཐལ” ཟེར།

སྐབས་དེར་ངའི་སྣང་ངོར་ཡར་སྤོན་གྱི་སྐད་ཆ་དེ་དག་ནི་བཤད་མཁན་སློབ་གཙོ་ཡིན་པ་མ་གཏོགས། ཇ་མ “ཚིག་ལབ” གྱི་སེམས་ན་ཡོད་པའི་སྐད་ཆ་ཤ་སྟག་ཡིན་པའི་སྣང་བ་སྐྱེས་བྱུང་། སློབ་མ་ཚང་མས་གོ་འདུག་པས་སློབ་གཙོ་སྣ་ལེབ་ལ་ཡང་དེ་ལས་ལྷག་པ་བཤད་རྒྱུ་མི་འདུག གཞི་ནས་སེམས་བདེ་ལ་བབས་པ་ལྟར་སློབ་མ་ཚོ་རང་སར་འཐོར་དུ་བཅུག་རྗེས། ཟུར་དུ་ལངས་ནས་ཡོད་པའི་ཇ་མ “ཚིག་ལབ” ཁྲིད་དེ་ཕར་ཇ་ཁང་གི་ཕྱོགས་སུ་བུད་སོང་།

ཕྱི་དྲོའི་སློབ་ཐུན་གསུམ་པོ་གྲོལ་རྗེས། ངས་སྔར་བཞིན་བཟང་མོར་བསྒུགས་མ་འདོད་པར་སློབ་གྲྭའི་རྒྱ་སྒོའི་ཕྱོགས་སུ་བརྒྱུགས་པ་ཡིན། སློབ་གྲྭའི་སྒོ་ཆེན་ཁར་བུད་རྗེས་རྒྱབ་ཕྱོགས་སུ་བཟང་མོའི་སྐད་ཐོས་རྒྱུ་མི་འདུག་པས་སེམས་གཞི་ནས་བདེ་ཏུ་བབས་སོང་། ཕྱི་མིག་ལྟ་བཞིན་གང་མྱུར་དང་གྲོག་མོ་བརྒྱལ་ཞིང་ཕར་འགྲམ་དུ་བསླེབས་པའི་སྐབས་སུ། ང་རང་གཞི་ནས་རང་ཉིད་ཀྱི་མིག་ལའང་ཡིད་མི་ཆེས་པ་ལྟར་གྱུར། ཕྱི་དྲོ་གོང་རོལ་གྱི་དེའུ་འབུར་སྟེང་དུ་ལྡོད་གཡེང་དང་སྤྱོད་པའི་ཁྲི་ལྷོམ་དག་ནི། ད་ལྟ་བྱེའུ་བྲུ་འུར་རྫོས་དཀྲོགས་པ་ལྟར་གར་སོང་ཆ་མེད་དུ་གྱུར་འདུག་པས། མིག་མདུན་གྱི་དེའུ་འབུར་འདི་ཡང་སུ་ཞིག་གིས་ཡལ་བར་དོར་བའི་ལི་མ་རྙིང་བ་ཞིག་དང་འདྲ་བར་དོན་སྙིང་ཅི་ཡང་མི་འདུག་ལ། དེ་

དང་ལྷན་དུ་ངའི་སེམས་ངོས་ཀྱི་ཆ་ཤས་གང་ཞིག་ཀྱང་སྟོང་བར་གྱུར་བ་ལྟར་སྣང་།

"ད་སྔོན་གྱི་དཔོན་པོ་དེ་ཚོས་ཁོ་ཚོ་ཁྲིད་སོང་བ་ཨེ་ཡིན་ནམ།"

ངས་ལྷ་དུས་བཟང་མོ་ཡང་ངའི་གན་དུ་ཐོན་འདུག ཁོ་མོས་ཀྱང་ངའི་སེམས་ཁམས་རྟོགས་པ་ལྟར་ང་དང་ལྷན་དུ་གོང་རོལ་གྱི་དེའུ་འབུར་དེའི་ཕྱོགས་སུ་ལྟ་བཞིན་དེ་ལྟར་བཤད་བྱུང་།

ངས་སླར་ཡང་དེའུ་འབུར་གྱི་ཕྱོགས་སུ་ལྟ་བཞིན་ལྷབ་ལྷིབ་ངང "ངས་ཀྱང་མི་ཤེས། ཁོ་ཚོ་གློ་བུར་དུ་གང་ཞིག་ཏུ་འགྲོ་ཨེ་སྲིད་དམ" ཞེས་བཤད།

བཟང་མོས་ཚིག་ཐག་ཆོད་པའི་ངང་། "ཁོ་ཚོས་ཁྲིད་སོང་བ་ཁོ་ཐག་རེད། ད་སྔོན་གྱི་དཔོན་པོ་དེ་ནི་ཁྱི་ལ་ཧ་ཅང་གཅེས་མཁན་ཞིག་རེད། སྔོན་དུས་ཁོ་ཚོས་ལུག་ རྫངས་འཁོར་གྱི་ཨོང་སྐབས་དུ་འཇུག་པ་ངས་དངོས་སུ་མཐོང་མྱོང་" ཟེར་ནས་ངའི་རྣམ་འགྱུར་རྟོག་པར་བྱེད།

ངས་ཀྱང་ཁོ་མོས་སྐད་ཆ་དེར་གནས་ལུགས་ཡོད་འདུག་སྙམ། འོན་ཀྱང་དེ་འཕྲལ་ཁྱི་ལྟོམ་ཚོའི་ཁྲོད་དུ་ཁྱི་རྐན་རྒྱ་བོའང་ཡོད་པ་དྲན་ནས་གློ་བུར་དུ་ཅི་བྱུང་མེད་པར་བཟང་མོའི་སྙིང་དུ་འཚིག་པ་ཟེར་བྱུང་། ཁོ་མོར་བལྟས་ནས་སྐད་ཆེན་པོས། "ཁྱོད་རང་གན་དུ་ཡོད་དུས་ནམ་རྒྱུན་ཁྱི་རྐན་ཚོ་མཐོང་རྒྱུ་མི་འདུག་པ་ཅི་རེད" ཅེས་སྨྲས།

བཟང་མོས་ངས་དེ་ལྟར་བཤད་འོང་བ་ཡིད་ཀྱི་ཟུར་ལ་དྲན་མི་འདུག ཧ་ཅང་ཡིད་མི་ཆེས་པའི་མིག་མདངས་ཀྱིས་ངའི་གདོང་ལ་ཅེར་ནས་ཧད་འདུག་ཅིང་། ངས་དངོས་གནས་བཤད་ཀྱིན་པ་མཐོང་འཕྲལ "ཁྱོད་ཀྱིས་ང་གདོན་པ་རེད་ཟེར་བ་ཡིན་ནམ" ཟེར།

ངས་མུ་མཐུད་དུ། "འོ་ན་ཁེ་ཉིན་ཡང་ཁྱོད་ཡོད་པས་ཁྱི་རྐན་ཚོ་མཐོང་རྒྱུ་མེད་པ་མིན་ནམ" ཞེས་བཤད།

ངའི་ཚིག་དེ་ཁོ་མོའི་སེམས་ལ་ཧ་ཅང་གནོད་སོང་བ་འདྲ། དེ་མ་ཐག་ཏུ་ཤུམ་ཞིག་བྱས་ནས་ཁ་ངོ་ལག་པས་སྐོར་བཞིན་དུ་ཕར་ཕྱོགས་སུ་བརྒྱུགས་ཏེ་ཕྱིན་སོང་།

ངས་ཁོ་མོའི་རྗེས་ཕྱོགས་སུ་ལྟ་ཙམ་བྱས་རྗེས་སླར་ཡང་ཁྱི་ལྩོམ་ཚོ་གང་ཞིག་ལ་སོང་བ་ཡིན་པར་བསམ་བློ་བཏང་། ཡིན་ནའང་བཟང་མོ་དེ་ལྟར་དུ་བཞིན་དུ་གྱེས་སོང་བ་དེས་ངའི་སེམས་ཐུར་བས་ཀྱང་སྟོང་ལྷང་ལྷང་ཞིག་ཏུ་གྱུར་སོང་། ངའི་སེམས་ལ་དེ་སྔོན་ཁོ་མོ་དགེ་རྒན་གྱི་ "རྒྱུགས་ཁྱི" རེད་ཅེས་བཤད་ནའང་མི་དྭ་བས། དེ་རིང་གི་སྐད་ཆ་དེ་ཙམ་བཤད་པར་དྭ་དགོས་དོན་མི་འདུག་ཨང་སྙམ་བཞིན་དལ་དལ་ལྡོད་ལྡོད་ངང་ཡུལ་ཕྱོགས་སུ་སོང་།

ང་རང་ཁྱིམ་གྱི་འདབས་རོལ་ཏུ་ཐོན་དུས་ཁྱི་ཀན་རྒྱ་བོ་སྔོན་ནས་ཡུལ་དུ་ཐོན་འདུག་པ་མཐོང་བྱུང་། ཁོས་ང་ཡོང་གིན་པ་མཐོང་ནས་སྦྲའི་ཧུག་འདབས་ནས་ལངས་ཤིང་སྔོན་ཚད་ལྟར་ཇ་མ་ལིང་ལིང་གིས་ངའི་སྔོན་དུ་འདུར་ནས་ཐོན་བྱུང་པས། ངའི་སེམས་ལའང་ཉི་འོད་ཐོག་པ་ལྟར་གར་བྱུང་མི་ཤེས་པའི་སྤྲོ་སྣང་ཞིག་རྒྱས་ཤིང་ཁོའི་ཕྱོགས་སུ་བརྒྱུགས་ནས་སོང་། ཁོས་ནི་ཧ་ཅང་དྭངས་བའི་མིག་གིས་ངའི་རྣམ་འགྱུར་ལ་རྟོག་གིན་ངའི་ལུས་སྟེང་ཀུན་ཏུ་སྣོམ་སྣོམ་བྱས་ནས་དགའ་རྩེད་ལིང་ལིང་བྱེད་ཅིང་། ངས་ཀྱང་དགོད་བཞིན་དུ་ཁོའི་མགོ་སྟེང་དུ་བྱིལ་བྱིལ་བྱས་ནས་ཁོ་ལ་རང་ཉིད་ཀྱི་འདང་བརྩེ་བསྟན་པ་ཡིན། སྐབས་འདིར་ངའི་སེམས་ནས་བཟང་མོ་ཡོངས་སུ་བརྗེད་པར་གྱུར་སོང་།

ངས་ཁྱི་ཀན་གྱི་མགོ་བོར་བྱིལ་བྱིལ་བྱེད་བཞིན། "ཁྱོད་ཀྱི་བཟང་ས་དག་གང་ཞིག་ལ་སོང་བ་རེད" ཅེས་དྲིས།

ཁྱི་ཀན་གྱིས་ང་ལ་ལན་འདེབས་ག་ལ་ནུས། དེ་མུར་དགའ་རྩེད་ཀྱི་རྣམ་འགྱུར་མཚམས་བཞག་ཅིང་ཐང་ཆད་པ་ལྟར། ལྟེ་བསྐྱར་བཞིན་སྐེ་འཁྱོག་སྟེ་ཕྱིར་ཡུལ་ཕྱོགས་སུ་ལྟ་ཙམ་བྱེད།

ཕྱི་ཉིན་སྔ་སེ་དཔེ་ཁུག་ཁུར་ནས་སློབ་གྲྭའི་ནང་དུ་འགྲོ་དུས། ཕྱི་རོལ་གྱི་ལྷས་འདབས་སུ་ཉལ་ཡོད་པའི་ཁྱི་ཀན་རྒྱ་བོས་སྐྲ་དཀྱོགས་ཏེ་ང་ལ་བལྟས་འདུག་མོད། ད་ནི་རྩེད་གྲོགས་གཅིག་ཀྱང་མེད་པས་འགྲོ་དོན་མི་འདུག་ཟེར་བ་ལྟར་ངའི་རྗེས་བཞིན་མི་ཡོང་

བར་སྣར་ཡང་མཆུ་ཏོ་ཟ་ཁུང་དུ་བཙུད་ནས་ཕྱིར་གཉིད་བྱུང་། ངའི་སེམས་ལ་ཡང་བསྐྱར་ཕྱི་ལྗོམ་ཚོ་གར་སོང་ཆ་མེད་དུ་གྱུར་བ་དྲན་ནས། ཁོ་ཚོ་ཡང་སྙིང་གང་ཞིག་ཏུ་སོང་བ་ཡིན་ནམ་སྙམ་པ་ལས་ཁོ་རང་རྗེས་སུ་བཙན་ཁྲིད་བྱས་ཏེ་འགྲོ་དོན་ཅི་ཡོད་དམ། སྐབས་འདིར་ངའི་བསམ་པ་ཞིག་ལ། ཕྱི་ཡིན་ཡང་རྩེད་གྲོགས་དག་མེད་ཚེ་ཧ་ཅང་ཁེར་རྐྱང་དུ་གྱུར་ཡོད་པའི་སྣང་བ་སྐྱེས་བྱུང་། བཟང་མོ་ཚང་གི་ཕྱི་རྒན་མ་ནག་རིལ་གྱིས་ཟུག་སྐད་བཏོན་པས་ང་གཞི་ནས་གཉིད་ལས་སད་པ་ལྟར་གྱུར་སོང་། རེ་ཞིག་དེ་གར་ལངས་ཏེ་སྦྲ་སྒོ་ནས་བཟང་མོ་ཕྱིར་ཨེ་འབུད་ལ་བལྟས་ཀྱང་གྲགས་འགྱུལ་ཅི་ཡང་མི་འདུག ཕར་བལྟས་ན་ཁོ་མོ་སྤྲ་མོ་ནས་སློབ་གྲྭར་སོང་ཟིན་པ་རེད་པས་གཅིག་ཕྱུར་དལ་དལ་ལྡིད་ལྡིད་ངང་སློབ་གྲྭའི་ཕྱོགས་སུ་སོང་།

སློབ་གྲྭའི་འདབས་རོལ་ཏུ་ཐོན་ཡང་ཕྱི་ལྗོམ་ཚོ་ནི་མཐོང་ཡུལ་དུ་མི་འདུག་པས་དེའུ་འབུར་གཅེར་བུ་དེའང་ཁེ་ཉིན་བཞིན་སྟོང་ལྷང་ངེར་བཀག་མདངས་ཅི་ཡང་མི་འདུག ད་ནི་ཡིད་སྦྲོ་བའི་དོན་དག་ཅི་ཡང་མི་འདུག་པས་ཧ་ཅང་མགོ་ན་བའི་ཚོར་སྣང་ཁོ་ན་སྐྱེས་འོང་གིན་འདུག མགོ་ན་བཞིན་པའི་སྐབས་སུ་གློ་བུར་བའི་དོན་དག་ཅིག་མཐོང་བྱུང་། སློབ་གཙོ་སྟ་ལེབ་ནི་སློབ་གྲྭའི་སྒོ་མདུན་གྱི་གྲོག་མོའི་ཁ་དེར་གཅིག་ཕྱུར་ལངས་ནས་ཕྱི་ལྗོམ་ཚོ་ཉལ་སའི་དེའུ་འབུར་གྱི་ཕྱོགས་སུ་བལྟས་འདུག་པ་མཐོང་བྱུང་ལ། ཁོའི་བཟོ་ལྟར་བལྟས་ན་གློ་བུར་གར་སོང་ཆ་མེད་དུ་གྱུར་བའི་ཉེ་མི་ཞིག་ལ་སེམས་གཏིང་ནས་སྣར་འབོད་ཀྱི་རེ་སྨུག་བྱེད་པ་དང་གཉིས་སུ་མི་འདུག་པས། ངའི་སེམས་ལ་ཁེ་ཉིན་གྱི་ཇ་མ "ཆིག་ལབ" ཀྱི་བཟོ་ལྟ་དང་འདྲ་བོ་འདུག་ཨང་སྙམ་ནས་དགོད་བྲོ་བ་ཞིག་བྱུང་། འོན་ཀྱང་ཁོ་ནི་སློབ་གཙོ་རེད་པས་དགོད་ག་ལ་རུང་།

ང་སྐྲག་སྐྲག་ངང་གྲོག་མོ་བརྒལ་ཅིང་ཁོའི་འགྲམ་རོལ་བརྒྱུད་ནས་སློབ་གྲྭའི་ནང་དུ་འགྲོ་རྩིས་བྱས་པ་ན། སློབ་གཙོའི་དྲི་བ་ཞིག་གིས་ང་རང་ཧན་སེ་སྡོད་དུ་བཅུག་སོང་། ཁོས་མགོ་བོ་ངའི་ཕྱོགས་སུ་མི་དཀྱོགས་པར་ཧུར་བཞིན་དེའུ་འབུར་གྱི་ཕྱོགས་སུ་ལྟ་བཞིན།

ཕལ་ཆེར་ཆིག་ལབ་རྒྱག་པ་ལྟར། “ཁྱོད་ཀྱིས་ང་ཚོའི་ཁྱི་ལྕོམ་ཚེ་མ་མཐོང་ངམ” ཟེར།

ངས་དྲི་བ་དེ་གསལ་པོར་ཐོས་བྱུང་བས་མགོ་བོ་དུད་ནས། “མཐོང་མ་བྱུང” ཞེས་ལན་བཏབ།

སྐབས་དེར་སློབ་གཙོའི་གདོང་ངའི་ཕྱོགས་སུ་འཁོར་ཙམ་བྱས་སོང་བས། ཁོའི་གདོང་གི་མིག་ཤེལ་ལས་ལྷོག་འོད་དཀར་པོ་ཞིག་འཁྱུག་ཙམ་བྱས་བྱུང་ལ། ངོ་གདོང་ཧྲིལ་པོར་ཙུང་ཁྲོས་ཡོད་པའི་ཉམས་འགྱུར་ཞིག་མངོན་འདུག ངོ་མ་བཤད་ན་ངས་ཁོ་རང་དགའ་ཡོད་པའི་སྐབས་སུ་མིག་ཤེལ་ལས་འདི་འདྲའི་ལྷོག་འོད་འཕྲོ་བ་མཐོང་མ་མྱོང་། སློབ་གཙོས་མིག་ཤེལ་གི་འོག་ཟུར་ནས་ང་ལ་ལྟ་བཞིན་སྐར་ཡང་འདྲི་རྒྱུར། “འོ་ན་ཁྱོད་ཀྱིས་ང་ཚོའི་ཇ་མ་གར་སོང་ཨེ་ཤེས” ཞེས་དྲིས་བྱུང་།

སློབ་གཙོའི་དྲི་བ་དེས་ང་རང་ཡ་མཚན་པར་གྱུར་སོང་། སེམས་ལ་ཇ་མ “ཆིག་ལབ” ཀྱང་གར་སོང་ཆ་མེད་དུ་གྱུར་བ་ཡིན་ནམ། དེ་འདྲ་ཨེ་སྲིད་དམ་སྙམ་བཞིན་ཁོའི་གདོང་ལ་ལྟ་བཞིན། “མ་ཤེས” ཞེས་ལན་བཏབ།

སློབ་གཙོའི་ཤེལ་མིག་སྐར་ཡང་ཕ་རོལ་གྱི་དེའུ་འབུར་ཕྱོགས་སུ་བསྒྱུར་སོང་། ཐེངས་འདིར་སློབ་གཙོས་ཀྱང་དངོས་གནས་ཆིག་ལབ་བརྒྱབ་བྱུང་། ཁོའི་སེམས་ཧ་ཅང་ལྡེ་བའི་ངང “ཁྱི་རྒན་དེ་ཚང་གིས་བཟི་སོང་བ་འདྲ” ཟེར།

ད་ནི་ཁོས་དྲི་བ་བརྗོད་ཚར་སོང་བ་དང་འདྲ་བས་ང་ཡང་དེ་མ་ཐག་ཏུ་སློབ་གྲྭའི་ནང་རོལ་ཏུ་བརྒྱུགས་ནས་ཕྱིན་པ་ཡིན། སློབ་ཁང་ནང་དུ་ཐོན་པ་ན། སློབ་མ་ཚོས་ཀྱང་ཞུར་ཞུར་ཟིང་ཟིང་ངང་ཇ་མ “ཆིག་ལབ” དང་ཁྱི་ལྕོམ་ཚེ་གར་སོང་མི་ཤེས་པའི་སྐོར་གྱི་སྐད་ཆ་སྣ་ཚོགས་བཤད་ཀྱིན་འདུག ལ་ལས་ད་ལྟ་ཁྱི་ཡི་རིན་གོང་མཐོ་བས་ཇ་མ “ཆིག་ལབ” གྱིས་ཁྱི་ལྕོམ་ཚེ་ཁྲིད་ནས་འཚོང་དུ་སོང་བ་རེད་ཟེར། འགའ་རེས་ཁྱི་ལྕོམ་ཚེ་གར་སོང་མི་ཤེས་པས་ཇ་མ “ཆིག་ལབ” ཀྱང་འདུག་འདོད་མ་བྱུང་བར་བུད་སོང་བ་རེད་ཟེར། ཡང་སྐོར་ཞིག་གིས་ཇ་མ “ཆིག་ལབ” བུད་སོང་བས་ཁྱི་ལྕོམ་ཚེ་ཡང་རྗེས་དེད་ནས་བུད་སོང་

བ་རེད་ཟེར། ཡང་ཁ་ཤས་ཤིག་གིས་སློབ་གཙོས་ཁྱི་ལྷོམ་ཚོ་གསོས་ནས་འཚོང་དགོས་ཟེར་བས་ཛ་མ "ཚིག་ལབ" མ་འཐད་པར་ཁྱི་ལྷོམ་ཚོ་ཁྲིད་ནས་སོང་བ་རེད་ཟེར། ངས་ནི་དེ་དག་ལས་གང་བདེན་པ་ཅི་ལ་ཤེས། འོན་ཀྱང་ཚིག་ཐག་བཅད་ནས་བཤད་ཐུབ་པ་ནི་ཛ་མ "ཚིག་ལབ" ནི་ཁྱི་ལྷོམ་ཚོ་ཧ་ཅང་དུངས་པས་འཚོང་མི་སྲིད་པ་དེ་རེད།

ངས་བཟང་མོ་ལ "ཁྱོད་ཀྱིས་བལྟས་ན་གང་བདེན་གྱི་འདུག" ཅེས་འདྲི་འདོད་མོད། འོན་ཀྱང་ཁོ་མོས་ང་རང་མ་མཐོང་བ་ལྟར་བྱས་ཏེ་ཉིན་གང་བོར་ཁ་མི་གྲག་པ་དང་། ཐ་ན་དགོང་མོ་ཡུལ་དུ་ལོག་དུས་ཀྱང་ཁོ་མོ་ཆེད་དམིགས་ཀྱིས་རྗེས་སུ་བསྡུར་ཏེ། ང་རང་སོང་སྐེ་ཡུལ་དུ་ཐོན་ཡོད་སྙམ་དུས་སློབ་གྲྭ་དང་གྲོས་ཀྱིན་འདུག་པས། ང་ནི་དངོས་གནས་ཅི་བྱུང་མེད་པར་རྟབ་རྟབ་པོར་གྱུར་སོང་།

སྐབས་འདིར་སློབ་གྲྭའི་ནང་དུ་ཧ་ཅང་ཁེར་རྐྱང་དུ་གྱུར་བ་ལྟ་བུའི་མི་གཉིས་འདུག་སྟེ། གཅིག་ནི་སློབ་གཙོ་སྨན་ལེབ་དང་ཅིག་ཤོས་ནི་ང་རང་ཉིད་རེད། བསྟུད་མར་ཉིན་འགའི་རིང་ལ། ང་རང་ཕར་ཕྱོགས་ནས་ཚུར་ཡོང་བའི་སྐབས་སུ་ཐོག་མར་མཐོང་ཡོང་བ་ནི་སློབ་གཙོ་སྨན་ལེབ་རེད། ཁོ་ནི་ནངས་སྔ་མོ་ནས་ལངས་ཏེ་སློབ་གྲྭའི་སྒོ་མདུན་གྱི་གྲོག་མོའི་ཁར་འགྲེང་ནས་ཧང་ཧང་བོའི་ངང་མདུན་ཕྱོགས་ཀྱི་དེའུ་འབུར་གྱི་ཕྱོགས་སུ་བལྟས་ཏེ་འདུག་པས། ཕལ་ཆེར་ནངས་མོ་དེར་ཁོས་སློབ་མ་དག་མངགས་ནས་ཁྱི་ལྷོམ་མཐར་སྐྲོད་བྱས་པའི་དོན་དག་དེར་མནོང་འགྱོད་སྐྱེས་བཞིན་པ་དང་འདྲ་ལ། ཡང་ཅི་བྱུང་མེད་པར་ཁྱི་ལྷོམ་ཚོ་རྫུ་འཕྲུལ་ཇི་བཞིན་ཁོའི་མིག་མདུན་གྱི་ནམ་མཁའ་ནས་སར་བབས་ཨེ་ཡོང་ལ་རེ་སྒུག་བྱེད་ཀྱིན་པ་དང་ཡང་མཚུངས། ཉིན་དེ་ཚོར་ངའང་ཆེད་དམིགས་ཀྱིས་སྔ་མོ་ནས་ལངས་ཏེ་བཟང་མོའི་རྗེས་ཚོད་དུ་འཇུག་སྙམ་པ་ཡིན་ཡང་། ཁྱི་ཀན་མ་ནག་རིལ་གྱི་ཟུག་སྐད་ཇི་ལྟར་བརྗོན་ཡང་ཁོ་མོའི་སྣང་བརྙན་དེ་སྲ་སྒོ་ནས་མངོན་རྒྱུ་མི་འདུག ལན་རེར་ཁོ་མོ་སྔ་མོ་ནས་ལངས་ཏེ་སྔོན་དུ་སོང་ཟིན་འདུག་ལ། སྐབས་རེར་ང་རང་སློབ་གྲྭར་ཐོན་ནས་ཡུན་རིང་འགོར་མཚམས་སླེབས་ཡོང་གིན་འདུག་པས། འགྲོ་གྲོགས་འདུག་གྲོགས་མེད་པར་ང་གཅིག་པུ་འགྲོ་བའི་བཟོ་ལྟ་ནི་

ཨ་མའི་གནའ་གཏམ་ཁྲོད་ཀྱི་འཁྲམས་པོ་དེ་དག་དང་ཅི་འདྲའི་མཚུངས་ཨང་།

ནངས་མོ་ཞིག་ལ། ང་སློབ་གྲྭར་འགྲོ་རྗེས་ཀྱིས་སྤྲའི་ཕྱི་རོལ་དུ་ཐོན་མ་ཐག་ཁྱི་ནག་རྒྱ་པོ་ཡང་རྗེས་བཞིན་དེད་ནས་ཐོན་བྱུང་། ཁྱི་ནག་རྒྱ་པོ་མཐོང་བས་ངའི་སེམས་ལ་སྤྲོ་སྤུར་བའི་ཐབས་བཀོད་ཅིག་དྲན་བྱུང་། བཟང་མོ་ནི་ཁྱི་ནག་རྒྱ་པོར་ཧ་ཅང་སྐྲག་པ་རེད་པས། ཕྱི་དྲོ་སློབ་གྲྭ་གྲོལ་དུས་ཁྱི་ནག་རྒྱ་པོ་ལམ་ནང་དུ་ཉལ་ཡོད་པ་མཐོང་ཚེ་ཁོ་མོ་ང་དང་མཉམ་དུ་མི་འགྲོ་ག་མེད་ཡིན་པ་རེད། ངའི་སེམས་ལ་ཐབས་བཀོད་འདི་སྔ་མོ་ནས་དྲན་ན་ཅིས་མ་ཆོག་སྙམ། ཁྱི་ནག་རྒྱ་པོ་ངའི་རྗེས་སུ་འབྲངས་ཡོད་དུས་བཟང་མོ་ཚང་གི་ཁྱི་ནག་མ་ནག་རིལ་དེས་ཀྱང་ཟུག་སྐད་འདོན་མི་ཐོད། དེ་ལས་ལྷག་སྟེ་སྤྲའི་ཕྱུགས་ཆེན་འོག་ནས་ཡར་ལངས་ཏེ་དོན་དག་ཅི་ཡང་མེད་པ་ལྟར་ལྟས་འདབས་སུ་ཕར་འགྲོ་ཚུར་འགྲོ་རེ་བྱས་ནས། ལན་རེར་ཁྱི་ནག་དང་ངེད་གཉིས་ཀྱི་ཕྱོགས་སུ་ལྟ་ཙམ་བྱེད།

བཟོ་ལྟར་བལྟས་ན་བཟང་མོ་སྤྱ་སེའི་དུས་ནས་སློབ་གྲྭར་སོང་ཟིན་འདུག་པས། ངས་ཁྱི་ནག་ལ་བལྟས་ཏེ། "གཙོ་བོ་ཕྱི་དྲོའི་དུས་སུ་ཁྱོད་ཀྱིས་ནུས་པ་འདོན་དགོས་པ་རེད" ཅེས་བཤད།

ཁྱི་ནག་རྒྱ་པོ་ཡུད་ཙམ་ལ་དེ་གར་འཁྲིང་སྟེ་མགོ་བོ་ཀྲོག་ནས་ཁྱི་ནག་མ་ནག་རིལ་གྱི་ཕྱོགས་སུ་ལྟ་ཙམ་བྱས་རྗེས། ཟུ་མཐུད་དུ་ངའི་རྗེས་དེད་ནས་ཡོང་རྒྱུང་བྱེད།

སློབ་གྲྭའི་འདབས་རོལ་དུ་བསླེབས་འཕྲལ། ཁྱི་ནག་རྒྱ་པོ་ཟུ་མཐུད་དུ་ངའི་རྗེས་མི་འབྲངས་པར་གོང་རོལ་གྱི་དེ་སྔོན་ཁྱི་ལྟོམ་ཚོ་ཉལ་སའི་དེའུ་འབུར་དེའི་ཕྱོགས་སུ་བུད་སོང་། ཁོ་རང་ང་དང་ལྷན་དུ་སློབ་ཁང་ནང་དུ་འགྲོ་བློ་མེད་པ་ངས་ཀྱང་ཅི་ལ་མི་ཤེས། ཁོ་རང་དེའུ་འབུར་སྟེང་དུ་ཉལ་ཏེ་ཕྱི་དྲོ་སློབ་གྲྭ་གྲོལ་བའི་བར་དུ་ང་ལ་བསྒུག་ངེས་ཡིན། ངས་ཀྱང་ཁོ་ལ་ཁ་ཡ་མ་བྱས་པར་ཐད་ཀར་སློབ་གྲྭའི་ཕྱོགས་སུ་བརྒྱུགས་ནས་འགྲོ་དུས། སློ་བུར་དུ་སློབ་གཙོ་སྒྲ་ལེབ་ནམ་རྒྱུན་ལྟར་གྲོག་མོའི་ཕར་ཁའི་གནས་དེར་ལངས་འདུག་པ་མཐོང་བྱུང་། ཁོས་ལན་རེར་ཁྱི་རྒྱུན་རྒྱ་པོར་ལྟ་ཙམ་བྱེད་པ་དང་ལན་རེར་ངའི་ཕྱོགས་ལ་ལྟ་བཞིན་འདུག

གྲོག་མོ་བརྒྱལ་ཏེ་སློབ་གཙོའི་འགྲམ་རོལ་ཏུ་བསླེབས་དུས་ཁོ་ཡང་ནམ་རྒྱུན་དང་མི་འདྲ་བར་ཧ་ཅང་དགའ་བཞིན་པ་ལྟར་ང་རང་ཁོའི་གན་དུ་བོས་བྱུང་། ང་ཐེ་ཚོམ་དང་བཅས་ཁོའི་འཁྲིས་སུ་བཏུད་པ་ན་ཁོའི་མིག་ཤེལ་ལས་ཁ་སང་ལྟ་བུའི་ལྡོག་འོད་ཀྱང་འཕྲུག་གིན་མེད་པ་འདྲ། སློབ་གཙོས་སྐར་ཡང་ཕ་གིའི་དེའུ་འབུར་སྟེང་དུ་ཡོད་པའི་ཁྱི་རྐན་རྒྱ་བོར་ལྟ་ཙམ་བྱས་རྗེས། ངའི་ཕྱོགས་སུ་འཁོར་ཏེ་ཧ་ཅང་སྙིག་གྱུར་གྱི་འཛུམ་ཞིག་བསྟན་ནས། “ཁྱི་ལྷོམ་གན་གང་ནས་ཡོང་བ་རེད” ཅེས་དྲིས་བྱུང་།

ཁོའི་བཟོ་ལྟར་བལྟས་ན་ཁྱི་ལྷོམ་དག་ངས་བསྐྱངས་ཡོད་པ་དང་། ཁོས་ཧ་ཅང་ཐབས་མཁས་ངང་འདྲི་བརྩད་བྱེད་པ་དང་འདྲ་བས། དེ་འཕྲལ་འཚབ་འཚབ་ངང་། “གན་ཁྱི་ལྷོམ་མ་རེད། དེད་ཚང་གི་སྒོ་ཁྱི་ཡིན། ཁོ་ནི་རང་འདོད་ལྟར་ངའི་རྗེས་འབྲངས་ནས་ཡོང་བ་མ་གཏོགས་ངས་ཁྲིད་ཡོང་བ་མིན” ཞེས་བཤད། ངའི་སེམས་ལ་སློབ་གཙོས་དེད་ཚང་གི་ཁྱི་ཡིན་པ་ཤེས་འཕྲལ་ཁྱོད་ཀྱིས་ཁྱི་ཁྲིད་དེ་སློབ་གྲྭའི་ནང་དུ་ཡོང་དོན་ཅི་ཡིན་ཞེས་སྡིགས་མོ་བྱེད་ཀྱང་སྲིད་སྙམ།

ཡིན་ནའང་ཁོས་སྡིགས་མོ་བྱས་མ་བྱུང་། དེ་ལས་ལྡོག་སྟེ་ཧ་ཅང་ཡིད་མི་ཆེས་པའི་མིག་མདངས་ཀྱིས་ང་ལ་ལྟ་བཞིན། “ཅི་ལ་སྲིད། ཁེ་སྟོན་ཁྱི་ལྷོམ་ཚོའི་ཁྲོད་དུ་ཡོད་པའི་རྫོང་དཔོན་གྱི་སློར་བབས་སོང་བའི་ཁྱི་དེ་རེད་ཨང་། ངས་བལྟས་ཙམ་གྱིས་ཤེས་ཐུབ” ཅེས་བཤད་བཞིན་ཁོ་རང་གི་མིག་དབང་རྣོ་བ་བདེན་དཔང་བྱེད་པ་ལྟར་སྐར་ཡང་ཁྱི་རྐན་རྒྱ་བོའི་ཕྱོགས་སུ་ལྟ་བར་བྱེད།

ངའང་དགོད་བཞིན་དུ་བདེན་ཅོག་ཅོག་ངང་། “རྫོ་མ་དེད་ཚང་གི་ཡིན། ཉིན་དེར་ཡང་ངའི་རྗེས་སུ་འབྲངས་ཡོང་སྟེ་ཁྱི་ལྷོམ་ཚོའི་གྲས་སུ་སོང་བ་རེད། ཁྱེད་ཀྱིས་བཟང་མོར་དྲིས་དང་ཁོ་མོས་ཀྱང་ཤེས་ངེས་ཡིན” ཞེས་བཤད། བཟང་མོ་ནི་སློབ་གྲྭའི་ནང་གི་སློབ་སྦྱོང་བཟང་ཤོས་ཡིན་པ་སློབ་གཙོས་ཀྱང་ཤེས་པ་རེད་པས། ངའི་སེམས་ལ་བཟང་མོའི་སྐད་ཆར་ཁོས་ཀྱང་ནོམ་ངེས་རེད་སྙམ།

ངས་དེ་ལྟར་བཤད་པས་སློབ་གཙོ་ཡང་ཧློམ་པ་སྐྱེས་བྱུང་བ་འདྲ། ཅུང་ཙམ་བྱུང་བ་ལྟར་ཡུད་ཙམ་ལ་ཅི་ཡང་མི་བཤད་པར་ཁྲི་རྐན་རྒྱ་བོའི་ཕྱོགས་སུ་ལྟ་བཞིན་སྡོད་ཅིང་། དེ་རྗེས་ནམ་རྒྱུན་གྱི་སློབ་གཙོའི་ཉམས་དེ་མངོན་བཞིན་ང་ལ་བལྟས་ཏེ། "ད་ལྟ་ཁྱོད་ཚང་གི་ཨ་ཕས་ཆང་འཐུང་གིན་ཨེ་འདུག" ཅེས་དྲིས་བྱུང་།

ཕོའི་དྲི་བ་དེ་གློ་བུར་བ་ཞིག་ཡིན་པར་མ་ཟད། འདྲི་བའི་སྐབས་སུ་སྣར་ཡང་མིག་ཤེལ་ལས་ཐོག་འོད་དཀར་པོ་དེ་འཁྱུག་ཙམ་བྱས་བྱུང་བས། ངས་གསང་མ་ཐོད་པར་མགོ་བོ་དུད་བཞིན "འཐུང་གིན་འདུག" ཅེས་ལན་དྲང་པོར་བཏབ་ཅིང་། ཕོས་མུ་མཐུད་དུ་ངེད་ཚང་གི་གསང་བ་ཅི་ཞིག་དྲིས་ཡོང་བར་སེམས་ཁྲལ་བྱས།

སྐབས་ལེགས་པ་ལ་སྐབས་དེར་ཕ་རོལ་ནས་སློབ་ཐུན་འཚོགས་པའི་དྲིལ་བརྡ་གྲགས་བྱུང་བས། སློབ་གཙོས་ཀྱང་དོན་དག་གཞན་མེད་པ་ལྟར་བཙན་ཤུགས་ཀྱིས་དགོད་ཙམ་བྱས་ཏེ། "སློབ་ཐུན་འཚོགས་བྱུང་། མྱུར་དུ་སློབ་ཁང་ནང་དུ་རྒྱུགས་ཤོག" ཟེར།

ངས་ད་བར་དུ་སློབ་གཙོར་ཁ་བརྡ་འདི་འདྲའི་མང་པོ་ཞིག་བྱེད་མ་མྱོང་བས། ཕོའི་ལག་འོག་ནས་ཐར་བ་དང་མགོ་ནས་ལྕགས་ཀྱི་ཞྭ་མོ་ལྕི་མོ་ཞིག་ཕུད་བྱུང་བའི་སྣང་བ་སྐྱེས་བྱུང་།

ང་རང་སློབ་ཁང་ནང་དུ་ཐོན་དུས་སློབ་གྲོགས་ཚང་མ་རང་རང་གི་འདུག་སྟེགས་སུ་བསྡད་དེ་དགེ་རྒན་ལ་བསྒུགས་འདུག ང་ཡང་རང་ཉིད་ཀྱི་འདུག་སྟེགས་སྟེང་བསྡད་ནས་ཕར་ལྟ་ཙམ་བྱེད་དུས་བཟང་མོའི་འདུག་སྟེགས་ཀྱང་སྟོང་བ་ཡིན་པ་མཐོང་བས། ཕོ་མོ་ད་དུང་ཐོན་མེད་པ་མི་སྲིད་ཨང་སྙམ། ཡིན་ནའང་སློབ་ཐུན་འཚོགས་ནས་དགེ་རྒན་སླེབས་ལ་ཉེ་དུས་ཀྱང་ཕོ་མོ་མཐོང་རྒྱུ་མི་འདུག མཇུག་མཐར་དགེ་རྒན་སློབ་ཁང་ནང་དུ་ཡོང་སྟེ་སློབ་གྲོགས་ཚོར་བཟང་མོ་གང་དུ་སོང་ཚུལ་འདྲི་དུས་སུའང་ཤེས་མཁན་གཅིག་ཀྱང་མི་འདུག སློབ་ཁྲིད་བྱས་ཏེ་གྲོལ་ལ་ཉེ་དུས་ཕྱི་རོལ་ནས "ཡར་ཤུ" ཞེས་པའི་སྐད་སྒྲ་ཞིག་གྲགས་བྱུང་བ་དེ་ནི་བཟང་མོའི་སྐད་རེད། ཕོ་མོ་སློབ་ཁང་དུ་ཐོན་པ་དང་ལྷན་དུ་ངུས་བྱུང་བས་དགེ་སློབ་ཚང་མ་ཡ་མཚན་པར་གྱུར། ཚང་མས་ཕོ་མོའི་ཁྱིམ་མི་ཞིག་ལ་དོན་དག་བྱུང་

སོང་བར་སྙམ། དགེ་རྒན་གྱིས་ཧ་ཅང་བརྩེ་བའི་ངང་། "དོན་དག་ཅི་ཞིག་བྱུང་སོང་། ཁྱིམ་མི་ཞིག་ལ་ན་བ་བྱུང་སོང་བ་མིན་ནམ" ཞེས་དྲིས་བྱུང་།

ཁོ་མོས་ལག་པས་མིག་ཆུ་འཕྱིད་བཞིན་དུ། "ང་སློབ་གྲྭར་ཡོང་དུས་ལམ་ནང་དུ་ཁྱི་རྒན་ཞིག་འདུག སྐྲག་སྟེ་རྒྱང་བསྐོར་ནས་ཡོང་བས་སློབ་ཁྲིད་ཀྱི་རྗེས་སུ་ལུས་སོང" ཟེར།

ཁོ་མོས་དེ་ལྟར་བཤད་པས་སློབ་གྲོགས་ཚང་མ་ཁུར་ཆིལ་ལེར་བགད་བྱུང་། འོན་ཀྱང་ང་ནི་དགོད་ག་ལ་ཕོད། ཁོ་མོས་ངས་ཁྱི་རྒན་ཁྲིད་ཡོང་བ་ཡིན་པ་དགེ་རྒན་ལ་ཞུ་གཏུག་བྱས་ཡོང་བར་དོགས་ནས་མགོ་བོ་དུད་དེ་དབུགས་ཀྱང་རྔུབ་མི་ནུས་པར་གྱུར། དགེ་རྒན་གྱིས་ཁོ་མོའི་མགོ་ལ་བྱིལ་བྱིལ་བྱེད་བཞིན་དུ་ཙུང་ཡིད་མི་ཆེས་པའི་མིག་མདངས་ཀྱིས་ང་ཚོར་ལྟ་བཞིན། "ད་ནངས་ཁྱི་ལྷོམ་ཚོ་ཕྱིར་ཐོན་འདུག་པ་མ་རེད་དམ" ཞེས་དྲིས་བྱུང་།

སློབ་མ་ཚང་མས་མཐོང་མ་བྱུང་ཟེར་མོད། ངའི་སེམས་ལ་བཟང་མོའི་དྲང་ཐད་དུ་བཤད་ཨེ་འགྲོར་སྐྲག་སྟེ་མགོ་བོ་དུད་ཅིང་ཨམ་གཅིག་ས་བསྡམས་ནས་ཉན་བསྡད་པ་ན། ཁོ་མོས་ངག་འདར་ཙམ་ངང་ "མ་རེད། ཁྱི་རྒན་ཆ་མེད་ཅིག་རེད" ཅེས་ རྫུན་གཏམ་བྱུང་། ངའི་མགོ་ནས་ཡང་བསྐྱར་ལྷུགས་ཀྱི་ཞྭ་མོ་ཆེན་པོ་ཞིག་བླངས་སོང་བའི་སྣང་བ་སྐྱེས་བྱུང་བར་མ་ཟད། སེམས་གཏིང་ནས་བཟང་མོ་ལ་བཀའ་དྲིན་ཞུས་པ་ཡིན།

སྤུ་དྲོ་རྡིལ་བོར་བཟང་མོས་ཁ་སྡོན་ལྟར་ང་རང་མ་མཐོང་བ་བཞིན་སྡོད་པ་མ་གཏོགས། མི་འདོད་པའི་རྣམ་འགྱུར་ཅི་ཡང་བསྟན་མ་བྱུང་བས། ང་ནི་སྔར་བས་ཀྱང་དོགས་མི་བདེ་བར་གྱུར་སོང་། སེམས་ལ་ཉིན་གུང་ཕྱོགས་ཏུ་སོང་ནས་ཁྱི་རྒན་རྒྱ་བོ་ཕྱིར་ཡུལ་དུ་འགྲོ་རུ་གཞུག་སྙམ་ཡང་། དེ་ལྟར་ན་སློབ་གྲོགས་གཞན་དག་གིས་ངེས་པར་མཐོང་སྲིད་ཅིང་། ངས་ཁྱི་རྒན་ཁྲིད་ཡོང་སྟེ་བཟང་མོར་སྐྲག་སྲུད་པས་སློབ་ཁྲིད་ཀྱི་རྗེས་མ་ཆོད་པ་རེད་ཅེས་དགེ་རྒན་ལ་ཞུ་གཏུག་བྱེད་ཀྱང་སྲིད་པ་རེད། དེ་མ་ཟད་བཟང་མོའི་སེམས་ལའང་། ངས་ཆེད་དུ་ཁྱི་རྒན་ཁྲིད་ཡོང་ནས་ཁོ་མོར་སྐྲག་བསླངས་པ་རེད་སྙམ་ངེས་ལ། མོས་ནམ་ཡང་ང་ནི་མི་ངན་ནམ་དགྲ་བོ་ཞིག་ཏུ་བསམས་ངེས་རེད་སྙམ། དེ་བས་ང་རང་ཉིན་གང་

པོར་སློབ་གྲྭའི་ར་སྐོར་ནང་དུ་རྩེད་གཡེང་བྱས་ནས་སྡོད་པ་ལས་རྒྱ་སྐོའི་ཕྱི་རོལ་ཏུ་མ་ཐུད་ལ། ཁྱི་རྒན་རྒྱ་བོ་ཡང་རང་འདོད་ལྟར་ཡོང་བ་ལས་ངས་ཁྲིད་ཡོང་བ་མིན་པ་ལྟར་བྱས།

ཕྱི་དྲོའི་སློབ་ཁྲིད་གྲོལ་མ་ཐག ངས་གང་མྱུར་དང་དཔེ་ཁུག་ཁུར་ནས་ཚང་མའི་སྔོན་ལ་བརྒྱུགས་ནས་སོང་། བསམ་ཡུལ་ལས་འདས་པ་ཞིག་ལ། ང་རང་སློབ་གྲྭའི་ཕྱི་སྒོའི་གྲོག་མོའི་ཁར་ཐོན་པ་ན་ཕ་རོལ་གྱི་དེའུ་འབུར་སྟེང་དུ་ཁྱི་རྒན་རྒྱ་བོ་མཐོང་རྒྱུ་མི་འདུག ཕལ་ཆེར་ཁོས་ང་ལ་མ་བསྒུགས་པར་སྔོན་ནས་ཡུལ་དུ་སོང་ཟིན་པ་རེད་པས་སེམས་ཀྱང་གཞི་ནས་བདེ་ལ་བབས་བྱུང་། ཡིན་ནའང་ད་ནི་ངས་བཟང་མོ་ཨེ་ཡོང་ལ་སྒུག་སྡོལ་མི་འདུག་པས་མྱུར་མོར་ཡུལ་ཕྱོགས་སུ་བསྐྱོད་པ་ཡིན།

ལམ་བར་ཏིལ་པོར་ངའི་སེམས་ནང་དུ་ཉིན་འདི་དག་ལ་བྱུང་བའི་ཡ་མཚན་པའི་དོན་དག་མང་པོ་དྲན་ཏེ་ཡྭད་པ་ཉོག་ཉོག་པོར་གྱུར་སོང་། ད་ནངས་སྔ་སེའི་སློབ་གཙོ་སྣ་ལེབ་ཀྱི་རྒྱུན་ལྡན་མིན་པའི་རྣམ་འགྱུར་དེ་དག་དང་། ཁྱི་ལྟོམ་ཚོ་དང་ཇ་མ "ཆིག་ལབ" གློ་བུར་དུ་གར་སོང་མི་ཤེས་པ། རྫོང་དཔོན་འཁོར་དང་བཅས་པ་ལྷ་ཞིབ་ཏུ་ཡོང་བ། སློབ་གཙོ་སྣ་ལེབ་ཀྱིས་སློབ་མ་ཚོར་བཀའ་ཕབ་སྟེ་ཁྱི་ལྟོམ་དག་པར་སྐྲོད་པ། ཇ་མ "ཆིག་ལབ" གྱིས་ཁྱི་ལྟོ་ཁྱེར་ཏེ་ཁྱི་ལྟོམ་དག་འཚོལ་དུ་སོང་བ། ཁྱི་རྒན་ཚོ་མཐོང་རྒྱུ་མེད་པར་རྐྱེན་བྱས་ཏེ་བཟང་མོ་ལ་ཚིག་ལོག་བཤད་པ། ཐ་ན་ནངས་མོ་དེར་ཁྱི་རྒན་རྒྱ་བོས་ཨ་ཕ་ཚང་གིས་བཟི་བའི་སྐྱུག་རོ་ལྡག་སྟེ་བཟི་བར་གྱུར་བ།......ཡོད་ཚད་ཀྱང་དེ་འདྲའི་ཆ་མི་མཚུངས་ཤིང་དེ་འདྲའི་དགོད་བྲོ་བ་ལ་ཨང་།

ཡུལ་དུ་ཐོན་འཕྲལ་ང་རང་ སྣར་བས་ཀྱང་ཡ་མཚན་པར་གྱུར་སོང་། ངེད་ཚང་དུ་འགྲུལ་བ་ཞིག་ཡོང་སྟེ་ཨ་ཕ་དང་ལྷན་དུ་ཆང་འཐུང་གིན་འདུག་ཅིང་། འགྲུལ་བ་དེ་ནི་ཧ་ག་ཧ་ག་སློབ་གཙོ་སྣ་ལེབ་ཡིན་འདུག ང་རང་ཐོན་དུས་ཁོང་གཉིས་ཀ་བཟི་སྟེ་བཟྲོ་ལྷ་ཤོར་འདུག་ཅིང་ཐ་ན་སློབ་གཙོ་སྣ་ལེབ་ཀྱིས་མིག་ཤེལ་འབྲིད་རྒྱུའང་མཚམས་ཆད་འདུག ཨ་མས་ཁོ་གཉིས་ལ་ལྕུག་ཤ་ཚང་ར་ཞིག་བཙོས་ཏེ་མདུན་དུ་བཞག་རྗེས་གཡོན་

ཁྲིམ་དུ་ཧ་སློལ་བཞིན་པོ་གཉིས་ཀྱི་ཁ་བརྡར་ཞུན་ཏེ་ཁ་རོག་གེར་འདང་རྒྱག་གི་ནང་དུ་ལྷུང་འདུག་མོད། ང་མཐོང་འཕྲུལ་གཉིད་ལས་སད་པ་ལྟར་གྱུར་ཏེ "ཨེ་ལྟོགས་ཐལ། མྱུར་དུ་ཤོག་ལ་འོ་ཧ་ཐུངས" ཟེར། ད་ནས་བཟུང་ཨ་ཕས་ང་ཐོན་པ་ཤེས་ནས་ཚུར་བོས་ཏེ། མིག་འཛུམ་བཞིན་སློབ་གཙོ་སྣ་ལེབ་ལ་སྟོན་བཞིན། "པོ་རེད། པོ་ནི་ངའི་བུ་རེད། སློབ་གྲྭར་འགྲོ་མི་ཐུབ་པས་ངས་ཁྱོད་ལ་གནང་བ་ཞུས་པ་ཡིན། ལུག་འཚོས་ཏེ་ཕ་ཤུལ་བུ་ཡིས་སྐྱོང་དགོས། དེ་ཨེ་རེད།" ཟེར་ནས་སློབ་གཙོ་སྣ་ལེབ་ཀྱི་ཕྱོགས་སུ་སྐྲ་བསྒྲིངས་པར་བྱེད།

སློབ་གཙོ་སྣ་ལེབ་ཀྱིས་ཀྱང་འགྲམ་པ་གཙུས་ཤིང་མིག་ཤེལ་ཡང་སྐྱེང་ནས་ཨ་ཕར་ལྟ་བཞིན། "དེ་བཤད་དགོས་སམ། ཁྱོད་ཀྱིས་འདང་རྒྱག་བྱེད་མི་དགོས། ང་ནི་སློབ་གཙོ་རེད། སློབ་མ་གཅིག་གི་དབང་ཆ་ནི་ང་ལ་འདང་ལོས་ཡོད" ཟེར་ནས་བྲང་ཁར་ཐལ་མོས་རྡེབ་པར་བྱེད།

ཨ་ཕས་སྐྲ་ཚུར་ལ་ཡོ་སྐྱེ་ལག་གཡས་པ་དཀྱུ་ལ་བརྟེན་ནས། མགོ་ལྡོག་ཅི་ཐུབ་དང "དེ་ལོས་ཡིན། དེ་ལོས་ཡིན" ཟེར།

སློབ་གཙོ་སྣ་ལེབ་ཀྱིས་ཆང་དཀར་ཨ་ཕར་གཏད་བཞིན་དུ་མིག་ཤེལ་ཡར་འདེད་ཙམ་བྱས་ཏེ། "དེ་འདྲ་རེད། ངས་ཁྱོད་ལ་རྫུན་གཏམ་པ་ཡིན་ན་དཀོན་མཆོག་གསུམ། རྫོང་དཔོན་གྱིས་ཞང་གཙོར་བཤད་པ་རེད། ཞང་གཙོས་ང་སློབ་གཙོར་བཤད་པ་རེད། ཁྱོད་ཀྱི་ཁྲི་གཅིག་གིས་དཔོན་པོ་གསུམ་གྱི་ངོ་ལོན་ན། ཨ། དེ་ནི་དོན་བཟང་ཞིག་མ་རེད་དམ" ཟེར་ནས་རྟེན་འབྲེལ་ཞུས་བྱུང་།

ཨ་ཕས་སླར་ཡང་ངའོ་སྐམ་པའི་ཉམས་ཤིག་བསྟན་ནས། "ངས་ཁྲི་གཅིག་མ་ཟད་ཁྲི་ལྔ་ཡོད་ཀྱང་སྐྱེར་ངེས། དེ་ནི་ཁྲི་ཟེར་བ་དེ་རེད། ངའི་བུ་གཅིག་ཕུ་མག་པར་ཕྱིན་ཟེར་བ་མ་རེད" ཟེར་ནས་རང་ཉིད་ལ་གནས་ལུགས་ཡོད་མདོག་སྟོན།

སློབ་གཙོ་སྣ་ལེབ་ཀྱིས་ཀྱང་མགོ་ལྡོག་ལྡོག་བྱས་ཏེ་མིག་ཤེལ་ཡང་ཨེན་ཙམ་གྱིས་གོ་ཐལ་ནང་དུ་ལྷུང་སོང་། པོང་གཉིས་ཀྱིས་ཆང་དཀར་ཡོལ་ཕྱེད་ཙམ་རེ་ཞབས་ཏག་བརྒྱབ་རྗེས་སླར་ཡང་བླུགས་སོང་བས། བཟོ་ལྟར་བལྟས་ན་མི་འགྱངས་པར་གཡས་ལོག་གཡོན་

ལོག་ཏུ་འགྱུར་ངེས་སུ་འདུག

སྐབས་དེར་ཨ་མས་ཚུར་རོལ་ནས་འདུག་མི་བཟོད་དང་ཧ་ཅང་ཞུམ་ཐག་པའི་སྐད་ཀྱིས། "ཁོ་ཚོས་ཁྲི་ཀྲན་ཁྱེར་ནས་བཤའ་ཨེ་སྲིད་དམ" ཞེས་བཤད་བཞིན་ཧ་ཅང་བག་ཚ་བར་གྱུར།

སློབ་གཙོ་སྨན་ལེབ་ཀྱིས་སྐྱེ་ཚུར་བསྐྱིངས་ཤིང་མིག་ཤེལ་གྱི་གོང་ནས་གཟབ་ལྟ་བྱེད་བཞིན་ཅི་ཞིག་བཤད་རྩིས་བྱེད་དུས། ཨ་ཕས་ཕ་རོལ་ནས་བཀའ་འབེབས་པའི་གདངས་ཀྱིས། "བུད་མེད་ཚོས་ཅི་ཡང་ཤེས་པ་མ་རེད་པས། ཁ་རོག་ལ་སྡོད" ཟེར་བས། ཨ་མ་ནི་སྐྲག་པའམ་ངོ་ཚ་སྟེ་མགོ་བོ་དུད་ནས་བསྡད་བྱུང་།

ངས་རང་དབང་མེད་མར་ཨ་མར་སྙིང་རྗེ་ཞིག་སྐྱེས་བྱུང་། ཕུ་མཐུད་དུ་ཁོ་གཉིས་ཀྱི་སྐད་ཆར་ཉན་མ་འདོད་པར་གཡོན་ཁྱིམ་གྱི་མར་སྒྲིད་དུ་བསྡད་པ་ན། ཨ་མས་ང་ལ་འོ་ཇ་མངར་མོ་ཞིག་བླུགས་ནས་སྐེར་ཞོར་དུ་ད་དུང་ཅི་ཞིག་ལ་འདང་རྒྱག་བཞིན་འདུག ཁོ་མོས་ཅི་ཞིག་ལ་འདང་རྒྱག་གིན་པ་ངས་ཀྱང་ཚོད་དཔག་བྱེད་ཐུབ་པ་འདྲ།

ངས་སྐད་ཤུབ་བུས་ཨ་མར། "ཨ་མ། ང་ནི་སློབ་གྲྭར་འགྲོ་ན་འདོད" ཅེས་བཤད།

ཨ་མས་ངའི་སྐད་ཆ་དེ་ཐོས་འཕྲལ་ཧ་ཅང་ཐེ་ཚོམ་དུ་གྱུར་སོང་། "འོན་ཀྱང་" ཡིད་མི་ཆེས་པའི་མིག་མདངས་ཀྱིས་ང་ལ་ལྟ་བཞིན་སྐད་ཤུབ་བུས། "ཨ་ཕས་ཁྲི་ཀྲན་བྱིན་ནས་ཁྱོད་རང་སློབ་གྲྭ་ནས་བླངས་སོང་བས།……" ཟེར།

ངས་གདེང་ཚོད་ཡོད་པའི་ངང་། "དེར་ང་ལ་ཐབས་བཀོད་ཡོད།" ཅེས་བཤད་དེ་འོ་ཇ་འཐུངས་པ་ཡིན།

ཡུན་རིང་མ་འགོར་བར་ཨ་ཕ་དང་སློབ་གཙོ་སྨན་ལེབ་གཉིས་ཀ་ར་རོ་བར་གྱུར་ཏེ། ནུབ་ཟས་ཀྱང་འཐུང་མ་ནུས་པར་ཕག་ལྷར་གཡས་ལོག་གཡོན་ལོག་གིས་གཉིད་པར་གྱུར་སོང་། སྐབས་དེར་ངས་ཐ་གུ་ཞིག་ཁྱེར་ནས་སྒོར་བུད་པ་ཡིན། ཁྲི་ཀྲན་རྒྱ་བོ་ཕྱི་རོལ་གྱི་ལྷས་འདབས་སུ་ཉལ་འདུག་མོད། ང་མཐོང་འཕྲལ་མྱུར་མོར་ཡར་ལངས་ཏེ་ཇ་མ་གཡུག་བཞིན

ཚུར་བརྒྱུགས་ནས་ཐོན་བྱུང་། ངས་ཁོའི་མགོ་ལ་བྱིལ་བྱིལ་ཞིག་བྱས་ཤིང་ཐ་གུ་སྐེ་ལ་མདུད་རྗེས། རྗེས་སུ་ཁྲིད་དེ་མྱུར་མོར་ཡར་ཕྱོགས་ཀྱི་རི་འདབས་སུ་ཡོད་པའི་དགོན་པའི་ཕྱོགས་སུ་སོང་། དགོན་པ་ཉུ་ཨ་ཕའི་ཕུ་བོ་སྡེ་ངའི་ཁུ་བོ་ཡོད།

ཕྱི་ཉིན་ནམ་ལངས་མ་ཐག ངས་སྔ་མོ་ནས་ནངས་ཇ་འཕྲུངས་རྗེས་དཔེ་ཁུག་ཁུར་ནས་སློབ་གྲྭར་འགྲོ་རྩིས་བྱེད་ཀྱིན་ཡོད། སློ་བུར་དུ་ཨ་མ་ཁྱིམ་དུ་ཡོང་སྟེ་མགོ་ན་སྟེ་དངུལ་ཡང་ཉལ་ཡོད་པའི་ཨ་ཕར་བལྟས་ཏེ། "ཁྱི་ཀན་གང་ལ་སོང་བ་ཡིན་ནམ། མཐོང་རྒྱུ་མི་འདུག" ཟེར།

ཨ་མའི་སྐད་ཆ་དེ་ཐོས་འཕྲལ་ཡར་ཕྱུགས་སུ་ཉལ་ཡོད་པའི་སློབ་གཙོ་སྨྲ་ལེབ་དང་ཨ་ཕ་གཉིས་ཀ་ཁྲིམ་རིལ་ཞིག་བརྒྱབ་སྟེ་འཁྲོ་རིམ་འཁྲོར་ཡར་ཙོག་ཙིང་། སློབ་གཙོ་སྨྲ་ལེབ་ཀྱིས་བྲེལ་འཚབ་དང་བཅས་ཤེལ་མིག་གོན་ལོང་ཡང་མ་བྱུང་བར། "དེ་འདྲ་ཨེ་སྲིད་དམ" ཟེར་ནས་ཨ་ཕའི་གདོང་ལ་ལྟ་བར་བྱེད།

ཨ་ཕས་ཨ་མར་ཅེར་ནས་དེ་ཐག་ཏུ་སྡིགས་མོ་བྱེད་རྩིས་བྱས་སོང་། "ཁྱི་ཀན་མཐོང་རྒྱུ་མི་འདུག་ཟེར་བ་ཅི་རེད" ཟེར།

སྐབས་དེར་ངས་ཁོ་ཚོའི་སྐད་ཆའི་བར་མཚམས་བཅད་ནས། "ཁྱི་ཀན་ཚང་གིས་བཟི་སྟེ་ལྡོམ་སོང་བ་རེད" ཅེས་བཤད།

ཨ་ཕས་སླར་ཡང་ང་ལ་བལྟས་ཏེ་ཕལ་ཆེར་ངས་བགྲ་ལག་བྱས་སོང་སྙམ་པ་ལྟར། "ཁྱི་ཀན་ཚང་གིས་བཟི་སོང་ཟེར་བ་ཅི་རེད" ཟེར་ནས་མིག་ཆེ་ཉུ་ཅེར་བྱུང་།

ངས་བདེན་ཙོག་ཙོག་དང་། "མདང་དགོང་ཁྱོད་གཉིས་ཀ་བཟི་སྟེ་བསྐྱུགས་སོང་བས། ཁྱི་ཀན་གྱིས་ཁྱོད་གཉིས་ཀྱི་སྐྱུག་རོ་བལྡགས་ཏེ་བཟི་བར་གྱུར་བ་རེད" ཅེས་བཤད་རྗེས། ཁོས་ཡང་བསྐྱར་ཅི་ཞིག་བཤད་ཡོང་བར་ཁ་ཡ་མ་བྱས་པར་སྐོར་བུད་དེ་སློབ་གྲྭར་ཆས།

ཞོགས་པའི་མཁའ་དབུགས་བསིལ་མོ་འདུག འོན་ཀྱང་ད་ལྟ་ངའི་སེམས་ཁམས་ནམ་རྒྱུན་ལས་ཧ་ཅང་སྐྱིད་པས་རྒྱུག་ཞོར་དང་ལྡིང་ཞོར་བྱས་ཏེ་མདུན་དུ་སོང་བ་ཡིན།

བགྲེས་པོ་དང་ནོར་ཁྱུ།

ཉི་འོད་བག་ལ་ཞ། རི་ཕྲུག་གི་རྩ་གསེབ་ཀུན་ཏུ་ནམ་རྒྱུན་དང་མི་འདྲ་བར་ཟིལ་པ་ཁྲོམ་མེར་འདུག་ཅིང་རི་ངོས་སུ་སྨུག་པ་ལང་ལོང་རྒྱུ། ཁོ་སྔར་མལ་དུ་བཙོག་སྡེ་ཅེར་རེར་བལྟས་འདུག སྨུག་པ་ནི་དུམ་པོ་དུམ་པོ་བྱས་ཏེ་ཁོའི་མིག་མདུན་ནས་ཤར་བགྲོད་བྱེད། ནོར་ཁྱུ་ནི་ལུང་མཐིལ་དུ་ནག་ཡོམ་ཡོམ་འགྲུལ་ཞིང་། ལན་རེར་ངུར་སྒྲ་གསལ་ལ་མི་གསལ་བ་རེས་ལུང་ཕོག་གི་དབེན་པ་མཐའ་དག་ཅིག་ཅར་དུ་བཅོམ་འོངས། འབྲི་རྒན་དགུ་དང་བེའུ་བརྒྱད། གཞན་རྣམས་གཡག་རྒན་ཚོ་དང་ཡ་རུ་སོགས་ཡིན། ད་ནངས་པོ་རང་ནོར་ཁྱུའི་རྗེས་དེད་ནས་ཡོང་དུས་གློ་བུར་དུ་ཅི་ཞིག་བརྗེད་སོང་བའི་སྣང་བ་སྐྱེས།

ཁོས་རང་ཉིད་ལ་ལེ་བདའ་བྱས། ཅི་ཞིག་བརྗེད་སོང་ངམ། ཁོས་དཔྲལ་རེག་རེག་གིས་ཡང་བསྐྱར་བསམ་བློ་བཏང་ཡང་ཅི་ཡང་མི་དྲན། ཁོའི་གོམ་པ་ཧ་ཅང་དལ། སྔོན་ན་འགྲོ་བཞིན་པའི་ནོར་ཁྱུའང་ཁོའི་མྱུར་ཚད་དང་འདྲ། དེ་དུས་ད་དུང་ཆར་བ་ཟིམ་ཟིམ་དུ་འབབ་ཅིང་ཆར་སྤུང་གྲང་མོ་ཞིག་ཡང་ནས་ཡང་དུ་ལྷུང་ཞིང་འོང་། ཁོས་ཆུ་ཕྱིང་ཡར་གོན་ཙམ་གྱིས་ནོར་ཁྱུའི་རྨིག་རྗེས་ལ་ལྟ་བཞིན་ཕྱིར་འདང་བརྒྱབ། ཅི་ཞིག་བརྗེད་སོང་བ་ཡིན་ནམ།

སྐབས་ཤིག་ལ་ཁོ་རི་ཕྲུག་ཅིག་ཏུ་ཙོག་ནས་འདུག ད་ལྟ་ཁོས་ད་ནངས་ཅི་ཞིག་བརྗེད་

པར་རྩད་གཅོད་བྱེད་ཀྱིན་མེད། ཁོས་མག་མོག་པོའི་སྨུག་ལོང་གི་ཁྲོད་ན་དལ་ཅིག་དལ་ཅིག་ངང་འགྲུལ་བའི་ནོར་གནག་ཚོར་བལྟས་ནས་ཆིག་ལབ་བྱེད།

རྭ་ཐོ། ཅི་ནུས་ཀྱིས་ཐོ། ནངས་ཀ་འདྲི་རྒན་ཚོ（རྭ་འགོག་མཁན）ཐོན་དུས་རྭ་ཟ་ཏུ་ག་ལ་འཛུག དེ་རིང་གཅིག་པུར་ཅི་ནུས་ཀྱིས་ཐོ།

ཕལ་ཆེར་ནོར་ཚོས་ཀྱང་ཁོའི་བསམ་ཚུལ་དང་བསྟུན་ནས་རྭ་ལ་ཧམ་ཅི་ཐུབ་བྱེད་ཀྱིན་ཡོད་པ་འདྲ། ཁ་སང་གི་ཆར་ཉི་ཧ་ཅང་ཚ་བས་རྭ་འགོག་པ་རྣམས་ཀྱིས་ཀྱང་ཚ་གདུག་མ་བཟོད་པར་ཕར་རྒྱུག་ཚུར་རྒྱུག་བྱེད། དེ་རིང་ཆར་བ་བབས་པའང་རྭ་འགོག་མཁན་ཚོ་དང་ཁོའི་བསམ་ཐོག་ལ་བབ་སོང་། ཚ་བའི་ཁྲོད་ནོར་ཚོ་ཉིན་གང་པོར་ན་ཐང་སྐམ་པོ་དེར་ས་ལ་སྣོམ་སྣོམ་གྱིས་རྭ་འགོག་ཚོ་དང་འདྲ་བར་ཕར་ཤོར་ཚུར་ཤོར་བྱེད་དུས་ཁོའི་སྙིང་གཏིང་ལ་ན་ཟུག་སྐྱེས་འོང་། ད་ནངས་རྭ་འགོག་པ་ཚོའི་ཡུལ་གྱི་ནོར་ཕྲུ་ཡང་ཁོའི་རྗེས་བསྙེགས་ནས་འོང་གིན་འདུག ཁོའི་སེམས་ཀྱང་གཞི་ནས་བདེ་ལ་བབས།

སྨུག་པ་རེ་ཞིག་དྭངས་སོང་། གནམ་ངོའི་ཆར་སྤྲིན་ནི་ད་དུང་ཧམ་སྨུག་ཅིང་མཐའ་འཁོར་གྱི་རི་ཚོགས་ནི་ནག་ཡོར་རེར་བསྟན་ཞིང་སྨུམ། ཁོ་ཡང་ནམ་ལངས་པ་ལྟར་ཐང་ལམ་ནས་མར་བབས་ཏེ་ནོར་ཚོའི་གམ་དུ་སོང་། ནོར་ཚོས་རང་རང་སར་རྭ་ལ་སྤོག་ཅི་ཐུབ་ཀྱིས་རྭ་རྫོངས་འཁྱུག་པོའི་ནང་དུ་ཡན། ཁོས་ཡིད་ཆེས་པའི་ངང་མགོ་བོ་ལྷོག་ལྷོག་ཅིག་བྱས་ཏེ་སླར་ཡང་མར་ཐོག འདི་ནས་བལྟས་ཚེ་ལུང་བ་འདིའི་ས་མདའ་ཐམས་ཅད་གསལ་ལེར་མཐོང་ཐུབ། ལུང་བ་ཧ་ཅང་ཆེ་བས་ཡོད་ཚད་སྟོང་ལྷང་ངེར་འདུག་ཅིང་ཁོ་དང་ནོར་ཕྲུ་ནི་ཧ་ཅང་ཉམ་ཆུང་ལྟར་སྣང་། སྐབས་འདིར་ཁོའི་སྣང་བ་རང་ཉིད་ཁེར་རྐྱང་ཡིན་པའི་སྐྱོ་བ་ཞིག་སྐྱེས། ཨ་མ་འདས་ཟིན། རྒན་མོའང་ཤི་སོང་། ད་ནི་བུ་མོ་ཡོད། བུ་མོ་དང་རང་ཉིད་མ་གཏོགས་ལྷག་མེད། བུ་མོ་གཅིག་པུའང་གནས་ལ་བུད་སོང་ན་ཅི་བྱེད། ངས་ཉི་མ་འདི་ཇི་ལྟར་སྐྱེལ། ཁོའི་སྙིང་ཁོང་ལ་ཅག་ཤད་ཅིག་རྒྱུག་ཅིང་སེམས་ཁོང་དུ་ཆུད་པར་གྱུར།

དུས་ནམ་ཞིག་ཡིན་པ་བརྗེད་ཟིན། རྒད་པོ་དོན་གྲུབ་ཀྱིས་ཁ་བརྡ་མང་པོ་ཞིག་བྱས་

པའི་ལྷག་མར་བཤད་རྒྱུར། "ད་ནི་ཁྱོད་ཀྱང་རྒས་ཟིན་པས་ནོར་རྫི་ག་ལ་ཐུབ། བུ་མོར་མག་པ་ཞིག་བླངས་ཏེ་རང་ཉིད་ཀྱིས་ངལ་གསོ་བྱས་ན་བཟང" ཟེར། "ཧེ་ཧེ། ལོ་ལྔ་བཅུ་ད་དུང་རྒས་པར་བརྩིའམ། ངས་ནོར་རྫི་ལོས་ཐུབ།" ཕོས་རང་ཉིད་ཀྱི་ཕོག་དཔུང་མ་ཤོར་བར་བྱས་ཏེ་དེ་ལྟར་ཕ་རོལ་བར་ཁ་གྲག་རྒྱུ་མེད་པར་བྱས། དེ་ནས་བཟུང་ཕོ་ཡང་ཉིན་བཞིན་འདང་རྒྱུག་གི་ནང་དུ་ལྷུང་སྟེ། ད་ནི་ནོར་རྫི་ག་ལ་ཐུབ། ཕོ་མོ་འདས་པ་ནས་བཟུང་ནོར་ཚོའང་གཅིག་རེ་གཉིས་རེ་བྱས་ཏེ་ཤི་ནས་ཚར་ལ་ཉེ། ངེས་པར་དུ་མག་པ་ཞིག་ལེན་དགོས་སྙམ། ཕོ་ཅི་ཡིན་འདི་ཡིན་མེད་པར་ཧད་འདུག

ནོར་ཚོས་སྐྱེ་ཕར་འཕོར་ཚུར་འཕོར་གྱིས་རྩྭ་ལ་རོལ་འདུག ཕོས་ནོར་ཚོའི་ཕྱོགས་སུ་བལྟས་ནས་སེམས་ལ་འཆར་སྣང་སྣ་ཚོགས་སྐྱེས། མག་པ་ཞིག་ངེས་པར་དུ་ལེན་དགོས་ཀྱང་ནོར་ཕྲུ་རང་ཉིད་ཀྱིས་འཚོས་ན་བཟང་། མག་པ་ཁ་ལམ་དུ་འགྲོ་བ་ཞིག་གང་ན་ཡོད། ནོར་ཚོ་ཚར་ན་ཉི་མ་ཇི་ལྟར་གཏོང་། དེ་ལྟར་གན་རྒྱལ་དུ་ལོག་ནས་ཐང་ཆད་པ་ལྟར་གྱུར་ཏེ་ཅུང་ཟད་གཉིད་ན་འདོད། དུས་ཡུན་ཅི་ཙམ་འགོར་བ་མི་རྟོགས། ཕོ་རིམ་བཞིན་མག་མོག་པའི་འཇིག་རྟེན་ཞིག་ཏུ་འཁྱམས།

དེ་ནི་ཕོའི་ཆུང་དུས་ཀྱི་འཚོ་བ་ཡིན་པ་འདྲ། ཨ་ཕ་ཕོའི་ཕྱི་རྗེས་སུ་འོང་ནས་ཡང་ནས་ཡང་དུ་ནོར་ལ་ལྟ་ཡག་ཅྱོས་དང་གཞན་གྱི་ནོར་ཕྲུར་འདྲེས་ན་ནོར་གྱིས་རྩྭ་ཟ་མི་ཐུབ་ཚུལ། གཅིག་ཕྱུར་བསྡད་ན་ནོར་ཡང་མི་བོར་སོགས་ཁ་ཏ་སྣ་ཚོགས་བྱེད། ཕོས་ནོར་ཚོ་དེད་དེ་རྩྭ་ཆུ་འཛོམས་ས་དག་ཏུ་ཉིན་གང་བོར་གཅིག་ཕྱུར་བསྡད་ཅིང་། ཕྱི་དྲོ་ནོར་ཕྲུ་རི་ངོས་ནས་མར་ཕབ་སྐབས་ཡ་ཏུ་དང་ཡར་མོ་མང་པོས་ཇ་རྩེད་བྱེད་བཞིན་ཐུར་དུ་ཞོགས་དུས་ཕོ་ལ་དགའ་སྤྲོ་ཚད་མེད་སྐྱེས། དགོང་མོ་ཨ་མས་འོ་མ་འཛོ་དུས་ཕོ་འགྲམ་དུ་ལངས་ནས་ཡོད། ཨ་མས་ཕོའི་མི་མཐོང་སར་འབྲི་རྒན་ཞིག་ལ་གཞུག་སྐྱེད་འཛོ་བ་མཐོང་། བེའུ་ཤི་འགྲོ་ངེས་སྙམ་ནས་ཕོས་ངུ་སྔངས་བྱེད་བཞིན་བརྒྱུགས་སོང་ནས་བེའུ་དེ་བཏང་འཕྲལ་ཨ་མའང་ཐབས་ཟད་དེ་གཞི་ནས་བཞོ་མཚམས་བཞག་སོང་། ཕོའི་སེམས་ཀྱང་དེ་འཕྲལ་བདེ་

རུ་བབས་ནས་མིག་ཆུ་འཁྱིད་འཁྱིད་བྱས།

ཁོའི་གདོང་ལ་གཞི་ནས་འཛུམ་དམུལ་ཞིག་ཐུང་ཞིང་ཁ་ལོ་པར་ཙམ་འཁོར་ནས་སྐར་ཡང་རྩི་ལམ་གྱི་གློང་དུ་འདྲེས། བུ་མོའི་མག་པ་ཆུང་འོང་ནས་གུས་ཚུལ་གྱིས་ཨ་ཕ་ལགས། ཁྱོད་ཀྱིས་ངལ་གསོ་ཁྱོས་དང་དེ་རིང་ནས་ནོར་རྫིར་ང་འགྲོ་ཟེར། ཁོའི་སེམས་ལ་མག་པ་སོང་ན་ནོར་ཚོས་རྟ་བཟང་པོ་ཞིག་ཟ་མི་ཐུབ་སྙམ་ནས་ཁྱོད་ལ་ནོར་འཚོ་བའི་ཉམས་མྱོང་མེད་ཅེས་བཤད། ང་འགྲོ། དེ་རིང་གནམ་ངོ་རུབ་ཡོད་པས་རྟ་འགོག་མཁན་མེད། ངས་ཀྱང་རྟ་སའི་ནང་ལ་འདེད་རྒྱུ། མག་པའི་གདོང་ལ་རྟར་རྔམ་པའི་མདངས་ཤིག་ཤར་ནས་ཁོ་ལ་ཞུ་བ་བྱེད། ཁོའི་སེམས་ལ་དགའ་སྤྲོ་སྐྱེས། མག་པའང་ནོར་ཚོར་གཅེས་མཁན་ཞིག་སྟེ་ངོ་མ་རང་ཉིད་དང་ཨ་ན་མ་ན་རེད་སྙམ། ཁོས་མགོ་བོ་ལྷེམ་ལྷེམ་གྱིས་ཁས་བླངས།

ཁོ་གཉིད་ལས་སད་དེ་ལག་པ་གཉིས་གནམ་ལ་བསྒྲེངས་ཤིང་ཁ་གདངས་མིག་བཙུམས་ཀྱིས་གླལ་སྒྱིང་ཞིག་བྱས་རྗེས་ཁ་ལོ་པར་འཁོར་ཆུང་འཁོར་གྱིས་ནོར་ཁྱུ་གར་ཡོད་ལ་བལྟས། ནོར་ཁྱུ་ནི་ཐུར་མལ་ན་སྡོད་ཅིང་། འགའ་རེ་རྟས་འཁྲངས་ཏེ་དབུགས་ལྷེམ་ལྷེམ་གྱིས་ཉལ་ནས་འདུག ཁོས་རང་ཉིད་ཀྱི་རྩི་ལམ་དེ་ལ་བསམ་བློ་བཏང་། མག་པ་དེ་འདྲ་ཞིག་ག་ལ་ཡོད། ཅི་ལ་ཐུག་ཀྱང་ནོར་ཁྱུ་རང་ཉིད་ཀྱིས་འཚོ་དགོས་སྙམ་བཞིན་རང་ཉིད་ལོ་ན་བརྒྱད་ལ་སོན་པ་ནས་བཟུང་ད་བར་དུ་ནོར་རྫི་ཁོ་ནར་སོང་བའི་དཀའ་སྡུད་ཀྱི་འཚོ་བའི་ལམ་རིང་དེ་ཕྱིར་དྲན་བྱས། ཁོ་ལ་གཞི་ནས་ང་རྒྱལ་དང་གཟི་སྤོབས་ཤིག་རྒྱས་འོང་།

ཅི་དྲན་མེད་པར་གནམ་ངོ་སྔོ་ལ་དྭངས་པར་གྱུར་ཅིང་། སྨུག་པ་ཐུང་པོ་ཞིག་ཕར་ཕྱོགས་ཀྱི་རི་སྐེད་ནས་དལ་བུར་བསྐྱོད་ཕྱོགས་སུ་བསྐྱོད། ཉི་མའང་རང་ཡན་གྱུར་བའི་འཁྲུམས་པོ་ཞིག་དང་འདྲ་བར་ཚ་དྲོད་སྙོམས་པའི་འོད་སྣང་དང་བཅས་ནུབ་ཕྱོགས་སུ་བསྙེགས་ཀྱིན་འདུག ཁོ་ལ་གློ་བུར་བའི་དངངས་སྐྲག་ཅིག་སྐྱེས། ཁོ་ཚོ་གང་ལ་སོང་བ་ཡིན་ནམ། ཁོས་ལྟུང་བའི་ཕུ་མདའ་ཀུན་ལ་བལྟས་ཀྱང་རྟ་འགོག་ཚོའི་ཡུལ་གྱི་ནོར་ཁྱུ

མི་མཐོང་། ད་ནངས་ཁོའི་ཕྱི་རྗེས་འབྲངས་ནས་འོང་གིན་ཡོད། གཡོ་སྒྱུ་ཅན་དེ་ཚེ་རི་ཕག་ཅིག་ཏུ་ཡིབ་པ་ཡིན། རྩ་འགོག་ཚེ་ཡང་བསྐྱར་ཡོང་ན་ཐང་། ཁེ་སྟོན་ཁྲིམ་ཚང་ཞིག་གི་ནོར་ཁྱུ་རྩྭ་སའི་ནང་དུ་ཤོར་བས་སྐོར་ཉིས་བརྒྱའི་ཆད་པ་བཅད་པ་ཁོས་ཀྱང་ཐོས། དེ་འདྲའི་མང་པོ་ཞིག་ཨང་། ཁོས་རང་དབང་མེད་པར་དངངས་འདར་ཞིག་བརྒྱབ། རི་ཁྲུལ་གྱི་ན་རྩྭའི་ཁྲོད་དུ་མེ་ཏོག་སྣ་ཚོགས་སེར་ཆེལ་ལེར་འདུག་ཅིང་། ནོར་ཚེ་ཚང་མ་རང་རང་སར་ཉལ་ཏེ་རྩྭ་ཟ་འདོད་མེད་པ་འདྲ། ཁོས་ཧུར་ཐག་གིས་རྣམ་ཤེས་གཅིག་ཏུ་སྒྲིམ་ནས་ཉི་མར་ལྷ་ཙམ་གྱིས་རི་ངོས་ནས་མར་བབས་ཏེ་སྐྲག་སྐྲག་ངང་ནོར་ཚེ་རེ་རེ་བཞིན་བསྡངས་ཏེ་གཅིག་ཏུ་བསྡུས་ཤིང་ལུང་བའི་ཕུ་ཕྱོགས་སུ་ཡར་ལ་བསྐོར། ལུང་བ་འདིའི་ཕུ་མགོ་ནས་ཕར་བུད་དེ་ཤུར་ནང་ཞིག་ནས་མར་བབས་ཚེ་སུས་ཀྱང་མི་མཐོང་བར་ཁོ་ཚང་གི་འདབས་རོལ་དུ་སླེབས་ངེས། ཁོས་དལ་དལ་ངང་ནོར་ཁྱུ་ཁོ་ཚང་གི་འདབས་རོལ་དུ་མར་བསྐོར་དུས་ཉི་མའང་ནུབ་རན་འདུག་ལ་ཁོའི་སེམས་ཀྱང་གཞི་ནས་བདེ་ལ་བབས།

ཁོས་ཡིད་ཆེས་པའི་ངང་མགོ་ལྡོག་ལྡོག་འགའ་བྱས་ཏེ་སྨྲ་ཁྲིམ་གྱི་ཕྱོགས་སུ་སོང་། ཁོ་ཡུལ་དུ་ཐོན་ལ་ཉེ་དུས་སྨྲ་སྒོ་ན་ཡོད་པའི་པ་མ་ཆག་པོ་དེ་མཐོང་། ཁོས་རང་དབང་མེད་པར་རང་ཉིད་ལ་ལེ་བདའ་བྱས། ད་ནངས་འབྲི་ཀན་སྤོ་ལོག་མར་ལྷུ་གུ་ལྷུད་རྒྱུ་བརྗེད་ཟིན། ད་ནི་ལོ་ན་རྒས་པས་དྲན་ཤེས་ཀྱང་ཉམས་སོང་། ཁོས་སེམས་ཁྲལ་བྱེད། ཁོས་ད་དུང་བསམ་བློ་གཏོང་། ནངས་ཀའང་ཆར་པ་བབས་ན་ཅི་མ་རུང་།……

སྒྲིགས་མོ།

ཧེ་ན། ད་ཐོན་ཐལ། ཡང་གང་ཞིག་ལ་ལྟོམ་དུ་སོང་བ་ཡིན། ཁྱོད་ཁྲིམ་དུ་འཛུལ་ཡོང་དུས་ཀྱི་ཚུགས་ཀར་ལྟོས་དང་། སུ་ཞིག་གིས་ཟ་མ་མ་བླུད་པར་མནར་བ་དང་འདྲ་པོ་འདུག ཨ་ཙི། དེ་རིང་ཁྱོད་ཀྱིས་ཆང་འཐུང་བ་ཡིན་ནམ། ཅི་ལ་མིན། ངས་ཁྱོད་ལ་འདྲི། ཁྱོད་ཀྱི་སེམས་ན་ཁྲིམ་ཆང་འདི་ཡོད་དམ་མེད། ཧེ་ན། ཡོད་ཡོད་ཟེར་ཀྱང་ཡོད་དེ་ཁྱོད་ཀྱིས་ཅི་ཞིག་བྱས་སྐྱོང་། ཡོད་དེ་ཁྱོད་ཀྱིས་ཉིན་རྒྱུན་ཆང་འཐུང་བ་ཨེ་ཡིན། དེ་མ་གཏོགས་ཁྱོད་ཀྱིས་ཅི་ཞིག་ལས་སྐྱོང་། ཕར་སོང་ཕར་སོང་། ང་ལ་རེག་མི་དགོས། ཁྱོད་ཀྱིས་ལྟོས་དང་། ད་ནི་དུས་ཚོད་དུ་རེད། ད་ནི་ཉི་མ་ཡང་ནུབ་འདུག་པ་མི་མཐོང་ངམ། ད་ནངས་ནངས་ཇ་འཐུངས་རྗེས་ཕར་སོང་བ་རེད། ཉིན་གང་པོར་སྐྱོ་ཚུ་དེ་དང་ཁ་གྱེས་མ་ཐོད་པ་ཨེ་རེད། དེས་ན།……ཨ་རོགས་ཨ་རོགས། ཁྱོད་ཀྱིས་ལྟུགས་ཐབ་བསྐྱིལ་རྒྱུ་རེད། གོམ་ཁ་ཡང་མི་ཐུབ་ན་སྐྱོ་ཚུ་དེ་འཐུངས་ནས་ཅི་བྱེད་དམ། དེས་ཕོ་བ་འགྲངས་ཀྱིན་འདུག་གམ། འོ་ན་དེ་འཐུངས་ཏེ་ཁྱོད་ལ་ཅི་ཞིག་ཕོབ་བྱུང་། འདི་རེད། ད་ནི་གྲོ་ཕྱེའང་ཚར་ནས་ཟ་རྒྱུ་མི་འདུག ཁ་སང་ངེད་གཉིས་ཉེ་རུ་འགྲོ་བཤད་པ་ན་ཁོས་རྗོམ་ཡིག་འབྲི་དགོས་ཟེར། རྗོམ་ཡིག ཕའེ། དེ་བྲིས་ནས་ཁྱོད་ལ་ཅི་ཞིག་བྱིན་སོང་། ད་དུང་རྗོམ་ཡིག་བྲིས་ན་སྒོར་མོར་སྐྱེར་ངེས་རེད་ཟེར་ནས་

ངའི་མགོ་གཡོགས་ཐབས་བྱེད། ད་ནི་སློར་མོ་ག་རེ། ཁྱོད་ཀྱི་སློར་མོ་གང་ན་ཡོད། སྟོན་རྒྱུ་མེད་ཨང་། ཅི་ཞིག འོ་དེའམ། ན་ནིང་ཞིག་ལ་སློར་རྫོག་བརྒྱ་བསྒྱུར་ཡོང་བ་དེ་ཟེར་རམ། དེ་བདེན་པ་ཡིན། འོ་ན་ངས་ཁྱོད་ལ་འདྲི། སློར་རྫོག་དེ་ཚོས་ཁྱོད་ཀྱིས་ཁྱིམ་ནང་འདི་ལ་ཅི་ཞིག་ཉོས་སམ། ལས་གྲོགས་ཚོར་ཟ་མ་ལྟད་སྤྱད་བྱས་ཏེ་ཤོག་ཧྲལ་དང་ལྷུགས་སྨྱུག་ཉོ་རྒྱུར་ཡང་མ་འདང་བ་མིན་ནམ། ལྷུགས་སྨྱུག་རེ་ཡང་ཉིན་འགའ་མ་འགོར་བར་བོར་འགྲོ། ངས་རྫུན་བཤད་པ་མིན་ཨང་། ད་ནི་ཀླ་ཐོགས་ཀྱང་དུས་ལྟར་སྐེར་ནུས་ཀྱི་མེད་པ་འདི་རེད། དེ་ལས་ཁྱོད་ཀྱིས་ཁྱིམ་ནང་དུ་ལས་ཀ་རེ་བྱས་ནའང་དེ་དང་བསྟུར་ན་མི་བཟང་ངམ། ད་བར་དུ་ཤོག་ཧྲལ་དེ་དག་གི་སྟེང་དུ་འཐམས་ནས་ཕྱོགས་ཅི་ལ་ཡང་སེམས་ཁུར་མི་བྱེད་པར་འདུག ཕོ་ལས་མོ་ལས་ཡོངས་རྫོགས་ང་གཅིག་པུའི་སྟེང་དུ་འཕངས་པ་རེད། ངས་ངོ་མ་བཤད་པ་ཡིན། ད་ནི་ངས་ཀྱང་མི་ནུས་པར་འདུག ད་དུང་།......ཨ། དེ་གར་ཞི་ལི་བསྐལ་ཡོད་པ་མི་མཐོང་ངམ། ཁྱོད་ལ་མིག་མེད་པ་ཨེ་རེད། ཉལ་ཡང་མི་ཤེས་ན་སྨྱོ་ཆུ་དེ་འཐུང་ནས་ཅི་བྱེད་པ་ཡིན། ཉལ་ཐུལ་ལ་ཁེན་ན་མི་ཚོག་གམ། ཨེ། ཁྱོད་ཀྱིས་ང་ལ་ཉན་གྱིན་ཨེ་ཡོད། རེད་ཡ། ངས་ཁྱོད་ལ་འདྲི། སུ་ཚང་ལ་སོང་བ་ཡིན། གཅིན་དེ་གང་ནས་འཐུངས་པ་ཡིན། ཡང་ཚང་རྒྱལ་ཞབས་བརྗོལ་ཚང་ཨེ་ཡིན། ང་རང་འགྲོ་ཆོག ང་སོང་སྐེ་ཐད་ཀར་ཁོ་ལ་སྡིགས་མོ་ཚ་དྲག་ཅིག་བྱེད་དགོས། ཁོ་ལ་སློར་མོ་ཡོད་ན་ཁོ་རང་ཉིད་ཀྱིས་འཐུང་ཆོག་པ་རེད། ཁྱོད་ལ་ལྟུད་དོན་ཅི་རེད། ཅི་ཟེར། ང་རང་ངོ་མི་ཚའམ། དེར་ངོ་ཚ་དོན་ཅི་ཡོད། འོ་ན་ཁོས་ཁྱོད་ལ་ཆང་ལྟུད་དོན་ཅི་རེད། འདི་ནི་ཆེད་དུ་ཁྱོད་མེ་འོབས་ནང་དུ་འཕེན་པ་མ་རེད་དམ། ད་ནིང་ཡང་དེ་ལྟར་རེད། སློབ་མ་དེ་འདྲ་མང་པོ་ཞིག་བསྐྱེད་བསྲིང་བྱས་ཀྱང་རྗེས་ནས་སྐྱོན་འཛུགས་ས་ནི་ཆང་འཐུང་རྒྱུ་མང་འདུག་ཟེར་བ་དེ་རེད། སློབ་མ་དག་གིས་ཡར་ལ་རྒྱུགས་འཕྲོད་ཀྱང་ཁྱོད་རང་མར་ལ་སྒྱུགས་པ་རེད། ཁྱོད་ངོ་མི་ཚའམ། ཁྱོད་ངོ་མི་ཚ་ནའང་ང་ཁ་སྐྱེངས་འོང་། ཕྱིག་ཏུ་མི་རྣམས་ཀྱིས་ཁྱོད་ལ་ཅི་ཟེར་གྱིན་པ་ཨེ་ཐོས། ང་རང་ངོ་མ་སྟོད་མི་ནུས་པར་འདུག ས་གླིང་དཀར་ལྷ་སྡེ་ཤར་ལྷ་ལ་ཁ་ནུབ་ལྷ་ཨ་ཁུ་ཁྲོ་ཐུང་རེད་ཟེར་

པ་ཁྱོད་ལྷ་བུ་ལ་བཤད་པ་རེད། མིན་ནམ། སེམས་ཅན་ཀུན་གྱིས་དཔོན་པོའི་ངོ་ལ་བལྟས་ཏེ་གོས་རེ་རེག་ཨེ་ཐུབ་ལྟ་དུས། ཁྱོད་ལ་ལྟོས་དང་། ཁྱོད་ཀྱིས་ད་དུང་དཔོན་པོའི་རྒྱུགས་ཁྲི་བྱེད་མི་འདོད་ཟེར་ནས་མར་ལ་འབབ་ཨེ་ཐུབ་ལ་ལྟ་བཞིན་འདུག ངོ་མ་གླེན་པ་གཏི་ཐུག་རེད། ཅི་ཞིག་ཅི་ཞིག ཛ་བླུགས་ཤིག་ཟེར་བ་ཡིན་ནམ། མ་ཤེས་མ་ཤེས། རང་ཉིད་ཀྱི་ལག་པ་འགྱུལ་མི་ཤེས་སམ། དེ་འདྲའི་ཚོད་དུ་འགྲོ་བར་བྱས་ཏེ་སྡུག་གྲོང་རེད། སུ་ཞིག་གིས་ཁྱོད་ལ་ནན་ཚུགས་བྱས་པ་རེད། ཅི་ཞིག ང་རང་ཕོམ་གྱིན་མེད་པ་མི་མཐོང་ངམ། ལྟོས་དང་། དེ་རིང་ཉིན་གང་པོར་གྱོན་གོས་དང་ཉལ་ཐུལ་ཉལ་གདན་གྱི་ཕྱི་གཡོགས་ཚང་མ་བཀྲུས་པ་ཡིན། ད་དུང་ཉལ་གོས། ཉལ་གོས་དག་ཀྱང་བསྐྱར་འཚེམ་བྱས་པ་ཡིན། ཁྱོད་ཀྱིས་ཅི་ཞིག་བྱས། ཉིན་གང་པོར་སྨྱོ་ཆུ་དེ་འཐུངས་ནས་ཉི་མ་གར་ནུབ་ཀྱང་མ་ཤེས་པ་རེད། དེ་ལས། རེད་ཡ། དེ་ལས་ང་ལ་ཆུ་ཟེའུ་གང་ལེན་རོགས་བྱས་ནའང་མི་ཆོག་གམ། དེ་མིན་ན་ཞེ་ལི་ཉར་རོགས་བྱས་ཏེ་ང་ལ་ལས་ཀ་བྱེད་དུ་བཅུག་ནའང་ཆོག་པ་རེད། ངས་ངོ་མ་བཤད་པ་ཡིན། ཁྱོད་ཀྱི་སེམས་ན་ཁྱིམ་ཚང་འདི་གཏན་ནས་མི་འདུག ཁྱོད་ཀྱིས་ཁྱིམ་ཚང་གཞན་གྱི་སྐྱེས་པ་ཚོར་ལྟོས་དང་། ཐ་ན་རྒྱ་སྲང་དུ་འགྲོ་དུས་ཀྱང་ཁྱིམ་ཚང་ནང་དུ་ཅི་ཞིག་བྱས་ན་བཟང་བ་ཕོན་དྲན་གྱིན་འདུག དེ་མིན་ནམ། ཁྱོད་ཚོའི་སློབ་གཙོས་ཀྱང་ལོ་བཞིན་ཞིང་ས་གླས་ནས་བཏབ་སྐྱེ་སྒོར་ཁྲི་ཕྲག་རེའི་ཡོང་སྒོ་འདུག་ཟེར་བ་མིན་ནམ། ད་དུང་དགེ་རྒན་ཕག་བཤའ་དེས་ཕག་ཤ་ཕོ་ནའི་ཚོང་རྒྱག་གིན་པ་མིན་ནམ། ཁྱོད།……ཁྱོད་ལ་ཅི་བྱུང་བ་རེད། ད་དུང་ཉིན་བཞིན་ཡུལ་དུ་ཐོན་ཐོན་འཕྲུལ་རྩོམ་ཡིག་འབྲི་དགོས་ཟེར་ནས་དེའི་སྟེང་ལ་ཅེར་འགྲོ། དེ་མིན་ན་སློབ་མ་ཚོའི་ལས་བྱ་རྩེག་མ་རེ་ཁྱེར་ཡོང་སྟེ་དུས་ཚོད་དེའི་སྟེང་ནས་བསྐྱལ་འགྲོ། དེ་མིན་དུས་ནི་འདི་རེད། སྨྱོ་ཆུ་ཕོན་འཐུངས་ནས་སྡོད། ད་དུང་རང་སེམས་གཡེང་ཐབས་བྱེད་པ་ཡིན་ཟེར། འོ་ན་ངས་ཁྱོད་དོང་ནང་ཞིག་ཏུ་བཙུད་ནས་ཡོད་པ་ཨེ་རེད། ཅི་ཟེར། མ་སྡིགས་ཟེར་རམ། ཡ་ཡ་ཡ། མི་སྡིགས། ངས་ཁྱོད་ལ་མ་སྡིགས་ཀྱང་ཆོག ཡིན་ནའང་ཁྱོད་ཀྱིས་སོམས་དང་། ངས་འདི་ལྟར་སྡུག་ཕོག་ལ་བཅུག་ནས་སྡོད་ནུས་རྒྱུ་

ཨེ་རེད། ཁྱོད་ལ་མ་སྡིགས་ན་ཨེ་ཆོག་པར་འདུག མགོ་འཕྲེད་དུ་གཡུག་རྒྱུ་ཅི་ཞིག་འདུག ངས་ངོ་མ་བཤད་པ་ཡིན། འོ་ན་ངས་ཁྱོད་ལ་འདྲི། འདི་ནི་ཁྱོད་ཀྱི་ཞི་ལི་ཨེ་རེད། ཁྱོད་ཀྱིས་ད་བར་དུ་དུས་ཚོད་ཕྱེད་ཙམ་ལ་ཡང་ཕོ་ལག་ཏུ་འཛིན་ཨེ་མྱོང་། ཕོ་ལ་གྱོན་གོས་ཤིག་ཉོ་ཨེ་མྱོང་། འདི་འདྲའི་ཨ་ཕ་ཞིག་ཨེ་ཡོད་དམ། ངོ་མ་ཞི་ལི་ཡང་ལས་ངན་ཞིག་རེད། ཁྱོད་ལྷ་བུའི་ཨ་ཕ་ནུས་མེད་ཅིག་ལ་ཁེལ་སོང་བ་རེད། ཁྱོད་ཀྱིས་ཀྱང་འདང་ཞིག་བརྒྱབ་ན་མི་ཆོག་གམ། དེ་ལས།……འོ་ལེ། དེ་ལས་ཁྱོད་ཀྱི་དགེ་གྲོགས་དེ་ལྟར་དུ་དཔོན་པོ་དག་ལ་ལྟག་སྒོ་བརྒྱུད་ནས་བྱ་བ་ཡང་ས་ཞིག་བཙལ་ཡང་ཆོག་པ་རེད། འོན་ཀྱང་ཁྱོད་ཀྱིས་དཔོན་པོ་ཚོའི་རྐུགས་ཁྲི་བྱེད་མི་འདོད་ཟེར། དེ་ལ་རྐུགས་ཁྲི་ཟེར་རམ། ཧེ་ཧེ་ཧེ། དེ་ནི་ཕོ་ཚོར་ནུས་པ་ཡོད་པ་རེད། དེས་ན་ཁྱོད་ལྟར་ཉིན་བཞིན་བླུན་པོ་བཞིན་སྡོད་དགོས་པ་ཨེ་རེད། གན་བཤད་ན་དེ་ལ་མི་འཐད། ད་དུང་འདི་ནི་ངའི་གཤིས་ཀ་ཡིན་ཟེར། མ་ཐོས་སམ། ད་ལྟའི་དུས་འདིར་མི་དྲང་མོ་ཡིན་ན་གྲོང་ཕོག་ངེས་རེད་ཟེར། དེ་ནི་ངོ་མ་བདེན་པར་འདུག ཁྱོད་ལྷ་བུ་རེད། ད་དུང་ཉིན་བཞིན་ཐག་རིང་ཞིག་ལ་འདང་རྒྱག་གིན་སྡོད། ཨེ་ཨེ། སེམས་ཅན་གྱིས་ཁྱོད་ལ་ཅི་ཞིག་བཤད་བཞིན་པ་ཨེ་གོ དེ་དག་གིས་བཤད་པ་ངོ་མ་རེད། ཁྱོད་ནམ་རྒྱུན་རྒྱ་སྲང་ལ་འགྲོ་དུས་མགོ་བོ་དུད། གདོང་བ་སྒྲེར་ཏེ་ཕལ་ཆེར་ཐད་མོས་ཅི་ཡང་མ་བླུད་པ་ལྟར་འདུག ཟེར། ཁྱོད་ཀྱིས་ཤོད་དང་། ངས་མི་ཁ་འདི་དག་ཐེག་ནུས་སམ། ཁྱོད་རང་དེ་ལྟར་ངོ་ཤོར་ཏེ་ཅི་བྱེད་པ་ཡིན། འོ་ན་ངས་དངོས་གནས་ཁྱོད་ལ་ཟ་མ་མ་བླུད་པ་རེད་དམ། འོ་ན་ཅི་རེད། ད་དུང་རྩོམ་ཡིག་འབྲི་བར་འདང་རྒྱག་པ་ཡིན་ནམ། ངས་ཁྱོད་ལ་བཤད། མི་སུ་ཞིག་གིས་ཚེ་གང་པོར་རྩོམ་ཡིག་བྲིས་ཏེ་ཁ་གསོ་བཞིན་འདུག གལ་ཏེ་ངས་ཕག་རྐན་དེ་གཉིས་བཙོང་བ་མ་ཡིན་ན་ཁྱོད་སྔོན་ནས་ལྟོགས་གྲིར་ཤི་ཟིན། ཧེན། དགོད་རྒྱུ་ཅི་འདུག འདི་རེད། གྲོ་ཕྱེ་ཚར་ནས་ད་ནི་བག་ལེབ་ཀྱང་ཟ་རྒྱུ་མི་འདུག ད་དུང་ཤ་ཞིག་ཀྱང་ཉོ་དགོས། ཁྱོད་ལ་ཚང་འཕྲུང་སྤྱོད་ཡོད་ན་ཤ་ཉོ་སྤྱད་ཀྱང་ལོས་ཡོད། ངས་ཀྱང་ཚུ་ལྷུར་ནག་པོ་འཕྲུང་ནས་འདུག་མི་འདོད། རང་ཉིད་ཀྱིས་ལྟོས། ངས་ངོ་མ་མི་ནུས་པར་འདུག ད་དུང་སང་ཉིན་ཞི་ལིའི་

མིང་ཡང་དུད་ཐོའི་ཐོག་ཏུ་འཇོག་དགོས་ཤིང་མ་བཞག་ན་ཆད་པ་ཡོད་ཟེར། འདི་ལ་ཡང་ཁ་སང་ང་རང་བརྒྱུགས་པ་ཡིན། ད་ནི་ལོ་གཅིག་འཁོར་གྱིན་འདུག་མོད་ཁྱོད་ཀྱིས་ད་དུང་དལ་མོ་བྱོས་ཟེར། ཁྱོད་ཀྱི་ཁར་ཉན་ཆེ་ལོ་བརྒྱར་ཡང་དོན་ཞིག་འགྲུབ་རྒྱུ་མ་རེད། ད་དུང་དགོད་ཀྱིན་འདུག ངས་ངོ་མ་བཤད་པ་ཡིན། ད་དུང་འདི་ལྟར་འགྲོ་ན་བཤད་རྒྱུ་གཞན་མེད། འཐོར། རང་རང་སར་འགྲོ། ང་ལ་འགྲོད་པ་ཅི་ཡང་མེད། ཁྱོད་རང་ཉིད་ཀྱིས་འདང་རྒྱོབས། རྩོམ་ཡིག་དགོས་སམ་ཁྲིམ་ཚང་དགོས། ད་དུང་ཆང་།...... ཆང་ཁམ་གང་ཡང་འཐུང་མི་ཆོག ད་དུང་སློབ་མ་ཚོའི་ལས་བྱ་ཡང་ཁྲིམ་ནང་དུ་ཁྱེར་ཡོང་མི་ཆོག ད་ལྟའི་དུས་འདིར་གཞུང་དོན་ཁོ་ན་ལས་ནས་འདུག་མཁན་སུ་འདུག ལས་ན་སྔོར་མོ་དགོས་པ་རེད། གཅིག་ཀྱང་མི་ཆོག འདི་འདི་འདི།...... ངས་ཁྱོད་ལ་ཇ་སྟེར་གྱིན་པ་མི་མཐོང་ངམ། འདྲེ་རྐན། ངོ་མདངས་ལ་ལྟོས་དང་། སྔོན་པོར་གྱུར་འདུག འདི། ཇ་ཐུངས་ལ་ཞེ་ལེར་ལྟོས་ཤིག ང་ད་དུང་སྤོ་ཚོད་ཅིག་ཉོ་རུ་འགྲོ་དགོས། གཉིད་མ་འགྲོ་ཨང་། ཞེ་ལི་ཐང་ལ་ལྷུང་འགྲོ་ངེས། ཧེ་ན། སང་ཉིན་ད་བཤད། ཧེ་ན།......

ཇོ།

སློབ་གསོ་ཅུས་ཀྲང་ན་རོ་ནི་རང་གི་བཞིན་རས་ལ་དོ་སྣང་ཧ་ཅང་ཆེན་པོ་བྱེད་པའི་མི་ཞིག་ཡིན་ཏེ། ཉིན་རེར་ཐེངས་བཅུ་ལྷག་ལ་ངོ་འབྲེད་པ་དང་། ཐེངས་བཅུ་གྲངས་ལ་ངོ་སྨུམ་སྐྱུ་བ། ཐེངས་བཅུ་གྲངས་ལ་ངོ་ལྕའི་ནང་དུ་ལྟ་བ། ཐེངས་བཅུ་གྲངས་ལ།…… དེ་ལྟར་བྱས་རྗེས་གཞི་ནས་ཡིད་ཚིམས་པའི་ངང་འགྲུལ་ཁང་དུ་ཡོང་བ་དང་། ཁ་བརྗ་བྱེད་པ། ནངས་ཟས་ལ་རོལ་བ། གཞུང་ལས་ཁང་དུ་སྐྱོད་པ། བྱ་བ་སྒྲུབ་པ་བཅས་བྱེད་པ་རེད།

ཅུས་ཀྲང་ན་རོ་ལ་ད་དུང་མི་གཞན་དང་མི་མཚུངས་པའི་གཤིས་ཀ་ཞིག་ཡོད་པ་སྟེ། ནམ་རྒྱུན་པོ་ལམ་ལ་སྐྱོད་པའི་སྐབས་དང་། ལྷག་པར་དུ་མི་མང་འཚོགས་སའི་འདུ་རུ་དག་ཏུ་འགྲོ་བའི་དུས་སུ་ཕྱིར་བཏང་དུ་མི་གཞན་གྱི་ངོ་ལ་མི་ལྟ་སྟེ། ཁོས་མི་གཞན་དག་གི་ངོ་ལ་ལྟ་ཙམ་བྱས་ཆེ། མི་དེ་དག་གིས་ཁོ་རང་གི་ངོ་ལ་ལྟ་བར་བར་ཆད་བཟོས་འོངས་པར་དོགས་པ་རེད། ཡིན་ན་ཡང་ཁོ་ཡུལ་དུ་བསྡད་དེ་ངལ་གསོ་བའི་དུས་དང་གཞུང་ལས་ཁང་དུ་མི་གཞན་ལ་ཁ་པར་རྒྱག་པའི་སྐབས་སམ། ཡང་ན་གཞི་རིམ་དུ་བྱ་བར་རྟོག་དཔྱོད་དུ་བསྐྱོད་པའི་དུས་དག་ཏུ་ད་གཟོད་མི་གཞན་གྱི་ངོ་ལ་ལྟ་བར་མ་ཟད། བལྟས་པའང་ཧ་ཅང་ནན་ཏན་ཡིན་ཏེ། མི་དེའི་ངོ་མདོག་དཀར་པོ་ཡིན་ནམ་ནག་པོ་ཡིན། དམར་པོ་ཡིན་ནམ

སེར་པོ་ཡིན། ངོ་ཤ་མཐུག་པོ་ཡིན་ནམ་སྲབ་མོ་ཡིན། འཛུམ་མདངས་ཡོད་དམ་ཁྲོ་གཉེར་ལྡན།…… རེ་རེ་བཞིན་ཞིབ་མོར་བལྟས་རྗེས་རེ་རེའི་ཁ་དོ་ལྟར་དོན་དག་ལ་དཔྱད་ཞིབ་བྱེད་པ་དང་། བྱ་བ་ལ་བཀོད་སྒྲིག་བྱེད་པ། གནད་དོན་ཐག་གཅོད་པ་བཅས་བྱེད་བཞིན་ཡོད། ད་ཡང་སློབ་ལོ་གཅིག་མཇུག་རྫོགས་སོང་བས་དགེ་རྒན་མང་པོ་ཞིག་གི་བྱ་བའི་ལས་གནས་བསྒྱུར་དུ་སྡེབ་སྒྲིག་བྱེད་དགོས་པ་དང་། སློབ་གྲྭ་ཆེ་འབྲིང་ནས་མཐར་ཕྱིན་པའི་སློབ་མ་དག་ལ་བྱ་བ་ལས་བགོ་བྱེད་པ་ལ་ཉེ་བས། ཅུས་ཀྲང་ན་རོས་ཀྱང་རང་ཉིད་ཀྱི་ངོ་ལ་བྱེ་དོར་ཚུགས་འདོད་བཟང་པོ་དང་གཞན་དག་གི་ཁ་དོ་ལ་དོ་སྣང་ཞིབ་ཚགས་མི་བྱེད་པ་ག་ལ་སྲིད།

ཅུས་ཀྲང་ན་རོ་གཞུང་ལས་ཁང་དུ་བསླེབས་དུས་ཏ་ཙང་ཐང་ཆད་འདུག་པས། དབུགས་ལྷེམ་ལྷེམ་བྱེད་བཞིན་འཕོལ་ཁྲིའི་སྟེང་དུ་བསྡད་པ་ན། དྲུང་ཡིག་ཞབས་ཀྱུས་སྔོ་མོ་ནས་གྲ་སྒྲིག་བྱས་ཡོད་པ་ལྟར་ཏ་ཙང་བདེ་ལྷུག་འཕྱུག་པོའི་ངང་ཇ་ཕོར་ནང་དུ་ཇ་ལོ་བཏབ་པ་དང་། ཀུ་ཤོལ་སླུགས་ཏེ་ཤོའི་མདུན་དུ་བཞག་རྗེས། ངོ་འཛུམ་བཞིན་དུ་ད་དུང་དོན་དག་གཞན་ཞིག་ལས་རྒྱུ་ཨེ་རྙེད་ལ་རེ་འདུག ཤོས་ཀྱང་དྲུང་ཡིག་གི་ངོ་ལ་བལྟས་ཏེ་ཏ་ཙང་ཡིད་ཆེས་པར་གྱུར་ནའང་། ངོ་འཛུམ་ཕྱིར་མི་མངོན་པར་བྱས་ཏེ "ཇོང་དཔོན་གྱིས་ཁ་པར་འདྲ་མ་ཡོང་ངམ" ཞེས་དྲིས། དྲུང་ཡིག་ཞབས་ཀྱུས་གང་མྱུར་དང་གུས་གུས་ཞུམ་ཞུམ་གྱིས "མ་ཡོང་ཐལ" ཞེས་ལན་བཏབ། ཤོས་དེའི་སྨུར་ཇ་ཕོར་ཚུར་བླངས་ཏེ་ཕུ་འདེབས་ཞོར་དུ་ཁམ་གང་འཐུང་བ་དང་། ཅུང་ཙམ་ལ་བསམ་བློ་ཞིག་བཏང་རྗེས་ཇོང་དཔོན་གི་གུ་ཝེ་ལིང་དུ་ཕེབས་པ་དྲན་ནས། སླར་ཡང "ཇོང་དཔོན་གི་གུ་ཕྱིར་ཐོན་མིན་ཨེ་ཤེས" ཞེས་དྲིས། དྲུང་ཡིག་ཞབས་ཀྱུས་དྲིས་ལན་མཐའ་དག་སྔོ་མོ་ནས་གྲ་སྒྲིག་བྱས་ཡོད་པ་ལྟར "ད་དུང་མ་ཐོན་པར་འདུག ཐོན་ཆེ་ངེས་པར་དུ་ཁ་པར་རྒྱག་ངེས་རེད" ཅེས་འཆད་བཞིན་དུ་ཁ་པར་ལ་ལྟ་ཙམ་བྱས་པ་ན། ཁ་པར་ནི་དངོས་གནས་གི་གུའི་དབྱིབས་སུ་བཟོས་ཡོད་སྣང་ཤར། ཅུས་ཀྲང་ན་རོའི་སེམས་ལ། ཇོང་དཔོན་གྱི་ངོ་ལ་ལྟ་རྒྱུ་ནི་ཆེས་སྐྱིད་

སྣང་ལྡན་པའི་བྱ་བ་ཞིག་ཡིན་མོད། ཁོའི་ཁ་པར་ཙམ་ཡང་མི་ཡོང་བར་བལྟས་ན། ད་ཐེངས་ཁོའི་ངོ་ལ་ལྟ་མི་དགོས་པ་ཨེ་ཡིན་ནམ་སྙམ་མ་ཐག་སེམས་ཚུང་མི་སྐྱིད་པ་ལྟར་གྱུར། ཁོས་སྨུ་མཐུད་ཅེ་ཡང་མི་འདྲི་བར་ཧ་འཐུང་བཞིན་བསྡད།

ཚུང་ཙམ་འགོར་བ་ན། ཚུས་ཀྲང་ན་རོ་འཚོལ་དུ་ཡོང་བའི་མི་ནི་འཕྲོ་རིམ་འཕྲོར་གཞུང་ལས་ཁང་གི་ནང་དུ་འཚངས་བྱུང་ལ། ཚང་མས་འཕྲོ་རིམ་འཕྲོར་ཧ་ཅང་མཛའ་བརྩེ་ལྡན་པའི་ངང་མཚམས་འདྲི་བྱེད་པ་དང་འཕྲོ་རིམ་འཕྲོར་ཐ་མག་ཁ་རེ་ནན་ཏན་གྱིས་འབུལ་གྱིན་འདུག ཚུས་ཀྲང་ན་རོས་ཁོ་ཚོ་རེ་རེར་འཚམས་འདྲིའི་ལན་ཧ་ཅང་སྐབས་བདེ་རེ་བྱིན་རྗེས། ཐ་མག་ཁ་གཅིག་ལ་དེ་འདྲའི་ངོ་ཞིག་ག་ལ་ཡོད་སྙམ་ནས་རང་ཉིད་ཀྱིས་ཐ་མག་འཐེན་གྱིན་ཡོད་ཀྱང་མེད་ཅེས་ཕྱིར་བཟློག་ན་ཡང་། ཚུས་ཀྲང་གིས་ཐ་མག་ཁ་ཕྲུར་རེ་ལ་རྩིས་ཆེན་མི་བྱེད་པ་བཞིན་དུ་མི་དེ་དག་གིས་ཀྱང་ཐ་མག་ཁ་ཕྲུར་གཅིག་ལ་ཞེངས་སེམས་བྱེད་ཀྱིན་མེད་པར། དེ་མ་ཐག་ཏུ་ཚུས་ཀྲང་ན་རོའི་ཅོག་ཙེ་ཐོག་ཏུ་མིང་རྟགས་དང་རིན་གོང་མི་འདྲ་བའི་ཐ་མག་ཁ་ཕྲུར་གྱིས་བཀང་བྱུང་། ཐ་མག་ཁ་ཕྲུར་དེ་དག་གཏོར་བའི་རྗེས་སུ་མི་རེ་རེས་རང་རང་གི་ཡོང་དོན་མ་ལུས་པ་ཁ་ཤོག་པས་མ་གསང་བར་བཤད་བྱུང་བས། ཁོས་ཀྱང་ཁོ་ཚོ་རེ་རེའི་ཡོང་དོན་ལ་ཉན་བཞིན་དུ་ངོ་རེ་རེར་ནན་ཏན་གྱིས་བལྟས། ཚུས་ཀྲང་ན་རོའི་མིག་ཤེས་ཧ་ཅང་རྣོ་སྟེ། བལྟས་པ་ཙམ་གྱིས་ངོ་གདོང་དཀར་པོའི་སྐོར་ནི་ལས་ཁུངས་ཀྱི་མི་ཡིན་པ་དང་། ངོ་གདོང་ནག་པོའི་སྐོར་ནི་འབྲོག་པ་དང་ཞིང་ལས་པ། ངོ་གདོང་དམར་པོའི་སྐོར་ནི་བུད་མེད་ཀྱི་རིགས། ངོ་མདོག་སེར་པོའི་སྐོར་ནི་ཚོས་རིགས་དང་རྒྱ་རིགས། ངོ་ཤ་མཐུག་པོའི་སྐོར་ནི་དཔོན་པོའི་རིགས་དང་། ངོ་ཤ་སྲབ་མོའི་རིགས་ནི་དགེ་རྒན་གྱི་སྐོར་ཡིན་པ་དེ་མ་ཐག་ཏུ་རྟོགས་འོང་། ཁོས་ཧ་ཅང་ཐབས་མཁས་ངང་ཁོ་ཚོ་རང་རང་གི་ངོ་ལ་བལྟས་ཏེ་གང་ལ་གང་འཚམ་གྱི་ལན་བཏབ་ཅིང་། ད་དུང་འགའ་རེའི་དོན་དག་ཁོས་མི་བརྗེད་པའི་ཆེད་དུ་ཟིན་བྲིས་སུ་འགོད་པ་དང་། མི་དེ་དག་རང་ཉིད་དངོས་ནས་ཕྱི་རོལ་བར་དུ་སྐྱེལ་མ་བྱས་ནས་ཕྱིར་འགྲོ་རུ

བཙུག འགའ་རེར་ནི་ཁོས་ཡིད་དུ་འཛིན་ངེས་ཞེས་བཤད་པས། བསམ་དོན་འགྲུབ་སྐེ་བཀའ་དྲིན་ཆེ་ཟེར་བཞིན་གུས་གུས་ཞུམ་ཞུམ་གྱིས་ཕྱིར་ལོག་འགྲོ། འོན་ཀྱང་ཁོས་བཏབ་པའི་ལན་དེ་རང་ཉིད་ཀྱི་འདོད་ཐོག་ཏུ་མ་ཁེལ་བར་ད་དུང་ཡང་ལག་པ་མགྲིན་པར་བཞག་སྐེ་ཞུ་བ་བྱེད་མཁན་ནི་ངོ་མདོག་ནག་པོ་ཅན་དེ་དག་རེད། ཁོ་ཚོས་ཡང་ནས་ཡང་དུ་ཅུ་ལ་ཁད་བྱེད་བཞིན “ཨ་ཕ་ལོ་ལོ། ངས་ཁྱོད་ལ་ཞུ་བ་བྱེད” ཟེར་ནས་ཨུ་ཚུགས་བྱེད། ཁོ་ཚོའི་སེམས་ལ་ཐུས་ཀྱང་གིས་སྙིང་རྗེ་སྐྱོམ་ནས་ཁོ་ཚོའི་བསམ་དོན་འགྲུབ་ཏུ་གཞུག་ངེས་སྙམ་གྱིན་ཡོད་པ་རེད། སྤྱིར་ན་སྐབས་འདི་དག་ཏུ་ཁོས་ཀྱང་གོམས་སྲོལ་ལྟར “སང་ཉིན་ཤོག” ཅེས་པའི་ཧ་ཅང་གཏིང་ཟབ་པའི་མན་ངག་དེ་གནང་ན་ཆོག་མོད། ཅི་ཡང་མི་ཤེས་པ་འདི་དག་གིས་དེའི་ཧ་གོ་མི་སྲིད་སྙམ་སྟེ་ཧ་ཅང་སུན་སྣང་སྐྱེས་པའི་ངང “ངས་ཀྱང་ཁྱོད་ཚོ་ལ་ཨ་ཕ་ལོ་ལོ་ཟེར། ང་ལ་ཐབས་ཡོད་ན་ཁྱོད་ཚོ་ལ་རོགས་བྱེད་ངེས་རེད” ཅེས་བཤད་པས། ངོ་གདོང་ནག་པོའི་སྐོར་དེ་ཡང་དབུགས་ཤུབ་པ་ལྟར་འུ་ཐུག་ཐབས་ཟད་ངང་ཕྱིར་མི་བསྐྱོད་ཀ་མེད་བྱུང་། མི་དེ་དག་ཕྱིར་སོང་རྗེས་དྭང་ཡིག་ཞབས་ཀྱུས་སྐར་ཡང་ཇ་དེམ་ཁྱེར་ཡོང་སྐེ་ཁོའི་ཇ་ལ་ཁ་སྣོན་ཙམ་བྱས་རྗེས། ངོ་འཛུམ་འཛུམ་ངང “ཁོ་ཚོ་ནི་ངོ་མ་ནོར་དང་འདྲ་བར་འདུག ཐུས་ཀྱང་ལའང་ཨུ་ཚུགས་ནན་ཏན་བྱེད་གྱིན་འདུག” ཅེས་སྨྲས། ཁོས་ཀྱང་དྭང་ཡིག་ཞབས་ཀྱུའི་སྐབས་འདིའི་རྣམ་འགྱུར་ལ་བལྟས་ནས་དགོད་ཙམ་བྱས་ཤིང་། སེམས་ལ “ངོ་མ་ལྟས་ངན་ཞིག་རེད། ཁོ་ལ་ཡོད་པ་ནི་ཇ་དང་ཚིག་གི་ངོ་རེད་ཨང” སྙམ།

ཐུས་ཀྱང་ན་རོས་ཇ་འཕྱུངས་རྒྱུ་ཧ་ཅང་མང་དྲགས་ཏེ་གཅིན་པ་སྐྱོས་བྱུང་། ཁོ་ཧ་ཅང་དཀའ་ངལ་ཆེ་བའི་ཉམས་ཀྱིས་ཡར་ལངས་ཏེ་སྦྱོད་ཁང་གི་ནང་དུ་འགྲོ་རྩིས་བྱས། སྦྱོད་ཁང་ནི་གཞུང་ལས་ཁང་གི་ཟུར་གའི་ཁ་གཏད་དུ་ཡོད་པས་ཁོ་ལྟ་བུའི་ཇ་འཕྱུངས་མཁན་ཞིག་ལ་མཚོན་ན་ཧ་ཅང་ཐག་ཉེ་བས་སྟབས་བདེ་རེད། གཅིན་ནི་ཡུན་རིང་དུ་བསགས་པའི་ཆུ་མཛོད་ལས་དྲངས་ཡོང་བ་ལྟར་རྒྱུན་ཆད་རྒྱུ་མེད་པས་སྐབས་འདི་ནི་ཁོའི་སེམས་ལ་ཅི་ཡང་དྲན་ཚོག་པའི་དུས་ཡིན་པ་འདྲ། ཁོ་འཚོལ་དུ་ཡོང་བའི་ངོ་གདོང་ནག་པོ་ཅན་

དག་ནི་སེམས་ནས་སྨྱོ་མོ་ནས་བརྗེད་ཟིན་འདུག ཨོན་ཀྱང་ངོ་གདོང་དཀར་པོ་ཅན་དང་ངོ་ཤ་མཐུག་པོ་ཅན་དག་གིས་བཤད་པའི་དོན་དག་རྣམས་ནི་ད་དུང་ཡང་སེམས་སུ་གཅིག་གཅིག་ཏུ་ཡལ་མི་འདུག་ཅིང་། དེ་ལ་དངོས་གནས་བསམ་བློ་གཏོང་རན་ཡང་འདུག ཁོའི་སེམས་ལ "ཁོ་ཚོ་ནི་གནས་ལུགས་ཙུང་ཤེས་པའི་མི་རེད་པས། དོན་དག་འགའ་རེ་དང་ལེན་མ་བྱས་ན་རང་ཉིད་ཀྱི་ངོ་ལའང་གནོད་ངེས་ཡིན་ཚོད་འདུག" སྙམ་འཕྲལ་སྨུ་མཐུད་དུ་དེའི་ཐད་ལ་འདང་མི་རྒྱུག་པར་སེམས་ཐག་བཅད། གཅིན་ནི་ད་དུང་ཆར་རྒྱུ་མི་འདུག་པས་ཁོས་དེ་མ་ཐག་ཏུ་ཁ་སང་ཡོང་བའི་ངོ་གདོང་དམར་པོ་ཅན་དེ་དྲན་བྱུང་། མོ་ནི་གཞི་རིམ་གྱི་སྡེ་བ་ཞིག་གི་དགེ་རྒན་ཡིན་ཞིང་ཁྱོ་ག་དང་སོ་སོར་གྱེས་ཟིན་པས་རྫོང་མཁར་དུ་ལས་སྒྱུར་བྱེད་འདོད་པ་རེད། དེ་ཡང་དེ་སྔོན་ཁོ་གཞི་རིམ་དུ་བྱ་བར་རྟོག་ཞིབ་ཏུ་འགྲོ་དུས་མོས་རེ་འདོད་དེ་ཞུས་པ་ཡིན་ལ་དགོང་མོ་དེར་ཁོ་ཡང་ཆང་གིས་ཙུང་བཟི་ཡོད། ཁོས་རང་ཉིད་ཀྱི་དབང་ཆའི་ཁྱད་དབང་ངོམ་སྟེ་དེ་ནི་ཁྱོད་ཀྱི་རྣམ་འགྱུར་ལ་རག་ལས་པ་རེད་ཅེས་བཤད།……གཅིན་བཏང་ཚར་བ་ན་ཁོའི་ལུས་སེམས་གཉིས་ཀ་ཏ་ཙང་བདེ་སྣང་ཅན་དུ་གྱུར། ཁོས་དོར་མའི་གོ་སྐབས་འཚེང་ཞོར་དུ་ཡང་བསྐྱར་དགོང་མོ་དེར་མོས་ཁོའི་འདོད་པ་ཡོད་ཚད་བསྐངས་པའི་བརྒྱུད་རིམ་དག་དྲན་ཅིང་། ད་ནི་མོ་རྫོང་གི་མཁར་གྲོང་སློབ་ཆུང་དུ་ལས་སྒོ་བྱེད་པ་ལས་ཐབས་མི་འདུག་སྙམ། (ད་ལྟ་རྫོང་ཡོངས་ཀྱི་དགེ་རྒན་མཛེས་མ་ཕལ་ཆེར་རྫོང་མཁར་གྱི་སློབ་གྲྭ་དག་ཏུ་འཛོམས་ཡོད།)

ཁོ་རང་སེམས་བདེ་བག་ཕེབས་ངང་ཕྱིར་གཞུང་ལས་ཁང་གི་ནང་དུ་ཡོང་དུས། ངོ་གདོང་ནག་པོ་ཅན་ཞིག་དེ་གར་ལངས་འདུག་ཅིང་དྲུང་ཡིག་ཞབས་ཀྱུས་ཁོའི་ཚབ་བྱས་ཏེ "སང་ཉིན་ཤོག" ཟེར་བའི་སྐབས་དང་འཕྲད། ངོ་གདོང་ནག་པོ་ཅན་དེས་ཏུ་བ་དབྱུར་ས་ན་ཡོད་པས་དེ་ལྟར་ཡོང་ཁོམ་མེད་ཚུལ་བཤད་དེ་ཞུ་བ་བྱེད་ཀྱིན་འདུག ཙུས་ཀྱང་ན་རོ་ཁང་བའི་འཛུལ་ཐོན་པ་དང་ལྷན་དུ་དྲུང་ཡིག་ཞབས་ཀྱུས་གདོང་གི་ཁྲོ་གཉེར་དེ་འཛུམ་དུ་བསྒྱུར་ནས་རྒྱ་སྐད་ཀྱིས "ཡང་ནོར་ཞིག་བསླེབས་བྱུང་། ཁྱེད་ལ་གུང་ཟས་ཀྱང་འཕྱུང་

དུ་གཞུག་རྒྱུ་མ་རེད" ཅེས་ཁོ་ལ་སེམས་ཁུར་དང་འགྲམ་གྱི་མི་དེར་དམའ་འབེབས་བྱེད་པའི་སྐད་ཆ་བཤད་བྱུང་། ཅུས་ཀྲང་གིས་མི་དེའི་ངོ་ལའང་མི་བལྟ་བར་ཏ་ཙང་ཡིད་སུན་པའི་ཉམས་ཀྱིས་ཀུ་རེ་རྩེ་བ་ལྟར "ངོའང་མ་བཀྲུས་སམ། དོན་དག་ཅི་ཞིག་ཡོད" ཅེས་འདྲི་བཞིན་རང་ཉིད་ཀྱི་འདུག་སྟེགས་སུ་བསྡད། ངོ་ནག་པོ་ཅན་དེས་ཅི་ཡིན་ཏ་མ་གོ་བར་ངོ་ལ་ལག་པས་རེག་ཙམ་གྱིས་ལག་པའི་ངོས་སུ་ལྟ་བཞིན་ཅུས་ཀྲང་གིས་ཀུ་རེ་རྩེ་བ་ཡིན་པ་རྟོགས་ནས། "ཧེ་ཧེ། ཁ་ལག་བཀྲུས་ཟིན། ང་ནི་ཁེ་ཉིན་གྱི་དོན་དེའི་ཆེད་དུ་ཡོང་བ་ཡིན" ཞེས་བཤད་བྱུང་། ཅུས་ཀྲང་ན་རོས་གཞི་ནས་ངོ་གདོང་ནག་པོ་ཅན་དེའི་ངོ་ལ་ཞིབ་ལྟ་ཞིག་བྱས་པ་ན། དེ་མ་ཐག་ཏུ་ཉིན་འགའི་སྔོན་ལ་བཤེས་པའི་གཡག་སྐམས་ཤིག་གི་གཟུགས་བརྙན་མིག་ལམ་དུ་ཤར་བྱུང་བས། སློ་བུར་དུ་གཉིད་ལས་སད་པ་ལྟར་དེ་མ་ཐག་ཏུ་ཡར་ལངས་ནས "ཨ་ཙི་ཙི། ཁྱོད་ཡིན་ནམ། ནམ་ཞིག་ལ་བསླེབས་པ་ཡིན" ཞེས་ལག་འཇུ་བྱས་པ་དང་། དེ་འཕྲལ་གན་དུ་ཡོད་པའི་འགོལ་ཁྲིའི་སྟེང་དུ་སྡོད་དུ་བཅུག་རྗེས་རང་ཉིད་དངོས་ནས་ཇ་ལྷུག་རྩིས་བྱས་པ་ལ། འགྲམ་དུ་ཡོད་པའི་དྲུང་ཡིག་ཞབས་ཀྱུར་མིག་འཁྲུལ་བསྟན་པ་ལྟར་རེ་ཞིག་ཏད་དེ་བསྡད་ཅིང་། དེ་འཕྲལ་མྱུར་མོར་ཕར་རྒྱུག་ཚུར་རྒྱུག་བྱས་ཏེ་ཇ་ཕོར་འཁྱེད་པ་དང་ཇ་ལྷུག་པ་སོགས་བྱས་ཏེ་མགྱོགས་པོར་དྲངས། ཅུས་ཀྲང་ན་རོས་མྱུར་དུ་སློ་ཁུག་ལས་ཐ་མག་བླངས་ཏེ་ངོ་གདོང་ནག་པོའི་མི་དེར་རྐང་གཅིག་གཏད་པ་དང་། དེ་ནས་རང་མལ་དུ་བསྡད་ནས་ཐ་མག་རྐང་གཅིག་ལ་མེ་བསྒྲོན་རྗེས་འཇུམ་བག་ལྷང་ངེར་གསུང་ནས "རེད་ཡ། ཁྱོད་རང་འདི་ལྟར་ཡོང་ན་ལམ་ཐག་རིང་བས་ངས་ཡོང་མི་དགོས་ཞེས་བཤད་ཡོད་པ་མིན་ནམ། དོན་དག་དེ་ངས་ཁྱོད་ལ་ཁས་བླངས་ཟིན་པས་ཁྱོད་ཀྱིས་ང་ནི་ཚིག་ཐོག་ནས་མི་འདུག་པའི་མི་ཞིག་རེད་སྙམ་མམ། ཁྱོད་ཚང་གི་བྱིས་པའི་འདོད་པ་བཞིན་དུ་བཀོད་སྒྲིག་བྱས་ཡོད་པས་ད་ནི་སེམས་བདེ་མོ་གྱིས" ཞེས་བཤད་དེ་རང་ཉིད་ནི་རྗེ་ལྟ་བུའི་མི་ཞིག་ཡིན་མདོག་བསྟན་བྱུང་། མི་དེས་གུས་གུས་ཞུམ་ཞུམ་ངང་ཡང་དང་ཡང་དུ "བཀའ་དྲིན་ཆེ" ཞུས་སོང་། ཅུས་ཀྲང་ན་རོས་དེའི་སྨུར་མཁྲིག་མའི་ཆུ་ཚོད་འཁོར་ལོར་

ལྷ་ཅམ་བྱས་ནས “ད་ནི་ལས་གྲོལ་བྱེད་ལ་ཉེ་འདུག་པས། འགྲོ། ཡུལ་དུ་འགྲོ་ལ་རྫོས་ཇ་འཐུང” ཞེས་བཤད་པ་ན། ངོ་མདོག་ནག་པོ་ཅན་དེ་དེ་འཕྲལ་ཡར་ལངས་ཏེ “ཡ་ཡ། བཀའ་དྲིན་ཆེ། ད་ནི་ཁྱིམ་དུ་འགྲོ་ཁོམ་མེད། ང་མྱུར་མོར་ཕྱིར་ཐོན་དགོས” ཟེར་བཞིན་ཕྱིར་འགྲོ་རྩིས་བྱས་བྱུང་བས། ཁོས་ཀྱང་དེ་མ་ཐག་སྒོ་ཕྱིའི་བར་དུ་སྐྱེལ་མ་བྱས་ཏེ་ཁ་བྲལ་མི་ཐོད་པའི་ངང་སོ་སོར་གྱེས། དྲུང་ཡིག་ཞབས་ཀྱུའི་ངོ་ལ་ཅི་ཡིན་ཆ་མ་འཚལ་བའི་མདངས་ཤིག་ཤར་ཏེ་ད་དུང་ཧྲད་འདུག

ཙུས་ཀྲང་ན་རོས་མཛུབ་མོའི་བར་གྱི་ཕྱེད་ཅམ་ལས་འཐེན་མེད་པའི་ཐ་མག་དེའི་མེ་བསད་དེ་ཐལ་ཐོར་དུ་འཕངས་ཤིང་སྐར་ཡང་བསམ་བློ་ཞིག་བཏང་བ་ན། སུ་དྲོ་ཡོང་བ་པལ་ཆེ་བ་ནི་ངོ་ཤ་མཐུག་པོ་ཅན་གྱི་ཡི་གེ་ཁྱེར་ཡོད་མཁན་དང་ལག་ནང་དུ་ཐ་མག་ཀྱང་མེད་པའི་ངོ་གདོང་ནག་པོ་ཅན་ཤ་སྟག་རེད། ཁོས་མིག་བཙུམས་ཅམ་གྱིས་ཀྱང་མིག་ལམ་དུ་ཤར་ཐུབ་སྟེ། ནམ་རྒྱུན་བར་སྐབས་འདིར་གཞུང་ལས་ཁང་དུ་ཡོང་མཁན་ནི་གནས་ལུགས་མི་ཤེས་པའི་སྐྱུག་གཟན་རེད། བྱ་བའི་འགྲོ་ལུགས་མི་ཤེས་པའི་བླུན་པོ་རེད། བྱ་བའི་འགྲོ་རིམ་ཤེས་པའི་ངོ་ཚང་མ་ཉིན་གུང་དང་དགོང་མོའི་དུས་ཚོད་དམ་འཛིན་བྱས་ཏེ་ཁོ་ཚང་གི་ཁྱིམ་ནང་དུ་ཡོང་གིན་ཡོད་པས། རང་ཉིད་ཀྱང་སུ་མོ་ནས་ཡུལ་དུ་སོང་སྟེ་མི་དེ་དག་ལ་སྣེ་ལེན་བྱེད་དགོས་སྙམ་སྨུར་སེམས་ལ་སྒྲོ་བུར་བའི་བྲེལ་འཚུབ་ཅིག་སྐྱེས། ཁོས་སྐར་ཡང་མཁྲིག་མའི་ཆུ་ཚོད་འཁོར་ལོར་ལྷ་ཅམ་བྱེད་དུས་རླངས་འཁོར་ཁ་ལོ་པ་འཁྲིད་བྱ་གཞུང་ལས་ཁང་དུ་བསླེབས་བྱུང་། དྲུང་ཡིག་ཞབས་ཀྱུས་ཙུས་ཀྲང་གི་ཚབ་བྱས་ཏེ “རྫོང་དཔོན་གྱི་ཀུ་ཕྱིར་བསླེབས་མིན་ཨེ་ཤེས” ཞེས་དྲིས་པ་ན། ཁ་ལོ་པ་འཁྲིད་བྱས “མདང་དགོང་ཕྱིར་ཐོན་སོང་སྐད” ཅེས་ཟེར། ཙུས་ཀྲང་ན་རོའི་སེམས་ནས་ཤུབ་བུར “དེས་ན་ད་དུང་ཡང་ང་ལ་ཁ་པར་ཞིག་མི་ཡོང་བ་ཅི་ཡིན་ནམ” སྙམ་ནས་སེམས་ཙུང་འཚིག་པར་གྱུར་བ་དང་། དེ་ནས་ཁ་ལོ་པ་འཁྲིད་བྱ་བསྐུས་ནས “ངའི་རྐང་བ་ཙུང་ན་བས་རླངས་འཁོར་ལ་བསྡད་དེ་ཡུལ་དུ་འགྲོ་བར་བྱ” ཞེས་བཤད།

ལམ་བར་རྫིལ་བོར་ཅུས་ཀྱང་ན་རོས་གོམས་སྲོལ་ལྟར་ལམ་ནང་དུ་འགྲོ་འོང་བྱེད་པའི་མི་གཅིག་གི་ངོ་ལའང་ལྟ་ཙམ་མ་བྱས་ལ། དེ་ལས་ལྡོག་སྟེ་ལམ་ནང་གི་མི་ཚང་མས་རླངས་འཁོར་གྱི་དྲ་སྒོ་བརྒྱུད་ནས་ཁོ་རང་གི་ངོ་ལ་ལྟ་བཞིན་འདུག མི་ཚང་མས་ཀྱང་ཁོས་ཤེས་ཏེ། སྤྱིར་བཏང་དུ་མི་གཞན་གྱིས་ཁོའི་ངོ་མཐོང་ཆེད་དུ་རྐང་ཐང་ལ་ཡུལ་དུ་འགྲོ་བར་བྱེད་པ་དང་། ལམ་ནང་ནས་འཕྲད་པའི་མི་དག་གིས་ཚུར་ངོ་བལྟས་འཕྲལ་ཧ་ཅང་དགའ་བའི་ངང་འདྲ་མཉམ་གྱིས་ཁ་བརྡ་བྱེད་པ་ཡིན་མོད། དེ་རིང་རླངས་འཁོར་ལ་བསྡད་དེ་ཡུལ་དུ་འགྲོ་བཞིན་འདུག་པས་དོན་དག་གལ་ཆེན་ཞིག་ཡོད་པ་སྨོས་ཅི་དགོས།

ཅུས་ཀྱང་ན་རོས་ཚོད་དཔག་བྱས་པ་གཏན་ནས་འཆུགས་མི་འདུག ཁོ་ཡུལ་དུ་ཐོན་ཏེ་སྒོ་ཕྱེས་པ་ན་ཁྱིམ་ནང་དུ་ངོ་མང་པོས་ཁེངས་འདུག ངོ་ནི་ངོ་མས་ཅི་འདྲའི་མང་པ་ལ་ཨང་། ཁ་དོག་མི་འདྲ་བ་ལྟར་དུ་རིགས་ཀྱང་མི་གཅིག་ལ། ཆེ་ཆུང་མི་མཚུངས་པ་བཞིན་དུ་ལ་རིན་ཐང་ཡང་གཅིག་འདྲ་མ་ཡིན་ཏེ། དུ་བའི་ངོ་དང་ཆང་གི་ངོ་། ཤ་ཡི་ངོ་དང་ལུག་གི་ངོ་། སྐམས་ཀྱི་ངོ་དང་སྒོར་མོའི་ངོ་།……ངོ་ཚང་མ་ཡར་ལངས་ཏེ་ཤི་གསོན་ངོ་འཕྲད་པ་ལྟར་ཁོ་ལ་ལག་པ་འཇུས་ཤིང་འཚམས་འདྲི་བྱས་སོང་། ཁོས་ཀྱང་ཁོ་ཚོ་རེ་རེར་འཚམས་འདྲི་ཞུས་པ་དང་འབྲེལ་ནས་ལག་འཇུ་དམ་པོ་བྱས་ཤིང་། བྲེལ་འཚུབ་ངང་ལག་པ་བཀྲུས་ཙམ་བྱས་པ་ལས་ཁ་ངོ་བཀྲུ་ཁོམ་ཡང་མ་བྱུང་། ཁོ་སྐུ་དངོས་སུ་ཡོང་ནས་ཐ་མག་གནངས་པ་དང་སྐུ་དངོས་སུ་ཇ་ལྡུག་པ། སྐུ་དངོས་སུ་ཆང་འདྲེན་པ་སོགས་བྱས་ཏེ་མར་ལ་ཅོག་ནས་སྡོད་ཙམ་ཡང་མི་བྱེད། ཁྱོད་ཀྱིས་ལྟོས་དང་། ཅུས་ཀྱང་ན་རོ་ནི་ཅི་འདྲའི་འགྲུལ་བར་དགའ་བ་ཞིང་ཅི་འདྲའི་མི་ཚོགས་ཡང་ཞིག་རེད་ཨང་། ཁོས་གཞུང་ལས་ཁང་དུ་སྡོད་དུས་དང་མི་འདྲ་བར་དཔོན་ཉམས་ཅི་ཡང་བསྟན་མ་བྱུང་བས་ངོ་ཚང་མའི་ངོའང་ཚ་ལམ་ལམ་དུ་ཅི་ལ་མི་འགྱུར། དཔོན་པོ་དག་ནི་རང་ཁྱིམ་དུ་འགྲུལ་བ་སླེབས་ཚེ་ཕལ་ཆེ་བ་འདི་འདྲ་ཡིན་པ་འདྲ། ཁོས་ད་དུང་སྐུ་མཐུད་དུ་ཇ་ལྡུག་པ་དང་སྐུ་མཐུད་དུ་ཐ་མག་གནང་བར་བྱེད། སྐུ་མཐུད་དུ་ཆང་འདྲེན་བྱས་ཀྱང་ད་ནི་ཆང་འཐུང་མཁན་མི་འདུག ཐོག་མར་ཁ

རིག་ཙམ་བྱས་པ་ནི་རྟེན་འབྲེལ་མཚོན་བྱེད་ཟེར་བ་ལས་ཅུས་ཀྱང་ལ་ངོ་བྱིན་པ་རེད་ཅེས་བཤད་ན་འགྲིག་པར་སྙམ། དེ་མཐུད་ནས་ཁོང་ཡང་གཞི་ནས་གདན་ལ་འཛུགས་ཤིང་རང་ཉིད་ཀྱི་ཟ་འཐུང་གཙོ་བོ་མི་བྱེད་པར་སྐུ་དངོས་སུ་ངོ་རེ་རེར་དོན་དག་ཅི་ཡོད་པ་དྲིས་ཤིང་། སྐུ་དངོས་སུ་ངོ་རེ་རེའི་ཡོང་དོན་ལ་ཉན་ཞིང་བྱ་བའི་ལག་དེབ་ཀྱི་སྟེང་དུ་ཟིན་བྲིས་སུ་བཀོད། ཁོང་སྐུ་དངོས་ནས་རེ་རེ་བཞིན་ཁས་ལེན་བྱས་པར་མ་ཟད། ཁོ་སྐུ་དངོས་ནས་ངོ་རེ་རེར་སྐྱེལ་མ་བྱས་ནས་སྒོ་ཁར་སོང་ཞིང་འབྲལ་མི་ཕོད་པའི་ངང་བདེ་མོ་གཏམ་སྟེ་སོ་སོར་གྲོས་ཐབས་བྱས། ཡིན་ནའང་དེར་མཐུད་ནས་སླར་ཡང་ངོ་མང་པོ་རྒྱ་མཚོའི་རླབས་ཕྲེང་བཞིན་དུས་ལས་མི་ཡོལ་བར་འགྲོ་རིམ་འགྲོར་བསླེབས་བྱུང་བས་དངོས་གནས་ལོ་གསར་གྱི་དུས་སྟོན་ལ་རོལ་བ་དང་གཉིས་སུ་མ་མཆིས། ཁོ་ལ་ངལ་གསོ་བྱེད་ཁོམ་ཏོག་ཙམ་ཡང་མ་བྱུང་བར་སྟོན་མ་དག་ལ་སྣེ་ལེན་ཅི་འདྲ་བྱས་ན་དེ་ལྟར་བྱེད་པ་དང་སྟོན་མ་དག་ལ་སྐྱེལ་མ་ཇི་ལྟར་བྱས་ན་དེ་ལྟར་བྱ་དགོས་པས། ཕྱི་དྲོའི་ལས་ཚུགས་ཀྱི་དུས་ཚོད་ལ་ཇི་ལྟར་ཐོན་པའང་མ་ཤེས། ཁྱོད་ཀྱིས་ཤོད་དང་། དཔོན་པོ་ཡིན་ནའང་ལས་བྲེལ་ཅི་འདྲ་ཆེ་ཞིང་འགན་ཁུར་ཅི་འདྲའི་ལྗི་བ་རེད་ཨང་།

ཅུས་ཀྱང་ན་རོ་གཞུང་ལས་ཁང་དུ་བསླེབས་དུས་སྤུ་དྲོ་ལྟར་ཐང་ཆད་དེ་དབུགས་ལྷེམ་ལྷེམ་བྱེད་བཞིན་འདུག ཁོ་འཁོལ་ཁྲིའི་སྟེང་བསྡད་མ་ཐག་དྲུང་ཡིག་ཞབས་ཀྱུས་ཀྱང་སྤུ་དྲོ་ལྟར་ངོ་འཛུམ་གྱིས་ཁེངས་ཤིང་ཇ་བླུགས་ཏེ་མདུན་དུ་བཞག ཁོས་ཀྱང་སྤུ་དྲོ་ལྟར་ཐོག་མར་རྫོང་དཔོན་གྱིས་ཁ་པར་ཡོང་མིན་དྲིས། དྲུང་ཡིག་ཞབས་ཀྱུས་སྤུ་དྲོ་ལྟར་མ་ཡོང་ཚུལ་བཤད་པས་ཁོའི་སེམས་ཀྱང་སྤུ་དྲོ་བཞིན་ཅུང་མི་བདེ་བར་གྱུར། ཁོའི་སེམས་ལ་ཁ་པར་ད་དྲུང་མི་ཡོང་བ་ཅི་ཡིན་ནམ། དུས་རྒྱུན་ལྟར་ན་སྐབས་འདིར་ཁོང་ལ་གཉེན་ཚན་འགའ་རེས་མངགས་བཅོལ་བྱེད་རྒྱུ་ཡོད་ཀྱང་ད་ཐེངས་དངོས་ནས་མེད་པ་ཡིན་ནམ་སྙམ་ཡང་། ཁ་ནས་ཅི་ཡང་མ་བཤད་པར་གང་བྱུང་དང་འཁོལ་ཁྲི་ལ་བསྡད་དེ་ངལ་གསོས་རྗེས་སླར་ཡང་ཅོག་ཙེའི་གན་དུ་སོང་ནས་བསྡད་ན་ཡང་རེ་ཞིག་ཅི་ཞིག་བྱ་དགོས་པའང་མི་

ཤེས་པར་གྱུར། ཅུས་གྲང་ཞིག་ལ་མཚོན་ན་རྫོང་དཔོན་ལ་ཕན་གདགས་པར་བྱེད་རྒྱུ་ནི་ཧ་ཅང་སྒྲོ་སྣང་ལྡན་པའི་བྱ་བ་ཞིག་ཡིན་ལ་དེ་ལས་ལྡོག་སྟེ་ཕན་འདོགས་པའི་བྱ་བ་ཅི་ཡང་མ་བྱུང་ཚེ་དེ་ཡང་སྡུག་བསྔལ་ཞིག་ཡིན་པ་འདྲ། ཁོའི་མིག་གཡོ་བ་མེད་པར་མདུན་གྱི་ཅོག་ཙེའི་ཟུར་དུ་ཡོད་པའི་ཁ་པར་ལ་ཅེར་ནས་བསྡད། ཧྥུང་ཡིག་ཞབས་ཀྱུས་ཀྲུང་ཅུས་གྲང་གི་སེམས་ལ་ཅི་ཞིག་དྲན་གྱིན་ཡོད་པ་མི་རྟོགས་ན་ཡང་མིག་གིས་ཧུར་རེར་ཁ་པར་ལ་བལྟས་ཡོད་པ་མཐོང་ནས། ཁོས་ཀྲུང་ཁ་པར་བལྟས་ཏེ་དགོད་བཞིན་དུ “ཕྱི་གླིང་བ་འདི་དག་ངོ་མ་ཡ་མཚན་རེད། ཁ་པར་གསར་བཏོད་བྱས་པ་འདིས་མི་རྣམས་ལ་སྐབས་བདེ་གང་མང་བཟོས་འདུག་ཨང” ཟེར། ཅུས་གྲང་གིས་སྐབས་ཐོག་དེར་ཅི་ཡང་མི་ཟེར་མོད། ཡུན་རིང་ཙམ་འགོར་བའི་རྗེས་སུ་གཞི་ནས “རེད། ཁ་པར་དར་བ་ནས་བཟུང་གཡོག་པོ་དག་གི་རྐང་པའི་རྒྱུག་རྩལ་ཉམས་མགོ་བརྩམས་པ་རེད” ཅེས་བཤད་བྱུང་བས། ཧྥུང་ཡིག་ཞབས་ཀྱུས་ནི་རང་ཉིད་ཀྱིས་བཤད་ཉེས་ཤོར་བ་རྟོགས་ཏེ་དེའི་མྱུར་ཁ་རོག་གེར་བསྡད་བྱུང་བས། གཞུང་ལས་ཁང་གི་ནང་སྔར་བཞིན་ཁུ་སིམ་མེར་གྱུར།

སྒོ་བུར་དུ་གཞུང་ལས་ཁང་གི་སྒོ་ཕྱེ་བྱུང་བ་དང་མཉམ་དུ་ནང་ལ་ངོ་གདོང་ནག་པོ་ཅན་མི་འགའ་ཐོན་བྱུང་། ཁོ་ཚོར་ཚམ་ཚོམ་ཅི་ཡང་མེད་པར་ཤར་རེར་ཅུས་གྲང་གི་གན་དུ་ཡོང་ནས་སྐད་གསེང་མཐོན་པོས་ཁོའི་ངོ་ལ་ལྟ་བཞིན་ངའོ་སྙམ་པའི་ཉམས་དང་བཅས། སྐད་གསེང་མཐོན་པོས “ཨ་རོགས། ཅུས་གྲང་སུ་རེད” ཅེས་དྲིས་བྱུང་། ཧྥུང་ཡིག་ཞབས་ཀྱུས་ཅུས་གྲང་མི་འདུག་ཅེས་བཤད་དགོས་པ་ཨེ་ཡིན་སྙམ་ཡང་སྔ་དྲོའི་ངོ་གདོང་ནག་པོ་ཅན་དེ་ཡང་ཅུས་གྲང་གི་བཟང་གྲོགས་ཤིག་ཡིན་པས། མི་ལ་བལྟས་པས་མི་ཤེས་པར་འདུག་སྙམ་སྟེ་རང་དབང་མེད་ཅུས་གྲང་གི་ངོ་ལ་བལྟས་ནས་བསྡད། ཅུས་གྲང་ན་རོ་ཧ་ཅང་ཚིག་པ་ཟོས་བྱུང་། ཁོ་ཚོས་ཅུས་གྲང་གི་ངོ་ལ་བལྟས་ཏེ་ཅུས་གྲང་སུ་ཡིན་པ་འདྲི་བཞིན་འདུག་པས་དོན་དག་ཅིག་ཇི་ལྟར་འགྲུབ་བམ་སྙམ་བཞིན། ངོ་ལ་བཙོས་མའི་འཛུམ་ཞིག་ལངས་ནས་ཅུས་གྲང་སུ་ཡིན་ལ་ལན་མི་འདེབས་པར་ཁྱོད་ཚོ་ལ་དོན་དག་ཅི་ཡོད་

ཅེས་དྲིས། ངོ་གདོང་ནག་པོ་ཅན་དེ་དག་གིས་ཁ་མཉམ་གྲག་ཏུ “དོན་དག་གཞན་ཅི་ཡོད། ང་ཚོའི་ཁྱེས་པ་འདི་ཚོར་བྱ་བ་ལས་བགོས་བྱེད་པའི་དོན་དེ།......” ཞེས་ཚིག་མཇུག་མ་རྫོགས་པའི་སྐབས་དེར་ཁོས་མྱུ་མཐུད་དུ་བཤད་དུ་མ་བཅུག ཁོ་དེ་མྱུར་ཡར་ལངས་ཏེ་མགོ་འཕྲེད་དུ་གཡུག་བཞིན་དེ་ད་དུང་འགོར་བ་རེད། ད་དུང་གྲོས་བྱས་མི་འདུག གྲོས་བྱས་ཚེ་ང་ཚོས་ཁྱོད་ཚོར་བརྡ་གཏོང་ངེས་ཡིན། དེ་དུས་ཤོག ཨེ་གོ་ཐལ། དེ་ལྟར་བྱོས། ཕྱིར་སོང་ལ་སྒྲུག་སྟེ་སྡོད། ཨ། ཞེས་ལག་པ་གཉིས་ཀྱིས་ཁོ་ཚོ་ཕྱིར་དེད་པ་བྱེད་པ་ལྟ་བུ་ཞིག་བྱས་ནས་ཕྱིར་འགྲོ་བར་སྐུལ། བར་དེར་དྲུང་ཡིག་ཞབས་ཀྱི་ཡང་མདུན་དུ་ལྷིང་ཡོང་སྟེ་ཁོ་ཚོ་སྒོའི་ཕྱི་རོལ་དུ་དེད་བྱུང་ལ། ངོ་གདོང་ནག་པོ་ཅན་དེ་དག་ཀྱང་དྲང་མོ་ཤ་སྟག་འདུག་པས་སྡར་གྱི་ངའོ་སྐམ་པའི་ཉམས་ཡལ་བར་གྱུར་ཅིང་ཧ་ཅང་ཉམས་ཞན་པར་གྱུར་ཏེ་ཕྱི་ནུར་བྱས་བྱུང་། མཇུག་མཐར་དྲུང་ཡིག་ཞབས་ཀྱིས་སྒོ་ཁྲིག་གེར་གཏན་པ་དང་ལྷན་དུ་ཕན་ཚུན་གྱི་ངོ་གདོང་གི་བར་ཐག་ཡོངས་སུ་བཅད་བྱུང་། ཁ་ཕྱིར་འཁོར་ནས་གོམ་པ་གང་སྤོས་མ་ཐག་སྐར་ཡང་སྒོ་ཕྱི་བྱུང་བས། དྲུང་ཡིག་ཞབས་ཀྱི་ཚིག་པ་གཏིང་ནས་ཟིས་ཏེ་སྡིགས་མོ་ནན་པོ་ཞིག་བྱེད་སྐམ་ནས་ཕྱིར་འཁོར་བ་ན། རྫོང་དཔོན་གི་གཞུའི་དྲུང་ཡིག་ཡིན་པས་ཁང་པའི་ནང་དུ་ཉེ་མ་ཤར་བ་ལྟར་འཛུམ་ཆིལ་ལེར་གྱུར་ཅིང་། ཅུས་ཀྱང་ན་རོ་ཡང་མྱུར་མོར་ཡར་ལངས་ནས་ལག་འཇུ་བྱེད་བཞིན་དུ་འཚམས་འདྲི་བྱས་ཤིང་། དེ་མྱུར་འབོལ་ཁྲིའི་ཐོག་ཏུ་སྡོད་དུ་བཅུག་ནས་དྲུང་ཡིག་ཞབས་ཀྱང་ཇ་ལྟུག་ཏུ་བཞག་པ་དང་། ཁོ་ཡང་རང་མལ་དུ་བསྡད་ནས་ཧ་ཅང་སེམས་ཁུར་བྱེད་པའི་ངག་གིས་ཉེ་ལམ་རྫོང་དཔོན་གྱི་ལུས་པོ་བདེ་ཐང་ཡིན་མིན་དང་བྱ་བར་བྲེལ་བ་ཆེ་མིན་སོགས་དྲིས། རྫོང་དཔོན་གི་གཞུའི་དྲུང་ཡིག་གིས་ཀྱང་ཁོང་གི་ལུས་པོ་ཐང་པོ་ཡིན་ཚུལ་དང་བྱ་བར་བྲེལ་བ་ཆེ་ལུགས་བརྗོད་བཞིན་ཁུག་མ་ལས་ཤོག་བྱང་ཞིག་བཏོན་ཏེ་ཁོ་ལ་སྟེ་ཞོར་དུ “རྫོང་དཔོན་ཉིན་འདི་ཚོར་ཁོམ་གྱིན་མི་འདུག་པས་མཐར་ཕྱིན་སློབ་མ་འདི་ཚོ་རྫོང་མཁར་དུ་ལས་བགོས་བྱེད་རོགས་གསུངས་བྱུང་” ཞེས་བཤད་བྱུང་། ཅུས་ཀྱང་ན་རོས་ཤོག་བྱང་ཚུར་བླངས་ནས་བལྟས་པ་ན་ཡིག

ཚུགས་ནི་ཧྲུང་ཡིག་ཁོའི་ཡི་གེ་ཡིན་པ་ལས་རྫོང་དཔོན་གྱི་མིན་པ་དེ་མ་ཐག་ཏུ་མཐོང་བྱུང་། ཁོས་དེ་འཕྲུལ་དགོད་བཞིན་དུ "དོན་འདི་ཙམ་ལ་རྫོང་དཔོན་དངོས་སུ་ཡོང་དགོས་དོན་ཅི་ཡོད། ཐད་ཀར་ང་ལ་ཁ་པར་ཞིག་བརྒྱབ་ཆོག་པ་རེད" ཅེས་བཤད་ཅིང་སླར་ཡང་ཤོག་བྱང་དེ་ལ་བལྟས། ཧྲུང་ཡིག་དེའང་ཁོ་དང་འདྲ་བར་དགོད་བཞིན་དུ "ཁོང་མ་ཁོམ་པས་ད་ནངས་ང་ལ་ཡང་ཁ་པར་བཏང་སྟེ་ཁྱོད་ལ་སྐྱོད་རོགས་གསུངས་བྱུང" ཟེར། ཙུས་ཀྲང་ན་རོ་སྟར་བཞིན་དགོད་བཞིན་དུ "དེ་ལོས་ཡིན། དེ་ལོས་ཡིན། ཁྱོད་ལ་ཡང་དཀའ་ལས་བཟོས་པ་རེད" ཅེས་བཤད་ཅིང་སེམས་ནས་ཤུབ་བུར་འོ་ན་ང་ལ་ཁ་པར་མི་རྒྱག་དོན་ཅི་ཡིན་ནམ་སྙམ། རྫོང་དཔོན་གི་གྱུའི་ཧྲུང་ཡིག་གིས་ཀྱང་དེ་མཚུངས་ཀྱི་ཁ་བཟང་ཞིག་གཏམ་རྗེས་དེ་འཕྲུལ་ཕྱིར་ལོག་སོང་བས་ཧྲུང་ཡིག་ཞབས་ཀྱུ་ཡང་ཕྱི་བཞིན་འཐྲངས་ཏེ་སྐྱེལ་མ་བྱས་བྱུང་། གཞུང་ལས་ཁང་དུ་སླར་ཡང་ཁུ་སིམ་མེར་གྱུར། ཙུས་ཀྲང་ན་རོའི་སེམས་ཏ་ཙང་མི་སྐྱིད་པར་གྱུར། ཁོས་ཤོག་བྱང་ཐོག་གི "མེ་ཏོག་སྒྲོལ་མ། ལྷ་མོ་དབྱངས་ཅན། ཀུན་བཟང་དབང་མོ།……" སོགས་ཀྱི་མིང་ལ་ལྟ་བཞིན་དལ་ལྷོད་དང་གཞུང་ལས་ཁང་དུ་ཕར་འགྲོ་ཚུར་འགྲོ་འགའ་བྱས་ཤིང་། དེ་ནས་ཕྱིར་ཅོག་ཙེའི་གན་དུ་ཡོང་ནས་ཏ་ཙང་བསམ་བློ་བཏང་བརྟགས་ཐག ཧྲུང་ཡིག་ཞབས་ཀྱུས་ད་ནི་ཙུས་ཀྲང་གི་རེ་སྒྲུག་བྱེད་པའི་དོན་འགྲུབ་སོང་བ་རེད་སྙམ་སྟེ་གང་མྱུར་དང་སླར་ཡང་ཁོའི་ཇ་ཐོར་ནང་དུ་ཇ་བསྣན། ཙུས་ཀྲང་ན་རོས་ཡུན་རིང་ཙམ་ལ་བསམ་བློ་བཏང་རྗེས་ཧྲུང་ཡིག་གི་ངོ་ལ་ལྟ་ཙམ་ཡང་མི་བྱེད་པར "ངས་ལས་བགོད་ཀྱི་འཆར་གཞི་དགོད་དགོས་པར་འདུག ཁྱོད་ཁང་མཆེས་ཀྱི་གཞུང་ལས་ཁང་དུ་སྡོད་ལ། ང་འཚོལ་མཁན་བྱུང་ཚེ་མི་འདུག་ཅེས་ཤོད་ཅིག" ཅེས་བཤད།

ཧྲུང་ཡིག་ཞབས་ཀྱུར་ལས་ཀ་ཅི་ཡང་མེད་པར་བསྡད་ཡོད་པས་ཏ་ཙང་དགའ་བ་ལྟར་གྱུར་སོང་། དེ་འཕྲུལ་ཏ་ཙང་སྙིན་པོའི་ངང་ཙུས་ཀྲང་ལ་བལྟས་ཏེ "མི་ཚང་མར་དེ་ལྟར་ཟེར་རམ" ཞེས་དྲིས་པར། ཁོས "དེ་ཁྱོད་ཀྱིས་ལྟོས་ཤིག" ཅེས་བཤད་པས། ཧྲུང་ཡིག་གིས་ཙུས་ཀྲང་གི་སྐད་ཆའི་ཏ་གོ་སྟེ "ཡ་ཡ། ངས་ངེས་གྱིན་འདུག" ཟེར།

ཧྲང་ཡིག་ཞབས་ཀྱུ་ནི་རྒྱ་ལས་ཤོར་བའི་རི་དྭགས་ལྟར་དེ་མ་ཐག་སྒོར་བུད་ཅིང་སྒོ་དམ་པོར་གཏན་རྗེས་ཁང་མཆེས་ཀྱི་གཞུང་ལམ་ཁང་དུ་ལས་གྲོགས་བུ་མོ་ཚོར་ཁ་བརྡ་ཕྱེད་དུ་བུད་སོང་བས། ད་ནི་གཞུང་ལམ་ཁང་དུ་ཅུས་ཀྱང་ན་རོ་གཅིག་ཕུ་མ་གཏོགས་མི་འདུག ཁོས་གཞི་ནས་སྐྱོད་པོས་ཕྱི་མ་ཕུད་དེ་འདུག་སྟེགས་ཀྱི་རྒྱབ་ངོས་སུ་བཀལ་བ་དང་། ལྭ་བའི་ཁྱུག་མ་ལས་བྱེ་བའི་ཟེན་ཁྲིས་དེབ་ཆུང་དེ་བླངས་ནས། ཉིན་འདི་དག་གི་རིང་ལ་ཟིན་འགོད་བྱས་པའི་མི་རེ་རེའི་ངོ་ལ་ཞིབ་བཤེར་བྱས་ཤིག་བྱས་པ་ན། ཁོ་ལ་རང་དབང་མེད་པར་ཧུལ་ཧླངས་ཤིག་རྒྱས་བྱུང་། རྫོང་མཁར་དུ་བྱ་བ་བཀོད་སྒྲིག་བྱེད་དགོས་པའི་དགེ་རྒན་གྱི་གྲངས་ཀ་ནི་རྫོང་མཁར་གྱི་སློབ་མའི་ངོ་གྲངས་ལས་ཀྱང་མང་བ་ལྟར་དུ་འདུག་པས། ཁོས་སེམས་རྩལ་དུ་ཕབ་ནས་ངོ་དེ་དག་ཇི་ལྟར་བཀོད་སྒྲིག་བྱེད་པར་བསམ་བློ་བཏང་ན་ཡང་། འདི་ནི་ཧ་ཅང་ཉོག་འཛིང་ཆེ་བའི་རྩིས་རིག་གི་རྩིས་གཞི་ཞིག་སྟེ་བརྩི་ཐབས་གསར་བ་ཞིག་གསར་བཏོད་མ་བྱས་ན་གཏན་ནས་བརྩི་ཐབས་མེད་པ་ཞིག་རེད། ཁོས་ཕལ་ཆེར་ཕྱི་ཇོ་ཧྲིལ་བོར་དོན་འདི་དག་ལ་གླད་པ་འགྲུལ་བ་རེད་པས། དངོས་གནས་ཁོའི་གླད་པའི་སྐྲ་ཕྱི་སྐེ་སྤྱི་ཐེར་དུ་གྱུར་འདུག་པར་ཡང་ཁག་མི་འདུག ཁོས་ཡང་ནས་ཡང་དུ་དྲན་པ་འཐེན་པ་དང་ཐེངས་གཅིག་མིན་པར་ངོ་ལ་ལག་པས་ཕྱིལ་ཕྱིལ་བྱེད་པར་བལྟས་ན་མི་སུ་ཡིན་རུང་ཁོའི་བྱ་བའི་འགན་ཁུར་ཧ་ཅང་ལྕི་བ་རྟོགས་ཐུབ། མཇུག་མཐར་ཁོས་ལག་པ་གཉིས་ཀ་ཡར་ལ་བརྡེགས་ནས་སྒྲལ་སྒྲིང་ཞིག་བྱས་རྗེས་གླད་པ་འགྲུལ་མཚམས་བཞག་སྟེ། བྱེ་བའི་ཟེན་ཁྲིས་དེབ་ཆུང་ཁ་བསུམས་ནས་ཕྱིར་ལྭ་བའི་ཁྱུག་མའི་ནང་དུ་བཙུག་ཅིང་ཅུང་ཙམ་ལ་བསམ་བློ་བཏང་བ་ན། སྔར་ཡང་རྫོང་དཔོན་གྱི་གུས་ཁ་པར་མ་ཡོང་བ་དེ་དྲན། ཁོའི་སེམས་ལ་ཁ་པར་མ་ཡོང་ཡང་ཁོའི་སར་བཀྲུད་ཙམ་མ་བྱས་ན་ཁོའི་ངོ་ལ་མ་བལྟས་པ་ལྟར་དུ་སྣང་སྙམ་ནས་དེའི་མྱུར་ཡར་ལངས་ཏེ་སྒོའི་ཕྱི་རོལ་ཏུ་བུད། ཅུས་ཀྱང་ན་རོའི་གཞུང་ལམ་ཁང་ཐོག་ཁང་གི་སུམ་ཐོག་ཏུ་ཡོད་ཅིང་། རྫོང་དཔོན་གྱི་གུའི་གཞུང་ལམ་ཁང་ནི་ཐོག་ཁང་གི་ཉིས་ཐོག་ན་ཡོད་པས་བར་ཐག་རིང་པོ་མེད། ཁོ་སྐྲས་ཐེམ་ལས་མར་འབབ་

པའི་སྐབས་སུ་གློ་བུར་དུ་མགོ་ནང་ལ་ནག་པོ་ཞིག་འཐིབས་ཏེ་ཨེན་ཙམ་གྱིས་འགྱེལ་སོང་། ད་སྔོན་ལས་བགོའི་ཐད་གླད་པ་འགུལ་རྒྱུ་མང་སོང་བ་དང་འདྲ་བས་ཁོས་གང་ནུས་དང་འགྲམ་སྐྱོར་ལ་ཁེན་ཏེ་ཙུང་ཙམ་ལ་ངལ་གསོས་པ་ན་སྔོན་ལྟར་རྒྱུན་ལྡན་དུ་གྱུར། ཁོས་མྱུར་མོར་ཕར་ལྟ་ཚུར་ལྟ་ཞིག་བྱས་པ་ན་སྟབས་ལེགས་པ་ལ་མི་གཅིག་གིས་མཐོང་མ་སོང་བར་འདུག དེ་ནས་སེམས་ཆུང་ངང་མར་བབས་ཤིང་རྫོང་དཔོན་གྱི་གྲུའི་གཞུང་ལས་ཁང་གི་སྒོ་རྩར་སླེབས་འཕྲལ་ལུས་ལ་བདེ་ལྷུག་ཅིག་བརྗོད་པ་དང་། ཧ་ཅང་སྤྲོ་སྣང་ལྡན་པའི་ངང་སྒོ་ཕྱེ་བ་ན། ནང་དུ་བསྡད་ཡོད་པ་ནི་རྫོང་དཔོན་མ་ཡིན་པར་ཁོང་གི་ཚ་བོ་སྟེ་གཞུང་ལས་ཁང་གི་གཙོ་སྐྱོང་གཞོན་པ་དེ་ཡིན་འདུག ཙུས་ཀྲང་ན་རོས་ཁོ་ལ “རྫོང་དཔོན་གང་དུ་སོང་བ་རེད” ཅེས་དྲིས། རྫོང་དཔོན་གྱི་ཚ་བོས “ད་སོ་མར་ཁྲུལ་ཐོག་ཏུ་ཚོགས་འདུར་ཕྱིན་སོང” ཞེས་ལན་བཏབ་བྱུང་། ཁོའི་སེམས་དེ་འཕྲལ་འཁྲུག་སིབ་སེར་གྱུར་སོང་ན་ཡང་སྣར་ཡང་ངོ་འཛུམ་ཞིག་བསྟུས་ཏེ་དེ་གར་བསྡད་དེ་ནམ་ཞིག་ལ་ཕྱིར་ཐོན་ངེས་པའི་སྐད་ཆ་འདྲི་རྩིས་བྱེད་དུས། རྫོང་དཔོན་གྱི་ཚ་བོས་གླང་འཁྱིག་གསར་བ་ཞིག་མདུན་དུ་ཁྱེར་ཡོང་སྟེ “ལས་གྲོལ་གྱི་དུས་ཚོད་ལ་སྐུག་དཀའ་བས་ངེད་གཉིས་ཙུང་ཙམ་རྩེ” ཟེར། རྫོང་དཔོན་གྱི་ཚ་བོས་གླང་འཁྱིག་མདུན་དུ་བཤམས་ཟིན་པས་མ་རྩེ་ན་ཁོར་ངོ་མ་བྲིན་པ་ལྟར་སྣང་ཕྱིར་ཁོ་ཡང་གདོང་དུ་བསྡད། རྫོང་དཔོན་གྱི་ཚ་བོ་ནི་དངོས་གནས་གླང་འཁྱིག་འདེད་པར་ཧ་ཅང་མཁས་པར་འདུག ཐེངས་དང་པོར་ཡུན་རིང་འགོར་མ་དགོས་པར་ཁོ་རང་ཕམ་པར་བྱས་སོང་། ཙུས་ཀྲང་ན་རོའི་སེམས་ལ་ཁོར་བྱ་བའི་ནུས་པ་ཅི་ཡང་མི་འདུག སྐད་ཀྱང་ཁོས་གླང་འཁྱིག་འདེད་ཟེར་བར་བརྟག་ན་འདིའི་ཐད་ནས་ཙུང་བཟང་བ་འདྲ་སྙམ་ནས། ཉམས་སྣང་མེད་པའི་ཚུལ་གྱིས་ཡང་བསྐྱར་རྩེ་བ་ན་མཉམ་འཛོག་མ་བྱས་སར་ཐེངས་གཉིས་པར་ཕོ་ཕམ་པར་གྱུར་སོང་། ཙུང་ཀྲང་ན་རོ་ཙུང་དོགས་མི་བདེ་བར་གྱུར་མོད་ད་དུང་ངོ་དགོད་བཞིན་དུ “ཐེངས་གསུམ་ལ་རྩེ” ཞེས་བཤད་པ་དང་། སེམས་ནས་ཀྱང་ད་ཐེངས་ཁོས་ངོ་ལ་བལྟས་ནས་ཀྱང་རང་ཉིད་རྒྱལ་དུ་གཞུག་ངེས་རེད་སྙམ་ནས་ཡང་བསྐྱར་

གཡུལ་བཤམས། ཡིན་ན་ཡང་ལྟས་ངན་དེ་ནི་མི་ཡི་ངོ་ལ་མི་ལྟ་མཁན་ཞིག་ཡིན་འདུག་སྟེ་འཇབ་རྐོལ་གཅིག་གིས་སྐར་ཡང་ཁོ་བཀུམས་པར་བྱས་སོང་བས། ཁོར་ཁོག་དཔུང་དང་ཁོང་ཁྲོ་ཞིག་ལྡན་དུ་ལངས་ཏེ་ མུ་མཐུད་དུ་རྩེ་རྩེས་བྱས་ན་ཡང་། ལས་གྲོལ་གྱི་དུས་ཚོད་ལ་བསླེབས་ཟིན་ཅིང་བུ་མོ་ཆུང་ཆུང་གཉིས་ཇོང་དཔོན་གྱི་ཚ་བོ་འཚོལ་དུ་ཐོན་བྱུང་བས་ཐབས་ཟད་པར་གྱུར།

ཅུས་ཀྲང་ན་རོ་ནི་དབུགས་ཀྱི་རྒྱལ་བར་གྱུར་ཅིང་ལས་གྲོལ་བྱས་ཏེ་རང་ཁྱིམ་དུ་འགྲོ་བའི་ལམ་ལ་ཞུགས། ལམ་བར་དུ་མི་གཅིག་གི་ངོ་ལའང་མ་བལྟས་ལ་དེ་ལས་ལྡོག་སྟེ་མི་ཚང་མས་ཁོ་རང་གི་ངོ་ལ་ལྟ་བར་བྱེད་ལ། ལམ་དུ་འགྲོ་བཞིན་པའི་མི་དག་ཀྱང་དེ་མལ་དུ་གོམ་པ་སྤོ་མཚམས་བཞག་སྟེ་ཁོའི་ངོ་ལ་ལྟ་བར་མ་ཟད། ཐ་ན་སློབ་གྲྭ་གྲོལ་ནས་ཕྱིར་ཡུལ་དུ་ལོག་པའི་བྱིས་པ་དག་ཀྱང་བརྒྱུགས་ཏེ་སྔོན་དུ་བུད་ནས་ཁོའི་ངོ་ལ་ལྟ་བར་བྱེད། དེ་བས་ཁོའི་སེམས་ནང་གི་ཁོང་ཁྲོ་དེ་ཡང་རེ་ཞིག་གར་སོང་ཆ་མེད་དུ་གྱུར་ནས་ངའོ་སྐམ་པའི་སྒྲིབ་ཉམས་ཤིག་བསྟན་ཏེ་མི་གཅིག་གི་ངོ་ལའང་མ་བལྟས་པར་ཐད་ཀར་རང་ཁྱིམ་དུ་ཕྱིན། ཁོ་ཁྱིམ་དུ་ཐོན་འཕྲལ་སྐྱོད་ལྭ་ཕུད་དེ་འབོལ་ཁྲིའི་ཟུར་དུ་བཞག་པ་དང་། ཀ་ཧོ་རའི་ནང་དུ་ཆུ་བླུགས་ཏེ་ཐོག་དང་པོར་ངོ་བཀྲུས། དེ་ནས་ངོར་སྨན་བསྐུས། མཇུག་མཐར་ངོ་ལྟའི་ནང་དུ་བལྟས་པ་རེད། འོན་ཀྱང་ཁོས་མཇུག་མཐར་ངོ་ལྟའི་ནང་དུ་ལྟ་དུས་ཧ་ལས་ཤིང་ཧོན་འཐོར་བར་མ་ཟད་ངུ་སྐད་ཀྱང་ཤོར་སོང་། ངོ་ཡོངས་རྫོགས་གཉེར་མས་ཁེངས་འདུག་པས་ངོ་རྒས་སོང་བ་ཙི་ལ་མིན། ཁོའི་ངོ་རྒས་ཏེ་དོར་རན་པའི་ཚད་དུ་བསླེབས་འདུག ཁོས་ཀྱང་ཅི་ལ་མི་རྟོགས། ངོ་ནི་ལོ་ན་ལྔ་བཅུར་སོན་མཚམས་དོར་དགོས་པ་རེད་ཀྱང་ཁོས་སྲུང་སྐྱོབ་བྱས་ཏེ་དྲུག་ཅུར་བསླེབས་པས་ད་ནི་དོར་དགོས་བྱུང་འདུག ངོ་དོར་ཆེ་ངོ་མེད་པར་འགྱུར་བ་རེད། ངོ་མེད་ན་མི་གྲལ་དུ་ཇི་ལྟར་འགྲོ་རྒྱུ། དེ་འཕྲལ་ཁོའི་སེམས་ལ་གློག་འཁྱུག་པ་ལྟར་ཇོང་དཔོན་གི་གུས་ཁོ་ལ་ཁ་པར་མ་བརྒྱབ་པ་དང་། ཐོག་ཁང་གི་ཐེམ་སྐས་ལས་མགོ་ནང་དུ་འཐིབས་ནས་ཨེན་ཙམ་གྱིས་འགྱེལ་བར་གྱུར་བ། གཞུང་ལས་ཁང་གི་གཙོ་སྐྱོང་

གཞོན་པའམ་ རྫོང་དཔོན་གྱི་ཚ་བོ་ཆུང་ཆུང་དེས་ཕོའི་ངོ་ལ་མ་བལྟས་པ། སློབ་གྲྭ་གྲོལ་ཏེ་ཡུལ་དུ་ལོག་གིན་པའི་ཕྱིས་པ་ཚོ་ཕོའི་སྔོན་དུ་བརྒྱུགས་ཡོང་ནས་ཕོའི་ངོ་ལ་ལྟ་བ་སོགས་རེ་རེ་བཞིན་དྲན་པའི་མོད་ལ། མགོ་ནང་དུ་ནག་ཐོམ་ཐོམ་དུ་གྱུར་བ་དང་མིག་ལམ་དུ་སྐར་འོད་འཚུབ་པེར་གྱུར་ཏེ་དེ་མལ་འགྱེལ་ནས་ཡར་ལངས་རྒྱུ་མེད་པར་གྱུར། བཟའ་མི་ཚང་མ་ཧང་སང་ཞིང་ཧོན་ཐོར་བ་དང་དེ་འཕྲུལ་སྐད་ཅིག་ལ་ཉུབ་ཅིང་། ཕོ་བཀུགས་ནས་མལ་ཁྲིའི་སྟེང་དུ་བཞག་རྗེས "ཁྱོད་ལ་ཅི་བྱུང་སོང" ཞེས་ཡང་དང་ཡང་དུ་དྲིས་ན་ཡང་། ཕོས་ལན་འདེབས་མི་ཐུབ་པར་ཁ་ཤ་འདར་ཙམ་འདར་ཙམ་གྱིས "ངོ……ངོ……" ཞེས་ལན་འགའ་བཟླས་རྗེས་དལ་བ་དལ་བུར་ངོ་མདོག་ཀྱང་རྩ་བ་ནས་འགྱུར་གྱིན་འདུག

ཧག་ཧག་སྐབས་དེར། སྤུས་མགོའི་འགྲམ་དུ་ཡོད་པའི་ཁ་པར་གྱི་དྲིལ་བརྡ་སིང་སིང་དུ་གྲགས་བྱུང་བར་མ་ཟད། དེ་དང་ལྷན་དུ་ཕྱི་རོལ་ནས་ངོ་མང་པོའང་ཉེན་གྲུང་ལྷར་འཕྲོ་རིམ་འཁོར་ཕོ་ཚང་གི་ལྷས་རའི་ནང་དུ་བསླེབས་བྱུང་།……

ཁྱི་མོ་བདེ་སྐྱིད།

ང་ནི་ཁྱི་མོ་ཞིག་ཡིན། ངའི་མིང་ལ་ཁྱི་མོ་བདེ་སྐྱིད་ཟེར། ངའི་བདག་མོའི་མིང་ལ་བདག་མོ་བདེ་སྐྱིད་ཟེར། དེ་བས་ང་དང་བདག་མོ་བདེ་སྐྱིད་གཉིས་ཀྱི་འབྲེལ་བ་ནི་བདག་མོ་དང་སྒོ་ཁྱིའི་འབྲེལ་བ་ཡིན་པ་རེད།

ཟླ་འགའི་སྔོན་དུ་བདག་མོ་བདེ་སྐྱིད་ལ་བུ་མོ་ཞིག་བཙས་པས། མོའི་ཁྱོ་ག་ཧ་ཅང་དགའ་སྟེ་བཙས་སྟོན་རྒྱ་ཆེན་པོ་བྱས་སོང་། ཡིན་ན་ཡང་ཟླ་གཅིག་གི་སྔོན་དུ་ཁྱི་མོ་བདེ་སྐྱིད་ལ་ཁྱི་གུ་ཕོ་གཉིས་དང་མོ་གསུམ་བཙས་པ་ལ། བདག་མོ་བདེ་སྐྱིད་ཀྱི་ཁྱོ་གས་ཁྱི་གུ་ཕོ་གཉིས་ཀ་ཁྱིམ་ཚང་གཞན་ལ་ཕྱུགས་ཁྱུ་སྲུང་མཁན་དུ་བྱིན་སོང་བ་དང་། ཁྱི་གུ་མོ་གསུམ་ག་ཁྱི་མོ་བདེ་སྐྱིད་ཚང་དུ་མེད་པའི་གོ་སྐབས་དང་བསྟུན་ནས་ཐབས་ཅི་ཞིག་བཀོལ་ནས་བསད་ཅིང་། བེམ་པོ་ཆུང་ཆུང་དག་ཕྱི་རོལ་གྱི་གྲོག་མོའི་ནང་དུ་གཡེལ་འདུག ཁྱི་མོ་བདེ་སྐྱིད་ཀྱིས་བདག་མོ་བདེ་སྐྱིད་ཀྱི་ཁྱོ་གའི་གདུག་རྩུབ་ཆེ་བའི་སྦྱོར་བ་འདི་མཐོང་འཕྲལ་སྙིང་གས་པ་ལྟ་བུའི་སྡུག་བསྔལ་བྱུང་ཞིང་། ཉིན་འགའ་ལ་ལྟོ་མ་འཐུང་བར་བསྡད་པའི་མཐར་ཡང་བསྐྱར་ཁྱིམ་ཚང་འདི་དང་ཁ་གྱེས་པའི་སེམས་ཐག་བཅད། དོན་ངོ་མར་ཁྱི་མོ་བདེ་སྐྱིད་ལ་སྔོན་དུས་ཤིག་ནས་ཁྱིམ་ཚང་འདི་དང་ཁ་གྱེས་དགོས་པའི་བསམ་ཚུལ་

བྱུང་སྒྲོང་སྟེ། དུས་རྒྱུན་དུ་ཁྲི་གཞན་གྱིས་ཁྲི་མོ་བདེ་སྐྱིད་ལ་འབྲེལ་འདྲིས་བྱ་རྩིས་ཀྱི་རྣམ་འགྱུར་བསྟན་ཆེ། བདག་མོ་བདེ་སྐྱིད་ཀྱིས་དེ་མ་ཐག་ཏུ་ཕྲག་དོག་དང་བཅས་བར་ཆད་ཀྱི་ཐབས་བཀོད་སྣ་ཚོགས་འཚོལ་བ་སྟེ། ཐ་ན་ཐེངས་སྔོན་མར་ཁྲི་ཕྲུག་ཚོའི་ཨ་ཕ་སྟེ---ཁྲི་རྒྱ་བོ་ཟྲེལ་ཤུགས་ཅན་དེ་ཁོ་མོའི་གན་དུ་ཡོང་བའི་ཆེ་ནའང་། བདག་མོ་བདེ་སྐྱིད་ཀྱིས་ཧ་ཅང་མིག་ལ་མ་རན་པར། ཁྲི་མོ་བདེ་སྐྱིད་ཀྱི་སྐེ་ལ་ལྕུགས་ཐག་བཏབ་ནས་བཏགས་རྗེས་ཁྲི་རྒྱ་བོ་དེ་ལ་རྡོ་བས་བརྒྱབ་ནས་ཕྱིར་བསྐྲད་པ་རེད། ཡིན་ནའང་བདག་མོ་བདེ་སྐྱིད་ཀྱིས་རང་ཉིད་ཀྱི་ཁྱི་ག་མེད་པའི་མཚན་མོ་དག་ཏུ། སྐྱེས་པ་དག་ཁྱིམ་དུ་བསུས་ཏེ་མལ་སའི་ནང་དུ་བདེ་སྐྱིད་ཀྱི་དགའ་སྟོན་ལ་རོལ་བཞིན་ཡོད་པ་རེད། བདག་མོ་བདེ་སྐྱིད་ཀྱི་སྣེར་སེམས་ཆེ་བའི་བྱ་སྤྱོད་དེ་དག་མ་བཟོད་པར། ཁྲི་མོ་བདེ་སྐྱིད་ཐེངས་འགར་ཁྱིམ་ཚང་འདི་དང་གྲེས་རྩིས་བྱས། ཁྲི་མོ་བདེ་སྐྱིད་ཀྱིས་ནི་བདག་མོ་བདེ་སྐྱིད་ལ་བཅངས་པ་ནི་སྐྱེ་ལུགས་ཐད་ཀྱི་ཕྲག་དོག་ཡིན་ལ། ཁོ་མོས་བདག་མོ་བདེ་སྐྱིད་ཀྱི་ཁྱིགར་བཅངས་པ་ནི་ཕྱུ་གུ་བསད་པའི་ཞ་འཁོན་ཡིན། བདག་མོ་བདེ་སྐྱིད་ཀྱི་ཁྱིགས་ཁྲི་ཕྲུག་མོ་དག་གསོད་པའི་གནས་ལུགས་གཞན་མ་ཡིན་ཏེ། "ཕའི། ཁྲི་མོ་དེ་འདྲ་མང་སྟེ་ཅི་བྱེད་དམ།" ཞེས་ཟེར་བ་དེ་རེད།

"ཏེན། དེས་ན་ཁྱོད་ཀྱི་གསར་དུ་བཙས་པའི་བུ་མོ་དེ་ཡང་གསོད་འོས་པ་རེད་ཨང་།" ཁྲི་མོ་བདེ་སྐྱིད་ཀྱི་སེམས་ལ་དེ་ལྟར་སྙམ།

ཁྲི་མོ་བདེ་སྐྱིད་ནི་སྐུ་རེངས་ཤར་གྱིན་པའི་དུས་དེར་གཞི་ནས་ཁྱིམ་ཚང་འདི་དང་ཁ་གྲེས་པ་རེད་ཅིང་། སྐབས་དེར་བདག་མོ་བདེ་སྐྱིད་དང་ཁྱི་ག་གཉིས་ཀ་ད་དུང་རྨི་ལམ་གྱི་ཞིང་ཁམས་ནུལ་གྱིན་འདུག ནམ་རྒྱུན་མཚན་མོའི་དུས་སུ་ལུག་ཕྱུ་སྲུང་བའི་འགན་ཁུར་ཁྲི་མོ་བདེ་སྐྱིད་ལ་སྤྲད་རྗེས། ཁོ་གཉིས་ཀྱིས་ཐེངས་འགའ་རེར་འདོད་པའི་དགའ་སྟོན་ལ་རོལ་བར་བྱེད་པས། ཞོགས་པར་ཉི་མ་ཐག་ཚད་ཙམ་ལ་ཤར་དུས་མ་གཏོགས་གཉིད་ལས་མི་སད་པར་འདུག

ཁྲི་མོ་བདེ་སྐྱིད་དཔལ་དཔལ་ངང་ལྷས་འདབས་སུ་བུད་དེ་ཡུན་རིང་ཙམ་ལ་སྦྱོགས་

བཞིར་རྒྱང་ལྟ་ཞིག་བྱས་ཤིང་། དེ་ནས་སྐེ་ཕྱིར་འཁྱོག་སྟེ་སྦྲ་ཁྱིམ་འདིར་ཞིབ་ལྟ་ཞིག་བྱས། ནམ་གསལ་ཡག་མིན་པས་ཁོར་ཡུག་ཡོངས་རྫོགས་མག་མོག་པོར་སྣང་། སྦྲ་ཁྱིམ་འདི་ཡང་གཉིད་དུ་ཡུར་བའི་བྱིས་པ་ཞིག་ཨ་མའི་པང་དུ་བདེ་བར་ཉལ་ཡོད་པ་དང་འདྲ་བར་གྲག་འགྲུལ་ཅི་ཡང་མི་འདུག་པ་དང་། རྒྱབ་ཕྱོགས་ཀྱི་རི་བོ་མཐོན་པོ་དག་ནི་སྲུང་དམག་གིས་དཔུང་ཟུང་སྦྲེལ་ཏེ། མཚན་འགྲོ་བྱེད་མཁན་དག་གཏན་འགོག་བྱེད་འདོད་པ་ལྟར་ནག་རོག་གེར་ཡོད་ལ། ཤར་ཕྱོགས་ཀྱི་མཁའ་མཐར་འཛིབ་བུའི་སྟབས་ཀྱིས་མངོན་པའི་སྐྱ་མདའ་དེས་ཕུ་བཏབ་སྟེ་འགྲོ་འདོད་པ་དག་ལ་སྐུལ་མ་བྱེད་པ་ལྟར། བསེར་བུ་འཁྱགས་པོ་ཞིག་དལ་བ་དལ་བུར་ཤར་ནས་ཉུབ་ཏུ་ལྡང་བར་བྱེད། སྐབས་འདིར་ཁྱི་མོ་བདེ་སྐྱིད་ཀྱིས་བློ་ཐག་ཆོད་ཀྱིས་བཅད་དེ་འདབས་རོལ་གྱི་རྐང་ལམ་གྱི་ཕྱོགས་སུ་འདུར་རྒྱུག་བྱས་ཏེ་སོང་།

ནམ་མཁའ་གཡའ་དག་ཅིང་ཉི་མའི་ཚ་གདུག་ཧ་ཅང་ཆེ། རྐང་ལམ་གྱུ་གྱུ་ཞིག་ཀན་པོ་ཞིག་གིས་ལག་རྗེན་བྲུད་ནས་སོང་བའི་ཤུལ་ལྟར་ལྷོ་ནས་བྱང་དུ་བརྒྱངས་འདུག་ངས་ལྟེ་བསྣུར་ཞིང་ཐ་མ་ཕབ་ནས་གྱུ་གྱུའི་རྐང་ལམ་དེ་ཉུལ་བཞིན་མདུན་དུ་སོང་། དོན་ངོ་མར་ངས་ཀྱང་རང་ཉིད་གང་ཞིག་ཏུ་འགྲོ་བཞིན་ཡོད་པའང་མི་རྟོགས། ས་གཞི་ནི་འདི་ལྟར་མུ་མཐའ་མེད་ཅིང་ལམ་ནི་འདི་ལྟར་རྒྱང་རིང་དུ་བརྒྱངས་འདུག་པས། ང་དེ་ལྟར་དམིགས་ཡུལ་མེད་པར་མདུན་ཕྱོགས་སུ་སོང་། ངས་ཤེས་པ་ནི “འཛིག་རྟེན་དུ་དང་ཐོག་ལམ་མེད་མོད། དེ་རྗེས་འགྲོ་མི་བྱུང་བ་དང་། མཇུག་མཐར་ལམ་བྱུང་བ་རེད” ཅེས་པ་དེ་རེད། ལམ་ནང་འདིར་མི་དང་ཕྱུགས་རིགས་འགྲོ་སྦྱོང་བར་མ་ཟད། ཁྱི་དང་བྱི་ལའི་རིགས་ཀྱང་འགྲོ་སྦྱོང་བ་རེད། ངས་དེ་ལྟར་སྙམ་བཞིན་མདུན་དུ་བསྐྱོད་བཞིན་པའི་སྐབས་ཤིག་ལ། ལུག་རྫི་བྱིས་པ་འགགས་ལམ་འགྲམ་དུ་སྡེ་ག་འགྲན་གྱིན་འདུག ཕོ་ཚོའི་ཁྲོད་ཀྱི་སློག་པ་གྱོན་པའི་བྱིས་པ་གདོང་ནག་དེས་ང་མཐོང་འཕྲལ་གློ་བུར་དུ་ཀུར་བརྒྱབ་བྱུང་། “ལྟོས་དང་ལྟོས་དང་། ཁྱི་མོ་ཞིག་འགྲོ་བཞིན་འདུག” ཟེར་བ་ལ། བྱིས་པ་གཞན་ཞིག་གིས་དེ་མ་ཐག་ཕ་གསོད་ཀྱི་ལག་དམར་མཐོང་བ་བཞིན “དངོས་གནས་བདེན

འདུག ངའི་ལུ་གུ་རྐུ་མཁན་ཕལ་ཆེར་འདི་ཡིན་ངེས་རེད” ཟེར།

དོན་དངོ་མར་ངས་ཀྱང་སྔོན་ནས་དོགས་ཟོན་བྱས་ཡོད་པ་སྟེ། མདུན་དུ་བསྐྱོད་མཚམས་བཞག་ནས་མགོ་བོ་དགྲེ་སྟེ་ཅེ་རེར་ཕོ་ཚོའི་རྣམ་འགྱུར་ལ་བལྟས་ཡོད། བྱིས་པ་བཞི་ལྷ་བོས་ལ་ལས་འུར་རྒྱུག་ཅིང་ལ་ལས་ཐང་ནས་རྡོ་བ་འཐུ་ཞོར་དུ་ངའི་ཐད་དུ་ཞོགས་ནས་ཐོན་བྱུང་། ངས་ཀྱང་ཕོ་ཚོ་ངའི་ཐོག་ཏུ་དམག་ལ་ཡོང་བ་ཡིན་པ་ཧ་ཅང་གསལ་པོར་ངེས་ཀྱིན་འདུག་པས། དེ་མ་ཐག་འཇིགས་སྣང་ཆེན་པོ་སྐྱེས་བྱུང་། སྔོན་ཆད་བདག་མོ་བདེ་སྐྱིད་ཀྱི་ངག་ནས་སྐད་ཆ་འདི་འདྲ་བ་ཞིག་ཐོས་མྱོང་སྟེ། ཁྱི་ལྔོམ་ཞིག་གིས་སྡེ་བའི་ཁྱིམ་ཚང་ཞིག་གི་ལུག་གཅིག་བསད་སོང་བས། ཁྱིམ་བདག་གིས་ཁྱི་ལྔོམ་དེ་ལྕགས་སྙེ་ཡིས་བཟུང་རྗེས། རྡོ་བས་བརྒྱབ་སྟེ་ཁ་ནང་གི་སོ་ཡོངས་རྫོགས་བཅག་པ་རེད་ཟེར། ངས་དེ་མ་ཐག་ཏུ་ཅ་ཟུག་ཅིག་བཏོན་ཞིང་ཁ་ཕར་འཁོར་ནས་བྲོས་པ་ཡིན། ཕྱི་རྗེས་སླེག་གིན་པའི་བྱིས་པ་ཚོའི་ཁྲིད་ཀྱི་གཅིག་ནི་བརྒྱུགས་ན་ཧ་ཅང་མགྱོགས་པར་འདུག་སྟེ། ཕལ་ཆེར་ང་དང་བང་མཉམ་པར་འདུག་ཟེར་ནའང་རན་ཚོད་འདུག ངས་ཀྱང་ཁས་ལེན་ལོས་བྱེད་དེ། ཡུན་རིང་གི་ཉར་གསོའི་འཚོ་བ་དེས་རང་ཉིད་ཀྱི་བརྒྱུགས་པའི་བང་རྩལ་དང་རྐོལ་བའི་སྙིང་སྟོབས་ཕྱེད་ཙམ་ཉམས་དམས་སུ་བཏང་འདུག་པ་མངོན་གསལ་རེད། ངའི་རྣ་ལམ་དུ་བྱིས་པ་ཞིག་གིས་སྐད་ཆེན་པོས “དཔའ་ཕྲུག་གམ་ཕ་ཕྲུག ཁྱོད་ཀྱིས་མོ་ཨེ་ཟིན་པར་ལྟོས་དང” ཟེར། ངས་ནི་བྱིས་པ་དེའི་མིང་ལ་དཔའ་ཕྲུག་གམ་ཕ་ཕྲུག་ཟེར་བ་ག་ལ་ཤེས། འོན་ཀྱང་སྐད་ཆའི་ནང་དོན་ལ་བརྟག་ན་འཇིགས་སྐྲག་དེ་ང་དང་བར་ཐག་ཧ་ཅང་ཉེ་བར་བསླེབས་ཡོད་པ་ཤེས་ཐུབ། ང་སྔར་བས་ཀྱང་སྙོག་བསྙོས་ཀྱིས་བྲོས་པས། ཕལ་ཆེར་སྐར་མ་གཅིག་ཙམ་འགོར་རྗེས། ང་གཞི་ནས་དཔའ་ཕྲུག་གམ་ཕ་ཕྲུག་གི་བདའ་འདེད་ལས་རྒྱལ་ཁའི་ངང་ཐར་སོང་།

ངའི་ལུས་ལ་རྨུང་རྗེས་ཅི་ཡང་ཐེབས་མ་བྱུང་མོད། ཡིན་ནའང་ཕོ་ཚོས་ང་ལ་ཉེས་མེད་བསྙོན་འཛུགས་བྱས་པ་ནི་གཏན་ནས་བཟོད་ཐུབ་པ་ཞིག་མ་རེད། ང་ནི་ལུག་ཕྲུ་སྨྱུང་

སྐྱོབ་བྱེད་མཁན་ཡིན་པ་ལས་ལུ་གུ་གསོད་མཁན་ག་ལ་ཡིན། ལུ་གུ་གསོད་མཁན་ཞིག་ཡོད་ཚེ་དེ་ནི་སྤྱང་ཀི་ཡིན་རྒྱུ་རེད་པས། འདི་ནི་ངའི་ལྷག་བསམ་དང་འགན་འཁྲི་ལ་དམའ་འབེབས་བྱས་པ་མ་རེད་དམ། མི་རྣམས་ནི་དུས་དང་རྣམ་པ་ཀུན་ཏུ་འདི་འདྲ་ཞིག་རེད་དེ། ཁོ་ཚོས་ནམ་ཡང་རང་ཉིད་ཀྱིས་མ་ནུས་པ་དང་འཕྲུས་ཤོར་བྱུང་བའི་བྱ་བ་ཡོད་ཚད་རྐྱེན་གཞན་པ་ཞིག་ལ་ཁག་འཛོག་བྱེད་པར་དགའ་བ་མ་རེད་དམ། ང་སེམས་གཉིང་ནས་ཁོང་ཁྲོ་ཆེན་པོ་ལངས་བྱུང་།

ངས་གཞི་ནས་ལམ་དུ་ཞུགས་ནས་འགྲོ་མི་ཉུང་བ་ཤེས་སོང་། ལམ་ནང་དུ་འགྲོ་འོང་བྱེད་པའི་མི་མང་བས་ང་ལ་བཀའ་ལོག་བསྙོན་འཛུགས་ཀྱིས་གནོད་སྐྱེལ་མཁན་ཡོད་པ་རེད། གནའ་མི་ཚོའི་ཁ་བརྡའི་ཁྲོད་དུའང་ཇག་པས་ལམ་སྒྲུག་བྱས་པའི་སྐོར་གྱི་གཏམ་རྒྱུད་ཧ་ཅང་མང་བ་མ་ཡིན་ནམ། དེ་བས་ངས་ཀྱང་རྒྱང་བསྐོར་ཏེ་ཐང་གཤོང་ཞིག་བརྒྱུད་ནས་སོང་བ་ཡིན། དོན་དོ་མར་བཤད་ན། ལམ་ནང་དུ་ཞུགས་ནས་འགྲོ་རྒྱུང་བྱེད་པ་ནི་བསམ་གཞིག་ཅི་ཡང་གཏོང་མི་ཤེས་པའི་བླུན་པོའི་སྤྱོད་སྟངས་ཤིག་ཀྱང་རེད་དེ། དེ་ནི་ཁྲག་རྒྱུ་མའི་ནང་དུ་ལྷུག་པ་ལྟར་རམ། ཡང་ན་བ་གླང་ཞིག་སྣ་ཐག་གིས་ཁྲིད་པའི་རྗེས་སུ་འབྲངས་ནས་འགྲོ་བ་དང་ཡོངས་སུ་མཚུངས་འདུག དེ་ལས་རང་ལམ་རང་གིས་འཚོལ་བཞིན་སོང་ན་རང་ལ་དབང་བའི་འཚོ་བ་ཞིག་སྙེད་སྲིད་ལ། རང་ཉིད་གར་འགྲོ་གར་འདུག་ལ་རང་དབང་ལྡན་པར་མ་ཟད། སྐབས་ལེགས་ན་འཕར་སྤྱང་གིས་བསད་པའི་ནོར་ལུག་གི་ཐེད་གསར་བ་སོགས་ཁ་ཟས་ཀྱི་རིགས་སྙེད་ཀྱང་སྲིད། ལམ་ནང་ནི་སེམས་ཅན་ཐམས་ཅད་ཀྱི་རྒྱུ་ལམ་ཡིན་པས། གཞན་གྱིས་མ་མཐོང་བའི་གསར་སྙེད་ཅི་ཡང་ཡོད་མི་སྲིད་སྙམ།

ང་སྐྱིད་ལུག་དང་དལ་མེད་བྲེལ་མེད་དུ་མདུན་ལ་སོང་བ་ཡིན། ནམ་མཁའ་འདི་ལྟར་མཐོ་ཞིང་ས་གཞི་ཧ་ཅང་རྒྱ་ཆེ་བས། ང་ནི་ཧ་ཅང་ཆུང་བའི་ནག་ཐིག་ཅིག་སྟེ། རྒྱང་ནས་བལྟས་ན་འགུལ་གྱིན་ཡོད་མེད་ཀྱང་ཚོར་དཀའ་ངེས། སྐབས་འདིར་ང་ལ་གཞི་ནས

ཁེར་རྐྱང་གི་སྣང་བ་ཞིག་སྐྱེས་ཤིང་སེམས་ཧ་ཅང་སྐྱོ་བར་གྱུར་སོང་། ཡངས་པའི་ཐང་སྟོང་དུ་འདི་ལྟར་གྲོགས་མེད་གཅིག་པུར་འགྲོ་བ་ནི་ཕལ་ཆེར་ངག་རྒྱུན་ཁྲིད་ཀྱི་གཏམ་རྒྱུད་ཅིག་ཡིན་པ་འདྲ། ཡིན་ནའང་འདི་ནི་ང་རང་ཉིད་ཀྱིས་གདམ་ག་བྱས་པ་ཡིན་པས་ཐབས་ཅི་ཡོད། ང་སྨུ་མཐུད་དུ་མདུན་ལ་འགྲོ་བཞིན་པའི་སྐབས་སུ། སློ་བུར་དུ་གྲོག་མོ་ཆེན་པོ་ཞིག་གི་ཁར་ཐོན་སོང་། གྲོག་མོ་དེ་ནི་གཏིང་ཟབ་ཅིང་འགག་དོག་ལ་ཀྱག་ཀྱོག་མང་བ་དང་། ལྷོ་ངོས་སུ་གད་པ་མང་པོ་འདུག་པར་མ་ཟད། གད་པའི་མདུན་ངོག་ཏུ་གྲིབ་མ་ནག་པོས་བསྒྲིབས་འདུག་པས། བལྟས་མ་ཐག་ཏུ་དེའི་ནང་དུ་གདོན་འདྲེའམ་ཅི་ཞིག་བསྐུངས་ཡོད་པ་ལྟར། འཇིགས་ཞེལ་དང་ཞྙོག་གྱུར་གྱི་མཁའ་དབྱུགས་རིམ་པ་ཞིག་བསྐྱིལ་འདུག

ངས་རྣམ་ཤེས་སོར་ཆུད་པར་བྱས་པ་ན། སློ་བུར་དུ་འགྲམ་རོལ་གྱི་གྲུ་ཟུར་གང་ཉུང་ཞིག་ཏུ་སྒྲ་ཡ་མཚན་ཅན་ཞིག་གྲག་གིན་པ་ཐོས་བྱུང་། ངའི་ལུས་ཀྱི་རྩ་ལམ་ཡོངས་རྫོགས་ཀྱང་ཚ་ཅག་གེར་སྤྲིད་པར་གྱུར་སོང་། ངས་སྐྲག་མ་དངངས་ཀྱི་ངང་ལ་གྲོག་མོའི་ནང་དུ་མིག་ཞུལ་ཞིག་བྱེད་དུས། གཡས་ཕྱོགས་ཀྱི་གད་འོག་ཅིག་ཏུ་གྲིབ་མ་ནག་པོ་ཞིག་གཡོ་འགུལ་བྱེད་ཀྱིན་པ་མཐོང་བྱུང་། ང་ཧ་ལས་ཏེ་ཞིབ་ཏུ་ལྟ་ཙམ་བྱས་པ་ན། མ་གཞི་ལྭ་བ་ནག་པོ་གྱོན་པའི་མི་ཞིག་ཡིན་འདུག་ཅིང་། ཁོས་ལུ་གུ་ཞིག་བཀྱིགས་ཏེ་མཚུ་སྟོམ་གྱིན་འདུག་ཅིང་། ལུ་གུ་དེས་སྲོག་བསྐྱོས་ཀྱིས་འཕག་འཚག་བྱེད་ཀྱིན་མགྲིན་པ་ལས་འོ་དོད་ཐན་ཐུན་ཞིག་འབོད་ཀྱིན་འདུག ངའི་རྣ་ལམ་དུ་ཕལ་ཆེར་ལུ་གུ་དེས་སྐད་ཆ་ཅི་ཞིག་བཤད་སོང་བ་འདྲ་མོད། ཞིབ་ཏུ་ཉན་པའི་ཚེ་ན། ཁོའི་སུག་བཞི་རེངས་རེངས་པོར་གྱུར་ཅིང་མིད་པ་ལས་ཨིག་ག་རྒྱག་པ་ལྟ་བུའི་སྒྲ་ཞིག་འབྱིན་པར་བྱེད། ང་སྐྲག་སྐྱེ་གོམ་པ་འགག་འཕྱི་ནུར་ཤོར་ཞིང་། འབྲོ་གྲབས་ཨང་གསར་བྱས་རྗེས་བསྡུད་མར་ཟུག་སྐད་འགག་བརྗོད་པ་ཡིན། ངས་རང་ཉིད་ཀྱིས་ཟུག་སྐད་དེ་འདོན་དོན་ཅི་ཡིན་པའང་མི་ཤེས། དེ་ནི་སྐྲག་སྐྱེ་ཅི་བྱ་མེད་པའི་ངང་ཚུལ་དང་མཚུངས་ཤིང་། རང་ཉིད་ཀྱི་དངོས་ཡོད་གཞན་ལ་གསལ་སྟོན་བྱེད་པ་དང་ཡང་འདྲ།

ལྭ་བ་ནག་པོ་གྱོན་པའི་མི་དེ་ཡང་ཧ་ཅང་སྐྲག་པར་གྱུར་སོང་། ཕོ་འཚབ་འཚུབ་ངང་བྲོས་ཏེ་གྲོག་མོའི་ཕར་ཁར་བུད་བྱུང་ལ། དེ་ནས་སྐྱེ་འཁྱོག་ཙམ་གྱིས་ང་མཐོང་པས། ངའི་རྗེས་ཕྱོགས་སུ་རྗེ་བོ་བསྙེགས་ཡོད་མེད་ལ་ལྟ་བཞིན་འདུག ངས་མུ་མཐུད་དུ་གང་བྱུང་དང་གཡས་གཡོན་གང་རུང་གི་ཕྱོགས་སུ་ཟུག་སྐད་འགའ་བརྗོད་ཏེ། ཕོ་རང་སྐྲག་མི་དགོས་པའི་བརྡ་སྤྲོད་པ་ཡིན།

མི་དེས་ང་དང་ལུ་གུའི་བར་དུ་འབྲེལ་བ་ཅི་ཡང་མེད་པ་ཤེས་འཕྲལ། གཞི་ནས་ཕྱིར་གྲོག་མོའི་ནང་དུ་བབས་ཤིང་། ལུ་གུའི་བེམ་པོའི་གན་དུ་སར་ཅོག་ནས་བགད་བྱུང་། ལག་པ་གཡུག་ཙམ་བྱས་ཏེ་ཕལ་ཆེར་རང་ཉིད་ཀྱི་སྤྱོད་ལམ་ལ་དགག་སེལ་བྱེད་པ་ལྟར། "ཐབས་ཅི་ཡོད། ལུ་གུ་ཕོ་ན་ལས་ལུག་ཆེ་བ་ཞིག་ལག་ཏུ་མི་ཡོང་བར་འདུག འོན་ཀྱང་ཚ་རུ་ཡང་རིན་གོང་ཅུང་ཨེ་བྲིན་སྙམ་པ་ཡིན" ཟེར།

ངའི་སེམས་ཀྱང་དེ་འཕྲལ་ལྷོད་དུ་བབས་བྱུང་། སེམས་ལ་མ་གཞི་བྱིས་པ་དེ་དག་གི་ལུ་གུ་རྐུ་མཁན་ནི་སྤྱང་ཀི་མ་ཡིན་པར་ལྭ་བ་ནག་པོ་གྱོན་པའི་མི་འདི་ཡིན་འདུག ཕོས་ཚ་རུའི་ཆེད་དུ་ལུ་གུའི་སྲོག་བཅད་པ་རེད་མོད། འོན་ཀྱང་བདག་པོས་ངའི་ཁྱི་ཕྲུག་མ་ཚོ་གསོད་དོན་ཅི་ཞིག་གི་ཆེད་དུ་ཡིན་ནམ་སྙམ།

"ང་ལ་དགོས་པ་ནི་ཚ་རུ་ཕོ་ན་ཡིན། གལ་ཏེ་ནམ་ཉི་མ་ཞིག་ལ་ཁྱི་ལྤགས་ཀྱི་རིན་གོང་བྲིན་པ་བྱུང་ཆེ། ཁྱོད་ཀྱང་ངའི་ལག་ནས་འཆོར་ས་ཡོད་པ་མ་རེད། དེ་རིང་ཁྱོད་ལའང་ཁ་བསོད་འདུག་ཅེས་བཤད་ཅོག དེ་གར་སྡོད་ལ་ཅུང་ཙམ་ནས་ལུ་གུའི་རྫུད་པ་ཟོ" ཟེར།

སྐབས་དེར་ངའི་སྣང་ངོར་ཡང་གཞི་ནས་གྲོད་པ་ལྟོགས་ཀྱིན་པའི་ཚོར་སྣང་དེ་སྐྱེས་བྱུང་། དོན་དོ་མར་ངས་ཉིན་གཉིས་ཀྱི་རིང་ལ་ལྟོ་ཁམ་གང་ཡང་འཐུང་ཐུབ་མེད་དེ། སྐོམ་པའི་དུས་སུ་བཞུར་ཆུའི་གན་དུ་སོང་ནས་ཆུ་འཁྱག་རེ་འཐུང་བ་དེ་ཡིན། སྐབས་དེ་དག་ཏུ་ངས་དངོས་ནས་སྒོ་ཁྱི་དག་ཁྱིམ་ཚང་དང་ཁྲེས་པའི་དཀའ་སྡུག་ཅི་འདྲ་བ་ཡིན་པ་གསལ་པོར་ཤེས་སོང་། གལ་ཏེ་ང་ནི་སྒོ་ཁྱི་མ་ཡིན་པར་སྤྱང་ཀི་ཞིག་ཡིན་ཆེ། ཕོ་ལྟར་ལུག་གསོད

པའམ་ལུ་གུ་བཤུས་ཏེ་གྲོད་པ་འགྲངས་ཐབས་བྱེད་ཀྱང་ཆོག་མོད། འོན་ཀྱང་ངས་དེ་ལྟར་བྱེད་མི་སྲིད། ང་གྲོག་ཁ་དེར་ས་ཏུ་ཞལ་ནས་ཁ་འཁྲམ་ལ་ལྡེ་ལྷག་འགའ་བྱས་རྗེས། ཕོས་ལུ་གུ་བཤའ་བཞིན་པའི་བཟོ་ལྟར་བལྟས་ནས་བསྡད་པ་ཡིན།

སྐབས་འདིར་ངའི་སེམས་ལ་རང་དབང་མེད་པར་གཞན་གྱིས་བཤད་ཀྱིན་པའི་སྐད་ཆ་ཞིག་དྲན་བྱུང་བ་སྟེ། བླ་མ་ཆེན་པོ་ཞིག་གིས་སེམས་ཅན་གྱིས་ཕྱུལ་བའི་ལུག་བརྒྱ་ཕྲག་ཅིག་ཚེ་ཐར་དུ་བཏང་རྗེས། ཁྱིམ་ཚང་དབུལ་པོ་ཞིག་ལ་བཙོལ་ཏེ་འཚོ་སྐྱོང་བྱེད་དུ་བཅུག ཕོང་གིས་བཙོལ་བདམས་གནང་སྐབས་སུ "ལུག་འདི་དག་བཤའ་མི་རུང་མོད་ཤི་བར་གྱུར་ཆེ་ཤ་ཁྱོད་ཚང་གིས་ཟོ་དང་ཆོག" ཅེས་གསུངས། དེ་བས་ཁྱིམ་བདག་དེས་ཀྱང་དེ་མཚུངས་ཀྱི་ཐབས་བཀོད་སྤྱད་པ་སྟེ། ཉིན་བཞིན་ལུག་ཚེ་ཐར་དག་རི་མགོར་རི་རྒྱག་བྱས་ཏེ་ཕྱི་དྲོ་སོང་བ་ན་ལུག་འགའ་རེ་སྒྲུང་གིས་བསད་ཡོད་པས། ཐེད་རྣམས་ཡུལ་དུ་ཁྱེར་ཡོང་ནས་ཟ་བར་བྱེད། དེ་ལྟར་ཡུན་རིང་མ་འགོར་བར་ལུག་ཚེ་ཐར་བརྒྱ་ཕྲག་དེ་སྤྱང་གིས་བསད་དེ་ལྔ་དྲུག་ཙམ་ལས་མ་ལྷག་སྐད། ངས་ད་ལྟའི་རང་ཉིད་ཀྱང་ཁྱིམ་བདག་དེ་དང་འདྲ་པོ་ཡོད་པ་མ་རེད་དམ་སྙམ་བཞིན་ཧ་དགོད་ཅིག་བྱས།

ལྭ་བ་ནག་པོ་གྱོན་པའི་མི་དེ་ལག་ཧ་ཅང་མཁས་པར་འདུག ཕོས་ཁྲུག་མ་ལས་ལྷེབ་གྲི་ཞིག་བླངས་ནས་བདེ་ལྷུག་འཁྱུག་པོའི་ངང་བཤའ་ལས་བྱེད་བཞིན་དུ། སུ་མཐུད་དུ་ང་ལ་གནས་ལུགས་ཡོད་མདོག་གིས་ཁ་བརྡ་བྱེད། "འཛིག་རྟེན་འདི་བལྟས་ཚོད་ཀྱིས་འདྲ་མཉམ་ཞིག་མིན་པ་ལྟར་སྣང་མོད། དོན་དངོས་ནས་བཤད་ན་ཧ་ཅང་འདྲ་མཉམ་ཡིན་པ་རེད། གལ་ཏེ་ནམ་ཞིག་ལ་མིའི་རིགས་ཏེ།——ང་རང་ཁྱོད་ཚོ་ཁྱིའམ་ལུག་གིས་དབང་བསྒྱུར་བའི་འཛིག་རྟེན་ཞིག་ཏུ་བསླེབས་པ་ཡིན་ན། ཁྱོད་ཚོས་ཀྱང་གསོད་འདོད་ན་གསོད་པ་དང་བཤའ་འདོད་ན་བཤས་ཀྱང་ཆོག་པ་རེད། ངའི་ཡན་ལག་ལྟ་བོ་སོ་སོར་ཕྲལ་འདོད་ནའང་ཁྱོད་ཚོའི་ལག་རེད། དེ་ལ་གནས་ལུགས་ཅི་ཡང་དགོས་པ་མ་རེད" ཟེར།

བལྟས་ཀྱིན་དུ་མིག་མདུན་གྱི་མི་འདི་ཡང་ཁྱི་དང་འདྲ་ས་ཞིག་འདུག་པས། ངས་

སོང་དགོད་ཅིག་བྱས་ནས "དེ་ནི་ཁྱོད་ཀྱིས་རང་ཉེས་རང་གིས་འགེབས་ཐབས་བྱེད་པའི་འུ་ཐུག་གི་སྐད་ཆ་རེད། དོན་དོ་མར་ཁྱོད་དཀའ་ཁག་ལ་འཕྲད་དེ་ཐབས་ཟད་པ་རེད" ཅེས་བཤད། ངའི་སེམས་ལ། དེ་ལྟར་བཤད་ན་ཁོའི་རང་གཟུགས་དོ་མ་ཅི་ལྟ་བུ་ཞིག་ཡིན་པ་དེ་ཕྱིར་མངོན་ཐུབ་པ་རེད་སྙམ། ཡིན་ནའང་ངས་བཤད་པ་ནི་མི་སྐད་ཡིན་ནམ་ཁྱི་སྐད་ཡིན་པ་རང་ཉིད་ཀྱིས་ཀྱང་མི་ཤེས།

ཡ་མཚན་པ་ཞིག་ལ། ལྭ་བ་ནག་པོ་གྱོན་པའི་མི་དེ་གློ་བུར་དུ་དབུགས་ཞེད་པའི་ལྟང་བུ་ལྟར་གྱུར་སོང་། ཁོའི་ལག་པ་དང་རྐང་བ་ནས་ལུས་རྩེལ་བའི་དབང་རྩ་ལྷོད་པ་ལྟར་གྱུར་སོང་། ཁོས་ལག་ནང་གི་ལས་ཀ་གློད་པར་གྱུར་ཅིང་ས་རུ་སྡོད་མི་ཚུགས་ཙམ་བྱུང་སྟེ། ལག་པ་འདར་བཞིན་དུ་ཕུ་ཐུང་གིས་དཔྲལ་བའི་རྔུལ་ཆུ་འཕྱིད་ཙམ་བྱས་རྗེས། ཕར་ལ་སོང་སྟེ་ལུ་གུའི་ཚ་རུ་ཐར་གཅལ་ཏེ་བསིལ་སྐྱིམ་བྱས་པ་དང་། ངལ་གསོ་བ་ལྟར་གན་དུ་སར་བསྡད་ཅིང་། ཁུག་མ་ལས་དུ་བ་རྐང་གཅིག་བླངས་ཏེ་མེ་བསྒྲོན་བྱུང་མོད། དུ་སྟེ་ཡང་འདར་སིག་སིག་བྱེད་ཀྱིན་འདུག

ཁོའི་མགོ་བོ་དུད་བཞིན "ཁྱོད་ཀྱིས་བཤད་པ་དོ་མ་བདེན་འདུག དོན་དོ་མར་བཤད་ན་ང་ལའང་ཐབས་ཟད་པར་གྱུར་བ་ཡིན། སྔེ་བའི་ནང་དུ་སྣ་ཅང་བརྒྱབ་ནས་རྒྱུ་ནོག་ཚང་མ་ཤོར་བར་མ་ཟད་སྐོར་ཁྲི་འགའ་ཡི་དོམ་ཆད་པས། མི་ཚང་མས་མཐོང་ས་མི་འདུག དེ་བས་འདི་ལྟར་ཡུལ་གཞན་དུ་ཤོར་ནས་ཡོང་བ་ཡིན། ང་དོ་མ་མི་མ་རེད" ཟེར་ནས། རང་ཉིད་ཀྱི་ཐོད་པའི་ཐོག་ལ་ཁུ་ཚུར་གྱིས་རྡེག་རྡེག་ལན་འགའ་བྱས་སོང་།

ཕར་བལྟས་ན་ད་ལྟ་ཁོ་ལ་འགྲོད་པ་ཆེན་པོ་སྐྱེས་ཀྱིན་པར་སྣང་བས། ང་ཡང་ཡར་ལངས་ཏེ་གྲོག་མོའི་ནང་དུ་ཕྱིན་ཞིང་། ཁོའི་འགྲམ་རོལ་གྱི་ཐག་མི་རིང་བའི་སར་བསྡད་དེ། སེམས་ནས "དོ་མ་བཤད་ན་ངེད་གཉིས་ཀྱི་ལས་དབང་ཡང་གཅིག་མཚུངས་རེད། ཡིན་ནའང་ཁྱོད་ཚོ་མི་ཡི་ཁ་དཔེར་ཡང་མི་ལ་ཐབས་དགོས་ཟེར་བ་མ་རེད་དམ། ཐབས་བཀོད་ཅིག་འཐེན་ན་རང་ཉིད་ཀྱི་ལས་དབང་ལ་བསྒྱུར་བཅོས་བྱེད་མི་ཐུབ་པ་ག་ལ་སྲིད" ཅེས་

ཕན་འདོད་ཀྱང་ངག་ནས་མི་འཁྲོལ་བར་འདུག

ལྦ་བ་ནག་པོ་གྱོན་པའི་མི་དེས་ངའི་རྣམ་འགྱུར་ལས་ནང་དོན་རྟོགས་བྱུང་བ་འདྲ། ཧ་ཅང་ཡིད་མི་ཆེས་པའི་མིག་འོད་ཀྱིས་ཏུར་རེར་ང་ལ་བལྟས་ཏེ། "འོ་ན་ཁྱོད་ཀྱིས་ཀྱང་ཐོ་བརྐྱབ་པ་ཡིན་ནམ" ཞེས་དྲིས་བྱུང་།

ངས་མགོ་འཕྲེད་དུ་གཡུགས་ཙམ་བྱས་རྗེས་ངག་ནས་སླར་ཡང་མི་སྐད་དང་ཕྱི་སྐད་གང་ཡིན་མི་ཤེས་པའི་སྐད་ཆ་འདི་ཤོར་སོང་། "མིན། ང་ནི་འུ་ཐུག་སྟེ་འདི་ལྟར་ས་མཐར་འཁྱམས་དགོས་བྱུང་། ཟླ་གཅིག་གི་སྔོན་དུ་ང་ལ་ཕྱི་གུ་ལྔ་བཅས་མོད། བདག་པོས་ངའི་ཕྲུ་གུ་དག་ལས་ཕོ་དག་འཕྲོག་ནས་གཞན་ལ་བྱིན། མོ་དག་བསད་ནས་གྲོག་མོའི་ནང་དུ་གཡེལ་པས། ང་སྨྱུ་མཐུད་དུ་དེ་གར་ཡུལ་བཙོས་ཏེ་སྔོད་ནུས་སམ" ཞེས་ཕན་རྗེས་ཧ་ཅང་ཡིད་སྐྱོ་བའི་ངང་མགོ་བོ་མར་ལ་དུད།

ལྦ་བ་ནག་པོ་གྱོན་པའི་མི་དེས་ཀྱང་ངའི་སྡུག་བསྔལ་རང་ཉིད་ལས་ཀྱང་ལྷི་བ་ཤེས་ཏེ། ང་ལ་གདུང་སེམས་བཅངས་ཀྱིན་པ་ལྟར་ཡུན་རིང་པོར་ཁ་བརྗ་མེད་པར་གྱུར་སོང་། མཇུག་མཐར་ཁོས་དངན་པ་རིང་པོ་ཞིག་ཕྱུངས་རྗེས། "ཁྱོད་ཀྱིས་བཤད་པ་ངོ་མ་བདེན་འདུག ངས་ནི་རང་བྱས་རང་ལ་སྨིན་པ་རེད་མོད། ཁྱོད་ནི་དེ་ལྟ་མིན་པར་གཞན་བྱས་ཐོག་འབེབས་བྱུང་བ་རེད། གང་ལྟར་ཐབས་བཀོད་ཅིག་འཐེན་ཏེ་མིག་མདུན་གྱི་འགག་སྒོ་འདི་ལས་ཐར་ཐབས་བྱེད་དགོས" ཟེར་བ་དང་། སླར་ཡང་ངའི་ཕྱོགས་སུ་བལྟས་ནས "གལ་ཏེ་ཁྱོད་འཐད་པ་ཡིན་ན། ཁྱོད་ཀྱང་ངའི་རྗེས་འདེད་རྒྱུ་ཐོས། གང་ལྟར་མི་ཁྱི་གཉིས་ཀ་ཡོད་ན་གཞན་གྱིས་ངེད་གཉིས་ཕྱོམ་པོ་རེད་ཟེར་མི་སྲིད" ཟེར་ནས་ངས་ཅི་ཟེར་ལ་ཉན་འདུག

ངས་ཀྱང་ཁོས་བཤད་པའི་སྐད་ཆ་དེར་གནས་ལུགས་ཡོད་པ་ཤེས་ནས། དེ་མྱུར་མོས་མཐུན་བྱུང་སོང་། ཇ་མས་ས་ལ་རྗེག་ཙམ་བྱས་ཤིང་སེམས་ནས་ཁོ་ལ "དེ་ནི་དངོས་གནས་ཐབས་ལེགས་པོ་ཞིག་རེད། འོན་ཀྱང་ལམ་བར་དུ་ཁྱོད་ཀྱིས་ང་ལ་སྲུང་སྐྱོབ་བྱེད་དགོས། ཁྲེལ་མེད་བྱེད་མི་རུང" ཞེས་ཕན་རྗེས་ཅུང་ཁ་སྐྱེངས་པར་གྱུར།

ལྷ་བ་ནག་པོ་གྱོན་པའི་མི་དེ་ཡང་ཧ་ཅང་དགའ་བར་གྱུར་སོང་། ལག་པས་བྲང་ཁར་རྡེག་ཙམ་བྱས་ཏེ "དེ་ངས་ཁྱོད་ལ་ཁས་ལེན་བྱས་པ་ཡིན། ང་ཡང་སྐྱེས་པོ་རབ་ཅིག་ཡིན་པས། ཁ་དོན་ཚིག་ལ་གནས་ངེས་ཡིན" ཟེར།

ལུ་གུའི་ཤ་རྟུད་འགྲངས་ཐག་ཆོད་པ་ཞིག་ཟོས་རྗེས། ངའི་ལུས་ལ་ཡང་ཤེད་ཤུགས་གསར་བ་ཞིག་རྒྱས་སོང་ལ། ཕལ་ཆེར་མིག་ལམ་གྱི་ཡོད་ཚད་ཀྱང་སྐད་ཅིག་ཉིད་ལ་ལྷབ་འགས་རྗེ་གསལ་དུ་གྱུར་བ་དང་མཚུངས། ལྷ་བ་ནག་པོ་གྱོན་པའི་མི་དེས་ད་སྔོན་གྱི་ཚ་ཏུ་དེ་ཁྱེར་ཡོང་ནས། འབྲུམ་རིལ་གྱི་ལུ་གུའི་ཚ་ཏུ་མང་པོ་བཙུག་ཡོད་པའི་འཁྱུར་ཁུག་དེའི་ནང་དུ་བཙུག་རྗེས། འཁྱུར་ཁུག་རྒྱབ་ཏུ་ཁུར་ཅིང་ང་རང་རོལ་ཏུ་ཁྲིད་ནས་ལམ་ལ་ཆས་པ་རེད་པས། བལྟས་ཆོད་དུ་ངེད་གཉིས་ནི་ཟོག་པར་སོང་བའི་ཟི་པོ་དཔེ་ལེགས་ཅན་ཞིག་གིས་ཁྱི་ཁྲིད་ནས་ཕྱིར་རང་ཡུལ་དུ་ལོག་པ་དང་མཚུངས་ཀྱང་སྲིད།

"ཁྱོད་ཀྱི་མིང་ལ་ཅི་ཟེར།"

"ཁྱི་ཐར་རྒྱལ་ཟེར། ཁྱོད་ཀྱི་མིང་ལ།"

"ཁྱི་མོ་བདེ་སྐྱིད།"

"ཧ་ཧ་ཧ། དེས་ན་ངེད་གཉིས་ལ་དངོས་གནས་ལས་འབྲེལ་ཡོད་འདུག"

"ལུ་གུའི་ཤ་དེ་བྱིན་པས་ངས་ཀྱང་ཁྱོད་མི་བཟང་ཞིག་ཡིན་པ་ཤེས་སོང་།"

ད་ལྟ་འགྲོ་གྲོགས་ལ་ཁྱི་ཐར་རྒྱལ་ཡོད་པས་ངའི་སེམས་ཀྱང་ལྷབ་འགྱུར་གྱིས་རྗེ་བརྟན་དུ་གྱུར་སོང་། ངས་རྔ་མ་གྱེན་དུ་བསྒྲིལ་ཅིང་ལྕེ་བསྣར་ཏེ། ལན་རེར་ཁྱི་ཐར་རྒྱལ་གྱི་སྔོན་དུ་བརྒྱུགས་ཤིང་ལན་རེར་ཁོའི་རྗེས་སུ་ཞུལ་ནས་སོང་བ་ཡིན་ལ། ཁྱི་ཐར་རྒྱལ་ཡང་ད་སྔོན་ངོ་འཕྲད་པའི་སྐབས་ལྟ་བུའི་ཀུན་མའམ་སྤྲང་པོ་ཞིག་གི་བཟོ་ལྟ་རྩ་བ་ནས་མེད་པར། ཡིད་སེམས་རེ་བས་བརྟས་པ་དང་ངོ་གདོང་འཛུམ་གྱིས་ཁེངས་བཞིན། ལན་རེར་མདུན་ཕྱོགས་ཀྱི་རྒྱང་རིང་དུ་ལྟ་བ་དང་། སྐབས་རེར་ངའི་སྤྲོ་སྟེད་ཀྱི་ཉམས་འགྱུར་ལ་ལྟ་བཞིན་གོམ་སྟབས་ཆེན་པོས་མདུན་དུ་བསྐྱོད་པར་བྱེད། རྣམ་འགྱུར་འདིའི་ཐོག་ནས་བལྟས་ན་

ཡང་། ཁོ་ཡོད་པས་ངའི་སེམས་རྩ་ཇེ་བརྟན་དུ་གྱུར་བ་བཞིན་དུ། ང་ཡོད་པས་ཁྲི་ཐར་རྒྱལ་གྱི་བློ་རྩ་ཡང་ཇེ་བགྲན་དུ་གྱུར་ཡོད་པ་ཤེས་ཐུབ། ངོ་མ་སྐབས་འདིར་ངས་གཞི་ནས་མི་དང་ཁྱི་གཉིས་གཏན་དུ་གྲོགས་པོ་ཡིན་པའི་བདེན་དོན་དངོས་སུ་ཚོར་བས་མྱོང་སོང་། དེ་སྔ་ང་བདག་པོ་ཚང་དུ་ཡོད་དུས་སུ། མི་ནི་ནམ་ཡང་ཁྲིམས་དཔོན་ཞིག་ཡིན་པ་དང་། ཁྱི་ནི་དེའི་ལག་འཁོག་གི་ཅི་བཤད་དང་དུ་ལེན་པ་དང་། གང་བྱུང་དུ་ཉེས་ཆད་རེག་པའི་བཙོན་མ་ཞིག་ཡིན་པའི་འདུ་ཤེས་འཛིན་གྱིན་ཡོད། ད་ལྟ་བསམས་ན། དེ་དག་ཡོད་ཚད་ནི་ཏ་ཅང་གུ་དོག་པའི་བསམ་ཚུལ་ཞིག་རེད། ངས་དེ་དོན་ཐམས་ཅད་ཁྲི་ཐར་རྒྱལ་ལ་བཤད་པ་ན། ཁོས "དེ་ནི་ཁྱོད་རང་ཏ་ཅང་དྲང་རྐྱང་ཡིན་པ་ཐལ་དྲགས་པས་རེད" ཟེར། ངས་ཀྱང་ཁྲི་ཐར་རྒྱལ་གྱིས་སྐད་ཆ་དེ་ཏ་ཅང་བདེན་པ་རེད་སྙམ་བྱུང་།

དོན་ངོ་མར་བཤད་ན། སྐབས་འདི་ཙམ་ནས་བཟུང་ང་རང་ཁྲི་ཐར་རྒྱལ་ལ་དགའ་བྱུང་བ་འདྲ། ཁོས་སྐད་ཆ་ཅི་ཞིག་བཤད་ཀྱང་ངའི་རྣ་ལམ་དུ་ཏ་ཅང་སྙན་མོ་ཞིག་འདུག་པ་དང་། ཏ་ཅང་བདེན་པ་ཞིག་ཡིན་པའི་སྣང་བ་སྐྱེས་ཀྱིན་འདུག སོང་གིན་དུ་ཡང་བསྐྱར་རྐང་ལམ་ཞིག་ལ་འཕྲད་བྱུང་བས། ངེད་གཉིས་ཀྱིས་རྐང་ལམ་དེ་དེད་ནས་མདུན་ཕྱོགས་སུ་སོང་བ་ཡིན། འདི་ནི་ང་ཚིག་ཐོག་ནས་མ་བསྟུད་པ་མིན་པར། ཁྲི་ཐར་རྒྱལ་གྱིས་ལམ་འདི་དེད་ནས་སོང་ན་སྡོད་གནས་ཤིག་ལ་འཕྲད་ཐུབ་པ་ཐག་ཆོད་ཡིན་ཟེར་བས། ངས་ཀྱང་ཁོས་བཤད་པ་ཏ་ཅང་བདེན་པ་ཤེས་ནས་ཁོའི་ཁ་ཐོག་ལ་བཞག་པ་ཡིན། ལམ་ནང་དེར་མི་འགྲོ་མཁན་མང་པོ་འདུག་ལ་ཁྱི་བརྒྱུད་མཁན་ཡང་རེ་གཉིས་འདུག ཡིན་ནའང་མི་དག་ནི་ཁྲི་ཐར་རྒྱལ་གྱི་གན་དུ་ང་ཡོད་པས་འཇིགས་ཀྱིན་འདུག་ལ། ཁྱི་དག་ནི་ངའི་གན་དུ་ཁྲི་ཐར་རྒྱལ་ཡོད་པས་སྐྲག་སྙེ་ངེད་གཉིས་ཀྱི་ཉེ་སར་བཏུད་ཐོད་མཁན་མི་འདུག་པས། ཐལ་ཆེར་ལམ་འདི་ངེད་གཉིས་ཁོ་ནར་དབང་བ་ལྟ་བུའི་ཚོར་སྣང་ཞིག་སྐྱེར་བར་བྱེད། འོན་ཀྱང་མཚན་མོའི་དུས་སུ་ངེད་གཉིས་སོ་སོར་ཉལ་བ་ཡིན། དེ་ལ་གཞན་གྱིས་དོགས་པ་བྱེད་མི་དགོས། ཁྲི་ཐར་རྒྱལ་ནི་མགོ་སར་བཞག་མ་ཐག་གཉིད་འགྲོ་བས། ངས་ནི་ཁོའི་རྣོག་ཁྲིམས

སྲུང་དགོས་པ་མིན་ནམ། ངེད་གཉིས་དེ་ལྟར་ཉིན་འགའ་ལ་སོང་མཚམས་གཞི་ནས་གྲོང་བརྡལ་ཆུང་བ་དེར་བསླེབས་པ་རེད།

ཁྲི་ཐར་རྒྱལ་དང་ཁྲི་མོ་བདེ་སྐྱིད་གཉིས་ཀ་གྲོང་བརྡལ་དེར་བསླེབས་དུས་ནི་ཉིན་ཞིག་གི་ཉིན་གུང་གི་སྐབས་རེད། གྲོང་བརྡལ་ཆུང་ཆུང་འདི་ནི་མཐོ་སྒང་གི་ཡུལ་གྲུ་འདིར་མཚོན་ནས་བཤད་ན་གྲོང་ཁྱེར་ཞིག་རེད་ཅེས་བཤད་ཀྱང་ཆོག་སྟེ། རྒྱང་ནས་བལྟས་ན་ཆེས་མིག་ལ་གསལ་བ་ནི་ཐོག་སོ་བཅུ་གསུམ་ཅན་གྱི་ "ས་གནས་ཧང་སྲིད་ལས་ཁུངས་ཀྱི་གཞུང་སྐྱུབ་ཐོག་ཁང་ཆེན་མོ" ཡིན་ཞིང་། དེ་ནི་གྲོང་བརྡལ་གྱི་དཀྱིལ་དབུས་སུ་གྲོང་ངེར་འགྲེང་ཡོད་པས་མཐའ་འཁོར་ཡོད་ཚད་ཀྱང་ཟིལ་གྱིས་མནན་འདུག་པ་ལྟར་སྣང་ལ། དེ་དང་འབྲེལ་ནས་ཐོག་ཁང་ཅུང་དམའ་མོའི་སྐོར་ནི་ག་ས་གང་དུ་ཆ་སྙམ་བསྒྲིགས་པ་ལྟར་བསྒྲར་མར་ཡོད་ཅིང་། རླངས་འཁོར་མང་པོ་གང་ས་གང་དུ་འགྲོ་ཁུངས་མ་རྙེད་པ་ལྟར་ཕྱུ་ཚུགས་ཀྱིས་འཚངས་རྒྱག་བྱེད་ལ། སྲང་ལམ་གྱི་འགྲམ་ཀུན་ཏུ་འཆམ་གཡེང་དུ་ཡོང་བའི་མཁར་གྲོང་དུ་རྒྱུན་སྡོད་བྱེད་པའི་མི་དག་དང་། མཐའ་འཁོར་གྱི་སྡེ་བ་དག་ནས་ཉོ་ཚོང་བྱེད་དུ་ཡོང་བའི་རོང་འབྲོག་པ། ས་ཕྱོགས་གཞན་ནས་གྱོན་གོས་སམ་ཙ་ལག་གི་དངོས་པོ་འཚོང་དུ་ཡོང་བའི་ཚོང་བ་དག་དང་། ས་གནས་ཀྱི་སྐམས་ལུག་དང་པགས་རིགས་ཉོ་སྒྲུབ་བྱེད་པའི་ཁ་ཆེ་བ། ཉེ་འདབས་ནས་ཡོང་བའི་སྔོ་ཚོད་དང་ཟས་རིགས་རྫག་རྫིག་འཚོང་བའི་ཞོར་ལས་པ་སོགས་ཀྱི་འདུ་འཛོམ་ཧ་ཅང་ཆེ་བར་མ་ཟད། གཡས་གཡོན་གྱི་ཚོང་ཁང་དང་ཟ་ཁང་། རོལ་རྩེད་ཁང་། ཇ་ཁང་སོགས་ལས་མཆེད་ཡོང་བའི་སྒྲ་དབྱངས་སྣ་ཚོགས་བར་མཚམས་མེད་པར་གྲག་པར་བྱེད་པས། དེས་ཆེད་དུ་མི་དག་གི་བསམ་གཞིག་ལ་བར་ཆད་བྱེད་པ་བཞིན་ཟང་ཟིང་བོར་བཟོས་འོངས། སྐབས་དང་སྐབས་སུ། ཁྲི་ཀན་ནམ་ཧྥ་པ་གང་རུང་རེ་རླངས་འཁོར་ལམ་གྱི་དཀྱིལ་དུ་ཕར་རྒྱག་ཚུར་རྒྱག་བྱེད་པའང་མཐོང་རྒྱུ་འདུག་མོད། དེ་ལ་འགྲིམ་འགྲུལ་ཉེན་རྟོག་པ་དང་རྒྱ་སྲང་དུ་འགྲོ་འོང་བྱེད་པའི་མི་སུས་ཀྱང་ཁ་ཡ་བྱེད་ཀྱིན་མི་འདུག

སྐབས་དེར་ཕོ་གཉིས་ཀྱི་ཕོ་བ་ཡང་ཧ་ཅང་ལྟོགས་ཀྱིན་འདུག་པས་ཐོག་དང་པོར་ཡིད་དུ་དྲན་པ་ནི་ཟ་མ་ཞིག་ཟ་རྒྱུ་དེ་ལས་མེད་མོད། འོན་ཀྱང་ལག་ཏུ་སྒོར་མོ་གཅིག་ཀྱང་མེད་པས་སྟོན་ལ་ཚ་ཏུ་འཚོང་ཨེ་ཐུབ་ལ་ལྟ་དགོས་བྱུང་། ཕོ་གཉིས་སྔེར་ཚོང་ཁྲོམ་རའི་སྒོ་འགྲམ་དུ་སོང་སྟེ་ཐུར་ཞིག་ཏུ་གནས་མལ་ཞིག་བཅའ་རྗེས། དེ་འཕྲུལ་འཁྱེར་ཁྱུག་སར་བཞག་ནས་ཚ་ཏུ་དག་ཕྱིར་བླངས་པ་དང་། ཚ་ཏུ་གཅིག་བླངས་ཏེ་འགྲམ་རོལ་གྱི་ཚོང་བ་དག་གི་ལད་མོ་བྱས་པ་སྟེ "ཚ་ཏུ་ཉོས། ཚ་ཏུ་ཉོས། ཚ་ཏུ་གཅིག་ལ་སྒོར་ཉི་ཤུ་ཡིན" ཞེས་ཉེ་བདག་པོས། ཁྲི་མོ་བདེ་སྐྱིད་ཕོའི་འཁྲིས་སུ་ཙོག་པུར་བསྡད་དེ་ལྟ་བསྒུར་ནས་མདུན་དུ་འགྲོ་འོང་བྱེད་པའི་མི་དག་གི་རྣམ་འགྱུར་ལ་བལྟས།

ཡིན་ནའང་མི་དག་གིས་ཕོ་གཉིས་ཀྱི་ཚ་ཏུ་ཉོ་བ་ལྟ་ཅི། ཐ་ན་མིག་གིས་ལྟ་ཙམ་བྱེད་མཁན་ཡང་མི་འདུག ཕོ་ཚོ་ཚང་མས་མིག་ཟུར་གྱིས་ཕོ་གཉིས་ཀྱི་ངོ་ལ་ལྟ་ཙམ་བྱས་ཏེ་གཡས་གཡོན་དུ་ཤར་བགྲོད་བྱས་འགྲོ། ཕལ་ཆེར་དུས་ཚོད་གཅིག་ཙམ་འགོར་ཡང་ཉོ་མི་གཅིག་ཀྱང་མ་བྱུང་བས། ཁྲི་ཐར་རྒྱལ་ཡང་རེ་ཐག་ཆད་པར་གྱུར་ཏེ་དེ་གར་འཕོངས་ས་ལ་བཞག་ནས་བསྡད་ཅིང་། མགོ་བོ་དུད་བཞིན་ཟས་རིགས་ཤིག་ཇི་ལྟར་འཚོལ་བར་བསམ་བློ་གཏོང་། སྐབས་དེར་མི་ཞིག་ཡོང་ནས་ཚ་ཏུ་གཅིག་ལག་ཏུ་བླངས་སོང་། ཕོ་གཉིས་ཀས་མཉམ་དུ་མགོ་དགྱེ་ནས་བལྟས་པ་ན། རོང་བ་རྒན་པོ་ཞིག་རེད་འདུག་ཅིང་བཟོ་ལྟར་བལྟས་ན་ལས་འཁྱུར་ངལ་གསོ་བྱས་ཟིན་པའི་དཔོན་པོ་ཞིག་དང་འདྲ། རྒན་པོ་དེས་ཚ་ཏུ་དེ་ཕར་སློག་ཚུར་སློག་གིས་ཡང་ཡང་བལྟས་རྗེས་ཧ་ཅང་དགའ་བྱུང་བ་ལྟར། "ཚ་ཏུ་ངོ་མ་རེད། ཚ་ཏུ་ངོ་མ་རེད། ངས་ཡུན་རིང་ཞིག་ལ་དངོས་པོ་ངོ་མ་ཞིག་མཐོང་མ་མྱོང་བར་འདུག" ཟེར།

ཁྲི་ཐར་རྒྱལ་དང་ཁྲི་མོ་བདེ་སྐྱིད་གཉིས་ཀ་ཡ་མཚན་པར་གྱུར་སོང་། ཁྲི་ཐར་རྒྱལ་གྱིས་རྒན་པོ་དེར་བལྟས་ནས། "ཨ་ཁུ། དེས་ན་ཚ་ཏུ་རྫུན་མའང་ཡོད་པ་རེད་དམ" ཞེས་དྲིས།

རྒད་པོས་དེ་འཕྲུལ་ཕོ་ལ་ཞིབ་ལྟ་ཞིག་བྱས་རྗེས། "ཕལ་ཆེར་ཁྱོད་ས་ཆ་གཞན་ནས

ཡོང་བའི་མི་ཡིན་པ་འདྲ། ད་ལྟའི་ཚ་རུ་ཚང་མ་རྫུན་མ་རེད། འདི་གའི་འབྲོག་པ་ཚོས་ཚ་རུ་ངོ་མ་དག་སྤོད་ནས་ཁ་ཆེ་བ་དག་ལ་བཙོངས་ཟིན་པས། ད་ལྟ་ཁོ་ཚོས་ཁ་ཆེ་བ་དག་གི་ལག་ནས་གོང་མཐོན་པོ་ཕྱིན་ཏེ་ཚ་རུ་རྫུན་མ་ཕྱིར་ཉོ་བཞིན་འདུག ངུས་འདིར་དངོས་པོ་གང་དང་ཅི་ཡིན་ཡང་ངོ་མ་ཞིག་ག་ལ་ཡོད” ཟེར།

ཁྲི་མོ་བདེ་སྐྱིད་ཡིད་མི་ཆེས་པར་གྱུར། ཧ་མ་འཕྲེད་དུ་གཡུག་ཙམ་བྱས་ཏེ། “འོ་ན་ཟ་མ་ཡང་རྫུན་མ་ཡིན་པ་རེད་དམ” ཞེས་བཤད་ནས་དགོད་པར་བྱེད།

ཀད་པོས་བདེན་ཙིག་ཙིག་ངང་། “ཡོས་ཡིན། ཚང་མ་བྲོ་སྨན་གྱི་ལས་ཀ་ཤ་སྣག་བྱས་པ་རེད། ཁྱོད་ལ་ཤ་ཁུ་ངོ་མ་ཞིག་སུ་ཞིག་གིས་ལྷུད་རྒྱུ་རེད” ཟེར།

ཁྲི་མོ་བདེ་སྐྱིད་ཀྱིས་གོམ་གང་མདུན་སྤོས་ཀྱི་ཚུལ་དུ “ངས་ཟེར་བ་ནི་ཤ་རིགས་ཟེར་བ་ཡིན” ཞེས་དམིགས་སུ་བཀར་ནས་བཤད་ཅིང་། སེམས་སུ “ཤ་རིགས་ནི་རྫུན་མ་ཞིག་ག་ལ་ཡོད” སྙམ།

ཀན་པོས་འདང་རྒྱག་ཙམ་ཡང་མི་བྱེད་པར “ཤ་རིགས་ཀྱང་རྫུན་མ་ཡིན་པ་རེད། ད་ལྟ་ཤན་པ་དག་གིས་ཞིང་སྨན་སྦྱུད་དེ་ལུག་ལ་ཤེད་གསོ་བྱེད་ཀྱིན་འདུག་པས། ཤ་ཚོ་ན་ཡང་བཅུད་ཁུ་མེད་པ་དང་། བཙོས་ན་སྨུགས་འགྲོ་བར་མ་ཟད། ད་དུང་དེ་ཟོས་ན་བདེ་ཐང་ལ་གནོད་པ་ཆེན་པོ་ཡོད་པ་རེད” ཅེས་བཤད་བྱུང་།

ཁྲི་མོ་བདེ་སྐྱིད་ཀྱིས་ཀན་པོའི་སྐད་ཆ་དེ་ཐོས་འཕྲལ་ཧ་ལས་པར་གྱུར་ཅིང་། མིག་ཅེར་ནས་སྡོད་པ་ལས་ཁ་གྲག་རྒྱུ་མི་འདུག སེམས་ལ “གནམ་ཀན་མས་མཁྱེན། ད་ནི་ཟ་མའང་རྫུན་མ་ཡིན་ཚེ་ང་ཚོས་ཅི་ཞིག་ཟའམ” སྙམ་བཞིན་འདང་རྒྱག་གི་ནང་དུ་ལྷུང་སོང་།

ཁྲི་ཐར་རྒྱལ་དགོད་བཞིན་དུ “དེ་རྟར་འགྲོ་བར་འདུག འོ་ན་ཐོག་ཁང་འདི་དག་ཀྱང་རྫུན་མ་ཡིན་པ་རེད་དམ” ཞེས་དྲིས།

“ཅི་ལ་མིན།” ཀན་པོས་མིག་ཅེར་ཅེར་བྱས་ཏེ་ཕལ་ཆེར་ངེད་གཉིས་ལ་སྐྲག་སློང་བ་ལྟར “ཕྱི་ནས་བལྟས་ན་བཟོ་ལྟ་འདྲ་ཆགས་པོ་ཡོད་པ་མ་གཏོགས། ནང་དུ་བསྒྲིགས་ཡོད་

པ་ནི་ཨར་འདམ་ཁོག་སྟོང་ཤ་སྟག་ཡིན་པ་རེད། འོན་ཀྱང་ས་འགུལ་མ་བྱུང་ན་སྐྱོན་མི་འདུག" ཟེར།

རྒད་པོའི་བཤད་པར་ཧ་ཅང་གནས་ལུགས་ཡོད་པ་ལྟར་འདུག་པས་ཁྲི་ཐར་རྒྱལ་ཙུང་ཡིད་སྨོན་སྐྱེས་པར་གྱུར་སོང་། "ཡིན་ནའང་མི་ནི་རྫུན་མ་ཡོད་སྲིད་པ་མ་རེད་ཨང" ཞེས་འདྲི་ཞོར་དུ་འཁྲིས་སུ་ལངས་ཏེ་རྟག་ཡོད་པའི་ཁྲི་མོ་བདེ་སྐྱིད་ལ་ལྟ་ཙམ་བྱས། ཁོའི་སེམས་ལ་མི་རྫུན་མ་ཡོད་ཚེ་ཁྲི་ལའང་མ་དོ་བ་རེད་པས། ཁྲི་མོ་བདེ་སྐྱིད་ཀྱིས་རང་ཉིད་ལ་དམའ་འབེབས་བྱེད་ངེས་རེད་སྙམ།

རྒན་པོ་དེར་དངོས་གནས་ཉམས་མྱོང་ཕུན་སུམ་ཚོགས་པ་ཞིག་འདུག ཁོས་ཆེད་ལས་མཁས་པ་ཞིག་གིས་རིག་གཞུང་སློབ་ཁྲིད་གནང་གིན་པ་ལྟར་བཤད་རྒྱུར། "ད་ལྟའི་དུས་འདིར་མི་ཕལ་ཆེར་ནི་རྫུན་མ་ཡིན་པ་རེད། མི་གཤིས་མེད་པར་སུ་ལ་སྐོར་མོ་མང་ན་དེ་ལ་དགའ་བ་རེད། དེ་ནི་རྫུན་མ་མ་རེད་དམ། གལ་ཏེ་ཁྱོད་རང་མགྲོན་ཁང་ཞིག་ཏུ་སོང་ནས། ང་ནི་སྤྲང་པོ་ཞིག་ཡིན་ཞེས་བཤད་ཚེ་སྐོར་མོ་བྱིན་ཡང་ཁྱོད་སྡོད་དུ་འཇུག་མི་སྲིད། དེ་ལས་ཁྱོད་རང་སྦྱིན་བདག་ཆེན་མོ་ཞིག་ཡིན་ཞེས་རྫུན་བཤད་ཚེ། དེ་ལས་ལྡོག་སྟེ་ཁྱོད་ལ་སྐོར་མོ་མི་དགོས་པའི་ཆ་རྐྱེན་གང་མང་འདོན་སྤྲོད་བྱེད་པ་རེད། རྣར་མི་འགྲོ་ན་ཁྱོད་ཀྱི་ཆ་རུ་གཅིག་ལ་སྐོར་ལྔ་ཡིན་ཞེས་བཤད་ན་ལྟ་མཁན་ཡང་ཡོད་མི་སྲིད། དེ་ལས་ཆ་རུ་རེར་སྐོར་དགུ་བཅུ་འམ་བརྒྱ་ཡིན་ཞེས་བཤད་ཚེ་མི་ཚང་མས་འཁྲུག་རེས་བྱེད་ངེས་རེད། དེའང་མི་རྫུན་མ་མང་དྲགས་པས་ཡིད་མ་ཆེས་པ་མ་རེད་དམ" ཞེས་བཤད་རྗེས། དགོད་ཙམ་བྱས་ཏེ་ལག་ནང་གི་ཆ་རུ་དེ་ཕྱིར་བཞག་ནས་མགོ་ལྷེམ་བཞིན་དུ་ཕར་བུད་སོང་།

ཁྲི་ཐར་རྒྱལ་དང་ཁྲི་མོ་བདེ་སྐྱིད་གཉིས་ཀ་རང་རང་སར་ཁ་གདངས་ཏེ་རྟག་འདུག ཡུད་ཙམ་འགོར་རྗེས་ཁྲི་མོ་བདེ་སྐྱིད་ཀྱིས་ཁྲི་ཐར་རྒྱལ་ལ་བློ་འདྲི་མི་བྱེད་པར། འཕྲུར་ཁྲུག་ལས་ཆ་རུ་ལྔ་དྲུག་ཙམ་ཕྱིར་བླངས་ཏེ་སྐད་མཐོན་པོས "ཆ་རུ་ཉོ་རུ་སོག ཆ་རུ་ཉོ་རུ་སོག ཆ་རུ་རེར་སྐོར་བརྒྱ་རེ་ཡིན། ཆ་རུ་ཉོ་རུ་སོག ཆ་རུ་རེར་སྐོར་བརྒྱ་རེ་ཡིན" ཟེར་བས། དེ་མ

ཐག་ཏུ་མི་མང་པོ་མཐའ་འཁོར་དུ་ཉུབ་བྱུང་། མི་ཚང་མས་ཁ་གདངས་ཤིང་མིག་ཅེར་ཏེ་སྟོར་བརྒྱ་ཡིན་པའི་ཚ་ཉུ་ནི་ཅི་འདྲ་ཞིག་ཡིན་པར་ལྟ་བར་ཆེད།

མི་ཞིག་གིས་ཚ་ཉུ་གཅིག་ལག་ཏུ་བླངས་ནས་ཕར་སློག་ཚུར་སློག་འགའ་བྱས་ཤིང་། ཧ་ཅང་བརྟག་ཞིབ་མདོག་གིས "ངོ་མ་སྟོར་མོ་བརྒྱ་ཅན་གྱི་ཚ་ཉུ་ནི་གཞན་དང་མི་འདྲ་བར་འདུག ང་ལ་ཚ་ཉུ་བཅུ་ཐམ་པ་འཚོང་རོགས" ཞེས་བཤད་མ་ཐག མི་ཚང་མས་ཀྱང་ལག་གང་སྤྱི་ཡིས་འཁྲོག་རེས་བྱས་ཏེ་ཉོ་མགོ་བརྩམས་བྱུང་།

ཁྲི་ཐར་རྒྱལ་དང་ཁྲི་མོ་བདེ་སྐྱིད་གཉིས་ཀ་ཐད་ཀར་ཁ་གཏད་ཀྱི་སྒོ་བྱང་ཐོག "གངས་དཀར་ལྷ་མོའི་གསོལ་ཁང" ཞེས་བྲིས་ཡོད་པའི་ཟ་ཁང་དེའི་ནང་དུ་སོང་། ཁོ་གཉིས་ནང་དུ་འཛུལ་མ་ཐག་ཞབས་ཞུ་མ་ལོ་ཆུང་ཞིག་མྱུར་མོར་ཡོང་སྟེ "ནང་དུ་ཕེབས་ཤིག" ཟེར་ནས་མདུན་བསུས་ཤིང་། ཡར་ཕྱུག་གི་ཟས་ཅོག་སྟོར་མོ་ཞིག་གི་མཐའ་འགྲམ་དུ་སྡོད་དུ་བཅུག་ཇེས། ཛ་ལྟག་ཞོར་དུ "ཟམ་པ་གཉིས་ཀས་ཟ་མ་ཅི་ཞིག་མཆོད་རྒྱུ་ཡིན" ཞེས་དྲིས་བྱུང་།

ཁྲི་མོ་བདེ་སྐྱིད་ཀྱིས་གཡས་གཡོན་དུ་ལྟ་ཙམ་བྱས་པ་ན། ཟ་ཁང་ནང་ཁོ་གཉིས་ཀ་ལས་ཟ་མ་ཟ་མཁན་གཅིག་ཀྱང་མི་འདུག་པ་མཐོང་། ཁོ་མོའི་སེམས་དེ་འཕྲལ་ད་སྟོན་གྱི་ཀན་པོ་དེའི་སྐད་ཆ་དག་དྲན་ནས་ཞབས་ཞུ་མར་བལྟས་ཏེ "ཁྱོད་ཚང་གི་ཤ་ནི་ཤེད་གསོ་བྱས་པའི་ཤ་ཡིན་ནམ" ཞེས་དྲིས།

ཞབས་ཞུ་མ་དེས་སྐད་ཆ་དྲང་པོར་བཤད་བྱུང་། "རེད། ད་ལྟའི་དུས་འདིར་ཤེད་གསོ་མ་བྱས་བའི་ཤ་ཞིག་གང་དུའང་མེད་པ་རེད། ཟམ་པ་གཉིས་ཀས་ལུག་ཤ་མཆོད་རྒྱུ་ཡིན་ནམ" ཟེར།

ཁྲི་མོ་བདེ་སྐྱིད་ཡིད་མ་ཆེས་པར་མུ་མཐུད་དུ། "ཁྱོད་ཚོས་ཀྱང་ཤན་པ་དག་གི་ལག་ནས་ལུག་ཤ་ཉོས་པ་ཡིན་ནམ" ཞེས་འདྲི་བཞིན་ཞབས་ཞུ་མའི་གདོང་གི་རྣམ་འགྱུར་ལ་བརྟག

"ཐབས་བཀོད་མི་འདུག" ཞབས་ཞུ་མ་དེས་ངོ་གདོང་དུའང་ཐབས་ཟད་པ་ལྟ་བུའི་རྣམ་འགྱུར་ཞིག་བསྟན་ནས། "དེ་སྔོན་མི་རྣམས་ཀྱིས་ཤན་པས་བཤས་པའི་ལུག་ཤ་ལ་གནད་དོན་འདུག་ཟེར་ནས་ཡུན་རིང་ཙམ་ལ་ཟས་མ་བྱུང་བས། ངའི་ཚོང་ཡང་རེ་ཞིག་རིང་ཧ་ཅང་བཟང་བྱུང་། ཡིན་ནའང་མི་ལ་ལར་གཏན་ཚིགས་ཅི་ཡང་མི་འདུག ཅུང་མ་འགོར་བར་སླར་ཡང་ཤན་པས་བཤས་པའི་ཤ་ཟས་བྱུང་བས། ང་ཚོས་ཀྱང་ཤན་པ་དག་གི་ལག་ནས་ཤ་རིགས་ཉོས་པ་ཡིན" ཟེར།

ཁྲི་ཐར་རྒྱལ་ལྷོགས་ཡོད་པས་འདང་རྒྱུག་ཅི་ཡང་མི་བྱེད་པར། "སྐྱོན་ཡོད་པ་མ་རེད། ཚང་མས་ཟ་བཞིན་ཡོད་ན་ཟོས་ཆོག་པ་རེད། ཤ་ཟོས་ཏེ་ཤི་སོང་ཟེར་བ་ཞིག་ཐོས་མ་མྱོང"

ཟེར།

ཁྲི་མོ་བདེ་སྐྱིད་ཀྱིས་ཤ་ཁམ་བུ་འགའ་ལས་རང་ཉིད་ཀྱི་གཅེས་སྤྲོག་གལ་ཆེ་བཤེས་ཏེ "ངས་ནི་ཟ་མ་གཞན་ཟ་མི་འདོད། ཅོང་རྫོག་ཅིག་ཟོས་པས་ཆོག་འདུག" ཟེར་ནས་ལུས་པོ་ཅུང་བདེ་ཡི་མེད་པའི་རྣམ་འགྱུར་བསྟན།

ཏག་ཏག་སྐབས་དེར་ཟ་ཁང་ནང་དུ་སླར་ཡང་སྐྱེས་པ་འགའ་ཐོན་བྱུང་། ལོ་ན་ཆེས་ཆེ་བ་དེ་ལོ་ལྔ་བཅུར་བུད་ཡོད་ཚོད་འདུག་ཅིང་། ཆེས་ཆུང་བ་ནི་ལོ་ཉི་ཤུར་བུད་ཙམ་རེད། ཁོ་ཚོ་མི་རེའི་ལག་ཏུ་ལྷུ་ཚང་དམ་པེ་གང་རེ་བཟུང་འདུག་པས། ཕྱི་ཡི་སྤྱོད་སྟངས་ཁོ་ནའི་ཆ་ནས་བལྟས་ན་ཁོ་ཚོ་ཚང་མ་ན་ཟླ་ལོས་སྨྲམ་པའི་བཟོ་ལྟ་བསྟན་ཡོང་། ཁོ་ཚོ་ཤར་རེར་ཡོང་སྟེ་ཁོ་གཉིས་ཀྱི་འཁྲམ་ཟུར་གྱི་ཅོག་ཙེ་དེའི་མཐའ་བསྐོར་ནས་བསྡད་བྱུང་ལ། འདུག་པའི་དུས་ཀྱི་སྤྱོད་པ་ཡང་ཧ་ཅང་རྩུབ་མོ་ཞིག་འདུག་སྟེ། འདུག་སྟེགས་དག་གང་བྱུང་དང་པར་འཐེན་ཚུར་འདྲུད་བྱས་ཏེ་ཆག་གྲུམ་དུ་གཏོང་ལ་ཁད་བྱེད། ད་སྔོན་གྱི་ཞབས་ཞུ་མ་དེ་མྱུར་མོར་ཡོང་ནས་ཇ་ལྷུག་རྟེས་བྱས་ཀྱང་། ཁོ་ཚོས་ཚང་རག་མ་གཏོགས་ཇ་མི་འཐུང་ཟེར། ཞབས་ཞུ་མ་དེས་ཟས་ཅི་ཞིག་ཟ་རྒྱུ་ཡིན་པ་དྲིས་པ་ན། གསར་བུ་ལོ་ཆུང་དེས་ཆང་འཐུང་རྗེས་ཅི་ཞིག་ཟ་དགོས་པར་ལྟ་ཟེར། ཁོ་ཚོ་བསྡད་མ་ཐག་ནས་ཕྱུ་ཚང་འཐུང་བྱུང་ལ། ཕྱུ་

ཆང་འཐུང་བཞིན་དུ་བུད་མེད་ཚོའི་སྐོར་ཁོན་གླེང་མགོ་བརྩམས་བྱུང་།

ལོན་ལྷ་བཅུར་བུད་ལོས་ཡོད་འདྲ་བའི་རྣད་པོ་དེས་ཕྱུ་ཐུང་རྗེ་བཞིན་དུ་ན་རེ། "ཆང་འཐུང་ནས་ཟླ་གཉིས་ལ་ཡུལ་དུ་མ་སོང་བར་འདུག ད་ནི་རྣད་མོའི་འདོམས་ལ་ཡང་ཚ་ལངས་ཀྱིན་ཡོད་རྒྱུ་རེད། དབྱར་ཁར་ཞོར་ལས་སུ་སོང་བའི་སྐོར་མོ་ཚང་མ་ཚང་ལ་བརྗེས་ཟེིན" ཟེར།

འགྲམ་གྱི་གསར་བུ་རལ་བ་ཅན་དེས་ལྷུ་ཆང་ཁམ་གང་འཐུངས་རྗེས། ཁྲེལ་དགོད་ཅིག་བྱས་ནས "ཆང་ཁོན་ག་ལ་ཡིན། སླུ་ཁང་གི་བུད་མེད་དེ་ད་བར་དུ་ཁྱོད་ཀྱིས་གསོས་ནས་བསྡད་པ་མིན་ནམ། ད་དགོང་ངས་ཀྱང་བུ་མོ་སླུ་མ་དེར་ཚོད་ལྟ་ཞིག་བྱེད་འདོད" ཟེར།

གསར་བུ་ལོ་ཆུང་དེ་ཅུང་བཟི་ཡོད་པ་འདྲ། མིག་སྲིད་བཞིན་དུ། "ངའང་ཕྱིར་ཡུལ་དུ་འགྲོ་འདོད་མེད། འོན་ཀྱང་མདང་དགོང་གི་བུ་མོ་དེས་ང་སློད་ཀྱིན་མི་འདུག ངེད་གཉིས་ཀྱིས་བཟའ་ཚང་བྱེད་དགོས་ཟེར། ང་ལ་ཆུང་མ་ཡོད་ཅེས་བཤད་ཀྱང་མོས་དེ་ལ་ཁ་ཡ་མི་བྱེད་ཟེར། དོན་ངོ་མར་བཤད་ན་ཁོ་མོ་ནི་ངའི་ཆུང་མའི་ཕྱེད་ཀར་ཡང་མི་དོ" ཟེར།

ཟ་མ་ཟས་ཚར་ཧེ་ཕྱིར་སྲང་ལམ་དུ་བུད་རྗེས། ཁྱི་མོ་བདེ་སྐྱིད་ཧ་ཅང་ཡིད་མི་དགའ་བའི་ངང་ཁྲི་ཐར་རྒྱལ་ལ་ལྟ་བཞིན "ཁྱོད་ཚོ་སྐྱེས་པ་ཚོ་ནི་གན་འདྲ་ཞིག་ཡིན་པ་རེད" ཅེས་བཤད་ནས་སྔོན་དུ་འགྲོ་བར་བྱེད།

ཁྲི་ཐར་རྒྱལ་གྱི་གདོང་ལ་ཁྲེལ་འཛུམ་ཞིག་ལངས་ཏེ། "འོ་ན་ཁྱོད་ཀྱིས་བཤད་ན་ཁྱོད་ཀྱི་བདག་མོའང་དེ་འདྲ་ཞིག་ཡིན་པ་མིན་ནམ" ཟེར།

དོན་ངོ་མར་བཤད་ན། སྔར་ཚོང་ཁྲོམ་རའི་མདུན་ནས་ཚ་ཏུ་བཙོངས་པ་ནས་བཟུང་ངའི་སེམས་དེ་འདྲ་སྐྱིད་པོ་མ་བྱུང་། ཉིན་ཀུང་གྲོང་བརྡལ་ཆུང་ངུར་མ་བསླེབས་པའི་སྐབས་སུའང་ཁྲི་ཐར་རྒྱལ་དང་ངེད་གཉིས་ཀྱིས་གྲོས་བྱས་ཡོད་དེ། ངེད་གཉིས་ཀྱིས་ལས་ཀ་ཞིག་བཙལ་ན་ཁོ་ནི་ལས་ཁུངས་ཤིག་གི་གད་བདར་བྱེད་མཁན་བྱེད་རྒྱུ་དང་། ང་ནི་ལས་ཁུངས་གང་ཏུང་ཞིག་གི་སྒོ་སྲུང་བྱེད་རྒྱུ་དེ་ཡིན། རྒྱུ་མཚན་ནི་རང་ཉིད་ཀྱི་ངལ་རྩོལ་བྱས

ཧེ་རང་ཁ་གསོས་ན་གནས་ལུགས་དང་མཐུན་པར་མ་ཟད། བདེན་པ་བདེན་དྲང་གིས་སྒོར་མོ་བཅལ་ན་གཞན་དགའ་རང་སྐྱིད་གཉིས་ཀ་ཡོང་བའི་རྐྱེན་གྱིས་ཡིན། ངའི་སེམས་ལ་དེ་ལྟར་བྱས་ན་ཁྲི་ཐར་རྒྱལ་ལ་བཙོས་བསྐྱུར་གཏིང་ཟབ་མོ་ཞིག་བྱེད་ཐུབ་སྙམ། ཡིན་ནའང་ཁྲི་ཐར་རྒྱལ་ནི་ཚ་ཏུ་རེ་སྒོར་བརྒྱ་རེར་བཙོངས་ཐུབ་བྱུང་བས་ཧ་ཅང་དགའ་སྟེ། ཚོང་རྒྱག་རྒྱུ་ནི་ཧ་ཅང་སྤྲོ་སྐྱིད་ལྡན་པའི་བྱ་བ་ཞིག་རེད་སྙམ་གྱིན་འདུག ངེད་གཉིས་ཟ་ཁང་ལས་སྒོར་བུད་དེ་རྒྱ་སྲང་དུ་འགྲོ་བཞིན་པའི་སྐབས་དེར། ཁྲི་ཐར་རྒྱལ་ནི་ཁོའི་བཟང་གྲོགས་ཡིན་ཟེར་བའི་སྐྱེས་པ་གཟུགས་ཐུང་ནག་རིལ་ཞིག་ལ་འཕྲད་བྱུང་། ཁྲི་ཐར་རྒྱལ་གྱིས་བཤད་ན་མི་དེ་ནི་དོན་ངོ་མར་ཁོའི་དེ་སྔའི་སློ་ཅང་རྩེ་གྲོགས་ཤིག་ཡིན་འདུག ཡིན་ནའང་ཁོས་ཀྱང་ཁྲི་ཐར་རྒྱལ་དང་འདྲ་བར་སློ་ཅང་བརྒྱབ་སྟེ་བུ་ལོན་ལ་གཡོལ་ཆེད་ཡུལ་གཞན་དུ་བྲོས་ཤིང་། ད་ལྟ་འདི་གར་ཚོང་ཁང་ཡོད་པར་མ་ཟད་གྲོང་ཁྱེར་དུའང་ཚོང་ཁང་སྒྲུབ་ནས་ཕྱུག་པོར་གྱུར་ཡོད་སྐད། ཁོས་སྐད་ཆ་དེ་དག་བཤད་བཞིན་དུ་མིག་གིས་རྒྱུན་ཆད་མེད་པར་ང་ལ་ལྟ་བར་བྱེད་པས། ཕལ་ཆེར་ངས་ཕྱོག་ནས་ཁོར་རྒྱུག་ཨེ་འགྲོ་ལ་སྙག་གིན་པ་དང་འདྲ་ལ། ཁོའི་འཛིན་ཐང་ལ་ངས་ཡིད་སྨོན་ཨེ་བྱེད་ལ་རེ་བ་བྱེད་པ་དང་ཡང་འདྲ།

ཁོས་ཧ་ཅང་ཉམས་མྱོང་ལྡན་མདོག་གིས་ཁྲི་ཐར་རྒྱལ་ལ་བཤད་རྒྱུར། “དོན་ངོ་མར་ཚོང་རྒྱག་རྒྱུ་དེ་ཧ་ཅང་སླ་མོ་ཞིག་རེད། ཚོང་རྩག་རྩིག་རྒྱག་མཁན་འདི་དག་གི་ཚོང་དངོས་ནི་འདི་གའི་སྡེབ་ཚོང་ཁང་ནས་སླ་མོ་བྱས་ཏེ་བླངས་ཡོང་བ་རེད། ཁྱོད་ཀྱིས་སྡེབ་ཚོང་ཁང་ནས་སྒོར་ལྔ་བྱས་ཏེ་བླངས་རྗེས་གཞན་ལ་སྒོར་བཅུ་བྱས་ཏེ་བཙོངས་ཆོག་པས། དེ་ལ་མ་རྩའང་མང་པོ་མི་དགོས། འདི་འདྲའི་ལས་ཀ་སླ་མོ་ཞིག་གང་ན་འདུག ངས་ཀྱང་དང་ཐོག་དེ་ལྟར་བྱས་ཏེ་རྒྱུ་ཐོག་ལ་བརྒྱབ་པ་ཡིན” ཟེར།

ཁྲི་ཐར་རྒྱལ་གྱིས་ཁོའི་སྐད་ཆར་ཉན་བཞིན་དུ། བསམ་བློ་གཏོང་པ་ལྟར་སྟོད་པ་ལས་ཡིན་མིན་གྱི་ལན་ཅི་ཡང་བཏབ་མ་བྱུང་མོད། དོན་ངོ་མར་ཁོའི་མིག་ནང་དུ་ཧམ་སེམས་ཀྱི་འོད་སྣོན་པོ་ཞིག་འཁྱུག་གིན་འདུག

སྐྱེས་པ་དེས་སླར་ཡང་ང་ལ་བལྟས་ཏེ་རང་ངོ་རང་སྤྲོད་ཀྱི་ཚུལ་དུ “ངའི་མིང་ལ་དམ་ཆོས་ཟེར་ཞིང་། དང་ཐོག་དགོན་པ་ནས་རབ་བྱུང་བསྒྲུབས་མྱོང་བའི་གྲྭ་ལོག་ཅིག་ཡིན” ཟེར།

མི་རྣམས་ཀྱིས་ནམ་རྒྱུན་གྲྭ་ལོག་དག་གི་འདོད་ཆགས་གཞན་ལས་ཆེ་བ་དང་། མལ་སའི་ནང་གི་ལས་ཀར་གདུག་རྩུབ་ཆེ་ཞིང་ནུས་པ་ཐོན་པ་རེད་ཟེར་གྱིན་འདུག་པར་བརྟེན། ཁོས་ཀྱང་རང་ཉིད་ཀྱི་འདོམས་ཀྱི་ནུས་རྩལ་ངོམ་སྟེ་ང་འགུགས་སྙམ་གྱིན་པ་འདྲ་བས། ང་ལ་དེ་འཕྲལ་ཧ་ཅང་ཞེ་མེར་ཞིང་སྐྱུག་བྲོ་བའི་སྣང་བ་སྐྱེས་བྱུང་།

མཇུག་མཐར་ཁོས་གཏོང་གི་སྐྱི་མོ་སྐྱེར་སྐྱེར་བྱེད་བཞིན། ངེད་གཉིས་ཁོང་ཚང་ལ་ངེས་པར་ཕེབས་དགོས་ཞེས་མགྲོན་འབོད་བྱས་ཤིང་གྱིས་ཕྱག་འབུལ་དུས་ཀྱང་། ཕྱི་ཐར་རྒྱལ་གྱིས་ད་དུང་ཡང་གཉིད་མ་ལོག་པར་རྨི་ལམ་རྨི་བཞིན་པ་ལྟར། ཅི་ཞིག་ལ་བསམ་བློ་གཏོང་གིན་འདུག

ཕྱི་དྲོ་འདིར། ངེད་གཉིས་བསྡད་མར་ལས་ཁྲུངས་བཞི་ལྔ་ཙམ་གྱི་སློ་ཆེན་ནང་དུ་འཛུལ་ཏེ། ཕྱི་སློ་སྲུང་བའི་ཁྱི་དང་གད་བདར་བྱེད་པའི་མི་དགོས་མིན་དྲིས་པ་ན། ཚང་མས་གད་བདར་བྱེད་མཁན་སྔོན་ནས་ཡོད་མེད། ཕྱི་སློ་སྲུང་མཁན་གྱི་ཁྱི་ཡོད་ན་ལས་སྒྲུབ་བྱེད་པར་སྟབས་བདེ་མིན་པའི་ཁར། དོན་མེད་དུ་མི་ཆེན་ལ་ཐོག་ཐུག་བཟློས་ཞེ་འགྲོ་ལ་སྐྲག་གིན་འདུག་ཟེར། ངས་ཧ་མ་གཡུག་གཡུག་བྱས་ཏེ་དེ་དག་ལ་ངས་ཁག་ཐེག་བྱས་ཆོག་ཅེས་བཤད་ཀྱང་། མཇུག་མཐར་ཁོ་ཚོས་ལག་པ་འཕྱིད་དུ་གཡུག་ཙམ་བྱེད་པ་ལས་སྨྲ་ལྟེ་བསྡམས་འགྲོ ཆེས་མཇུག་མཐའི་ལས་ཁྲུངས་དེ་ནི་དངུལ་ཁང་ཡིན་འདུག ངེད་གཉིས་སློ་ཆེན་གྱི་ནང་དུ་འཛུལ་རྩིས་བྱས་པ་ན། མགོ་སྐྲ་དཀར་པོར་གྱུར་བའི་རྒན་མོ་ཞིག་ལྷེབ་ལྷེབ་ཏུ་བརྒྱུགས་ནས་མདུན་དུ་ཐོན་ཏེ་སུ་ཞིག་འཚོལ་བ་ཡིན་ཟེར། ངས་རྒྱུ་མཚན་ཞིབ་ཏུ་བཤད་པ་ན་རྒན་མོ་དེ་ཡང་ཧ་ཅང་དགའ་བ་ལྟར་གྱུར་ཏེ། གད་བདར་བྱེད་མཁན་ཞིག་ཡོད་མེད་སློ་ཆེན་སྲུང་མཁན་གྱི་ཁྱི་ཞིག་ཅེས་ཀྱང་མཐོ་བཞིན་པའི་སྐབས་རེད་ཟེར།

ངའི་སེམས་ལ་སློ་བུར་བའི་རྟོད་ཐིག་ཅིག་རྒྱས་བྱུང་། "གནས་ཚུལ་འདི་མགོ་གཙོ་སུ་ལ་བཤད་དགོས་པ་རེད" ཅེས་དྲིས།

ཀན་མོས་ཧ་ཅང་ནན་ཏན་དང་། "དེ་རིང་ནི་གཟའ་ཉི་མ་རེད་པས་མགོ་གཙོ་མེད། སང་ཉིན་ཐོབ་ཐང་འཛིན་ཡིག་ཁྱེར་ཏེ་ཤོག་དང་ངས་ཞུ་དོ་ཕུལ་ཆོག" ཟེར།

ངའི་སེམས་སུ་སྔོ་སྲུང་ཞིག་ལ་ཁ་ངོ་ཅི་འདྲ་ཞིག་ཡོད་དམ་སྙམ་ཡང་། ཁ་ནས་ཕོ་མོར་བཀའ་དྲིན་ཡང་ཡང་ཞུས་ནས་ཕྱི་ཉིན་ཡོང་རྒྱུ་བྱས་པ་ཡིན། ཡིན་ནའང་ཁྲི་ཐར་རྒྱལ་གྱིས་ད་དུང་ཡང་ཅི་ཞིག་ལ་འདང་རྒྱག་པ་ལྟར་སྟོད་པ་ལས་གདོང་ན་ནམ་འགྱུར་ཅི་ཡང་མི་འདུག

སྐབས་འདིར་ཉི་མ་ནུབ་གྲབས་འདུག་ཅིང་། རྒྱ་སྲང་གི་མི་ཚོགས་ཀྱང་འགྲོ་རིམ་འཁོར་རང་ཡུལ་དུ་ཆས་ཏེ་ཇེ་ཉུང་དུ་འགྱུར་གྱིན་ཡོད་པས། ངེད་གཉིས་དྲང་ཐད་དུ་ཐོག་སོ་བཞི་ཅན་གྱི་མགྲོན་ཁང་ཞིག་གི་ནང་དུ་སོང་། མགྲོན་ཁང་དེ་ནི་སྔེར་གཉེར་མགྲོན་ཁང་ཞིག་ཡིན་ཞིང་མིང་ལ "སེམས་ཀྱི་ཉི་ཟླ་མགྲོན་ཁང་ཆེན་མོ" ཞེས་བྲིས་འདུག གནམ་གཅལ་དུ་གཟབ་རྒྱས་ཆེ་བའི་རྒྱན་སྤྲས་བྱས་ཤིང་ཐང་ངོས་སུ་འབོལ་ཞིང་མཐུག་པའི་ས་གདན་བཏིང་ཡོད་པས། ནང་དུ་འཛུལ་མ་ཐག་འཇིག་རྟེན་གཞན་ཞིག་ཏུ་བསླེབས་པ་ལྟ་བུའི་ཚོར་སྣང་བྱིན་འོང་། རྗེས་ནས་གོ་བ་ལྟར་ན་འདི་ན་ཕྱོགས་ཡོངས་ཀྱི་མགྲོན་པོ་མང་པོ་མེད་པས། ཉེ་འཁོར་གྱི་དཔོན་པོ་དབང་ཤུགས་ཅན་དང་ཚོང་པ་རྒྱ་སྟོབས་ཅན་དག་གིས་སྒྲིག་ཏུ་སོ་རྒྱག་པའི་གནས་ཡིན་སྐད་འདུག

ངེད་གཉིས་ཐད་ཀར་ཞབས་ཞུའི་སྡེབས་བུའི་གན་དུ་སོང་ཞིང་། ཁྲི་ཐར་རྒྱལ་གྱིས་ཐོབ་ཐང་འཛིན་ཡིག་དང་སྒོར་མོ་བླངས་ནས་ཞབས་ཞུ་མ་དེར་བྱིན་ནས་ཐོ་འགོད་བྱེད་དུ་བཅུག་པ་ན། ཞབས་ཞུ་མ་དེས་སློ་བུར་དུ་ང་མཐོང་སྟེ། ཨག་སྐད་ཅིག་བརྙན་ཏེ་ཁང་བའི་ནང་དུ་ཁྲི་ཐོན་བྱུང་ཟེར་ནས་འགྲོ་རྩིས་བྱས་བྱུང་། ཁྲི་ཐར་རྒྱལ་ནི་གཞི་ནས་གཉིད་ལས་སད་པ་བཞིན་གྱུར་ཅིང་། སྐྱོན་མེད། ཕོ་མོ་ཡང་མགྲོན་ཁང་དུ་སྡོད་མཁན་ཡིན་ཞེས་དག

སེལ་དགོངས་དག་ཞུས་པ་ན། ཞབས་ཞུ་མ་དེས་ད་དུང་ཡང་ཡིད་ཆེས་ཀྱིན་མེད་པའི་མིག་མདངས་ཀྱིས་ང་ལ་ལྟ་བཞིན། འཛེམ་དོགས་དང་ཕྱིར་ལས་གནས་སུ་བཅར་བྱུང་། མཇུག་མཐར་ཁོ་མོས་ཁྲི་ཐར་རྒྱལ་ལ་མིག་ལོག་གིས་བལྟས་ཏེ "འདི་གར་མི་མ་གཏོགས་ཁྱི་སྡོད་དུ་འཇུག་གིན་མེད" ཟེར།

ཁྲི་ཐར་རྒྱལ་གྱིས་དེ་མ་ཐག་ཏུ་ཉིན་གུང་ཐན་པོ་དེས་བཤད་པའི་སྐད་ཆ་དག་དྲན་ནས་རྩུན་གཏམ་དགོས་བྱུང་། "ང་ནི་ལྷ་ས་ནས་ཡོང་བའི་ཚོང་པ་ཞིག་ཡིན་པས། ཁྱི་མོ་འདི་ངའི་ཚོང་རྫས་སྲུང་མཁན་ཡིན། ཁོ་མོས་དོན་མེད་དུ་མི་ལ་རྨུག་མི་སྲིད" ཅེས་བཤད།

ཞབས་ཞུ་མས་ཀྱང་ཅི་བྱུང་མེད་པར་འདང་ཞིག་བརྒྱབ་ནས་བསྡད་རྗེས། དེ་མ་ཐག་ཏུ་སྐད་ཆེན་པོས་བགད་བྱུང་། ངེད་གཉིས་ཀྱིས་དོན་དག་ཅི་ཞིག་བྱུང་སོང་བ་མ་ཤེས་པར་རང་དབང་མེད་པར་ཁོ་མོའི་རྣམ་འགྱུར་ལ་ཅེར་ནས་སྡོད་དགོས་བྱུང་། ཁྲི་ཐར་རྒྱལ་གྱིས་ཁོ་མོར་བལྟས་ནས "ངས་བཤད་འཆུགས་སོང་བ་རེད་དམ" ཞེས་དྲིས།

"མ་རེད།" ཞབས་ཞུ་མ་སླར་ཡང་དགོད་ཙམ་བྱས་ནས། ཁྲི་ཐར་རྒྱལ་ལ་བལྟས་ཏེ་ད་སྔོན་གྱི་རྣམ་འགྱུར་དག་རྩ་བ་ནས་འགྱུར་ཞིང "དོན་དངོས་མར་ང་འཆུགས་སོང་བ་རེད། དེ་འདྲ་ཡིན་ཆེ་སྐྱོན་ཡོད་པ་མ་རེད། ངས་ཁོ་མོར་སྡོད་ས་ཞིག་བཀོད་སྒྲིག་བྱས་ཚོག དེ་ལ་སྒོར་མོའང་སྤྲོར་མི་དགོས། དེ་ལྟར་བྱས་ན་ཁྱོད་འཐད་པ་ཨེ་རེད" ཟེར་ནས་རྣམ་འགྱུར་ཡ་མཚན་ཞིག་བསྟན་བྱུང་།

དོན་དངོས་མར་བཤད་ན་ཞབས་ཞུ་མའི་ཡ་མཚན་པའི་རྣམ་འགྱུར་དེ་བསྟན་པ་ནས་བཟུང་གནས་ཚུལ་ཡོངས་རྫོགས་ལ་འགྱུར་ལྡོག་བྱུང་བ་རེད། དགོང་མོ་དེར་ང་རང་ཉིད་ཀྱི་སྡོད་གནས་སུ་འགྲོ་ཁབས་བྱེད་དུས་ཁྲི་ཐར་རྒྱལ་གྱིས་ང་རང་བཀག་སྟེ་ངས་འདི་ནས་ཚོང་རྩག་རྩིག་རྒྱག་ན་འདོད་ཟེར། ངས་ཀྱང་ཅི་ལ་མི་ཤེས་ཏེ། ཚ་ཉ་དག་བཙོངས་པས་ཁོའི་ལག་ཏུ་སྒོར་མོ་སྟོང་བཞི་ཡོད་པ་དང་གཅིག ཁོའི་གྲོགས་པོ་དམ་ཚོས་ཀྱིས་ཁོས་ཚོང་བརྒྱབ་ནས་ཕྱུག་པོར་གྱུར་བ་ཡིན་ཟེར་ནས་བློ་བཀུག་པ་དང་གཉིས། ཁོ་ཚོང་བ་ཡིན་ཞེས་

བཤད་པས་ཞབས་ཞུ་མ་དེས་ཡ་མཚན་པའི་རྣམ་འགྱུར་བསྟན་པ་དང་གསུམ། ཆ་རྐྱེན་འདི་གསུམ་པོའི་དབང་གིས་ཁྲི་ཐར་རྒྱལ་གྱིས་སྲུ་གཞུག་ཅམ་མ་གཏོགས་སྐད་ཆ་དེ་བཤད་ངེས་པ་ངས་སྔོན་ནས་ཚོད་དཔག་བྱས་ཡོད། ཁོས་ད་དུང "ངས་ཚོང་བརྒྱབ་སྟེ་ཕྱུག་པོར་གྱུར་བ་ན་ངེད་གཉིས་གྲོང་ཁྱེར་ཆེ་ས་ཞིག་ཏུ་སོང་སྟེ་གནས་སྡོད་བྱས་ཆོག" ཟེར།

གཏམ་དཔེར་ཡང་ཟ་རྒྱུ་བྱུང་ན་གསོག་རྒྱུ་དྲན་ཟེར་བ་ལྟར། མིའི་ཧམ་པ་ནི་དེ་འདྲ་ཞིག་རེད་པས་ང་ལ་ཐབས་བཀོད་ཅི་ཡོད། ཡིན་ནའང་དོན་དག་དེ་ཙམ་གྱིས་ངས་ཁྲི་ཐར་རྒྱལ་ལ་བཟུང་བའི་རྣམ་འགྱུར་རྩ་བ་ནས་འགྱུར་མི་སྲིད།

ཞོགས་པར་ལས་ཚུགས་བྱས་པ་དང་། ཁྲི་ཐར་རྒྱལ་ནི་ཚོང་ལས་གཉེར་རྒྱུ་ཡིན་ཟེར་ནས་ཁོའི་གྲོགས་པོའི་སར་བུད་སོང་། ངེད་གཉིས་སོ་སོར་གྱིས་རྗེས་ངའང་ཁ་སང་གི་དངུལ་ཁང་དེའི་སྒོ་ཆེན་ཁར་སོང་བ་ཡིན། མགོ་སྐྲ་དཀར་པོར་གྱུར་བའི་རྒན་མོ་དེས་ང་མཐོང་མ་ཐག་ཏ་ཅང་དགའ་བ་ལྟར་གྱུར་སོང་། ལོ་མོས་ང་ཁྲིད་ནས་ལས་ཁུངས་ཀྱི་མགོ་གཙོའི་གན་དུ་སོང་ལ། འགྲོ་ཞོར་དུ་ལོ་མོས་སྒོ་སྲུང་བའི་ལས་ཀ་འདི་ཏ་ཅང་གཟབ་ནན་ཞིག་དགོས་པ་དང་། རང་ཉིད་ལོ་ན་རྒས་ཏེ་ཅིས་ཀྱང་ཁྱི་ཞིག་མེད་ཐབས་མེད་པའི་དཀའ་ངལ་སྣ་ཚོགས་བཤད་བྱུང་། མཇུག་མཐར་ལོ་མོས་ཉིས་ཐོག་གི་གཞུང་ལས་ཁང་ཞིག་གི་སྒོ་མོ་ནས་ནང་དུ་འཛུལ་སོང་བས། ང་ཡང་མོའི་རྗེས་བཞིན་དུ་ཁང་བ་དེའི་ནང་དུ་སོང་བ་ཡིན། ལས་ཁུངས་ཀྱི་མགོ་ཁྲིད་ནི་གསར་བུ་གཟུགས་རིང་ཞིག་རེད་འདུག་ཅིང་། ཁོས་རྒན་མོ་དེ་མཐོང་འཕྲལ་སྨྱུར་མོར་ཡར་ལངས་ཏེ་མདུན་དུ་བརྒྱུགས་ཡོང་ནས། "ཨ་མ་ལགས། ཁྱོད་དགའ་ཚོགས་བྱས་ཏེ་ཡོང་དོན་ཅི་ཡོད། དོན་དག་ཡོད་ན་ཁ་པར་བཏང་ན་མི་ཆོག་གམ" ཟེར་ནས་ལེ་བདའ་བྱས་བྱུང་།

མ་གཞི་རྒན་མོ་དེ་ལས་ཁུངས་ཀྱི་མགོ་བའི་ཨ་མ་ཡིན་འདུག རྒན་མོས་ང་སྟོན་བཞིན "ཁྱི་མོ་འདི་སྒོ་སྲུང་ལ་ལོངས་ཤིག ང་ལ་ཡང་ལག་རོགས་ཤིག་དགོས་འདུག" ཟེར།

ལས་ཁུངས་ཀྱི་མགོ་བས་རྒན་མོ་དེ་གར་ཅོག་ཏུ་བཅུག་རྗེས། ང་ལ་བལྟས་ཏེ། "ཁྱོད་

ཁྲི་ཐར་བདེ་སྐྱིད།

རང་སྒོ་སྲུང་བྱེད་པར་ཡིད་འཐད་ཡིན་ནམ” ཟེར།

ང་ཡོང་ཙོག་གིས་བསྡད་དེ་ཟ་མ་གཡུག་བཞིན་དུ “འཐད་པ་ཡིན། ཡིན་ནའང་སྐད་ཆ་ཞིག་སྔོན་ལ་བཤད་དགོས་ཏེ། ཁྱོད་ཚོས་ང་ལ་ཟླ་ཤོགས་ག་ཚོད་སྤྲེར་རྒྱུ་ཡིན” ཞེས་དྲིས།

ལས་ཁྲུངས་ཀྱི་མགོ་གཙོ་དེ་མ་ཐག་ཏུ་བགད་བྱུང་། ཁོ་དགོད་བཞིན་དུ “ང་ཚོ་འདི་གར་ཁྱི་ལ་ཟླ་ཤོགས་སྤྲེར་བའི་སྲོལ་མེད། འོན་ཀྱང་ཁྱོད་ལ་ཉིན་རེར་ཐུན་གསུམ་གྱི་ལྟོ་ལྡུད་ངེས་རེད” ཟེར་ལ། སྒོ་སྲུང་ཁན་མོས་ཀྱང་མགོ་ལྡེམ་ལྡེམ་བྱས་ཏེ། གནས་ཚུལ་ངོ་མ་དེ་འདྲ་ཞིག་ཡིན་པའི་རྣམ་འགྱུར་བསྟན་བྱུང་།

ང་ནི་རྩ་བ་ནས་ཡིད་ཆེས་མ་བྱུང་། མགོ་སྐྲ་དཀར་པོར་གྱུར་བའི་ཁན་མོར་ལྟ་བཞིན། “འོ་ན་ཁྱོད་ལའང་ཟླ་ཤོགས་སྤྲེར་གྱིན་མེད་དམ” ཞེས་དྲིས།

ལས་ཁྲུངས་མགོ་བས་དེ་མུར། “དེ་འདྲ་བ་མ་རེད། ཁོ་མོ་མི་ཡིན་པས་ཟླ་ཤོགས་བྱིན་ཚོག་པ་རེད། འོན་ཀྱང་ཁྱི་ནི་མི་ལ་རོགས་རམ་བྱེད་མཁན་ཙམ་ཡིན་པས་ལྟོ་ལྡུད་དགོས་པ་རེད་མོད། དེ་ལས་ལྷག་པའི་རེ་བ་བཅོལ་མི་ཆོག” ཟེར།

དེ་ལྟར་ན་ང་ནི་ཕོ་མ་བུ་གཉིས་ཀྱི་གཡོག་པོ་ལྟར་གྱུར་སོང་བ་རེད་པས། སྔོན་ཆད་བདག་མོ་བདེ་སྐྱིད་ཀྱི་ལག་འོག་ཏུ་སྡོད་པ་དང་འདྲ་མཚུངས་སུ་གྱུར་སོང་བ་མ་རེད་དམ། ང་དེ་འཕྲལ་ཡར་ལངས་ནས “ང་ནི་སྒོར་མོ་འཚོལ་དུ་ཡོང་བ་ཡིན་པ་ལས། གཡོག་པོ་བྱེད་དུ་ཡོང་བ་མིན” ཞེས་བཤད་རྗེས་སྒོར་བུད་ཅིང་སྙིང་མ་དགའ་བའི་ངང་ཕྱིར་ལོག་པ་ཡིན།

ཁན་མོ་དེ་ཡང་ངའི་རྗེས་བཞིན་ཐོན་བྱུང་། ད་ལྟ་མོ་ཡང་ད་སྔོན་ཡོང་དུས་དང་མི་འདྲ་བར་ཁོང་ཁྲོ་ལངས་ཏེ་ཧ་ཅང་འཇིགས་སུ་རུང་བ་ཞིག་ཏུ་གྱུར་འདུག ཁོ་མོས་འགྲོ་ཞོར་དུ་ཚིག་ལབ་རྒྱག་པ་ལྟར། “རིན། ད་དུང་ཟླ་ཤོགས་དགོས་ཟེར” ཟེར་བཞིན་ངའི་རྗེས་ཕྱོགས་སུ་མཆིལ་མ་ཞིག་འཕངས་རྗེས་ཐད་ཀར་སྒོ་སྲུང་གི་ཁང་པའི་ནང་དུ་འཛུལ་སོང་།

ད་ནི་ཁྱི་ཐར་རྒྱལ་ཡང་གན་དུ་མེད་པས། ཁྱི་མོ་བདེ་སྐྱིད་སྐར་ཡང་ཁེར་རྐྱང་དུ་གྱུར་ཏེ་གར་འགྲོ་འདི་འགྲོ་མི་ཤེས་པར་གྱུར། གཅིག་པུར་རྒྱ་སྲང་དུ་གང་བྱུང་དང་འཆམ་

འཆམ་དུ་སོང་། སློ་བུར་དུ་ཁྱི་མོ་བདེ་སྐྱིད་ཀྱི་མིག་ལམ་དུ་སྣར་ཡང་ཁ་སང་ཟ་ཁང་དུ་འཕྲད་པའི་སྐྱེས་པ་དེ་ཚོ་བརྒྱད་བྱུང་། ཁོ་ཚོར་མི་བཅུ་ལྷག་འདུག་ཅིང་། མགྲོན་ཁང་ཞིག་ནས་བུད་མེད་འགའ་ཁྲིད་དེ་སྐོར་བུད་ཅིང་། སྣར་ཡང་ཉེ་འགྲམ་དུ་ཡོད་པའི་ཁ་ཆེའི་ཟ་ཁང་ཞིག་གི་ཕྱོགས་སུ་འགྲོ་བཞིན་འདུག

ལམ་ནང་གི་གད་སྙིགས་འཐུ་བཞིན་པའི་རྒད་མོ་གཉིས་ཀྱིས་ཁོ་ཚོ་མཐོང་འཕྲལ། གཅིག་གིས་ཧ་ཅང་སྨྱུག་ལོག་པའི་ཚུལ་གྱིས། “ཁོ་ཚོ་ཚང་མར་སྦྱར་དུག་བྱུང་ཡོད་པ་རེད། ད་ནི་ཡུལ་དུའང་འགྲོ་མ་ཐོད་པར་འདི་ལྟར་ཉེ་མ་གཏོང་ཐབས་བྱེད་པ་ཡིན་སྐད་འདུག” ཟེར།

ཅིག་ཤོས་དེས་དེ་ལས་གཏིང་ཟབ་པའི་ངང་། “འོན་ཀྱང་ཁྱིམ་གྱི་ཆུང་མ་དག་སྙིང་རེ་རྗེ་ཨང” ཟེར་ནས་ཞུགས་རིང་ཞིག་ཕྱུངས་སོང་།

དེར་མཐུད་ནས་ཁོ་མོ་གཉིས་ཀས་ཡིད་སྐྱོ་བའི་ངང་མགོ་བོ་འཕྲེད་དུ་གཡུག་གཡུག་བྱེད།

སྐབས་འདིར་ཁྱི་མོ་བདེ་སྐྱིད་ཀྱིས་རྒྱ་སྲང་ནི་ཁྱི་ཡི་རིགས་ལ་འཆམ་པ་ཞིག་གཏན་ནས་མིན་པ་ཤེས་སོང་། ཁྱི་ཡི་འགན་ཁུར་ནི་འབྲོག་ཁུལ་ནས་མཚན་མོའི་དུས་སུ་འཕར་སྲུང་དང་རྐུན་ཇག་བཀག་སྡེ་བདག་པོའི་རྒྱུ་ནོར་སྲུང་སྐྱོབ་བྱེད་རྒྱུ་དེ་ཡིན་མོད། འོན་ཀྱང་ཨར་འདམ་དང་རྡོ་ལྷགས་ཀྱིས་གྲུབ་པའི་གྲོང་ཁྱེར་དུ་འཕར་སྲུང་མེད་པའི་ཁར། རྐུན་ཇག་དག་ཀྱང་ཉིན་མོའི་དུས་སུ་མི་ཚོགས་ཀྱི་ཁྲོད་དུ་འགྲུལ་སྐྱོད་བྱེད་པ་རེད་ཅིང་། དེ་ལ་ཆེད་དུ་ཉེན་རྟོག་མི་སྣ་བཀོད་སྒྲིག་བྱས་ཏེ་འཛིན་བཟུང་བྱེད་ཀྱིན་འདུག་པས་ཁྱི་ཡི་དགོས་མཁོ་གཏན་ནས་མི་འདུག

སྤྱི་དྲོའི་ལྷགས་རླུང་དལ་བུར་འཇགས་པ་དང་བསྟུན་ནས་ཉེ་འོད་ཀྱི་ཏྲོད་འཛམ་ལུས་སྟེང་དུ་འཕྲོས་ཡོང་ལ། སྲང་ལམ་གྱི་མི་ཚོགས་ཀྱང་རིམ་བཞིན་ཇེ་མང་ལ་གྱུར་སོང་། ཁྱི་མོ་བདེ་སྐྱིད་རྒྱ་སྲང་ཀུན་ཏུ་སྐོར་ཞུལ་བྱས། སྐབས་ཤིག་ལ་མདུན་ཕྱོགས་ནས་བུད་མེད་

ཅིག་གིས་སྒྲུལ་སློ་འཁོར་ལོ་ཅན་ཞིག་གི་ནང་དུ་བཙས་ནས་ཟླ་གཅིག་འགོར་ཡོད་མེད་ཀྱི་བུས་པ་མཆེ་གཅིག་བཞག་སྟེ་དེད་འོངས་པ་དང་འཕྲད་བྱུང་། བུས་པ་གཉིས་ཀྱི་ཁ་ནང་དུ་ནུ་ཞུག་སྟོང་བ་རེ་བསྟུན་འདུག་ཅིང་། ཕོ་གཉིས་ཀྱིས་ད་དུང་ཨ་མས་ནུ་མ་ཡིན་སྙམ་སྟེ་ནུ་བཞིན་འདུག་པས་ཧ་ཅང་སྙིང་རྗེ་པོ་འདུག ཁྱི་མོ་བདེ་སྐྱིད་ཀྱིས་དེ་འཕྲལ་ཉམས་ཉེས་སུ་གྱུར་བའི་རང་ཉིད་ཀྱི་ཁྱི་གུ་དག་དྲན་པས་བུས་པ་དེ་གཉིས་ལ་དུང་སྣང་ཞིག་སྐྱེས། བུད་མེད་དེས་ཀྱང་ཕོ་མོར་བལྟས་ཏེ་འཛུམ་ཙམ་བྱས་བྱུང་བར་བལྟས་ན། ཕོ་མོས་ཀྱང་ཁྱི་མོ་བདེ་སྐྱིད་ཀྱི་སེམས་ཁམས་རྟོགས་ཏེ་བུས་པར་ལྷ་ཚོག་པར་ཡིད་འཐད་བྱུང་བ་འདྲ། འོན་ཀྱང་ཁྱི་མོ་བདེ་སྐྱིད་བུད་མེད་དེའི་ཉེ་སར་བཏུད་དེ་དལ་དལ་ངང་བུས་པ་གཉིས་ལ་ཞིབ་ལྟ་ཞིག་བྱེད་སྐབས། བུད་མེད་དེས་དེ་མ་ཐག་ཏུ་ཨག་རིང་ཞིག་བཏབ་སྟེ་སྐད་ཅོར་བརྒྱབ་བྱུང་།

"མི་ཤོག་ཡ། བུས་པར་ཁྱིས་རྒྱུགས་བྱུང་། བུས་པར་ཁྱིས་རྒྱུགས་བྱུང་། སྲོག་སྐྱོབས་ཡ།"

ཁྱི་མོ་བདེ་སྐྱིད་ཀྱིས་ཕོ་མོར་གནས་ཚུལ་དེ་འདྲ་མིན་པ་གསལ་བཤད་ཅིག་བྱ་དགོས་སྙམ་མོད། བུད་མེད་དེས་སྔར་བཞིན་སྐད་ཅོར་བརྒྱབ་སྟེ། "ཁྱིས་བུས་པར་རྒྱུགས་སོང་། དེ་མྱུར་མོར་ཟུངས་ཤིག འཚེར་དུ་མ་འཇུག" ཟེར་ནས་ས་ལྷིང་གནམ་ལྷིང་བྱས་བྱུང་།

དེ་མ་ཐག་ཏུ་མི་ཚོགས་མཐའ་འཁོར་དུ་རུབ་བྱུང་། ཁྱི་མོ་བདེ་སྐྱིད་ཀྱིས་ཀྱང་དེ་འཕྲལ་དོན་དག་མི་ལེགས་པ་ཞིག་འབྱུང་རྒྱུ་ཡིན་པ་ཤེས་ཏེ། གང་མྱུར་དང་མི་ཚོགས་ཀྱི་ཁོང་གསེང་བརྒྱུད་ནས་འབྲོ་དགོས་བྱུང་། ཕོ་མོ་བྲོས་པ་དང་བསྟུན་ནས་མི་ཚོགས་ཀྱིས་དངོས་གནས་ཁྱིས་པར་རྒྱུགས་ཟེར་འདུག་སྙམ་ནས "དེ་ཟུངས་ཤིག" "དེ་སོད་ཅིག" ཟེར་ནས་ཕྱི་བཞིན་དེད་བྱུང་། མི་མང་པོའི་དམོད་མོ་བྱེད་པའི་སྐད་ཅོར་གྱིས་རྒྱ་སྲང་ཧྲིལ་པོ་ཁེངས་བྱུང་། ད་དུང་མི་སྐོར་ཞིག་ཕོ་མོའི་ཕྱི་བཞིན་དུ་བདའ་ནས་ཡོང་གིན་འདུག ཁྱི་མོ་བདེ་སྐྱིད་སྲོག་བསྐྱོབས་དང་འབྲོ་བཞིན་དུ་སེམས་ལ། བདའ་འདེད་བྱེད་པའི་མི་དག་གི་ཁྲོད

ད་ཉིན་རྟོག་པའང་ཡོད་ངེས་རེད་ལ། གལ་ཏེ་ཕོ་ཚོའི་ལག་ཏུ་ཚུད་ཆེ་ལོ་གཉིས་ནས་གསུམ་ལ་བཙོན་ཁང་དུ་འདུག་དགོས་ཀྱང་སྲིད་སྙམ།

མི་སྐོར་ཞིག་གིས་རྗེས་བཞིན་དེད་ཡོང་གིན་འདུག་པས། ཕོ་མོའི་སེམས་ལ་སྒྱོ་བུར་བའི་ཐབས་ཤིག་དྲན་ཏེ་ཏླངས་འཁོར་གྱི་བར་གསེང་བརྒྱུད་ནས་རྒྱ་ལམ་གྱི་ཕར་ངོགས་སུ་བྲོས་ཤིང་། སྲང་མདོ་ཞིག་ནས་གཡོན་ཕྱོགས་སུ་བསྐྱོགས་མཚམས་སུ། སྲང་གོག་དོག་པོ་ཞིག་གྲོང་བརྡལ་འདིའི་རྒྱབ་རོལ་ཞིག་ཏུ་བསྲིངས་ཡོད་པ་མཐོང་བས་དེ་ལ་ཞུགས་ནས་མུ་མཐུད་དུ་བྲོས། བསམ་ཡུལ་ལས་འདས་པ་ཞིག་ལ། སྲང་གོག་དེ་ནི་ཕ་རོལ་ན་གཞིས་ཀ་ཆེན་པོ་ཞིག་གི་སྒོ་ཆེན་གྱིས་བཅད་དེ་ཕུ་མེད་པ་ཞིག་ཡིན་འདུག ཕྱིར་ལོག་གིས་ཡོང་རྩིས་བྱས་པ་ན། བདའ་འདེད་བྱེད་པའི་མི་དག་ཊམ་ཊམ་ཐེག་ཐེག་དང་རྗེས་བསྙེགས་ནས་ཚུར་ཡོང་གིན་འདུག ད་ནི་གཞའ་ས་འབྲོ་ཡུལ་ཅི་ཡང་མི་འདུག་པས་ཕོ་མོ་ཏ་ཅང་འཛིགས་ཤིང་དངངས་པར་གྱུར་སོང་།

ཕོག་སྟོད་གཅེར་བུ་ཡིན་ཞིང་དཔུང་བའི་སྟེང་དུ་འབྲུག་རིས་བགོད་ཡོད་པ་དང་། གདོང་ལ་སྨྲ་ར་སྟུག་པོ་སྐྱེས་ཡོད་པའི་མི་ཐོ་དེས་ཁྲེལ་དགོད་བྱེད་བཞིན། "ཕྲོས་ཡ། ད་དུང་ཕྲོས་ཡ། ངས་ཁྱོད་གང་དུ་འབྲོ་བར་བལྟ་དང་" ཟེར་བཞིན་ཉེ་སར་བཏུད་བྱུང་བས། ཁྱི་མོ་བདེ་སྐྱིད་ཀྱིས་ཀྱང་ཁྱི་འཚབ་ན་ཀྱང་ལ་མཆོངས་པའི་གཏམ་དཔེ་དེ་དྲན་ཞིང་། དེ་མ་ཐག་སྙིང་སྟོབས་དགུ་འགྱུར་གྱིས་མི་ཐོ་དེའི་སྟེང་དུ་མཆོངས་པ་ན། ཕོའི་ལག་ནང་གི་དབྱུ་གུའི་སྟེང་ནས་མེ་ལྕེ་ཞིག་མཆེད་མ་ཐག ཕོ་མོ་དེ་མལ་དུ་བསྒྱེལ་ཏེ་ཅི་ཡང་མི་ངེས་པར་གྱུར་སོང་།

བརྒྱལ་བ་ལས་སངས་པ་ན། ངའི་སྒུག་བཞི་ཐག་པས་དམ་པོར་བཀྱིགས་ཏེ་འགུལ་མི་ནུས་པར་བྱས་འདུག་ཅིང་། སྐེ་ལ་ལྕགས་ཐག་བསྐོན་ཏེ་འགྲམ་གྱི་སྡོང་པོ་ཞིག་ལ་བཏགས་འདུག་པ་ཚོར་བྱུང་། གཡས་གཡོན་དུ་བལྟས་པ་ན་ཚཤས་ར་ཞིག་གི་ནང་ཡིན་པར་སྣང་སྟེ། ཐང་གཅལ་ཀུན་ཏུ་ཁྲག་དམར་གྱིས་ཆག་ཆག་བཏབ་འདུག་ཅིང་། ཕར་ཁའི་ཁྲམས་རའི་གདང་ག་རིང་པོར་གསར་དུ་བཤས་མ་ཐག་པའི་ཤ་གཟུག་མང་པོ་གྲལ་བསྒར་དུ་བཀལ་

འདུག་པར་མ་ཟད་ད་དུང་གཡས་ཕྱོགས་ཀྱི་ར་སྐོར་ཆེན་པོ་ཞིག་གི་ནང་དུ་ར་མ་མང་པོ་བཙུག་ཡོད་ཅིང་། དེ་དག་ཀྱང་ཉམས་ཐོར་བའི་ངང་འདར་སིག་སིག་ང་ལ་བལྟས་ཡོད་པ་མཐོང་བྱུང་། ང་ལ་ད་བར་དུ་འདི་འདྲའི་སྐྲག་སྣང་ཞིག་གཏན་ནས་སྐྱེས་མ་མྱོང་། སྐྲག་ནས་ལུས་རྩིལ་པོ་འདར་སིག་སིག་བྱེད་ཀྱིན་འདུག ངའི་སྙིང་གི་འཕར་ལྡིང་དྲག་པོ་དེ་རང་ཉིད་ཀྱིས་ཀྱང་ཐོས་ཐུབ་འདུག ཅི་བྱ་གཏོལ་བྲལ་གྱི་སྐབས་དེར་ངའི་སེམས་ལ་གཞི་ནས་ཁྲི་ཐར་རྒྱལ་དྲན་བྱུང་། ཁོས་འདི་ལྟར་ང་བསྐུར་ནས་ཚོང་རྒྱག་ཏུ་སོང་བར་ཞེ་སྡང་སྐྱེས་བྱུང་། ཁོས་ད་དུང་ང་རང་སྲུང་སྐྱོབ་བྱེད་རྒྱུ་ཡིན་ཟེར། འདི་ནི་ཁོས་ང་སྲུང་སྐྱོབ་བྱས་པའི་འབྲས་བུ་ཡིན་ནམ། ཡིན་ན་ཡང་ངས་ད་དུང་ཞྭ་ཁྱོག་ཏུ་ཁོ་གང་མྱུར་ངང་ང་སྐྱོབ་ཏུ་ཡོང་བར་རེ་སྒུག་བྱས་པ་ཡིན།

ང་ལ་དངངས་སྐྲག་སྐྱེས་པ་དང་བསྟུན་ནས་མི་འགའ་ཡང་གན་དུ་ཉེབ་བྱུང་བ་སྟེ། ཁོ་ཚོ་ནི་ད་སྔོན་བདའ་འདེད་བྱེད་པའི་སྐྱེས་པ་སྨ་ར་ཅན་དང་ཁོའི་ལག་རོགས་དག་ཡིན་འདུག བསམ་ཡུལ་ལས་འདས་པ་ཞིག་ནི། ཁོ་ཚོའི་གྲས་སུ་ད་དུང་དང་ཐོག་སྲང་ལམ་དུ་བུས་པ་མཆེ་མ་དེད་པའི་བུད་མེད་དེ་ཡང་ཡོད་པ་དེ་རེད། ཁོ་མོའི་ལག་གཉིས་མཆན་བསྣོལ་བྱས་ཤིང་། ལག་གཡས་པའི་གོང་མཛུབ་དང་དཀྱིལ་མཛུབ་བར་དུ་ཐ་མག་ཅིག་བཙིར་འདུག སྐྱེས་པ་སྨ་ར་ཅན་དེས་ཀྱང་གུས་གུས་ཞུམ་ཞུམ་བྱེད་པར་བལྟས་ན། ཁོ་མོ་ནི་ཕལ་ཆེར་མི་དེ་ཚོའི་མགོ་གཙོ་ཡིན་པ་འདྲ། ངས་ས་ངོས་ནས་གྱེན་དུ་བལྟས་ཚེ་ཁོ་ཚོ་མི་རེ་རེའི་གཟུགས་པོ་ཧ་ཅང་རིང་བ་སྟེ། ཧ་ལམ་རྫོང་བརྩིགས་གཅིག་གིས་ང་རང་དམྱལ་བའི་འཕྲང་དུ་བཏྫངས་འགྲོ་བའི་སྣང་བ་སྐྱེས་བྱུང་།

"ཁྱོད་ཚོ་ཅི་ཞིག་བྱེད་མཁན་ཡིན། དོན་མེད་དུ་ང་འཛིན་དོན་ཅི་ཡིན" ངས་ས་ནས་འཕག་འཚག་ཅིག་བྱས་རྗེས་དེ་ལྟར་དྲིས།

བུད་མེད་དེ་ངའི་གན་དུ་ཅོག་པུར་བསྡད་དེ། ཐ་མག་ཁམ་གང་རྔུབ་སྟེ་དུ་བ་ཕྱིར་ངའི་གདོང་ལ་ཕུ་འདེབས་བཞིན། "དེ་ཟེར་རམ། དེ་ནི་ཁྱོད་ཀྱིས་ངའི་བུས་པར་རྨུགས་པས

མ་ཡིན་ནམ" ཟེར་ནས་གདོང་ལ་ཁྲེལ་འཛུམ་ཞིག་ལངས་འདུག

ངའི་སྣ་ལམ་དུ་དུ་བའི་དྲི་མ་ལས་ཀྱང་ཁོ་མོའི་ལུས་སྟེང་གི་བསུང་ཚུའི་དྲི་མ་སྟུག་པོ་དེ་མནམས་བྱུང་བས། ཧ་ཅང་སྐྱུག་བྲོ་བའི་ཚོར་སྣང་སྐྱེས་བྱུང་། "ངས་བྱུས་བར་ལྟ་བར་ཁྱོད་ཀྱང་ཡིད་འཐད་ཡིན་པ་མིན་ནམ" ཞེས་བཤད།

"ང་ཡིད་འཐད་ཡིན་པ་ངོ་མ་ཡིན། འོན་ཀྱང་འདི་ལ་ཐབས་བཀོད་ཟེར་བ་རེད། ཐབས་བཀོད་འདི་འདྲ་མ་བཀོལ་བར་ཁྱོད་རང་འཐད་དང་ངའི་རྗེས་སུ་ཡོང་སྲིད་དམ།" བུད་མེད་དེ་དེ་འཕྲུལ་ཡར་ལངས་ནས་རྣར་གཟན་པའི་ཧབ་དགོད་ཅིག་བྱས་སོང་།

བུད་མེད་དེས་དེ་ལྟར་བཤད་པས། ང་ནི་དངོས་གནས་མགོ་རྨོངས་པར་བྱས་སོང་། "ཁྱོད་ཚོས་ང་ལ་དོན་མེད་དུ་བསྙོན་འཛུགས་བྱེད་དོན་ཅི་ཡིན། ཁྱོད་ཚོ་དོན་ངོ་མར་ཅི་ཞིག་བྱེད་མཁན་ཡིན" ཞེས་དྲིས།

བུད་མེད་དེས་དུ་བ་རྫུབ་བཞིན་ངའི་འགྲམ་ནས་ཕར་འགྲོ་ཚུར་འགྲོ་བྱེད་བཞིན་དུ། ཕལ་ཆེར་སྙིང་གཏམ་ངོ་མ་དེ་བཤད་པ་ལྟར་ན་རེ། "ང་ཚོ་ནི་ཁྱི་ཤའི་ཚོང་རྒྱག་མཁན་ཡིན། ད་ལྟ་ནང་ལོགས་ཀྱི་གྲོང་ཁྱེར་དག་ཏུ་ཁྱི་ཤ་ནི་རིན་གོང་ཧ་ཅང་བྲིན་གྱིན་ཡོད་པས། ཁྱི་ཤ་ཆེད་འཚོང་ཟ་ཁང་ཡང་མང་པོ་འདུག འོན་ཀྱང་ཁྱི་ནི་རི་དྭགས་ལྟ་བུ་མ་ཡིན་པར་བདག་པོ་ཡོད་པས། ཐབས་འདི་ལྟ་བུ་མི་བཀོལ་ཐབས་མེད་རེད། འོན་ཀྱང་ཁྱོད་ནི་ཁྱི་མོ་ཞིག་རེད་འདུག་པས་ལས་བཟང་འདུག་ཅེས་བཤད་ཆོག རང་ཉིད་ཤི་གསོན་གང་བྱེད་པར་གདམ་ག་བྱེད་པའི་དབང་ཆ་ཡོད། གལ་ཏེ་གསོན་འདོད་ན་ང་ཚོར་ཁྱི་གུ་རྒྱུད་སྤེལ་བྱེད་རྒྱུར་ཡིད་འཐད་ཡིན་པའི་གན་རྒྱ་འཛུགས་དགོས། འདི་ནི་ཁྱོད་རང་འཁྱོན་མ་བྱེད་དགོས་ཟེར་བའི་དོན་མིན་ཏེ། ང་ཚོས་ཚན་རིག་སྤྱད་དེ་རྒྱུད་སྤེལ་བྱས་ཆོག ང་ཡང་ཨ་མ་ཞིག་ཡིན་པའི་ཆ་ནས་ཁྱོད་ལ་གནས་ལུགས་མེད་པའི་རེ་བ་གཏོང་མི་སྲིད" ཟེར་ནས་ཧུར་རེར་ངའི་རྣམ་འགྱུར་ལ་རྟོག་གིན་སྡོད།

ཁོ་མོའི་སྐད་ཆའི་ནང་དོན་ནི་ང་ལ་ཁྱི་གུ་མང་པོ་བཙས་རྗེས། ཁྱི་གུ་དག་ཁོ་ཚོས

གསོད་དགོས་ཟེར་བ་ཡིན་འདུག་པས། ངས་དེ་འདྲའི་ལས་གཏན་ནས་སྒྲུབ་མི་སྲིད། རང་ཉིད་འདི་ལྟར་འགྱུར་དོན་ཡང་བདག་པོས་ཁྱི་གུ་དག་བསད་པས་མ་ཡིན་ནམ། ལྷག་པར་དུ་བུད་མེད་འདི་ལ་ཡིད་རྟོན་བྱེད་རྒྱུ་ཅི་ཡང་མི་འདུག་སྟེ། རང་ཉིད་ཀྱི་བུས་པ་ཡང་མགོ་སྐོར་གཏོང་བའི་ཡོ་བྱད་བྱེད་ཀྱིན་འདུག་པས། ཁྱོད་ལ་ཨ་མ་བྱེད་པའི་ཐོབ་ཐང་མི་འདུག་སྙམ་བྱུང་། ངས་སླར་ཡང་ཁོ་མོར་བལྟས་ཏེ "འོ་ན་ར་མ་མང་པོ་འདི་ལྟར་ར་བར་འཇུག་དོན་ཅི་ཡིན" ཞེས་དྲིས།

བུད་མེད་དེས་ཁོང་དགོད་ཅིག་བྱས་ནས། "འདི་ཡང་ཐབས་ཟད་པའི་ལས་ཀ་རེད། འབྲོག་པ་ཚོས་སྒོ་ཁྱི་གཏན་ནས་འཚོང་འདོད་མི་བྱེད་པས། ཁྱི་ཤ་དེ་འདྲ་མང་པོ་ཞིག་གང་ནས་ཁྱེར་ཡོང་རྒྱུ། དེའི་རྐྱེན་གྱིས་ར་མ་བཤས་ཏེ་མགོ་ལག་ཡོངས་རྫོགས་བཅད་ཚེ་ཁྱི་ཤ་དང་ཧ་ཅང་མཚུངས། དེ་ཁྱི་ཤ་དང་བསྲེས་ནས་བཙོངས་ན་སུས་ཀྱང་མི་ཚོར། དེ་དག་ནི་ཁྱོད་ཀྱིས་ཤེས་དགོས་མི་འདུག ཤོད་དང་། ཁྱོད་རང་ཤི་ན་འདོད་དམ་གསོན་ན་འདོད། གསོན་ན་འདོད་ན་ང་ཚོ་དང་མཉམ་འབྲེལ་གྱིས་ཤིག" ཟེར།

ད་ནི་ངས་ཀྱང་རྫུན་མི་གཏམ་ཐབས་མེད་རེད་པས། མགོ་བོ་སར་བཞག་ནས་བསམ་བློ་ཞིག་བཏང་རྗེས། "ད་ནི་གདམ་ག་གཞན་མེད་དམ" ཞེས་དྲིས།

བུད་མེད་དེས་བསམ་བློ་གཏོང་ཙམ་ཡང་མི་བྱེད་པར "གདམ་ག་འོས་ཡོད་མོད་དེ་ནི་ཁྱོད་ལ་སྤྱོད་ཐབས་མི་འདུག ད་ལྟའི་ཚོང་ལས་ཀྱི་འགྲོ་ལུགས་ལྟར་ན། གལ་ཏེ་ཁྱོད་ཀྱིས་རང་ཉིད་དང་འདྲ་བ་བཅུ་ཐམ་པར་མགོ་སྐོར་བཏང་སྟེ་ང་ཚོའི་ལག་ཏུ་འཛོག་ནུས་ཚེ་ཁྱོད་རང་སྲོག་ཐར་དུ་བཏང་ཆོག་པ་རེད། འོན་ཀྱང་དེ་ལ་རང་ཉིད་དང་རིན་གོང་མཉམ་པའི་གཏའ་མ་ཆེན་པོ་འཛོག་དགོས་པ་རེད། ཁྱོད་ལ་གཏའ་མར་འཛོག་འོས་པ་ཅི་ཡང་མི་འདུག་པས……" ཟེར།

ངས་སླར་ཡང "འོ་ན་རྒྱུད་སྤེལ་བྱེད་ན་ཁྱི་གུ་ག་ཚོད་བཙའ་དགོས་པ་རེད" ཅེས་དྲིས།

ཐེངས་འདིར་བུད་མེད་དེས་ལན་བཏབ་མ་བྱུང་། ཕོ་མོའི་འཁྲིས་ཀྱི་མི་ཕོ་སྣར་ར་ཅན་དེས་མཛུབ་མོ་གསུམ་གེར་ཏེ། "སུམ་ཅུ། ཁྲི་གུ་སུམ་ཅུ་བཙའ་དགོས" ཟེར།

ངས་འདང་རྒྱུག་ཁུལ་ཙམ་བྱས་རྗེས། "ཁྲི་གུ་སུམ་ཅུ་བཙའ་ན་ཞུང་མཐར་ཡང་ལོ་ལྔ་དྲུག་ཙམ་དགོས་པར་འདུག དེ་ལྟར་ན་ང་ཡང་འདི་གར་ལོ་ལོན་སོང་བ་མ་རེད་དམ" ཞེས་དྲིས།

འགྲམ་གྱི་མི་དེ་ཚོ་ཡང་དགོད་བཞིན་དུ། "གལ་ཏེ་ཁྱོད་ཀྱིས་ལོ་གཅིག་ལ་ཁྲི་གུ་སུམ་ཅུ་བཙའ་ཐུབ་ཚེ། ཁྱོད་རང་ལ་ཡང་རང་དབང་ཐོབ་སོང་བ་མ་རེད་དམ" ཟེར། ཕོ་ཚོས་སེམས་ཀྱིན་པ་ནི་འདི་ནི་མི་སྲིད་པ་ཞིག་རེད་པས། ཁྱོད་ལ་ཐབས་བཀོད་གཞན་ཡོད་པ་མ་རེད་ཅེས་པའི་དོན་ཡིན་འདུག

"འོན་ཀྱང་ང་ལ་ཐབས་ཤིག་འདུག" ངོ་མ་བཤད་ན་ཕོ་ཚོས་ང་ལ་ཐབས་བཀོད་འདི་འཐེན་དུ་བཅུག་པ་རེད།

"ཐབས་ཅི་ཞིག་འདུག" བུད་མེད་དེ་ཅུང་ཡིད་མི་ཆེས་པ་ལྟར་གྱུར་སོང་།

ངས་བདེན་ཅོག་ཅོག་ངང "ང་ལ་ཁྲི་གུ་ཕོ་གཉིས་དང་མོ་གསུམ་ཡོད། ཕོ་གཉིས་ཀ་ཁྲིམ་ཚང་གཞན་གྱིས་བདག་པོ་བརྒྱབ་བྱུང་མོད། མོ་གསུམ་པོ་ནི་བདག་པོས་གསོད་རྩིས་བྱེད་ཀྱིན་འདུག་པས། གལ་ཏེ་ཕོ་མོ་གསུམ་པོ་འདི་གར་ཁྲིད་ཡོང་སྟེ་རྒྱུད་སྤེལ་བྱས་ཚེ། གཅིག་ནས་ངའི་འགན་ཁུར་ཡང་འགྲུབ་པར་གྱུར་བ་རེད་ལ། གཉིས་ནས་ཕོ་ཚོའི་ཚེ་སྲོག་ཀྱང་ཐར་སོང་བ་མ་རེད་དམ" ཞེས་བཤད།

མཐའ་འཁོར་གྱི་མི་དག་གིས་ཕན་ཚུན་གྱི་གདོང་ལ་ལྟ་ཙམ་བྱས་རྗེས་མགོ་ལྡེམ་ལྡེམ་བྱེད་ཀྱིན་འདུག་པས། བཟོ་ལྟར་བལྟས་ན་ངའི་ཐབས་དེ་ནི་ཏ་ཙང་ལེགས་འདུག་སྙམ་པ་འདྲ། བུད་མེད་དེས་ངའི་སྐད་ཆ་ཐོས་འཕྲལ་དེ་མ་ཐག་ཏ་ཙང་དགའ་བ་ལྟར་གྱུར་ཅིང་། སླར་ཡང "འོན་ཀྱང་ཁྱོད་ཀྱིས་ཅི་ཞིག་གཏའ་མར་འཇོག་རྒྱུ" ཞེས་དྲིས་བྱུང་།

"འདི་ལ་གཏའ་མ་དགོས་ཀྱིན་འདུག་གམ། ངས་ཀྱང་རང་ཉིད་ཀྱི་ཕྲུ་གུ་དག་གི་

སྲོག་སྐྱོབ་སྐམ་པ་ཡིན” ངས་མིག་ཅེར་ཏེ་ནན་ནན་ཏིག་ཏིག་གིས་བཤད།

ཧ་ཅང་སྤྱང་མདོག་སྟོན་གྱིན་པའི་མི་ལ་ཡང་ཧ་ཅང་བླུན་པའི་སྐབས་ཡོད་འདུག ཁོ་ཚོས་དེ་སྨུར་ང་རང་བཀྱིག་ཐག་བཀྲོལ་ནས་གློད་བྱུང་མེད། ངའི་རྐང་ལག་ཐག་པས་བཀྱིགས་ཏེ་སྒྲིད་འདུག ང་གང་ནུས་དང་མྱུར་མོར་ཡར་ལངས་པ་ན་གོམ་པ་འཁྱོལ་ཙམ་བྱས་སོང་། ངས་གསིག་རྫེབ་བྱས་ཏེ་ལུས་སྟེང་གི་རྩུལ་སྤུགས་སྤུགས་ཤིག་བྱས་པ་ན། ཁོ་ཚོ་ཡང་ད་སྔོན་ལས་གཟུགས་པོ་ཐུང་དུ་ཕྱིན་པ་ལྟར་གྱུར་འདུག་ལ། ཁོ་ཚོའི་རྣམ་འགྱུར་རྩུབ་ནས་འགྱུར་ཏེ་ཧ་ཅང་སྙིང་ཉེ་བ་ལྟར་གྱུར་སོང་། ད་དུང་ང་ལ་ར་མ་བཤུས་པའི་ནང་ཁྲོལ་གྱི་སྟོན་མོའང་བཤམས་བྱུང་། འགྲམ་དུ་བཀག་བའི་ར་མའི་ཤ་གཟུག་དག་ཧ་ཅང་རྟུད་པ་ཤ་སྨག་འདུག་པས། ངའི་སེམས་ལ་ཁྲི་ཡི་ཤ་ནི་འདི་འདྲའི་རྟུད་པ་ཞིག་ཡིན་ནམ་སྙམ། གང་ལྟར་འདི་ནི་ཤེད་གསོ་བྱས་པའི་ཤ་མིན་ཐག་ཆོད་རེད་པས། ངས་ཀྱང་འགྲངས་ཐག་ཆོད་ཅིག་ཟོས་པ་ཡིན།

ཁྲི་མོ་བདེ་སྐྱིད་བཤུས་ཁང་ལས་ཐར་མ་ཐག་ཁྲི་ཐར་རྒྱལ་འཚོལ་འདོད་མེད། འོན་ཀྱང་ཁོ་ནི་ད་ལྟ་གང་དུ་ཡོད་པའང་མི་རྟོགས་པས། ཐད་ཀར་མདང་དགོང་སྡོད་སའི་མིང་བྱང་སྟེང “སེམས་ཀྱི་ཉི་ཟླ་མགྲོན་ཁང་ཆེན་མོ” ཞེས་བྲིས་ཡོད་པའི་མགྲོན་ཁང་དེའི་ནང་དུ་བརྒྱུགས་ནས་སོང་། ལམ་བར་དུ་སེམས་ལ་མི་དེ་ཚོས་ཁོ་མོའི་རྫུན་ཇ་བརྗོལ་ནས་རྗེས་འདེད་ཡོང་གིན་ཨེ་ཡོད་སྙམ་སྟེ་ཕྱིར་ལྟ་ཡང་ཡང་བྱེད་དགོས་བྱུང་། མགྲོན་ཁང་ཞབས་ཞུ་མ་དེས་ཁོ་མོ་མཐོང་འཕྲལ་འཛུམ་བཞིན་དུ་མྱུར་མོར་ཡར་ལངས་ཏེ་གུས་ཚུལ་ཞིག་བསྟན་བྱུང་། ཁྲི་མོ་བདེ་སྐྱིད་ཀྱིས་མོའི་རྣམ་འགྱུར་ལ་ཁ་ཡ་བྱེད་ལོམ་མི་འདུག་པས་འཆབ་འཚུབ་དང་ཁྲི་ཐར་རྒྱལ་གྱི་ཁང་བའི་ནང་དུ་སོང་། སྐབས་ལེགས་པ་ལ་ཁྲི་ཐར་རྒྱལ་ཡང་མལ་ཁང་དུ་འདུག ཁོ་མལ་ཁྲིའི་འཁྲིས་སུ་མགོ་བོ་དུད་ཅིང་ཕྲག་པ་གློད་དེ་འདང་རྒྱག་གི་ནང་དུ་ལྷུང་འདུག

“ཅི་རེད། དོན་དག་ཅིག་བྱུང་སོང་བ་མིན་ནམ” ཁྲི་མོ་བདེ་སྐྱིད་ཀྱིས་འཆབ་འཚུབ

ངང་དེ་ལྟར་དྲིས།

ཁྲི་ཐར་རྒྱལ་ནི་ཧ་ཅང་གཏིང་ཟབ་པའི་དོང་ནང་ཞིག་ནས་ཕྱིར་ཐོན་པ་ལྟར། ཁྲི་མོ་བདེ་སྐྱིད་ཀྱི་གདོང་ལ་ལྟ་མི་ཐོད་པར། “མགོ་སྐོར་ཐེབས་བྱུང་། གྲོགས་པོ་དེས་ཚོང་ལེན་རོགས་བྱེད་ཟེར་ནས་ངའི་སྐོར་མོ་ཚང་མ་ཁྲེར་ཏེ་བྲོས་སོང་བར་འདུག” ཅེས་ཟེར།

“འོ་ན་ཉེན་རྟོག་པ་ལ་ཞུ་གཏུག་མ་བྱས་སམ།”

ཁྲི་ཐར་རྒྱལ་གྱིས་མགོ་འཕྲེད་དུ་གཡུག་ཙམ་བྱས་ནས “ཕན་ཐོགས་ཡོད་པ་མ་རེད། གལ་ཏེ་ཉེན་རྟོག་པས་ཉེས་ཅན་ཡོངས་རྫོགས་འཛིན་བཟུང་བྱས་ཚར་ཆེ། རང་ཉིད་ཀྱི ‘ལྷུགས་ཐོར’ ཡང་དེ་དང་ལྷན་དུ་ཚར་སོང་བ་རེད། དེ་བས་ཁོ་ཚོས་ཁ་ཡ་བྱེད་མི་སྲིད” ཟེར།

“ང་ལ་ཡང་མགོ་སྐོར་ཐེབས་བྱུང་། ཁྲི་གསོད་ནག་ཚོགས་ཀྱི་ལག་ཏུ་ཚུད་པས་རྫུན་གཏམ་སྣེ་ཐར་ཐབས་བྱས་པ་ཡིན། ད་ནི་གང་མྱུར་ངང་འབྲོ་དགོས། ད་དུང་ངས་ཉེན་རྟོག་པར་ཞུ་གཏུག་ཀྱང་བྱེད་དགོས། འདི་ལྟར་སོང་ན་ཁྲི་ཡོངས་རྫོགས་ཚར་ངེས་རེད” ཅེས་བཤད།

ཁྲི་ཐར་རྒྱལ་གྱིས་ཁོ་མོའི་སྐད་ཆ་ཐོས་འཕྲལ་ཧང་སང་བར་གྱུར་སོང་། ཁོས་གནས་ཚུལ་རྒྱས་པར་ཉན་རྗེས “དེས་ན་ད་ལྟ་ཉིད་དུ་འགྲོ་མི་རུང་། ཁྱོད་སྡོད་དང་ང་སོང་ནས་ཉེན་རྟོག་པར་ཡར་ཞུ་བྱེད། གལ་ཏེ་ཁོ་ཚོས་ཚོགས་པ་དེ་འཛིན་བཟུང་བྱས་པ་ཡིན་ན། ངེད་གཉིས་ལམ་དུ་སོང་ནའང་བདེ་འཇགས་རེད” ཅེས་ཟེར།

ཕྱི་དྲོ་དེར། ཁྲི་ཐར་རྒྱལ་གྱིས་ཁྲི་མོ་བདེ་སྐྱིད་ཀྱི་ངག་ནས་ནག་ཚོགས་སྐྱང་སའི་ཚང་མལ་གང་དུ་ཡོད་པ་དང་སྒོ་བྱང་ཨང་གྲངས་སོགས་གསལ་པོར་དྲིས་རྗེས་ཉེན་རྟོག་རུ་ཁག་ལ་ཡར་ཞུ་བྱས་པས། དེ་མ་ཐག་ཏུ་ཉེན་རྟོག་པ་མང་པོ་ལམ་ལ་ཆས་བྱུང་ཞིང་། ཅུང་མ་འགོར་བར་ཉེན་རྟོག་པ་འགས་ཁྲི་གསོད་པ་དེ་དག་རེ་རེ་བཞིན་ལྷུགས་སྒྲིག་བརྒྱབ་ནས་ཁྲིད་ཐོན་བྱུང་ལ། མགོ་གཙོ་བུད་མེད་དེས་བུས་པ་གཅིག་པང་དུ་བཟུང་ཞིང་གཅིག་རྒྱབ

ཏུ་ཁུར་འདུག་པས་ལྕགས་སྒྲོག་བརྒྱབ་མི་འདུག དེར་མཐུད་ནས་མེ་མདའ་ཁུར་བའི་ཉེན་རྟོག་པ་འགས་ར་མ་མང་པོ་དེད་ནས་ཐོན་ལ། མཇུག་མཐར་ཟློག་སྐྱིལ་རླངས་འཁོར་ཆུང་བ་ཞིག་གི་ནང་དུ་ར་ཤ་དང་ཁྲི་ཤ་མང་པོ་བརྩིགས་ཤིང་། རླངས་འཁོར་ཆུང་བ་འགས་རྗེས་དེད་དེ་ཉེན་བརྡ་གཏོང་བཞིན་ཐད་ཀར་ཉེན་རྟོག་ཉུ་ཁག་གི་སྒོ་ཆེན་ནང་དུ་འཛུལ་སོང་།

ཁོ་ཚོ་མི་འགྲུངས་པར་ཕྱིར་གཏོང་བྱེད་ངེས་རེད་པས། ཁྲི་ཐར་རྒྱལ་དང་ཁྲི་མོ་བདེ་སྐྱིད་གཉིས་ཀའང་གོ་སྐབས་དེ་དང་བསྟུན་ནས་གྲོང་བརྡལ་འདི་དང་གྱེས་པ་རེད། འགྲོ་ཁར་ཁྲི་ཐར་རྒྱལ་ལ་ཤུལ་ལྷག་གི་སྒོར་མོ་འགའ་ཡོད་པ་དེས་ཙུང་རྟོག་ཁུག་མ་ཕྱེད་ཙམ་ཉོས་ཤིང་། རྟོག་ཁྲིས་རྒྱབ་ཏུ་ཁུར་ཏེ་ལྷོ་ཕྱོགས་སུ་འཐེན་པའི་ལམ་ཕྲན་ཞིག་ལ་ཞུགས། ཁོ་གཉིས་ཀྱིས་ནག་ཚོགས་ཀྱིས་རྗེས་དེད་ཨེ་ཡོང་སྙམ་སྟེ་ཉེན་མཚན་ལྟོས་མེད་དུ་ངལ་མ་གསོས་པར་རི་དང་ལུང་བ་བརྗོལ། ཆུ་དང་གྲོག་མོ་བརྒལ་ཏེ་དམིགས་ཡུལ་མེད་པར་མདུན་དུ་བསྐྱོད།

མཇུག་མཐར་ཁྲི་ཐར་རྒྱལ་ཐང་ཆད་དེ་འགྲོ་མ་ནུས་པར། སྤྱི་ཐོ་ཞིག་ལ་འདུག་སྡེགས་བྱས་ནས་ཅོག་བྱུང་། ཁོས་དབུགས་ཧལ་ཧལ་བྱེད་བཞིན་ཁུག་མ་པང་དུ་བླངས་ནས "ད་ལྟ་ཁོ་ཚོས་རྗེས་ཚོད་མི་སྲིད་པས། ལྟོ་ཞིག་ཟ་ལ་འགྲོ" ཟེར་བཞིན་ཁྲི་མོ་བདེ་སྐྱིད་ཀྱི་མདུན་དུ་ཙུང་རྟོག་ཅིག་གཡུགས་བྱུང་།

ཁྲི་མོ་བདེ་སྐྱིད་ཀྱིས་བདེ་ལྷག་འཁྲུག་པོས་ཙུང་རྟོག་བར་སྣང་ནས་བསྣབས་འཛིན་བྱས་ཤིང་། མཆེ་བས་གཡས་འཆའ་གཡོན་འཆའ་བྱས་ཏེ་ཟ་བཞིན། ཁྲི་ཐར་རྒྱལ་ལ་བལྟས་ནས། "གལ་ཏེ་ཉིན་དེར་ང་རང་ཁྲི་གསོད་དེ་ཚོའི་ལག་ནས་མ་ཐར་བ་ཡིན་ན། ཁྱོད་སྐྱོབ་ཏུ་ཡོང་ཨེ་སྲིད" ཅེས་དྲིས།

ཁྲི་ཐར་རྒྱལ་གྱིས་ཙུང་རྟོག་ཟ་བཞིན་དུ་མགོ་ལྡེམ་ལྡེམ་བྱས་ཏེ "ཅི་ལ་མི་སྲིད། ང་ཡང་སྐྱེས་པོ་རབ་ཅིག་རེད་པས། རེ་བ་ཉག་ཙམ་ཡོད་ན་ངས་མི་གཏོང་ཐག་ཆོད་ཡིན" ཟེར།

ང་ལ་སེམས་འགྱུལ་ཐེབས་བྱུང་། རྒྱུ་མཚན་ནི་ང་ལ་ད་བར་དུ་སྐད་ཆ་འདི་འདྲ་ཞིག་བཤད་མཁན་བྱུང་མ་མྱོང་བས། སྐབས་འདིར་ང་སླར་ཡང་ཁྲི་ཐར་རྒྱལ་ལ་དགའ་བྱུང་། ངས་རང་ཉིད་ཀྱི་སྔར་བྱུང་དག་རྩ་བ་ནས་བརྗེད་པར་གྱུར་སོང་། ངེད་གཉིས་གས་ཅུང་རྫོག་ཟས་རྗེས་སླར་ཡང་ལམ་ལ་ཆས་པ་ཡིན། ངོ་མ་བཤད་ན་གྲོང་ཁྱེར་ནི་ངེད་རང་བས་དཔལ་ཡོན་གྱི་མཚོན་བྱེད་ཡིན་ནའང་། གཡོ་སྒྱུ་དང་ནག་ཉེས་ཀྱི་ཚང་མལ་ཞིག་ཀྱང་ཡིན་པར་འདུག་པས། ཕྱིར་སྦྱང་ལྗོངས་ཆེན་པོའི་ཕང་བར་བསླེབས་འཕྲལ་ང་ནི་བཙོན་ལས་ཐར་བ་ལྟར་གྱུར་ཏེ། ཕལ་ཆེར་གནམ་ས་འདི་ཡོངས་རྫོགས་རང་ཉིད་ལ་དབང་བ་ལྟ་བུའི་ཚོར་སྣང་སྐྱེས་བྱུང་། ང་སྔོན་ལྟར་ཁྲི་ཐར་རྒྱལ་གྱི་འགྲམ་ནས་གཡས་ཞུལ་གཡོན་ཞུལ་བྱས་ཏེ་ཁོས་གང་དུ་ཁྲིད་ས་དེར་འགྲོ་རྒྱུང་བྱས་པ་ཡིན།

ཉི་མ་མ་ནུབ་པའི་སྔོན་དུ་ངེད་གཉིས་གཞི་ནས་ལུང་གྲོག་དོག་མོའི་མཐིལ་དུ་ཆགས་པའི་གྲོང་སྡེ་ཆུང་ཆུང་ཞིག་ལ་བསླེབས་བྱུང་། གྲོང་སྡེ་དེ་ན་ཁྱིམ་ཚང་སུམ་ཅུ་ལྷག་ལས་མི་འདུག་ཅིང་། ཁྱིམ་ཚང་རེ་རེའི་ཁང་བ་ཡང་ས་ཕག་གིས་ལས་པའི་ཁང་བ་སྐྱ་ལེབ་བ་ཤ་སྟག་རེད་ལ། སྡེ་བའི་མཐའ་འཁོར་དུ་ནགས་འཁོགས་སུ་གྱུར་བའི་སྡོང་རྒན་ཐར་ཐོར་རེ་གྲེན་དུ་འགྲེང་འདུག་པ་དེ་དག་ནི། ཕལ་ཆེར་ཐོག་དང་པོར་གནས་འདིར་གཞི་འཛིན་བྱེད་པའི་ཕོ་ཚོའི་སེམས་པོ་དེས་བཙུགས་པ་དང་འདྲ། ངེད་གཉིས་སྡེ་བའི་ནང་དུ་འཛུལ་བ་ན། ཡ་མཚན་པ་ལ་སྲང་ལམ་ཀུན་ཏུ་བུད་མེད་འགའ་རེ་ཕར་འགྲོ་ཚུར་འོང་བྱེད་པ་ལས་སྐྱེས་པ་གཅིག་ཀྱང་མཐོང་རྒྱུ་མི་འདུག བུད་མེད་དེ་དག་གིས་རྒྱུས་མེད་ཀྱི་མི་ཁྱི་གཉིས་བསླེབས་བྱུང་བ་མཐོང་འཕྲལ། ལས་ཀ་ལས་མཁན་དག་གིས་ལས་ཀ་བསྐྱུར་བ་དང་། ལམ་དུ་འགྲོ་མཁན་དག་གིས་གོམ་པ་སྤོ་མཚམས་བཞག་སྟེ། ཚང་མས་རང་རང་ས་ནས་ངེད་གཉིས་ཀྱི་བཟོ་ལྟར་བལྟས་ནས་འདུག

དོན་དོ་མར་བུད་མེད་དེ་དག་གིས་ང་ལ་ལྟ་བ་མ་ཡིན་པར། ཕོ་མོ་ཚོའི་མིག་འོད་ནི་གཙུགས་ཁབ་རེ་རེ་དང་འདྲ་བར་ཁྲི་ཐར་རྒྱལ་གྱི་སྟེང་དུ་ཟུག་འདུག་པར་བལྟས་ན། ཕལ་

ཆེར་ཡོ་མང་པོ་ཞིག་ལ་སྐྱེས་པ་ཞིག་མཐོང་མ་མྱོང་བ་དང་འདྲ། ངའི་མིག་ལམ་དུ་བུད་མེད་དེ་དག་ཀྱང་དེ་སྔའི་བདག་མོ་བདེ་སྐྱིད་དང་འདྲ་བར་སྐྱེས་པ་འགྱུགས་མཁན་ཤ་སྟག་ཡིན་པའི་སྣང་བ་སྐྱེས་བྱུང་། ཆེས་སྙིང་ལྡངས་པ་ནི་ཁྲི་ཐར་རྒྱལ་གྱི་བཟོ་ལྟ་དེ་རེད། ཁོས་ཀྱང་ད་བར་དུ་འདི་འདྲའི་བུད་མེད་མང་པོ་ཞིག་མཐོང་མ་མྱོང་བ་ལྟར་ཁོ་མོ་ཚོའི་ཕྱོགས་སུ་ཅེར་ཏེ་རྣམ་ཤེས་བྲལ་བ་ལྟར་གྱུར་འདུག ཁོའི་རྣམ་འགྱུར་དེས་ངའི་སེམས་ཧ་ཅང་མི་དགའ་བར་གྱུར་ཏེ། ཁོ་མོ་ཚོའི་ཕྱོགས་སུ་འཁོར་ནས་ཟུག་སྐད་འགའ་བཏོན་རྗེས། མཐའ་འཁོར་ཀུན་ཏུ་མིག་ཤུལ་ཞིག་བྱས་པ་ན། གཡས་ཕྱོགས་ཀྱི་གྱང་རའི་གྲུ་ཟུར་དུ་རྒན་པོ་ལོ་ལོན་ཞིག་གིས་མ་ཎི་འཁོར་ལོ་སྐོར་བཞིན་ཉི་མར་ལྡེ་འདུག་པ་མཐོང་། འོན་ཀྱང་ངའི་ཟུག་སྐད་ཀྱིས་བུད་མེད་དེ་དག་ཕར་སྐྲོད་མ་ནུས་པའི་ཁར། གྲོང་སྡེ་འདིའི་ཧྥ་པ་དག་སྐོར་བོས་པ་བཞིན་དུ་ཕྱིར་བུད་བྱུང་། ཁོ་ཚོ་ཁྱིམ་ཚང་རེ་རེའི་ར་སྒོའི་ཟུར་དུ་བུད་རྗེས། ངེད་གཉིས་ཀྱི་ཕྱོགས་སུ་འཁོར་ནས་མཚམས་མི་ཆད་པར་ཟུག་སྐད་འདོན་པ་ལས། ཉེ་སར་བཙར་མི་ཐོད་པར་འདུག

ཡིན་ན་ཡང་ངའི་ཟུག་སྐད་དེས་ཁྲི་ཐར་རྒྱལ་ལ་ནུས་པ་ཐོན་བྱུང་། ཁོའི་རྣམ་ཤེས་བུད་མེད་དེ་དག་གི་སྟེང་ནས་ཚུར་བཀུག་བྱུང་བར་མ་ཟད། ད་དུང་ཅུང་འཁང་ར་བྱེད་པའི་ཉམས་ཀྱིས་ང་ལ་སྡང་མིག་གིས་ལྟ་ཙམ་བྱས་སོང་། ངས་ཁོའི་རྣམ་འགྱུར་དེ་མ་མཐོང་བ་ལྟར་བྱས་ཏེ། གཡས་ཕྱོགས་ཀྱི་མ་ཎི་འཁོར་ལོ་སྐོར་བཞིན་པའི་རྒན་པོ་ལོ་ལོན་དེའི་ཕྱོགས་སུ་འཁོར་ནས་ཡང་བསྐྱར་ཟུག་སྐད་འགའ་བཏོན་པ་ན། ཁྲི་ཐར་རྒྱལ་གྱིས་ཀྱང་གཞི་ནས་ངའི་བསམ་ཚུལ་རྟོགས་ཏེ་གོམ་པའི་འདེགས་འཛོག་རྒན་པོ་དེའི་ཕྱོགས་སུ་བསྒྱུར་བྱུང་། འོན་ཀྱང་ངའི་ཟུག་སྐད་རྗེས་མ་དེས་ཁྱི་ཆེན་གཞན་ཞིག་ཀྱང་བོས་པ་ལྟར་གྱུར་སོང་། སློ་བུར་དུ་ཁྱི་ཁྲ་བོ་ཆེན་པོ་ཞིག་ངེད་གཉིས་ཀྱི་གཡོན་ཟུར་གྱི་སྲང་མདོ་ཞིག་ནས་མདོན་བྱུང་། ཁོ་ནི་ད་སོ་མར་ཕྱི་རོལ་ཏུ་སོང་ནས་ཕྱིར་སྡེ་བའི་ནང་དུ་ཐོན་པ་དང་འདྲ་སྟེ། ངེད་གཉིས་ཀྱི་ཕྱོགས་སུ་འཁོར་ནས་སེང་གེའི་ངར་སྐད་ལྟ་བུའི་ཟུག་སྐད་ཆེན་པོ

འགའ་བརྗོན་བྱུང་བས། ད་སྔོན་གྱི་ཧྥ་པ་དག་དེ་མ་ཐག་ཏུ་འཕྱི་བ་ཁུང་དུ་འཛུལ་བ་ལྟར་རང་རང་གི་ར་སྒོའི་ནང་དུ་ཕྱིར་བྲོས་སོང་། ཁྱི་ཁྲ་བོ་ཆེན་པོ་དེས་ངེད་གཉིས་དགྲ་ཧག་གི་རིགས་མིན་པ་ཤེས་སོང་བ་འདྲ། དེ་འཕྲལ་རྣམ་འགྱུར་ཞི་ལྷོད་ཅན་དུ་གྱུར་སོང་བ་དང་། གནས་དེ་ཉ་གང་བྱུང་དང་ཕར་འགྲོ་ཚུར་འགྲོ་འགའ་བྱས་ཤིང་། སླར་ཡང་ངེད་གཉིས་ཀྱི་ཕྱོགས་སུ་ལྟ་བར་བྱེད།

ཁྱི་ཐར་རྒྱལ་ཐད་ཀར་རྣབ་པོ་ལོ་ལོན་དེའི་གན་དུ་སོང་ནས་ཧ་ཅང་གུས་ཚུལ་ལྡན་པའི་ངང་། "ཨ་ཁུ་ལགས། ཁྱོད་ཚོའི་སྡེ་བའི་ནང་དུ་སྐྱེས་པ་གཅིག་ཀྱང་མཐོང་རྒྱུ་མེད་པ་ཅི་རེད" ཅེས་དྲིས།

རྣབ་པོ་དེ་མ་ཐག་ཏུ་ཁྲོས་བྱུང་། མ་ཧེ་སྐོར་བཞིན་དུ་ཁྱི་ཐར་རྒྱལ་ལ་སྡང་མིག་གིས་ལྟ་ཙམ་བྱས་ཏེ "ཅི་ཟེར། ང་ནི་སྐྱེས་པ་མ་རེད་དམ" ཟེར།

ཁྱི་ཐར་རྒྱལ་གྱིས་ཀྱང་རང་ཉིད་ཀྱིས་བཤད་ཉེས་ཤོར་བ་རྟོགས་ཏེ། མགོ་ལ་ལག་པས་འཕྲུག་ཙམ་བྱེད་བཞིན "ངས་བཤད་འཆུགས་པ་རེད། རེད་ཡ། ཁྱོད་ཚོ་སྡེ་བའི་གསར་བུ་དག་གང་ལ་སོང་བ་རེད" ཅེས་དྲིས།

རྣབ་པོའི་སྐད་གདངས་དེ་འཕྲལ་རྒྱུ་མའི་ཁུགས་ལ་ལྷུང་བ་ལྟར་གྱུར་སོང་། ཧ་ཅང་དམའ་བའི་ངུ་སྐད་ཀྱི་གདངས་ལྟ་བུ་ཞིག་ཏུ་གྱུར་ཏེ། "ཚར་སོང་བ་རེད། ཚང་མ་ཚང་འཕྲུང་དུ་སོང་བ་རེད" ཟེར་ནས་མགོ་འཕྲེད་དུ་གཡུག་གཡུག་བྱེད།

ཁྱི་ཐར་རྒྱལ་གྱིས་ད་དུང་ཁོའི་སྐད་ཆའི་ཧ་མ་གོ་བར "སྔོན་མོར་སོང་བ་རེད་དམ" ཞེས་དྲིས་ཤིང་། སེམས་ལ་སྔོན་མོར་སྐྱེས་པ་ཚོ་ཁོ་ན་འགྲོ་དགོས་དོན་ཅི་ཡོད་སྙམ།

རྣབ་པོས་མགོ་འཕྲེད་དུ་གཡུག་བཞིན་མ་ཧེ་འཁོར་ལོ་སྐོར་མཚམས་བཞག་ནས། ཧ་ཅང་ཝུ་ཐུག་པའི་ངང་། "མ་རེད། ཚང་མར་སྨྱུར་དུག་བྱུང་བས་ཡུལ་དུ་ཡོང་མ་ཐོད་པར་གྲོང་ཁྱེར་ཁུལ་ནས་ཚང་གིས་བཟི་ཡོད་པ་རེད། ད་ནི་སྡེ་བ་འདི་ཉམས་ཐལ། ཕོ་ཚོ་ཚང་མར་སྨྱུར་དུག་བྱུང་བས་ཡུལ་དུ་མི་ཡོང་བར་འདུག ཐ་ན་རང་རང་གི་བུད་མེད་དག་ཀྱང་

ཡུགས་ས་ལྟར་གྱུར་ཅིང་། ལོ་འདི་ཚོར་སྡེ་བ་འདིར་ཁྱིམ་པ་གཅིག་ཀྱང་བཙའ་རྒྱུ་མི་འདུག ད་ནི་སྡེ་བ་ཉམས་ཐལ། ཙ་བ་ནས་ཚར་སོང་བ་རེད” ཟེར་བཞིན་སྡོང་རྒན་གྱི་ཕྱི་སྐོགས་ལྟར་ནག་སྙེར་བའི་འཁྲམ་པའི་ངོས་སུ་མིག་ཆུ་རྡོག་འགའ་འགྲིལ་སོང་།

སྐབས་དེར། ངའི་སེམས་ལ་རང་དབང་མེད་པར་ཁེ་སྟོན་གྲོང་བརྡལ་དུ་ཡོད་པའི་ཚང་འཕྱུང་དེ་དག་དྲན་ཞིང་། ཕལ་ཆེར་ཁོ་ཚོ་ནི་རྒན་པོ་འདིས་བཤད་པའི་སྐྱེས་པ་དེ་དག་ཡིན་ངེས་རེད་སྙམ་བྱུང་། སུ་ཉོ་དེར་སྲང་ལམ་ན་གད་སྙིགས་འཐུ་བའི་རྒན་མོ་དེ་གཉིས་ཀྱིས་ཀྱང་ཁོ་ཚོར་སྤྱུར་དུག་བྱུང་སྟེ་ཡུལ་དུ་འགྲོ་ཐོད་ཀྱི་མེད་པ་རེད་ཟེར་བ་མ་ཡིན་ནམ། ད་དུང་ཕྱི་ཉོ་དེར་ཟ་ཁང་ནང་དུ་ཁོ་ཚོས་ལྷུ་ཚང་འཕྱུང་བཞིན་དུ་བུད་མེད་ཚོ་ཁ་བརྫ་བྱེད་པར་གཞིགས་ན། རང་རང་གི་ཁྱིམ་ཚང་དང་ཆུང་མ་དྲན་གྱིན་པའི་ནང་དོན་ཡང་འདུག་པས། དོན་ངོ་མར་སྡེ་བ་འདིར་དོན་དག་ཡ་མཚན་ཅན་ཅི་ཞིག་བྱུང་སོང་བ་ཡིན་ནམ། ངས་དེ་ལྟར་སྙམ་ནས་སྐད་ཆ་ཞིག་འདྲི་རྩིས་བྱེད་དུས། ཁྱི་ཐར་རྒྱལ་ནི་དོན་འདིར་སྦྲོ་བ་ཡོད་པ་ལྟར་གྱུར་ཏེ། རྒན་པོའི་འཁྲམ་དུ་ཅོག་པུར་བསྡད་ནས་སྨྲ་མཐུད་དོ། “དོན་ངོ་མར་དོན་དག་ཅི་ཞིག་བྱུང་སོང་བ་རེད། ཁོ་ཚོས་དོན་མེད་དུ་དེ་ལྟར་བྱེད་སྲིད་རྒྱུ་མ་རེད་ཨང” ཞེས་དྲིས་བྱུང་།

རྒན་པོ་དེས་འཁྲམ་པའི་ངོས་ཀྱི་མིག་ཆུ་འཕྱིད་ཙམ་བྱས་རྗེས། ཕྱུར་རེར་ཁྱི་ཐར་རྒྱལ་ལ་བལྟས་ཏེ་སྐད་འགག་བཞིན “ཚང་མས་ཀྱང་དེ་ལྟར་འདྲི་བཞིན་འདུག ངོ་མ་བཤད་ན་རྒྱུ་རྐྱེན་ཅི་ཡིན་པ་ངས་ཀྱང་མི་ཤེས་པར་འདུག ལོ་འགའི་སྔོན་ལ་ནང་ལོགས་ནས་ཡོང་བའི་སྦྱིན་བདག་ཡིན་ཟེར་བའི་མི་ཞིག་འདི་གར་ཡོང་སྟེ་བཟོ་བ་བསྡུས་བྱུང་། ཐོག་མར་ཞུགས་དུས་སྒོར་ཁྲི་གཉིས་སྤྲད་ཆེ་ཐད་ཀར་ལས་ཁུངས་ཀྱི་ལས་བཟོ་བར་འགྱུར་ལ་ཟླ་ཕོགས་མཐོན་པོ་ཡོད་པར་མ་ཟད། སྔོ་གོས་གནས་མལ་ཡང་ཁོ་ཚོས་བཀོད་སྒྲིག་བྱེད་ཟེར། དེ་བས་སྡེ་བའི་ནང་གི་གསར་བུ་འགའ་ཉམས་འུར་ལངས་ཏེ་གྲོང་ཁྱེར་དུ་བུད་སོང་། དེ་རྗེས་ཁོ་ཚོ་ཕྱིར་འོང་སྟེ་ལས་ཁུངས་དེ་བཟང་ཚུལ་རྒྱན་ཚུལ་བཤད་ནས་སླར་ཡང་སྐྱེས་པ་

སྐོར་ཞིག་ཁྲིད་སོང་། ཅང་མ་འགོར་བར་དེ་དག་ཀུང་ཕྱིར་ལོངས་ནས་ཐ་ན་སྡེ་བའི་ནང་གི་ཁྱིམ་པ་དག་ཀུང་མ་བསྐྱར་བར་ཁྲིད་སོང་བས། ཁྱིམ་ནང་གི་སྐོར་མོ་ཚར་བ་དང་བསྟུན་ནས་སྡེ་བའང་སྟོང་བར་གྱུར་ཐལ། མཇུག་མཐར་ཁོ་ཚོའི་ལག་ཏུ་སྐོར་མོ་ཡོང་བ་ལྟ་ཅི། དེ་ལས་ལྡོག་སྟེ་སྨྱུར་དུག་ཟེར་བའི་འགོས་ནད་ཅིག་ཁྱེར་ནས་ཕྱིར་ཡོང་བ་རེད།” བར་དེར་རྒད་པོ་ཧ་ཅང་འུ་ཐུག་པ་ལྟར་ཧ་ཅང་ལྕི་བའི་ཤུགས་རིང་ཞིག་ཕྱུངས་པ་དང་། ལག་ནང་གི་མ་ཧེ་སྐོར་མཚམས་ཀུང་བཞག་ནས་མུ་མཐུད་དུ་བཤད་རྒྱུར། “བཤད་ཚུལ་ལ་འགོས་ནད་དེ་ཁྲབ་སྣ་ཞིང་བཅོས་དཀའ་བ་ཞིག་རེད་ལ་ཐ་མར་ཚེ་སྲོག་ཀུང་དེས་འཕྲོག་འགྲོ་སྐད། ཅི་འདྲའི་འཇིགས་སུ་རུང་བ་ལ་ཨང་། དེ་འདྲའི་ཐན་ལྷས་ཤིག་ཨེ་ཡོད་དམ། ཡིན་ནའང་ཁོ་ཚོས་ཆུང་མ་ཚོར་གདོང་སྟོན་སྲོལ་མེད་སྐམ་སྟེ་རང་ཁྱིམ་དང་བཅུད་མ་ཐོད་པར། དབྱར་ཁར་སྟོད་ཕྱོགས་ཀྱི་འབྲོག་ཁུལ་དུ་སོང་ནས་ཞོར་ལས་གཉེར་ཏེ་སྐོར་མོ་འཚོལ་བ་དང་། དགུན་ཁར་ལས་ཀ་མི་འདུག་པས། སྡེ་བ་འདི་དང་ཐག་མི་རིང་བའི་གྲོང་བརྡལ་དུ་ཉིན་བཞིན་ཆང་འཐུང་ནས་ཉི་མ་སྐྱེལ་ཐབས་བྱེད་ཀྱིན་ཡོད་པ་རེད། ད་ནི་མི་ཡང་མེད་ལ་རྒྱུ་ཡང་མེད་པའི་ཚད་འདིར་ལྷུང་བ་རེད། འདི་འདྲའི་ཁེས་བཏགས་ཤིག་ཨེ་ཡོད་དམ། མི་མ་ཤི་ན་མཐོང་རྒྱུ་ཧ་ཅང་མང་འདུག” ཟེར་ནས་སླར་ཡང་ཕུ་ཐུང་གིས་མིག་མཐའི་མཆི་མ་འཕྱིད་ཙམ་བྱས་སོང་། མཇུག་མཐར་ཁོས་ཁྲི་ཐར་རྒྱལ་ལ་ལྟ་བཞིན། “ད་ནི་དེ་དག་བཤད་ཀུང་ཕན་ཐོགས་ཅི་ཡོད། རེད་ཡ། ཁྱོད་གཉིས་ཀྱིས་མི་ཞིག་འཚོལ་བ་ཡིན་ནམ། ཡང་ན་ལས་ཀ་ལས་མཁན་ཡིན” ཞེས་དྲིས་བྱུང་།

ཁྲི་ཐར་རྒྱལ་ཅུང་འཚབ་འཚུབ་ཏུ་གྱུར་ཏེ་སྐད་ཆ་དྲང་པོར་བཤད་བྱུང་། “གང་ཡང་མེད། ངེད་གཉིས་ཀ་དོ་དགོང་གནས་ཚང་ཞིག་གཡོར་དུ་ཡོང་བ་ཡིན། སང་ཉིན་བུད་འགྲོ” ཞེས་བཤད་རྗེས་སླར་ཡང་སྐེ་ཕར་འཁྱོག་སྟེ་བུད་མེད་དེ་དག་གི་ཕྱོགས་སུ་ལྟ་ཙམ་བྱེད།

རྒན་པོའི་སྐད་ཆ་དེ་དག་ཐོས་འཕྲལ་ང་རང་དངོས་ནས་ཧ་ལས་པར་གྱུར་སོང་། ཐལ་

ཆེར་སྡེ་བ་འདི་ཡོངས་རྫོགས་ཀྱང་ཏ་ཙང་ཀློག་གྱུར་དང་འཛིགས་རུང་གི་མཁའ་དབྱུགས་སྡུག་པོ་ཞིག་གིས་བཏུམས་ཡོད་པ་སྟེ། ཕལ་ཆེར་དུས་རབས་བར་མའི་ཡོ་རོབ་གླིང་གི་ནད་ཡམས་ཆེན་པོ་དེ་གྲོང་སྡེ་འདི་རུ་མཆེད་ཟིན་པའི་སྣང་བ་སྐྱེས་ཤིང་། སྲིད་གཞུང་གིས་བཀག་སྡོམ་མ་བྱས་པའི་ཡར་སྔོན་དུ་གང་མྱུར་ངང་སྡེ་བ་འདི་དང་གྱེས་ཐབས་བྱེད་དགོས་སྙམ་བྱུང་།

ཀན་པོ་དེས་ཁྱི་ཐར་རྒྱལ་གྱི་རེ་བ་སྐོང་མ་ནུས་བར་ཧུང་ཕངས་བའི་ངང་། "ང་ནི་མི་རྙིང་ཞིག་ཡིན་པས་འགྲུལ་བ་སྡོད་ས་མེད། འོན་ཀྱང་ཁྱོད་གཉིས་མདུན་དུ་སོང་དང་། འདི་གའི་བུད་མེད་དག་འགྲུལ་བར་ཧ་ཅང་དགའ་བ་ཡིན། ལྟོས་དང་། ཕ་རོལ་དེ་ན་ཡང་བུ་མོ་གཉིས་ཡོང་གིན་འདུག་པས། ཁྱོད་གཉིས་ཀྱིས་ཕོ་མོ་གཉིས་ཀར་དྲིས་དང་གནས་ཚང་འོས་གཡོར" ཟེར་ནས་བུད་མེད་དེ་གཉིས་ལ་ལག་བརྡ་ཞིག་བསྟན་བྱུང་།

ཉི་མ་ནི་ནུབ་ཕྱོགས་ཀྱི་རི་རྩེ་ནས་ཕྱི་མིག་ལྟ་བ་ལྟར་སེར་ལྷེམ་ལྷེམ་ནུབ་ཀྱིན་འདུག་ཅིང་། ལུང་གོག་ཆུང་ངུའི་ཕྱེད་ཀར་གྲིབ་སོ་ནག་པོ་ཞིག་ཐོག་འདུག་པས། ངོ་མ་མི་སེམས་དཀར་ནག་བཞིན་དཔོག་དཀའ་བ་ཞིག་རེད། ཧག་ཧག་ཉི་མ་དང་གྲིབ་སོའི་བར་མཚམས་དེ་ནས་བུད་མེད་དར་མ་ཞིག་གིས་བུ་མོ་ལོ་ཆུང་ཞིག་ཁྲིད་ནས་ཚུར་ཡོང་གིན་འདུག་ལ། ཕོ་ཚོའི་ཉེ་སར་བསླེབས་མ་ཐག་གོམ་པ་ལེན་མཚམས་བཞག་སྟེ་འཛུམ་པའི་མིག་གིས་ཧུར་རེར་ཁྱི་ཐར་རྒྱལ་ལ་ལྟ་བཞིན། "འགྲུལ་བ་གཉིས་ཀ་གནས་ཚང་གཡོར་མཁན་ཡིན་ན་ངེད་གཉིས་ཀྱི་རྗེས་སུ་ཤོག" ཅེས་ཕཤད་རྗེས། ལྟ་ཚད་འཕྱུད་པའམ་ཁ་སྐྱེངས་པ་ལྟ་བུའི་བཟོ་ལྟ་ཞིག་བསྟན་ནས་མྱུར་མོར་ཕར་བུད་སོང་།

ངས་གཞི་ནས་བུད་མེད་དེའི་མིག་མདངས་ནི་བདག་མོ་བདེ་སྐྱིད་ཀྱི་མིག་མདངས་དང་འདྲ་ས་ཞིག་ཡོད་པ་གསལ་པོར་མཐོང་བྱུང་བར་མ་ཟད། ད་དུང་ཁྱི་ཐར་རྒྱལ་ཕོ་མོ་གཉིས་ཀྱི་རྗེས་བཞིན་སོང་ཚེ་རང་ཉིད་དང་ལྷན་དུ་འགྲུལ་བཞུད་བྱེད་མི་སྲིད་པ་སེམས་ནས་ཤེས་བྱུང་། ངས་ཁྱི་ཐར་རྒྱལ་ཟུར་དུ་བོས་ནས་མིག་གིས་བུད་མེད་དེ་གཉིས་ལ་ལྟ་

བཞིན་སྐད་དམའ་མོས། “ཁོ་མོ་གཉིས་ནི་འགྲོན་མ་ཡིན་ཡང་སྲིད་པས། ཁྱོད་གཡོ་འཁོག་ཏུ་ཚུད་མི་རུང་། ཁྱོད་ཀྱིས་ད་དུང་ང་ལ་ཁས་བླངས་ཡོད་པ་མིན་ནམ” ཞེས་བཤད།

ཁྲི་ཐར་རྒྱལ་གྱིས་བྲང་ཁར་ལག་པ་རྡེག་བཞིན། “དེར་སྐྱོན་མེད། ངའང་སྐྱེས་ཕོ་རབ་ཅིག་ཡིན་པས་རང་སེམས་ན་གདེང་ཚོད་ལོས་ཡོད། ཁྱོད་ཀྱིས་སེམས་ཁུར་བྱེད་མི་དགོས” ཟེར།

འོན་ཀྱང་ང་ནི་ཙང་ཟད་ཡིད་ཆེས་ཀྱིན་མི་འདུག མཁས་པའི་ལེགས་བཤད་དུ་ཡང་། བུད་མེད་འགྲོན་མའི་གཡོ་སྒྱུའི་ཚིག་གིས་ནི། །སྐྱེ་བོ་ཕལ་ཆེར་འཁྲུལ་བའི་ལམ་དུ་འཇུག །ཟེར་ལ། སྔོན་བྱུང་གི་རྒྱལ་རབས་འགའ་རེར་ཡང་བུད་མེད་འགྲོན་མས་རྒྱལ་པོ་དབང་དུ་བསྒྱུར་ནས་རྒྱལ་སྲིད་བརླགས་པའི་གཏམ་རྒྱུད་འདུག་ཅིང་། འཛིག་རྟེན་ན་གྲགས་པའི་དཔའ་རྒོད་དག་ཀྱང་བུད་མེད་མཛེས་མའི་ཐབས་འཁྲུལ་ལས་ཐར་མ་ཐུབ་པའི་ལོ་རྒྱུས་ཀྱང་ཡོད་པས། ངས་གང་བྱུང་ངང་ཁྲི་ཐར་རྒྱལ་དེ་ལྟར་ཁོ་མོ་ཚོའི་གཡོ་འཁོག་ཏུ་ཚུད་དུ་འཇུག་མི་འདོད། ངོ་མ་བཤད་ན་ད་ལྟའི་འཛིག་རྟེན་གྱི་གང་ས་གང་དུ་གཡོ་རྫུན་དང་མགོ་སྐོར། ནད་ཡམས་སོགས་ཀྱིས་ཁེངས་ཡོད་པས། སྐབས་འདི་ཙམ་ལ་སྡིག་པ་མེད་པའི་རྣོན་ཚོལ་ཞིག་ནམ་ཡང་ཐོབ་ཐབས་མེད་པ་རེད། ཡིན་ནའང་ཁྲི་ཐར་རྒྱལ་ནི་ངའི་སྐད་ཆ་བཤད་ལོང་མ་བྱུང་བར་དེ་མ་ཐག་ཏུ་ཁོ་མོ་གཉིས་ཀྱི་རྗེས་སུ་བསྙེགས་སོང་།

ཁྲི་ཐར་རྒྱལ་གྱིས་ཕྱི་བཞིན་འབྲངས་ཡོང་བ་མཐོང་འཕྲལ། བུད་མེད་དེ་གཉིས་ཀྱིས་ཀྱང་ཁ་སྐྱེངས་པའི་རྣམ་འགྱུར་སྣ་ཚོགས་ཤིག་བསྟན་བྱུང་བར་མ་ཟད། སྐད་ཆ་ཅི་ཞིག་བཤད་ནས་དགོད་བཞིན་འདུག་ཅིང་། ཁྲི་ཐར་རྒྱལ་གྱིས་ཀྱང་གནའ་གྲོགས་ཤིག་ལ་འཕྲད་པ་བཞིན་དུ་མ་རབས་བཟོ་ལྟས་དགོད་ཀྱིན་འདུག མཇུག་མཐར་ཁོ་ཚོ་ལྷན་དུ་འགྲོགས་ནས་ཕ་རོལ་ཏུ་ཡོད་པའི་རྒྱ་སྒོ་ལྡང་གུ་ཅན་གྱི་གཞིས་ག་དེའི་ནང་དུ་བུད་སོང་། བུད་མེད་དེ་གཉིས་ཀྱི་བཟོ་ལྟ་མཐོང་འཕྲལ་ཁྲི་མོ་བདེ་སྐྱིད་ཧ་ཅང་སྙིང་མི་དགའ་བར་གྱུར་སོང་། ཁོ་མོའི་སེམས་ལ་ཁྲི་ཐར་རྒྱལ་ནི་ཧ་ཅང་དྲང་རྐྱང་ཡིན་ཐལ་བ་རེད། ཁོ་རང་གཞིས་ཀའི་ནང་

དུ་སོང་སྟེ་དོན་དག་གི་མཐིལ་རྟོགས་པ་ན། དེ་འཕྲལ་ཧ་ཅང་སྐྱུག་ལོག་སྟེ་ཕྱིར་སློར་འབུད་ངེས་རེད་སྙམ། ཁྲི་མོ་བདེ་སྐྱིད་ནི་ཁོ་ཚོའི་རྗེས་སུ་འབྲངས་ནས་འགྲོ་མི་འདོད་པས་དེ་གར་སྐོར་རྒྱུག་འགའ་བྱས་པ་དང་། སླར་ཡང་རྒྱ་སྒོ་ལྷུང་གུ་དེའི་ཕྱོགས་ལ་རྒྱང་ལྟ་ཞིག་བྱས།

སྐབས་དེར། ད་སྔོན་གྱི་ཁྲི་ཁྲ་བོ་ཆེན་པོ་དེས་ཁོ་མོའི་འགྲམ་རོལ་གྱི་མི་དག་ཕར་སོང་བ་མཐོང་བས། ཕ་རོལ་ནས་དལ་དལ་ངང་ཁྲི་མོ་བདེ་སྐྱིད་ཀྱི་འཁྲིས་སུ་བསྙེགས་ནས་ཐོན་བྱུང་། ཁོའི་གཟུགས་སྟོབས་ཆེ་ཞིང་ཁ་སྣ་སྟུག་པ་དང་། སེར་ཞིང་ནག་པའི་མིག་འབྲས་འཇིགས་པོ་དེ་ལ་ཕས་རྒོལ་ཟིལ་གྱིས་གནོན་པའི་ཞེ་སྡང་གི་འོད་སྟོན་འཁྲུག་གིན་འདུག་པར་མ་ཟད། གློ་བུར་དུ་ས་ནས་ཡར་སྐྱེས་པ་ལྟ་བུའི་སུག་བཞི་ནི་དེ་འདྲའི་བརྟན་ཞིང་བརླིང་ལ་ཤེད་ཤུགས་ཀྱིས་ཁེངས་འདུག་པས། དང་ཐོག་ཁྲི་མོ་བདེ་སྐྱིད་ཧ་ཅང་སྐྲག་པ་ལྟར་གྱུར་སོང་། ཁོས་ལྕེ་བསྣར་བཞིན་དུ་ཁྲི་མོ་བདེ་སྐྱིད་ཀྱི་འགྲམ་དུ་བཅར་ཏེ་ལུས་ལ་སྣོམ་སྣོམ་འགའ་བྱས་ཤིང་དགའ་སྟེང་གི་རྣམ་འགྱུར་སྟོན་ཙམ་བྱས་པ་ན། ཁྲི་མོ་བདེ་སྐྱིད་ནི་ཁྲི་དེའི་ཟིལ་ཤུགས་ཀྱིས་འཐུམས་པར་གྱུར་ཏེ། ཟ་མ་འཕྲེད་དུ་གཡུག་གཡུག་བྱས་ཏེ་ཞུ་བ་བྱེད་པ་ལས་འགལ་ཙམ་ཡང་བྱེད་མ་ཕོད། གང་བྱུང་དང་ཉམ་ཆུང་ལ་བརྙས་བཅོས་མི་བྱེད་པ་ནི་ཁྲི་ཆེན་གྱི་རང་གཤིས་ཤིག་རེད། ཁོ་དེ་འཕྲལ་དགའ་བ་ལྡོད་པར་གྱུར་ཅིང་ཕར་འགྲོ་ཚུར་འགྲོ་འགའ་བྱས་རྗེས་ཕ་རོལ་གྱི་ཉིན་ཁ་རུ་བུད་སོང་། ཁྲི་མོ་བདེ་སྐྱིད་ཀྱིས་ཁོའི་རྗེས་ཕྱོགས་སུ་ལྟ་ཙམ་བྱས་རྗེས་སླར་ཡང་ཕར་ཕྱོགས་ཀྱི་རྒྱ་སྒོ་ལྷུང་གུ་དེར་བལྟས་ནས་བསྡད། ཁོ་མོས་ཁྲི་ཐར་རྒྱལ་མྱུར་མོར་རྒྱ་སྒོ་དེ་ལས་ཕྱིར་བུད་དེ་ཡོང་བའི་སྣང་བརྙན་ལ་རེ་སྒུག་བྱས། ཁོར་ཡུག་ཡོངས་རྫོགས་རིམ་བཞིན་དུ་མུན་པས་བསྐུས་ན་ཡང་། ཁྲི་ཐར་རྒྱལ་ནི་དངོས་གནས་བུད་མེད་དེ་གཉིས་ཀྱིས་ཁྲུར་མིད་བྱས་ཟིན་པ་ལྟར་ད་དུང་ཡང་ཕྱིར་ལོག་རྒྱུ་མ་བྱུང་། ཁྲི་མོ་བདེ་སྐྱིད་ཀྱིས་མུ་མཐུད་དུ་དེ་གར་ངང་སྒུག་བྱེད་ཀྱིན་དུ་སེམས་ལ་རྣམ་རྟོག་སྐྱེས་མགོ་བརྩམས་བྱུང་། ཁོ་མོའི་མིག་ལམ་དུ་བུད་མེད་དེ་གཉིས་ཀྱིས་ཁྲི་ཐར་རྒྱལ་ལ་བརྙས་བཅོས་བྱེད་པ་སྟེ། ཚུལ་མིན་གྱི་ལས་ལ་འཇུག་གིན་པའི་སྣང་བརྙན་རབས་དང་རིམ་པ་འཆར་

ཞིང་འོངས་པས། རང་ཉིད་ཀྱི་འདོད་པའང་དེ་དང་ལྷན་དུ་རྒྱས་ཏེ་སྡོད་མི་བཟོད་པར་གྱུར། མཇུག་མཐར་ཁོ་མོ་ཁྱི་ཐར་རྒྱལ་གྱི་སྙིང་ལའང་ཞེ་སྡང་སྐྱེས་འོང་། ཁ་དཔེར་ཡང་སྐྱུག་དྲི་མ་འཕྲུལ་ན་སྐྱུག་སྣང་མི་འཁོར་ཟེར་བ་མ་ཡིན་ནམ། ཁོས་ཀྱང་བུད་མེད་དེ་གཉིས་མཐོང་འཕྲལ་ཁོ་མོ་རྩ་བ་ནས་བརྗེད་སོང་བ་ངེས་ཅན་རེད་སྙམ་སྟེ། ཞེ་སྡང་གིས་མ་བཟོད་པར་ཁྱི་ཐར་རྒྱལ་བསྐྱར་ཏེ་འགྲོ་རྩིས་བྱས། ཁྱི་མོ་བདེ་སྐྱིད་ཡར་ལངས་ཏེ་ཕར་ལ་གོམ་པ་འགའ་སྤོས་མ་ཐག ཁྱི་ཆེན་དེས་མགོ་ཡར་བཏེགས་ཏེ་ཁོ་མོར་ལྟ་བཞིན་སྐད་སྙོམ་པོ་སེང་གེའི་ངར་སྒྲ་ལྟ་བུ་དེ་ལན་འགར་ཟུག་བྱུང་། ཁོ་མོ་དེ་མལ་དུ་འགྲེང་ཞིང་མགོ་བོ་དགུ་ནས་ནམ་མཁར་ལྟ་བཞིན་སྐར་ཡང་བསམ་བློ་ཞིག་བཏང་། ནུབ་ཕྱོགས་ཀྱི་ནམ་མཁའི་དབྱིངས་སུ་འཚེར་བའི་སྨིན་མའི་དབྱིབས་ཀྱི་ཆོས་རིས་དེས་མཐོང་ཚུང་གིས་ཁོ་མོར་བལྟས་ཡོད་པ་དང་མཚུངས་ཤིང་། མཐའ་འཁོར་གྱི་སྐར་མའི་ཚོགས་ནི་ཕྲ་བཏབ་པ་ལྟར་ཕྲ་ཚགས་ཀྱི་མིག་འོད་རེས་གསལ་རེས་འཛུམ་བྱེད། ཁྱི་མོ་བདེ་སྐྱིད་ཀྱི་སེམས་ལ་རང་ཉིད་ཀྱིས་ད་བར་དུ་ནམ་མཁའ་ལ་འདི་ལྟར་ཞིབ་ལྟ་བྱེད་མ་མྱོང་བའི་སྣང་བ་སྐྱེས། ཁོ་མོའི་སེམས་ལ་ཁྱི་ཐར་རྒྱལ་གྱིས་རང་ཉིད་ལ་ཁས་ལེན་བྱས་ཡོད་པའི་ཁར། མིག་སྟུའི་གནས་ཚུལ་ཅི་འདྲ་ཡིན་པ་ད་དུང་གསལ་པོ་མི་རྟོགས་ལ། གང་བྱུང་དང་མཚན་མོའི་མུན་ཁྲོད་དུ་གཅིག་ཕུར་རྒྱང་བཞུད་བྱས་ན་ཏ་ཙང་བདེ་འཇགས་མིན་པ་རེད། རེད། དོན་དག་ཅི་ཞིག་བྱུང་བ་ཁོ་རང་ཕྱིར་ཐོན་རྗེས་གསལ་ཁ་འབྱེད་ཐུབ་ཅིང་། རྒྱ་ལ་དོན་དག་ཅི་ཡང་མ་བྱུང་ཡང་རུང་། བུད་མེད་ཀྱི་རྗེས་སུ་གང་འདོད་ལྟར་འགྲོ་བ་འདིའི་ཐད་ནས་ཀྱང་། ཁོ་ལ་རང་སྐྱོན་ལ་ངོས་ཟིན་གསལ་པོ་ཞིག་འབྱུང་དུ་གཞུག་དགོས་སྙམ་ནས། ཕྱིར་ལྡོག་གིས་ཡོང་སྟེ་སྟེར་མལ་དེར་ཉལ་ཞིང་། ཇ་ཁུང་ནང་དུ་མཆུ་དྲངས་ནས་མཚན་མོ་རིང་པོ་སྐྱེལ་ཐབས་བྱས། དགོང་མོ་དེར་ཁྱི་ཆེན་དེས་ཁོ་མོ་བདག་སྲུང་བྱེད་པ་ལྟར་ཞག་གང་བོར་དེ་ག་དང་ཁ་མ་གྱིས་པར་བསྡད་བྱུང་།

ཕྱི་ཉིན་ནམ་གསལ་མ་ཐག་ཁྱི་ཁྲ་བོ་ཆེན་པོ་དེ་ཡར་ལངས་ནས་ཟུག་སྐད་སྙོམ་པོ་

འགའ་བརྗོད་རྗེས། ཕར་ཕྱོགས་ཀྱི་སྲང་ལམ་ནང་དུ་བུད་སོང་། སྐབས་དེར་ནམ་ལངས་ཁའི་བསེར་བུ་གྲང་མོ་དེ་བསིར་བསིར་དང་ལྷང་མགོ་བརྩམས་བྱུང་བས། འཁྱག་བསིལ་བསིལ་གྱི་ཚོར་བ་དེས་ཁྲི་མོ་བདེ་སྐྱིད་ཀྱང་ཡར་ལངས་དགོས་བྱུང་། ཁོ་མོས་མགོ་ཡར་བཏེགས་ཏེ་ཕར་ཕྱོགས་ཀྱི་རྒྱ་སྒོ་ལྷང་ཀུ་དེའི་ཕྱོགས་སུ་ལྟ་ཙམ་བྱས་རྗེས། ཡར་ལངས་ཤིང་ཐད་ཀར་སྒོ་དེའི་འགྲམ་དུ་སོང་ནས་གྲུ་ཕྱུག་ཅིག་ཏུ་སྐོར་རྒྱུག་ཅིག་བྱས་ཏེ་སླར་ཡང་ཉལ་ནས་བསྡད། རིམ་བཞིན་རྡོད་ཞན་པའི་ཞོགས་པའི་ཉི་ཟེར་དེ་གྲོང་སྡེ་ཆུང་ཆུང་འདིའི་རྩིག་ངོས་དག་ཏུ་འཕྲོས་ཏེ་སེར་ལམ་ལམ་བྱེད་ཅིང་། ཁྲིམ་ཚང་འགའ་རེའི་དུད་ཁུང་ནས་དུ་བ་སྔོ་ཡིང་བ་རེ་དལ་བུར་འཕྱུར་གྱིན་འདུག་མོད་ཁྲི་ཐར་རྒྱལ་ད་དུང་མཐོང་རྒྱུ་མི་འདུག་པས། ཁྲི་མོ་བདེ་སྐྱིད་ཀྱིས་དངོས་གནས་ཁྲི་ཐར་རྒྱལ་ལ་དོན་དག་ཅིག་བྱུང་སོང་བ་ཨེ་ཡིན་སྙམ་སྙེ་སུ་མཐུད་དུ་འདུག་མ་བཟོད། ཁོ་མོ་ཡར་ལངས་ཏེ་རྒྱ་སྒོ་ལྷང་ཀུ་དེའི་ཁ་གཏད་དུ་ལངས་ནས་ཟུག་སྐད་བར་མེད་དུ་བརྗོད།

ཤིང་སྐོར་ཁྲིག་སྒྲ་འགའ་གྲག་རྗེས་གཞི་ནས་སྒོ་ཕྱེ་བྱུང་། སྒོ་འབྱེད་མཁན་ནི་མདང་དགོང་གི་བུད་མེད་གཉིས་ལས་དར་མ་དེ་ཡིན་འདུག་ཅིང་། ཁོ་མོས་སྐྲ་རགས་ཀྱང་མ་བཅིངས་པར་དགོ་ལུག་ཏུ་སྒོ་ཟུར་ནས་ཕྱིར་མདོན་བྱུང་ལ། ད་དུང་ཡང་གཉིད་མ་དྭངས་པ་ལྟར་གླལ་མོ་ཞིག་བྱེད་བཞིན "སུ་ཞིག་ཡིན" ཟེར།

ངས་བུད་མེད་དེའི་རྣམ་འགྱུར་ལ་རྟོག་བཞིན་དུ། བྲེལ་འཚུབ་ངང "ཁྱོད་ཀྱིས་མདང་དགོང་གི་མི་དེ་ཐོས་ཤིག ང་ལ་དོན་དག་ཡོད" ཅེས་བཤད།

བུད་མེད་དེས་ང་ཡིན་པ་རྟོགས་འཕྲལ་གཉིད་རྩ་བ་ནས་སངས་པར་གྱུར་ཅིང་། རེ་ཞིག་ལ་ཅི་བཤད་འདི་བཤད་མེད་པར "ཁྱོད་ལ་དོན་དག་ཅི་ཡོད" ཅེས་དྲིས་ཤིང་། མིག་གིས་ཕྱིར་ཁྲིམ་ནང་གི་ཕྱོགས་སུ་ལྟ་ཙམ་བྱས་སོང་།

ངས་རང་སེམས་ཀྱི་ཁོང་ཁྲོ་མར་གནོན་ཅི་ནུས་བྱས་ཤིང་། བདེན་ཅོག་ཅོག་ངང "ངེད་གཉིས་ལ་དོན་དག་ཡོད་པས་ལམ་ལ་ཆས་རན་སོང" ཞེས་བཤད་དགོས་བྱུང་།

ཁོ་མོས་བདེན་ཅོག་ཅོག་ངང་“ད་ནི་ཁོ་འགྲོ་ཐུབ་རྒྱུ་མ་རེད། མདང་དགོང་ང་ཚོས་གྲོས་བྱས་ཏེ་ཁོ་རང་ངའི་བུ་མོའི་མག་པར་འདུག་རྒྱུར་ཡིད་འཕད་བྱུང་སོང་། ཁྱོད་ཀྱིས་ལམ་གྲོགས་གཞན་ཞིག་ཚོལ་ད་ཅིག”ཟེར།

ང་ནི་ཁོ་མོའི་སྐད་ཆ་དེར་ཡིད་ག་ལ་ཆེས། སྔོན་ནས་བཟུང་འཇོན་མའི་རིགས་ནི་གཡོ་དང་རྫུན་ལ་མཁས་པ་ཡིན་པས། ངས་མོས་བཤད་པའི་སྐད་ཆར་སྣང་དོགས་ཅི་ཡང་མ་བྱས། ཁོ་མོར་བལྟས་ནས “ཁྱོད་ཀྱིས་ཁོ་སྐོར་བོས་དང་འཕྱུས། ངས་ཁོ་ལ་སྐད་ཆ་ཞིག་བཤད་དགོས”ཞེས་བཤད།

བུད་མེད་དེས་ངའི་སྐད་ཆའི་ནང་དོན་གོ་ཡི་མེད་པ་ལྟར། “འོན་ཀྱང་ཁོ་རང་ཁྱོད་ཀྱི་མཐོང་སར་ཡོང་འདོད་ཀྱིན་མི་འདུག ཁོ་ལ་སྐད་ཆ་ཡོད་ན་ང་ལ་ཤོད་དང་ངས་འཕྲིན་སྐྱེལ་བྱས་ཆོག”ཟེར་ནས་ཅི་མི་སྙམ་པའི་རྣམ་འགྱུར་ཞིག་བསྟན་ནས་བསྡད་བྱུང་།

ང་རང་ཆོག་པ་ཟོས་ཏེ་ཨུ་ཚུགས་ཀྱིས “ཁོ་ནི་ངའི་དགའ་རོགས་ཡིན་པས་ང་ངེས་པར་དུ་ཁོ་ལ་ཐུག་དགོས། ཁྱོད་ཀྱིས་ད་དུང་ཁོ་མི་གཏོང་ན་ངས་ཕུང་དཀྲུག་སློང་ངེས། ཁྱོད་ཀྱིས་ང་ལ་གྲུས་ལུགས་མི་འདུག་མ་ཟེར”ཞེས་བཤད་ཅིང་། མཆེ་བ་གཙིགས་ནས་ཐོག་ཏུ་མཆོངས་རྩིས་བྱས་པ་ན། བུད་མེད་དེས་ཨག་རིང་ཞིག་བཏོན་ནས་ནང་དུ་བྲོས་བྱུང་། གོ་སྐབས་དེ་དང་ལྷན་དུ་ང་ཡང་རླུང་བུད་པ་ལྟར་ནང་དུ་འཚངས་ནས་སོང་།

བུད་མེད་དེས་ཨག་སྐད་བརྒྱབ་པས། འགྲམ་གྱི་ཁང་བ་ཞིག་གི་ནང་ནས་ཁྱི་ཐར་རྒྱལ་དང་བུ་མོ་ལོ་ཆུང་དེ་གཉིས་དབོ་ལུག་ཏུ་སྡུ་གཞུག་བྱས་ནས་སྐོར་བུད་བྱུང་ལ། ཁྱི་ཐར་རྒྱལ་གྱིས་ང་ཡིན་པ་མཐོང་འཕྲལ་དེའི་མྱུར་ཕྱིར་ཁང་བའི་ནང་དུ་འབྲོ་རྩིས་བྱས་བྱུང་། མིག་མདུན་གྱི་དོན་དངོས་དེ་མཐོང་བས་ངས་ཀྱང་གཞི་ནས་བུད་མེད་དེས་བཤད་པའི་སྐད་ཆ་དངོས་ནས་བདེན་པ་རྟོགས་བྱུང་། ངས་ཁྱི་ཐར་རྒྱལ་གྱི་ཞེ་ཁྲེལ་མེད་པའི་སྤྱོད་སྟངས་སྨྱུག་བྲོ་བ་དེ་མཐོང་མ་ཐག ཁོང་ཁྲོ་གཏོན་མ་ཐུབ་པར་ཤོར་ཤོར་དང་སོང་ཞིང་། ཁོའི་ཕུ་ཐུང་ནས་བཟུང་སྟེ་ཕྱིར་དྲུད་ཡོང་ཞོར་དུ “ཁྱི་ཐར་རྒྱལ། ཁྱོད་ཀྱིས་ང་ལ་ཁས་ལེན་བྱས་ཡོད་

པ་མིན་ནམ། ཁྱོད་ཀྱིས་ཁ་དན་རྒྱབ་བསྐྱར་གྱིས་ང་ལ་ཁྲེལ་མེད་བྱེད་དོན་ཅི་ཡིན” ཞེས་བཤད་པ་ན། ཁྲི་ཐར་རྒྱལ་ནི་ཉེས་ཅན་ཞིག་དང་འདྲ་བར་མགོ་བོ་འདེགས་པའི་སྤོབས་པ་མེད་པར། ཐལ་ཆེར་ཚིག་ལབ་རྒྱུག་པ་ལྟར “དགོངས་པ་མ་ཚོམ། ངས་ཀྱང་སྙིང་རྗེ་སྟེ་བོ་མོར་ཁས་ལེན་བྱས་པ་ཡིན” ཟེར། ཕོའི་སྐད་མགོ་ཧ་ཅང་དམའ་བས། འགྲམ་གྱི་བུད་མེད་གཉིས་ཀས་སྐད་ཆའི་ནང་དོན་གསལ་པོར་ཐོས་ཡོད་མེད་ཀྱང་བཤད་དཀའ། ཕོ་མོ་གཉིས་ཀ་དབོ་ལུག་ཏུ་རང་རང་སར་ཧད་འདུག་པ་ལས་ཁ་གྲག་མི་ཐོད་པར་འདུག

ངས་ནི་ཕོའི་སྐད་ཆ་དེའི་ནང་དོན་ཐལ་ཆེར་གོ་བྱུང་མོད། ཟུ་མཐུད་དུ་ཕོ་ལ་དོན་དག་ཅི་བྱུང་གསལ་ཁ་ཆོད་པ་ཞིག་བཤད་དུ་འཇུག་འདོད་པས། གོམ་གང་མདུན་སྤོས་ངང་ “ཅི་ཞིག་ཁས་བླངས་པ་ཡིན། ཁྱོད་ཀྱིས་ཤོད་དང་། ཁྱོད་ཀྱིས་ངེས་པར་དུ་ང་ལ་གསལ་པོར་བཤད་དགོས” ཞེས་བཤད་ཅིང་མིག་གཉིས་ཀྱིས་གཡོ་བ་མེད་པར་ཕོའི་རྣམ་འགྱུར་ལ་བལྟས།

བར་དེར་ཅི་བྱུང་མེད་པར་མདང་དགོང་སྐད་ཆ་འདྲི་སའི་རྒན་པོ་ལོ་ལོན་དེ་འང་འཁར་བར་བརྟེན་ནས་ངའི་གན་དུ་སླེབས་འདུག ཕོས་ཀྱང་གནས་ཚུལ་གྱི་ཕྱོགས་ཙམ་ཤེས་ཡོད་པ་ལྟར་འགྲམ་དུ་ལག་པ་འཁར་བར་བསྙེས་ནས། ཁྲི་ཐར་རྒྱལ་གྱིས་གདམ་ག་ག་འདྲ་ཞིག་བྱས་ཡོད་བར་རེ་སྒུག་བྱས་ནས་འདུག

ཁྲི་ཐར་རྒྱལ་ལ་ཟུ་མཐུད་དུ་སྐད་ཆ་བཤད་པའི་སྤོབས་པ་མེད་པར་གྱུར་སོང་། སྙིད་པའི་ཉ་རྐང་འདར་ལྷེམ་ལྷེམ་བྱེད་ཀྱིན་འདུག གློ་བུར་དུ་བུད་མེད་དར་མ་དེ་བརྒྱུགས་ཡོང་ནས་ངའི་མདུན་དུ་པུས་ཚུགས་ཀྱིས་བསྡད་ཅིང་ངུ་ཞོར་དུ་ཞུ་བ་བྱས་བྱུང་། “ཁྱོད་ཀྱིས་བཟོད་སྒོམ་ཞིག་བྱེད་རོགས། ངས་ཁྱོད་ལ་ཞུ་བ་བྱེད། སྐྱེས་པ་ཚོ་ཡུལ་དུ་མ་བཏུད་པ་ནས་བཟུང་འདི་གའི་བུད་མེད་ཡོངས་རྫོགས་མ་ཤི་གསོན་ཡུགས་སུ་གྱུར་སོང་། ཐན་སྟེ་བ་འདིར་བྱེས་པ་གཅིག་ཀྱང་མཐོང་རྒྱུ་མེད་པ་འདི་རེད། གང་ལྟར་ང་ཚོ་ནི་ལོ་ན་ཡོལ་ཟིན་པས་འདི་ལྟར་མོ་རྫིང་གི་འཚོ་བ་སྐྱེལ་དགོས་བྱུང་ཡང་བཟོད། འོན་ཀྱང་བུ་མོ་གཅིག་པུ

འདི་ལྟར་ཡང་ཚེ་ཟད་པར་སྙིང་ནས་མི་བཟོད་པར་འདུག ང་ཚོ་ཚང་མ་ཨ་མར་གྱུར་སྐྱོང་བས་ཁྱོད་ཀྱིས་ཀྱང་རྒྱུས་ལོན་བྱེད་ངེས། ངའི་བུ་མོ་གཅིག་པུའི་ཁ་ངོ་ལ་བལྟས་ཏེ་ཁྱོད་ཀྱིས་ཁོ་ཚོའི་འདུན་མ་འགྲུབ་པར་གྲིས་ཤིག ངས་ཁྱོད་ལ་ཞུ་བ་བྱེད” ཟེར་བཞིན་ཕྱག་འཚལ་བྱུང་།

དེར་མཐུད་ནས་ཐན་པོ་དེའང་ངའི་ཉེ་སར་བཏུད་དེ་མིག་ཆུ་འབྱེད་བཞིན་དུ། “ཁྱོད་ལའང་ཁག་མི་འདུག་མོད། དངོས་གནས་ཁོ་ལའང་བསམ་ཚུལ་དེ་ཡོད་ཚེ། ཁྱོད་ཀྱིས་ཁོ་ཚོ་གཉ་ཡངས་སུ་གཏོང་རོགས། སྡེ་བ་འདིའི་མི་རྒྱུད་ཚད་ལ་ཉེ་བ་ཁྱོད་ཀྱིས་ཀྱང་མཐོང་གསལ་རེད། སྡེ་བ་འདིའི་ཆེད་དུ་ཁྱོད་ཀྱིས་ཁོ་གཉིས་གཉ་ཡངས་ལ་གཏོང་རོགས། ཐན་པོ་ང་ད་ལོ་བརྒྱད་ཅུ་ཡིན། ངས་ཁྱོད་ལ་ཕྱག་འཚལ་ནས་ཞུ་བ་བྱེད” ཟེར་ནས་ཕུས་ཚུགས་བྱ་རྩིས་བྱེད།

ང་ནི་ཁྲི་ཐར་རྒྱལ་གྱི་ཡིད་རྟོན་མེད་པའི་ངང་ཚུལ་ལ་ཞེ་སྡང་ལངས་ཏེ་ལུས་ཡོངས་འདར་གྱིན་འདུག་ན་ཡང་། ཨ་མ་དེའི་རང་ཉིད་ཀྱི་འདོད་པ་བློས་གཏོང་གིས་བུ་ཕྲུག་གི་ཆེད་ཁོ་ན་བསམ་པའི་སྙིང་ཆེན་གྱི་བསམ་པ་དང་། གྲོང་སྡེ་ཆུང་ཆུང་འདིའི་ཕོ་ཟད་མོར་གཏུགས་ཀྱི་ཡིད་སྐྱོ་བའི་དོན་དངོས། ད་དུང་སྡེ་བའི་ཆེད་དུ་སེམས་ངལ་ཁོ་ན་བྱེད་པའི་ཐན་པོ་ལོ་ལོན་འདིའི་ལྟད་མེད་ལྟག་བསམ་བཅས་ཀྱིས་ང་ལ་སེམས་འགྱུལ་ཐེབས་སུ་བཅུག་བྱུང་། ངས་མིག་ཟུང་ལས་སྣྲ་མེད་པའི་མཆི་མ་ཤར་ཤར་དུ་འབབ་བཞིན། ཕུར་རེར་ཁྲི་ཐར་རྒྱལ་གྱི་ངོ་གདོང་ལ་ཅེར་ནས་ཡུད་ཙམ་བསྡད་རྗེས། ཨམ་གཙིགས་བསྡམས་ཏེ་ཁ་ཕྱིར་འཁོར་ཞིང་སྒོར་བརྒྱུགས་ནས་སོང་བ་ཡིན།

ང་ནི་འདི་ལྟར་དུ་བཞིན་དུ་གྲོང་སྡེ་ཆུང་ཆུང་དེ་དང་ཁ་གྲིས་པ་ཡིན། ངས་གཞི་ནས་ཁྲི་ཐར་རྒྱལ་ནི་མི་ཁྲི་འདྲ་བ་ཞིག་ཡིན་པ་གསལ་པོར་ཤེས་སོང་། ཡིན་ན་ཡང་དོན་ངོ་མར་སྐབས་འདིར་ང་རང་ཅི་ཞིག་གི་ཕྱིར་དུ་ང་བཞིན་པ་རང་ཉིད་ཀྱིས་ཀྱང་མི་རྟོགས་པར་འདུག ངས་ཤེས་པ་ནི་ད་ལྟ་རང་ཉིད་ཡང་བསྐྱར་ཁེར་རྐྱང་དུ་གྱུར་སོང་བ་དེ་རེད་ལ། ཁེར་

རྒྱང་ལ་ནམ་ཡང་སྙིང་སྡུག་སྐྱོའི་བྲོ་བ་སྨུག་པོ་ཞིག་གིས་ཁེངས་ཡོད་པར་འདུག ངས་སྙིང་སྐྱོའི་བྲོ་བ་སྨུག་པོ་དེ་སེམས་སུ་བཅུག་ནས་དེ་སྔ་བདག་མོ་བདེ་སྐྱིད་དང་གྲེས་ཏེ་འགྲོ་བའི་སྐབས་དང་འདྲ་བར་གཅིག་ཕྱུར་མདུན་ཕྱོགས་སུ་སོང་བ་ཡིན། དུས་ཚོད་ག་ཙམ་དང་ས་ཐག་ག་ཙམ་ལ་སོང་བའང་བཤད་རྒྱུ་མི་འདུག ང་རང་མདུན་དུ་འགྲོ་བཞིན་པའི་སྐབས་ཤིག་ལ། སློ་བུར་དུ་སེང་གེའི་ངར་སྐད་ལྟ་བུའི་ཁྱི་ཡི་ཟུག་སྐད་ཅིག་རྣ་ལམ་དུ་གྲགས་བྱུང་བས། ངས་ཕྱི་མིག་ཅིག་བལྟས་པ་ན། ཕར་ཕྱོགས་སུ་ཁྱི་ཁྲ་བོ་ཆེན་པོ་དེ་མདའ་འཕངས་པ་ལྟར་ངའི་ཕྱི་བཞིན་དུ་བརྒྱུགས་ནས་ཡོང་བ་མཐོང་བྱུང་། ཁོའི་བཟོ་ལྟར་བལྟས་ན་དོན་དག་གལ་ཆེན་ཞིག་བྱུང་སོང་བ་ལྟར་སྣང་བས། ང་དེ་མལ་དུ་འགྲོ་མཚམས་བཞག་སྟེ་ཁོ་བརྒྱུགས་ཡོང་བའི་ངང་ཚུལ་ལ་བལྟས་ནས་བསྡད།

ཁྱི་ཁྲ་བོ་ངའི་འཁྲིས་སུ་བསླེབས་འཕྲལ་ལྕེ་བསྣར་ཏེ་དབུགས་ཧལ་ཧལ་བྱེད་བཞིན "འགྲིག་མ་བྱུང་། འགྲིག་མ་བྱུང་། ཁྱི་གསོད་ཀྱི་ཧག་རྐུན་འགའ་འདི་ཕྱོགས་སུ་ཡོང་གིན་འདུག ཁོ་ཚོས་རླངས་འཁོར་བསྐོར་འདུག་པས་ཁྱོད་རང་རྐང་ལམ་མ་བརྒྱུད་ན་ཉེན་ཁ་ཆེ" ཟེར།

ང་ཡང་དེ་མ་ཐག་ཏུ་སྐྲག་བྱུང་། "ཁོ་ཚོར་མི་ག་ཚོད་འདུག" ཅེས་དྲིས།

"མི་བཞི་མ་གཏོགས་མི་འདུག་མོད། ལག་ཏུ་མེ་མདའ་འདུག་པས་སྐབས་གཟབ་མོ་བྱེད་དགོས" ཞེས་བཤད་རྗེས་སླར་ཡང་ཞེ་སྡང་དྲག་པོས "ངས་ཁོ་ཚོར་ཡ་ལན་འཇལ་ངེས་ཡིན" ཟེར།

ངས་ཡང་བསྐྱར་ཕྱི་མིག་ཅིག་བལྟས་པ་ན། དངོས་གནས་ད་སྔོན་ཁྱི་ཁྲ་བོ་བརྒྱུགས་ཡོང་བའི་རྗེས་ཕྱོགས་ཀྱི་ལུང་བའི་ནང་དེར། རྡ་མང་པོ་ལྡན་དུ་བརྒྱུགས་ཡོང་བ་ལྟ་བུའི་རྡུལ་དཀར་པོ་ཞིག་འཕྱུར་གྱིན་པ་མཐོང་བྱུང་བས་ཧང་སང་བར་གྱུར་སོང་། "མ་འགྲིག་ཐལ། ཁོ་ཚོ་ཐོན་བྱུང" ཞེས་བཤད།

ཁྱི་ཁྲ་བོས་ཀྱང་ཕྱིར་ལྟ་ཞིག་བྱས་ཏེ་མཐོང་བྱུང་། ཁོས "ཁྱོད་ངའི་རྗེས་སུ་ཤོག" ཟེར་

བཞིན་དེ་མ་ཐག་ཏུ་བདེ་ལྷག་འཁྲུག་པོའི་ངང་ཕར་ཕྱོགས་སུ་བརྒྱུགས་སོང་བས། ང་ལའང་བསམ་བློ་གཏོང་ཁོམ་མི་འདུག་པས་ཁོའི་རྗེས་སུ་བསྙེགས་ནས་བརྒྱུགས་པ་ཡིན། ངེད་གཉིས་རི་འདབས་ཀྱི་ལམ་འཁྲམ་དུ་ནགས་རྫབ་རྫུབ་ཡོད་པའི་ཁྲོད་དུ་བསླེབས་རྗེས། སྤེན་མ་ཚོམ་བུ་རེའི་རྒྱབ་ཏུ་ཀུམ་ཞལ་བྱས་ཏེ་མཆུ་ཏོ་ལག་པའི་བར་བཞག་ནས་ཁོ་ཚོ་ཡོང་བའི་ཚུལ་ལ་འཇབ་ལྟ་བྱས།

ཅུང་མ་འགོར་བར་ཁོ་ཚོ་བསླེབས་བྱུང་སྟེ། དམག་སྤྱོད་ རླངས་འཁོར་ཆུང་བ་བླ་གབ་མེད་པ་ཞིག་གིས་ས་རྟུལ་བསྐྱིལ་ནས་ལམ་ནང་དུ་སྒྱོས་པ་ལྟར་བརྒྱུགས་ཡོང་ཞིང་། མི་གཅིག་གིས་རླངས་འཁོར་བསྐོར་ཞིང་། མི་གསུམ་གྱི་ལག་ཏུ་མེ་མདའ་ཐོགས་ནས་འདུག་པར་བལྟས་ན་འཇིགས་སྐུལ་ཚོགས་པ་ཞིག་གི་བཟོ་ལྟ་འདུག བཟོ་ལྟ་འདི་འདྲ་བ་ངས་དེ་སྔོན་ཡང་རྩི་ལམ་ཁྲོད་ནས་སམ་གློག་བརྙན་ཁྲོད་ནས་མཐོང་མྱོང་བར་འདུག་སྟེ། མི་རེའི་གདོང་དུ་ཤེལ་མིག་ནག་པོ་བསྒྱོན་པ་དང་ལག་ངར་སྟེང་དུ་གཅན་གཟན་གཏུམ་པོའི་རི་མོ་སྣ་ཚོགས་བྲིས་ཡོད་ལ། ལ་ལས་རལ་བ་ཆེན་པོ་བསྐྲུར་ཡོད་ཅིང་། འགའ་རེས་སྐེ་རྒྱན་དང་རྣ་ལྕུང་སོགས་རྒྱན་གོས་ཡ་མ་གཟུགས་མང་པོ་སྤྲས་ཡོད་པ་རེད། ཡིན་ནའང་ཁོ་ཚོ་ཉེ་སར་བསླེབས་པ་ན་ང་རང་ཧ་ལས་པར་གྱུར་སོང་། ཁོ་ཚོ་ནི་ངས་རྩི་ལམ་ཁྲོད་དང་གློག་བརྙན་ཁྲོད་ནས་མཐོང་མྱོང་བ་དེ་དག་མ་ཡིན་པར། ཁ་སྔོན་གྱོང་བརྡལ་དུ་འཕྲད་པའི་ཁྱི་གསོད་ཚོགས་པ་དེ་ཚོ་ཡིན་འདུག ཁ་ལོ་བའི་འཁྲིས་སུ་སྡོད་པའི་མི་དེ་ནི་གདོང་ལ་སྨྱུ་ར་སྐྱེས་ཡོད་པའི་མི་ཐོ་དེ་ཡིན་པ་ངས་མཐོང་མ་ཐག་ཏུ་ངོས་ཟིན་བྱུང་། ང་རང་གཏན་ནས་འཁྲུལ་མི་སྲིད། ཡིན་ན་ཡང་ཁོ་ཚོ་དགོང་མོ་དེར་ཉེན་རྟོག་པས་འཛིན་བཟུང་བྱས་ཟིན་མོད། དེ་རིང་སླར་ཡང་གློ་བུར་དུ་འདི་གར་མངོན་བྱུང་བ་ཅི་ཡིན་ནམ། འོ་ན་དངོས་གནས་ཁྲི་ཐར་རྒྱལ་གྱིས་བཤད་པ་ལྟར་ཉེན་རྟོག་པས་རང་ཉིད་ཀྱི་ “དཀར་ཡོལ” གྱི་ཆེད་དུ་ཁོ་ཚོ་གློད་བཀྲོལ་བཏང་བ་ཡིན་ནམ་སྙམ།

ཁོ་ཚོ་ཏག་ཏག་ངེད་གཉིས་ཀྱི་མདུན་ཐད་དུ་ཐོན་མ་ཐག་རླངས་འཁོར་གྱི་ཁ་

བསྒུགས་ནས་འགྲོ་མཚམས་བཞག་ཅིང་། མི་དག་སར་བབས་ནས་ངེད་གཉིས་ཡོད་སའི་ནགས་ཛུབས་ཀྱི་ཕྱོགས་སུ་ལྟ་བཞིན་འདུག ལྟས་ངན་འདི་དག་ལ་ལྷན་སྐྱེས་ཀྱི་ཁྱི་ཛོན་པའི་ཚོར་བ་རྣོན་པོ་ཞིག་ཡོད་པ་དང་འདྲ་སྟེ། ཁོ་ཚོས་ཕན་ཚུན་ལ་སྐད་ཆ་སྣ་ཚོགས་ཤིག་བཤད་རྗེས་ཐད་ཀར་ངེད་གཉིས་ཀྱི་ཕྱོགས་སུ་བསྙེགས་ནས་ཐོན་བྱུང་བས། ང་ནི་སྐྲག་སྟེ་སྙིང་ལྡིག་ལྡིག་ཏུ་ལྡིང་མགོ་བཙམས་བྱུང་།

ངས་ཁྱི་ཁྲ་བོར་ཤུབ་བུར་“ཁོ་ཚོས་ངེད་གཉིས་མཐོང་བྱུང་བ་འདྲ”ཞེས་བཤད། ཁྱི་ཁྲ་བོས་“ཁོ་ཚོས་ངེད་གཉིས་མཐོང་མི་སྲིད། ད་ནི་ངས་ཁོ་ཚོར་ཡ་ལན་སྤྲོད་པའི་དུས་ལ་བསླེབས་བྱུང་”ཟེར། ངས་“ཁོ་ཚོའི་ལག་ཏུ་མེ་མདའ་ཡོད་པས་ཉེན་ཁ་ཆེ”ཞེས་བཤད་པ་ན། ཁྱི་ཁྲ་བོས་ངའི་སྐད་ཆར་ཉན་གྱིན་མེད་པར། “ཁྱོད་འདི་གར་བསྐྱུངས་ལ་སྡོད། ངས་ཁོ་ཚོ་ཁྲིད་དེ་བསྐོར་བའི་ནང་ཚུད་པར་བྱེད”ཟེར་བས། ངས་དང་ལེན་བྱས་ཤིང་“ཁྱོད་ཀྱིས་སེམས་ཆུང་བྱེད་དགོས”ཞེས་ཡང་ཡང་གདམས། གློ་བུར་དུ་ཁྱི་ཁྲ་བོ་ཡར་ལངས་ཏེ་ཐུག་སྐད་འགག་བརྗོད་རྗེས་ལྡང་བུད་པ་ལྟར་ཕར་ཕྱོགས་ཀྱི་ནགས་ཚལ་སྟུག་པོའི་ཕྱོགས་སུ་བརྒྱུགས་བྱུང་བས། ཁྱི་གསོད་པ་དེ་ཚོས་ཀྱང་དེ་མ་ཐག་ཁོ་མཐོང་སྟེ་ཀུ་ཅོ་འདོན་བཞིན་རང་རང་ས་ནས་ཁྱི་ཁྲ་བོའི་རྗེས་ཕྱོགས་བསྙེགས་ནས་བརྒྱུགས་བྱུང་། ཁོ་ཚོས་རྒྱུག་ཤོར་དུ་མེ་མདའ་རེ་གཉིས་འཕེན་པར་བྱེད་ཀྱང་། ཁྱི་ཁྲ་བོ་བང་མྱུར་ཞིང་རྩལ་སྐྱེན་པས་སྐད་ཅིག་ཉིད་ལ་ཆུ་ནང་ལ་རྡོ་འཕངས་པ་ལྟར་ཕ་རོལ་གྱི་ནགས་ཁྲོད་དུ་འཛུལ་སོང་། མི་དེ་ཚོ་ཡང་ཁོའི་ཕྱི་བཞིན་དུ་བརྒྱུགས་ཏེ་ཐང་ཆད་པར་གྱུར་ཡོད་ནའང་། ཡུན་རིང་ཙམ་འགོར་རྗེས་འཁྱོག་རིམ་འཁྱོར་ནགས་ཁྲོད་དུ་ཡལ་སོང་།

ཙུང་མ་འགོར་བར། ནགས་ཁྲོད་དུ་ཁྱི་མང་པོའི་འཛིང་རེས་བྱེད་པ་ལྟ་བུའི་ཐུག་སྐད་ཛ་དྲག་ཅན་ཞིག་གྲགས་བྱུང་ལ། མི་ཡི་འོ་དོད་རེ་གཉིས་ཀྱང་བསྟུད་མར་ཐོས་བྱུང་། མཇུག་མཐར་ད་སྔོན་གྱི་མི་དེ་དག་ཕྱིར་ལོག་གིས་བྲོས་ནས་ཐོན་བྱུང་ལ། ཁྱི་ཁྲ་བོ་དེས་དཔུང་རོགས་ཁྱི་འགའ་ཁྲིད་དེ་ཁོ་ཚོའི་ཕྱི་བཞིན་དེད་ནས་ཡོང་གིན་འདུག ཁོ་ཚོ་ཉེ་སར་

བསླེབས་པ་དང་ངས་ཀྱང་གསལ་པོར་མཐོང་བྱུང་། ད་ལྟ་གཤེད་མ་དེ་དག་གི་ལག་ཏུ་མི་མདའ་མཐོང་རྒྱུ་མེད་པར་མ་ཟད། ཕོ་ཚོ་མི་རེ་རེའི་ལྷ་བ་རྡལ་རྡུལ་དུ་གྱུར་ཅིང་ལུས་སྟེང་དུ་ཁྲག་རྗེས་མང་པོ་འདུག་ལ། མི་ཕོ་སྨ་ར་ཅན་དེ་ གྲོལ་བཞིན་འདུག་པས་མི་གཉིས་ཀྱིས་གཡས་གཡོན་བྱས་ཏེ་བསྐྱོར་ནས་ཁྲིས་ཡོང་གིན་འདུག ཕོ་ཚོ་ངའི་མདུན་ཕྱོགས་བརྒྱུད་དུས་སྦུའང་ངག་ནས་སྨྲེ་ངག་སྣ་ཚོགས་ཤིག་འདོན་བཞིན་འདུག་ཅིང་། ཕྱི་མིག་ལྟ་བཞིན་དུ་འཚབ་འཚུབ་དང་རླངས་འཁོར་གྱི་ནང་དུ་བསུད་རྗེས། དེ་འཕྲལ་ཕྱིར་ལྡོག་གིས་ད་སྔོན་ཡོང་སའི་ཕྱོགས་སུ་རྟལ་འཚུབ་ཅིག་བསྐྱིལ་ནས་བུད་སོང་།

ཁྲི་གཞན་དག་ཕྱིར་ལྡོག་གིས་ནགས་ཁྲོད་དུ་སོང་རྗེས་ཁྲི་ཁྲ་བོ་ཐད་ཀར་ང་ཡོད་སའི་ཕྱོགས་སུ་ཐོན་བྱུང་། ང་ཡང་གཞི་ནས་ནགས་རྫུབས་ལས་ཕྱིར་བུད་ཅིང་། དཀྱིལ་སྒྲིང་ཞིག་བྱས་ནས་མི་དེ་དག་སོང་སའི་རྗེས་ཕྱོགས་སུ་བལྟས་པ་ན། རྟལ་དཀར་པོ་ཞིག་མདང་དགོང་ང་ཚོ་ཞག་སྡོད་བྱེད་སའི་གྲོང་སྡེ་ཆུང་ཆུང་དེའི་ཕྱོགས་སུ་འཐེན་འདུག་པ་མཐོང་།

ངས་ཁོ་ལ “ངས་མི་འདི་དག་མཐོང་མྱོང་བར་འདུག ཁེ་སྔོན་ཉེན་རྟོག་པས་འཛིན་བཟུང་བྱས་ཟིན་མོད། དེ་རིང་སྐར་ཡང་འདི་གར་མངོན་བྱུང་བ་ཅི་ཡིན་ནམ” ཞེས་བཤད།

ཁྲི་ཁྲ་བོས་ཁྲེལ་དགོད་ཅིག་བྱས་ནས “ད་ལྟ་ཡོད་ཚད་སྙོར་མོའི་ལས་ཀ་རེད་ཅིང་། སྙོར་མོའི་མདུན་དུ་ཁྲིམས་ལུགས་ཞེས་པ་ཡང་མི་གཉོམ་ཆུང་དག་ལ་མགོ་གཡོག་བྱེད་ཀྱི་རྫུན་གཏམ་ཙམ་དུ་གྱུར་འདུག དོན་དེ་མར་ཟླ་གཅིག་གི་སྔོན་ནས་ཁྲི་གསོད་ཚོགས་པ་འདིའི་འདྲེ་ལག་འདི་གར་བརྒྱངས་ཏེ་ཁྲི་གུ་འགའ་བསད་སོང་བས། ང་ཚོ་འདི་གར་བསྐྱངས་ཏེ་ཕོ་ཚོར་དེ་ལན་འཇལ་བའི་གོ་སྐབས་ལ་བསྒུགས་ནས་བསྡད་པ་ཡིན།” ཞེས་ཟེར་བ་དང་། སྐར་ཡང་ང་ལ་བལྟས་ཏེ “ཕོ་ཚོ་ད་དུང་ཕྱིར་ཡོང་སྲིད་པས་ཁྱོད་རང་མྱུར་དུ་ལམ་ལ་ཆས་རྒྱུ་ཐོས། གཡོན་ཕྱོགས་ཀྱི་ རྐང་ལམ་འདི་དེད་དེ་སོང་དང་། རི་བོའི་ཕར་འདབས་སུ་བསླེབ་ཚེ་གཞི་ནས་བདེ་འཇགས་ཡིན” ཟེར།

ང་ལ་སློ་བུར་བའི་བྲེལ་འཚུབ་ཅིག་སྐྱེས་ཤིང “འོ་ན་ཁྱོད་གང་དུ་འགྲོ་རྒྱུ་ཡིན། ཁྱོད་

ལ་ཉེན་ཁ་མེད་དམ” ཞེས་དྲིས་པ་ན། ཁྲི་ཁྲ་བོ་དེས་ཡང་བསྐྱར་ཁྲི་གསོད་དག་སོང་སའི་རྗེས་ཕྱོགས་སུ་ལྟ་ཙམ་བྱས་ཏེ། “སྲོག་ལ་ཐུག་ཀྱང་ངས་ད་དུང་གོང་སྟེ་འདི་སྲུང་སྐྱོབ་བྱེད་དགོས། འདི་ནི་ངའི་འགན་ཁུར་ཡིན” ཟེར།

སྐབས་འདིར་ངའི་མིག་ལམ་དུ། ཁྲི་ཁྲ་བོ་ཆེན་པོ་དེ་ཕྱི་དགྲ་འགོག་རྒོལ་བྱེད་པའི་རྒྱལ་གཅེས་དམག་དཔོན་ཆེན་པོ་ཞིག་ཡིན་པའི་སྣང་བ་སྐྱེས་ཤིང་། ཁོའི་ཞུམ་མེད་ཀྱི་བློ་སྤོབས་དང་འགན་འཁྲིའི་འདུ་ཤེས་ལ་ཡིད་སྨོན་སྐྱེས་བྱུང་། ངའི་སེམས་ལ་ཁྲི་ཐར་རྒྱལ་ལའང་ཁྲི་ཁྲ་བོ་འདིའི་རང་ཚུགས་དང་འགན་འཁྲིའི་བློ་སྟོབས་ཕྱེད་ཙམ་ཡོད་ནའང་ཅི་འདྲའི་བཟང་བ་ལ་ཨང་སྙམ། གང་ལྟར་ད་ནི་ཡོད་ཚད་ཀྱང་འདས་སོང་གི་ཕྱིར་དྲན་ཙམ་དུ་ཟད་པས། དེ་དག་ལ་ཞེན་ཆགས་བྱེད་དོན་ཅི་ཡང་མི་འདུག ངས་དེ་འཕྲལ་ཁྲི་ཁྲ་བོ་དང་གྱེས་ཕྱག་ཕུལ་རྗེས། ཁོས་བསྟན་པའི་ཀང་ལམ་དེར་ཞུགས་ནས་གཅིག་ཕུར་ལམ་ལ་ཆས་པ་ཡིན། ང་རང་རྒྱང་རིང་དུ་སོང་བའི་སྐབས་སུ་ཡང་ཁྲི་ཁྲ་བོ་ཐུར་མལ་དུ་འགྲེང་སྟེ་ངའི་རྗེས་ཕྱོགས་སུ་བལྟས་འདུག་པ་མཐོང་བྱུང་།

ང་རང་སོང་གིན་དུ་ཀང་ལམ་དེ་ནི་གྲུ་གྲུའི་ངང་ལུང་བ་ཆེན་པོ་ཞིག་གི་ཕུ་རུ་བསྒྲིངས་འདུག་ཅིང་། ལུང་བའི་ཉེན་ངོས་སུ་རྩྭ་རྗོང་མཐུག་པའི་སྤང་དང་བྲག་བསྟེབས་མར་ཡོད་པ་དང་། སྲིབ་ངོས་སུ་སྤང་མ་དང་སུ་རུ་སྟུག་པོར་སྐྱེས་ཡོད་འདུག་པས། བདག་མོ་བདེ་སྐྱིད་ཚང་གི་དབྱར་སའི་ལུང་བ་དེ་དང་ཧ་ཅང་འདྲ་བར་འདུག ངའི་སེམས་སུ་ཆུང་དུས་ཀྱི་དབྱར་ཁའི་སྣང་བརྙན་ཞིག་ཤར་བྱུང་བ་སྟེ། ལུང་བའི་ཉེན་ངོས་སུ་ཤེའུ་དུར་དང་སྤང་རྒྱན་མེ་ཏོག་ག་ས་ག་རུ་སྐྱེས་པ་དང་། སྲིབ་ངོས་སུ་སུ་རུའི་མེ་ཏོག་གད་ཡོད་པར་མ་ཟད་སྤང་མའི་ཚོགས་ཀྱིས་སྐྱེས་སྟོབས་ངོམ་པ། ལུང་མཐིལ་གྱི་ན་ཁུག་ཏུ་ཆུ་མིག་དྭངས་མོ་ཞིག་ཤག་ཤག་བཞུར་གྱིན་ཡོད་ལ། ཆུ་མིག་གི་འགྲམ་གཉིས་སུ་མེ་ཏོག་དཀར་སེར་དམར་སྔོ་སྣ་ཚོགས་ཁྲ་ལམ་མེར་བཞད་པ། ཕར་འགྲམ་གྱི་ནགས་འདབས་སུ་དུ་བ་ལིང་ལིང་འཕྱུར་གྱིན་པའི་སྦྲ་ཁྱིམ་ཞིག་ཡོད་ཅིང་། བྱིས་པ་ཞིག་གིས་ཁྲི་གུ་ཆུང་ཆུང་ཞིག་ཁྲིད་

ནས་བེའུ་ཚོའི་རྗེས་སུ་རྒྱུག་བཞིན་པ།……དེ་དག་ཡོད་ཚད་ཀྱང་ཅི་འདྲའི་ལྷོད་མེད་རྣམ་དག་གི་རྩི་ལམ་ལྷ་བུའི་འཚོ་བ་ཞིག་རེད་ཨང་། ངའི་སེམས་སུ་གློ་བུར་བའི་སྤྲོ་སྣང་གཞོན་མི་ཐུབ་ཅིག་སྐྱེས་ཤིང་། ངག་ནས་ཤུབ་བུར་རང་ཉིད་ཕོ་ནས་ཐོས་ཐུབ་པའི་གདངས་ཀྱིས་བྱིས་པའི་དུས་སྐབས་ཀྱི་གླུ་གཞས་དེ་བླངས།

ཨ་ལ་ཡེ།……

ང་རྫ་རི་བརྒྱུད་ནས་འགྲོ་དུས་སུ།།

ངའི་འགྲོ་གྲོགས་མེ་ཏོག་སེར་ཆེན་ཡིན།།

འགྲོ་ཕྱད་ན་མེ་ཏོག་མི་འགྲོ་གི།།

བསྐྱར་ཟེར་ན་སློ་ཡིས་མི་ཚོད་གི།།

ཞེ་འཁྲིང་བ་རྫ་མགོའི་སྨུག་པ་རེད།།

ཆར་ཟམ་ཟེམ་ལམ་འགྲོའི་རྗོངས་པ་རེད།།

ཁྲི་མོ་བདེ་སྐྱིད་ཀྱིས་གླུ་དེ་བླངས་འཕྲལ། སླར་ཡང་རང་ཉིད་ཀྱི་ཉམས་ཉེས་སུ་གྱུར་བའི་ཕྲུ་གུ་དག་དྲན་ནས་མིག་ཆུ་ཤོར་བྱུང་། ཕོ་མོ་ལམ་འགྲམ་ཞིག་ཏུ་ཉལ་ནས་ཡུད་ཙམ་ལ་ངུས་ནས་བསྡད། མཇུག་མཐར་ཕོ་མོ་ངུ་བཞིན་དུ་གཉིད་དུ་ཡུར་ཞིང་། གཉིད་ལོང་དུ་རྨི་ལམ་གསལ་པོ་ཞིག་རྨིས་བྱུང་། རྨི་ལམ་དུ། ཕོ་མོར་ཁྲི་གུ་བཅུ་གཉིས་བཙས་འདུག་ཅིང་། ཁྲི་གུ་བཅུ་གཉིས་པོ་ཚང་མ་ཁྲི་ཁྲ་བོ་དེ་འདྲ་བ་ཤ་སྟག་ཡིན་པར་འདུག

སྐབས་དེར། ཐག་རིང་ནས་བདག་མོ་བདེ་སྐྱིད་ཀྱིས་ཕོ་མོ་འབོད་བཞིན་པའི་སྐད་སྒྲ་གསལ་ལ་མི་གསལ་བ་ཞིག་ཀྱང་། བསེར་བུའི་རྒྱུ་རྫོགས་དང་བསྟུན་ནས་རྣ་ལམ་དུ་ཐོས་ཡོང་།

ནག་འཚོ་སྐྱིད།

ནག་ཞར་སྡེ་བའི་གཡོན་ངོས་སུ་རི་རྒྱུད་ནག་པོ་ཞིག་ཐུར་དུ་ཟུག་ཡོད་པ་དེ་ལ་ནག་ལྷང་མདོ་ཟེར། ནག་ལྷང་མདོ་ན་ཁང་བ་སྐྱ་ལེབ་བེར་གཤར་ཁ་ཞིག་མཐོང་བ་དེ་ནི་ནག་ཞར་སློབ་ཆུང་རེད།

ནམ་ཞིག་གི་ཚེ་ན། ནག་ཞར་སྡེ་བར་ནག་འཚོ་སྐྱིད་ཟེར་བ་ཞིག་བྱུང་། ལོ་དུ་མའི་རྗེས་ནས་ནག་ཞར་སྡེ་བའི་གཞོན་སོ་དཀར་གྱི་བྱིས་པ་ནས་རྒན་མགོ་དཀར་གྱི་རྒན་རྒོན་ཚང་མ་འདུས་ཏེ་གཞའ་བཤད་དེང་གླིང་བྱེད་པའི་སྐབས་དག་ཏུའང་། ཚང་མས་མ་བགྲོས་གཅིག་མཐུན་གྱིས་ནག་ཞར་སྡེ་བའི་དཔེར་མཚོན་རང་བཞིན་གྱི་མི་སྣ་སྣེ་ནག་འཚོ་སྐྱིད་ནི་མི་ཅི་འདྲ་ཞིག་ཡིན་ཚུལ་གླེང་ངེས་ལ། མོའི་གནས་ཚུལ་ནི་ནག་ཞར་སྡེ་བའི་རྒན་གཞོན་བར་མ་ཀུན་གྱིས་མི་ཤེས་བ་གཅིག་ཀྱང་མེད།

ནག་འཚོ་སྐྱིད་ནི་ནག་ཞར་སློབ་ཆུང་གི་དགེ་རྒན་ཡིན་ལ། ནག་ཞར་སྡེ་བའི་ཤེས་ཡོན་ཅན་གཅིག་པུའང་ཡིན། ནག་ཞར་སྡེ་བའི་མི་རྣམས་ཀྱི་ཁ་ན་མོ་ལ་བསྟོད་པའི་དྲི་ངད་འཕྲུལ་གྱིན་ཡོད་པར་མ་ཟད། མོ་ནི་ནག་ཞར་སྡེ་བའི་མི་རྣམས་ཀྱི་སེམས་ཀྱི་ཡིད་ཆེས་འཆའ་ས་ཞིག་ཅིག་ཀྱང་ཡིན་ཚོད་འདུག ཡིན་ནའང་། ཚང་མའི་བཤད་སྲོལ་ལྟར་

ན། ནག་འཚོ་སྐྱིད་ནི་འཕྱོན་མ་ཞིག་ཀྱང་ཡིན་པ་འདྲ། སྔོན་གྱི་སྐབས་ཤིག་རིང་ལ། མོས་གཟབ་ནན་གྱིས་སློབ་ཁྲིད་བྱས་པ་དེས་ད་དུང་ཡིད་མ་ཁེངས་པར། ནམ་རྒྱུན་དགོང་མོའི་དུས་སུ་གསར་བུ་ཚོ་བསྡུས་ཏེ་འོས་འཚམ་ཞིག་ལ་རང་ཉིད་ཀྱི་བརྩེ་དུངས་ཀྱི་འདུན་མ་བརྗོལ་ན་སྙམ། འོན་ཀྱང་གསར་བུ་རེ་རེ་བཞིན་མཚན་མོར་མོའི་ཉལ་ཁྲིའི་འགྲམ་གྱི་རྩེ་གྲོགས་སུ་གྱུར་བ་ལས་ངོས་བཏགས་བྱས་ཆོག་པ་ཞིག་གཏན་ནས་མ་རྙེད། ཐ་ན་གསར་བུ་འགའ་རེས་ངོ་ཨེ་ཁྱོགས་ཀྱི་འབད་པས་མོའི་གན་ནས་ཞག་སྡོད་བྱས་ཀྱང་མོའི་གདོང་ན་དགའ་ཉམས་ཤིག་མི་འདུག

"འོ། ཁྱོད་ཀྱིས་ནག་འཚོ་སྐྱིད་ཀྱིས་ང་ཁྲིམས་ཁང་དུ་གཏུག་འོང་སྙམ་མམ།"

"དེ་འདྲ་མི་སྲིད། དེ་འདྲ་གཏན་ནས་མི་སྲིད།"

"མོ་སྨྱོས་པ་མིན་ན།"

འདི་ནི་སྟེ་བའི་མི་རྣམས་ཀྱིས་ནག་འཚོ་སྐྱིད་སྐྱང་མེད་དུ་བཞག་པ་གཏན་ནས་མ་ཡིན་ཏེ། གནད་དོན་འདིའི་གཞི་རྩ་སྐྱེ་མོ་ནི་ནག་འཚོ་སྐྱིད་ཡིན་པའི་སྟེང་དུ་ཡོད། ནག་འཚོ་སྐྱིད་ནམ་རྒྱུན་བཞིན་དགོང་མོར་མལ་ཁྲིའི་ཟུར་དུ་བསྡད་ནས་བསམ་བློ་ཇི་ལྟར་བཏང་ན་ཡང་། རང་ཉིད་ཀྱི་ཁློར་འབབ་པའི་མི་ཞིག་གཏན་ནས་ཡིད་ལ་མི་འཁོར། མོས་སླར་ཡང་ལུས་རྒྱབ་མལ་ཐུལ་ལ་བསྙེས་ཏེ། རང་ཉིད་འཚོ་བའི་ལོ་ཟླའི་ཕྲེང་བ་རེ་རེ་བཞིན་ཕྱིར་འདྲང་བརྒྱབ། ཕྱིར་དྲན་གྱི་ཁྲོད་ནས་འཚོ་བའི་བྲོ་བ་ཞུང་ཙམ་རེ་བཙལ་ན། མདུན་དུ་བཤམས་པའི་ལས་དབང་གི་མདུད་པ་རེ་རེ་དགྲོལ་ཐུབ་ཀྱང་སྲིད་ལ། ཡང་ན་ལོ་ངོ་ཁྲི་སྟོང་གི་རྗེས་ནས་ཀྱང་མི་རྣམས་ཀྱི་ལེ་བདའ་དང་འཁང་རའི་གད་སྙིགས་སྤྱང་སའི་དོང་བུ་ཞིག་ཏུ་འགྱུར་ཡང་སྲིད། གང་ལྟར་ལོ་ཟླ་ནི་རྨི་ལམ་སྣ་ཚོགས་ལས་གྲུབ་པས་འདས་དོན་རེ་རེ་བསྐྱར་གླེང་བྱས་ཏེ་བསམ་གཞིག་གི་ཁོངས་རྒྱུ་ཡངས་སུ་བཏང་ཆོག་པ་རེད།

"སྐབས་དེར། ང་ཡང་ལོ་ན་གཞོན་པའི་དུས་རེད་ཅིང་ད་དུང་གཉེན་སྒྲིག་བྱས་

མེད།" འདི་ནི་ལོ་དུ་མའི་རྗེས་སུ་ནག་འཚོ་སྐྱིད་ཀྱི་ང་ལ་བཤད་པ་ཡིན། མོས་བཤད་རྒྱུར "དོན་ངོ་མ་བཤད་ན་ང་ཡང་བུ་མོ་དཀྲུས་མ་ཞིག་ཡིན། འདི་ནི་ཁྱོད་ཀྱིས་ཐོག་མར་ཤེས་དགོས།"

"འོ་ན་སྐབས་ཤིག་ལ་ཁྱོད་སྡེ་དཔོན་ལ་ཡང་བསྐོས་མྱོང་བ་མིན་ནམ།"

"དེ་ནི་ལོ་རྒྱུས་རེད།" མོ་དགོད་བཞིན་དུ། "འདས་ཟིན་པ་མཐའ་དག་ལོ་རྒྱུས་ཡིན་ལ། འགའ་རེས་དེ་ལ་དྲང་བཙོ་ཡང་བྱེད་ཀྱིན་འདུག་པ་མ་རེག་གམ།"

"ཅིའི་ཕྱིར།" ངས་ཧ་མ་གོ་བར "ལོ་རྒྱུས་ཀྱང་དྲང་བཙོ་བྱེད་ཆོག་གམ།"

"གང་ལྟར་དུས་སྐབས་འདིར་ཡོད་ཚད་རང་ཉིད་ཀྱི་དགོས་མཁོར་བསྟུན་དགོས་པ་ནི་ཕལ་ཆེར་ཁྲིམས་ལུགས་ཤིག་ཡིན་པ་འདྲ། ཁྱོད་ཧ་ལས་རྒྱུ་ཅི་ཡོད།"

ནག་འཚོ་སྐྱིད་སྡེ་དཔོན་དུ་སྡོད་དུས་ནི་བཅིངས་འགྲོལ་བྱས་མ་ཐག་པའི་སྐབས་རེད། མོ་སྡེ་དཔོན་དུ་བསྡད་པ་ནི་ནག་ཚུང་རྒྱལ་གྱི་བཀའ་དྲིན་ཡིན་ཚུལ་ཡང་ཐོག་མར་ནག་ཞར་སྡེ་བའི་མི་རྣམས་ཀྱི་ཁ་ནས་ཐོས། འདི་ཡང་དངོས་དོན་ཡིན།

ལོ་ཞིག་ལ། ཟས་སློང་བའི་སྤྲང་པོ་འགའ་ནག་ཞར་སྡེ་བར་བསླེབས་པས་མི་འགའ་རེས་དེ་ཚོ་རི་མགོའི་ཧྲག་པ་རེད་ཟེར། དེའི་རྗེས་སུ་སྤྲང་པོ་དེ་ཚོ་མཚན་མོ་ཞིག་ལ་རི་མགོའི་ཧྲག་པ་མར་བབས་ནས་བསད་སྐད། ཕྱི་ཉིན། མི་ཚང་མ་ཧ་ལས་ཤིང་འཚང་ག་ཤིག་ཤིག་གིས་ཐེམ་པོའི་མཐའ་བསྐོར་ནས་ཡོད་དུས། ནག་ཚུང་རྒྱལ་གྱིས་ཅི་འདྲའི་སྙིང་ནད་ཡོད་པ་ལྟར་དཔའ་ངར་འདྲ་བ་ཞིག་བསྐྱེད་དེ་（ཁོ་དཔའ་བོ་ཞིག་གཏན་ནས་མིན）ཐེམ་པོ་དེ་དག་གི་སྟེང་དུ་གྲི་གཙུགས་འགའ་བྱས་བྱུང་།

"ནག་ཚུང་རྒྱལ། ཁྱོད་སྨྱོས་པ་ཡིན་ནམ།"

"འཁྲུམ་པོ་འདི་ཆོས་ངའི་ཕ་རྒྱན་བཤད་པ་མིན་ནམ།"

"འདི་ཚོ་ཨེ་ཡིན་ནམ།"

“འོ་ན་ངའི་ཕ་རྒན་གང་ལ་སོང་བ་རེད།”

ནག་ཆུང་རྒྱལ་གྱི་ཕ་རྒན་ནི་ཇོ་མ་དཔའ་དཔུང་ཤུགས་དང་། བློ་རིག་པ། གཏམ་ཁ་ལྕེ་གང་གི་ཐད་ནས་ཀྱང་ནག་ཆུང་རྒྱལ་ལྟ་བུ་ཞིག་གཏན་ནས་མིན་པར་བཤད། ནག་ཆུང་རྒྱལ་ཨ་མའི་ལོག་ཏུ་ཡོད་པའི་སྐབས་དེར། ནག་ཞར་སྡེ་བ་དང་བདུད་ཙ་ཚོ་ཁག་གཉིས་ཕན་ཚུན་བར་ཧྲག་ལ་འགྲོ་བྱས་ཏེ་བདུད་ཙ་དཔོན་པོའི་བུ་ནག་ཞར་སྡེ་བས་བསད། དགྲ་ཤ་ལེན་པའི་བདུད་ཙ་ཚོ་བའི་དམག་ཉིས་བརྒྱ་ལྷག་ནག་ལྷང་མདོ་ཙ་བསླེབ་ལ་ཉེ་དུས། ནག་ཆུང་རྒྱལ་གྱི་ཨ་ཕས་ཅི་མི་སྙམ་པར་རང་གི་ཆུང་མ་ར་དེ་རིང་དགྲ་ཤ་ལེན་དུ་འོང་གིན་འདུག ངའི་མདུང་དེ་ཁྱེར་ཤོག་ཟེར། ཆུང་མས་རེ་ཞིག་ཅི་ཡིན་མ་ཤེས་པར་ཡར་ཕྱུག་གི་མདུང་མོ་རྩེ་གཉིས་མ་དེ་ བླངས་ནས་ཕོ་ལ་བྱིན། ཕོས་མདུང་བཟུང་མ་ཐག་མཚོངས་ཐེངས་གཅིག་གིས་སྒྲ་སྐོར་བུད་ཅིང་། ཕར་ལྡིང་ཚུར་ལྡིང་འགའ་བྱས་པའི་མྱུར་དགྲ་དཔུང་གིས་ ཁོའི་མཐའ་ནས་བསྐོར། ནག་ཞར་སྡེ་བའི་དམག་ཚོགས་ཐོན་དུས་ཕོ་ཚང་གི་ལྷས་འདབས་སུ་མི་རོ་མང་པོ་གཡས་འགྱེལ་གཡོན་འགྱེལ་དུ་བསྒར་འདུག ནག་ཆུང་རྒྱལ་གྱི་ཨ་ཕ་ནི་སྟར་བཞིན་གོ་ཁའི་ཡར་སྐྱིད་དུ་ཚར་ལྷ་གཡང་ལུགས་སུ་གྱོན་ནས་བསྡད་འདུག་ལ། བལྟས་ཚུལ་ལ་འགྱུལ་ཙམ་ཡང་བྱས་མ་མྱོང་བ་ལྟར་མ་ཊི་འདོན་གྱིན་འདུག་ཟེར།

ནག་ཆུང་རྒྱལ་གྱི་གླེན་རྟགས་ཐལ་བའི་སྐད་ཆ་དེ་དག་ཐོས་འཕྲལ་ནག་འཚོ་སྐྱིད་རིམ་བཞིན་མི་ཚོགས་ཀྱི་ཁྲོད་ནས་ཕྱི་ལ་བཀྱིད་ཅིང་མི་སུས་ཀྱང་མི་མཐོང་བར་བྱས་ཏེ་ སྐོག་ཏུ་ལས་བྱེད་ཚན་ཆུང་ཡོད་སར་སོང་།

“ནག་འཚོ་སྐྱིད་ནི་ནག་ཞར་སྡེ་བའི་དཔེར་མཚོན་རང་བཞིན་གྱི་མི་སྣ་ཡིན།”

ལས་བྱེད་ཚན་ཆུང་གི་མགོ་དཔོན་ཀྲོ་རྡུའུ་ཅེས་པོང་རིམ་ལ་སྙན་ཞུ་འབུལ་དུས་ཀྱང་སྐད་ཆ་འདི་ཆེད་དམིགས་ཀྱིས་འབུར་དུ་དོན་དེ་བཤད་པས། རེ་ཞིག་ཀུང་རྡེ་ཡོངས་ཀྱི་སྡེ་བ་སོ་སོ་ནས “བློ་མཐུན་ནག་འཚོ་སྐྱིད་ལ་སློབ་སྦྱོང་བྱེད” པའི་བྱ་འགུལ་སྤེལ་བ་རེད།

ནག་ཆུང་རྒྱལ་བཙོན་དུ་བཟུང་ནས་ཕྱིར་ཡོང་རྒྱུ་མེད་པར་གྱུར་པས་ནག་ཞར་སྡེ་

བའི་མི་རྣམས་ཀྱིས་ནག་འཚོ་སྐྱིད་ལ་ངོ་གནོང་ནས་ཅི་ཡང་བཤད་མི་ཕོད་མོད། ཕག་ནས་འཁང་ར་དང་བཅས་མཆིལ་ཞགས་འཕེན་གྱིན་འདུག ནག་འཚོ་སྐྱིད་ཀྱིས་དེ་དག་གང་ནས་ཤེས། རང་ཉིད་ལ་སྣུར་ལས་ལྷག་པའི་བླང་བྱ་བརྟོན་ཏེ་ཉིན་རེ་བཞིན་སྡེ་བའི་མི་རྣམས་འདུས་པའི་ཚོགས་ཆེན་དག་གི་སྟེང་དུ "བསམ་བློའི་སློབ་གསོའི" སྐོར་གྱི་གཏམ་བཤད་སྤེལ་བ་དང་། དགོང་མོར་གྲོ་རྡུའུ་ཅིའི་རས་གུར་ནང་དུ་སོང་ནས་གནད་དོན་འགའ་རེ་ཡར་ཞུ་བྱས་ཏེ་ནམ་གུང་མ་ཡོལ་པར་ཕྱིར་མི་འོང་། ཅང་མ་འགོར་བར་མོ་སྡེ་དཔོན་དུ་བསྐོས། བྱ་བའི་སྐབས་བདེར་དམིགས་ནས་གྲོ་རྡུའུ་ཅིའི་རས་གུར་ནང་དུ་མོ་རང་ལ་ཡང་མལ་ཁྲི་ཞིག་གསར་དུ་བསྟན་པ་རེད།

"མ་རྩ་རིང་ལུགས་ནི་ཇ་མ་མེད་པའི་བྱེ་བ་ཞིག་ཡིན་པ་དང་། དེས་ཆེ་བ་རྒྱལ་ཁབ་ཀྱི་ཁེ་ཕན་ནས་ཆུང་བ་ཁྱིམ་ཚང་གི་བཟའ་འབྲུ་ལའང་གནོད་པ་བྱེད་ཀྱིན་འདུག ང་ཚོས་ངེས་པར་དུ་དེ་བཟུང་ནས་གསོད་ཐབས་བྱེད་དགོས" ཞེས་ཚོགས་འདུ་རེ་རེའི་སྟེང་དུ་ནག་འཚོ་སྐྱིད་ཀྱིས་ཏན་ཏན་ཏིག་ཏིག་གིས་ཐེངས་དུ་མར་བཤད་པས། ནག་ཞར་སྡེ་བ་ནི་སྐབས་དེར་སྤྱི་ཚོགས་རིང་ལུགས་ཀྱི་ལམ་ལུགས་བཟང་པོར་དགའ་ཞེན་བྱེད་མཁན་སྔ་ཤོས་སུ་གྱུར། མོས་མུ་མཐུད་དུ་བཤད་རྒྱུར། "ང་ཚོས་ཇ་མ་མེད་པའི་བྱེ་བ་དེ་དག་རྩ་བ་ནས་ཚར་གཅོད་བྱ་དགོས་ན། ཐོག་མར་སྐྱེས་པ་རྣམས་ཀྱི་མགོ་ན་ཡོད་པའི་བྱེ་བའི་ཇ་མ་ལྷ་བུའི་རལ་བ་དེ་འབྲེག་དགོས་པ་ནི་ཁ་ཚ་དགོས་གཏུག་གི་དོན་དག་ཅིག་རེད" ཅེས་བཤད།

ནག་འཚོ་སྐྱིད་ཀྱི་སྐད་ཆ་དེས་ནག་ཞར་སྡེ་བའི་རྒད་པོ་རྣམས་ཀྱི་སེམས་གཉིང་ལ་བཟོད་མི་ཐུབ་ཅིང་སོས་ཐབས་བྲལ་བའི་རྨ་ཁ་ཞིག་བཏོད་སོང་། ཚོགས་འདུ་གྲོལ་ཏེ་ཚང་མ་རང་རང་གི་ཡུལ་དུ་ལོག་རྗེས་སྨྲེ་ངག་གང་བྱུང་དུ་འདོན་མགོ་ཚུགས།

"ངའི་ཕ་དང་ཨ་ཁུའི་རིང་ནས་སྲོལ་མ་ཞིག་པར། འདི་འདྲའི་ཁེ་ཉེན་ཞིག་ཨེ་ཡོད་དམ།"

"ཨ་ཏ་བོ། ངའི་རལ་བ་གཡག་རིན་འདི། ད་ནི་ཐབས་བཀོད་ཅི་ཡོད།"

“འཇིག་རྟེན་མགོ་མཇུག་ལོག་འདུག དཀོན་མཆོག……ཨ་གནམ་ཀན་མ།”

དེ་དུས་ནག་འཚོ་སྐྱིད་ཀྱིས་ནམ་རྒྱུན་མགོ་ཡི་ཙོ་ཏོ་དམག་ཞྭ་ལྷང་སེར་ཅན་དེའི་ནང་དུ་བཛྟངས་ནས་གོན་ཡོད་པ་དེ་ཡང་། མོ་རང་སྤྱི་ཚོགས་རིང་ལུགས་ཀྱི་ལམ་ཆེན་དུ་ཞུགས་ཟིན་པའི་མཚོན་རྟགས་ཤིག་ཡིན་པ་འདྲ།

“དེ་ཅི་ལ་ཡིན། དེ་དུས་ང་སྐྱེས་ཡོད་མེད་ཀྱང་བཤད་དཀའ།” འདི་ནི་ལོ་དུ་མའི་རྗེས་སུ་ནག་འཚོ་སྐྱིད་ཀྱིས་ང་ལ་བཤད་པ་ཡིན། མོས་བཤད་རྒྱུར “ནག་ཚུང་རྒྱལ་གྱིས་ཐོན་སྐྱེད་ཏོས་ཀྱི་གཡག་ཅིག་བརྐུས་སོང་ཞེས་བཀག་བསྐྱིལ་བྱས་ན་ཡང་། ཉིན་གཉིས་འཁོར་རྗེས་ཁོ་རྐུན་མ་མིན་པར་ཐག་ཆོད་དེ་ཕྱིར་མངགས་པ་རེད།”

“འོ་ན་གྲོ་ཙུའུ་ཅི་ཟེར་བ་དེ། ཁོ་ཅི་ཞིག་བྱེད་མཁན་རེད།”

“དོན་དོ་མར་ངས་གྲོ་ཙུའུ་ཅི་ཟེར་བ་ཞིག་གཏན་ནས་ངོ་མི་ཤེས།” མོ་དགོད་བཞིན་དུ “དེ་དག་ཐམས་ཅད་རྫུན་རེད། འོན་ཀྱང་ང་གྲོ་ཙུའུ་ཅི་ལྟ་བུའི་མི་སྣར་ཧ་ཅང་དགའ། འདི་ནི་ངོ་མ་ཡིན།”

“ཅིའི་ཕྱིར” ངས་ཧ་མ་གོ་བར “གྲོ་ཙུའུ་ཅི་ནི་བུ་མོ་ཚོར་མགོ་སྐོར་གཏོང་མཁན་ཞིག་མིན་ནམ” ཞེས་དྲིས།

“དེ་རེད། འོན་ཀྱང་ཚེ་སྲོག་གི་གཏིང་དུ་སྦས་པའི་དོན་མང་པོ་ཞིག་ཧ་ཅང་གསང་བ་སྟེ། ང་ཚོར་མཚོན་ན་ནམ་ཡང་རྟོགས་ཐབས་མེད་པ་ཞིག་མ་ཡིན་ནམ།”

ནག་འཚོ་སྐྱིད་ལོ་བཅོ་བརྒྱད་ལ་ལོན་སྐབས་སློབ་གྲྭར་ཞུགས་པ་རེད། སློབ་གྲྭར་འགྲོ་བའི་ཉིན་ཐོག་མ་དེར་མོའི་ཨ་ཕས་དགེ་རྒན་ལ་ལུག་གི་ཚང་ར་ཞིག་ཁྱེར་ཅིང་མོ་རྟ་རྒན་ནག་ལྷང་གི་འཕོངས་ལ་བསྐྱོན་ཏེ་བསྐྱལ་ནས་སོང་། དེ་དུས་སྡེ་བའི་ནང་དུ་སློབ་གྲྭ་མེད་པས་ངེས་པར་དུ་ཀུང་ཧྲེའི་སློབ་ཆུང་དུ་སྐྱེལ་དགོས། ཀུང་ཧྲེའི་ལས་ཁུངས་དག་གཞུང་

ལམ་གྱི་མཐའ་གཉིས་སུ་གཡག་རྐན་འགའ་གདང་ལ་བཏགས་པ་ལྟར་ཡོད་ཅིང་། ཀུང་ཧྲེ་སྨན་ཁང་གི་གཡས་ཕྱོགས་ན་ཡོད་པའི་ཁང་ཤར་བསྐར་ཕྲེང་གཉིས་ཡོད་པ་དེ་སློབ་གྲྭ་ཡིན།

ནག་འཚོ་སྐྱིད་ལ་མཚོན་ན་ཐོག་དང་པོར་ཁང་བ་མཐོང་བ་ཡིན་པས་དགའ་སྤྲོ་ཚད་མེད་ཅིག་སྐྱེས་པར་མ་ཟད། སློབ་སྦྱོང་ལ་འབད་ཅིང་དགེ་རྒན་གྱི་གསུང་ལ་ཉན་པས་འཛིན་གྲྭའི་གྲྭ་དཔོན་དུ་བསྐོས་པ་དང་། མོའི་སློབ་སྦྱོང་གི་སྒྲུངས་འབྲས་ཀྱང་ཧ་ཅང་བཟང་། འོན་ཀྱང་འཛིན་གྲྭའི་ནང་གི་གསར་བ་ཆུང་ཆུང་དག་ཕྱོག་ཏུ་དགེ་རྒན་ལ་ལྟག་ལུས་མེད་པར་ཡར་གཏུག་བྱེད་པར་དགའ་བས། སློབ་གྲོགས་རྣམས་མོ་ལ་ཧ་ཅང་སྤང་བར་མ་ཟད། "ངོ་གཉིས་མ" དང "ཞི་ལ་ནག་པོ།" "ངོ་ལོག་པ" སོགས་མཚང་མིང་མང་པོ་ཞིག་ཀྱང་བཏགས་ཡོད། སློབ་འབྲིང་དུ་ཞུགས་པ་ནས་བཟུང་ནག་འཚོ་སྐྱིད་ཀྱི་སློབ་སྦྱོང་ལ་དགའ་བའི་འདུན་པ་རིམ་གྱིས་ཉམས་དམས་སུ་ཤུར། ནམ་རྒྱུན་དགོང་མོའི་དུས་སུ་མི་གཞན་དང་ལྷན་དུ་གློག་བརྙན་ལྟ་རུ་འགྲོ་བའམ་སྲིད་གཞུང་གི་ལས་བྱེད་པ་དག་ཡོད་སར་སོང་སྟེ་རྩེད་མོར་གཡེང་ནས་སྡོད་ལ། ཅང་མ་འགོར་བར་ཕྱི་རོལ་གྱི་དཔོན་པོ་དང་དམར་སྲུང་དམག་གི་རུ་དཔོན་འགའ་ཞིག་ཀྱང་ངོ་ཤེས་པར་གྱུར།

ཟླ་གཅིག་མ་འགོར་བར། སློབ་གྲྭའི་ནང་ནས་ཐེངས་འགར་ཚོགས་འདུ་བསྡུས་བྱུང་། ཚོགས་འདུ་དེ་དག་ལ་སློབ་གྲྭའི་དགེ་རྒན་དག་སློས་ཅི་དགོས། ཆེ་བ་སློབ་གཙོ་ནས་ཆུང་བ་ཇ་མ་དང་ཕག་གསོ་མཁན་དག་ཀྱང་མ་ལུས་པར་ཞུགས་དགོས་ཀྱིན་འདུག ཆེས་མཐའ་མཇུག་གི་ཚོགས་འདུ་དེ་གྲོལ་རྗེས་དོན་དག་གཅིག་ཐག་གཅོད་བྱས་སོང་བ་སྟེ་ནག་འཚོ་སྐྱིད་སློབ་ཕུད་བྱས་སོང་། རྒྱུ་མཚན་ནི་མོ་ལས་ཁྲུངས་གཞན་པའི་སྐྱེས་པ་ཞིག་དང་ལྷན་དུ་ཞག་སྡོད་བྱས་པ་དེ་གཞི་བདེ་སྲུང་མི་སྣས་བཟུང་བས་སློབ་གྲྭའི་མགོ་ཁྲིད་ལ་གཏུག་བཤེར་བྱས་པ་རེད་ཟེར། དེ་བས། ནག་འཚོ་སྐྱིད་ཀྱིས་བསྟུད་མར་ཉིན་གཉིས་ལ་ཟ་མའང་མི་ཟ་བར་ངུས་ནས་བསྡད། དེ་ལྟ་ནའང་སློབ་གྲྭས་ཐག་གཅོད་བྱས་ཟིན་ཞིང་ཡི་གེ་ནག་པོའི་སྟེང་དུ་མཚལ་ཐམ་དམར་པོ་བརྒྱབ་ཟིན་པས་མི་སུ་ལའང་ཐབས་བཀོད་ཅི་ཞིག་ཡོད་དམ།

ཚང་མས་མོ་ལ་སེམས་གསོ་དང་བཅས་ཕྱིར་ཡུལ་དུ་ལོག་པར་བསྐུལ་ན་ཡང་། མོ་སྔོན་ལྟར་དུས་ནས་སྡོད་པ་ལས་ཡུལ་དུ་གཏན་ནས་མི་འགྲོ

ཉིན་གསུམ་པར་སློ་བུར་དུ་མོ་དུ་མཚམས་ཆད་སོང་།

ཉིན་བཞི་པར་ནག་འཚོ་སྐྱིད་སླར་ཡང་སློབ་གྲྭའི་ནང་དུ་བླངས་ཤིང་སློབ་མའི་གྲལ་དུ་ཚུད་སོང་།

ལམ་ལོག་ནས་ཟུར་གྱིས་འགྲོ་བ་དག་ལ་མཚོན་ན་འདི་ནི་རྒྱུན་ལྡན་ཞིག་ཡིན་པས་སུ་ཡང་ཡ་མཚན་སྐྱེ་དགོས་དོན་མེད། ཉིན་གསུམ་པའི་དགོང་མོ་དེར། ནག་འཚོ་སྐྱིད་ཀྱིས་སླར་ཡང་མིག་ཆུ་གཙང་མར་ཕྱིས་ཏེ། ཉེ་སྔོན་རང་ཉིད་ཀྱི་བཟང་སར་གྱུར་སྐྱོང་བའི་སྲིད་གཞུང་གི་དཔོན་པོ་ཞིག་ཡོད་པ་དེ་བཙལ་ནས་གནས་ཚུལ་ཚང་མ་ཡར་ཞུ་བྱས། ཕྱི་ཉིན་སྤ་མོ་དཔོན་པོ་དེས་སློབ་གྲྭའི་མགོ་ཁྲིད་ལ་ཁ་པར་བཏང་བས་ཡོད་ཚད་སྔོན་ཆད་ལྟར་རྒྱུན་ལྡན་དུ་གྱུར།

ཡུན་རིང་མ་འགོར་བར་ནག་འཚོ་སྐྱིད་ཀྱི་ཁོག་ཏུ་བྲིས་པ་འཁོར་བྱུང་བས་ཟླ་མཐུད་དུ་སློབ་གྲྭ་འགྲིམ་མ་ཐུབ་པར་ཕྱིར་སྡེ་བའི་ནང་དུ་ལོག་ཅིང་། ཟླ་མཐུད་དུ་སྡེ་བའི་ནང་གི་གྲལ་རིམ་འཐབ་རྩོད་རྒྱུན་འཁྱོངས་བྱས་སྐད།

"འདི་དག་ཐམས་ཅད་རྫུན་གཏམ་ཁོ་ན་ཡིན། ངའི་གནས་ཚུལ་ངས་མི་ཤེས་པར་སུས་ཤེས།" འདི་ནི་ལོ་དུ་མའི་རྗེས་སུ་ནག་འཚོ་སྐྱིད་ཀྱིས་ང་ལ་བཤད་པ་ཡིན། མོས་བཤད་རྒྱུར "དེ་དུས་གྲལ་རིམ་འཐབ་རྩོད་ཀྱི་ཁ་གཡང་མཐོན་པོ་དེས་ངའི་ཡོད་ཚད་ཀྱི་ཚབ་བྱས་པ་ཡིན། ཕོ་མོའི་བར་གྱི་དོན་དག་དང་སློབ་སྦྱོང་གི་བྱ་བ་དེ་ཅི་ལའང་བརྩི་གི་མེད།"

"འོ་ན་ཁྱོད་སློབ་གྲྭར་སོང་མ་མྱོང་ངམ།"

"ལོས་མྱོང་། ཀྲང་ཙུའུ་ཀྲང་གིས་ང་ཆེད་དུ་མངགས་པ་ཡིན། ཁོས་ང་ཕྱིར་ཐོན་རྗེས་ལས་བྱེད་པའི་གྲས་སུ་བླང་ཆོག་ཟེར་ལ། ད་དུང་མི་མངགས་ནས་ང་སློབ་གྲྭར་བསྐུལ་བ

ཡིན། དེའི་བར་དུ་ལུག་གི་ཚང་ར་ཞིག་རྩུད་སྲིད་དམ།"

"འོ་ན།" ངས་ཧ་ཅི་ཡང་མ་གོ་བར "འོ་ན་ཁྱོད་ལས་བྱེད་པའི་གྲས་སུ་ཞུགས་ཐུབ་སོང་ངམ།"

"ཞུགས་མ་ཐུབ། ང་ཕྱིར་ཐོན་དུས་ཆད་པོ་དེ་ཤི་ཟིན་འདུག་པས་ང་ལ་རྒྱབ་སྐྱོར་བྱེད་མཁན་ཡང་ཧ་ཅང་ཉུང་། འདི་ནི་དོན་དངོས་ཡིན།"

"གྲལ་རིམ་འཐབ་རྩོད" གྱི་རླུང་འཚུབ་དེ་འཇགས་མ་ཐག ནག་ཞར་སྡེ་བ་ཡང་ཞིང་ཕྱུགས་མཉམ་ལས་ཅན་དུ་བསྒྱུར་བ་དང་། སྡེ་བའི་ནང་དུ་ཡིག་ངོ་ཚོད་པའི་སྐྱེས་པ་གཅིག་ཀྱང་མ་བྱུང་བས་ནག་འཚོ་སྐྱིད་ནི་སྡེ་བའི་རྩིས་གཉེར་བ་བྱེད་དུ་བཙུག་པར་མ་ཟད། ནམ་རྒྱུན་ཞིང་ཕྱུགས་ལས་ཐད་ཏ་ཀྲེ་ལ་སློབ་སྦྱོང་བྱེད་དགོས་པའི་སྐོར་གྱི་ཡིག་ཆ་ཚང་མ་ཡང་ནག་འཚོ་སྐྱིད་གཅིག་པུས་དྲིལ་བསྒྲུགས་བྱེད་དགོས་པ་རེད། དེ་བས་ནག་ཞར་སྡེ་བའི་མི་རྣམས་ཀྱིས་ཡིག་ཆར་གོ་བ་བླངས་པ་ཧ་ཅང་ཟབ་ལ། ལོ་རེ་རེའི་ཞིང་ཕྱུགས་ལས་ཐོན་སྐྱེད་གོང་འཕེལ་ལ་སོང་བའི་ཚད་ཀྱང་སྡེ་བ་སོ་སོའི་ཡང་རྩེར་སོན་མོད། འོན་ཀྱང་ཅང་མ་འགོར་བར་གློ་བུར་དུ་མར་ཆག་སོང་། གཞན་གྱིས་བཤད་པ་ལྟར་ན་དེའི་རྒྱུ་རྐྱེན་གཙོ་བོ་ནི་ལིན་པའོ་དང "མི་བཞི་ཚོགས་ཁག" ལ་དགག་པ་རྒྱག་པའི་ལས་འགུལ་སྤེལ་བ་གཙོས་ཆེན་དུ་བཟུང་བའི་རྐྱེན་གྱིས་རེད་ཟེར།

ནག་འཚོ་སྐྱིད་ནི་ངོ་མ་སྡེ་བའི་སྲོག་ཤིང་ལྟ་བུར་གྱུར་འདུག ནམ་རྒྱུན་དགོང་མོའི་དུས་སུ་ཕྱུགས་རྫི་དག་ལ་བརྣ་བརྒྱབ་སྐྲ་དགག་རྒྱག་ཚོགས་ཆེན་འཚོགས་རྒྱུ་ནི་རྒྱུན་ཆད་མེད་ལ། གོང་རིམ་ནས་ལས་བྱེད་པ་གཉིས་རེ་མངགས་ཡོང་སྐབས་ཚོགས་འདུར་མགོ་འཛིན་གནང་གིན་འདུག་པས་མི་སུ་ཡིན་རུང་ཚོགས་ཆེན་ལ་གཙིགས་ཆེན་བྱེད་དགོས་ཤིང་། ད་དུང་མི་རེ་རེས་དགག་རྒྱག་གི་འདུལ་གཏམ་ཡང་གཏོང་དགོས།

ནག་ཞར་སྡེ་བའི་མི་རྣམས་ལས་ཐོག་མར་དགག་པ་རྒྱག་མཁན་ནི་ནག་འཚོ་སྐྱིད

ཡིན་པ་སྨྲོས་ཅི་དགོས། དགོང་མོ་དེར། མི་ཚང་མའི་མིག་འོད་ཀྱིས་ཐད་ཀར་ནག་འཚོ་སྐྱིད་ལ་བལྟས་ཏེ། མོའི་ཞེ་སྡང་དང་ཤ་འཁོན་དག་ཇི་ལྟར་སྟོན་ཅིང་བཤད་པར་བསྒུགས་ནས་བསྡད། རེ་ཞིག་ཁུ་སིམ་མེར་གྱུར།

ནག་འཚོ་སྐྱིད་མི་ཚོགས་ཀྱི་དཀྱིལ་དུ་ཡར་ལངས་ཏེ། ཐོག་མར་ཐེངས་གཅིག་ངུས་པ་དང་། དེ་ནས་སླར་ཡང་མིག་ཆུ་ཕྱིས་ཤིང་གོམ་པ་གང་མདུན་དུ་སྤོས་ནས་ན་རེ། "ཁྲི་ཀན་དེ་ཚོ། ཁྲི་ཀན་དེ་ཚོ། དེ་ཚོའི་མིག་ལ་ཅི་ཞིག་མ་རན་པ་ཡིན་ནམ། ཁོ་ཚོས་ང་ཚོའི་བདེ་སྐྱིད་ལྡན་པའི་རྒྱལ་ཁབ་འདི་བརླག་རྒྱུ་ཟེར་ན། དེ་ལ་དགག་པ་རྒྱག་ལོས་དགོས། ཐོག་མར་ཁོ་ཚོའི་ཉེས་པ་རེ་རེ་བཞིན་བགྲང་དགོས།"

ནག་འཚོ་སྐྱིད་ཀྱིས་བཤད་རྒྱུར། "ཁོ་ཚོའི་ཉེས་པ་ལས་ལྕི་བ་ཞིག་གང་ན་ཡོད། ༡༩༥༨ལོར་ནག་ཆུང་རྒྱལ་གྱི་ཕ་ཀན་སོགས་བསད་པ་ནི་ཁོ་ཚོའི་གཡོ་སེམས་ཡིན། ༡༩༦༡ལོར་མི་རྐྱང་གི་ཕ་ཀན་དང་མཁར་ནག་གི་མ་ཀན་སོགས་ལྷོགས་གྲིར་ཤི་བ་ཡང་གྲངས་ཀྱིས་མི་ཟིན། ང་ཚོ་སུས་མི་ཤེས། ཚང་མ་ཁོ་ཚོའི་མཁའ་མཉམ་ཉེས་སྤྱོད་རེད། ཁོ་ཚོས་ལྷོག་བླད་བྱས་པ་མིན་ན་ཟ་མ་ཅི་གུས་ཁྱེར་བ་ཨེ་རེད། ཅི་གུས་ཁྱེར་བ་ཡིན་ནའང་ཁོ་ཚོ་ནི་ཅི་གུའི་རྒྱལ་པོ་རེད། ད་དུང……" ཁོ་མོས་སླར་ཡང་ངུ་ཤུམ་ཞིག་བྱས་ཤིང་ "ད་དུང་ཁོ་ཚོའི་ཉེས་པ་ཧ་ཅང་མང་། ང་ཚོ་འདི་ལྟར་འདུག་སྲོལ་ཅི་ལ་ཡོད།"

"ཁོ་ཚོས་གཡོ་ཧམ་ཇི་ལྟར་བྱེད་ཀྱིན་པ་ང་ཚོས་ཚགས་པར་ངོས་ནས་མཐོང་བ་ལྟར་རེད། ཁོ་ཚོ་མདུན་ཅོག་གཅིག་གི་འོག་ཏུ་འཛུལ་ནས་ཅི་ཞིག་ལ་གྲོས་བྱེད་ཀྱིན་པ་མ་ཡིན་ནམ། ངོ་མ་ཅི་གུ་འགའ་དང་འདྲ། ཅི་གུའི་ཁྲོད་དུ་བཟང་པོ་ཞིག་གང་ན་ཡོད། སྤེ་མི་ཚོ། ང་ཚོས་སྙིང་ནད་སྟོད་དགོས།"

"ང་ཚོ་ནག་ཞར་སྤེ་བ་གཅིག་ཕྱུས་ཚོག སྤེ་མི་ཉིས་བརྒྱ་ལྷག་སོང་ན་ཁོ་ཚོ་མི་བཞི་གནམ་ལ་འཕུར་རམ་ས་ལ་འཛུལ། གནམ་ལ་འཕུར་ན་རྐང་བར་འཐམ་ཚོག་པ་དང་ས་ལ་འཛུལ་ན་ཇ་མར་འཛུ་ཚོག ང་ཚོ་ད་ལྟ་ཉིད་དུ་འགྲོ ཁོ་ཚོའི་སྐེ་ཐག་ནག་གིས་སྒྲིལ་ཅིང་

མགོ་ལ་སྨྱོ་མོ་བསྒོན་ཏེ་འཁྲིད་འོང་། ཁོ་ཚོར་འཚོར་ས་ཞིག་གང་ན་ཡོད།”

ནག་འཚོ་སྐྱིད་ཀྱི་དགག་རྒྱག་འདུལ་གཏམ་དེ་ལ་ངར་ཤུགས་ཆེ་བས། ནག་ཞར་སྡེ་བའི་མི་འགའ་རེས་དེ་མ་ཐག་ཏུ་ཏུད་མོ་དང་བཅས་མགོ་སྐོར་དང་འུར་ཆ་ཐོགས་ཏེ “མི་བཞི་ཚོགས་ཁག” གི་སྙིང་ལ་ཤོར་ནས་འགྲོ་རྩིས་བྱས་པའང་ཡོད། ཚོགས་འདུར་མགོ་འཛིན་བྱེད་པའི་ལས་བྱེད་པ་གཉིས་ཀའང་ཧ་ལས་ཤིང་ཁ་གདངས་ཏེ་སྡོད་ཙིང་། ཡུན་རིང་ཙམ་འགོར་བ་ན་གཞི་ནས་མགོ་བོ་འཕྲེད་དུ་གཡུག་གིན། “མའོ་ཀྲུའུ་ཞི་ནི་ངོ་མ་རླབས་ཆེན་རེད། ‘ཐུད་མེད་ནི་གནམ་གྱི་ཕྱེད་ཀ་ཡིན’ གསུངས་པ་ཅིས་མ་བདེན” ཟེར། དེར་བརྟེན་ནས་ནག་འཚོ་སྐྱིད་ནི་སྔར་ལས་ལྷག་པའི་མི་སྣ་མིང་གྲགས་ཅན་དུ་གྱུར་སོང་། ཀུང་ཧྲེའི་ཀྲོ་ཧྲུའུ་ཅིའི་རྩ་འཛུགས་དང་སྣེ་ཁྲིད་འོག་ཏུ་ནག་འཚོ་སྐྱིད་སྡེ་བ་སོ་སོར་རེས་བསྐོར་ཏེ “མི་བཞི་ཚོགས་ཁག” ལ་དགག་རྒྱག་འདུལ་གཏམ་སྤེལ་དུ་བཅུག་པས་མོའི་མཚན་སྙན་དེ་རྫོང་དང་ཁུལ་ཡོངས་སུ་ཁྱབ།

ལོ་མཇུག་ཏུ། ནག་ཞར་སྡེ་བའི་ཕྱུགས་ཟོག་གི་ཤི་གྲངས་ནི་ཀུང་ཧྲེ་ཡོངས་ཀྱི་ཆེས་མང་བའི་ཚད་དུ་བསླེབས་ནའང་། ཀྲོ་ཧྲུའུ་ཅི་གཙོ་བྱས་པའི་གོང་རིམ་ལས་བྱེད་པ་སྐོར་གཅིག་ཆེད་དུ་འོངས་ཏེ་ནག་འཚོ་སྐྱིད་དང་བཅས་པའི་སྡེ་བའི་མང་ཚོགས་ལ་སེམས་གསོ་ཐེངས་མང་པོར་བྱས།

“འདི་ནི་དགོས་ངེས་ཤིག་རེད།” ཀྲོ་ཧྲུའུ་ཅིས་འཛུམ་དམུལ་དང་བཅས་ཚང་མར་བཤད་དོན། “འདི་ནི་ནག་ཞར་སྡེ་བས ‘མི་བཞི་ཚོགས་ཁག’ ལ་དགག་པ་ཚ་དྲག་བརྒྱབ་པའི་བླ་ན་མེད་པའི་མཚོན་བྱེད་ཡིན། འདི་ལས་ནག་ཞར་སྡེ་བའི་མང་ཚོགས་ཡོངས་ཀྱི་གསར་བརྗེའི་ལངས་ཕྱོགས་མཐོང་ཐུབ། ད་དུང་ཕྱུགས་ཟོག་ཤི་བ་འདི་ཡང ‘མི་བཞི་ཚོགས་ཁག’ གིས་ང་ཚོར་དགྲ་བྱས་པས་ལན་པའང་ཡིན། ང་ཚོས་ད་དུང་དགག་རྒྱག་མཐའ་འཁྱོལ་བ་བྱེད་དགོས། མུ་མཐུད་དུ……”

དེ་ནས་བཟུང་། ནག་ཞར་སྡེ་བའི་ཕྱུགས་ཟོག་གོང་འཕེལ་དུ་འགྲོ་རྒྱུ་ལྟ་ཞོག ལོ་རེ་

བཞིན་གྲངས་ཀ་མར་ལ་ཆག་པར་གྱུར།

"དེ་འདྲ་ཞིག་ག་ལ་ཡིན། སྡེ་བའི་ཕྱུགས་ཟོག་གི་ཁ་གྲངས་མར་ལ་ཆག་རྐྱེན་ནི་དཔྱིད་ཀ་དེར་ཁ་བ་ཆེན་པོ་ཞིག་བབས་པས་རེད།" འདི་ནི་ལོ་དུ་མའི་རྗེས་སུ་ནག་འཚོ་སྐྱིད་ཀྱིས་ང་ལ་བཤད་པ་ཡིན། མོས་བཤད་རྒྱུར། "ཐེངས་དེར་ཕྱུགས་ཟོག་སྤྱིའི་ཁ་གྲངས་ཀྱི་བརྒྱ་ཆའི་སུམ་ཅུ་ཁ་བས་བསད་པ་རེད། འདི་ནི་དོན་དངོས་ཡིན།"

"འོ་ན་ནག་ཞར་སྡེ་བས་སྐབས་དེར 'མི་བཞི་ཚོགས་ཁག' ལ་དགག་པ་བརྒྱབ་པ་ཅི་འདྲ་ཡིན།"

"ཛ་དྲག་ཡིན། ནམ་རྒྱུན་དགོང་མོའི་དུས་སུ་ཚོགས་འདུ་འཚོགས་ཏེ་མི་རེ་རེས་དགག་རྒྱག་གི་གཏམ་བཤད་པ་རེད། འོན་ཀྱང་སྐབས་དེར་ཕྱུགས་རྫི་ངན་པ་འགའ་རེས་ཕྱུགས་ཀྱི་ཤི་རྐྱེན་དེ་ལ་ཁ་གཡར་བའང་ཡོད། ངས་ཀྱང་ལན་རེར་ནག་ཆུང་རྒྱལ་ལ་དེ་སྐོར་བཤད་པ་ཡིན།"

"ཅིའི་ཕྱིར།" ངས་ཧ་མ་གོ་བར "དོན་ངོ་མར་ནག་ཆུང་རྒྱལ་དང་ཁྱོད་གཉིས་ཀྱི་འབྲེལ་བ་ཅི་ཡིན།"

"བཟའ་ཟླ་མ་ཡིན་ནམ།" མོ་དགོད་ཙམ་བྱས་རྗེས་ན་རེ། "ངེད་གཉིས་ཀྱིས་སྔ་མོ་ནས་གཉེན་སྒྲིག་བྱས་ཟིན་པས་བཟའ་ཟླ་ལོས་ཡིན། ངོ་མ་འཛིག་རྟེན་སྣང་བ་ཟེར་བ་ནི་མིའི་བློ་ཡུལ་ལས་འགོངས་པ་ཞིག་རེད། སྐབས་འགའ་རེར་འཚོ་བ་ནི་རྩེད་མཚར་ཞིག་དང་ཁྱོན་ཀུན་ནས་འདྲ་འདུག"

ནག་འཚོ་སྐྱིད་དང་ནག་ཆུང་རྒྱལ་གཉིས་ནི་རང་འཐད་ཀྱིས་གཉེན་སྒྲིག་བྱས་པ་ཡིན་ལ་གཉེན་སྒྲིག་བྱེད་སའང་སློབ་གྲྭའི་ནང་ཡིན།

ནག་འཚོ་སྐྱིད་ནག་ཞར་སློབ་ཆུང་གི་དགེ་རྒན་བྱས་པ་ནས་བཟུང་། མོར་ཅི་བྱུང་མེད་པར་ཁེར་རྐྱང་གི་སྣང་བ་ཞིག་སྐྱེས། དེ་དུས་མོ་ཡང་མོ་ལོ་སུམ་ཅུ་ཛ་སྟོད་དུ་བསླེབས

ཡོད་ན་ཡང་ད་དུང་མོ་རྗེང་དུ་བསྡད་ཡོད། ཕྱི་དྲོའི་དུས་སུ་སློབ་མ་ཚོ་རང་རང་གི་ཡུལ་དུ་ཕྱིན་རྗེས་མོར་གཞི་ནས་ཁེར་རྐྱང་གི་སྡོད་བ་དེ་སྐྱེ་བཞིན་ཡོད། དེ་གར་མོ་གཅིག་པུ་ཡིན་པ་རྟོགས་འཕྲུལ་གསར་བུ་དག་གིས་སྦྱ་གཞུག་བཙུད་དེ་དགོང་འཚལ་ཡང་མ་འཕྱུངས་པར་སློབ་གྲྭའི་སྒོ་འགྲམ་དུ་འདུ་ལོང་བྱེད། ནག་འཚོ་སྐྱིད་ཀྱིས་ཁོ་ཚོའི་རེ་བ་སྟོང་ཟད་དུ་གཏོང་མི་སྲིད་ཀྱང་མོའི་ བློར་འབབ་པའི་མི་ཞིག་གཏན་ནས་མ་རྙེད།

མོས་སྔར་ཡང་ལུས་པོ་མལ་ཁྲུལ་ལ་བསྙེས་ཏེ་ཕྱིར་དྲན་གྱི་གློང་དུ་ཞུགས་པའི་སྐབས་སུ་སྒོ་བུར་དུ་མི་ཞིག་ནང་དུ་འཛུལ་འོངས། སྒོ་བུར་བའི་དོན་དེས་ནག་འཚོ་སྐྱིད་ཀྱང་ཅི་བྱེད་མེད་པར་གྱུར་ཏེ་མྱུར་མོར་ཡར་ལངས་ཤིང་མིག་གིས་ལྟ་མི་ཐོད་པ་ལྟར་བསྡད། ནག་ཚང་རྒྱལ་གྱིས་སློག་པ་སྨྲི་བོ་ཞིག་གྱོན་ཡོད་ནའང་འཛུམ་དོགས་ཅི་ཡང་མེད་ཡང་མེད་པར་དག་གཙང་གི་མལ་ཁྲིའི་ཟུར་འགྲམ་དུ་བསྡད་ཅིང་མིག་གཉིས་ཀས་ཅེ་རེར་མོ་ལ་ལྟ་བཞིན། “ང་ལ་དོན་དག་ཅིག་འདུག” ཟེར།

“ཅི་ཞིག་རེད།” ནག་འཚོ་སྐྱིད་ཀྱི་མིག་ལས་འོད་སྣང་ཞིག་འཚེར།

“ང་ལ་སྐད་ཡིག་དེབ་དང་པོ་ཞིག་སྟེར་རོགས།”

“དེའམ།” ནག་འཚོ་སྐྱིད་ཀྱིས་ཧ་ཅང་དོགས་མི་བདེ་ལ་ནང་དོན་གཞན་ཡོད་པའི་འཛུམ་ཞིག་ཕྱུང་སྟེ “ཁྱོད་ད་དུང་བྱིས་པ་ཡིན་ནམ” ཟེར།

“མ་རེད།” ནག་ཚང་རྒྱལ་གྱིས་ཁ་ཡོག་མེད་པར “ངའི་ཨ་ཅེའི་བྱིས་པར་དགོས་པ་རེད། གཅིག་གིས་ཚོག”

“ངས་བལྟས་ན་ཁྱོད་ད་དུང་བྱིས་པ་ཞིག་དང་འདྲ།” ནག་འཚོ་སྐྱིད་ཀྱིས་སྒྱམ་རྫུའི་ཚུལ་གྱིས་ཁ་ཕར་འཁོར་ནས་དེ་ལྟར་བཤད།

“ང་ཟེར་རམ།” ནག་ཚང་རྒྱལ་གྱིས་ཅི་ཡང་རྟོགས་ཀྱིན་མེད་པ་ལྟར་ཁ་ནས་རང་དབང་མེད་པར་དེ་ལྟར་ཤོར་སོང་། དེ་རྗེས་རིམ་བཞིན་དོན་ཞིག་གི་ཧ་གོ་སོང་བ་ལྟར་དུ་མ་དགོད་ཀྱི་འཛུམ་ཞིག་ཕྱུང་ནས་དལ་གྱིས་ཡར་ལངས་བྱུང་། “ཁྱོད་ཀྱིས་ངོ་མ་ཟེར་རམ”

ཞེས་དྲིས་བྱུང་།

"འོ་ན་ཁྱོད་ལ་ཚོར་སྣང་ཅི་ཡང་མེད་པ་ཅི།"

ནག་ཚུང་རྒྱལ་ཧད་ནས་དེ་མལ་དུ་ལུས་ཤིང་ཞག་གང་བོར་རང་ཡུལ་དུ་ལོག་རྒྱུ་མ་བྱུང་།

དེ་ནས་བཟུང་ནམ་རྒྱུན་དགོང་མོར་ནག་ཚུང་རྒྱལ་གྱིས་ནུབ་ཟས་ཀྱང་མ་འཕྲུངས་པར་སློབ་གྲྭའི་ནང་དུ་འགྲོ་ལ། ནག་འཚོ་སྐྱིད་ཀྱིས་ཀྱང་སྔ་མོ་ནས་ནུབ་འཚལ་བསྐོལ་ཏེ་ཁོ་ལ་བསྒུགས་ནས་སྡོད། ཁོ་གཉིས་ཀྱིས་མཉམ་དུ་ཟ་མ་ཟ་བ་དང་། མཉམ་དུ་གཏད་མོ་དགོད་པ། མཉམ་དུ……འདི་དག་ལས་ཟོ་མ་ཤི་གསོན་མཉམ་གནས་ཡིན་པའི་བརྩེ་དུངས་ཀྱི་གོ་དོན་རྟོགས་ཐུབ་པ་འདྲ།

ཟླ་གཅིག་མ་འགོར་བར་ཁོ་གཉིས་ཀྱིས་གཉེན་དོན་བསྒྲིགས། ཁོ་གཉིས་ཀྱི་ཁྱིམ་གཞི་ནི་སློབ་གྲྭ་ཡིན། ཁོ་གཉིས་ཀྱི་ཁྱིམ་གཞིར་བདེ་སྐྱིད་ལྡན།

གཉེན་བསྒྲིགས་ཏེ་ལོ་འགའ་འགོར་རྗེས་ནག་ཚུང་རྒྱལ་རིམ་བཞིན་མོ་ལ་གློ་བ་རིང་བར་གྱུར་པ་དང་། གཉེན་འཐོར་གྲབས་ཀྱང་ཐེངས་འགར་བྱུས། རྒྱུ་མཚན་ནི་ནག་འཚོ་སྐྱིད་ལ་བྱིས་པ་མ་སྐྱེས་པས་རེད། མོར་བྱིས་པ་མི་སྐྱེས་པ་དེ་ལ་ཡང་གླེང་མྱོགས་མང་པོ་འདུག་སྟེ། འགའ་རེས་བཤད་ན་ནག་འཚོ་སྐྱིད་ཀྱིས "རིག་གསར" སྐབས་སུ་བླ་མ་ཆེན་པོ་ཞིག་གི་དབུ་ལ་གཅིན་སྐྱན་བཀབ་པས་རེད་ཟེར་ལ། འགའ་རེས་དེ་དུས་མོས《བཀའ་འགྱུར》རྗེ་བཅོས་མའི་གླེགས་བུས་ཐབ་རྗེ་བྱས་པས་རྣམ་སྨིན་འཁོར་བ་རེད་ཟེར།

ནག་འཚོ་སྐྱིད་ཀྱི་མགོ་ལ་རྣམ་སྨིན་འཁོར་བ་གདོན་མི་ཟ། བྱིས་པ་མ་སྐྱེས་པ་དེས་མོའི་སེམས་གཏིང་ལའང་མི་མངོན་པའི་རྨ་ཁ་ཞིག་བཏོད་འདུག མོས་ཡང་ནས་ཡང་དུ་ནག་ཚུང་རྒྱལ་ལ་ཞུ་བ་བྱས་ཏེ "ང་ནི་གསོན་ན་ཁྱོད་ཀྱི་མི་དང་ཤི་ན་ཁྱོད་ཀྱི་འདྲེ་ཡིན" ཞེས་བཤད། དེ་བས་ནག་ཚུང་རྒྱལ་ལའང་རེ་ཞིག་ཐབས་བཀོད་གཞན་མ་བྱུང་།

"དེ་འདྲ་ཞིག་ག་ལ་ཡིན། ཚང་མ་རྫུན་རེད། ད་ལྟ་ང་ལ་བྱིས་པ་ལྔ་ཡོད།" འདི་ནི་ལོ་ངུ་མའི་རྗེས་སུ་ནག་འཚོ་སྐྱིད་ཀྱིས་ང་ལ་བཤད་པ་ཡིན། མོས་བཤད་རྒྱུར། "ཚང་མ་ཞི་ལི (ཞི་ལི་ཞི་མོ་ནི་བུ་དང་བུ་མོའི་དོན) ཡིན། ཆེ་བ་ལོ་བཅོ་བརྒྱད་ལ་སོན་ཏེ་མནའ་མ་བླངས་ཟིན།"

"འོ་ན། ཁྱོད་རང་ད་དུང་དགེ་རྒན་ཡིན་ནམ།"

"ལོས་ཡིན། ངའི་བྱིས་པ་འབྲིང་བས་ད་ལོ་སློབ་འབྲིང་དུ་རྒྱུགས་སྤྲོད་དེ་འཕྲོད་སོང་། གཞན་དག་ཀྱང་སློབ་གྲྭར་བསྐྱལ་དགོས། འདི་ལ་ནག་ཆུང་རྒྱལ་ཡང་འཐད་པ་ཡིན།"

"ཅིའི་ཕྱིར།" ངས་ཧ་མ་གོ་བར། "ངས་ཇི་ལྟར་བྲིས་ཀྱང་ཁྱོད་ཀྱི་ལོ་རྒྱུས་ཡག་པོ་ཞིག་འབྲི་མི་ནུས་པ་ཅི་ཡིན་ནམ།"

"དེའམ། དེ་ནི་སྨྲ་མོ་ཞིག་རེད།" མོ་དགོད་བཞིན་དུ "རྒྱུ་མཚན་ཡང་ང་ནི་ནག་ཞར་སྡེ་བའི་དཔེར་མཚོན་མི་སྣ་ཡིན་པས་རེད། ཨ་ཅི། སློབ་གྲྭ་འཚོགས་རན་ལ་ཐོན་པས་ང་འགྲོ་དགོས། རྗེས་སུ་ཁ་བརྡ་བྱེད། བདེ་མོ་ཞུ།"

"བདེ་མོ།"

ནག་ཞར་སྡེ་བའི་གཡོན་ངོས་སུ་རི་རྒྱུད་ནག་པོ་ཞིག་ཐུར་ལ་ཟུག་ཡོད་པའི་གདོང་སྣ་དེ་ལ་ནག་ལྷུང་མདོ་ཟེར་ཞིང་། ནག་ལྷུང་མདོ་རུ་ཁང་བ་སྐྱ་ལེབ་བེར་གཤར་ཁ་ཞིག་མཐོང་བ་དེ་ནི་ནག་ཞར་སློབ་ཆུང་རེད།

ནམ་ཞིག་གི་ཚེ་ན། ནག་ཞར་སྡེ་བར་ནག་འཚོ་སྐྱིད་ཟེར་བ་ཞིག་བྱུང་།

ཕོ་རང་ལན་པ་ཡིན་ནམ།

ཕོ་རང་ལན་པ་ཡིན་ནམ།

ཕོ་རང་སླར་ཡང་སླེབས་བྱུང་།

འདི་ན་དྭངས་ཤིང་གཙང་བའི་ཆུ་ཕྲན་ཞིག་ཡོད་ལ། སྔོ་ཞིང་ནེམ་པའི་སྤང་ཐང་དང་མེ་ཏོག་གི་མཛེས་སྡུག་ཀྱང་ཡོད། འདི་ན་ཕོ་རང་གི་འགྱུར་བ་མེད་པའི་བརྩེ་དུང་གི་སྣང་བ་ཡོད་ལ། ཕོ་རང་གི་ཡུན་རིང་རེ་སྐུག་དང་ཐོབ་རེ་ཡི་སྒྲུ་དབྱངས་ཀྱང་ཡོད།

"ད་ཛི་ལྟར་བྱ། ཕོ་མོ་དང་འབྲེལ་མཚམས་འཛོག་དགོས་སམ།" ཕོས་དེ་ལྟར་བསམ་བློ་གཏོང་སྐབས་རང་ཉིད་ཐ་ཤལ་བ་ཞིག་ཡིན་པའི་སྣང་བ་རང་ཤུགས་སུ་སྐྱེས་ཡོང་བར་མ་ཟད། རང་ཉིད་ལ་སྙིང་ན་ཞིང་ཡི་མུག་ལ་ཕོང་ཁྲོའི་བསམ་པ་ཞིག་ཀྱང་སྐྱེས་འོངས།

ཁ་སང་ཕོ་མོས་སྐད་བཏང་ཡོང་བ་དེ་ནི་ཛི་འདྲའི་འཛིགས་ཡེར་བ་ཞིག་རེད་ཨང་། ཕོ་མོ་ངོ་མ་འགྱུར་སོང་བ་ཡིན་ནམ།

"ང་རང་ནམ་ཡང་ཁྱོད་དང་མི་འབྲལ།"

"འབྲལ་ཐོད་དམ། ཁྱོད་ནི་བདག་སྙིང་གི་ཕྱིད་ཀ་ཡིན།"

དེ་ནི་སྔོན་ཆད་ཕོང་གཉིས་ཀྱིས་བཤད་པའི་སྐད་ཆ་ཡིན། མི་སྲིད། ཕོ་མོ་འགྱུར་མི་

ཤིད།

ཁོས་རང་དབང་མེད་པ་ལྟར་ཐ་མག་རྐང་གཅིག་ལ་མེ་སྤོན་ཏེ་དྲག་ཏུ་རྔུབ་འཐེན་འགའ་བྱས་རྗེས་ཆུ་འགྲམ་དེར་ཡར་འགྲོ་ཚུར་འགྲོ་བྱེད་བཞིན་ཡར་ཕྱོགས་ཀྱི་ཆུ་ལམ་ལ་རྒྱང་ལྟ་བྱེད།

ཡུད་ཙམ་ནས་ཁོ་མོས་ཆུ་ཟྭ་ཞིག་རྒྱབ་ཏུ་ཁུར་ནས་ཆུ་འགྲམ་དེར་སླེབས་བྱུང་། སྔོན་ཆད་ཀྱི་མཛེས་ཤིང་དྭངས་སེམས་སྟོན་པའི་མིག་གཉིས་ཀར་སྐྱོ་སྣང་གི་མདངས་ཤིག་མངོན་འདུག ཡུད་ཙམ་ལ་ཕན་ཚུན་ལ་ཁ་བརྡ་ཅི་ཡང་མེད་པར་ལངས་ནས་བསྡད།

“ཁྱོད་ཀྱིས་སྔ་མོ་ནས་ང་མི་ལེན་དོན་ཅི་ཡིན།” ཁོ་མོས་གློ་བུར་དུ་དེ་ལྟར་བཤད་བྱུང་།

“ཁྱོད་ངོ་མས་གནས་ལ་འགྲོ་རྒྱུ་ཡིན་ནམ།” ཁོའི་གདོང་ལ་སེམས་ཕངས་པའི་མདངས་ཀྱིས་ཁེངས་འདུག

“དེ་སྐད་མ་ཟེར། ཕ་མ་གཉིས་ཀྱིས……” ཁོ་མོས་དེ་མུར་དུ་སྡང་ས་བྱས་སོང་།

“ང……ངའི་དགོས་ཀྱང་ཁྱོད་ཆུང་མར་ལེན་ཐབས་བྱེད་རྒྱུ།” ཁོ་རང་ཁོ་མོའི་ལག་པར་དམ་པོར་འཇུས་ཏེ་དེ་ལྟར་བཤད།

ཁོ་མོའི་མིག་མཐར་མཆི་ཞགས་འཁྱིལ་བ་དང་མགོ་བོ་གཡུག་གཡུག་བྱེད་བཞིན “དེ་སྐད་མ་ཟེར། གོམས་སྲོལ་འདིར་ཁྱོད་རང་ལྟ་བུ་དུ་མ་ཞིག་གི་ཚེ་སྲོག་ཐིམས་སོང་” ཟེར།

“གང་ལྟར་ཀྱང་།……”

ཁོ་མོས་ཟྭ་བའི་ནང་དུ་ཆུ་འཆུ་བཞིན་དུ་ཡིད་སྐྱོ་བའི་རི་གླུ་ཞིག་དལ་གྱིས་གྱེར་བྱུང་།

“བྱ་ཁྲུ་ལོ་འཛོལ་མོ་གཉིས་ཀ། །

ཟླ་བདུན་པའི་དབང་དུ་གྱུར་ནས། །

ནགས་གཅིག་གི་སྨོན་ལམ་མེད་ཐལ། །

ཤིང་ཡར་སྐྱེས་ལོ་མའི་བར་ནས། །

སྤོ་སྤོད་ལེར་སྐྱ་ཁམས་བདེ་ནཱ། །

བྱ་འུ་གཉིས་བདེ་སྐྱིད་དེ་རེད། །

……”

ཁོ་མོ་སྐྱོ་ལ་སྡུག་ཅིང་དྲི་མ་མེད་པའི་ངག་ཚིག་དང་དམའ་ཞིང་འགྱུར་ཁུགས་མང་བའི་སྐད་ངག་དེ་རྒྱ་མཚན་གྱི་ཅ་ཅོའི་རོལ་དབྱངས་དང་བསྟོངས་ནས་རིམ་བཞིན་ཁོ་རང་གི་སེམས་པའི་གཏིང་དུ་འཇགས་པར་གྱུར་སོང་། ཁོའི་མིག་ཟུང་ལས་མཆི་མ་རྡོག་པོ་འགའ་དལ་གྱིས་མར་ལ་འགྲིལ་བར་གྱུར།

ཉིན་འགའ་འགོར་སོང་། ཁོ་རང་སླར་ཡང་རྒྱ་མཚན་དེའི་འགྲམ་དུ་ཡོང་། ཉིན་ཕྱེད་ཙམ་ནས་ཁོ་མོ་ཡང་རྒྱ་ལེན་དུ་སླེབས་བྱུང་། དེ་རིང་ཁོ་མོ་ནམ་རྒྱུན་ལས་འཕྱི་དོན་ཅི་ཡིན་ནམ།

“ང་ཁྱོད་དང་འབྲལ་ཐབས་མི་འདུག ཁྱོད་གནས་ལ་མ་འགྲོ” ཁོས་མགོ་བོ་དུད་ནས་དེ་ལྟར་བཤད།

“ཧེ་ཧེ། ཅི་ཟེར།”

མགོ་ཡར་བཏེགས་ནས་བལྟས་ཚེ། རྒྱ་ལེན་དུ་ཡོང་མཁན་ནི་ཁོ་མོའི་ནུ་མོ་རེད།

“ཁྱོད་ཀྱི་ཨ་ཅེ་མེད་དམ།” ཁོ་རང་སེམས་འཚབ་པར་གྱུར་ནས་མྱུར་མོར་དེ་ལྟར་དྲིས།

“ཁོ་མོ་གནས་ལ་བུད་སོང་། ཅི་རེད།”

“ནམ་ཞིག་ལ།”

“ཉིན་བཞི་ལྔ་ཙམ་འགོར་སོང་།”

“ཁྱོད་ལ་སྐད་འདྲ་མི་འཇོག་གམ།”

“སྐད་ཅི་ཞིག་འཇོག་དགོས།” བུ་མོ་དེས་དགོད་བཞིན་དུ་དེ་ལྟར་དྲིས་བྱུང་།

ཁོ་རང་ལ་ཡང་བཤད་རྒྱུ་ཅི་ཡང་མེད་པར་གྱུར།

བུ་མོ་དེས་ཆུ་འཆུ་བཞིན་དུ་ན་རེ། "གནས་ལ་འགྲོ་ཁའི་དགོང་མོ་དེར་ཕོ་མོ་གཅིག་ཕུ་ཆུ་འགྲམ་འདིར་ཡོང་ནས་ངུ་བཞིན་འདུག ངས་ཕོ་མོ་ཕྱིར་ཁྲིད་པ་ཡིན། ཨིན་ཙམ་མིན་ན་ཨ་ཕའི་གཅར་རྡུང་མྱངས་སོང་། ཨིན། ཕྱི་ཉིན་འགྲོ་ཁར་ཡང་ད་དུང་ངུ་བཞིན་འདུག" སྐད་ཀྱི་གདངས་ལ་ཉན་ན་ཕོ་མོས་ཀྱང་ཨ་ཅེ་ལ་གདུང་སེམས་བཅངས་ཀྱིན་ཡོད་པ་ཤེས་ཐུབ།

ཁོའི་མགོ་ནང་ཡོངས་རྫོགས་ནག་ཐིབ་བེར་གྱུར་ཅིང་ཡུད་ཙམ་ལ་ཅི་ཆོར་འདི་ཆོར་མེད་པར་དེ་གར་ཧད་ནས་ལུས།

"ང་རང་ལན་པ་ཡིན་ནམ། སུ་ལན་པ་ཡིན། ང……" ཁོའི་གློ་སྙིང་མེད་པའི་ཁར་འཚང་ནས་སྐད་ཆ་བཤད་མི་ཐུབ་པར་གྱུར།

"ཁྱོད་ལ་ཅི་བྱུང་།" བུ་མོ་དེ་ཡང་ཁོའི་བཟོ་ལྟ་དེས་ཧ་ལས་པར་བྱུས་སོང་།

ཁོས་མགོ་བོ་འཕྲེད་དུ་གཡུག་བཞིན་དལ་གྱིས་ཁ་ཕྱིར་འཁོར་ནས་འཁྲུར་མ་འཁྱོར་དུ་མདུན་ཕྱོགས་སུ་ཕྱིན། སྐབས་དེར་ཕོ་མོས་སྔོན་ཚད་བླངས་པའི་སྐྱོ་གླུ་དེ་སླར་ཡང་ཁོའི་རྣ་ལམ་དུ་འཁོར་བྱུང་།

"……རོགས་ཞེ་མཐུན་ཞེ་འགྲོགས་གཉིས་ཀ།།
ཡུལ་ཕ་མའི་དབང་དུ་གྱུར་ནས།།
ཁྱིམ་གཅིག་གི་སྨོན་ལམ་མེད་ཐལ།།
སྡེ་ཁ་ཞེང་ཅན་པོའི་དཀྱིལ་ནས།།
ལུས་འབྱུང་གཞི་བདེ་ནས་བསྡད་ན།།
རོགས་འུ་གཉིས་བདེ་སྐྱིད་དེ་རེད།།"

ཁོ་རང་དལ་གྱིས་ཁ་ཕྱིར་འཁོར་ཏེ་རིང་ནས་འདྲིས་པའི་ཆུ་ཕྲན་དང་སྤང་ཐང་ལ་ཕྱི་མིག་གིས་བལྟས་པ་ན། ནམ་རྒྱུན་ཉམས་དགའ་ཞིང་ཞེ་སྤྲོ་བའི་ཕོར་ཡུག་དེ་ད་ནི་དབེན་ཞིང་ཁྲུ་སིམ་ལ་མདངས་ཡལ་བ་ལྟར་གྱུར་འདུག……

ཁྲིན་ཐག་བཅད་པ།

གཅིག

ནག་ཞར་དགོན་པའི་ཨ་ལགས་ཐེག་མཆོག་ཚང་གིས་སྡེ་བའི་ནང་དུ་སྒོར་ཁྲི་བརྒྱ་ལྷག་བསྡུ་ཆ་བརྒྱབ་སྟེ་འདུ་ཁང་ཀ་བ་བརྒྱད་ཅུ་ཅན་དེ་གསར་བཞེངས་བྱས་པའི་རྗེས་སུ། དགོན་པའི་གྲྭ་པ་དག་ཀྱང་ཡིད་ཆེས་ཀྱིས་ཁེངས་པའི་ངང་རང་ཁྱིམ་གྱི་དགའ་ངལ་ལ་མི་བལྟ་བར་གཅིག་གིས་གཅིག་ལ་འགྲན་ཏེ་གྲྭ་ཤག་ལྷ་ཁང་འདྲ་བ་ཤེལ་སྒོའི་བར་ཁྱིམས་ཅན་མང་པོ་འཕྲོ་རིམ་འགྲོར་གསར་དུ་ཕྲུབ་པས། ལོ་འགའ་ཡི་ནང་དུ་ནག་ཞར་སྡེ་བ་ནི་ཡུལ་ཚོ་ཡོངས་ཀྱི་ཆེས་དབུལ་ཕོངས་ཀྱི་སྡེ་བ་སྟེ། ཕྱུག་སྐྱོབ་བྱེད་ཡུལ་གྱི་ཁྱིམ་ཚང་ཆེས་མང་པའི་གནས་སུ་ལྷུང་བ་རེད།

ད་ལྟ་ནག་ཞར་སྡེ་བར་ཁྱིམ་ཚང་ཕྱུག་པོ་གཅིག་ལྷག་ཡོད་པ་ནི་ཁྲི་ཐར་རྒྱལ་ཚང་རེད། ཁྲི་ཐར་རྒྱལ་གྱི་ཁྱིམ་དུ་ཨ་མ་དང་བུ་པོ་གཉིས་ལས་མེད་ན་ཡང་། ལོ་འགའི་ཡར་སྔོན་དུ་ཨ་ལགས་ཐེག་མཆོག་གི་ཐུགས་རེ་ལྟར་བུ་པོ་འཛིགས་མེད་རྒྱ་མཚོ་（གྲྭ་མིང་）གྲྭ་བ་བྱེད་དུ་བཅུག་སྐབས། དགོན་པའི་བསྡུ་དངུལ་སྤྲད་པ་དང་བུ་པོར་གྲྭ་ཤག

གཞན་ལས་ལྷག་པ་ཞིག་ལས་པའི་ཐད་འགྲོ་གྲོན་མང་པོ་བཏང་སྟེ་ཁྱིམ་ནང་གི་རྒྱུ་ནོར་ཕལ་ཆེར་ཟད་པར་གྱུར། ཡིན་ན་ཡང་ཁྲི་ཐར་རྒྱལ་ནི་ལས་ཀར་འཛོན་ཐང་ལྡན་ཞིང་ཧུར་བརྩོན་ཅན་ཞིག་ཡིན་པས་ཁོས་ཆུང་མར་ཕྱུགས་འཚོ་རུ་བཅུག་པ་དང་རང་ཉིད་ཀྱིས་ཕྱི་རོལ་ནས་ཚོང་རྒྱག་པ་བཅས་བྱས་སྐབས། ད་ལྟ་ཁྱིམ་ནང་གི་འབྱོར་བ་སླར་ཡང་འཕེལ་ཏེ་སྐྱིལ་འདྲེན་རླངས་འཁོར་གསར་པ་ཞིག་ཉོས་བྱུང་བས་མི་ཚང་མའི་སྨོན་ཡུལ་དུ་གྱུར།

ཉེ་སྔོན། འཛིགས་མེད་རྒྱ་མཚོས་ཁྲི་ཐར་རྒྱལ་ལ་ཁ་པར་བཏང་སྟེ་ཁོའི་གྲྭ་ཤག་ནང་དུ་བརྟན་འཕྲིན་དང་འཕོལ་ཁྲི་ཆ་ཚང་ཞིག་ཉོ་དགོས་པར་འདུག་ཟེར་བས། ཁྲི་ཐར་རྒྱལ་གྱིས་མ་ཉོས་ན་ཁོ་རང་མི་དགའ་བར་དོགས་ནས་དང་ལེན་བྱས། དེ་བས་འཛིགས་མེད་རྒྱ་མཚོ་ཡང་ཡུལ་དུ་ཡོང་སྟེ་ཕུ་ནུ་གཉིས་ཀས་རླངས་འཁོར་བསྐྱོར་ནས་ཚོང་ཟོག་ཉོ་རུ་རྫོང་མཁར་དུ་ཕྱིན། ལམ་བར་དུ་འཛིགས་མེད་རྒྱ་མཚོས་ཁོས་རླངས་འཁོར་བསྐྱོར་བར་བྱ་ཟེར། ཁྲི་ཐར་རྒྱལ་གྱིས་རླངས་འཁོར་བསྐྱོར་རྒྱུ་ནི་ཚེ་སྲོག་གི་ཉེན་ཁ་ཡོད་པའི་དོན་དག་རེད་ཟེར་ནས་དང་ལེན་མ་བྱས། འཛིགས་མེད་རྒྱ་མཚོས་སྨུ་མཐུད་དུ་ཨུ་ཚུགས་མཐར་སྐྱིལ་བྱས་ཏེ་ཁོས་དགོན་པ་ནས་ཨ་ལགས་ཀྱི་རླངས་འཁོར་ཡང་བསྐྱོར་མྱོང་ཟེར་བས་ཁོའི་ལག་ཏུ་མི་འཛོག་ཐབས་མེད་བྱུང་། བཟང་པོའི་ཚིག་ལ་མ་ཉན་ན་འགྱོད་པ་ཧྲས་མི་ཟིན་ཟེར་བ་དངོས་གནས་བདེན་པར་འདུག ཁོང་གཉིས་ལུང་བའི་མདོ་རུ་གུག་ཀྱོག་ཅིག་ཡོད་པའི་སར་སླེབས་འཕྲལ་སློ་བུར་དུ་ཟོག་སྐྱིལ་རླངས་འཁོར་ཆེན་པོ་ཞིག་མདུན་ཐད་དུ་བུད་བྱུང་བས་འཛིགས་མེད་རྒྱ་མཚོས་ཞེད་དངངས་ཆེན་པོས་ཁ་ལོ་བསྒྱུར་བྱེད་གཙུ་ཐེངས་གཅིག་ལ་གཡོན་ཕྱོགས་ཀྱི་གྲོག་རོང་ནང་དུ་མཚོངས་བྱུང་།

གཉིས།

གཤིན་རྗེ་ལྕགས་མཁར་དགུ་བརྩེགས་ཀྱི་ཕྱི་ནང་ཀུན་ཏུ་ལས་མཁན་དགུ་བརྒྱ་པོས་འཁོར་གསུམ་ཚེར་མ་རྒྱས་པ་ལྟར་བསྐོར་ཏེ་ཧྲུང་བསེར་མ་ཡིན་ཡང་ཐར་ས་མེད་པ་བྱས་ནས་ཡོད་ཅིང་། ནང་གི་ལས་མཁན་གཙོ་བོ་རྣམ་ལྔ་དེ་དྲག་ཤུལ་གྱི་ཉམས་དང་བཅས་གཡས་གཡོན་དུ་འགྲེང་བའི་མདུན་ཐད་དུ། ཕྱི་ཐར་རྒྱལ་དང་འཇིགས་མེད་རྒྱ་མཚོ་གཉིས་ཀས་ཕུས་མོའི་ལྷ་ང་ས་རུ་བཙུགས་ཏེ་འདར་སིག་སིག་དང་གཤིན་རྗེ་ཆོས་ཀྱི་རྒྱལ་པོས་ཁྲིམས་གཅོད་ཅི་འདྲ་བྱས་ཡོང་བའི་བཀའ་ལ་བསྒུགས་ནས་བསྡད་འདུག

གཤིན་རྗེ་ཆོས་ཀྱི་རྒྱལ་པོ་དེ་འཇིགས་པའི་ཆོས་བཙོ་བརྒྱད་ཀྱི་ཉམས་དང་བཅས་རིན་པོ་ཆེའི་ཁྲི་སྟེང་དུ་ཧོར་འདུག་ཅིག་བྱས་ནས་གསར་དུ་ཐོན་པའི་ཤི་པོ་གཉིས་ཀྱི་དགེ་སྡིག་བྱས་བསགས་ཀྱི་རྩིས་ཐོ་རེ་རེ་བཞིན་སློག་སྟེ་ཞིབ་ཏུ་གཟིགས་ཤིང་། སླར་ཡང་གཤིན་རྗེའི་མེ་ལོང་ནང་དུ་བལྟས་ནས་རེ་རེ་བཞིན་ཞིབ་བཤེར་མཛད་ཚར་རྗེས་དོན་ཡོངས་རྫོགས་ཁོང་དུ་ཆུད་པར་གྱུར་ཅིང་། སྤྱན་ཧུར་རེར་ཤི་པོ་གཉིས་ཀྱི་ཕྱོགས་སུ་གཟིགས་ནས "ཁོ་རེ། འཇིགས་མེད་རྒྱ་མཚོ་ཟེར་བ་ཁྱོད་གཉིས་ཀྱི་སུ་ཡིན" ཞེས་བཀའ་འདྲི་གནང་བྱུང་།

"ང་ཡིན་ལགས།" འཇིགས་མེད་རྒྱ་མཚོས་རང་ཉིད་གྲྭ་བ་ཞིག་ཡིན་པ་དང་མ་ཉི་འགའ་རེ་ཡང་བརྩོན་སྒྲོང་པ་དག་ཆོས་ཀྱི་རྒྱལ་པོས་མཁྱེན་བྱུང་བ་ཡིན་རྒྱུ་རེད་སྙམ་པའི་སྨུར་དེ་མ་ཐག་ཏུ་གདོང་ལ་བཙན་ཚུགས་ཀྱི་འཛུམ་ཞིག་དོད་དེ་ཡར་དགྱེ་གྲབས་བྱས།

ཆོས་ཀྱི་རྒྱལ་པོ་དེ་མ་ཐག་ཏུ་ཐུགས་ཧ་ཅང་ཁྲོས་པར་གྱུར་བྱུང་། "ལྟས་ངན་ཁྱོད་ལ་ད་དུང་དགོད་རྒྱུ་འདུག་གམ། ད་ཐེངས་ཀྱི་དོན་དག་འདི་ཁྱོད་ཀྱི་སྡིག་ཉེས་ཡིན་པ་མི་ཤེས་སམ། ཁྱོད་རང་དམྱལ་བར་འགྲོ་འདོད་པ་ཡིན་ནམ།" ཞེས་འདྲི་ཚིག་གསུམ་འཕྲོ་རིམ་འཕྲོར་གཡུ་འབྲུག་གི་ངར་སྐད་ཀྱི་ཚུལ་དུ་བསྒྲགས་བྱུང་བས། འཇིགས་མེད་རྒྱ་མཚོ

སྐྲག་ཐག་ཆོད་དེ་ཕྱག་འཚལ་ཅི་ཐུབ་བྱེད་པ་ལས་ངག་ཀྱང་མི་འཁྲོལ་བར་གྱུར་སོང་། "ལགས། ...... རྟོགས་ཡོད། ......" ཞེར།

ཆོས་ཀྱི་རྒྱལ་པོ་ཁོང་དབུགས་མར་གཏོང་མི་ཐུབ་པ་ལྟར་གྱུར་ཅིང་སྔོན་པའི་ན་བཟའ་གོན་ནས་འཁོར་བའི་ཟང་ཟིང་ཁོ་ནར་མགོ་འཁོར་ཡོད་པའི་མི་འདི་དེ་མ་ཐག་ཏུ་དམྱལ་བའི་གཏིང་ཞབས་སུ་འཕེན་པར་ཐེ་ཚོམ་ཅི་ཡང་མེད་པར་གྱུར་ན་ཡང་། དེ་མ་ཐག་ཏུ་ཐུགས་ལ་སྐྱར་ཡང་མདང་དགོང་ཨ་ལགས་ཐེག་མཆོག་ཚང་གིས་མཛོ་ཐའི་ཆང་རྒྱ་མ་དོ་ཁྱེར་ཡོང་སྐད་ཞུ་དོ་ཕུལ་བ་དྲན་ནས་ཅུང་བག་ལྷོད་པར་གྱུར། ངོ་མ་བཤད་ན་ཨ་ལགས་ཐེག་མཆོག་གིས་ཞུ་དོ་འབུལ་དུས་སུ་དོན་དག་འདི་འདྲ་ཞིག་ཡིན་འགྲོ་བ་ཆོས་ཀྱི་རྒྱལ་པོ་ཁོང་གི་ཐུགས་ལ་འཇང་དྲན་མེད་པས་ཧ་ཅང་དཀའ་ངལ་ལ་ཐུག་པར་གྱུར། རེ་ཞིག་ནས་གང་ལྟར་ཡང་ཨ་ལགས་ཚང་ལ་ཁ་ངོ་ཞིག་མ་བྱིན་ན་མི་འགྲིག་སྙམ་སྟེ་ཐུགས་སྙམ་པོའི་ངང་ན་རེ། "འཇིགས་མེད་རྒྱ་མཚོ། སྤྱིར་ན་ད་ཐེངས་ཁྱོད་ལ་སྡིག་ཉེས་ཆེན་པོ་འདུག ཡིན་ན་ཡང་ཁྱོད་རང་རབ་བྱུང་བ་ཡིན་ཞིག་ཡིན་པ་དང་མ་ཎི་ཡང་མང་པོ་བཏོན་འདུག་པས་དམྱལ་བར་འགྲོ་མི་དགོས། ཁྱོད་ཀྱིས་ཤོད་དང་། ཁྱོད་རང་ཕྱིར་མི་ཡུལ་དུ་འགྲོ་འདོད་དམ། ཡར་བདེ་བ་ཅན་དུ་འགྲོ་རྒྱུ་ཡིན" ཞེས་རང་ཉིད་ལ་གདམ་ག་བྱེད་པའི་དབང་ཆ་བྱིན་སོང་།

འཇིགས་མེད་རྒྱ་མཚོ་ཧ་ཅང་དགའ་དྲགས་ཏེ "ཆོས་ཀྱི་རྒྱལ་པོ་མཁྱེན། ང་རང་ཕྱིར་མི་ཡུལ་དུ་མངགས་རོགས་ཞུ" ཞེར་ནས་ཕྱག་འཚལ་ཅི་ཐུབ་བྱས་བྱུང་།

གཤིན་རྗེ་ཆོས་ཀྱི་རྒྱལ་པོ་ཡང་རང་ཉིད་ཀྱི་རྣ་བར་ཡིད་མི་ཆེས་པ་ལྟར་གྱུར། "ཅི་ཞེར། ཁྱོད་ཕྱིར་མི་ཡུལ་དུ་འགྲོ་དོན་ཅི་ཡོད་དམ" ཞེས་དྲིས་བྱུང་།

འཇིགས་མེད་རྒྱ་མཚོས་བདེན་ཅོག་ཅོག་ངང་། "ང་རང་ཕྱིར་སོང་ནས་སེམས་ཅན་ཐམས་ཅད་བདེ་བ་ཅན་དུ་འཁྲིད་འདོད" ཞེར།

ཆོས་ཀྱི་རྒྱལ་པོས་ཧབ་དགོད་ཆེན་པོ་ཞིག་བྱས་བྱུང་བས་འཇིགས་མེད་རྒྱ་མཚོས་རང་ཉིད་ཀྱི་རྫུན་གཏམ་དེས་ཆོས་ཀྱི་རྒྱལ་པོར་མགོ་སྐོར་གཏོང་ཐུབ་སོང་འདུག་སྙམ། གཤིན་རྗེ་རྒྱལ

རོས་དེ་སྐུར་བཞིན་གནག་སྐེ་ཐུགས་ཧ་ཅང་མི་དགྱེས་པའི་ངང་། “ཁྱོད་རང་ཉིད་ཀྱང་བདེ་བ་ཅན་དུ་འགྲོ་མ་མྱོང་བ་ཞིག་གིས་སེམས་ཅན་ཐམས་ཅད་ཇི་ལྟར་བདེ་བ་ཅན་དུ་འདྲེན་ཐུབ། ཨེན་ཙམ་མིན་ན་ད་ཐེངས་རང་ཉིད་ཀྱང་དམྱལ་བར་ལྷུང་སོང་བ་མ་རེད་དམ” གསུངས།

འཇིགས་མེད་རྒྱ་མཚོས་དེ་མ་ཐག་ཅི་བཤད་འདི་བཤད་མེད་པར། “འོན་ཀྱང་།……ངས་ད་དུང་གྲྭ་ཤག་ཏུ་འཁོལ་ཁྲི་བསྒྲིག་དགོས་པས།……ད་དུང་བརྟན་འཕྲིན་ཡང་ཉོ་དགོས་པས།……” ཟེར།

ཆོས་ཀྱི་རྒྱལ་པོས་སྐུ་མཐུད་དུ་ཁོའི་སྐད་ཆར་ཉན་འདོད་མི་བྱེད་པར་འགྲམ་དུ་ཡོད་པའི་ལས་མཁན་ཨ་བ་གླང་མགོ་ཅན་ལ་བཀའ་གནང་སྟེ “ཁོ་ཁྲིད་དེ་བདེ་བ་ཅན་དུ་མངགས་ཤིག” གསུངས་པ་དང་། སྐར་ཡང་ཤུལ་དུ་ལུས་ཡོད་པའི་ཁྲི་ཐར་རྒྱལ་ལ་གཟིགས་ཏེ། “ཁྲི་ཐར་རྒྱལ། ཁྱོད་ནི་ཕྱིར་མི་ཡུལ་དུ་འགྲོ་རྒྱུ་ཡིན་ནམ། ཡར་བདེ་བ་ཅན་དུ་འགྲོ་རྒྱུ་ཡིན” ཞེས་བཀའ་འདྲི་གནང་བྱུང་།

ཁྲི་ཐར་གྱི་རྒྱལ་གྱི་སེམས་ནས་ཨ་མ་གཅིག་པུ་མི་ཡུལ་དུ་ལུས་ཡོད་པས་ཕྱིར་འགྲོ་བར་འདོད་ཀྱང་དེ་ལྟར་ཞུ་མི་ནུང་བ་འདྲ་སྙམ་སྟེ “ང་རང་བདེ་བ་ཅན་དུ་མངགས་ཀྱང་ཆོག” ཅེས་ཞུས་ནས་མགོ་བོ་དུད་དེ་གཤིན་རྗེ་རྒྱལ་པོའི་ཞལ་ལ་བལྟ་བའི་སྤོབས་པའང་མེད་པར་གྱུར།

གཤིན་རྗེ་ཆོས་ཀྱི་རྒྱལ་པོས་ཁོའི་བཟོ་ལྟ་དེ་མཐོང་ནས་བཞད་མོ་ཞིག་མཛད་པ་དང་། དེ་སྐུར་ཧ་ཅང་གཟབ་ནན་ངང་། “ཡ། གསར་བུ། ཁྱོད་ཀྱིས་བསམ་བློ་གཏོང་ཡག་བྱོས། བདེ་བ་ཅན་ཟེར་བ་ནི་མི་ཡུལ་གྱི་སྐྱིད་སྡུག་རྒྱུ་ཁོ་ན་བསམ་པ་ལས་ལས་ཀ་ལས་མི་འདོད་པའི་མི་སྒྲིད་ལུག་ཅན་དག་གིས་རེ་བ་བྱེད་པའི་གནས་ཤིག་ཡིན་པ་ལས། སྙིར་བཏང་གི་ཁྱོད་ལྟ་བུའི་མི་རྟུར་བརྩོན་ཅན་དག་གིས་དེ་ལ་ཡིད་སྨོན་བྱེད་མི་སྲིད། ད་དུང་ཁྱོད་ཀྱི་ཡུལ་ན་ཨ་མ་ཡང་ཡོད་པ་མིན་ནམ། ཁྱོད་ལ་ད་དུང་བསྒྲུབ་མ་ཚར་བའི་བྱ་བ་མང་པོའང་ཡོད་པ་མིན་ནམ” ཞེས་གསལ་འདེབས་ཀྱི་ཚུལ་དུ་གསུངས།

ཁྲི་ཐར་རྒྱལ་གྱིས་ཆོས་ཀྱི་རྒྱལ་པོས་རང་ཁྲིམ་གྱི་གནས་ཚུལ་མཐའ་དག་ལག་མཐིལ་གྱི་རི་མོ་བཞིན་གཟིགས་འདུག་པ་རྟོགས་ནས་ཡིད་སེམས་རབ་ཏུ་འགྱུལ་བར་གྱུར་ཅིང་མིག་མཐར་མཆི་མ་འཁོར་བར་གྱུར་ཏེ། ལག་གཉིས་ཐལ་མོ་སྦྱར་ནས་གསོལ་དོན། "ཆོས་ཀྱི་རྒྱལ་པོ་ཆེན་པོས་མཁྱེན་འདུག བདག་གི་ཡུལ་དུ་ལོ་ན་བགྲེས་པའི་ཨ་མ་ཡོད་པས་ང་རང་ཕྱིར་སོང་ནས་ཕོ་མོར་ཞབས་ཏོག་བསྒྲུབ་དགོས། ད་དུང་ཁྲིམ་ནང་གི་འཁོར་བ་ཞན་པོ་མིན་ཡང་ང་རང་མེད་ཚེ་ཡོད་ཚད་ཀྱང་ཆུ་ཡི་ལྦུ་བ་ལྟར་གྱུར་བ་རེད་པས། ཁྱེད་ཀྱིས་ཅི་ནས་ཀྱང་ང་རང་ཕྱིར་མི་ཡུལ་དུ་མངགས་པའི་བཀའ་འཁྲོལ་གནང་རོགས" ཞེས་ཞུས་ནས་ཕྱག་སྟོང་པོ་འགྱེལ་བ་ལྟར་འཚལ་ཅི་ཐུབ་བྱས།

ཕོའི་ཟློལ་མེད་པའི་ཞུ་བ་དེས་ཆོས་ཀྱི་རྒྱལ་པོ་ཆེན་པོར་ཡང་སེམས་འགྱུལ་གཉིང་ནས་ཐེབས་པར་གྱུར་ཏེ་ཁྲི་ལས་གཡོལ་ནས་མྱུར་སྐབས་ཀྱིས་ཚུར་ཕེབས་ཤིང་། ཁྲི་ཐར་རྒྱལ་གྱི་དཔུང་བ་ནས་བསྐྱོར་ཏེ་ཡར་སློང་ཞོར་དུ། "རིགས་ཀྱི་བུ། གུས་པ་ཐལ་དྲགས་བྱ་མི་དགོས། ཁྱོད་ཀྱི་བསམ་པ་བཞིན་བྱའོ" གསུངས་པ་དང་། སླར་ཡང་ཁྲི་ཐར་རྒྱལ་གྱི་གདོང་ལ་བལྟས་ཏེ་ཅུང་ཡིད་མི་ཆེས་པ་ལྟར "སྙིགས་མའི་དུས་འདིར་ཆོས་པས་ཆོས་བཞིན་མི་སྤྱོད་པར་འདུག་ན་ཡང་། འཇིག་རྟེན་པའི་ཁྲོད་དུ་ཁྱོད་ལྟ་བུའི་སྐྱེས་བུ་ཡོད་པ་ནི་ངོ་མཚར་ཆེ། འཇིག་རྟེན་པས་ཀྱང་འཇིག་རྟེན་གྱི་བྱ་བ་འགྲུབ་དགོས་པ་རེད་པས། ཁྱོད་རང་ཕྱིར་སོང་སྟེ་ནག་ཞར་སྡེ་བའི་དབུལ་ཕོངས་ཀྱི་རྣམ་པ་བསྒྱུར་བར་ནུས་པ་གལ་ཆེན་འདོན་དགོས། འདི་ནི་ང་རྒྱད་པོའི་རེ་བའང་ཡིན" ཞེས་གསུངས་བྱུང་།

གསུམ།

འཇིགས་མེད་རྒྱ་མཚོ་ཡར་བདེ་བ་ཅན་དུ་མངགས་པ་དང་ཁྲི་ཐར་རྒྱལ་ཕྱིར་མི་ཡུལ་

ད་ཐོན་བྱུང་བ་དེས་ནག་ཞར་སྐྱེ་བ་ཡོངས་རྫོགས་ལ་གཡོ་འགྱུལ་ཆེན་པོ་བྱུང་དུ་བཅུག་པར་མ་ཟད་མི་ཐམས་ཅད་ཀྱི་གླིང་གཞིར་གྱུར་སོང་། ཨ་ལགས་ཐེག་མཆོག་ཚང་གི་ཐུགས་ཡིད་གཏིང་ནས་ཚིམ་པར་གྱུར་ཅིང་སྐྱེ་མི་དང་གྲྭ་བཙུན་མང་པོ་འདུས་པའི་དབུས་སུ་ཕྱག་ཟུང་ཐལ་མོ་སྦྱར་ཞིང་སྤྱན་ཟུང་ཟུམ་སྟེ “དཀོན་མཆོག་གསུམ་པོར་བསྔོ་བ་ཅི་ཡོད། སེམས་ཅན་ཐམས་ཅད་ཞིང་བདེ་བ་ཅན་ནས་སྐྱེས་པར་སྨོན” ཞེས་གསུངས་པས། གསུང་ཚིག་གི་ནང་དོན་དེས་དད་ལྡན་མང་ཚོགས་ཀྱི་ཡིད་སེམས་གཏིང་ནས་བཀུག་སོང་།

ད་ལྟ་ནག་ཞར་སྐྱེ་བའི་གཞོན་ནུ་དག་གིས་སྔ་ཕྱི་བརྩད་དེ་སྒྲ་བཞར་ཧེ་རབ་བྱུང་བསྒྲུབས་པར་ཕྱོགས་པ་ལས་ཁྲི་ཐར་རྒྱལ་ལྷར་ཕྱུག་འགྱུར་གྱི་ལམ་དུ་བསྐྱོད་པའི་འཆར་གཞི་དང་སྤོབས་པ་ཡོད་པའི་མི་གཅིག་ཀྱང་མི་འདུག

ང་དང་ཧྲིག་དབྱིན་ཅི། ད་དུང་ངེད་ཚང་གི་གཏམ་རྒྱུད།

དེ་རིང་གི་ཉི་མ་ཡང་ནམ་རྒྱུན་ལྟར་ཡར་ཕྱོགས་ན་གྲོང་ངེར་འཁྱིལ་བའི་ཨ་མྱེས་བླ་ཡན་གྱི་ཕྲག་སྟེང་ནས་ཤར་ཡོང་བ་སྨོས་ཅི་དགོས། ངས་མཉམ་འཛོམ་མ་བྱས།

ཉི་མ་ཐག་ཚད་ཅིག་ལ་འཕགས་ཏེ་ཕལ་ཆེར་ཉིན་གུང་ལ་སླེབས་ཉེ་བར་འདུག ཨ་མས་ནོར་ལྟས་ན་ཡོད་པའི་ལྷི་བ་དག་ཕྱི་སོར་ཕུད་ཚར་རྗེས་ལས་རྒྱུ་གཞན་མེད་པ་ལྟར་ལྟས་དཀྱིལ་ན་ཕར་འགྲོ་ཚུར་འགྲོ་བྱེད་བཞིན་ཅི་ཞིག་ལ་བསམ་བློ་གཏོང་བ་ལྟར་བྱེད། ང་རང་ཕྱི་སོའི་ཐོད་འབུར་སྟེང་དུ་བྱེའུ་དང་ཨ་བྲ་ཨེ་ཟིན་ལ་གཡེང་ནས་བསྡད་ཡོད་མེད། སློ་བུར་དུ་ངའི་ཡིད་ལ་ཧྲིག་དབྱིན་ཅིས་མདང་དགོང་ཡང་ཅི་གུ་ཆོས་གྲོས་བྱས་ཏེ་གཡོ་སྒྱུ་ཅན་གྱི་བྱི་ལའི་སྐེ་རུ་དྲིལ་བུ་འདོགས་རྒྱུ་བྱས་པའི་གཏམ་རྒྱུད་དགོད་སྤྱད་དེ་བཤད་པ་དྲན་ནས་མྱུར་མོར་ཁྱིམ་ནང་ལ་བརྒྱུགས་ཡོང་བ་ཡིན།

ཨ་ཅེ་ཡིས་གཡོན་ཁྱིམ་གྱི་མར་ཕྱུག་ཏུ་ལག་སྐོར་བསྐོར་ཏེ་རྩམ་པ་འཐག་གིན་འདུག་ཅིང་། ལག་སྐོར་གྱི་སྒྲ་དེ་ནི་མ་ཎི་འདོན་པའི་སྒྲ་དང་འདྲ་བར་ཁྱིམ་ནང་དུ་ཁེངས་འདུག་པས་ཨ་ཅེས་ང་ནང་དུ་ཐོན་པ་ཤེས་མེད་ཐག་ཆོད་རེད། ང་ཐད་ཀར་སོང་སྟེ་བང་ཁ་ནས་ཧྲིག་དབྱིན་ཅི་བླངས་ཏེ་སློག་སྒོ་ཕྱི་མ་ཐག་ཏག་ཏག “གསར་འགྱུར”

བཤད་པའི་སྐབས་སུ་ཁེལ་འདུག རྒྱུད་པོ་སྐད་སྙོམ་པོ་ཅན་དེས་ཚམ་ཚོམ་མེད་པར་སྨྲ་མཐུད་དུ་བཤད་རྒྱུར།

"……གཞན་ཡང་ཞིན་ཧྭ་གསར་འགྱུར་ཁང་ནས་བསྒྲགས་པའི་གནས་ཚུལ་ལྟར་ན། ཟླ་༡པོའི་ཚེས་༡༦ཉིན་གྱི་དགོང་མོར། དབྱི་ལ་ཁིའི་ཕྱོགས་ནས་འཕངས་པའི་ཧྲོ་ཧྲན་འཕྲུར་མདའ་ཞིག་རྒྱལ་ཁབ་མང་པོའི་དམག་དཔུང་གི་ཉེ་འགྲམ་གྱི་ཁྲུ་ལྷེ་ཐེའི་ཐོག་ཁང་ཞིག་ལ་ཐོག་སྟེ། མི་སེར་ལྔ་བསད་པ་དང་མི་ཉི་ཤུ་ལྷག་ལ་རྨས་སྐྱོན་བྱུང་། དེ་དང་ལྷན་དུ་དབྱི་ལྭ་ཁའི་ཕྱོགས་ནས་འཕངས་པའི་ཧྲོ་ཧྲན་འཕྲུར་མདའ་གཞན་ཞིག་ཨ་མེ་རི་ཁའི་དམག་དཔུང་གིས་བར་སྣང་ནས་འགོག་གཏོར་བྱས།……"

ཨ་ཅེས་ལག་སྐོར་བསྐོར་མཚམས་བཞག་སྟེ་མིག་གཉིས་ཀ་ཆེར་ཅེར་ཧེ་ངའི་ཕྱོགས་སུ་ལྟ་བཞིན། ཕལ་ཆེར་བྱི་ལ་གཡོ་སྒྱུ་ཅན་ཞིག་གིས་ཙི་གུ་མཐོང་བ་བཞིན་དུ "ད་དུང་དུས་ཚོད་ལ་ཐོན་མི་འདུག སྐྱུར་ཞོག གློག་གཡིས་ཚར་འགྲོ་བ་རེད" ཟེར།

"འོ་ན་ཨ་ཕས་ཁྱོད་ལ་སྟོད་གོས་ཤིག་ཉོས་སོང་མ་ཡིན་ནམ། གོ་ལྷམ་ཡང་ཉོས་ཡོད་པ་མིན་ནམ།"

"ངས་ཨ་ཕ་ཡོང་ན་བཤད་ངེས་ཡིན། ད་དུང་།……"

ངས་ཁོ་མོའི་སྐད་ཆ་དག་ལ་སྣང་འཛོག་མ་བྱས་པར་གློག་སྙོ་ཆེས་ཆེར་ཕྱེས་པ་ན་ཞུར་སྒྲ་ཆེན་པོས་ཨ་ཅེའི་སྐད་མགོ་ཡོངས་སུ་མནན་ཞིང་ཁྱིམ་ནང་ཏིལ་པོ་ཁེངས་སོང་། ཁོ་མོ་ཐབས་ཟད་པར་གྱུར་བ་ལྟར་ཁྲོ་ཟིལ་གྱིས་ལག་སྐོར་བསྐོར་གྱིན་འདུག་པས། ལག་སྐོར་གྱི་ཞུར་སྒྲ་དང་ཏིག་དབྱིན་ཅེའི་སྐད་འཛེར་གཉིས་ལྷན་དུ་བསྡོངས་ཏེ་ངའི་རྣ་ལམ་རླུང་ཆེན་གཡུགས་པ་ལྟར་གྱུར་བས་ཅི་ཡང་ཐོས་མི་ཐུབ་པར་གྱུར། ངས་བསམ་གཞིགས་ཅི་ཡང་མ་བྱས་ཀྱང་ཡིད་ངོར་འཁོར་ཐུབ་སྟེ། "གསར་འགྱུར" གྱི་རྗེས་སུ "རིག་རྩལ་ལེ་ཚན" དང་། དེའི་རྗེས་སུ་དགའ་ཅི་གུ་ཆོས་བྱི་ལའི་སྐྲ་ལ་དྲིལ་བུ་འདོགས་པར་གྲོས་བྱས་པ་དེ་རེད།

ཡུན་རིང་མ་འགོར་བར་ཨ་ཅེས་ཕ་རོལ་ནས་ལྷབ་ལྷིབ་ཅིག་བཤད་འཕྲལ་འཚབ་
བ་འཚུབ་བེར་ཕྱི་རོལ་ཏུ་བརྒྱུགས་སོང་བས། ངས་ཅི་ཡིན་མ་ཤེས་པར་ཧྲིག་དབྱིན་ཅི་བང་
ཁའི་ནང་དུ་ཕྱིར་བཞག་རྗེས། ཁོ་མོའི་རྗེས་སུ་འབྲངས་ནས་སྒོ་ཁར་བརྒྱུགས་ནས་ཅི་ཡིན་
ལ་བལྟས་པ་ཡིན།

ཨ་མ་དང་ཨ་ཅེ་གཉིས་ཀས་གོང་རོལ་གྱི་དེའུ་འབུར་གྱི་ཡོགས་ཤིག་ཏུ་དངོས་པོ་ནག་
ཡོར་བ་ཞིག་ཕར་བསྐུར་ཚུར་བསྐུར་བྱེད་ཀྱིན་འདུག་ཅིང་། འབྲི་ཀན་ནག་ཐོ་མས་རྒྱུན་
ཆད་མེད་པར་ངུར་སྒྲ་འདོན་བཞིན་ཁོ་གཉིས་ཀྱི་མཐའ་འཁོར་དུ་བསྐོར་རྒྱུག་བྱེད་ཀྱིན་
འདུག ང་རང་ཉེ་འགྲམ་དུ་ཐོན་དུས་མ་གཞི་ཁོང་གཉིས་ཀྱི་གནད་དུ་ཡོད་པ་བེའུ་ཞིག་གི་རོ་
ཡིན་པ་མཐོང་བྱུང་། བེའུ་དེ་ནི་ད་སོ་མར་འབྲི་ཀན་ནག་ཐོ་མར་བཙས་པ་ཡིན་བཟོ་འདུག་
ཀྱང་ཁོ་ཧྲི་ལྟར་ཤི་སོང་བ་ངས་ཀྱང་མི་རྟོགས། ཨ་མས་ཏ་ཙང་ཡིད་ཕངས་པའི་ངང་ཤུགས་
རིང་ནར་ནར་གྱིས་ཡང་ནས་ཡང་དུ་བེའུའི་བེམ་པོའི་སྟེང་དུ་ལག་པས་བྱིལ་བྱིལ་བྱེད་པ་
དང་། སྐར་ཡང་རྒྱབ་རོལ་ཏུ་ཡོད་པའི་ཁྱིམ་ཚང་དེའི་ཕྱོགས་སུ་ལྟ་བཞིན་སྙིང་ནད་དྲག་
པོས “གནའ་ཚང་གི་ཐེལ་ཕྲུག་ཚོས་བལྟས་པས་རེད། ཨ་ཏ་བོ་ཏ་བོ། ངའི་བེའུ་ཧྲེང་སྙིང་རྗེ་
བོ། ཐེལ་ཕྲུག་གནའ་ཚོས་མཐའ་བསྐོར་ནས་བལྟས་པས་མཆུས་པ་རེད། ང་ཐོན་འཕྲལ་ཁོ་ཚོ་
བྲོས་ཐལ། ངའི་བེའུ་ཕྲུག……ཨ་ཤུ་རེ་ཤུ་རེ།……ཐེལ་ཕྲུག་གནའ་ཚོ།……” ཞེས་དམོད་མོ་
རེ་བོར་བའི་རྗེས་སུ་བེའུའི་བེམ་པོའི་སྟེང་དུ་བྱིལ་བྱིལ་བྱེད་བཞིན་འགྱོད་པར་བལྟས་ཚེ།
བེའུ་དེ་ནི་འབྲི་ཀན་ནག་ཐོ་མར་བཙས་པ་མ་ཡིན་པར་ཁོ་མོར་བཙས་པ་ལོས་ཡིན་སྙམ་
འོང་།

འབྲི་ཀན་ནག་ཐོ་མ་ད་དུང་ཡང་བེའུ་ཕྲུག་ཤི་མེད་སྙམ་པ་ལྟར་མཚམས་མེད་དུ་ངུར་
སྒྲ་འདོན་བཞིན་མཐའ་འཁོར་ནས་རྒྱང་རིང་ལ་འགྲོ་མི་ཐོད་པར་བསྐོར་རྒྱུག་བྱེད་ཅིང་།
ལན་རེར་ང་ཚོའི་ཉེ་སར་བཅར་ཨེ་ནུས་ལ་རེ་བཞིན་འདུག་པས། སྐབས་དེར་ངས་མོའི་
མིག་མཐར་ཡང་མཆི་མ་ཞིག་འཁྱིལ་འདུག་པ་མཐོང་བྱུང་། སྐབས་དེར་ངས་འབྲི་ཀན་

ནག་ཐོ་མར་སྙིང་རྗེ་ཞིག་སྐྱེས་བྱུང་།

ངེད་ཚོ་ཕྱིར་ཁྱིམ་དུ་བསླེབས་དུས་ཧྲིག་དཔྱིན་ཅེས་སྒྲར་ནས་གྲག་མཚམས་བཞག་སྟེ “ཚེར” སྒྲ་སིར་སིར་དུ་གྲགས་ཀྱིན་འདུག་པས། བྱི་ལའི་སྐད་ལ་དྲིལ་བུ་འདོགས་རྩིས་བྱས་པ་དེ་ནི་སྔོན་ནས་བཤད་ཚར་ཟིན་འདུག ང་ལའང་རང་དབང་མེད་པར་འགྱོད་པ་ཞིག་སྐྱེས་བྱུང་། དོ་དགོང་དེ་དག་ཡང་བསྐྱར་བཤད་སྲིད་དམ། ཅི་གྲུ་དེ་དག་ནི་ངོ་མ་བློན་པོ་ཤ་སྟག་རེད། ཕོ་ཚོས་དེ་ལྟར་གྲོས་བསྡུར་བྱས་ཏེ་ཚང་མ་ཡིད་དགའ་བར་གྱུར་ཀྱང་མཇུག་མཐར་དྲིལ་བུ་འདོགས་པར་འགྲོ་རྒོད་མཁན་གཅིག་ཀྱང་མ་བྱུང་བ་རེད། ཅི་འདྲའི་དགོད་བྲོ་བ་ལ་ཨང་སྣམ།

ཨ་ཕ་ཨ་ལགས་ཚང་ནས་ཕྱིར་ཁྱིམ་དུ་ཐོན་དུས་ཕྱི་དྲོ་ལོན་འདུག ཕོ་རང་རྐང་ཐང་ལ་སོང་བ་ཡིན་པས་ཐུང་ཐང་ཆད་ཡོད་པ་འདྲ། གོ་ཁའི་མཐའ་འདབས་སུ་བསྡད་རྗེས་ཞ་མོ་ཕྱུད་དེ་དཔྲལ་བའི་རྔུལ་ཆུ་འཕྱིད་ཀྱིན་འདུག ཨ་ཅེས་ཨ་ཕར་ཇ་བླུགས་པ་དང་ཨ་མ་ཡང་མར་སྒྲིད་དུ་ཕུས་ཚུགས་ཀྱིས་བསྡད་དེ་བེའུ་དེ་མཆུས་ཚུལ་བཤད་བཞིན་སྐར་ཡང་སྡིགས་མོ་དང་འགྱོད་པ་བྱས་སོང་།

“གནའ་ཚང་གི་ཐེལ་ཕྱུག་ཚོས་བལྟས་པས་རེད། གྲིབ་ནག་ཚང་། ཤུ་རེ་ཤུ་རེ། བེའུ་ནག་རིལ་བ་ཞིག་རེད། ཅི་འདྲའི་སྙིང་རྗེ་བའི་བེའུ་ཞིག གྲིབ་ནག་ཚང་། ཐེལ་ཕྱུག་ཚོ།……”

“ཐེལ་ཕྱུག་ཚོས་རྗོ་བས་བརྒྱབ་པ་འདྲ། ཕོ་ཚོ་མ་རབས་ཤ་སྟག་རེད།” ཨ་ཅེས་ཕ་རོལ་ནས་སྐེ་ཚུར་བསྒྲིངས་ཨ་ཕས་ཅི་ཟེར་ལ་བལྟས་འདུག

“འབྲི་རྒན་གྱིས་རྨིག་པས་བརྡེགས་པ་ཡིན་ཡང་སྲིད། ཐོབ་ཕོག་ཏུ་རྡིབ་འདུག” ངས་ཀྱང་ཡར་སྒྲིད་ནས་ལངས་ཏེ་ཕོ་ཚོའི་མཚམས་ལ་བརྒྱབ་ནས་དེ་ལྟར་བཤད།

“དེ་ཅི་ལ་ཡིན།” ཨ་མས་མུ་མཐུད་དུ་ན་ཟུག་ཆེན་པོས “ན་ནིང་ཡང་དེ་ལྟར་མིན་ནམ། ཕོང་ཚང་གིས་སྦྱི་རྩུལ་རྙིང་བ་ཞིག་འདིར་ཁྱེར་ཡོང་བས་དགོང་མོ་དེར་མ་མོ་གཉིས་

སྒྲུང་གིས་བཤད་པ་རེད། ད་དུང་།……རེད་ཡ། གོ་ཐོས་ལ་ཨ་ཁུ་སྣ་མས་ཁོང་ཚང་ནས་གྲི་རིང་ཞིག་ཉོས་པ་དེ་འང་གདོན་བྱུང་བ་རེད་སྐད། ཁོའི་མགོ་ཡི་སྐྲ་ཡང་དེ་ནས་བཟུང་བྱི་བ་རེད” ཟེར།

ཨ་ཕས་གོ་འདབས་སུ་རྒྱུན་ཆད་མེད་པར་ཇ་འཐུང་བཞིན་སྡོད་པ་ལས་ང་ཚོའི་སྐད་ཆར་གཉིད་འཛོག་ཅི་ཡང་བྱས་མ་སོང་། ཁོའི་བཟོ་ལྟར་བལྟས་ན་ཁོ་ཡང་བེའུ་ཤི་བར་ཧུང་འཁྱོད་ཀྱིན་པ་ལྟར་སྣང་མོད་ང་ཚོ་སུ་ལ་ཡང་ལེ་བདའ་བྱས་མ་སོང་། རེ་ཞིག་ནས་ཁོས་དབུགས་རིང་ཞིག་ཕྱུང་ནས་གཡོན་ཁྱིམ་གྱི་ཨ་ཅེའི་གདོང་ལ་བལྟས་ཏེ། “ཨ་ལགས་ཚང་རང་ཁྱིམ་དུ་བཞུགས་འདུག ཝུ་ཚང་ལ་ཡང་རིམ་གྲོ་མང་པོ་འདུག་པས་ཉིན་འགའ་ཡིས་བསྐྱིབ་ཡོང་གསུངས་བྱུང་། གང་ལྟར་ཨ་ལགས་བསྐྱིབ་ཆེ་གོད་ཁ་ཡོད་ཚད་བཟློག་ཐུབ་ངེས་རེད” ཟེར།

ཨ་ཕས་སྐད་ཆ་དེས་ང་ཚོ་ཚང་མར་སེམས་གསོ་ཐེབས་བྱུང་བས་ཁྱིམ་ནང་དེ་མ་ཐག་ཏུ་ཁུ་སིམ་མེར་གྱུར་སོང་། ཅང་མ་འགོར་བར་ཨ་མ་གློ་བུར་དུ་འཆུབ་ཆ་ལངས་བྱུང་། ཁོ་མོའི་ཕྲེང་བ་མི་འདུག་ཟེར། ཁོ་མོ་མར་སྒྲིད་ནས་ཡར་ལངས་ཤིང་ཁྱིམ་ནང་ཧྲིལ་པོར་ཞིབ་འཚོལ་བྱས་ཀྱང་རྙེད་མ་བྱུང་བས་ཨ་ཅེ་ལ་སྡིགས་མོ་བྱེད་ཀྱིན་འདུག ཨ་ཅེ་ཁྱིམ་དཀྱིལ་དུ་ལངས་ནས་ཅེ་རེར་ང་ལ་བལྟས་འདུག་པས་སྐྱོན་ཆ་དེ་ངའི་སྟེང་དུ་འཛོག་འདོད་ཀྱིན་པ་དང་འདྲ། ངས་ཀྱང་བཀའ་ལོག་འགྱུར་མི་འདོད་པས་བདེན་ཅོག་ཅོག་ངང་ཁོ་ཚོར “ཅི་གུས་བརྐུས་པ་ཡིན་ཡང་སྲིད། ནར་མི་འགྲོ་ན་ཝུ་ཚང་གི་སྲུའི་ཧྲག་འདབས་ན་ཁུང་བུ་འགའ་འདུག མདང་དགོང་ད་དུང་ཅིག་ཅིག་གི་སྒྲ་ཞིག་ཀྱང་གྲག་གིན་འདུག” ཅེས་ཟེར་དུས་སུས་ཀྱང་ཐོས་མ་བྱུང་བ་འདྲ།

ཨ་མས་སྨུག་སྨུག་ཅིག་བཤད་ཀྱིན་ཕྱི་རོལ་ཏུ་བུད་སོང་། ཨ་ཅེ་སྔར་བཞིན་གནས་དེར་ལངས་ཏེ་ཨ་མའི་རྗེས་ཕྱོགས་སུ་ཅེར་འདུག ཨ་ཕས་ཅི་ཞིག་ལ་བསམ་བློ་གཏོང་བ་ལྟར་སྨིན་མ་སྟུག་པོར་བསྡུས་ཏེ་གོ་ཁའི་དཀྱིལ་གྱི་ཐལ་ནང་དུ་བལྟས་ནས་འདུག་པས།

སྐབས་འདིར་མི་སུས་ཀྱང་ཁ་བྲག་མི་ཐོད།

ཅུང་ཙམ་འགོར་རྗེས་ཨ་མས་ཕྲེང་བ་བཟུང་ནས་ཕྱིར་ཁྱིམ་ནང་དུ་ཐོན་བྱུང་། ལོ་མོས་ཕྲེང་བ་ལ་ཕུར་ཕུར་བྱེད་བཞིན་ཧ་ཅང་དགའ་བའི་ངང་"དགོད་བྲོ་བ་ལ། བེའུའི་བེམ་པོའི་འོག་ཏུ་འདུག ཨོ་ལོས། ཅི་གྲུས་བརྐུ་མི་སྲིད"ཟེར།

"དགོད་བྲོ་བ་ལ།" ཨ་ཅེ་དགའ་དྲགས་ནས་མིག་ཆུའང་བཞུར་བྱུང་།

ང་ཡང་ཨ་ཅེ་དང་ལྷན་དུ་བགད་པ་ཡིན།

"ཐན་ལྷས་རེད།"

ཨ་ཕས་ངོ་འཛུམ་གནག་ནས་དེ་ལྟར་བཤད་བྱུང་བས། ཚང་མ་ཡང་བསྐྱར་ཁ་རོག་གེར་བསྡད་བྱུང་། ཨ་མ་ཡང་སྨུ་མཐུད་དུ་དགོད་མི་ཐོད་པར་འཛུམ་ཆུང་ཞིག་ལངས་ནས་ཕྲེང་བར་ཕུར་ཕུར་བྱེད་བཞིན་ཅི་ཡང་མི་ཟེར། ཨ་ཅེ་ཡིས་སྒྲོ་མོ་ཞིག་མཆན་དུ་བཟུང་ནས་ཕྱི་རོལ་ཏུ་རིལ་མ་འཆུ་རུ་སྦུད་སོང་བས། ང་ཡང་གོ་སྐབས་དེར་བསྟུན་ནས་ཁ་རོག་གེར་ཕྱི་སྒོར་བུད་ཅིང་། ཨ་བྲ་གཉིས་བཟུང་སྐེ་ཁལ་གཡག་བྱས་ནས་རུ་འགེལ་དགོས་སྙམ་བཞིན་ཕ་རོལ་གྱི་དེའུ་འབུར་ཁར་རྫི་རུ་སོང་བ་ཡིན།

དགོང་མོ། ཨ་ཕ་གོ་འདབས་སུ་དཀྱིལ་ཀྱང་གིས་བསྡད་ནས་གསལ་ལ་མི་གསལ་བའི་མ་ཎིའི་འདོན་དབྱངས་གྱེར་བཞིན་འདུག་ཅིང་། ངས་ཨ་ཕས་སྟེགས་ཨེ་ཡོང་ལ་འཛེམ་དོགས་བྱེད་བཞིན་ཡོད་པས། དལ་དལ་ངང་བང་ཁའི་ནང་ནས་ཧྲིག་དཔྱིན་ཅི་མར་བླངས་ཏེ་གློག་སྒོ་ཕྱེ་བ་ན། དུས་རྒྱུན་གྱི་རྣ་བྱང་དུ་གྲུར་བའི་ཀད་པོ་སྐད་སྒྲོམ་རྒྱགས་ཅན་དེ་ཡང་བསྐྱར་ཚམ་ཚོམ་མེད་པར་གྲགས་བྱུང་།

"ཟླ༧ཚེས༡༩ཉིན་གྱི་སྔ་སེ། དབྱི་ལ་ཁེའི་དམག་དཔུང་གིས་ས་ངོས་ནས་རྒྱལ་ཁབ་མང་པོའི་དམག་ལ་དཔུང་འཇུག་ཐེངས་གཅིག་བྱས། ཐེངས་དེར་རྒྱལ་ཁབ་མང་པོའི་དམག་དཔུང་གི་ཐན་ཁེ་ལྔ་གཏོར་བ་དང་དམག་མི་བཅུ་ལྷག་འཛིན་བཟུང་བྱས། ཉིན་དེའི་ཕྱི་དྲོ་ཨ་མེ་རི་ཁའི་དམག་དཔུང་གི་བཀོད་འདོམས་པ་ཞིག་གིས་ཧ་ཧིན་ཏུང་ནས་གསར་

འཕྲུར་འགོད་མཁན་ལ་བཤད་དོན། མིག་སྔའི་བར་དུ་རྒྱལ་ཁབ་མང་པོའི་དམག་དཔུང་གིས་དབྱི་ལ་ཁེའི་འཐབ་འཛིང་གནམ་གྲུ༢༠༠ལྷག་དང་ཏའོ་ཏན་འཕུར་མདའ༧༥ ཐན་ཁེ༡༢༥༠ལྷག་མེད་པར་བཏང་ཟིན། ......"

ཨ་ཕས་མིག་ཕྲུར་རེར་ཏ་ཙང་འཛིགས་སུ་རུང་བའི་ཉམས་ཤིག་བཏོད་བཞིན་ང་ལ་བལྟས་ཏེ "སྐྱུར་ཞོག དེ་ལ་ཉན་པས་འབྲི་ཀན་ཡང་མཆུས་སོང་བ་མ་ཡིན་ནམ" ཟེར།

ངས་ཉམ་ཆུང་དང་ཧྲིག་དབྱིན་ཅིའི་གློག་སྒོ་བརྒྱབ་རྗེས་ སྔར་མལ་དུ་བཞག་ཅིང་། སློག་པ་གཡང་ཤམ་གྱིས་གོན་ཏེ་བྱི་ལའི་སྐྲེ་ལ་དྲིལ་བུ་བཏགས་པའི་གཏམ་རྒྱུད་དེ་དོ་དགོང་བཤད་སྲིད་དམ་སྙམ་བཞིན་སྒོ་ཁར་བུད་པ་ཡིན། སྒོ་ཁར་བུད་ཚེ་མི་མཐོང་ས་ཅི་ཡང་མེད་དེ། ད་སྔོན་ཧྲིག་དབྱིན་ཅིས་ནང་བཤད་པའི་ཨ་མེ་རི་ཁ་ཟེར་བ་དེ་ཡང་ཕལ་ཆེར་ཏ་ཙང་རྒྱང་རིང་གི་རི་བོ་དེའི་ཕག་ཏུ་ཡོད་རྒྱུ་རེད་སྙམ། སྐབས་དེར་ཨ་མ་དང་ཨ་ཅེ་གཉིས་ཀས་ལྷས་དཀྱིལ་ནས་གཡག་ཀན་ཞིག་མ་ཟིན་པར་ཕར་བདའ་ཚུར་བདའ་བྱེད་ཀྱིན་འདུག ......

ཨ་ཙི་ཙི། ཉི་མ་ནུབ་ཟིན་འདུག ཕལ་ཆེར་ནམ་རྒྱུན་ལྟར་ཏ་ཙང་ཐག་རིང་བའི་རི་སྐྱེད་དེར་ནུབ་པ་ཡིན་ངེས་རེད། ངོ་མ་ངས་མཉམ་འཇོག་མ་བྱས།

ང་རང་ཨ་བྲ་གསོད་པའི་རྫས་ཤིག་འཚོལ་དུ་འགྲོ་བ་ཡིན།

ཉི་མ་སྐྱག་ལྡུང་སྤེ་བའི་ནུབ་ཕྱོགས་ཀྱི་རི་རྩེ་ནས་ཡོལ་མ་ཐག ལོ་ན་གཞོན་པའི་བུ་ཆུང་དོན་གྲུབ་ཀྱིས་སྐྲ་རགས་སྟོག་པར་གཙུད་ཅིང་ལམ་ལ་ཆས། སྦྲ་སྒོར་བུད་མ་ཐག་སྐྱར་ཡང་ཕྱིར་འཁོར་ནས་རང་ཉིད་ཀྱི་ལུས་གཟུགས་དང་ལོ་ན་རྒན་པའི་མ་རྒན་ལ་གྲེས་ཕྱག་ཕྱུལ། ལོ་ན་བགྲེས་པའི་ཨ་མ་ལག་རྟེན་ལ་ཁེན་ཏེ་ཀྱོལ་མ་ལྡིང་གིས་ཕྱི་རོལ་གྱི་དེའུ་འབུར་སྟེང་དུ་ཡོང་སྟེ་བུ་ཆུང་གི་ཕྱུ་ཐུང་ལ་འཛུས་ཤིང་རྒས་པའི་མིག་གཉིས་ལས་ཡིད་འཕྲིང་བའི་མདངས་ཤིག་མངོན་བཞིན་ཁོ་ལ་བཀོལ་འདེབས་བྱས།

“ངའི་གཅེས་ཕྲུག་གཅིག་པུ།” ཨ་མས་ཁོའི་གདོང་ལ་ཞིབ་ལྟ་བྱེད་བཞིན་ངག་འདར་བའི་ངང་ཧ་ཅང་ཞེ་འཁྲིད་སྟེ “ངས་ཁྱོད་ལ་ཞུ་བ་བྱེད། ཅིས་ཀྱང་སང་ཉིན་སྔ་སེར་ཉི་མ་ཤར་ཚེ་འགྲོ་རོགས། རྡོ་དགོང་གཅིག་ཕྱུར་རང་ཉིད་ཀྱི་སྦྲ་ནག་ནང་དུ་སྡོད། མཚན་མོའི་ཁེར་རྐྱང་གི་འགྲུལ་བཞུད་འདིར་ལྷ་འདྲེ་དང་ཚོམ་རྐུན་གྱི་བར་ཆད་ཀྱང་ཡོད་ངེས། ལན་རེར་རང་ཉིད་ཀྱི་གྲིབ་མ་འང་འདྲེ་རུ་མཐོང་ངེས། རྡོ་དགོང་གཅིག་ཕྱུར་དེད་མ་བུ་གཉིས་ཀ་ལྷན་དུ་འདུག ངའི་གཅེས་ཕྲུག མཚན་མོ་འདིར་ཅིས་ཀྱང་འགྲོ་མི་རིགས།”

“ཨ་མ། ངའི་ཨ་མ་བཟང་པོ།” བུ་དོན་གྲུབ་ན་རེ། “ང་ཚེ་གང་པོར་ཁྱོད་རང་གི་གམ་

ཏུ་བསྡད་ནས་ཞབས་ཞུ་བྱས་ཆོག ཡིན་ཀྱང་དོ་དགོང་གི་གོ་སྐབས་འདི་ཅིས་ཀྱང་འཆོར་མི་རུང་། ད་ལོ་རྡ་ཚད་དེ་ངེད་ཚང་གི་ནོར་ལུག་ཚང་མ་ཤི་བ་འདིར་བསམས་ཀེ། ཅིས་ཀྱང་ཤི་འདྲེ་ཨ་བྲ་འདི་དག་རྩ་མེད་དུ་གཏོང་དགོས། ཞྐོས་དང་། དོ་དགོང་ནི་ཚེས་བཅོ་ལྔ་རེད། ད་ནི་ཟླ་བའང་འཆར་ལ་ཉེ་བས་ང་རང་ཅིས་ཀྱང་གཏོང་རོགས། ཨ་མ་ལགས། ངའི་སྐྱེ་ན་སྐྱུང་འཁོར་ཡོད་པས་ཁྱོད་ཀྱིས་སེམས་ཁྲལ་བྱེད་མི་དགོས།"

"འོ་ན་དེ་ཕྱོས། དཀོན་མཆོག་གསུམ་གྱིས་ཁྱོད་ལ་ལམ་སྟོན་བྱེད་ངེས།" མ་རྒན་གྱིས་མིག་ཆུ་འབྱིད་བཞིན་དུ། "ངའི་བུ་ཆུང་། འགྲོ་ཁར་ཨ་མར་ཐོད་པ་ཞིག་གཏུག་རོགས།"

"ཨ་མ་ལགས།" དོན་གྲུབ་ཀྱིས་མ་རྒན་ལ་མགོ་བོ་གཏུགས་ཙམ་བྱས་རྗེས། "ནམ་རྒྱུན་དགོང་མོ་བསང་གསུར་ཞིག་ཕུད་རྗེས་ཞལ་རོགས། དེ་ལྟར་ན་ངེད་མ་བུ་གཉིས་ག་ནམ་ཡང་སྐྱར་མཇལ་བྱེད་ཐུབ་ངེས། ཁྱོད་རང་བདེ་མོར་བཞུགས་ཤིག"

དེ་ལྟར་ཁོ་རང་མ་རྒན་དང་ཁ་གྱེས་ཏེ་སོང་། བུ་དོན་གྲུབ་སྟག་ལུང་སྡེ་བའི་ཡར་མཐར་བུད་ཅིང་སྦྲུལ་ལྟར་འཁྱིལ་བའི་རྐང་ལམ་ཀྱ་ཀྱུ་ཞིག་ཉུལ་ཏེ་ལུང་བའི་མདའ་རུ་སླེབས། ཁོས་ཕྱིར་ལྟ་ཙམ་བྱེད་དུས་སྡེ་བ་ཡོངས་རྫོགས་མུན་པས་བསྒྲིབས་ཏེ་ཨ་མ་ཕྱི་རོལ་ཏུ་ལག་རྟེན་ལ་ཁེན་ཏེ་ཁོའི་རྗེས་ཕྱོགས་སུ་བལྟས་ཡོད་པའང་མཐོང་མི་ཐུབ། སྐབས་འདིར་ཁོས་ཨ་མ་ལགས་མཐོང་འདོད་པ་སྟེ། མཇུག་མཐའི་རེ་བ་འདི་ཅི་འདྲའི་ཤུགས་དྲག་པ་ལ་ཨང་།

"ཨ་མ་སྙིང་རྗེ་ཨང་།" ཁོ་རང་གི་སེམས་ལ་བློ་བུར་བའི་སྐྱོ་བ་ཚད་མེད་ཅིག་སྐྱེས་ཏེ། སེམས་ལ། "ང་ནི་ངོ་མ་ཞེ་ཁྲེལ་མེད་པའི་བུ་ཞིག་མ་ཡིན་ནམ། ད་ལྟ་ཤི་ཁ་རྒས་ཁར་འདི་ལྟར་ཁོ་མོ་གཅིག་ཕུར་བསྐྱུར་བ་རེད། ཁོ་མོས་འཇིགས་སུ་རུང་བའི་རྨི་ལམ་རྨི་སྲིད། ཁོ་མོ་ནམ་གང་བོར་གཉིད་འོང་མི་སྲིད། ཁོ་མོར་མཆོན་ན་མཚན་མོ་འདི་ནི་ཇི་འདྲའི་འཇིགས་སུ་རུང་བ་ཞིག་ཡིན་རྒྱུ་རེད་ཨང་། འོན་ཀྱང་མཚན་མོ་འདི་ཅི་ནས་ཀྱང་སྟོང་ཡལ་དུ་འགྲོ

མི་རིགས་པའི་གོ་སྐབས་བཟང་པོ་ཞིག་ཡིན་པས། ང་རང་གིས་ལས་འགན་སྒྲུབ་སྟེ་མྱུར་མོར་ཕྱིར་ལོག་མཚམས་ཉིན་གཅིག་ལའང་ཁ་མི་གྲེས་པར་ཁོ་མོར་ཞབས་ཏོག་བྱས་ཏེ། མོའི་ཚེ་མཇུག་ཏུ་བདེ་སྐྱིད་ལྡན་པའི་འཚོ་བ་ཞིག་རོལ་དུ་གཞུག་དགོས” སྙམ།

ཁོས་དེ་ལྟར་ཡིད་དུ་འོང་བའི་ཚོད་སེམས་ཤིག་ཁོག་ཏུ་བཞག་པས་རང་སེམས་ཀྱང་སྔོན་དང་མི་འདྲ་བར་བདེ་ལ་བབས་པའི་སྣང་བ་སྐྱེས་ཤིང་། གོམ་པ་མྱུར་ལེན་བྱས་ཏེ་དམིགས་ཡུལ་དེར་ཆས། ཁོ་རང་འགྲོ་ས་ནི་ཧ་ཅང་ཐུ་རིང་བའི་ལུང་བ་ཆེན་པོ་ཞིག་གི་མཐིལ་ཡིན་པ་དང་། གཡས་གཡོན་གྱི་རི་ཤིན་ཏུ་མཐོ་ལ་གཟར་བར་མ་ཟད་ནགས་ཚོང་སྟུག་པོར་དཀྲིགས་ཡོད་ལ། ཉག་ཕྲ་བའི་ལམ་ཕྲན་དེ་ནི་འདྲེ་མོའི་རྒྱུ་མ་བྲན་པ་ལྟར་གཡས་འཁྱོག་གཡོན་འཁྱོག་གིས་བསྒྲིངས་འདུག ལན་རེར་འུག་པའི་དགོད་སྒྲ་འཛིགས་སུ་རུང་བ་རེ་གྲགས་འོང་ལ་དེ་ནི་གཡས་གཡོན་གྱི་རི་ངོས་སུ་བྲག་ཅར་འཁོར་ཏེ་ནགས་ཚལ་གྱི་ལོ་འདབ་ཀྱང་ཤིག་ཤིག་ཏུ་འགྱུལ་ཡོང་བ་དང་། ཉི་འགྲམ་གྱི་སྡོང་རྒན་རེ་རེ་ཡང་ཧ་ཅང་ལྐོག་གྱུར་དང་ནག་ཡོམ་མེར་སྣང་བས་ཕལ་ཆེར་དེ་དག་རེ་རེའི་ཕག་ཏུ་མི་རེ་གཞའ་ནས་ཡོད་པའི་སྣང་བ་སྐྱེར། མི་དེ་དག་ནི་བཟའ་ཟླ་བུ་ཕྲུག་ལ་ཆགས་ཞེན་ཆེ་བའི་ལོ་རབས་འདིའི་སྔོན་དུ་ཤི་བའི་རང་སྐྱེ་ནང་གི་མི་དག་མིན་པའི་ངེས་པའང་མེད། ཁོ་ཚོས་ཁོ་རང་ལ་འདི་ལྟར་སྐྱོལ་མ་བྱེད་པ་ལས་གནོད་འཚེ་གཏོང་མི་སྲིད།

“ཕལ་ཆེར་སྡོང་པོ་རེ་རེའི་ཕག་ཏུ་ཧ་ཅང་འཛིགས་སུ་རུང་བའི་ཚོམ་པོའི་རིགས་སྦས་ཡོད་པ་འདྲ།” བུ་དོན་གྲུབ་ཀྱིས་དེ་ལྟར་སྙམ་པའི་མོད་ཕྱི་མིག་རེ་བལྟས་ཏེ་དངངས་འཚབ་ཅིག་སྐྱེས། ཁོས་སླར་ཡང “གར་ལྟར་ཡང་ང་རང་ལ་སྲུང་འཁོར་ཡོད་པས་དེ་དག་ལ་འཛིགས་མི་དགོས” ཞེས་ཚིག་ལབ་བརྒྱབ།

ཁོས་མགོ་བོ་འཁྱོག་སྟེ་རྒྱབ་ཕྱོགས་སུ་ལྟ་བཞིན་གུག་འཁྱོག་ཅིག་བརྒྱུད་རྗེས། སླར་ཡང་མདུན་ཕྱོགས་སུ་བལྟས་ཏེ་བསྐྱོད། གློ་བུར་དུ་ཁོས་མི་ཞིག་མཐོང་བྱུང་། ཁོའི་ལུས་ལ་གྱོན་གོས་རལ་པོ་ཞིག་གྱོན་ཞིང་ཤུག་པའི་སྡོང་པོ་ཞིག་གི་རྩ་རུ་ཅོག་འདུག བུ་དོན་གྲུབ

གམ་དུ་ཐོན་པ་མཐོང་འཕྲུལ་ཕོ་རང་ཡང་ཡར་ལངས་ཏེ་ཐུག་པ་མཉམ་གཞིབ་ཀྱིས་མདུན་དུ་བསྐྱོད།

"ཁྱོད་རང་ཐོན་པ་ལེགས། བུ་དོན་གྲུབ།" ཁོས་བཤད་རྗེས། "ཁྱོད་རང་ཡོང་དུས་སྡེ་བའི་ནང་གི་གནས་ཚུལ་ག་འདྲ་འདུག" ཅེས་དྲིས་བྱུང་།

"ཅུང་ཟད་བཟང་བ་འདུག ཕྱུགས་ཟོག་རང་ལ་དབང་བར་བྱས་རྗེས་ཁྱིམ་ཚང་རེ་རེས་ཀྱང་རྩ་ས་བཅད་དེ་ཁ་བཅག་མགོ་བཅག་རྒྱུན་ཆད་མི་འདུག དཀྲལ་གཅོད་བོ་ནི་ཨ་བྲ་རེད།" དེ་ལྟར་བཤད་དུས་ཁོའི་ངག་ཀྱང་ཐུན་བུ་འདར་གྱིན་འདུག

"ང་རང་ཡོང་ཁར་ཡང་དེ་འདྲ་རེད།" ཁོའི་འགྲོ་གྲོགས་ཀྱིས་ཀྱང་ཤུགས་རིང་ཞིག་འཐེན་བཞིན "ཉིན་མཚན་མེད་པར་ཚོགས་འདུ་ཚོགས་ཏེ་ལོ་ལོན་འགའ་རེར་དགག་པ་རྒྱག་གིན་འདུག ཕལ་ཆེར་ངའི་རྗེས་སུ་ཇོངས་གྲབས་ཡོད་པ་འདྲ། སྙིང་རེ་རྗེ" ཟེར།

སྐབས་འདིར། དམར་ཤས་ཆེ་བའི་ཟླ་བ་དེའང་རིམ་བཞིན་མངོན་བྱུང་ལ། མག་མོག་གི་ཟླ་འོད་དེ་ལམ་འགྲམ་གྱི་སྡོང་ལོའི་སྟེང་དུ་འཕོས་ཡོད་ནའང་ཁོང་གཉིས་ཧག་ཧག་གྲིབ་འོག་ཉུལ་ནས་འགྲོ་བཞིན་ཡོད་པས་གསལ་པོར་མཐོང་མི་ཐུབ། བུ་དོན་གྲུབ་ཀྱི་འགྲོ་གྲོགས་དེ་ཕལ་ཆེར་ཕོ་ལས་ལོ་ལྔབ་གཅིག་གིས་ཆེ་ལ། དེ་ཡང་མ་འོང་བའི་སྔོན་དེར་ཕོ་རང་ཨ་ལགས་ཚང་གི་མདུན་དུ་འགྲོ་དུས་བཤད་པའི་མི་རྒྱུས་མེད་དེ་ཡིན་མིན་རྟོགས་མི་ཐུབ། ཨ་ལགས་ཀྱིས་ཀྱང་ཐེངས་གསུམ་ལ་མིག་ཟུང་བཙུམ་ཏེ་མོ་རྩིས་བྱས་མཐར་རྣ་འགྲམ་གྱི་སྨྲ་བ་ནག་རིལ་བ་དེ་ཕུར་ཙམ་བྱས་ཏེ། "གཅིག་དགུ་རེ་གཉིས་ལོར་ལྟོགས་གྲིར་ཤི་བའི་མི་ཞིག་གིས་ཁྱོད་ལ་ལམ་གྲོགས་བྱེད་ངེས།" གསུང་བ་ལས་འགྲོ་སའི་ཕྱོགས་གང་ཞིག་ཡིན་པའང་གསུང་མ་བྱུང་། དོན་དངོས་མར་འགྲོ་གྲོགས་ཀྱིས་ཀྱང་དར་ལ་བབས་པའི་གཞོན་ནུ་འདི་རང་ཉིད་ཀྱི་ཤ་ལས་ཆད་པའི་བུ་ཕྲུག་དེ་ཡིན་པ་གཏན་ནས་ངོས་ཟིན་མི་སྲིད། ཁོང་གཉིས་གས་ཡུན་རིང་ལ་ཁ་བརྡ་མ་བྱས་པར་རང་རང་སར་ཅི་ཞིག་ལ་བསམ་བློ་གཏོང་བ་ལྟར་བསྐྱོད། གཞན་དང་མི་མཚུངས་པ་ནི་ལམ་དུ་འགྲོ་དུས་ཁོང་གཉིས་ཀར་ཡང་རྐང་རྗེས་མི་

འདུག གསལ་ལ་མི་གསལ་བའི་གྲིབ་མ་ནག་པོ་གཉིས་དང་འདྲ།

"དོན་གྲུབ། ཅི་རེད།" འགྲོ་གྲོགས་དེས་མ་རངས་པའི་ཉམས་ཀྱིས "འདི་ཙམ་ལས་མ་སོང་བར་ཁྱོད་རང་ཐང་ཆད་བྱུང་ངམ། སྔར་མོར་ཡར་ལ་ལོངས" ཟེར།

"ང་རང་མི་མཐུད་དུ་འགྲོ་མི་འདོད། ཕལ་ཆེར་ཁྱོད་ཀྱིས་ང་རང་ལམ་ལོག་ཏུ་འཁྲིད་ཀྱིན་པ་འདྲ། ང་རང་ཕྱིར་ཡུལ་དུ་ལོག་འདོད་འདུག" ཅེས་བཤད།

"ཅི་ལ་སྲིད། ངས་ཁྱོད་རང་ལམ་ལོག་ཏུ་འཁྲིད་མི་སྲིད།" འགྲོ་གྲོགས་ཀྱིས་སླར་ཡང་ཞུ་བ་བྱེད་པའི་ཉམས་ཀྱིས། "མུ་མཐུད་དུ་འདི་ཙམ་འགྲོ་དང་ཐོན་ངེས་རེད། བདེན་མིན་རྗེས་སུ་ཁྱོད་ཀྱིས་རྟོགས་ངེས" ཟེར།

"འོན་འདི་གར་མི་གཅིག་ཀྱང་མཐོང་རྒྱུ་མེད་པ་ཅི།"

"ཨོ། དེ་ཟེར་རམ། དེ་བས་ཁྱོད་རང་ང་ལ་ཡིད་མ་ཆེས་པ་ཨེ་རེད།" གནས་པ་དེས་ཧ་ཅང་ཐོལ་མེད་པའི་ངང་བཤད་རྒྱུར། "རེད་ཡ། ཁྱོད་ཀྱིས་བཤད་པ་དག་འཆུག་མི་འདུག སྔོན་ཆད་འདི་གར་ངོ་མ་མི་མང་པོ་ཡོད། ཧ་ཅང་མང་། ཚང་མ་ང་བརྒྱུད་ལོར་ཡོང་བ་ཤ་སྟག་ཡིན། ན་ནིང་སྔོན་ཁར་སྐྱེས་མཆོག་དམ་པ་ཞིག་ལམ་འདི་ནས་བྱོན་ཏེ་ཟླ་དགུའི་ནང་དུ་གཞི་ནས་དེ་དག་ཚང་མ་དག་པའི་ཞིང་དུ་འདྲེན་ཐུབ་ཙམ་བྱུང་། དེ་བས་ད་བར་དུ་འདི་དག་ས་སྟོང་དུ་ལུས་ནས་ཡོད། འདི་དག་ནི་རྩེད་མཚར་ཞིག་མིན། ཉིན་དེར་ལྷ་བ་ལྷུང་སེར་གྱོན་པའི་དམག་དཔོན་མིག་ཤེལ་གྱོན་པ་དེ་དང་སྐུ་སྲུང་བ་གཉིས་དམག་ཧ་འགའ་འཚོལ་དུ་སྟག་ལུང་སྡེ་བ་བརྒྱུད་ནས་འོང་དུས་ཅི་བྱུང་མེད་པར་མཐོང་རྒྱུ་མེད་སོང་། རྗེས་སུ་བེམ་རོ་གཉིས་ཁྱིམ་ཚང་འགའི་ཐལ་ཕྱུང་གི་འོག་ནས་བླངས་པ་རྐྱེན་བྱས་ཏེ་ཟིང་འཁྲུག་ལངས་པ་རེད། དེ་ནས་བཟུང་སྟག་ལུང་དཔོན་པོ་དང་ངེད་གཉིས་ནམ་རྒྱུན་ལམ་འདི་ནས་ཐེངས་མང་ཕྱིན་སྙོང་བ་ཡིན། ངེད་གཉིས་མནའ་ཤག་ཡིན། གྲལ་རིམ་འཐབ་རྩོད་ཀྱི་ལོ་ཟླའི་ནང་དུ་ཁོ་རང་ཡུལ་དུ་ཟ་མ་ཞིག་ལེན་དུ་སོང་བས་འཛིན་བཟུང་ཐེབས་སོང་། དེ་དག་ལ་ཕྱིར་དྲན་བྱེད་ཆེད། ངས་ཀྱང་ཐབས་བཅུ་དྲུས་སྟོང་གིས་

ཁྱེད་ལ་རོགས་རམ་བྱེད་འདོད།”

“གལ་ཏེ་ཁྱེད་ཀྱིས་བཤད་པ་དེ་དག་ངོ་མ་ཡིན་ན།” དོན་གྲུབ་ཀྱིས་བསམ་བློ་གཏོང་བཞིན་དུ། “ཡ་མཚན་པ་ལ་སྡེ་བའི་ནང་གི་མི་སུས་ཀྱང་དེ་འདྲའི་སྐད་ཆ་ཞིག་མི་གླེང་བ་ཅི། ཡིན་ཡང་ང་རང་ཡང་དོན་ངོ་མར་མཚར་སྣང་དེ་འདྲ་མི་སྐྱེས། ངས་ཀྱང་ཅུང་ཙམ་རྟོགས་འོང་། གལ་ཏེ་དོན་དག་དེ་ཁ་ཡི་ཕྱིར་སོར་ཕྱུད་མ་ཐག་རི་ཆུ་ནགས་ཀླུང་དང་རྩེ་ཤིང་མཐའ་དག་གིས་གང་སར་བསྒྲགས་ཏེ། ཕོ་ཚོ་ཚང་མའང་ཁྱེད་དང་འདྲ་བར་རྒྱང་འཕྱུད་དུ་སྤྱུགས་ངེས། ང་ཚོ་ཚང་མ་བྱང་སེམས་ལྡན་པའི་མི་ཡིན་པར་མ་ཟད། ད་དུང་དྲང་མོ་རྒྱང་རྒྱང་གིས་ལས་ཀ་བྱེད་མཁན་ཡིན་པས། དེ་འདྲ་བའི་གདུག་རྩུབ་བཟོད་མི་ནུས།”

“གདུག་རྩུབ་ཡིན་ནའང་འདྲ། གདུག་རྩུབ་མིན་ནའང་འདྲ།” ལྭ་བ་རྟུལ་པོ་གྱོན་པའི་རྒན་པོ་དེས་ཨུ་མཐུད་དུ་བཤད་རྒྱུར། “གང་ལྟར་ཡང་སྟག་ལུང་སྡེ་བའི་མི་དག་ལ་ང་རང་ཆ་རྒྱུས་ཡོད། སྐུ་མོ་དམར་མོ་ཁ་ལམ་ནས། སྟག་ལུང་གནམ་སྐྱབས་འཁྱིལ་བ་རེད། བཙུད་སྤྱུར་ནགས་ཀྱི་འགག་སྒོ་ནས། སྟག་ལུང་མགོ་རྒན་བསྒྲིངས་པ་རེད། ཕོ་ཚོ་ཚང་མ་ངའི་ཨ་ཕ་དང་ན་མཉམ་རེད” ཟེར།

“གནམ་སྐྱབས། མགོ་རྒན།” དོན་གྲུབ་ཀྱིས་ཧ་མ་གོ་བར། “འདི་དག་ཀྱང་མི་རེད་དམ། འོ་ན་ངས་ཅི་ལ་ཐོས་མ་མྱོང་། ཁྱེད་ཀྱིས་རྫུན་གཏམ་གྱིན་འདུག” ཅེས་བཤད།

“ངས་རྫུན་གཏམ་སོང་། ཧ་ཧ་ཧ།” ཕོ་རང་ཧབ་དགོད་ཆེན་པོ་ཞིག་བྱས་ཏེ། “ད་དུང་ཁྱེད་ཀྱི་རྣར་འགྲོ་གྱིན་མི་འདུག་གམ། ཁྱེད་ཀྱིས་ལྟོས་དང་། མདུན་ཕྱོགས་ཀྱི་རྒན་མོ་དམར་གདན་བཏགས་པ་དེ་ནི་སྟག་ལུང་མགོ་རྒན་གྱི་ཨ་མ་རེད། ཕོ་མོ་གྱོལ་གྱིན་པ་མི་མཐོང་ངམ” ཟེར།

ཕོས་བཤད་ཞོར་དུ་མདུན་གྱི་རྒན་མོ་དེའི་གཟུགས་བརྙན་བསྟན་བྱུང་། བུ་དོན་གྲུབ་ཀྱིས་དེ་མ་ཐག་ཕོ་མོ་ནི་དེ་སྔོན་ཨ་ལགས་ཀྱི་གཟིམས་ཁང་དུ་ནད་གསོ་བྱེད་པར་འོང་བའི་བུ་མོ་གྱོལ་པོ་དེ་ཡིན་པ་རྟོགས། ཉིན་དེར་ཕོ་མོས་ད་དུང་ཀ་ར་རྡོ་རྡོག་པོ་གཅིག་རང་ཉིད་ཀྱི

ཨ་མར་བསྐུར་སོང་བ་མིན་ནམ། ཚང་མས་བཤད་ན་ཕོ་མོ་ནི་དགེ་སློང་མ་དཔལ་མོའི་སྤྲུལ་བ་རེད་ཟེར་ལ་དེ་ཡང་ཨ་ལགས་ཀྱི་ཞལ་ནས་བསྒྲགས་པ་ཞིག་ཡིན་ཤས་ཆེ། ཕོ་མོ་འདིར་ཅི་ལ་ཡོང་བ་ཡིན་ནམ་སྙམ།

"ད་ནི་ཅི་བྱེད།" ཕོའི་འགྲོ་གྲོགས་ཀྱིས་བཤད་རྒྱུར། "དཔལ་མོ་སྒྲོལ་མས་ཁྱེད་རང་སྟག་ལུང་སྡེ་བ་ནས་འོང་བ་ཤེས་ཚེ་ཤ་འཁོན་རྩོད་ངེས་རེད། གནད་འགག་ནི་དེ་དུས་ཕྱི་ནང་བརྗེ་བའི་མི་མང་བས་རེད། གྲོགས་པོ། གལ་ཏེ་ཕོ་མོས་ཁྱེད་རང་གང་དུ་འགྲོ་རྒྱུ་དྲིས་ཚེ་ཅི་བྱེད། ཡིན་ཡང་ཕོ་མོས་ཁྱེད་རང་ངོ་ཤེས་མི་སྲིད" ཟེར།

"དེར་ཅི་སྐྱོན།" ཕོས་ཐེ་ཚོམ་མེད་པར། "ང་ཨ་བྲ་གསོད་པའི་ཟླས་ཤིག་འཚོལ་དུ་འགྲོ་བ་ཡིན། ཕོ་མོར་ཡང་ཟླས་དེ་ཡོད་ཤས་ཆེ།" ཞེས་ལན་བཏབ།

ཕོང་གཉིས་ཀས་གོམ་པ་ཇེ་མགྱོགས་སུ་བཏང་ནས་ཇག་མོ་དེའི་རྗེས་སུ་བསྙེགས། སྐབས་དེར། ཕོ་མོའང་བྲེལ་འཚབ་ངང་མདུན་དུ་འགྲོ་བཞིན་འདུག ལོ་ན་འདི་འདྲ་མཐོ་བའི་ཇག་མོ་ཞིག་ལ་མཇོན་ན་ཕོ་མོའི་གོམ་ཁའི་མྱུར་ཚད་ནི་ངོ་མ་བྱ་འཕུར་བ་དང་འདྲ་ཞེས་བཤད་ཆོག ད་དུང་ཕོ་མོ་འགྲོ་ཞོར་དུ་ངག་ནས་སུས་ཀྱང་ཐོས་མི་ཐུབ་པའི་ལྷུབ་ལྷིབ་ཀྱི་སྐད་ཆ། ཕལ་ཆེར་གསོལ་འདེབས་ཤིག་འདོན་གྱིན་པ་འདྲ། འགྲོ་གྲོགས་ཇག་པ་དེས་རྗེས་ཆོད་པ་དང་ལག་བསྒྲིངས་ཏེ་ཕོ་མོའི་རྒྱབ་ཀྱི་དམར་གདན་འདབས་ཀྱི་ཅ་ལ་ནས་འཐེན་ཙམ་བྱས།

"ཨ་ཙི། གདོན་འདྲེ།" ཕོ་མོས་ཨག་རེང་ཞིག་བཏབ་བྱུང་།

"འདིར་ཅི་བྱུང་།" འགྲོ་གྲོགས་དགོད་བཞིན་དུ། "དཔལ་མོ་སྒྲོལ་མ། ཁྱེད་ཀྱིས་ད་ནི་ཚུང་འདྲིས་ང་ཡང་ངོ་མི་ཤེས་སམ། འདི། འདི་ནི་སྟག་ལུང་དཔོན་ཕྲུག་རེད" ཟེར།

"ཨ་ཙི། ངོ་མ་ཟེར་རམ།" ཇག་མོས་བུ་དོན་གྲུབ་ལ་ཞིབ་ལྟ་བྱེད་བཞིན། "བདེན་པར་འདུག ངོ་མ་བདེན་པར་འདུག མི་རྒྱུད་ལ་ལྟོས་དང་ཕོ་ཨ་ཕ་དང་ཨ་ན་མ་ན་རེད། མ་འགོར་བའི་སྔོན་དུ་སྟག་ལུང་དཔོན་པོས་རང་ཉིད་ཀྱི་བུ་ཧུར་ཞོན་དུ་བཙུག་ཅིང་རྒྱབ་ཏུ

མི་མདའ་བརྡེགས་ནས་མ་ཀུའུ་ཞིར་སྐྱ་སྲུང་དུ་བཏང་བྱུང་ཟེར། ཡིན་ཡང་ཁྱེད་ཀྱིས་ཨེ་ཤེས། ང་རང་ལ་བུ་གཅིག་ཡོད་པ་གཞིས་ཉིང་ལོར་མ་ཀུའུ་ཞིས་དམག་ཁྲལ་དུ་ཁྲིད་བྱུང་། ད་ནི་ང་གཅིག་པུ་རྫི་ལྟར་སྡོད། ང་ཡང་ཁོ་འཚོལ་དུ་འགྲོ་བ་ཡིན། ད་ནངས་ལམ་ལ་ཆས་དུས་འགའ་རེས་དེ་ཚོ་སླར་འོང་ནས་སྟག་ལུང་སྡེ་བའི་མོ་སྨན་སུམ་ཅུ་ལྷག་བཙན་ཁྲིད་བྱས་སོང་ཟེར། ལམ་བར་དུ་ཝུར་ཝུར་གྱི་སྒྲ་སྣ་ཚོགས་ཤིག་ཐོས་བྱུང་ཡང་ཕལ་ཆེར་ཉལ་ཐ་བཙོང་མཁན་དེ་ཚོ་ཡོང་ལ་ཉེ་བའི་སྔོན་བརྡ་ཞིག་ཡིན་པ་འདྲ། ང་རང་བསྡད་ནས་ཉན་ཁོམ་མ་བྱུང་། རེད་ཡ། ཁྱོད་ལ་འདི་ལྟར་ཐུག་འགྲོ་ག་ལ་སྙམ། ཁྱོད་གང་ལ་འགྲོ་བ་ཡིན”ཞེས་དྲིས་བྱུང་།

བུ་དོན་གྲུབ་ཀྱིས་རང་ཉིད་ཀྱི་ཡོང་རྐྱེན་རྣམས་དྲང་པོར་ཁ་ཕྱོག་པས་མ་གསང་གློ་རྒྱུ་མས་མ་བསྐྱུམ་པར་བཤད་པ་དང་། རྒན་མོ་དེས་ཀྱང་ཡང་བསྐྱར་ཁོ་ལ་རེ་བ་ཅི་ཡང་བརྗོད་མ་བྱུང་། ཡིན་ཡང་ཁོའི་འགྲོ་གྲོགས་ཀྱིས་བར་རྒྱུག་བྱས་ཏེ་ཁོ་མོ་ལ་སྔོན་ཆད་ཀྱི་སྐད་ཆ་དག་དང་བསྡོངས་པའི་འདོད་གདམ་སྣ་ཚོགས་ལབ་འགོ་བརྩམས་བྱུང་བས། དོན་གྲུབ་ངོ་གནོང་བཞིན་ཅི་ཡང་མ་ཐོས་པ་ལྟར་མགོ་བོ་དུད་བཞིན་སྔོན་དུ་འགྲོ་བཞིན་བསྡད། རྒན་མོ་དེས་ཀྱང་སྣང་དོགས་ཅི་ཡང་མེད་པར་ཧ་ཧོ་ཡི་དགོད་སྒྲ་དང་བཅས་ཕན་ཚུན་རྗེ་བའི་ཚིག་མདའ་འཕེན་རེས་བྱེད་བཞིན་གོམ་པའང་ཇེ་དལ་དུ་གྱུར། སྟག་ལུང་སྡེ་བའི་མི་དག་ཀྱང་སྔོན་ནས་སྤུ་དྲི་བྱུང་བའི་སྡུག་བསྔལ་དག་ཕྱི་དྲོ་བརྗེད་ངེས་སུ་འགྱུར་བ་ཤ་སྟག་ཡིན་པས། ཁོ་དང་ཁོ་མོ་གཉིས་ཀའང་དེ་ལས་མ་འདས་པ་འདྲ། ཁོ་མོས་དངོས་གནས་བུ་དོན་གྲུབ་བཙལ་ནས་འོང་དགོས་པའི་དོན་དེ་དག་ཀྱང་བརྗེད་ཚར་འདུག དོན་གྲུབ་ཀྱིས་རྣ་བའི་ཟུར་གྱིས་ཁོང་གཉིས་ཀྱི་སྐད་ཆར་ཉན་བཞིན་སྔོན་དུ་འགྲོ་བཞིན་ཡོད་ཅིང་། ཉན་བཞིན་ཉན་བཞིན་ཁོང་གཉིས་ནི་ཕལ་ཆེར་ལོ་བཅུ་ཕྲག་རེ་ཇེ་ཆུང་དུ་འགྲོ་བཞིན་པ་འདྲ། ལམ་བར་དུ་གྲོག་མོ་ཆུང་ངུ་ཞིག་བརྒལ་ནས་ཕར་ཁའི་ཉག་ཁར་སླེབས་འཕྲལ་དོན་གྲུབ་ཀྱིས་གཞི་ནས་རྒད་རྒོན་དེ་གཉིས་ཀ་གྲོག་མོའི་ནང་ནས་ཚུར་མ་འོང་པ་མཐོང་། ཕ་གིའི་

གྲོག་མོའི་ནང་དུ་རྒད་པོའི་སྐད་པ་དེ་ལན་རེར་མངོན་ཙམ་བྱེད།

“ཧེན་ཧེན། ཁྱོད་གཉིས་ཀྱི་གསང་བ་དེ་སུས་མི་རྟོགས།” དོན་གྲུབ་ཀྱི་གདོང་ལ་ཁྲིལ་འཛུམ་ཞིག་ལངས་ཏེ་ཚིག་ལབ་བྱས། “སྐར་ཡང་སྟག་ལུང་སྡེ་བར་སྐྱེས་ཆེན་ཞིག་འབྱུངས་སུ་གཞུག་ངེས་རེད།”

དོན་དངོས་སུའང་དེ་ལྟར་རེད། ཁོང་གཉིས་འགྲོགས་ནས་ཡུན་རིང་མ་འགོར་བར་དཔལ་མོ་སྒྲོལ་མ་ཞེས་པའི་རྒན་མོ་འདི་ལོ་བརྒྱད་ཙུར་སོན་པའི་ཉིན་དེར་ཁྱིའུ་ཡིད་དུ་འོང་བ་ཞིག་བཙས་ཤིང་མི་ཚང་མའང་ཁོ་ལ་དགའ་བས་མིང་ལ་ཀུན་དགའ་རྒྱལ་མཚན་བཏགས་ཤིང་ཁོས་ནི་སྟག་ལུང་སྡེ་བའི་སྐྱ་སེར་ཀུན་ལའང་གནམ་ལས་ཆེ་བའི་བྱས་རྗེས་བཞག་མྱོང་བར་མ་ཟད། ཨ་ལགས་ཚང་ཡང་ཁོང་གི་སྤྲུལ་བ་ཡིན་ཚུལ་ཨ་མའི་གནའ་བཤད་ལས་བུ་དོན་གྲུབ་ཀྱིས་ལན་མང་ཐོས་མྱོང་།

བུ་དོན་གྲུབ་ཀྱིས་ཀྱང་ཟླ་མཐུད་དུ་ཁོང་གཉིས་ལ་ངང་སྒྲུག་བྱེད་འདོད་མེད་པས་དཔྲལ་བའི་རྟོལ་ཆུ་འཛིད་ཙམ་བྱས་རྗེས་ཟླ་མཐུད་དུ་གཅིག་པུར་ལམ་ལ་བསྐྱོད། ཁོ་རང་ཉག་ཁ་དེ་ནས་ཕར་བུད་ཅིང་ཕར་ཕྱོགས་ཀྱི་ལུང་གོག་ཕྱོགས་སུ་འགྲོ་དུས་དེ་ཕྱོགས་ཀྱི་རི་གླུང་ཐམས་ཅད་ས་རྟུལ་གྱིས་དཀྲིགས་ཏེ་སྐྱ་སེང་ངེར་སྣང་། ཁོ་རང་ཟླ་མཐུད་དུ་མདུན་སྐྱོད་བྱས་ཏེ་རི་ཁུག་དེར་བབས་རྗེས་ལོ་དུ་མར་མི་སོང་མ་མྱོང་བ་ལྷ་བུའི་སྐྱེད་ལམ་ཞིག་ལ་ཞུགས། ཅུང་མ་སོང་བར་རྒྱང་རིང་ནས་གྲགས་འོང་བའི་ཧ་བོའི་རྫིག་སྒྲ་མང་པོ་ཞིག་རྣ་ལམ་དུ་འཁོར་འོང་། ཁོས་གོམ་པ་ཇེ་མགྱོགས་སུ་བཏང་ནས་མདུན་དུ་ཕྱིན་པ་དང་བསྟུན་ནས་ཧ་བོའི་རྫིག་སྒྲ་དེ་དག་ཀྱང་རིམ་བཞིན་ཇེ་གསལ་ཇེ་གསལ་དུ་གྱུར་ཅིང་ཐག་ཉེར་སོན། ཁོ་རང་ཁ་སྐང་ཞིག་ཏུ་བུད་དེ་ཕར་ཕྱོགས་སུ་ལྟ་དུས། ཨ་ཙི་ཙི། ཁོ་དང་ཐག་མི་རིང་བའི་ཐང་ཁུག་ཏུ་མདའ་མདུང་ནགས་ལྟར་གཟིངས་པའི་རྟ་དཔུང་ཆེན་པོ་གཉིས་ཁ་གཏད་དུ་ལངས་ཏེ་རང་རང་སར་རྐྱབ་སོད་རྐྱབ་སོད་ཀྱི་ང་རོ་འབྲུག་ལྟར་སྒྲོག རྟ་དཔུང་གཅིག་བྱང་ཕྱོགས་སུ་ཡོད་ཅིང་རྟ་དར་སྟེང་དུ་ཕག་མགོ་ཞིག་བྲིས་འདུག་པ་དང་། ལྷོ་ཕྱོགས་ཀྱི་

ཉུ་དཔུང་དེའི་ཉུ་དར་སྟེང་དུ་འབྲི་མགོ་ཞིག་བྲིས་འདུག བུ་དོན་གྲུབ་ཧ་ལས་པར་གྱུར་ཏེ་དེ་གར་ལངས་ཏེ་ཞིབ་ལྟ་བྱེད་དུས་ཕྱོགས་གཉིས་ཀའི་དམག་དཔོན་དག་ནི་བླ་བཙུན་ཤ་སྟག་ཡིན་ཞིང་སོ་ཚོའི་ཁྲབ་ཀྱི་ཕྱི་ངོས་སུ་ཕྲེང་བ་རེ་བསྣར་ཡོད་པའང་མཐོང་ཐུབ། བྱིངས་ཀྱི་དམག་མི་ཚང་མའང་ལུས་ལ་ཁྲབ་རྨོག་བགོས་པའི་བཙེའི་རིགས་སོ་ན་རེད། སོ་ཚོ་ཚང་མས་ཀྱང་དཔའ་ཧང་བའི་ངང་རྒྱལ་ཁ་གཞན་ལག་ཏུ་མི་འཚོར་བའི་ཁ་ཐོ་བསྡམས་ཡོད་ལ། རྒྱང་རིང་བའི་སར་བསང་དུད་འཕྱུར་བའི་གམ་དུ་དགོན་པའི་བླ་མ་ཆེ་ཆུང་དག་གིས་ཀྱང་དེ་ཕྱོགས་སུ་བལྟས་ཏེ་དམག་འཁྲུག་གི་མཇུག་འབྲས་ལ་སེམས་ཁྲལ་བྱེད་བཞིན་འདུག བུ་དོན་གྲུབ་ཀྱང་ཐད་ཀར་བླ་མ་དག་གི་གམ་དུ་ཕྱིན་ཏེ་ལོ་ན་རྒན་པའི་བླ་མ་ཞིག་ལ་ཡང་སྙིང་དོན་ཅི་ཞིག་བྱུང་བ་དྲིས།

"ཅི་ཟེར།" བླ་མ་རྒན་པ་དེས་ཧ་ལས་པ་ལྟར། "ཁྱོད་འདི་ལྟར་ཡོང་ངམ། འདི་གར་དམག་འཁྲུག་རྒྱག་གྱིན་པ་མི་མཐོང་ངམ། མྱུར་མོར་ཕར་ལ་སོང" ཞེས་སྐྱོས་བྱུང་།

"ངས་འདྲི་བ་ནི་དམག་འཁྲུག་རྒྱག་དོན་ཅི་ཡིན་པ་དེ་ཡིན།"

"མཆོད་གཞིས་རྩོད་པ་རེད།"

"མཆོད་གཞིས་གང་རྩོད་པ་རེད།"

"མཆོད་གཞིས་གང་།" ཧ་ཅང་བྱང་སེམས་ལྡན་པའི་བླ་མ་ཞིག་ཚུར་འོང་སྟེ། "མཆོད་གཞིས་གཅིག་མ་གཏོགས་གང་ན་ཡོད། སྟག་ལུང་སྟེ་བ་རྩོད་པ་རེད། འོ་ན་ཁྱོད་གང་ལ་འགྲོ་བ་ཡིན" ཞེས་ཟེར།

"ང་།" བུ་དོན་གྲུབ་ཅི་ཞིག་གི་ནང་དུ་མགོ་འཁོར་བ་ལྟར། "ང་ནི་ཨ་བྲ་གསོད་པའི་རྫས་ཤིག་འཚོལ་དུ་འགྲོ་བ་ཡིན" ཞེས་བཤད།

"དེས་ན་གཡོན་ཕྱོགས་ཀྱི་ལམ་གན་དེད་དེ་སོང་ན་བཟང་།" ཞེས་བུ་དོན་གྲུབ་ལ་ཐང་གཤམ་དུ་ཡོད་པའི་ལམ་ཞིག་བསྟན་ནས "ད་ནི་དུས་ཚོད་ཀྱང་མི་སྔ་བར་འདུག མྱུར་མོར་སོང་དང་ཕན་ངེས" ཟེར།

“བཀའ་དྲིན་ཆེ།”

ཁོ་རང་ཡང་བླ་མ་དེས་བསྟན་པའི་ཐང་གཞམ་དེ་བརྒལ་ནས་ཡུན་རིང་མ་སོང་བར་རིམ་བཞིན་གཡས་གཡོན་དུ་ཁང་བ་སྐྱ་ལེབ་བ་རེ་ཡང་མཐོང་རྒྱུ་འདུག་པས་ཁོས་ཀྱང་ད་ནི་སླེབས་ལ་ཉེ་བ་རྟོགས། འོན་ཀྱང་དོན་གྲུབ་ཀྱིས་སྔར་ཡང་ཁང་བ་དེ་དག་ལ་ཞིབ་ལྟ་བྱེད་དུས་དེ་དག་ནི་ཁང་བ་ཞིག་ག་ལ་ཡིན། དེ་ནི་ཆར་ཤུལ་ནས་གསར་དུ་སྐྱེས་པའི་ཤ་མོ་དག་ཡིན་པ་རེད། ཁོས་ཀྱང་ས་འདི་གའི་ཁང་བ་ནི་ཕལ་ཆེར་ཤ་མོ་དང་དབྱིབས་འདྲ་བ་ཞིག་ཡིན་པ་ཤེས། ཉུང་མ་འགོར་བར་དགོས་གནས་ད་སྔོན་གྱི་ཤ་མོ་དག་དང་འདྲ་བའི་ཁང་བ་དག་གི་གམ་དུ་སླེབས་བྱུང་ལ། དེ་གའི་མི་དག་གིས་ངག་མི་སྨྲ་བར་རྣམ་འགྱུར་སྣ་ཚོགས་བསྟན་ཏེ་ཁ་བརྡ་བྱེད་ཀྱིན་མཆིས་པས་ཁོ་རང་ཡང་ཡ་མཚན་པ་བྱུང་། ཁོས་རྒད་པོ་ཞིག་ལ། “ཁྱེད་ཚོ་ཚང་མ་ལྐུགས་པ་ཡིན་ནམ” ཞེས་དྲིས་པས།

“བསྟན་བཤིག་ཁྱོད།” རྒད་པོ་ཁྲོས་དྲགས་སྟེ “ཁྱོད་ཀྱིས་ང་ཚོ་ལྐུགས་པ་རེད་ཟེར་རམ” ཟེར་ནས་དབུགས་མར་གཏོང་མི་ནུས་པ་ལྟར་གྱུར་སོང་།

“འོ་ན་ཁྱོད་ཚོས་སྐད་ཆ་མི་ཤོད་པ་ཅི་ཡིན།”

“ཁྱོད་ཀྱིས་མི་ཤེས།” རྒད་པོ་ཉུང་ཙམ་པའི་ངང་། “ང་ཚོའི་བཙད་པོ་བཀྲོངས་སོང་། དེ་བས་མི་རྣམས་ཀྱིས་ཉིན་ཞག་ཞེ་དགུར་སྨྲེ་མ་པ་སྲུང་གིན་ཡོད་པ་རེད། ཁྱོད་ཁྱོད།” རྒད་པོ་སྔར་ཡང་ཁྲོས་བྱུང་། “ལྟས་ངན་ཁྱོད་ཀྱིས་ངའི་སྨྲེ་མ་པ་འཆོར་དུ་བཅུག་པ་རེད” ཟེར་ཏེ་ཁ་བཙུམས་ནས་བསྡད་སོང་།

“མིན་ཨ་ཁུ། སྡེ་བ་འདིའི་མིང་ལ་ཅི་ཟེར། བཙད་པོ་ཟེར་བ་ཅི་རེད།”

“འདི། འདི་མི་ཤེས་སམ།” རྒད་པོ་སྔར་ཡང་ལྷོད་དུ་བབས་བྱུང་། “སྡེ་བ་འདིའི་མིང་ལ་སྟག་ལུང་སྡེ་བ་ཟེར། བཙད་པོ་ཟེར་བ་ནི་སྟག་ལུང་དཔོན་པོ་རེད” ཟེར་ནས་སྔར་ཡང་ཁ་བཙུམས་ནས་བསྡད་སོང་།

སྐབས་དེར། ད་སྔོན་དོན་གྲུབ་ཡོང་བའི་ཤུལ་དུ་སྐྱ་མི་ཞིག་བྱ་འཕུར་བ་ལྟར་བརྒྱུགས་

ནས་ཡོང་བས་རྒད་པོ་ཡང་དེའི་མདུན་དུ་མྱུར་མོར་བརྒྱུགས། སྐྱ་མི་དེ་ནི་བརྩེ་ཞིག་རེད། ཁོ་རང་རྐ་ལས་བབས་མ་ཐག་མྱུར་མོར་རྒད་པོའི་གམ་དུ་བརྒྱུགས་འོང་སྐེ་ཐུ་བ་ལས་ཁྲག་གིས་སྦགས་པའི་གཟན་དམར་པོ་ཞིག་བརྡོན་ནས་བཤད་རྒྱུར། "ཨ་ཁུ། ཨ་ལགས་ཕག་པ་ཚང་གིས་ཨ་ལགས་འབྲི་ཚང་འཁོར་དང་བཅས་པ་བསད་བྱུང་། བརྩེ་ཡང་བརྒྱད་བརྒྱ་བོ་ཚང་མ་མེད་པར་བཏང་བྱུང་། ཁོས་ང་རང་མངགས་ཏེ་ད་ནས་བཟུང་སྟག་ལུང་སྡེ་བས་ཕག་པའི་དགོན་པར་ཁྲལ་འཇལ་བྱེད་དགོས་ཟེར། ཨ་ཁུ། ད་ཅི་བྱེད" ཅེས་དྲིས་བྱུང་།

"ད་ཅི་བྱེད། འགྲོ་ལ་གྲོས་ཤིག་བྱེད་དང་། ད་ནི་ཁྲལ་འཇལ་དགོས་པ་འདྲ"

རྒད་པོས་འགྲམ་དུ་བུ་དོན་གྲུབ་ལངས་ཏེ་ཡོད་པའང་བརྗེད་པ་ལྟར་བང་མི་དེ་ཁྲིད་ནས་ཕར་ལ་བུད་སོང་། དོན་གྲུབ་ཀྱིས་ད་སྔོན་བྱུང་བའི་དོན་དག་གི་མཐིལ་རྟོགས་ཏེ་མགོ་བོ་འཕྲེད་དུ་གཡུག་གིན་སྐར་ཡང་ལམ་ལ་ཆས། འདི་ནས་བཟུང་སྐར་ཡང་ནགས་ཚལ་ཆེན་པོ་ཞིག་གི་གློང་དུ་ལམ་བུ་དེ་འཐེན་འདུག་ཅིང་། ཁོ་རང་ལའང་ད་ནི་ཕྱིར་ལོག་འདོད་པའི་སྣང་བ་ཅི་ཡང་མ་སྐྱེས་པར་མུ་མཐུད་དུ་ལམ་བུ་དེ་ཉུལ་ནས་མདུན་དུ་སོང་། ལམ་བར་དུ་ཁོའི་སེམས་ལའང་དང་ཐོག་གི་སར་རྒྱལ་པོ་མི་རྐྱུང་རྐ་རྐྱུང་དུ་གཅིག་ཕྱུར་ཡར་ཁམས་བྱུང་མའི་རི་རྒྱུད་དུ་འགྲོ་བའི་ལམ་བུའང་འདི་ཡིན་པའི་སྣང་བ་ཤར་བ་དང་། ལམ་བར་དུ་འཕྲད་བྱུང་བའི་དོན་རྐྱེན་དང་མི་སྣ་ཚོགས་པ་དེ་དག་ཀྱང་ཁོང་གི་སྤྲུལ་བ་ཁོ་ན་ཡིན་པར་སྙམ་སྟེ་ད་སྔོན་གྱི་རྒན་རྒོན་དེ་གཉིས་ཀྱི་བྱེད་སྟངས་དང་རྣམ་འགྱུར་དག་ཀྱང་ཡིད་དུ་དྲན། ཡིན་ནའང་ཨ་མའི་གནའ་གཏམ་ལས་བཤད་པའི་རྒན་མོ་དེའི་བུ་ཀུན་དགའ་རྒྱལ་མཚན་ནི་ཨ་ལགས་ཕག་པ་ཚང་ཡིན་མིན་ནི་ཕལ་ཆེར་ནམ་ཡིན་ཡང་གསང་བ་ཞིག་ཡིན་པ་འདྲ། ཡུན་རིང་ཙམ་ལ་སོང་མཐར་གཞི་ནས་སླེབས་བྱུང་། བུ་དོན་གྲུབ་ཀྱིས་བལྟས་པ་ན། མདོག་དཀར་ཞིང་མཆོད་རྟེན་དབྱིབས་ཅན་གྱི་བརྗིད་ཆགས་པའི་ཕོ་བྲང་ཆེན་པོ་དེ་ལྷ་ཁང་ཞིག་ཏུ་གྱུར་ལ་སྐར་ཡང་ཕོ་བྲང་དུ་གྱུར། ཕལ་ཆེར་མིག་འཁྲུལ་ཇི་བཞིན་ཀློག་གྱུར་དང་དུ་གནས། ཁོ་རང་ཡང་ཐད་ཀར་སོང་བ་ན་སྔོ་ལྗང་གཉིས་ཀྱིས་ཁོ་

རང་བཀག་སྟེ། "ལམ་ཡིག་ཁྱེར་ཤོག" ཟེར།

བུ་དོན་གྲུབ་ཀྱིས་བྲང་ཁུག་ལས་ཉེ་སྔོན་སྲིད་གཞུང་ནས་བླངས་པའི་གཞུང་ཐེལ་དམར་པོ་ཅན་གྱི་ཤོག་བྱང་དེ་བླངས་ཏེ་ཁོ་གཉིས་ལ་བསྟན། སྒོ་སྲུང་བ་གཉིས་ཀྱིས་ཤོག་བྱང་དེའི་སྟེང་དུ་ཡུན་རིང་དུ་ཞིབ་ལྟ་བྱས་རྗེས་རང་རང་སར་བཀོད་བྱུང་།

"དོན་ཅི་ཡང་གོ་རྒྱུ་མི་འདུག ངོ་མ་གནམ་ཡིག་ཅིག་དང་འདྲ།"

"རེད་ཡ།" སྒོ་སྲུང་བ་གཞན་ཞིག་ཙུར་འཁོར་ཏེ་ན་རེ། "ཁྱོད་རང་གང་དུ་འགྲོ་བ་ཡིན" ཞེས་དྲིས་བྱུང་།

"ང།" དོན་གྲུབ་ཀྱིས་ཚམ་ཚོམ་ངང་ "ང་རང་ཨ་བྲ་གསོད་པའི་རྫས་ཤིག་འཚོལ་དུ་འགྲོ་བ་ཡིན" ཞེས་རང་གི་ཡོང་དོན་དྲང་པོར་བཤད།

ཁོང་གཉིས་ཀ་སྤྱར་ལས་ཀྱང་ཡ་མཚན་ཏེ། "ཨ་བྲ་ཟེར་བ་ཅི་རེད" ཟེར།

"ཁོ་ཚོས་མི་འགྱངས་པར་ང་ཚོའི་འདུག་གནས་འཕྲོག་ངེས་རེད།"

"མ་གཞི་སྲིན་པོའི་རིགས་ཤིག་ཡིན་ཤས་ཆེ།" ཁོང་གཉིས་ཀྱིས་ཕན་ཚུན་ལ་དེ་ལྟར་བཤད་རྗེས "འདི་ནི་དོན་དག་གལ་ཆེན་ཞིག་རེད། མྱུར་མོར་ནང་དུ་སོང" ཟེར་ནས་རང་སོར་བསྡད་སོང་།

བུ་དོན་གྲུབ་ནང་དུ་འཛུལ་མ་ཐག་ཕྱོགས་བཞི་ནས་མི་ཚོགས་འཚང་ཀ་ཤིག་ཤིག་ཏུ་སྡོད་ཅིང་ཚང་མས་མགྲིན་དབྱངས་མཐོན་པོས། "ལྷ་རྒྱལ་ལོ། ལྷ་རྒྱལ་ལོ། ལྷ་རྒྱལ་ལོ།" ལན་གསུམ་བོས་མ་ཐག་དར་ལ་བབས་པའི་ན་ཆུང་མ་འགས་གདུགས་དང་རྒྱལ་མཚན་མང་པོ་བསྒྲེངས་ཤིང་ཁོ་རང་སྐྲས་ལས་བྱོན་པར་ཞུས། ཁོས་དེ་གར་ཡོད་པའི་ལོ་ན་རྒན་ཞིང་གོས་ཆེན་གྱོན་པའི་རྒན་པོ་ཞིག་ལ་ཨ་བྲ་དག་ཚར་གཅོད་བྱེད་པའི་རྫས་དེ་གང་དུ་ཡོད་པ་དྲིས་པ་ན། རྒན་པོས་སྐྲས་གདང་ལས་བྱུད་པའི་སྤྱིངས་ཆར་ཡོད་པའི་རྗོ་རིང་མཐོན་པོ་དེ་བསྟན་ནས་དེའི་སྟེང་དུ་གསལ་པོར་འཁོད་ཡོད་ཟེར། དེ་མ་ཐག་ཁོ་རང་གཅིག་པུ་གོག་མ་རྐྱག་གིས་སྐྲས་མགོར་བྱུད་ཅིང་རྗོ་རིང་དེའི་ངོས་སུ་བལྟས་པ་ན། དངོས་གནས་ཧ་ལས་སོང་།

དབྱིབས་དང་ཁ་དོག་མི་འདྲ་བའི་རྫས་སྣ་ཚོགས་འཇའ་འོད་འཁྲིགས་ཏེ་ཡོད་པ་མཐོང་བས། “འདི་ན་འདུག འདི་ན་འདུག” ཟེར་རང་དགའ་དྲགས་སྟེ་ས་ལྡིང་གནམ་ལྡིང་བྱེད་པའི་སྐབས་སུ་ཅི་བྱུང་མེད་པར། སེར་སྒྲ་དང་བཅས་སློག་ལྷར་སྨྱུར་བའི་མདའ་མོ་ཞིག་གར་ཡོང་མི་ཤེས་པར་ཐད་ཀར་ཕོའི་དཔྲལ་བའི་སྟེང་དུ་ཕོག་སྟེ་ས་རུ་འགྱེལ།

ཡུན་རིང་ཙམ་ནས་བུ་དོན་གྲུབ་ཀྱི་རིག་པ་ཙུང་སོར་ཆུད་པ་ན། ཕོའི་མིག་ལམ་དུ་རབ་རིབ་ངང་མངོན་ཡོད་པ་ནི་སྟག་ལྤུང་སྟེ་བ་ཡིན་ལ་དེ་འཕྲལ་སླར་ཡང་སྨུན་ནག་ཅིག་གིས་བསྒྲིབས། སླར་ཡང་མིག་ཕྱེད་ཙམ་ཕྱེ་དུས། འཇིག་རྟེན་སྟེང་གི་ཨ་བྲའི་དཔུང་ཚོགས་ཚང་མ་ཆས་ཏེ་སྟག་ལྤུང་སྟེ་བ་ཟོས་ཚར་བའི་གནས་ཚུལ་དངོས་མཐོང་བྱུང་། ད་དུང་ཕོའི་ཨ་མའི་ལག་པ་ཡ་གཅིག་ཨ་བྲ་གཉིས་ཀྱིས་སུག་འཛིན་བྱས་ཏེ་འཕྲོག་རྫོད་བྱེད་ཀྱིན་འདུག ཕོས་སྙིང་ནས་མ་བཟོད་པར “ཨ…མ…” ཞེས་བོས་མ་ཐག ཕོའི་མིག་ལམ་ཡོངས་རྫོགས་དམར་པོ་ནས་ནག་པོར་གྱུར་ཏེ་རིམ་བཞིན་དབུགས་རྒྱུ་ཆད་པར་གྱུར།

ཕྱི་ཉིན། ཉེ་མ་ཤར་ཕྱོགས་ཀྱི་རི་རྩེ་ནས་ཤར་དུས། སྟག་ལྤུང་སྟེ་བ་དེ་སྔོན་ནས་སའི་གོ་ལའི་སྟེང་ནས་ཤུལ་མེད་དུ་ཡལ་ཟིན་འདུག དེ་ནས་བཟུང་། སའི་གོ་ལའི་སྟེང་དུ་ཡང་བསྐྱར་སྟག་ལྤུང་སྟེ་བ་གཞན་ཞིག་མངོན་མི་སྲིད་ལ། དེ་ནི་ཕོ་ཚོས་གླིང་བའི་ཕོ་ཚོའི་ལས་དབང་གིས་གཏན་འཁེལ་བྱས་པ་རེད། དེ་ལ་བཟློག་ཐབས་མེད།

ཇོམ་བྲ།

མེས་པོ་ནི་སོའི་ཚ་བོ་དང་ཚ་མོ་དག་ལས་བྱི་ལ་འདང་རྩིས་ཆེ་བ་ཡིན། ངས་དེ་ལྟར་བཤད་ན་ཁྱོད་ཡིད་མི་ཆེས་ཀྱང་སྲིད། ངོ་མ་བཤད་ན་མེས་པོ་བྱི་ལ་འདང་རྩིས་ཆེ་བའི་ཕྱོགས་ལྷུང་དེ་ནི་ཏ་ཅང་ཐལ་དྲགས་པའི་རྣམ་འགྱུར་ཞིག་ཡིན་ཏེ། སོ་རང་བྱི་མང་པོ་གསོ་བར་དགའ་བ་མ་ཟད། ཟས་ཁམ་གང་ཡོད་ཀྱང་བྱི་ལ་སྐྱེར་བར་བྱེད་པ་ཡིན་པས། གལ་ཏེ་མི་གཞན་ཞིག་གིས་མཐོང་བ་ཡིན་ན། བྱི་དེ་དག་ནི་ཕལ་ཆེར་སོའི་བུ་ཕྲུག་ཡིན་པའམ་ཡང་ན་སོའི་ཕ་མའི་རྣམ་ཤེས་ཡིན་པ་དང་མཚུངས། དེ་བས་ང་ཆུང་དུས་སུ། མེས་པོ་སོང་ནི་ཚ་བོ་ཚ་མོ་དག་ལས་བྱི་ལ་འདང་རྩིས་ཆེ་བའི་རྒྱུན་ལྡན་མིན་པའི་སྤྱོད་པ་དེ་ལ་ཕྲག་དོག་དང་བཅས་མི་དགའ་བའི་རྣམ་འགྱུར་བསྟན་ཚུལ་སོགས་ཀྱང་ད་ལྟ་ད་དུང་མིག་ལམ་དུ་འཆར་གྱིན་འདུག

ང་ཚོ་སྤུ་ནུ་མིང་སྲིང་བཞི་ཡོད་ཅིང་། ཆེ་བ་ནི་ཨ་ཅེ་དང་དེའི་ཆུང་བ་ནི་སྤུ་བོ། དེའི་ཆུང་བ་ནི་ང་། ཐ་ཆུང་ནི་སྲིང་མོ་ཡིན་ལ། མེས་པོས་ཀྱང་ང་ཚོར་རང་མིང་ལས་གཞན་ད་དུང་གཅིག་མིང་ངམ་མཚང་མིང་རེ་ཡང་བཏགས་ཡོད་དེ། ཨ་ཅེའི་མིང་ལ་ལྷ་མོ་ཟེར་བ་ལ “ཨ་ཅེ” འབོད་པ་དང་། སྤུ་བོའི་མིང་ལ་དབང་ཕྱུག་ཟེར་བར “དཀར་ལྡང” ཞེས་

འབོད། ངའི་མིང་ལ་དོན་གྲུབ་ཟེར་བར "ཁྱི་རུལ" ཞེས་འབོད་ཅིང་། སྲིང་མོའི་མིང་ལ་སྒྲོལ་མ་ཟེར་བ་ལ "ཨ་མ" ཞེས་འབོད་པར་བྱེད། ཨ་ཅེ་ནི་མིང་སྲིང་དག་གི་ཆེ་བ་ཡིན་པས "ཨ་ཅེ" ཞེས་བོས་ན་གཅེས་མིང་དུ་འགྲོ་ལ་ཕུ་བོ་ཡང་བཙའ་བའི་དུས་ནས་ཤ་རྩ་ཧ་ཅང་དཀར་བས "དཀར་ལྷང" ཞེས་བཏགས་པས་བསྟོད་མིང་དུ་ཅིར་མི་འགྲོ། སྲིང་མོ་ནི་ཆུང་དུས་ནས་རྒན་མོ་ལོ་ལོན་ལྟར་འགྱུལ་སྐྱོད་བྱེད་པར་མི་དགའ་བས "ཨ་མ" ཞེས་བཏགས་པ་ཡིན་པས། ཐ་སྙད་ཀྱི་བརྗེ་དུང་རང་བཞིན་གྱི་ཐད་ནས་བལྟས་ན་དེ་ཡང་གཅེས་མིང་ཞིག་ཏུ་བརྩིས་ཆོག་པར་འདུག ཡོན་ཀྱང་ང་ནམ་རྒྱུན་གཉིད་པར་དགའ་བས "ཁྱི་རུལ" ཟེར་བ་ནི་ཅིས་ཀྱང་གཅེས་མིང་ཞིག་ཏུ་བརྩི་ཐབས་མི་འདུག བཤད་ཚུལ་དུའང "ཁྱིམ་གྱི་མི་དང་སྒོ་ཁའི་ཁྱི" ཟེར་བ་དང་། "ཁོ་ནི་མི་ཁྱི་འདྲ་བ་ཞིག་རེད" སོགས་ཀྱི་ཟེར་སྲོལ་ཡོད་པའི་ཁར། ད་དུང "རུལ་བ" ནི་རྙིང་ཞིང་སྨྱུགས་པར་གྱུར་ཏེ་དྲི་མ་ཁ་བོ་འཕྱུལ་བའི་དོན་དུ་འདུག་པས། འདི་ནི་མི་ལ་བརྙས་བཅོས་དང་དམའ་འབེབས་བྱེད་པ་མ་རེད་དམ། ཡོན་ཀྱང་དེར་ངས་ཁ་ཡ་བྱས་པ་མིན། ཁ་དཔེར་ཡང "རང་སེམས་ན་ཉེས་པ་མེད་ན་གཤིན་རྗེ་ལ་འཇིགས་པ་མེད" ཟེར་བས། མིང་དེ་འདྲ་ཞིག་བཏགས་པར་སྐྱོན་མི་འདུག་ཅེས་བཤད་ཆོག ནམ་རྒྱུན་ཁོས "ཨ་རོགས་ཁྱི་རུལ། ཁྱོད་ཀྱིས་ངའི་ལྷམ་ཁྱེར་ཤོག་དང" ཞེས་ཟེར་བའམ "ཨ་རོགས་ཁྱི་རུལ། ཁྱོད་ཀྱིས་ངའི་རོ་སྟོད་ལ་ཁུ་ཚུར་གྱིས་རྡུངས་དང་།" "ཨ་རོགས་ཁྱི་རུལ། ཁྱོད་ཀྱིས་ང་ལ་ཇ་ལྡུག་ཐུབ་བམ" སོགས་ཟེར་ལ། ཐ་ན་ཕ་མ་གཉིས་ཀྱིས་ཨ་ཅེ་དང་ཕུ་བོར་ལས་ཀ་ཅི་ཞིག་བཅོལ་ཡང་ཁོ་བར་དུ་འཚངས་ཡོད་སྟེ། "ཁྱི་རུལ་འགྲོ་རུ་ཆུགས་དང་ཆོག་པ་རེད། ཁོས་དེ་ཙམ་ཡང་བསྒྲུབ་མི་ཐུབ་པར་ཤེ་བ་མ་རེད་དམ" ཟེར། ངས་ཀྱང་ལས་ཀ་དེ་དག་བསྒྲུབ་ཐུབ་པར་འདུག་པས་ཁོའི་གན་ནས་ཁོག་དཔུང་ཤོར་དུ་མ་བཅུག་པར་སྒྲུབ་ཀྱང་བྱས་པ་ཡིན། ཆེས་སྙིང་ན་བ་ནི་ཁོས་ཁྱི་གུ་ཞིག་གསོས་པའི་མིང་ལ་དོམ་བུ་ཞེས་བོས་ཡོད་མོད། རིམ་བཞིན་དུ་ཁྱི་གུའི་མིང་ལ "དོན་གྲུབ" ཅེས་ངའི་མིང་བཏགས་པ་དང་། དེ་ལས་ལྡོག་སྟེ་ངའི་མིང་ལ "ཁྱི་རུལ" ཡང་མི་འབོད་པར་ཐད་ཀར་ཁྱི་

ཀྱུའི་མིང་སྟེ་ "དོམ་བུ" ཞེས་བོས་འོང་། ཕོས་ཕ་རོལ་ནས་ཁྱི་ཀྱུ་འབོད་དུས་ "དོན་གྲུབ་དོན་གྲུབ། འདིར་ཤོག་དང་" ཟེར་ལ། ལན་རེར་ཁྱི་ཀྱུའི་མགོ་ལ་བྱིལ་བྱིལ་བྱེད་ཞོར་དུ་ "དོན་གྲུབ་ནི་རྗེས་ནས་ཁྱི་རྒོད་ཡ་མེད་ཅིག་ཏུ་འགྱུར་ངེས་རེད" ཟེར་བ་དང་། ང་ལ་ལས་བཙོལ་བྱེད་དུས་སུ་ "ཨ་རོགས་དོམ་བུ། ཁྱོད་ཀྱིས་ང་ལ་ཧ་ཞིག་ལྷུག་ཐུབ་བམ" ཟེར་བའམ། "ཨ་རོགས་དོམ་བུ། ཁྱོད་ཀྱིས་ངའི་ལྷམ་ཁྱེར་ཤོག་དང་" ཅེས་བཤད་འོང་། འདི་ནི་གནས་ལུགས་དང་མཐུན་པ་ཞིག་རེད་དམ། ཁྱི་ཀྱུ་ལ་དོམ་བུ་ཞེས་འབོད་དོན་ནི་ཁྱི་ཀྱུ་ནག་པོ་དང་དཀར་ཞིག་ཡིན་པས་དོམ་ཞིག་དང་འདྲ་ཞེས་པའི་དོན་ཡིན་པ་རེད་མོད། ངའི་མིང་ལ་ "དོམ་བུ" ཞེས་བོས་པར་དོན་སྙིང་ཅི་ཞིག་འདུག་གམ། ལྷག་པར་དུ་ངའི་དངོས་མིང་ཁྱི་ཀྱུ་ལ་བཏགས་པ་དེ་ནི་ཏ་ཅང་སྙིང་ན་བ་ཞིག་རེད་པས། ཕོས་བསྐྱར་ཟློས་ཡང་ཟློས་ཀྱིས་དེ་ལྟར་ལས་བཙོལ་བྱས་ཀྱང་ངས་མ་གོ་ཁུལ་བྱས་ནས་ཁ་ཡ་མ་བྱས།

ཐེངས་ཤིག་ལ་ཕོས་ "ཨ་རོགས་དོམ་བུ། ངའི་རོ་སྟོད་དུ་ཟ་འཕྲུག་ལང་གིན་འདུག་པས་ཁྱོད་ཀྱིས་འཕྲུག་ཐུབ་བམ" ཞེས་ཟེར།

ངས་གཞི་ནས་འདང་ཞིག་བརྒྱབ་རྗེས་ངོ་ལ་འཇུམ་ཞིག་བསྟུས་ནས་ "ངས་ཁྱོད་ལ་འཕྲུག་ཆོག" ཅེས་བཤད་པ་ཡིན། རྒྱུ་མཚན་ནི་དུས་འདི་ང་ལ་མཆོན་ན་ཕོ་ལ་སྐྱིན་ལན་ལེན་པའི་གོ་སྐབས་ཞག་གཅིག་ཡིན་པ་རེད།

ཕོས་སྟོད་གོས་སྐེ་ཚིགས་བར་དུ་བརྗེས་རྗེས། ཕོག་སྟོད་སྒྲུར་ཅིང་ཕྲག་པ་གཡས་འགུལ་གཡོན་འགུལ་བྱས་ཏེ་ཟ་འཕྲུག་ལང་བའི་དམིགས་ས་དེ་ང་ལ་སྟོན་གྱིན་ཡོད་ཀྱང་། ངས་ཆེད་དུ་ཕོའི་བཟོ་ལྟ་དེ་དག་མ་གོ་ཁུལ་བྱས་ཏེ་གཞན་དག་ཏུ་གང་བྱུང་དང་ཤུགས་ཆེན་པོས་ཕྱར་འབྲད་བྱས། དེ་ལ་ཕོས་ "ཨ་ཚ་ཚ། དོམ་བུ་འདི་ང་ལ་འདང་རྩིས་མི་ཆེ་བར་འདུག འཕྲུག་ཡུལ་གྱི་ཟ་དམིགས་སྟེང་དུ་གཏན་ནས་འཁེལ་གྱིན་མི་འདུག" ཟེར།

ཕོའི་བཟོ་ལྟ་དེས་ངའི་ཡིད་ཀྱང་ཚིམས་པར་གྱུར་འགྲོ། ཧག་ཧག་ཕོས་ཟ་དམིགས་སྟེང་དུ་ཨེ་འཁེལ་ལ་རེ་བ་ཆེས་ཆེ་བའི་སྐབས་སུ། ངས་སློ་བུར་དུ་འཕྲུག་འདོད་མ་བྱས་པ

ཡིན། ཁོས་ཐུག་པ་སྣོང་སྣོང་ཞིག་བྱས་ཏེ། "དོམ་བུ། ཅི་རེད། སྨུ་མཐུད་དུ་ཟ་དམིགས་སྟེང་དུ་འཕྱུགས་དང" ཟེར།

ང་དེ་འཕྲུལ་ཕར་བཀྲེད་དེ་ཁོ་དང་བར་ཐག་རིང་ཙམ་ཡོད་པའི་སྐབས་སུ། སྐད་ཆེན་པོས "ཁྱོད་ཀྱང་ང་ལ་འདང་མི་ཆེ་བ་རེད། ཁྱོད་རང་ཁྱི་གུ་ལ་འདང་ཆེ་བས། ཁྱི་གུ་ལ་འཕྱུག་ཏུ་ཆུགས" ཞེས་བཤད་རྗེས་ཕྱི་རོལ་ཏུ་བྲོས་པ་ཡིན།

འདི་ལྟར་བཤད་པའི་དུས་ནི་ང་བེའུ་རྫི་ཡིན་པའི་སྐབས་ཡིན། སྐབས་འདིར་ངེད་ཚང་གིས་ཕོན་སྐྱིད་ཏུ་ཁག་གི་མ་མོ་འཚོ་བཞིན་ཡོད་ཅིང་། ཕོན་སྐྱིད་ཏུ་ཁག་གིས་མ་མོ་འཚོ་མཁན་དག་ལ་བཞོན་མ་འགའ་རེ་ཡང་བགོས་ཡོད་པས། ཕུ་བོས་བཞོན་མ་དག་འཚོ་བ་དང་། ང་ནི་བེའུ་འགའ་ཡོད་པ་དེ་འཚོ་མཁན་ཡིན། སྐབས་འདིར་མེས་པོ་ཡང་ལོ་ན་དྲུག་ཅུ་ལྷག་ལ་སླེབས་ཡོད་ཀྱང་། ཁྱིམ་ནང་དུ་ཁོ་དཔོན་པོ་ཡིན་པས། གལ་ཏེ་མིང་སྲིང་སུ་ཞིག་གིས་ཁོ་ལ་ཁ་ལན་སློག་ཀྱང་དེ་འཕྲུལ་ལག་བསྣབས་གཅིག་གིས་བཟུང་སྟེ། འཕོངས་ཚོས་སྟེང་གི་ཤ་སྐྱི་མཇུབ་བར་ནས་གཙུས་ཏེ་རྗེས་ཕྱོགས་ཁ་ལན་མི་སློག་པའི་མནའ་སྐྱེལ་བའི་བར་དུ་ཕུར་ཕུར་གཏོང་ངེས། འོན་ཀྱང་ངས་ཁོ་ལ་ཁ་རྒྱོད་བྱེད་པ་ནི་མིང་སྲིང་གཞན་དག་དང་མི་འདྲ་བར་ཧ་ཅང་རྒྱུན་ལྡན་ཞིག་སྟེ། ང་ནི་ཁུ་ཐུག་པའི་རྐྱེན་གྱིས་དེ་ལྟར་བྱེད་དགོས་བྱུང་བ་ཡིན། གང་ལྟར་ཁོང་ལ་དེ་འདྲའི་འདང་རྩིས་མི་ཆེ་བས་ན། ང་ཡང་ཁོ་ལ་འདང་རྩིས་ཆེ་དོན་ཅི་ཡོད་དམ།

ཁོ་ཁྱི་ལ་འདང་རྩིས་ཧ་ཅང་ཆེ་བ་ནི་དངོས་གནས་ཡིན་ཏེ། རང་ཁྱིམ་དུ་ཁྱི་གཉིས་གསུམ་ཙམ་གསོས་ཡོད་ཀྱང་ཁོས་ནམ་རྒྱུན་སུ་ཚང་གི་ཁྱི་མོ་ཚང་ལོག་ཡོད་པ་ཐོས་ཚེ། "དེ་ཚང་གི་ཁྱི་མོའི་ཁྱི་རྒྱུད་མི་བཟང་བས་དགོས་མཁན་ཨེ་ཡོད་དམ" ཟེར་བའམ། ཡང་ན "ཁོ་ཚང་གི་ཁྱི་མོའི་ཁྱི་རྒྱུད་ཧ་ཅང་ལེགས་པས་ཁྱི་ཕྲུག་ཅིག་ལག་ཏུ་ཡོང་ཐུབ་ན་ཨང" ཟེར་ནས་རེ་བ་ཆེན་པོ་བྱེད་ཀྱིན་ཡོད།

ཨ་ཕ་ནི་ལན་རེར་ཁོའི་སྐད་ཆ་དེ་དག་ལ་ཙུང་སུན་སྣང་སྐྱེས་ཏེ "ངེད་ཚང་ལ་རྒྱུ

སྐྱག་དང་སྤེར་དཀར། དོམ་བུ་བཅས་ཡོད་པས། ད་ནི་ཁྱི་དེ་འདྲ་མང་པོ་གསོས་ནས་ཅི་བྱེད་དམ” ཞེས་བཤད་པ་ན། ཁོ་དེ་མ་ཐག་ཏུ་ཁོང་ཁྲོ་ལངས་ཏེ “རིན། ཁྱོད་ཚོས་ཅི་ཞིག་ཤེས་སམ། ཁྱིམ་ཚང་ཞིག་ལ་ཁྱི་མེད་ཚེ་ཚར་སོང་བ་རེད། རྐུན་མ་དང་ཁྲམ་པ་མང་པོ་ནང་མི་ལྷར་ཡོང་རྒྱུང་བྱེད་པ་རེད། ལྷས་ཀྱི་སྒོ་ཕྱུགས་དག་བཤད་མི་དགོས། ཐ་ན་ཁྱིམ་ནང་གི་དངོས་པོར་ཡང་བདག་བྱེད་ཐུབ་རྒྱུ་མ་རེད། ད་དུང་ནམ་ཞིག་ལ་མགོ་ཡི་སྦྲ་རྟགས་ཀྱང་གཞན་གྱིས་བཀོག་སོང་ན་ཁྱོད་ཚོར་ཐབས་བཀོད་ཅི་ཞིག་ཡོད་དམ།” ཞེས་ཨ་ཕར་གཤེ་གཤེ་བཏང་ཡོང་།

ཨ་ཕའི་མགོ་བོ་སྨྱད་བཞིན་དུ “སྤྱི་ཚོགས་རྙིང་བའི་ནང་དུ་དེ་འདྲ་བྱེད་མཁན་ཡོད་སྲིད་འདུག་ཀྱང་། ད་ལྟའི་དུས་འདིར་ཧག་པ་ཞིག་ག་ལ་ཡོད” ཟེར།

“འོ་ན་རྐུན་མ་བྱུང་ན་ཅི་བྱ་རྒྱུ། ཁ་དཔེར་ཡང་ཉིན་མོའི་མི་དང་མཚན་མོའི་ཁྱི་ཟེར་བ་ཡིན་པས། ཁྱོད་ཀྱིས་མཚན་མོར་རྐུན་མ་འགོག་ཐུབ་སམ།”

ཚིག་དེར་ཨ་ཕར་ཡང་ལན་གདབ་རྒྱུ་མེད་པས་ཁ་རོག་གེར་འདུག་པ་ལས་ཐབས་ཅི་ཡོད།

དེ་ནས་ཁོས་ཁྱི་གསོ་འདོད་ཚེ་དེ་ལ་ངོ་རྒོལ་བྱེད་ཕོད་མཁན་གཅིག་ཀྱང་མེད། ཡིན་ནའང་ང་ནི་ཁོ་ཚོ་དང་བསྟུར་མི་འོས་པ་ནི་ངས་ཅི་ལ་མི་ཤེས། ཁོ་ཚོས་ནི་ཁོས་ཁྱི་མང་པོ་གསོས་པ་དེར་རྒྱུ་མཚན་མེད་པར་ངོ་རྒོལ་བྱས་པ་ཙམ་ཡིན་ཡང་། ང་ལ་མཚོན་ན་ཁོས་ཁྱི་གུ་རེ་གསོས་པ་དེས་ངའི་ཐོབ་ཐང་རིམ་པ་གཅིག་གིས་ཇེ་དམར་གྱུར་བ་ཡིན་པས། དེ་ལ་འཚིག་པ་ཟ་བ་ནི་སྨོས་ཅི་དགོས། དང་ཐོག་དོམ་བུ་གསོ་དུས་ཁོའི་ཆེ་ཆུང་ལ་ཨ་ཕའི་དཀྱུན་ལྷམ་ལྷ་བུ་ཞིག་ལས་མི་འདུག་ཅིང་། ཕྱུ་པོས་སྙིང་རྗེ་དྲགས་ཏེ་དགུང་མོ་ཁོས་ཏུམ་ནས་ཉལ་རྒྱུ་ཡིན་ཟེར་བས། མེས་པོས་དེ་མུར་བཀའ་བསྐྱོན་གནང་བྱུང་། ཁོས་ཁྱི་ཡིས་སྦྲ་ཁྱིམ་དང་ཕྱུགས་ཁྱུ་སྲུང་ནས་སྒོ་ཏུ་འདུག་དགོས་པ་ཡིན་པས། ངན་ལང་དུ་གཏོང་མི་ཏུང་ཟེར་བ་དང་། ཁོས་དངོས་སུ་བཀོད་འདོམས་བྱས་ཏེ་ཨ་མ་དང་ཨ་ཅེ་གཉིས་ཀར་ཕྱི་རོལ་ནས་ཁྱི་

ཁྱུང་ཡག་པོ་ཞིག་ལས་སུ་བཙུག་པ་དང་། ད་དུང་ཁྱི་གུར་དུས་ལྟར་སྔོ་ལྡུད་ཀྱིན་ཡོད་མེད་ལ་ཡང་ཁོས་དངོས་སུ་ལྟ་རྟོག་བྱེད་ཀྱིན་ཡོད་པ་རེད། ཁོ་ལ་མཚོན་ན་ངས་དུས་ལྟར་ཟ་མ་ཟོས་པ་དང་མ་ཟོས་པ་ནི་ང་རང་ཉིད་ཀྱི་དོན་དག་ཅིག་ཡིན་པས་ཁོས་ཁ་ཡ་བྱེད་མི་སྲིད།

ཁོས་ང་ལ་གཅེས་སྐྱོང་མི་བྱེད་པར་འདུག་པས། ངས་ཀྱང་ཁོ་ལ་སྙིང་ནད་ཚོད་དགོས་བྱུང་བ་རེད། ངས་ཁོ་ལ་སྙིང་ནད་ཚོད་ཐབས་གཅིག་ལས་མེད་པ་སྟེ། དེ་ནི་ལྐོག་ཏུ་ཁྱི་གུ་རྡོམ་བུའི་སྟེང་ལ་ན་ཟུག་གཏོན་རྒྱུ་དེ་རེད། དཔེར་ན་ནངས་མོ་ཨ་ཅེ་ཚུ་ལེན་དུ་འགྲོ་ཁར་མེས་པོའི་ངག་བཞིན་ཁྱི་གུར་སྔོ་བླུད་ནའང་། ཁོ་མོ་ཕར་སོང་ཤུལ་དུ་ང་རང་མྱུར་མོར་སོང་སྟེ་ཁྱི་གུའི་སྔོ་ཕྱི་རོལ་གྱི་ས་དོང་ནང་དུ་འཕོས་རྗེས། སྔོ་སྣོད་སྟོང་བ་སྔར་མལ་དུ་བཞག་ནས་ཁྱི་གུས་སྔོ་འཕྲུངས་ཚར་ཁུལ་གྱི་རྣམ་པ་བཏོད་པ་ཡིན། ཡིན་ནའང་སྔོ་འཕྲུང་ཡོད་མེད་མེས་པོས་མི་ཤེས་ཀྱང་ཁྱི་གུའི་སེམས་སུ་གསལ་པོ་ཡིན་པས། ལྷས་ངན་དེས་ཀྱང་ཕྱི་རོལ་ནས་སྒྲ་ཁྱིམ་ཕྱོགས་བལྟས་ཏེ་འབ་སྐད་བཏོན་ནས་ཡུན་རིང་པོར་མཚམས་མི་འཇོག་པར་འདུག

མེས་པོས་ཕྱུ་པོ་ལ་བལྟས་ཏེ “དཀར་ལྷང་། ཁོ་ད་དུང་སྔོ་འགྲངས་མི་འདུག་པ་དང་འདྲ་བས་ཟན་ཆང་ཞིག་བཟོས་ལ་ཁྱི་གུར་བྱིན་ཅིག ལྷས་ངན་ཁོར་སྔོ་འདུན་ཧ་ཅང་ཆེ་བར་འདུག་པས། ཁྱི་རྐོད་ཅིག་འབྱུང་ཐག་ཆོད་རེད” ཟེར།

ཕྱུ་པོས་ཟན་ཆང་བཟོས་མ་ཐག ངས་དེའི་མྱུར་ཕྱུ་པོའི་ལག་ནས་འཕྲོགས་ཏེ་ང་རང་ཉིད་ཁྱི་གུར་སྟེར་དུ་སོང་བ་ཡིན། ངས་ཟན་ཆང་དེ་མེས་པོའི་ངག་བཞིན་དྲང་པོར་ཁྱི་གུ་ལ་སྟེར་སྲིད་དམ། ལྐོག་ཏུ་ཟན་ཆང་གི་ནང་དུ་ཚེར་ཐོན་གཙུད་དེ་ཁྱི་གུའི་ཁུང་སྒོར་ཕྱིན་ནས་ཁོའི་སྔོན་དུ་འཕངས་པ་ན། ཁྱི་གུ་ནི་ལྟོགས་དྲགས་པས་ཁམ་བུ་གང་གིས་ཧམ་འཆའ་ཙམ་བྱས་རྗེས། དེ་མ་ཐག་ཏུ་ཟན་ཆང་ཕྱིར་བསྐྱུགས་ནས་ཟུག་ཧུ་འདོན་བཞིན་བྲོས་ཁུང་འཚོལ་བ་ལྟར་ཕར་རྒྱུག་ཚུར་རྒྱུག་བྱེད་ལ། ཕལ་ཆེར་ཉིན་གང་པོར་སྔོ་འཕྲུང་མི་ཐོད་པར་འདར་ལྡེམ་ལྡེམ་བྱེད་བཞིན་སྡོད། དེ་ལྟར་ཡིན་ཀྱང་ཁོ་ལྟོགས་ནས་འཆི་མི་སྲིད་དེ། མེས་

པོས་ནམ་རྒྱུན་ཟླས་ཐུན་གསུམ་གར་རང་ཉིད་ཀྱིས་རྩམ་པའམ་བག་ལེབ་ཟློས་མ་ཚར་ཁྲུལ་གྱིས་ལྷག་མ་ཞིག་བསྐྱུར་ཏེ། སྒོ་ཁར་ཆབ་གསེང་ལ་འགྲོ་བ་དང་ལྷན་དུ་ཁྱི་གུར་སྟེར་གྱིན་ཡོད་པ་རེད། མེས་པོ་དང་ཁྱི་གུ་གཉིས་ཀྱི་བར་ལ་བརྩེ་དུང་ཇི་འདྲ་ཟབ་ན་ང་དེ་ལྟར་འཚོག་པ་ཟ་བཞིན་ཡོད་པས། ལན་རེར་ཉིན་གུང་གི་དུས་སུ་ཕོ་ཁྱིམ་ནང་དུ་གཉིད་སྐྱིད་པོ་ལོག་སྟེ་ཡོད་པའི་སྐབས་དག་ཏུ། ངས་ཆེད་དུ་དབྱུག་པ་ཕྲ་མོ་རིང་པོ་ཞིག་ཁྱེར་ཡོང་སྟེ་ཁྱི་གུའི་སྐྱིད་ཁུག་ཏུ་ལན་འགའ་གཞུས་ཚེ། ཁྱི་གུས་ནི་རྔར་གཟན་པའི་ངུ་ཟུག་དྲག་པོ་ཞིག་འདོན་བཞིན་དུ་ཨ་མ་དང་ཨ་ཅེས་བཟློས་པའི་ཁྱི་ཁྲུང་གི་ཕུག་ཏུ་འཛུལ་ནས་སྒོར་འབུད་མི་ཐོད། སྐབས་དེ་དག་ཏུ་ཁྱིམ་ནང་དུ་གཉིད་ཡོད་པའི་མེས་པོ་ཡང་གཉིད་ལངས་བྱས་པ་ལྟར་སྒོ་བུར་དུ་ཡར་ལངས་ཏེ་ཀང་རྗེན་དུ་སྒོར་བརྒྱུགས་ཡོང་ངེས་ཡིན་པས། ང་མྱུར་མོར་བྲོས་ཏེ་ཕྱི་རོལ་གྱི་གྱང་ཕག་ཏུ་གཞའ་བ་ཡིན། ཕོ་སྒོ་ཁར་བུད་ཀྱང་ང་ནི་སྔར་ནས་བྲོས་ཟིན་པས་ཕོས་ནི་ངའི་ཚེ་འཕྲུལ་ཡིན་པ་ག་ལ་རྟོགས། ཡིན་ནའང་ཁྱི་གུའི་སེམས་སུ་སྔ་འགྲས་ད་འཁོན་ཡོངས་རྫོགས་ཟིན་བྲིས་སུ་བཀོད་ཡོད་པར་སྣང་སྟེ། རིམ་བཞིན་དུ་ལྷས་ངན་དེས་ང་གང་ནས་མཐོང་ཡང་འབ་སྐད་ཟུག་ནས་མི་དགའ་བའི་ཉམས་སྟོན་པར་བྱེད་ལ། ང་ཕར་བཏུད་ཚེ་ལྷས་ངན་དེ་ཕྱིར་ཁྲུང་ཕུག་ཏུ་འཛུལ་འགྲོ་བས་དེ་ལན་སྤྲོད་ཐབས་མི་འདུག ང་རྒྱང་དུ་བཀྱེད་ཚེ་ལྷས་ངན་དེ་སླར་ཡང་ཕྱིར་བུད་ཅིང་ངའི་རྗེས་ཕྱོགས་སུ་ཧུར་ཐག་གིས་འབ་ཟུག་བརྟོན་བྱུང་བས། དེའི་རྣམ་འགྱུར་ལ་བལྟས་ན་ཕོས་ང་ལ་“ངས་ཁྱོད་ལ་དེ་ལན་འཇལ་ཐག་ཆོད་ཡིན” ཟེར་གྱིན་པ་དང་ཡོངས་སུ་མཚུངས།

ཡུན་རིང་མ་འགོར་བར་ང་ཡང་ཀུང་ཧྲེའི་དཀྱིལ་སློང་སློབ་གྲྭའི་ནང་དུ་སློབ་གྲྭར་སོང་བས། དབྱར་གནང་སྐབས་སུ་ང་ཡུལ་དུ་འགྲོ་དུས། ཁྱི་གུ་དོམ་བུ་ཡང་ནར་སོན་ཏེ་ལུ་གུ་ཆེ་བ་ཞིག་གི་ལུས་གཟུགས་ཙམ་ཡོད་ཅིང་། འདོགས་ས་ཡང་སྔར་མལ་གྱི་ས་ཁྲུང་ནང་དུ་མ་ཡིན་པར་ལུག་ལྷས་འདབས་ཡིན་འདུག ལུག་ལྷས་ཀྱི་སྟོད་ཕྱོགས་ཀྱི་ཐོད་འབུར་སྟེང་དུ་རྒྱ་སྣག་བཏགས་ཡོད་ཅིང་། ལུག་ལྷས་ཀྱི་མར་འདབས་སུ་སྟེར་དཀར་བཏགས་ཡོད་པས།

དོམ་བུ་ནི་ཚུང་བ་ཡིན་པའི་ཆ་ནས་ཁྱི་ཆེན་གཉིས་ཀྱི་བར་དུ་བཏགས་ཡོད་པ་དེ་ཡང་མེས་པོའི་བཀོད་སྒྲིག་ཡིན་ངེས་རེད།

ཉིན་དེར། སྤྱིར་ཡིན་ན་ང་ཐོག་དང་པོར་སློབ་གྲྭར་སོང་སྟེ་ཟླ་བཞི་ཙམ་ལ་ཡུལ་དུ་ཡོང་མྱོང་མེད་པས་མྱུར་མོར་རང་ཁྱིམ་གྱི་གཉེན་མི་དག་ལ་མཇལ་བའི་འདུན་པ་ནི་སྐོམ་པའི་ཆུ་འདོད་པ་ལྟར་ཡིན་ཞིང་། ཡུལ་མི་དག་གིས་ཀྱང་ང་སློབ་གྲྭ་ནས་ཕྱིར་ཡུལ་དུ་ཡོང་བར་དགའ་བ་འཛུམ་གྱིས་མྱོས་ངེས་པ་སྨོས་ཅི་དགོས། ཡིན་ནའང་དོམ་བུས་ཕལ་ཆེར་ང་ཐག་རིང་ནས་ཡོང་དུས་ངོས་ཟིན་པར་མ་ཟད། ང་ལ་བཅངས་པའི་སྙིང་ནད་ད་དུང་དྭངས་མེད་པར་འདུག་སྙམ། ང་མཐོང་མ་ཐག་ནས་རྒྱུན་མ་དང་ཧག་པའམ། འཕར་བ་དང་སྐྱུང་གི་མཐོང་བ་ཇི་བཞིན་ཞེ་སྡང་དྲག་པོས་ལྕགས་ཐག་གིས་སྐེ་ནས་ཕར་ཤྲིང་ཚུར་ཤྲིང་བྱས་ཏེ། འབ་སྐད་སྒྲོག་བཞིན་ངའི་སྟེང་ལ་ཟུག་འཕྱེན་བྱས་བྱུང་། སྐབས་དེར་ཨ་ཕ་དང་ངེད་གཉིས་ཀ་ཧ་ལ་འཁོངས་བརྒྱབ་ནས་རང་ཁྱིམ་དང་བར་ཐག་གོམ་པ་བརྒྱ་ཙམ་ལས་མེད་པའི་ས་ན་ཡོང་གིན་ཡོད། ཨ་ཕས་ལྟས་ངན་དེ་ལ་བལྟས་ནས་དོམ་བུས་ཁྱོད་རང་ངོས་ཟིན་གྱིན་མེད་པ་འདྲ་ཟེར། འོན་ཀྱང་གོང་རོལ་གྱི་ཐོད་འབུར་སྟེང་དུ་བཏགས་ཡོད་པའི་རྒྱ་སྟག་ནི་ཕོའི་ཟུག་སྐད་ཀྱིས་དཀྲོགས་ཏེ་མགོ་ཡར་བཏེགས་ཏེ་ལྟ་ཙམ་བྱས་རྗེས། ཉིན་དཀར་པོ་ལ་འགན་ཁུར་ཅི་ཡང་མེད་པ་ལྟར་ཕྱིར་གཉིད་བྱུང་ལ། ལུག་ལྷས་ཀྱི་གཤམ་དུ་ཡོད་པའི་སྟེར་དཀར་ཡར་ལངས་ནས་ངེད་གཉིས་ཀྱི་ཕྱོགས་སུ་ལྟ་བཞིན་ཇ་མ་ལིང་ལིང་བྱེད་བཞིན་རྩེ་དགའི་རྣམ་འགྱུར་བསྟན་བྱུང་། ལྟས་ངན་དེས་ཁྱི་ཆེ་བ་གཉིས་ཀྱིས་ཁ་ཡ་མི་བྱེད་པ་མཐོང་ནས་ལན་རེར་ཡར་འཁོར་ནས་རྒྱ་སྟག་གི་ཕྱོགས་སུ་ལྟ་བཞིན་འབ་སྐད་འདོན་ལ། སྐབས་རེར་མར་འཁོར་ནས་སྟེར་དཀར་གྱི་ཕྱོགས་སུ་འཁོར་ནས་ཟུག་སྐད་བསྒྲགས་རྗེས། སླར་ཡང་ངའི་ཕྱོགས་སུ་ཧུར་ཐག་གིས་གསིག་འཕྱེན་བྱེད་ཚུལ་དེར་བལྟས་ན། “ཁོ་ནི་ངེད་ཚང་གི་མ་རེད་པས་ཁྱོད་གཉིས་ཅི་ལ་མི་ཟུག་པ་ཡིན། མྱུར་མོར་ཟུག་ཡ” ཞེས་ངན་སྐུལ་བྱེད་པ་དང་འདྲ། ངས་ཀྱང་གསལ་པོར་ཤེས་ཐུབ་སྟེ། ལྟས་ངན་དེས་ང་ཁྱིམ་འདིའི་མ་རེད་ཟེར་

ནས་དེ་ལྟར་ཟིང་ཟིང་བྱེད་པ་མ་ཡིན་པར། དེ་ལས་ལྡོག་སྟེ་ངའི་ཐོག་ལ་བཙངས་པའི་ན་ཟུག་ད་དུང་ཡང་མ་བརྗེད་པར་འཁོན་སེམས་བཅངས་ཏེ་དེ་ལྟར་ཞེ་སྡང་སྐྱེས་ཀྱིན་པ་རེད།

སྐབས་དེར་ང་སྙིང་གཏིང་ནས་ཁོའི་སྟེང་ལ་ཞེ་སྡང་དེ་ལངས་པ་དང་། སེམས་ནས "ཏིན། ཁྱོད་ཀྱིས་དལ་མོར་ཕྱོས་དང་། ངས་ཁྱོད་ལ་རིམ་བཞིན་དུ་བསམ་ཤེས་སུ་བཅུག་ཆོག" ཅེས་བཤད་པ་ཡིན།

འོན་ཀྱང་ཨ་ཕས་ནི་ངའི་སེམས་སུ་དེ་ལྟར་དྲན་གྱིན་པ་ག་ལ་ཤེས། ཁོ་དགོད་བཞིན་དུ། "ལྟས་ངན་འདྲིས་ངོ་མ་རང་མི་ཡང་ངོས་ཟིན་གྱིན་མེད་པ་འདྲ" ཟེར་ནས་སྡིགས་མོ་འགག་བྱས་སོང་།

ང་ཡུལ་དུ་ཐོན་ནས་ཉིན་འགའ་འགོར་ཡང་། ཆེས་སྙིང་ན་བ་ནི་ཁྱི་ངན་དེས་ད་དུང་ཡང་ང་ཁྲིམ་མི་ཞིག་གི་ས་ནས་མི་འཇོག་པ་སྟེ། ནམ་རྒྱུན་ང་སྒོ་ཕྱི་ལ་བུད་པ་ཙམ་བྱས་པའམ། ཡང་ན་ངའི་སྐད་ཙམ་ཐོས་ཚེ་ཡང་ཁོས་པ་རོལ་ནས་གཤེད་མ་མཐོང་བ་ལྟར་ཞེ་སྡང་དྲག་པོས་ཟུག་སྐད་འདོན་བཞིན་གསིག་འཐེན་བྱས་ཡོང་བས། ངས་དེ་འཕྲལ་ཁོ་ལ་སྙིང་ནད་རྩོད་འདོད་ཀྱི་ཞེ་སྡང་ཞིག་འགོག་མེད་དུ་སྐྱེས་ཡོང་མོད། སྐབས་དེར་ཁོའི་འདོགས་ས་ནི་ཏག་ཏག་པ་རོལ་གྱི་ཁྲིམ་གྱི་ཁ་གཏད་ཀྱི་ལྟས་འདབས་ཡིན་པར་བཏེན། ཁོར་གཅར་རྡུང་ཞིག་བྱས་ཚེ་མེས་པོས་དེ་མ་ཐག་ཏུ་མཐོང་སྟེ་ཁྱི་གུའི་རྒྱབ་རྩ་མནན་ནས་ང་ལ་སྡིགས་མོ་བྱེད་སྲིད་པས། ང་ལ་གཞའ་ས་དང་གབ་ཡུལ་ཞིག་ཡེ་ནས་མི་འདུག དེ་བས་ངས་ཀྱང་ཐབས་གཞན་ཞིག་བཙལ་བ་སྟེ། ནུ་མོར་ལྐོག་ཏུ་ངན་བསླབས་ནས་ང་རང་གི་རོལ་ཐང་དཀྱིལ་དུ་ཡོད་དུས། མོས་ཁྱི་གུར་ལྟོ་ལྟུད་པར་ཁ་གཡར་ཏེ་འདོགས་ཐག་བཀྲོལ་དགོས་ཚུལ་ངན་སྐུལ་བྱས་པ་ཡིན། ནུ་མོས་ངའི་སྐད་ཆའི་ནང་དོན་མ་གོ་བར "དེ་འདྲ་བྱེད་དོན་ཅི་ཡིན" ཅེས་དྲིས་བྱུང་།

ངས་བདེན་ཚིག་ཚིག་དང "དེ་འདྲ་བྱས་ན་ཁྱི་གུ་ནར་སོན་ཆེ་ཁྱི་རྒོད་ཅིག་ཏུ་འགྱུར་བ་ཡིན། སྐྱུང་གི་ཡང་གནོད་ཐུབ་པ་རེད" ཅེས་བཤད།

"དེས་ན་བཟང་འདུག དེ་ལྟར་གྱིས།" ནུ་མོ་དགའ་ནས་དེའི་མྱུར་ཁས་ལེན་བྱས་བྱུང་།

ང་སྤྲ་ནང་ནས་སྒོར་བུད་པ་ན། ཁྱི་གུས་དེ་མ་ཐག་ཏུ་མཐོང་སྟེ་སྔར་ཡང་ཕ་རོལ་ནས་ཟུག་སྐད་འདོན་བཞིན་བསྐོར་འཐེན་བྱས་བྱུང་། ངས་གང་བྱུང་དང་ཕྱི་རོལ་ནས་དབྱུག་པ་ཞིག་ཁྱེར་ཏེ་རྟེད་ཁུལ་བྱེད་བཞིན་དུ་སྤྲ་དང་ཐག་མི་རིང་ཐང་དཀྱིལ་དུ་ཕྱིན་པས། ལྟས་ངན་དེས་ཀྱང་ང་གཞི་ནས་ཁྱིམ་འདི་དང་གྲོས་སོང་སྙམ་པ་ལྟར་རིམ་བཞིན་དུ་ཟུག་སྐད་འདོན་རྒྱུའང་མཚམས་བཞག་བྱུང་།

སྐབས་ཤིག་ལ་ནུ་མོས་ཁྱི་གུར་ལྟོ་ལྷུད་དུ་བུད་སོང་ཞིང་། ཐུང་མ་འགོར་བར་ཁྱི་གུ་འདོགས་ཐག་ལས་གྲོར་ཏེ་མོའི་མཐའ་བསྐོར་ས་ལྡིང་གནམ་ལྡིང་བྱེད་ཀྱིན་པ་མཐོང་བྱུང་། མོས་སྐད་བརྡོན་ནས་ཁྱི་གུ་གྲོར་ཐལ་ཞེས་འབོད་ཀྱིན་འདུག་ཀྱང་ཁྱིམ་ནང་དུ་ལན་འདེབས་མཁན་མི་འདུག ངས་ཀྱང་གཞི་ནས་དབྱུག་པ་དེ་ལག་ཏུ་བཟུང་ནས་སྤྲའི་ཕྱོགས་སུ་ཡོང་བ་ན། ལྟས་ངན་དེས་མཐོང་སྟེ་ངའི་ཕྱོགས་སུ་མདའ་འཕངས་པ་ལྟར་བརྒྱུགས་ནས་ཐོན་བྱུང་། ཁོས་ཟུག་སྐད་ཅི་ཡང་མི་འདོན་པར་མཆོངས་ནས་ཡོང་བ་དེས་ཐད་ཀར་ང་ལ་རྨུག་རྩིས་བྱེད་པ་དང་འདྲ་བས། ང་ལ་གཞི་ནས་སྐྲག་སྣང་ཞིག་སྐྱེས་པ་དང་ལྷན་དུ་འཚུབ་ཆ་ལངས་བྱུང་། ཕ་རོལ་ནས་ནུ་མོས་ཨག་སྐད་འདོན་གྱིན་དུ་ཚུར་བརྒྱུགས་ནས་ཡོང་གིན་འདུག ལྟས་ངན་དེ་ངའི་ཐག་ཉེ་སར་སླེབས་འཕྲལ་གཞི་ནས་ཟུག་སྐད་ཅིག་བརྡོན་ཏེ་ཐད་ཀར་རྨུག་རྩིས་བྱས་བྱུང་། ངས་ཀྱང་ཁོའི་མགོ་བོར་དམིགས་ཏེ་ཤེད་ཆེན་པོས་དབྱུག་པས་ལན་གཅིག་གཞུས་པ་ན། ལྟས་ངན་དེས་མཉེན་ལྕུག་ལྡན་པའི་སྒོ་ནས་གཡོལ་ཙམ་བྱས་པས། ཁོར་མ་ཁེལ་བར་དྲང་ཐད་ཀྱི་ས་རྡོས་སུ་ཕོག་སྟེ་དབྱུག་པ་དུམ་བུ་གཉིས་སུ་ཆག་སོང་། ང་ཅི་བྱ་གཏོལ་མེད་དུ་གྱུར་བའི་གོ་སྐབས་དང་བསྟུན་ནས། ལྟས་ངན་དེ་སྔར་ཡང་མཆོངས་ཡོང་སྟེ་རྨུག་ཐེངས་གཅིག་གིས་ངའི་ལག་གཡོན་པའི་དཔུང་བའི་སྟེང་དུ་བསྣབས་ཙམ་བྱས་པས། ལྭ་བ་ཧྲལ་བར་བྱས་པར་མ་ཟད་ང་ཡང་དེ་མལ་དུ་བསྒྱེལ་བྱུང་། ང་དངངས་ཤིང་སྐྲག་པར་གྱུར་ཏེ་ཁ་ནས་ངུ་སྐད་ཅིག་ཤོར་ཞིང་དེ་མུར་དབྱུག་དུམ་ཕྱེད་ག

དེ་འགྲམ་དུ་ལྷུང་ཡོད་པ་ལག་པས་འཛིན་ཙམ་བྱས་ཀྱང་། ལག་གཡོན་པ་སྦྲིད་དེ་ཧ་ཅང་ལྷི་མོར་གྱུར་འདུག མིག་གིས་ལྟ་དུས་སྔོད་པོས་ཧྲུལ་བར་བྱས་ཡོད་པར་མ་ཟད་ཁྲག་བཞུར་གྱིན་པ་མཐོང་བས། རང་དབང་མེད་པར་ངུ་སྐད་འདོན་བཞིན་དབྱུག་པ་ཁོ་ལ་གཏད་ནས་བསྡད། ལྷས་ངན་དེས་ཀྱང་སྨུ་མཐུད་དུ་ང་ལ་རྒྱུག་རྩེས་མི་བྱེད་པར་ཉེ་ས་རུ་ངར་ངར་གྱིས་ཟུག་པར་བྱེད་ལ། ཕར་རྒྱུག་རྩེས་བྱས་པ་ན་ཇེ་བཙན་དུ་གྱུར་ཏེ་ཉེ་སར་བཏུད་ཙམ་བྱེད། ང་སྨུ་མཐུད་དུ་འགྱུལ་མ་ཐོད་པར་དེ་གར་ཙོག་སྡེ་ཁོ་གང་སར་སོང་ན་དབྱུག་པ་དེ་སར་གཏད་ནས་བསྡད་པ་ཡིན། སྐབས་དེར་ཨ་མ་དང་ཨ་ཅེ་གཉིས་ཀ་ཡང་བརྒྱུགས་ནས་ཐོན་བྱུང་བས་ཁྱི་ངན་དེ་གཞི་ནས་ཕར་ལ་བྲོས་སོང་།

ཨ་མ་དང་ཨ་ཅེ་གཉིས་ཀས་ཁྱི་ངན་དེ་ལ་སྡིགས་ཞོར་དུ་ང་སྐྱོར་ནས་ཁྱིམ་དུ་ཡོང་ཞིང་རྨ་ལས་བྱས་བྱུང་། རྨས་ནི་ལྷི་མོ་ནི་མ་ཡིན་པར་མཆེ་བ་གཉིས་བསྣུན་ཤུལ་གྱི་དོང་བུ་མ་གཏོགས་མི་འདུག་ཀྱང་། རུས་ཁང་ལ་ཐུག་པ་ལྟ་བུའི་ན་ཟུག་བར་མེད་དུ་སྐྱེས་གྱིན་འདུག ཨ་མས་ཁྱི་ཡི་མཆེ་བར་དུག་ཁ་བཙན་པོ་ཡོད་པས་ཆང་དཀར་གྱིས་བཀྲུས་ནས་དུག་སེལ་བྱེད་དགོས་ཟེར་བས། ཨ་ཅེས་ཆང་དཀར་ཤེལ་དམ་ཞིག་ཁྱེར་ནས་ཡོང་སྟེ་རྨ་ཁར་བསྐུས་པས། ངས་ན་ཟུག་མ་བཟོད་པར་སྐད་ངན་ཤོར།

མེས་པོས་ངའི་རྨས་ལྷི་མོ་མིན་པ་རྟོགས་ནས་ཅི་མི་སྙམ་པའི་ཉམས་དང་བཅས་ཏེ "ཁྱི་གྱུ་གན་ཙམ་གྱི་ངོ་ཡ་མི་ཡོང་པར་རྒྱ་སྒོག་མིན་ནམ། སྐྱོན་ཡོད་པ་མ་རེད། སྐྱི་ཤུད་ཅིག་བརྡོད་པ་ཙམ་རེད་པས་དེ་འདྲའི་ན་བསྲན་ཞིག་ཀྱང་མེད་དམ" ཟེར།

ང་ལ་མཚོན་ན་ཁྱི་ཡིས་རྨུགས་པའི་རྨ་ཁ་ལས་ཀྱང་ཁོའི་ཁྲད་གསོད་དང་འཕྱ་སྨོད་གྱི་སྐད་ཆ་དེ་ནི་ཧ་ཅང་བཟོད་མི་ཐུབ་པ་ཞིག་ཡིན་པས། ངས་ངེས་པར་དུ་ཁྱི་ངན་དེར་སྐྱིན་པ་རྗེ་ལོག་འདྲ་བ་ཞིག་ལེན་རྒྱུའི་སེམས་ཐག་བཅད་པ་ཡིན། མེས་པོས་ད་དུང་ཁྱི་གྱུས་ང་རྨས་པར་གཏུང་སེམས་བཅངས་རྒྱུ་ལྟ་ཞོག དེ་ལས་ལྷོག་སྟེ་ཁྱི་གྱུས་ང་ལ་རྨ་ཁ་བརྡོད་ནུས་པ་དེར་ཧ་ཅང་དགའ་གྱིན་པའི་རྣམ་འགྱུར་བསྟན་བྱུང་། ཐ་ན་དགོང་མོ་ཨ་པ་ལུག་རྫི་ནས་

ཐོན་པའི་དུས་སུ་ཨ་མས་ང་ལ་ཁྱི་གུས་རྣམ་ཚུལ་བཤད་པ་ན། ཨ་ཕས་ཁྱི་གུར་སྡིགས་མོ་བྱེད་བཞིན "ངོ་མ་ཁྱི་ངན་པས་བདག་པོར་འཇུ་ཟེར་བ་ལྟར་རེད། ད་དུང་རང་མི་ཡང་ངོས་ཟིན་གྱིན་མེད་པ་འདྲ" ཟེར།

མེས་པོས་དེ་ལས་ལྡོག་སྟེ་ཨ་ཕར་བལྟས་ཏེ "ཏ་ཏ་ཏ། ངོ་མ་ཁྱི་ངར་ཞིག་འབྱུང་ཐག་ཆོད་རེད། འདི་འདྲའི་ཚུང་ དུ་ཞིག་གིས་མི་ལ་རྨུགས་སོང་ཟེར་བ་ཁྱོད་ཚོས་ཐོས་ཨེ་མྱོང" ཟེར་བ་དང་། སླར་ཡང་ང་ལ་བལྟས་ནས་ཀུ་རེའི་ཚུལ་དུ "ཁྱོས་ནམ་རྒྱུན་ཁྱོད་ལ་སྡང་གིན་འདུག་པར་བལྟས་ན་སྐྱེ་བ་སྔོན་མར་ཁྱོད་གཉིས་དགྲ་ཟླ་ཡིན་པ་འདྲ" ཟེར།

ངས་ཁོང་ཁྲོ་གཉོན་མ་ཐུབ་པར། "ཁྱོད་ཀྱང་སྐྱེ་བ་སྔོན་མར་ཁྱི་ཞིག་ཡིན་པ་འདྲ" ཞེས་བཤད་པས། ཨ་ཕ་དང་ཨ་མ། ཨ་ཅེ་བཅས་པ་ཚང་ཅམ་ལ་ཧང་སངས་པར་གྱུར་པ་དང་། དེ་མ་ཐག་ཏུ་བགད་བྱུང་ལ། དགོད་ཚུལ་ལ་བལྟས་ན་ངས་བཤད་པའི་སྐད་ཆ་དེ་ནི་ཏག་ཏག་ཁོ་ཚོའི་སེམས་ནས་བཤད་འདོད་པའི་སྐད་ཆ་ཡང་ཡིན་མོད། བཤད་མཁན་ང་ཡིན་པར་གྱུར་པས་རེད། འོན་ཀྱང་མེས་པོས་ངས་ཁོ་ལ་བཤད་པའི་སྐད་ཆ་དེ་མ་ཐོས་པ་ལྟར་དེའི་སྔར་མ་ཐེ་འདོན་བཞིན་བསྡད་བྱུང་བས། སུ་མཐུད་དུ་དགོད་ཐོད་མཁན་མི་གཅིག་ཀྱང་མ་བྱུང་།

ཁོ་མི་དགའ་བར་གྱུར་བ་དེས་ངའི་སེམས་སྐྱིད་སྤྲང་གིས་ཁེངས་བར་གྱུར་སོང་། ནམ་རྒྱུན་ངེད་གཉིས་ཀྱིས་འཁོན་འཛིང་བྱེད་དུས་སུ། ཁོ་ཁོང་ཁྲོ་ལངས་བར་གྱུར་ཆེ་ངའི་དམིགས་ཡུལ་ཡང་འགྲུབ་སོང་བ་སྟེ། སེམས་ནང་གི་འཁང་ར་མང་པོ་ཞིག་རང་ཡལ་དུ་གྱུར་ཅིང་། ཕྲག་སྟེང་གི་འགན་ཁུར་ལྗི་མོ་ཞིག་དེ་འཕྲལ་དུ་ཐོག་པ་ལྟ་བུའི་ཚོར་སྣང་སྐྱེར་བར་བྱེད། རྒྱུ་མཚན་ནི་གཞན་ཅི་ཡང་མེད་དེ། དྲང་མོར་བཤད་ན་ཁོ་མི་དགའ་བར་གྱུར་བ་དེས་ཁོ་ཕམ་ཟིན་པ་སྟེ། ང་རྒྱལ་བར་གྱུར་བ་ཁས་ལེན་བྱས་པ་མཚོན་གྱི་ཡོད་པས་རེད། ཁོ་མ་དགའ་བར་གྱུར་ཆེ་ནམ་རྒྱུན་འདི་ལྟར་ཡིན་ཏེ། དེ་འཕྲལ་དུ་ལག་པའི་ནང་གི་ཕྲེང་བ་འདྲེན་བཞིན་དུ་མ་ཎི་འདོན་པའམ། ཡང་ན་ཕར་ལྟ་ཚུར་ལྟ་ཞིག་བྱས་ནས་ཁྱིམ་མི་གཞན་

དག་ལ་སྐད་ཆ་ཞིག་འདྲི་བའམ་ལས་ཀ་ཞིག་བཙོལ་ཏེ། འོས་མེད་པའི་མཁའ་དབྱུགས་འདི་དང་གཡོལ་ཐབས་བྱ་ངེས་ཡིན།

ཁྱི་གུས་ཀྱང་ང་ལ་རྨུགས་ཏེ་རྨ་ཁ་བཟོས་པ་ནས་བཟུང་། ཁོས་ང་ལ་བཙངས་པའི་སྙིང་ནད་ཀྱང་དྭངས་པར་གྱུར་བ་བཞིན་ངའི་སྙིང་ལ་ཟུག་སྐད་འདོན་རྒྱུ་དེ་མཚམས་ཆད་པར་གྱུར། ཡིན་ནའང་ལྟས་ངན་དེས་ནམ་རྒྱུན་ངའི་སྐད་ཐོས་མ་ཐག་མགོ་བོ་ཡར་བཏེགས་ནས་གཟབ་གཟབ་དང་ལྟ་བར་བྱེད་པ་དང་། ང་ཁོའི་འགྲམ་རྩོལ་བརྒྱུད་པ་མཐོང་ཚེ་ཡར་ལངས་ཏེ་ཕར་འགྲོ་ཚུར་འོང་བྱེད་བཞིན་མི་འདོད་པའི་མིག་མདངས་ཀྱིས་ངའི་བཟོ་ལྟར་དོགས་ཟོན་བྱེད་ཀྱིན་མཆིས། དེ་ནི་ཁོས་ང་ལ་རྨུགས་པ་དེར་སྐྱིན་གླངས་ཨེ་ཡོང་ལ་ཏུང་སྐྲག་གིན་པའི་རྣམ་འགྱུར་ཞིག་ཀྱང་ཡིན་པར་སྣང་། ངོ་མ་བཤད་ན་ཁོས་ང་ལ་བཟོས་པའི་ལག་པའི་རྨ་ཁ་དེ་སྔར་ནས་སོས་ཟིན་ན་ཡང་། ང་ལ་མཇོན་ན་ངེད་གཉིས་ཀྱི་བར་གྱི་རྩོད་གཞི་མི་གསལ་བའི་ཞེ་འགྲས་ཀྱི་རྨ་ཁ་དེ་ནམ་ཡང་སོས་ག་ལ་སྲིད། དེའི་རྒྱུ་མཚན་ཡང་མེས་པོས་དུས་རྒྱུན་དུ་ཁོ་ལ་བསྟོད་པ་བྱེད་པའི་ཞར་དུ་ང་ལ་འཕྱ་སྨོད་བྱེད་ཀྱིན་ཡོད་པའི་རྐྱེན་གྱིས་རེད།

ལོ་གསར་བསླེབས་པའི་ཉིན་དེར། ངས་ཁོ་ལ་དེ་ལན་འཇལ་བའི་གོ་སྐབས་གཞི་ནས་ཡོད་པར་གྱུར་སོང་། ལོ་གསར་གྱི་ཉིན་མོར་བྱིས་པ་དག་སྨོས་ཅི་དགོས། ཐ་ན་མི་ཆེ་བ་དག་གིས་ཀྱང་ལོ་གསར་བར་རྟེན་འབྲེལ་ཞུ་བར་མེ་ཤག་སྦག་བཀད་ནས། ཁྱིམ་ཚང་སུ་ཚང་སྤུ་མོར་ལངས་པར་འགྲན་བསྡུར་བྱེད་ཀྱིན་ཡོད་པས། འཛྲོགས་ཞད་ཆེ་བའི་སྒོ་ཕྱུགས་རྣོད་པོ་དག་ལྟས་སུའང་འདོགས་ཀྱིན་མེད་ལ། སྒོ་ཁྱི་རི་མོར་དག་ནི་མེ་ཤག་ལ་སྐྲག་སྟེ་ནམ་མ་གསལ་གོང་ནས་ཕྱི་རོལ་གྱི་ཐང་སྟོང་ཀུན་ཏུ་འབྲོ་བར་བྱེད། ཡིན་ན་ཡང་ལྟས་འདབས་སུ་ཡོད་པའི་བཏགས་ཁྱི་ཉམས་སྙོང་ཅན་རེ་གཉིས་ཉམས་སྣང་མེད་པར་སྡོད་པ་ལས། མང་ཆེ་བ་ནི་གབ་ས་སྐྱུང་ཡུལ་མེད་པར་གྱུར་ཏེ་ཐ་མ་སྒྲིད་ཁུང་དུ་དྲངས་ལ། གཉའ་ཞུམ་ཞུམ་གྱིས་ཕུར་མགོར་སྒོར་རྒྱུག་བྱེད་ཅིང་ཟུག་རྡུ་བར་མེད་དུ་འདོན་པར་བྱེད། ངས་བསམ་

གཟས་ཏེ་ཤོག་སྒྲག་ཁ་ཉིས་གྲགས་ཤིག་གི་མཇུག་ཕྱི་གུའི་ཕྱོགས་སུ་གཏད་ནས་བཀོད་པ་ན། སྒྲ་དང་པོ་འདི་ཕྱོགས་ནས་གྲགས་འཕྲོལ་ཕྱི་གུས་དུ་ཟུག་ཅིག་འདོན་བཞིན་པར་ཕྱོགས་སུ་འགྲོ་ཙམ་བྱེད་ཀྱང་། འདོགས་ཐག་གིས་བཏགས་ཡོད་པས་འགྲོ་ས་ག་ལ་ཡོད། དེ་མ་ཐག་ཏུ་ཕྱེད་དུམ་དེ་དུ་བ་སྔོ་ལིང་ལེར་ཕོའི་མདུན་ཕྱོགས་སུ་ལྷུང་སྟེ་གད་པ་ན། ཕོ་ནི་སྙིང་ཡེར་བ་ལྟ་བུའི་འཇིགས་སྐྲག་དང་བཅས་ཟུག་རྔུ་ཞིག་འདོན་བཞིན་ཕྱིར་ལོག་གིས་འགྲོ་བར་བྱེད་པས་ངོ་མ་དགོད་བྲོ་བ་ཞིག་འདུག ཕོ་ལ་འགྲོ་ས་གབ་ཁུང་མེད་པར་ཐག་སྣེར་སྐོར་རྒྱུག་འགའ་བྱས་རྗེས་སླར་ཡང་ཉམས་ཤོར་བའི་ངང་འགྲམ་ཞིག་ཏུ་ཉལ་གཞའ་བྱས་བྱུང་ལ། དེ་སྔ་ལྟར་ཟུག་སྐད་མི་འདོན་པར་ངའི་ཕྱོགས་སུ་བལྟས་ཏེ་ཇ་མ་ཕར་གཡུག་ཚུར་གཡུག་བྱེད་པར་བལྟས་ན "ཨ་ཇོ་ལོ་ལོ། ད་ནི་དེ་ལྟར་མི་བྱ་རོགས" ཞེས་ཞུ་བ་བྱེད་པ་དང་གཉིས་སུ་མ་མཆིས། ཡིན་ན་ཡང་དེ་ཙམ་ཞིག་གིས་ངའི་སེམས་ཀྱི་སྙིང་ནད་དྭངས་ག་ལ་སྲིད། ངས་སླར་ཡང་མེ་མདའ་ཡིན་པ་ལྟར་ཤོག་སྒྲག་ཁ་ཉིས་གྲགས་ཤིག་གི་མཇུག་མ་དྲང་ཐད་དུ་ཕོའི་ལུས་སྟེང་དུ་དམིགས་ནས་མེ་བསྒྲོན་པ་ན། ཐོག་མར་གད་པ་དེས་དམིགས་པའི་ཁ་ཕྱོགས་འཚོལ་བར་གྱུར་ཏེ། དྲང་ཐད་དུ་ཕྱི་གུའི་ཕྱོགས་སུ་མ་སོང་བར། དེ་ལས་ལྡོག་སྟེ་ཕྱིར་ལྡོག་གིས་སྒྲ་ནང་གི་མེས་པོའི་མདུན་དུ་ཡེར་ཏེ་ཁ་གད་བྱུང་བས། ཁྱིམ་ནང་དུ་ཐལ་རྡུལ་སྤོན་པོ་ཞིག་འཕྱུར་གྱིན་འདུག

སྤྱིར་ན་མེས་པོས་ནི་ལོ་སར་གྱི་ཉིན་མོར་མི་གཞན་ལ་སྡིགས་མོ་ཅི་ཡང་བྱེད་མི་སྲིད། ཕོས་ཁྱིམ་ནང་གི་ཚ་བོ་དང་ཚ་མོ་དག་ལ་སློབ་གསོ་གཏོང་དུས་ཀྱང་། ལོ་སར་གྱི་ཉིན་མོར་དོན་དག་ཡོད་ཚད་ཀྱི་མགོ་རྩོམ་པའི་ཉིན་མོ་ཡིན་པས་རྟེན་འབྲེལ་ལ་བརྟག་དགོས་པ་ཡིན། ཚིག་སྙན་མོ་སྐད་ཆ་དྲང་མོ་བཤད་དགོས་པ་ལས་ཕན་ཚུན་ལ་སྡིགས་མོ་དང་འཁོན་འགྲས་སོགས་བྱེད་མི་རུང་། གལ་ཏེ་དེ་ལྟར་བྱས་ཚེ་མགོ་ངན་དུ་གྱུར་ཏེ་ལོ་ཧྲིལ་པོར་འཁོན་རེས་དང་སྡིགས་མོ་མཚམས་མི་ཆད་པ་རེད་ཟེར། འོན་ཀྱང་ཤོག་སྒྲག་ནི་ཅི་བྱུང་མེད་པར་ཁྱིམ་ནང་གི་ཕོའི་མདུན་སར་ལྷུང་སྟེ་གད་པ་དེས་ཕོ་ཡང་དོམ་བུ་བཞིན་སྐྲག་ཐག་ཆོད་སོང་བ

འདྲ། ཁོང་ཁྲོ་ཡངས་དྲག་ས་ཏེ་ཕྲོས་པ་ལྟར་སྒོ་ཁར་བརྒྱུགས་ནས་ཐོན་བྱུང་མོད། དེ་དུས་ང་སྦྱར་ནས་ཕྲོས་ཏེ་གར་སོང་ཆ་མེད་དུ་གྱུར་ཟེར།

ཡང་ཐེངས་ཤིག་ལ། རང་ཁྱིམ་གྱི་ལུག་ཁྱུར་རྒྱུ་ནད་སྟོན་འགོག་གི་སྨན།——ནད་འབུ་བརྒྱ་ཐུབ་ཅེས་པ་ཞེས་པ་དེ་ལྷུད་ཀྱིན་ཡོད་ལ། སྨན་དེ་བླུགས་ནས་ཉིན་གཅིག་ཙམ་འགོར་བ་ན་ལུག་གིས་རྙིང་བཤལ་བྱས་ཏེ་རྒྱུ་མའི་ནང་གི་ནད་འབུ་ནར་པོ་རིང་པོ་ཞིག་ཕྱིར་དབྱུང་གིན་འདུག མེས་པོས་ང་ལ་ནད་འབུ་ནར་པོ་དེ་དག་བསྟན་ནས། “ཁྱོད་ཀྱིས་ད་དུང་ཡང་སྔ་མཐུད་དུ་མ་རབས་ཀྱི་ལས་བྱས་ཚེ་ཁ་ནང་དུ་སྨན་དེ་བླུགས་ནས། ཁོང་ནང་གི་སྐྱོན་ཆ་དག་འདི་ལྟར་ཕྱིར་འབུད་དུ་གཞུག་ངེས་ཡིན” ཟེར། དེ་ནས་ངས་ཀྱང་སྨན་དེའི་ནུས་པ་ཅི་འདྲ་ཡིན་པ་ཤེས་ཏེ། དེ་སྒྲུད་ནས་དོམ་བུ་ལ་སྙིང་ནད་རྫོད་དགོས་སྙམ། ངས་མེས་པོས་མི་མཐོང་སར་ཕྱུགས་སྨན་དུམ་བུ་ཞིག་ཁྱེར་ཏེ་ཨ་ཅེས་ཁྱི་གུར་ལྟོ་ལྷུད་པའི་གོ་སྐབས་དང་བསྟུན་ནས་ལྟོ་ཡི་ནང་དུ་འཕངས་པ་ཡིན། དོན་འདི་ང་གཅིག་པུས་མ་གཏོགས་སུས་ཀྱང་མཉམ་འཛོག་བྱེད་མི་སྲིད་ལ་བྱེད་དོན་མེད་པ་རེད། ཙུང་ཙམ་འགོར་རྗེས། ང་ཕྱི་སར་དོར་བ་འགྲོ་བར་བརྟུས་ཏེ་ཁྱི་གུའི་ཁོག་ནང་གི་སྐྱོན་ཆ་ཕྱིར་བུད་ཡོད་མེད་ལ་བལྟ་རུ་ཕྱིན་པ་ན། ཡ་མཚན་པ་ཞིག་ལ། དོམ་བུས་སྨན་དེ་འཐུངས་རྗེས་རྙིང་བཤལ་བྱེད་པ་ལྟ་ཅོག དེ་ལས་ལྟོག་སྐེ་ལྟོ་མི་འཐུང་བར་ཤི་བ་ལྟར་ཉལ་ཏེ་སྟོད་ཅིང་ཁ་ནང་ནས་ཀུའམ་ལྦུ་བ་འདྲེས་མ་ཞིག་བཞུར་གྱིན་འདུག ངས་དེ་ཅི་ཡིན་མ་ཤེས་པར་མྱུར་མོར་དེ་དོན་ཁྱིམ་མི་དག་ལ་བཤད་པ་ན། མེས་པོ་གཙོ་བྱས་པའི་ཁྱིམ་མི་དག་ཀྱང་བརྒྱུགས་ཏེ་ཁྱི་གུའི་གན་དུ་ཐོན་བྱུང་། ཁྱི་གུ་ནི་འདོགས་ཡུལ་དེར་རྐང་ལག་རེངས་པར་གྱུར་ཏེ་ཤི་ལ་ཉེ་བ་ལྟར་སྡོད་ཅིང་། མིག་ཟུང་ལ་གསོན་ཤུགས་ཀྱི་འོད་མདངས་ཡལ་ཏེ་སྐྱོ་ལོང་བའི་རྣལ་ཞིག་འཐེབས་ཀྱིན་རེབ་ཙམ་ཡང་མི་བྱེད་པར་ང་ལ་ཅེར་འདུག་པར་བལྟས་ན། “ཁྱོད་ཀྱིས་ང་ལ་འདི་ལྟར་བྱེད་དོན་མེད་ཨང” ཞེས་ཟེར་བ་དང་འདྲ་བས། ངའི་སེམས་ཀྱང་ཅི་བྱུང་མེད་པར་སློང་སློང་པོར་གྱུར་ཅིང་། དེའི་མྱུར་སུས་ཀྱང་མི་ཚོར་བར་བྱས་ཏེ་འཇབ་འཇབ་ངང་ཕྱིར་

ཁྱིམ་ནང་དུ་ཕྱིན་པ་ཡིན།

མེས་པོ་ནི་ཡིད་མ་བདེ་བར་ཡང་དང་ཡང་དུ་ཁྱི་གུའི་མཐའ་རུ་བསྐོར་བ་བྱས་ཏེ་ཞིབ་ལྟ་བྱེད་གྱིན་འདུག་ཅིང་། མཇུག་མཐར་ཁྱི་རྐོའི་ནང་དུ་རྒྱ་ནད་ཀྱི་སྨན་དེ་རྡོག་ཙམ་ཞུ་མ་ཐུབ་པར་ལུས་ཡོད་པ་མཐོང་བས། གཞི་ནས་ངས་བཀྲ་ལག་བྱས་པ་རྟོགས་བྱུང་། ཁོས་སྐད་ཆེན་པོས་ང་བོས་ཏེ "རྡོམ་བུ་འདིས་དངོས་གནས་ནང་གི་མི་སྟོད་དུ་མི་འཇུག་པར་མ་ཟད་སྒོ་ཡི་ཁྱི་ཡང་འདུག་ཏུ་མི་འཇུག ཉོད་དང་། ཁྱོད་ཀྱིས་ཁྱི་གུར་དུག་འཕེན་དོན་ཅི་ཡིན" ཞེས་དྲིས་བྱུང་།

སྐབས་དེར་ངས་ཀྱང་བསམ་པ་ཡར་དགེ་བཅངས་བའི་ཚུལ་གྱིས "ངས་ཁྱི་གུར་སྨན་བླུད་པ་ལས་དུག་མ་འཕངས། ཁྱོད་ཆོས་ལུག་ལ་ལྷུད་ཀྱིན་འདུག་པས། ངས་ཀྱང་ཁྱི་གུར་ཅུང་ཙམ་བླུད་པ་ཡིན" ཞེས་མ་ཉེས་ཁ་གཡོགས་ཐེབས་པའི་ངག་གིས་བཤད།

ངས་དེ་ལྟར་བཤད་འཕྲལ་ཁོ་ཚོ་རང་དབང་མེད་པར་གད་མོ་ཤོར་སོང་། "གླིན་ཕྲུག་ལུག་དང་ཁྱི་གཉིས་འདྲ་བ་མ་རེད། ཁྱི་ཡིས་དེ་ཟོས་ཚེ་འཆི་ངེས་རེད" ཟེར།

ཇོ་མ་བཤད་ན་ངས་ཀྱང་སྨན་དེ་ཁྱི་ལ་འཕངས་ན་ཤི་འགྲོ་བ་གཏན་ནས་ཤེས་མེད།

ཁོས་དེ་འཕྲལ་ང་ལ་བཀྱོན་འབེབས་རྒྱུ་བསྒྱུར་ཏེ། ཨ་ཕ་དང་ཨ་ཅེ། ཕུ་བོ་བཅས་རྩ་འཛུགས་བྱས་ཤིང་། རྒྱ་རྡོད་འཇམ་ག་ཧོ་ར་གང་ཁྱེར་ཡོང་སྟེ་ཁྱི་གུ་མནན་ནས་ཁ་ནང་དུ་བླུགས་བྱུང་བས། ཅུང་མ་འགོར་བར་ཁྱི་གུ་ནི་ཡར་ལ་སྐྱུག་པ་དང་མར་ལ་རྙིང་བཤལ་མང་པོ་བྱས་བྱུང་ལ། དེ་རྗེས་རིམ་བཞིན་དུ་རིག་པ་སོར་ཆུད་དེ་ཧ་ཅང་ཉམ་ཐན་པའི་ངང་ཉལ་ནས་སྡོད་པ་ལས་ཡར་ལྷ་མར་ལྷ་ཙམ་ཡང་མི་བྱེད་པར་འདུག་པ་སྟེ། ཕལ་ཆེར་ཁོ་གསོན་པོར་ཚེ་ཕྱི་མ་ལ་ཐེངས་གཅིག་ཕྱིན་ནས་ཕྱིར་ཐོན་པ་ལྟར་སྣང་། མཇུག་མཐར་མགོ་བོ་ཡོན་ཙམ་གྱིས་ཧ་ཅང་ཉམས་ཐན་པའི་མིག་ཟུང་གིས་ངའི་ཕྱོགས་སུ་ལྟ་ཙམ་བྱས་བྱུང་བས། བཟོ་ལྟར་བལྟས་ན "ང་ཚོ་ཚང་མ་ཁྱིམ་གཅིག་གི་ཡིན་པས་ཁྱོད་ལ་འདི་འདྲའི་གདུག་རྩུབ་ཆེ་བ་ཡིད་དུ་འང་མ་དྲན" ཞེས་ཟེར་བ་དང་མཚུངས། སྐབས་དེར་ངའི་སེམས་གཏིང་

དུའང་ཧ་ཅང་སྨྲ་བར་དཀའ་བའི་ཚོར་སྣང་ཞིག་སྐྱེས་བྱུང་།

ང་རང་ཁུལ་དགེ་ཐོན་སློབ་གྲྭར་རྒྱུགས་འཛྲོད་པའི་ལོ་དེར་ཨ་ཕ་ཆེ་ལས་འདས་པས་ཁྱིམ་ཚང་གི་འགན་ཁུར་ཡོངས་རྫོགས་ཕུ་བོའི་ཕྲག་ཏུ་ལྷུང་བར་གྱུར། མེས་པོར་མཚོན་ན་རང་གི་བུ་འདས་པའི་མྱ་ངན་ཧ་ཅང་ཟླེ་བའི་ཁར་ད་དུང་ཕུ་བོས་ཕྱུགས་ཕྱུ་ལ་བདག་སྐྱོང་ནན་མོ་ཐུབ་མིན་ཐད་ལའང་སེམས་ངལ་ཆེ་བར་འདུག སྐབས་དེར་དོམ་བུ་ཡང་ནར་སོན་ཏེ་ཁྱི་ཆེན་ཞིག་ཏུ་གྱུར་ཡོད་པས། ངེད་གཉིས་བར་གྱི་སྔོན་ཆད་ཀྱི་འཁོན་སེམས་ཡོངས་རྫོགས་ཀྱང་དུས་ཚོད་ཀྱི་ཆུ་རྒྱུན་དང་བསྐྱོངས་ཏེ་སྟེར་ནས་བརྗེད་པར་གྱུར་ཟེར་ན། དབྱར་གནང་སྐབས་ཀྱི་ཆར་ཧྲུང་འཚུབ་པའི་མཚན་མོ་ཞིག་ལ། རི་མགོའི་སྤྱང་ཀི་དག་སྡེ་འདབས་སུ་ཐོན་ཏེ་ལྷས་ཀྱི་ལུག་ཕྱུ་འདེད་རྩིས་བྱས་པས། མཚན་མོ་དེར་དོམ་བུས་ཞག་གང་བོར་ཕྱི་རོལ་ཏུ་ཟུག་སྐད་འདོན་འདོན་བཞིན་པར་རྒྱུག་རྩུར་རྒྱུག་བྱས་ཏེ་མཚམས་བཞག་མ་བྱུང་ཟེར་ལ། ཕུ་བོ་དང་ངེད་གཉིས་གཉིད་ཀྱི་ཞིང་ཁམས་སུ་ཉལ་ནས་དོན་དག་ཅི་ཞིག་བྱུང་སོང་བའང་མ་ཤེས། ཕྱི་ཉིན་ནམ་ལངས་དུས་སུ་ཁྱིམ་ཚང་གཞན་འགའ་ཡི་ལུག་ཕྱུ་སྤྱང་ཀིས་དེད་དེ་ལམ་བར་ཀུན་ཏུ་བསད་རྨས་བྱས་པའི་ཐེད་ཀྱིས་གང་འདུག་ཟེར་དུས་ཀྱང་། ངེད་ཚང་གི་ལུག་ཕྱུ་ལྷས་སུ་འཚམས་པོར་འདུག་པས། མེས་པོ་ཧ་ཅང་ཡིད་འགྱུལ་ཐེབས་པའི་ངང་"འདི་ནི་དོམ་བུ་ལྷས་ཁྱི་བཟང་བས་མ་རེད་དམ" ཞེས་བཤད་སོང་།

ངས་མེས་པོར། "འོ་ན་སྤྱང་ཀིས་ལུག་གཅིག་བསད་ནས་ཟོས་པས་ཚོག་ཀྱང་། ལུག་དེ་འདྲ་མང་པོ་གསོད་དོན་ཅི་ཡིན་ནམ" ཞེས་དྲིས།

མེས་པོས་ང་ལ་སྐྲག་འཕྲུད་པའི་ཉམས་ཤིག་དོད་དེ "ཁྱོད་ཀྱིས་ཤེས་པ་མ་རེད། སྤྱང་ཀིས་ནི་ཁོས་ལུག་གཅིག་ཟ་བ་ལས་ལུག་བརྒྱ་བསད་ན་བཟང་ཟེར་བ་རེད། ཁྱོད་ཚོ་ཨེ་སྐྲག་གི" ཟེར།

ཁོའི་སྐད་ཆ་དེ་ངའི་རྣ་བར་གཏན་ནས་མ་སོང་བས་མུ་མཐུད་དུ་ཁོར་སྐད་ཆ་འདྲི་འདོད་མ་བྱུང་། ངའི་སེམས་ལ། ཁོས་ཁྱི་ཡི་སེམས་ཁམས་ཤེས་ཀྱང་སྲིད་མོད་སྤྱང་ཀིའི་

བསམ་ཚུལ་ཇི་ལྟར་ཤེས་པ་ཡིན་ནམ་སྙམ་བྱུང་།

སུས་ཀྱང་མ་ཚོར་བ་ཞིག་ལ། ཉིན་དེར་དོམ་བུ་ནི་ཕ་རོལ་གྱི་དུས་རྒྱུན་ཕོ་འདོགས་པའི་ས་དེར་ཉལ་ནས་སྡོད་པ་ལས་འགུལ་སྐྱོད་ཅི་ཡང་བྱེད་ཀྱིན་མི་འདུག་པས། ངས་ནི་ཕོ་མདང་དགོང་ཞག་གང་བོར་བརྒྱུགས་པས་ཐང་ཆད་པ་ཡིན་རྒྱུ་རེད་སྙམ། ཡིན་ན་ཡང་ཉིན་གུང་ཨ་མ་ཁྱི་ལྟོ་ལྟུད་དུ་འགྲོ་དུས་དེ་གར་འགྲེང་སྟེ་ཅི་ཞིག་བཤད་ཀྱིན་འདུག་པས། དེ་མ་ཐག་མེས་པོ་དང་ཨ་ཅེ་ཡང་དོམ་བུའི་གན་དུ་བརྒྱུགས་སོང་། ང་ཚོ་འགྲོ་དུས་དོམ་བུ་ནི་སྤྲང་མལ་ཉལ་ནས་འདར་སིག་སིག་དང་ལངས་མི་འདོད་པ་ལྟར་འདུག་ལ། ཕོའི་ངོ་གདོང་དང་ལག་པ། མཆན་ཁུང་དག་ཏུ་རྨས་སྐྱོན་བྱུང་སྟེ་གང་ས་གང་ཁྲག་རྗེས་མང་པོ་འདུག ཕོས་ནི་ཅི་ནུས་སྨོས་མཚུ་ཡིས་སྨག་ཚད་ཀྱི་རྨ་ཁ་དག་ལ་ལྡེ་བསྣར་གྱིས་ལྡག་གིན་འདུག་པས། ངས་ཀྱང་དེ་མ་ཐག་ཏུ་དེ་ནི་མདང་དགོང་ཕོས་སྤྱང་གི་དང་འཛིང་རེས་བྱས་ནས་རྨས་པ་ཤེས་ཏེ། སེམས་གཉིང་ནས་ཕོ་ལ་གདུང་སེམས་བཅངས་དགོས་བྱུང་བར་མ་ཟད། ཕོའི་བྱས་རྗེས་ལ་བཀའ་དྲིན་ཞུས་པ་དང་ཕོའི་སྙིང་སྟོབས་ལ་མོས་གུས་ཀྱང་བྱེད་དགོས་བྱུང་།

མེས་པོ་ནི་སྔར་བས་ཀྱང་དོམ་བུ་ལ་འདང་རྩིས་ཆེ་བར་གྱུར་སོང་། ཐ་ན་དེ་སྔ་ང་ལ་ཆམ་ནད་བྱུང་སྟེ་མལ་སའི་ནང་དུ་ཉལ་ཡོད་དུས་ཀྱང་ཕོས་ཅི་མི་སྙམ་པའི་ངང་། "སྨན་ཞིག་འཐུང་སྟེ་ཕར་རྒྱུག་ཚུར་རྒྱུག་བྱས་དང་དྲག་འགྲོ་ངེས་རེད། ཕོ་ལུས་ཤིག་རེད་པས་ཆམ་པ་ཞིག་གི་སྣང་འང་མི་ཐེག་པར་ཤི་བ་མ་རེད་དམ" ཟེར་མོད། ཡིན་ན་ཡང་ཐེངས་འདིར་ཕོས་དོམ་བུ་སྨྲ་སྒོར་ཁྲིད་ཡོང་སྟེ། བསྟུད་མར་ཉིན་ལྔ་དྲུག་ཙམ་ལ་ཕོའི་ལུས་ཀྱི་རྨ་ཁ་དག་ལ་སྨན་བཅོས་བྱས་པ་དང་། ཁྱིམ་ཚང་གཞན་ནས་སྤྱང་གིས་བསད་པའི་ལུག་གི་ཤ་རྟུད་དག་ཁྱེར་ཡོང་སྟེ་ཤ་ཁུ་མངར་མོ་ལྡུད་པ། ཆར་བ་འབབ་པའི་དུས་སུ་རས་གུར་གྱི་ནང་དུ་བཏགས་ཏེ་རྨ་ཁར་བསྣུན་ཐོག་ཏུ་མ་བཙུག་པ་བཅས་བྱས་པས། ཐུང་མ་འགོར་བར་དོམ་བུའི་ལུས་ཀྱི་རྨ་ཁ་དག་ཀྱང་སོས་པར་གྱུར་སོང་།

དེ་རྗེས་སུ་དོམ་བུས་སྐར་ཡང་མཚན་མོ་རུ་འདབས་ཞུལ་ནས་འགྲོ་བའི་གསར་བུ་ཞིག་ལ་རྒྱུགས་ཏེ་རྨས་བྱུང་བས། ཕྱི་ཉིན་གསར་བུ་དེ་སྨན་ཁང་དུ་སྐྱེལ་དགོས་བྱུང་ལ། དེ་རྗེས་ཁྲིམ་ཚང་དེས་ཀྱང་སྨན་རིན་སྒོར་ཉིས་བརྒྱ་དེ་ངེད་ཚང་ནས་གཏོང་དགོས་ཟེར་བས། མེས་པོས་ཀྱང་དང་ལེན་བྱས་སོང་བ་རེད། ང་དང་ཐོག་ཧ་ཅང་མི་དགའ་བར་གྱུར་བར་མ་ཟད། མེས་པོས་དོན་མེད་དུ་གཞན་ལ་སྒོར་མོ་དེ་འདྲ་མང་པོ་བྱིན་པར་འཁོན་སེམས་ཤིག་ཀྱང་སྐྱེས་བྱུང་། ངའི་སེམས་ལ་མཚན་མོ་གཞན་གྱི་རུ་འདབས་ཞུལ་བ་ནི་རྐུན་མའི་བྱ་སྤྱོད་ཅིག་རེད་སྙམ་པ་ཡིན། ཡིན་ན་ཡང་དེ་རྗེས་སུ་སྡེ་བའི་གསར་བུ་དག་གི་ངག་ལས། དེ་སྔ་དོམ་བུས་རྨས་པའི་གསར་བུ་དེ་ནི་ཨ་ཅེའི་བཟང་གྲོགས་ཡིན་པས་མོར་འཕྲད་དུ་ཡོང་བ་ཡིན་ཚུལ་བཤད་དུས། ང་ཡང་ཧ་ཅང་ཁ་སྐྱེངས་པོ་བྱུང་ཞིང་། དེ་སྔ་གསར་བུ་དེའི་སྙིང་ལ་ཁོང་ཁྲོ་ལངས་པར་འགྱོད་སེམས་སྐྱེས་པའི་ཞོར་དུ། ཕྱིར་ལྡོག་གིས་དོམ་བུའི་ཐོག་ལ་ཁོང་ཁྲོ་ལངས་དགོས་བྱུང་སོང་།……

ཡུན་རིང་མ་འགོར་བར་ང་རང་སློབ་མཐར་ཕྱིན་ཏེ་མཁར་གྲོང་འདིར་གཞུང་སྒྲུབ་པའི་བྱ་བ་ལས་བགོས་བྱས་སོང་། སྐབས་དེར་འཕྱི་ལྷགས་ཀྱི་རིན་གོང་སྒོ་བུར་དུ་འཕར་བཞིན་པའི་སྐབས་ཡིན་པས། ནང་ལོགས་ནས་ཡོང་བའི་འཕྱི་གསོད་མཁན་སྐོར་དང་སྐོར་བྱས་ནས་འབྲོག་ཕྱོགས་སུ་ཡོང་གིན་ཡོད་ཅིང་། འབྲོག་པ་དག་གིས་ཀྱང་འཕྱི་བ་རྩྭ་སའི་དགྲ་བོ་ཡིན་པས་ཁོ་ཚོར་སྙུ་མི་དགོས་པའི་རོགས་བྱེད་པ་རེད་སྙམ་སྟེ་བཀག་འགོག་བྱེད་མཁན་ཅི་ཡང་མ་བྱུང་། འཕྱི་གསོད་མཁན་དེ་དག་གིས་རི་ཐང་ངེས་མེད་ཀྱི་རྩྭ་ར་དག་གི་ནང་དུ་གུར་བརྒྱབ་ནས་ཉིན་བཞིན་འཕྱི་བ་གསོད་པའི་ལས་ལ་བརྩོན་པར་བྱེད་ཅིང་། ཁོ་ཚོས་འཕྱི་བ་གསོད་པའི་ཐབས་ཀྱང་སྣ་ཚོགས་སུ་འདུག་སྟེ། དང་ཐོག་ཡོང་དུས་ལྕགས་རྒྱ་བཙུགས་ཏེ་འཛིན་གསོད་བྱས་མོད། འཕྱི་བ་ནི་སྲོག་ཆགས་ལྷོ་བསྲུན་ཅན་ཞིག་ཡིན་པས་གལ་ཏེ་མིའམ་སྲོག་ཆགས་གཞན་ཞིག་གིས་སྐྲག་བསྐྲངས་ཚེ། ཁུང་དུ་འཛུལ་ནས་ཉིན་གསུམ་བཞི་ཙམ་ལ་སྒོར་མི་འབུད་པ་དང་། སྒོར་འབུད་ན་ཡང་ཉིང་ལག་སྤྲེལ་བའི་ཁུང་

བུ་གཞན་ཞིག་ནས་འབྱུད་པ་ལས་སྤུར་མལ་ནས་འབྱུད་མི་སྲིད། འཕྱི་གསོད་པ་དག་གིས་ཀྱང་རྙི་བཙུགས་ན་དུས་ཚོད་ཀྱི་འགྲོ་སོང་མང་བ་རྟོགས་ཏེ། རེ་ཞིག་ནས་རྙི་འཛུགས་པ་དོར་ནས་མེ་མདའ་སྒྱུད་ནས་གསོད་པར་བྱེད། བསམ་ཡུལ་ལས་འདས་པ་ཞིག་ལ། འཕྱི་བའི་སྲོག་ནི་རི་བོང་གསོད་པ་དང་མི་འདྲ་བར་ཧ་ཅང་སྲ་མོ་ཡིན་པ་སྟེ། མེ་མདའ་ལན་གཅིག་ཕོག་པ་ཙམ་གྱིས་འཆི་མི་ནུས་ཤིང་འགྲོ་ལྡོག་ཅིག་བརྒྱབ་སྟེ་ཕྱིར་ཁུང་བུའི་ནང་དུ་འཛུལ་ཏེ། ཤི་གསོན་ཅི་བྱུང་གི་གནས་ཚུལ་མི་ཤེས་ཀྱང་ཕྱིར་འབྱུད་རྒྱུ་མེད་པར་གྱུར་འགྲོ དེ་བས་འཕྱི་གསོད་པ་དག་གིས་མདེའུ་འགྲོ་སོང་ཆེ་བ་དང་ཡོང་འབབ་ཉུང་བར་བསམ་ནས། སླར་ཡང་ཟན་ཆངས་ཀྱི་དཀྱིལ་དུ་དུག་སྨན་གཙུད་ནས་འཕྱི་ཁུང་རེ་རེའི་ཁུང་སྒོར་འཕངས་པས། ཐུང་མ་འགོར་བར་འཕྱི་བ་མ་ཟད། ཤ་དང་གྲུམ་པ། སྲེ་མོང་། ཨ་བྲ་སོགས་སྲོག་ཆགས་ཆེ་ཆུང་དུ་མའི་བེམ་པོ་ཐང་མར་བརྡལ་བ་ལྟར་རྩྭ་རའི་ནང་ཀུན་ཏུ་མཐོང་རྒྱུ་འདུག

སྐབས་འདིར་དོམ་བུ་ནི་ཁྱི་ཕྲན་ལོ་ལོན་ཞིག་ཏུ་གྱུར་ཡོད་ཀྱང་། ལུས་གཟུགས་ཆེ་ཞིང་སྟོབས་དང་ལྡན་པ་ཞིག་ཡོད་པས། ད་དུང་ཡང་མཚན་མོར་འཕར་སྒྱུང་ལ་འཛིང་རེས་བྱས་ཏེ་ལུག་ཁྱུ་སྲུང་གིན་ཡོད་ལ། ལན་རེར་ཕོའི་ཁ་ཤ་མར་ནར་ཡོད་པའི་སྟེང་དུ་འཕར་སྒྱུང་གི་རྨས་ཤུལ་རེ་གཉིས་ཀྱང་མཐོང་རྒྱུ་འདུག ཕོས་དགོང་མོར་མཚན་གཡེང་བྱས་ཏེ་རང་འགན་དང་ལེན་བྱེད་པ་མ་གཏོགས། ཉིན་མོའི་དུས་སུ་རྒྱུན་དུ་རང་ཁྱིམ་གྱི་སྒོ་འདབས་དང་ལྷས་མཐའ་དག་ཏུ་ཀང་ལག་དཀྱིལ་རྒྱངས་བྱས་ཏེ་གཉིད་ནས་སྔོད་ཅིང་། ཕྱི་རོལ་ཏུ་ཅ་ཅོ་ཤུར་ཟེར་ཅི་འདྲ་བྱུང་ཡང་སྙིད་ལུག་དང་མགོ་བོ་བཏེགས་ནས་ལྟ་ཙམ་བྱས་རྗེས་སླར་ཡང་གཉིད་པར་བྱེད། ཕོའི་སྤྱོད་སྟངས་དེ་ལ་སྤྱི་བོས་ནི་ཧ་ཅང་རྒྱུས་ལོན་བྱེད་ཀྱིན་འདུག་ཅིང་། ནམ་རྒྱུན་མེས་པོས་དོམ་བུ་ལ་ལྟ་བཞིན་དུ "སྙིང་མ་རྗེ། མཚན་མོ་མེལ་ཚེ་བྱས་ནས་ཐང་ཆད་པ་ཡིན་རྒྱུ་རེད། ད་ནི་ལོ་ལོན་པས་ཅི་ཁག" ཟེར།

བསམ་ཡུལ་འདས་པ་ཞིག་ལ། འཕྱི་གསོད་པ་དག་བསླེབས་པ་ནས་བཟུང་། དོམ་བུ་

ཉིན་མོ་ཡང་སྟོད་མི་ཚུགས་པ་ལྟར་ལྟས་མཐའ་བསྐོར་ཏེ་ཕར་རྐྱུག་ཚུར་རྐྱུག་བྱེད་བཞིན་དུ་ཟུག་སྐད་བར་མེད་དུ་འདོན་པར་བྱེད་ལ། ལན་རེར་ཟུག་སྐད་འདོན་བཞིན་དུ་སྒྲིའི་སྒོ་ཁར་ཡོང་སྟེང་ཁྱིམ་ནང་དུ་ལྟ་བཞིན་ཟུག་པར་བལྟས་ན། ཕལ་ཆེར་དོན་དག་གལ་པོ་ཆེ་ཞིག་ཡར་ཞུ་བྱེད་པ་དང་ཧ་ཅང་མཚུངས། ཁྱིམ་མི་དག་གིས་ཁོའི་རྒྱུན་ལྡན་མིན་པའི་སྣང་ཚུལ་དེའི་ཧ་ཅི་ཡང་མ་གོ་བས "གདོན་ཁྱི་འདིས་འདྲེ་མཐོང་བྱུང་བ་དང་འདྲ" ཟེར་ནས་ཁོ་ལ་སྙིགས་མོ་བྱེད་ཀྱིན་འདུག་མོད། ཡིན་ན་ཡང་མེས་པོས་ནི་སྐད་ཆ་དེ་དག་ལ་མི་ཉན་པར་གཅིག་ཕུར་དཔྲལ་གཉེར་སྡུད་བཞིན་དུ་ཡུན་རིང་པོར་བསམ་གཞིགས་གཏོང་བཞིན་སྡོད་པ་དང་། མཇུག་མཐར་དབུགས་རིང་ཞིག་ཕྱུངས་ཏེ "དེ་དུས་ཟེར་འཁྲུག་ལངས་ཁར་གཟིག་ཁྲ་ཡང་འདི་ལྟར་ཟུག་སྐད་འདོན་གྱིན་འདུག་པས། ད་ནི་དོན་དག་ཅི་ཞིག་བྱུང་སྲིད་ཨང" ཟེར། དོམ་བུས་ནི་མི་རྣམས་ཀྱིས་སྙིགས་མོ་བྱེད་པ་ལ་ཁ་ཡ་མི་བྱེད་པར་སྔར་བཞིན་ཟུག་སྐད་མཚམས་མི་འཇོག་པར་ཕར་རྐྱུག་ཚུར་རྐྱུག་བྱེད་ཀྱིན་འདུག

ཉིན་ཞིག་ལ། དོམ་བུས་ཟུག་སྐད་འདོན་བཞིན་པའི་སྐབས་ལ་སློ་བུར་དུ་ཅི་ཞིག་མཐོང་བ་ལྟར་སྨད་ཕྱོགས་སུ་མདའ་འཕངས་པ་ལྟར་བརྒྱུགས་སོང་བས། ཚང་མ་ཡ་མཚན་པར་གྱུར་ཏེ་སྐོར་བུད་དེ་བལྟས་པ་ན། སྨད་ཕྱོགས་ཀྱི་རྫ་རའི་ནང་དུ་འཕྱི་བ་གསོད་པའི་སྐྱེས་པ་ཞིག་འགྲོ་བཞིན་པའི་སྟེང་དུ་བརྒྱུགས་པ་རེད་ཅིང་། དོམ་བུས་ནི་ཕ་གསོད་ཀྱི་ལག་དམར་མཐོང་བ་བཞིན་དུ་མིའི་དེའི་སྟེང་དུ་མཆོངས་བྱུང་བས་མི་དེས་དང་ཐོག་མ་མཐོང་ལ། མཐོང་བའི་དུས་སུ་དོམ་བུ་ཡང་ཉེ་སར་བཙར་འདུག་པར་བརྟེན་ཕར་ལ་འབྲོ་ཙམ་བྱས་ཀྱང་། དོམ་བུ་ནི་གློག་ཞགས་ནག་པོ་ཞིག་དང་འདྲ་བར་ངར་ཆེན་གྱིས་མི་དེའི་ལུས་སྟེང་དུ་མཆོངས་ཏེ་འཛིང་ག་བཀྱི་བའི་རྟུལ་དཀར་པོ་ཞིག་བསྐྱིལ་བྱུང་། མི་ཚང་མ་ཁུར་ལངས་ནས་བརྒྱུགས་ན་ཡང་དོམ་བུས་མི་དེ་སར་བསྒྱིལ་ནས་འཇུ་བཟུང་འགའ་བྱས་པ་ན། འཕྱི་གསོད་པ་དེ་ས་ཏུ་འགྲེལ་ཏེ་ཤི་བ་ལྟར་ལངས་རྒྱུ་མི་འདུག མི་དག་གམ་དུ་ཐོན་པའི་དུས་སུ་དོམ་བུའི་ངར་ཙུང་ཇེ་ལྷོད་དུ་གྱུར་འདུག་ཀྱང་། ཕྱི་ཏུ་བཀྱིད་དེ་གོམ་པ་བཙུ་ལྷག་ཡོད་པའི་

ས་ནས་ཞི་སྡང་དྲག་པོས་སྤུ་མཐུད་དུ་སོའི་ཕྱོགས་སུ་བལྟས་ཏེ་ལུས་པོ་ཟིང་ཟིང་བྱེད་བཞིན་ངར་སྐད་འདོན་གྱིན་འདུག་ཅིང་། བཟོ་ལྟ་བལྟས་ན་"ཁྱོད་ཆོས་གང་བྱུང་དང་རྣ་ཐང་ལ་གནོད་སྐྱོན་བཟོ་མི་ཆོག"ཅེས་ཐ་ཚིག་སྒྲོག་པ་དང་མཚུངས།

མི་ཚང་མས་མི་དེ་བསད་སོང་བ་ཨེ་ཡིན་ཟེར་དུས། འཕྲི་གསོད་པ་དེའི་ལུས་ལ་རྨ་ཤུལ་ཅི་ཡང་བརྗོད་མི་འདུག་ཀྱང་ལུས་ཀྱི་ལྤ་བ་ཡོངས་རྫོགས་ཧྲལ་ཧྲལ་དུ་ཚལ་བར་བཤགས་ཡོད་པས། ངོ་མ"ཁྱི་ཚོགས་ཀྱི་ནང་དུ་ལྷུང་བ"ཞེས་པའི་སྡང་བརྙན་དེ་མིག་ལམ་དུ་མངོན་འདུག རྒྱུ་མི་དེ་དང་ཐོག་སྐྲག་ཐག་ཆོད་དེ་ཤི་བ་ལྟར་ཉལ་ནས་མ་འགྱུལ་བར་འདུག་ན་ཡང་། མི་དག་གན་དུ་ཐོན་ཏེ་ཅི་ཞིག་བྱས་འདུག་ཟེར་དུས། གཞི་ནས་ཡར་དགྱེ་ཙམ་བྱས་ཏེ་སྐད་མཐོན་པོས་ངུད་མོ་བྱས་བྱུང་།

ཕྱི་ཉིན་དོན་དག (རྐྱེན) བཤད་དུ་ཡོང་བའི་སྐབས་སུ། འཕྲི་གསོད་པ་དག་དང་མེས་པོའི་བར་དུ་རྩོད་གླེང་བྱུང་སོང་། འཕྲི་གསོད་པ་དག་གིས་དོམ་བུས་འཇུ་བཟུང་བྱས་པའི་མི་དེ་ཧོན་འཐོར་ཏེ། རྒྱུན་ལྡན་མིན་པ་ཞིག་ཏུ་གྱུར་འདུག་པས་གསབ་དཔྱལ་མང་པོ་སྤྲོད་དགོས་ཟེར་ཞིང་། མེས་པོས་མི་ལ་རྨས་ཐོག་ཡོད་ན་ལོས་སྤྲོད་ཡང་། རྨ་ཤུལ་སྟོན་རྒྱུ་མི་འདུག་པས་གྱོན་པ་བཤགས་པའི་གླ་ཆབ་མ་གཏོགས་གཞལ་རྒྱུ་མིན་ཚུལ་བཤད། མཇུག་མཐར་གྲོད་འདུམ་ཐབས་མ་བྱུང་བར་འཕྲི་གསོད་པ་དག་ཁྲོས་སྟབས་ཀྱིས་ཕྱིར་བུད་སོང་།

རིམ་བཞིན་སྟོན་སའི་རྩྭ་ཚད་པར་གྱུར་བའི་སྐབས་དེར། སྡེ་བའི་ནང་གི་ནོར་ལུག་མང་པོས་འཕྲི་བ་གསོད་མཁན་དེ་དག་གིས་འཕྲི་ཁྲུང་སྒོར་འཐངས་ཡོད་པའི་དུག་སྨན་ཟོས་ཏེ་ཤི་སྐྱོན་ཆེན་པོ་བྱུང་། སྡེ་བའི་ནོར་ལུག་མང་པོ་ཤི་བའི་ཁྱིམ་ཚང་གིས་ནོར་ལུག་གིས་འཕྲི་གསོད་དུག་སྨན་ཟོས་པའི་རྐྱེན་ཡིན་ཚུལ་གོང་རིམ་ལ་སྙན་ཞུ་ཞུས་པར། གོང་རིམ་གྱིས་གནས་ཚུལ་དེ་ཐོས་འཕྲལ་ཐེངས་འགར་ཡོང་སྡེ་གནས་ཚུལ་རྟད་གཅོད་བྱས་ནའང་། ཁྱིམ་ཚང་དེ་དག་གི་ནོར་ལུག་ཤི་བའི་ཁ་གྲངས་རྩིས་ལེན་བྱས་པ་ཙམ་ལས་ཐག་གཅོད་ཀྱི་ཐབས་བཀོད་ཅི་ཡང་བརྗོད་མ་བྱུང་། ཡིན་ནའང་དེད་ཚང་གི་ནོར་ལུག་གཅིག

གྱུང་མ་ཞི་བ་ནི་དོམ་བུའི་བཀའ་དྲིན་ཡིན་པ་སྨོས་ཅི་དགོས། དེ་བས་མེས་པོ་ནི་སེམས་ཧ་ཅང་སྐྱོ་བར་གྱུར་ཏེ་ཡུན་རིང་པོར་བསམ་གཞིགས་བྱས་རྗེས། མི་ཚང་མར་གསལ་བཤད་གཏོང་བ་ལྟར "དེ་དུས་དོམ་བུས་ཟླུག་སྐད་བཏོན་ནས་མཚམས་མི་འཇོག་པ་ནི་དོན་དག་འདི་འདྲ་བ་ཞིག་འབྱུང་རྒྱུ་ཡིན་པ་ཤེས་ཡོད་པས་རེད" ཟེར་བས། ཁྱིམ་མི་ཚང་མ་ཡང་ཁ་གྲག་རྒྱུ་མེད་པར་གྱུར་ཏེ་འདང་རྒྱག་གི་ནང་དུ་ལྷུང་སོང་།

དགུན་ཁའི་ཉིན་ཞིག་ལ། ཕུ་བོས་སློ་བུར་བཏང་བའི་སྐད་ཅིག་འཁོར་སོང་། སྐད་ཆའི་ནང་དོན་ནི་དོམ་བུ་རྐུན་མས་བརྐུས་སོང་བས། ང་མྱུར་དུ་ཡུལ་ལ་ཡོང་རོགས་ཞེས་པ་དེ་རེད། ཉེ་བའི་སྐབས་འདིར་ནང་ལོགས་སུ་ཁྱི་གོང་འཕར་གྱིན་པའི་སྐད་ཆ་ཞིག་གང་སར་མཆེད་པ་དང་ལྷན་དུ། འབྲོག་ཁུལ་དུའང་ཁྱི་ཉོ་བའི་ཚོང་པ་ཅི་རིགས་ཤིག་མཐོང་རྒྱུ་འདུག་ལ། དེའི་ཁྲོད་དུ་རྒྱ་མི་དང་ཁ་ཆེ་བ་ཡོད་པར་མ་ཟད། རིམ་བཞིན་དུ་ལོ་ན་གཞོན་པའི་བོད་མི་འགའ་རེ་འདུག་སྟེ། ཕོ་ཚོས་དང་ཐོག་རེ་ཐང་ཞུལ་ཏེ་བདག་མེད་ཀྱི་ཁྱི་ལྷོམ་དག་བཟུང་སྟེ་ཉོ་ཚོང་བྱེད་པ་དང་། རིམ་བཞིན་དུ་ཁྱིམ་ཚང་རེ་རེའི་སྒོ་ཁ་ཞུལ་ཏེ་ཁྱི་འཚོང་མིན་འདྲི་ལ། ཁྱི་འཚོང་མཁན་མ་བྱུང་བས་ཐབས་ཟད་ཅིང་རྐུ་བའི་ལས་ལ་འཇུག་གིན་པ་སྟེ། མཚན་མོའི་དུས་ཁྱིམ་ཚང་གཉོམ་ཆུང་དག་གི་འདབས་སུ་བཏུད་ནས་ཁྱི་རྣམས་གན་དུ་འགུགས་པ་དང་། དེ་རྗེས་གཟན་གྱི་ནང་ལ་སྨྲིད་སྨན་བཏབ་སྟེ་ཁྱི་ལ་བྱིན་པ་ན་ཁྱི་དག་དེ་མ་ཐག་ས་རུ་འགྱེལ་འགྲོ་བ་རེད། དེ་ལྟར་ཁྱིམ་ཚང་དག་གི་སྒོ་ཁྱི་རྐུ་བཞིན་པའི་གནས་ཚུལ་མང་པོ་ཐོས་རྒྱུ་འདུག་པས། དོན་དེ་ད་ལྟ་དོམ་བུའི་སྟེང་དུ་བབས་པ་ཡིན་ཚོད་འདུག

ངས་ཆེད་དུ་གཟའ་ཉི་མའི་དུས་ཚོད་སྤྱད་ནས་འབྲོག་ཕྱོགས་སུ་ཐེངས་གཅིག་འགྲོ་དགོས་བྱུང་སོང་། ཡུལ་དུ་བསླེབས་པའི་ཚེ་ན། སྤྲ་ཁྱིམ་གྱི་ཕོར་ཡུག་ཀུན་ཏུ་དེ་སྔོན་ལྟར་དོམ་བུའི་ཟླུག་སྐད་ཐོས་རྒྱུ་མེད་པར་ཧ་ཅང་སྟོང་འཇགས་སེར་འདུག་པས། སེམས་ནང་དུ་རྒྱུ་མཚན་མེད་པའི་འཚབ་སྣང་ཞིག་སྐྱེས་བར་གྱུར་སོང་། འབྲོག་པའི་སྤྲ་ཁྱིམ་ཞིག

ལ་མཆོན་ན་ཁྱི་ཡི་ཟུག་སྐད་ཐོས་རྒྱུ་མེད་པར་གྱུར་ཆེ། དེ་ནི་ཧ་ཅང་ཁེར་རྐྱང་ངམ་ཐྲོ་བ་མེད་པའི་སྨྱུ་ངན་ཞིག་གིས་ཁེངས་པ་དང་ཁྱད་མི་འདུག་ཅིང་། ཁྱི་ཡི་ཟུག་སྐད་ཤོན་ནི་སྒྲ་ཁྱིམ་ཞིག་གི་ཚེ་སྲོག་འཕར་ལྡིང་བྱེད་པའི་སྒྲ་ཡིན་པའི་སྣང་བ་ཞིག་སྐྱེས། མེས་པོ་ནི་ལས་ཀ་ལྡིད་མོ་ཞིག་གིས་ཐང་ཆད་པར་བྱས་པ་ལྟར། ཁྱིམ་གྱི་ཡར་ཕྱུག་གི་སློག་གདན་སྟེང་དུ་སློག་པ་གཡང་ཤམ་བྱས་ཤིང་གློ་ཉལ་བྱས་ཏེ་འདུག་ཅིང་། ལག་ནས་བར་མེད་དུ་ཕྲེང་བ་འདྲེན་བཞིན་ཡོད་ནའང་རྣམ་ཤེས་ཕྱོགས་གཞན་ཞིག་ཏུ་འཁོར་ཏེ། འདང་རྒྱུག་ཟབ་མོ་ཞིག་གི་ནང་དུ་ལྷུང་འདུག་པས། ང་ཁྱིམ་དུ་བསླེབས་པ་ལའང་ཚོར་སྣང་མ་བྱུང་བ་ལྟར་ལྷེབ་ཙམ་འགུལ་བར་མི་བྱེད་ལ། འཚམས་འདྲིའི་སྐད་ཆ་ཙམ་ཡང་འདྲི་རྒྱུ་མི་འདུག ཁོའི་ལུས་པོ་ནི་དེ་སྔ་ལས་ཀྱང་རྒས་པར་གྱུར་ཡོད་པའི་ཁར། ཉིན་འགར་ཟས་མ་འཐུང་བ་ལྟར་ངོ་གདོང་སྐྱ་བོར་གྱུར་འདུག ཁོས་ངག་ནས་མ་ཎི་བར་མེད་དུ་བགྲང་བཞིན་ཡོད་ནའང་། ལན་རེར་ཧ་ཅང་གཉོན་དཀའ་བའི་ཤུགས་རིང་ཕྱུང་འོང་བས། ཁྱིམ་ནང་ཧྲིལ་པོར་ཤེད་དོན་བྱུང་བ་ལྟ་བུའི་སྨྱུ་ངན་གྱི་མཁའ་དབུགས་རིམ་པ་ཞིག་གིས་ཁྱབ་འདུག ངས་ད་བར་དུ་ནང་མི་ཞིག་འདས་ཚེ་ཁྱིམ་མི་དག་གིས་ལྭ་བ་རྙིང་རྟགས་གྱོན་པ་དང་མགོ་ཡི་ཞྭ་མོ་ཕྱིར་སློག་པ། གླུ་ལེན་དང་གར་རྩེ་ཕར་ཞོག ཐ་ན་དགའ་བའི་དགོད་སྒྲ་ཙམ་ཡང་མི་བྱེད་པ་ཤེས་མོད། སྔོ་ཁྱི་གཞན་གྱིས་བཀྲུས་པ་ལ་དེ་ལྟར་སྨྱུ་ངན་བྱེད་པ་ནི་ཧ་ཅང་དགོད་བྲོ་བའམ་ཤིན་ཏུ་ནས་མི་འོས་པ་ལྟར་སྣང་བས། སྤུ་མོས་དྲངས་པའི་ཇ་འཐུང་བཞིན་དུ་ཨ་མས་འཚམས་འདྲི་བྱས་པར་ལན་བཏབ་པ་ལས། མེས་པོར་དོམ་བུ་ཇི་ལྟར་བོར་བའི་སྐོར་གྱི་གྱི་སྐད་ཆ་ཅི་ཡང་འདྲི་འདོད་མ་བྱུང་།

ཕྱི་དྲོ་ཕུ་བོ་དང་ངེད་གཉིས་ཕྱི་རོལ་གྱི་ལུག་རྫིར་འགྲོ་དུས་སུ། ཕུ་བོས་གཞི་ནས་གནས་ཚུལ་ཧྲིལ་པོ་ང་ལ་རྒྱུས་བཤད་བྱས་བྱུང་། ཕུ་བོས་བཤད་པ་ལྟར་ན། ཕལ་ཆེར་ཟླ་གཅིག་གི་སྔོན་ནས་བཟུང་། ཁྱི་ཉོ་མཁན་འགའ་རེ་ཡང་དང་བསྐྱར་དུ་ཁྱིམ་ཚང་གི་སྒོ་ཁར་ཡོང་སྟེ་ཁྱི་འཚོང་མིན་གྱི་སྐད་ཆ་འདྲི་བ་དང་། ཡོང་ཐེངས་རེ་རེ་ཁྱི་ཡི་རིན་གོང་ཡང་སྔོར

སྟོང་གཉིས་གསུམ་གྱིས་ཇེ་མཐོ་ནས་ཇེ་མཐོར་གཏོང་གིན་འདུག་ཀྱང་། མེས་པོས་ཕོ་ཚོར་སྣོ་ཁྲི་ཡི་ཚོང་རྒྱག་པའི་དཔེ་ཞིག་གནམ་འོག་ན་མེད་ཅེང་། སྣོ་ཡི་ཁྲི་བཙོང་ཚེ་ནང་གི་མེས་ཁ་སོས་པ་མ་རེད་ཅེས་སླས་ཏེ་བཙོང་འདོད་མ་བྱས། དེ་བས་དགོང་མོ་ཞིག་ལ་ཕྲུ་བོ་ཕོ་ཡུལ་དུ་མེད་པའི་གོ་སྐབས་དང་བསྟུན་ནས། དོམ་བུ་སུས་ཀྱང་མ་ཚོར་བར་བརྐུས་སོང་བ་ཡིན་འདུག ཕྲུ་བོས "མེས་པོས་ནི་དོན་དེ་ཕོ་ནར་སེམས་ཁུར་བྱས་ཏེ་ཉིན་མོ་ཟས་ཀྱང་མི་ཟ་བར་འདུག ཁྱོད་ཀྱིས་ལྟོས་དང་། ཉིན་བཞིན་སློན་པ་ལྟར་ཁ་མི་གྲག་པར་སྡོད་པ་རེད" ཟེར།

ངས་ཀྱང་ཅུང་དགོད་ཅིག་བྱས་ནས "ཕོས་དེ་ལྟར་སེམས་སྡུག་བྱེད་དོན་ཅི་ཡོད་དམ། སྔར་ཡང་ཁྲི་གྱུ་འགའ་གསོས་ན་ཚོག་པ་རེད་པས། ཁྲི་ཕྱུག་ཚར་སོང་བ་མ་རེད" ཅེས་བཤད།

ཕྲུ་བོས་མགོ་བོ་འཕྲེད་དུ་གཡུག་གཡུག་བྱེད་བཞིན་དུ "ཕོས་ནི་ཁྲི་གྱུ་གསོ་རྒྱུ་མི་འདུག་ཟེར་བ་མ་རེད། ཕོས་བསམས་པ་ནི་རྐུན་མ་དེས་དོམ་བུ་བརྐུས་ནས་ནང་ལོགས་སུ་ཁྱེར་རྗེས་བཤས་ཏེ་ཤ་ཟོས་འགྲོ་ངེས། དེ་འདྲ་བྱུང་ཚེ་ཕོས་དོམ་བུར་བདག་དོམ་བྱས་པ་མ་ལེགས་པའི་རྐྱེན་ལས་བྱུང་བ་རེད་པས། སྡིག་པ་ཡོད་ཚད་ཕོའི་སྟེང་ན་ཡོད་པ་རེད་ཟེར་བ་རེད། ཕོས་ད་དུང་ཉིན་བཞིན་ང་ལ་ཁྱོད་དོམ་བུ་འཚོལ་དུ་མི་འགྲོ་བར་འདུག་ཟེར་ནས་སྡིགས་མོ་བྱེད་ཀྱིན་འདུག ང་གང་ལ་འཚོལ་དུ་འགྲོའམ" ཟེར།

དོན་འདི་ཕྲུ་བོ་གཅིག་པུ་གང་སར་བརྒྱུགས་ནས་བཙལ་ན་རྙེད་ཐུབ་པ་ཞིག་མིན་པས། ངས་ཀྱང་བསམ་བློ་ཞིག་བཏང་ནས། "དོམ་བུ་གཞན་གྱིས་བརྐུས་སོང་ཞེས་ཁྱོད་ཀྱིས་མངགས་གཏོང་ཁང་ལ་ཡར་ཞུ་མ་བྱས་སམ" ཞེས་དྲིས།

ཕྲུ་བོས་ད་སྔོན་གྱི་ངའི་བཟོ་ལྟར་ལད་མོ་བྱེད་པ་ལྟར་ཕོང་དགོད་ཅིག་བྱས་ཏེ "ང་རང་སོང་ནས་མངགས་གཏོང་ཁང་དུ་ཡང་ཡར་ཞུ་བྱས་པ་ཡིན། ཕོ་ཚོས་ངའི་སྐད་ཆ་ཐོས་འཕྲལ་དགོད་ཀྱིན་འདུག ད་བར་དུ་ཧ་དང་ནོར་ལུག་བརྐུས་སོང་ཟེར་ནས་ཞུ་གཏུག་བྱེད་མཁན་མང་པོ་བྱུང་ཡང་། སྣོ་ཁྲི་བོར་སོང་ཟེར་ནས་ཞུ་གཏུག་བྱེད་མཁན་ང་གཅིག་པུ་ལས

འཕྲད་མ་མྱོང་ཟེར། ཕོ་ཆོས་རྩར་གཙོད་བྱ་ཆོག་ཟེར་མོད། དང་ལེན་བྱེད་ངེས་པའི་རྣམ་འགྱུར་ཅི་ཡང་མི་འདུག སྤྱིར་ན་ང་ཡང་ཕོ་ཆོའི་སར་འགྲོ་འདོད་མི་འདུག་མོད། མེས་པོས་ཡང་དང་བསྐྱར་དུ་བསྐུལ་ནས་སྟོད་དུ་མ་བཙུག་པ་རེད” ཟེར་ནས་ཧ་ཅང་མ་ཉེས་ཁ་གཡོགས་ཐེབས་པ་ལྟར། མགོ་བོ་དུད་ནས་རྐང་བས་སྦྱོ་ཐོ་ཞིག་ལ་རྡོག་ཐོས་གཞུ་ཙམ་བྱེད་པས། བཟོ་ལྟ་དེས་ཕོ་མངགས་གཏོང་ཁང་དུ་སོང་ནས་ཞུ་གཏུག་བྱས་པར་འགྱོད་པ་སྐྱེས་ཀྱིན་པ་ཤེས་ཐུབ།

དོམ་བུ་དེ་ལྟར་ཅི་ཡིན་འདི་ཡིན་མེད་པར་ང་ཚོ་དང་གྲོས་སོང་། ངའི་སེམས་ནང་དུ་ནམ་ཡང་ཡལ་རྒྱུ་མེད་པའི་ཕྱིར་དྲན་ཞིག་ཏུ་གྱུར་སོང་།

ཉེ་སྔོན། ང་བྱ་བའི་དབང་གིས་གཞི་རིམ་གྱི་ཁྱིམ་ཚང་ཞིག་ཏུ་ཕྱིན་ཏེ་ཁྱིམ་བདག་དང་ཁ་བརྡ་བྱས་ནས་སྡོད་པའི་དུས་སུ། སྒོ་བུར་དུ་ལག་ཏུ་བག་ལེབ་བྱེད་ཀ་ཞིག་བཟུང་སྟེ་ཟ་བཞིན་པའི་བྱིས་པ་ཆུང་ངུ་ཞིག་ཁྱིམ་ནང་དུ་བརྒྱུགས་ཡོང་སྟེ “ཨ་ཕ་ཨ་ཕ། ཞུ་ཚང་གི་ཁྱི་ཀན་གྱིས་རྩྭ་ཟ་བཞིན་འདུག” ཟེར། སྐད་ཆ་དེ་ངའི་རྣར་མ་སོང་། ཁྱི་ནི་གཅན་གཟན་གྱི་རིགས་ཡིན་པས་དེ་ཆོས་རྩྭ་ཟ་ཟེར་བ་ཞིག་མཐོང་ག་ལ་ཞིག་ཐོས་ཀྱང་མ་མྱོང་བས། ཕོ་ཚང་གི་བྱིས་པ་དེས་རྫུན་གཏམ་བཞིན་འདུག་སྙམ་བྱུང་། ཡིན་ནའང་ཁྱིམ་བདག་དེས་ཅི་མི་སྙམ་པའི་ངང་། “དེར་མཚར་རྒྱུ་ཅི་ཞིག་ཡོད། དེ་རིང་ནི་ཚེས་བརྒྱད་རེད་པས་ཁྱི་ཡིས་སྨོམ་པ་སྲུང་ཡོད་པ་རེད” ཟེར། ང་སྔར་བས་ཀྱང་ཡ་མཚན་པར་གྱུར་ཏེ་ཁྱིམ་བདག་དེར “ཁྱི་ཡིས་ཀྱང་སྨོམ་པ་སྲུང་ཤེས་པ་རེད་དམ” ཞེས་དྲིས་པ་ན། ཕོ་དགོད་བཞིན་དུ “ཁྱོད་ཀྱི་རྣར་མི་འགྲོའམ། ངེད་ཚང་གི་ཁྱི་འདིས་ཚེས་གཅིག་དང་བཅོ་ལྔ་སོགས་ལ་ཤ་མི་འཕྲུང་བར་སྨོམ་པ་སྲུང་གིན་འདུག དེའི་རྐྱེན་གྱིས་ནམ་རྒྱུན་མི་རྣམས་ཀྱིས་ཁྱི་ཡིས་རྩྭ་སྔོན་ཟ་བ་མཐོང་ཚེ། ཉི་མ་དེ་ནི་དུས་ཆེན་བཟང་པོ་ཞིག་ཡིན་པ་ཤེས་འགྲོ་བ་རེད། རྣར་མི་འགྲོ་ན་ཁྱོད་ཀྱིས་ཚོད་ལྟ་བྱོས་དང་ཚོག” ཟེར། སྐབས་དེར་ཁྱི་ཀན་རྒྱ་པོ་ཞིག་ས་ལ་སྣོམ་སྣོམ་བྱེད་བཞིན་དུ་སྒོ་ཁར་མངོན་བྱུང་ལ། བྱིས་པ་དེས་ཁྱི་ཀན་གྱི་མིང་ནས་འབོད་བཞིན་ལག་པའི་

ནང་གི་བག་ལེབ་ལས་རྫོག་ཙམ་ཞིག་ཕྱིའི་ཐད་དུ་འཕངས་བྱུང་། ཁྱི་རྒན་དེས་ཧ་ཅང་བག་ལྷོད་པའི་མིག་གིས་ཁྱིམ་ནང་དུ་ལྟ་ཙམ་བྱས་པ་ལས། བག་ལེབ་རྫོག་པོ་དེར་སྣོམ་ཙམ་ཡང་མི་བྱེད་པར་སྐྱར་ཡང་ཕར་ཙམ་དུ་ཕྱིན་ཏེ། སྤོ་རྩ་རྫོག་པོ་ཞིག་གི་གན་དུ་སླེབས་འཕྲལ་མཆུ་ཡིས་སྣོམ་སྣོམ་ལན་འགའ་བྱས་རྗེས། ཧ་ཅང་སེམས་ཆུང་དང་རྩ་རྐང་ཉག་གཅིག་རེ་གཅིག་རེ་སོ་ཡིས་བཏོགས་ཏེ་ཟོས་བྱུང་། དོན་དངོས་དེ་མཐོང་འཕྲལ་ངའི་སེམས་ལ་ཧ་ཅང་སྨྲ་མི་ཤེས་པའི་ཚོར་སྣང་ཞིག་སྐྱེས་བྱུང་། ནམ་རྒྱུན་མི་རྣམས་ཀྱིས་ཁྱི་ཡི་ལྷད་མེད་རྣམ་དག་གི་རང་གཤིས་དང་། ཡོད་ཚད་བདག་པོའི་དོན་དུ་འབུལ་བའི་ལྷག་བསམ་ལ་དགའ་མོས་དང་བསྟེ་འཛོག་ཚད་མེད་བྱེད་ཀྱིན་ཡོད་ནའང་། མི་ཡི་ནང་སེམས་ཀྱི་དགེ་སྡིག་གི་ཚད་གཞིས་བསླལ་ཞིང་ཕབ་པའི་ཕྱིའི་སྤྱོད་ལམ་སྣ་ཚོགས་ཀྱིས་ཕྱིའི་གྲོགས་པོར་གྱུར་བའི་སྒོ་ཁྱི་ཡི་རིགས་ལ་ཡང་། འདི་འདྲའི་དཔག་པར་དཀའ་ལ་གཏིང་ཟབ་པའི་བག་ཆགས་མཐུག་པོ་བཞག་ཡོད་པ་ནི་སུ་ཞིག་གི་ཡིད་ངོར་འཆར་ཐུབ། འདི་ནི་ནམ་ཡང་མིའི་བློ་ངོར་མི་ཤོང་བའི་གསང་བ་ཞིག་ཡིན་འདུག་པས་ང་དངོས་གནས་ཧ་ལས་སུ་བཙུག་སོང་།

ཕྱིར་མཁར་གྲོང་དུ་ལོག་ཁར། ཧག་ཧག་ཏུ་སྐོར་དེའི་ཁྱིམ་ཚང་ཞིག་གི་ཁྱི་མོ་ཚང་ལོག་སྐེ་ཁྱི་གུ་བཅུ་གྲངས་ཤིག་བཙས་འདུག་པ་མཐོང་བྱུང་། རྒན་མོ་ལོ་ལོན་ཞིག་གིས་ཁྱི་གུ་དག་ལ་ཚང་མལ་བཟོ་བཞིན་འདུག་པས། ང་མོའི་གན་དུ་སོང་ནས་གུས་ཞུལ་ལྡན་པའི་དང་ "ཨ་ནེ་ལགས། ང་ལ་ཁྱི་གུ་ཞིག་བཙོང་ན་ཨེ་ཆོག" ཅེས་དྲིས།

རྒན་མོ་ལོ་ལོན་དེས་ལག་ནང་གི་ལས་ཀ་མཚམས་བཞག་ནས་ང་ལ་ཞིབ་ལྟ་ཞིག་བྱེད་པར་བལྟས་ན། ཕལ་ཆེར་ང་བོད་མི་ཞིག་ཡིན་པ་ཐེ་ཚོམ་སྐྱེས་ཀྱིན་པ་འདྲ། མོས་མགོ་འདར་ཙམ་བྱས་ཏེ་ཁྱི་གུ་ཚོར་ལྟ་བཞིན "སྒོ་ཁྱི་ཡང་བཙོང་དགོས་ཚེ་ཁ་མ་སོས་པ་རེད། བཙོང་མི་སྲིད། ཁྱོད་ལ་དགོས་ན་གཅིག་བྱིན་ཆོག" ཟེར།

ང་ཧ་ཅང་ཡ་མཚན་པར་གྱུར་སོང་། ད་ལྟའི་དུས་འདིར་དོན་དག་ཅི་བསྒྲུབ་ཀྱང་སྒོར་མོས་བསྒྲུབ་དགོས་པ་ཡིན་པས། དངོས་པོ་ཞིག་དགོས་ན་སྒྲུས་ཅི་དགོས། འོན་ཀྱང་རྒན་མོ་

འདིས་བཙོང་མི་སྲིད་མོད། ཁྱེན་ན་ཚོག་ཟེར་བར་ང་ཡིད་མ་ཆེས་པར “ཨ་ནེ་ལགས། ཁྱོད་ཀྱིས་བཙོང་མི་སྲིད་མོད། དགོས་ན་ཁྱེན་ཚོག་ཟེར་བའི་རྒྱུ་མཚན་ཅི་ཡིན” ཞེས་དྲིས།

རྒན་མོ་དེ་མ་ཐག་ཏུ་སོ་མེད་པའི་རྩེ་ལ་བསྟན་ནས་བགད་བྱུང་། མོ་དགོད་བཞིན་དུ “ཞི་ལི། ང་འཚུགས་མེད་ན་ཁྱོད་མཁར་གྲོང་ནས་ཡོང་བ་རེད་ཨང་། རྒྱ་མི་དག་གིས་ཁྲི་ཉོ་རྒྱུ་ཟེར་བ་ནི། ཡང་མིན་ན་བཤས་ནས་ཤ་ཟ་ཟེར་བ་རེད། ཡང་མིན་ན་བཙོང་ནས་སྒོར་མོ་ལེན་སྙམ་པ་རེད། ཙ་ཚོ་བོད་ཀྱིས་ལྟོགས་ནས་ཤི་དགོས་ཀྱང་སྒོ་ཁའི་ཁྲི་ཡིས་ཚོང་རྒྱག་མི་སྲིད་པ་རེད” ཟེར།

རྒན་མོའི་ཚིག་དེས་ང་ཁ་སྐྱེངས་ཤིང་ངོ་གནོང་བར་བྱས་པས། སྣ་མཐུད་དུ་སྐད་ཆ་བཤད་པའི་སྤོབས་པ་མ་བྱུང་། སྐབས་དེར་རྒན་མོ་དེ་དགོད་བཞིན་དུ་ཁྲི་གུ་ཆུང་བ་ཁྱེར་ཡོང་ནས་ངའི་ལག་ཏུ་བཞག་རྗེས “སྒུར་མོར་ཁྱེར། ཁྲི་མོས་མཐོང་ཚེ་ཁྱོད་ལ་འཁྱེར་དུ་འཇུག་མི་སྲིད” ཟེར།

ཕྱིར་མཁར་གྲོང་དུ་ཐོན་འཕྲལ། ངས་དེ་སྒུར་ཤོག་སྣམ་གྲུ་བཞི་ཞིག་གིས་ཁྲི་གུ་ལ་ཁྲི་ཁུང་ཞིག་ལས་ཏེ་ཁོ་དེའི་ནང་དུ་བཞག་ཅིང་། སླར་ཡང་རྒྱ་སྲང་དུ་སོང་ནས་འོ་མ་ཞིག་ཉོས་ཡོང་སྟེ་ཁོ་ལ་ལྟོ་སྦྱོད་པ་ཡིན། ཁྲི་གུ་ནི་ད་སོ་མ་ཁྲི་མོའི་ནུ་མ་དང་ཁ་བྲལ་བ་ཡིན་སྐབས་ལྟོ་འཕྲུང་ཤེས་ཀྱིན་མི་འདུག་མོད། ངས་ཅི་ནུས་སྙོམས་མཚུ་གཏད་ནས་སྣོམ་དུ་བཅུག་པ་ན། ཨིན་ཙམ་རེ་ཁ་ཏུ་རེག་ཐུབ་ཀྱིན་འདུག་པས་སེམས་ཏ་ཅང་བདེ་བར་གྱུར་སོང་། དེ་ནས་བཟུང་ངས་ནམ་རྒྱུན་ཁྲི་གུ་ལ་ལྟོ་ལྡུད་པའི་དུས་དག་ཏུ། སེམས་ངོར་རང་དབང་མེད་པར་འཁྲུལ་ཤེས་ཤིག་སྐྱེས་ཡོང་སྟེ། ང་ནི་ལོ་དུ་མའི་སྔོན་གྱི་ཀྱི་མེས་པོ་ཡིན་པ་དང་། ཁྲི་གུ་ཆུང་དུ་འདི་ཡང་དེ་དུས་ཀྱི་ཁྲི་གུ་དོམ་བུ་ཡིན་སྙམ་སྐྱེས་འོང་བ་དེའོ། །

སྨན་པ་གནམ་ཁབ།

སྨན་པ་གནམ་ཁོ་ནི་ཡུལ་ཚོའི་འཕྲོད་བསྟེན་ཁང་གི་མགོ་གཙོ་རེད་ལ། ས་ཁུལ་འདིར་མཚོན་ན་ཐོབ་ཐང་ངེས་ཅན་ཡོད་པའི་མི་སྣ་ཞིག་ཀྱང་ཡིན་པ་འདྲ། ཚང་མས་བཤད་ན། མཐའ་འཁོར་གྱི་འབྲོག་པ་དག་སྨན་ཁང་དུ་ནད་ལ་བརྟག་ཏུ་ཡོང་དུས་སྨན་པ་གཞན་དག་ལ་མིག་མི་ཐོགས་པར "སྨན་པ་གནམ་ཁོ་ཨེ་འདུག" ཅེས་འདྲི་བཞམ། ཡང་ན་རང་ཉིད་དངོས་སུ་སྔོན་ལ་ཡོང་སྟེ་སྨན་པ་གནམ་ཁོ་ཨེ་འདུག་ལ་བལྟས་རྗེས་གཞི་ནས་ཁོའི་སར་ནད་ལ་བརྟག་ཏུ་འགྲོ་བ་རེད། དེ་བས་ཁོའི་ལས་རོགས་སུ་གྱུར་པའི་སྨན་པ་གཞན་དག་ཏ་ཅང་མི་དགའ་བར་ཡང་ཁག་མི་འདུག་སྟེ། རྣམ་འགྱུར་འདི་དག་གིས་ཁོ་ཚོ་རང་ཉིད་ལ་ཡོད་པའི་ལག་རྩལ་ལ་ཡིད་མི་ཆེས་པ་དང་ཐད་ཀར་མཐོང་ཆུང་བྱས་པ་རེད་པས། ཁོ་ཚོས་ཏ་ཅང་མ་དགའ་བའི་ཉམས་ཀྱིས་ལྐོག་ཏུ "ཁོ་ལ་གཞན་ལས་ལྷག་པའི་འཛོན་ཐང་ཅི་ཡོད་དམ" ཟེར་བ་དང་མཚང་མིང་ལའང "སྨན་པ་གནམ་ཁབ" ཅེས་བཏགས་ཡོད་པ་རེད་ཟེར།

སྨན་པ་གནམ་ཁོ་ལ་ནད་བརྟག་སྨན་བཅོས་ཀྱི་ལག་རྩལ་ཅི་འདྲ་ཡོད་པ་མི་ཤེས་ཀྱང "སྨན་པ་ཕ་ཡིན་ནད་པ་བུ་བཞིན་སྐྱོངས། །ནད་པ་བུ་ཡིན་ངན་མཚང་ཕྱིར་མ་

བརྗོད། །" ཅེས་པ་ལྟར། ང་ནི་གསར་དུ་ལས་སྒོ་ཐུས་ཏེ་ས་འདིར་ཡོང་བ་ཡིན་པས་འབྲོག་པ་དག་དང་འདྲ་བར་སྨན་པ་གནམ་ཁོ་ཟེར་བ་ལས "སྨན་པ་གནམ་ཁབ" ཅེས་འབོད་མ་མྱོང་མོད། ཐེངས་ཤིག་ངའི་རྐང་མགོར་ཚེར་མ་ཞིག་ཟུག་སྟེ་རྣག་པར་གྱུར་བས། སྨན་ཁང་དུ་སྨན་བཅོས་བྱེད་དུ་མི་འགྲོ་ཀ་མེད་བྱུང་ཞིང་། སྨན་པ་གནམ་ཁོར་ཐུག་འཕྲད་བྱེད་པའི་གོ་སྐབས་ཐོབ།

ལས་གྲོགས་ཚོས་ང་ལ་ཀུ་རེའི་ཚུལ་དུ་སྨན་པ་གནམ་ཁོ་ནི་དཔལ་འབྱོར་ཡོང་སྒོ་གཙོགས་ཆེན་བྱེད་པའི་མི་ཞིག་རེད་དེ། ཁོས་ནད་ཆེ་ཆུང་ཅི་ཞིག་ལའང "གནམ་ཁབ་ཅིག་རྒྱག་དགོས་རྒྱུ་རེད" ཟེར་བ་ནི་ཁ་ཏུ་ཞར་བའི་མན་ངག་ཅིག་ཡིན་ལ། གནམ་ཁབ་རེ་བརྒྱབ་ན་སྒོར་ཉི་ཤུ་སུམ་ཅུ་ལྷག་དགོས་པ་ཡིན་པས་ཁྱོད་རང་སྒོར་མོར་སེར་སྣ་ཆེ་ན་ཁོའི་གམ་དུ་མ་འགྲོ་ཟེར། ངས་ཀྱང་ཀུ་རེའི་ཚུལ་དུ "འདི་ཙམ་ལ་གནམ་ཁབ་རྒྱག་དགོས་ཚེ་ང་དངོས་གནས་ནད་པར་གྱུར་བ་རེད" ཅེས་བཤད།

ང་སྨན་ཁང་དུ་ཐོན་དུས་སྨན་ཁང་དུ་ཧ་ཅང་ཟིང་ཡོང་ཆེ་བར་འདུག་སྟེ། ཕྱོགས་བཞི་མཚམས་བརྒྱད་ནས་ཡོང་བའི་ནད་པ་དག་ནད་བརྟག་ཁང་དུ་འཚང་འདུག་པར་མ་ཟད། ནད་པ་རེ་རེའི་ལག་མགོར་ཡང་གནམ་ཁབ་བསྣར་མེད་པ་གཅིག་ཀྱང་མི་འདུག་པས་ཅུང་ཞེ་འཚེར་པ་བྱུང་། སྨན་པ་གནམ་ཁོ་ནི་ནད་པ་དག་གི་དཀྱིལ་དུ་ཧ་ཅང་སྒྲོ་སྣང་དང་བཅས་ནད་བརྟག་བྱེད་ཀྱིན་གནམ་ཁབ་བརྒྱབ་སྟེ་ཁོམ་གྱི་མི་འདུག་པས། ཁོ་ཚོ་དང་བསྡུར་ན་ང་ནི་ནད་པའི་གྲས་སུ་ཚུད་དཀའ་བས་འགྲམ་དུ "ཁོམ" ཡོད་པའི་སྨན་པ་གསར་བུ་དེའི་གམ་དུ་ཕྱིན་ནས་རང་ཉིད་ཀྱི་ནད་ཚུལ་ལ་བརྟག་ཏུ་བཅུག་པ་ཡིན། སྨན་པ་གསར་བུ་དེ་མི་རྩེ་དགོད་ཅན་ཞིག་རེད་ལ་ཁོ་ཚོའི་གྲས་ཀྱི་ལག་རྩལ་ཅུང་མཐོ་ཤོས་ཀྱང་ཡིན་པ་འདྲ། ཁོས་ང་ཁྲིད་ནས་སྨན་བཅོས་ཁང་དུ་སོང་ནས་རྐང་བའི་ཚེར་མ་བླངས་པ་དང་། རྣག་ཁྲག་གཙང་མར་བཀྲུས་ཤིང་བྱུག་སྨན་བསྐུས་ནས་སེང་རས་ཀྱིས་གཏུན་བྱུང་། ཕྱིར་ནད་བརྟག་ཁང་དུ་ཡོང་རྗེས "ཅུང་ཙམ་ལ་སྒུགས་དང་སྨན་པ་གནམ་ཁོས་སྨན་ཡིག

འཁྲི་ངེས” ཟེར་བས་དེ་གར་ངང་སྒུག་མི་བྱེད་ཐབས་མེད་བྱུང་།

སྨན་པ་གནམ་ཁོས་ནད་པ་དག་ལ་གནམ་ཁབ་བཀོད་སྒྲིག་བྱས་ཚར་རྗེས་ང་ལ་སྨན་ཡིག་བྲིས་པ་རེད། ཁོས་ང་ལ་ཆེར་མ་ཧི་ལྟར་ཟུག་ཚུལ་དང་ཉི་མ་དུ་འགོར་བ་སོགས་དྲིས་རྗེས་ཤོག་བུ་དང་སྨྱུ་གུ་བླངས་ཏེ “གནམ་ཁབ་ཅིག་རྒྱག་རྒྱུ་ཡོད་སྲིད” ཟེར།

ངས་ལན་དུ “འདི་ཙམ་ལ་སྨན་ཞིག་འཕྱུང་ན་མི་ཆོག་གམ” ཞེས་གདེང་ཚོད་ཡོད་པའི་ངང་བཤད།

སྨན་པ་གནམ་ཁོས་ཁྲེལ་དགོད་ཅིག་བྱས་བྱུང་ལ། དེའི་ནང་དོན་ནི་ཁྱོད་རང་ཁབ་རྒྱག་རྒྱུར་སྐྲག་པ་རེད་དམ་ཞེས་པ་དེ་རེད། ཁོས་བཀའ་འབེབས་བཞིན་པའི་གདངས་ཀྱིས “ཁྱོད་ཀྱིས་ནད་ལ་མཐོང་ཆུང་མ་བྱེད། གལ་ཏེ་གཉན་ཚད་རྒྱས་ཏེ་ཁྱོད་ཀྱི་རྐང་བ་རྡིལ་བོ་རྣག་གིས་ཟིན་ན་ཟུག་གཟེར་དེ་བས་ཆེ་བ་མ་རེད་དམ” ཟེར།

ངས་སླར་ཡང “འོ་ན་འཛོམས་ཚོས་ཀྱི་སྟེང་ལ་ཁབ་བརྒྱབ་ན་ཆོག་པ་རེད་དམ” ཞེས་བཤད་རྗེས། སྨན་པར་གནས་ལུགས་བཀྲང་བའི་ནད་པ་ང་གཅིག་པུ་ལས་ཡོད་རྒྱུ་མ་རེད་སྙམ་སྟེ་གཡས་གཡོན་དུ་ལྟ་ཙམ་བྱས་པ་ན། གནམ་ཁབ་བརྒྱབ་ཡོད་པའི་ནད་པ་མང་པོའི་མིག་གིས་ཅེ་རེར་ང་ལ་བལྟས་འདུག་པས་ཐུང་ཁ་སྐྱེངས་པར་གྱུར།

སྨན་པ་གནམ་ཁོས་སླར་ཡང་ཁོང་དགོད་ཅིག་བྱས་བྱུང་ལ། དེའི་ནང་དོན་ནི་མ་གཞི་ཁྱོད་ཀྱིས་སྐྱོར་མོར་སེར་སྣ་བྱེད་ཀྱིན་པ་ཡིན་ནམ་ཞེས་པ་དེ་རེད། ཁོས་དེ་སྐུར་མིག་ཅེར་ཅེར་གྱིས་སྐྲག་འཕྱུད་པ་ལྟར “ཁྱོད་ཀྱིས་ཤེས་ཀྱིན་མི་འདུག གལ་ཏེ་རྐང་བ་རྡིལ་བོ་རྣག་གིས་རལ་ཏེ་མཇུག་མཐར་གཅོད་དགོས་བྱུང་ཆེ་སྐྱོར་མོ་དེ་ལས་མང་བ་ཤོར་འགྲོ་བ་མ་རེད་དམ” ཟེར།

ང་ཧ་ཅང་ཁ་སྐྱེངས་བའི་ངང “འོ་ན་གནམ་ཁབ་རྒྱག་རྒྱུ་ཡིན” ཞེས་བཤད།

ང་ནད་པ་ཇི་བཞིན་ནད་པ་དེ་དག་གི་ཁྲོད་དུ་གནམ་ཁབ་བརྒྱབ་དགོས་བྱུང་། ཡིན་ནའང་ངའི་ལག་མགོར་སྦྲེལ་བའི་གནམ་ཁབ་ཀྱི་ཐིགས་པ་རེ་རེ་ནི་རྐང་མགོའི་ཆེར་མ་

ཐུག་སར་མ་སོང་བར། དེ་ལས་ལྡོག་སྟེ་ངོ་གདོང་ཁོ་ནའི་སྟེང་དུ་ཁྲབ་ཀྱིན་པ་ལྟར་ཚ་ལམ་ལམ་བྱེད།

གནམ་ཁབ་རྒྱག་ཚར་རྗེས། ང་ཡང་སུན་སྣང་གི་ཀློང་ནས་ཐར་ཏེ་ཕྱིར་འགྲོ་རྩིས་བྱེད་དུས་སྒོ་འགྲམ་ནས་སྨན་པ་གནམ་ཁོས་གནམ་ཁབ་ཅིག་ཁྱེར་ཏེ་ཚུར་ཡོང་བ་དང་འཕྲད་བྱུང་། ཁོས་ང་རང་མཐོང་འཕྲད་གདོང་ལ་འཛུམ་ཞིག་ལངས་ནས "སང་ཉིན་ཡང་ད་དུང་གནམ་ཁབ་ཅིག་བརྒྱབ་ན་ལེགས། ནད་ལ་མཐོང་ཆུང་བྱེད་མི་རུང" ཟེར།

"ཡ།"

ང་རང་གང་ནུས་ཀྱིས་ཕྱིར་འབུད་ཐབས་བྱས་པ་ལས་ཡང་བསྐྱར་ཁོའི "སྙིང་ཉེ་བའི་ཁ་ཏ" ལ་ཉན་འདོད་མ་བྱུང་ལ། ཉིན་གཉིས་པར་ཡང་བསྐྱར་གནམ་ཁབ་རྒྱག་ཏུ་མ་སོང་བ་མ་ཟད། དེ་རྗེས་ངའི་རྐང་བ་རྣག་གིས་ཟིན་ཏེ་གཙོད་དགོས་པའི་ཚད་དུ་འང་མ་ལྷུང་བས། རྗེས་ནས་ཡང་བསྐྱར "སྨན་པ་གནམ་ཁབ" ཀྱི་གམ་དུ་འགྲོ་མི་སྲིད་སྙམ་བྱུང་།

མི་འདིར་མི་རེ་དང་ལམ་འདིར་མི་ཞུགས་པའི་ཁ་ཆོན་ཆོད་དཀའ་ཟེར་བ་ནི་དངོས་གནས་ལེགས་བཤད་ཅིག་རེད། སོས་ཀའི་ཉིན་ཞིག་ལ། ངའི་ཆུང་མར་སློ་བུར་དུ་ནད་ལྡི་མོ་ཞིག་བྱུང་བར་བརྟེན། རྫོང་མཁར་དུ་ལམ་ཐག་རིང་བས་ཡང་བསྐྱར "སྨན་པ་གནམ་ཁབ" ཀྱི་གམ་དུ་མི་འགྲོ་ཐབས་མེད་བྱུང་། ང་ཚོ་སྨན་ཁང་གི་ནང་དུ་ཐོན་དུས་ནད་བརྟག་ཁང་དུ་གད་བདར་བྱེད་མཁན་གྱི་རྒད་པོ་དེ་མ་གཏོགས་སྨན་པ་གཅིག་ཀྱང་མི་འདུག ངས་བྲེལ་འཚུབ་ཆེན་པོས "སྨན་པ་གནམ་ཁོ་གང་དུ་འདུག" ཅེས་དྲིས།

གད་པ་རྒད་པོས "ཅི་ཞིག་བྱུང་བ་རེད" ཟེར།

ངས "ནད་བྱུང་བ་རེད། སྨན་པ་གང་དུ་འདུག" ཅེས་སྐད་ཆེན་པོས་བཤད།

རྒད་པོའང་དེ་མ་ཐག་བྲེལ་འཚུབ་ལངས་ཏེ "ཁོ་ཆོར་གཉང་བ་བྱེད་སོང" ཟེར་ནས་ནད་པར་ལྟ་བར་བྱེད། འོན་ཀྱང་ཁོས་ནད་བརྟག་བྱེད་ག་ལ་ཤེས།

ངས་ཏ་མ་གོ་བར "ཅིའི་ཕྱིར" ཞེས་འདྲི་བཞིན་རྒད་པོའི་གདོང་ལ་ཅེར་དགོས་བྱུང་།

རྒད་པོ་ཧ་ཅང་ཐབས་ཟད་པའི་ངང་ "ད་ལོ་ས་ཆ་ཀུན་དུ་ཆམ་ནད་ཁྱུང་བས་སྨན་ཁང་དུ་ནད་པ་མི་འདུག དེ་བས་སྨན་པ་གནམ་པོ་ཉིན་རྒྱུན་ཁོང་ཁྲོ་ལངས་ཏེ་སྨོད་ཅིང་། ཁ་སང་གློ་བུར་དུ་འཚིག་པ་ཟོས་ཏེ་སྨན་པ་ཚོར་ཉིན་བཅུའི་གཞང་བ་བྱིན་སོང་། ཁོ་རང་ཡང་ཡུལ་དུ་བུད་སོང་" ཟེར།

འཕྲིན་མ་བྲིས་གོང་གི་སེམས་གནས།

ཨ་ཕ་ལགས། ངས་དུངས་པ་དང་སྐྱོ་སྣང་གིས་མིག་མཐའ་མཆི་མས་བརླན་བཞིན་རྒྱང་རིང་གི་ས་ནས་ཁྱེར་བའི་འབོད་སྒྲ་འདི་ཉིད་ཁྱེད་ཀྱིས་ཐོག་དང་པོར་ཐོས་དུས། ཁྱེད་ཀྱི་སེམས་ནས་ཀྱང་རང་གི་ཤ་རུས་ལས་མཆེད་པའི་བུ་ཕྲུག་གཅིག་པུའི་དྲན་གདུང་དྲག་པོའི་འོ་དོད་ཡིན་པ་གཞི་ནས་རྟོགས་ཐུབ་ལ། ཁྱེད་ལ་མཚོན་ན་ཡང་ལོ་ཟླ་ཚེས་ཞག་གི་ཕྲེང་བ་རིང་པོའི་ཁྲོད་དུ་གར་སོང་མི་ཤེས་པའི་བུ་ཕྲུག་དེ་ཉིད་ལ་ཐོག་དང་པོར་འཕྲད་པ་ལྟ་བུའི་སྤྲོ་སྣང་ཡང་སྐྱེས་སྲིད། ཨ་ཕ་ལགས། འཇིག་རྟེན་གྱི་ཕ་མ་དང་བུ་ཕྲུག་བར་ལ་རྒྱ་མཚོ་ལས་ཀྱང་མཐའ་ཡས་ཤིང་གཏིང་ཟབ་པའི་བརྩེ་དུངས་ཀྱི་སྦྲེལ་ཤུགས་ཁྱད་དུ་འཕགས་པ་ཞིག་ཡོད་ངེས་པ་ལགས་ན། ངེད་ཕ་བུ་གཉིས་ཀྱང་དེ་ལས་ག་ལ་འདས། ཨུ་ཅག་ནི་ཟླ་བ་ནས་ཟླ་བ་དང་ལོ་ནས་ལོར་ཕྱོགས་གཉིས་ཀྱི་ས་ནས་རང་རང་གི་ལ་རྒྱ་རེ་བཟུང་སྟེ། རང་རང་སར་བརྗེད་དཀའ་བའི་སྐྱོ་གདུང་གི་ཁུར་པོ་རེ་ཁུར་ནས་སྡོད་པ་ནི་རང་ཉིད་ལ་འོ་བརྒྱལ་བྱས་པ་ཤ་སྟག་ཡིན་ཞིང་། ངེད་ཕ་བུ་གཉིས་ཀྱིས་མི་ཚེ་འདིར་བཞག་པའི་གླེན་རྟགས་ཆ་པོ་ཞིག་ཀྱང་རེད།

ངའི་གཉེན་སྒྲིག་གི་དོན་དུ་ངེད་གཉིས་ཀྱི་བར་ལ་རྩོད་གཞི་དེ་འདྲ་ཆེན་པོ་ཞིག་

ལངས་པ་རེད། འཇིག་རྟེན་གྱི་འཚོ་བ་སྟེ་ཕོ་མོ་མགོ་སྦྲེལ་གྱི་འགྲོ་ལུགས་བསླབ་པ་ལ་འཇིག་རྟེན་སྣང་བའི་དབང་དུ་འགྲོ་བ་དང་ཕ་མའི་བཀའ་ཡི་རྗེས་སུ་འགྲོ་བ་ཅི་རིགས་ཤིག་མཆིས་ན་ཡང་། བསླུ་མེད་ཀྱི་ཆོས་ཉིད་འདི་བརྒྱུད་པའི་གོ་རིམ་ཁྲིད་ནས་ང་ལ་ཡང་རང་ལ་གཏོགས་པའི་གདམ་ག་ཞིག་ཅི་ལ་མེད་པས། མ་གཞི་ནས་བཤད་ན་ཁྱེད་ཀྱིས་ང་ལ་རྒྱབ་སྐྱོར་བྱེད་འོས་པ་རེད་ཨང་། འོན་ཀྱང་ཚོ་སྟེ་ཡི་གདོང་མའི་བསམ་སྤྱོད་རྙིང་པ་དེ་ངའི་འཚོ་བའི་འདུན་མའི་དགྲ་རུ་ལངས་ཏེ་ངེད་ཕ་བུ་གཉིས་ཀྱི་བར་དུ་འང་ཞེ་འཁོན་འདི་ལྟ་བུ་ཞིག་བྱུང་།

ང་སློབ་གྲྭ་ཆེན་མོ་ནས་མཐར་ཕྱིན་ཏེ་དགའ་སྤྲོའི་ངང་དུས་ཡུན་རིང་པོ་ནས་དྲན་ཞིང་སྨུག་ཡོད་པའི་ཨ་ཕ་ཁྱེད་ཀྱི་སྐུ་དྲུང་དུ་བསླེབས་དུས་ངེད་ཕ་བུ་གཉིས་ཀྱི་སེམས་ཀྱི་བདེ་སྐྱིད་དེ་ཅི་ཞིག་གིས་མཚོན་ནུས་ཨང་། ཁྱེད་ཀྱིས་ཆེད་དུ་གསོལ་སྟོན་ཆུང་ཆུང་ཞིག་བཤམས་ཤིང་ཉེ་ཚན་དག་བསྡུས་ཏེ་ང་ལ་རྟེན་འབྲེལ་ཞུས་པ་མིན་ནམ། ངོ་མ་བཤད་ན་ཨ་མ་འདས་པ་ནས་བཟུང་ངས་ཁྱེད་རང་འདི་འདྲ་དགའ་ཡོད་པ་ཞིག་གཏན་ནས་མཐོང་མ་མྱོང་བ་འདྲ། ཨ་ཕ་ལགས། ངས་ཀྱང་རྟོགས་ཡོད། དེ་དུས་ཁྱེད་ཀྱི་དགོད་སྒྲ་དེ་བུ་གཅིག་པུ་འཚར་ལོངས་བྱུང་ཟིན་པའི་ཚད་མེད་པའི་སྤྲོ་སྣང་ཡིན་ལ། རང་ཉིད་ཀྱི་མི་ཚེའི་གོམ་འགྲོས་རྗེས་མར་ཡིད་ཆེས་ཀྱིས་ཁེངས་པའི་རེ་བའི་འབོད་སྒྲ་དང་པོ་ཡང་ཡིན་སྲིད།

ཨ་ཕ་ལགས། འཇིག་རྟེན་སྣང་བས་ང་དང་མོའི་བར་ལ་འབྲལ་ཐབས་མེད་པའི་ལས་བསྐོས་འདི་བཀོད་སྒྲིག་བྱས་སོང་། ང་མོ་དང་འགྲོགས་པ་ནས་བཟུང་ཁྱེད་ཀྱིས་དུས་དང་རྣམ་པ་ཀུན་ཏུ་གདོང་མའི་བསམ་སྤྱོད་དང་ངག་སྒྲོས་ལ་ཡིད་རྟོན་བྱས་ཏེ་འགོག་རྐྱལ་གཏང་ཐུབ་བྱེད། ཡིན་ནའང་ངག་སྒྲོས་དང་བསམ་སྤྱོད་དེ་དག་ཀྱང་གཞན་དབང་གི་ཁྲིམས་སྲོལ་ཞིག་མ་ཡིན་པས། ངས་རང་ཉིད་ཀྱི་བདེ་སྐྱིད་འཚོ་བ་བརྩོན་ལེན་བྱེད་ཆེད་བསམ་སྤྱོད་ལ་རྒྱབ་འགལ་བྱས་པ་ཡིན། ཕྱི་ཟླ་དེར་ང་ལས་ཀ་གྲོལ་ཏེ་ཕྱིར་རང་ཡུལ་དུ་བསླེབས་པའི་ཚེ་ན། ཁང་པའི་ཕྱི་ནང་གི་དངོས་པོ་ཡོད་ཚད་ནི་རྡག་པས་བཅོམས་པ་ལྟར་ལ་གཡུག་ལུང་

གཡུག་བྲས་འདུག་ཅིང་། མོ་ནི་ནང་སྐོར་འི་ཁ་རུ་ལངས་ནས་ཅི་ཡིན་འདི་ཡིན་མེད་པར་དུ་བཞིན་འདུག་པས། ངས་གཞི་ནས་ཁྱེད་ཀྱི་ཐབས་རྟགས་ཀྱི་སོང་ཁྲིའི་འབྲས་བུ་ཡིན་པ་རྟོགས་བྱུང་། འོན་ཀྱང་། ཨ་ཕ་ལགས། མོས་ཀྱང་ད་བར་དུ་ཁྱེད་ལ་ངན་ཁག་དང་མི་དགའ་བའི་སྐད་ཆ་ཚིག་གཅིག་ཀྱང་བཤད་མ་མྱོང་བར་མ་ཟད། ད་དུང་ཁྱེད་ཀྱི་ཁེར་རྐྱང་གི་འཚོ་བར་སེམས་ཁྲལ་དང་གདུང་སེམས་ཚད་མེད་བྱེད་ཀྱིན་འདུག ཁྱེད་ཀྱིས་ད་དུང་འདི་ལྟར་ཞུ་ཚུགས་བྱེད་དོན་ཅི། ངས་མོ་དང་གཉེན་སྒྲིག་ཡི་གེ་ལེན་དོན་ཡང་སེམས་གཏིང་ནས་ཁྱེད་ཀྱིས་བུ་དང་མནའ་མ་གཉིས་ཀ་དང་ལེན་བྱེད་དུ་གཞུག་ཆེད་ཡིན། ཡིན་ན་ཡང་ཁྱེད་སྔོན་ལས་ཀྱང་སྨྱོན་པ་ལྟར་གྱུར་སོང་། དགོང་མོ་དེར་ང་ལ་ཡུལ་དུ་བསླེབས་མ་ཐག་ཁྱེད་ཀྱིས་ལག་ཏུ་སྟ་རེ་ཞིག་བཟུང་ནས་ལྷས་རའི་ནང་དུ་ང་རང་ཕར་བདའ་ཚུར་བདའ་བྱེད། ཁྱིམ་མཚེས་དང་མཐའ་འཁོར་གྱི་མི་དག་གིས་མིག་འཁྲུལ་བྱུང་བ་ལྟར་ངེད་ཕ་བུ་གཉིས་ཀྱི་གླེན་རྟགས་ལ་ལྟ་བར་བྱེད། ངས་ངོ་མ་ཐེངས་དེར་ཁྱེད་ཀྱིས་ང་གསོད་རྒྱུ་རེད་སྙམ་བྱུང་། མཇུག་མཐར་རྒད་པོ་འགས་ཁྱེད་བཟུང་བས་ང་ཡང་ཕྱི་རོལ་ཏུ་ཐར་བ་རེད། ཁྱེད་ཀྱིས་ད་དུང་ངའི་རྗེས་བཞིན་དུ་ཕྱིགས་མོ་བྱེད་ཀྱིན་འདུག ཁྱེད་ཐབས་ཟད་པ་བཞིན "ད་ནས་བཟུང་ཁྱོད་ལ་ཨ་ཕ་ཞེས་འབོད་ས་ཞིག་དང་ཡུལ་ཞེས་ཡོང་ས་ཞིག་མེད" ཟེར། ཁྱེད་ཀྱིས་ད་དུང "ངས་ཁྱོད་གཉིས་འདི་ལྟར་མི་འཛོག་པོ་ཐག་ཡིན" ཡང་ཟེར།

དེ་ནས་བཟུང་ང་ཡུལ་དུ་ཡོང་བའི་སྤོབས་པ་ཡེ་ནས་མེད་པར་གྱུར། ཨ་ཕ་ལགས། ང་ལྟ་བུའི་བུ་རྟགས་ཤིག་གང་ན་ཡོད། ངས་ཁྱེད་ཀྱི་སེམས་ལ་སོས་ཐབས་མེད་པའི་རྨ་ཁ་ཞིག་བཟོས་པ་རེད། གཟའ་འཁོར་དེའི་ནང་ལ་ངེད་གཉིས་ཀྱིས་ཀྱང་ལས་གནས་སྤར་ཏེ་གཞི་རིམ་གྱི་ཡུལ་ཚོ་ཞིག་ཏུ་སོང་ནས་བསྡད། མོས་ཡུལ་ཚོའི་འཕྲོད་བསྟེན་ཁང་དུ་བྲོ་བ་བསླབས་པ་དང་ང་ཡང་ལས་བྱེད་པ་དཀྱུས་མ་ཞིག་བྱས་ནས་བསྡད་ཡོད། འཚོ་བའི་ཁྲིད་དཀའ་ངལ་ཅི་ཡང་མེད་མོད། ཨ་ཕའི་བློ་འདོན་དང་བྱམས་བརྩེ་མེད་པའི་འཚོ་བ་ནི་བསེལ་མས་བཏང་བའི་འཕྲང་བརྒྱུད་མགྲོན་པོ་དང་ཅི་ཁྱད། ལོ་འདི་དག་གི་ནང་དུ་ངའི་

སེམས་སུ་རྟག་ཏུ་ཤར་འོང་བ་ནི་ཁྱེད་ཀྱི་ནག་ཅིང་གཉེར་མས་ཁེངས་པའི་བཞིན་རས་དང་འཕྱང་ཞིང་ཡམ་ཡོམ་དུ་འགྲོ་བའི་རྒྱབ་གཟུགས་དེ་ཁོ་ན་ཡིན། ད་ལྟ་ངས་ཡོད་ཚད་རྟོགས་བྱུང་། གཙོ་བོ་ང་རང་ཉིད་ལན་པ་རེད། ང་དེ་ལྟར་ཁྱེད་དང་འབྲལ་མི་འོས་པ་རེད། ཁྱེད་ཀྱིས་ང་ལ་སྡིགས་མོ་དང་ངོ་འཛུམ་ཇི་ལྟར་གནང་ཀྱང་། ལོ་ཟླའི་བརྩེགས་རིམ་གྱིས་བཀོས་པའི་དཔྲལ་བའི་གཉེར་རིས་ཁྲོད་དུ་བུ་ལ་བཅངས་པའི་བརྩེ་སེམས་དང་ཡིད་ཆེས་ཁོ་ནས་ཁེངས་ཡོད་པས། གལ་ཏེ་ཕྱི་དྲོ་དེར་ངས་ཀྱང་ཕུས་མོ་སར་བཙུགས་ནས་ཁྱེད་ཀྱི་མདུན་དུ་ཞུ་བ་བྱས་ཡོད་པ་ཡིན་ན། གལ་ཏེ་ཕྱི་དྲོ་དེར་ང་བྲོས་ཀྱང་ཕྱི་ཉིན་སླར་ཡང་སྔོན་དུས་ལྟར་འཇབ་འཇབ་དང་གཉོམ་ཆུང་ངང་ཕྱིར་རང་ཁྱིམ་དུ་ལོག་ཡོད་པ་ཡིན་ན། ཁྱེད་ཀྱིས་ཀྱང་སྔོན་དུས་ངས་མ་རབས་བྱས་པའི་དུས་ལྟར་ཐོག་མར་སྡིགས་མོ་འགའ་བྱས་རྗེས་ཐབས་ཟད་དེ་ཕར་འགྲོ་ཚུར་འགྲོ་འགའ་བྱས་ནས་འདུག་ཐག་ཆོད་ཡིན།

ཨ་ཕ་ལགས། ལོ་ཟླའི་དུས་ཡུན་འདི་འདྲ་ཞིག་འགོར་ཟིན་མོད། ཁྱེད་ཀྱིས་ད་དུང་ང་གང་དུ་ཡོད་པའང་རྟོགས་སྲིད་རྒྱུ་མ་རེད། ལྷག་པར་དུ་བུ་གཅིག་པུས་ཉོག་གྲུར་གྱི་འཛིག་རྟེན་ཞིག་ཏུ་ཁྱེད་ལ་འདི་ལྟར་བཤགས་པ་བྱེད་ཀྱིན་པ་ཡང་ག་ལ་ཤེས། དེ་ལྟར་བསམ་བཞིན་དུ་ང་ལ་སྔོན་ལས་ཀྱང་སྐྱོ་བ་ཚད་མེད་ཅིག་སྐྱེས་ཀྱིན་མཁྲིན་པ་མཆི་མས་བརྡངས་འོངས། ངས་གཟའ་འཁོར་རེ་རེར་ཡང་ཁྱོད་ཀྱི་ཕྱོགས་ཀྱི་སྐད་ཆ་དྲིས་པ་ཡིན་ལ། ཟླ་བ་རེ་རེར་ཡང་གསང་སྟབས་སུ་ཡུལ་གྱི་ཉེ་འཁོར་དུ་བཏུད་ནས་སྟབས་གང་འགྲིག་གིས་ཁྱེད་ལ་ཞིབ་ལྟ་བྱས་པ་ཡིན། ཁྱེད་ཀྱིས་དེ་དག་ཤེས་ག་ལ་སྲིད། ཁྱེད་ནི་ནང་སྣོའི་ཁྲམས་འོག་ཏུ་བསྡད་ནས་ཁབ་ཚིགས་གཅིག་རེ་གཅིག་རེ་བྱས་ཏེ་རང་ཉིད་ཀྱི་ལྭ་བར་ལྷན་པ་རྒྱག་དུས་དང་། ཁྱེད་ཀྱིས་གོམ་པ་འཕྱེང་བཞིན་ལག་རྟེན་བཟུང་སྟེ་སྟེ་བའི་གཡོན་ཕྱོགས་ཀྱི་རྐང་ལམ་དུ་བ་མོ་གཉིས་ཀ་ཆུ་ཁར་འདེད་པའི་སྐབས་སུ། ཕྱི་རོལ་གྱི་གྲུང་ཕག་དང་ལམ་འགྲམ་གྱི་སྡོང་བོའི་གསེབ་དག་ཏུ་ངས་ཨ་ཕ་ཁྱེད་ཀྱི་རྣམ་འགྱུར་རེ་རེར་བལྟས་ཤིང་། ལན་རེར་ཁྱེད་ཡུལ་ཕྱོགས་ཀྱི་སྲང་མདོ་ནས་མ་ཡལ་བར་དུ་མིག་སྐྱེལ་བྱས་པ་ཡིན། ཨ་ཕ་ལགས། ལོ་

འདི་དག་གི་ནང་དུ་ཁྱེད་རང་ཉམས་ཞེན་འདུག སྤྱིར་བུ་ཞིག་ཡོད་པའི་དོན་སྙིང་ནི་ཕ་མ་ཉམས་པའི་དུས་སུ་ཞབས་ཏོག་སྲི་ཞུ་བསྒྲུབ་རྒྱུ་དེ་ཡིན་པས། "ཕ་བཟང་པོ་ཞིག་ལ་བུ་ཞིག་དགོས། བུ་མེད་ན་རྒོད་པོ་གཤོག་ཆད་འདྲ" ཞེར་བ་མ་ཡིན་ནམ། ང་མེད་ཚེ་ཁྱེད་ཀྱི་འཚོ་བ་ཡང་རེ་འདུན་དང་བློ་བ་ཅི་ཡང་མེད་པའི་ཐལ་མདོག་ཅིག་ཡིན་ངེས། ཨ་མ་ཚེ་ལས་འདས་པ་ནས་བཟུང་། ཁྱེད་རང་གཅིག་པུས་ནམ་རྒྱུན་ཁྱིམ་ནང་གི་ལས་ཀ་ཙག་ཙིག་ལ་འབད་པ་ཡིན་ནའང་། ད་ལྟ་ལུས་པོས་ག་ལ་ཐོགས། ད་ནི་བུ་མཚོ་བའི་དུས་ལ་བསླེབས་ཤིང་། བུ་ཆུང་གིས་ཁྱེད་ལ་སྲི་ཞུ་སྒྲུབ་པའི་དུས་ལ་བསླེབས་པ་རེད། ཨ་ཕ་ལགས། ངས་ཐེངས་མང་པོར་རྨི་ལམ་ཁྲིད་ནས་ཀྱང་ཁྱེད་ལ་ཨ་ཕ་ཞེས་བོས་ཤིང་གམ་དུ་བརྒྱུགས་སོང་ལ། ནམ་ཡང་རྨི་ལམ་ཁྲིད་ནས་རྙེད་པ་ནི་ངེད་ཕ་བུ་གཉིས་ལྷན་འཛོམས་དུས་ཀྱི་སྤྲོ་སྣང་དང་བདེ་སྐྱིད་ཁོ་ན་རེད། ངས་ཀྱང་ནམ་རྒྱུན་རྨི་ལམ་དེ་འདྲར་རེ་སྒུག་བྱས་ཤིང་། གཉིད་ལས་སད་ཚེ་རྨི་ལམ་དེ་དག་ལ་སྐྱོ་བའང་སྐྱེས། འཇིག་རྟེན་འདི་ན་ཕ་བུའི་བར་དུ་རང་རང་གི་ལ་རྒྱ་བཟུང་སྟེ་ཡུན་རིང་པོར་ཁོར་ཡུག་ཆུང་ངུ་རེ་ནས་བློ་ཕམ་དང་ཡིད་ཆད་བྱེད་མཁན་ངེད་ཕ་བུ་གཉིས་ལས་སུ་ཡོད།

ཨ་ཕ་ལགས། དོན་དག་འདིར་མོར་ལན་པ་ཅི་ཡང་མེད་དེ། མོས་ཀྱང་ཁྱེད་ཀྱི་ལངས་ཕྱོགས་དེ་བཟུང་ཡོད། དེ་དུས་ངེད་གཉིས་ཀྱིས་ཁྱིམ་གཅིག་ཏུ་འདུ་བའི་སྨོན་ལམ་དང་བགྲོ་གླེང་བྱེད་དུས་སམ། དོན་དེར་ཁྱོད་མི་འཐད་པའི་སྐེང་ལ་ཨུ་ཚུགས་བསྟན་ཏེ་ངོ་རྒོལ་བྱེད་པའི་དུས་སུའང་། མོའི་མིག་མཐར་སྐྱོ་གདུང་དང་ཐབས་ཟད་ཀྱི་མིག་ཆུ་འཁོར་བཞིན "དེས་ན་མཚམས་འཛོག་པར་བྱ། ཨ་ཕའི་ཁ་བླངས་ན་འགྲིག ད་ལྟ་དང་རྗེས་ཕྱོགས་ཀྱི་དུས་ནམ་ཡིན་ཡང་བརྩི་བཀུར་བྱེད་དགོས་ས་ནི་ཨ་ཕ་གཅིག་པུ་ལས་སུ་ཡོད" ཞེར། མོས་བཤད་པ་ཐམས་ཅད་ནི་ཅི་འདྲའི་འགྲིག་པ་ལ་ཨང་། གང་ལྟར་ང་ལ་ཡང་ཨ་ཕ་ཁྱེད་གཅིག་པུ་ལས་མེད་པས། མོས་ནམ་ཡང་ཨ་ཕ་ཁྱེད་ལ་དེ་འདྲའི་བརྩི་མཐོང་དང་གུས་བཀུར་བྱེད་ཀྱིན་འདུག གལ་ཏེ་ཁྱེད་ལ་རང་གི་ཕ་ཞིག་གི་བརྩེ་སེམས་ཟབ་མོ་བཅངས་མེད་ན་སྐད་ཆ

དེ་འདྲ་ཞིག་ཀྱང་བཤད་མི་སྲིད། ཁྱེད་ཀྱིས་ཡིད་ཆེས་གནང་རོགས།

ཨ་ཕ་ལགས། ཁྱེད་ཀྱིས་འདི་དག་ཐམས་ཅད་རྨི་ལམ་ཞིག་ཏུ་བསམ་རོགས། རྨི་ལམ་གྱིས་ཀྱང་མིའི་ལུས་སེམས་ལ་གཙེས་པ་བདེན་ན་ཡང་། རྨི་ལམ་ནི་གང་ལྟར་རྨི་ལམ་རེད། རྨི་ལམ་གྱི་ཁྲོད་ནས་ཡོད་ཚད་ཀྱང་མཇུག་བསྡུ་ཚོག་པ་ཡིན། ཟླ་སྔོན་མར། ཉིན་དེ་ནི་གཟའ་ཉི་མའི་ཉིན་ཞིག་རེད། ང་གསང་སྐབས་ཀྱིས་ངེད་ཚང་གི་གཡོན་ངོས་ཀྱི་ནགས་གསེབ་ཏུ་ཡོང་ནས་སྒོ་ཁྲམས་ཀྱི་ཕྱོགས་སུ་བལྟས་ཏེ་ཨ་ཕ་ཁྱེད་སྒོ་ཁར་ཨེ་འབྱུད་ལ་རེ། ཉིན་ཕྱེད་ཙམ་ལ་བསྒུགས་ཀྱང་ཁྱེད་ཕྱིར་མ་བྱུད་པས། ང་ལ་གློ་བུར་བའི་སྐྲག་སྣང་ཞིག་སྐྱེས་བྱུང་། ཨ་ཕ་ཁྱེད་ཀྱི་ལུས་སྟེང་ལ་ན་ཚ་འདྲ་བྱུང་བ་ཡིན་ནམ། ཡང་ན་བུ་ཆུང་མེད་པའི་སེམས་ཁྲལ་གྱིས་མནར་ཏེ་ད་ལྟ་མལ་ཁྲིའི་སྟེང་དུའང་མིག་ཆུར་རེར་མཇུག་མཐའི་རེ་སྒུག་བྱེད་ཀྱིན་ཡོད་དམ། ཨ་ཕ་ལགས་ཁྱེད་ལ་ཅི་བྱུང་ངམ། སྐབས་དེར་ངའི་མིག་ལམ་དུ་ཆུང་དུས་ཀྱི་སྣང་བརྙན་ཞིག་ཤར་བྱུང་། ཆར་པ་ཤག་ཤག་འབབ་པའི་དབྱར་ཁའི་དགོང་མོ་ཞིག་ལ། ང་ཡུལ་དུ་མ་ཡོང་བར་སློབ་གྲྭའི་ནང་དུ་སློབ་མ་དག་དང་ལྷན་དུ་བསྡད། ཁྱེད་ང་འཚོལ་དུ་ཡོང་དུས་ཐིགས་མོ་བྱེད་པར་སྐྲག་ནས་སྒོ་ཕག་ཏུ་བཞའ་ཞིང་བྱིས་པ་འགས་ཡུལ་དུ་བུད་སོང་བའི་རྗེས་ལབ། ཕྱི་ཉིན། ཁྱེད་ངོས་འཁྲུག་ཏུ་སོང་ནས་བཞིན་མདངས་སྐྱ་བོར་གྱུར་འདུག་པ་དང་། མཆུ་འདབ་སྐམ་ཞིང་སྲིད་པའི་དུས་སུ། ངས་དགོད་ཁྱེད་ཉིད་མཚན་གང་བོར་ཆར་ཆུའི་ཁྲོད་ཕྱོགས་ཀུན་ཏུ་ང་འཚོལ་བར་བརྒྱུགས་པ་གཞི་ནས་རྟོགས།

ངས་བསྡུད་མར་དུས་ཚོད་འགའ་ལ་ཕྱི་རོལ་གྱི་ནགས་གསེབ་ནས་ཁྱེད་ཨེ་མཐོང་ལ་བསྒུགས་ཤིང་། སྐབས་དེའི་ངའི་སེམས་ཀྱི་འཆར་སྣང་སྣ་ཚོགས་པའི་འགལ་འདུ་ནི་སུ་ཞིག་གིས་རྟོགས་ཐུབ་ཨང་། ད་ལྟར་ཡུན་རིང་འགོར་བ་ན་ངའི་སེམས་འཚབ་འཚུབ་ཏུ་གྱུར་ནས་ད་ནི་ཁྱིམ་ལ་ཅིས་ཀྱང་འགྲོ་དགོས་བསམ་པའི་སྐབས། གློ་བུར་དུ་ཨ་ཕ་ཁྱེད་སྒོ་ལ་བུད་བྱུང་། ཨ་ཕ་ལགས། སྐབས་དེའི་ངའི་སེམས་ཀྱི་སྤྲོ་སྣང་དེ་ཁྱེད་ཀྱིས་རྟོགས་སྲིད་དམ། ངའི་མིག་ཟུང་ལས་རང་དབང་མེད་པར་མཆི་མ་རྡོག་པོ་འགའ་མར་འགྲིལ་བྱུང་། དེ་ནི་ཧ

ཅང་དགའ་དྲགས་པས་ཡིན་ནམ་ཧ་ཅང་སེམས་འགུལ་ཐེབས་པས་ཡིན། ངས་ཀྱང་མི་ཤེས། གང་ལྟར་ཁྱེད་ད་དུང་བདེ་འཚམས་ཡིན་ན་ངས་ཕྱི་རོལ་ནས་ཟླ་གཅིག་ལ་བསྒུགས་ནས་སྡོད་དགོས་བྱུང་ཡང་འགྱོད་པ་མེད། ཁྱེད་སློར་བུད་ནས་ཕར་འགྲོ་རྩར་འོང་འགའ་བྱས་རྗེས་སླར་ཡང་ལག་རྗེན་འཁྱོག་པོ་དེ་བཟུང་ནས་གོམ་པ་འཐེང་བཞིན་བ་མོ་གཉིས་ཀ་སློ་ཁར་ཕུད། ཕལ་ཆེར་རྩར་ལྟད་དུ་འགྲོ་རྒྱུ་ཡིན་པ་འདྲ། ངས་ཁྱེད་ཀྱི་ཡམ་ཡོམ་དུ་འགྲོ་བའི་རྒྱབ་གཟུགས་ལ་བལྟས་ནས་མིག་གིས་མི་མཐོང་བའི་བར་དུ་སྐྱེལ་མ་བྱས། ཨ་ཕ་ལགས། ཁྱེད་དགོངས་ཆོམ་མི་གནང་བར་འཚལ། ཉིན་དེར་ང་ཡུལ་གྱི་ལྷས་རར་ལྡིང་ནས་ཡུལ་དུ་ཕྱིན། ལོ་ལྔ་སྟེ་ཉིན་ཞག་སུམ་སྟོང་བདུན་བརྒྱ་ལྷག་གི་རིང་ལ་རྗོག་པ་སྤྱོ་མ་སྨྱོང་བའི་ཡུལ་གྱི་ཁང་ཁྱིམ་རེ་རེའི་ནང་དུ་སོང་ནས་ཙ་ལག་རེ་རེར་ཞིབ་ལྟ་བྱས། གཡོན་ཕྱོགས་ཀྱི་ཁྱུན་མིག་གསུམ་པོ་དེ་ཁྱེད་ཀྱིས་ལས་པ་རེད། དེ་དུས་ཁྱེད་ཀྱིས་ནམ་རྒྱུན་རྗེས་སུ་མནའ་མ་ཞིག་བླངས་རྗེས་འདི་གར་སྡོད་དགོས་ཟེར། ང་ཁྱེད་ཀྱི་མལ་ཁྲིའི་གན་དུ་འགྲོ་དུས་རང་དབང་མེད་པར་སེམས་འགུལ་ཐེབས་འོང་། ཉལ་ཐུབ་བལྟབས་པ་གྲལ་དག་ལ་ཁྱིམ་ནང་ཡང་ཧ་ཅང་གཙང་། རང་བཞིན་གྱི་ཙ་ལག་དཀྲུས་མ་དག་ཀྱང་ཉར་ཚགས་བྱས་པ་སྔོན་ཆད་ལྟར་བཟང་བས། ཨ་ཕ་ད་དུང་སྔོན་ལྟར་འགྱུར་མི་འདུག་སྙམ་ནས་ང་ལ་སེམས་ཕོང་ནས་དགའ་སྤྲོ་དཔག་མེད་སྐྱེས། ང་ཁྱེད་ཀྱི་མལ་ཁྲིའི་ཁར་ཙུང་ཟད་བསྡད་རྗེས་ཨ་ཕ་ད་བར་དུ་འདི་གར་ཉལ་བ་ཡིན་པ་རེད་ཨང་སྙམ་བཞིན་ལག་པས་ཉལ་གདན་སྟེང་ལ་བྱིལ་བྱིལ་བྱེད་དགོས་བྱུང་། ཨ་ཕ་ལགས། ཁྱེད་དགོང་མོའི་དུས་སུ་གྲང་གིན་མེད་དམ། ཁྱེད་ཀྱིས་མལ་ཁྲི་ལ་བཏིང་ཡོད་པ་དེ་འང་ལོ་ལྔའི་སྔོན་གྱི་ཤྲིང་བལ་བར་འཚང་ཅན་གྱི་མལ་སྟན་དང་ཁྲི་ལྷྭགས་དེ་གཉིས་ལས་མི་འདུག ཨ་ཕ་ལགས། ཕྱི་དྲོ་དེར་ཁྱེད་དབུགས་ལྷེམ་ལྷེམ་དང་ཕྱིར་ཡུལ་དུ་ལོག་དུས། དུས་ཡུན་རིང་པོར་མཐོང་མ་སྨྱོང་བའི་བུ་གཅིག་པུའི་རྐང་རྗེས་ཁྱིམ་ནང་གི་གང་ས་གང་དུ་བཀོད་ཡོད་པ་ཁྱེད་ཀྱིས་ཤེས་ཡོད་དམ། ཁྱེད་ལ་མཆོན་ན་ང་ནི་ཅི་འདྲའི་ཁྲེལ་མེད་ཀྱི་བྱིས་པ་ཞིག་རེད་ཨང་། རང་གི་ཕ་གཅིག་པུ་བསྐྱུར་ཏེ་ཧ་ཅང་ཀློག་གྲུར་

གྱི་ཡུལ་ཞིག་ཏུ་ཡིབས་པ་རེད། ལན་རེར་ཁྱེད་ཀྱིས་བསམ་བློ་གཏོང་བཞིན་སོང་ཁྲོ་ལངས་ནའང་ཐང་། འོན་ཀྱང་ཁྱེད་ཀྱིས་ང་ལ་བཅངས་པའི་བརྩེ་འདུང་གི་རྡོད་སོལ་དེ་ནམ་ཡང་ཡལ་མི་སྲིད། ཁྱེད་ཀྱི་ཡོད་ཚད་ལ་ངས་རྒྱུས་ལོན་བྱེད་ཐུབ།

མོས་ཀྱང་ནམ་རྒྱུན་ཨ་ཕ་ཁྱེད་ཀྱི་དོན་དུ་སེམས་ཁྲལ་བྱེད་ཅིང་མཆིས། ནམ་ཞིག་ང་ཚོ་བཟའ་མི་ཚོ་ལྷན་འཛོམས་ཡོང་བར་རེ་སྒུག་བྱེད་ཀྱིན་འདུག ཨ་ཕ་ལགས། ཁྱེད་ལ་འཕྲིན་བཟང་ཞིག་ཞུ་རྒྱུ་ལ། ཁྱེད་ལ་ཡང་རང་ཉིད་ཀྱི་ཏུས་རྐང་དང་འབྲེལ་བའི་ཚ་བོ་ཞིག་སྐྱེས་ཟིན། དེ་ནི་ཁྱེད་ཀྱིས་སྔོན་ཆད་ནས་རེ་སྒུག་བྱས་སྒུང་བ་ཞིག་ཡིན་ལ། རང་གི་བུ་ལས་ལྷག་པའི་བརྩེ་སེམས་ཀྱང་འཛིན་སྲིད། ཁྱེད་ཀྱིས་སྔོན་ཆད་ཐེངས་གཅིག་མིན་པར་ང་ལ་བཤུས་ཏེ "མདང་དགོང་ཡང་ངས་ཚ་བོ་ཞིག་པང་བའི་རྨི་ལམ་རྨིས་བྱུང" ཞེས་བཤད་པ་དེ་ངས་བརྗེད་ག་ལ་སྲིད། ད་ལྟ་ཚ་བོ་ཡང་ལོ་ན་གསུམ་ལ་སོན་ཡོད་པས་ཁྱེད་ཀྱི་རྨི་ལམ་ཡང་མངོན་སུམ་དུ་གྱུར་སོང་བ་མིན་ནམ། ཨ་ཕ་ལགས། ད་ནི་ཁྱེད་རང་གཅིག་པུ་དེ་ལྟར་སྡོད་ཐབས་མེད། ལོ་ནས་ལྷར་བརྩེགས་པའི་སེམས་གཉིང་གི་ཁུར་པོ་དེ་དག་ད་ནི་ཕོག་ན་འགྲིག བུ་གཅིག་པུར་གྱུ་ཡངས་ཐེངས་གཅིག་གནང་རོགས་ཞུ། ད་བར་དུ་ངོ་མཐོང་མ་མྱོང་བའི་ཚ་བོ་ཆུང་ཆུང་དེའི་ངོར་བལྟས་ཏེ་ང་ཚོ་ཁྲིམ་ཚང་གཅིག་ཏུ་ལྷན་འཛོམས་ཀྱི་འཚོ་བར་རོལ་ཆོག་པའི་གྱུ་ཡངས་གནང་རོགས། ཨ་ཕ་ལགས། ......ངས་དེ་ལྟར་སྣམ་བཞིན་དུས་ནམ་ཞིག་ལ་བཞུར་ཡོང་བ་མི་ཤེས་པའི་མིག་མཐའི་མཆི་མ་འབྱིད་ཙམ་བྱས་རྗེས། གཞི་ནས་ལྷུགས་སྨྱུག་ཁ་ལོ་བསྒྱུར་ཏེ་ལོ་ཟླ་མང་པོར་ཁ་ཁྲལ་དུ་སྡོད་པའི་ཨ་ཕ་ལགས་ལ་རེ་ཞུའི་འཕྲིན་ཡིག་འབྲི་མགོ་བརྩམས་པ་ཡིན།

ཚོན་ལྡན་གྱི་རི་མོ་ཞིག

ཡོ་རང་འགྲུལ་ཙམ་ཡང་མི་བྱེད་པར་ཅེར་རེར་ལྟ། འཕྲུལ་སྣང་ངམ་སྟོང་བསམ་གྱི་མཁའ་རུ་བཞད་པའི་འཚར་ཡན་གྱི་རི་མོ་ཞིག་སྟེ།——སྨིག་ལོང་དལ་བུར་འཁྱོ་བའི་ཐ་ཀློང་རེ་རེའི་ཁྲོད་ན་འཕྲུལ་མཁར་གྱི་རྒྱ་ཕིབས་རེ་ཡམ་ཡོམ་དུ་མངོན། དེ་ལས་མཐོ་བ་ནི་གཡའ་དག་པའི་ནམ་མཁའ། རྒྱང་རིང་གི་སྤྲིན་རྩེ་ན་འཁྱོ་སྐྱིག་གི་ལྷ་མོ་འགའ་གར་སྟབས་ངོམ་བཞིན་རྨི་ལམ་ལྟ་བུའི་རྩེད་མོར་གཡེང་།......

ཡོ་རང་སྟོན་ལྟར་རི་མོ་དེའི་ཁ་གཏད་དུ་འགྲེང་ནས་ཅེར། གཡས་གཡོན་གྱི་མི་སྐོར་ཞིག་ཀྱང་འཚང་ཁ་ཤིག་ཤིག་གིས་གཅིག་ཏུ་རུབ་ནས་རི་མོ་དེར་ལྟ་ཞིང་། ཡོ་ཚོ་ཚང་མས་དེ་ལ་ཧ་ལས་ཧང་སང་གི་ཉམས་སྣ་ཚོགས་སྟོན་བཞིན་ཡིད་སྨོན་ཚད་མེད་བྱེད། རི་མོ་དེའི་ཡོན་ཏན་ནི་ངོ་མ་ཧ་ལས་པ་ཞིག་རེད། མི་འགའ་རེ་ཞིག་གི་རྣམ་ཤེས་སྟོད་ནས་བསླུས་ཟིན་པ་འདྲ། འགའ་རེ་གྱུང་ཁའི་རྟ་ལྟར་འདར། ད་དུང་འགའ་ཞིག་གིས་ཐལ་མོ་སྙིང་ཁར་སྦྱར་ནས་གསོལ་བ་འདེབས། ཡོ་རང་གིས་ཀྱང་ཕྲག་ཏུ་ཡིད་སྨོན་བྱེད། ཇི་འདྲའི་རང་དབང་གི་འཇིག་རྟེན་ཞིག་ཨང་། རང་ཉིད་ཀྱང་འདི་འདྲའི་ཁོར་ཡུག་ཅིག་ཏུ་གནས་ན་ཅེས་མི་ཚོག་འདི་རུ་ཟམས་རང་འགྲུབ་དང་ཡོས་རང་འགྲུབ་ཡིན་པ་མིན་ནམ།

ཁོ་རང་གི་རྣམ་ཤེས་འཁྲུག་པར་གྱུར། སྒོ་བུར་དུ། སྒོ་བུར་དུ། ཁོ་རང་གིས་མིག་ཙེར་ཙེར་བའི་སྐད་ཅིག་མའི་མཇུག་དེར། ཁོ་ཡང་ཅི་བྱུང་མེད་པར་རི་མོ་དེའི་ངོས་སུ་འཛུལ་ཞིང་བསླེབས། མི་ཚང་མས་ཁོ་རང་ལ་ལྟ། ཁོས་ཀྱང་ཁོ་ཚོའི་རྣམ་འགྱུར་ལ་བལྟས། ད་ནི་ཁོ་རང་གིས་ཕྱི་རོལ་གྱི་འཛིག་རྟེན་ཆེན་པོའི་འདུ་ལོང་ལ་འབྲེལ་ཐག་བཅད་ཚར་བས་ཁང་བའི་དྲ་སྒོ་ལྟ་བུའི་དབྱིབས་གཟུགས་འདི་ལས་ཕྱིར་ལྟ་བ་དང་བསམ་གཞིག་བྱེད། ཚང་མས་མཆུ་ཏོ་འགུལ་འགུལ་གྱིས་ཁོ་རང་ལ་ལྟ་བཞིན་ཅི་ཞིག་གླེང་གིན་མཆིས། ཕལ་ཆེར་ཁོ་རང་ལ་བསྟོད་པ་བྱེད་ཀྱིན་པ་འདྲ། འོན་ཀྱང་ཁོ་རང་གིས་དེ་དག་གི་མཆུ་ཏོ་དང་ངོ་གདོང་གི་རྣམ་འགྱུར་ལ་ལྟ་བ་ལས་ཅི་ཡང་གོས་མི་ཐུབ། འཛིག་རྟེན་གཉིས་ཀྱི་མི་ཊུ་དབྱེར་ཕྱིན་ཕན་ཚུན་ལ་སྨོན་པ་ལས་ཁ་བརྡ་བྱེད་ག་ལ་ཐུབ། ཚང་མ་ཁོའི་ཁ་གཏད་དུ་ལངས་ནས་དད་གུས་ཚད་མེད་བྱས། དད་གུས་བྱེད་མཁན་གྱི་ཁྲོད་དུ་གོས་སྨུག་རྩ་ཆེན་གྱོན་པའི་དཔོན་པོ་དང་སྨུག་པོ་འདུག་ཅིང་། ན་བཟའ་དམར་སེར་མནབས་པའི་བླ་མ་དང་བན་དེ་གྲྭ་བཙུན་རིགས་ཀྱང་འདུག་པར་མ་ཟད། ཐ་ན་སྨུགས་རྫི་དང་བྱིས་པའང་འདུག ལོ་ན་རྒས་པའི་ཨ་ཡི་རྒན་མོ་འགས་ཀྱང་ཕྲེང་བ་འདྲེན་ཞོར་དུ་ལག་རྟེན་ལ་ཁེན་ནས་ཁོ་ལ་ལྟ། ཕལ་ཆེར་མི་དེ་རིགས་ཀྱིས་ཀྱང་ཁོ་རང་གི་གམ་དུ་འགྲོ་ཐུབ་པར་རེ་སྨོན་བྱེད་ཀྱིན་པ་འདྲ། ཁོ་རང་ལ་རང་དབང་མེད་པར་ང་རྒྱལ་ཞིག་སྐྱེས། ཁོའི་སེམས་ལ་རང་ཉིད་ནི་ཅི་འདྲའི་ལས་ཅན་ཞིག་རེད་ཨང་སྙམ། འོན་ཀྱང་ཁོས་སྔོན་ནས་བཟུང་ "ལས་ཅན" ཟེར་བ་དེ་ཅི་འདྲ་ཞིག་ལ་ཟེར་བའང་རྟོགས་མྱོང་མེད། ད་ལྟ་ཁོ་རང་ངོ་མཚར་གྱི་ཞིང་ཁམས།——ཚོན་ལྡན་གྱི་རི་མོ་དེའི་ཁོར་ཡུག་ཏུ་བསླེབས་ནས་ཕྱི་རོལ་གྱི་མི་རྣམས་ཀྱི་ངང་ཚུལ་ལ་ལྟད་མོར་ལྟ་དུས། ཁོ་རང་ཡང་རང་ཉིད་ལ་ཡིད་སྨོན་སྐྱེས། ཁོ་རང་ལ་ཁོང་འཛུམ་ཞིག་ལངས།

ཁོ་རང་སྒུར་མལ་དུ་ལངས་ཏེ་ལྟ་མཁན་དག་དང་ལྷན་དུ་ཁུར་རེར་ཅེར་འདུག ཚོན་ལྡན་གྱི་རི་མོ་ཞིག ཏ་ཅང་མཛེས་ཤིང་སྣོ་ཡུལ་ལས་འགོངས་པའི་སྒྱུ་རྩལ་གྱི་གསོན་ཉམས་ལྡན་པའི་སྣང་བརྙན་དེས་ཁོ་རང་ཡང་ཟིལ་གྱིས་མནན་པ་འདྲ། ཁོ་རང་སྔོན་ཆད་དང་མི་

འདྲ་བར་ཅུང་ཟད་བག་འཁུམས་པར་གྱུར། རྒྱང་རིང་གི་མཛེས་པའི་ལྷ་མོ་དེ་དག་གི་ཕྱི་མིག་ཀྱང་ཁོ་ཚོའི་སྟེང་དུ་འཕངས་ཡོད་པ་འདྲ། ཁོ་ཚོའི་སེམས་ཀྱང་དེ་དག་གིས་བཀུགས་པ་ཞེ་ཡིན། འོ་ན་དེ་དག་ལས་འདས་པའི་གློག་འགྱུར་གྱི་ནུས་མཐུ་གཞན་ཞིག་གིས་ཡིན། ཁོས་ཀྱང་མི་རྟོགས། ཁོ་རང་གི་སེམས་ལ་སྣ་ཚོགས་པའི་འཆར་སྣང་ཞིག་སྐྱེས། ཁོ་རང་སྔོན་ལྟར་འགྲེང་སྟེ་ཅེ་རེར་ལྟ། ལྷ་མཁན་གཞན་དག་ཀྱང་ཁོ་རང་དང་འདྲ། ཅེ་རེར་མིག་རྫེབ་ཙམ་ཡང་མི་བྱེད། ཅི་འདྲའི་ཞིང་མཆོག་ཅིག་ཨང་། ཁོས་ཀྱང་རང་སེམས་ནས་དེ་ལྟར་སྨོན་པ་ཡང་ཡང་སྐྱེས།

ཁོ་རང་གིས་བལྟས་ཀྱིན་བལྟས་ཀྱིན་དུ་སྣར་ཡང་རི་མོ་དེའི་ནང་དུ་སོང་། ཡོད་ཚད་ཀྱིས་སྔོན་ལྟར་ཁོ་རང་ལ་ལྟ། ཁོས་ཀྱང་ཁོ་ཚོར་བལྟས། ཁ་གཏད་དུ་ཡོད་པ་ནི་སྔོན་གྱི་མི་དེ་ཚོ་རེད། ཁོས་ཀྱང་སྔོན་ནས་བལྟས་ཟིན་པས་ངོ་གདོང་དེ་དག་རྒྱུས་ཡོད་ཤ་སྟག་རེད། ཡིན་ཡང་ཁོ་ཚོས་ཅི་ཞིག་གླེང་གིན་ཡོད་པ་ཁོས་ཀྱང་སྔོན་ལྟར་ཐོས་མི་ཐུབ། མཆུ་ཏོ་འགུལ་འགུལ་བྱེད་པ་དེ་ཅི་ཞིག་བཤད་པ་ཡིན་ནམ། གསོལ་བ་འདེབས་ཀྱིན་པའམ་ཡང་ན་ཁ་བརྡ་བྱེད་པ་ཡིན། ངོ་མ་འཇིག་རྟེན་གཉིས་ན་གནས་པའི་མི་རུ་གྱུར་འདུག ཁོའི་སེམས་ལ། ལྷ་མཁན་འདི་ཚོ་སྔོན་ལྟར་གཉའ་ཞུམ་བག་འཁུམས་ཀྱི་ངང་ཅེར་ནས་དུས་ཡུན་སྐར་ཆ་ཙམ་ལའང་ཕྱིར་བཀྱེད་རྩིས་མེད་པར་གཞིགས་ན། རང་ཉིད་ཀྱི་སྡོད་གནས་འདི་ནི་ཆེས་ངོ་མཚར་ཞིང་ཆེས་སྣང་བས་ཆེན་གྱི་ "ཞིང་ཁམས" ཤིག་ཡིན་རྒྱུ་རེད་སྙམ། ཁོ་རང་ལ་སྔོན་ལྟར་ང་རྒྱལ་ཞིག་སྐྱེས། ངོ་མ་ཁོ་རང་གིས་སྡོད་གནས་དེ་ནས་ཕྱིར་ལྟ་དུས་ཁང་བའི་དྲ་སྒོ་ནས་ཕྱིར་ལྟ་བ་དང་གཉིས་སུ་མི་འདུག་སྟེ། ཁ་གཏད་དུ་ཡོད་པ་དེ་དག་ཁོན་ལས་མཐོང་མི་ཐུབ། ཁོ་རང་སྔོན་ནས་སྡོད་པའི་མི་དེ་དག་དང་ཁ་གཏད་དུ་བསྡད་ནས་ཞིབ་ལྟ་བྱས། བལྟས་ཀྱིན་བལྟས་ཀྱིན་དུ་ཁོས་མཉམ་འཛོམ་བྱས་བྱུང་། ཁོ་རང་གི་ཁ་གཏད་དུ་ཡོད་པའི་འདྲ་མིན་གྱི་ངོ་གདོང་རེ་རེའི་དཀའ་སྡུད་ཀྱི་གཉེར་རིས་དང་དཀར་ནག་བསྡེབས་པའི་སྐྲ་ལོ། ཆུ་འོད་འཚེར་བའི་མིག་མདངས་བཅས་ཀྱི་ཁྲོད་དུ་རེ་ཆད་དང་སྙིང་སེམས་ཀྱིས་ཁེངས་

འདུག ཁོ་ཚོས་སྔོན་ལྟར་ཡིད་སྨོན་དང་དད་གུས་ཀྱིས་ཁོ་ལ་ཅེར་འདུག ཅིའི་ཕྱིར་དུ་ཡིན་ནམ། ཁོ་རང་གི་ང་རྒྱལ་གྱི་བསམ་པ་དེ་ཡང་རིམ་བཞིན་ཡ་མཚན་པའི་དོགས་སྣང་ཞིག་ཏུ་འགྱུར་སོང་། ལྷ་མཁན་དེ་དག་སྔོན་ལྟར་དལ་བྲེལ་ཅི་ཡང་མེད་པར་དད་གུས་དང་གསོལ་འདེབས་བྱེད་བཞིན་འགྲེང་ནས་འདུག་ཅིང་། ཁོ་ཚོའི་རྒྱབ་ངོས་ན་མི་ༀ་ཅང་མང་པོ་ཞིག་བྲེལ་བྲེལ་ངང་ཕར་ཚུར་འགྲོ་འོང་གི་འཚུབ་ལོང་དཀྲིག་གིན་སྣང་། ཁོ་ཚོ་ཅི་ཞིག་ལ་བྲེལ་འཚབ་ལང་པ་ཁོ་རང་གིས་ཀྱང་མི་རྟོགས། ཕལ་ཆེར་ཁ་གཏད་ཀྱི་མི་དེ་དག་གིས་ཀྱང་ཁོ་ཚོ་གང་ནས་འོང་བ་དང་གང་དུ་འགྲོ་བའང་རྟོགས་འདོད་མེད་པ་འདྲ། ཁ་གཏད་དུ་འགྲེང་ནས་རྩེ་གཅིག་གིས་མོས་གུས་དང་བཅས་ཅེར་འདུག

ཁོ་རང་སྤྱར་མལ་དུ་འགྲེང་ནས་ཅེ་རེར་ལྟ། ཚོན་ལྡན་གྱི་རི་མོ་ཞིག་སྟེ། མིང་བྱང་དུ《དག་པའི་ཞིང་》ཞེས་གཡོན་ཕྱོགས་ཀྱི་སྟེ་ཟུར་དུ་འཁོད་འདུག རི་མོའི་ངོས་སུ་ཡོད་པ་ནི་དལ་བུར་འཁྱུར་བའི་སྤྲིན་ལོང་དང་། ཡམ་ཡོམ་དུ་མངོན་པའི་འཕྲུལ་མཁར་གྱི་རྒྱ་ཕིབས། གར་སྟབས་དང་སྙིག་ཉམས་ངོམ་པའི་ལྷ་མོ། ……ངོ་མ་དག་པའི་ཞིང་ཁམས་རེད། ཁོ་རང་གིས་ལྟ་བཞིན་དུ་རྨི་ལམ་ལྟ་བུའི་སྐད་རྒྱུན་རིང་མོ་ཞིག་རྣ་ལམ་དུ་འཁོར་བྱུང་། ……ཟས་གོས་ཐམས་ཅད་རང་འགྲུབ་ཡིན་པ། ……ཚེ་ལོ་ཁྲི་ཕྲག་ཐུབ་པ། ……མཁའ་རུ་འཕུར་ཞིང་སྒྲོ་རྩེད་ལ་གཡེང་བ། ……ཁོ་རང་གི་སྣང་རྟོག་གི་ལམ་དུ་ཤར་ཞིང་སྨོན་པ་བྱེད་སྒོང་བ་དེ་དག་དང་ཨ་ན་མ་ན་རེད། ཁོ་རང་གིས་ལུས་པོ་འགུལ་ཙམ་ཡང་མི་བྱེད་པར་ཅེར་ནས་སྡོད། བལྟས་ཀྱིན་བལྟས་ཀྱིན་མིག་ལམ་གྱི《དག་པའི་ཞིང་》དེ་རིམ་བཞིན་ཇེ་ཆེར་འགྲོ་བཞིན་པ་འདྲ། གཡོ་འགུལ་བྱས་བྱུང་། དངོས་ནས་དེ་ལ་མངོན་སུམ་དུ་ཆེ་སྲོག་གི་རྒྱུན་ཞུགས་བཞིན་པར་སྣང་། ཁོས་མྱུར་མོར་ལག་པས་མིག་གཉིས་ཀ་ཕྱུར་ཕྱུར་ཙམ་བྱས་ནས་བལྟས་ཆེ་སྔོན་ལྟར་ཚོན་ལྡན་གྱི་རི་མོ་ཞིག་ཡིན་འདུག

ཁོ་རང་གིས་མྱུ་མཐུད་དུ་ཅེར་ཞིང་སྡོད། མིག་རྫེབ་ཙམ་ཡང་མི་བྱེད། དེ་ལྟར། དེ་ལྟར་ངང་ཁོ་སླར་ཡང་རི་མོ་དེའི་ནང་དུ་འཛུལ། ཚང་མས་ཁོ་ལ་ལྟ། ཁོས་ཀྱང་ཚང་མར་བལྟས།

ཇོ་མ་ཁང་བའི་དྲ་སྒོ་ཕྱི་སྟེ་ཕྱི་རོལ་ཡུལ་གྱི་འཇིག་རྟེན་ལ་ལྟ་བ་དང་མཚུངས། ཁོ་རང་གི་ཁ་གཏད་དུ་ཡོད་པ་ནི་སྔོན་གྱི་མི་དེ་དག་ཁོ་ན་རེད། ཁོ་ཚོས་སྔོན་ལྟར་ཁོ་རང་གི་སྡོད་གནས་དེར་ཡིད་སྨོན་དང་བཅས་གསོལ་བ་འདེབས་ཀྱིན་འདུག་ལ། ཡོ་ན་རྒས་པའི་ཨ་ཡེ་རྒན་མོ་དེ་ཚོས་ད་དུང་ཁོའི་ཕྱོགས་སུ་འཁོར་ནས་ཕྱག་འཚལ་བྱུང་། ཅིའི་ཕྱིར་དུ་ཡིན་ནམ། ཅིའི་ཕྱིར་ཁོ་ཚོས་འདི་ལྟར་ཡིད་སྨོན་བྱེད་པ་ཡིན། འོན་ཀྱང་ཁོ་ཚོའི་རྒྱབ་ཕྱོགས་སུ་ཤར་རེར་འགྲོ་འོང་བྱེད་པའི་མི་དེ་དག་གིས་རང་ཉིད་ལ་བལྟ་ཙམ་ཡང་མི་བྱེད་པ་ཅི། ཁོ་ཚོ་འཚུབ་འཚུབ་དང་སྐད་ཅིག་ལ་མངོན་ཞིང་དེ་འཕྲལ་ཡལ་འགྲོ ཁོ་ཚོ་ཡང་སྙིང་ཅི་ཞིག་ལ་བྲེལ་གྱིན་པ་ཡིན་ནམ། ཁོས་དེ་ལྟར་བསམ་བློ་གཏོང་། སྔོན་གྱི་མི་དེ་དག་སྔར་བཞིན་ཁོའི་ཁ་གཏད་དུ་བསྡད་འདུག ཕལ་ཆེར་ཁོ་ཚོ་ནམ་ཡིན་ཡང་དེ་ལྟར་སྡོད་རྒྱུ་ཡིན་པ་འདྲ། ཁོ་ལ་སླར་ཡང་ང་རྒྱལ་གྱི་སྣང་བ་ཞིག་སྐྱེས་འོང་། ཁོ་ལ་དངོས་གནས་དག་པའི་ཞིང་དུ་ཡོད་པ་ལྟ་བུའི་འཕྲུལ་སྣང་བྱུང་།

ཡུད་ཙམ་ནས། དཔེ་ཁུག་རྒྱབ་ཏུ་ཁུར་བའི་བྱིས་པ་འགའ་རྩེད་བཞིན་དུ་ཁོ་རང་གི་མདུན་རོལ་ཏུ་ཐོན། ཁོ་ཚོས་མཛུབ་མོ་གེར་གེར་གྱིས་ཁོ་རང་ལ་ལྟ་བཞིན་གད་མོ་དགོད། ཁོ་རང་ལ་དེ་འཕྲལ་ཁོང་ཁྲོ་ཞིག་ལངས་ཤིང་ཁོ་ཚོ་སྡིགས་མོ་བྱེད་རྩིས་བྱས་ཆེ། ཁོས་ད་གཟོད་རྟོགས་བྱུང་།——ཁོ་རང་ལ་སྔོན་ནས་ཚེ་སྲོག་གིས་བཏང་ཟིན། ཁོ་རང་ནི་ཚོན་ལྡན་གྱི་རི་མོ་ཞིག་རེད། བྱིས་པ་ཚོའི་དགོད་སྒྲ་དེ་རིམ་བཞིན་རྒྱང་རིང་དུ་ལ་ཆས་སོང་།……

མཁའ་དབྱུགས་རབ་རིབ་ཡིན་པའི་ས་སྒྲོན་ཅིག་ལ།

མིང་དུ་གྲགས་པའི་སྒྲུང་གཏམ་རྩོམ་པ་པོ་ར་སྦོ་ངག་དབང་ལགས་ཀྱི་སྒྲུང་གཏམ་འབྲིང་གྲས《ཁ་བཏགས་དང་འབྲེལ་བའི་རྣམ་ཤེས》ཞེས་པ་དེ་དུས་དེབ་ཆེ་ག་མོ་ཞིག་གི་སྟེང་དུ་བཀོད་པ་དེས་འཇིག་རྟེན་འདིའི་ཆ་ཤས་ཤིག་ལ་གཡོ་འགུལ་ཆེན་པོ་ཐེབས་ཤིང་། དཔྱད་བརྗོད་མཁན་གང་མང་ཞིག་གི་ཡིག་ངོར་བཀོད་པའི་ལྷ་རྩལ་བཟང་ངན་མང་པོ་ཞིག་ཀྱང་གཅིག་རྗེས་གཉིས་མཐུད་དུ་ཁོ་རང་གི་ལག་ཏུ་སོན།

ཉེ་ལམ་ར་སྦོ་ངག་དབང་ལགས་བ་ཡན་རི་བོའི་ལྷོ་ཕྱོགས་ཀྱི་རི་ཁུལ་ཞིག་ཏུ་སོང་ནས་ཟླ་ཕྱེད་ཙམ་ལ་བསྡད། རི་ཁུལ་དེ་ནི་ཧ་ཅང་དབེན་ཞིང་འཛུགས་ལ་ལོ་ངོ་སྟོང་ཕྲག་གི་སྔ་རོལ་གྱི་འཚོ་བའི་རོ་བཅུད་མ་ཉམས་པར་ཡོད་པ་དང་། ས་དེ་གའི་འབྲོག་པ་རྣམས་ཀྱིས་ལོ་འཁོར་མོ་གཅིག་རེའི་ཉི་མ་སུམ་བརྒྱ་དྲུག་ཅུ་བོར་ཕྱུགས་ཟོག་ཁོ་ན་འཚོས་ནས་འཚོ་བ་རོལ་གྱིན་ཡོད་ཅིང་། ལན་རེར་རྒད་པོ་ལོ་ལོན་འགའ་རེ་གནས་ངེས་མེད་རེར་ལྷན་དུ་འདུས་ནས་སྐྱེ་བའི་ནང་གི་ཕྱིས་པ་སུ་ཞིག་རྒྱ་གྲོང་ཞུལ་ནས་དཔེ་ཆ་འདོན་དུ་སོང་བར་བཟོད་ཐབས་མེད་པའི་སྡུག་སྨྲེ་འདོན་ཞིང་། སྐར་ཡང་ཕྲེང་བ་འདྲེན་བཞིན་མི་སེམས་ལས་འདས་པའི་གནའ་བོའི་གཏམ་རྒྱུད་མང་པོ་ཞིག་མེས་པོ་རྣམས་ཀྱིས་ཁོ་ཚོར་བཤད་པ་དེ་

བཞིན་སྦུ་མཐུད་དུ་བྱེས་པ་རྣམས་ལ་བརྒྱུད་སྒྲོག་བྱེད་ཀྱིན་ཡོད། ར་སྒྲོ་ངག་དབང་གནས་འདིར་ཐོན་མ་ཐག་ཁོ་རང་ལ་ཧ་ལས་པའི་ཉམས་སྣང་ཅི་ཡང་མ་སྐྱེས། ཁོ་རང་སྔར་བཞིན་མི་འཁོར་ལས་བབས་མ་ཐག་འདི་གའི་མི་སེམས་བསིལ་བའི་མཁའ་དབུགས་གསར་པ་ཁོང་དུ་བརྔུབས་ཤིང་ཡུད་ཙམ་ལ་ངལ་གསོས། ལྗང་མདོག་གི་རི་ཐང་དང་ཆུ་འགྲམ་གྱི་ནོར་ལུག རི་ཁ་ཡི་དར་ལྕོག ཡ་མཚན་པའི་གཏམ་རྒྱུད། ལོ་ལོན་རྣམས་ཀྱི་ཁ་བརྡ་སོགས་ཀྱང་ར་སྒྲོ་ངག་དབང་དང་སྔར་ཡང་མཇལ། གནས་འདིའི་བྱ་བྱེའུ་དང་འབབ་འབྲུ། རི་དྭགས་སོགས་ཀྱང་སྔོན་ལྟར་བག་ཡངས་ཀྱིས་འཚོ།

“ཅི་འདྲའི་རང་དབང་གི་འཇིག་རྟེན་ཞིག་ཨང་།” ར་སྒྲོ་ངག་དབང་གིས་ཚིག་འདི་ཐེངས་ག་ཙམ་ཞིག་ལ་བསྐྱར་ཟློས་བྱས་པ་ཁོ་རང་ཉིད་ཀྱིས་ཀྱང་བཤད་དཀའ། ཁོས་ནམ་རྒྱུན་དེ་ལྟར་བཤད་རྗེས་རྡོག་ཁྲིས་རྣམས་ཕྲག་ཏུ་འཕངས་ནས་དལ་དལ་ངང་རྣ་གསེབ་ན་གཞུ་གཞུར་ཡོད་པའི་རྐང་ལམ་དེད་ནས་རི་བོའི་ཕ་རོལ་གྱི་སྡེ་བ་དེར་འགྲོ་ངེས་རེད། དེ་ན་ཁོའི་གྲོགས་པོ་ཟློས་ཐུབ་ཅིག་ཡོད།

མཁའ་དབུགས་རབ་རིབ་ཡིན་པའི་ས་སྒྲོད་ཅིག་ལ། རྡོག་ཁྲིས་རྒྱབ་ཏུ་ཁུར་བའི་གཞོན་ནུ་ཞིག་གོམ་པ་འཁྱར་འཁྱོར་ངང་སྡེ་བ་འདིར་ཐོན། ཁོ་རང་ས་ཐག་རིང་པོ་ཞིག་ནས་ཐོན་པ་ལྟར་ཐང་ཆད་དེ་གོམ་པ་སྤོ་ཐུབ་ཀྱིན་མི་འདུག རེ་ཞིག་ནས་གཡོན་ཟུར་གྱི་གྱང་རྩ་ཞིག་ཏུ་ཅོག་ནས་རྡོག་ཁྲིས་རྣམས་སྐྱིད་ལུག་དང་རང་སར་བཞག་ཅིང་གཉིད་དུ་ཡུར། སྐབས་དེར་ལམ་ན་འགྲོ་བའི་འབྲོག་པ་རྒད་པོ་ཞིག་དེར་ལངས་ནས་གྱང་རྩར་གཉིད་པའི་གཞོན་ནུ་རྒྱུས་མེད་དེར་ཧུར་རེར་ཞིབ་ལྟ་ཞིག་བྱས་རྗེས་གོམ་པ་འགའ་ཕར་སོང་བ་དང་། སླར་ཡང་ཕྱིར་འཁོར་ཏེ་འདང་ཞིག་བརྒྱབ་རྗེས་མགོ་བོ་འཕྲེད་དུ་གཡུག་གཡུག་བྱེད་བཞིན་བུད་སོང་། གཞོན་ནུ་དེ་སྔར་བཞིན་གཉིད་ནས་འགུལ་རྒྱུ་མི་འདུག

ཧུང་མ་འགོར་བར་རྒད་པོ་དེ་ཕྱིར་ཐོན་བྱུང་། ཁོ་རང་ཐད་ཀར་གཞོན་ནུ་དེའི་ཉེ་སར་བཅར་ནས་གཡས་ལྟ་གཡོན་ལྟ་འགའ་བྱས་རྗེས “ཨ་རོག” ཅེས་ཐེངས་འགར་བོས་ཀྱང་

གཞོན་ནུ་དེ་གཉིད་ལས་མ་སད། རྒད་པོ་ཐབས་ཟད་ནས་མགོ་བོ་འཕྲེད་དུ་གཡུག་བཞིན་སྐད་དམའ་མོས "གསར་བུ། འདི་ལྟར་གཉིད་ན་ནད་འབྱུང་ངེས་རེད་ཡ" ཞེས་བཤད་རྗེས་འགྲོ་རྩིས་བྱས། གོམ་པ་འགའ་སྤོས་རྗེས་འདང་ཞིག་བརྒྱབ་སྟེ་གློ་བུར་དུ་ཕྱིར་འཁོར་ཡོང་ནས་གཞོན་ནུ་དེའི་དཔྲལ་བར་ལག་པས་རེག་ཙམ་བྱས་འཕྲལ་རྒད་པོ་སྐྲག་སོང་།

"མ་བཟང་། ནད་བྱུང་འདུག"

ར་སྟོང་ངག་དབང་གིས་རྐང་ལམ་དེ་དེད་ནས་ཕར་ལ་སོང་། གྲོགས་པོ་དེའི་མིང་དངོས་ལ་ཅི་ཟེར་བ་མི་ཤེས་མོད། ཁོ་རང་གཏམ་རྒྱུད་བཤད་རྒྱུར་ཤིན་ཏུ་མཁས་པས་ས་འདིའི་མི་རྣམས་ཀྱིས་ཁོ་ལ "གནའ་བཤད་ཨ་ཁུ" ཟེར་བ་ལས་མིང་དངོས་ནས་འབོད་མཁན་མེད།

ཚ་གདུག་ཤིན་ཏུ་ཆེ་བའི་ཉིན་གུང་གི་དུས་ཤིག་ལ། ར་སྟོང་ངག་དབང་ད་སོམ་རི་སྟེའི་ལྷོ་ནུབ་ཀྱི་འདབས་སུ་བསླེབས། གློ་བུར་དུ་ཨུར་སྒྲ་ཞིག་ལྡུང་བུའི་རྒྱ་ཕྱོགས་དང་བསྟུན་ནས་ཁོའི་རྣ་ལམ་དུ་ལྷུང་འོང་། མདུན་ཕྱོགས་ན་མི་མང་པོ་ཞིག་གིས་ཟང་ཟིང་ལང་ཡོང་བྱེད་ཀྱིན་འདུག་ཅིང་ལུས་སྟོབས་དར་བའི་གསར་བུ་མང་པོ་ཞིག་གིས་མདུང་རིང་རེ་རྒྱབ་ཏུ་ཁུར་ཞིང་རྟ་ཐོག་ལ་བུད་ནས་རྟ་ཁ་ཕར་སྐོར་ཚུར་སྐོར་གྱིས་ཕྱོགས་གང་ཞིག་ལ་ཆས་པར་ཧམ་ཞིང་། ལོ་ན་མཉམ་པའི་སྐྱེས་མ་རྣམས་ཀྱིས་རང་རང་ས་ནས་རྟ་པ་རེའི་སྲབ་མདའ་ལ་འཆང་སྟེ་ཤི་གསོན་ཁ་འབྲལ་བ་ལྟར་དུ་ཤུམ་རྒྱུག་པའམ་མིག་ཆུ་འབྱིན་པ། སྐྱེལ་ཆང་འདེགས་པ་སོགས་ལ་བྲེལ་བ་དང་། ལོ་ན་ཡོལ་བའི་རྒད་པོ་རྣམས་ཀྱང་ཡར་ཕྱོགས་ཀྱི་དེའུ་འབུར་ཞིག་གི་སྟེང་དུ་འདུས་ནས་བསང་ཕུད་ཅིང་དུང་བུས། རྒད་མོ་ལོ་ལོན་འགའ་ཟུར་ཞིག་ཏུ་ཙོག་ནས་མིག་ཆུ་འབྱིན་བཞིན་ཤུགས་རིང་དང་བཅས་གསོལ་འདེབས་བྱེད་ཀྱིན་འདུག ར་སྟོང་ངག་དབང་གིས་ཡང་སྙིང་དོན་དག་ཅི་ཞིག་བྱུང་བ་མ་རྟོགས་པར་རེ་ཞིག་ཧང་སང་། ཁོ་རང་རིམ་བཞིན་མི་ཚོགས་ཀྱི་མཐའ་འཁོར་ཞུལ་ནས་ཟུར་ཞིག་ན་ཤུབ་བུར་མ་ཧེ་རླྭ་བཞིན་པའི་རྒད་པོ་ཞིག་གི་གམ་དུ་སོང་ནས་དོན་དག་ཅི་ཞིག་བྱུང་ཚུལ་དྲིས་ཚེ། རྒད་པོ་དེའི་གདོང་ལ་གློ་བུར་བའི་གཟི་སྤོབས་ཤིག་རྒྱས་ནས "དམག་ལ་འགྲོ་བ་རེད" ཟེར།

“དམག ཅི་ཞིག་གི་དམག” ཁོས་ནང་དོན་ཅི་ཡང་མ་གོ།

“རྔ་ས་རྫོང་དུ་འགྲོ་བ་རེད། ཅི་འདྲ་རེད། ཁྱོད་ཚོ་རྒྱ་མིས་འདི་འདྲ་རིག་མ་མྱོང་ཨང་།”

“ཨ་ཁུ། ང་ནི་བོད་ཡིན། འདི་ལྟར་སོང་ན་ཉེན་ཁ་ཆེ།”

“ཁྱོད་བོད་ཡིན།” རྒད་པོ་དེས་ཁོའི་ལུས་ཡོངས་ལ་ཞིབ་ལྟ་བྱེད་བཞིན་ཐུན་མོང་མ་ཡིན་པའི་ཁྱད་ཆོས་ཤིག་འཚོལ་བ་ལྟར་བྱེད།

“ཨ་ཁུ། འདི་ལྟར་སོང་ན་ཉེན་ཁ་མི་ཆེའམ།”

“ཉེན་ཁ།” རྒད་པོའི་གདོང་སྒོ་བུར་དུ་ནག་པོར་གྱུར་ཞིང་དཔྲལ་བའི་སྙི་གཉེར་བསྐུ་བཞིན “རེད་ཡ། ཉེན་ཁ་ཏ་ཅང་ཆེ། ང་ནིང་ཡང་མི་གཉིས་ཀྱི་ཚེ་སྲོག་ཤོར་བ་རེད། ད་ལོ་ད་དུང་སུས་ཤེས།”

“ཨ་ཁུ། ཁོ་ཚོ་བཀག་ན་བཟང་།”

“བཀག་ན་བཟང་།” རྒད་པོ་སྒོ་བུར་དུ་ཁོང་ཁྲོ་ལངས་པ་ལྟར་སྤྱང་མིག་ཅིག་བསྒྲད་ནས “མི་ཚོག ཕ་ས་དགྲ་ལག་ཏུ་འཛོག་ཡོད་དམ། ད་ཐེངས་རྒྱལ་ཕམ་གྱི་དབྱེ་བ་འབྱེད་དགོས” ཟེར།

ར་སྡོ་ངག་དབང་སྤུར་བཞིན་རྐང་ལམ་དེའི་སྟེང་དུ་འགྲོ་བཞིན་ཡོད། ཁོས་རང་ཉིད་ཀྱིས་འཛིག་རྟེན་འདིར་རྒྱུས་ལོན་དང་འཚོལ་ཞིབ་བྱས་པའི་ཆེས་འགོ་མའི་གོམ་འགྲོས་རེ་རེར་ཕྱོགས་ཞེན་བྱེད་མི་སྲིད་ལ་འཁང་ར་ཡང་བྱེད་མི་འདོད། ཁོས་མུ་མཐུད་དུ་ཕྱིར་དྲན་བྱེད་བཞིན་མདུན་དུ་སྐྱོད།

སྒྲོན་འོད་ལྷམ་ལྷེམ་དུ་འཚེར་བའི་དགོང་མོ་དེར། “གནའ་བཤད་ཨ་ཁུ” དང་ར་སྡོ་ངག་དབང་གཉིས་ཁྱིམ་འདིར་ཁ་གཏད་དུ་ཅོག་ནས་འོ་ཇ་ཚིམ་མེད་དུ་འཐུང་བཞིན་བྱུང་འདས་ཀྱི་ལབ་གླེང་རིང་མོ་བྱེད་ཀྱིན་འདུག ར་སྡོ་ངག་དབང་གིས་སྣོ་རྩེ་གཅིག་སྒྲིམ་དང་ “གནའ་བཤད་ཨ་ཁུའི” གདོང་ལ་ཅེ་རེར་བལྟས་ནས་སྐད་ཆ་ཅི་ཞིག་ལ་རེ་སྒུག་བྱེད་པ

དང་མཚུངས། ཡམ་ཡོམ་འཁྱོམ་པའི་སྨྲོན་འོད་འོག་ཏུ་སྟུམ་ཞིང་སྐྱི་གཉེར་མང་བའི་རྒད་པོའི་གདོང་ནག་པོ་དེ་སྐབས་རེར་གསལ་ལ་སྐབས་རེར་སྒྲིབ།

“དོན་དག་གི་བྱུང་རྐྱེན་ཟེར་རམ། ཁྱོད་རང་ཉན་རྒྱུར་མི་སྤྲུན་ན་ངས་བཤད་ཚོག་མོད། ཁྱོད་ཡིད་མི་ཆེས་ནའང་ཐང་། ཡིན་ཡང་དོན་འདི་དངོས་གནས་བྱུང་བ་རེད།” ཟེར་བཞིན “གནའ་བཤད་ཨ་ཁུས” འོ་ཧ་ཏུབ་གང་འཕྲུང་ནས་གཏམ་རྒྱུད་འདི་བཤད་བྱུང་།

ས་ཆ་འདིའི་གཞི་བདག་ནི་བུད་མེད་ཅིག་ཡིན། སྔོན་བསྐལ་པ་ཆགས་ནས་ཐུང་མ་འགོར་བའི་སྐབས་སུ། ས་གཞིར་ལ་ཐུར་མེད་པར་བདེ་ཞིང་སྐྱོམས། ནམ་ཞིག་ན་བུད་མེད་སྨྱོན་མ་ཞིག་གནས་འདིར་ཡོང་ནས་ཐམས་ཅད་བདག་ཏུ་བཟུང་ཞིང་ཉིན་རེ་བཞིན་མཐའ་འཁོར་གྱི་ས་ཆ་ཀུན་ལ་སྐོར་འགྲོས་བྱས་ཏེ་ཕྱི་རོལ་གྱི་སྲོག་ཆགས་གཞན་པ་རང་གནས་སུ་ཡོང་བ་མཐར་སྐྲོད་བྱས། དེ་དང་ཐག་མི་རིང་བའི་ས་ན་འབྲོང་མགོ་ཅན་ཞིག་ཡོད་པ་དེ་ཉིན་ཞིག་རྩྭ་ཆུ་ཞུལ་ནས་སྨྱོན་མའི་མངའ་ཁོངས་སུ་འཛུལ་ཡོང་བས། སྨྱོན་མས་རང་ཉིད་ཀྱི་མངའ་ཁོངས་ཉམས་པར་དོགས་ནས་འབྲོང་མགོ་ཅན་དང་གཡུལ་བགྱི་བར་ཞུགས། ཁོང་གཉིས་ཀྱིས་ཉིན་ཞག་བཅོ་ལྔ་ལ་འཐབ་རྩོད་བྱས་པས་མཇུག་མཐར་འབྲོང་མགོ་ཅན་གྱིས་སྨྱོན་མའི་ཤུགས་ལ་མ་དོ་བར་ཕྱིར་བྲོས། འབྲོང་མགོ་ཅན་གྱིས་སྨྱོན་མ་ལ་ཤ་འཁོན་བཅངས་ནས་ནམ་ཞིག་ལ་དགྲ་སྐྱིན་ལེན་པའི་གོ་སྐབས་ཤིག་ལ་བསྒུགས། དུས་ཡུན་ཧ་ཅང་རིང་པོ་ཞིག་འགོར་བའི་རྗེས་སུ་སྨྱོན་མ་དེས་ཕྲུ་གུ་བརྒྱད་ཙམ་པ་བཙས། སྔོན་གྱི་འབྲོང་མགོ་ཅན་དེས་འཇིག་རྟེན་ན་འཕོངས་སྐྱེན་ལ་ཤིན་ཏུ་མཁས་པའི་དཔའ་བོ་ཞིག་བཀུག་ཡོང་ནས་ངན་སྤྱགས་བཏབ་པའི་མདའ་མོ་བརྒྱད་ཙུ་བྱིན་ནས་སྨྱོན་མ་ཡུལ་ན་མེད་པའི་དུས་སུ་ཕྲུ་གུ་རྣམས་གསོད་པར་མངགས། དཔའ་བོ་དེ་ཡང་དེ་ལྟར་འགྲོ་མ་ཐུབ་པས་འབྲོང་མགོ་ཅན་གྱིས་སྔར་ཡང་སྒྲིབ་ཤིང་ཞིག་བྱིན། སྒྲིབ་ཤིང་དེ་ཐོགས་ན་འགྲོ་བ་མིའི་རིགས་བཤད་ཅི་དགོས་སྟེང་ཕྱོགས་ཀྱི་ལྷ་ཡིན་ཡང་མཐོང་མི་ཐུབ། དཔའ་བོ་དེ་སོང་ནས་མདའ་བརྒྱད་ཙུ་པོ་དུས་གཅིག་ལ་འཕངས་ཏེ་ཕྲུ་གུ་རྣམས་བསད། ཁྱོད་ཀྱིས་ཨེ་ཤེས།

སྡེ་བའི་མར་མཐའ་ན་ཡོད་པའི་“ལྷ་མོའི་ཁྲག་མཚོ”ཞེས་པའི་མཚོ་དེ་ནི་ཕྲུ་གུ་རྣམས་ཀྱི་ཁྲག་རེད་ཡ། ཅི་འདྲའི་སྙིང་རྗེ་མེད་པའི་མི་ཞིག་ཨང་། སྨྱོན་མ་ཕྱིར་ཚང་ནང་དུ་ཐོན་དུས་སྙིང་དང་འདྲ་བའི་ཕྲུ་གུ་རྣམས་བསད་པ་མཐོང་འཕྲལ་སྡུག་བསྔལ་དང་ཞེ་སྡང་བཟོད་གླགས་མེད་པ་ཞིག་སྐྱེས་ནས་སྐད་ཅིག་ལ་འབྲོང་མགོ་ཅན་གྱི་སར་མཚོངས་ནས་འཛིང་ཀ་བརྒྱབ། ཐེངས་དེར་ཁོང་གཉིས་ཀྱིས་ཉིན་ཞག་ཉེར་ལྔར་འཐབ། མཐའ་མར་སྨྱོན་མས་འབྲོང་མགོ་ཅན་དེའི་ལག་གཡས་པ་རྩ་བ་ནས་བཀོག་སྟེ་ཁ་ཟས་བྱས། དེ་ནས་བཟུང་སྨྱོན་མ་དང་འབྲོང་མགོ་ཅན་གཉིས་ཀ་རང་སར་བསྡད་ཅིང་། མངའ་འོག་གི་སྡེ་བ་གཉིས་ཀྱིས་ཁོང་གཉིས་ཀྱི་མགོན་སྐྱབས་འོག་ཕན་ཚུན་ལ་ཇག་ལ་འགྲོ་བ་དང་། མི་ཤ་བགོ་བའི་འཁྲུག་འཛིང་གང་མང་བྱུང་། ལྷག་པར་དུ་འབྲོང་ལུང་དཔོན་པོས་ངན་དམོད་བྱས་ནས་འདི་གའི་ལབ་ཅེ་ཧྲུང་གིས་གཏོར་སྐྱོང་། ན་ནིང་སྟོན་ཀར་ང་ཚོའི་ལུག་ཕྲུ་ཞིག་དེ་ཚོའི་རྭ་སར་ཤོར་བས་ཡང་བསྐྱར་འཁྲུག་ལོང་བྱུང་། འབྲོང་ལུང་དཔོན་པོའི་བུ་གཉིས་དང་བསྡོམས་པས་མི་བཞི་བསད། ཚུར་ལ་ཅི་ཡང་བྱེད་མི་ཐུབ། དེའི་ཕྱིར་ད་ཐེངས་ཡང་ཁོ་ཚོས་དམག་ཚོགས་བརྒྱབ་པ་རེད།

མཁའ་དབུགས་རབ་རིབ་ཡིན་པའི་ས་སྒྲོད་ཅིག་ལ། རྗོག་ཁྲིས་རྒྱབ་ཏུ་ཁུར་བའི་གཞོན་ནུ་ཞིག་གོམ་པ་འཁྱུར་འཁྱོར་ངང་སྡེ་བ་འདིར་ཐོན། ཁོ་རང་ང་ས་ཐག་རིང་ཞིག་ནས་ཐོན་པ་ལྟར་ཐང་ཆད་དེ་གོམ་པ་སྤོ་ཐུབ་ཀྱིན་མི་འདུག རི་ཞིག་ནས་གཡོན་ཟུར་གྱི་གྲང་རྩ་ཞིག་ཏུ་ཅོག་ནས་རྗོག་ཁྲིས་རྣམས་སྙིད་ལུག་དང་རང་སར་བཞག་ཅིང་གཉིད་དུ་ཡུར། སྐབས་དེར་ལམ་ན་འགྲོ་བའི་འབྲོག་པ་རྒད་པོ་ཞིག་དེར་ལངས་ནས་གྲུང་རྩར་གཉིད་པའི་གཞོན་ནུ་རྒྱུས་མེད་དེར་ཧུར་རེར་ཞིབ་ལྟ་ཞིག་བྱས་རྗེས་གོམ་པ་འགའ་ཕར་སོང་བ་དང་། སླར་ཡང་ཕྱིར་འཁོར་ཏེ་འདང་ཞིག་བརྒྱབ་རྗེས་མགོ་བོ་འཕྲེད་དུ་གཡུག་གཡུག་བྱེད་བཞིན་བྱུད་སོང་། གཞོན་ནུ་དེ་སྔར་བཞིན་གཉིད་ནས་འགུལ་རྒྱུ་མི་འདུག

ཅུང་མ་འགོར་བར་རྒད་པོ་དེ་ཕྱིར་ཐོན་བྱུང་། ཁོ་རང་ཐད་ཀར་གཞོན་ནུ་དེའི་ཉེ་སར་

བཙར་ནས་གཡས་ལྷ་གཡོན་ལྷ་འགའ་བྱས་རྗེས "ཨ་རོག" ཅེས་བོས་ཀྱང་གཞོན་ནུ་དེ་གཉིད་ལས་མ་སད། རྒད་པོ་ཐབས་ཟད་ནས་མགོ་བོ་འཕྲེད་དུ་གཡུག་བཞིན་སྐད་དམའ་མོས "གསར་བུ། འདི་ལྟར་གཉིད་ན་ནད་འབྱུང་ངེས་རེད་ཡ" ཞེས་བཤད་རྗེས་འགྲོ་རྩིས་བྱས། གོམ་པ་འགའ་སྤོས་རྗེས་འདང་ཞིག་བརྒྱབ་སྟེ་གློ་བུར་དུ་ཕྱིར་འཁོར་ཡོང་ནས་གཞོན་ནུ་དེའི་དཔྲལ་བར་ལག་པས་རེག་ཙམ་བྱས་འཕྲལ་རྒད་པོ་སྐྲག་སོང་།

"མ་བཟང་། ནད་བྱུང་འདུག"

ར་སྟོ་ངག་དབང་སྟོན་ལྟར་མདུན་དུ་བསྐྱོད་བཞིན་ཡོད། གློ་བུར་དུ་ཁོའི་སེམས་ཁ་མི་བདེ་ཞིང་སྔ་མཐུད་དུ་འགྲོ་མི་འདོད་པའི་སྣང་བ་ཞིག་སྐྱེས། མདུན་ཕྱོགས་ཀྱི་ལུང་མདོ་རུ་དྭངས་ཤིང་བསིལ་བའི་ཆུ་ཕྲན་ཞིག་ཤག་ཤག་ཏུ་བཞུར་གྱིན་ཡོད་ལ། ཆུ་འགོ་དེ་རུ་ལབ་ཙེ་ཆེན་པོ་ཞིག་ཡོད། ར་སྟོ་ངག་དབང་གིས་ལབ་ཙེ་འདིའི་བྱུང་བ་དག་ཀྱང་ "གནའ་བཤད་ཨ་ཁུས" བཤད་པའི་གཏམ་རྒྱུད་ལས་གསན་མྱོང་། ཁོས་སྔ་མཐུད་དུ་བསམ་གཞིགས་གཏོང་མི་འདོད།

ཉིན་གང་བོར་ཁྲ་རིལ་དང་ར་སྟོ་ངག་དབང་གཉིས་རས་གུར་གྱི་གམ་དུ་བསྡད་ནས་རྩེད་མོ་རྩེ་བཞིན་བསྡད། ར་སྟོ་ངག་དབང་གི་ལུས་པོ་བྱེད་ཆར་མི་སོན་པའི་ཁྲ་རིལ་དང་ཁ་བརྡ་བྱས། ཁྲ་རིལ་གྱི་ཁྲ་རིལ་རིལ་བྱེད་པའི་མིག་ཟུང་ར་སྟོ་ངག་དབང་གི་གདོང་ལ་ཅེར་ནས་སྟོད་དུས་ལྷོད་མེད་པྲ་ཚགས་ཀྱི་བྲིས་པའི་རང་མདངས་སྙིང་རྗེ་པོ་ཞིག་མཐོང་། ཁོས་ཀང་སྣམ་དང་སྟོད་གོས་སོགས་གོན་མེད་པར་སློག་པ་སྐྱ་ཤལ་བ་ཆུང་ངུ་ཞིག་གོན་ནས་སྐེད་པར་ཐ་གུ་ཞིག་གིས་བསྡམས་འདུག

"ཨོ། ངེད་གཉིས་མནའ་བཅད་བྱས་ན་ཅི་འདྲ་རེད། ཁྱོད་འཐད་དམ" ཁྲ་རིལ་གྱིས་ར་སྟོ་ངག་དབང་ལ་བལྟས་ནས་བསྡད།

"དེ་ལོས་ཆོག འོན་ཀྱང་ངེད་གཉིས་ཀྱི་བར་དུ་ལོ་མང་པོ་ཆད་པས། ཁྱོད་ཀྱིས་ང་ལ་ཨ་ཁུ་ཞེས་བོས་ན་འགྲིག"

"ཅི་སྐྱོན། 'གནའ་བཤད་ཨ་ཁྲུས' ཟེར་བའང་གྲགས་པོ་ཞིག་ཡོད་ཟེར། དགོད་བྲོ་བ་ལ་ཁོང་གཉིས་ཀྱི་བར་དུ་ལོ་བཞི་བཅུ་ཡོད་སྐད། ཕལ་ཆེར་ཁྱོད་ཀྱི་ལོ་ཧྲིལ་པོའི་ཡང་མི་ཚད་པར་འདུག"

"རེད་ཡ།" ར་སྡེ་ངག་དབང་གིས་འདང་ཞིག་བརྐྱབ་ནས་མགོ་བོ་ནང་དུ་གུག་ཙམ་བྱས།

"ཨོ། ཁྱོད་ཀྱིས 'གནའ་བཤད་ཨ་ཁྲུ' ཨེ་ཤེས།"

"ངས་ཁོང་གི་གམ་ནས་གཏམ་རྒྱུད་མང་པོ་འཚོལ་སྡུད་བྱས་མྱོང་།"

"བདེན་ནམ།"

"ཨིན།"

ཁྲ་རིལ་གྱིས་མུ་མཐུད་དུ "གནའ་བཤད་ཨ་ཁྲུའི" གཏམ་རྒྱུད་ཁྲོད་ཀྱི་ངོ་མཚར་བའི་དོན་མང་པོ་ཞིག་དྲངས་ཡོད་ནས་ཁོ་ལ་བཤད་ཅིང་དེ་དག་གི་རྒྱུ་མཚན་དང་ད་ལྟ་གང་དུ་ཡོད་ཚུལ་སོགས་དྲིས། ར་སྡེ་ངག་དབང་གིས་ལོ་ན་བཅུ་ལ་སོན་པའི་བྱིས་པ་ཞིག་ལ་ཚན་རིག་གི་འགྲེལ་བཤད་མང་པོས "དེ་ནི་གདོད་མའི་མི་རྣམས་ཀྱིས་རང་བྱུང་ཁམས་ལ་བཟུང་བའི་རྗེས་ལུས་ཀྱི་ལྟ་ཚུལ་ཞིག་ཡིན" པར་བཤད་མི་འདོད་ཅིང་། དེ་ལས་ལྡོག་སྟེ་ཁོའི་ལྟ་བ་དེ་མུ་མཐུད་དུ་རྒྱུན་འཁྱོངས་ཀྱང་བྱེད་དུ་འཇུག་མི་འདོད། ཁོས་གད་མོ་ཞིག་དང་ལྷན་དུ "དེ་ནི་གནའ་བཤད་ཅིག་རེད་ཡ" ཟེར་བ་ལས་ཐབས་མི་འདུག

"ངས་ཀྱང་དེ་ལྟར་འདོད། ཨ་ཁུ། ཁྱོད་ཀྱིས་ང་ལ་རྟ་ཐག་སློས་ཆོག་གམ།"

ར་སྡེ་ངག་དབང་གིས་མགོ་གུག་ཙམ་བྱས་མ་ཐག་ཁྲ་རིལ་ཡར་ལངས་ནས་ཕར་ཕྱོགས་སུ་བརྐྱུགས་སོང་། ཁོའི་སློག་པ་ཐུང་ངུའི་འདབས་ཤམ་ན་མདོན་པའི་ཉི་མས་ཆེག་སྟེ་དམར་ནག་ཏུ་གྱུར་བའི་རྗེ་ངར་གཉིས་ཀ་ཡུན་རིང་པོར་འདར་ཤིག་ཤིག་བྱེད།

ར་སྡེ་ངག་དབང་གན་རྒྱལ་དུ་ལོག་སྟེ་དུ་བ་རྐང་གཅིག་ལ་མེ་བསྣོས་ནས་དུ་བ་སྦོ་ལྡོག་གེར་གདོང་གི་ནམ་མཁར་ཡལ་དུ་བཅུག ཁོས་མིག་གཉིས་ཀ་བཙུམས་ནས "གནའ་

ཕྲེད་ཨ་ཁྱུས" ཕྲེད་པའི་གཏམ་རྒྱུད་རེ་རེར་བསམ་བློ་བཏང་།

"ནུས་མཐུ་ལ་རང་དབང་ཐོབ་པའི་གྲུབ་ཐོབ་པ་ཞིག་ཡོད། ཁོང་ནི་རྒྱ་གར་གྲུབ་ཆེན་ཞིག་གི་རྣམ་སྤྲུལ་ཡིན་ཞིང་། མི་མང་ཚོགས་ས་དག་ཏུ་བསོད་སྙོམས་འགྲོ་བར་དགའ། ཁོང་ད་ལྟའང་ས་ཆ་ཞིག་ཏུ་བཞུགས། ཉིན་ཞིག་མི་མང་པོས་ལུག་བལ་འབྲེག་པའི་སྐབས་སུ་གློ་བུར་དུ་གཡོན་ངོས་ནས་ཆར་དྲག་ཆེན་པོ་ཞིག་ཐོན། མི་ཚང་མ་ཟང་ཟིང་ལང་ལོང་བྱེད་དུས་ཁོང་གིས་དམིགས་པ་གཅིག་ཏུ་གཏད་དེ་ཆར་དྲག་གི་ཕྱོགས་སུ་ཕྱིགས་མཛུབ་བསྟན་པ་ན། ཆར་དྲག་དེ་ཡུན་རིང་པོར་དེ་གར་རང་མལ་དུ་ལུས་ཤིང་རིམ་བཞིན་དྭངས་པར་གྱུར།......"

"ཁོ་ནི་མི་རང་ག་བ་ཞིག་མིན། ཁོང་དགོན་པ་གང་ཞིག་ལ་མཇལ་དུ་འགྲོ་དུས་ལྷ་སྐུ་རྣམས་ཀྱིས་ལྷམ་གོན་མེད་པ་མཐོང་ནས་སེམས་ཁྲལ་བྱས། ལོ་རྗེས་མར་ཁོ་རང་སླར་ཡང་ཡོང་དུས་ད་དུང་ལྷ་སྐུ་རྣམས་ཀྱིས་ལྷམ་གོན་མི་འདུག ལོ་གསུམ་པར་ཁོས་ལྷམ་མང་པོ་ཞིག་བཟོས་ནས་ཁྱེར་ཡོང་ནེ་ཕྱིགས་མོ་དང་བཅས་འབུལ་དུས་ལྷ་སྐུ་རྣམས་ཀྱང་ཞལ་འཛུམ་བཞིན་དཀྱིལ་ཀྲུང་བཞིགས་ཏེ་ཞབས་མར་ལ་བརྐྱངས།......"

"ཁྱེད་སློབ་གྲྭར་སོང་ཨེ་སྐྱོང་།" ར་རྡོ་ངག་དབང་གིས་འཇག་མ་རིང་བོ་ཞིག་ལག་ཏུ་བཟུང་ནས་སླས་བཞིན་དུ་ཁྲ་རིལ་ལ་བལྟས།

"སློབ་གྲྭར་སོང་ན་རྒྱ་མིས་ཀ་ར་ཞིག་བྱིན་ནས་མིག་གཉིས་ཀ་བརྐུ་ངེས་རེད།"

"སུས་ཟེར།"

"གནའ་ཕྲེད་ཨ་ཁྱུས་དེ་ལྟར་ཟེར།"

"......"

ར་རྡོ་ངག་དབང་ལ་མགོར་འགོས་ནས་ངལ་གསོས། ཁོས་བྱུང་འདས་ཀྱི་དོན་དག་མང་པོ་ཞིག་སླར་ཡང་དྲན། "གནའ་ཕྲེད་ཨ་ཁྱུ" ཐོ་ལོ་སུམ་ཅུའི་སྟེང་ནས་བཟུང་མི་རྒྱུང་ཧ་རྒྱུང་དུ་འཚོ་བ་རོལ། ཁོས་རོལ་སྤྱོད་བའི་འཚོ་བ་ཡང་ཁོས་བཤད་པའི་གཏམ་རྒྱུད་དག

དང་འདྲ་བར་སློག་གྱུར་དང་། སྒྱུ་འཕྲུལ། འཆར་ཡན་གྱི་རང་མདངས་སྣ་ཚོགས་པས་སྤྲས་འདུག

“དེ་དུས་ང་རང་ལོ་ན་བཅོ་བརྒྱད་ཡིན། སྡེ་བ་གཞན་པའི་མོ་གཞོན་ཞིག་ཁྲིད་ནས་མཚན་འགྲོས་བྱས་ཏེ་ས་ཆ་གཞན་ཞིག་ཏུ་སོང་། ལམ་བར་དུ་སྤྱང་ཚོགས་དང་འཕྲད། ཨ་ཕ་ཆེ་ལས་འདས་ཁར་ང་ལ་གྲི་རིང་ཞིག་བཞག་པ་དེ་ངའི་ལུས་དང་བྲལ་མ་མྱོང་། སྤྱང་ཚོགས་ཀྱིས་ངེད་གཉིས་ཀྱི་མཐའ་ནས་བསྐོར་ཏེ་གནའ་བོའི་དཔའ་རྐོད་རྣམས་ཐོད་གཏུག་གིས་འཛིང་རེས་བྱེད་པ་ལྟར་སྤྱང་ཀི་རེ་རེ་བཞིན་གོ་རིམ་ཡོད་པའི་ངང་ཡོང་ལ། གཞན་རྣམས་ཀྱིས་ལྟད་མོར་བལྟས། སྤྱང་ཀི་བཞི་ངའི་གྲི་འོག་ནས་ཤི། ད་དུང་གཅིག་འདུག ངེད་གཉིས་ཀྱིས་འཛིང་ག་ཐེངས་འགར་བརྒྱས་ཀྱང་རྒྱལ་ཕམ་མི་འདུག སྤྱང་རྒན་དེས་སྤུ་མ་རྣམས་ཀྱི་རོ་སྒྲིན་ལེན་འདོད་པ་ལྟར་སྔར་ལས་ངར་ཆེ་བར་འདུག ཕོ་མོ་ངའི་ཕྱོགས་སུ་རྒྱུག་བཞིན་‘སེམས་ཆུང་བྱོས’ ཞེས་ཀུ་ཅོ་འདོན། གློ་བུར་དུ་སྤྱང་རྒན་དེ་ངར་སྐད་དང་བཅས་མཆོངས་ཡོང་སྟེ་ངའི་ཕྲག་སྟེང་ནས་ཕར་མཆོངས་ལ། སྡེར་མོས་ངའི་ཕྲག་ཤ་ཚལ་བར་བཤགས་ཤིང་འགྲིལ་ལ་ཁད་དུ་གྲིའང་ཐང་ལ་ལྷུང་། ང་རང་དེ་འཕྲལ་ཕྱིར་འཁོར་དུས་སྤྱང་རྒན་ཡང་འགྲེལ་འདུག་ཅིང་ཐོད་ཟུར་ན་ཁྲག་དམར་ཞིག་དལ་བུར་མར་འཛག་གིན་འདུག ཕོ་མོས་རྡོ་ལོག་ཅིག་ལག་ཏུ་འཆང་ནས་ཟུར་དུ་ཀྲད་འདུག རེ་ཞིག་ནས་ཕོ་མོས་དྲན་པ་རྙེད་པ་ལྟར་ངའི་ལུས་སྟེང་གི་ཁྲག་དམར་ལ་ཡང་མི་འཛེམ་པར་ང་ལ་འཐམས་ནས་ངུས་བྱུང་། ང་རང་སེམས་འགྱུལ་ཐེབས་བྱུང་། ངེད་གཉིས་ཁམས་ཕྱོགས་ཀྱི་ས་ཆ་ཞིག་ཏུ་སོང་ནས་བཟའ་ཚང་གི་ཚུལ་དུ་ཟླ་ལྔ་ཙམ་ལ་བསྡད།”

“ཉིན་ཞིག་མི་མང་པོ་ཞིག་ཡོང་ནས་ང་ལ་ཕྱག་འཚལ་གྱིན་འདུག ཕོ་ཆོས་ང་ནི་སྐུ་གསར་དགོན་པའི་དགོན་བདག་ཨ་ལགས་དཔལ་མཆོག་ཚང་གི་ཡང་སྤྲུལ་རེད་ཟེར། ཚུང་མ་འཁོར་བར་སྐུ་གསར་དགོན་པའི་ཨ་ཁུ་འགའ་ཡང་ཡོང་ནས་ང་རང་དགོན་པར་ཕེབས་པར་ཞུ་བ་ནན་དུ་ཞུས། ངས་འདང་ཞིག་བརྒྱབ་ན་ང་ལ་ནུས་པ་ཅི་ཞིག་ཡོད།

ཆུང་དུས་ནས་ཨ་བྲ་གསོད་པར་གོམས་པའི་ལག་པ་སྡིག་ཅན་འདིས་དད་ལྡན་གྱི་མི་དག་ལ་མཇལ་ཁ་འཛོག་མི་ཐོད་སྙམ་ནས་དགོང་མོ་དེར་ངེད་གཉིས་བྲོས་ཏེ་དབུས་ཕྱོགས་སུ་སོང་།"

"སྐོན་ཁ་དེར་ཁོ་མོས་བུ་ཞིག་བཙས། ངེད་གཉིས་ཀྱི་བསམ་དོན་གྲུབ་སོང་། ཁོ་མོས་ཁྱིམ་ལས་བྱས་ཤིང་ང་རང་རི་དྭགས་ཛོན་དུ་སོང་ནས་འཚོ་བ་རོལ། འཛིག་རྟེན་འདི་ན་ངེད་བཟའ་མི་གཉིས་ཀ་ལྷ་བུའི་བདེ་སྐྱིད་ལྡན་མཁན་ꦟ་ཅང་ཞུང་། ངོ་མ་ངས་དེ་ལྟར་བསམ་སྐྱོང་། འོན་ཀྱང་བྱིས་པ་ལོ་ལྔ་ལ་སོན་དུས་ཁོ་མོར་ནད་ལྷེ་མོ་ཞིག་བྱུང་། བཅོས་ཐབས་མ་བྱུང་། མོ་བ་རྩིས་པ་མང་པོ་གདན་དྲངས་ནས་ཡོང་ཡང་ཚང་མས 'ས་འདི་གའི་ཡུལ་ལྷ་གཞི་བདག་མ་དགའ་བར་འདུག སྨན་གྱིས་མི་ཕན་པས་ཕྱིར་ལོག་ན་བཟང' ཟེར། ཕྱིར་ལོག་པའི་ལམ་དུ་ཁོ་མོའི་ནད་གཞི་ཇེ་ལྗིར་གྱུར་ཏེ་ཚེ་ལས་འདས་སོང་།"

"དེ་ལྟར་རེད། ང་རང་ད་དུང་བུ་ཆུང་ལའང་ས་དེ་གའི་གཞི་བདག་གིས་གཙེས་རྒྱུར་སྐྲག་ནས་ཕྱིར་རང་ཡུལ་དུ་ལོག་དགོས་བྱུང་།"

ར་སྒོ་ངག་དབང་གིས་གནའ་མི་རྣམས་ཀྱི་བླ་ན་མེད་པའི་སྙིང་སྟོབས་དང་གཡོ་ཟོལ་བྲལ་བའི་ལྷག་བསམ་ལ་ཡིད་སྨོན་དང་བཅས་སེམས་གཏིང་ནས་བསྔགས་བརྗོད་བྱས་པར་མ་ཟད། "གནའ་བཤད་ཨ་ཁུའི" ཡིད་སྐྱོ་བའི་བགེགས་རྐྱེན་ལ་གདུང་སེམས་བཅངས།

མཁའ་དབྱིངས་རབ་རིབ་ཡིན་པའི་ས་སྐྱོད་ཅིག་ལ། རྡོག་ཁྲིས་རྒྱབ་ཏུ་ཁུར་བའི་གཞོན་ནུ་ཞིག་གོམ་པ་འཁྱར་འཁྱོར་དང་སྡེ་བ་འདིར་ཐོན། ཁོ་རང་ས་ཐག་རིང་ཞིག་ནས་ཐོན་པ་ལྟར་ཐང་ཆད་དེ་གོམ་པ་སྤོ་ཐུབ་ཀྱིན་མི་འདུག རེ་ཞིག་ནས་གཡོན་ཟུར་གྱི་གྲང་རྩ་ཞིག་ཏུ་ཅོག་ནས་རྡོག་ཁྲིས་རྣམས་སྐྱིད་ལུག་དང་རང་སར་བཞག་ཅིང་གཉིད་དུ་ཡུར། སྐབས་དེར་ལམ་ན་འགྲོ་བའི་འབྲོག་པ་རྒད་པོ་ཞིག་དེར་ལངས་ནས་གྲང་རྩར་གཉིད་པའི་གཞོན་ནུ་རྒྱུས་མེད་དེར་ཞིབ་ལྟ་ཞིག་བྱས་རྗེས་གོམ་པ་འགག་པར་སོང་བ་དང་། སླར་ཡང་ཕྱིར་འཁོར་ཏེ་འདང་ཞིག་བརྒྱབ་རྗེས་མགོ་བོ་འཕྲེད་དུ་གཡུག་གཡུག་བྱེད་བཞིན་སོང་།

གཞོན་ནུ་དེ་སྟར་བཞིན་གཉིད་ནས་འགྱུལ་རྒྱུ་མི་འདུག

ཅུང་མ་འགོར་བར་རྐྱང་པོ་དེ་ཕྱིར་ཐོན་བྱུང་། ཁོ་རང་ཐད་ཀར་གཞོན་ནུ་དེའི་ཉེ་སར་བཅར་ནས་གཡས་ལྷ་གཡོན་ལྷ་འགའ་བྱས་རྗེས "ཨ་རོག" ཅེས་ཐེངས་ཀྱང་གཞོན་ནུ་དེ་གཉིད་ལས་མ་སད། རྐྱང་པོ་ཐབས་ཟད་ནས་མགོ་བོ་འཕྲེད་དུ་གཡུག་བཞིན་སྐད་དམའ་མོས "གསར་བུ། འདི་ལྟར་གཉིད་ན་ནད་འབྱུང་ངེས་རེད་ཡ" ཞེས་བཤད་རྗེས་འགྲོ་རྩིས་བྱས། གོམ་པ་འགའ་སྤོས་རྗེས་འདང་ཞིག་བརྒྱབ་སྟེ་གློ་བུར་དུ་ཕྱིར་འཁོར་ཡོང་ནས། གཞོན་ནུ་དེའི་དཔྲལ་བར་ལག་པས་རེག་ཙམ་བྱས་འཕྲལ་རྐྱང་པོ་སྐྲག་སོང་།

"མ་བཟང་། ནད་བྱུང་འདུག"

ར་སྟོང་ངག་དབང་སྟར་བཞིན་གྲོང་ཁྱིམ་དེའི་འདབས་སུ་ཐོན། ཕར་བལྟས་ཚེ། གྲོང་ཁྱིམ་དེ་ཐག་མི་རིང་བའི་ས་ན་ཅུང་ཐར་ཐོར་དུ་ཆགས་ཤིང་། སྤྱི་བའི་མར་མཐའ་ན་ཤུག་སྡོང་ཆེན་པོ་ཞིག་རང་སྐྱེས་ཀྱི་ཚུལ་དུ་གྲོང་དེར་ལངས་ཤིང་། མི་རྣམས་ལམ་ན་འགྲོ་དུས་བལ་དཀར་དུམ་བུ་རེ་ཡལ་གར་བཏགས་ཏེ་སྔོ་ཕྱུགས་ཀྱི་གཡང་སྲུང་བར་སྨོན་ལམ་འདེབས། ར་སྟོང་ངག་དབང་གིས་བལྟས་ཀྱིན་བལྟས་ཀྱིན་དུས་རབས་བཅུ་གསུམ་པར་དོར་ཧ་ནག་པོས་སོག་དམག་བོད་དུ་ཕབ་སྐེ་ཤི་བསད་འཁོར་ལོ་སྐོར་དུས་ཀྱི་མདོ་སྨད་ཀྱི་རི་གྲོང་ཞིག་ཡིན་པའི་སྣང་བ་སྐྱེས། "གནའ་བཤད་ཨ་ཁུས" ཁོ་ལ་སྟོང་རྒྱན་ཁེར་སྐྱེས་དེའི་གསང་བ་ཅི་ཡང་བཤད་མ་མྱོང་།

རེ་ཞིག་ནས་ར་སྟོང་ངག་དབང་གིས་གོམ་པ་སྤོ་མཚམས་བཞག ཁོས་ཅེ་རེར་མདུན་ཕྱོགས་ཀྱི་རི་ཁུག་ན་བང་སོ་ཞིག་གི་གམ་དུ་གསར་བུ་ཞིག་གིས་ཁུ་སིམ་མེར་ཚ་གསུར་ཐུད་པ་དེར་བལྟས། ཁོའི་སེམས་ལ་དགོད་བྲོ་བའི་སྣང་བ་ཞིག་སྐྱེས། མི་ཞིག་གི་མཐའ་མའི་དབུགས་རྒྱུ་དེ་ཆད་མ་ཐག་མི་མང་པོ་ཞིག་གིས་སྐྱོ་ཤུགས་དྲག་པོས་ངུ་འབོད་བྱེད་ཅིང་། ཚེ་གང་པོར་སྐྱོ་ཤུགས་ཀྱིས་དྲན་གསོ་བྱེད། མི་ནི་ནམ་ཡིན་ཡང་འཆི་ངེས་པ་མ་ཡིན་ནམ།

ར་སྟོང་ངག་དབང་ལམ་ལ་འགྲོ་བཞིན་སེམས་ལ་དྲི་བ་སྣ་ཚོགས་ཤིག་ཤར། དེ་དག་ནི་

མི་ཚེའི་ལྷ་བ་ཤ་སྟག་དང་འབྲེལ་ཡོད་པས་སུས་ཀྱང་ཁ་ཚོན་གཅོད་མི་ཐུབ། ཁོས་མགོ་བོ་འཕྱེད་དུ་གཡུག་ནས་དེ་དག་ལ་སུན་སྣང་སྐྱེས་པ་ལྟར་སུས་ཀྱང་མི་ཚོར་བའི་ངང་རྒྱ་སྐད་ཀྱི་སྒྲ་དབྱངས་གསར་བ《མི་ཚེ་དངོས་འབྲེལ་ཆུ་བོའི་རྒྱུན་དང་འདྲ》ཞེས་པ་དེ་སྣ་ཁུང་ནས་བླངས།

"ཨོ།……ང་ལ་སྐྱུག་རོགས།" སློ་བུར་བའི་འབོད་སྒྲ་ཞིག་ཐད་ཀར་ཁོའི་རྣ་ལམ་དུ་ཟུག ཁོས་སླར་ཡང་གོམ་པ་སྤོ་མཚམས་བཞག

ད་ཅི་ཁོ་རང་ཡོང་ཤུལ་གྱི་ཅུང་མི་རིང་བའི་ས་ན་གསར་བུ་དེ་ཚུར་ཕྱོགས་སུ་བརྒྱུགས་ནས་འོང་གིན་འདུག ཁོ་གཉིས་ཀྱི་བར་ཐག་ན་གོམ་པ་བརྒྱ་ཕྲག་ཙམ་ཡོད་དུས་ད་གཟོད་ར་སྟོ་ངག་དབང་གཉིད་ལས་སད་པ་ལྟར་གྱུར་སོང་།

"ཨ་ཅི། ཁྲ་རིལ་མིན་ནམ།" ཁོ་རང་ཡང་ཕར་ལ་བརྒྱུགས།

ཁོང་གཉིས་ཀ་འཕྲད་དུས་ཁྲ་རིལ་སེམས་འགྱུལ་ཐེབས་པ་ལྟར་མིག་མཐར་དགའ་སྐྱོའི་ཆུ་གོར་འོད་ཡུག་ཡུག་ཅིག་འཁྱིལ་ནས། "ངས་ཀྱང་ཁྱོད་ཉིད་ངེས་པར་དུ་ཡོང་བར་སེམས" ཟེར།

"ངས 'གནའ་བཤད་ཨ་ཁུའི' གཏམ་རྒྱུད་དག་སྐྱུང་གཏམ་དུ་བྲིས་ཟིན་པས། ཁྱེད་གཉིས་ལ་ད་དུང་བཀའ་དྲིན་ཞུ་དགོས། ངེད་གཉིས་མགྱོགས་པོར་འགྲོ། ཨ་ཁུས་ཀྱང་བསྒུགས་ཡོད་ངེས།" ར་སྟོ་ངག་དབང་གིས་སྤྲོ་སྣང་དང་ཁྲ་རིལ་གྱི་ལག་པ་སློད།

ཁྲ་རིལ་མདུན་དུ་མི་འགྲོ་བར་འདུག ཁོའི་མགོ་བོ་དུད་ནས་ཁ་མི་གྲགས།

"ཁོང་གཤེགས་སོང་།" ཁྲ་རིལ་གྱིས་ལྷབ་ལྷིབ་ངང་དེ་ལྟར་བཤད་བྱུང་།

"སུ། ཁྱོད་ཀྱིས 'གནའ་བཤད་ཨ་ཁུ' ཟེར་རམ།"

"ཨིན། ཁོང་ནི་ངའི་ཨ་ཞྭེས་ཡིན། ང་རང་ཆ་བོ་ཞིག་བྱས་ཏེ་ཁོ་ལ་ཕན་ཅི་ཡང་ཐོགས་མེད། ཁོང་འདི་ལྟར་གཤེགས་སོང་།" ཁྲ་རིལ་གྱིས་མིག་ཆུ་འབྱེད།

ར་སྟོ་ངག་དབང་ཧད་སོང་། ཁོས་ཧྲིག་གེར་ཁྲ་རིལ་གྱི་མཆི་མས་བརླན་པའི་ངོ་གདོང་

ཆུང་ངུ་དེར་ལྷ་བཞིན་སྙིང་གས་པ་ལྷ་བུའི་སྡུག་བསྔལ་བྱུང་། ཁྲ་རིལ་ཡང་ཕར་འཕོར་ནས་སྐད་དམའ་མོས་ངུ་སྡངས་བྱེད། ངོ་མ་ཤོས་ཀྱང་རྙོམ་ཐབས་དཀའ། ཨ་ཁུ་ཤོང་ཉིད་ཀྱི་མི་ཚེ་འདིའི་དཀའ་ཚེགས་ཆེ་བའི་འཚོ་བ་དེ་ཅི་འདྲའི་ཤོད་མི་སྙོམས་ཤིང་ཀྱག་ཀྱོག་ཆེ་ན་ཡང་། ཤོང་ཉིད་གཡོལ་ཐབས་མེད་པའི་ལོ་ཟླའི་གོ་རིམ་གྱིས་མཐའ་གཅིག་ཏུ་རྒས་པའི་ལམ་དུ་དེད་ན་ཡང་། ཤོང་གི་ཐ་ན་མེད་པའི་སྤོབས་པ་དང་རྒས་ཉམས་མེད་པའི་ལུས་སྟོབས་དེ་ད་དུང་ཡང་ཤོའི་མིག་ལམ་དུ་གསོན་པོར་ཤར་ཡོང་།

ཁྲ་རིལ་དང་ཤོང་གཉིས་བང་སོའི་གམ་དུ་ཐོན་སྐབས་ད་གཟོད་ཁྲ་རིལ་གྱིས་སྐད་ཆ་འདི་གཞི་ནས་ཤོ་ལ་བཤད། "ཁྱོད་ཡིད་ཆེས་ཀྱི་མི་འདུག འདི་འདྲ་རེད།" ཁྲ་རིལ་གྱིས་བཤད་རྒྱུར། "དེ་དུས་འབྲོང་ལུང་གི་མི་བཞི་བསད་པའི་རྗེས་ནས་ཡུལ་འདིར་ཡང་བཀྲ་མི་ཤིས་པའི་ལྟས་ངན་སྣ་ཚོགས་བྱུང་། ཉིན་ཞིག་སྤྲང་མོ་ཕྱུགས་མ་བཟུང་བ་ཞིག་སྡེ་དཔོན་ལྷུན་གྲུབ་ཚང་གི་ལུག་ཁྱུའི་ནང་ལ་བརྒྱུད་ནས་འགྲོ་དུས་གར་སོང་ཆ་མེད་དུ་གྱུར། དགོང་མོ་དེར་ཤོང་ཚང་གི་ལུག་ཁྱུར་སྤྱང་ཀི་བརྒྱུགས་ནས་ལུག་ཆེ་ཆུང་ལྔ་བཅུ་བསད་སོང་། ཤོང་ཚང་གིས་ཨ་ཁུ་འགའ་བོས་ཡོང་ནས་རིམ་གྲོ་སྒྲུབ་དུས་སློ་བུར་དུ་ཨ་ཁུ་ཞིག་སྨྱོས་ཏེ་ཀུ་ཅོ་འདོན་ཞིང་གྲལ་དཀྱིལ་ནས་གཅེར་བུར་ཕར་རྒྱུག་ཚུར་རྒྱུག་བྱས། ཁྱོད་ཀྱིས་ཤོད་དང་། འདི་ལྟས་ངན་མིན་ནམ།"

"དེའི་རྗེས་སུ། དགོང་མོ་ཞིག་ལ་སྡེ་དཔོན་ལྷུན་གྲུབ་གཉིད་ནས་ཡོད་དུས། རྨི་ལམ་དུ་བུད་མེད་ནག་པོ་འབྲོང་རྐོད་ཀྱི་ལག་གཡས་ཐོགས་པ་ཞིག་གིས་ཀི་ཤུར་ཐེངས་གསུམ་བཏབ་སྟེ 'ཨ་བུ་སྡུག་མ་ཉལ་ཡར་ལ་ལོངས། མི་དགོས་གད་སྙིགས་གཞོང་བ་གང་། སྤྱུངས་ཀྱིན་སྤྱུངས་ཀྱིན་ཧེ་མཐོ་ཡིན' ཞེས་བཤད་ནས་ཡལ་སོང་། དེ་ནི་གཞི་བདག་གི་ལུང་བསྟན་ཡིན་རྒྱུ་རེད། ཀད་པོ་ཚོ་འདུས་ནས་ཡང་བསྐུར་རྒྱུག་རེས་བྱེད་རྒྱུའི་གྲབས་བཤམས།"

"སྐབས་དེར་ཨ་མྱེས་ཀྱིས་ཞུ་བ་བྱས་མོད་གསུས་ཀྱང་མ་ཉན། ཐེངས་དེར་སྐྱ་མི་བརྒྱད་ཙུ་ཡོད་མོད་ཅི་ཡང་མ་ཐུབ། ཕ་རོལ་བའི་ལག་ན་པོའུ་འདུག་ཟེར། ཚུར་ལ་གཅེས

ཕྲུག་བཅུ་ཐམ་པའི་ཚེ་སྒྲོག་བཅད། ཨ་མེས་ཀྱིས་དེ་ལ་སེམས་ཁྲལ་བྱས་ཏེ་ཉིན་དཀར་ཟས་མི་ཟ། དགོང་མོ་གཉིད་མི་ཁུགས། ལུས་པོ་ཉིན་རེ་བཞིན་ཇེ་སྐྱག་ཏུ་གྱུར་ཏེ་ན་ནིང་སྟོན་ཀར་འདས་སོང་།……”

ཁོང་གཉིས་ཀར་ཁ་བརྡ་ཅི་ཡང་མེད་པར་བང་སོའི་གམ་དུ་ལངས། ར་སྔོ་ངག་དབང་གི་མིག་མཐར་ཡང་རིམ་བཞིན་ཆུ་ཞགས་ཤིག་འཁྱིལ་ཞིང་མདུན་གྱི་འཇིག་མ་ཐར་ཐོར་སྐྱེས་པའི་བང་སོར་ཅེར། ཁོས་ངག་ནས་སུས་ཀྱང་མི་ཚོར་བའི་ཤབ་ཤུབ་ཅིག་བློ་བཞིན་ཡ་ང་བའི་གཏམ་རྒྱུད་མང་པོ་ཞིག་ལ་ཕྱིར་འདྲང་བརྒྱབ། སྙིང་གི་སར་རྒྱལ་པོ་ཞིང་ལ་ཕེབས་ཁར་ནང་ཁུ་བོ་ཨ་ཁུ་ཁྲི་ཐུང་བཏུལ་བ་ནས།——ལྷ་ལུང་དཔལ་རྡོར་གྱིས་ལྷ་སྲས་དར་མ་བཀྲོངས་ནས་བོད་ཁམས་སིལ་བུར་ཐོར་བ།——ནང་བའི་གྲུབ་མཐའ་རེ་རེས་དབང་ཆ་བརྩད་དེ་ནང་འཁྲུག་གི་ཁྲག་དམར་བཞུར་བ།——ད་དུང་།…… “ནང་འཁྲུག་ཡོད་ཚད་འདི་ནས་མཇུག་རྫོགས་དགོས་ཨང་།” ར་སྔོ་ངག་དབང་གིས་ཤུགས་རིང་ཞིག་འཐེན་བཞིན་དེ་ལྟར་ཚིག་ལབ་བརྒྱབ།

“འདི་ལྟར་མཇུག་རྫོགས་མི་ཉན།” ཟུར་ནས་ཁྲ་རིལ་གྱི་ཁ་གྲགས་བྱུང་།

“ཅི་ལ། ཁྱོད……”

“འོ་ན་ངས་ཨ་མྱེས་ཀྱི་རོ་སྐྱིན་ལེན་མི་དགོས་སམ། ངེས་པར་དུ་ལེན་དགོས།”

ར་སྔོ་ངག་དབང་ཡང་བསྐྱར་ཁ་མ་གྲགས། ཅུང་ཙམ་ནས་ཁོས་ཁྲ་རིལ་ལ་སྐད་དམའ་མོས། ཨ་ཁུ་ཁོང་གིས་དཀའ་ཚེགས་ཆེ་བའི་འཚོ་བའི་ལམ་འཕྲང་རེ་རེ་བཞིན་བརྒྱུད་ནས་མཇུག་རྫོགས་ཏེ་དཀའ་ལས་ཅི་ཡང་མེད་པའི་ཕ་སའི་ཕང་བར་བདེ་བར་གཟིམས་ནས་ཇི་སྲིད་དུ་ཕྱིར་ལོག་མི་སྲིད་ལ། ང་ཚོས་ཀྱང་ཁོང་གི་གཏམ་རྒྱུད་རེ་རེའི་ཁྲོད་ནས་ཉམས་མྱོང་དང་དོས་ཟིན་རེ་བཙལ་ཏེ་མ་འོངས་པའི་ལམ་གསར་བ་ཞིག་ལ་བསྐྱོད་དགོས་པའི་གནས་ལུགས་མང་པོ་བཤད་པ་ན། ཁྲ་རིལ་གྱིས་ཡང་བསྐྱར་ཁ་ཅི་ཡང་མི་གྲགས།

ནུབ་ཟས་འཁྱུངས་རྗེས། ར་སྔོ་ངག་དབང་དང་ཁྲ་རིལ་གཉི་ག་ཕྱི་རོལ་ཏུ་འཆམ་

འཆམ་ལ་སོང་། ཁ་སྐད་ཞིག་ཏུ་ཐོན་དུས་ཁྲ་རིལ་གྱིས་ཡར་ཕྱོགས་ཀྱི་རྫ་རི་ཞིག་བསྟན་ནས "ངས་བརྗོད་ཀྱིན་འདུག ཨ་མྱེས་འདས་ཁར་ང་ལ ‘ནམ་ཞིག་ར་སྒོ་འདིར་ཡོང་ངེས། ངས་བཤད་པའི་སྨྱོན་མ་དེ་གན་ཡིན་པ་ཤོད་རོགས’ ཟེར། གན་ང་ཚོའི་གཞི་བདག་རེད། སྟོན་ཚད་བྱུད་མེད་ཅིག་ཡིན" ཟེར། ར་སྒོ་ངག་དབང་གིས་རྫ་དེར་ལྟ་དུས་དངོས་གནས་བྱུད་མེད་གཅེར་བུ་ཞིག་སྒྲ་ལོ་གྱེན་དུ་གཟེངས་ནས་ཕ་རོལ་བའི་དགྲ་སྟེང་དུ་མཚོངས་པར་རྩོམ་པ་དང་འདྲ། ཁོའི་རྣ་ལམ་དུ་ཡང་བར "གནའ་བཤད་ཨ་ཁྲུས" བཤད་པའི་གཏམ་རྒྱུད་དེ་འཁོར།

"སྟོན་བསྐལ་བ་ཆགས་ནས་ཐུང་མ་འགོར་བའི་སྐབས་སུ། ས་གཞིར་ལ་ཐུར་མེད་པར་བདེ་ཞིང་སྐྱོམས།......"

ར་སྒོ་ངག་དབང་འདིར་བསྡད་པའི་རིང་ལ། ཁྲ་རིལ་དང་ལྷན་དུ་བསྡད་དེ་དགོང་མོ་རེ་རེར་སྟོན་དུས "གནའ་བཤད་ཨ་ཁྲུས" ཁོ་ལ་བཤད་མ་མྱོང་བའི་གཏམ་རྒྱུད་མང་པོ་ཞིག་ཁྲ་རིལ་གྱིས་ཁོ་ལ་བཤད། དེ་དག་ནི "གནའ་བཤད་ཨ་ཁྲུས" ཁྲ་རིལ་གཅིག་པུར་མ་གཏོགས་སུ་ལའང་བཤད་མ་མྱོང་བ་རེད། ཡིན་ཡང་ཁྲ་རིལ་གྱིས་གཏམ་རྒྱུད་རེའི་བར་ནས་རང་གི་ལྟ་ཚུལ་ཡང་བཤད་འོངས།

ཞོགས་པར། ར་སྒོ་ངག་དབང་ཕྱིར་ལོག་པའི་ལམ་ལ་ཆས། ཁྲ་རིལ་གྱིས་ཁོ་ལ་སྐྱེལ་མ་ཐུབ། གྱིས་དུས་ཁྲ་རིལ་ཁོའི་ལག་མགོར་འཇུས་ཏེ་དོན་ཅི་ཞིག་ལ་དོགས་མི་བདེ་བ་ལྟར་མགོ་བོ་དུད་ནས "ངས་མི་ཤེས། ཨ་མྱེས་དང་ཁྱོད་གཉིས་འདི་འདྲའི་དུངས་བ་ཟབ་དོན་ཅི་ཡིན" ཟེར།

"ཁོང་གིས་ངའི་སྲོག་བསྐྱབས་མྱོང་ཕྱིར། ངས་ནམ་ཡིན་ཡང་ཁོང་གི་བཀའ་དྲིན་དེ་བརྗེད་མི་སྲིད།" མཇུག་མཐར་ཁོས་མགོ་འཕྲེད་དུ་གཡུག་ཙམ་དང "ད་བདེ་མོ་བྱོས། ངེད་གཉིས་ཀྱང་ནམ་ཡིན་ཡང་གྲོགས་པོ་ཡིན" ཞེས་བཤད།

ར་སྒོ་ངག་དབང་བྱུད་སོང་། སྤེ་མཐའི་སྟོང་ཐན་དེ་ད་དུང་ཕྲོག་གྱུར་དང་སྟོན་ཚད

"གནའ་བཤད་ཨ་ཁྲུས" ཕོ་རང་ལ་མིག་སྐྱིལ་བྱེད་པ་དང་འདྲ་བར་གཡོ་འགུལ་མེད་པར་ཀྲོང་ངེར་ལངས་འདུག་ཅིང་། ཁྲ་རིལ་གྱིས་ཐག་རིང་བར་དུ་ར་ནྡོ་ངག་དབང་གི་རྒྱབ་གཟུགས་ལ་ཅེར་ཞིང་ཁ་སྨུག་སྨུག་ངང "མཁའ་དབྱུགས་རབ་རིབ་ཡིན་པའི་ས་སྲོད་ཅིག་ལ།……" ཞེས་པའི་གཏམ་རྒྱུད་ཐུང་ངུ་དེ་བཟླས།

ར་ནྡོ་ངག་དབང་ཕྱིར་ཡུལ་དུ་ཐོན་དུས་ཕོའི་བུ་ཆུང་ལོ་ན་བརྒྱད་ལ་སོན་པ་དེ་ཡང་སློབ་གྲྭ་གྲོལ་ནས་ཡུལ་དུ་ཐོན་འདུག ཕོ་རང་ལ་ཡང་ལོ་རྒྱུས་ཀྱི་འགྲོས་རིམ་རིང་པོ་ཞིག་ཕྱིར་ཞུལ་བྱས་པ་ལྟ་བུའི་ཐང་ཆད་པའི་སྣང་བ་ཞིག་སྐྱེས་ཤིང་འབོལ་ཁྲིའི་སྟེང་དུ་ཙོག་ནས་དུ་བ་ཞིག་ལ་མེ་བསྒྲོན་པ་དང་ལྷམ་མོས་ཇ་ཤེལ་དམ་གང་བླུགས་ཏེ་མདུན་དུ་བཞག

"ཨ་ཕ། ཁྱེད་ཀྱི་ཡི་གེ།" བུ་ཆུང་གིས་འཕྲིན་ཡིག་ཅིག་ཁྱེར་ནས་བརྒྱུགས་ཡོང་སྟེ་ཕོ་རང་ལ་བྱིན། འཕྲིན་ཤུབས་ཀྱི་གཤམ་ཐད་དུ "ཁ་བ་ལེབ་མོ་རྩོམ་རིག་མཉམ་འབྲེལ་ལྷན་ཚོགས་ནས" ཞེས་བྲིས་འདུག ཕོས་ཡི་གེ་ཤུབས་ནས་བླངས་རྗེས་བུ་ཆུང་ལ་འདོན་དུ་བཅུག

སྣོ་མཐུན་ར་ནྡོ་ངག་དབང་ལགས།

ཉིད་ཀྱི《ཁ་བཏགས་དང་འབྲེལ་བའི་རྣམ་ཤེས》ཞེས་པ་དེ་སྐབས་༡༠༨པའི་གྲངས་ཉུང་མི་རིགས་ཀྱི་རྩོམ་རིག་དཔྱད་བསྡུར་ཁྲོད་ཐུལ་བྱུང་བརྩམས་ཆོས་སུ་བདམས་ཐོན་བྱུང་བས། ཁྱེད་རང་ཟླ་༡༠པའི་ཚེས་༡༥ཉིན་དུས་ལྟར་བྱ་དགའི་ཚོགས་འདུར་ཞུགས་པར་འཚལ།

ལྷམ་མོ་མྱུར་བར་ཕོའི་གམ་དུ་ཡོང་ནས "ར་ནྡོ། དངོས་ནས་ཨེ་རེད། ངོ་མ་བཟང་འདུག ད་ཐེངས་སྐོར་མོ་མང་ཙམ་ཡོད་ངེས། ཅིས་ཀྱང་ཚོན་ལྡན་བརྟན་འཕྲིན་ཞིག་ཉོ་ཐབས་བྱེད" ཟེར།

ཕོས་ལྷ་མཐུད་དུ་དུ་བ་ཁམ་གང་ཧམ་འཐེན་བྱས་རྗེས་བསམ་བློ་གཏོང་བཞིན་འདས་ཟིན་པའི་གཏམ་རྒྱུད་ཅིག་བསྐྱར་དྲན་བྱས།—— " 'གནའ་བཤད་ཨ་ཁྲུ' ལགས། ཁྱེད་རང་བདེ་བར་གཟིམས་ཤོག ངས་ལྷ་མཐུད་དུ་ཁྱེད་བཟའ་མི་གཉིས་ཀ་ཇི་སྲིད་བར་དུ་ལྷན་སྡོད་བྱེད་དུ་གཞུག་ངེས།"

དཔེ་སྐྲུན་མཁན། ཨ་སྟག་ཚེ་རིང་བཀྲ་ཤིས།
རྩོམ་སྒྲིག་རྟུས་འགོད་པ། ཚེ་མོ་སྐྱིད།
རྩོམ་སྒྲིག་འགན་འཁུར་པ། མགོན་པོ་སྐྱབས།

[illegible]

ལྟག་འབུམ་རྒྱལ་གྱིས་བརྩམས།

སི་ཁྲོན་མི་རིགས་དཔེ་སྐྲུན་ཁང་གིས་བསྐྲུན་ནས་བཀྲམ།

ཁྲིན་ཏུའུ་རྡུའུ་ཐུང་པར་འདེབས་འགན་འཁྲི་ཚད་ཡོད་ཀུང་སིས་དཔར།

༢༠༡༨ལོའི་ཟླ༨པར་པར་གཞི་དང་པོ་བསྒྲིགས།

༢༠༢༢ལོའི་ཟླ༧པར་པར་ཐེངས་བཞི་པ་དཔར།

དེབ་ཚད། ༡༧༠mm×༢༤༠mm

དཔར་ཤོག ༢༣.༥

ཡིག་འབྲུ་སྟོང་། ༢༩༠

དཔར་གྲངས། ༤༠༠༡–༨༠༠༠

དཔེ་རྟགས། ISBN 978-7-5409-6271-5

དཔེ་རིན་སྒོར། ༤༧.༠༠
